কিশোর উপন্যাস সমগ্র

৪

কিশোর উপন্যাস সমগ্র

৪

শীর্ষেন্দু মুখোপাধ্যায়

আ ন ন্দ

প্রথম সংস্করণ জানুয়ারি ২০১২

অলংকরণ দেবাশীষ দেব, সুদীপ্ত দত্ত

ISBN 978-93-5040-103-3

আনন্দ পাবলিশার্স প্রাইভেট লিমিটেডের পক্ষে ৪৫ বেনিয়াটোলা লেন
কলকাতা ৭০০ ০০৯ থেকে সুবীরকুমার মিত্র কর্তৃক প্রকাশিত এবং
জে জে প্রিন্টার্স
৪৭ মৌলানা আবুল কালাম আজাদ সরণি, কলকাতা ৭০০ ০৫৪
থেকে মুদ্রিত।

KISHORE UPANYAS SAMAGRA Vol. IV
[Collection of Juvenile Fiction]
by
Sirshendu Mukhopadhyay
Published by Ananda Publishers Private Limited
45 Beniatola Lane, Calcutta 700 009

"রা-স্বা"

পরম প্রেমময় শ্রীশ্রীঠাকুর অনুকূলচন্দ্রের
পাদপদ্মে বিনম্র প্রণামপূর্বক
নিবেদন

সূচি

কিছু কথা

আমার লেখালেখির বেশির ভাগ মালমশলার ভাঁড়ার হল আমারই ছেলেবেলা। কথাটা পাকেপ্রকারে বোধহয় আগেও বলেছি। কারণ আমার ছেলেবেলার ভ্রাম্যমাণ জীবনে নানা ধরনের বিচিত্র লোকজনের সঙ্গে দেখা হয়েছে। কেউ ঘোর বাতিকগ্রস্ত, কেউ আধ-পাগল, কেউ বেজায় বোকাসোকা, কেউ অতি চালাক, কেউ ভীষণ চোর, কেউ আবার মিথ্যেকথা ছাড়া সত্যি কথা কইতেই জানে না, কেউ প্রবল পেটুক, কিংবা খুব ভিতু। আর সত্যি কথা বলতে কী, তখন উত্তর বাংলা, বিহার বা আসামের প্রত্যন্ত সব রেল-শহরে বেশ একটা গা-ছমছমে ভূত-ভুতুড়ে আবহ ছিল। আর এখনকার মতো তখন বিজলি বাতিটাতি বিশেষ ছিল না, কলকব্জার এত বাহুল্য হয়নি। টেলিভিশন দূরস্থান, বেশির ভাগ বাড়িতেই রেডিয়ো অবধি ছিল অমিল। দোয়াতে কলম ডুবিয়ে আমাদের হাতের লেখা মকশো করতে হত। রাস্তায় মোটরগাড়ি দেখাই যেত না। অর্থাৎ আধুনিক প্রযুক্তির বেশির ভাগটাই তখনও আবিষ্কার হয়নি। তবে তখন মাঠঘাট, গাছপালা এবং পরিসর ছিল অনেক বেশি। লোকজনের সংখ্যা ছিল অনেকটাই কম। নির্জন জায়গার অভাব ছিল না।

বড় হয়ে যখন লেখালেখি করছি, তখন আমি কলকাতা শহরের বাসিন্দা। এ শহরটা আমার খুব প্রিয় বটে, কিন্তু কেন জানি না, ছোটদের জন্য লিখতে বসলে আমি পটভূমি হিসেবে কলকাতাকে সরিয়ে রাখি। তার কারণ হয়তো এই যে, কমবয়সিদের মধ্যে যদি গাঁ-গঞ্জ, প্রকৃতি এবং প্রাকৃত মানুষজন, জীবজন্তু এবং বাহুল্যহীন জীবনযাত্রার খানিকটা আন্দাজ ধরিয়ে দেওয়া যায়। এখনকার শিশু-কিশোররা তো মোবাইল, কমপিউটার, পেন-ড্রাইভ, আই পড সবই চেনে, কিন্তু আশ-শ্যাওড়ার গাছ চেনে না। আর সেটাই দুশ্চিন্তার কারণ।

বড় হয়ে যখন ছেলেবেলার ফেলে-আসা জায়গাগুলোতে গেছি তখন দেখেছি, কোনও জায়গাই আর আগের মতো নেই। সেজেগুজে আধুনিক হয়ে গেছে। নির্জনতা ক্রমে উধাও হয়ে যাচ্ছে। সময়ের সঙ্গে সঙ্গে পরিবর্তন অবশ্যম্ভাবী, এ তো জানা কথা। কিন্তু ভয়ের কথা হল, প্রকৃতি নিকেশ হয়ে যাচ্ছে, পরিবেশ নষ্ট হতে

বসেছে, শেয়াল-বাগডাশা-ভোঁদড়-চিল-বুলবুলি উধাও, সেই সব নিবিড় সবুজ জঙ্গল আর নেই। শুধু মানুষ বাড়ছে। যত মানুষের সংখ্যা বাড়বে ততই পৃথিবীর রসাতলে যাওয়ার সম্ভাবনা। কারণ প্রকৃতির পরিবেশ অন্য কোনও প্রাণী তেমন নষ্ট করে না, করে শুধু মানুষ। মানুষই শহর বসায়, কল-কারখানা বসায়, তেল-কয়লা পোড়ায়, গাছ কাটে। ভোগ আর লোভের শেষ নেই তার।

আমার গল্প-উপন্যাসে এসব কথাও থাকে। আর মজা। "রাঘববাবুর বাড়ি" যখন লিখি তখন উদ্দেশ্য ছিল, এক উপন্যাসেই ভূত, বিজ্ঞান, খলচরিত্র এবং ভাল মানুষ সবাইকে সামিল করব। হুলো বেড়ালের সঙ্গে একটা সংলাপের অংশও আছে। পোর্টেবল বা বহনযোগ্য একটা রকেটের কল্পনা আমার অনেক দিনের। "রাঘববাবুর বাড়ি" উপন্যাসে সেটার কথা আছে। বলে রাখা ভাল, কল্পবিজ্ঞানে কল্পনার ভাষাটাই বেশি, বিজ্ঞান থাকে যৎসামান্য, আর বিজ্ঞানের খুঁটিনাটি ফেঁদে বসলে গল্প মাটি হওয়ার সম্ভাবনা। তবে হ্যাঁ, বিজ্ঞানের জ্ঞানগম্যি একটু থাকলে এবং আধুনিক বিজ্ঞানের গতিপ্রকৃতির হদিশ রাখলে কল্পবিজ্ঞান লিখতে সুবিধে হয়। পৃথিবীর অনেক বিজ্ঞানী কল্পবিজ্ঞান লিখেছেন। তাঁদের সকলের লেখাই যে ভাল হয়েছে তা নয়। আসল কথা, বিজ্ঞান জানলেই হবে না তো, তাকে সাহিত্যেও দড় হতে হবে।

যাই হোক, "মোহন রায়ের বাঁশি" আনন্দমেলার পুজোসংখ্যায় বেরিয়েছিল বছর সাতেক আগে। আগে থেকে ছক করে লেখা নয়। যেমন মাথায় এসেছে লিখেছি। এই উপন্যাসে ওই বাঁশির ব্যাপারটাই মুখ্য। প্রচ্ছন্নভাবে এই আখ্যানে শব্দের অকল্পনীয় শক্তির কথাও বলা হয়েছে। শব্দকেই সৃষ্টির মূল বলে আমার মনে হয়। ধ্বনি বা ধুনই হচ্ছে আসল। আমার ধারণা, ভবিষ্যতের বিজ্ঞান শব্দকে আরও অনেক বেশি গুরুত্ব দেবে। শব্দই নতুন দিগন্ত উন্মোচন করবে। শব্দের মূলীভূত শক্তিকে এখনও ঠিকভাবে কাজে লাগানো হয়নি।

"সাধুবাবার লাঠি" সিনেমা হয়েছে, নাটক হয়ে মঞ্চস্থও হয় নিয়মিত। আমি অবশ্য ওগুলো দেখিনি। এখানে একটা লাঠির কথা আছে। সেই লাঠির অন্তর্নিহিত শক্তি অনেক অঘটন ঘটাতে সক্ষম। আসলে এখানে অলৌকিককে প্রতিষ্ঠা করার কোনও চেষ্টা নেই, মজা আছে মাত্র। তবে এটাও বলার কথা যে, লাঠিয়াল যদি দক্ষতাকে তুঙ্গে নিয়ে যেতে পারে তা হলে একটা লাঠিও হয়ে উঠতে পারে সর্বার্থসাধক। কিন্তু আমার অন্যান্য উপন্যাসের মতোই এই আখ্যানেও আছে নানা বিটকেল অসঙ্গতিজনিত মজা। সেগুলো কতখানি উপভোগ্য তা পাঠক বলতে পারবেন, আমি বলার কে?

"ঘোরপ্যাঁচে প্রাণগোবিন্দ" উপন্যাসটি নিয়ে আমার একটু আক্ষেপ আছে। কাহিনির

বুনোটে কিছু সমস্যা ছিল। যাকে বলা যায় লজিক এবং পারম্পরতার অভাব। টানা পড়ে গেলে সতর্ক পাঠক হয়তো সেটা টের পাবেন। তবে শেষের দিকে কিছু অবাঞ্ছিত জটিলতা সৃষ্টি হয়েছে। কাহিনিটি আর একটু একবগ্গা হলে আমি খুশি হতাম।

"ডাকাতের ভাইপো" মজার ডাকাত এবং বিটকেল পুলিশ ও এক কাপুরুষের কাহিনি। তবে হ্যাঁ, শেষ অবধি আমার হেরো মানুষরা কোনও না কোনও ভাবে জিতে যায়। সম্ভবত আমার হেরো মানসিকতাই এইসব লেখার অনুপ্রেরণা হিসেবে কাজ করে। যে অমিতবিক্রম ডাকাতটির কথা এখানে বলা হয়েছে সেই ডাকাত এখন অন্য ভূমিকাতে টিকে আছে কিন্তু। সবটাই বানানো গল্প নয়।

"অঘোরগঞ্জের ঘোরালো ব্যাপার" উপন্যাসে একটু কল্পবিজ্ঞান আছে, নাস্তিক ভূত আছে, বিচিত্র এক অন্য গ্রহের বিবরণ আছে, মহাকাশযাত্রার ভিন্ন পদ্ধতির কথাও আছে। উপাদান অনেক।

সাধারণ মানুষ সচরাচর খেটে খাওয়ার চেয়ে ফাঁকতালে বড়লোক হতে চায়। বুদ্ধি খাটিয়ে, শরীরকে তৎপর করে যে রুজি-রোজগার করা, তাতে তার ভারী আলিস্যি। আবার লোভও আছে ষোলো আনা। তাই তারা বিনাশ্রমে বড়লোক হওয়ার ফিকির খোঁজে। আর সেই সুবাদেই ওই আলাদিনের আশ্চর্য প্রদীপ বা পরশমণির গল্প ফাঁদা হয়েছে। উড়ন্ত কার্পেট বা অক্ষয় থালার পেছনেও মানুষের লোভ আর আলস্যের গল্প। একসঙ্গে এই চার-চারটে মোক্ষম জিনিস একজনের হাতে এসে গেল বটে, কিন্তু কেন বৈরাগ্য আঁকড়েই পড়ে থাকতে হল "উঁহু" হচ্ছে তারই বৃত্তান্ত।

"গোলমেলে লোক" ভারী গোলমেলে কাহিনি। যে চোরটি এই গল্পের এক মুখ্য চরিত্র তাকে শুধু চোর মনে করলে অন্যায় হবে। এরা হচ্ছে শিল্পী-চোর। চৌর্যকে শিল্পের পর্যায়ে উন্নীত করা এ ধরনের চোরদের কথা আমি আরও লিখেছি। দেদার ভূতের আনাগোনা আছে এই কাহিনিতে। বোকা এবং চালাক লোকেরও অভাব নেই। একটু গাঁ-গঞ্জের দিকে গেলে এইসব লোকের দেখা পাওয়া যাবে।

"বটুকবুড়োর চশমা" আপাতদৃষ্টিতে কল্পবিজ্ঞান ছুঁয়ে গেছে। কিন্তু আসলে পৃথিবীর পরিবেশ, আবহাওয়া আর দূর ভবিষ্যৎ নিয়ে যে ঘোর দুশ্চিন্তা আমাদের রয়েছে তারই বহিঃপ্রকাশ ঘটেছে এর আখ্যানে। সবুজ মানুষের গল্প আজগুবি মনে হতে পারে, কিন্তু ওর ভিতরে এক সত্যেরই অনুসন্ধান নিহিত আছে।

"ময়নাগঞ্জের বৃত্তান্ত" আর একটি গোলমেলে এবং জটিল উপন্যাস। কাহিনির জট ছাড়াতে একটু হিমশিম খেতে হবে কিন্তু। তবে অন্য সব কাহিনির মতো এর মধ্যেও ভাল আর মন্দের চিরকালীন দ্বন্দ্ব রয়েছে। রহস্য তো আছেই, আছে একটু জাদুবিদ্যা, একটু বিজ্ঞান, একটু হিজিবিজি।

মোট দশটি উপন্যাসের সমাহারে এই গ্রন্থটি পাঠকের হাতে সসংকোচে তুলে দিচ্ছি। লেখক লিখেই খালাস পান না, তারপর তাঁকে পাঠকের কাঠগড়ায় দাঁড়াতে হয়, চুলচেরা বিচার-বিশ্লেষণের মুখোমুখি হতে হয়। আর সেইটেই উদ্বেগজনক। তাই ভয়ে ভয়ে লিখি আর ভয়ে ভয়ে থাকি।

কলকাতা
১১-১২-১১

বিনীত
গ্রন্থকার

রাঘববাবুর বাড়ি

সকালবেলায় পুরুতমশাই নন্দলাল ভট্চায রাঘব চৌধুরীর বাড়ির নিত্যপূজা সেরে বেরোচ্ছেন। হঠাৎ নজরে পড়ল বাইরের দিককার বাগানে একটা মুশকো চেহারার লোক উবু হয়ে বসে বাগানের কাঁটাতারের বেড়া মেরামত করছে। মুখটা ভারী চেনা-চেনা ঠেকল। এ গাঁয়ের লোক নয়, তবে কোথাও একে দেখেছেন।

নন্দলালের টিকিতে একটা কলকে ফুল বাঁধা, গায়ে নামাবলি, বাঁ বগলে ছাতা, ডান হাতে সিধের পুঁটুলি, পরনে হেঁটো ধুতি, পায়ে খড়ম। দেখলেই মানুষের ভক্তিশ্রদ্ধা হওয়ার কথা। হয়ও। নন্দলালকে দেখলেই লোকে একটু তটস্থ হয়ে পড়ে।

নন্দলাল দু' পা এগিয়ে জিজ্ঞেস করলেন, ''ওহে বাপু, মুখখানা বড্ড চেনা-চেনা ঠেকছে যে!''

অন্য কেউ হলে তাড়াতাড়ি উঠে হাতজোড় করে বলত, ''পেন্নাম হই ঠাকুরমশাই'' কিংবা, ''পাতঃ পেন্নাম বাবাঠাকুর'', বা যা হোক ওরকম কিছু। এ লোকটা সেই ধার দিয়েই গেল না। দু'খানা জ্বলজ্বলে চোখে একবার তাচ্ছিল্যের দৃষ্টিক্ষেপ করে বলল, ''চেনা-চেনা ঠেকলেই যে চিনতে হবে তেমন কোনও কথা আছে?''

লোকটা যে ঠ্যাটা এবং তিরিক্ষে, তা বুঝে নন্দলাল একটু দমে গেলেন। চেহারাখানা দেখে যণ্ডাগুন্ডা বলেই মনে হয়। ডাকাত বা খুন খারাপির আসামি হওয়াও বিচিত্র নয়। কথা হল, রাঘব চৌধুরীর বাড়িতে এসে জুটলই বা কী করে! আর এক কথা, লোকটাকে তিনি কোথাও দেখেছেন, কিন্তু কোথায় তা মনে পড়ছে না।

রাঘব চৌধুরী বড়লোক হলে কী হয়, ভারী খামখেয়ালি মানুষ। পাট আর গুণচটের পৈতৃক কারবারে লাখো-লাখো টাকা কামান বটে, কিন্তু লোকটার বাস্তববুদ্ধির একটু অভাব আছে। নইলে এ বাড়িতে যেসব লোক এসে জোটে, দূরদর্শী হলে কদাচ তাদের আশ্রয় দিতেন না।

পালোয়ান হাবু দাসের কথাই ধরা যাক। একসময়ে নাকি কুস্তি-টুস্তি করত। রাঘববাবুর কাছে একদিন এসে ধরে পড়ল, ''হুজুর, গতরখানা তো দেখেছেন। এই দেহের খোরাকটা একটু বেশিই। কিন্তু দিনকাল যা পড়েছে তাতে দু'বেলা ভরপেট

জোটানোই মুশকিল, যদি একটু আশ্রয় দেন তা হলে যা করতে বলবেন, করব।''

রাঘববাবু বললেন, ''আহা, কুস্তিগির তো একজন আমিও খুঁজছি, তা ভালই হল। আমার ছেলেপুলেগুলোকে শেখাও, আমিও মাঝেমধ্যে একটু-আধটু তালিম নেব'খন।''

তা হাবু দাস থেকে গেল। তার জন্য একটা আখড়াও তৈরি করে দিলেন রাঘববাবু। তাঁর তিন ছেলে প্রথম-প্রথম উৎসাহের চোটে কুস্তি শিখতে লেগে পড়ল। কিন্তু দিনদুয়েক বাদেই গায়ের ব্যথায় তিনজনকে শয্যা নিতে হল। রাঘববাবুর গিন্নি বললেন, ''ওদের হল নরম শরীর, দুধ-ননী খেয়ে মানুষ, ওদের কি ওসব আসুরিক কাণ্ড সহ্য হয়! কবে কোনটার ঘাড় মটকে যায়, হাত বা পা ভাঙে, দরকার নেই বাবা কুস্তি শিখে। বাছারা আমার ননীর পুতুল হয়েই থাকুক।''

তা তাই হল। রাঘববাবুও একদিন কি দু'দিন ল্যাঙট এঁটে নেমেছিলেন বটে, কিন্তু বিশেষ সুবিধে করতে পারেননি। কয়েকদিন বাদেই হাবুর আখড়া ফাঁকা হয়ে গেল। তা হাবু তখন একা-একাই মুগুর ভাঁজত, ডন বৈঠক করত। কিন্তু কিছুদিন পরে তারও উৎসাহে ভাটা পড়ে গেল। এখন হাবু দাসের মাত্র দুটো কর্ম, খাওয়া আর ঘুমনো। অ্যাই বিরাট চেহারা হয়েছে, মস্ত ভুঁড়ি, শরীরে চর্বি থলথল করছে। দিনরাত ঘুমোলে আর রাশি রাশি খেলে যা হয়। কুস্তি দূরস্থান, এখন দশ পা হাঁটতেও তার হাঁফ ধরে।

ওই যে কালোয়াত গুণেন সাঁতরা, মস্ত নাতি গাইয়ে, কিন্তু গাঁ-গঞ্জে সমঝদার না পেয়ে একদিন সভাগায়ক হবে বলে রাঘববাবুর কাছে এসে হাজির।

রাঘববাবু সব শুনে তটস্থ হয়ে বললেন, ''আজ্ঞে, আমি তো রাজা জমিদার নই, আমার সভা-টভাও নেই, কাজেই সভাগায়ক রাখার কথাই ওঠে না। আমি নিকষ্যি ব্যাবসাদার।''

গুণেন ভারী মুষড়ে পড়ে বলল, ''তবে যে সবাই বলছিল আপনার কাছে এলেই নাকি একটা হিল্লে হবে?''

রাঘববাবু কাঁচুমাচু হয়ে বললেন, ''আজ্ঞে, কালোয়াতি গানও আমি বুঝি না। বড়জোর কেত্তন বা শ্যামাসংগীত অবধি আমার দৌড়, তবে গুণী মানুষের কদর আমি বুঝি। এসে যখন পড়েছেন তখন তো আর ফেলতে পারি না।''

তা গুণেনও থেকে গেল। প্রথম-প্রথম ভোররাতে উঠে খুব রেওয়াজ-টেওয়াজ করত। সেই আওয়াজে গঞ্জের যত কুকুর এসে রাঘববাবুর সদরে জুটে সে কী ঘেউ-ঘেউ! তার মানে এ নয় যে গুণেন কিছু খারাপ গাইত, কিন্তু এলাকায় কুকুরগুলোই বজ্জাত বেরসিক। বিরক্ত হয়ে গুণেন রেওয়াজ প্রায় ছেড়েই দিল। এখন তাস-পাশা খেলে সময় কাটায়। মাঝে-মাঝে একটু-আধটু গুনগুন করে।

ওই যে লম্বা, সুড়ুঙ্গে, শুঁটকো চেহারার ভূতনাথ হালদার, সে নাকি একজন ভূত-বিশারদ। যত বুজরুক সব এসে এই রাঘবের ঘাড়ে ভর করে। ভূতনাথ নাকি ভূতবিদ্যা গুলে খেয়েছে। তার চারদিকে সর্বদাই ভূতের ভিড়! বছরটাক আগে এসে সেও জুটে গেল এ বাড়িতে। রাঘবকে বলল, ''বাবুমশাই, ভূত বড় ত্যাঁদড় জিনিস, এমনিতে টেরটি পাবেন না। কিন্তু ধরুন চিতল মাছের পেটি দিয়ে পরিপাটি ভাত খাবেন বলে মনস্থ করলেন, একটা দুষ্টু ভূত এক খাবলা নুন দিয়ে গেল ঝোলে।''

রাঘব সায় দিয়ে বললেন, ''হ্যাঁ হ্যাঁ, এরকম তো হয়ই।''

''তারপর ধরুন শুভকার্যে বেরোচ্ছেন, দুর্গা দুর্গা বলে বেরোতে পা বাড়িয়েছেন, একটা বদমাশ ভূত টক করে খুতির খুঁটটা দিল পায়ে জড়িয়ে। দড়াম করে পড়লেন আর কী। ভূতের কাজ বলে টেরটিও পেলেন না।''

রাঘব সোৎসাহে বললেন, ''ঠিক বলেছেন তো! গত বছর আমার তো একবার এরকম হয়েছিল।''

''শুধু কি তাই বাবুমশাই! ধরুন, আপনার শুদ্ধাচারী বিধবা শাশুড়ি একাদশীর পরদিন চারটি ভাত পাথরের থালায় বেড়ে নিয়ে খেতে বসেছেন, একটা শয়তান ভূত টুক করে একখানা মাছের কাঁটা তার পাতে ফেলে গেল। কী সর্বনাশ বলুন তো!''

রাঘব মাথা নেড়ে বললেন, ''হ্যাঁ, এরকম তো হতেই পারে। হয়ও।''

''আর চিন্তা নেই মশাই। আজ থেকে এই শর্মা গ্যাঁট হয়ে বসল এই বাড়িতে। ত্রিসীমানায় আর ভূতের উপদ্রব থাকবে না।''

রাঘববাবু তাঁর পুরনো কাজের লোক নবকৃষ্ণের দিকে চেয়ে বললেন, ''কী রে নবু, এরকম একজন লোক বাড়িতে থাকা তো ভালই, কী বলিস?''

নবকৃষ্ণ রাঘববাবুর তামাক সেজে কলকেতে ফুঁ দিতে দিতে গড়গড়ার মাথায় বসাচ্ছিল। খুব নির্বিকার গলায় বলল, ''ওঝা-বদ্যি রাখুন তাতে ক্ষতি নেই। কিন্তু তা হলে পীতাম্বরমশাই, হরুখুড়ো, পঞ্চা বিশ্বেস, আন্নাকালী দেব্যা এদের কী ব্যবস্থা হবে? তেজালো ওঝা দেখলে তাঁরা কি ভড়কে যাবেন না?''

রাঘব খুবই চিন্তিত হয়ে তামাক টানতে টানতে বললেন, ''হ্যাঁ, সেটাও তো একটা কথা! ওঝা ঢুকলে তাঁরা যদি যাতায়াত বন্ধ করে দেন তা হলে তো সর্বনাশ!''

ভূতনাথ হাঁ করে দু'জনের কথা শুনছিল। বড় বড় চোখ করে বলল, ''আপনারা কাদের কথা কইছেন? এরা সব কারা?''

রাঘব তামাক টানতে টানতে নিমীলিত চোখে খানিকক্ষণ চেয়ে বললেন, ''এঁরা এ বাড়ির পুরনো আমলের মানুষ সব। পীতাম্বরমশাই আর হরুখুড়ো আমারই ঊর্ধ্বতন পঞ্চম আর সপ্তম পুরুষ। পঞ্চা বিশ্বেস এ বাড়িতে দেড়শো বছর আগে কাজ করত,

এই নবকৃষ্ণেরই ঊর্ধ্বতন ষষ্ঠ পুরুষ, আন্নাকালী দেব্যা ছিলেন আমার ঠাকুর্দার বিধবা পিসি। আনাচে-কানাচে থাকেন, সারা বাড়িতে ঘুরঘুর করেন।"

নবকৃষ্ণ বলল, "এঁরা তো আছেনই, তা ছাড়া পালে পার্বণে আরও অনেকে এসে জুটে যান। তাই বলছিলাম, ওঝা-বদ্যি বসান দিলে এঁরা কুপিত হয়ে যদি তফাত হন তা হলে কি বাড়ির মঙ্গল হবে?"

ভূতনাথ ভারী ফ্যাকাসে হয়ে গিয়ে বলল, "ওরে বাবা! তাঁরা কি দেখা-টেখাও দেন নাকি গো নবুদাদা?"

"তা দেবেন না কেন? নিত্যিই দেখছি। একটু আগেই তো গোয়ালে সাঁজাল দিতে গিয়ে পীতাম্বরমশাইকে দেখলুম, কেলে গোরুটার গলায় হাত বুলিয়ে আদর করছেন।"

ভূতনাথ কাঁপা-কাঁপা গলায় বলল, "বাপ রে! এ বাড়িতে তো তা হলে ভূতের মচ্ছব।"

নবকৃষ্ণ বলল, "উঁহু, উঁহু, ভূত বললে এঁদের ভারী অপমান হয়। ছেঁদো ভূত তো নন। দেয়ালা করতেও আসেন না। বাড়ির মঙ্গলামঙ্গলের কথা চিন্তা করেই চারদিকে নজর রাখেন আর কী!"

শুনে ভূতনাথ ভিরমি খায় আর কী! মাথায় জল-টল দিয়ে তাকে সুস্থ করার পর রাঘববাবু বললেন, "তোমার ভয় নেই হে, আমার বাড়িতে যাঁরা আছেন তাঁরা সবাই নিপাট ভাল লোক। শুধু ওই আন্নাঠাকুমাই যা একটু খান্ডার। তাকে না ঘাঁটালেই হল। যা রে নবু, ওকে ব্যারাকবাড়ির পুবদিকের ঘরখানায় বন্দোবস্ত করে দে।"

তা ভূতনাথও রয়ে গেল।

এভাবেই এক-একজন এসে ঢুকে পড়ে এ বাড়িতে। তারপর আর নড়তে চায় না। বৈজ্ঞানিক হলধর হালদার একসময়ে কালিকাপুর স্কুলে বিজ্ঞানের মাস্টার ছিলেন। মাথাপাগলা মানুষ। স্কুল কামাই করে বাড়িতে বসে নানারকম উদ্ভট বৈজ্ঞানিক গবেষণা করতেন। শেষে স্কুলের কর্তৃপক্ষ বিরক্ত হয়ে তাঁকে চাকরি থেকে ছাড়িয়েই দিল। বিপাকে পড়ে তিনিও এসে একদিন জুটে গেলেন রাঘবের বাড়িতে। এদের জন্যই বাড়ির লাগোয়া একটা ব্যারাকবাড়ি করে রেখেছেন রাঘববাবু, কম করেও পঁচিশ-ত্রিশখানা ঘরে নানারকম লোক থাকে। বেশিরভাগই নিষ্কর্মা, কারও কারও নানা বাই-বাতিক, কেউ কেউ ভন্ডুলকর্মা, অর্থাৎ বৃথা কাজে সময় কাটান।

রাঘববাবুর এই যে অজ্ঞাতকুলশীল উটকো লোকদের আশ্রয় দেওয়া, এটা বাড়ির লোকেরা মোটেই ভাল চোখে দেখে না। কিন্তু তাঁকে বলে বিশেষ লাভ হয় না। বড়ই দয়ার শরীর। লোকে যা বলে তাই বিশ্বাস করে বসেন। কিছুদিন আগে পিছনের

বাগানের আগাছার জঙ্গলে একজন লোককে পড়ে থাকতে দেখে বাগানের মালি চেঁচামেচি শুরু করে। লোকটাকে তুলে এনে মুখে-চোখে জল থাবড়ানোর পর সে জ্ঞান ফিরে পেয়ে যা বলল তা আষাঢ়ে গল্প। সে নাকি এই পৃথিবীর লোক নয়। অনেক দূরে অন্য এক নীহারিকায় এক গ্রহে তার বাস। মহাকাশযানে তারা ভুল পথে এদিকে এসে পড়ে। তার সঙ্গীরা নাকি ষড়যন্ত্র করে তাকে এখানে ফেলে রেখে পালিয়ে গেছে। গ্রহান্তরের লোকের বাংলা ভাষা জানার কথা নয়, পরনে ধুতি আর জামা থাকারও কথা নয়। ভেতো বাঙালির মতো চেহারাই বা তার হবে কেন? কেউ তার কথা বিশ্বাস করল না বটে কিন্তু রাঘববাবু খুঁতখুঁত করতে লাগলেন, আহা, হতেও তো পারে। দুনিয়ায় কত কী-ই না ঘটে, কেষ্টর জীব, ফেলতে তো পারি না।

তা সেই গুলবাজ গোলাপ রায়ও দিব্যি বহাল তবিয়তে ব্যারাকবাড়িতে গদিয়ান হয়ে বসেছে।

কিন্তু এই নতুন অভদ্র লোকটা নন্দলালকে খুব ভাবিয়ে তুলল। তিনি ব্যাপারটা খতিয়ে দেখতে ভিতরবাড়িতে গিয়ে নবকৃষ্ণের ঘরে হাজির হলেন। নবকৃষ্ণ এ বাড়ির ম্যানেজার। এ বাড়ির সবকিছু দেখভাল করার ভার তার ওপর। দশ-বারোজন চাকর আর গুটি আট-দশ ঝি তারই অধীনে দিনরাত খাটে। বছর চল্লিশেক বয়সের নবকৃষ্ণকে বিবেচক মানুষ বলেই মনে হয় নন্দলালের।

নন্দলালকে দেখে নবকৃষ্ণ শশব্যস্তে উঠে বলল, "ঠাকুরমশাই যে! পেন্নাম হই, পেন্নাম হই।"

"ওহে নবকৃষ্ণ, আমি তো পরিস্থিতি ভাল বুঝছি না। ওই ডাকাতের মতো চেহারার লোকটা কোথা থেকে উদয় হল বল দেখি! ও তো খুনিয়া লোক। এসব লোককে কি বাড়িতে ঠাঁই দিতে আছে? এ তো বিছানায় কেউটে সাপ নিয়ে ঘুমনো!"

নবকৃষ্ণ ফোঁস করে একটা শ্বাস ফেলে বলল, "কর্তা কি কারও বুদ্ধি বা পরামর্শ নেন? বলে-বলে তো মুখ পচে গেল মশাই। গতকাল সন্ধেবেলায় ওই ঘটোৎকচটি এসে উদয় হলেন। গুলবাজের মতো চেহারা, ভাঁটার মতো চোখ, কথা কয় না গর্জন করে বুঝে ওঠা মুশকিল। মস্ত নাকি লেঠেল। হাতে দু'খানা তেলচুকচুকে লাঠিও ছিল। তা আমি বললুম, কর্তামশাই, আমাদের কি লেঠেলের অভাব? কাহারপাড়ায় একশো লেঠেল মজুত, একডাকে এসে হাজির হবে। কর্তামশাই খুঁতখুঁত করতে লাগলেন, ওরে, হাতের কাছে একজন লেঠেল থাকাও ভাল। এ লোকটাকে দেখে গুণী মানুষই তো মনে হচ্ছে। একে রাখলে বাড়ির ছেলেপিলেগুলোও একটু লাঠি খেলা-টেলা শিখতে পারে, আমাদেরও একটু বলভরসা হয়। আমি আর বেশি কিছু

বলতে ভরসা পেলুম না। লোকটা মানুষখেকো চোখে এমনভাবে আমার দিকে চাইছিল যে, গলাটা শুকিয়ে গিয়েছিল বড্ড।"

একটা দীর্ঘশ্বাস ফেলে নন্দলাল বললেন, "কর্তাবাবু আর যেগুলোকে জুটিয়েছেন সেগুলো অকালকুষ্মাণ্ড বটে, কিন্তু ভয়ংকর নয়। কিন্তু এটি তো সুবিধের লোক বলে মনে হচ্ছে না হে। যেমন চেহারা তেমনই ব্যবহার। একটু নজর রাখিস বাবা, যন্তরটিকে কোথায় যেন দেখেছি, কিন্তু কিছুতেই মনে পড়ছে না। নাম-টাম কিছু বলেছে?"

"যে আজ্ঞে। কদম দাস। চক হরিপুরে বাড়ি।"

নামটা চেনা ঠেকল না নন্দলালের। চক হরিপুর কোথায় তাও জানেন না, তবে এসব পাজি লোকের মুখের কথায় বিশ্বাস কী!

"দুর্গা দুর্গতিনাশিনী" বলে একটা দীর্ঘশ্বাস ফেলে নন্দলাল খিড়কির দরজা দিয়ে বেরিয়ে এলেন। সামনে দিয়ে যেতে কেমন যেন সাহস হল না।

খিড়কির দিকে পুকুর। পাড়ে দাঁড়িয়ে দাঁতন করছিল গোলাপ রায়।

তাঁকে দেখে বিগলিত হাসি হেসে বলল, "ঠাকুরমশাই যে! তা পুজো সেরে এলেন বুঝি?"

নন্দলাল রোষকষায়িত লোচনে গুলবাজটার দিকে চেয়ে বললেন, "হুঁ।"

গোলাপ রায় হাসতে হাসতে বলল, "ওঃ, আমাদের মকরধ্বজ গ্রহে যদি একবার যেতেন ঠাকুরমশাই, তা হলে আপনার পুজোপাঠের খুব সুবিধে হয়ে যেত।"

নন্দলাল গম্ভীর গলায় বললেন, "কীরকম?"

"আরে মকরধ্বজের কাছেই তো ইন্দ্রলোক কিনা। আমরা তো মাঝে-মাঝেই দেখতে পাই সাঁ করে একটা পুষ্পকরথ বেরিয়ে গেল, কিংবা বাঁই করে নারদের ঢেঁকি চলে গেল। নিশুত রাতে কান পাতলে তো ইন্দ্রের সভার নাচগানের শব্দও পাওয়া যায়। নূপুরের শব্দ, তবলার বোল, সুরেলা গলার গান, এমনকী কী বলব মশাই, কতদিন ইন্দ্রলোক থেকে ফেলা তরকারি আর ফলের খোসা আমাদের উঠোনে এসে পড়েছে।"

নন্দলাল কটমট করে তাকিয়ে গোলাপ রায়কে ভস্ম করে দেওয়ার একটা ব্যর্থ চেষ্টা করে বললেন, "বটে?"

"তবে আর বলছি কী মশাই! তারপর ধরুন পুজোপার্বণে আপনারা মাটির মূর্তি গড়ে পুজো-টুজো করেন। সেদিক দিয়ে আমাদের ভারী সুবিধে। মূর্তি-টুর্তির বালাই নেই। যার পুজো হয় তিনিই টুক করে নেমে এসে পুজো নিয়ে চলে যান। গণেশবাবাকে ডাকলেন তো উনি ধেড়ে ইঁদুরটাকে নিয়ে হেলতে দুলতে এসে হাজির।

দিব্যি শুঁড় দিয়ে চাল-কলা সাপটে খেয়ে ঢেকুর তুলে উঠে পড়লেন। আমি একবার গণেশবাবার ইঁদুরের লেজ ধরে টেনেছিলাম বলে ইঁদুরটা এমন কামড় দিল, এই দেখুন ডান হাতে এখনও সেই কামড়ের দাগ। তারপর ধরুন মা-সরস্বতী, দিব্যি বীণা বাজাতে বাজাতে হাঁসের পিঠে চড়ে নেমে এলেন। পুজো নেওয়ার ফাঁকে ফাঁকে ছোট ছোট ছেলেমেয়েদের ইংরিজি, বাংলা, অঙ্কও কখনও-সখনও দেখিয়ে দেন। তবে আমাদের আসল সমস্যা হয় দুর্গাপূজার সময়। ছেলে, মেয়ে, সিংহ, সাপ, অসুর নিয়ে মা যখন নামেন তখন একেবারে গলদঘর্ম অবস্থা, তার ওপর সিংহটা গাঁক-গাঁক করে ডাক ছেড়ে এর ঘাড়ে ওর ঘাড়ে লাফিয়ে পড়তে চায়। অসুরটা ফাঁক বুঝে পালানোর চেষ্টা করে। সাপটা তেড়েফুঁড়ে কাকে কামড়ায় তার ঠিক নেই। তার ওপর হাঁস প্যাঁচা ইঁদুর ময়ূর সকলে মিলে এক ঝটাপটি অবস্থা। মা দুর্গার দশটা হাত কেন, তা আমাদের মকরধ্বজ গ্রহে গেলে বুঝবেন ঠাকুরমশাই। মনে হবে দশটা হাতেও কুলোচ্ছে না। গোলমালে চণ্ডীমণ্ডপ ভেঙে পড়ে আর কী! চারদিন আমাদের নাওয়া খাওয়া ভুলে সামাল দিতে হয়।''

গুরুগম্ভীর মুখ করে নন্দলাল বললেন, ''তা হলে তো তোমাদের গ্রহেই যেতে হয় হে।''

একগাল হেসে হাতজোড় করে গোলাপ রায় বলল, ''যে আজ্ঞে। বেড়াতে বেড়াতে চলে আসুন একবার। বেশি দূরও নয়, মাত্র আড়াই লক্ষ লাইট-ইয়ার। সুবিধে হবে আপনার। মকরধ্বজে আবার অমাবস্যা পুন্নিমে নেই বলে আরও সুবিধে।''

''কেন হে বাপু, সেখানে অমাবস্যা পুন্নিমে নেই কেন?''

গোলাপ চোখ গোল করে অবাক হয়ে বলে, ''অমাবস্যা পুন্নিমে হওয়ার কি জো আছে মশাই? আমাদের আকাশে একুনে একুশখানা চাঁদ। তা ধরুন কম করেও রোজ রাতে দশ থেকে বারোখানা চাঁদ থাকে মাথার ওপর। অমাবস্যাটা হবে কী করে বলুন? জ্যোৎস্নার ঠেলায় পাগল হওয়ার জোগাড়। দিনে রাতে তফাত করাই মুশকিল। আমার মেজোমামার কথাই ধরুন। ভুলোমনের মানুষ। রাত দেড়টায় দুপুর মনে করে পুকুরে নেয়ে এসে পাতপিঁড়ি করে বসে হাঁক দিলেন, কই গো, ভাত বেড়ে আনো। মামি তখন ঘুম থেকে উঠে হাই তুলতে তুলতে এসে বললেন, আ মরণ! মিনসের ভীমরতি হল নাকি? বলে নড়া ধরে তুলে টানতে টানতে নিয়ে গিয়ে বিছানায় শুইয়ে দিলেন।''

নন্দলাল হাল ছেড়ে দিয়ে হতাশভাবে মাথা নেড়ে বললেন, ''না হে বাপু। তোমার সঙ্গে এঁটে ওঠাই মুশকিল। গল্প উপন্যাস লিখলে তো শরৎবাবুর মতো নাম করতে পারতে হে। এমন প্রতিভা নষ্ট করছ?''

হঠাৎ গোলাপ রায় চোর-চোখে চারদিকটা একটু দেখে নিয়ে গলাটা খাটো করে বলল, ‘‘একখানা কথা ছিল ঠাকুরমশাই।’’

‘‘বলে ফেলো।’’

‘‘সকাল থেকেই বড্ড আপনার কথাই মনে হচ্ছে, ভাবছিলাম, ঠাকুরমশাইয়ের মতো এমন বিজ্ঞ বিচক্ষণ লোক এই অজ পাড়াগাঁয়ে আর কেই বা আছে। কপালের ফেরে পড়ে আছেন বই তো নয়। শহর-গঞ্জে গিয়ে পড়লে আপনার সত্যিকারের কদর হত।’’

‘‘সে না হয় বুঝলুম, কিন্তু কথাটা কী?’’

‘‘একটু গুহ্য কথা মশাই, পাঁচকান করবেন না।’’

‘‘সে নেই। পাঁচকান করা আমার স্বভাব নয়।’’

গলাটা আরও খাটো করে গোলাপ রায় বলল, ‘‘তা বলছিলাম কী, কর্তাবাবু যে একজন সাংঘাতিক গুন্ডাকে ভাড়া করে এনেছেন সে খবর রাখেন কী? সাত ফুটের কাছাকাছি লম্বা আর এই আলিসান তাগড়াই চেহারা। কপাল খারাপ বলে ভাগ্যের দোষে না হয় এসেই পড়েছি মশাই, তা বলে গুন্ডা দিয়ে পেটাই করা কি ভাল? শত হলেও অতিথি নারায়ণ বলে কথা! ভালয় ভালয় বললে কি তল্পিতল্পা গুটিয়ে বিদেয় হতুম না!’’

নন্দলাল গম্ভীর হয়ে বললেন, ‘‘গুন্ডাটা তোমাকে কিছু বলেছে বুঝি?’’

মাথা নেড়ে গোলাপ রায় বলল, ‘‘আজ্ঞে না। বলা-কওয়ার লোকও নয়। এ হল কাজের লোক। শুধু দু’খানা চোখ দিয়ে এ-ফোঁড় ও-ফোঁড় করে দিচ্ছে, সে কী রক্তজলকরা চাউনি মশাই! পাঁচু বলছিল কর্তাবাবু নাকি মেলা খরচাপাতি করে গুন্ডাটাকে ভাড়া করে এনেছেন। শুনে তো কাল রাতে মুখে ভাতই রুচল না। সোনামুগের ডাল আর বেগুনভাজা ছিল মশাই, সবই প্রায় ফেলে উঠে পড়লুম। গুন্ডাটা আমার মুখোমুখি বসে মাঝে-মাঝে এমনভাবে তাকাচ্ছিল যে, পেটভরে খেতে সাহসই হল না। তাই বলছিলুম ঠাকুরমশাই, গুন্ডাটা কি আমার জন্যই আনা করালেন কর্তাবাবু?’’

নন্দলাল গম্ভীর হয়ে বললেন, ‘‘কিছুই বলা যায় না হে, দিনকাল যা পড়েছে।’’

‘‘বড় ভয়ের কথা হল মশাই, মকরধ্বজের গাড়িরও তো এসে পড়ার কথা ছিল। তা সেও এল না। বেঘোরে প্রাণটা গেলে বাড়ির লোক যে খবরটাও পাবে না। শ্রাদ্ধশান্তিরই বা কী ব্যবস্থা হবে কে জানে! উইল-টুইলও করে রাখিনি মশাই। তারপর ধরুন, অপঘাতে মৃত্যু। এখানে তো এমন কেউ নেই যে, গরজ করে গিয়ে গয়ায় পিণ্ডটা দিয়ে আসবে।’’

একটু ভেবে নন্দলাল বললেন, ''অত আগ বাড়িয়ে ভাবা কেন হে? মারলে থানা-পুলিশ হবে, একটু-আধটু কিল, চড়চাপড় বা রদ্দা-টদ্দা দিতে পারে বড়জোর। তা ওসব তেমন গায়ে না মাখলেই হল। একটু নজর রেখে চলো, আমি দেখছি।''

''ভরসা দিচ্ছেন ঠাকুরমশাই?''

''দিচ্ছি। ঘাবড়ানোর কিছু নেই।''

''আপনিই বল-ভরসা।'' বলে গোলাপ রায় নন্দলালের পায়ের ধুলো নিয়ে ফেলল।

চিন্তিত মুখে নন্দলাল পুকুরধারের রাস্তাটা ধরে এগোচ্ছেন, হঠাৎ পিপুল গাছের আড়াল থেকে রোগামতো দাড়িগোঁফওলা, লম্বা চুলের একজন লোক বেরিয়ে এসে পথ জুড়ে দাঁড়াল।

''ঠাকুরমশাই যে!''

লোকটাকে দেখে নন্দলাল বিশেষ খুশি হলেন না। লোকটা ঘোর নাস্তিক, বৈজ্ঞানিক হলধর হালদার।

নন্দলাল কঠিন গলায় বললেন, ''তোমার আবার কী চাই?''

হলধর চাপা গলায় বলল, ''ওই গুলবাজটা কী বলছিল বলুন তো আপনাকে! ওর একটা কথাও বিশ্বাস করবেন না। ব্যাটা নাকি গ্রহান্তরের মানুষ, ওদের বিজ্ঞান নাকি পঞ্চাশ হাজার বছর এগিয়ে আছে! বলেনি আপনাকে?''

''তা বলেছে বটে।''

''বিশ্বাস করেছেন নাকি ওর কথা?''

''দেখো বাপু, আমি পুজোআচ্চা নিয়ে থাকি, বিজ্ঞান-টিজ্ঞানের আমি কীই বা বুঝি! তবে যা-ই বলো, গুল মারলেও লোকটা তোমার মতো নাস্তিক নয়, ঠাকুর-দেবতাকে মান্যি-গণ্যি করে। ধর্মে মতি আছে।''

''খুব চিনেছেন তা হলে! ধর্মে মতি না হাতি, ও আসলে একটা স্পাই।''

নন্দলাল অবাক হয়ে বলেন, ''বলো কী হে? এই অজ পাড়াগাঁয়ে স্পাই ঘোরাঘুরি করবে কেন? এখানে সুলুকসন্ধান করার মতো আছেটাই বা কী?''

হলধর বিরস মুখে বলল, ''আছে মশাই, আছে, আর সেইটেই তো দুশ্চিন্তার কারণ। আমার অমন আবিষ্কারটা যদি শত্রুপক্ষের হাতে চলে যায় তা হলে যে সর্বনাশ হয়ে যাবে, পনেরো বছরের সাধনা। এ দেখছি তীরে এসে তরী ডোবার আয়োজন।''

নন্দলাল নাক সিঁটকে বললেন, ''তা কী এমন হাতি-ঘোড়া আবিষ্কার করলে হে? শুনতে তো পাই সারাদিন ঘর বন্ধ করে শিশিবোতল কৌটো বাউটো দিয়ে কীসব

খুটুর-মুটুর করো, তা শিশিবোতল থেকে কি বেহ্মদত্তি বেরোল নাকি?"

হলধর ভ্রু কুঁচকে নন্দলালের দিকে চেয়ে বলল, "ও বিদ্যে বোঝার মতো ক্ষমতা আপনার ঘটে নেই, স্পাই কি এই ধ্যাধ্ধেরে গোবিন্দপুরে এমনি আসে মশাই? কাঁঠাল পাকলেই ভোমা মাছি এসে জোটে, দেখেননি? এও হচ্ছে সেই ব্যাপার।"

নন্দলাল মাথা নেড়ে ভালমানুষের মতো বললেন, "শুনেছি বটে এক যোজন দূরে গোরু মরলেও নাকি গৃধিনীর ঝুঁটি নড়ে, তা তোমার থলি থেকে কী ম্যাও বেরোল?"

রোষকষায়িত লোচনে নন্দলালের দিকে চেয়ে হলধর বলল, "শুনতে চান? শুনলে মুখের হাসি কিন্তু শুকিয়ে যাবে। এসব তো ঠাট্টা-মশকরার জিনিস নয়, অং বং দুটো মন্তর বলে দুটো ফুল ফেলে দিয়ে চাল কলা আর দক্ষিণা আদায়ের ফাঁকিবাজি কারবারও নয়, বিজ্ঞান হল সাধনা আর হাড়ভাঙা খাটুনি।"

নন্দলাল মিষ্টি করে হেসে বললেন, "খাটুনির কথা বলছ বাপু? তা আমাদের ওই ন্যালা পাগলাকে দেখো না, সারাদিন কী খাটুনি না খাটছে। এই সারা গাঁয়ে হরিবোল হরিবোল বলে দৌড়ে বেড়াল, এই তালগাছে উঠে গেল, এই কাকবকের সঙ্গে ঝগড়া করতে লাগল, এই ছেলেপুলেদের তাড়া করল, এই আকাশে ঢিল ছুড়তে লাগল, এই ফাঁকা মাঠে দাঁড়িয়ে বক্তৃতা দিয়ে এল, তারও কি খাটুনির শেষ আছে?"

"অ! আপনারও তা হলে ধারণা যে, আমি পাগল? তবে জেনে রাখুন, আর্কিমিডিস, গালিলেওকেও লোকে পাগল বলেই মনে করেছিল একদিন। প্রতিভা আর পাগলামির তফাত বুঝতে এলেম চাই, বুঝলেন মশাই? এই আপনাদের মতো লোকেরা অন্ধ বিশ্বাসে আর কুসংস্কারে দেশটাকে ডুবিয়ে দিচ্ছেন বলেই এ দেশে বিজ্ঞানের উন্নতি হল না।"

নন্দলাল চটলেন না। মোলায়েম গলাতেই বললেন, "ওরে বাবা, আমাদের ন্যালা পাগলাও কি যে-সে লোক নাকি? তাকেও তো অনেকে ছদ্মবেশী সাধক, অনেকে শিবের অবতার বলে মনে করে। খামোখা চটে যাও কেন বলো তো? ইতিবৃত্তান্তটা একটু খুলে বলো দেখি শুনি।"

হলধর একটা শ্বাস ফেলে বলল, "যারা ধর্ম নিয়ে ব্যাবসা করে আমি তাদের পছন্দ করি না বটে, কিন্তু আপনাকে আমার একজন বিবেচক মানুষ বলেই মনে হয়েছিল। লোকে বলে আপনি নাকি বেশ বুদ্ধিমান লোক, বিপদে পড়লে লোকে আপনার কাছে বুদ্ধি-পরামর্শ নিতে আসে।"

"তা বাপু, তোমার কি বিপদ যাচ্ছে?"

হলধর অবাক হয়ে বলে, "তবে আর বলছি কী? বিপদ বলে বিপদ! বিপদের

ওপর বিপদ। স্পাই তো লেগেইছে, এখন ভাড়াটে খুনিও এসে গেছে। সাধে কি আর মাঝরাতে উঠে বাঁশবনে এসে লুকিয়ে আছি! মশার কামড়ে প্রাণ ওষ্ঠাগত মশাই, তার ওপর পোকামাকড়েরও তো অভাব নেই।"

নন্দলাল চিন্তিতভাবে বললেন, "একটু খুলে বললে হয় না?"

"সেটাই তো বলার চেষ্টা করছি, আপনিই বাগড়া দিলেন।"

"আচ্ছা আর বাগড়া দেব না, বলে ফেলো।"

"ইংরিজি বই-টই কি পড়া আছে ঠাকুরমশাই?"

"না হে বাপু, আমার বংশেই ও চর্চা ছিল না। আমার ঠাকুরদা বলতেন, ও হল ম্লেচ্ছ ভাষা, শুনলে কানে গঙ্গাজল দিতে হয়।"

"ইংরিজি রূপকথায় ডাইনির গল্প আছে। ডাইনিরা নাকি ঝাঁটায় চড়ে উড়ে বেড়ায়, জানেন কি?"

"আমার নাতির বইতে ওরকম একটা ছবি দেখেছি বটে।"

"কথাটা হল আমি ছেলেবেলা থেকেই ওই উড়ুক্কু ঝাঁটা নিয়ে খুব ভাবতাম। আমার মনে হল সেই আমলের ডাইনিরা ছিল আসলে বৈজ্ঞানিক, কিন্তু সাধারণ মানুষেরা বিজ্ঞানের কাণ্ড দেখে ভয় পেত বলে বৈজ্ঞানিকদের ডাইনি বলে এড়িয়ে চলত। উড়ুক্কু ঝাঁটার ছবি তো দেখেছেন তো ঠাকুরমশাই, আমাদের ঝাঁটার মতো নয়। লম্বা একটা লাঠির ডগায় ঝাঁটাটা লাগানো থাকে।"

"তা দেখেছি বটে।"

"আসলে জিনিসটা হল একটা হালকা পোর্টেবল রকেট, লম্বা ডান্ডাটা হল রকেটের বডি আর তলার ঝাঁটাটা হল আসলে ফুয়েল ডিসচার্জ। রকেট যখন আকাশে ওঠে তখন তলার দিকটায় দেখবেন আগুনের যে হলকা বেরোয় তা অনেকটা ঝাঁটার মতোই দেখায়। আইডিয়াটা মাথায় আসতেই আমার মনে হল, এরকম একটা জিনিস তৈরি করতে পারলে চারদিকে হইচই পড়ে যাবে। এখনকার গাবদা গোবদা রকেটের তো অনেক বায়নাক্কা, যখন-তখন যেখানে-সেখানে ব্যবহার করার জো নেই। কিন্তু উড়ুক্কু ঝাঁটার মতো হালকা রকেট যেখানে-সেখানে যখন-তখন ব্যবহার করা যাবে। ধরুন বর্ষার জলকাদা ভাঙতে হবে না, খালের ওপর সাঁকোটা ভেঙে পড়লেও চিন্তা নেই, হুড়ুম করে ওপর দিয়ে চলে গেলেন। তারপর ধরুন গিন্নি পুঁইডাঁটা কুটে দেখেন মিষ্টি কুমড়োর জোগাড় নেই। তো চট করে দশ মাইল দূরের ময়নাগড়ের হাট থেকে একফালি কুমড়ো কিনে দশ মিনিটের মধ্যে হাসতে হাসতে চলে এলেন। কিংবা ধরুন আপনার শ্বশুরবাড়ির গাছে খাজা কাঁঠাল পেকেছে, শাশুড়ি খবর পাঠাচ্ছেন, কোনও সমস্যা নেই— উড়ুক্কু ঝাঁটায় চেপে গিয়ে পেটভরে কাঁঠাল সাঁটিয়ে এলেন।"

নন্দলাল একটা দীর্ঘশ্বাস ফেলে বললেন, ‘‘কাঁঠালের কথা বলে আর দুঃখ দিয়ো না ভাই। আগে আস্ত একটা কাঁঠাল একাই সাবাড় করতুম। আজকাল আর পেটে সয় না। খেলেই আইঢাই, চোঁয়া ঢেকুর, আমাশা। জিনিসখানা যদি বানাতে পারো তবে যজমানবাড়ি ঘুরে বেড়াতে বড্ড সুবিধে হয়। এখন চার-পাঁচখানার বেশি লক্ষ্মীপুজো করতে পারি না। ঝাঁটাগাছ হলে দশ-বারোখানা হেসে-খেলে পারা যাবে।’’

কাঁচুমাচু মুখ করে হলধর বলল, ‘‘কাজ তো পনেরো আনা হয়েই গেছে ঠাকুরমশাই, সমস্যা ছিল জ্বালানি নিয়ে। এ রকেট তো হালকা পলকা জিনিস, তেল কয়লা তো আর ভরা যাবে না। তাই বহু খেটেখুটে, মাথা ঘামিয়ে পাঁচ বছরের চেষ্টায় একটা জ্বালানি বানিয়ে ফেলেছি। দিনসাতেক আগেই সেটা পরীক্ষা করতে গিয়ে দেখি উড়ুক্কু ঝাঁটায় প্রথমে গোঁ গোঁ শব্দ হতে লাগল। তারপর হঠাৎ নড়েচড়েও উঠল। একটু উড়ুউড়ু ভাবও যেন হতে লাগল।’’

চোখ বড় বড় করে শুনছিলেন নন্দলাল। সাগ্রহে বললেন, ‘‘তারপর? উড়ল নাকি?’’

‘‘এই হাতখানেক উঠেছিল, বুঝলুম কাজ প্রায় সেরে এনেছি। জ্বালানিতে আর একটা জিনিস মেশালেই ‘জয় মা দুর্গা’ বলে ঝাঁটা উড়তে লাগবে।’’

‘‘তুমি না নাস্তিক?’’

‘‘বটেই তো!’’

‘‘এই যে বললে জয় মা দুর্গা?’’

‘‘বলেছি নাকি?’’

‘‘নির্যস বলেছ!’’

‘‘ওটা ধরবেন না, কথার কথা।’’

‘‘তুমি পাষণ্ড বটে হে! তারপর ঝাঁটার কথাটা শেষ করো।’’

‘‘আজ্ঞে, পরশুদিনই জ্বালানির কাজও শেষ হয়েছে।’’

চোখ বড় করে নন্দলাল বললেন, ‘‘হয়েছে?’’

‘‘হ্যাঁ, তবে প্রয়োগ এবং পরীক্ষা হয়নি। তার আগেই গতকাল সন্ধেবেলা ওই কালান্তক যম এসে হাজির। ঠাকুরমশাই, আমার ষষ্ঠ ইন্দ্রিয় বলছে আমার আয়ু শেষ। কে বা কারা ওই যমদূতকে পাঠিয়েছে তা জানি না। কাল সন্ধেবেলা যখন একমনে কাজ করছি তখন একটা ফোঁস শব্দ পেয়ে পিছন ফিরে দেখি, জানালা দিয়ে ওই দানবটা আমার দিকে জ্বলজ্বলে চোখে চেয়ে রয়েছে। তখনই আমার ষষ্ঠ ইন্দ্রিয় নড়ে উঠল। পরিষ্কার বুঝতে পারলাম, আমার দিন ঘনিয়ে এসেছে। শেষরক্ষা হয় কি না

সেটাই চিন্তার কথা। আমার এতকালের পরিশ্রম, অধ্যবসায় আর সাধনা সবই বুঝি বৃথা গেল।''

নন্দলাল একটু চিন্তা করে বললেন, ''লোকটাকে দেখে ভয় লাগারই কথা বটে। কিন্তু সে যে তোমাকেই মারতে এসেছে সেটা তো এখনও সাব্যস্ত হয়নি।''

''তবে ষষ্ঠ ইন্দ্রিয়ের কথা বলছি কেন?''

''বাপু, ষষ্ঠ ইন্দ্রিয়ের কথা শুনেছি বটে, কিন্তু সেটা কী বস্তু তা জানি না। বলি ষষ্ঠ ইন্দ্রিয়টা কী জিনিস বুঝিয়ে বলো তো।''

''সে কি ছাই আমিই জানি। তবে মনে হয় সেটা টিকটিকির মতো একটা কিছু হবে। বিপদ ঘনীভূত দেখলেই সেটা টিক-টিক করে ডাকতে থাকে।''

''শোনা যায়?''

''আজ্ঞে না, ঠিক শোনা যায় না। তবে টের পাওয়া যায়।''

''তবে আমার টিকটিকিটা ডাকে না কেন? সেটা কি ঘুমিয়ে পড়ল নাকি?''

''বিপদে পড়লে ঠিকই ডাকবে, কিন্তু ঠাকুরমশাই, আমার এত সাধের আবিষ্কারটার কী হবে? নিশুত রাতে প্রাণের ভয়ে উড়ুক্কু ঝাঁটা আর তার ফরমুলা নিয়ে পালিয়ে এসে বাঁশবনে গা-ঢাকা দিয়ে আছি। কিন্তু এভাবে তো থাকা যাবে না মশাই।''

''দাঁড়াও বাপু, একটু ভাবতে দাও। বলি পেটে দানাপানি কিছু পড়েছে?''

''আজ্ঞে না। দুশ্চিন্তায় ওসব খেয়ালও করিনি।''

''তবে এই দুটো কলা আর খানকয় বাতাসা রাখো। ঠাকুরের প্রসাদ, ভক্তিতে হোক আর অভক্তিতে হোক একটু কপালে ঠেকিয়ে খেয়ো। এ বেলাটা বাঁশবনেই ঘাপটি মেরে থাকো, আমি ও বেলা আসবখন।''

নন্দদুলাল খুবই দুশ্চিন্তা নিয়ে বাড়িমুখো হাঁটতে লাগলেন। বিশ কদম যেতে না যেতেই বাধা পড়ল।

''পেন্নাম হই ঠাকুরমশাই।''

''কে রে?''

''এই যে আমি!''

নন্দলাল চারদিকে তাকিয়ে কাউকে দেখতে না পেয়ে বললেন, ''কই হে, কাউকেই যে দেখতে পাচ্ছি না।''

''আজ্ঞে, দয়া করে একটু ঘাড় তুলে ওপরের দিকে তাকাতে হবে যে!''

নন্দলাল ওপরের দিকে চেয়ে দেখলেন, পুরনো আমগাছটার প্রায় মগডালে ভূতনাথ ঘোড়সওয়ার হয়ে বসা।

''বাপু ভূতনাথ!''

"যে আজ্ঞে।"

"এটা কোন ঋতু, তা খেয়াল আছে?"

"ব্রাহ্মণের আশীর্বাদে এটা তো শরৎকাল বলেই মনে হচ্ছে।"

"তা হলে বাপু, এই শরৎকালে আমগাছে উঠেছ যে বড়? এ তো আমের সময় নয় হে।"

"আজ্ঞে আম নয় ঠাকুরমশাই, খুড়োমশাইয়ের খোঁজে এসেছি।"

"খুড়োমশাই! বলি তোমার খুড়োমশাইয়ের আবার এ গাঁয়ে কবে আগমন হল? আর এত জায়গা থাকতে বুড়োমানুষ আমগাছেই বা উঠতে গেলেন কেন? পড়ে হাত-পা ভাঙবে যে!"

ভূতনাথ হেসে বলল, "আজ্ঞে সে ভয় নেই। খুড়োমশাইয়ের গাছপালা খুব পছন্দ। হাত-পা ভাঙার উপায় নেই, বায়ুভূত জিনিস কি না।"

"হেঁয়ালি ছেড়ে আসল কথায় এসো তো হে।"

"আজ্ঞে ঠাকুরমশাই, আসল কথাটা বলার জন্যই তো গলা খুশখুশ করছে। কিন্তু কাকে বলি বলুন! ভূতনাথের কথা যে কেউ মোটে বিশ্বাসই করতে চায় না। অভয় দেন তো শ্রীচরণে নিবেদন করে ফেলি।"

"তা করে ফেলো বাপু।"

ভূতনাথ গাছ থেকে নেমে এসে ভারী ভক্তিভরে নন্দলালের পায়ের ধুলো নিয়ে জিভে আর মাথায় ঠেকিয়ে বলল, "আজ্ঞে, কথা তো অনেক। কোনটা আগে বলি, কোনটা পরে সেইটেই সমস্যা। কথার সঙ্গে কথার বড্ড ঠেলাঠেলি হচ্ছে মশাই, ভেতরে।"

"যেটা আগে বেরোতে চাইছে সেটাকেই বের করে দাও।"

"যে আজ্ঞে। বলবার কথাটাই বলি তা হলে। আমাদের হাবু দাসের শরীরে যে আর একটাও হাড়গোড় আস্ত নেই সে খবর কি শুনেছেন?"

নন্দলাল অবাক হয়ে বললেন, "বলো কী হে? হাবু দাস পালোয়ান মানুষ, তার হাড়গোড় তো সহজে ভাঙার কথা নয়। খাট থেকে ঘুমের ঘোরে পড়ে-টড়ে গিয়েছিল নাকি?"

ভূতনাথ টপ করে আর একবার খাবলা দিয়ে নন্দলালের পায়ের ধুলো নিয়ে গদগদ হয়ে বলল, "আজ্ঞে, আপনি সিদ্ধপুরুষ, অন্তর্যামী। খুবই আগেভাগে জেনে যান। বৃত্তান্তটা অনেকটা তাই বটে। তবে তফাত হল, হাবু পড়ে যায়নি, তাকে ফেলে দেওয়া হয়েছিল।"

"অ্যাঁ! কার ঘাড়ে দুটো মাথা?"

“আজ্ঞে, উনি বোধ হয় কল্কি অবতারই হবেন। সেইরকমই চেহারাখানা, দেখলে ভক্তিও হয়, ভয়ও হয়।”

“তা হাবুর দোষটা কী?”

ঘাড়-টাড় চুলকে ভূতনাথ বলল, “আজ্ঞে, হাবুদাদার মতো মানুষ হয় না, কারও সাতেপাঁচে নেই। চারটি খাওয়া আর ঘুম। কোথা দিয়ে সূর্যোদয় হয়, কোথা দিয়ে অস্ত যায়, তা উনি টেরও পান না। কানে খড়কে দিন, কালীপটকা ফাটান বা কামান দাগুন, হাবুদাদার ঘুম ভাঙার নয়, ওই ঘুমই তো প্রায় কালঘুম হয়ে যাচ্ছিল আর কী!”

“ভণিতা ছেড়ে আসল কথাটায় এলেই তো হয়।”

“আজ্ঞে, পিছনের কথাটা না বললে সামনের কথাটা তেমন পরিষ্কার হয় না কিনা। তা দোষটা ধরুন হাবুদাদারও নয়, দোষ পাঁচুর। কল্কি অবতারটিকে নাকি কর্তাবাবুই এনেছেন। তা পাঁচু বলল, পালোয়ানের ঘরেই পালোয়ান থাকা ভাল। দু'জনে বেশ মানানসই হবে। এই বলে কল্কি অবতারকে তো পাঁচু হাবু দাসের ঘরেই ঢুকিয়ে দিয়ে গেল। কিন্তু কাঁচাখেগো দেবতাটি বলে বসল, ওই মোটা লোকটা জানালার ধারে ভাল জায়গাটা দখল করে থাকলে তো চলবে না। ওই জায়গাটা আমার চাই। তা পাঁচু মিনমিন করে কী একটু আপত্তি করেছিল যেন। কিন্তু অবতারটি সেকথায় কান না দিয়ে সোজা হাবু দাসকে নাড়া দিয়ে বলল, ওহে, তোমার বিছানাটা ওই কোণের দিকে নিয়ে যাও, আমি আলো-বাতাস ছাড়া থাকতে পারি না। কিন্তু হাবু দাসের ঘুম ভাঙায় তার সাধ্যি কী! অবতার মানুষ তো, বেশি কথা-টথা কইতে জানেন না। এঁরা কাজ ভালবাসেন। বললে বিশ্বাসই করবেন না, তোশকটা ধরে স্রেফ একটা ঝাড়া দিলেন। হাবু দাসের ওই দশাসই বিশমনি শরীরখানা যেন চড়াই পাখিটির মতো উড়ে গিয়ে গদাম করে দশ হাত দূরে পড়ল। কল্কি দেবতার এলেম দেখে আমাদের শরীর হিম হয়ে গেল। পাঁচুর সে কী ঠকঠক করে কাঁপুনি।”

“আ মোলো যা। বলি তাতেও কি হাবুর ঘুম ভাঙেনি! উঠে তো দু'-চারটে রদ্দা মারতে পারত।”

“আজ্ঞে। তা হয়তো মারতেনও। কাঁচা ঘুমটা ভেঙেও গিয়েছিল। কিন্তু চোখ মেলেই নিজের হাত-পা খুঁজতে লাগলেন যে! ভারী ভ্যাবাচ্যাকা খেয়ে কেবল বলছিলেন, ওরে আমার হাত কই? পা কই? এই যে বাঁ হাতটা পেয়েছি, কিন্তু ডান হাতটা কোথায় গেল বল তো! ওরে, আমার মুন্ডুটা! সেটা ফিরে পাচ্ছি না! তা আমরাই সব খুঁজে পেতে দিলাম। হাবুদাদা খুশি হয়ে বললেন, যাক বাবা, সব ঠিকঠাক আছে তা হলে! বেশ, তবে আমি এবার ঘুমোই?”

“এই যে বললে বাপু, হাড়গোড় আর আস্ত নেই?”

"আজ্ঞে, বলেছি। আস্ত নেইও। তবে হাবুদাদার শরীর তো পেল্লায়। অত বড় শরীরের খবর মগজে পৌঁছতে তো একটু সময় লাগবে। না কি? তা ধরুন, দশ মিনিট পরে হাবুদাদা 'বাপ রে, মা রে' বলে চেঁচামেচি শুরু করলেন। কোবরেজমশাই এসে বললেন, মোটে সাতখানা হাড় ভেঙেছে।"

"বলো কী হে? এ তো রীতিমত খুনখারাপি!"

"আজ্ঞে। সেই কথাটা বলতে গিয়েই তো গুণেনবাবু কল্কি অবতারের ঠোকনাটা খেলেন।"

"এর পর ঠোকনাও আছে নাকি?"

"যে আজ্ঞে। কাল জ্যোৎস্নারাত্তিরে গুণেনবাবুর একটু ভাব এসেছিল। ছাদে উঠে গান গাইছিলেন। গণ্ডগোল শুনে নীচে এসে কাণ্ড দেখে কল্কি অবতারকে গিয়ে একটু তড়পেছিলেন। কী বলব ঠাকুরমশাই, কল্কি অবতার স্রেফ হাই তুলতে তুলতে ছোট্ট করে পিঁপড়ে তাড়ানোর মতো একটা টোকনা দিয়েছে কি দেয়নি, অমনি গুণেনবাবু ছিটকে পড়ে চোখ উলটে গোঁ গোঁ করতে লাগলেন।"

নন্দলাল ভারী চটে উঠে বললেন, "গুন্ডাটা এত কাণ্ড করল আর তোমরা দাঁড়িয়ে দাঁড়িয়ে দেখলে? কিছু করলে না?"

"আজ্ঞে, করলুম বই কী!"

"কী করলে শুনি?"

"আমরা ওঁর প্রতি ভারী ভক্তিশ্রদ্ধা প্রকাশ করলুম। পাঁচু তো গড় হয়ে পেন্নামই করে ফেললে। ফটিক দু' টাকা নজরানা অবধি দিয়েছে। আমি যে কী করেছিলুম তা ঠিক স্মরণে নেই বটে, কিন্তু ওরকমধারাই কিছু একটা হবে।"

"কুলাঙ্গার! কুলাঙ্গার!"

ভূতনাথ খুব আহ্লাদের গলায় বলল, "এখন আপনি কুলাঙ্গার বলায় একটু লজ্জা-লজ্জা করছে বটে, কিন্তু গতকাল কুলাঙ্গার হতে পেরে কিন্তু ভারী আনন্দ হয়েছিল ঠাকুরমশাই।"

"বটে!"

"যে আজ্ঞে। তবে কল্কি অব্‌তার আমাকেও ভারী বিপদে ফেলেছেন ঠাকুরমশাই। কালকের ওই হুলুস্থুলু দেখে খুড়োমশাই ভড়কে গিয়ে তফাত হয়েছেন। তাঁর আর টিকির নাগালটিও পাচ্ছি না। একটা গুপ্তধনের হদিশ দেবেন বলে ক'দিন হল ঝুলিয়ে রেখেছেন। এখন তাঁর সন্ধান না পেলে যে বড্ড ক্ষতি হয়ে যাবে আমার।"

"খুড়োমশাইটি কে বলো তো !"

"আজ্ঞে, তিনি হলেন কর্তাবাবুর ঊর্ধ্বতন তৃতীয় পুরুষের খাজাঞ্চি। পঞ্চাশ বছর

হল গত হয়েছেন। আমাকে বড্ড স্নেহ করেন।''

''অ। তোমার যে আবার ভূতের কারবার তা তো ভুলেই গিয়েছিলুম বাপু।''

ভারী বিনয়ের সঙ্গে ভূতনাথ বলল, ''আমার আর কী কারবার দেখছেন ঠাকুরমশাই। মাঠ গোবিন্দপুরের নিবারণ গড়াইয়ের কারবার তো দেখেননি! অশৈলী কাণ্ডকারখানা।''

''সে কি ভূতের পাইকার নাকি?''

''তা বলতে পারেন। তার ভূতের আড়ত দেখলে ভিরমি খাবেন। বিশ-পঁচিশজন কর্মচারী কারবার সামলায়।''

দুই

রাত থেকেই হাবু দাসের মাথাটি ভারী পরিষ্কার লাগছে। একদম ঝকঝকে পরিষ্কার। কোথাও কোনও দাগ বা আঁচড় অবধি নেই। এই যেমন সে একটা ঘরে একটা বিছানায় শুয়ে আছে, কিন্তু এটা কার ঘর, কার বিছানা এসব কিছুই তার মনে পড়ছে না। এমনকী এটা কোন জায়গা, তার নিজের নামটাই বা কী, বা তার বাবার নামই বা কী ছিল এসবই মাথা থেকে বেমালুম মুছে গেছে। তাতে অবশ্য হাবুর বেশ আনন্দই হচ্ছে। তার সারা শরীরে কে বা কারা যেন নানারকম পট্টি, পুলটিশ আর ব্যান্ডেজ লাগিয়েছে। সেটাও হাবুর খুব একটা খারাপ লাগছে না। ব্যাপারটা সাজগোজ বলেই মনে হচ্ছে তার। হাত পা মাথা ব্যথায় যে টনটন করছে সেটাও তেমন অপছন্দ করতে পারছে না হাবু। টনটন না করা কি ভাল? হাত পা আছে অথচ টনটন করছে না, সেটা তো ভাল কথা নয়! টনটন না করলে হাত পা যে আছে তা বোঝাই বা যাবে কী করে? তাই হাবুর বেশ ফুর্তিই হচ্ছিল। ফুর্তির চোটে রাতে ঘুমই হল না মোটে।

সকালে খুব আহ্লাদের সঙ্গে বিছানায় বসে ছিল হাবু। আলো ফুটেছে, পাখি ডাকছে, চারদিকে একটা হাসিখুশি ভাব। জায়গাটা ভারী নতুন-নতুন লাগছে। নিজেকেও ভারী নতুন লাগছে তার। তবে নামটা মনে পড়ছে না। তাতে অবশ্য ভালই হয়েছে। নতুন একটা নাম ঠিক করে নিলেই হবে।

নিজের কী নাম রাখা যায় তা খুব ভাবতে লাগল হাবু। আচ্ছা, সকাল সরকার নামটা কেমন? মন্দ নয়, তবে কোকিল কাহার নামটা কি আরও একটু ভাল? আচ্ছা, জানালা পাল কি খুব খারাপ নাম? কিংবা ভোরের আলো সেন? পাশের আতাগাছে

বসে একটা কাক খুব ডাকাডাকি করছে। কানখাড়া করে শুনে খুশি হল হাবু, হ্যাঁ বায়স বসু নামটাও তো খারাপ শোনাচ্ছে না!

এমন সময় দরজা ঠেলে একটা লোক ঘরে ঢুকল। বেশ লোক। পরনে হেটো ধুতি, গায়ে ফতুয়া, কাঁধে গামছা, খোঁচা-খোঁচা দাড়ি।

হাবু লোকটাকে ডেকে বলল, ''ওহে বাপু, বলো তো কোন নামটা আমাকে মানাবে! বেশ ভেবেচিন্তে বোলো কিন্তু। সকাল সরকার, কোকিল কাহার, জানালা পাল, ভোরের আলো সেন, বায়স বসু।''

লোকটা অবাক হয়ে বলে, ''সে কী গো হাবুদাদা, পিতৃদত্ত নামটা থাকতে আবার নতুন নাম রাখতে যাবে কেন? হাবু নামটা তো খারাপ নয়। দিব্যি নাম।''

হাবু নাক সিঁটকে বলল, ''এঃ, আমার নাম হাবু নাকি?''

''তবে! এ নামেই তো সবাই তোমাকে চেনে!''

হাবু ভাবল, এ লোকটা বোধ হয় অনেক খবর রাখে, এর কাছ থেকেই কায়দা করে সব জেনে নিতে হবে।

হাবু চোখ কুঁচকে বলল, ''আচ্ছা, আমার নাম যদি হাবু হয়, তা হলে তোমার নামটা কী হবে?''

লোকটা ফোঁস করে একটা শ্বাস ফেলে বলল, ''কাল কদম ওস্তাদের অমন আছাড়টা খেয়েও তোমার মশকরা করতে ইচ্ছে যাচ্ছে? ধন্যি মানুষ বটে তুমি? কাল অমন কুরুক্ষেত্তর হল, তায় সারারাত আমাদের কারও চোখে ঘুম নেই। ওই কালাপাহাড় বিভীষণ এখন কাকে ধরে, কাকে খায় সেই চিন্তাতেই ভয়ে মরছি। এ সময়ে কি মশকরা ভাল লাগে গো হাবুদাদা?''

হাবু খিকখিক করে হেসে বলল, ''পারলে না তো!''

''কী পারলুম না?''

''বলতে পারলে না তো যে, আমার নাম যদি হাবু হয় তা হলে তোমার নাম কী হবে? বলতে পারলে বুঝব তুমি বাহাদুর বটে।''

''আর বাহাদুর হয়ে কাজ নেই বাপু। যা কাল দেখলুম তাতে বাপের নাম ভুলে যাওয়ার জোগাড় তো নিজের নাম।''

হাবু মিটমিট করে চেয়ে বলল, ''ভুলে গেছ তো! তা হলে বাপু, ভাল দেখে নিজের একটা নাম রাখলেই তো হয়। আচ্ছা, পাঁচকড়ি নামটা কেমন বলো তো!''

লোকটা ভারী করুণ মুখ করে বলল, ''আহা, কতকাল ও নামে কেউ ডাকেনি আমাকে! পিতৃদত্ত নাম, কিন্তু তার ব্যবহারই হয় না। সবাই 'পাঁচু পাঁচু' বলে ডেকে ডেকে ও নামটা বিস্মরণই করিয়ে দিয়েছে। তাও ভাল, নামটা মনে করিয়ে দিলে।

কিন্তু তুমি জানলে কী করে বলো তো! এ নাম তো কারও জানার কথা নয়।''

হাবু খুব খিকখিক করে হাসতে লাগল। বলল, ''আচ্ছা, এবার তোমাকে একটা ধাঁধা জিজ্ঞেস করছি। খুব ভেবেচিন্তে বলবে কিন্তু! আচ্ছা, বলো তো, আমার নাম হাবু আর তোমার নাম পাঁচু হলে এ বাড়িটা কার?''

পাঁচু হাঁ করে চেয়ে থেকে বলল, ''এ আবার কোনদিশি ধাঁধা গো হাবুদাদা? এ হল কর্তাবাবুদের সাতপুরুষের ভিটে। বাচ্চা ছেলেও জানে। রাঘব চৌধুরীর বাড়ি কোথায় জিজ্ঞেস করলে রাস্তার গোরুটাও পথ দেখিয়ে দেবে।''

হাবু হাততালি দিয়ে বলল, ''বাঃ, এই তো পেরেছ। এবার একটা খুব শক্ত ধাঁধা জিজ্ঞেস করছি কিন্তু। ঘাবড়ে যেয়ো না, মাথা ঠাণ্ডা রেখে জবাব দিয়ো। আচ্ছা বলো তো আমার নাম হাবু, তোমার নাম পাঁচু আর বাড়িটা রাঘববাবুর হলে এ গাঁয়ের নামটা কী?''

''বলি, তোমার মাথাটাই গেছে নাকি? গত দেড় বছর ধরে তো হাট গোবিন্দপুরে থানা গেড়ে আছো, রাতারাতি কি গাঁয়ের নাম পালটে যাবে?''

একগাল হেসে হাবু বলল, ''না হে, তোমাকে মেডেল দেওয়া উচিত। তুমি তো দেখছি ধাঁধার ধন্বন্তরি!''

''এখন রসিকতা রেখে খাবারটা খেয়ে নাও। রোজ তোমার বরাদ্দ সকালে কুড়িখানা রুটি। আজ মোটে পনেরোখানার বেশি হল না, ওই যক্ষটাই তো সকালে সত্তরখানা রুটি সাবাড় করল। আমরা ভয়ে কেউ রা-টি কাড়িনি।''

কিন্তু খাবারের কথা শুনেও মোটেই চঞ্চল হল না হাবু। খাবে কী, আজ তার এত ফুর্তি হচ্ছে যে, ফুর্তির চোটে খিদেই উধাও। পাঁচু চলে যাওয়ার পর সে উঠে পড়ল। মাজায় ব্যথা, ঘাড় টনটন, হাত-পা ঝনঝন, তবু হাবুর গ্রাহ্য নেই। এই নতুন জায়গাটা ভাল করে চিনে নিতে হবে। লোকজনের সঙ্গেও আলাপ সংলাপ করতে হবে। ভাব-ভালবাসা করাটা খুবই দরকার। তার যে বড়ই আনন্দ হচ্ছে।

বাইরে বেরিয়েই সামনে একজন লোককে পেয়ে তাকে একেবারে বুকে টেনে নিয়ে হাবু বলল, ''এই যে ভায়া, কতকাল পরে দেখা! আচ্ছা, একটা ভারী মজার প্রশ্নের জবাব দিতে পারবে? খুব হুঁশিয়ার হয়ে দেবে কিন্তু। ভুল হলেই নম্বর কাটা যাবে। আচ্ছা, বলো তো, আমার নাম যদি হাবু হয়, পাঁচুর নাম যদি হয় পাঁচু, আর এটা যদি রাঘববাবুর বাড়ি হয় আর গাঁয়ের নাম যদি হয় হাট গোবিন্দপুর, তাহলে তোমার নামটা কী হবে! বেশ শক্ত প্রশ্ন কিন্তু।''

লোকটা খুব গম্ভীর হয়ে কর গুনে গুনে অনেকক্ষণ ধরে হিসেব করল। একবার যেন তেরোর ঘরের নামতাও বলল। এ প্লাস বি হোল স্কোয়ারের কথাও বিড়বিড়

করে নিল। একবার মাথা ঝাঁকাল, দু'বার ঘাড় চুলকে তারপর হঠাৎ উজ্জ্বল মুখে বলল, "হয়েছে! তোমার নাম হাবু, পাঁচুর নাম পাঁচু, এটা রাঘববাবুর বাড়ি আর গাঁয়ের নাম হাট গোবিন্দপুর হলে আমার নামটা দাঁড়াচ্ছে গোলাপ রায়।"

"বাঃ বাঃ! দশে তোমাকে দশ দিলুম। বুঝলে! দশে দশ।"

গুণেন জানত, একদিন তার গলায় সুর খেলবেই। তার ভিতরে সুরের বারুদ একেবারে ঠাসা। শুধু একটা স্ফুলিঙ্গের অপেক্ষা ছিল। ওই স্ফুলিঙ্গের অভাবেই তার গলার কামানটা কিছুতেই গর্জে উঠতে পারছিল না। গান সে গাইত বটে, কিন্তু ভিতরে যে সুরের ঠাসাঠাসি তা বেরিয়ে আসতে পারল কই? এই নিয়ে ভারী দুঃখ ছিল গুণেনের কিন্তু বিশ্বাস ছিল একদিন ভগবানের আশীর্বাদ ঠিকই নেমে আসবে তার ওপর। তখন সুরসপ্তক বেরিয়ে এসে চারদিক কাঁপিয়ে দেবে।

কখন যে কার ভাগ্য খোলে তার কিছু ঠিক নেই। ভগবানকে দোষ দিয়ে তো লাভ নেই। তাঁর পাঁচটা কাজ আছে। ব্যস্ত মানুষ। একটা সেরে তবে তো আর একটায় হাত দেবেন! তাই আশায় আশায় অপেক্ষা করছিল গুণেন। কবে ভগবানের হাত খালি হয়, কবে তিনি গুণেনের দিকে তাকান।

গতকাল সন্ধেবেলাতেই ভগবান তাঁর দিকে তাকালেন। আর সে কী তাকানো বাপ রে! রক্ত জল হয়ে যায়। তাঁর আশীর্বাদটাও নামল একেবারে বজ্রের মতো। ঠিক বটে আশীর্বাদের ধরনটা তখন ঠিক পছন্দ হয়নি গুণেনের। কিন্তু পৃথিবীর উপকারী জিনিসগুলোর বেশির ভাগেরই স্বাদ মোটেই ভাল হয় না। এই যেমন নিমপাতা, গ্যাঁদাল, উচ্ছে, হিঞ্চে, কাঁচকলা, কবিরাজি পাঁচন কি কুইনাইন কিংবা ইনজেকশন। তাই আশীর্বাদটা যখন গুণেনের ওপর এসে পড়ল তখন গুণেনও ওটা আশীর্বাদ বলে বুঝতেই পারেনি। পাছে আর পাঁচজনে টের পায় এবং তাদের চোখ টাটায়, সেইজন্যই বোধ হয় ভগবান আশীর্বাদটাকে একটা ঠোকনার মতো করে দিলেন।

কাল জ্যোৎস্না রাত্তির ছিল। সন্ধেবেলা ছাদে উঠে গুণেন গুনগুন করে খানিকক্ষণ গলা-টলা খেলিয়ে একটা চেঁচামেচি আর ধুপধাপ শব্দ শুনে নীচে নেমে এসে দেখে, হাবু পালোয়ানের ঘরে দক্ষযজ্ঞ হচ্ছে। হাবু মেঝের ওপর চিৎপটাং হয়ে পড়ে আছে, লোকজন সব কিংকর্তব্যবিমূঢ় অবস্থা আর অন্যধারে স্বয়ং শিব দাঁড়িয়ে। সত্যি কথা বলতে কী, শিবের সঙ্গে এঁর কিছু কিছু তফাত ছিল। যেমন জটা ছিল না, বাঘছাল ছিল না, মাথায় সাপ ছিল না, গায়ে ভস্ম মাখা ছিল না। দেবতারা তো আর স্বমূর্তিতে দেখা দেন না। তাই গুণেনও চিনতে পারেনি। উটকো একটা লোক এসে ঝামেলা পাকাচ্ছে মনে করে সে তেড়ে গিয়ে লোকটাকে একটা ধাক্কা দিয়ে বলল, "কে হে

তুমি, গুন্ডামি করতে এসেছ? এ তো তোমার ভারী অন্যায় হে!''

তখনই আশীর্বাদটা এল। একটা ঠোকনার ছদ্মবেশেই এল। এসে লাগল গুণেনের চোয়ালে। তারপর কিছুক্ষণ আর গুণেনের জ্ঞান ছিল না। যখন জ্ঞান ফিরল তখন সে নিজের ঘরে, বিছানায় শুয়ে আছে। চোয়াল আর মাথা ছিঁড়ে পড়ছে ব্যথায়।

ব্যাপারটা যে আশীর্বাদ, তা তখনও বুঝতে পারেনি বটে। বুঝল একটু রাতের দিকে। যতবার ব্যথায় ককিয়ে উঠছে, ততবারই মনে হচ্ছে তার আর্তনাদেও যেন সুর লেগে যাচ্ছে। কখনও পূরবীতে ''বাবা গো, মা গো'' করে উঠছে, কখনও মালকোষ লেগে যাচ্ছে ''মরে গেলুম রে, আর রক্ষে নেই রে'' চেঁচানিতে। শেষে যখন ''ওরে, তোরা কোথায়, আমাকে ধরে তোল'' বলে চেঁচাতে গিয়ে গলায় বেহাগ লেগে গেল, তখন আর থাকতে না পেরে গুণেন উঠে পড়ল। তাই তো! গলায় এত সুর আসছে কোথা থেকে? তবে কি বারুদে আগুন লেগেছে? ঘুমন্ত কামান কি জাগল?

তানপুরাটা নামিয়ে বসে গেল গুণেন। দরবারি কানাড়া। আহা, সুর যেন রামধনু ছড়াতে ছড়াতে বেরিয়ে আসতে লাগল। কী গলা, কী গিটকিরি! কুকুরগুলো অবধি ঘেউ ঘেউ না করে জানালার বাইরে বসে ল্যাজ নেড়ে নেড়ে শুনতে লাগল। তারপর মালকোষ। সুরের মায়াজালে যেন প্রকৃতির চোখে জল ঝরতে লাগল শিশিরবিন্দু হয়ে। নিজের গলাকে মোটেই চিনতে পারছিল না গুণেন। ভোরের দিকে সে ধরল আহির ভৈরোঁ। ধরামাত্রই গোয়াল থেকে রাঘববাবুর বারোটা গোরু একসঙ্গে জেগে উঠে গম্ভীর নিনাদে তাকে অভিনন্দন জানাল। আর সুরের ঠেলায় শিউলিফুল ছিটকে ছিটকে পড়তে লাগল ঘাসে। আর সূর্যদেব থাকতে না পেরে দশ মিনিট আগে উদয় হয়ে পড়লেন।

রাগরাগিণী ঠিকমতো গাইতে পারলে নানারকম পার্শ্ব প্রতিক্রিয়া হয়, প্রদীপের সলতে জ্বলে ওঠে, মেঘ করে বৃষ্টি হয়, আরও কত কী শুনেছে গুণেন।

তানপুরাটা রেখে গুণেন প্রথমে চোখের আনন্দাশ্রু মুছল। তারপর চারদিক চেয়ে ভারী অবাক হয়ে দেখল, মেঝেতে একটা টিকটিকি আর তার পাশে দুটো মাকড়সা মরে পড়ে আছে। আরও একটু খুঁজতেই দেখল শুদ্ধ সুরের হল্লায় পাঁচ-পাঁচটা আরশোলাও অক্কা পেয়েছে। আসল গান যে কী জিনিস তা আজ হাড়ে-হাড়ে বুঝতে পারল গুণেন।

কিন্তু সুর দিয়ে প্রাণী-হত্যা করাটা কি ঠিক? এই ভেবে মনটা খুঁতখুঁত করতে লাগল তার।

বাইরে কোকিল ডাকছে না? হ্যাঁ, তাই তো মনে হচ্ছে। এই শরৎকালে তো

কোকিলের ডাকার কথাই নয়! তবে কি সুরের খোঁচা খেয়ে ওদের গলাতেও গান এসে গেল!

সে তাড়াতাড়ি বাইরে এসে কানখাড়া করে কোকিলের ডাক শুনল। সামনেই পরাণ মালি বাগানের মাটি কোপাচ্ছে।

গুণেন গিয়ে তাকে বলল, ''পরাণভাই, কোকিল ডাকছে কেন বলো তো!''

পরাণ নির্বিকার মুখে বলল, ''এখানে সব বারোমেসে কোকিল মশাই, যখন-তখন ডাকে।''

কথাটা মোটেই সত্যি নয়। কোকিল কোথাও বারোমাস ডাকে না, বারোমেসে কোকিল বলেও কিছু নেই। কিন্তু এ নিয়ে পরাণ মালির সঙ্গে তর্ক করা বৃথা। ওরা একটা বুঝতে আর-একটা বোঝে।

তবু হাসি-হাসি মুখ করে সে পরাণকে জিজ্ঞেস করল, ''গান শুনলে বুঝি? শরীরটা বেশ তরতাজা, ঝরঝরে লাগছে না?''

পরাণ অবাক হয়ে বলল, ''গান! গান হচ্ছিল নাকি? কই, গান শুনেছি বলে তো মনে হচ্ছে না! একটা চেঁচানি শুনছিলুম বটে। ওই চেঁচানির ঠেলায় গান আর কানে এসে পৌঁছয়নি।''

একটু দমে গেল গুণেন। গানটা চেঁচিয়েই গাইতে হয় বটে, কিন্তু সেটাকে চেঁচানি বলাটা কি একটু বাড়াবাড়ি নয়? তা যাকগে, সমঝদার ছাড়া এ জিনিস তো আর কেউ বুঝবে না।

গোয়ালঘরের উঠোনে গেনু গয়লা দুধ দোয়াচ্ছিল। গুণেন শুনেছে, ভাল গান শোনালে গোরু নাকি বেশি দুধ দেয়। সে গিয়ে কিছুক্ষণ দুধ দোয়ানো দেখল। তারপর মুরুব্বির মতো জিজ্ঞেস করল, ''ওরে গেনু, দুধটা যেন একটু বেশি বেশি মনে হচ্ছে!''

''হাঁ হাঁ, কাহে নেহি? গোরুকে ঠিকমতো দেখভাল করলে জেয়াদা দুধ কাহে নাহি দিবে? হামি রোজ গোরুকে ঘাস বিচালি, লালি গুড়, খইল খিলাচ্ছি, উসি লিয়ে তো দুধ ভি জেয়াদা দিচ্ছে।''

''ওরে না। সেকথা নয়। সেসব তো রোজই খায়। তবু যেন আজ দুধটা একটু বেশিই দিয়ে ফেলছে!''

''কিঁউ নেহি বাবু? মুলতানি গাই আছে, যত খিলাবেন তত দুধ বাড়িয়ে যাবে। কাল রাঘববাবু তো ইসকো দো সের রসগুল্লা ভি খাইয়েছেন। উসি লিয়ে দুধ জেয়াদা দিচ্ছে।''

কথাটা মোটেই মনঃপূত হল না গুণেনের। ও ব্যাটা আসল ব্যাপারটা বুঝতেই

পারেনি। কিন্তু গুণেন গোরুটাকে ভাল করে লক্ষ করে দেখল, মুখটা বেশ হাসি-হাসি। আর চোখে কেমন একটা বিভোর ভাব। অবোলা জীব, কথা তো আর কইতে পারে না, কিন্তু গুণমুগ্ধ চোখে গুণেনের দিকে চেয়ে আছে।

"হ্যাঁ রে গেনু, তুই গানবাজনা ভালবাসিস?"

"হাঁ হাঁ, জরুর। গানা বাজনা তো হামার বহুত পসন্দ আছে। রোজ রাতে তো আমি ঢোল বাজাই আর রামা হো, রামা হো গানা ভি গাই।"

"ও গান নয় রে। এই যে একটু আগে আমি আলাহিয়া বিলাওল গাইলাম, শুনিসনি?"

"কাহে নেহি শুনবে বাবু? জরুর শুনেছে। উ তো বহুৎ উমদা গানা আছে বাবুজি। শুনে হামার দাদিমার কথা ইয়াদ হল।"

"কেন রে, তোর দিদিমার কথা মনে পড়ল কেন? তোর দিদিমা গান গাইত বুঝি?"

"নেহি বাবু, দাদিমা থোড়াই গানা গাইবে। লেকিন হামার দাদিমা রোতা থা। কুছু হলেই দাদিমা কাঁদতে বইসে যেত। গরম পড়লে কাঁদত, শীত পড়লে কাঁদত, বরখ হলে কাঁদত। কাক-বক মরলে কাঁদত। এইসন কাঁদত যে আশপাশ গাঁওসে কোই মারা-টারা গেলে দাদিমাকে ভাড়া করে কাঁদবার জন্য নিয়ে যেত। আপনার গানা শুনে হামার খুব দাদিমার কথা ইয়াদ হচ্ছে।"

ধুস! ব্যাটা গানের কিছুই বোঝে না। সমঝদার না হলে এইসব উচ্চাঙ্গের জিনিস বুঝবেই বা কে?

তবে খানিকটা দমে গেলেও আশার আলোও যে দেখা গেল না তা নয়। বুড়ো খাজাঞ্চি খগেন দফাদার তো গুণেনকে প্রায় জড়িয়ে ধরে বলে উঠল, "আহা, কী গানই না গাইলে হে গুণেন! কোনওকালে আমি কালোয়াতি গান পছন্দ করিনি। বরাবর মনে হয়েছে ও হল গলাবাজি করে সুস্থ শরীরকে ব্যস্ত করা। তা বাপু, তোমার গান শুনে দেখলুম এ গান খুবই উপকারী জিনিস।"

গুণেন সোৎসাহে বলল, "বটে! তা কী হল খাজাঞ্চিমশাই!"

"কাল পুকুরে চান করতে গিয়ে ডান কানে জল ঢুকে গিয়েছিল। কিছুতেই বেরোয় না। সারাদিন কান টনটন করেছে। খড়কে দিয়ে খুঁচিয়ে, তুলোর ঢিপলি ঠেসেও জল বের করা যায়নি। তারপর রাত্তিরে তোমার গান শুনে কাঁচা ঘুম ভেঙে উঠে বসে যখন তোমাকে শাপ-শাপান্ত করছি, তখনই অবাক কাণ্ড হে! গানের ধাক্কায় কানের জল সুড়সুড় করে বেরিয়ে এল। সে যে কী আরাম, তা তোমাকে বোঝাতে পারব না। চালিয়ে যাও হে, তোমার হবে।"

আনন্দে ডগমগ হয়ে গুণেন তার গানের আর কী কী পার্শ্ব প্রতিক্রিয়া হল তা দেখতে তাড়াতাড়ি হাঁটতে লাগল।

"এই যে ভাইটি!"

সামনে পর্বতপ্রমাণ হাবু দাসকে দেখে গুণেন হাসি-হাসি মুখ করে দাঁড়াল। হাবু দাসের চোখমুখে ভাবের খেলা দেখেই সে বুঝেছে গানের সম্মোহনে হাবু সমাচ্ছন্ন।

হাবু দাস ফিচিক করে হেসে বলল, "তোমাকে একটা মজার ধাঁধা জিজ্ঞেস করছি। ভেবেচিন্তে বলো তো দেখি। এই আমার নাম যদি হাবু হয়, পাঁচুর নাম যদি হয় পাঁচু, গোলাপ রায়ের নাম যদি হয় গোলাপ রায়, এ বাড়িটা যদি রাঘববাবুর হয়, আর এ গাঁয়ের নাম যদি হয় হাট গোবিন্দপুর, তা হলে তোমার নামটা কী হবে?"

"অ্যাঁ!"

"হ্যাঁ, খুব সোজা অঙ্ক। যোগ-বিয়োগ-গুণ-ভাগ করলেই বেরিয়ে পড়বে। তাড়া নেই, ভেবেচিন্তে বলো তো!"

গুণেন হাঁ হয়ে গেল। বলল, "তার মানে?"

খিকখিক করে হেসে হাবু বলল, "পারলে না তো! দুয়ো, দুয়ো।"

বলেই হনহন করে হেঁটে চলে গেল। তার গানের প্রভাবে যে চারদিকে নানারকমের পরিবর্তন হয়েছে সে বিষয়ে গুণেনের সন্দেহ রইল না। কিন্তু দুনিয়াটা এতটা বদলে যাওয়া কি ভাল?

গুণেন হঠাৎ থমকে গেল। তাই তো! হাবু তো কিছু ভুল বলেনি। বাস্তবিক হঠাৎ এখন খেয়াল হল, নিজের নামটা তো সত্যিই মনে পড়ছে না! কী যেন নামটা তার!

তিন

রাঘববাবুর বাঁ কান কাঁপলেই বুঝতে হবে বিপদ আসছে। তেরো বছর আগে যখন প্রথমবার তাঁর বাঁ কান কেঁপেছিল সেবারই শ্বশুরবাড়িতে কাঁঠাল খেয়ে তাঁর কলেরা হয়। বছর দুই বাদে ফের একদিন বাঁ কান কেঁপে উঠেছিল, আর সেবারই হিমে ডাকাত হানা দিয়ে তাঁর টাকাপয়সা সোনাদানা সব চেঁছেপুঁছে নিয়ে তো যায়ই, উপরন্তু রাঘববাবুর খুড়োমশাই অবসরপ্রাপ্ত দেশনেতা মাধব চৌধুরী ডাকাতির সময় ডাকাতদের উদ্দেশে দেশের নৈতিক অধঃপতন বিষয়ে একটা সময়োচিত নাতিদীর্ঘ বক্তৃতা দিচ্ছিলেন বলে তাঁর পেটে একটা বল্লমের খোঁচাও মেরে যায়। সেই খোঁচা থেকেই কি না কে জানে, খুড়োমশাই বাকি জীবন অম্লশূলে ভুগেছেন। এই ঘটনার

চার বছর বাদে ফের এক সকালে রাঘববাবুর বাঁ কান নেচে উঠল এবং সেবার বাড়ির উঠোনে 'নদের নিমাই' যাত্রার আসরে ঝাড়বাতি ভেঙে পড়ে শচীমাতার নাক ফেটে গিয়েছিল বলে তিনি মামলা করে রাঘববাবুর কাছ থেকে মোটা খেসারত আদায় করেছিলেন। কারণ নাক ফেটে যাওয়ায় তিনি নাকি আর নাকিসুরে বিলাপ করতে পারতেন না এবং নাকিসুরের বিলাপ ছাড়া শচীমাতার পার্টে আর থাকেটা কী? এই তো বছরতিনেক আগে ফের ঘুমন্ত বাঁ কান হঠাৎ জেগে উঠে নড়াচড়া করে উঠল। সেবার বেয়াই রামশরণ সমাদ্দারের সঙ্গে দাবা খেলার সময় একটা কাঠপিঁপড়ে কামড়ে দেওয়ায় আত্মবিস্মৃত হয়ে রাঘববাবু ভুল করে মন্ত্রীকে আড়াই ঘরের চালে চেলে ফেলেছিলেন। এবং তাতে রামশরণের একটা বিপজ্জনক গজ মারা পড়ে। রামশরণ সেটা বুঝতেও পারেননি। কিন্তু তাঁর ফাজিল ভাগ্নে ফটিক ভারী নিরীহ গলায় বলেছিল, তালুইমশাইয়ের চালটা দেখলে মামা? মন্ত্রীকে যে ঘোড়ার চালেও চালানো যায় ক'টা লোকই বা তা জানে! ওঁর কাছে অনেক কিছু শেখার আছে কিন্তু। কথাটা শুনে রামশরণ সচকিত হয়ে চালটা দেখে রেগে কাঁই হয়ে জলগ্রহণ না করে রাঘববাবুর বাড়ি থেকে সেই যে চলে গেলেন আজ অবধি আর এ মুখো হননি। বউমাকে বাপের বাড়িতে আসতে দেননি।

তাই আজ সকালবেলায় দুর্গানাম করার সময় যখন টিকটিকি ডেকে উঠল, দুধের বাটিতে মাছি পড়ল এবং মনের ভুলে যখন উলটো গেঞ্জি পরে ফেললেন, তখনও রাঘববাবু ঘাবড়াননি। তার পরে যে ঘটনাটা ঘটল, সেটাই মারাত্মক। এ বাড়িতে প্রায়ই একটা গুন্ডা এবং হিংস্র হুলো বেড়াল হানা দেয়। কেঁদো বাঘের মতো ডোরাকাটা চেহারা, আকারে চিতাবাঘের কাছাকাছি। সে কাউকেই বড় একটা পরোয়া করে না। কিন্তু বাড়ির মালিক রাঘববাবুর প্রতি তার তাচ্ছিল্য আরও বেশি। রাঘববাবু তাকে বহুবার ঠ্যাঙা নিয়ে তাড়া করেছেন। কিন্তু হুলোর কেশাগ্রও স্পর্শ করতে পারেননি। বরং হুলো একটু নিরাপদ দূরত্বে থেকে নিজের ভাষায় রাঘববাবুকে নানারকম ব্যঙ্গবিদ্রুপও করে থাকে। আজও হুলো যথারীতি তার নানারকম চোরা পথে বাড়িতে ঢুকেছে এবং ঝি মোক্ষদাকে বিকট মুখভঙ্গি করে ভয় দেখিয়ে প্রায় তার হাত থেকেই প্রকাণ্ড দুটো কই মাছ ছিনতাই করে নিয়ে যাচ্ছিল। হইহই শুনে রাঘববাবু যথারীতি ঠ্যাঙা নিয়ে হুলোকে তাড়া করলেন। কিন্তু আজকের দিনটা হুলোর ছিল না। বুদ্ধিভ্রংশ না হলে সে চোরকুঠুরিতে ঢুকতে যাবেই বা কেন? একটামাত্র দরজা ছাড়া চোরকুঠুরি থেকে বেরনোর পথ নেই। হুলো সেই কুঠুরিতে ঢুকতেই রাঘববাবু তার পিছু-পিছু ঢুকে দরজা সেঁটে দিয়েছিলেন। খুব ফাঁদে পড়ে গিয়েছিল হুলো। রাঘববাবু তার মুখোমুখি দাঁড়িয়ে ঠ্যাঙা আস্ফালন করে একটু হেসে বললেন, "এবার তোর কী হবে

রে হুলো! ঘুঘু দেখেছিস, ফাঁদ দেখিসনি তো! এবার তোর জারিজুরি শেষ। ইষ্টনাম জপ রে ব্যাটা, ইষ্টনাম জপ।''

হুলো তার নিজস্ব ভাষায় যা বলল তা অনুমান করলে দাঁড়ায়, ''কেন কর্তাবাবু মিছিমিছি ঝামেলা করছেন? বেড়াল বলে কি আর মানুষ নই মশাই! ওই যে কতগুলো অপোগণ্ড নিষ্কর্মা দু'পেয়ে জীবকে পুষছেন, কই তাদের তো কিছু বলেন না! আমি তো তবু খেটে খাই। একটা মাছ কি একটু দুধ জোগাড় করতে কত মেহনত বলুন তো, প্রাণের ঝুঁকিও কি কম? এবারটা না হয় মাফ করে দিন।''

কথাগুলো যে রাঘববাবু একেবারেই বুঝতে পারলেন না, তা নয়। কিন্তু বুঝেও তিনি অবিচল গলায় বললেন, ''তা হয় না হুলো, লোকে আমাকে কাপুরুষ বলবে।''

''মরতে যদি হয় তবে আমি বীরের মতোই মরব কর্তামশাই। তবে মরার আগে আপনাকে একটা কথা স্মরণ করিয়ে দিতে চাই। বেড়াল হল মা-ষষ্ঠীর বাহন। বেড়াল মারা মহাপাপ। মারলে প্রায়শ্চিত্ত করতে হয়, তার অনেক খরচ এবং ঝামেলা।''

বজ্রগম্ভীর স্বরে রাঘববাবু বললেন, ''আমি কুসংস্কারে বিশ্বাসী নই রে হুলো। ওসব বলে আমাকে ভড়কে দিতে পারবি না।''

''ভাল করে ভেবে দেখুন কর্তামশাই, মাত্র দুটো কইমাছের জন্য আপনি নরকের পথ পরিষ্কার করবেন কি না। দুটো কইমাছের দাম মাত্র দেড় টাকা। এই সামান্য টাকার জন্য মহাপাতকী হওয়া কি ভাল? মাত্র দেড় টাকায় নরকের টিকিট?''

রাঘববাবু হুংকার দিয়ে বললেন, ''কে বলেছে দেড় টাকা? তুই কি সত্যযুগে আছিস নাকি রে হুলো? আমার হিসেবমতো ও দুটো কই মাছের দাম সাড়ে ছয় টাকার নীচে নয়।''

''কর্তামশাই, এখন জো পেয়ে যা খুশি বললেই তো হবে না। ঠিক আছে, আপনিও একটু নামুন, আমিও একটু উঠি। মাঝামাঝি একটা রফা হয়ে যাক।''

''কত?''

''সাড়ে তিন।''

''না, সাড়ে চার।''

''তা হলে চারই থাক। আর চাপাচাপি করবেন না। এখন ভেবে দেখুন বছরে যার হেসেখেলে পাঁচ-সাত লাখ টাকা আয়, যার গোয়ালে আটটা দুধেল গাই, বছরে দেড়শো মন ধান, তেজারতির রোজগারের লেখাজোখা নেই, সেই মানুষের কাছে চারটে টাকা কোনও টাকা হল কর্তামশাই? চার টাকায় যে এক পো ডালও হয় না!''

হাঃ হাঃ করে হেসে রাঘববাবু বললেন, ''তুই আমাকে বাজারদর শেখাচ্ছিস নাকি

রে হুলো? বাজারে আমি নিজে যাই না বটে, কিন্তু দরদাম সব আমার মুখস্থ।''

''কিছু মনে করবেন না কর্তাবাবু, ভাববেন হয়তো কুচ্ছো গাইছি, কিন্তু আপনার বাজার সরকার খগেন দফাদার কিন্তু বাজারের পয়সা থেকে চুরি করে। আর শুধু খগেনই বা কেন, ওই যে আপনার পেয়ারের চাকর পাঁচু, সে তো প্রায় রোজই দুপুরে আপনার গড়গড়ায় চুরি করে তামাক খায়। নবকৃষ্ণ পাটাতনের জঞ্জাল সাফ করতে গিয়ে তিন-তিনটে মোহর পেয়েছিল, সেগুলো কি আপনাকে দিয়েছে? ছোট মুখে বড় কথা হয়ে যাবে, তবু অন্তিমকাল ঘনিয়ে আসছে বলেই সাহস করে বলে যাই। স্বয়ং গিন্নিমা তারাসুন্দরী দেবী পর্যন্ত আপনাকে না জানিয়ে গোপনে মেয়ের বাড়িতে পেল্লায় ভেট পাঠিয়েছেন, কাজটা কি তাঁর ঠিক হয়েছে বলুন! কে না জানে দাবার চালে একটু ভুল হওয়ায় আপনার বেয়াই রামশরণ সমাদ্দার আপনাকে অপমান করে গিয়েছিল এবং আপনাদের এখন মুখ দেখাদেখি নেই!''

''দেখ হুলো, ওইসব বলে আমাকে ভেজাতে পারবি না। আজ কিন্তু আমি বজ্রাদপি কঠোর।''

''তা জানি কর্তামশাই। দুঃখ কী জানেন, বেড়ালের জন্য তো আর পেনাল কোড নেই। তাই হুলো হননের জন্য আপনার ফাঁসি হবে না। কিন্তু হয়তো একদিন এই হুলোর জন্য আপনাকে হায় হায় করতে হবে। হয়তো হুলোকে আপনি ভুলে যেতে পারবেন না। চোর হোক, গুন্ডা হোক, তবু হুলো যে আপনার কতবড় বন্ধু ছিল, তা একদিন আপনি বুঝবেন।''

''বিপাকে পড়লে অমন ভাল ভাল কথা সবাই বলে। কিন্তু আর সময় নেই রে হুলো। মনে মনে তৈরি হ, স্থির হয়ে দাঁড়া। এই দেখ আসিছে নামিয়া ন্যায়ের দণ্ড, রুদ্র দীপ্ত মূর্তিমান...''

''কিন্তু আপনিও মনে রাখবেন, যত বড় হও, তুমি তো মৃত্যুর চেয়ে বড় নও। আমি মৃত্যুর চেয়ে বড়, এই কথা বলে যাব আমি চলে। গুডবাই কর্তামশাই।''

উদ্যত ঠ্যাঙার সামনে অসহায় হুলো। রাঘববাবুর চোখে জিঘাংসা, হুলোর মুখে আর্তি। ঠিক এই নাটকীয় মুহূর্তে হঠাৎ রাঘববাবুর বাঁ কানটা সুড়সুড় করে উঠল। তারপর ফিসফিস করতে লাগল। বিপদ! বিপদ! ফিসফিসের পর থিরথির। তারপর একেবারে থরথর করে কেঁপে উঠল রাঘববাবুর বাঁ কান। তিনি ফ্যাকাসে হয়ে গেলেন। লক্ষণটা যে তাঁর খুবই চেনা। তাঁর শিথিল হাত থেকে ঠঙাস করে ঠ্যাঙাটা খসে পড়ল। তিনি ধীর পায়ে দরজা খুলে বেরিয়ে এলেন।

হুলো দু'খানা মাছ মুখে নিয়ে একলাফে বেরিয়ে এসে দোতলার বারান্দার রেলিং টপকে পাশের দেওয়ালের ওপর গিয়ে উঠে পড়ল এবং সেখান থেকে রাঘববাবুর

উদ্দেশে নানারকম ব্যঙ্গবিদ্রুপ বর্ষণ করতে লাগল। কিন্তু আজ আর সেদিকে ভ্রুক্ষেপও করলেন না রাঘববাবু। সোজা বৈঠকখানায় এসে ধপ করে নিজের গদি-আঁটা চেয়ারখানায় বসে খুব গভীর চিন্তায় মগ্ন হলেন।

ভাবনারই কথা কিনা। দুনিয়ায় অনেক ওলটপালট হয়ে যেতে পারে। যেমন, হয়তো রাত্রে রোদ উঠল, আর দিনে জ্যোৎস্না। জলের মাছ আকাশে উড়তে লাগল, চড়াইপাখি গিয়ে বাসা বাঁধল পুকুরের জলে। এমনও হয়তো দেখা যাবে যে, গ্রীষ্মকালে দুর্গাপুজো, মাঘ মাসে রথ আর ফাল্গুনে অম্বুবাচী হচ্ছে। কে জানে হয়তো জষ্টিমাসে লোকে লেপ গায়ে দেবে, পৌষমাসে হাতপাখা নেড়ে খাবে বরফজল। ডাঙায় এরোপ্লেন ঘুরে বেড়ালে, আর আকাশে গোরুর গাড়ি উড়লেও অবিশ্বাসের কিছু নেই। কিন্তু তা বলে রাঘববাবুর বাঁ কানের কথা কিন্তু মিথ্যে হওয়ার নয়। বিপদ আসছে। তবে সেটা কোথা দিয়ে কী রূপ ধরে আসে, সেটাই চিন্তার কথা।

আনমনে হাত বাড়াতেই তামাকের নলটা তাঁর হাতে চলে এল। কিছুক্ষণ খুব নিবিড়ভাবে তামাক খেলেন রাঘববাবু। তারপর আপনমনে বলে উঠলেন, ‘‘খুবই চিন্তার কথা!’’

সঙ্গে সঙ্গে একটা প্রতিধ্বনি হল, ‘‘খুবই চিন্তার কথা।’’

প্রতিধ্বনি শুনে একটু অবাক হলেন রাঘববাবু। কোথাও কোথাও প্রতিধ্বনি হয়, একথা তিনি জানেন। তাতে আপত্তির কিছু নেই। কিন্তু তাঁর যতদূর মনে পড়ছে এই বৈঠকখানায় তিনি কখনও প্রতিধ্বনি শোনেননি। তবে কি এতকাল ব্যাপারটা খেয়াল করেননি তিনি! একটু অবাক হয়ে নিজের হাতের তামাকের নলটিও দেখলেন রাঘববাবু। যতদূর জানেন, নবকৃষ্ণ বাড়ির লেপতোশক রোদে দিতে ছাদে বহাল আছে। সুতরাং নবকৃষ্ণর পক্ষে তামাক সেজে দেওয়া সম্ভব নয়। আর নবকৃষ্ণ ছাড়া তাঁর তামাক সাজার হুকুম আর কারও ওপর নেই। অথচ তিনি দিব্যি তামাক খাচ্ছেন! আরও একটু অবাক হয়ে তিনি হাতের নলটার দিকে চেয়ে বলে উঠলেন, ‘‘আমি তামাক খাচ্ছি!’’

‘‘আজ্ঞে, তামাক বলেই তো মনে হচ্ছে। অম্বুরি তামাকের গন্ধটাও ছেড়েছে ভাল।’’

এবার সচকিত হয়ে পিছনে তাকিয়ে তিনি লোকটাকে দেখতে পেলেন। হাঁ করে চেয়ে থেকে বললেন, ‘‘তুমি কে বলো তো!’’

‘‘আজ্ঞে, অধমের নাম গোলাপ রায়। আপনারই চরণাশ্রিত। কর্তা কি চিনতে পারছেন না আমাকে?’’

-টাথা চুলকে বললেন, ‘‘কী জানো, এত লোক আমার চরণাশ্রিত
কে মনে রাখা মুশকিল।’’
ই পারে। আমি হলুম গে মকরধ্বজের গোলাপ রায়। বেশি নয়, মাত্র
ট-ইয়ার দূরের লোক।’’
পড়েছে। তা বাপু, এখানে তোমার কোনও অসুবিধে হচ্ছে না তো!
তো!’’
অসুবিধে যা আছে তা গায়ে না মাখলেই হল। ধরুন, মকরধ্বজে
জিলিপি আর লুচির জলখাবার খেতুম, এখানে রুটি আর কুমড়োর
জ দুপুরে পোলাও মাংস আর পায়েস বাঁধা ছিল, এখানে ডাল ভাত
ঘ্যাঁট আর মাছের ঝোল। আরও শুনবেন কি কর্তামশাই?’’

‘‘তা শুনতে তো মন্দ লাগবে না, বলে ফেলো।’’

‘‘রাতের খাবারটা মকরধ্বজে একটু ভারী রকমেরই হয়। একেবারে মোগলাই। বিরিয়ানির সঙ্গে তন্দুরি মুরগি, পাকা মাছের কালিয়া, রোগন জুস, রেজালা, আলুবখরার চাটনি আর ক্ষীর। ফাঁকে ফাঁকে ছোটখাটো পদও থাকে। তা সেগুলোর কথা বলে আর ছুঁচো মেরে হাত গন্ধ করব না। সে তুলনায় এখানে রাতের খাবারটা বেশ হালকা, পেঁপের ঝোল আর ভাত।’’

‘‘তা হলে তো তোমার এখানে বেশ অসুবিধেই হচ্ছে হে!’’

‘‘না, কর্তামশাই, অসুবিধে কীসের? কথায় আছে পড়েছ মোগলের হাতে, খানা খেতে হবে সাথে। যখন যেমন, তখন তেমন। গুরুভোজন বাদ যাওয়ায় পেটের বিশ্রামও তো হচ্ছে।’’

‘‘তা বটে। তবে বাপু, তোমার তামাক সাজার হাতটা বেশ ভাল, বলতে কী আমাদের নবকৃষ্ণও এত ভাল সাজতে পারে না।’’

‘‘ওকথা বলে আর লজ্জা দেবেন না। দুটো কাজের কথা কইতে এসে দেখি আপনি খুব ভাবনায় পড়েছেন। তাই ভাবলুম ভাবনাচিন্তা করার সময় তামাক খুব কাজ দেয়।’’

‘‘বাঃ বাঃ, তোমার মাথায় তো বেশ ভাল ভাল ভাবনা আসে!’’

মুখখানা করুণ করে গোলাপ রায় বলল, ‘‘আজ্ঞে, ওইটেই হয়েছে মুশকিল, মাথাই যে আমার শত্তুর। ভাল ভাল ভাবনাচিন্তা, মাপজোক আসে বলে এ মাথার জন্য লোকে লাখো লাখো টাকা দাম দিতে চায় বটে, কিন্তু তাতে শত্রুপক্ষের তো খুশি হওয়ার কথা নয়। তাই তারা চায় আমাকে নিকেশ করতে কর্তামশাই, ভাল মাথার যেমন দাম আছে। তেমনি আবার গুনোগারও আছে।’’

রাঘব অবাক হয়ে বললেন, ‘‘কেন হে, তোমাকে নিকেশ করতে চায় কেন?’’

‘‘তাদের দোষ নেই কর্তামশাই, কারও বাড়া ভাতে ছাই দিলে বা মুখের গ্রাস কেড়ে নিলে নিকেশ তো করতে চাইবেই। গোলাপ রায় যে তাদের পথের কাঁটা!’’

‘‘কেন হে, তুমি করেছটা কী?’’

‘‘সেটা আর ভেঙে বলতে বলবেন না কর্তামশাই। আমার বড় বিপদ। দু’-চারদিনের মধ্যেই একটা এসপার-ওসপার হয়ে যাবে। আর সেইজন্যই আপনার কাছে আসা।’’

‘‘তা বাপু, বিপদ বুঝলে পুলিশের কাছে যাচ্ছ না কেন? আমাদের গিরিধারী দারোগা তো দাপটের লোক।’’

একটু বিজ্ঞের হাসি হেসে গোলাপ বলল, ‘‘দারোগা-পুলিশের কর্ম নয় কর্তামশাই। সাধারণ চোর-ডাকাত-খুনি হলে কি আর ভাবনা ছিল! আপনার আশীর্বাদে ওসব ছোটখাটো অপরাধী গোলাপ রায়ের হাতের ময়লা। কিন্তু এরা অনেক উঁচু থাকের লোক। মকরধ্বজের উলটো গ্রহই হল চ্যবনপ্রাশ, সেখানে গিজগিজ করছে সব প্রতিভাবান শয়তান। তাদের সঙ্গে এঁটে ওঠা দায়! ফলে যে গন্ধমাদনটি এসেছে তাকে লক্ষ করেছেন তো? দেখবেন ডান কানটা বাঁ কানের চেয়ে ছোট। ওটাই হল চ্যবনপ্রাশের লোকদের লক্ষণ। কালও বুঝতে পারিনি বটে, কিন্তু আজ সকালের আলোয় ভাল করে লক্ষ করেই বুঝলাম, আমার শমন এসে গেছে।’’

‘‘কদম কোঙারের কথা বলছ নাকি হে? কিন্তু সে তো একজন সামান্য লেঠেল।’’

‘‘তাই বলেছে বুঝি? তা অমন কত কথাই বলবে। আসল কথা হল, লোকটা এসে গেছে। এখন হয় ও মরবে, না হয় আমি। আর সেইজন্য আপনার কাছে আসা।’’

‘‘তাই তো! তুমি তো বেশ চিন্তায় ফেলে দিলে হে!’’

‘‘নিজের প্রাণটা হাতে নিয়ে লোফালুফি করেই তো আমাকে বেঁচে থাকতে হয় কর্তামশাই! তাই বলছিলুম, গোলাপ রায় মরেছে শুনলেও দুঃখ করবেন না। এরকম কত প্রতিভাই তো অকালে নষ্ট হয়ে যায়। সব কুঁড়িতেই কি ফুল ফোটে, না কি সব বৌলেই আম হয়। আপনাদের কোন কবি যেন বলেছেন, যে-নদী মরুপথে হারাল ধারা? এ হল সেই বৃত্তান্ত।’’

‘‘তা বাপু, এর কি কোনও বিহিত নেই? আমরা পাঁচজন থাকতে তোমাকে তো বেঘোরে মরতে দেওয়া যায় না।’’

সবেগে মাথা নেড়ে গোলাপ বলল, ‘‘না কর্তামশাই, আমার প্রাণ বাঁচাতে গিয়ে আপনারা কেন বিপদ ডেকে আনবেন? ও কাজও করবেন না। ছাতা দিয়ে কি

বজ্রাঘাত ঠেকানো যায় মশাই? শোলা দিয়ে তো আর লোহা কাটা যায় না! কখনও কি শুনেছেন ছুঁচ দিয়ে কেউ বাঘ মেরেছে?''

রাঘববাবু কাঁচুমাচু হয়ে বললেন, ''তা অবশ্য শুনিনি।''

''তবে! চ্যবনপ্রাশের নামই দেওয়া হয়েছে গুন্ডা গ্রহ। সেখানে গন্ডায়-গন্ডায় গুন্ডা ঘুরে বেড়াচ্ছে। সেখানে চার কদম হাঁটতে না হাঁটতেই চারটে খুন, সাতটা রাহাজানি, বারোটা ছিনতাই দেখতে পাবেন। আর গুন্ডাদের চেহারাই বা কী, মনে হবে সাতটা মহিষাসুরকে চটকে মেখে নিয়ে এক-একটা গুন্ডা তৈরি করা হয়েছে। তাদের তুলনায় কদম কোঙার তো নস্যি। তাকে চ্যবনপ্রাশের কুলাঙ্গারই বলতে পারেন। তবু তারই এলেমটা দেখুন। কাল রাতে সে ওই অতবড় লাশ হাবু দাসকে নেংটি ইঁদুরের মতো তুলে আছাড় মেরেছে। গুণেন গায়েনকে পিঁপড়ের মতো টোকা মেরে উড়িয়ে দিয়েছে।''

''বলো কী? কই কেউ তো আমাকে এসব জানায়নি!''

''আজ্ঞে, কার ঘাড়ে ক'টা মাথা? আপনারও জানার দরকার নেই। মনে করে নিন, কথাটা আমি বলিনি, আপনিও শোনেননি।''

''তাই তো হে! আমার বিপদে তো দেখছি ঘরে ঢোকার আগে পাপোশে পা মুছছে।''

''যে আজ্ঞে। কড়া নাড়া দিতে আর দেরি নেই। আর সেইজন্যই গা-ঢাকা দিয়ে আপনার কাছে আসা। হাট গোবিন্দপুর থেকে তল্পিতল্পা গোটানোর আগে আপনার কাছে একটা জিনিস গচ্ছিত রেখে যেতে চাই।''

''কী জিনিস বলো তো!''

''এই যে!'' বলে ট্যাঁক থেকে একটা কাগজের মোড়ক বের করল গোলাপ রায়। সাবধানে পুরিয়াটা খুলে জিনিসটা এগিয়ে দিয়ে বলল, ''বড্ড দামি জিনিস কর্তামশাই। এই ছোট্ট জিনিসটার জন্যই এতদূর থেকে ধাওয়া করে এসেছে কদম কোঙার।''

রাঘববাবু দেখলেন, মোড়কের মধ্যে একটা ছোট পাথর। মটরদানা সাইজ। রংটা লালচে।

''এটা কী পাথর হে? চুনি নাকি?''

হেঃ হেঃ করে হেসে উঠল গোলাপ। বলল, ''চুনি! কী যে বলেন কর্তামশাই। আমাদের মকরধ্বজে যে মোরামের রাস্তাগুলো আছে সেগুলো তো চুনির গুঁড়ো দিয়েই তৈরি হয়। যদি হিরের কথা বলেন তা হলে বলি, মকরধ্বজের পথেঘাটে মাটির ডেলার মতো হিরে পড়ে থাকে, বাচ্চারা কুড়িয়ে নিয়ে ঢিল মেরে মেরে আম পাড়ে। আর পান্না! আমাদের চার-চারটে পাহাড় আছে আগাগোড়া পান্না দিয়ে তৈরি।

না কর্তামশাই, না। এ চুনিটুনি নয়। সারা বিশ্বজগতে চার-পাঁচখানার বেশিই নেই। এ যার দখলে থাকবে, সে কুবেরকে চাকর রাখতে পারবে।''

''বটে!''

''একটু সাবধানে রাখতে হবে কর্তামশাই, কেউ টের না পায়।''

রাঘব দোনোমোনো করে বললেন, ''এত দামি জিনিস বলছ। তা এটা রাখা কি ঠিক হবে?''

''কর্তামশাই, এ কথা ঠিক যে, রাহুর পিছু পিছু কেতুও ঘুরে বেড়ায়। কাজেই এ জিনিসের পিছু পিছু যে বিপদও ঘুরে বেড়াবে তাতে আর সন্দেহ কী? তবে আমার তো চালচুলো নেই, তার ওপর কবে যে প্রাণবায়ু বেরিয়ে যায় তার ঠিক কী? তখন যে এই কুবেরের ধন বেওয়ারিশ পড়ে থাকবে, নইলে শত্রুপক্ষের হস্তগত হবে। আমি বলি কী, আপনার কাছেই থাক। যদি আমি পটল তুলি তা হলে এটা আপনারই হয়ে গেল, তবু ভাবব একজন সজ্জনের ভোগে লেগেছে।''

লজ্জা পেয়ে রাঘববাবু বললেন, ''না, না, সেটা ধর্মত, ন্যায্যত ঠিক হবে না। তোমার জন্য তো আমি তেমন কিছু করিনি যে, এত দামি জিনিসটা তুমি আমাকে এমনি দিয়ে ফেলবে!''

চোখ বড় বড় করে গোলাপ বলল, ''করেননি মানে? হোক ঘ্যাঁট, হোক জলের মতো পাতলা ডাল, হোক পেঁপের ঝোল, তবু তা খেয়ে তো আমার প্রাণরক্ষা হয়েছে মশাই, প্রাণের চেয়ে দামি জিনিস আর কী আছে বলুন! তবে হ্যাঁ, বিবেক দংশন বলেও একটা ব্যাপার আছে। বিবেক হল কাঠপিঁপড়ের মতো। নচ্ছারটা জামাকাপড়ের মধ্যে কোথায় ঢুকে লুকিয়ে থাকে কে জানে! তারপর সময়মতো এমন কামড়ায় যে, কহতব্য নয়। আপনার হয়তো তখন মনে হবে, আহা, গোলাপ বেচারাকে শুধু পেঁপের ঝোল আর ঘ্যাঁট আর ডাল খাইয়েই বিদেয় করলুম, আর সে আমার কত বড় উপকারটা করে গেল।''

রাঘববাবু সোৎসাহে বলে উঠলেন, ''হ্যাঁ হ্যাঁ, ঠিক বলেছ তো! কাঠপিঁপড়ের কামড় আমি খুব চিনি।''

''তাই বলছিলুম কর্তামশাই, ও জিনিসের দাম তো আর আপনার কাছ থেকে আমি নিতে পারি না! টাকাপয়সায় ওর দামও হয় না। তবু ওই বিবেক হতচ্ছাড়ার হাত থেকে বাঁচতে হলে দশ-বিশ হাজার যা পারেন দিলেই চলবে। দাম-টাম নয়, নিতান্তই বিবেকের মুখ আটকে রাখা আর কী। একরকম বন্ধক রাখা বলেই মনে করুন। আপনার কাছে আমার পাথর বন্ধক রইল, আর আমার কাছে আপনার বিবেক।''

রাঘববাবু করুণ মুখ করে বললেন, ''সবই তো বুঝলুম বাপু। মনে হচ্ছে তুমি ন্যায্য

কথাই বলছ। কিন্তু বিধু স্যাকরাকে একবার পাথরটা না দেখিয়ে তো টাকাটা ফেলতে পারি না। একবার একটা লোক যে পোখরাজ বলে কাচ গছিয়ে গিয়েছিল।''

হাঃ হাঃ করে হেসে গোলাপ বলল, ''বিধু স্যাকরা? কর্তামশাই, আমার অনেক দোষ থাকতে পারে, কিন্তু অকৃতজ্ঞ নই। আপনি অন্নদাতা, আশ্রয়দাতা। ও জিনিসের কোনও দাম আমি আপনার কাছ থেকে নিতে পারব না। ও আপনি এমনিই রেখে দিন। শুধু দয়া করে বিধু স্যাকরাকে ডেকে পাঁচ কান করবেন না। একটু সাবধানে রাখবেন এই অনুরোধ।''

রাঘববাবু ফের একটু দোনোমোনো করে বললেন, ''সাবধানে রাখতে বলছ! কোথায় রাখা যায় তাই ভাবছি।''

''কেন কর্তামশাই, গোপন কুঠুরি বা চোরা সিন্দুক নেই?''

লজ্জা পেয়ে রাঘববাবু বললেন, ''তা আছে বটে।''

''তবে চলুন, আমিই দেখিয়ে দিচ্ছি ঠিক কোথায় রাখলে জিনিসটা নিরাপদ থাকবে।''

''বলছ! তবে চলো।''

অন্দরমহলের দরদালান পেরিয়ে বাঁদিকে মস্ত ঠাকুরঘর। সেই ঘরে ঠাকুরের সিংহাসনের আড়ালে একটা ছোট্ট চৌখুপির মতো গুপ্ত দরজা। সেটা চাবি দিয়ে খুলে ভিতরে ঢুকলেন রাঘববাবু। হাতে টর্চ, পিছনে গোলাপ রায়।

গুপ্ত কক্ষের ভিতরে অন্তত সাতখানা সিন্দুক। পুরু ইস্পাতের তৈরি, মজবুত জিনিস।

দেখেশুনে গোলাপ বলল, ''না, ব্যবস্থা খুব একটা খারাপ নয়।''

''খারাপ নয় বলছ!''

''মোটামুটি ভালই। এবার একে একে সিন্দুকগুলো খুলে একটু টর্চটা ফোকাস করে ধরুন দেখি। কোথায় রাখলে সুবিধে হয় একটু পরীক্ষা করে দেখি।''

তা খুললেন রাঘববাবু। প্রত্যেক সিন্দুকেই বিস্তর ছোট বাক্স। তাতে সোনাদানা, টাকাপয়সা, হিরে-জহরত।

দেখেশুনে বাঁ ধারের মাঝখানের সিন্দুকটাই পছন্দ হল গোলাপের। বলল, ''এটা মন্দ নয় মনে হচ্ছে। ইস্পাতটা পুরু আছে, তা ছাড়া তিনটে চাবিতে খোলে। না কর্তামশাই, এটাতেই রাখুন।''

রাঘববাবু পাথরটা সাবধানে একটা বাক্সে রেখে সিন্দুক বন্ধ করে বললেন, ''বলি ওহে গোলাপ!''

''বলুন কর্তামশাই।''

‘‘বলছিলাম কী, সত্যিই যদি তুমি মরে-টরে যাও, তা হলে তো পাথরটা আমারই হবে, না কি?’’

‘‘যে আজ্ঞে। গোলাপ রায়ের কথার কোনও নড়চড় হয় না।’’

‘‘কিন্তু বাপু, তা হলে যে আমি তোমার কাছে ঋণী হয়ে থাকব। সেটা কি ভাল দেখাবে?’’

‘‘তা কেন কর্তামশাই, আপনার কাছেও তো আমার কিছু ঋণ আছে। ধরুন খাওয়া থাকা বাবদ হিসেব করলে দিনে যদি সাড়ে তেরো টাকাও ধরেন তা হলে গত তেতাল্লিশ দিনে দাঁড়াচ্ছে একুনে পাঁচশো আশি টাকা পঞ্চাশ পয়সা। সেটা কি কম হল কর্তামশাই? তবে আপনার বিবেকের দায়িত্বটা আর আমার ওপর অর্শাচ্ছে না।’’

একটু লাজুক মুখে রাঘব কয়েকখানা নোট নিয়ে বললেন, ‘‘নাও হে, এ ক’টা রাখো। দু’হাজার আছে।’’

যেন ছ্যাঁকা খেয়ে হাতটা টেনে নিয়ে গোলাপ বলল, ‘‘করেন কী কর্তা! ও টাকা আপনি বরং কাঙাল ভিখিরিদের বিলিয়ে দেবেন। আমার অন্তিমকাল তো ধাঁ করে চলেই এল প্রায়। এখন আর টাকাপয়সা দিয়ে হবেই বা কী?’’

‘‘আহা, আচ্ছা না হয় পাঁচ হাজারই দিচ্ছি। নাও হে, এ দিয়ে ভালমন্দ কিছু খেয়ো।’’

মাথা নেড়ে গোলাপ বলল, ‘‘আর লজ্জা দেবেন না কর্তা। তবে একটা কথা বলি।’’

‘‘কী বলবে হে?’’

‘‘গন্ধে গন্ধে কদম কোঙার ঠিক জায়গায় এসেছে বটে, কিন্তু এতজনের মধ্যে কোনটা আমি তা কিন্তু বুঝে উঠতে পারেনি। তবে বেশিদিন তো আর ছদ্মবেশ রাখা যাবে না। কিন্তু কতদিন আয়ু আছে তা না বুঝে খোরাকির টাকা নিই কী করে? ধরুন যদি আরও এক মাস বেঁচে থাকতে হয় তা হলে এ বাজারে পাঁচ হাজারে কি ভালমন্দ খাওয়া চলবে?’’

‘‘আচ্ছা আচ্ছা, পুরো দশই দিচ্ছি। দয়া করে নাও ভাই।’’

একটা দীর্ঘশ্বাস ফেলে গোলাপ বলল, ‘‘আপনাকে দুঃখও দিতে পারি না কিনা। দিচ্ছেন দিন। তবে যদি বেঁচে ফিরে আসি তা হলে এ টাকার ডবল ফেরত দিয়ে পাথর নিয়ে যাব। ওটা এক মাসের সুদ বলে ধরবেন। দু’মাস হলে ত্রিশ হাজার, তিন মাস হলে চল্লিশ, এরকম রেটেই টাকা আপনার বাড়তে থাকবে।’’

রাঘববাবু বিগলিত হয়ে বললেন, ‘‘বেশ তো! বেশ তো!’’

‘‘তা হলে আসি কর্তামশাই! পরে যে ক’দিন এ বাড়িতে আছি মাঝে মাঝে এসে দেখা করে যাব।’’

গোলাপ রায় চলে যাওয়ার পর চোরকুঠুরি থেকে বেরিয়ে কপালের ঘাম মুছলেন রাঘববাবু।

বৈঠকখানায় এসে নিজের চেয়ারে বসলেন। তারপর খুব ভাবতে লাগলেন।

চার

অস্বস্তিটা যে কোথায় হচ্ছে তা বুঝতে পারছিলেন না নন্দলাল। তবে হচ্ছে। কখনও মনে হচ্ছে মাথায়, কখনও ভাবছেন বুকে, কখনও বা পেটে। অস্বস্তিটা যেন একটা ডেলা পাকিয়ে শরীরের এখানে ওখানে ইচ্ছেমতো ঘুরে বেড়াচ্ছে। শুয়ে বসে কিছুতেই আরাম হচ্ছে না।

দুপুরে হরকালী কোবরেজের বাড়িতে হানা দিলেন।

হরকালী উঠোনে তাঁর ওযুধের বড়ি রোদে শুকোতে দিয়ে জলচৌকি পেতে বসে একটা লাঠি হাতে কাকপক্ষী তাড়াচ্ছেন। মাথায় ভাঁজ করা ভেজা গামছা।

‘‘বলি, ওহে হরকালী!’’

‘‘নন্দলাল যে!’’

‘‘তোমার কোবরেজি বিদ্যের ওপর যদিও আমার আস্থা নেই, তবু নাড়িটা একটু দেখো তো! সকাল থেকে একটা অস্বস্তি হচ্ছে।’’

‘‘অস্বস্তি হচ্ছে! বলি ব্রাহ্মণভোজনের নেমন্তন্ন খেয়েছ নাকি কোথাও?’’

‘‘আরে না, আজকাল কি আর মানুষের দেবদ্বিজে সেরকম ভক্তি আছে?’’

‘‘বলি ফলার-টলার সাঁটাওনি তো?’’

‘‘আরে না রে ভাই। সেসব নয়। সকালে মর্কটের মতো একটা লোকের মুখদর্শন করার পর থেকেই অস্বস্তিটা হচ্ছে বলে মনে হয়। তা তোমার আয়ুর্বেদে কী বলে হে? দর্শন শ্রবণ থেকেও কি মানুষের রোগভোগ হতে পারে?’’

‘‘তা হবে না কেন? খুব হয়। যত রোগের গোড়াই তো মন। বিকট গন্ধ শুঁকলে, ভয়ংকর দৃশ্য দেখলে, বিদঘুটে শব্দ শুনলে নানারকম রোগভোগ হতে পারে। এসব হলে মন বিকল হয়ে যায় বলে শাস্ত্রে নানারকম প্রায়শ্চিত্তের বিধানও আছে। প্রায়শ্চিত্ত মানে পুনরায় চিত্তে গমন। তা মর্কটটা কে?’’

‘‘সেইটেই তো হয়েছে সমস্যা। মর্কটটাকে যে আমি কোথায় দেখেছি তা মনে করতে পারছি না। অথচ আমার স্মৃতিশক্তি তো দুর্বল নয়। আর সেইজন্যই সকাল থেকে অস্বস্তিটা হচ্ছে বলে মনে হয়।’’

হরকালী খুব মন দিয়ে চোখ বুজে অনেকক্ষণ ধরে নন্দলালের নাড়ি দেখে বললেন, "এ তো ঊর্ধ্ববায়ু বলে মনে হচ্ছে। বায়ু ঊর্ধ্বগামী হলে অনেক সময়ে সাময়িক স্মৃতিভ্রংশের মতো হয়। গুরুতর কিছু নয়। তালুতে একটু মধ্যমনারায়ণ তেল ঠেসে পুকুরে ভাল করে ডুব দিয়ে স্নান করে ফেলো গে।"

তাও করলেন নন্দলাল। কিন্তু তেমন স্বস্তি বোধ করলেন না।

দুপুরে খেয়ে-দেয়ে উঠে নন্দলাল সবে একটু শুয়েছেন, অমনি নাতি এসে বায়না ধরল, "ও দাদু, আজ আমরা পুজো-পুজো খেলব যে, তোমার ছেঁড়া নামাবলিটা দাও।"

নন্দলাল বললেন, "পুজো-পুজো খেলবে বুঝি? তা বেশ তো! আজ কী পুজো হচ্ছে তোমাদের?"

"শ্মশানকালী।"

"ও বাবা! তা হলে তো গুরুতর ব্যাপার।"

নাতি গম্ভীর মুখে বলল, "বলিও হবে।"

"বলি! বাপ রে! তা কী বলি দেবে ভাই?"

"মানকচু। গোবিন্দ এই অ্যাত বড় দা এনেছে।"

মাথার ভিতর কী যেন একটা টিকটিক করছে নন্দলালের। অস্বস্তিটাও যেন দ্বিগুণ চৌগুণ হয়ে গেল। তাই তো! এরকম হচ্ছে কেন? নন্দলাল ফের বালিশে মাথা রাখতে গিয়ে ধড়মড় করে উঠে বসলেন।

মনে পড়ে গেছে!

মনে পড়ার সঙ্গে-সঙ্গে অস্বস্তিটাও উধাও হয়ে গেল।

বছরখানেক আগে এক সকালে একটা লোক এসে হাজির। ভারী বিনয়ী ভাব। রোগা চেহারা, মুখখানা সরু, চোখে ধূর্তামি। নাকের নীচে একফালি সূক্ষ্ম গোঁফ আছে, মাথায় লম্বা চুল।

"পেন্নাম হই ঠাকুরমশাই। আমার নাম সুধীর বিশ্বাস। বড্ড ঠেকায় পড়ে এসেছি। কাজটা একটু উদ্ধার না করে দিলেই নয়।"

লোকটাকে দেখে নন্দলালের বিশেষ পছন্দ হল না। তবু মোলায়েম গলাতেই বললেন, "কী ব্যাপার বাপু?"

"আজ রাতে আমাদের শ্মশানকালী পুজোটা করে দিতে হবে ঠাকুরমশাই।"

"কোথায় পুজো?"

"আগে বিদ্যেধরী পেরোলেই নবগ্রাম। তার কাছেই। আজ্ঞে, আমরাই এসে নিয়ে যাব। প্রণামী দক্ষিণা যা চাইবেন সব দেওয়া হবে।"

"ওরে বাপু, ওঠ ছুঁড়ি তোর বিয়ে বলে হুড়ো দিলেই তো হবে না। আমারও পাঁচটা কাজ আছে।"

"দোহাই ঠাকুরমশাই, আমাকে ফিরিয়ে দেবেন না। সব আয়োজন পণ্ড হবে। বড্ড আশা নিয়ে এসেছি। যাঁর পুজো করার কথা ছিল কাল থেকে তাঁর ভেদবমি হচ্ছে। শীতলবাবু তো খুবই ভেঙে পড়েছেন।"

"শীতলবাবুটি কে?"

"আজ্ঞে সবাই তাঁকে ল্যাংড়া শীতল বলেই জানে। গোটা পরগনা একডাকে চেনে।"

"কই বাপু, নামটা শুনেছি বলে তো মনে পড়ছে না!"

"আজ্ঞে, বিদ্যেধরীর ওপারেই তাঁর কাজকারবার। এপারে তাঁর নামটা বিশেষ ছড়ায়নি। ভারী দরাজ হাতের মানুষ।"

"তা আমি ছাড়া কি আর পুরুত নেই হে!"

"কী যে বলেন ঠাকুরমশাই! পুরুতের অভাব কী? তবে সবাই একবাক্যে বলল, ওহে বাপু, পুরুতের মতো পুরুত না হলে কালীপুজো করাই উচিত নয়। শ্মশানকালী কাঁচাখেকো দেবতা। মুরুব্বিরা একবাক্যে আপনার কথাই বলছে যে! শীতলবাবু এই আড়াইশোটি টাকা অগ্রিম পাঠিয়েছেন। বাকিটা পুজোর পর।"

গাঁ-গঞ্জের পক্ষে টাকাটা বেশ ভালই। একটু দোনোমোনো করে নন্দলাল রাজি হয়ে গেলেন।

লোকটা বলল, "বেলা তিনটে নাগাদ গোরুর গাড়ি চলে আসবে ঠাকুরমশাই। বিদ্যেধরীতে নৌকো তৈরি থাকবে। কোনও চিন্তা করবেন না। পুজো হয়ে গেলেই আবার ফিরিয়ে দিয়ে যাব। শীতলবাবুর কথার নড়চড় হয় না।"

তা নড়চড় হল না ঠিকই, বেলা তিনটে তো ঠিক তিনটের সময়েই দিব্যি ঝকঝকে গোরুর গাড়ি এসে হাজির। নতুন ছই লাগানো। ভিতরে পুরু খড় বিছিয়ে তার ওপর তোশক পেতে এবং তারও ওপর ফর্সা চাদর বিছিয়ে বেশ ভাল ব্যবস্থা করা হয়েছে। সুধীর বিশ্বাস সারাক্ষণ নানারকম বিনয় বচন আওড়াতে লাগল।

বিদ্যেধরীতে বেশ বড় একখানা নৌকো বাঁধা ছিল। তাতেও আরামের ব্যবস্থা। নন্দলাল খুশিই হয়েছিলেন। আজকাল ব্রাহ্মণ বা পুরোহিতের মান মর্যাদা ক'জনাই বা বোঝে?

নবগ্রামের ঘাটে নামার পর পালকির ব্যবস্থা। সেটাও কিন্তু অস্বাভাবিক লাগেনি নন্দলালের কাছে। কিন্তু পালকিতে যেতে যেতে ক্রমে বুঝতে পারছিলেন যে, পথ আর ফুরোচ্ছে না এবং তাঁকে বেশ গভীর জঙ্গলে নিয়ে আসা হয়েছে।

"ওহে সুধীর, এ যে জঙ্গল!"

"যে আজ্ঞে। এখানেই শীতলবাবুর আস্তানা কিনা।"

নন্দলাল ভয়ে আর প্রশ্ন করতে সাহস পেলেন না। অজ্ঞাতকুলশীলের কথায় রাজি হওয়া যে ঠিক হয়নি তাও বুঝলেন। কিন্তু বসে বসে ইষ্টনাম জপ করা ছাড়া আর কীই বা করবেন?

লোকগুলো গভীর জঙ্গলের মধ্যে একটা চাতালের মতো জায়গায় তাঁকে নিয়ে এল। সেখানেই পুজোর আয়োজন হয়েছে। চারদিকে মশালের আলো। পালকি থামতেই বিশ-পঁচিশজন ষণ্ডামার্কা লোক এসে ঘিরে ফেলল। নন্দলাল অভিজ্ঞ লোক। বুঝলেন এরা মানুষ সুবিধের নয়। তবে তারা নন্দলালকে খুবই খাতির করতে লাগল। ষণ্ডাদের মধ্যেও যার চেহারা আরও ভয়ংকর সেই লোকটা যখন লেংচে লেংচে এসে তাঁকে প্রণাম করল, তখন নন্দলাল বুঝলেন, এই হল ল্যাংড়া শীতল।

শীতল গম্ভীর মানুষ। গলার স্বর বাজের মতো। বলল, "ঠাকুরমশাই, আজ পুজোটা প্রাণ দিয়ে করবেন। আমার একটা রিষ্টি আছে।"

নন্দলালের একটা গুণ হল, বিপদে পড়লে মাথাটা ঠান্ডা হয়। তিনি ঘাবড়ালেন না। কালীপুজো মেলাই করেছেন, কাজেই ও নিয়ে চিন্তা নেই। পুজোর আয়োজনে বসে গেলেন। কিন্তু একটা সন্দেহজনক ফিসফাস কানে আসছিল। প্রথমটায় ভাবলেন ভুল শুনেছেন। কিন্তু বারবার কথাটা কানে আসছিল বলে হঠাৎ সচকিত হলেন। "আজ নরবলি হবে! আজ নরবলি হবে!" শুনে তাঁর মেরুদণ্ড বেয়ে হিমশীতল স্রোত নেমে গেল। সর্বনাশ! এ কাদের পাল্লায় পড়লেন তিনি! তাঁর শরীরে কাঁপুনি উঠে যাচ্ছিল।

সুধীর বিশ্বাস এক ফাঁকে এসে কানে কানে বলল, "ঠাকুরমশাই, আপনাকে আগে বলা হয়নি। বললে হয়তো আসতে সঙ্কোচ বোধ করতেন।"

"কী কথা বাপু?"

"এই আজ্ঞে, আমাদের শীতলবাবুর রিষ্টি আছে তো! খুব নাকি খারাপ ফাঁড়া। তাই এক জ্যোতিষী নিদান দিয়েছে, নরবলি দিলে রিষ্টি কেটে যাবে।"

নন্দলাল কাঁপতে কাঁপতে বললেন, "বাপু, সে আমার দ্বারা হওয়ার নয়।"

"না ঠাকুরমশাই, বলি তো আর আপনাকে দিতে হবে না। আপনি শুধু উচ্ছুগ্গুটা করে দেবেন। আমাদের বলি দেওয়ার ভাল লোক আছে। ওই যে দেখুন না, শিমুল গাছের তলায় বসে আছে, ওর নাম হল নকুল সর্দার। খুব ডাকাবুকো লোক। শীতলবাবুর ডান হাত। মাথাটা একটু গরম, তা ছাড়া আর কোনও গণ্ডগোল নেই।"

নকুল সর্দারকে দেখে নন্দলালের মনে হয়েছিল, এরকম হৃদয়হীন লোক তিনি

জীবনে দেখেননি। যেমন সাংঘাতিক ঠান্ডা চোখ, তেমনি দশাসই চেহারা। হাতে একখানা মস্ত খাঁড়া নিয়ে বসে আছে। স্থির, পাথরের মতো। নন্দলাল নকুলের দিকে একবারের বেশি দু'বার তাকাতে পারেননি।

পুজো সেদিন তাঁর মাথায় উঠেছিল। অং বং করে কী মন্ত্র পড়েছিলেন কে জানে। তারপর যখন বলি দেওয়ার জন্য হাত-পা বাঁধা একটা বছর পনেরো-ষোলো বয়সের ছেলেকে এনে ধড়াস করে হাড়িকাঠের সামনে ফেলা হল, তখন নন্দলাল যে ভয়ে অজ্ঞান হয়ে যাননি সেটাই ভাগ্যের কথা।

কিন্তু নন্দলাল নিজেকে সামলে নিলেন। মনটাকে শক্ত করলেন, ভেবে দেখলেন, এই পরিস্থিতিতে বুদ্ধি ঠিক না থাকলে সর্বনাশ!

মনে মনে বুদ্ধি আঁটিতে আঁটতে পুজোটা সেরে নিলেন কোনওক্রমে। তারপর বলি উৎসর্গ করার সময়ে বেশ শান্তভাবেই হাত-পা বাঁধা ছেলেটার কপালে সিঁদুর পরালেন। বললেন, ''ওহে, নিখুঁত কি না দেখে এনেছে তো! খুঁত থাকলে কিন্তু বলি হয় না।''

সুধীর বিশ্বাস তাড়াতাড়ি এগিয়ে এসে বলল, ''আজ্ঞে ঠাকুরমশাই, দেখেশুনেই এনেছি। কোনও খুঁত নেই। হাত-পা সব ঠিকঠাক আছে।''

নন্দলাল গম্ভীর হয়ে বললেন, ''তবু ভাল করে পরখ করে নেওয়া ভাল। খুঁত থাকলে বলির উদ্দেশ্য তো সিদ্ধ হবেই না, উলটে অভিশাপ লেগে যাবে। ওহে বাপু, কেউ একটা মশাল এনে তুলে ধরো দেখি!''

তাড়াতাড়ি চার-পাঁচটা মশাল এগিয়ে এল। উবু হয়ে বসে নন্দলাল ছেলেটার অসহায় মুখটা দেখতে দেখতে হঠাৎ ভ্রূকুটি করে বলে উঠলেন, ''কী সর্বনাশ! এর যে কষের একটা দাঁত নেই!''

কথাটা ডাহা বানানো। কষের দাঁত আছে কি নেই তা নন্দলাল দেখতেই পাননি। আন্দাজে একটা ঢিল ছুড়লেন মাত্র।

সঙ্গে সঙ্গে চারদিকে একটা গর্জন উঠল, ''অ্যাঁ! কী সর্বনাশ! দাঁত নেই?''

নন্দলাল দুঃখিতভাবে মাথা নেড়ে বললেন, ''না হে, এ বলি দিলে মহাপাতক হয়ে যাবে।''

চারদিকে একটা শোরগোল উঠল। কেউ আর ছেলেটার দাঁত পরীক্ষা করার ঝামেলায় গেল না। নকুল সর্দার একটা হুংকার দিয়ে উঠে এসে সুধীর বিশ্বাসের ঘাড়ে একটা বিশাল থাবা মেরে বলল, ''আজ এই শয়তানটাকেও তা হলে বলি দেব।''

চারদিক থেকে সুধীর বিশ্বাসের ওপরেই আক্রোশটা এসে পড়ল। বেশ কয়েকটা চড়থাপ্পড় খেয়ে পিছু হটতে হল তাকে।

শীতল বলল, ‘‘তা হলে কী হবে ঠাকুরমশাই? পুজো কি পণ্ড হয়ে গেল?’’

নন্দলাল মিষ্টি হেসে বললেন, ‘‘ওরে বাবা, পঞ্চাশ বছর ধরে পুজো করে আসছি, আমার পুজো কি পণ্ড হয়?’’

‘‘কিন্তু বলি হল না যে!’’

‘‘তারও ব্যবস্থা আছে। রোসো বাপু, পুঁথি খুলে দেখিয়ে দিচ্ছি।’’

এই বলে পুরোহিত সংহিতাখানা খুলে যে শ্লোকটা বেরোল সেটাই খানিকটা পড়ে বললেন, ‘‘বুঝলে তো! নরবলি স্থলে ছাগ ও মহিষ বলি স্বচ্ছন্দে চলতে পারে। ফল একই হবে।’’

‘‘কিন্তু জ্যোতিষী যে বলল, নরবলি ছাড়া হবে না!’’

‘‘পূজা-পাঠ-হোম-যজ্ঞের জটিল পদ্ধতি ও নিয়ম তো জ্যোতিষীর জানার কথা নয় বাবা। জ্যোতিষশাস্ত্র পার হয়ে তবে তো সংহিতার রাজ্য। জ্যোতিষীরা নিদান দেয়, কিন্তু সেটা কার্যকর তো করে পুরোহিতরা। পুর বা জনগণের হিত বা মঙ্গল যারা করে তারাই তো পুরোহিত।’’

‘‘তা হলে দোষ হবে না বলছেন?’’

‘‘কিছু না, কিছু না। দোষ হলে আমি দায়ী থাকব। ও ছোঁড়াটাকে আটকে রেখে আর কর্মফল খারাপ কোরো না। ওকে বাড়ি পৌঁছে দাও, আর একটা পাঁঠা নিয়ে এসো।’’

তাই হল। ছেলেটার বাঁধন খুলে দুটো ভীমাকৃতি লোক টানতে টানতে নিয়ে চলে গেল। নিখুঁত পাঁঠা জোগাড় করতে না পেরে কাছাকাছি বাথান থেকে একটা মোষ নিয়ে আসা হল। বলির সময় নন্দলাল চোখ বুজে রইলেন। মনে মনে ভাবলেন, এ তবু মন্দের ভাল।

এক রাতে এক ঝলক দেখা, তাও অনেক লোকের মধ্যে; তবু নকুল সর্দারকে ভুলে যাননি নন্দলাল। এতদিন বাদে দেখে হঠাৎ চিনতে পারেননি ঠিকই, কিন্তু এখন আর সন্দেহ নেই। রাঘববাবুর বাড়িতে কদম কোঙার নামে যাকে দেখেছেন, সে আসলে নকুল সর্দার।

পাঁচ

হলধরের উড়ুক্কু ঝাঁটা যে একদিন সত্যিই উড়ে বেড়াবে তাতে রুইতন আর হরতনের কোনও সন্দেহ নেই। রোজই গিয়ে তারা কিছুক্ষণ হলধরের ঘরে বসে খুব মন দিয়ে ঝাঁটা তৈরির কাজ দেখে।

হলধর দুঃখ করে বলে, ‘‘আমাকে কেউ বিশ্বাস করে না, বুঝলে? সবাই ভাবে আমি একটা পাগল। কিন্তু যেদিন সত্যিই আমার ঝাঁটা উড়ে বেড়াবে সেদিন লোকে বুঝবে।’’

রুইতন আর হরতনের হলধরকে অবিশ্বাস হয় না। তার কারণ, কিছুদিন আগে হলধর একটা ছোট্ট বিঘতখানেক লম্বা এরোপ্লেন তৈরি করেছিল। তাতে ছোট জেটও লাগিয়েছিল হলধর। সেটা উড়তে পারে বলে প্রথমটায় বিশ্বাস হয়নি তাদের। কিন্তু আশ্চর্যের বিষয়, যেদিন হলধর সেটা পরীক্ষা করার জন্য বাড়ির পিছনে আগাছায় ঘেরা পতিত জমিতে নিয়ে গিয়ে চালু করল, সেদিন সেটা কিছুক্ষণ গোঁ গোঁ শব্দ করার পর হঠাৎ খানিকটা ছুটে গিয়ে সাঁ করে আকাশে উড়ে গেল। উড়ে গেল তো গেলই। কোথায়, কতদূর পর্যন্ত গিয়েছিল তা আর জানা যায়নি। এরোপ্লেনটা অনেক খুঁজেও আর পাওয়া গেল না। হলধর মাথা চাপড়ে দুঃখ করে বলেছিল, ‘‘ইস, বড্ড ভুল হয়ে গেছে। একটা লম্বা শক্ত সুতোয় বেঁধে ছাড়লে জিনিসটাকে উদ্ধার করা যেত।’’

সেই থেকে হলধরের লুকনো প্রতিভার ওপর রুইতন আর হরতনের অগাধ বিশ্বাস। কাজেই দুই ভাই উড়ুক্কু ঝাঁটার জন্য উদ্‌গ্রীব হয়েছিল। কাজও প্রায় শেষ। দু’-একদিনের মধ্যেই পরীক্ষা হওয়ার কথা। কিন্তু হঠাৎ আজ সকালেই শোনা গেল হলধরকে তার ঘরে পাওয়া যাচ্ছে না। ঝাঁটাগাছও নেই।

রুইতন বলল, ‘‘আমার মনে হয় এক্সপেরিমেন্ট করতে গিয়ে হলধরদা ঝাঁটায় চেপে কোথাও চলে গেছে, কিন্তু ফিরতে পারছে না। আমাদের চারদিকে খুঁজে দেখা উচিত।’’

হরতন করুণ মুখে বলে, ‘‘ধর যদি আমেরিকা বা অস্ট্রেলিয়ায় চলে গিয়ে থাকে?’’

‘‘না না, অতদূর যাবে না। হলধরদা তো বলেছে, ওটা কম পাল্লার রকেট।’’

সব শুনে ভূতনাথ মাথা নেড়ে চুপিচুপি বলল, ‘‘ওসব নয় গো খোকাবাবুরা, আসল বৃত্তান্ত শুনলে তোমাদের পিলে চমকে যাবে।’’

‘‘কী বৃত্তান্ত ভূতনাথদাদা?’’

"ওই নরখাদকটা হলধরকে খেয়ে ফেলেছে। একেবারে চেটেপুটে।"

রুইতন অবাক হয়ে বলে, "কোন নরখাদক?"

হরতন একটু ছেলেমানুষ। সে তাড়াতাড়ি বলে উঠল, "রান্না করে খেয়েছে? না কাঁচা?"

ভূতনাথ একটু হেসে বলল, "ওরা কাঁচাই ভালবাসে। কর্তামশাই বড্ড ভালমানুষ কিনা, ভাল করে পরখ না করেই ঠাঁই দিয়ে ফেললেন। কাল হলধরকে খেয়েছে, আজ হয়তো হাবুকে খাবে। তারপর একে-একে সবাইকে। আমার পালা কবে পড়ে কে জানে?"

রুইতন বলল, "যাঃ, কী যে বলো, ও তো লেঠেল। আমাদের লাঠি খেলা শেখাতে এসেছে।"

"লাঠি খেলা? দূর দূর? লাঠিখেলার ও জানেটা কী? লাঠিখেলা শিখতে চাও বুঝি? তা বেশ তো, আমিই তোমাদের শেখাব 'খন!"

রুইতন বলল, "তুমি লাঠি-খেলা জানো বুঝি?"

ভূতনাথ মাথা নেড়ে বলে, "তা জানি না বটে, তবে টক করে শিখে নেবখ'ন।"

"কার কাছে শিখবে?"

"সে আছে। অত গুহ্য কথা শুনে তোমাদের কাজ নেই। তবে কাউকে যদি না বলো তা হলে চুপিচুপি বলতে পারি।"

"বলো না ভূতনাথদা।"

গলা নামিয়ে ভূতনাথ বলল, "খুড়োমশাই যে মস্ত লেঠেল ছিলেন! খুড়োমশাই কে তা বুঝতে পারলে তো?"

"তোমার সেই পোষা ভূতটা বুঝি?"

"আহা, ওভাবে বলতে নেই। খুড়োমশাইয়ের অপমান হয়। আমার পোষা হতে যাবেন কেন? বরং আমিই ওঁর পুষ্যি।"

"তুমি যে বলো এ বাড়িতে অনেক ভূত! আমরা তো একটাও দেখতে পাইনি!"

ভূতনাথ চোখ বড় বড় করে বলে, "বলো কী? এ বাড়িতে তো গিজগিজ করছে ভূত! পীতাম্বরমশাই, আন্নাকালী দেবী।"

রুইতন হেসে বলল, "ওসব তো নবুদার বানানো গল্প। আমরা নবুদাকে জিজ্ঞেস করায় বলল, দূর দূর! ভূতনাথটা কর্তাবাবুর কাছে গুল মারছিল বলে ওকে ভড়কে দেওয়ার জন্য বলেছি।"

ভূতনাথ অবাক হয়ে বলল, "কিন্তু কর্তাবাবুও যে নবুদাদার কথায় সায় দিলেন!"

"নবুদার সব কথাতেই বাবা সায় দেয়। নবুদা হল বাবার মন্ত্রী।"

হরতন বলল, ‘‘মুখ্যমন্ত্রী, না রে দাদা?’’

ভূতনাথ চিন্তিত হয়ে বলল ‘‘তা হলে তো মুশকিলেই পড়া গেল খোকাবাবুরা! ভূতের আশাতেই এতদূর আসা কিনা! কিন্তু এ বাড়িতে ভূত না থাকার তো কথা নয়! পুরনো বাড়ি, সাতপুরুষের বাস! আমার অঙ্কটা তো মিলছে না খোকাবাবুরা! ব্যাপারটা তলিয়ে দেখতে হবে।’’

সন্ধের পর দুই ভাই দোতলায় পড়ার ঘরে বসে লেখাপড়া করছিল। এমন সময় হঠাৎ হরতন চেঁচিয়ে উঠল, ‘‘জানালার বাইরে দিয়ে ওটা কী উড়ে গেল দাদা?’’

রুইতন অবাক হয়ে বলল, ‘‘কী আবার উড়ে যাবে? প্যাঁচা বা বাদুড় হবে হয়তো।’’

হরতন জানালার কাছে ছুটে গিয়ে বাইরের দিকে চেয়ে রইল। তারপর উত্তেজিত হয়ে বলল, ‘‘দেখ দাদা দেখ, একটা লোক উড়ে বেড়াচ্ছে।’’

‘‘যাঃ’’ বলে রুইতনও উঠে এল।

যা দেখল তা অবিশ্বাস্য। জ্যোৎস্না রাত্রিতে সত্যিই একটা বিরাট ফড়িঙের মতো জিনিস উড়ে বেড়াচ্ছে। তার পিঠে একটা মানুষ।

‘‘এই দাদা, হলধরদা নয় তো?’’

বাগানে একটা চক্কর খেয়ে জিনিসটা সাঁ করে ফের জানালার কাছে চলে এল। ঘরের যেটুকু আলো বাইরে গিয়ে পড়েছে তাতে দেখা গেল, হলধরই বটে! হলধর একগাল হেসে তাদের দিকে চেয়ে হাত নেড়ে চেঁচাল, ‘‘মার দিয়া কেল্লা! মার দিয়া কেল্লা!’’

‘‘দেখলি দাদা!’’

‘‘সত্যিই তো!’’

উড়ুক্কু ঝাঁটা ফের হুশ করে জানালার কাছে এসে ফের সাঁ করে বেরিয়ে গেল। হলধর শুধু চেঁচিয়ে বলল, ‘‘দারুণ মজা!’’

দু’ ভাই হাঁ করে দৃশ্যটা দেখছিল। কিন্তু হঠাৎ দেখা গেল ঝাঁটাটা আর একপাক ঘুরে আসতে গিয়ে হঠাৎ ফুস শব্দ করে গোত্তা খেয়ে মাটিতে পড়ে গেল।

দুই ভাই দৌড়ে নেমে ছুটে পিছনের পোড়ো জমিটায় গিয়ে দেখল, হলধর বসে বসে বিকৃত মুখে উঃ-আঃ করতে করতে মাজায় হাত বোলাচ্ছে।

‘‘তোমার খুব লেগেছে হলধরদাদা?’’

‘‘তা লাগবে না? বেশ ভালই লেগেছে। তবে জিনিসটা সাকসেসফুল হওয়াতে ব্যথা তেমন টের পাচ্ছি না। কিন্তু মুশকিল কী জানো, একবার উড়ে চললে ব্যাটা বশে থাকতে চায় না। বাগ মানানো খুব মুশকিল। সেইজন্য দু’-চারটে যন্ত্রপাতি লাগানো

দরকার। আর একটা অসুবিধে হল, সরু লাঠির ওপর বসে থাকা কিন্তু বেশ কঠিন ব্যাপার। ভাবছি একটা সাইকেলের সিট বা ঘোড়ার জিন লাগিয়ে নেব।"

হরতন বলল, "তা হলে দুটো লাগিয়ো। একটায় তুমি বসবে, আর একটায় আমি আর দাদা।"

"হ্যাঁ, হবে হবে, সব হবে। একবার আবিষ্কারটা যখন হয়ে গেছে তখন বাদবাকি ব্যবস্থা করা শক্ত নয়। এখন কাজ হল, ওই নরদানবের হাত থেকে জিনিসটাকে রক্ষা করা।"

হরতন বলে উঠল, "আচ্ছা হলধরদাদা, ভূতনাথদা যে বলছিল তোমাকে একটা নরখাদক খেয়ে ফেলেছে! তুমি ভূত হয়ে আসোনি তো!"

মুখটা ব্যথায় বিকৃত করে হলধর বলল, "না রে ভাই, এখনও ভূত হইনি, তবে হওয়া বিচিত্র নয়। নরদানবটা তো আমাকে নিকেশ করতেই এসেছে। সারাদিন বাঁশঝাড়ে লুকিয়ে ছিলুম। কী মশা রে ভাই সেখানে! পিঁপড়েও কামড়েছে অনেক। তবে কষ্ট সার্থক। চাট্টি মুড়ি-টুড়ি এনে দেবে খোকারা? বড্ড খিদে।"

দুই ভাই দৌড়ে গিয়ে মুড়ি নিয়ে এল। মুড়ি খেতে খেতে হলধর বলল, "আচ্ছা খোকারা, ঝাঁটায় চড়ে উড়ে বেড়ানোর সময় ছাদে একজন বিধবা থান পরা মেয়েছেলেকে দাঁড়িয়ে থাকতে দেখলুম। তার হাতে একটা খ্যাংরা ঝাঁটা। তিনি কে বলো তো! এই বাড়িতে বিধবা তো কেউ নেই!"

রুইতন মাথা নেড়ে বলল, "জানি না তো!"

"শুধু তাই নয়, আরও দেখলুম, পিছনের বারান্দায় একজন বুড়ো মানুষ খুব পায়চারি করছেন। হাতে মোটা লাঠি। তাঁর সাদা গোঁফ। ঠিক চিনতে পারলুম না। কে জানো?"

রুইতন বলল, "না তো!"

"তা হলে কি ভুল দেখলুম? তা তো হতে পারে না। আমার চোখের দোষ নেই। আরও একটা কথা।"

"কী?"

"তোমাদের বাড়ির পিছনে ওই মস্ত আগাছার জঙ্গল পেরিয়ে যে পুরনো দেউড়িটা রয়েছে, তার বন্ধ ফটকের বাইরে চারজন ষণ্ডামার্কা লোক দাঁড়িয়ে কী যেন গুজগুজ ফুসফুস করছিল। চোর-ডাকাত হতে পারে। নবুদাদাকে একটু সাবধান করে দিয়ো। আমি এখন আমার বাঁশঝাড়ে ফিরে যাচ্ছি।"

হরতন বলল, "কিন্তু বাঁশঝাড়ে তুমি শোবে কোথায়?"

"বাঁশপাতা পড়ে পড়ে সেখানে পুরু গদির মতো হয়ে আছে। শুয়ে ভারী

আরাম।''

সন্ধের পর বাড়িটা একদম শুনশান হয়ে যায়। বাড়ির ঝি-চাকররা বেশিরভাগই সন্ধের পর বাড়ি চলে গেছে। শুধু রান্নার ঠাকুর আর দু'জন জোগালি একতলার রান্নাঘরে কাজকর্ম করছে। গিন্নিমা শোয়ার ঘরে, কর্তামশাই বৈঠকখানায়, রুইতন আর হরতন পড়ার ঘরে। বিশাল দোতলাটা এ সময়ে হাঁ হাঁ করে।

ছাদে ওঠার সিঁড়ির নীচে ঘুপচি জায়গাটায় বসে নবকৃষ্ণ কর্তামশাইয়ের জন্য একমনে তামাক সাজছিল। টিকে ধরিয়ে ফুঁ দিয়ে সবে আগুনটাকে জিইয়ে তুলেছে, ঠিক এমন সময় কে যেন বলল, ''ওটা কিন্তু তোর খুব খারাপ ওভ্যেস।''

নবকৃষ্ণ যখন যে কাজ করে তাতেই অখণ্ড মনোযোগ, তাই আনমনে বলল, ''কোন ওভ্যেসটা?''

''ওই যে ফুঁ দিয়ে কলকে ধরাস! ফুঁ দিলে যে জিনিসটা এঁটো হয় সে খেয়াল আছে? কবে যে তোদের আক্কেল হবে কে জানে! বাছাকে আমার এঁটোকাঁটা খাওয়াচ্ছিস, তাতে কি তোর ভাল হবে?''

নবকৃষ্ণ কলকেটা প্রায় ধরিয়ে ফেলেছে। অন্যমনস্ক না হয়ে বলল, ''ওসব ছোটখাটো দোষ ধরবেন না। আগুনে দোষ নেই। অগ্নিশুদ্ধ হলে সব শুদ্ধ।''

''বলি কথা তো মেলাই শিখেছিস দেখছি। এত শাস্ত্রজ্ঞান কবে থেকে হল?''

কলকেটা ধরিয়ে ফেলে এবার নবকৃষ্ণ মুখ তুলে চেয়ে দেখল, ছাদের সিঁড়িতে এক বিধবা ঠাকরুন দাঁড়িয়ে। পরনে থান, মাথায় কদমছাঁট চুল, চোখ দু'খানায় খুব তেজ। তাড়াতাড়ি হাতজোড় করে বলল, ''পেন্নাম হই মা ঠাকরুন, তা কোথা থেকে আসা হচ্ছে?''

''কোথা থেকে আবার আসব রে মুখপোড়া? আমার কি কোথাও যাওয়ার জো আছে? মায়ার বন্ধনে আষ্টেপৃষ্ঠে বাঁধা পড়ে আছি, আজও উদ্ধার পেলুম না।''

নবকৃষ্ণ গদগদ হয়ে বলল, ''যা বলেছেন মা ঠাকরোন। মায়া হল কাঁঠালের আঠা, সহজে ছাড়তে চায় না। বড্ড চটচটে জিনিস। তা মা ঠাকরোন, কর্তাবাবুকে খবর দেব, না গিন্নিমাকে? আপনি কোন তরফের লোক তা তো ঠিক জানা নেই কিনা।''

''কেন রে হাঁদারাম, জানা নেই কেন? পাঁচ কুড়ি বছর ধরে ঘাঁটি গেড়ে বসে নিত্যি তোদের অনাছিষ্টি দেখছি, আমি কি উটকো লোক রে অলপ্পেয়ে? শুদ্ধাচার লোপাট হয়েছে, গোবর গঙ্গাজলের তো বালাই-ই নেই, তুলসীমঞ্চে কেউ একবার সাঁঝের পিদিমটা অবধি জ্বালে না। যত দেখছি তত গায়ে জ্বালা হচ্ছে। এর চেয়ে বরং ট্যাঁশদের খাতায় গিয়ে নাম লেখা, বালাই চুকে যাবে।''

লজ্জা পেয়ে মাথা চুলকে নবকৃষ্ণ বলে, ''সেসব ছিল বটে সব ঠাকরোন, তবে

কে করে বলুন! দোষঘাট নেবেন না, আপনি তো এসেই গেছেন, এখন থেকে সব আগের মতোই হবে'খন। তা রাত্তিরে কী খাবেন বলুন দেখি! দুধ আছে, মর্তমান কলা আছে, খান্দেসরি চিনি আছে, চারটি সাগু-টাগু ভিজিয়ে রাখব কি?''

ফোঁস করে একটা দীর্ঘশ্বাস ছেড়ে মহিলা বললেন, ''আর খাওয়া! সে তো কতকাল আগেই ঘুচে গেছে। আর খেলেও কি তোদের মতো অনাচারী ম্লেচ্ছদের হাতে খাব নাকি রে নচ্ছার? হেগো-বাসি ছাড়ার বালাই অবধি ঘুচিয়ে দিয়ে বসে আছিস। নরকে যাবি যে!''

নবকৃষ্ণ ভারী কাঁচুমাচু হয়ে বলে, ''সে তো বটেই মা ঠাকরোন। পাপের বোঝা নিত্যি ভারী হচ্ছে।''

মহিলা একটু নরম গলায় বললেন, ''তা হ্যাঁ রে, আমাকে কি সত্যিই চিনতে পারলি না?''

মাথা চুলকে নবকৃষ্ণ লাজুক মুখে বলল, ''চেনা চেনা ঠেকছে মা ঠাকরোন, তবে বুড়ো হচ্ছি তো, স্মৃতিভ্রংশ মতো হয়।''

''তবে যে ভূতনাথের কাছে আমার নামে গল্প ফাঁদলি! খুব যে বললি, আন্নাকালী দেবী এ বাড়ির আনাচেকানাচে ঘোরে।''

একগাল হেসে নবকৃষ্ণ বলে, ''সে আর কবেন না মা ঠাকরোন, ভূতনাথটা বড্ড মিথ্যেবাদী। ভূতের গপ্পো ফেঁদে বসেছিল কর্তাবাবুর কাছে। উনি তো আবার ভালমানুষ লোক, যে যা বলে বিশ্বাস করে ফেলেন। তাই ভূতনাথকে ভড়কে দেওয়ার জন্য বানিয়ে ছানিয়ে বলেছিলাম আর কী। পীতাম্বরমশাই, হরুখুড়ো, পঞ্চা বিশ্বাস, আন্নাকালী দেব্যা...''

মহিলা একটা দীর্ঘশ্বাস ফেলে বললেন, ''বানিয়ে বলেছিলি বটে, কিন্তু মিথ্যে বলিসনি রে।''

''তা মা ঠাকরোন, আপনি এসব জানলেন কী করে? ভুতোটা বলেছে বুঝি?''

''না, ভূতনাথ বলবে কেন? আমি তো সামনে দাঁড়িয়ে নিজের কানেই শুনেছি।''

ভারী অবাক হয়ে নবকৃষ্ণ বলল, ''কিন্তু মা ঠাকরোন, সেখানে যে তৃতীয় ব্যক্তি কেউ ছিল না!''

''কে বলল ছিল না? না থাকলে শুনলুম কী করে রে হতভাগা? এখনও কি তোকে বলে দিতে হবে যে, আমিই আন্নাকালী দেব্যা?''

''অ্যাঁ!''

''হাঁ করে রইলি যে বড়! বলি আকাশ থেকে পড়লি নাকি?''

নবকৃষ্ণের হাত থেকে কলকে পড়ে গেল। সে মেঝেয় পড়ে চোখ উলটে গোঁ গোঁ করতে লাগল।

আন্নাকালী ভারী বিরক্ত হয়ে বললেন, ''আ গেল যা! এ যে দাঁতকপাটি লেগে ভিরমি খেল। একটা কাজের কথা বলতে এলাম, দিল সব ভন্ডুল করে। এখন যে কী করি!''

পিছনের ফটকে ডাকাত পড়ার খবরটা দিতে এসে রুইতন আর হরতনই নবকৃষ্ণকে ওই অবস্থায় দেখতে পেল।

কাছে গিয়ে হরতন নবকৃষ্ণের অবস্থা দেখে বলল, ''দাদা, নবুদা শুয়ে শুয়ে গান গাইছে কেন রে?''

''ধ্যাৎ, নবুদা কখনও গান-টান গায় না।''

''তা হলে কি নাক ডাকছে?''

রুইতন একটু বড়। তার বুদ্ধি বিবেচনা হয়েছে। সে দেখে-টেখে বলল, ''না, নবুদা বোধ হয় অজ্ঞান হয়ে গেছে। বাবাকে খবর দিতে হবে।''

খবর পেয়ে রাঘববাবু এলেন, অন্য লোকজনও এসে গেল। চোখে-মুখে জল ছিটোবার পর নবকৃষ্ণ চোখ মেলেই ভেউ ভেউ করে কেঁদে ফেলে বলল, ''আমি দেশে যাব কর্তাবাবু, আমাকে ছুটি দিন।''

''কেন রে, কী হল হঠাৎ?''

''এ ভূতের বাড়িতে আর থাকব না।''

রাঘববাবু অবাক হয়ে বললেন, ''ভূতের বাড়ি! বলিস কী? এ বাড়িতে এক জন্ম কাটিয়ে দিলি, কখনও ভূত-টুত দেখেছিস?''

''কিন্তু আজ যে স্বয়ং আন্নাকালী দেব্যা দেখা দিয়েছেন।''

''দূর বোকা! কী দেখতে কী দেখেছিস!''

উঠে বসে মাথা নেড়ে নবকৃষ্ণ বলল, ''শুধু দেখা নয় কর্তাবাবু, অনেকক্ষণ কথাবার্তাও হয়েছে। ভুল দেখা-টেখা নয়।''

রাঘববাবু গম্ভীর হয়ে বললেন, ''তাই তো রে! তা আন্নাপিসি চায় কী? গয়ায় পিণ্ডি দিতে হবে নাকি?''

জড়ো-হওয়া লোকজনের ভিতর থেকে পরিপাটি ধুতি আর পাঞ্জাবি পরা সরুমতো একটা লোক এগিয়ে এল। লোকটার সবই সরু। শরীর সরু, মুখ সরু, নাক সরু, গোঁফ সরু এবং এমনকী চোখের ধূর্ত চাউনিটা অবধি সরু।

জোড়হাত কপালে ঠেকিয়ে লোকটা বিনয়ী গলায় বলল, ''পেন্নাম হই কর্তামশাই। আপনার তো বেশ ঝঞ্ঝাট যাচ্ছে দেখছি।''

রাঘব একটা দীর্ঘশ্বাস ছেড়ে বললেন, "তা যাচ্ছে বটে! তা তুমি কে?"

"অধমের নাম সুধীর বিশ্বাস। ধামের কোনও ঠিক-ঠিকানা নেই। যখন যেখানে তখন সেখানে। পেটের ধান্ধায় ভেসে ভেসে বেড়াই আর কী!"

"অ। তা কী চাও বাপু?"

"আজ্ঞে একটা কথা বলতে আসা। ফাঁক বুঝে বলব বলেই এসেছিলাম। তা এসে দেখি কী একটা হাঙ্গামা হচ্ছে। তাই চুপ করে দাঁড়িয়ে ছিলাম। জুত মতো বলার জন্য আরও একটু দাঁড়িয়ে থাকলে বোধ হয় ভালই হত। কিন্তু ঝোপ বুঝে কোপ মারার মতো বরাত আর ক'জনের হয় বলুন! হাতে আর তেমন সময়ও নেই কিনা।"

"তা তো ঠিকই হে। তা কথাটা কী নিয়ে বলো তো!"

লোকটা চারদিকে চেয়ে যেন একটু অবাক হয়েই বলল, "কর্তামশাই, খোকা দু'টিকে দেখছি না তো!"

"খোকা! কোন খোকা হে?"

"আপনার খোকা দু'টির কথাই বলছি। রুইতন আর হরতন। আহা, বড় ভাল দু'টি ছেলে হয়েছে আপনার। যেন দেবশিশু। দেখলে চোখ জুড়িয়ে যায়।"

"তারা এখন পড়ার ঘরে।"

"ভাল, ভাল। লেখাপড়া শিখে মানুষ হওয়া খুব ভাল। পেটে বিদ্যে, ঘটে বুদ্ধি না থাকলে এই আমাদের মতো অকাজ-কুকাজ করে বেড়াতে হবে। সব ভাল যার শেষ ভাল। যা দিনকাল পড়েছে, খোকা দুটিকে একটু সামলে রাখবেন।"

"সে তো বুঝলাম, কিন্তু তোমার আসল কথাটা কী?"

ভারী অপরাধী মুখ করে মাথা নুইয়ে, হাত কচলে সুধীর বিশ্বাস বলল, "আছে, সেটা পাঁচজনের সামনে বলার মতো নয়। একটু গুহ্য কথা। যদি একটু ফাঁকে আসেন তা হলে সাহস করে বলে ফেলি।"

"অ, তা এসো, ফাঁকেই এসো।"

বৈঠকখানায় ঢুকে চারদিকে চেয়ে সুধীর বিশ্বাস বলল, "বাঃ, বেশ বৈঠকখানাটি আপনার। এসব ঘরে বাস করলে মনটাও উঁচু থাকে। মেজাজও ভাল হয়।"

"সে তো বুঝলুম, কিন্তু কথাটা কী?"

"এই যে বলি। কোন মুখে বলব সেইটেই ভাবছি। বড় কথা ছোট মুখে কেমন মানাবে, সেটাও চিন্তার বিষয়।"

"অত সংকোচ কীসের হে? বলে ফেললেই ল্যাটা চুকে যায়।"

ঘাড়-টাড় চুলকে, লজ্জার হাসি হেসে, হাত-টাত কচলে সুধীর বিশ্বাস বলল, "কর্তামশাই, লাখপাঁচেক টাকা হবে?"

রাঘব হাঁ হয়ে গেলেন। খানিকক্ষণ স্তম্ভিত হয়ে থেকে বললেন, ‘‘কী বললে হে? ঠিক শুনেছি তো!’’

সুধীর বিশ্বাস মাথা নিচু করে বলল, ‘‘আজ্ঞে, একবার বলতেই মাথা কাটা গেছে। দু’বার পেরে উঠব না। ভারী লজ্জা করবে আমার। তবে বলি, ঠিকই শুনেছেন।’’

‘‘পাঁচ লাখ টাকা! তার মানে কী?’’

সুধীর বিশ্বাস ভারী সংকোচের সঙ্গে বলল, ‘‘আজ্ঞে পাঁচ লাখ টাকার মানে পাঁচ লাখ টাকা বলেই তো মনে হচ্ছে। না হয় ডিকশনারিটা একটু দেখে নিন।’’

‘‘বলি পাঁচ লাখ টাকা আছে কি না জেনে তোমার কাজ কী?’’

সুধীর বিশ্বাস লজ্জার হাসি হেসে বলল, ‘‘আজ্ঞে, আমার আর কাজ কী? পাঁচ লাখ টাকা কেন, আমি পঞ্চাশ টাকারই হিসেব গোলমাল করে ফেলি। আর পাঁচ লাখ পেলেই বা রাখব কোথায়? চালচুলো নেই, চোরে-ডাকাতে কেড়ে নেবে।’’

‘‘তা হলে পাঁচ লাখ টাকার কথা উঠছে কেন?’’

হাতজোড় করে সুধীর বিশ্বাস বলে, ‘‘সে আমার জন্য নয় কর্তামশাই।’’

‘‘তা হলে?’’

‘‘শ্রদ্ধাস্পদ ল্যাংড়া শীতলের জন্য। তিনি বলে পাঠিয়েছেন, গরিব দুঃখীদের তো আপনি কতই বিলিয়ে দেন। তাঁকেও না হয় দিলেন। দান-ধ্যান না করলেও চলবে। দীর্ঘমেয়াদি হাওলাত হিসেবে দিলেও ক্ষতি নেই। ধরুন বছর পঞ্চাশেক পর থেকে তিনি দু’-পাঁচ টাকা করে শোধ দিতে শুরু করবেন।’’

‘‘বলি তুমি পাগল-টাগল নও তো! না কি ইয়ারকি মারতে এসেছ?’’

জিভ কেটে, নিজের দু’খানা কান স্পর্শ করে সুধীর বিশ্বাস বলল, ‘‘আজ্ঞে, ইয়ারকি মারব কী কর্তামশাই, আপনার সঙ্গে কথা কইতে যে আমার হাঁটুতে হাঁটুতে কত্তাল বাজছে! মান্যিগণ্যি লোকেদের সঙ্গে কথা বলার কোন যোগ্যতাটা আছে আমার?’’

‘‘এই ল্যাংড়া শীতলটা কে?’’

‘‘আজ্ঞে, শ্রদ্ধেয় শীতলদাদাও একজন মান্যগণ্য লোক। তবে তাঁর এখন খারাপ সময় যাচ্ছে। একটা কঠিন ফাঁড়া আছে সামনে। তাই বড় নেতিয়ে পড়েছেন। ব্যাবসাবাণিজ্য লাটে উঠেছে।’’

‘‘পাঁচ লাখ টাকা চেয়ে পাঠায়, তার বেজায় বুকের পাটা দেখছি!’’

‘‘যে আজ্ঞে যথার্থই বলেছেন। আমাদের শীতলদাদা অবস্থার বিপাকে পড়লেও ওই একটা জিনিস এখনও আছে। তা হল বুকের পাটা।’’

‘‘এখন এসো গিয়ে। আমার অনেক কাজ আছে।’’

‘‘যে আজ্ঞে। তা হলে শীতলদাদাকে গিয়ে কী বলব?’’

"বোলো, টাকা অত সস্তা নয়।"

"আজ্ঞে, তাই বলব। তা হলে আমি আসি গিয়ে।"

"এসো।"

"তা কর্তামশাই, যাওয়ার আগে আপনার খোকা দু'টিকে একবারটি একটু আদর-টাদর করে যেতে পারি কি?"

"না হে, তারা লেখাপড়া করছে।"

ঠিক এই সময়ে পাঁচু ধেয়ে এসে বলল, "কর্তাবাবু, ছেলে দুটোকে যে গুন্ডারা তুলে নিয়ে গেল!"

রাঘব সটান হয়ে বললেন, "অ্যাঁ!"

"হ্যাঁ কর্তাবাবু! পিছনের মাঠে তুবড়ি ফুটছে দেখে দুই ভাই নীচে নেমে দেখতে গিয়েছিল। রতন নিজের চোখে দেখেছে, তিন-চারটে মুশকো জোয়ান রুইতন আর হরতনকে ধরে কাঁধে ফেলে হাওয়া হয়ে গেছে।"

"সর্বনাশ! শিগগির লেঠেলদের খবর পাঠা। কোথায় নিয়ে গেল দেখ, কী সব্বোনেশে কাণ্ড!"

সুধীর বিশ্বাস যাই-যাই করেও যায়নি। ভারী জড়োসড়ো হয়ে দাঁড়ানো, তার দিকে চোখ পড়তেই রাঘব হুংকার ছাড়লেন, "এ কি তোমার কাজ?"

মাথা নেড়ে সুধীর বিশ্বাস বলল, "আজ্ঞে না। কাজ সব ভাগ করা আছে কিনা।"

"তার মানে?"

"যার যে কাজ। আমার কাজ ছিল আপনার কাছে কয়েকটা কথা নিবেদন করার। তার বেশি নয়।"

"ওরা কারা?"

"আজ্ঞে, শিবেন, কাদু আর ট্যাঁপা। ওগুলো ওদের আসল নাম নয় অবশ্য। তবে ওই নামেই ডাকে।"

রাঘববাবু হুংকার ছাড়লেন, "ওরে কে আছিস, শিগগির আয়। এটাকে ধরে চোর-কুঠুরিতে নিয়ে বেঁধে রাখ।"

সুধীর বিশ্বাস অতিশয় দুঃখের সঙ্গে বলল, "বিপদে পড়লে লোকের হিতাহিত জ্ঞান থাকে না কর্তামশাই। সেটা দোষেরও নয়। তবে কিনা থাকলে ভাল হত।"

"তার মানে?"

"ঠান্ডা মাথায় একটু ভাবুন কর্তামশাই। শীতলদাদা তো ধার হিসেবেই চাইছেন। শোধ দিতে একটু দেরি হবে এই যা।"

ছয়

রোদটা একটু পড়তেই নন্দলাল বেরিয়ে পড়লেন। কর্তাবাবুকে খবরটা একটু দেওয়া দরকার। নকুল সর্দারের মতো লোক তো বিনা কারণে রাঘব চৌধুরীর বাড়িতে ঢোকেনি। পিছনে ল্যাংড়া শীতলের মতো সাংঘাতিক লোকও আছে।

বাড়ির পুবধারে বাবলা গাছের জড়ামড়ির ভিতর দিয়ে নির্জন সরু রাস্তা। এ রাস্তায় লোক চলাচল নেই বললেই হয়। আরও খানিকটা গেলে বাঁশবন, তারপর খানিক পতিত জমি পার হলে রাঘববাবুর বাড়ির চৌহদ্দি শুরু হয়েছে।

সরু রাস্তায় পা দিতেই সামনে একটা লোক যেন মাটি ফুঁড়ে উদয় হল। রোগা চেহারা, সরু গোঁফ, তেলচুকচুকে চুলে নিখুঁত টেরি। মুখে সেইরকমই বশংবদ হাসি আর বিনয়।

"পেন্নাম হই ঠাকুরমশাই! চিনতে পারছেন?"

খুব চিনতে পেরেছেন নন্দলাল। চিনতে পেরে হাত-পা ঠান্ডা মেরে আসছিল তাঁর।

" কী চাও বাপু?"

"আজ্ঞে, আমি সুধীর বিশ্বাস। চিনতে পারলেন না? তেরো মাস আগে একবার এসেছিলুম, মনে আছে?"

কথাটার সরাসরি জবাব না দিয়ে একটা শ্বাস ফেলে নন্দলাল বললেন, "আমি একটা জরুরি কাজে যাচ্ছি হে। এখন সময় নেই। পরে এসো।"

"আজ্ঞে, আমার দরকারটাও বড্ড জরুরি। দাঁড়াবার দরকার নেই, হাঁটতে থাকুন, আমি পিছু পিছু যেতে-যেতেই কথাটা নিবেদন করতে পারব।"

"তুমি সেই ল্যাংড়া শীতলের লোক তো!"

"যে আজ্ঞে। এবার চিনেছেন।"

"দেখো বাপু, আবার যদি পুজোআচ্চার ব্যাপারে এসে থাকো, তা হলে আগেই বলে রাখছি, ও আমি পারব না। অন্য লোক দেখে নাও গে যাও।"

সুধীর বিশ্বাস ভারী বিনয়ের সঙ্গে বলল, "সেবার ভারী অসুবিধেয় ফেলা হয়েছিল আপনাকে, জানি। দক্ষিণা প্রণামীটাও বোধ হয় আপনার পছন্দ হয়নি।"

"সেকথা নয় হে বাপু। দক্ষিণা প্রণামী তোমরা ভালই দিয়েছিলে। গ্রামদেশে কেউ অত দেয় না। কিন্তু আর আমি পারব না।"

লোকটা পিছু ছাড়ল না। শেয়ালের মতো পিছু পিছু আসতে আসতে বলল, "কথাটা যদি একটু শুনতেন!"

“বলে ফেলো।”

“সেবার তো আপনি নরবলি রদ করে মোষবলি দেওয়ালেন। কাজটা খারাপও করেননি। একটা মানুষকে তো প্রাণে বাঁচিয়েছিলেন। সেটা আমার পছন্দই হয়েছিল। নরবলি-টলি আমিও বিশেষ পছন্দ করি না।”

“ওহে বাপু সুধীরচন্দ্র, তোমাদের হাতে নরবলি একভাবে না হলেও অন্যভাবে হয়ই। কখনও হাড়িকাঠে ফেলে খাঁড়া দিয়ে কাটো, কখনও হয়তো বোমা-বন্দুক ছুরি-ছোরা দিয়ে মারো। নরবলি নিয়ে মাথা ঘামাচ্ছি না। শাস্ত্রমতো নরবলির বিকল্প ব্যবস্থাই করেছিলাম। কিন্তু ওসব আমার সয় না।”

“কিন্তু ঠাকুরমশাই, মোষবলি দিয়েই কি শীতলদার রিষ্টি কাটল? দিন দিন তাঁর শরীর শুকোচ্ছে, দুর্বল হয়ে পড়ছেন, চলতে ফিরতে হাতেপায়ে কাঁপুনি হয়। মোষবলির কথা শুনে আমাদের প্রাণায়াম শর্মা তো খেপে আগুন হয়ে গিয়েছিলেন!”

“প্রাণায়াম শর্মাটি আবার কে হে?”

“মস্ত জ্যোতিষী। গ্রহ নক্ষত্র তাঁর দশ আঙুলে খেলা করে। সাক্ষাৎ কাঁচাখেকো দেবতা। গনৎকার হিসেবেও চমৎকার। বললেন, আমার দেওয়া বিধান উলটে দিয়েছে, তার ঘাড়ে ক'টা মাথা? তিনি ফের বিধান দিলেন, এবার দুটো নরবলি।”

“দুটো! নাঃ, লোকটা দেখছি ঘোর পাপিষ্ঠ। যাক, তিনি যে বিধানই দিয়ে থাকুন, তোমরা অন্য ব্যবস্থা দেখো।”

“তাই কি হয় ঠাকুরমশাই?”

“খুব হয়। যে-কোনও পুরুতকে নিয়ে যাও। তা ছাড়া আমার এক জ্ঞাতিভাই মারা যাওয়ায় অশৌচ চলছে।”

“ওসব আমরা মানি না। আর অশৌচ হলে কি কেউ খেউরি হয় ঠাকুরমশাই? আপনার দাড়ি তো চকচকে করে কামানো!”

নন্দলাল বিরক্ত হয়ে বললেন, “সে যাই হোক বাপু, তুমি অন্য ব্যবস্থা দেখো।”

“শীতলদাদা এই হাজার টাকা প্রণামী পাঠিয়েছেন। তা ছাড়া দক্ষিণাটাও এবার একটু মোটা রকমেরই দেবেন। রিষ্টিটা না কাটলেই নয় যে ঠাকুরমশাই! প্রাণায়াম শর্মার বিধান যে বেদবাক্য।”

নন্দলাল বললেন, ওহে বাপু, আর কথা বাড়িয়ো না। বিদেয় হও। নইলে কিন্তু আমি লোক ডাকব।”

ভারী ভয় পেয়ে এবং আরও সরু হয়ে সুধীর বিশ্বাস বলল, “কুপিত হবেন না ঠাকুরমশাই। শুনেছি আপনি শুদ্ধাচারী ব্রাহ্মণ। আপনার শাপ-টাপ লাগলে আমার

কি সইবে? তবে আমি একা নই, এই এঁরাও সব আবদার নিয়ে এসেছেন। সবাইকে পায়ে ঠেলা কি ঠিক হবে ঠাকুরমশাই?''

নন্দলাল দেখলেন, সুধীর বিশ্বাসের পিছনে ঝোপঝাড় থেকে অন্তত দশ-বারোজন দৈত্যের মতো চেহারার লোক নিঃশব্দে বেরিয়ে এসে পথ জুড়ে দাঁড়িয়েছে।

নন্দলাল বুদ্ধিমান মানুষ। বুঝলেন, এ সময়ে জেদাজেদি করে লাভ নেই। আপত্তিও টিকবে না।

তিনি একটা দীর্ঘশ্বাস ফেলে বললেন, ''বাবা সুধীর, তুমি কি পরলোকে বিশ্বাস করো?''

''বলেন কী ঠাকুরমশাই! পরলোকে বিশ্বাস না করে উপায় আছে? ইহলোকটা তো ছ্যাঁচড়ামি করেই কাটল, আমি তো তাই পরলোকের ভরসাতেই আছি।''

''আর ভরসা কোরো না হে। তোমার পরলোকটা বড়ই অন্ধকার।''

দশ-বারোজন লোকে ঘেরাও হয়ে নন্দলাল নৌকোয় এসে উঠলেন। ইষ্টনাম স্মরণ করা ছাড়া তাঁর আর কিছুই করার রইল না।

নিজের আশ্চর্য আবিষ্কারের সাফল্যে হলধর নিজেই অভিভূত। বাঁশবনের ভিতরে অন্ধকারে বসে সে কিছুক্ষণ অশ্রুমোচন করল। আনন্দাশ্রুই। বাহবা দেওয়ার মতো কেউ কাছেপিঠে নেই বলে অগত্যা সে নিজেই নিজেকে বাহবা দিয়ে বলল, ''না রে হলধর, তোর এলেম আছে বটে! তোর পেটে পেটে যে এত ছিল তা তো কেউ বুঝতেই পারেনি এতকাল ! এ তুই যা করলি বাপ, ইতিহাসের পাতায় স্বর্ণাক্ষরে লেখা থাকবে। কী বুদ্ধি রে তোর! কী ধৈর্য! কী অধ্যবসায়! মানুষের কাছে তুই একটা উদাহরণ হয়ে রইলি। শুধু কি তাই? স্কুলে-স্কুলে তোর জীবনী পড়ানো হবে একদিন। তোর নামে রাস্তা হবে। কলেজে, ইউনিভার্সিটিতে তোর ওপর গবেষণা হবে। তোর জন্মদিনের দিন সারা দেশে জন্মজয়ন্তী হবে। না রে হলধর, তুই সামান্য লোক তো নোস...''

কে যেন বলল, ''তা তো নোস বাছা, কিন্তু তোর আক্কেলটা কী? বাঁশবনে বসে ফ্যাচফ্যাচ করে মেয়েমানুষের মতো কাঁদলেই তো হবে না।''

হলধর তাকিয়ে দেখল, একজন বুড়োমতো বিধবা মহিলা সামনে দাঁড়িয়ে আছে।

হলধর ধরা গলায় বলল, ''আজ আমার যে বড় আনন্দের দিন বুড়িমা! বেলুনে বেশি ফুঁ দিলে যেমন বেলুন ফুলে ফাটো-ফাটো হয়, আনন্দে আমার সেই অবস্থা। একটু কাঁদলে আনন্দের বাড়তি বায়ুটা বেরিয়ে যায় কিনা।''

''তা আর জানি না বাছা! তেঁতুলছড়া দিয়ে ভাত খেতুম বলে আমারও কি পেটে

কম বায়ু হত? উদ্‌গার তুললে তবে স্বস্তি পেতাম। তা এই বাঁশবনে বসে অন্ধকারে মশার কামড় খেলেই তো হবে না। এবার যে একটু গতর নাড়তে হবে।''

হলধর আপ্লুত গলায় বলল, ''আনন্দের ঠেলায় আমার হাত-পা যে বড্ড অবশ হয়ে পড়েছে বুড়িমা, হাঁটুতে যেন খিল ধরে আছে। এখন কি আর নড়াচড়ার অবস্থা?''

বুড়ি ফোঁস করে উঠে বলল, ''তা বলে ঠুঁটো জগন্নাথ হয়ে উডুক্কু কল কোলে নিয়ে বসে থাকবি রে নিমকহারাম? বাড়িতে কী কাণ্ড হয়ে গেল সে খবর রাখিস? রাঘব চৌধুরী না তোর অন্নদাতা? তার দুটো ফুটফুটে ছেলে না তোকে এত বিশ্বাস করে? তাদের বিপদে যদি তোর ওই কল কাজেই না লাগল, তা হলে ভেঙেচুরে উনুনে গুঁজে দিগে যা।''

হলধর শশব্যস্তে বলে উঠল, ''কেন, কী হয়েছে বুড়িমা?''

''বলব কী, ভাবলেই আমার হাত-পা হিম হয়ে আসছে। এতগুলো পুষ্যি তোরা, গান্ডেপিন্ডে গিলছিস আর কূটকচালি করে সময় কাটিয়ে দিচ্ছিস! কোন সাহসে অতগুলো ডাকাত ভর সন্ধেবেলা বাড়িতে ঢুকে কচি ছেলেদুটোকে তুলে নিয়ে যায় রে? আস্পদ্দার কথা আরও শুনবি? একটা মর্কট এসে রাঘবকে ভয় দেখিয়ে পাঁচ লাখ টাকা চেয়ে গেছে। না দিলে কী হয় ভাবতেও ভয় করে। এখনও কি হাত-পা জড়ো করে বাঁশবনে বসে থাকতে লজ্জা হচ্ছে না তোর? লজ্জা যদি না হয় তা হলে কাল সকালে পাঁচজনকে মুখ দেখাবি কী করে? লোকে যে তোদের গায়ে থুতু দেবে!''

হলধর অবাক হয়ে বলে, ''আজ্ঞে, আপনি কে বুড়িমা? ঠিক চিনতে পারছি না তো!''

''চেনার কি জো আছে বাছা? বায়ুভূত হয়ে থাকি। তবে সম্পর্ক খুব দূরেরও নয়। রাঘবের ঠাকুরদা ছিল বিষ্টুচরণ, আমি তার বিধবা পিসি। দেখিস, যেন শুনে আবার ভিরমি খাসনে। ভাল ভেবে নবকেষ্টকে বলতে গেলুম, তা সে চোখ উলটে দাঁত ছরকুটে মুচ্ছো গেল। তাই বলি বাছা, এখন কিন্তু মুচ্ছো-টুচ্ছো যাসনে। বড্ড বিপদের সময় যাচ্ছে। মুচ্ছো পেলে চেপে রাখ। পরে সময়মতো মুচ্ছো যাস।''

হলধর তাড়াতাড়ি উবু হয়ে পায়ের ধুলো নিতে গেল। বলল, ''আপনি কর্তামশাইয়ের ঠাকুরদার পিসিমা! কী সৌভাগ্য! কী সৌভাগ্য!''

''পায়ের ধুলো নিলি বুঝি! তা ভাল। ভক্তিছেদ্দার পাট তো আজকাল উঠেই গেছে।''

''কিন্তু ঠাকুমা, হিসেবমতো আপনার বয়স তো দেড়শো দাঁড়াচ্ছে।''

''তা হবে।''

"এতদিন যে কারও বেঁচে থাকার কথা নয়!"

"দূর বোকা! তা হলে এতক্ষণ কী শুনলি? বেঁচে আছি কে বলল?"

"তবে কি ভূত নাকি আপনি ঠাকুমা?"

"ভূত কথাটা শুনতে বিচ্ছিরি, বরং 'আবছা মানুষ' বল।"

মাথা চুলকে হলধর বলল, "এঃ! তা হলে তো মুশকিলেই পড়া গেল! সায়েন্সে তো ভূতের অস্তিত্ব স্বীকার করা হয় না! বড্ড গণ্ডগোলে ফেলে দিলেন ঠাকুমা।"

"বলি, গণ্ডগোলের কি শেষ আছে রে? যেখানে হাত দিবি সেখানেই গণ্ডগোল। তোর সায়েন্সও থাক, আমরাও থাকি। এখন যা বাছা, লোকজন জড়ো করে বেরিয়ে পড়। বাছাগুলোকে যেখানে নিয়ে গেছে সে হল ময়নামতীর জঙ্গল। ভারী দুর্গম জায়গা। তোর ওই উড়ুক্কু কল ছাড়া যাওয়াও যাবে না।"

হলধর চিন্তিতভাবে বলল, "সে না হয় যাচ্ছি। কিন্তু ঠাকুমা, এই উড়ুক্কু কল পলকা জিনিস। পাল্লাও বেশিদূর নয়। তা ছাড়া ছুঁচোবাজির মতো এদিক-সেদিক চলে যায়।"

"ওসব নিয়ে ভাবিসনি। আমি আছি, পীতাম্বরমশাই আছেন, হরু বাবা আছে, পঞ্চা বিশ্বেস আছে। আমরা সব আবছা মানুষ বটে, কিন্তু ক্ষ্যামতা কিছু কম নেই।"

গদগদ হয়ে হলধর বলল, "আর একবার পায়ের ধুলো দিন ঠাকুমা।"

সন্ধের মুখে বাড়ির পিছনের পতিত জমিতে তিন-তিনটে মুশকো চেহারার লোকের সঙ্গে দেখা হয়ে গেল হাবু দাসের। তাদের দেখে হাবু দাস ভারী খুশি হল। পথ আটকে দাঁড়িয়ে খুব একচোট হেসে নিল সে।

লোকগুলো নিজেদের মধ্যে একটু মুখ চাওয়াচাওয়ি করল।

হাবু হেসে-টেসে বলল, "খুবই মজার কথা হে! ধরো যদি আমার নাম হয় হাবু, আর পাঁচুর যদি হয় পাঁচু, আর এই বাড়িটা যদি রাঘববাবুর হয়..."

কথাটা শেষ হওয়ার আগেই সামনের লোকটা তার হাতের খেঁটে ডান্ডাটা তুলে ঠাঁই করে হাবুর মাথায় বসিয়ে দিল।

হাবু গদাম করে পড়ে গেল মাটিতে।

কাজের লোক! হুঁ বাবা, এরা যে খুবই কাজের লোক তাতে আর সন্দেহ রইল না গোলাপ রায়ের। বরাবরই সে এইসব কাজের লোককে এড়িয়ে চলে। আজও সে এদের দেখেই ঝোপের মধ্যে গা-ঢাকা দিয়েছিল। গা-ঢাকা দিয়েই রইল।

কাজের লোকেরা ফাঁকা পতিত জমিটায় গিয়ে পরপর তিনটে তুবড়িতে আগুন

দিল। তুবড়িও বটে! এমন তুবড়ি কখনও দেখেনি গোলাপ রায়। যেমন তেজ, তেমনি বাহার। নানা রঙের ফুলকি যেন ঠেলে দোতলাকেও ছাড়িয়ে গেল। তুবড়ি দেখে দুই ভাই দোতলার জানালায় এসে দাঁড়াতেই কাজের লোকের একজন মোলায়েম গলায় বলল, ''তুবড়ি জ্বালাবে খোকারা? এসো না!''

দুই ভাই ছুটে নেমে এল।

কাজের লোকেরা চোখের পলকে রুইতন আর হরতনের মুখ দু'খানা রুমালে বেঁধে কাঁধে তুলে নিল। তারপর ভারী চটপটে পায়ে গায়েব হয়ে গেল।

খুব সাবধানে সন্তর্পণে বেরিয়ে এল গোলাপ রায়। চেঁচামেচি করল না। করে লাভও নেই। হাবু দাসকে একটু নেড়েচেড়ে দেখল সে। মাথার চোট খুব গুরুতর নয়। সে কয়েকটা গ্যাঁদাল পাতা ছিঁড়ে হাতে একটু ডলে নিয়ে হাবুর নাকের কাছে ধরতে কিছুক্ষণ বাদে হাবু চোখ চাইল। তারপর ধড়মড় করে উঠে বসেই হুংকার দিল, ''কোথায় সেই শয়তানটা?''

''কার কথা কইছ? শয়তান কি একটা? চারদিকে মেলা শয়তান। গন্ডায়-গন্ডায় শয়তান।''

''ওই যে শয়তানটা কাল রাতে আমাকে বিছানা থেকে ফেলে দিয়েছিল?''

''যাক বাবা, তুমি তা হলে পুরনো হাবু দাসেই ফিরেছ। পুনর্মূষিক ভবঃ। তা কদম কোঙারকে আধঘণ্টা আগে দেখেছিলাম বটে!''

''কোথায় সে?'' বলে উঠতে যাচ্ছিল হাবু।

গোলাপ মাথা নেড়ে বলল, ''ব্যস্ত হোয়ো না। সে একজন কাজের লোক। কাজেই এ বাড়িতে এসেছিল, কাজ সেরে ফিরে গেছে। তার নাগাল পাওয়া মুশকিল।''

হাবু গম্ভীর হয়ে বলল, ''কিন্তু আমার যে তার নাগাল পেতেই হবে!''

সামনের উঠোনে সন্ধে সাতটা নাগাদ মেলা লোক জড়ো হয়েছে। হাবু দাস, গোলাপ রায়, গুণেন সাঁতরা, ভূতনাথ, পাঁচু, নবকৃষ্ণ, খাজাঞ্চি মশাই, হলধর, কে নয়? কারও মুখেই কথা নেই।

হলধর, হাবু আর গোলাপ রায় মিলে শক্ত পাটের দড়ি দিয়ে দুটো লম্বা বাঁশ হলধরের উড়ুক্কু ঝাঁটার সঙ্গে আঁট করে বাঁধছিল।

নবকৃষ্ণ সন্দিহান হয়ে বারবার বলছে, ''ও হলধরদাদা, এ জিনিস সত্যিই উড়বে তো! দেখলে বিশ্বাস হয় না।''

হলধর বলল, ''ওহে নবকৃষ্ণ, এতে শুধু বিজ্ঞানই নেই, তেনারাও আছেন।''

বিশ্বাস রাঘববাবুরও হচ্ছিল না। তবু সামান্য একটু আশার আলো দেখার

চেষ্টা করছিলেন মাত্র। শুধু একবার জিজ্ঞেস করলেন, ''আমাকেও যেতে হবে কি?''

হলধর মাথা নেড়ে বলল, ''না কর্তামশাই, লোক বাড়িয়ে লাভ নেই। যদি উদ্ধার করা কপালে থাকে তা হলে আমরা তিনজনেই পারব।''

গুণেন বলল, ''আমাকেও নিতে পারতে হে! দীপক গেয়ে আগুন লাগিয়ে দিয়ে আসতাম।''

সাত

নদী পেরিয়ে আগেরবারের মতোই পালকি চেপে জঙ্গলের ভিতরে দীর্ঘ পথ পার হতে হল নন্দলালকে। জঙ্গলের মধ্যে সেই চাতালেই এসে পালকি নামল।

নন্দলাল নামলেন, চারদিকে যমদূতের মতো চেহারার লোকজন। বেদির ওপর কালীর বিরাট মূর্তি, পুজোর বিরাট আয়োজন চলছে।

নন্দলালের হাত-পা বশে নেই। আগেরবার কৌশলে রক্ষা পেয়েছিলেন। এবার আর তার উপায় দেখছেন না, তবে তাঁর মাথা এখনও পরিষ্কার।

ল্যাংড়া শীতল আগেরবারের মতোই এসে পায়ের ধুলো নিয়ে বলল, ''ঠাকুরমশাই, পুজোটা খুব জোর দিয়ে করবেন। আমার বড় খারাপ সময় যাচ্ছে।''

নন্দলাল স্খলিত কণ্ঠে বললেন, ''পুজো না হয় করলুম বাবা, কিন্তু নরবলি-টলি যে আমার সয় না। শেষে যদি রক্ত-টক্ত দেখে অজ্ঞান-টজ্ঞান হয়ে যাই তা হলে পুজোই পণ্ড।''

শীতল কাঁচুমাচু হয়ে বলল, ''নরবলি কি আমিই চাই ঠাকুরমশাই? কিন্তু প্রাণায়াম শর্মা সাফ বলে দিয়েছে, নরবলি না হলে আমার রিষ্টি কাটবে না। দেখছেন তো, দিন-দিন আমার শরীর শুকিয়ে যাচ্ছে। আজকাল হাত-পা কাঁপে, জোরে হাঁটলে বুকে হাঁফ ধরে যায়। আগে এক ঠাঁই বসে দু' সের মাংস খেতে পারতাম, আজকাল তিন পো-র বেশি পারি না। শরীর খারাপ হওয়ায় দলটাও নড়বড়ে হয়ে যাচ্ছে, রোজগার কমছে। প্রাণায়াম শর্মা বলেছেন, নরবলিটা হয়ে গেলেই সবদিক রক্ষে পাবে। মায়ের নাকি এখন পাঁঠা বা মোষে রুচি নেই। একটু নররক্ত খেতে চান। মায়ের ইচ্ছে হলে কী আর করব বলুন!''

''তা বলে মায়ের কোল খালি করা কি উচিত হচ্ছে বাপু? ওটাও যে ঘোরতর পাপ!''

"কিন্তু আমাকেও তো বাঁচতে হবে ঠাকুরমশাই। এতগুলো লোক আমার মুখপানেই চেয়ে আছে।"

নন্দলাল একটা দীর্ঘশ্বাস ফেললেন।

একটু বাদেই পাঁচ-সাতটা লোক এসে ধড়াস ধড়াস করে দুটো মুখবাঁধা বাচ্চা ছেলেকে বেদির কাছাকাছি মাটিতে ফেলল। মশালের আলোয় নন্দলাল দৃশ্যটা দেখে শিহরিত হলেন। ছেলে দুটোকে ভারী চেনা-চেনা ঠেকছিল তাঁর।

সুধীর বিশ্বাস এগিয়ে এসে ভারী আহ্লাদের গলায় বলল, "চিনতে পেরেছেন তো ঠাকুরমশাই?"

"কে বলো তো বাপু?"

"কেন, রাঘববাবুর দুই ছেলে রুইতন আর হরতন!"

নন্দলাল হঠাৎ বুকে প্রচণ্ড একটা ব্যথা টের পেয়ে চোখ বুজে ফেললেন। হার্ট ফেল হয়ে যাবে কি না বুঝতে পারলেন না। গেলেই ভাল। এই পঙ্কিল পৃথিবীতে আর বেঁচে থাকার প্রয়োজনই বা কী?

খ্যাক খ্যাক করে একটু হেসে সুধীর বিশ্বাস বলল, "এবার এক ঢিলে দুই পাখি, বুঝলেন ঠাকুরমশাই?"

"না, বুঝলুম না।"

"নরবলিকে নরবলি, তার ওপর মুক্তিপণ বাবদ পাঁচ লাখ টাকা আদায়।"

"শিরে বজ্রাঘাত হবে যে হে!"

"বজ্রাঘাতের কমও হচ্ছে না ঠাকুরমশাই। ল্যাংড়া শীতলের রিষ্টির জন্য আমাদের যে হাঁড়ির হাল। আগে হেসেখেলে মাসে দশ-বিশ হাজার টাকা আসত পকেটে। এখন দু'-তিন হাজারের বেশি নয়। পাঁচ লাখ এলে খানিক সুসার হয়।"

ছেলে দুটোকে দেখে চোখ ফেটে জল আসছিল নন্দলালের। এদের জন্মাতে দেখেছেন। অসহায় বাচ্চা দুটো দীর্ঘ পথের শ্রমে ঘুমিয়ে পড়েছে।

"বাপু, সুধীর।"

"আজ্ঞে।"

"ওদের বদলে আমাকে বলি দিলে হয় না?"

"তা কি আর হয় না? কিন্তু তা হলে উচ্ছুগ্গু করবে কে? ঠাকুরমশাই, মায়াদয়া কি আর আমাদের মধ্যেও নেই? তবে কিনা, চাচা, আপন প্রাণ বাঁচা। জন্ম-মৃত্যু কি আমাদের হাতে, বলুন!"

নন্দলাল বিড়বিড় করে বললেন, "তোমার মৃত্যুটা আমার হাতে থাকলে বড় ভাল হত।"

“কিছু বললেন ঠাকুরমশাই?”

“না হে। ইষ্টনাম জপ করছি।”

“হ্যাঁ, হ্যাঁ, কষে ইষ্টনাম করুন তো। দুনিয়াটা পাপে যে একেবারে ভরে উঠল ঠাকুরমশাই। ইষ্টনাম হচ্ছে ঝাঁটার মতো, পাপ-তাপের জঞ্জাল সব ঝেঁটিয়ে সাফ করে দেয়। বেশ চেপে ইষ্টনামটা চালিয়ে যান।”

বকরাক্ষসের মতো নকুল সর্দার গাছতলায় বসে একটা সিরিশ কাগজে খাঁড়ার ধার তুলছে। মুখে একটা লোল হাসি। নরখাদকই বটে। মাঝে-মাঝে চোখ তুলে যখন এধার-ওধার তাকাচ্ছে তখন ওর চোখ থেকে যেন একটা ঝলকানি বেরিয়ে আসছে। কেন যে নকুল সর্দার নাম ভাঁড়িয়ে রাঘব চৌধুরীর বাড়িতে ঢুকেছিল তা এখন খানিকটা বুঝতে পারছেন নন্দলাল। এদের কাজ খুব পাকা। বাড়িতে লোক ঢুকিয়ে পাহারার ব্যবস্থা কেমন, লড়াই দিতে পারবে কি না, রাস্তা আছে কি না তা জেনে নিয়ে তবে কাজে নেমেছে। রাঘবের বাড়ি হল খোলা হাট, সেখান থেকে ছেলে চুরি করা কোনও কঠিন কাজ নয়।

একটা দানো এসে হাতজোড় করে বলল, “ঠাকুরমশাই, আর দেরি হলে যে লগ্ন পেরিয়ে যাবে।”

“এই যে বাপু, যাচ্ছি। হাতপায়ের কাঁপুনিই যে থামতে চাইছে না হে।”

“ভয় পাবেন না ঠাকুরমশাই। পুজোটা হয়ে যাক, তারপর সারারাত বিশ্রাম করার সময় পাবেন। পুরু গদিওলা বিছানা করে রাখা হয়েছে আপনার জন্য।”

নন্দলাল জপ করতে করতে শান্ত হলেন। হাত-মুখ ধুয়ে পুজোর আসনেও বসলেন। চারদিকে ঢাক ঢোল কাঁসি বাজছে। নন্দলাল মন্ত্র-টন্ত্র ভুলে খুব তাড়াতাড়ি একটা মতলব আঁটছিলেন। কিন্তু জুতমতো কোনও মতলবও আসছে না মাথায়। দুঃখে ক্ষোভে বারবার চোখে জল আসছে।

“বলি ওহে নন্দ!”

নন্দলাল বোজা চোখ খুলে অবাক হয়ে চারদিকে তাকালেন। ঠিক তাঁর গা ঘেঁষে পিছনে একজন বুড়োমানুষ উবু হয়ে বসা। পরনে মোটা আটহাতি ধুতি, গায়ে বেনিয়ান, সাদা ভুঁড়ো গোঁফ, মাথায় কাঁচাপাকা চুল।

নন্দলাল অবাক হয়ে বললেন, “আপনি কে?”

“আমি হলুম পীতাম্বরমশাই। রাঘব চৌধুরীর ঊর্ধ্বতন ষষ্ঠ পুরুষ।”

নন্দলালের গায়ে কাঁটা দিল।

“ঘাবড়ে যেয়ো না। পুজোটা একটু সময় নিয়ে করো।”

“যেঁ আজ্ঞে। বড্ড বিপদ যাচ্ছে পীতাম্বরমশাই।”

''বিপদ বলে বিপদ! তবে ভরসা রাখো। পুজোটা চালিয়ে যাও। ওরা তাড়া দিলে বোলো, এ বড় সাংঘাতিক পুজো। কোনও অঙ্গহানি হলে উলটো ফল ফলবে। আর কিছু ভয় না পাক, পুজোআচ্চাকে খুব ভয় পায়।''

''উপায় হবে বলছেন!''

''না হলে দেড়শো বছরের আলিস্যি ঝেড়ে কি এতদূর ছুটে আসতুম হে? দিব্যি শুয়ে-বসে সময় কাটছিল, ঝামেলা পাকিয়ে ওঠায় এই দৌড়ঝাঁপের মধ্যে পড়েছি।''

হঠাৎ একটা বাজখাঁই গলা বলে উঠল, ''এই যে পুরুতমশাই, পুজো আর কতক্ষণ চলবে? বলিটা দিয়ে না ফেললে কোথায় আবার কী বাধা পড়ে কে জানে!''

পিছনপানে চেয়ে নকুল সর্দারের হাতে লকলকে খাঁড়াটা দেখে চোখ বুজে ফেললেন নন্দলাল। তারপর হঠাৎ বেশ রাগের গলায় বললেন, ''দিলে তো মন্তরে একটা বাধা! আবার নতুন করে শুরু করতে হবে। বলি এ কি ছেলের হাতের মোয়া নাকি হে! কাঁচাখেগো দেবতা বলে কথা! একটু এদিক-ওদিক হলে রক্ষে আছে? যাও যাও, এখন আমাকে বিরক্ত কোরো না।''

নকুল একটু মিইয়ে গিয়ে বলল, ''আহা, বলিটা আগেভাগেই হয়ে যাক না। তারপর সারারাত পুজো চালিয়ে যান, ক্ষতি নেই!''

''তা হলে বাপু, তুমিই বরং পুজোয় বোসো। আমি উঠছি।''

ল্যাংড়া শীতল একটু দূরে বসে ছিল। পেল্লায় একটা ধমক মেরে বলল, ''অ্যাই নোকলো! তোর অত সর্দারির দরকার কী? পুজোআচ্চার কিছু বুঝিস?''

নকুল একটু দমে গিয়ে বলল, ''এই পুরুতটা একটু খিটকেলে আছে।''

''না, না, এ ভাল পুরুত। সবাই বলে নন্দঠাকুর পুজো করলে ভগবান যেন কথা কয়।''

নকুল তার জায়গায় গিয়ে বসল। নন্দলাল হাঁফ ছাড়লেন।

কে একজন হঠাৎ চেঁচিয়ে উঠল, ''আকাশে ওটা কী উড়ছে বলো তো? শকুন নাকি?''

আর একজন বলল, ''কখনও শুনেছিস রাতে শকুন ওড়ে। অন্ধকারে দেখলিই বা কী করে?''

''আমি যে অন্ধকারেও দেখতে পাই। না, পাখি-টাখি নয়, তার চেয়ে বড় জিনিস।''

সবাই ঊর্ধ্বমুখে কিছু একটা দেখছে। নন্দলাল তাকালেন না। কে জানে কী। তবে যাই হোক, ভগবানের আশীর্বাদে একটা গণ্ডগোল পাকিয়ে উঠলে ভালই হয়।

আর একজন চেঁচিয়ে বলল, ‘‘আমিও দেখতে পাচ্ছি। ওটা বোধ হয় একটা এরোপ্লেন।’’

‘‘দূর গাধা। এরোপ্লেন হলে শব্দ হবে না?’’

‘‘তাও তো বটে!’’

একে একে সবাই দেখতে পেল। একটা গুঞ্জন আর চেঁচামেচিও ছড়িয়ে পড়তে লাগল।

‘‘উরেব্বাস! এ যে লম্বা একটা জিনিস। তাতে কী যেন আছে। চক্কর মারছে।’’

গভীর বিকট গলায় ল্যাংড়া শীতল হাঁক মেরে বলল, ‘‘সবাই অস্তর হাতে নে। খুব হুঁশিয়ার! একটা ষড়যন্ত্র আছে বলে মনে হচ্ছে।’’

নন্দলাল হঠাৎ আর্তনাদ করে বললেন, ‘‘সর্বনাশ! ও কাজও কোরো না হে! পুজোর মন্ত্র দেবতাদের পায়ে পৌঁছলে তাঁরা সব বিমানে যজ্ঞস্থলে এসে হাজির হন। অস্ত্র দেখলে কুপিত হবেন। ওসব লুকিয়ে ফেলো।’’

দানবেরা মুহূর্তে স্থির হয়ে গেল।

শীতল বলল, ‘‘কোনও বিপদ নয় তো ঠাকুরমশাই?’’

‘‘আরে না। আজ পুজো সার্থক হয়েছে। অস্ত্রশস্ত্র সব দূরে ফেলে দিয়ে হাতজোড় করে বসে আমার সঙ্গে সঙ্গে স্তব করতে থাকো। না হলে সব পণ্ড হবে।’’

ডাকাতরা ফাঁপরে পড়ে গেল। ঠিক বিশ্বাসও করছে না, আবার দোটানাতেও পড়েছে।

শীতলই হুকুম দিল, ‘‘ঠাকুরমশাই যা বলছেন তাই কর রে তোরা।’’

সবাই ঝপাঝপ অস্ত্রশস্ত্র ফেলে দিল। তারপর করজোড়ে স্তব করতেও বসে গেল। নন্দলাল তাদের তাণ্ডব স্ত্রোত্র পাঠ করাতে লাগলেন। যদি সত্যিই কেউ বা কিছু এসে থাকে, তবে তাদের নিরাপদে নেমে আসা দরকার। তাণ্ডব স্তোত্র লম্বা জিনিস। সময় লাগছিল।

ঠিক এই সময়ে সাঁই সাঁই শব্দ করে হলধরের উড়ুক্কু ঝাঁটা তিন মূর্তিমানকে নিয়ে নেমে এল। হাবু দাস লাফ দিয়ে নেমেই চিৎকার করে উঠল, ‘‘কই, কোথায় সেই শয়তানটা?’’

গোলাপ রায় অবাক হয়ে বলে, ‘‘এখানে শয়তানের অভাব কী গো হাবুদাদা? এ তো শয়তানের একেবারে হাট বসে গেছে! তুমি যাকে খুঁজছ সে ওই যে গাছতলায় খাঁড়া হাতে বসে আছে।’’

হাবু দাস চোখের পলকে একটা ঘূর্ণিঝড়ের মতো গিয়ে নকুল সর্দারের ওপর পড়ল। নকুল বিস্ময়ে হাঁ করে ছিল। ওই হাঁ নিয়েই পর পর দুটো রদ্দা খেয়ে জমি ধরে নিল।

তারপর যে কাণ্ড হতে লাগল তা অবিশ্বাস্য। দানোরা কেউ হাত তোলারও সময় পেল না। হাবু-ঘূর্ণিতে তারা খড়কুটোর মতো উড়ে যেতে লাগল।

তারপর গদাম গদাম করে ছিটকে ছিটকে পড়তে লাগল এখানে-সেখানে।

শীতল পালানোর চেষ্টায় ছিল। হাবু তার ঠ্যাং ধরে তুলে কয়েকবার ঘুরিয়ে পাক মেরে ছুড়ে ফেলে দিল মাটিতে। শীতল অজ্ঞান হয়ে লক্ষ্মী ছেলের মতো চুপটি করে পড়ে রইল।

লড়াই শেষ।

হলধরের উড়ুক্কু ঝাঁটাকে কয়েকবার খেপ মারতে হল। প্রথম খেপে বাড়ি ফিরল রুইতন আর হরতন। একে একে ঠাকুরমশাই নন্দলাল, গোলাপ রায়, হাবু দাস। এবং সেইসঙ্গে অচেতন কদম কোঙার ওরফে নকুল সর্দারও।

নন্দলাল আতঙ্কিত হয়ে বললেন, ''ওরে ওটাকে এনেছিস কেন? ও যে সব্বোনেশে লোক!''

হাবু বলল, ''বহুকাল পরে লড়াই করে গায়ে-হাতে বড্ড ব্যথা হয়েছে মশাই। তাই এটাকে নিয়ে এসেছি। হাত-পা টিপে দেবে। ভয় পাবেন না। এর ওষুধ আমার জানা আছে।''

তা কথাটা মিথ্যেও নয়। দেখা গেল, নকুল সর্দার আর আগের মতো নেই। ভারী ভালমানুষ হয়ে গেছে সে। হাবুর গা-হাত-পা টিপে দেয়। তার কাছে কুস্তির প্যাঁচও শেখে, ফাইফরমাশ খাটে। চোখের চাউনিটা একদম গুরুর মতো ঠান্ডা হয়ে গেছে।

এ বাড়িতে এখন প্রায়ই আন্নাকালী দেব্যা, পীতাম্বরমশাই, আর পঞ্চা বিশ্বাসকে দেখা যায়। কেউ ভয় পায় না বটে, তবে আন্নাকালী দেব্যার শাসনে এখন আর অনাচার হওয়ার জো নেই। দু'বেলা গোবরছড়া গঙ্গাজল দিতে হয় বাড়িতে, তুলসীমঞ্চে প্রদীপ জ্বলে, শাঁখে ফুঁ।

হলধরের উড়ুক্কু ঝাঁটায় চেপে আজকাল রাঘব বিকেলে বেড়াতে বেরোন, নন্দলাল মাঝে মাঝে যজমান বাড়ি যান, রুইতন আর হরতন বন্ধুদের নিয়ে হইচই করে চড়ুইভাতি করতেও যায়।

লোকমুখে শোনা যায়, ল্যাংড়া শীতলের দল ভেঙে গেছে। শীতল সাধু হয়ে গেছে। দু'-চারজন বৈষ্ণবমন্ত্রে দীক্ষা নিয়ে মাধুকরী করে বেড়ায়, কেউ চাষবাসে মন দিয়েছে, কেউ যাত্রার দলে নাম লিখিয়েছে।

তা সে যাই হোক, মোট কথা, হাট গোবিন্দপুরে এখন অখণ্ড শান্তি বিরাজ করছে।

মোহন রায়ের বাঁশি

ময়নাগড়ের দিঘির ধারে সন্ধেবেলায় চুপটি করে বসে আছে বটেশ্বর। চোখে জল, হাতে একখানা বাঁশি। পুবধারে মস্ত পূর্ণিমার চাঁদ গাছপালা ভেঙে ঠেলে উঠবার চেষ্টা করছে। দিঘির দক্ষিণ দিককার নিবিড় জঙ্গল পেরিয়ে দখিনা বাতাস এসে দিঘির জলে স্নান করে শীতল সমীরণে পরিণত হয়ে জলে হিলিবিলি কাঁপন তুলে, বটেশ্বরের মিলিটারি গোঁফ ছুঁয়ে বাড়ি বাড়ি ছুটে যাচ্ছে। চাঁদ দেখে দক্ষিণের জঙ্গল থেকে শেয়ালেরা 'ক্যা হুয়া, ক্যা হুয়া' বলে হিন্দিতে পরস্পরকে প্রশ্ন করছে। বেলগাছ থেকে একটা প্যাঁচা জানান দিল 'হাম হ্যায়, হাম হ্যায়।'

বটেশ্বর একটা দীর্ঘশ্বাস ফেলে হাতের বাঁশিটার দিকে তাকাল। বহুকালের পুরনো মস্ত বাঁশি, গায়ে রুপোর পাত বসানো, তাতে ফুলকারি নকশা। দিনতিনেক আগে সকালবেলায় ঝোলা কাঁধে একটা লোক এসে হাজির। পরনে লুঙ্গি, গায়ে ঢলঢলে জামা, মুখে দাড়িগোঁফের জঙ্গল, মাথায় ঝাঁকড়া চুল। রোগাভোগা চেহারার লোকটা বলল, কোনও রাজবাড়ির কিছু জিনিস সে নিলামে কিনেছে, আর সেগুলোই বাড়ি-বাড়ি ঘুরে বিক্রি করছে। পুরনো আমলের রুপোর টাকা, জরিবসানো চামড়ার খাপে ছোট্ট ছুরি, অচল পকেটঘড়ি, পেতলের দোয়াতদানি, পাশা খেলার ছক, হাতির দাঁতের পুতুল, এরকম বিস্তর জিনিস ছিল তার সঙ্গে আর ছিল এই বাঁশিটা। বটেশ্বর জীবনে কখনও বাঁশি বাজায়নি, তবে বাজানোর শখটা ছিল। লোকটা বলল, "যেমন-তেমন বাঁশি নয় বাবু, রাজবাড়ির পুরনো কর্মচারীরা বলেছে, এ হল মোহন রায়ের বাঁশি।"

"মোহন রায়টা কে?"

"তা কি আমিই জানি! তবে কেষ্টবিষ্টু কেউ হবেন। বাঁশিতে নাকি ভর হয়।"

লোকটা দুশো টাকা দাম চেয়েছিল। বিস্তর ঝোলাঝুলি করে একশো টাকায় যখন রফা হয়েছে তখন বটেশ্বরের বউ খবর পেয়ে অন্দরমহল থেকে বেরিয়ে এসে রণরঙ্গিণী মূর্তি ধারণ করে বলল, "টাকা কি খোলামকুচি? একটা বাঁশির দাম একশো টাকা! বলি জীবনে কখনও বাঁশিতে ফুঁ দাওনি, তোমার হঠাৎ কেষ্ট ঠাকুর হওয়ার সাধ হল কেন? ও বাঁশি যদি কেনো তা হলে আমি হয় বাঁশি উনুনে গুঁজে দেব, না হয় তো বাপের বাড়ি চলে যাব।"

ফলে বাঁশিটা তখন কেনা হল না বটে, কিন্তু ঘণ্টাখানেক বাদে বটেশ্বর যখন বাজারে গেল তখন দেখতে পেল বুড়ো শিবতলায় লোকটা হা-ক্লান্ত হয়ে বসে আছে। অগ্রপশ্চাৎ বিবেচনা না করে সে বাঁশিটা কিনে ফেলল। ফেরার সময় খিড়কির দরজা দিয়ে ঢুকে গোয়ালঘরের পাটাতনে বাঁশ-বাখারির ভিতরে গুঁজে রেখে দিয়ে এল।

আশ্চর্যের বিষয়, সেদিন রাতে তার ভাল ঘুম হল না। তার কেবলই মনে হচ্ছিল বাঁশিটা যেন তাকে ডাকছে। নিশির ডাকের মতো, চুম্বকের মতো। কেবলই ভয় হতে লাগল, বাঁশিটা চুরি যাবে না তো!

দ্বিতীয় রাতেও ঠিক তাই হল। নিশুত রাতে বারবার উঠে বাঁশির নীরব আহ্বান শুনতে পেল সে। কিন্তু বউয়ের ভয়ে বেরোতে পারল না।

আজ তার বউ বিকেলে পাড়া-বেড়াতে গেছে। সেই ফাঁকে বাঁশিটি বের করে নিয়ে দিঘির ধারে এসে বসেছে বটেশ্বর। খুব নিরাপদ জায়গা। কালীদহ দিঘি ভূতের আখড়া বলে সন্ধের পর কেউ এধারে আসে না। উত্তর ধারে বাঁশবনের আড়াল আছে।

বটেশ্বর বাঁশি বাজাতে জানে না বটে, কিন্তু বাঁশিটাকে সে বড় ভালবেসে ফেলেছে। কী মোলায়েম এর গা, কী সুন্দর কারুকাজ। হেসে খেলে একশো-দেড়শো বছর বয়স হবে। এমন বাঁশির আওয়াজও মিঠে হওয়ার কথা। কিন্তু হায়, বটেশ্বর বাঁশিতে ফুঁ দিতেও জানে না।

নিজের অপদার্থতার কথা ভেবে তার চোখে জল আসছিল। জীবনে সে কিছুই তেমন পেরে ওঠেনি। ছেলেবেলা থেকে স্বপ্ন ছিল হাঁদু মল্লিকের মতো বড়লোক হবে। হতে পারল কি? হরিপদ কানুনগোর মতো ফুটফুটে চেহারাও তো ভগবান তাকে দেননি। ব্রজকিশোর দাসের পেল্লায় স্বাস্থ্যের ওপর কি কম লোভ ছিল তার? কিছুদিন ব্যায়াম-ট্যায়াম করে শেষে হাল ছাড়তে হয়েছিল তাকে। তারক রায়ের মতো সুরেলা গলা কি তার হতে পারত না? আর কিছু না হোক গোটা মহকুমা যাকে একডাকে চেনে সেই শাজাহান, সিরাজদ্দৌলা বা টিপু সুলতানের ভূমিকায় দুনিয়া-কাঁপানো অভিনেতা রাজেন হালদারের মতো হতেই বা দোষ কী ছিল? কিংবা লেখাপড়ায় সোনার মেডেল পেয়ে গরিবের ছেলে পাঁচুগোপাল যে ধাঁ করে বিলেত চলে গেল, সেরকমটা কি একেবারেই হতে পারত না তার? পাঁচুগোপাল যে স্কুলে পড়েছে সেই নরেন্দ্রনারায়ণ স্কুলে তো সেও পড়ত। জামা নেই, জুতো নেই, খাবার জুটত না, তবু পাঁচু সোনার মেডেল পেল। আর বটেশ্বর? এক ক্লাস থেকে আর এক ক্লাসে উঠতে যেন দম বেরিয়ে যেত তার। মনে হত পরের ক্লাসটা কত উঁচুতে রে বাপ! পেটে বিদ্যে নেই, গলায় গান নেই, শরীরে স্বাস্থ্য নেই, মুখে রূপ নেই, বেঁচে থাকাটার ওপরেই ভারী ঘেন্না হয় তার।

কালীদহের ভাঙা পৈঠায় বসে এইসব ভাবতে ভাবতে আর চোখের জল ফেলতে ফেলতে সে বাঁশিটার গায়ে হাত বোলাচ্ছিল। একশো টাকা দিয়ে কিনেছে বটে কিন্তু এ বাঁশি বাজানোর সাধ্য তার নেই। বাঁশিটাকে আদর করতে করতে সে ফিসফিস করে বলল, ‘‘আহা, যদি আমি তোকে একটু বাজাতে পারতাম!’’

বটেশ্বরকে চমকে দিয়ে ঠিক এই সময়ে কাছের আমগাছ থেকে একটা পাখি পরিষ্কার ইংরিজিতে বলে উঠল, ‘‘ডু ইট! ডু ইট! ডু ইট!’’

সত্যিই বলল নাকি? না, ও তার শোনার ভুল! পাখি কতরকম ডাক ডাকে। ওরা তো আর ইংরেজি জানে না।

তবু ডাকটা নিয়তির নির্দেশ বলেই কেন যেন মনে হচ্ছিল তার। কে জানে বাপু, দুনিয়ায় কত অশৈলী কাণ্ডই তো ঘটে। তাই বটেশ্বর সাবধানে চারপাশটা একটু দেখে নিল। না, কেউ কোথাও নেই। থাকার কথাও নয়। কেউ দেখে ফেললে লজ্জার ব্যাপার হবে। একা-একাও তার লজ্জা করছে। নিজের কাছেও কি মানুষ লজ্জা পায় না? দোনামোনো করে সে বলে উঠল, ‘‘চেষ্টা করব?’’

অমনি কালীদহের মোটাসোটা পুরনো ব্যাঙগুলোর একটা জলের কাছ থেকে মোটা গলায় বলে উঠল, ‘‘লজ্জা কী? লজ্জা কী? লজ্জা কী?’’

ফের বটেশ্বর চমকাল। নাঃ, নিয়তি আজ যেন চারদিক থেকে তাকে হুকুম দিচ্ছে। খুবই লাজুক মুখে আড়বাঁশিটা তুলে সে খুব জোরে একটা ফুঁ দিল। বলাই বাহুল্য, কোনও আওয়াজ বেরোল না। শুধু ফস করে খানিকটা বাতাস বেরিয়ে গেল। বড্ড লজ্জা পেয়ে ক্ষান্ত হল বটেশ্বর।

কাছেই ভাঙা শিবের দেউল। দেওয়াল কেটে একশো অশ্বত্থ গাছ গজিয়েছে। সেখান থেকে একটা তক্ষক বলে উঠল, ‘‘চেষ্টা করো! চেষ্টা করো! চেষ্টা করো!’’

বটেশ্বর অবাক থেকে অবাকতর হচ্ছে। এসব কি ছদ্মবেশী দৈববাণী নাকি? চতুর্দিকে কি একটা অলৌকিক ষড়যন্ত্র চলছে? বাঁশিওলা বলেছিল বটে যে, বাঁশিতে ভর হয়। তা হলে কি তার মতো আনাড়ির ফুঁয়ে বাঁশি বেজে উঠবে?

একটু ভরসামতো হল বটেশ্বরের। আরও বার কয়েক ফুঁ দিয়ে দেখল সে। না, শুধু ফস ফস করে হাওয়া বেরোল, আওয়াজ হল না। হতাশ হয়ে সে চুপ করে বসে রইল।

বিমর্ষ মনে বাড়ি ফিরে বাঁশিটা গোয়ালঘরে যথাস্থানে রেখে বটেশ্বর যখন ঘরে ঢুকল তখন তার বউ বলল, ‘‘ওগো, আজ সন্ধেবেলায় দুটো লোক তোমার খোঁজে এসেছিল।’’

‘‘তারা কারা?’’

“কে জানে, চেনা লোক নয়। একজন খুব লম্বাচওড়া, আর একজন কেমন যেন শকুন-শকুন চেহারা।”

“কী দরকার তাদের?”

“শকুনের মতো লোকটা জিজ্ঞেস করল একজন বুড়ো মানুষের কাছ থেকে আমরা একটা রুপোবাঁধানো বাঁশি কিনেছি কি না। যদি কিনে থাকি তবে তারা বাঁশিটা ডবল দামে কিনে নেবে। শুনে আমার ভারী মনখারাপ হয়ে গেল। বাঁশিটা তোমাকে কিনতে দিলেই ভাল করতুম। ডবল দাম পাওয়া যেত।”

বটেশ্বরের বুকের ভিতরটা খুব ধুকুর-পুকুর করছিল। বলল, “তা তুমি কী বললে?”

“বললুম, একজন বুড়োমানুষ বাঁশি বেচতে এসেছিল বটে, দরদামও হয়েছিল, কিন্তু শেষ অবধি আমরা নিইনি। তখন জিজ্ঞেস করল, বাঁশিটা কে কিনেছে তা আমি জানি কি না। আমি বললাম, অত দাম দিয়ে ও বাঁশি এখানে কে কিনবে। তবে আমি ঠিক জানি না। দেখলাম বাঁশির জন্য খুব গরজ।”

“এলেবেলে লোক, না কি পয়সাওয়ালা?”

“না, না, বেশ পয়সাওয়ালা লোক বলেই মনে হল। শকুনির মতো দেখতে লোকটার হাতে কয়েকটা আংটি ছিল, গলায় সোনার চেন, গায়ে সিল্কের পাঞ্জাবি আর পরনে ধাক্কাপেড়ে ধুতি। লোকটার বেশ চোমড়ানো গোঁফ আর বাবরি চুল। তবে চোখদুটো যেন বাঘের মতো জ্বলজ্বলে, তাকালে ভয়-ভয় করে।”

“আর সঙ্গের লোকটা?”

“সে কথাবার্তা বলেনি, চুপচাপ দাঁড়িয়ে ছিল। তাকে দেখে পালোয়ান-টালোয়ান মনে হয়। পাহাড়ের মতো শরীর। এখন মনে হচ্ছে বাঁশিটা তোমাকে কিনতে না দিয়ে ভুলই হয়েছে।”

বটেশ্বর এ কথার জবাব দিল না। চিন্তিত মুখে সে কুয়োপাড়ে হাত-মুখ ধুতে গেল। বাঁশিটার কী এমন মহিমা যে, লোকে ডবল দামে কিনতে চায়! ঘটনাটা বেশ চিন্তায় ফেলে দিল তাকে। তবে এটা বোঝা শক্ত নয় যে, বাঁশিটা খুব সাধারণ বাঁশি হলে লোকে বাড়ি বয়ে খবর করতে আসত না। সুতরাং বটেশ্বরের বুকের ধুকধুকুনিটা কমল না। একটা অজানা আশঙ্কায় তার মনটা কু ডাকতে লাগল।

ময়নাগড়ে নানান মানুষের নানান সমস্যা। যেমন কালীপদ সমাদ্দার। সে হল চিরকেলে ব্যথা-বেদনার রুগি। ব্যথা ছাড়া জীবনে একটা দিনও কাটায়নি সে। একদিন দাঁতব্যথায় কাতরায় তো পরদিন কান-কটকটানির চোটে বাপ রে মা রে করে চেঁচায়। পরদিনই হয়তো কানের বদলে হাঁটু কামড়ে ধরে একটা কেঁদো বাঘ যেন হাড়মাস

চিবোতে থাকে। দু'দিন পর মাজায় যেন কুড়ুলের কোপ পড়ার মতো ঝলকে ঝলকে ব্যথা শানিয়ে ওঠে। কোমর সারল তো মাথায় যেন কেউটের ছোবলের মতো ব্যথার বিষ তাকে কাহিল করে ফেলে। যেদিন আর কোনও ব্যথা না থাকে সেদিন পেটের মধ্যে পুরনো আমাশার ব্যথাটা চাগিয়ে উঠে তাকে পাগল করে তোলে। ব্রজ কবরেজ অনেক নিরখ পরখ করে বলেছে, "আসলে ব্যথা তোমার একটাই, তবে সেটা বানরের মতো এ ডালে ও ডালে লাফিয়ে বেড়ায়। ও ব্যথা যেমন চালাক তেমনি বজ্জাত। হাঁটুর ব্যথার ওষুধ দিলে ও গিয়ে মাজায় ঘাপটি মেরে থাকে। মাজায় ওষুধ পড়লেই লম্ফ দিয়ে দাঁতের গোড়ায় গিয়ে লুকিয়ে থাকে। সেখান থেকে তাড়া খেলে গিয়ে ফ্যানের মধ্যে সেঁধোয়। ওর নাগাল পাওয়াই ভার, তাই বাগে আনাও শক্ত।"

ব্যথার ইতিবৃত্ত শুনে হোমিয়োপ্যাথ নগেন পাল চিন্তিত মুখে বলেছিল, "ব্যথা তো আমি এক ডোজেই কমিয়ে দিতে পারি। কিন্তু ওই মাজার ব্যথা তারপর কী মূর্তি ধারণ করবে সেইটেই ভাবনার কথা। নিত্যকালীপিসির পিঠের ব্যথা কমাতে গিয়ে কী হয়েছিল জানো? পিঠের ব্যথা সারতেই তার মাথার গণ্ডগোল দেখা দিল। চেঁচায়, কাঁদে, বিড়বিড় করে। দিলাম মাথার ওষুধ, মাথা ভাল হয়ে গিয়ে পিঠের ব্যথা ফিরে এল। তাই আমি বলি কী, ওই মাজার ব্যথাকে না ঘাঁটানোই ভাল। কাবলিওয়ালাকে তাড়ালে হয়তো কাপালিক এসে থানা গেড়ে বসবে। তাতে লাভ কী?"

ময়নাগড়ের অ্যালোপ্যাথ ডাক্তার প্রভঞ্জন প্রামাণিক ইনজেকশন ছাড়া কথাই কয় না। যে রুগিই আসুক আর তার যে রোগই হয়ে থাকুক না কেন প্রভঞ্জন আগে তাকে একটা ইনজেকশন ঠুকে দেবেই। রুগিদের উদ্দেশে তার একটাই কথা, ইনজেকশন নাও, সব সেরে যাবে। দেখা যায়, প্রভঞ্জন যেমন ইনজেকশন দিতে ভালবাসে তেমনি অনেক লোক আছে যারা ইনজেকশন নিতেও খুব পছন্দ করে। বুড়ো উকিল তারাপদ সেন তো প্রায়ই সন্ধেবেলা এসে প্রভঞ্জনের ডাক্তারখানায় বসে, আর বলে, "দাও তো ডাক্তার একটা ইনজেকশন ঠুকে। ওটি না নিলে আজকাল বড় আইঢাই হয়, কেমন ফাঁকা ফাঁকা লাগে, মনে হয় আজ যেন কী একটা হয়নি।" বিশ্বম্ভর সাঁতরা কোনও শুভ কাজে যাওয়ার আগে প্রভঞ্জনের কাছে একটা ইনজেকশন না নিয়ে যায় না। জরুরি মোকদ্দমা বা শ্বশুরবাড়িতে জামাইষষ্ঠীর নেমন্তন্নে যাওয়ার আগে ইনজেকশন একেবারে বাঁধা।

এই তো সেদিন হাটপুকুরের গজানন বিশ্বাসের মেজো মেয়ে শেফালিকে ভূতে ধরেছিল। খোনা সুরে কথা কয়, এলোচুলে ঘুরে বেড়ায়, দাঁতকপাটি লাগে। ওঝা বদ্যি কিছু করতে পারল না। তখন ডাকা হল প্রভঞ্জনকে। প্রভঞ্জন গিয়েই ইনজেকশন বের করে ওষুধ ভরে ছুঁচ উঁচিয়ে যেই শেফালির দিকে এগিয়েছে অমনি ভূতটা

শেফালিকে ছেড়ে বেরিয়ে এসে হাতজোড় করে বলল, ''যাচ্ছি ডাক্তারবাবু, যাচ্ছি। আপনার জ্বালায় কি কোথাও তিষ্ঠোবার উপায় আছে?''

কালীপদকে তিনশো বাহান্ন নম্বর ইনজেকশনটা দিয়ে ঘটনাটা প্রভঞ্জন নিজেই বলেছিল। বলল, ''ইনজেকশনে সারে না এমন রোগ দেখিনি বাপু। তোর ব্যথাটা যখন সারছে না তখন ধরে নিতে হবে ওটা তোর আসল ব্যথা নয়, ব্যথার বাতিক। বাতিকও আমি সারাতে পারি বটে, কিন্তু ভয় কী জানিস? ভয় হল, উটের যেমন কুঁজ, গোরুর যেমন গলকম্বল, হাতির যেমন শুঁড়, তোরও তেমনি ওই বাতিক। বাতিক সারালে তুই কি বাঁচবি?''

সুতরাং ব্যথা-বেদনা নিয়েই কালীপদ বেঁচে আছে। গতকাল তার হাঁটুতে ব্যথা ছিল। আজ হাঁটুর ব্যথা নেই, কিন্তু সকাল থেকে দাঁতের কনকনানি শুরু হয়েছে। সন্ধেবেলা সে এই গ্রীষ্মকালে কম্ফর্টারে গাল মাথা জড়িয়ে বসে আছে আর আহা-উঁহু করছে।

এমন সময় দুটো লোক এসে হাজির হল। এলেবেলে লোক নয়, রীতিমতো সম্ভ্রান্ত চেহারার একজন মাঝবয়সি মানুষ, তার পরনে রেশমি পাঞ্জাবি, ধাক্কাপেড়ে ধুতি। মস্ত গোঁফ এবং বাবরি চুল। চেহারাটা রোগাটে হলেও বেশ শক্তসমর্থ। দেখে মনে হয় রাজা-জমিদারের পরিবারের লোক। সঙ্গে একজন কুস্তিগিরের মতো লোক, যেমন লম্বা তেমন চওড়া।

প্রথমজনই কথা শুরু করল। বেশ গমগমে গলায় বলল, ''আমরা একটা জিনিসের সন্ধানে অনেক দূর থেকে এসেছি। একটু সাহায্য করতে পারেন?''

এরকম বড় মাপের একজন মানুষ বাড়িতে আসায় ভারী তটস্থ হয়ে পড়ল কালীপদ। হাতজোড় করে ''আসুন, আসুন, কী সৌভাগ্য।'' বলে তাদের বৈঠকখানায় বসাল। তারপর হাত কচলে বলল, ''বলুন কী করতে পারি।''

''আপনি কেতুগড় রাজবাড়ির নাম শুনেছেন?''

''খুব শুনেছি।''

''আমি ওই পরিবারেরই একজন বংশধর। আমার নাম নরেন্দ্রনারায়ণ চৌধুরী।''

''কী সৌভাগ্য! আপনিই কি রাজাবাহাদুর?''

লোকটার দাঁতগুলো বেশ বড় বড়। সেই দাঁত দেখিয়ে একটু হেসে বলল, ''না, না, রাজাগজা নই। রাজতন্ত্রই নেই তো রাজা। আমাদের অবস্থাও আগের মতো নেই। কিছুদিন আগে কেতুগড়ের রাজবাড়ি থেকে কিছু জিনিস চুরি যায়। ছিঁচকে চোরেরই কাজ। দামি জিনিসপত্র কিছুই তেমন খোয়া যায়নি। তবু তার মধ্যে দুটো-একটা জিনিস পুরনো স্মারক হিসেবে আমাদের কাছে খুবই মূল্যবান। আমরা জিনিসগুলো উদ্ধার করতে চাই।''

কালীপদ ভারী ব্যস্ত হয়ে বলল, ‘‘বটেই তো! তা হলে পুলিশের কাছে—’’

লোকটা হাত তুলে তাকে থামাল। হাতে হিরের আংটি ঝিলিক দিয়ে উঠল। লোকটা বলল, ‘‘পুলিশকে জানানো হয়েছে। কিন্তু তাদের তো আঠারো মাসে বছর। চোর ধরতে ধরতে জিনিসগুলো বেহাত হয়ে যাবে। তাই আমরা নিজেরাও একটু চেষ্টা করছি। যে লোকটা চুরি করেছিল সে বুড়োমতো, গোঁফদাড়ি আছে, মাথায় ঝাঁকড়া চুল। আমরা খবর পেয়েছি সে এই ময়নাগড়েই কিছু জিনিস বিক্রি করে গেছে।’’

লোকটার বর্ণনা শুনে কালীপদর মুখ শুকিয়ে গেল। কেননা কয়েকদিন আগে যখন তার কোমরে ব্যথা হয়েছিল তখন ওই লোকটা তার কাছে এসেছিল বটে, ঝোলার মধ্যে অনেক পুরনো আমলের জিনিস ছিল। তা থেকে একটা ভারী সুন্দর জাপানি পুতুল মেয়ের জন্য কিনেছিল বটে কালীপদ। লোকটা পঞ্চাশ টাকা দাম হেঁকেছিল, শেষে কুড়ি টাকায় দিয়ে দেয়।

সে যখন এসব কথা ভাবছে তখন নরেন্দ্রনারায়ণ তার বাজপাখির মতো তীক্ষ্ণ চোখে তার মুখের দিকে চেয়ে ছিল। একটু হেসে বলল, ‘‘জিনিসগুলো আমরা সবই ডবল দামে কিনে নেব। কিন্তু যে জিনিসটা আমাদের কাছে সবচেয়ে জরুরি তা হল একটা বাঁশি। বহু পুরনো রুপোর বাঁধানো বাঁশি।’’

কালীপদ মাথা নেড়ে বলল, ‘‘বাঁশির কথা জানি না। তবে আমি একটা জাপানি পুতুল তার কাছ থেকে কিনেছিলাম বটে।’’

‘‘বাঁশিটা কে কিনেছে জানেন?’’

‘‘না।’’

‘‘এই ময়নাগড়েরই কেউ কিনেছে বলে আমাদের চর খবর দিয়েছে।’’

‘‘আমি বাঁশি কিনিনি রাজামশাই। চুরির জিনিস জানলে পুতুলটাও কিনতাম না, লোকটা বলেছিল কোনও রাজবাড়ি থেকে নিলামে কিনেছে।’’

নরেন্দ্রনারায়ণ ভ্রু কুঁচকে বলল, ‘‘আমাকে রাজামশাই বলে লজ্জা দেবেন না। রাজত্ব থাকলে অবশ্য আজ আমার রাজা হওয়ারই কথা, কিন্তু তা যখন নেই তখন আমি আর রাজাগজা নই, সাধারণ মানুষ।’’

লোকটা যাই বলুক এর গা থেকে কালীপদ রাজা-রাজা গন্ধ পাচ্ছিল। ঘরে রাজাগজা আসাতেই কি না কে জানে তার দাঁতের ব্যথাটাও উবে গেছে, সে গদগদ হয়ে বলল, ‘‘আহা, গায়ে রাজরক্তটা তো আছে। রাজত্ব না থাকলেও কি রাজার মহিমা কমে যায় নাকি? মরা হাতি লাখ টাকা।’’

নরেন্দ্রনারায়ণ একটা দীর্ঘশ্বাস ফেলে বলল, ‘‘শরীরে রাজার রক্তটাই যা আছে। যাকগে, জাপানি পুতুলটা আপনি বরং রেখেই দিন। ওটা না হলেও আমাদের চলবে।

কিন্তু বাঁশিটা আমাদের উদ্ধার করতেই হবে। আপনি কি এ ব্যাপারে একটু সাহায্য করতে পারেন?''

কালীপদ হাত কচলে বলল, ''আজ্ঞে, আপনি যখন আদেশ করলেন তখন অবশ্যই খোঁজ করে দেখব। ও তো কর্তব্যের মধ্যেই পড়ে।''

''আমরা বাঁশির জন্য পুরস্কার দিতেও রাজি আছি আর ডবল দাম তো দেবই।''

কালীপদর চোখ চকচক করে উঠল। বলল, ''যে আজ্ঞে।''

ময়নাগড়ের সবচেয়ে বড়লোক হল হাঁদু মল্লিক। তার মস্ত সুদের কারবার আর তেলের ব্যাবসা। লাখো লাখো টাকা। তবে কিনা হাঁদু মল্লিককে দেখে সেটা বুঝবার উপায় নেই। সে হেঁটো ধুতি পরে, গায়ে মোটা কাপড়ের একখানা বিবর্ণ জামা। পায়ে সস্তা রবারের চটি, বেঁটেখাটো হাঁদু মল্লিক রাস্তা দিয়ে হেঁটে গেলে বড়মানুষ বলে চেনা দায়।

রোজকার মতোই হাঁদু সন্ধেবেলায় তার গদিতে বসে সারাদিনের হিসেব-নিকেশ জাবদা খাতায় টুকে রাখছিল। এ সময়টায় তার বাহ্যজ্ঞান থাকে না। তবে আজ সে কিছু আনমনা। হয়েছে কী, দিন দুই আগে দুপুরের দিকে দাড়িগোঁফওয়ালা একটা লুঙ্গি পরা লোক ঝোলাকাঁধে এসে হাজির। বলল, কোন রাজবাড়ি থেকে নিলামে কিছু জিনিস কিনে এনেছে। রাজবাড়ির জিনিস শুনে হাঁদুর একটু কৌতূহল হল। থলি থেকে বিস্তর অকাজের জিনিস বের করে দেখাল লোকটা। তার মধ্যে গোটা কুড়ি-পঁচিশ পুরনো রুপোর টাকাও ছিল। রুপো দামি জিনিস বলে হাঁদু দরদাম করে গোটা দুই কিনে ফেলেছিল ত্রিশ টাকায়। জালি জিনিস হতে পারে ভেবে বেশি কিনতে সাহস হয়নি। কিন্তু গতকাল বিধু স্যাঁকরা এসে টাকাদুটো দেখে চোখ কপালে তুলে বলল, ''করেছেন কী হাঁদুবাবু, এ তো রুপোর টাকা নয়! রুপোর মোড়কে এ যে খাঁটি মোহর! ওজনটা দেখছেন না! রুপোর কি এত ওজন হয়?'' বলে বিধু একপাশ থেকে একটু ছিলকে কেটে দেখাল, ভিতরে সোনা চকচক করছে। সেই থেকে মনটা বড় হায়-হায় করছে হাঁদুর। পঁচিশটা টাকা যদি সাহস করে কিনে ফেলত তা হলে কী ভালটাই না হত। এখন তার হাত কামড়াতে ইচ্ছে করছে। এত দুঃখ হচ্ছে যে, হাঁদু ভাল করে খেতে বা ঘুমোতে পারছে না, পেটে বায়ু হয়ে যাচ্ছে, দুঃস্বপ্ন দেখছে। লোকটাকে খুঁজে আনতে সে তার পাইক পাঠিয়েছিল। কোথাও খুঁজে পাওয়া যায়নি তাকে।

গতকাল থেকে তাই মনটা বড় উচাটন। আজ হিসেব করতে বসেও মাথাটা গণ্ডগোল করছে। আজ হয়েছে কী, দু' হাজার সাতশো নয়ের নয়, আট হাজার

পাঁচশো সাতাশির সাত, দশ হাজার নশো আঠাশের আট, পাঁচশো ছাব্বিশের ছয়, সাত হাজার তিনশো বত্রিশের দুই আর দশ হাজার দুশো চুয়াল্লিশের চার, যোগ করে হবে ছত্রিশ। ছত্রিশের ছয় নামবে, হাতে থাকবে তিন। ঠিক এইখানটাতেই তার চল্লিশ বছরের হিসেব করা পাকা মাথায় কেমন যেন হরিবোল হয়ে গেল। কিছুতেই ঠিক করতে পারছিল না ছত্রিশের কত নামবে আর কত হাতে থাকবে। ছয় নেমে হাতে থাকবে তিন, না কি তিন নেমে হাতে থাকবে ছয়! কোনটা নামে, কোনটা হাতে থাকে তা নিয়ে এমন গণ্ডগোলে সে কখনও পড়েনি। অগত্যা সে বিশু পালকে লজ্জার মাথা খেয়ে জিজ্ঞেস করে ফেলল, "ওহে বিশু, ছত্রিশের কত নামবে আর কত হাতে থাকবে বলো তো!"

বিশু সেই বিকেল থেকে দশটা টাকা হাওলাত চাইতে এসে বসে আছে। হাঁদু মল্লিক রাজি হচ্ছে না। বলেছে, "আজ তিন মাস সাড়ে তিনশো টাকা ধার নিয়ে বসে আছ, একটি পয়সা ছোঁয়াওনি। বাহান্ন টাকা সুদ সমেত চারশো দু' টাকা আগে শোধ দাও, তারপর নতুন ধারের কথা।"

বিশু তবু আশায় আশায় বসে আছে।

ধার চাইতে সে আর যাবেই বা কোথায়। সব জায়গাতেই তার দেনা। ময়নাগড়ের সবাই তার পাওনাদার।

মেজাজটা আজ তার বড়ই খিঁচড়ে আছে। বিকেলেই দেখে এসেছে, সন্ধ্যা বাজারে মাছওয়ালা সনাতন কাদা চিংড়ির ঝুড়ি নিয়ে বসে আছে। কাদা চিংড়ি সে বড্ড ভালবাসে। চচ্চড়ি রেঁধে খেতে যেন অমৃত। দশটা টাকা হাওলাত পেলে হয়ে যেত। এতক্ষণ আর সে মাছ পড়ে নেই। হাঁদুর প্রশ্ন শুনে তাই সে খিঁচিয়ে উঠে বলল, "ছত্রিশের কত নামে আর কত হাতে থাকে তার আমি কী জানি! দশটা টাকা যখন ধার চেয়েছিলুম তখন খেয়াল ছিল না যে, এই শর্মাকেও একসময়ে দরকার হবে! দশটা টাকা ফেললেও না হয় চেষ্টা করে দেখতুম। তা যখন দাওনি তখন নিজের হিসেব তুমি নিজেই বোঝো।"

একধারে রাখাল মোদক চুপচাপ বসে ছিল। সে হল ময়নাগড়ের সবচেয়ে বোকা লোক। রোজ সন্ধেবেলায় সে হাঁদুর গদিতে টাকার গন্ধ শুঁকতে আসে। টাকাপয়সার গন্ধ মাখানো বাতাসে শ্বাস নিলে তার ভারী আরাম বোধ হয়। হাঁদু মল্লিকের গদিতে সাতখানা সিন্দুকে টাকাপয়সা আর সোনাদানার গচ্ছিত। বাতাসে ম' ম' করছে টাকার গন্ধ। সকলে গন্ধটা পায় না বটে, কিন্তু রাখাল মোদক পায়। আর সেই গন্ধে তার একটু নেশার মতোও হয়। ঘরে বাইরে সবাই রাখালকে বোকা বলেই জানে, রাখালও লোকের মুখে শুনে শুনে জেনে গেছে যে, সে খুব বোকা। নিজেকে বোকা বলে

জানার পর থেকে সে খুব হুঁশিয়ার হয়ে গেছে। লোকের সঙ্গে কথা কইবার আগেই সে বলে নেয়, ''ভাই, আমি বড্ড বোকা, আমাকে একটু ভাল করে বুঝিয়ে বলতে হবে।'' বাজারে গিয়ে দোকানিদের সে বলে ''আমি বড্ড বোকা তো, তোমরা কিন্তু আমাকে আবার ঠকিয়ে দিয়ো না।''

এই তো কয়েকদিন আগে তার বাড়িতে মাঝরাতে চোর ঢুকেছিল। রাখাল ঘুম ভেঙে চোরকে দেখে বলে উঠল, ''আহা, করো কী, করো কী, আমি যে বড্ড বোকা মানুষ। আমার বাড়িতে কি চুরি করতে আছে?'' চোরটা খুব বিরক্ত হয়ে বলল, ''কে বলল আপনি বোকা? আপনাকে তো বেশ সেয়ানা লোক বলেই মনে হচ্ছে। চোরকে ভড়কে দিতে চান বুঝি?'' রাখাল বেশ বুক ফুলিয়ে বলল, ''মোটেই সেয়ানা নই হে, ময়নাগড় ঢুঁড়লেও তুমি আমার মতো বোকা লোক পাবে না।'' চোরটা একটা ফুৎকারে তার দাবি নস্যাৎ করে বলল, ''ওই আনন্দেই থাকুন। পদ্মলোচন আঢ্যকে চেনেন? যে শ্বশুরবাড়িতে গিয়ে বটপাতা দিয়ে সাজা পান খেয়ে তারিফ করেছিল? আর হরেন পাড়ুই কি কম যায় নাকি? পাশের নন্দরামের বাড়িতে ডাকাত পড়েছে, হরেন পাড়ুই গিয়ে সর্দারের হাতে-পায়ে ধরে বলে কী, আমার বাড়িতে একটু পায়ের ধুলো না দিলেই যে নয়। নন্দরামের বাড়িতে ডাকাতি হল আর আমার বাড়িতে যদি না হয় তা হলে কি শ্বশুরবাড়িতে আমার প্রেস্টিজ থাকবে? তা আপনি কি তাদের চেয়ে বেশি বোকা? বোকা হলেও আপনি মোটেই এক নম্বর নন, তিন চার বা পাঁচ নম্বর।'' রাখাল এ কথার তীব্র প্রতিবাদ করতে যাচ্ছিল, কিন্তু ঠিক ওই সময়ে তার বউ উঠে ঠ্যাঙা নিয়ে তাড়া করায় চোরটা পালিয়ে যায়। উপরন্তু মাঝরাতে চোরের সঙ্গে তর্ক করতে গিয়ে বউয়ের ঘুম ভাঙানোয় বউ রেগে গিয়ে রাখালকে উস্তম-কুস্তম বকাঝকা করে। আজকাল তাই নিজের বোকামি সম্পর্কে রাখালের একটা সন্দেহ দেখা দিয়েছে। হয়তো সে নিরেট বোকা নয়, তার বোকামিতে হয়তো ফুটোফাটা আছে। চোরটা কত বাড়িতে ঘোরে, কত অভিজ্ঞতা!

টাকার গন্ধে রাখালের চোখ আরামে বুজে আসছিল, এমন সময় ছত্রিশ নিয়ে গণ্ডগোলটা তার কানে গেল। সে খুব ঠাহর করে সমস্যাটা শুনে নিয়ে হাঁদুকে বলল, ''তোমার ছত্রিশ অবধি যাওয়ার দরকার কী? একটু কমিয়ে, কাটছাঁট করে তেত্রিশে নামিয়ে আনো। দেখবে ল্যাটা চুকে যাবে। তেত্রিশের যা নামবে তাই হাতে থাকবে। বুঝেছ? যা খুশি নামাও, ওঠাও, কোনও অসুবিধে নেই।''

হাঁদু চটে উঠে বলল, ''ওই জন্যই তো তোমার কিছু হল না। শুয়ে, বসে আর ঝিমিয়ে জীবনটা কাটিয়ে দিলে। যত সব মুখ্যু এসে জোটে আমার কপালে। একটা

সোজা অঙ্কের সোজা নিয়ম, তাই পেরে উঠছ না! ছত্রিশের কত নামে আর কত হাতে থাকে এ তো বাচ্চা ছেলেরও জানার কথা।''

এমন সময়ে কাছেপিঠে যেন বাজ পড়ার শব্দ হল। শব্দ নয় অবশ্য, একটা বাজখাঁই গলা বলে উঠল, ''ছত্রিশের ছয় নামবে, হাতে থাকবে তিন।''

দৈববাণী হল কি না বুঝতে না পেরে হাঁদু ওপর দিকে চেয়ে দেখল। দৈববাণী অবশ্য হাঁদুর জীবনে নতুন কিছু নয়। কোনও বেয়াড়া, মতলববাজ খদ্দের এলে তার কানে কানে ফিসফিস করে দৈববাণী হয়। ''দিয়ো না হে একে ধারকর্জ দিয়ো না।'' কিন্তু এরকম বজ্রপাতের মতো বিকট দৈববাণী সে আর শোনেনি।

দৈববাণীর উদ্দেশে হাতজোড় করে একটা নমো ঠুকে হাঁদু ছত্রিশের ছয় নামাতে যাচ্ছিল, এমন সময় সেই দৈববাণীর গলাটাই দরজার কাছে থেকে এক পর্দা নীচে নেমে বলল, ''ভিতরে আসতে পারি?''

হাঁদু দেখল দরজার বাইরে দুটো লোক দাঁড়িয়ে। সামনের লোকটার পোশাক-আশাক, গলার চেন, হাতে হিরের আংটি লম্ফের আলোতেও চোখে পড়ার মতো। সাধারণ খদ্দের নয়।

হাঁদু শশব্যস্তে বলল, ''আসুন, আসুন। আস্তাজ্ঞে হোকে, বস্তাজ্ঞে হোক।''

রোগাটে, লম্বাটে, ফর্সাটে, গুঁফো এবং বাবরিবান লোকটাকে দেখে বিশু আর রাখালও নড়েচড়ে বসল।

হাঁদু হাতজোড় করে বলে উঠল, ''আজ্ঞা করুন।'

লোকটা চারদিকটা একবার উদাস চোখে দেখে নিয়ে তার রাজকীয় গলায় বলল, ''আমি কেতুগড় রাজবাড়ি থেকে আসছি। আমার নাম নরেন্দ্রনারায়ণ। আমি রাজা দিগিন্দ্রনারায়ণের ভ্রাতুষ্পুত্র।''

হাঁদু বিগলিত হয়ে বলল, ''কী সৌভাগ্য! কী সৌভাগ্য! এ যে ভাঙা ঘরে চাঁদের উদয়! এ যে ইঁদুরের গর্তে বেড়াল! এ যে এঁদো পুকুরে গাধাবোট! আরও কী যেন... ওহে বিশু, বলো না!''

বিশু কিছু বলার আগেই রাখাল বিশ্বাস বিগলিত হয়ে বলে ফেলল, ''এ যেন পায়েসের বাটিতে পরমান্ন! এ যেন গদাহস্তে ভীমের প্রবেশ...''

বিশু তাড়াতাড়ি উঠে পায়ের ধুলো নিয়ে একগাল হেসে বলল, ''তাই বলুন। দেখেই কেমন চেনা-চেনা লাগছিল।''

নরেন্দ্রনারায়ণ বরাভয়ের মুদ্রায় সবাইকে শান্ত করে তেমনি গম্ভীর গলায় বলল, ''বিশেষ প্রয়োজনেই আমার ময়নাগড়ে আসা। রাজবাড়ি থেকে কিছু জিনিস চুরি গেছে। খবর পাওয়া গেছে দাড়িগোঁফওয়ালা একজন মধ্যবয়সি লোক জিনিসগুলো

এই গাঁয়ে এবং আশেপাশে বিক্রি করে গেছে। আমরা সেইসব জিনিসের সন্ধানেই এসেছি। আপনারা যদি কেউ কিছু কিনে থাকেন তা হলে আমরা সেগুলো ডবল দামে কিনে নেব। তবে সবচেয়ে গুরুতর জিনিসটি হচ্ছে একটা রুপোয় বাঁধানো বাঁশি। অন্য জিনিস পাওয়া না গেলেও বাঁশিটা আমাদের খুবই দরকার। ওটার জন্য হাজার টাকা পুরস্কার।"

হাঁদুর বুক ধকধক করছে। দু'-দুটো মোহর মাত্র ত্রিশ টাকায় কিনেছে সে। ডবল দাম পেলেও তো মোটে ষাট টাকা। মোহরের দাম যে অনেক বেশি। সে গলা খাঁকারি দিয়ে বিগলিত মুখে বলল, "এসেছিল বটে একটা পাগলা মতো লোক। আমি চোরাই জিনিস দেখেই বুঝতে পারি কিনা। তাই তাকে বেশি পাত্তা দিইনি। চোর-চোট্টাদের সঙ্গে কারবার করে কি মরব রাজামশাই?"

বিশু পাল দুঃখের গলায় বলল, "আহা, ডবল দামের কথা আগে জানলে কিছু জিনিস কিনে রাখতাম।"

রাখাল বিশ্বাসও বলল, "ওঃ বড্ড ভুল হয়ে গেছে। লোকটা আমার বাড়িতেও এসেছিল বটে। তা রাজামশাই বাঁশিটা কি রুপোয় বাঁধানো না হলেও চলবে? আমার সেজো ছেলে গুলু কয়েকদিন হল একটা বাঁশি হাতে ঘোরাঘুরি করছে দেখছি।"

নরেন্দ্রনারায়ণ দৃঢ়তার সঙ্গে মাথা নেড়ে বলল, "না, আমাদেরটা রুপোয় বাঁধানো এবং অনেক দিনের পুরনো। ও বাঁশি যার-তার হাতে যাওয়া খুবই বিপজ্জনক।"

ক্লাস ফাইভ থেকে সিক্সে উঠতে সত্যগোপালের লেগেছিল দু'বছর। সিক্স থেকে সেভেনে উঠতে পাক্কা তিন বছর। সেভেন থেকে এইটে উঠতে আরও তিন। প্রতি ক্লাসে উঠেই মনে হত, পরের ক্লাসটা কত উঁচুতে রে বাপ! তবু সে হাল ছাড়েনি। বিস্তর মেহনতে হাঁচোড়-পাঁচোড় করে সে একদিন ক্লাস টেনেরও চৌকাঠ ধরে ফেলল। হেডস্যার পান্নালালবাবু পর্যন্ত অবাক হয়ে বলে ফেললেন, "সুয্যি কি পশ্চিমে উঠল নাকি রে সতু, তুইও ক্লাস টেন-এ উঠে পড়লি! বাঃ বাঃ, বড় খুশি হলুম। আর বছরদশেক আমার চাকরি আছে, তার মধ্যেই মাধ্যমিকের বেড়াটা ডিঙিয়ে যা তো বাবা!"

তা হেডস্যারের স্বপ্ন সার্থক করেছিল সত্যগোপাল। দশ বছর নয়, সবাইকে অবাক করে দিয়ে সে মাত্র চার বছরের চেষ্টায় মাধ্যমিকও পাশ করে ফেলল।

লোককে অবাক করে দেওয়ায় সত্যগোপালের জুড়ি নেই। মাধ্যমিক পাশ করে সে লেখাপড়ায় ইস্তফা দিয়ে সমাজসেবায় নেমে পড়ল। সবাই জানে যে, সমাজসেবা মানে ভেরেন্ডা ভাজা। সুতরাং সবাই ধরে নিয়েছিল সত্যগোপালের কিছু হবে না।

কিন্তু মাত্র কয়েক বছরের মধ্যেই সবাইকে ফের অবাকই করে দিয়ে সে গোটা তল্লাটের একজন কেষ্টবিষ্টু হয়ে উঠল। শুধু তাই নয়, এলাকার যত স্কুল-কলেজ আছে সে সবক'টারই গভর্নিং বডির মেম্বার কিংবা প্রেসিডেন্ট, সব কটা ক্লাবের সে চেয়ারম্যান কিংবা সেক্রেটারি, পঞ্চায়েতের চাঁই, গরিবগুরবোর নেতা। তল্লাটে যত সভাসমিতি হয় সব জায়গায় তার ডাক পড়ে। হয় সভাপতি, নয় প্রধান অতিথি, কিংবা বিশেষ অতিথি। যে স্কুলে সে পড়ত সেই স্কুলের চেয়ারম্যান হওয়ার পর পান্নাবাবু তো হাঁ। সে এমন হাঁ যে কিছুতেই বন্ধ হয় না। শেষে প্রভঞ্জন ডাক্তার এসে ইনজেকশনের ছুঁচ উঁচিয়ে ধরার পর সেই হাঁ বন্ধ হল।

পান্নালালবাবুকে সান্ত্বনা দিতে এসে মনোরঞ্জন কম্পাউন্ডার বলল, ''ওহে পান্নালাল, এ হল ভাগ্যের খেলা। ভাগ্য জিনিসটা কেমন জানো? সোঁদরবনের বাঘ। কোথায় যে ঘাপটি মেরে বসে থাকে টেরটিও পাবে না। হঠাৎ ঘাড়ে এসে লাফিয়ে পড়ে টুঁটি কামড়ে ছ্যাঁচড়াতে ছ্যাঁচড়াতে নিয়ে গিয়ে সাকসেসের চূড়ায় পৌঁছে দিয়ে বসে বসে কলসা নাড়বে। বুঝলে!''

পান্নালালাবাবু বুঝলেন কি না বোঝা গেল না। তবে একটা দীর্ঘশ্বাস মোচন করলেন। ছাত্রের কৃতিত্ব দেখে তিনি বিশেষ পুলকিত হয়েছেন বলে মনে হল না।

যাই হোক, সত্যগোপাল এখন একজন ভারী ব্যস্ত মানুষ। এখানে উদ্বোধন, সেখানে বৃক্ষরোপণ, কোথাও মূর্তি উন্মোচন, তারপর রক্তদান শিবির, বসে আঁকো প্রতিযোগিতা, পুরস্কার বিতরণী অনুষ্ঠান— সত্যগোপালের কি নাওয়া-খাওয়ার সময় আছে! সভা-সমিতি ছাড়া সে থাকতেও পারে না। তার ভারী আইঢাই হয়।

আজ ময়নাগড়ে বামাসুন্দরী কলেজে বিজ্ঞানের ভবিষ্যৎ নিয়ে একটা আলোচনা সভা ছিল। সভাপতির ভাষণ দিতে উঠে সত্যগোপাল বলল, ''আমাদের চারদিকে তো বিজ্ঞান ছাড়া আমি আর কিছুই দেখতে পাচ্ছি না। চারদিকে যেন বিজ্ঞানের ঢেউ খেলছে। এই যে হাতে হাতঘড়ি চলছে, বিজ্ঞান। ওই যে মাথার ওপর পাখা ঘুরছে, বিজ্ঞান। ওই যে পকেটের ডটপেনটা, বিজ্ঞান। এই যে ধুতি-জামা পরে আছি, বিজ্ঞান। মোটরগাড়ি চলছে, রেলগাড়ি ছুটছে, এরোপ্লেন উড়ছে, সব বিজ্ঞান, সব বিজ্ঞান। এই যে মাইকে কথা বলছি এটা অবধি বিজ্ঞান। কিছুদিন আগে শহরে গিয়ে দেখে এলাম, সেখানে বিজ্ঞানের একেবারে মোচ্ছব লেগে গেছে। সর্বত্র কেবল কম্পাউন্ডার আর কম্পাউন্ডার। অফিসে কম্পাউন্ডার, ব্যাঙ্কে কম্পাউন্ডার, ডাকঘরে কম্পাউন্ডার, হাসপাতালে কম্পাউন্ডার। শোনা যাচ্ছে, এবার থেকে কম্পাউন্ডাররাই সব কিছু করবে! চাষবাস, চিকিৎসা, হিসেবনিকেশ, চিঠিপত্র লেখা, সর্বত্র নাকি

করবে কম্পাউন্ডার। এমনকী তারা ছবি আঁকবে, কবিতা লিখবে, কলকারখানা চালাবে। মানুষ গ্যাঁট হয়ে বসে থাকবে শুধু।''

শ্রোতাদের মধ্যে মনোরঞ্জন কম্পাউন্ডার ছিল। শ্রোতারা খুব হাসাহাসি করছিল বটে, কিন্তু সে চিন্তিত মুখে পাশে বসা গিরিন খাসনবিশকে ফিসফিস করে বলল, ''কম্পাউন্ডারদের ঘাড়ে এত কাজ চাপিয়ে দেওয়াটা কি ঠিক হচ্ছে ভায়া? এই বুড়ো বয়সে আমি কি অত কাজ পেরে উঠব? এ তো খুব চিন্তার কথা হে।''

গিরিন খাসনবিশের ওষুধের দোকান। সে চাপা গলায় বলল, ''ভাবছেন কেন? এ তো দেখছি কম্পাউন্ডারদের কপাল খুলে গেল! যাকে বলা যায় কম্পাউন্ডারদের স্বর্ণযুগ! পেটেন্ট ওষুধের দাপটে কম্পাউন্ডারদের চাকরি যাওয়াতেই বোধহয় সরকার বাহাদুর নড়েচড়ে বসেছে। এতদিনে তাদের হিল্লে হল।''

''তা বলে ছবি আঁকা! কবিতা লেখা! ওসব কি পেরে উঠব?''

''চেষ্টা করলে লোকে কী না পারে বলুন!''

সত্যগোপাল হাসি-হাসি মুখে বলল, ''বিজ্ঞানের সবচেয়ে বড় অবদান হল ওই কম্পাউন্ডার।''

পদার্থবিদ্যার অধ্যাপক সচ্চিদানন্দবাবু পাশ থেকে সসম্ভ্রমে চাপা গলায় বললেন, ''ওটাকে কেউ কেউ কম্পিউটারও বলে থাকে।''

সত্যগোপাল একটু অবাক হয়ে বলে, ''বলে নাকি?''

কলেজের ফিজিক্স ল্যাবরেটারির জন্য দু'লাখ টাকার একটা সরকারি অনুদান কিছুদিন আগে এই সত্যগোপালই বন্দোবস্ত করে দিয়েছে। তা ছাড়া সচ্চিদানন্দবাবুর সেজো মেয়েটার বিয়ের সম্বন্ধও হচ্ছে আবার সত্যগোপালের শালার সঙ্গে। তাই সচ্চিদানন্দবাবু খুবই বিনয়ের সঙ্গে বললেন, ''বললেও হয়। কম্পাউন্ডারও যে চলে না তা নয়, তবে কম্পিউটার কথাটারই চল একটু বেশি আর কী।''

প্রবল হাততালির শব্দে অবশ্য সচ্চিদানন্দবাবুর কথা শোনা গেল না।

হাতজোড় করে সত্যগোপাল সমবেত শ্রোতার হাততালি হাসি-হাসি মুখ করে গ্রহণ করল। সে যখনই যেখানে বক্তৃতা করে সেখানেই হাততালির একেবারে বন্যা বয়ে যায়। অবশ্য একথাও ঠিক যে, সব হাততালি সবসময়ে জায়গামতো পড়ে না, উলটোপালটা জায়গাতেও পড়ে। যেখানে পড়ার কথা নয়, সেখানেও। এই তো সেদিন গোবিন্দপুরের বৃক্ষরোপণ উৎসবে গিয়ে বক্তৃতায় তাড়াহুড়োয় বৃক্ষকে বিক্ষ বলে ফেলেছিল বলে খুব হাততালি পড়ল। তারপর গয়েশবাবুর শোকসভাটায় হল কী, তিরোধান কথাটা ভুল করে অন্তর্ধান বলে ফেলেছিল সত্যগোপাল। হাততালি আর থামতে চায় না। তা হোক, উলটোপালটা পড়লেও ওই হাততালিই

সত্যগোপালকে বাঁচিয়ে রেখেছে। ওই হাততালিই তাকে চাঙ্গা রাখে।

হাততালি তখনও থামেনি, সত্যগোপালের অ্যাসিস্ট্যান্ট প্যাংলা এসে তার কানে কানে বলল, ''ওদিকে যে পালঘাটে মৎস্যজীবী সমবায় সমিতির সভার সময় পার হয়ে যাচ্ছে দাদা। দেখে এলাম সভাপতির মালা শুকিয়ে গেছে, প্রধান অতিথি বুড়ো নিবারণবাবু টেবিলে মাথা রেখে ঘুমিয়ে কাদা, তাঁর নাক ডাকছে। আরও ভয়ের কথা হল, সভার মাঠেই বাজারের ষাঁড় বাবুরাম রাতে এসে শোয়। সে এসে পড়লে সভা ভেঙে যাবে।''

সত্যগোপাল ''তাই তো!'' বলে তাড়াহুড়ো করে নেমে পড়ল।

সভায় পৌঁছে দেখা গেল, মহিলারা রান্না চাপাতে বাড়ি ফিরে গেছে, ফাঁকা জায়গায় বাচ্চারা হইহই করে খেলছে, দু'-চারজন লোক এধারে ওধারে বসে গুলতানি করছে। কর্মকর্তারা অবশ্য সত্যগোপালকে খুব খাতির করে নিয়ে মঞ্চে তুলে দিল। সমিতির সম্পাদক বলল, ''একটু তাড়াতাড়ি করবেন সত্যবাবু। ওই বাবুরাম ষাঁড়টা বড় বজ্জাত। যেমন গোঁ, তেমনি তেজি। তার আসার সময়ও হয়েছে কিনা।''

মৎস্যজীবীদের সভায় মাছ নিয়ে অনেক কথাই বলার ছিল সত্যগোপালের। যেমন, ভগবান একবার মৎস্য অবতার হয়ে এসে পৃথিবী উদ্ধার করেছিলেন। রবীন্দ্রনাথের একটা কোটেশনও ঠিক করা ছিল, মীনগণ হীন হয়ে ছিল সরোবরে, এখন সুখেতে তারা জলক্রীড়া করে। তারপর আরও কোটেশন, মৎস্য মারিব, খাইব সুখে এবং মাছের মায়ের পুত্রশোক, এবং মাছের তেলে মাছভাজা। তা ছাড়া না নিয়ে গেল বোয়াল মাছে এবং কৈ মাছ ভাজা খেতে শৈল গেছে ভুলে—এ দুটো কোটেশনও জুতসই জায়গায় লাগানোর মতলব ছিল তার। কিন্তু সবে ''ভাই ও বন্ধুগণ'' বলে বক্তৃতা শুরু করতেই কে বা কারা যেন বাঁ ধার থেকে চেঁচিয়ে উঠল, ''ওই যে, বাবুরাম আসছে!''

সত্যগোপাল যে বাবুরামকে যমের মতো ডরায় তার যুক্তিসংগত কারণ আছে। ক্লাস এইটে পড়ার সময় সে একদিন স্কুল থেকে বন্ধুদের সঙ্গে ফেরার পথে কলা খেয়ে কলার খোসাটা বাবুরামের গায়ে ছুড়ে মেরেছিল। বাবুরাম তাতে কিছু মনে করেনি, খোসাটা অবহেলার সঙ্গে খেয়ে নিয়ে যেমন বসে ছিল তেমনি বসে রইল। কিন্তু বচা বলল, ''এ তুই কী করলি সতু? বাবুরাম কে জানিস! সাক্ষাৎ শিবের চেলা। সবাই বাবুরামকে ভক্তিশ্রদ্ধা করে। এঁটো কলার খোসা ছুড়ে মারলি, তোর পাপ হবে না?!!''

সত্যগোপাল উদ্বিগ্ন হয়ে বলল, ''তা হলে কী করব?''

''যা, ওকে পায়ে হাত দিয়ে প্রণাম করে আয়।''

কাজটা সহজ নয়। বুকের পাটা দরকার। কিন্তু সামনেই অ্যানুয়েল পরীক্ষা, এ সময়ে ভগবান পাপ দিয়ে ফেললে যে, পরীক্ষায় ডাব্বা মারতে হবে সেটা চিন্তা করেই সত্যগোপাল মরিয়া হয়ে সন্তর্পণে গিয়ে কী করে বাবুরামের সামনের দুটো পায়ের খুর ছুঁয়ে মাথায় ঠেকিয়েই দৌড়ে পালিয়ে এল।

বচা বলল, ‘‘দূর! তুই তো ওর হাতে প্রণাম করলি। হাতে প্রণাম করলে কি পাপ কাটে?’’

‘‘যাঃ, ওটা হাত কেন হবে? গোরুর তো চারটেই পা।’’

‘‘তোকে বলেছে! পা বলে মনে হলেও বাবুরামের সামনের পা দুটো মোটেই পা নয়, হাত। পিছনের পা দুটোই আসল পা।’’

এ কথায় একটু বিভ্রান্তিতে পড়ে গেল সত্যগোপাল। কে জানে বাবা, হতেও পারে। বুক বেঁধে সুতরাং সে দ্বিতীয়বার বাবুরামের দিকে এগিয়ে গেল। এবং খুব দুঃসাহসের সঙ্গে পিছনের পা দুটোর খুরে হাত দিল।

কলার খোসা ছোড়া এবং প্রথমবার পায়ের ধুলো নেওয়া পর্যন্ত সহ্য করেছে বাবুরাম। কিছু বলেনি। কিন্তু দ্বিতীয়বার তার পায়ে হাত দেওয়ায় বাবুরাম অত্যন্ত রুষ্ট হয়ে তেড়েফুঁড়ে উঠে এমন তাড়া লাগাল সত্যগোপালকে যে আর কহতব্য নয়। সত্যগোপাল শেষ অবধি পালঘাটের খালে ঝাঁপিয়ে পড়ে প্রাণ বাঁচায়। সত্যগোপালের ধারণা, বাবুরাম আজও ঘটনাটা ভোলেনি। কালেভদ্রে তাকে দেখলে বাবুরাম দূর থেকেও তার দিকে আড়ে-আড়ে চায় আর ফোঁস ফোঁস করে।

সুতরাং বাবুরাম আসছে শুনে যদি সত্যগোপাল মঞ্চ থেকে লাফিয়ে নেমে পড়িমরি দৌড় লাগায় তাতে তাকে দোষ দেওয়া যায় না। এই দৌড়টা অতি ছোঁয়াচে জিনিস। সত্যগোপালকে দৌড়তে দেখে বুড়ো নিবারণবাবুও মঞ্চ থেকে লাফিয়ে নেমে দৌড় লাগালেন। পিছনে প্যাংলাও।

স্কুলে লেখাপড়ায় ডাব্বা মারলেও স্কুলের স্পোর্টসে বরাবর সত্য ফার্স্ট-সেকেন্ড হয়ে প্রাইজ পেয়েছে। দৌড়টা তার ভালই আসে। জেলেপাড়ার রাস্তা ধরে সে দৌড়চ্ছিলও ভালই। কিন্তু দেখা গেল আশি বছরের নিবারণবাবুও কম যান না। তিনি প্যাংলাকে ছাড়িয়ে সত্যগোপালকে প্রায় ধরে ফেললেন। ছুটতে ছুটতেই বললেন, ‘‘হুঁ হুঁ বাবা, বুড়ো হাড়ের ভেলকি দেখেছ, পুরনো চাল ভাতে বাড়ে।’’

অবাক সত্যগোপাল বলে, ‘‘তাই দেখছি! রোজ সকালে উঠে দৌড় প্র্যাকটিস করেন নাকি?’’

‘‘পাগল হয়েছ? ওসব আমার পোষায় না। তবে আমার একটা কেলে গোরু আছে। সেটা ভয়ানক পাজি। রোজই খোঁটা উপড়ে পালায়। সেটাকে ঘরে আনতে

রোজ বিস্তর দৌড়ঝাঁপ করতে হয়। আর এই করতে গিয়ে আমার হাঁটুর বাত, মাজার ব্যথা, অনিদ্রা সব উধাও হয়েছে। আজকাল খুব খিদে হয়, ঘুমটাও হচ্ছে পাথরের মতো। সব জিনিসের ভাল আর মন্দ দুটোই আছে, বুঝলে ভায়া? এখন তো মনে হয়, শূন্য গোয়ালের চেয়ে দুষ্টু গোরুই ভাল।''

সত্যগোপাল হাঁফাতে হাঁফাতে বলল, ''বাবুরাম কি এখনও তেড়ে আসছে?''

নবারুণবাবু অবাক হয়ে বললেন, ''বাবুরাম। কোথায় বাবুরাম?''

''এই যে কে বলল, বাবুরাম আসছে!''

''দূর দূর! তুমিও যেমন! বাবুরাম আসবে কী, আজ জামতলায় নবীন পালের বাড়িতে মদনমোহনের কাঁঠালভোগ। রাজ্যের কাঁঠাল এসেছে ভোগে। বাবুরাম বিকেল থেকেই সেখানে থানা গেড়েছে। যা কাঁঠাল সেঁটেছে তার আর নড়ার সাধ্যি নেই।''

''তা হলে আপনি ছুটছেন কেন?''

''আহা, আমি তো তোমার দেখাদেখি ছুটছি। তোমাকে অমন আচমকা ছুটতে দেখে ভাবলাম, সত্যগোপাল যখন ছুটছে তখন নিশ্চয়ই কোনও বিপত্তি ঘটেছে।''

সত্যগোপাল দাঁড়িয়ে খানিক দম নিল। ছিঃ ছিঃ, এখন ভারী লজ্জা করছে তার। পাবলিকের সামনে ওরকম কাপুরুষের মতো পালিয়ে আসাটা তার উচিত হয়নি। তার ভাবমূর্তিটা যে একেবারে ধূলিসাৎ হয়ে গেল!

বাড়ি ফেরার সময় প্যাংলা অবশ্য বলল, তার ভাবমূর্তির কোনও ক্ষতি হয়নি। পরিস্থিতির চাপে মাঝে-মাঝে নেতাদের ভাবমূর্তি টলোমলো হয় বটে, কিন্তু দু'-চারদিনের মধ্যেই আবার আঁট হয়ে বসে যায়। তার কারণ, পাবলিক কোনও ঘটনাই বেশিদিন মনে রাখতে পারে না।

সত্যগোপাল দুঃখ করে বলল, ''মাছের ওপর বারোটা কোটেশন মুখস্থ ছিল রে, সেগুলো যে জলে গেল।''

''তাতে কী, বক্তৃতা তো আর ফুরিয়ে যাচ্ছে না। এই তো কাল কালীতলায় নবীন সংঘের সঙ্গে ভবতারিণী বিদ্যাপীঠের বিন্ধ্যবাসিনী স্মৃতি শিল্ডের ফাইনাল ফুটবল ম্যাচেও আপনি সভাপতি। কোটেশনগুলো সেখানেই ঝেড়ে দেবেন।''

''দূর! ফুটবলের সঙ্গে কি মাছ যায়!''

''আহা, লোকে অত খতিয়ে দেখে না। এই তো সেদিন তাঁতিপাড়ায় অষ্টপ্রহর মহানাম সংকীর্তনের উদ্বোধনী ভাষণে আপনি পাটচাষিদের দুঃখ আর চিংড়ির ফলন বাড়ানোর কথা বললেন, কেউ কিছু আপত্তি করেছে কি? লোকে তো হাততালিও দিল। বললুম না, লোকে অত তলিয়ে বোঝে না। আপনার বক্তৃতার ডেপ্‌থ বোঝার এলেমই নেই ওদের।''

বাড়ির বাইরেই একটা হোঁতকা এবং একজন রোগাটে চেহারার লোক পায়চারি করছিল। রোগা লোকটার পরনে দামি ধাক্কাপেড়ে ধুতি, গায়ে সিল্কের পাঞ্জাবি, বাবরি চুল, পুরুষ্টু গোঁফ, পায়ে নাগরা। দেখলে সম্ভ্রম হয়। সত্যগোপালকে দেখে এগিয়ে এসে হাতজোড় করে বলল, ''আপনিই সত্যগোপাল ঘোষ? বড়ই সৌভাগ্য আমার।''

সত্যগোপাল বলল, ''সভা কোথায় বলুন তো!''

''আজ্ঞে, সভা নয়।''

''তবে কি ফাংশন?''

''আজ্ঞে না।''

''তা হলে নিশ্চয়ই ফুটবল ম্যাচ!''

''আজ্ঞে না। ওসব নয়।''

''কেত্তনের আসরেও আমি যাই বটে। তবে বেশিক্ষণ থাকতে পারি না। খোল কত্তালের শব্দে আমার বড় মাথা ধরে যায়। তা আপনাদের কেত্তনটা হবে কোথায়?''

''কেত্তনের শব্দে আমার আবার মাথা ধরে না, মাথা ঘোরে।''

''সেটাও খুব খারাপ জিনিস।''

''খারাপ বলে খারাপ! আমাদের ঠাকুরদালানে তো রোজ সন্ধের পর কেত্তনের আসর বসত। বড় বড় কীর্তনীয়া আসত। আমার ঠাকুরদা রাজা তেজেন্দ্রনারায়ণের আবার খুব কেত্তনের বাই ছিল কিনা।''

''রাজা! আপনি কি রাজপুত্তুর নাকি মশাই! আগে বলতে হয়! এঃ হেঃ, আপনার এভাবে বাইরে দাঁড়িয়ে থাকাটা তো ঠিক হচ্ছে না! কী বলিস প্যাংলা?''

প্যাংলা বিগলিত হয়ে বলল, ''সর-ননী খাওয়া শরীর তো, ঘ্যাচাং করে ঠান্ডা লেগে যেতে পারে।''

লোকটা মৃদু হেসে বলল, ''আরে না না। রাজত্বই নেই তো রাজা। রাজাগজা নই। ওই পৈতৃক বাড়িটাই যা আছে। ঠাটবাট বজায় রাখাই কঠিন।''

প্যাংলা বলল, ''কিন্তু আপনার ঠাটবাট তো কিছু কম দেখছি না। আঙুলে আংটি ঝিলিক মারছে, তা ধরুন দু'-চার হাজার টাকা তো হবেই! পায়ের জুতোজোড়াও চমকাচ্ছে, তা ধরুন এক-দেড়শো টাকা হেসেখেলে দাম হবে না?''

''তা হবে বোধহয়। দেওয়ান জ্যাঠা জানেন। কেনাকাটা তো আর আমরা করি না। দেওয়ান জ্যাঠাই করেন।''

সত্যগোপাল বলল, ''তা রাজবাড়িটা কি কাছেপিঠে কোথাও?''

“বেশি দূরেও নয়। কেতুগড়ের নাম শুনেছেন কি?”

সত্যগোপাল একটু ভাবিত হয়ে বলল, “তা শুনেছি বোধহয়। নামটা যেন চেনা-চেনা ঠেকছে। কী বলিস রে প্যাংলা?”

“কেতুগড় তো! তা কেতুগড়ের নাম কি আর শুনিনি! কত জায়গারই নাম নিত্যি শুনছি, কেতুগড় আর কী দোষ করল? তা কেত্তনটা হচ্ছে কবে?”

মাথা নেড়ে লোকটা বলল, “কেত্তন হচ্ছে না। আমি বর্তমান রাজা দিগিন্দ্রনারায়ণের ভাইপো নরেন্দ্রনারায়ণ। রাজবাড়ি থেকে সম্প্রতি কিছু জিনিস চুরি গেছে। খবর আছে জিনিসগুলো এই ময়নাগড় এবং আশেপাশেই আছে। আমরা সেগুলো উদ্ধার করতে বেরিয়েছি। বিশেষ করে রুপোয় বাঁধানো একটা বাঁশি।”

সত্যগোপাল অবাক হয়ে বলল, “বাঁশি?”

“আজ্ঞে হ্যাঁ। বহু পুরনো জিনিস। শ’দেড়েক বছর আগে কেতুগড় রাজবাড়ির দরবারে মোহন রায় নামে একজন বাঁশুরে ছিলেন। ভবঘুরে আর খ্যাপাটে গোছের লোক। মাঝে মাঝে কোথায় উধাও হয়ে যেতেন। কেউ বলত লোকটা মস্ত সাধক, কেউ বলত জাদুকর। তাঁকে নিয়ে অনেক কিংবদন্তি আছে। চুরি যাওয়া বাঁশিটা তারই। আমরা সেটা উদ্ধার করতে এসেছি। হাজার টাকা পুরস্কার। আপনি তো গণ্যমান্য লোক, সবাই আপনাকে ভারী ভক্তিশ্রদ্ধা করে। আপনি একটু চেষ্টা করলে বাঁশিটা উদ্ধার হয়।”

“বাঁশিটাই খুঁজছেন কেন বলুন তো?”

“আজ্ঞে, পুরনো জিনিস তো, একটা স্মৃতিচিহ্ন। তা ছাড়া লোকে বলে, ও বাঁশি আর কেউ বাজাতে পারে না। যদিও বা কেউ বাজাতে পারে তা হলে সঙ্গে সঙ্গে মারা পড়বে। আমরা আসলে কথাটা বিশ্বাস করি না। গুজবই হবে। তবু বলাও তো যায় না। আমরা চাই না বেঘোরে একটা লোকের প্রাণ যাক। আপনি একটু চেষ্টা করলে বাঁশিটা উদ্ধার হয়। একটা লোকের প্রাণও বাঁচে।”

দুই

সন্ধে রাত্তিরে পরাণ চাট্টি পান্তা নিয়ে বসেছে। পান্তা খেয়ে সে একটু গড়িয়ে নেবে। তারপর চটের থলিটি নিয়ে বেরিয়ে পড়বে। ওই থলিটিতে নানারকম ছোটখাটো যন্ত্রপাতি আছে।

দিনকাল ভাল যাচ্ছে না। রোজগারপাতি নেই বললেই হয়। এই গরমটা পড়াতেই

কাজ ভন্ডুল হচ্ছে বড়। যত গরম পড়ে ততই লোকে হাঁসফাঁস করে, রাতে ঘুমোতে চায় না, ঘুমোলেও তেমন গভীর ঘুম হয় না। আর গেরস্ত না ঘুমোলে পরাণেরও কাজ হতে চায় না। যতদিন বর্ষা-বাদলা না নামছে ততদিন টানাটানি যাবেই। বর্ষা-বাদল হলে আবহাওয়া ঠান্ডা হবে। বৃষ্টির শব্দ আর ব্যাঙের ডাকে মানুষ টেনে ঘুমোবে, আর তখনই পরাণের বরাত খুলবে।

তার বউ গোমড়ামুখো নয়নতারা পান্তা ভাতের থালাটা পরাণের সুমুখে নামিয়ে দিয়ে একটু আগেই বলছিল, ‘‘চাল কিন্তু তলানিতে ঠেকেছে। কাল একবেলারও খোরাকি হয় কি না কে জানে। বলে রাখলুম, ব্যবস্থা দেখো।’’

পরাণের একটা দীর্ঘশ্বাস পড়ল। নয়নতারা কটমট করে কথা কয় বটে, কিন্তু অন্যায্য কথা কয় না। কাজকর্মে সে তত পাকাপোক্ত নয়, এ কথা সে নিজেও জানে। নইলে এই গ্রীষ্মকালে বদন মণ্ডল, পাঁচু গড়াই, গেনু হালদারের তো রোজগার বন্ধ হয়নি। বদন তো পরশুদিনই রায়বাড়ির গিন্নিমার সীতাহার হাতিয়ে এনে সেই আনন্দে আস্ত বোয়াল মাছ কিনে ফেলল। পাঁচু গড়াই বিষ্টু সাহার দোকান থেকে ক্যাশবাক্স ভেঙে সাতশো একান্ন টাকা পেয়ে একজোড়া জুতো কিনেছে। গেনু হালদার দিন দুই আগে এক রাতে দু’-দুটো বাড়িতে হানা দিয়ে এক পাঁজা রুপোর রেকাবি আর দুটো আংটি হাতিয়ে এনেছে। আর পরাণ একটা পেতলের ঘটিও রোজগার করতে পারেনি। গতকাল অনেক কসরত করে কষ্টেসৃষ্টে সতু ঘোষের বাড়িতে ঘরের জানালার শিক বেঁকিয়ে ঢুকেছিল বটে। শেষ অবধি দুটো কাচের ফুলদানি ছাড়া আর কিছুই জোটেনি। ফুলদানির তো আর বাজার নেই। বউ সে দুটো ছুড়ে ফেলতে গিয়েছিল। শেষ অবধি তাকে তুলে রেখেছে।

বুকটা দমে গেছে পরাণের। খোরাকির পয়সাটাও না জুটলে তো বউয়ের কাছে মুখই দেখানো যাবে না।

অধোবদনেই পান্তা খাচ্ছিল পরাণ। গলা দিয়ে যেন হড়হড়ে পান্তাও আজ নামতে চাইছে না।

হঠাৎ দরজায় একটা খুটখুট শব্দ হল। শব্দটা মোটেই ভাল মনে হল না পরাণের। কেমন যেন গা ছমছমে শব্দ।

সে চট করে ঘটির জলে হাতটা ধুয়ে ফেলে চাপা গলায় নয়নতারাকে বলল, ‘‘আমি মাচানের তলায় লুকোচ্ছি। জিজ্ঞাসাবাদ না করে দরজাটা খুলো না।’’

বাঁশের মাচানটার ওপর তাদের কাঁথাকানির বিছানা, মাচানের তলায় রাজ্যের হাঁড়িকুড়ি। পরাণ গিয়ে হামা দিয়ে তার মধ্যে ঢুকে পড়ল। পুলিশ এলেও তার তেমন দুশ্চিন্তার কারণ নেই। গত কয়েকদিন এ বাড়িতে চোরাই জিনিস আসেনি বললেই

হয়। ওই দুটো কাচের ফুলদানি ছাড়া। কাচের ফুলদানি ফঙ্গবেনে জিনিস, তার জন্য কি আর পুলিশ গা ঘামাবে?

নয়নতারা টেমি হাতে নিয়ে উঠে গিয়ে দরজার ভিতর থেকেই সতর্ক গলায় বলল, ‘‘কে? কী চাই?’’

বাইরে থেকে একটা ঘড়ঘড়ে গলা বলল, ‘‘ভয় নেই মা, আমি বুড়ো মানুষ। দরজাটা খোলো।’’

দরজা এমনিতেই পলকা, বেড়ালের লাথিতেও ভেঙে যাবে। তার ওপর হুড়কো ভাঙা বলে নারকোলের দড়ি দিয়ে কোনওক্রমে বাঁধা।

নয়নতারা তাই সাতপাঁচ ভেবে দরজাটা খুলেই দিল।

বাইরে দাড়িগোঁফওয়ালা একটা লোক দাঁড়ানো। তার মাথায় ঝাঁকড়া চুল, গায়ে ঢলঢলে একটা রংচটা জামা, পরনে লুঙ্গি, পিঠে একটা বস্তা ঝুলছে।

টেমিটা তুলে ধরে লোকটার মুখটা ভাল করে দেখে নিয়ে নয়নতারা ঝাঁঝের গলায় বলল, ‘‘কী চাই?’’

লোকটা জুলজুল করে চেয়ে থেকে বলল, ‘‘এটাই কি পরাণ দাসের বাড়ি?’’

নয়নতারা বলল, ‘‘হ্যাঁ, কিন্তু সে এখন বাড়িতে নেই।’’

‘‘শুনেছি সে একজন গুণী মানুষ, তাই দেখা করতে আসা।’’

নয়নতারা ঠোঁট উলটে ‘‘গুণী না হাতি! যার দু’বেলা দু’মুঠো চালের জোগাড় নেই তেমন গুণীর গলায় দড়ি।’’

লোকটা এ কথায় যেন ভারী খুশি হয়ে মাথা নেড়ে বলল, ‘‘কথাটা বড্ড ঠিক। তবে কিনা এই পোড়া দেশে গুণের আদরই বা কই? তা সে গেল কোথায়?’’

‘‘তা কি আমাকে বলে গেছে? এ সময়ে সে কাজে বেরোয়।’’

লোকটা ভারী অবাক হয়ে বলে, “এ সময়ে তার কী কাজ! সন্ধেবেলায় তো তার কাজে বেরোনোর কথা নয়! কাজ তো নিশুত রাতে।’’

নয়নতারা সপাটে বলল, ‘‘সেসব আমি জানি না, মোট কথা সে বাড়িতে নেই।’’

লোকটা গোঁফদাড়ির ফাঁকে ভারী অমায়িক একটু হেসে বলল, ‘‘তা বললে হবে কেন মা, আমি যে টেমির আলোতেও স্পষ্ট দেখতে পাচ্ছি, পান্তাভাত পাতে পড়ে আছে এখনও।’’

নয়নতারা নির্বিকার মুখে বলল, ‘‘ও তো আমি খাচ্ছিলাম।’’

“মাচানের তলা থেকে কার যেন শ্বাস-প্রশ্বাসের আওয়াজও পাচ্ছি যে। আমার কানটা যে বড় সজাগ। হাঁড়িকুড়ির ফাঁক দিয়ে দু’খানা জুলজুলে চোখও দেখা যাচ্ছে!”

পরাণ আর থাকতে না পেরে হামা দিয়ে বেরিয়ে এল। গা-টা একটু ঝেড়েঝুড়ে লোকটার দিকে চেয়ে বলল, ‘‘কী মতলব হে তোমার?’’

লোকটা মিষ্টি করেই বলল, ‘‘বলি দরজার বাইরে থেকেই বিদেয় করতে চাও নাকি? বাড়িতে অতিথি এলে একটু বসতে-টসতেও কি দিতে নেই?’’

পরাণ একটু কিন্তু-কিন্তু করে বলল, ‘‘তা ভিতরে এলেই হয়।’’

নয়নতারা দরজা ছেড়ে সরে দাঁড়াল। লোকটা ঘরে ঢুকে চারদিক চেয়ে একবার দেখে নিয়ে বলল, ‘‘সতু ঘোষের বাড়ি থেকে ফুলদানি দুটো সরালে বুঝি!’’

পরাণ অবাক হয়ে বলে, ‘‘ তুমি জানলে কী করে হে?’’

‘‘কয়েকদিন আগে আমিই সতু ঘোষের বউয়ের কাছে দশ টাকায় ও দুটো বেচে গেছি কিনা।’’

নয়নতারা নথ নাড়া দিয়ে বলল, ‘‘গুণী লোকের মুরোদটা দেখলেন তো! অন্যেরা কত সোনাদানা চেঁছেপুঁছে নিয়ে আসছে, কত চোরের বউ সোনার চুড়ি বালা বেনারসি পরে ঘুরে বেড়াচ্ছে আর ইনি মদ্দ সারারাত গলদঘর্ম হয়ে এনেছেন দুটো কাচের ফুলদানি! ম্যাগো, ঘেন্নায় মরে যাই।’’

লোকটা দাড়িগোঁফের ফাঁকে ঝিলিক তুলে হেসে বলল, ‘‘একটা মাদুর-টাদুর হবে? তা হলে একটু বসি। অনেক দূর থেকে আসা কিনা, মাজাটা টনটন করছে।’’

নয়নতারা একটা ছেঁড়াখোড়া মাদুর পেতে দিল। তারপর ঝংকার দিয়ে বলল, ‘‘আর কী লাগবে শুনি!’’

লোকটা মাদুরে বসে একটা বড় শ্বাস ফেলে বলল, ‘‘তা লাগে তো অনেক কিছু। প্রথমে এক গেলাস ঠান্ডা জল, তারপর একটু চা-বিস্কুট হলে হয়, রাত্তিরে দুটো ডালভাত। কিন্তু বাড়ির যা অবস্থা দেখছি তাতে ভরসা হচ্ছে না। তা বাপু পরাণ, তোমার সময়টা কি খারাপ যাচ্ছে।’’

পরাণ মাদুরের আর এক দিকটায় বসে বলল, ‘‘তা যাচ্ছে একটু। তবে চিরকাল তো এরকমধারা যাবে না।’’

নয়নতারা ফোঁস করে উঠে বলল, ‘‘চিরকাল তো ওই কথাই শুনে আসছি। দিন নাকি ফিরবে। তা দিন আর কবে ফিরবে, চিতেয় উঠলে?’’

লোকটা তার কামিজের পকেট থেকে পঞ্চাশ টাকার একটা নোট বের করে নয়নতারার দিকে চেয়ে বলল, ‘‘ঝগড়া-কাজিয়ায় কাজ নেই মা, তুমি বরং ওই সামনের মুদির দোকান থেকে যা যা লাগাবে কিনে আনো।’’

নয়নতারা লজ্জা পেয়ে বলে, ‘‘না, না, আপনি টাকা দেবেন কেন?’’

‘‘আহা, আমি তোমার বাপের মতোই। তা ছাড়া, এই পরাণ দাসকে তুমি যত

অপদার্থ ভাবো তত নয়। ওর বরাতটাই খারাপ। নইলে ও সত্যিই গুণী লোক। এ টাকাটা গুণী মানুষের নজরানা বলেই ভাবো না কেন?''

নয়নতারা নোটটা নিয়ে পরাণের দিকে একটা জ্বলন্ত দৃষ্টিতে চেয়ে বলল, ''গুণীর যা ছিরি দেখলুম তাতে পিত্তি জ্বলে গেল বাবা। এই তো গতকালই খগেন চোরের বউ অতসী এসে তার নতুন গোমেদের আংটি দেখিয়ে কত কথা বলে গেল। বলল, ও মা! পরাণদার মতো লাইনের নামকরা লোকের বউ হয়ে এখনও তুই টিনের ঘরে থাকিস, আমার তো দোতলা উঠে গেল। আরও ঠেস দিয়ে কী বলল জানেন? বলল, তোর দেখছি গায়ে সোনাদানা নেই। ঘরে তেমন বাসনপত্র নেই, কাজের ঝি নেই! কেন রে, পরাণদার কি হাতে-পায়ে বাত ধরেছে নাকি?''

বুড়ো লোকটা খুব মন দিয়ে সব শুনে মাথা নেড়ে বলল, ''হ্যাঁ মা, পরাণের দিনকাল খারাপই যাচ্ছে বটে। তবে আমি যখন এসে পড়েছি তখন আর চিন্তা নেই। তুমি একটু রান্না-বান্নার জোগাড় করো তো দেখি। আমি আবার খিদেটা তেমন সইতে পারি না।''

''এই যে যাচ্ছি বাবা।'' বলে নয়নতারা চলে গেল।

পরাণ জুলজুল করে চেয়ে ঘটনাটা দেখে নিল। তারপর একটা দীর্ঘশ্বাস ফেলে বলল, ''তুমি কে বট হে? মতলবখানা কী? বলি পুলিশের চর নও তো!''

বুড়ো হো হো করে হেসে উঠে বলল, ''ওহে পরাণচন্দর, পুলিশেরও ঘেন্নাপিত্তি আছে। তারা ছুঁচো মেরে হাত গন্ধ করতে যাবে কেন বলো তো! এখন অবধি এমন একটা লাগসই কাজ করতে পারোনি যাতে পুলিশের নজরে পড়তে পারো। তোমাকে তারা চোর বলে পাত্তাই দেয় না। বলি চুরিবিদ্যেরও তো বি এ, এম এ আছে, না কি? তা তুমি তো দেখছি এখনও প্রাইমারিটাই ডিঙোতে পারোনি।''

ভারী লজ্জা পেয়ে পরাণ অধোবদন হয়ে বলল, ''তা কী করা যাবে বলো! আমি কাজে হাত দিলেই কেমন যেন ভন্ডুল হয়ে যায়। তা তুমি লোকটি কে? কোথা থেকে আগমন? উদ্দেশ্য কী? বলি ছদ্মবেশে ভগবান-টগবান নও তো!''

লোকটা ফের অট্টহাসি হেসে বলল, ''পঞ্চাশ টাকা ফেললেই যদি ভগবান হওয়া যায় তা হলে তো কথাই ছিল না হে। ওসব নয়। বাপু হে, শ্রীনিবাস চূড়ামণির নাম শুনেছ কখনও?''

পরাণ তাড়াতাড়ি হাতজোড় করে কপালে ঠেকিয়ে বলল, ''তা আর শুনিনি! নমস্য মানুষ। প্রাতঃস্মরণীয়। লোকে বলে শ্রীনিবাস চূড়ামণির শরীর নাকি রক্তমাংস দিয়ে তৈরিই নয়, বাতাস দিয়ে তৈরি। এতকাল ধরে কত বড় বড় সব চুরি করলেন কেউ কখনও ধরতেও পারল না। কোথা দিয়ে ঘরে ঢোকেন, কোথা দিয়ে বেরিয়ে

যান। লোকে বুঝতেও পারে না। একবার নাকি ইঁদুরের গর্ত দিয়ে কার ঘরে ঢুকেছিলেন।''

লোকটা মাথা নেড়ে বলল, ''আহা, অতটা নয়। তবে হ্যাঁ, আমার বেশ নামডাক হয়েছিল এককালে।''

''অ্যাঁ! আপনি!''

''আপনি-আজ্ঞে করতে হবে না, তুমিটাই চালিয়ে যাও। হ্যাঁ, আমিই শ্রীনিবাস বটে। তবে চুরিচামারি আমি বহুকাল ছেড়ে দিয়েছি। কিছুদিন কোচিং ক্লাসে ভাল ভাল চোর তৈরি করতুম। এখন তাও করি না।''

''আজ্ঞে, আমার যে কেমন পেত্যয় হচ্ছে না! মাথা ঘুরছে! বুকের ভিতরে ধকধক! এত বড় একটা মানুষ আমার ঘরে পা দিয়েছে! শাঁখ বাজানো উচিত, উলু দেওয়া দরকার!''

শ্রীনিবাস বরাভয়ের ভঙ্গিতে হাত তুলে বলল, ''হবে, হবে। ব্যস্ত হওয়ার দরকার নেই। রয়ে-সয়ে উলুও দিতে পারো, শাঁখও বাজাতে পারো, তবে সব কিছুরই একটা সময় আছে। ওসব হুট করে করতে নেই।''

''তা হলে একটা পেন্নাম অন্তত করতে দিন।'' বলে ভারী ভক্তির সঙ্গে শ্রীনিবাসের পায়ের ধুলো নিয়ে জিভে আর মাথায় ঠেকাল পরাণ। তারপর গদ্গদ হয়ে বলল, ''এ যে কাকের বাসায় কোকিল, এ যে বাঘের ঘরে ঘোগ, এ যে শ্রাদ্ধে বিরিয়ানি, এ যে বদনাতে গঙ্গাজল, এ যে নেউলের নাকে নোলক!'' শ্রীনিবাস ধমক দিয়ে বলে, ''ওরে থাম থাম হতভাগা! উপমার যা ছিরি তাতে ঘাটের মড়া উঠে বসে।''

''আমার যে বুকের মধ্যে বড্ড আকুলি ব্যাকুলি, বড্ড হাঁকপাঁক হচ্ছে! বরং একটু পদসেবা করি, তাতে আবেগটা একটু কমবে।''

''তা করতে পারিস। বেজায় হাঁটা হয়েছে আজ, পা টনটন করছে।''

বলে শ্রীনিবাস মাদুরে শুয়ে ঠ্যাং বাড়িয়ে দিল। পরাণ মহানন্দে পদসেবা করতে করতে বলল, ''কাজকর্মে কি আবার নামা হবে বাবা?''

''কেন রে, এই বুড়োটাকে দিয়ে আবার কাজ করাতে চাস কেন? আমার কি রিটায়ার হওয়ার জো নেই?''

''কী যে বলেন বাবা! ভগবান কি রিটায়ার করে, না কি দেশের রাজা রিটায়ার করে, না কি ডাক্তার-কোবরেজই রিটায়ার করে? তারপর ধরুন যতদূর শুনেছি, বাঘ-সিংহীদেরও রিটায়ার নেই।''

শ্রীনিবাস আরামে চোখ বুজে বলল, ''তা তুই আমাকে কোন খাতে ধরছিস? ভগবান, না রাজা, না ডাক্তার, না বাঘ?''

‘‘আজ্ঞে, ভগবান বলেই ধরতুম, তবে পাপ হয়ে যাবে বলে ধরছি না। একটু কম-সম করে ওই রাজা বলেই ধরে নিন।’’

শ্রীনিবাস ফোঁস করে একটা দীর্ঘশ্বাস ছেড়ে বলল, ‘‘রাজা না হলেও রাজার কাজেই রিটায়ার ভেঙে এই বুড়ো বয়সে বেরোতে হল, বুঝলি?’’

‘‘উরেব্বাস! তাই নাকি? রাজার কাজ মানে তো ভাসাভাসি কাণ্ড! কথায় বলে, মারি তো গন্ডার, লুটি তো ভাণ্ডার। তা রাজা খরচাপাতি কেমন দিচ্ছে বাবা?’’

শ্রীনিবাস ফের একটা দীর্ঘশ্বাস ছেড়ে বলল, ‘‘রাজাদের আর সেই দিনকাল কি আছে রে হাবা গঙ্গারাম? রাজা দিগিন্দ্রনারায়ণের বাপমশাই রাজা ক্ষিতীন্দ্রনারায়ণ গরম ভাতে দু’হাতা করে ঘি খেতেন, তাঁর এক্কা গাড়ির ঘোড়ার লেজে দামি আতর মাখানো হত যাতে ঘোড়া ছুটলে এক্কা গাড়িতে বসে রাজামশাই ভুরভুরে গন্ধ পান, আসল পাকা সোনার সুতো দিয়ে রাজার নাগরায় নকশা করা হত, তিনদিনের বেশি একজোড়া নাগরা পরতেন না, চাকর-বাকরদের দান করে দিতেন। সেসব দিন তো আর নেই। দিগিন্দ্রনারায়ণের তো এখন পোলাও খেতে ইচ্ছে হলে রানিমা সর্ষের তেলে ভাত ভেজে দেন, রাজবাড়িতে এখন ছেঁড়া গামছাখানাও সেলাই করে ব্যবহার করা হয়, রাজমাতা মিতব্যয়িনী দেবীকে আর আলাদা করে একাদশী করতে হয় না, রোজই তাঁর একাদশী।’’

‘‘এঃ হেঃ, আপনার মতো গুণী মানুষ এরকম একটা দেউলে রাজার হয়ে খাটছেন কেন বাবা? দেশে কি রাজাগজার অভাব?’’

‘‘রাজার হয়ে খাটছি তোকে কে বলল?’’

‘‘তা হলে এই যে বললেন রাজার কাজ!’’

‘‘তা বলেছি বটে, তবে তার মানে রাজার হয়ে খাটা নয় রে। মানেটা একটু খটোমটো, তুই ঠিক বুঝবি না। তবে কাজটা রাজবাড়ি সংক্রান্তই বটে।’’

পরাণের চোখদুটো এবার ভারী জুলজুল করে উঠল। একগাল হেসে সে বলল, ‘‘তাই বলুন! এবার তা হলে রাজবাড়ি খালাস করবেন! এ না হলে ওস্তাদ! আপনার মতো মান্যগণ্য ওস্তাদের কি আর গেরস্তবাড়ির কাজে মানায়! প্রাতঃস্মরণীয় মানুষ আপনি। আর পুরনো রাজবাড়িগুলোয় মেলা কোনা-ঘুপচি, চোরকুঠুরি, কোথায় গুপ্তধন আছে কে জানে বাবা। তা বাবা, আপনার একজন স্যাঙাত-ট্যাঙাত দরকার নেই? আপনার পায়ের নখেরও যুগ্যি নই বটে, কিন্তু সোনাদানা তো ওজনদার জিনিস, আপনি বুড়ো মানুষ অত কি বইতে পারবেন? সেসব না হয় আমিই বয়ে দেবখন।’’

‘‘সেসব হবেখ’ন। অত উতলা হচ্ছিস কেন? তার আগে বল তো, তুই কি ইংরিজি জানিস?’’

হাত কচলে লাজুক হেসে পরাণ বলে, ‘‘কী যে বলেন। বাংলাটাই ভাল করে আসে না তো ইংরিজি! তবে কিনা বলা-কওয়ার দরকারও পড়ে না তো। হাত-পা সচল থাকলেই হল।’’

মাথা নেড়ে শ্রীনিবাস বলে, ‘‘উঁহু, ওটা কাজের কথা হল না। ভাল কারিগরের সব কিছুই সচল থাকা দরকার। হাত, পা, মগজ, বুলি, কোনটা না হলে চলে?’’

‘‘আজ্ঞে, ইংরিজির কথাটা কেন উঠছে বাবা? জানলে কিছু সুবিধে হবে?’’

‘‘তা হবে বইকী, ওই যে ফুলদানি দুটো চুরি করে এনেছিস, কখনও ভাল করে উলটেপালটে দেখেছিস?’’

পরাণ অবাক হয়ে বলে, ‘‘না তো! কাচের ফুলদানি দেখে বউটা এমন মুখনাড়া দিল যে, আর ওটার দিকে ফিরেও তাকাইনি। বউ তো ফেলে দিতেই চেয়েছিল, কী ভেবে ফেলেনি।’’

‘‘ঘটে বুদ্ধি থাকলে ফুলদানি দুটো উলটে দেখলে দেখতে পেতিস, ওগুলোর নীচে ইংরিজিতে লেখা আছে, আজ থেকে দেড়শো বছর আগে ও জিনিস বিলেতে তৈরি হয়েছিল। স্ফটিক কাচের তৈরি। সমঝদার খদ্দের যদি পাস, কত দাম দিতে পারে জানিস?’’

বড় বড় চোখে হাঁ করে কিছুক্ষণ চেয়ে থেকে শশব্যস্ত পরাণ বলে, ‘‘কত হবে বাবা, একশো-দেড়শো?’’

‘‘দূর পাগল! একশো-দেড়শো কী রে? যদি সাহেব খদ্দের পাস তবে হেসেখেলে দশ থেকে পনেরো হাজার টাকা। দিশি খদ্দের কিছু কম দিতে চাইবে, তাও ধর ওই আট-দশ হাজার।’’

‘‘তবে যে আপনি দশ টাকায় বেচে দিলেন!’’

শ্রীনিবাস একটু হেসে বলল, ‘‘বেচব না তো কি চোরাই জিনিস বয়ে বেড়াব? আর বেচা মানে কি আর সত্যিই বেচা নাকি? ও হল গচ্ছিত রাখা। যেমন ব্যাঙ্কে লোকে টাকা রাখে আবার দরকার মতো তুলে নেয়, এও হল তাই। এ গাঁয়ের ঘরে ঘরে অমন আমার কত জিনিস গচ্ছিত রাখা আছে। দরকার মতো সরিয়ে নেব বলেই রেখেছি।’’

‘‘পায়ের ধুলো দিন ওস্তাদ!’’ বলে ভক্তিভরে ফের শ্রীনিবাসের পায়ের ধুলো নিয়ে পরাণ শশব্যস্তে বলল, ‘‘দেখেছেন বাবা নয়নতারার কাণ্ডটা! অত দামি জিনিস কেমন অছেদ্দায় কুলুঙ্গিতে তুলে রেখেছে! ষষ্ঠী গুণের মেয়ে হয়ে তার আক্কেলটা দেখলেন! পড়ে ভাঙবে যে!’’

‘‘অত উতলা হোসনে। তোর হাত কাঁপছে যে! উত্তেজনার বশে ফুলদানির

ওপর গিয়ে হামলে পড়লে তোর হাতেই ভাঙবে। বউমা আসুক, সাবধানে তুলে রাখবে'খন।''

''না বাবা, দামি জিনিসের অমন অযত্ন সহ্য হয় না।''

একটু হেসে শ্রীনিবাস বলে, ''দামি জিনিস বলে বুঝতে পারলে কি আর অযত্ন করত? কোন জিনিসের কী দাম তা ক'জন বোঝে বল দিকি! তাই তো বলছিলাম, কারিগর হতে গেলে হাতে-পায়ে দড় হলেই হয় না, মগজ চাই, চোখ চাই, পেটে একটু বিদ্যে চাই।''

গদগদ হয়ে পরাণ বলে, ''আপনাকে যখন পেয়ে গেছি, এবার সব শিখে নেব।''

''শোন হতভাগা, হুটপাট করার দরকার নেই, ও দুটো জিনিস একটু ঢাকা চাপা দিয়ে রাখিস। দুটো লোক কাল থেকে ওসব চোরাই জিনিসের খোঁজে এ তল্লাটে ঘুরঘুর করছে।''

পরাণ প্রায় লাফিয়ে উঠে বলে, ''সর্বনাশ। তা হলে উপায়?''

''ঘাবড়াসনি। তারা দু'টিও তোর মতোই মর্কট। এসব জিনিসের মর্ম তারাও বোঝে না। ডবল দাম দিয়ে কিনে নেবে বলে সবাইকে ভরসা দিচ্ছে। আসলে ডবল দাম দেওয়ার মুরোদও তাদের নেই। তারা শুধু খোঁজ নিচ্ছে কার বাড়িতে কোন জিনিসটা আছে। জেনে নিয়ে রাতের অন্ধকারে মাল সাফাই করবে।''

''সেটাও তো ভয়ের কথা।''

''তোর এই ভাঙা বাড়ির দিকে তারা নজরও দেবে না বটে, তবু সাবধান থাকা ভাল। আসলে তারা একটা জিনিসই হন্যে হয়ে খুঁজে বেড়াচ্ছে। সেটা পেয়ে গেলে অন্য জিনিসগুলো নিয়ে তারা বিশেষ মাথা ঘামাবে না।''

''সেটা কী জিনিস বাবা?''

শ্রীনিবাস একটা দীর্ঘশ্বাস ফেলে বলল, ''হ্যাঁ রে, নয়নতারা এত দেরি করছে কেন বল তো!''

''আজ্ঞে, এ বাড়িতে তো বহুকাল মান্যগণ্য কেউ আসেনি। আজ আপনার সম্মানে বোধহয় ভালমন্দ কিছু রাঁধবে।''

''অ। তা ভাল।''

শ্রীনিবাসের পা আরও জোরে দাবাতে দাবাতে পরাণ বলল, ''জিনিসটা কী তা এইবেলা বলে ফেলুন বাবা। নয়নতারার সামনে গুহ্যকথা-টথা না বলাই ভাল। মেয়েদের সামনে গুহ্যকথা বললে বড় ভজঘট্ট লেগে যায়। ওদের পেটে কথা থাকে না কিনা, পাঁচকান হয়ে পড়ে।''

"অত হুড়ো দিচ্ছিস কেন রে? সব কথা উপর্যুপরি বলে ফেলাই কি ভাল? কথারও তো দিনক্ষণ, লগ্ন আছে, না কি? যখন-তখন যেমন-তেমন কথা বললেই তো হবে না। ভাল করে ভেবেচিন্তে নিকেশ করে বলতে হবে। একটু জিরোই, তারপর চাট্টি খাই, তারপর একটু ঘুমনোও তো দরকার বুড়ো মানুষটার নাকি? বিছানাপত্তরের যা ছিরি দেখছি তাতে ঘুমটাই কি আর হবে?"

শশব্যস্ত পরাণ বলল, "চিন্তা নেই বাবা, মাচানের ওপর আরও কয়েকটা বস্তা পেতে নরম বিছানা করে দিচ্ছি। আরামে শোবেন। আমরা না হয় পাশের ঘরে মাদুর পেতে ঘুমোব।"

"তা সেই ব্যবস্থাই ভাল। লোকদুটোর গতিবিধির ওপর নজর রাখতে তোর বাড়িতেই কয়েকদিন থানা গেড়ে থাকতে হবে। এই একশোটা টাকা রাখ। কাল গিয়ে ভাল করে বাজার করে দু'দিন ভালমন্দ খা দিকি। রাতের কারিগরদের ভালমন্দ খেতে হয়, নইলে এ কাজের হ্যাপা সামলাবি কী করে? ওই হাড়গিলে ল্যাকপ্যাকে কমজোর চেহারায় যে দশটা লোকের কিলও হজম করতে পারবি না। তোর মতো বয়সে আমাকে একশো লোক মিলে হাটুরে মার দিয়েও কিছু করতে পারেনি। পাগলুর হাটে তো একবার বাঁশডলা দেওয়ার পর পুকুরের জলে চুবিয়ে রেখেছিল। প্রাণায়ামের জোরে প্রাণবায়ুটুকু আটকে রাখতে পেরেছিলুম। বুঝেছিস?"

তিন

পেটে কিছু পড়লেই বিষ্ণুরাম দারোগার ঘুম পায়। মোটা-সোটা মানুষ, খোরাকটাও একটু বেশিই। তা বলে বিষ্ণুরামকে কেউ অলস ভাবলে ভুল করবে। বছরতিনেক আগে যখন এখানে প্রথম এল, তখন এসেই ট্যাঁড়া পিটিয়ে পাঁচ গাঁয়ের লোককে জড়ো করে একটা বক্তৃতা দিয়েছিল। সেই অগ্নিবর্ষী বক্তৃতায় বলেছিল, "ভাইসব, এলাকার শান্তি যেন বজায় থাকে। আমি জানি, চোর ভারতবাসী, ডাকাত ভারতবাসী, খুনি ভারতবাসী, জোচ্চোর এবং ঘুষখোর ভারতবাসী আমার ভাই। তাদের ধমনীতে যে রক্ত বইছে, আমার ধমনীতেও সেই রক্তই বইছে। তাদের শরীরের এক ফোঁটা রক্তপাত হলে সেটা হবে আমারই রক্তপাত। তাদের দণ্ডদান করা মানে আমাকেই দণ্ডদান করা। তাই কবি বলেছেন, দণ্ডিতের সাথে দণ্ডদাতাও যখন কাঁদেন তখন সর্বশ্রেষ্ঠ সে বিচার। সুতরাং কবির সঙ্গে গলা মিলিয়ে আমিও বলতে চাই, আজ থেকে যেন ময়নাগড় এবং আশপাশের অঞ্চলে বিচারের বাণী নীরবে নিভৃতে

কাঁদে। তাই আমি বলি, এসো চোরগণ, শুচি করি মন, ধরো ডাকাতের হাত, মোর অভিষেকে এসো এসো ত্বরা, অকারণে কেউ পোড়ো না কো ধরা, সবার হরষে হরষিত মোরা দুঃখ কী রে? আমি তাদের কবির অমোঘ বাণী স্মরণ করিয়ে দিতে চাই, কারার ওই লৌহকপাট, ভেঙে ফ্যাল কর রে লোপাট, রক্তজমাট শিকলপূজার পাষাণবেদি। আমি জানি অনেকেই পাখির নীড়ের মতো চোখ তুলে আমাকে প্রশ্ন করবেন, এতদিন কোথায় ছিলেন? আমি তাদের বলব, তোমার মিলন লাগি আমি আসছি কবে থেকে। বাউলের গলার সঙ্গে গলা মিলিয়ে আজ আমার বলতে ইচ্ছে করছে, আমি আইলাম রে, খাটাইশ্যা বৈরাগী, রূপে গুণে ষোলো আনা ওজনে ভারী। আমি জানি এই হানাহানি, কানাকানি এবং টানাটানির যুগে শান্তির ললিত বাণী শুনাইবে ব্যর্থ পরিহাস। তবু ভাইসব, শত্রুপক্ষ আচমকা যদি ছোড়ে কামান, বলব বৎস, সভ্যতা যেন থাকে বজায়, চোখ বুজে কোনও কোকিলের দিকে ফেরাব কান। বিশদ করে বলতে গেলে বলতে হয়, ধরুন দুয়ার এঁটে ঘুমিয়ে আছে পাড়া, হঠাৎ শুনলেন রাতের কড়া নাড়া। হেঁড়ে গলায় কেউ ডেকে উঠল, অবনী বাড়ি আছ? খবরদার জবাব দেবেন না কিন্তু, দরজাও খুলবেন না। তবে যদি সে নিতান্তই দরজা ভেঙে-টেঙে ফেলে তা হলে চটবেন না। হেসে বলবেন, ভেঙেছ দুয়ার এসেছ জ্যোতির্ময়, তোমারই হউক জয়।''

বক্তৃতা শুনে ভয় খেয়ে পঁচাশি বছরের নন্দকিশোর নব্বই বছর বয়সি কৃষ্ণকিশোরকে বললেন, ''এ তো দেখছি একটা চোরডাকাতের স্বর্গরাজ্য হয়ে উঠল!''

কৃষ্ণকিশোর কানে শোনেন না। একগাল হেসে বললেন, ''তাই নাকি? আমি তো আগেই বলেছিলুম, এই দারোগা গাঁয়ে পা দেওয়ার পরই আমার বাঁ চোখ নাচছে। অতি শুভ লক্ষণ, বাঁ হাঁটুর ব্যথাটাও তেমন টের পাচ্ছি না। হপ্তাখানেক আগে আমার দুধেল গাই নন্দরানি নিরুদ্দেশ হয়ে যায়। গতকাল নন্দরানি দিব্যি গুটি-গুটি ফিরে এসেছে। চারদিকেই শুভ লক্ষণ দেখতে পাচ্ছি। আর বক্তৃতাটাও কেমন বলো! সেই উনিশশো তেইশে গাঁধীজির বক্তৃতা শুনেছিলুম, আর এই শুনলুম, কী তেজ, কী বীরত্ব, কী বলব রে ভাই, বক্তৃতার হলকায় তো কানে আঙুল দিতে হয়।''

দিনতিনেক বাদে গোবিন্দলাল থানায় গিয়েছিল ঘটি চুরির নালিশ জানাতে।

বিষ্ণুরাম হাসি-হাসি মুখ করে বলল, ''মানুষের সবচেয়ে বড় গুণ কী জানো?''

''আজ্ঞে! জানি, তবে ঠিক স্মরণ হচ্ছে না।''

''মানুষের সবচেয়ে বড় গুণ হল ক্ষমা। সারাদিন যত পারো ক্ষমা করে যাও। যাকে সুমুখে পাবে তাকেই ক্ষমা করে দেবে।''

''যে আজ্ঞে, সে না হয় করলুম, কিন্তু এই ঘটিচুরির বৃত্তান্তটা একটু শুনুন।''

''যিশু খ্রিস্ট কী বলেছিলেন?''

''আজ্ঞে, জানতুম, তবে এখন ঠিক স্মরণ হচ্ছে না। ইংরিজিতে বলতেন তো!''

''যিশু বলেছিলেন, কেউ তোমাকে এক গালে চড় মারলে আর এক গাল এগিয়ে দাও। সে গালেও যদি চড় মারে তবে ফের আগের গালটা এগিয়ে দাও। যদি সে গালেও মারে তবে ফের দ্বিতীয় গাল এগিয়ে দাও। সেও চড় মেরে যাবে তুমিও গালের পর গাল এগিয়ে দিতে থাকবে। এইভাবে মারতে মারতে আর কত পারবে সেই চড়বাজ! দেখবে সে একটা সময়ে চড় মারতে মারতে হেদিয়ে পড়ে মাটিতে বসে হ্যা-হ্যা করে হাঁফাচ্ছে। বুঝলে?''

''আজ্ঞে, জলের মতো। তবে কিনা ঘটিচোর আমাকে চড় মারেনি, তাকে জাপটে ধরেছিলুম বলে সে আমাকে কামড়ে দিয়ে পালিয়ে গেছে।''

''একটা টেটভ্যাক ইনজেকশন নিয়ে নাও। আর ঘটিচোর তোমার একটা ঘটি নিয়ে গেছে, তাতে কী? তাকে পেলে আর একটা ঘটি দিয়ো। গীতায় ভগবান শ্রীকৃষ্ণ কী বলেছেন?''

''আজ্ঞে, ঠিক স্মরণ হচ্ছে না।''

''শ্রীকৃষ্ণ বলেছেন, নমো হে নমো, ক্ষমো হে ক্ষমো, পিত্তরসে চিত্ত মম.... আর কী সব আছে যেন। মোট কথা মানুষের শ্রেষ্ঠ গুণ হল, ক্ষমা। মনে থাকবে তো!''

''আজ্ঞে, মৃত্যুর দিন অবধি মনে থাকবে। ঘটিচুরির শোক কি সহজে ভোলা যায়! যতবার ঘটিচুরির কথা মনে পড়বে ততবার আপনার কথাও মনে পড়বে।''

গত দশ বছর ধরে বিষ্ণুরাম চারদিকে ক্ষমার গঙ্গাজল ছিটিয়ে ছিটিয়ে জায়গাটাকে একেবারে জব্দ করে রেখেছে। থানায় বড় কেউ একটা নালিশ করতে আসে না। চোরছ্যাঁচড়-ডাকাতরা বিষ্ণুরামকে খুবই শ্রদ্ধাভক্তি করে। কাজকর্ম তেমন না থাকায় বিষ্ণুরাম আর তার সেপাইরা যে যার চেয়ার বা টুলে বসে দিবানিদ্রাটি সেরে নিতে পারে।

আজ বিষ্ণুরামের বউ সকালে ঢাকাই পরোটা আর মাংসের ঘুঘনি করেছিল। সুতরাং সকালে গুরুতর জলযোগের পর বিষ্ণুরাম থানায় এসে নিজের চেয়ারটিতে বসে ঢুলছে। কোমরের পিস্তল সমেত বেল্টটি খুলে টেবিলের ওপর রাখা। গুরুভোজনের পর বিষ্ণুরাম কোনও দিনই কোমরে বেল্ট পরা পছন্দ করে না।

একটু বেলার দিকে রোগামতো একটা কাঁকলাস চেহারার লোক ভারী সন্তর্পণে নিঃশব্দে থানায় ঢুকল। পরনে পাজামা, গায়ে একখানা সবুজ কুর্তা, মাথায় জরি বসানো একটা পুরনো কাশ্মীরি টুপি। থুতনিতে একটু ছাগুলে দাড়ি আছে, চিনেদের

মতো গোঁফজোড়া দু'দিকে ঝুল খেয়ে আছে। মুখে একখানা হাসি, বড় বড় দাঁতে পানের ছোপ।

বিষ্ণুরামের ঘরে ঢুকে সে একটা গলা খাঁকারি দিয়ে ভারী বিগলিত মুখে বলল, ‘‘বড়বাবু কি চোখ বুজে আছেন?’’

বিষ্ণুরাম ঘুমের মধ্যেই জবাব দিল, ‘‘আছি।’’

‘‘বুজেই কি থাকবেন?’’

‘‘থাকব।’’

‘‘হেঃ হেঃ, আপনি যে বোজা চোখেও সব দেখতে পান তা কে না জানে! শুধু দেখা! দু' খানা করে চোখ তো আমাদেরও আছে, কিন্তু কতটুকুই বা দেখি আমরা! গোরুকে মোষ দেখছি, মেয়েছেলেকে ব্যাটাছেলে দেখছি। কালোকে সাদা দেখছি। পূর্ণিমাকে অমাবস্যা দেখছি, পিসেকে জ্যাঠা দেখছি, সাপকে বেজি দেখছি। চোখ থেকেও নেই। আর লোকে বলে, বিষ্টু দারোগাকে দেখে মনে হয় বটে যে, ঘুমিয়ে আছে, কিন্তু তার দু'খানা চোখ হাটে মাঠে ঘাটে ঠিক ঘুরে ঘুরে বেড়াচ্ছে। এই তো সেদিন মদন সরখেল বলছিল, গোরু বেচে ট্যাঁকে টাকা নিয়ে ফেরার সময় মাঝরাত্তিরে পালঘাটের শ্মশানের কাছে বটতলায় অন্ধকারে দু'খানা জ্বলন্ত চোখকে ঘুরে ঘুরে চারদিকে নজর রাখতে দেখেছে। বলছিল ট্যাঁকে গোরু বিক্রির টাকা ছিল বলে ভয়ে ভয়ে আসছিলুম বটে, বিষ্টু দারোগার চোখদুটো দেখেই ভয় কেটে গেল। মনে হল আর কীসের ভয়! বিষ্টু দারোগার জয়।’’

‘‘বলে নাকি?’’

‘‘তা বলবে না? দিনু কুণ্ডুও তো বলল, ভাই, বাড়িতে জামাই এসেছে বলে রোজকার মতোই গিন্নির নথ বন্ধক রেখে বাজারে গিয়ে একটা ইলিশ মাছ আশি টাকা দিয়ে কিনে এক হাতে আনাজপাতি অন্য হাতে মাছের থলে নিয়ে ফিরছি। ফেরার পথে শীতলার থানে পেন্নাম করব বলে মাছের থলিটা বাইরের রকে রেখে জুতো ছেড়ে মন্দিরে ঢুকেছি। এমন সময়ে ন্যাড়া পোদ্দারের সঙ্গে দেখা। পোদ্দারের পো এমনিতেই বেশি কথা কয়। সেদিন আবার তার পিসশ্বশুরের বাতব্যাধির কথা পেড়ে ফেলায় কিছুতেই ছাড়াতে পারি না। যাই হোক ওইসব কথাবার্তার ফাঁকেই মাছের কথা বেবাক ভুলে বাড়ি আসতেই গিন্নি যখন চিল-চেঁচানি চেঁচিয়ে উঠল, ও কী গো, জামাই এয়েছে বলে মাছ আনতে পাঠালুম নথ বাঁধা দিয়ে, আর তুমি খালি হাতে ফিরে এলে যে বড়! তখন খেয়াল হল, তাই তো মাছটা তো শীতলা মন্দিরের বাইরের রকে ফেলে এসেছি! চটকা ভাঙতেই ছুট, ছুট! গিয়ে কী দেখলুম জানো? বললে বিশ্বাস হবে না, যেমনকে তেমন থলিবন্দি হয়ে পড়ে আছে, গাঁয়ে আঁচড়টুকু

লাগেনি। কুকুর-বেড়াল বা কাকপক্ষী কাছেও ঘেঁষেনি। আর দেখলুম বিষ্টু দারোগার দু'খানা বাঘা চোখ আমগাছটার ওপর বসে মাছটার ওপর নজর রাখছে। যাতে কেউ মাছের কেশাগ্রও স্পর্শ করতে না পারে!''

কাকের ডাকের মধ্যেই বিষ্ণুরাম অভ্যাসবশে বলে উঠল, ''বটে!''

''তবে আর বলছি কী বড়বাবু! চোখ বুজে আছেন বটে, লোকে দেখলে ভাববে ঘুমোচ্ছেন, কিন্তু এলাকার শান্তি বজায় রাখতে আপনি যে দু'চোখের পাতা কখনও এক করেন না সেটা শুধু আমরা কয়েকজন ভুক্তভোগীই জানি।''

''বলে যা।''

বিগলিত হয়ে লোকটা বলল, ''আজ্ঞে। বলব বলেই আসা। আপনার চটকাটা ভাঙলে ধীরেসুস্থে বলা যাবে।''

বিষ্ণুরাম রক্তচক্ষু মেলে চেয়ে ঘড়ি দেখল। বলল, ''বারোটা বাজে যে! আমার তো এখন খিদে পাওয়ার কথা।''

''আজ্ঞে, পেয়েছেও। কাজেকর্মে ব্যস্ত থাকেন, আপনার কি আর নাওয়া-খাওয়ার কথা খেয়াল থাকে? শরীরটা হয়তো এখানে পড়ে আছে, আপনি কি আর হেথায় আছেন! হয়তো শরীরটা ফেলে রেখে আপনি এখন অশরীরে কালীপদর আমবাগান পাহারা দিচ্ছেন। কালীপদর আমবাগানে এবার আমের গুটিও ধরেছে ঝেঁপে, দুষ্টু ছেলে আর হনুমানের উৎপাতে কালীপদ জেরবার। কিংবা হয়তো সত্যগোপালের বাড়িতে যে-চোরটা ক'দিন আগে ঢুকে দুটো ফুলদানি নিয়ে গিয়েছিল তারই পিছু-পিছু ধাওয়া করে আলায়-বালায় ঘুরে বেড়াচ্ছেন। কিংবা যে-দুটো সন্দেহজনক লোক ক'দিন হল ময়নাগড়ে ঘুরঘুর করে বেড়াচ্ছে তাদের খেদিয়ে নিয়ে তেপান্তরের মাঠ পার করে দিচ্ছেন। তাই বলছিলুম, ওই দেহে কি আর খিদেতেষ্টা আছে? আছে শুধু কাজ, শুধু কর্তব্য, শুধু দায়-দায়িত্ব। দারোগা মানে তো ধরুন একরকম দেশের রাজাই।''

বিষ্ণুরাম একটা প্রকাণ্ড হাই তুলে বলল, ''দেখ নবু, তোর একটা দোষ কী জানিস? বড্ড বেশি কথা কয়ে ফেলিস। আজই যদি সব কথা বলিস তা হলে কালকের জন্য থাকবে কী?''

নবু ভারী গ্যালগ্যালে হয়ে বলল, ''আজ্ঞে আপনার কথা ভাবলেই আমার কেমন বেগ এসে পড়ে। সামলাতে পারি না।''

''দেখ তোর বলা-কওয়া কিছু খারাপও নয়, আর উচিত কথাই বলিস। শুনতে ভালও লাগে। এই যে সেদিন তুই আমার তৃতীয় নয়ন, ষষ্ঠ ইন্দ্রিয়, জাগ্রত বিবেক আর ব্যাঘ্র-বিক্রমের কথা বলছিলি সেগুলো হয়তো তেমন মিথ্যেও নয়। তবু ভাবি

কী জানিস! ভাবি, সত্যিই কি তাই? নবুটা হয়তো বাড়িয়ে বলছে। অত গুণ থাকলে কি আমি এই অখদ্দে ময়নাগড়ে পড়ে আছি! কবে প্রমোশন পেয়ে ভাল জায়গায় চলে যেতাম।''

চোখ বড় বড় করে ডুকরে উঠে নবু বলল, ''আপনি চলে গেলে যে ময়নাগড়ের অবস্থা শচীমাতার মতো হয়ে দাঁড়াবে। কাঁদে ময়নাগড় কোথা বিষ্ণুরাম, প্রতিধ্বনি বলে থাম, থাম, থাম, ময়নাগড়ে আর নাই ঘনশ্যাম। সেদিন পরেশ পালও বলছিল, বিষ্টু দারোগা চলে গেলে ময়নাগড় জঙ্গলের রাজত্ব হয়ে উঠবে। দিনে-দুপুরে বাঘ ডাকবে, গন্ডায় গন্ডায় গন্ডার রাস্তায়-ঘাটে ঘুরে বেড়াবে, হাতির পাল ঢুকে পড়বে ঘরেদোরে।''

''বলে নাকি?''

''তা বলবে না? তখন ঘরে ঘরে অরন্ধন হবে, মেয়েরা চুল বাঁধবে না, ছেলেরা টেরি কাটতে ভুলে যাবে, জটাধারী বোষ্টম ন্যাড়া হয়ে ঘুরে বেড়াবে। অশোকবনে সীতার মতো অবস্থা হবে ময়নাগড়ের।''

বিষ্ণুরাম ফোঁস করে একটা দীর্ঘশ্বাস ফেলে বলে, ''সরকার বাহাদুর কি আর চিরকাল আমাকে এখানে রাখবে রে? চারদিক থেকেই যে ডাক আসছে। উত্তরমেরু মোরে ডাকে ভাই, দক্ষিণমেরু টানে। তা সেসব কথা থাক। বলি চারদিককার খবর-টবর আনলি কিছু?''

একগাল হেসে ঘাড়-টাড় চুলকে নবু বলে, ''আজ্ঞে, খবর তো মেলা। ননীগোপালবাবুর ছাগল হারিয়েছে, বিন্ধ্যবাসিনী দেবী বেলপানা খেতে গিয়ে তাঁর বাঁধানো দাঁত গিলে ফেলেছেন, মদন সাঁপুই কাঁঠাল পাড়তে গিয়ে গাছ থেকে পড়ে হাত ভেঙেছে, গণেশ তফাদার কেলো মণ্ডলকে হনুমান বলায় কেলো মণ্ডল তাকে জাম্বুবান বলেছে এবং দু'জনে হাতাহাতি লেগে যাওয়ায় গণেশের তিন ছেলের সঙ্গে কেলোর পাঁচ ছেলের মারপিট হয়েছে। চুরি ছিঁচকেমির কয়েকটা ঘটনা আছে বটে, কিন্তু সেগুলো আপনার পাতে দেওয়ার যুগ্যি নয়। আর নয়নপুর ঘোষবাড়ি, কালিরহাটে নরেন দাসের বাড়ি, পঞ্চাননতলায় গিরিন পোদ্দারের বাড়িতে ডাকাতি হয়েছে। তবে ওসব আপনার গায়ে মাখবার দরকার নেই। ঘোষ, দাস আর পোদ্দারেরা আপনার কথামতো ডাকাতদের ক্ষমাঘেন্না করেও দিয়েছে। তবে কিনা বড়বাবু, দুটো সন্দেহজনক লোক বাড়ি বাড়ি ঘুরে বেড়াচ্ছে। একটার তো ঘটোৎকচের মতো চেহারা, অন্যটা কাপ্তেনের মতো।''

''তারা কারা?''

''বলছে কোনও রাজবাড়ির লোক। কিন্তু ব্যাপারটা সুবিধের ঠেকছে না। তারা চোরাই জিনিস খুঁজছে।''

বিষ্ণুরাম তাচ্ছিল্যের ভঙ্গিতে বলল, ‘‘তা খুঁজছে খুঁজুক না। তাদের ঘাঁটানোর দরকারটা কী? ঘাঁটাঘাঁটি করতে গেলে শেষে থানায় এসে আবদার করবে চোরাই জিনিস খুঁজে দিতে। শান্তিতে কি থাকার জো আছে রে? মানুষের যেন আর নালিশের শেষ নেই। এই তো সেদিন সুধন্যবাবু নস্যির ডিবে খুঁজে পাচ্ছেন না বলে থানায় এফ আই আর করতে এসেছিলেন।’’

হাত কচলে নবু বলল, ‘‘এ একেবারে ন্যায্য কথা। মাথামোটা লোকগুলোর তো আক্কেল নেই। তারা বোঝেও না যে, বড় দারোগার গুরুতর সব কাজ থাকে। ছোটখাটো ব্যাপারে নজর দেওয়ার তাঁর সময় কোথায়! তবে কিনা বড়বাবু, অভয় দেন তো শ্রীচরণে একটু গুহ্য কথা নিবেদন করি। কয়েকদিন আগে একটা পাগলামতো দাড়িগোঁফওয়ালা লোক বাড়ি বাড়ি ঘুরে হরেকরকম চোরাই জিনিস বিক্রি করছিল। সে বলেছিল বটে যে, কোনও রাজবাড়ি থেকে নিলামে কিনে এনেছে, কিন্তু কথাটা বিশ্বাস করার মতো নয়। ভারী সস্তায় দিচ্ছিল বলে লোকে কিনেও নিচ্ছিল। লোকটা যে পাগল আর গবেট তাতে সন্দেহ নেই। তার কারণ, তিনখানা নাকি সোনার রেকাবি— তা ধরুন পঞ্চাশ ভরি ওজন তো হবেই— মাত্র দেড়শো টাকায়, আর দু’খানা হিরের আংটি মাত্র একশো টাকায় আপনার বাড়ির গিন্নিমা’র কাছেই বেচে গেছে।’’

‘‘বলিস কী?’’

‘‘আজ্ঞে, তাই তো বলছিলাম, যে-লোকদুটো চোরাই জিনিসের সন্ধানে এসেছে তারা যদি গন্ধ পায় তা হলে—’’

বিষ্ণুরাম তার মোটা শরীর নিয়েও তড়াক করে লাফিয়ে উঠে পিস্তলটা খাপ থেকে বের করে বিকট গলায় চেঁচিয়ে উঠল, ‘‘এক্ষুনি লোক দুটোকে ধরে এনে ফাটকে পোরা দরকার, এক্ষুনি! ওরে কে কোথায় আছিস—’’

নবু বিচলিত না হয়ে ঠান্ডা গলায় ভারী বিনয়ের সঙ্গে বলল, ‘‘হুটপাট করার দরকার নেই বড়বাবু। রেকাবি তিনটে আর আংটি দুটো মা ঠাকরোন খুব যত্ন করে লুকিয়ে রেখেছেন, কাকপক্ষীতেও জানে না।’’

উত্তেজিত বিষ্ণুরাম বলল, ‘‘তা হলে তুই জানলি কী করে?’’

নবু একগাল হেসে বলল, ‘‘আজ্ঞে, আমি যে ইনফরমার, না জানলে কি আমার পেট চলবে?’’

বিষ্ণুরাম ধপ করে ফের চেয়ারে বসে পড়ল। বড় বড় শ্বাস ফেলে বলল, ‘‘সোনার রেকাবি? ঠিক জানিস?’’

‘‘গিন্নিমা যে কালোবরণ স্যাকরাকে দিয়ে যাচাই করেছেন।’’

“তার মানে কালোবরণও জানে! না না, এত জানাজানি তো ভাল কথা নয়।”

“আজ্ঞে, সোনা যাচাই করতে হলে স্যাকরা ছাড়া উপায় নেই কিনা।”

উত্তেজিত হয়ে বিষ্ণুরাম বলল, “গিন্নির আক্কেল দেখে বলিহারি যাই! একবার আমাকে বলবে তো! ঘরে অত সোনা, ভালরকম পাহারা বসানো দরকার।”

বিগলিত হয়ে নবু বলে, “আপনার বুদ্ধি-বিবেচনার ওপর আমাদের যেমন অগাধ আস্থা, গিন্নিমা'র বোধহয় ততটা নেই। না থেকে এরকম ভালই হয়েছে। বাড়িতে সেপাইসান্ত্রী বসালে পাঁচজনের সন্দেহ হতে পারে।”

বিষ্ণুরাম ভ্রুকুটিকুটিল চোখে নবর দিকে চেয়ে বলল, “কথাটা পাঁচকান করার দরকার নেই।”

“কোন কথাটা আজ্ঞে?”

“ওই যে, আমার ওপর যে গিন্নির আস্থা নেই। ওসব কথা চাউর হলে লোকে কি আর আমাকে ভক্তিশ্রদ্ধা করবে?”

“কী যে বলেন বড়বাবু, কথাটা তো আমি ভুলেই গেছি।”

“লোকদুটো এখন কোথায়?”

একটা দীর্ঘশ্বাস ফেলে নবু বলল, “তাদের বড় দুঃসাহস বড়বাবু।”

বিষ্ণুরাম চোখ পাকিয়ে বলে, “দুঃসাহস! কেন, আমি কি মরে গেছি নাকি রে!”

মুগ্ধ চোখে দারোগা বিষ্ণুরামের দিকে চেয়ে নবু গদগদ হয়ে বলে, “সেই পোজ, সেই পশ্চার, সেই গলা! আহা, গায়ে কাঁটা দিচ্ছে।”

“কে? কার কথা কইছিস!”

“আজ্ঞে, টিপু সুলতানের কথাই বলছি। গেলবার শীতলা মন্দিরের পাশের মাঠটায় টিপু সুলতান পালা নেমেছিল। জয় হনুমান অপেরা। নটসিংহ মহেন্দ্র বরাট টিপু সুলতানের ভূমিকায়। কী তেজ, কী গলা, কী দাপট। সেই দেখেছিলাম, আর এই আজ দেখছি! কোথায় লাগে মহেন্দ্র বরাট!”

উত্তেজিত হয়ে বিষ্ণুরাম বলে, “তারা এসে পড়লে কি আর সোনাদানা কিছু ঘরে থাকবে রে! সব যে চেঁছেচুঁছে নিয়ে যাবে!”

“কোন আইনে?”

“আইন! আইনের কথা উঠছে কেন?”

নবু বিজ্ঞের মতো একটু হেসে বলল, “দেশে কি আইন নেই বড়বাবু? আইনের মাথায় নৈবেদ্যের ওপর কাঁঠালি কলার মতো আপনিও তো আছেন! তারা এসে হাত পেতে দাঁড়ালেই তো হবে না। রেকাবি আর আংটি যে গিন্নিমার হেফাজতে আছে এটা কারও জানার কথা নয়। আর থাকলেই বা কী? ওটা গিন্নিমার পৈতৃক সম্পত্তি

যে নয় তার প্রমাণ কী? মালটা যে চুরি গিয়েছিল তারই বা সাক্ষী কোথায়? আপনি গ্যাঁট হয়ে বসে থাকুন তো।''

নবু কথা শেষ করার আগেই নরেন্দ্রনারায়ণ ঘরে ঢুকল, পিছনে সেই বিশাল চেহারার লোকটা।

নরেন্দ্রনারায়ণকে দেখেই বিষ্ণুরাম হঠাৎ ফের দাঁড়িয়ে বিকট গলায় চেঁচাতে লাগল, ''কে তোরা! অ্যাঁ! কে তোরা! থানায় ঢুকেছিস যে বড়, সাহস তো কম নয়! অ্যাঁ! কী চাই? কী চাই? কী মতলব? অ্যাঁ?''

বিষ্ণুরামের চেঁচামেচিতে থতমত খেয়ে দাঁড়িয়ে পড়েছিল নরেন্দ্রনারায়ণ। একটু অবাক হয়ে বলল, ''আজ্ঞে, আমরা একটু খোঁজখবর করতে এসেছি।''

বিষ্ণুরাম রিভলভার উঁচিয়ে বিকট গলায় বলে, ''কীসের খোঁজখবর, অ্যাঁ! কীসের খোঁজখবর? সোনার রেকাবি চাই? না কি হিরের আংটি চাই? অ্যাঁ! মামাবাড়ির আবদার! ওসব এখানে নেই, বুঝলে! নেই! এখন বিদেয় হও তো দেখি! নইলে গুলি করে খুলি উড়িয়ে দেব, এই বলে রাখলাম!''

নরেন্দ্রনারায়ণ আর তার সঙ্গী একটু মুখ-তাকাতাকি করে নিল। তারপর নরেন্দ্রনারায়ণ মুচকি একটু হেসে বলল, ''আচ্ছা, আচ্ছা, ঠিক আছে। এখানে নেই তো কী হয়েছে? অন্য কোথাও আছে হয়তো।''

বিষ্ণুরামের চোখ বড় বড় হয়ে গেল। মুখ লালবর্ণ ধারণ করল, সে গর্জন করতে গিয়ে দেখল গলা ফেঁসে ফ্যাসফ্যাসে আওয়াজ বেরোচ্ছে। সে সেই গলাতেই বলল, ''ভেবেছ আমার গিন্নির কাছে আছে? অ্যাঁ! আমার গিন্নির কাছে আছে? খবরদার ওসব ভুলেও মনে এনো না। তা হলে কিন্তু খারাপ হয়ে যাবে। আমার গিন্নি মোটেই তিনটে সোনার রেকাবি দেড়শো টাকা দিয়ে কেনেনি, মোটেই একশো টাকা দিয়ে এক জোড়া হিরের আংটি কেনেনি। কী রে নবু, কিনেছে? বল না হেঁকে।''

নবু হাত কচলে বলল, ''কী যে বলেন! গিন্নিমা কোত্থেকে কিনবেন? উনি তো তখন বাপের বাড়িতে।''

বিষ্ণুরাম রিভলভার আপসাতে আপসাতে বলল, ''শুনলে তো! ওসব জিনিস এখানে নেই। এবার তোমরা বিদেয় হও। ফের কোনওদিন থানার ত্রিসীমানায় দেখলে গুলি চালিয়ে দেব। বুঝলে?''

নরেন্দ্রনারায়ণ ঘাড় কাত করে বলল, ''আজ্ঞে, বুঝেছি। কিন্তু জিনিসগুলো গেল কোথায় বলুন তো দারোগাবাবু! তিন-তিনটে সোনার রেকাবি-র ওজন—''

বিষ্ণুরাম তাচ্ছিল্যের হাসি হেসে বলল, ''পঞ্চাশ ভরি বলবে তো! ওসব চালাকি আমি জানি। হুঁ হুঁ বাবা, ঘুঘু দেখেছ, ফাঁদ দেখোনি। যতই চালাকি করে পেট থেকে

কথা বের করার চেষ্টা করো না কেন, লাভ কিছু হবে না। তোমাদের মতো বদমাশ চরিয়েই আমি খাই। এখন মানে মানে বিদেয় হও।''

নরেন্দ্রনারায়ণ স্মিতহাস্য করে বলল, ''আচ্ছা না হয় পঞ্চাশ ভরিই হল, তাতেই বা কী যায় আসে বলুন!''

বিষ্ণুরাম অগ্নিশর্মা হয়ে বলে, ''সন্দেহ করছ বুঝি! ভেবেছ, কালোবরণ স্যাকরা মিথ্যে কথা বলে গেছে? দারোগার বাড়িতে এসে মিছে কথা কইবে, তার ঘাড়ে ক'টা মাথা? কথার প্যাঁচে ফেলে রেকাবির ওজন জেনে যাবে সেটি হবে না। বুঝলে!''

''আজ্ঞে, বুঝলাম।''

''কী বুঝলে?''

''বুঝলাম যে, আপনার গিন্নি মোটেই পঞ্চাশ ভরির তিনটে সোনার রেকাবি আর দুটো হিরের আংটি মোট আড়াইশো টাকায় কেনেননি। তিনি তখন বাপের বাড়িতে ছিলেন, আর কালোবরণ স্যাকরা মোটেই রেকাবির ওজন কমিয়ে বা বাড়িয়ে বলেনি। ঠিক তো?''

বিষ্ণুরাম রিভলভারটা ফের খাপে ভরে বলল, ''হ্যাঁ। কথাটা মনে থাকে যেন! আমি ভাল থাকলে গঙ্গাজল, রাগলে মুচির কুকুর, বুঝেছ?''

''সে আর বুঝিনি! খুব বুঝেছি। তবে কী জানেন দারোগাবাবু, কেতুগড়ের রাজবাড়ি থেকে জিনিসগুলো যে সরিয়েছে সে সাধারণ চোর নয়। কোনও সিন্দুক বা লোহার আলমারিই তার কাছে কিছু নয়। তাই বলছিলাম, একটু সাবধান থাকবেন।''

''তার মানে?''

''আমাদের কাছে খবর আছে এদিক পানেই এসেছে চোর মশাই। অমন চোর লাখে একটা জন্মায়। আপনাকে একটু সাবধান করতেই আসা। আচ্ছা চলি। নমস্কার।''

লোকদুটো বিদেয় হওয়ার পর বিষ্ণুরাম ধপাস করে চেয়ারে বসে পড়ে ফের রুমালে কপালের ঘাম মুছে বলে, ''জোর বাঁচা গেছে। দেখলি তো নবু, লোকটাকে কেমন বোকা বানিয়ে ছাড়লাম। এসেছিল পেটের কথা টেনে বের করতে। কেমন ঘোলটা খাওয়ালাম বল।''

নবু বড় বড় দাঁত বের করে খুব হেসে-টেসে বিগলিত হয়ে বলল, ''তা আর দেখিনি! চোখের সামনে যেন আলিবাবা নাটক দেখছিলাম। একেবারে চিচিং ফাঁক। রেকাবি, আংটি আর আপনার আক্কেল সব যেন দাঁত কেলিয়ে বেরিয়ে পড়ল।''

বিষ্ণুরাম একগাল হেসে বলে, ''তবেই বল।''

নবু মাথা নেড়ে বলল, ''ওঃ, বুদ্ধিও বটে আপনার। যা কস্মিনকালেও বলার নয়

তাও কেমন গড়গড় করে বলে দিলেন। থলি থেকে যেন ম্যাও বেরল। লোকে কি আর সাধে আপনাকে অকালকুষ্মাণ্ড বলে!"

বিষ্ণুরাম গর্জন করে উঠে বলে, "কার এত সাহস! কার এত বুকের পাটা?"

ভারী বিনয়ের সঙ্গে নবু বলল, "আদর করেই বলে, ভালবেসেই বলে। কুমড়ো কি আর খারাপ জিনিস বড়বাবু? ঘ্যাঁট বলুন, চচ্চড়ি বলুন, ছোলা দিয়ে ছক্কা বলুন, পোড়ের ভাজা বলুন—কোনটা কুমড়ো ছাড়া চলে? এক ফোঁটা সর্ষের তেল আর কাঁচা লঙ্কা দিয়ে কুমড়ো সেদ্ধ খেয়ে দেখুন, অমৃত। ঘরে ঘরে কুমড়োর আদর।"

বিষ্ণুরাম স্তিমিত হয়ে বলল, "সত্যি বলছিস যে, আদর করে বলে।"

"আদর মানে! তারা তো আদরের চাদরে মুড়ে রেখেছে আপনাকে। আদর করে তারা যে আপনাকে গোবরগণেশ, সাক্ষীগোপাল, অকালষেঁড়েও বলে সে তো আর এমনি এমনি নয়। গুণের কদর করে বলেই বলে।"

"তুই কি বলতে চাস ওগুলোও ভাল ভাল কথা?"

"তা নয় তো কী! গোবর অতি পবিত্র জিনিস, সকাল বিকেল গোবরছড়া না দিলে ঘরদোর শুদ্ধ হয় না। না হয় বাড়ির গিন্নিমাকে জিজ্ঞেস করে দেখবেন। আর গণেশবাবার কথা কী আর বলব, সিদ্ধিদাতা স্বয়ং। তারপর ধরুন সাক্ষীগোপাল। কত বড় জাগ্রত দেবতা বলুন, এক জায়গায় বসে বসে গোটা দুনিয়ার লাগাম কষছেন। আর অকালষেঁড়ে? তাও ধরতে গেলে একটা ভাল কথাই। মানেটা আমার জানা নেই বটে, কিন্তু লোকে যখন আদর করে বলছে তখন খারাপ কিছু হবে না।"

"তুই যখন বলছিস তখন না হয় মেনে নিচ্ছি। কিন্তু কথাগুলোকে আমার ঠিক পছন্দ হচ্ছে না।"

গত সাত দিন ধরে বাঁশিটা নিয়ে ধস্তাধস্তি করছে বটেশ্বর। কিন্তু ব্যাদড়া বাঁশি আজ অবধি একটা পোঁ শব্দ অবধি ছাড়েনি। বটেশ্বর যতবার ফুঁ দেয় ততবারই খানিক বাতাস দীর্ঘশ্বাসের শব্দ তুলে বেরিয়ে যায়। ভাগ্যিস রাতের দিকটায় দিঘির পাড়ে লোকজন থাকে না, তাই রক্ষে। নইলে তাকে নিয়ে হাসাহাসি হত।

আজও বাঁশি নিয়ে এসে ঘাটের পৈঠায় অন্ধকারে বসে আছে বটেশ্বর। চারদিকে অন্ধকার, তার মনে অন্ধকার, বাঁশিতে অন্ধকার। থোকা থোকা জোনাকি পোকা যেন অন্ধকারকে আরও নিরেট করে তুলেছে। ঘণ্টাখানেক বাঁশিতে আওয়াজ তোলার চেষ্টা করে এখন দমসম হয়ে পড়েছে সে।

পরশুদিন সে বাঁশি নিয়ে দুপুরবেলায় গোবিন্দপুরে ইরফান গাজির কাছে চুপি-চুপি গিয়ে হাজির হয়েছিল। এই তল্লাটে ইরফানের মতো ওস্তাদ বাঁশুরিয়া আর নেই।

তবে বুড়ো ভয়ংকর খিটখিটে আর বদমেজাজি। কেউ নাড়া বাঁধতে গেলে হাতের কাছে বদনা,গাড়ু, লাঠি যা পায় তাই নিয়ে তাড়া করে আর চেঁচায়, ''বেরো! বেরো সুমুখ থেকে! দূর হয়ে যা বেসুরোর দল! পেটে সুরের স নেই, আম্বা আছে!'' ভয়ের চোটে সাহস করে কেউ তার কাছে বড় একটা ঘেঁষে না। তবু প্রাণ হাতে করে বটেশ্বর গিয়েছিল। এই বাঁশিটা তাকে এমন হিপনোটাইজ করেছে যে, এখন সে সব কষ্ট স্বীকার করতে রাজি।

ইরফান গাজির চাকর বদরুদ্দিন আসলে চাকর নয়। সে বড়লোকের ছেলে। ইরফানের কাছে বাঁশি শিখবে বলে চাকর সেজে কাজে ঢুকেছে। ভোরবেলা যখন ইরফান রেওয়াজ করে তখন সে আড়াল থেকে যা পারে শিখে নেয়।

বদরুদ্দিনের কাছেই বটেশ্বর শুনেছে, ইরফানের মিষ্টি খাওয়া বারণ। ডাক্তার বলেছে, ইরফানের পক্ষে মিষ্টি বিষতুল্য। কিন্তু ওই মিষ্টিতেই ইরফান কাত। রসগোল্লা দেখলে তার কাণ্ডজ্ঞান থাকে না। বাড়ির লোকের সঙ্গে তার এই নিয়ে রোজ কাজিয়া হয়। অবশেষে বড় নাতনির শাসনে এখন ইরফান মিষ্টি খাওয়া ছেড়েছে। তবে নাতনির চোখের আড়ালে-আবডালে লুকিয়ে-ছাপিয়ে এক-আধটা খেয়ে ফেলে। বদরুদ্দিন বটেশ্বরকে বলল, ''তুই দুপুরের দিকে যাস, ওই সময়ে মেহেরুন্নেসা স্কুলে থাকে।''

ময়নাগড়ের বিখ্যাত ময়রা রামগোপাল ঘোষের এক হাঁড়ি রসগোল্লা নিয়ে গিয়েছিল বটেশ্বর। বাঁশিটা পিছনে মালকোঁচার সঙ্গে গুঁজে নিয়েছিল। গিয়ে বাইরে থেকে ''গাজিসাহেব! গাজিসাহেব!'' বলে ডাকাডাকি করতেই ইরফান বেরিয়ে এল। সাদা দাড়িতে মেহেন্দির রং, পরনে সাদা লুঙ্গি, গায়ে গেঞ্জি। চেহারাটা রোগা হলেও পোক্ত, চোখে শ্যেনদৃষ্টি। হেঁড়ে গলায় বলল, ''কী চাই?''

''আজ্ঞে, এই একটু রসগোল্লা এনেছিলুম।''

ইরফানের রোখা ভাবটা একটু নরম হল, তবু তেজের গলায় বলল, ''কে তুই? কী মতলব?''

''আজ্ঞে, আপনি গুণী মানুষ, তাই—''

''আমার গুণের তুই কী বুঝিস?''

তটস্থ বটেশ্বর বলে, ''আমরা মুখ্যু মানুষ, কী বুঝব! লোকে বলে, তাই শুনেই জানি।''

''আমার যে রসগোল্লা খাওয়া বারণ তা জানিস না?''

একগাল হেসে বটেশ্বর বলল, ''রসগোল্লা খাওয়া বারণ হবে কেন? আপনার তো মিষ্টি খাওয়া বারণ! তাই তো আমি রামগোপাল ঘোষের বিখ্যাত নোনতা রসগোল্লা

অর্ডার দিয়ে বানিয়ে এনেছি। এতে মিষ্টির ম-টাও পাবেন না।''

ইরফান ঘোড়েল লোক। ব্যাপারটা বুঝে নিয়ে গলা তুলে বাড়ির লোক যাতে শুনতে পায় এমনভাবে বলল, ''ও তাই বল। রামগোপালের সেই বিখ্যাত নমকিন রসগোল্লা তো! তা নিয়ে আয় তো, দেখি কেমন বানায়। খুব নাম শুনেছি বটে, এখনও চেখে দেখা হয়নি।''

চালাকিটা অবশ্য খাটল না। বাড়ির লোকেরা নোনতা রসগোল্লায় তেমন বিশ্বাসী নয়। তাই রসগোল্লার হাঁড়ি কেড়ে নিয়ে গেল। ততক্ষণে অবশ্য ইরফান গোটাতিনেক টপাটপ মেরে দিয়ে বলছিল, ''বাঃ বাঃ, নুন দিয়ে জারিয়েছে তো ভাল!''

রসগোল্লা নিয়ে বাড়িতে যে চেঁচামিচিটা হল সেটা একটু স্তিমিত হতেই বাঁশিটা বের করে ইরফানকে দেখাল বটেশ্বর, ''ওস্তাদ, এ বাঁশিটায় শব্দ বের হয় না কেন বলবেন? বাঁশিটা কি খারাপ?''

ইরফান ঘুরিয়ে ফিরিয়ে অনেকক্ষণ ধরে বাঁশিটা দেখে বলল, ''এটা কোথায় পেয়েছিস?''

''আজ্ঞে, একটা লোক একশো টাকায় বেচে দিয়ে গেছে।''

ভ্রু কুঁচকে ইরফান বলল, ''মোটে একশো? এর দাম তো লাখ টাকারও বেশি।''

''বলেন কী!''

ইরফান একটা দীর্ঘশ্বাস ছেড়ে বাঁশিটা তাকে ফিরিয়ে দিয়ে বলল, ''একে রসাভাস, দুইয়ে নিদ্রাপাশ, তিনে সর্বনাশ।''

''তার মানে?''

''যদি ভাল চাস তো ও বাঁশি কখনও বাজাসনে। ও হল মোহন রায়ের বাঁশি। কেতুগড় রাজবাড়ির জিনিস।''

''আপনি কি মোহন রায়কে চিনতেন?''

''তুই কি বুরবক? মোহন রায়ের এন্তেকাল হয়েছে একশো বছরেরও আগে।''

''এ বাঁশিতে তাহলে রহস্যটা কী?''

''তা আমি জানি না। এখন বিদেয় হ। আর মনে রাখিস ও বাঁশি বাজাতে নেই। যার কর্ম তারে সাজে, অন্যের হাতে লাঠি বাজে। যা, যা, বাঁশিটা বাঁশির জায়গামতো রেখে আয়।''

''আজ্ঞে ওস্তাদ, আপনি যদি একবার বাঁশিটা একটু বাজিয়ে শোনাতেন তা হলে ধন্য হতাম। শুনেছি বাঁশিটায় নাকি ভর হয়।''

ইরফান হাতের কাছে আর কিছু না পেয়ে একটা সুপুরি কাটার ভারী জাঁতি নিয়ে তাকে তাড়া করেছিল।

গাজিসাহেবের কথার মাথামুন্ডু কিছুই বুঝতে পারেনি বটেশ্বর। শুধু এটুকু বুঝেছে যে, বাঁশিটা এলেবেলে বাঁশি নয়। কিন্তু লাখ টাকা দামের এই বাঁশির মহিমা কী, সেটাও বোঝা দরকার। বটেশ্বর ভারী বিভ্রান্ত বোধ করছে। আর ওই তিনটে কথারই বা মানে কী? একে রসাভাস, দুইয়ে নিদ্রাপাশ, তিনে সর্বনাশ!

অন্ধকারে কাছেপিঠে কোথাও একটা মৃদু গলা খাঁকারির শব্দ হল। সচকিত হয়ে বটেশ্বর বাঁশিটা তার জামার তলায় লুকিয়ে ফেলল। এ সময়ে এদিকপানে কারও আসার কথা নয়। তাই একটু উৎকর্ণ হল বটেশ্বর। অন্ধকারটা তার চোখ-সওয়া হয়ে গেছে। আবছামতো সবই দেখতে পাচ্ছে সে। ঝোপঝাড়ের আড়ালে কেউ ঘাপটি মেরে নজর রাখছে না তো!

বটেশ্বর টপ করে উঠে পড়ল। গাজিসাহেব বলেছিল বাঁশিটার দাম লাখ টাকা। হতেও পারে বা। সে চারদিকে নজর রাখতে রাখতে ঘাট ছেড়ে নির্জন পথ ধরে গাঁয়ের দিকে রওনা হল।

কিন্তু কয়েক কদম যেতে না যেতেই তার মনে হল কে বা কারা তার পিছু নিয়েছে। মনটায় বড় অস্বস্তি হচ্ছে তার। জায়গাটায় এত গাছগাছালি আর ঝোপঝাড় যে, কেউ লুকিয়ে পিছু নিলেও নজরে পড়া কঠিন। বটেশ্বর ঊর্ধ্বশ্বাসে হাঁটতে লাগল।

কিন্তু বেশিদূর যেতে পারল না। আচমকাই একটা মস্ত লম্বা আর পেল্লায় চেহারার লোক অন্ধকার ফুঁড়ে বেরিয়ে এসে তার পথ আটকে দাঁড়াল।

বটেশ্বর চেঁচাবে বলে সবে হাঁ করেছিল, কিন্তু গলায় স্বর ফোটার আগেই গদাম করে মুগুরের মতো একটা ঘুসি এসে তার মুখে পড়ল, আর সে চোখে অন্ধকার আর আলোর ফুলকি দেখতে দেখতে অজ্ঞান হয়ে পড়ে গেল মাটিতে।

পিছন থেকে লম্বাপানা ধুতি পাঞ্জাবি পরা আরও একটা লোক এগিয়ে এসে বটেশ্বরের মুখে জোরালো একটা টর্চের আলো ফেলে বিশাল চেহারার লোকটাকে জিজ্ঞেস করল, ‘‘তোকে দেখেছে?’’

‘‘দেখেছে।’’

‘‘তবে সাক্ষী রাখার দরকার নেই। গলার নলিটা কেটে দে।’’

লোকটা নিচু হয়ে বটেশ্বরের শিথিল হাত থেকে গড়িয়ে পড়া বাঁশিটা তুলে নিয়ে রোগা লোকটার হাতে দিল। তারপর কোমর থেকে একটা ঝকঝকে ল্যাজা বের করে বটেশ্বরের গলা লক্ষ করে তুলল।

এখন হয়েছে কী, বটেশ্বরকে বিদেয় করার পর থেকে ইরফান গাজির মনটা খুঁতখুঁত করছিল। একটা আনাড়ির হাতে বাঁশিটা ছেড়ে দেওয়া কি উচিত কাজ হল। যদিও

ওই বাঁশি বাজানো প্রায় অসম্ভব ব্যাপার তবু কিছু বলাও যায় না। মোহন রায়ের ওই মোহন বাঁশি যে কার ফুঁয়ে বেজে উঠবে তা কে জানে!

খেয়ে-দেয়ে দুপুরে খাটিয়ার বিছানায় একটু গড়িয়ে নিচ্ছিল ইরফান। কিন্তু কী যেন বড্ড কুটকুট করে কামড়াচ্ছে। কিছুক্ষণ ঘুমনোর চেষ্টা করে বিরক্ত হয়ে উঠে বসে ইরফান রাগারাগি করতে লাগল, ''আমার বিছানায় যে ছারপোকা হয়েছে এটা কি কারও জানা নেই নাকি!''

তার বউ এসে বলল, ''তোমার বিছানায় ছারপোকা! অবাক করলে যে! ওই বিছানা আমি নিজে রোজ রোদে দিই, ঝাড়ি।''

''তবে কামড়াচ্ছে কেন?''

ইরফানের বউ বিছানাটা তন্ন তন্ন করে উলটে পালটে দেখে বলে, ''কোথায় ছারপোকা! পিঁপড়েও তো নেই। এ তোমার মনের বাতিক।''

ইরফান বোকা বনে অনেকক্ষণ গুম হয়ে বসে থাকার পর হঠাৎ বুঝতে পারল, তাকে যা কামড়াচ্ছে তা ছারপোকা বা পিঁপড়ে নয়। কামড়াচ্ছে তার বিবেক। আনাড়ির হাতে বিপজ্জনক বাঁশিটা ছেড়ে দেওয়া অবিবেচকের কাজ হয়েছে।

সুতরাং ইরফান উঠে পায়জামা কুর্তা পরে হাতে একটা খেঁটে লাঠি নিয়ে বেরিয়ে পড়ল। ময়নাগড় তাকে আরও একটা কারণে আকর্ষণ করছিল। বটেশ্বর যে অমৃত খাইয়ে গেছে সেই রামগোপালের রসগোল্লা আরও গোটাকতক খেতে না পারলে মনটা ঠান্ডা হচ্ছে না।

ময়নাগড়ে পৌঁছে সে সোজা রামগোপাল ঘোষের দোকানে হাজির হয়ে হাঁক মারল, ''কই হে রামগোপাল, দাও তো গোটাচারেক গরম গরম রসগোল্লা।''

রামগোপাল ইরফানকে দেখে সসম্ভ্রমে উঠে দাঁড়িয়ে হাতজোড় করে বলল, ''মাপ করবেন গাজি সাহেব, ওটি পারব না। আপনার মিষ্টি খাওয়া বারণ আমি জানি, রসগোল্লা আপনার পক্ষে বিষতুল্য।''

ইরফান মিটমিট করে রামগোপালের দিকে খানিক চেয়ে থেকে একটু হেসে গলা নামিয়ে বলল, ''আহা, না হয় রসটা নিংড়েই দাও না।''

''না গাজিসাহেব, তা হলে আমাকে নরকে যেতে হবে।''

ইরফান হুংকার দিয়ে বলল, ''আর ক্ষুধার্তকে খাদ্য না দিলে বুঝি পাপ হয় না? তখন দোজখে যেতে হবে না?''

''খাবেন না কেন, অবশ্যই খাবেন। ভাল নিমকি আছে, ঘুঘনি আছে, কচুরি আছে।''

''দূর, দূর! ওসব তো ইবলিশের খাদ্য। ভদ্রলোকের খাদ্য হল মেঠাই।''

"তা হলে গরম চপ আর মুড়ি!"

"না হে, উঠি। একটা মর্কটকে খুঁজে বের করতে হবে। তাড়া আছে।"

কিন্তু তাড়া থাকলেও তাড়াতাড়ি করার উপায় ছিল না। পথে তাকে দেখে সবাই সসম্ভ্রমে নমস্কার জানায়, দু'-চারটে কথাও কয়। এই করতে করতে দেরি হয়ে অন্ধকার নেমে পড়ল। বটেশ্বরের বাড়িতে গিয়ে হাজির হলে তার বউ বলল, "দেখুন তো গাজিসাহেব, লোকটার যে কী হয়েছে, সর্বদাই অন্যমনস্ক থাকে। সন্ধের পর কোথায় যে যায় কে জানে। সেদিন আমাদের গয়লা রামবচন বলল, দিঘির পাড়ে খোঁটা-ওপড়ানো গোরু খুঁজতে গিয়ে নাকি ওকে দেখেছে একটা লাঠি হাতে নিয়ে বসে আছে।"

"দিঘি! সে তো গাঁয়ের বাইরে।"

"হ্যাঁ, সাপ-খোপ আছে, সন্ধের পর অন্য ভয়ও আছে, কিন্তু কথা মোটে কানে তোলে না।"

চিন্তিত ইরফান তাড়াতাড়ি হাঁটা দিল। লক্ষণ ভাল ঠেকছে না। ছোকরা বাঁশিটা বাজানোর তাল করছে।

তাড়াতাড়ি করেও দেরি হয়ে গেল ইরফানের। আরও একটু দেরি হলে অবশ্য আর বটেশ্বরকে পাওয়া যেত না।

অন্ধকার দিঘির ধারে দূর থেকে একটা হুটপাট এবং তারপর টর্চের আলো দেখে ইরফানের হঠাৎ মনে হল, একটা বিপদ ঘটছে। কেন মনে হল কে জানে। হঠাৎ খেঁটে লাঠিটা বাগিয়ে সে ছুটপায়ে গিয়ে আবছা অন্ধকারেও ল্যাজার ঝিলিকটা দেখতে পেল। বাঘের মতো লাফিয়ে চিন্তা ভাবনা না করেই সে খেঁটে লাঠিটা লোকটার কোমরে সপাটে বসিয়ে দিল।

লোকটা 'বাপ রে' বলে লাফিয়ে উঠতেই আরও এক ঘা। ল্যাজাটা ছিটকে পড়ল হাত থেকে। লোকটা চোখের পলকে হাওয়া হয়ে গেল। সঙ্গে আরও একটা লোকও দৌড়ে জঙ্গলে গিয়ে ঢুকল।

ইরফান বটেশ্বরের পাশে হাঁটু গেড়ে বসে আপনমনেই বিড়বিড় করে বলতে লাগল, "আহাম্মক কোথাকার, বাঁশির জন্য প্রাণটাই যে যাচ্ছিল তোর!"

দিঘি থেকে এক আঁজলা জল তুলে এনে মুখে ঝটকা দিতেই উঠে বসল বটেশ্বর। তারপর ডুকরে উঠে বলল, "গাজিসাহেব, বাঁশিটা যে নিয়ে গেল।"

"তোকে বলেছিলুম কি না, জায়গার জিনিস জায়গায় রেখে আয়!"

"কিন্তু এখন কী হবে?"

"সর্বনাশ করে বসে আছিস। শয়তানদের হাতে পড়লে এ জায়গা শ্মশান করে

ছেড়ে দেবে। এখন ওঠ বাপু, ঘরে যা, প্রাণে যে বেঁচে আছিস সেই ঢের। আমারও কাজ বাড়ালি।''

''আপনি বুড়ো মানুষ, কী করবেন?''

ইরফান খিঁচিয়ে উঠে বলে, ''বুড়ো মানুষের লাঠির জোর ছিল বলেই তো বেঁচে গেলি।''

কাপড়ের খুঁটে নাকটা চেপে ধরে বটেশ্বর বলল, ''তা ঠিক। তবে কিনা বার বার কি ওরকম হবে? তার চেয়ে গাঁয়ের লোকদের জানাই চলুন।''

''অতি সন্নিসিতে যে গাজন নষ্ট।''

''না গাজিসাহেব, আপনি একলা অত সাহস করবেন না। যে লোকটা আমাকে মেরেছে তার বিশাল চেহারা, গায়ে পেল্লায় জোর।''

ইরফান একটা দীর্ঘশ্বাস ফেলে বলল, ''তাই করি চল। গাঁয়ের লোকদেরই জানাই।''

ঘণ্টাখানেক বাদে হাটখোলার মাঠে মেলা লোক জড়ো হয়েছে। দশ-বারোটা হ্যাজাক জ্বলছে। মাইকে দাঁড়িয়ে সত্যগোপাল কম্বুকণ্ঠে ভাষণ দিচ্ছিল, ''ভাইসব, ময়নাগড় আর সেই ময়নাগড় নেই। এই ময়নাগড়কে নিয়েই কবি গান বেঁধেছিলেন, এমন দেশটি কোথাও খুঁজে পাবে না কো তুমি, সকল দেশের রানি সে যে আমার জন্মভূমি। এখানে গাছে গাছে মলয় পবনের মর্মরধ্বনি, নদীর কুলু কুলু তান, কোকিলের কুহু কুহু গান শোনা যেত। খেতে ধান, গোয়ালে গোরু, মুখে হাসি, এই ছিল ময়নাগড়ের চিরপরিচিত দৃশ্য। আজ সেই সোনার ময়নাগড় সমাজবিরোধীদের দৌরাত্ম্যে ছারখার হয়ে যাচ্ছে।'' ইত্যাদি ইত্যাদি।

বিষ্ণুরাম দারোগা উঠে বজ্রকণ্ঠে বলল, ''এই যে আজ সমাজবিরোধীর ঘুসিতে বটেশ্বরের নাক কেটে রক্ত পড়েছে, বীরের এই রক্তস্রোত, মাতার এই অশ্রুধারা, এর যত মূল্য সে কি ধরার ধুলায় হবে হারা? আমার ভাইয়ের রক্তে রাঙানো একুশে ফেব্রুয়ারি, আমি কি ভুলিতে পারি? ভুলি নাই, ভুলি নাই, ভুলি নাই প্রিয়া। প্রার্থনা করো যারা কেড়ে খায় তেত্রিশ কোটির মুখের গ্রাস, লেখা হয় যেন আমার রক্তলেখায় তাদের সর্বনাশ। ভাইসব, অন্যায় যে করে আর অন্যায় যে সহে, তব ঘৃণা যেন তারে তৃণসম দহে। যাহারা তোমার বিষাইছে বায়ু, নিভাইছে তব আলো, তুমি কি তাদের ক্ষমা করিয়াছ, তুমি কি বেসেছ ভাল? বলুন আপনারা, এই দেশের জন্যই কি শহিদ ক্ষুদিরাম, শহিদ ভগৎ সিং, শহিদ গোষ্ঠ পাল প্রাণ দিয়ে গেছেন?''

কানের ব্যথা নিয়ে সভায় এসেছিল কালীপদ। খানিক বাদে নড়েচড়ে বসে পাশে-বসা হাঁদু মল্লিককে বলল, ''বুঝলে হাঁদুদা, কানের কটকটানিটা সেরে গিয়ে এখন

বেশ ঝরঝরে লাগছে। বিষ্ণুরাম দারোগা কেমন সত্যগোপালকে টেক্কা মেরে বেরিয়ে গেল দেখলে?''

হাঁদু মুখ শুকনো করে বলে, ''সে না হয় হল। কিন্তু গঞ্জে সমাজবিরোধীরা আনাগোনা করছে, এ তো ভাল কথা নয় রে ভাই। দুটো পয়সা নাড়াচাড়া করতে হয়, পয়সা ছাড়া গরিবের আর আছেটাই-বা কী বলো! তাতেও তো দেখছি শনি এসে ঢুকল। এরকম হলে কাজ-কারবার তুলে দিয়ে যে আমাকে কাশীবাসী হতে হবে।''

পিছন থেকে রাখাল বলল, ''আহা, কাশীটাই বা কী এমন সুখের জায়গা বলো? এই তো হরেন ব্রহ্ম কাশীতে তীর্থ করতে গিয়ে বাটপাড়ের হাতে সর্বস্ব খুইয়ে এসেছে। তবু যদি যেতে হয় একবস্ত্রে যেয়ো। তোমার কারবার আমিই দেখেশুনে রাখব 'খন।''

বিশু একটা তাচ্ছিল্যের মুখভঙ্গি করে বলল, ''ছোঃ, যে ছত্রিশের কত নামে আর কত হাতে থাকে তাই জানে না, সে আবার কারবারি!''

আর একটু হলেই হাঁদুর সঙ্গে বিশুর হাতাহাতি লেগে যাচ্ছিল, এমন সময় হেডস্যার পান্নালালবাবু উঠে দাঁড়িয়ে বেঁটে তলোয়ারের মতো ঝকঝকে ল্যাজাটা তুলে ধরে জনসাধারণকে দেখিয়ে বললেন, ''ভাইসব, এই সেই ল্যাজা। এই ল্যাজা দিয়েই দুষ্কৃতী বটেশ্বরের মুড়ো কাটতে চেয়েছিল। ল্যাজা দিয়ে মুড়ো কাটার এই অপচেষ্টা গাজিসাহেবের বীরত্বে ব্যর্থ হয়েছে বটে, কিন্তু লক্ষণ দেখে মনে হচ্ছে, এই অপচেষ্টা আবার হবে। ল্যাজা দিয়ে মুড়ো কাটার এই অপসংস্কৃতি ময়নাগড় থেকে দূর করতেই হবে, নইলে আমাদের শান্তি নেই। বন্ধুগণ, আজ হাজার কণ্ঠে আপনারা আওয়াজ তুলুন, ল্যাজা দিয়ে মুড়ো কাটা চলবে না, চলবে না ...''

সঙ্গে সঙ্গে জনতা গর্জন করে উঠল, ''চলবে না, চলবে না।''

এর পর উঠল ইরফান গাজি। সে বলল, ''ভাইসব, আমি কথা-টথা বিশেষ কইতে পারি না। বক্তৃতা দিতে জানি না। শুধু বলি, সামনে ঘোর বিপদ। সব কথা প্রকাশ্যে ভেঙে বলা যাবে না। শুধু বলি, মোহন রায়ের বাঁশি যদি বদমাশদের হাতে পড়ে থাকে তা হলে এটা ভূতপ্রেতের রাজ্য হয়ে যাবে। তাই এখনই বদমাশ দুটোকে ধরতে হবে। নইলে রক্ষে নেই।''

ভিড়ের পিছনে, একটু দূরে, অন্ধকারে দুই মূর্তি পাশাপাশি বসা।

পরাণ মৃদু স্বরে বলল, ''ওস্তাদজি, গাজিসাহেব যা বলল তা কি সত্যি?''

শ্রীনিবাস মাথা নেড়ে বলে, ''সেরকমই তো জানি। তবে সত্যি-মিথ্যে যাচাই তো হয়নি। কেতুগড় রাজবাড়ির মহাফেজখানার পুঁথিপত্রে সেরকমই লেখা আছে।''

''মোহন রায়টা কে বলুন তো?''

''দেড়শো বছর আগে রাজা শশাঙ্কনারায়ণের সভায় বাঁশি বাজাত, গুণী মানুষ।''

''আর একটু ভেঙে বললে হয় না ওস্তাদ?''

''সব কথা একবারে শুনলে তোর মাথায় জট পাকিয়ে যাবে। অল্প অল্প করে শোনাই তো ভাল। তোর মাথায় যে গোবর সেটা কি ভুলে গেলি?''

''আপনার কাছে ক'দিন তালিম নিয়ে মাথাটা একটু খোলসা হয়েছে কিন্তু।''

''বটে! কীরকম?''

''এই ধরুন আমার কেমন যেন মনে হচ্ছে, বাঁশিটার মধ্যে মন্ত্র-তন্ত্রের একটা ব্যাপার আছে। বাঁশিটা বাজলে হয়তো ঘূর্ণিঝড় উঠবে বা নদীতে বান আসবে বা ভূমিকম্প গোছের কিছু হবে।''

''বাপ রে! তোর তো দেখছি গুরুমারা বিদ্যে!''

''ঠিক বলিনি?''

''অনেকটাই বলেছিস বাপু। আর বলতে কী, কিছু খারাপও বলিসনি।''

''তবেই বুঝুন, আমার মাথায় সবটুকুই গোবর নয়। আগে আমি নিজের মাথা থেকে একটা গোবর-গোবর গন্ধও পেতুম। আজকাল কিন্তু পাচ্ছি না।''

''বোধহয় গোবরের রস মরে ঘুঁটে হয়েছে। তবু বলি আন্দাজ করেছিস মন্দ নয়।''

''এবার তা হলে ভেঙে বলুন।''

''ভেঙে বলিই বা কী করে? মোহন রায় তো খোলসা করে সব লিখে যায়নি। সাঁটে লিখে গেছে। একে রসাভাস, দুইয়ে নিদ্রাপাশ, তিনে সর্বনাশ।''

''এ যে আরও গুবলেট হয়ে গেল ওস্তাদ। বুদ্ধিটা সবে ঘুম ভেঙে হাই তুলছে। এখনও আড় ভাঙেনি। এখনই কি আর অত শক্ত শক্ত অঙ্ক পারব?''

''অঙ্ক তো আমার নয় রে, মোহন রায়ের। তবে বাঁশিটার নীচের দিকে তিনটে ছ্যাঁদা আছে। তিনটেই ছিপি দিয়ে আঁট করে বন্ধ। প্রথম ছিপিটা খুলে দিলে বাঁশির সুরে চারদিকে আনন্দের লহরী বইবে। লোকে সেই সুরে মাতাল হয়ে বুঁদ হয়ে থাকবে। যদি প্রথম ছ্যাঁদা বন্ধ রেখে দু'নম্বর ছ্যাঁদার ছিপি খোলা যায় তা হলে ওই নিদ্রাপাশ। মানে যতদূর বাঁশির শব্দ যাবে ততদূর মানুষজন পশুপাখি সব ঢলাঢল ঘুমিয়ে পড়বে। পাশ মানে জানিস?''

''আজ্ঞে, কথাটা শোনা শোনা ঠেকছে। এই যেমন আপনি আমার পাশে, সেই পাশ কি?''

''আরও একটু গভীর। পাশ মানে বন্ধন। নিদ্রাপাশ মানে ঘুমের বন্ধন। খুব আঁট করে ঘুমের দড়িতে সবাই বাঁধা পড়বে। বুঝলি?''

"এ তো বড় ভাল জিনিস ওস্তাদ। সবাইকে যদি ঘুম পাড়িয়ে ফেলা যায় তা হলে তো আমাদের একেবারে খোলা মাঠ। চেঁছেপুঁছে আনা যাবে। এক রাতেই রাজা।"

"অত লাফাসনি। যারা বাঁশি কেড়ে নিয়ে গেছে তারাও ওই মতলবেই নিয়েছে।"

"আর তিন নম্বর ছ্যাঁদা?"

"সেটা ওই তুই যা বললি। ঘূর্ণিঝড় বা বান বা ভূমিকম্প। সাঁটেও তাই বলা আছে। তিনে সর্বনাশ। তাই যার-তার হাতে ও জিনিস গেলে বড় বিপদের কথা।"

"তা হলে আমরা আর দেরি করছি কেন ওস্তাদ?"

"তুই এক্ষুনি তেড়েফুঁড়ে উঠে একটা কিছু করতে চাস বুঝতে পারছি। কিন্তু মনে রাখিস সবুরে মেওয়া ফলে। বাঁশিচোর কি তোর হাতে ধরা দেবে বলে দু'হাত বাড়িয়ে বসে আছে? তার ওপর ভেবে দেখ, সেই গুন্ডাটা যদি চড়াও হয় তা হলে এই ল্যাকপ্যাকে শরীর নিয়ে লড়াই দিতে পারবি কি না।"

উঠতে গিয়েও ফের বসে পড়ল পরাণ। বলল, "যতই যা-ই করতে যাই আপনি কেন যে তাতে জল ঢেলে দেন কে জানে।"

"হুটপাট করে কাজ পণ্ড করার চেয়ে মাথা ঠান্ডা করে চিন্তা করা ভাল। কাজের পিছনে চিন্তা হল ছেলের পিছনে মা।"

একগাল হেসে পরাণ বলল, "এবার বুঝেছি। যেমন ডালের পিছনে শুকতো, দুইয়ের পিছনে এক, হাতের পিছনে বগল, রামের পিছনে রামায়ণ, মুরগির পিছনে ডিম, সওদার পিছনে পয়সা, কাশীর পিছনে গয়া, দইয়ের পিছনে দুধ, ঢেঁকুরের পিছনে ভোজ....।"

"ওরে ক্ষ্যামা দে। যথেষ্ট হয়েছে। জলের মতো বুঝেছিস।"

"বলছিলুম না আপনাকে, মাথা থেকে গোবরের গন্ধটা গায়েব হয়েছে!"

"তা তো হয়েছে, এখন বল তো, পিছনে ওই কাঁঠালতলায় ঘাপটি মেরে অনেকক্ষণ ধরে চুপ করে বসে আছে, ওই লোকটা কে!"

পরাণ ঘাড় ঘুরিয়ে দেখে নিয়ে বলল, "কোথায় কে? জোনাকি পোকা ছাড়া আর তো কিছু দেখা যাচ্ছে না ওস্তাদ!"

"তুই কি বলতে চাস, আমি ভুল দেখছি? বারবারই আমার চোখ চলে যাচ্ছে ওইদিকে। ওই দেখ না, একটা সাদাটে জোব্বামতো পরা... ওই যে এইমাত্র উঠে দাঁড়াল, দেখেছিস?"

পরাণ ফের ঘাড় ঘুরিয়ে ভাল করে দেখে বলল, "আমি তো কিছু দেখতে পাচ্ছি না ওস্তাদ!"

শ্রীনিবাস একটা দীর্ঘশ্বাস ফেলে বলল, ‘‘চলে গেল!’’

পরাণ চিন্তিত হয়ে বলল, ‘‘ওস্তাদ, চোখে ছানি-টানি পড়েনি তো! ছানি হয়ে থাকলে তো খুবই দুশ্চিন্তার কথা। কাজ-কারবার হবে কী করে?’’

শ্রীনিবাস গম্ভীর মুখে বলে, ‘‘ছানি নয় রে, দূরদৃষ্টি, যা দেখেছি ঠিকই দেখেছি। ও জিনিস তোর দেখার নয়। দেখতে যে পাসনি তাতে ভালই হয়েছে।’’

শশব্যস্তে পরাণ বলল, ‘‘জিনিসটা কী ওস্তাদ? সেই জিনিস নাকি, সন্ধের পর যার নাম করতে নেই? রাম রাম রাম রাম...’’

‘‘কিছু একটা হবে। এখন বাড়ি চল তো। বউমাকে আজ লাউ-পোস্ত রাঁধতে বলে এসেছি। বুড়ো বয়সে আমার একটু নোলা হয়েছে। ভিতরটা কেবল খাই খাই করে।’’

‘‘আজ্ঞে, সে আমারও করে।’’

‘‘কিন্তু তা বলে ঠেসে খাস নে। আজ রাতে একটু কাজে বেরোতে হবে। কাজের সবচেয়ে বড় শত্রু হল খাওয়া। বুঝেছিস?’’

‘‘তা আর বুঝিনি! চোরের শত্রু পুলিশ, ওলের শত্রু তেঁতুল, জোঁকের শত্রু নুন, ধারের শত্রু সুদ, কালীর শত্রু কেষ্টঠাকুর, বরের শত্রু বউ, খিদের শত্রু ভাত....।’’

‘‘বুঝেছি, বুঝেছি! এখন পা চালিয়ে চল তো।’’

‘‘যে আজ্ঞে।’’

চার

সভায় সিদ্ধান্ত হল গাঁয়ের লোকেরা চার-পাঁচটি দলে ভাগ হয়ে চারদিকে লোক দুটোকে খুঁজে বেড়াবে। সেইসঙ্গে সারা রাত গাঁ পাহারাও দেবে। এসব কাজে সত্যগোপাল সর্বদাই নেতৃত্ব দিয়ে থাকে। কে কোন দলে থাকবে তাও সে ঠিক করে দিল। তাই নিয়ে অবশ্য খানিক গণ্ডগোল হল। যেমন ছকু দাসের সঙ্গে কালীপদর ঝগড়া, তাই কালীপদ ছকুর দলে যেতে নারাজ। মনোরঞ্জন কম্পাউন্ডারের গোরুকে বিশু পাল খোঁয়াড়ে দিয়েছিল বলে মনোরঞ্জন বিশু পালের দলে যেতে রাজি নয়। তার বাবার অসুখ হওয়ায় হারাধন প্রভঞ্জন ডাক্তারকে ডাকতে গিয়েছিল, কিন্তু প্রভঞ্জন তবু তাকে ইনজেকশন দিয়েছিল বলে হারাধনের রাগ এখনও যায়নি, তাই ডাক্তারবাবুর দলে সে গেল না। ইত্যাদি।

বিষ্ণুরাম বলল, ‘‘দেখুন, আমিই হলাম এখানে সরকারের প্রতিনিধি। আইন

শৃঙ্খলার কর্তা, সংক্ষেপে বলতে গেলে, আমিই ময়নাগড়ের সরকার। আমার ওপর বিরাট দায়িত্ব। আমি আক্রান্ত হওয়া মানে সরকার আক্রান্ত হওয়া। আমার পতনের মানে সরকারের পতন। আমার ধরাশায়ী হওয়া মানে সরকারের ধরাশায়ী হওয়া। সুতরাং আমাকে খাড়া থাকতে হবে। সুস্থ ও নিরাপদ থাকতে হবে। আমার ভাল থাকা মানে সরকারের ভাল থাকা। তাই আমি বাড়ি যাচ্ছি। কোনও বিপদ ঘটলে আপনারা সাহসের সঙ্গে মোকাবিলা করবেন। জানবেন, আমি অর্থাৎ সরকার আপনাদের পিছনেই আছি।'' ইত্যাদি।

হ্যাজাক, লণ্ঠন, টর্চ ইত্যাদি নিয়ে দলে দলে লোক বেরিয়ে পড়ল। কারও হাতে লাঠি, কারও বা দা, কারও হাতে কুড়ুল বা শাবল। যে যা অস্ত্র পেয়েছে নিয়ে বেরিয়ে পড়েছে। পঞ্চাননের হাতে ঝাঁটা দেখে গঙ্গারাম প্রশ্ন তোলায় পঞ্চানন বলল, ''ঝাঁটাটাকে তুচ্ছ ভেবো না ভাই, আমার গিন্নির হাতে এই ঝাঁটার কেরামতি তো দেখোনি। আমার বিশ্বাস ঝাঁটা দিয়ে সে বাঘও মারতে পারে।''

গঙ্গারাম রায়ের বাড়ির দাওয়ায় দুটো লোক মাদুর পেতে ঘুমোচ্ছিল। বিশু পালের দল তাদের দেখতে পেয়েই পা টিপে টিপে গিয়ে ঘিরে ফেলল। টর্চ ফোকাস করে দেখা গেল, তারা কেউ গাঁয়ের চেনা লোক নয়। সঙ্গে সঙ্গে বিশুর দল লাঠি-সোঁটা নিয়ে ঝাঁপিয়ে পড়ল তাদের ওপর। লোকদুটো আচমকা হামলায় উঠে হাউরেমাউরে চিৎকার।

গঙ্গারাম তাড়াতাড়ি বেরিয়ে এসে বলল, ''করো কী, করো কী তোমরা! ওঁরা যে আমার পিসেমশাই আর মেসোমশাই! বুড়ো মানুষ ঘরে গরম হচ্ছিল বলে বারান্দায় শুয়েছেন।''

বিশু পাল অপ্রস্তুত হলেও মারমুখো ভাবটা বজায় রেখেই বলল, ''পিসেমশাই আর মেসোমশাই বললেই তো হবে না। প্রমাণ কী?''

এই সময়ে গঙ্গারামের পিসি আর মাসি একজন হাতে রুটি বেলার বেলুন, আর একজন ঘাস কাটার হেঁসো নিয়ে বেরিয়ে এসে সপ্তমস্বরে চেঁচাতে লাগল, ''প্রমাণ! দেখাচ্ছি তোমার প্রমাণ! হতভাগা, বোম্বেটে, গুন্ডা, আজ তোদেরই একদিন কি আমারই একদিন...।''

অগত্যা বিশু পাল আর তার দলবলকে পিছু হটতে হল।

নয়নচাঁদের বারান্দায় একটা লোক বসে বসে গুনগুন করে রামপ্রসাদী ভাঁজছিল। রাখাল মোদকের দল গিয়ে যখন তাকে পেড়ে ফেলল তখন লোকটা কাঁদো-কাঁদো হয়ে বলল, ''আমি যে নয়নবাবুর মেজোজামাই। গোবিন্দপুরে বিরিঞ্চি মহাজনের গদিতে বিষয়কর্মে আসা। ফিরতে রাত হয়ে গেল বলে শ্বশুরবাড়িতে রাতটা কাটাতে

এসেছি। এসে দেখি ঘর তালাবন্ধ। বাড়িসুদ্ধ লোক নাকি পাশের গাঁয়ে যাত্রা শুনতে গেছে। তাই বসে আছি মশাইরা, আমি চোর-ডাকাত নই।''

কিন্তু কে শোনে কার কথা, সবাই এই মারে কি সেই মারে।

লোকটা কাঁদো-কাঁদো হয়ে বলল, ''গণ্ডগ্রামের কথা শুনেছি মশাই, কিন্তু গুন্ডাগ্রামের কথা জানা ছিল না। এই নাক মলছি, কান মলছি, জীবনে আর কখনও শ্বশুরবাড়িমুখো হব না।''

গোলমাল শুনে পাশের বাড়ি থেকে পাঁচকড়ি নস্কর বেরিয়ে এসে বলল, ''তোমাদের আক্কেলখানা কী হে, এই তো সেদিন নয়নচাঁদের মেজো মেয়ের বিয়েতে এসে তোমরা গাঁসুদ্ধ লোক গান্ডেপিন্ডে গিলে গেলে। ওই রাখাল বিশ্বাস বাইশখানা মাছ খেয়েছে, এই কালীপদ সেদিন একান্নটা রসগোল্লা সাঁটিয়েছিল, আর ওই যে সত্যগোপালের চেলা প্যাংলাচরণ এখন মুখ লুকোচ্ছে, ওটি অন্তত সেরটাক খাসির মাংস গিলেছিল। যার বিয়ের ভোজে কাছা খুলে খেয়েছিলে আজ তাকে দেখেও চিনতে পারছ না, নেমকহারাম আর কাকে বলে!''

রাখাল মোদক আমতা আমতা করে বলল, ''জানোই তো ভাই, আমি বোকাসোকা মানুষ। একটা ভুল হয়েছে, মাপ করে দাও।''

পাঁচকড়ি হেঁকে বলল, ''যে গাঁয়ে জামাইয়ের হেনস্থা হয় সে গাঁয়ে আর কোনও জামাই আসতে চাইবে? এ যা করলে তোমরা, এরপরে এ গাঁয়ের মেয়ে বিয়ে করতেও আর কোনও জামাই বাবাজীবনের আগমন ঘটবে না। কী সর্বনাশটা হবে একবার ভেবে দেখো। ঘরে ঘরে আইবুড়ো মেয়েরা বসে বসে বুড়ি হয়ে যাবে।''

ভয় পেয়ে সবাই মিলে নয়নচাঁদের জামাইকে তাড়াতাড়ি খুব খাতির-টাতির করে রাখালের বাড়িতে নিয়ে গিয়ে ভোজের আয়োজন করে ফেলল। নরম বিছানা-টিছানা পেতে দিল।

ভজুরাম আর গজুরাম নয়াগঞ্জের মাড়োয়াড়ি মহাজনের পাইক। তিন গাঁ ঘুরে তাগাদা সেরে রাতের দিকে ময়নাগড়ের বাঁশবনের পাশ ঘেঁষেই দুই পালোয়ান ফিরছিল। এমন সময় 'রে রে' করে ডাক্তার প্রভঞ্জনের দলবল তাদের ওপর গিয়ে চড়াও হল। ব্রজ কবরেজ চেঁচিয়ে উঠল, ''হ্যাঁ, হ্যাঁ, এই দু'জনই তো! ঠিক চিনেছি।'' হোমিয়ো নগেনও দৃঢ়তার সঙ্গে বলল, ''হুবহু সেই মুখ, সেই চোখ।''

সবাই মার-মার করে যখন ঘিরে ফেলল তাদের তখন দু'জনে খানিক অবাক হয়ে তাদের দিকে চেয়ে রইল। ভজুরাম বলল, ''এ হো গজুয়া, ইন লোক ক্যা কহতানি রে?''

''মালুম নেহি ভাই। এক এক কো উঠাকে পটক দে।''

প্রভঞ্জন দু'জনের রোখাভাব আর বিশাল চেহারা দেখে গম্ভীর গলায় বলল, ''না, না, এরা নয়। তোমাদের ভুল হয়েছে।''

ব্রজ কোবরেজও সায় দিল, ''না, এরা তো তেমন খারাপ লোক বলে মনে হচ্ছে না। হ্যারিকেনের আলোতে ভাল বোঝা যাচ্ছিল না বটে।''

নগেন মিনমিন করে বলল, ''আমিও তো পই পই করে বলেছিলাম এরা হতেই পারে না। তারা ছিল অন্যরকম লোক।''

ভজুরাম আর গজুরাম হেলতে দুলতে চলে গেল।

কাঁঠালতলার ভূতটাকে দেখার পর থেকেই শ্রীনিবাস একটু গুম মেরে গেছে। ওস্তাদের মুখ-চোখের ভাব দেখে পরাণ তাকে বেশি ঘাঁটাচ্ছে না। ওস্তাদ মানুষেরা যখন চুপ মেরে থাকে তখন তাদের মাথায় নানা ভাল ভাল মতলবের খেলা চলতে থাকে। অনেকটা রান্না-বান্নার মতোই। গরম তেলে ফোড়ন পড়ল, মশলা পড়ল, তারপর ব্যাঞ্জন কি মাছ কি মাংস জারানো হতে লাগল। সব মিলেমিশে যে জিনিসটা বেরিয়ে এল সেটাই আসল।

ওস্তাদের সঙ্গে কয়েকদিন থেকে পরাণ নিজের খামতিগুলো আরও বেশি টের পাচ্ছে। এই যে ওস্তাদ কাঁঠালতলায় ভূতটাকে দেখতে পেল, কিন্তু সে পেল না। তার মানে পরাণের চোখ এখনও তৈরি হয়নি। তৃতীয় নয়ন না থাকলে হবেই বা কী করে? রাতবিরেতে সে তো আলায়-বালায় ঘোরে, ভূত বাবাজিরা কি আর তখন হাঁটাহাঁটি করে না? কিন্তু ওই তিন নম্বর চোখটার অভাবে আজ অবধি তাদের কারও দেখাই পেল না সে। তার যা কাজ তাতে এক-আধজন ভূতপ্রেত হাতে থাকলে সুলুক সন্ধান পেতেও সুবিধে হয়।

নিজের অযোগ্যতার জন্য ভারী মনমরা হয়ে থাকতে হয় পরাণকে। নয়নতারার গঞ্জনায় জীবন আরও অতিষ্ঠ। তার কপালদোষে নয়নতারা আবার ষষ্ঠী গুণের মেয়ে। সেই ষষ্ঠী গুণ, ঝিকুড়গাছার আশপাশের দশটা গাঁয়ের চোর-বাটপারেরা যার নাম শুনলে হাতজোড় করে কপালে ঠেকায়, গুণীর মেয়ে তো, তাই তাকে চোর বলেই গণ্য করে না। কথা উঠলে বলে, ''তুমি তো এখনও চুরিতে হামা-দেওয়া শিশু।''

ষষ্ঠী গুণের মেয়ের কাছে নিত্যি হেনস্তা হতে হচ্ছে বলে একদিন সে নিজের বাজারদরটা যাচাই করতে পুলিশের ইনফর্মার নবুদাদার কাছে গিয়েছিল। পরগনার সমস্ত চোরছ্যাঁচড়ার খবর নবুদাদার নখদর্পণে। গিয়ে পেন্নাম করে বলল, ''নবুদাদা, পুলিশের খাতায় কি আমার নামে খারাপ কিছু লেখা আছে? মানে কেউ নালিশ-টালিশ কিছু করে রেখেছে কি না তাই জানতেই আসা।''

নবু ভারী অবাক হয়ে বলল, "কেন রে, তোর নামে নালিশ করবে কেন? কী করেছিস তুই?"

ঘাড়-টাড় চুলকে ভারী লজ্জার সঙ্গে পরাণ বলল, "ওই রাতবিরেতে কাজকর্ম আর কী?"

নবু আরও অবাক হয়ে বলে, "চোর নাকি তুই!"

"যে আজ্ঞে।"

"নামটা বল তো, লিস্টিটা দেখি।"

"আজ্ঞে পরাণ দাস।"

নবু একখানা লম্বা খাতা বের করে ভ্রু কুঁচকে বিড়বিড় করে বলতে লাগল, "বদন মণ্ডল, পাঁচু গড়াই, গেনু হালদার, খগেন দুলে... দাঁড়া প-এর পাতাটা দেখি। এই তো পবন সাঁতরা, পতিতপাবন কোঙার, পীতাম্বর দাস... নাঃ, পরাণ দাসের নাম তো নেই।"

ভারী হতাশ হয়ে পরাণ বলল, "নেই?"

"না। চুরি করিস অথচ আমার খাতায় নাম ওঠেনি এ আবার কেমন ব্যাপার! তা কী চুরি করিস বল তো! বড় কাজ-টাজ কিছু করেছিস?"

পরাণ ভারী লাজুক মুখে ঘাড় হেঁট করে বলল, "নিজের মুখে কী আর বলব। গত মাসে রায়বাড়ি থেকে কিছু বাসনপত্র সরিয়েছিলাম, সপ্তাহ দুয়েক আগে ঘোষবাড়িতে সিঁদ দিয়ে চারখানা শাড়ি, তিনটে ধুতি আর একটা পেতলের গামলা পাই। গেল হপ্তায় মদন ময়রার দোকানে ক্যাশবাক্স ভেঙে তিপ্পান্ন টাকা যাট পয়সা আর দু'হাঁড়ি দই রোজগার হয়। দিন তিনেক আগে—"

নবু নাক সিঁটকে হাত তুলে তাকে থামিয়ে দিয়ে বলল, "তাই বল! তুই এখনও শিক্ষানবিশ! সেইজন্যই আমার লিস্টিতে নাম ওঠেনি। তার জন্য মন খারাপ করিসনি, মন দিয়ে কাজ কর। নিষ্ঠা থাকলে, পরিশ্রম করলে নাছোড়বান্দা হয়ে লেগে থাকলে একদিন উন্নতি হবেই, দেখে নিস। চরিত্র চাই রে, চরিত্র চাই। মনটাকে শক্ত করে লেগে যা।"

নবুদাদার কাছে ওকথা শোনার পর মরমে মরে ছিল পরাণ। এখন শ্রীনিবাস চূড়ামণির দেখা পাওয়ার পর মেঘলা আকাশে যেন সূর্যের মুখ উঁকিঝুঁকি মারছে। আবার গগনে যেন সুধাংশু উদয় রে।

মিটিং ভেঙে গেছে অনেকক্ষণ। গাঁয়ের লোকেরা সব লাঠি-সোঁটা নিয়ে গ্রাম টহল দিতে বেরিয়ে পড়েছে। অন্ধকার মাঠের একটা কোণে তবু গুম হয়ে বসে আছে শ্রীনিবাস চূড়ামণি। পাশে বশংবদ পরাণ। বারকয়েক ডেকেও সাড়া না পাওয়ায়

পরাণও এখন চুপ মেরে গেছে। মাঝে-মাঝে শুধু চটাস-পটাস করে মশা মারছে। সে বুঝতে পারছে চূড়ামণির এখন ধ্যানস্থ অবস্থা। এই ধ্যানটা অনেকটা ডিমে তা দেওয়ার মতো। তারপর একসময়ে ধ্যানের ডিমটা ফেটে ফন্দিফিকির পিলপিল করে বেরিয়ে আসবে।

বেশ কিছুক্ষণ গুম হয়ে থাকার পর শ্রীনিবাস একটা দীর্ঘশ্বাস ফেলল। তারপর বলল, "চল।"

"যে আজ্ঞে!" বলে উঠে পড়ল পরাণ। হ্যাঁ, এইবার ডিম ফেটেছে বলেই মনে হচ্ছে। সে সোৎসাহে জিজ্ঞেস করল, "কোথায় যেতে হবে ওস্তাদ?"

"কেন, তোর বাড়িতে! গরম ভাতে একটু কাঁচালঙ্কা ডলে লাউপোস্ত খেয়েছিস কখনও? ওরে, সে জিনিস মুখে দিলে মনে হবে অমরাবতীতে পৌঁছে গেছি।"

পরাণের মুখ শুকিয়ে গেল। সে একটা ঢোঁক গিলে বলল, "আপনি কি এতক্ষণ গুম হয়ে বসে লাউপোস্তর কথা ভাবছিলেন নাকি?"

"তা ছাড়া আর ভাববার আছেটা কী?"

"কিন্তু বাঁশিটা যে বদমাশদের হাতে গিয়ে পড়ল তার কী হবে? তারা যে পগার পার হয়ে গেল এতক্ষণ!"

"আহা, গুন্ডা-বদমাশরা দূরে থাকলেই তো ভাল। তাদের সঙ্গে গা ঘষাঘষি করার দরকারটা কী আমাদের?"

পরাণ উত্তেজিত হয়ে বলল, "কিন্তু ওস্তাদ, বাঁশিটা হাতছাড়া হলে আমাদের আর রইলটা কী? বড্ড আশায় আশায় ছিলাম, বাঁশিটা পেলে সবাইকে ঘুম পাড়িয়ে নিশ্চিন্তে কাজকারবার বাগিয়ে নেব। বেশি কিছু নয় ওস্তাদ, একখানা পাকা দোতলা বাড়ি, পনেরো-বিশ বিঘে ধানি জমি, দুটো দুধেল গাই, বউয়ের গায়ে দু'-চারখানা সোনার গয়না, আর ধরুন আমার একখানা আলপাকার কোট আর সাহেবি টুপির বড় শখ। দজ্জাল বউটার মুখের মতো একখানা জবাব দিতে পারতুম তা হলে। মুখনাড়া দিতে এলেই এক বান্ডিল নোট ছুড়ে দিতুম পায়ের কাছে, তা হলেই মুখে কুলুপ। তা সেই আশায় কি লাল সিগন্যাল পড়ে গেল ওস্তাদ? লেভেল ক্রসিং-এর গেট কি বন্ধ হয়ে গেল? নটী বিনোদিনীর পার্ট করতে করতে কি হিরোইনের বাঁধানো দাঁত খসে পড়ে গেল? না কি শ্রীরাধিকার অভিসারের পথে আয়ান ঘোষ গদা ঘোরাতে ঘোরাতে মুলোর মতো দাঁত বের করে বুক চিতিয়ে এসে দাঁড়াল?"

"বলি, বাঁশির জন্য বড় লাতন হয়ে পড়লি যে! বাঁশি গেছে যাক, সেজন্য অত ভাবনা নেই। কিন্তু এখন যে ওই বাঁশি বাজানোর জন্য একজন উপযুক্ত বেঁশোও দরকার, সে খেয়াল আছে তোর?"

একগাল হেসে পরাণ বলে, ''বেঁশো মানে বাঁশিয়াল তো! সে মেলাই আছে।''

ঘন ঘন মাথা নাড়া দিয়ে শ্রীনিবাস বলে, ''ও বাঁশি বাজানোর এলেম মাত্র একটি লোকেরই আছে। বুড়ো মানুষ রে। এখন তার খোঁজ হবে। আর বুড়ো বয়সের দোষ কী জানিস?''

''কী ওস্তাদ?''

''বুড়ো বয়সে মানুষের প্রাণের মায়া বাড়ে, ভয় বাড়ে, মনের জোর কমে যায়।''

''আজ্ঞে, তা আর জানি না! বুড়ো বয়সে বাতব্যাধি বাড়ে, খাই-খাই বাড়ে, বাইবাতিক বাড়ে, আক্কেল কমে যায়।''

''তাই তো বলছি রে, বাঁশি লোপাট হওয়ার মানে বুড়োটার বিপদ বাড়ল। এখন গুন্ডা দুটো যদি তাকে খুঁজে বের করে চড়াও হয় তা হলে কি সে ঠেকাতে পারবে? ধর যদি গলায় ছোরা বাগিয়ে ধরে তবে হয়তো বাঁশি বাজানোর কায়দাকানুন শিখিয়েই দিল ভয় খেয়ে।''

পরাণ ফের উত্তেজিত হয়ে বলে, ''তা হলে তো সাড়ে সর্বনাশ! ওস্তাদ, তাকে তো এখনই হুঁশিয়ার করা দরকার।''

মাথা নেড়ে শ্রীনিবাস একটা দীর্ঘশ্বাস ফেলে বলে, ''হুঁশিয়ার করেই বা লাভ কী বল! তার কি আর পালানোর জায়গা আছে!''

পরাণ শ্রীনিবাসের এই হালছাড়া ভাব দেখে মোটেই খুশি হল না। বলল, ''কিন্তু একটা কিছু তো করা দরকার ওস্তাদ।''

''তাই তো করছি।''

''কী করছেন ওস্তাদ? মাথায় ফন্দি এল কিছু?''

''এল বই কী। ফন্দিটা এখন বড়শির টোপে ঠোকরাচ্ছে। একটু খেলিয়ে তুলতে হবে। সেইজন্যই তো গরম ভাত দিয়ে কাঁচা লঙ্কা টেসে লাউপোস্তটা খাওয়া দরকার। তা হলেই দেখবি ফন্দিটা কপ করে টোপ গিলে লেজ নাড়তে নাড়তে উঠে এসেছে।''

''কিন্তু বুড়োটা কে ওস্তাদ?''

''আছে রে আছে। ধারেকাছেই আছে। কিন্তু সবার আগে লাউপোস্ত।''

পরাণ কাহিল হয়ে হাল ছেড়ে বলল, ''তবে লাউপোস্তই হোক।''

কিন্তু খেতে বসেও ভারী আনমনা রইল শ্রীনিবাস। যেমনটা খাওয়ার কথা তেমনটা খেল না। পাতে খানিক ফেলে গম্ভীর মুখে উঠে পড়ল। মাদুরে শোওয়ার পর পরাণ তার গা-হাত খানিক দাবিয়ে দিয়ে নিজেও মাদুরের একধারে শুয়ে ঘুমিয়ে পড়ল।

মাঝরাতে হঠাৎ দরজায় খুট খুট শব্দ। চাপা গলায় কে যেন ডাকল, ''শ্রীনিবাস! ও শ্রীনিবাস!''

অভ্যাসবশে পরাণ চট করে হামাগুড়ি দিয়ে মাচার নীচে ঢুকে যাচ্ছিল। শ্রীনিবাস তার কাছা টেনে ধরে একটা হাই তুলে বলল, ‘‘ভয় নেই। দরজাটা খুলে দে।’’

আতঙ্কিত পরাণ বলে, ‘‘দেব? তারা নয়তো!’’

‘‘বুড়ো বয়সের দোষ কী জানিস?’’

পরাণ রেগে গিয়ে বলে, ‘‘জানব না কেন? বুড়োরা কানে কম শোনে, চোখে কম দেখে, বুদ্ধি কমে যায়, মাঝরাতে হুট করে দরজা খুলে দেয়।’’

একগাল হেসে শ্রীনিবাস বলে, ‘‘তা ঠিক। তবে বুড়োদের পুরনো কথা মনে থাকে। যা দরজাটা খুলে দে। ও আমার পুরনো বন্ধু ইরফান গাজি।’’

পরাণ দরজা খুলতেই ইরফান গাজি টুক করে ঢুকে দরজাটা বন্ধ করে দিল। তার এক হাতে টর্চ অন্য হাতে লাঠি।

শ্রীনিবাস উদাত্ত গলায় বলল, ‘‘এসো ইরফান। কতকাল পরে দেখা।’’

ইরফান গাজি এসে শ্রীনিবাসের হাতদুটো ধরে ফেলে বলল, ‘‘আমার চোখদুটো এখনও ভাল আছে, বুঝলে? আবছা আলোতে মিটিং-এর এক কোণে তোমাকে বসে থাকতে দেখেই চিনেছি। মনে হল, ও বাঁশি চুরির ব্যাপারের সঙ্গে তোমার একটা যোগ আছে। তাই পাঁচজনের সামনে আর চেনা দিইনি।’’

দাড়ি-গোঁফের ফাঁকে একটু হেসে শ্রীনিবাস বলল, ‘‘ভালই করেছ। লোকজনের নজরে বেশি না পড়াই ভাল। কিন্তু আমার খোঁজ পেলে কী করে?’’

‘‘বদরুদ্দিন নামে আমার একটা চাকর আছে। আসলে সে চাকর সেজে থাকে। খুব সেবা-টেবা করে। সে কিন্তু বড়লোকের ছেলে, চাকর সেজে আমার বাড়িতে ঢুকেছে চুরি করে বাঁশি শিখবে বলে। বড়লোকের ছেলের তো নানা খেয়াল হয়, তাই বদরুদ্দিন জীবনে অনেক কিছুই হতে চেয়েছিল। সাপুড়িয়া হবে বলে বাড়ি থেকে পালিয়েছিল, যাত্রার দলে ভিড়েছিল, চোর হওয়ার জন্য ষষ্ঠী গুণের কাছে তালিম নিয়েছিল।’’

পরাণ হাতজোড় করে মাথায় ঠেকিয়ে বলল, ‘‘আমার পূজ্যপাদ শ্বশুরমশাই।’’

ইরফান বলল, ‘‘সেই বদরুদ্দিনকে কাজে লাগাতেই খবর নিয়ে এল। তল্লাটের সব চোরকেই সে চেনে কিনা। তা তোমার ব্যাপারখানা কী বলো তো! বাঁশির সন্ধানে বেরিয়েছ নাকি?’’

একটা দীর্ঘশ্বাস ফেলে শ্রীনিবাস গম্ভীর গলায় বলল, ‘‘সে এক লম্বা কাহিনি ভাই। মোহন রায়ের অধস্তন চতুর্থ পুরুষ নবীন রায়ের কাছে তুমিও কিছুদিন তালিম নিয়েছিলে।’’

''তা আর নিইনি! তারপর তো বেনারসের আমানুল্লা খাঁ সাহেবের সঙ্গে সঙ্গত করতে চলে যাই, নবীন বাবার কাছে আর শেখা হল না।''

''আমি কিছুদিন বেশি শিখেছিলুম। নবীন রায় একদিন আমাকে ডেকে বললেন, 'দেখ শ্রীনিবাস, মোহন রায়ের বাঁশি এক সর্বনেশে জিনিস। বংশপরম্পরায় আমরাই শুধু ও বাঁশি বাজাতে জানি, আর কেউ জানে না। আমার ছেলেপুলে নেই, সুতরাং আমি মরলে পরে ও বিদ্যে লোপ পাবে। কিন্তু মুশকিল কী জানিস, বিদ্যেটা কেবলমাত্র আমিই জানি বলে, আমার মনে হয়, মরার পরও আমার প্রাণটা ওই বাঁশিটার কাছে ঘোরাফেরা করবে, আমার আর মুক্তি হবে না। মন্ত্রশক্তি জিনিসটা বড় ভয়ংকর। তাই ঠিক করেছি ও বিদ্যে আমি তোকেই শিখিয়ে যাব।'''

ইরফান উত্তেজিত হয়ে বলে, ''বলো কী হে!''

''আমিও ঘাবড়ে গিয়ে বললাম, 'ও বাবা, ও আমি শিখব না।' নবীন রায় বললেন, 'তোকে ভাল করে জানি বলেই বিশ্বাস করি তুই কোনও অকাজ করবি না। দেখ বাঁশির বিদ্যে কাউকে দিয়ে খালাস হতে না পারলে আমার মুক্তি হবে না। কাউকে শেখাতে পারলেই আমার ছুটি।'''

''শিখলে নাকি?''

''হ্যাঁ, রাজবাড়ির মাটির নীচে একটা নিরেট ঘরের সব রন্ধ্র ভাল করে বন্ধ করে দিয়ে সাতদিন ধরে নিশুত রাতে নবীন রায় আমাকে বাঁশিটা বাজাতে শিখিয়ে দিলেন। শেখানোর সময় আমার কানে তুলো এঁটে দিতেন, যাতে সুরটা কানে না শুনতে পাই। যে বাজায় তার ওপর বাঁশি কোনও ক্রিয়া করে না, কিন্তু যে শোনে তার ক্রিয়া হয়।''

''তারপর?''

'' সাতদিন বাদে বাঁশি বাজাতে শিখে গেলাম।''

''তা কী দেখলে, সত্যিই ওসব হয় নাকি?''

''হয়। নবীন রায় প্রতিদিন একটা করে জীবজন্তু নিয়ে গর্ভগৃহে আসতেন। কখনও কুকুর বা বেড়াল, কখনও ছাগলছানা বা বেজি, কখনও বানর বা পোষা পাখি। প্রথম সুরটা শুনলেই ওরা আনন্দে যেন মাতালের মতো হয়ে যেত। দ্বিতীয় সুরে নিঃসাড়ে ঘুমিয়ে পড়ত।''

''আর তৃতীয় সুরে?''

''সেটা বাজালেই ঘরটা যেন দুলে উঠত আর বাইরে থেকে একটা সোঁ সোঁ আওয়াজ আসত। তিন নম্বর সুরটা অবশ্য খুব অল্প একটু বাজিয়েই বন্ধ করে দিতেন নবীন রায়। লোকে তেমন টের পেত না।''

''তারপর কী হল?''

''বিদ্যেটা শিখিয়ে দিয়ে নবীন রায় ভারী নিশ্চিন্ত হলেন। বেশিদিন বাঁচেনওনি তারপর। কেতুগড়ের লোক জানল, বিদ্যেটা নবীন রায়ের সঙ্গেই শেষ হয়ে গেছে।''

''আহা, থামলে কেন? তারপর কী হল?''

''এই বলছি, একটা লাউপোস্তর ঢেকুর উঠল কিনা। ভাল কিছু খেলে তার ঢেকুরটাও বড় ভাল লাগে, এটা লক্ষ করেছ?''

একগাল হেসে ইরফান গাজি বলে, ''তা আর করিনি! এই তো সেদিন ইলিশের মাথা দিয়ে কচুর শাক রান্না হয়েছিল, কী যে ভাল ভাল ঢেকুর উঠল ভাই, তা আর বলার নয়।''

পরাণ বিরক্ত হয়ে বলল, ''একটা গুরুতর কথার মধ্যে কেন যে গুচ্ছের বাজে জিনিস ঢুকে পড়ছে কে জানে বাবা।''

শ্রীনিবাস মিটমিট করে তার দিকে চেয়ে বলল, ''বুড়ো বয়সের ওটাও একটা দোষ, বুঝলি? এক কথায় আর এক কথা এসে পড়ে। ধৈর্য হারাসনি বাপ, বলছি। নবীন রায় মারা যাওয়ার পর আমি কেতুগড় ছেড়ে কাজকর্মে বেরিয়ে পড়লাম। বাঁশির সঙ্গে আর সম্পর্ক রইল না।''

ইরফান গাজি গলা নামিয়ে বলল, ''ভাই, কিছু মনে কোরো না। তোমার যা কাজ তাতে তো বাঁশিটা হলে তোমার খুব সুবিধে হয়ে যেত, তাই না!''

একটা ফুঁয়ের শব্দ করে শ্রীনিবাস বলল, ''লোককে ঘুম পাড়িয়ে চুরি তো, ও তো লোভী আর আনাড়ি লোকের কাজ। যেমন এই পরাণ দাস। এখনও হাতপায়ের আড় ভাঙেনি, কিন্তু আশা ষোলো আনা। আমাকে কি এলেবেলে চোর পেলে নাকি?''

''আরে না না, ছিঃ ছিঃ!'' বলে জিভ কেটে কানে হাত দিল ইরফান। তারপর বলল, ''তোমাকে কি আজ থেকে চিনি হে? চুরি তুমি করতে বটে, তবে শিল্পকর্ম হিসেবে। ওটা ছিল তোমার মজা। পেটের ধান্দায় কখনও করোনি। যা রোজগার করেছ তার সবটাই গরিব দুঃখীকে বিলিয়ে দিয়েছ। সব জানি। তুমি একটা সাধারণ চোর হলে এই ইরফান গাজি কি রাতদুপুরে ছুটে আসত তোমার কাছে?''

ফের একটু হাসল শ্রীনিবাস। বলল, ''বাঁশি আমি আর ছুঁইনি। বিদ্যেটা শিখেছিলাম ঠিকই, কিন্তু কাজে লাগানোর ইচ্ছেই কখনও হয়নি। তা ছাড়া রাজবাড়ির নুন খেয়েছি, তাদের জিনিস চুরি করে নিমকহারামি করতে পারব না।''

''অতি হক কথা। কিন্তু বাঁশিটা নিয়ে এতদিন বাদে বখেরা বাধল কেন?''

''বাধারই কথা। মহানন্দকে তো চেনো?''

“তা চিনব না কেন? নায়েব হরনাথ চৌধুরীর অকালকুষ্মাণ্ড ছেলেটা তো! খুব চিনি। মহা হারমাদ ছেলে।”

“আমি যখন রিটায়ার হয়ে কেতুগড়ের কাছেই ঘর তুলে বাস করতে লাগলুম তখন মহানন্দ লায়েক হয়েছে। ষণ্ডামি গুন্ডামি করে বেড়ায়। রাজবাড়ির বিস্তর দামি জিনিস চুরি করে বেচে দেয়। রাজা দিগিন্দ্রনারায়ণ বুড়ো হয়েছেন। এখন নিরানব্বই বছর বয়স। একে নিঃসন্তান, তার ওপর রানিমাও গত হয়েছেন। একমাত্র বুড়ো চাকর হরেকেষ্টই যা দেখাশোনা করে। মহানন্দের দৌরাত্ম্য ঠেকানোর সাধ্য বুড়ো রাজার নেই। এমনিতে দিগিন্দ্রনারায়ণ মানুষ খুব ভাল। কিন্তু তাঁর একটা দোষ কী জানো?”

“রাজারাজড়াদের দোষের অভাব কী?”

“সে দোষের কথা বলছি না। তাঁর শুচিবায়ু আছে, ভূতের ভয় আছে, কিপটেমি আছে, কিন্তু সেসব ধরছি না। যে দোষটা সবচেয়ে গুরুতর, তা হল কোনও গোপন কথা পেটে রাখতে পারেন না। কেউ কোনও গোপন কথা বললেই তাঁর ভীষণ অস্বস্তি শুরু হয়ে যায়। যতক্ষণ না কাউকে বলে দিচ্ছেন, ততক্ষণ পেটে বায়ু জমে ঘন ঘন উদ্‌গার উঠতে থাকে, ক্ষুধামান্দ্য হয়, রাতে ঘুম হয় না, কেবল পায়চারি করেন আর ঘটি ঘটি জল খান আর বিড়বিড় করতে থাকেন। এই জন্য রানিমা পারতপক্ষে তাঁর কাছে কোনও কথা ভাঙতেন না। তা হয়েছে কী, একদিন ঘরদোর ঝাড়পোঁছ করতে গিয়ে হরেকেষ্ট নবীন রায়ের ডায়েরির একখানা পাতা কুড়িয়ে পেয়ে সেটা এনে রাজামশাইকে দেয়। তাতে লেখা ছিল যে, নবীন রায় বাঁশির বিদ্যে আমাকে শিখিয়ে গেছেন। ব্যস, এই খবর জানার পর থেকেই বুড়ো মানুষটার অস্বস্তি শুরু হয়ে গেল। ঢেকুর, পায়চারি, জল, অনিদ্রা, অরুচি, হাই প্রেশার। কাউকে কথাটা না বললেই নয়। একদিন থাকতে না পেরে তাঁর পোষা কাকাতুয়াটাকেই বলে দিলেন, বাঁশির বিদ্যে শ্রীনিবাস জানে। আর হতভাগা কাকাতুয়াটা তারস্বরে সেটা সারাদিন বলতে থাকে। ধূর্ত মহানন্দ আঁচ পেয়ে গিয়ে দিগিন্দ্রনারায়ণের ওপর চড়াও হল। এমনকী তরোয়াল বের করে ভয় দেখাল। দিগিন্দ্রনারায়ণ তখন নবীন রায়ের ডায়েরির পাতাটা তাকে দিয়ে হাঁফ ছেড়ে বাঁচেন।”

“এঃ হেঃ, তা হলে তো বিপদ হল হে!”

“বিপদ তো হলই। তবে রাজামশাইয়ের খুব আত্মগ্লানিও হল। মহানন্দ যখন দলবল নিয়ে গোটা এলাকায় আমাকে খুঁজে বেড়াচ্ছে তখন রাজামশাই গোপনে হরেকেষ্টকে দিয়ে আমাকে ডাকিয়ে আনিয়ে হাউমাউ করে আমার হাত ধরে বললেন, ‘তোর কাছে বড় অপরাধ করে ফেলেছি রে। মহানন্দ তোর ওপর বড় অত্যাচার করবে,

তারপর দেশ ছারখার করতে শুরু করবে। তা তুই আমার মুখ রক্ষে কর। মহানন্দ বাঁশি কড়া পাহারায় রেখেছে। ও বাঁশি তোকে চুরি করতে হবে। বাঁশি নিয়ে তুই দূরে কোথাও পালিয়ে যা।' তা আমি বললুম, 'মহারাজ, আমি যে রিটায়ার হয়েছি। বয়সও হল।' মহারাজ বললেন, 'বুড়ো হলে কী হয়, এ তোর বাঁ হাতের কাজ। আমি তোকে এ কাজের জন্য মজুরিও দেব। আমাকে বাঁচা, রাজি হয়ে যা।'"

"রাজি হলে বুঝি?"

"হলুম। প্রস্তাবটা তো খারাপ নয়।"

"ও, তা হলে তুমিই রাজবাড়ির চুরি-যাওয়া জিনিস ময়নাগড়ের বাড়ি বাড়ি ফিরি করে বিক্রি করেছ! বদরুদ্দিন বলছিল বটে, একজন বুড়ো ফিরিওলা ময়নাগড়ে কোন রাজবাড়ির জিনিস খুব সস্তায় বিক্রি করে গেছে।"

"সস্তায় না দিলে গাঁয়ের মানুষ কিনবে কেন বলো!"

"তা তো বুঝলুম, কিন্তু চালে কি একটু ভুল হল না?"

"চালে ভুল! তো বুড়ো হয়েছি, ভুলভাল হতেই পারে। কী ভুল হল বলো তো!"

ইরফান দীর্ঘশ্বাস ফেলে বলল, "ভুল নয়? বাঁশিটা হাতছাড়া হল যে!"

শ্রীনিবাস চিন্তিত মুখে বলল, "হাতছাড়া কি সহজে হতে চাইছিল বাঁশিটা? বটেশ্বর সেটা এমন লুকিয়ে রেখেছিল যে, মহানন্দ সারা জীবনেও খুঁজে বের করতে পারত না। তারপর বাঁশি বাজাতে যেত আবার ভুতুড়ে দিঘির ধারে, যেখানে জনমনিষ্যি যায় না। তাই বাঁশিটা যে বটেশ্বরের কাছে আছে সে খবরটা আমিই মহানন্দকে দিয়েছিলুম।"

"তুমি!" বলে হাঁ হয়ে গেল ইরফান।

মৃদু হেসে শ্রীনিবাস বলে, "তা ছাড়া উপায় কী বলো? বেচারা বাঁশির হদিশ পেতে খুঁজে খুঁজে হয়রান হচ্ছিল যে। তাই একদিন হাটখোলার কাছে অন্ধকারে সাধু সেজে তার পথ আটকে বললুম, পাঁচটা টাকা দে। তা হলে যা খুঁজছিস তার হদিশ পেয়ে যাবি। একটু কিন্তু-কিন্তু করছিল বটে, তবে দিয়েওছিল। তখন বললুম সন্ধের পর ময়নাদিঘির ধারে যাস, পেয়ে যাবি।"

ইরফান গম্ভীর হয়ে বলল, "কাজটা ভাল করোনি শ্রীনিবাস। খবরটা দিয়েছিলে বলে যে বটেশ্বর মরতে বসেছিল! সময়মতো আমি গিয়ে পড়েছিলুম বলে রক্ষে। ঠ্যাঙার ঘা খেয়ে পালিয়েছিল, নইলে—"

শ্রীনিবাস দুলে দুলে একটু হেসে বলে, "বাপু, ঠ্যাঙার ঘা-টা তুমি জব্বর দিয়েছিলে বটে। নিজের চোখেই তো দেখলুম। তবে তোমার ঠ্যাঙার সঙ্গে আমার গুডুলও ছিল যে!"

"অ্যাঁ। বলো কী!"

"বাবলা ঝোপের আড়াল থেকে এই এতবড় একখানা গুডুল গুলতিতে ভরে মারলুম যে! তোমার ঠ্যাঙার ঘাও পড়ল, আমার গুডুলও গিয়ে গুন্ডাটার কপালে লাগল। তোমার ঠ্যাঙার জোর বেশি, না আমার গুডুলের জোর বেশি তা বলতে পারব না। তবে কাজ হয়েছিল।"

"বটে!"

বটতলার অন্ধকার রাস্তা দিয়ে জনাদশেক লোক ময়নাগড়ে ঢুকছিল। সকলের সামনে ধুতি-পাঞ্জাবি পরা নরেন্দ্রনারায়ণ। তার এক হাতে টর্চ, অন্য হাতে ধুতির কোঁচাখানা মুঠো করে ধরা। পিছনে দু'জনের হাতে বন্দুক, দু'জনের হাতে খোলা তলোয়ার, দু'জনের হাতে শড়কি আর বাকিদের হাতে লম্বা লম্বা লাঠি। প্রত্যেকেরই বিরাট বিরাট শরীর। তারা ভারী ভারী পায়ের শব্দ তুলে বুক ফুলিয়েই ঢুকছে।

বটতলা পেরোতেই টর্চের আলো এসে পড়ল তাদের ওপর। প্রভঞ্জন ডাক্তার হুংকার দিয়ে উঠল, "কে রে? কারা তোরা?" বলে তেড়ে এসেই টর্চের আলোয় লোকগুলোর মূর্তি দেখে ভারী নরম হয়ে পড়ল প্রভঞ্জন। মোলায়েম গলায় বলল, "আসুন, আসুন। কাকে খুঁজছেন বলুন তো! ও ব্রজ, দেখো এঁরা কার বাড়ি যাবেন, বরং সঙ্গে নিয়ে গিয়ে পৌঁছে দিয়ে এসো।"

নরেন্দ্রনারায়ণ গম্ভীর গলায় বলল, "তার প্রয়োজন হবে না। বাড়ি আমরা চিনি।"

নগেন পাল বিগলিত হয়ে বলল, "তা চিনবেন বই কী, এ তো আপনারও গ্রাম। তা হাওয়া খেতে বেরিয়েছেন বুঝি! খুব ভাল। যা গরমটা পড়েছে আজ!"

লোকগুলো প্রভঞ্জনের দলের দিকে ভ্রুক্ষেপ না করে সদর্পে এগিয়ে গেল।

হাটখোলার কাছে হ্যাজাক জ্বেলে কালীপদর দলবল ওত পেতে ছিল। উটকো লোকজন দেখে সবাই 'রে রে' করে উঠল। কিন্তু দলটা কাছে আসতেই তাদের মূর্তি দেখে কালীপদ তটস্থ হয়ে বলে, "নরেন্দ্রনারায়ণবাবু যে! তা শরীর গতিক ভাল তো! বাড়ির সবাই ভাল আছে? খোকাখুকিদের খবর সব ভাল? আর গিন্নিমা! হেঃ হেঃ, আজকাল তো আর দেখাই পাই না আপনার! মাঝে-মাঝে চলে আসবেন এরকম হুটপাট করে। আমরা তো আর পর নই।"

নরেন্দ্রনারায়ণ তার দিকে একটা অগ্নিদৃষ্টি হেনে গটগট করে এগিয়ে যেতে লাগল, পিছনে তার বাহিনী।

কে একজন যেন জিজ্ঞেস করল, "কারা এরা কালীপদদা?"

"চিনলি না? বিরাট লোক! বিরাট লোক।"

আর কেউ কোনও উচ্চবাচ্য করল না।

তিন নম্বর দলটার সঙ্গে দেখা হল রথতলায়। নবু কালীবাড়ি থেকে বলির খাঁড়াটা ধার করে এনেছিল। সেটা বেজায় ভারী বলে খাঁড়াটা মাটিতে শুইয়ে তার ওপর বসে চারদিকে নজর রাখছিল। সামনে হঠাৎ লোকজনের সাড়া পেয়ে খাঁড়া হাতে উঠে গর্জন করল, "খবরদার! আর কাছে এলেই কিন্তু এসপার ওসপার হয়ে যাবে, এই বলে রাখলুম!"

কিন্তু দলটা কাছে আসতেই নবু খ্যালখ্যাল করে হেসে বলল, "আপনারা! তাই বলুন। আমি ভাবলাম কে না কে যেন! তা গোবিন্দপুরে কেনারাম বিষয়ীর মেয়ের বিয়েতে যাচ্ছেন তো! হ্যাঁ, এই রাস্তাই। সামনে এগোলে বাঁ হাতে রাস্তা পাবেন, মাইলটাক গেলেই গোবিন্দপুর। জব্বর খাইয়েছে মশাই, মাছের কালিয়াটা যা হয়েছে না..."

নরেন্দ্রনারায়ণ একটু ভ্রুকুটি করে তার দিকে চাইতেই নবু চুপসে গেল।

প্যাংলা ঠিকমতো ধার ঘেঁষে দাঁড়ায়নি। একটা ষণ্ডা তাকে কনুইয়ের একটা রাম-গুঁতোয় ছিটকে ফেলে দিল। যন্ত্রণায় কোঁক করে উঠল সে। পরমুহূর্তেই গা ঝাড়া দিয়ে উঠে উদ্বেগের সঙ্গে বলে উঠল, "আপনার ব্যথা লাগেনি তো ভাই? আহা, আমার বুকে গুঁতো খেয়ে কচি হাতটা বোধহয় জখম হল ছেলেটার!"

এর মধ্যেই দুটো ছেলে দৌড়ে গিয়ে বিষ্ণুরামকে খবর দিল, "বড়বাবু, গাঁয়ে দশ-বারোজন লোক ঢুকে পড়েছে।"

বিষ্ণুরাম রাতে বারোখানা পরোটা খায়, সঙ্গে মাংস, শেষপাতে ক্ষীর আর মর্তমান কলা। মাত্র পাঁচ নম্বর পরোটাটি ছিঁড়ে মাংসের ঝোলে ডুবিয়েছে, এমন সময় উটকো ঝামেলা।

বিষ্ণুরাম উঠে জানালার পাল্লা সাবধানে ফাঁক করে বলল, "কী হয়েছে?"

ছেলে দুটো হাঁফাতে হাঁফাতে বলল, "ভীষণ বিপদ বড়বাবু, গাঁয়ে দশ-বারোজন লোক ঢুকে পড়েছে যে!"

বিষ্ণুরাম বিজ্ঞের মতো হেসে বলল, "হ্যাঁ রে, পেনাল কোডে কোন ধারায় বলা আছে যে, গাঁয়ে লোক ঢোকা বারণ?"

"আজ্ঞে, তা তো জানি না।"

"ওইটেই তো তোদের মুশকিল। কিছু জানিস না, না জেনেই চেঁচামেচি করিস। ওরে বাপু, আমি হলুম আইনের রক্ষক। আইন ছাড়া আমি এক পাও চলতে পারি না। লোক যদি ঢুকে থাকে তো কী হয়েছে? ঢুকতে দে না। কত আর ঢুকবে?"

“কিন্তু বড়বাবু, তাদের হাতে বন্দুক আছে, তরোয়াল আর লাঠি আছে।”

ভ্রু কুঁচকে বিষ্ণুরাম বলল, “অস্ত্র থাকলেই তো হবে না। তাদের উদ্দেশ্য কী তা বুঝতে হবে। খুনজখম যদি নিতান্তই হয় তখন না হয় কাল সকালে দেখা যাবে। তোরা বরং পরিস্থিতির ওপর নজর রাখ। যা-ই ঘটুক, সাহসের সঙ্গে মোকাবিলা কর। আমি তো তোদের পিছনেই আছি।”

ছেলেদুটো বিমর্ষ মুখে ফিরে গেল।

বিষ্ণুরাম ধীরে সুস্থে মাংস পরোটা আর ক্ষীর খেয়ে বিছানায় গিয়ে শুয়ে পড়ল।

ওদিকে নরেন্দ্রনারায়ণ তার দলবল নিয়ে যখন পরাণ দাসের বাড়িতে হাজির হল তখন চারদিক শুনশান। বিভীষণের মতো চেহারার একটা লোকের এক ধাক্কাতেই দরজাটা মড়াত করে খুলে গেল। নরেন্দ্রনারায়ণ টর্চ ফেলে দেখল, মেঝেতে মাদুর পেতে অঘোরে ঘুমোচ্ছে শ্রীনিবাস।

গম্ভীর গলায় সে ডাকল, “শ্রীনিবাস!”

শ্রীনিবাস এক ডাকেই উঠে পড়ল। চোখ মিটমিট করে চেয়ে বলল, “মহানন্দবাবু যে! সঙ্গে এত লোকজন কেন বলুন তো! অস্ত্রশস্ত্রই বা কেন?”

“আমি তোমাকে ভয় দেখাতে আসিনি শ্রীনিবাস। বরং তোমার সঙ্গে একটা চুক্তি করতেই এসেছি।”

“কীসের চুক্তি?”

“আমার মনে আছে, অনেক দিন আগে আমি যখন ছোট ছিলুম তখন তুমি আমাকে আড়বাঁশি বাজাতে শিখিয়েছিলে। মনে পড়ে?”

“পড়ে।”

“আজ আবার তোমার কাছে বাঁশি শিখতে এসেছি। এই বাঁশিটা।” বলে নরেন্দ্রনারায়ণ ওরফে মহানন্দ মোহন রায়ের বাঁশিটা বের করে দেখাল।

শ্রীনিবাস নিরুত্তাপ চোখে বাঁশিটা দেখে চোখ ফিরিয়ে নিল।

নরেন্দ্রনারায়ণ বলল, “বাঁশিটা চেনো?”

“চিনি মহানন্দবাবু।”

“চেনারই কথা। বাঁশিটা চুরি করে তুমি আমাকে অনেক দৌড়ঝাঁপ করিয়েছ।”

শ্রীনিবাস উদাস গলায় বলল, “ভালর জন্যই চুরি করেছিলাম।”

“কার ভালর জন্য শ্রীনিবাস? এ বাঁশির জোরে রাজা হওয়া যায়। কিন্তু তুমি তো তা হওনি। ফ্যা-ফ্যা করে ঘুরে বেড়াচ্ছ। কী ভালটা হল তোমার?”

তেমনি উদাস গলায় শ্রীনিবাস বলে, “সবার ভাল কি এরকম?”

“তোমার ভালটা কীরকম তা আমার খুব জানতে ইচ্ছে করে। একসময়ে তুমি

নামকরা চোর ছিলে। শুনতে পাই, তুমি নাকি লাখো লাখো টাকা রোজগার করেছ। কিন্তু দান-খয়রাত করে সব উড়িয়ে দিয়ে সর্বস্বান্ত হয়ে একখানা কুঁড়েঘরে মাথা গুঁজে পড়ে থাকো। উলোঝুলো পোশাক পরো, ভালমন্দ খাবার জোটে না, লোকে খাতির করে না, সমাজে প্রতিষ্ঠা পাওনি, তা হলে ভালটা কী হয়েছে বলতে পারো? তুমি তো আর সাধু-সন্ন্যাসী নও।''

শ্রীনিবাস নিস্পৃহ গলায় বলল, ''সাধু হওয়া কি সোজা?''

''শোনো শ্রীনিবাস, আমি জানি না তুমি পাগল, না কি বোকা, না কি বৈরাগী। তবে তুমি যে একটি অদ্ভুত লোক তাতে সন্দেহ নেই। এভাবে বেঁচে থাকতে কি তোমার ভাল লাগে? বুড়ো হয়েছ, এখন একটু ভোগসুখ করতে ইচ্ছে যায় না? ধরো যদি অসুখ-বিসুখ করে, বিছানায় পড়ে যাও তা হলেই বা কে তোমাকে দেখবে, ডাক্তার-বদ্যিরই বা কী ব্যবস্থা হবে, এসব ভেবেছ? তোমার তো তিনকুলে কেউ নেই, একা মানুষ, হাতে টাকাপয়সা না থাকলে তোমার গতিটা কী হবে জানো?''

শ্রীনিবাস একটু হেসে বলল, ''তা আর ভাবি না? খুব ভাবি। ভেবে ভয়ও হয় খুব। তুমিও যে আমার কথা এত ভাবো তা জেনে বড় ভাল লাগল।''

''ইয়ারকি নয় শ্রীনিবাস, আমি ভাবের ঘোরে চলি না। আমি কাজের লোক। হাতে ক্ষমতা পেয়েও যদি কেউ সেই ক্ষমতা কাজে না লাগায় তা হলে সে আহাম্মক। এই যে অদ্ভুত বাঁশিটা দেড়শো বছর ধরে রাজবাড়িতে পড়ে আছে এটা কি ঠিক হচ্ছে? মোহন রায় অনেক মাথা খাটিয়ে, বিস্তর মেহনতে এটা তো ফেলে রাখার জন্য তৈরি করেননি! তাঁর অপোগণ্ড বংশধরেরাও বাঁশিটা কেউ কাজে লাগায়নি। এখন দুনিয়ার তুমিই একমাত্র লোক যে এই বাঁশির বিদ্যেটা জানো। তুমি মরে গেলে এই বাঁশি চিরকালের মতো বোবা হয়ে যাবে। এত বড় একটা সম্পদ নষ্ট হবে। ভেবে দেখো শ্রীনিবাস। বিদ্যেটা দিয়ে যাও, বাঁশিটা সার্থক হোক।''

''বিদ্যেটা শিখে তুমি কী করবে মহানন্দবাবু?''

''তোমাকে মিথ্যে কথা বলব না। লোককে ঘুম পাড়িয়ে এলাকা লুট করার মতো ছোট নজর আমার নয়। কথা দিচ্ছি, সাধারণ মানুষের ধনসম্পত্তিতে আমি হাতও দেব না। আমি বন্দোবস্ত করব সরকার বাহাদুরের সঙ্গে।''

অবাক হয়ে শ্রীনিবাস বলল, ''সেটা কীরকম?''

''আমি জানি, তিন নম্বর সুরে প্রলয়কাণ্ড হয়। ঘূর্ণিঝড় ওঠে, বান ডাকে, ভূমিকম্প হয়। ধরা যাক, আমি সরকার বাহাদুরকে খবর দিলাম, অমুক দিনের মধ্যে আমাকে একশো কোটি টাকা না দিলে অমুক দিন অতটার সময় অমুক জায়গায় প্রলয়ংকর কাণ্ড এবং ভূমিকম্প হবে। সরকার প্রথমে পাত্তা দেবে না। কিন্তু নির্দিষ্ট দিনে, ঠিক

সময়ে সেই জায়গায় যদি তাই হয় তা হলে সরকার নড়েচড়ে বসবে। দু'বার বা তিনবার একই কাণ্ড ঘটলে তখন আর সরকার চুপ করে থাকতে পারবে না। ভয় পেয়ে আমার দাবি মিটিয়ে দেবে। তোমাকে কথা দিচ্ছি আমার রোজগারের চার আনা ভাগ তোমার। ভাল করে ভেবে দেখো, এ কাজে খারাপ কিছু নেই। টাকাটা দেবে সরকার। আর সরকারের টাকার ওপর হক তো আমাদের আছেই। ঠিক কি না!"

হঠাৎ মুখটা উজ্জ্বল হল শ্রীনিবাসের। সে দুলে দুলে হেসে বলল, "খুব ঠিক। আমি ভাবছি, সরকার টাকাটা পাবে কোথায়। যতদূর শুনেছি, সরকারের টাকা আসলে দেশের মানুষেরই টাকা। তাই নাকি মহানন্দবাবু?"

মহানন্দ গম্ভীর হয়ে বলল, "সরকারের কত টাকা নয়ছয় হয় তুমি জানো? কত লোক সরকারি তহবিলের টাকা লুটমার করে নিচ্ছে! তা হলে আমাদের দোষ হবে কেন? সরকারি টাকা আসলে বেওয়ারিশ জিনিস। ও নিলে দোষ হয় না।"

"আমাকে সিকিভাগ দিতে চাও?"

"চাইলে আধাআধি বখরাও হতে পারে।"

ভ্রু কুঁচকে মহানন্দের দিকে চেয়ে শ্রীনিবাস ঠান্ডা গলাতেই বলল, "আমাকে একটা কথা বুঝিয়ে দেবে মহানন্দবাবু?"

"কী কথা?"

"আমাকে তুমি বখরাই বা দেবে কেন? ধরো বাঁশির বিদ্যে যদি আমি তোমাকে শিখিয়েই দিই তা হলে আমাকে বাঁচিয়েই বা রাখবে কেন তুমি? বুদ্ধিমান মানুষ কি তা করে?"

"তুমি ভাবছ বিদ্যেটা শিখে নিয়ে আমি তোমাকে মেরে ফেলব?"

"যুক্তি তো তাই বলে। শত্রুর কি শেষ রাখতে আছে?"

"আমি কথা দিলেও তুমি বিশ্বাস করবে না?"

"বিশ্বাস করার কারণ নেই যে।"

মহানন্দ একটা দীর্ঘশ্বাস ফেলে বলল, "তোমাকে ভাঙা যে সহজ হবে না তা আমি জানি। তোমার মৃত্যুভয়ও নেই। তবে তোমার একটা দুর্বলতার খবর আমি রাখি শ্রীনিবাস।"

"তাই নাকি?"

"কেতুগড়ে তোমার পাশের বাড়িতে একটা ছোট পরিবার থাকে। নয়নচাঁদ আর তার বউ বিষাণী। তাদের একটা বছর পাঁচেকের ফুটফুটে ছেলে আছে, তার নাম গোপাল। তোমার এতদিন সংসারের কোনও মায়ার বন্ধন ছিল না। কিন্তু ওই গোপাল হওয়ার পর থেকে বিষাণী বাচ্চাটাকে তোমার কাছে রেখে ঘর-গেরস্থালির কাজ

করত। আর তুমি গোপালকে কোলেপিঠে করে এত বড়টি করেছ। এখন সে তোমার নয়নের মণি, আর গোপালও দাদু ছাড়া কিছু বোঝে না। এখন ও তোমার হাতে খায়, তোমার কাছে ঘুমোয়।''

শ্রীনিবাসের মুখটা ধীরে ধীরে শুকিয়ে যাচ্ছিল। সে একটু গলা খাঁকারি দিয়ে ধরা গলায় বলল, ''কী বলতে চাও মহানন্দবাবু?''

''গোপালের ভাল-মন্দের জন্যই বলছি, আমার প্রস্তাবে রাজি হয়ে যাওয়াই সকলের পক্ষে মঙ্গল। যদি তুমি আমাকে ফিরিয়ে দাও আমি তোমাকে মারব না শ্রীনিবাস, কিন্তু গোপালকে তুলে নেব। তারপর যে ক'দিন তুমি বাঁচবে দগ্ধে দগ্ধে মরবে। এখনও ভেবে দেখো।''

শ্রীনিবাস কিছুক্ষণ গুম হয়ে বসে রইল। তারপর একটা দীর্ঘশ্বাস ফেলে ধরা গলায় বলল, ''মহানন্দবাবু, আমি জানি বিদ্যেটা শেখার পর তুমি আমাকে মেরে ফেলবে। মরতে আমার ভয়ও নেই। শুধু বলি, শেষবারের মতো ভেবে দেখো, ওই সর্বনেশে বাঁশি কাজে লাগাবে কি না।''

''আমার ভাবা হয়ে গেছে শ্রীনিবাস। আমি তোমাদের মতো বোকা নই। সম্পদ কাজে না লাগানোও অন্যায়।''

শ্রীনিবাস হাত বাড়িয়ে বলল, ''বাঁশিটা দাও। আর ঘর থেকে ওদের বেরিয়ে যেতে বলো।''

মাঝরাত্তিরে হঠাৎ কাতুকুতু খেয়ে গাঢ় ঘুম থেকে জেগে উঠল বিষ্ণুরাম, ভারী অবাক হয়ে বলল, ''এ কী রে! কাতুকুতু দেয় কে? অ্যাঁ! আরে, আমার কাতুকুতু লাগছে কেন? কী মুশকিল!''

কে একটা চাপা গলায় ধমক দিল, ''চোপ! উঠে পড়, সময় নেই।''

বিষ্ণুরাম ভয় খেয়ে ফ্যাসফ্যাসে গলায় বলল, ''কে রে তুই? চোর নাকি রে? অ্যাঁ! চোর? ওরে বাপু, দারোগার বাড়িতে চুরি করতে ঢুকলে কী হয় জানিস? পেনাল কোডে লেখা আছে, দারোগার বাড়িতে চুরি করলে ফাঁসি হয়। বুঝলি!''

''বুঝেছি। কিন্তু আমার ফাঁসি হওয়ার উপায় নেই। উঠে পড়, নইলে আবার কাতুকুতু দেব।''

বিষ্ণুরাম ভয় পেয়ে উঠে পড়ল। অন্ধকারে খাটের পাশে একটা আবছা মতো মানুষকে দেখে সে কাঁদো-কাঁদো হয়ে বলল, ''ওরে, গাঁয়ে তো আরও বাড়ি আছে, সেখানে যা না। যা বাবা, যত পারিস চুরি কর গে, কিচ্ছু বলব না। ওরে, আমি কি কখনও তোদের কাজে বাগড়া দিয়েছি, বল।''

“জানি, তুই হলি ষাঁড়ের গোবর। পোশাক পরে পিস্তলটা হাতে নে।”

“আমাকে হুকুম করছিস! সাহস তো কম নয়! তুই কে রে?”

“আমি মোহন রায়।”

“সেটা আবার কে?”

“বেশি কথার সময় নেই। বাঁশি শুনতে পাচ্ছিস?”

“বাঁশি!” বলে একটু অবাক হয়ে বিষ্ণুরাম চুপ করল। বাস্তবিক একটা ভারী অদ্ভুত সুরেলা শব্দ যেন বাতাসে নেচে নেচে বেড়াচ্ছে। শুনলে যেন রক্ত নেচে ওঠে।

বিষ্ণুরাম বলল, “বাঃ, বেশ বাজায় তো!”

“এটা এক নম্বর সুর।”

“তার মানে?”

“মানে বলার সময় নেই। দরজা খুলে বেরো, আমি পথ দেখিয়ে নিয়ে যাচ্ছি।”

“কিন্তু তোকে এত আবছা দেখছি কেন? স্বপ্ন নাকি?”

“না। স্বপ্ন নয়, আমাকে আবছাই দেখা যায়।”

“তা যেতে হবে কোথায়?”

“কাজ আছে। কথা না বলে বেরিয়ে পড়।”

বিষ্ণুরামের হঠাৎ মনে হল, এ লোকটা যে-সে লোক নয়। ভারিক্কি গলা, বেশ দাপট আছে, কেউকেটা কেউ হবেও বা। সে একটু নরম হয়ে বলল, “তা না হয় যাচ্ছি, কিন্তু আপনার পরিচয়টা?”

“পরে হবে। ওই যে দু’নম্বর সুর বাজছে।”

বিষ্ণুরাম পথে বেরিয়ে সামনের আবছা লোকটার পিছু পিছু যেতে যেতে শুনতে পেল, বাঁশির সুরটা পালটে গেছে। ভারী নেশাড়ু একটা সুর চারদিকে যেন ঘুম-ঘুম ভাব ছড়িয়ে দিচ্ছে। বিষ্ণুরাম একটা হাই তুলতে গিয়ে দেখল, রাস্তায় ঘাটে, মাঠে, ময়দানে, এখানে সেখানে লোকজন শুয়ে ঘুমোচ্ছে। গরমে লোকে ঘরের বাইরে অনেকে ঘুমোয় বটে, কিন্তু পথেঘাটে এরকম পড়ে থাকে না তো!

বিষ্ণুরাম সভয়ে বলল, “মোহনবাবু, এরা কি মরে-টরে গেছে, নাকি!”

“না। দু ’নম্বর সুর শুনলে সবাই ঘুমিয়ে পড়ে।”

“তা হলে আমি ঘুমোচ্ছি না কেন?”

“তোর ওপর সুরটা ক্রিয়া করছে না, আমি সঙ্গে আছি বলে।”

“ঘুমোতে দিচ্ছেন নাই-বা কেন?”

“তুই না এলাকার শান্তিরক্ষক?”

“আহা, শান্তিরক্ষকদের কি ঘুমোতে নেই?”

"সারাক্ষণ তুই তো ঘুমিয়েই থাকিস। তোর চোখ ঘুমোয়, মন ঘুমোয়, বিবেক ঘুমোয়, বুদ্ধি ঘুমোয়। আজ তোর জেগে ওঠার পালা।"

"আপনার কথা শুনে ভয়-ভয় করছে যে!"

"আজ ভয় পেলে চলবে না। আয়।"

হঠাৎ বাঁশির সুরটা পালটে একটা ভয়ংকর ভয়াল সুর বেজে উঠল। যেন পেতনির কান্না। হঠাৎ যেন হাহাকারে ভরে গেল চারদিক। হঠাৎ প্রলয়ের শব্দ তুলে হুহুংকারে ছুটে আসছিল ঘূর্ণিঝড়ের শব্দ। সেই সঙ্গে বিপুল জলের কলরোল।

বিষ্ণুরাম চেঁচাল, "কী হচ্ছে বলুন তো মোহনবাবু!"

"তিন নম্বর সুর।"

হঠাৎ পায়ের তলার মাটি দুলতে লাগল দোলনার মতো। মড়মড় শব্দ উঠল গাছের ডালপালায়, পাখিরা তারস্বরে চেঁচাতে লাগল, আকাশে ঝলকাতে লাগল বিদ্যুৎ।

তারপর আচমকাই সব শব্দ থেমে গেল। মাটির দোলন থেমে স্থির হল।

"তাড়াতাড়ি আয়। এবার বিপদ।"

"বিপদ! তা বিপদের মধ্যে আমাদের যাওয়া কি ভাল হচ্ছে?"

"পিস্তল বাগিয়ে আয়।"

লোকটা এত জোরে হাঁটছে যেন মনে হচ্ছে উড়ে উড়ে যাচ্ছে। বিষ্ণুরাম প্রাণপণে হেঁটেও তাল রাখতে পারছে না। থেমে যে উলটোদিকে পালাবে তারও উপায় নেই। একটা চুম্বকের মতো টান যেন তাকে টেনে হিঁচড়ে নিয়ে চলেছে।

সামনে থেকে মোহন রায় কেবল বলছে, "আয়, তাড়াতাড়ি আয়।"

* * *

বাঁশি থামতেই মহানন্দ শ্রীনিবাসের হাত থেকে বাঁশিটা কেড়ে নিয়ে হাসল। তারপর দুই কানের ভিতর থেকে দুটো তুলোর টিপলি বের করে ছুড়ে ফেলে দিয়ে বলল, "আজ চোখ আর কানের বিবাদভঞ্জন হল হে শ্রীনিবাস। তোমারও কাজ শেষ হয়ে গেল।"

শ্রীনিবাস জ্বলজ্বল করে চেয়েছিল মহানন্দের দিকে। বলল, "বিদ্যে তো পেয়ে গেলেন। কিন্তু মনে রাখবেন ওই বাঁশি এক মহৎ শিল্পীর কাজ, এক দারুণ কারিগরের। পৃথিবীতে এমনটা আর হয়নি, হবেও না। ওটা দিয়ে মোটা দাগের কাজ করলে পস্তাতে হবে।"

মহানন্দ একটু হেসে পাঞ্জাবির ঝুল-পকেট থেকে একটা পিস্তল বের করে

শ্রীনিবাসের দিকে চেয়ে বলল, ‘‘এই বিদ্যের ভাগীদার থাকা কি ভাল শ্রীনিবাস?’’

শ্রীনিবাস একটু হেসে বলল, ‘‘আমার কাজ ফুরিয়েছে মহানন্দবাবু। গুলিটা চালিয়ে দিন।’’

রিভলভারের শব্দ হল।

কিন্তু শ্রীনিবাস অবাক হয়ে দেখল, সে নয়, তার বদলে মহানন্দই উপুড় হয়ে পড়ে আছে মেঝের ওপর। পিঠ থেকে রক্তের একটা ধারা নেমে আসছে মেঝেতে। আর দরজায় খোলা ধোঁয়ানো রিভলভার হাতে অবাক হয়ে দাঁড়িয়ে আছে বিষ্ণুরাম দারোগা। তার চোখে ভারী অবাক দৃষ্টি।

* * *

পরদিন সকালে নয়নতারা বলল, ‘‘দিন তো বাবা, ওই অলক্ষুনে বাঁশিটা উনুনে গুঁজে দিই।’’

মৃদু আপত্তি করে পরাণ বলল, ‘‘আহা, ক’টা দিন থাক না হাতে। বেশি কিছু তো নয়, একখানা দোতলা বাড়ি, পনেরো-বিশ বিঘে ধানি জমি, দুটো দুধেল গাই...’’

শ্রীনিবাস বাঁশিটার গায়ে আদরে হাত বুলিয়ে বলল, ‘‘এমন শিল্পকর্ম কি নষ্ট করতে আছে রে! যেখানকার জিনিস সেখানেই ফিরিয়ে দিয়ে আসব।’’

পরাণ বলল, ‘‘ছোটখাটো দু’-একটা কাজ-কারবার করে নিলে হয় না বাবা?’’

শ্রীনিবাস ঝোলা খুলে কয়েকটা মোহর, সোনার রেকাবি, রুপোর বাসন বের করে দিয়ে বলল, ‘‘এগুলো বেচে যা পাবি তাই দিয়ে একটা দোকান দে। চুরির ধাত তোর নয়, ও তোর হবে না।’’

জিনিসগুলো দেখে পরাণ ভারী আহ্লাদিত হয়ে বলল, ‘‘এ থেকে আপনাকে কত ভাগ দিতে হবে বাবা?’’

শ্রীনিবাস মৃদু হেসে বলে, ‘‘ভাগ দিবি? ভাগ করলে সব জিনিসই তো ছোট হয়ে যায় রে। আমার কি অল্পে হয়? অল্পে আমার মন ভরে না বলে ভগবান যে আমাকে গোটা বিশ্ব-সংসারটাই দিয়ে রেখেছেন! ভাগ নিয়ে তোরা থাক।’’

সাধুবাবার লাঠি

আদায় উশুল সেরে গেঁজেতে টাকা ভরে কোমরে ভাল করে পেঁচিয়ে বেঁধে যখন নবীন গাঁয়ে ফেরার জন্য রওনা হল, তখন খেয়াল হল, শীতের বেলা ফুরিয়ে এসেছে। সন্ধে হয় হয়। বড্ড দেরি করে ফেলেছে সে। হরিপুর অনেকটা রাস্তা। প্রায় মাইলতিনেক। তার মধ্যে আড়াই মাইল হল গে জনমানবহীন ভুরফুনের মাঠ। ও মাঠে কোথাও বসতি নেই। মাঝে মাঝে জংলা জায়গা, জলা, একটা ভাঙা কেল্লা আর কিছু উদোম নিস্ফলা মাঠ। তার ভিতর দিয়েই এবড়ো-খেবড়ো মেঠো রাস্তা নানা বাঁক নিয়ে হরিপুর ঘেঁষে নয়াগঞ্জ অবধি চলে গেছে। সাইকেলখানা থাকলেও হত। কিন্তু সেখানা এই কাল রাতেই চুরি হয়ে গেছে ভিতরের বারান্দা থেকে। কাজেই হেঁটে আসতে হয়েছে নবীনকে। হেঁটেই ফিরতে হবে। সঙ্গীসাথী থাকলেও হত। কিন্তু কপাল খারাপ। আজ সঙ্গীসাথীও কেউ নেই। ভুরফুনের মাঠের বদনাম আছে। একসময়ে ঠ্যাঙাড়ে, ঠগিদের অত্যাচার ছিল খুব। এখন সে আমল নেই বটে, কিন্তু খারাপ লোকের তো আর আকাল পড়েনি। তা ছাড়া অন্য সব কথাও শোনা যায়। পারতপক্ষে রাতবিরেতে ও পথে কেউ পা বাড়ায় না।

কিন্তু ভয়ের কথা ভাবলেই ভয় আরও বেশি করে চেপে ধরে। ফিরতে যখন হবেই তখন ঠাকুরের নাম নিয়ে বুক ঠুকে রওনা হওয়াই ভাল।

হরিবোলজ্যাঠা মস্ত মহাজন। তার আড়তেই নবীনদের ধান, চাল, গম, আলুর চালান বেশি। অন্য সব মহাজনও আছে। সব মিলিয়ে আদায় আজ বড় কম হয়নি। হরিবোলজ্যাঠা হাফ চশমার উপর দিয়ে তলচক্ষুতে চেয়ে বলল, ''ওরে নবীন, সন্ধে করে ফেললি বাপ, অতগুলো টাকা নিয়ে রাতবিরেতে যাবি! বরং আজ গদিতেই থেকে যা। ভোর-ভোর রওনা হয়ে পড়বি।''

নবীনের সে উপায় নেই। আজ হরিপুরে মস্ত যাত্রার আসর। ব্যবস্থাপকদের মধ্যে নবীনও আছে। মাথা নেড়ে বলল, ''তাড়া আছে জ্যাঠা। নইলে থেকেই যেতাম।''

''তা হলে বরং একটা লাঠি-সোঁটা কিছু সঙ্গে রাখ। বদ-বজ্জাতরা হাতে লাঠি দেখলে তফাত যাবে।''

''লাঠিকে আজকাল কেউ ভয় পায় না জ্যাঠা। বিপদে পড়লে বরং দৌড় লাগানো ভাল।''

''দূর বোকা, লাঠিই মানুষের চিরকেলে অস্তর। অন্তত শেয়াল-কুকুর তাড়া করলে তো কাজে দেবে। সঙ্গে থাকলে একটা বলভরসা হয়। দাঁড়া, দেখি আমার কাছে কিছু আছে কি না।''

হরিবোলজ্যাঠার গদির তক্তপোশের তলা থেকে গোটাকয়েক ধুলোমলিন লাঠি টেনে বের করল গদির কর্মচারী জগা। ন্যাকড়া দিয়ে মুছে-টুছে হরিবোল জ্যাঠার সামনে রাখল। জ্যাঠা ভাল করে নিরখ-পরখ করার পর একখানা লম্বা পাকা বাঁশের লাঠি তুলে নিয়ে বলল, ''তুই এইটে নিয়ে যা। কয়েক বছর আগে হিমালয় থেকে এক সাধু এসে দিয়ে গিয়েছিল। পায়ে ঘা হয়ে দিনকতক আমার চণ্ডীমণ্ডপে ছিল বেচারি। রামকবিরাজকে দিয়ে চিকিৎসা করিয়ে ঘা সারিয়ে দিয়েছিলাম। সাধু যাওয়ার সময় লাঠিগাছ দিয়ে গিয়েছিল। আমার তো কোনও কাজে লাগে না। তুই-ই নিয়ে যা। তোকে দিলাম।''

নবীন দেখল, লাঠিটা তার মাথার সমান লম্বা। আর খুব ভারী। লাঠির দুই প্রান্ত লোহায় বাঁধানো। নিরেট, মজবুত লাঠি। হাতে নিলে একটা ভরসা হয়। আরও একটা ভরসার কথা হল, আজ শুক্লপক্ষের ত্রয়োদশী। সুতরাং সন্ধের পর জ্যোৎস্না ফুটবে।

হরিবোলজ্যাঠার আড়ত থেকে বেরিয়ে ভেলুর দোকানে গিয়ে ঢুকল নবীন। এ দোকানের বিখ্যাত শিঙাড়া আর জিলিপি না খেলে জীবনই বৃথা। ফুলকপি, আলু, কিশমিশ আর বাদাম দিয়ে শিঙাড়াটা যা বানায় ভেলু, তেমনটি এ তল্লাটে আর কেউ পারে না। জিলিপিটাও সাড়ে সাত প্যাঁচের মধুচক্র। দেরি যখন হয়েই গেছে তখন আর পনেরো মিনিটে কী-ই বা ক্ষতি! খিদেপেটে তিন মাইল হাঁটাও সম্ভব নয়।

ভেলুর দোকানে যেন রাসমেলার ভিড়, গঞ্জে যত ব্যাপারী মাল গস্ত করতে আসে সবাই হামলে পড়ে এই দোকানটাতেই। কাজেই নবীনকে নানা কসরত করে শিঙাড়া, জিলিপি জোগাড় করতে হল। তাতেও গেল মিনিট দশেক। এক কোণে বসে মন দিয়ে খাচ্ছিল সে। উলটো দিকে বসা রোগা সুড়ুঙ্গে চেহারার খোঁচা-খোঁচা দাড়িওয়ালা একটা লোক বলল, ''ভাই, তুমি লেঠেল নাকি?''

নবীন একটু অবাক হয়ে চাইল। তারপর নিজের হাতে ধরা লাঠিটা খেয়াল হল তার। বলল, ''তা বলতে পারেন।''

''প্যাঁচপয়জার জানা আছে তা হলে?''

''তা একটু-আধটু জানি বই কী!'' কথাটা অবশ্য ডাহা মিথ্যে। নবীন কস্মিনকালেও লাঠি খেলতে জানে না। তবে লাঠিটা হাতে থাকায় তার বেশ একটা বলভরসা হচ্ছে।

ঢ্যাঙা লোকটা একটা কচুরিতে কামড় দিয়ে বলল, ‘‘সনাতন ওস্তাদের নাম শুনেছ?’’

নবীন নির্বিকার মুখে বলল, ‘‘আজ্ঞে না।’’

‘‘সে কী হে! লাঠিবাজি করো আর ওস্তাদ সনাতনের নাম জানো না?’’

‘‘তিনি কে বটেন?’’

আলুর ঝোল সাপটানো কচুরিটা মুখে পুরে কাঁধের গামছায় হাত পুঁছে তাড়াতাড়ি জোড়হাত কপালে ঠেকিয়ে লোকটা বলল, ‘‘নমস্য ব্যক্তি হে, নমস্য ব্যক্তি। আমিও কিছুদিন তাঁর শাগরেদি করেছিলুম। তা পেটের ধান্দায় বেরিয়ে পড়তে হল বলে বিদ্যেটা শেখাই হল না। বলি, পটাশপুরের নাম জানা আছে?’’

শিঙাড়া চিবোতে চিবোতে আরামে নিমীলিত চোখে চেয়ে নবীন বলল, ‘‘আজ্ঞে না।’’

‘‘ভূগোলে তো দেখছি তুমি খুবই কাঁচা হে।’’

‘‘আজ্ঞে, বেজায় কাঁচা।’’

‘‘এখান থেকে যদি পুবমুখো রাস্তাটা ধরো তা হলে মাইলপাঁচেক গেলে বিষ্টুপুর গাঁ। সেখান থেকে বাঁ হাতে যে রাস্তাটা গড়সীতারামপুর গেছে সেটা ধরে ক্রোশ দুই গেলে শ্মশানেশ্বরী কালীমন্দির। ভারী জাগ্রত দেবী, একসময়ে নরবলি হত। সেখান থেকে ডানহাতি কাঁচা রাস্তা ধরে আরও ক্রোশ দুই গেলে বাতাসপুর। বলি, বাতাসপুরের নাম শুনেছ?’’

‘‘কস্মিনকালেও না।’’

‘‘সেখানকার যজ্ঞেশ্বরের মন্দিরের লাগোয়া পুকুরে পাঁচশো-হাজার বছর বয়সি ইয়া বড় বড় কাছিম গিজগিজ করছে। এক-দেড় মন ওজন বাতাসপুরের গুড়ের বাতাসা বিখ্যাত জিনিস, আড়ে-দিঘে এক বিঘত করে, ওজনদার জিনিস।’’

‘‘কথাটা হচ্ছিল পটাশপুর নিয়ে।’’

‘‘আহা বাতাসপুরে পৌঁছলে, আর পটাশপুর তো এসেই গেল প্রায়।’’

‘‘পৌঁছে গেছি! বাঃ।’’

‘‘না হে, পৌঁছাওনি। ওখানে একটি বাধক আছে। বাতাসপুরের ধারেই একটা পাজি নদী আছে। ধলেশ্বরী। চোত-বোশেখে তেমন তেজি নয়, কিন্তু জষ্টি থেকে মাঘ-ফাল্গুন অবধি একেবারে ভৈরবী। খেয়া পার হওয়াই কঠিন। তা ধলেশ্বরী পেরোলেই নয়াগঞ্জ। দিব্যি জায়গা। রোজ বাজার বসে, বুধবারে হাট, পয়সাওলা লোকের অভাব নেই। নয়াগঞ্জের বেগুন খেয়েছ কখনও? মনে হবে বেগুন তো নয়, মাখন। লোকে বলেও তাই, মাখনি বেগুন।’’

''তা বেগুনের পরেই কি পটাশপুর?''

''আরে, অত তাড়াহুড়োর কী আছে? চারদিক দেখতে দেখতে চাখতে চাখতে যাওয়াই তো ভাল। নয়াগঞ্জে আমার খুড়শ্বশুরের বাড়ি যে হে। বিশাল তেলের কারবার। মাস গেলে বিশ-ত্রিশ হাজার টাকা রোজগার। পেল্লায় দোতলা বাড়ি, সঙ্গে আমবাগান। সেখানে দু'দিন বডি ফেলে দিলে দিব্যি তাজা লাগবে। যত্নআত্তি করে খুব। দু'বেলা গরম ভাতে ঘি, শেষপাতে ঘন দুধ আর মর্তমান কলা বাঁধা। নয়াগঞ্জ থেকে ভোর-ভোর বেরিয়ে পড়লে দুপুর নাগাদ দুধসাগরে পৌঁছে যাবে। দুধসাগরের রাজবাড়ি তো দেখোনি! দেখার মতোই বাড়ি। সাত-সাতটা মহাল। তবে এখন সবই ভগ্নদশা। বুড়ো রাজা এখনও বেঁচে আছেন। মাথায় একটু গণ্ডগোল, সারাদিন বাড়ির আনাচে-কানাচে ঘুরে বেড়ান আর বিড়বিড় করেন। ভাঙা পাঁচিলের ফাঁকফোকর দিয়ে রাজ্যের গোরু-ছাগল ঢুকে রাজবাড়ির বাগানে ঘাস খায়।''

''তা হলে পটাশপুরে আর পৌঁছানো হল না আজ! আমাকে উঠতে হবে মশাই, একটু তাড়া আছে।''

''আহা, পটাশপুর তো এসেই গেছে হে। দুপুরটা দুধসাগরে জিরিয়ে নাও, তারপর পড়ন্তবেলায় যদি হাঁটা ধরো তা হলে পদ্মপুকুরে পৌঁছাতে সন্ধে। রাতটা জিরেন নাও। পদ্মপুকুর বিরাট গঞ্জ জায়গা। আগরওয়ালাদের ধর্মশালায় দিব্যি ব্যবস্থা। তিন টাকায় শতরঞ্চি আর কম্বল পাওয়া যাবে, সঙ্গে খাটিয়া। রাতে তিনটি টাকা ট্যাঁক থেকে খসালে তেওয়ারির হোটেলে চারখানা ঘি মাখানো গরম রুটি আর ঘ্যাঁট পাওয়া যাবে। আর একখানা আধুলি যদি খসাও তা হলে ঘন অড়হরের ডাল। আর চাই কী? তারপর ঘুমখানা যা হবে না, একশো ছারপোকার কামড়ও টের পাবে না।''

''আচ্ছা আচ্ছা মশাই, বাকিটা পরেরবার শুনব'খন। আমাকে এখনই ফিরে যেতে হবে।''

''ওরে বাপু, আমিও কি এই অখদ্দে মাধবগঞ্জে পড়ে থাকব নাকি? আমাকে তো উঠতে হবে হে। এখনও তো দেড়খানা জিলিপি তোমার পাতে পড়ে আছে। ওটুকু খেতে খেতেই আমার কথা ফুরিয়ে যাবে। পদ্মপুকুরের কথা যা বলছিলাম, ওখান থেকে সকালে বেরিয়ে পড়লে পটাশপুর আর কতদূর? মাঝখানে শুধু দোহাটা আর মুগবেড়ে। দোহাটার কথা না হয় আজ থাক। তবে মুগবেড়ে কিন্তু খুব ভুতুড়ে জায়গা। চারদিকে বাঁশবন আর একশো-দেড়শো বছরের বট-অশ্বত্থ গাছ। দিনের বেলাতেও গা-ছমছম করে। মেলা তান্ত্রিক আর যোগী পুরুষের বাস। যারা ভূতে বিশ্বাস করে না তাদের যদি একবার টেনে-হিঁচড়ে নিয়ে গিয়ে ফেলতে পারো, তা হলে দেখবে 'রাম রাম' করে পালাবার পথ পাবে না। সন্ধের পর তো ভূতের একেবারে মোচ্ছব লেগে

যায়। চারদিকে ভাম-ভাম গন্ধ, চিমসে গন্ধ, প্রাণ জল করা হিঁ-হিঁ হাসি, খোনা সুরের ফিসফাস। বাপ রে, হাজারে-বিজারে অশরীরী।''

''আমার জিলিপি কিন্তু আর আধখানা আছে।''

''ওতেই হবে। একটু চিবিয়ে খাও। মুগবেড়েতে রাতে থাকার সুবিধে নেই, দরকারও নেই। বরং একটু জোর পায়ে হেঁটে জায়গাটা পেরিয়ে গিয়ে এক ক্রোশ দক্ষিণে ছোট পিশুনিয়া গ্রামে দিঘির ধারে গোবিন্দর তেলেভাজার দোকানে বসে একপেট মুড়ি-বেগুনি সাঁটিয়ে নাও। ঘুগনিটাও বড্ড ভাল বানায়। ছোট পিশুনিয়ায় যা খাবে নির্ভয়ে খেতে পারো। শুধু খাওয়ার পর একঘটি জল খেয়ে নিয়ো, ঘণ্টাটাক বাদে পেট খিদের চোটে হাঁচোড়-পাঁচোড় করবে।''

''এই যে, জিলিপির শেষ টুকরোটা মুখে দিলাম কিন্তু।''

''আহা, গিলে তো খাবে না হে বাপু। চিবোতে একটু সময় তো লাগবে। তারিয়ে তারিয়ে খাও। বলছিলুম ছোট পিশুনিয়া থেকে চারদিকে চারটে পথ গেছে। পশ্চিমের পথ ধরে নাক বরাবর দু'ক্রোশ গিয়ে লতাবেড়ের জঙ্গল। ঘাবড়িয়ো না, আজকাল আর বাঘ-ভালুক নেই। কয়েকটা শেয়াল আর এক-আধটা নেকড়ে থাকতে পারে। নির্ভয়ে ঢুকে যাও জঙ্গলে। ঘণ্টাদুই হেঁটে জঙ্গল থেকে বেরিয়েই দেখবে পটাশপুর তোমার জন্য কোল পেতে বসে আছে।''

''যাক বাবা, পৌঁছানো গেল তা হলে।''

''সবুরে মেওয়া ফলে হে বাপু। এই যে পথটা চিনিয়ে দিলুম, এখন চোখ বুজেও যেতে পারবে।''

''চেষ্টা করে দেখব'খন। তা হলে আজ আসি।''

''ওরে বাপু, এত কষ্ট করে পটাশপুরে যে পৌঁছালে তাতে লাভটা কী হল সেটা তো জানা থাকা চাই।''

''লাভ-লোকসান ঠিক বুঝতে পারছি না। মাথা ঘুরছে।''

''ওহে বাপু, ওখানেই তো সনাতন ওস্তাদের বাস।''

নবীন অবাক হয়ে বলল, ''সনাতন ওস্তাদ! সে আবার কে?''

''তুমি দেখছি বড্ড আহাম্মক হে! সনাতন লেঠেলের কথাতেই তো পটাশপুরের কথা উঠল।''

''তা বটে। কিন্তু কথাটা উঠছে কেন?''

''উঠবে না! যেখানেই লাঠি সেখানেই সনাতন ওস্তাদের কথা। ভূ-ভারতে ওরকম লাঠিয়াল পাবে না। যদি লাঠিবাজিই করতে চাও তবে একবার পটাশপুরে গিয়ে সনাতন ওস্তাদের আখড়ায় তালিম নিয়ে এসো। লাঠি কীভাবে ধরতে হয়, সেটা

শিখতেই ছ'মাস লাগে। লাঠি দেখতে নিরীহ ঠ্যাঙা, কিন্তু ওনার হাতে পড়লে বন্দুকের সঙ্গে টক্কর দিতে পারে। তাই বলছিলুম—"

নবীন উঠে পড়ল। বলল, "কে বলেছে মশাই, যে আমি লাঠিখেলা শিখতে চাই? আমার পটাশপুরে যাওয়ারও ইচ্ছে নেই, সনাতন ওস্তাদের কাছে তালিম নেওয়ারও দরকার নেই। ঝুঠমুট আমার খানিকটা সময় নষ্ট করলেন।"

লোকটা সরু চোখে চেয়ে বলল, "তোমার ভালর জন্যই বলছিলাম বাপু। ট্যাঁকে না হোক হাজারত্রিশেক টাকা নিয়ে রাতবিরেতে ভুরফুনের মাঠ পেরোতে হলে শুধু ভগবানের ভরসা না রাখাই ভাল। তা হাতের লাঠিখানা যদি চালানোর বিদ্যে জানা থাকত তা হলে খারাপটা কী হত শুনি!"

নবীন হাঁ। বাস্তবিক আজ তার গেঁজেতে ত্রিশ হাজার টাকার মতোই আছে। যে খবর এ লোকটার জানার কথা নয়। তার উপর সে যে ভুরফুনের মাঠ পেরোবে সে খবরই বা এ রাখে কোন সুবাদে! চোর-ডাকাত নয় তো!

লোকটা যেন তার মনের কথা শুনতে পেয়ে বলল, "না হে বাপু, আমি চোর-ডাকাতও নই, তাদের আড়কাঠিও নই। তবে কিনা তাদের খুব চিনি। চারদিকেই আড়ে-আড়ে ঘুরে বেড়াচ্ছে সব। চেনার জো নেই। দেখার চোখ থাকলে অবশ্য ঠিকই দেখতে পেতে।"

নবীন একটু ভড়কে গিয়েছিল। গলাখাঁকারি দিয়ে বলল, "আ-আপনি কে বলুন তো!"

লোকটা চারখানা জিলিপির ফরমাশ দিয়ে নবীনের দিকে চেয়ে নিমীলিত নয়নে নরম গলায় বলল, "সে খতেনে বাপু তোমার কাজ কী? আমি হলুম গে ভবঘুরে মানুষ। মানুষজন দেখে বেড়ানোই কাজ। ওই যে সবুজ জামা পরা লোকটা তোমার পিছনের টেবিলে বসে চপ খাচ্ছিল তাকে লক্ষ করেছ?"

"আজ্ঞে না।"

"তবে তো তোমার চোখ থেকেও নেই। অমন দিনকানা-রাতকানা হলে গাঁট তো যাবেই, প্রাণটা নিয়েও টানাটানি হতে পারে। শুধু লাঠি চমকালেই তো হবে না। চোখ, মগজ, হুঁশ এগুলো যদি কুলুপ এঁটে রাখো, তবে লড়বে কীসের জোরে? মানুষের আসল অস্তরই তো ওগুলো। বলে রাখলুম, সবুজ জামা কিন্তু লোক ভাল নয়। তোমার উপর নজর রাখছে।"

নবীন শুকনো মুখে ফের ধপাস করে বসে পড়ে বলল, "তা হলে কী করা যায় বলুন তো!"

"দাঁড়াও বাপু, দাঁড়াও। জিলিপিটা আগে শেষ করি, তারপর ভেবে বলব।"

"কিন্তু আমার যে বড্ড দেরি হয়ে যাচ্ছে! হরিপুরে আজ যাত্রার আসর কিনা! আমিই যে ক্লাবের সেক্রেটারি।"

লোকটা সরু চোখে চেয়ে তাচ্ছিল্যের গলায় বলল, "যাত্রা! তা কী পালা হচ্ছে?"

"আজ্ঞে, নতুন একটা সামাজিক পালা, 'ওগো বধূ সুন্দরী'।"

"দূর দূর, ওসব ম্যাদামারা পালা দেখে জুত নেই।"

"আজ্ঞে, পালাটা খুব নাম করেছে। চিৎপুরের দল। অনেক টাকার বায়না।"

লোকটা দ্বিতীয় জিলিপিটায় কামড় বসিয়ে বলল, "ভাল পালা বলছ?"

"আজ্ঞে হ্যাঁ, খুব নাম। বায়না নিতেই চায় না।"

"বলি তলোয়ার খেলা-টেলা আছে?"

"তা আছে বোধ হয়। আজকাল ঝাড়পিট না হলে লোকে তেমন নেয় না।"

"তা না হয় হল। কিন্তু রাতে খ্যাটনের কী ব্যবস্থা?"

"সে হয়ে যাবে'খন। যাবেন?"

"দাঁড়াও, আগে সব জেনেবুঝে নিই। শোওয়ার ব্যবস্থা কেমন?"

"সেও হয়ে যাবে'খন।"

"আমি ভবঘুরে বটে, কিন্তু গায়ে বনেদি রক্তটা তো আছে। মোটা চালের ভাত, পাশবালিশ ছাড়া ঘুম, ওসব আমার চলবে না।"

"সেসব ব্যবস্থাও হবে। ভাববেন না।"

"তা হলে লাঠিগাছ আমার হাতে দাও। তোমাকে দেখেই বুঝেছি যে তুমি আনাড়ি।"

নবীন মনে একটু জোর পেল। লোকটা রোগাপটকা বটে, কিন্তু পাকানো শক্ত চেহারা। হুঁশিয়ার, পোড়-খাওয়া লোক। চল্লিশ-বিয়াল্লিশের মতো বয়স। পরনে খাটো ধুতি, গায়ে সবুজ শার্ট, তার উপর একটা খয়েরি রঙের হাফ সোয়েটার। নবীন লাঠিখানা এগিয়ে দিয়ে বলল, "আপনার নামটা?"

"নিমাই রায়। তুমি নিমাইদা বলেই ডেকো।"

"আমি হলুম নবীন সাহা।"

"আর বলতে হবে না। জটেশ্বর সাহার ছেলে তো? তোমাদের বিস্তর ধানজমি, চাল আর তেলের কল আছে। একটা মুদিখানাও।"

নবীন অবাক হল না। লোকটা হয়তো অন্তর্যামী, সাধক-টাধকদের ওসব গুণ থাকে।

লোকটা ফের যেন তার মনের কথা টের পেয়ে ডাইনে-বাঁয়ে মাথা নেড়ে বলল,

"না রে বাপু। আমি অন্তর্যামী-টামি নই। তবে আমার বাতিক হল, মানুষের খবর-টবর রাখা। এই গঞ্জের বাজারে যত লোক আনাগোনা করে তাদের প্রায় সবার নাড়িনক্ষত্র আমার নখদর্পণে।"

নবীন নিজের আর নিমাইয়ের খাবারের দামটাও মিটিয়ে দিল। নিমাই বিশেষ আপত্তি করল না।

গঞ্জের সাঁকোটা পেরিয়ে নির্জন মাঠের রাস্তায় পড়েই নবীন হাঁটার গতি বাড়িয়ে দিলে নিমাই বলল, "উঁহু, অত জোরে হেঁটো না। লোকে সন্দেহ করবে। দুলকি চালে হাঁটো, বদমাশরা যাতে বুঝতে না পারে যে ভয় পেয়েছ। ভয় হল মানুষের সবচেয়ে বড় শত্তুর।"

শীতের সন্ধে। চারদিকে একটা ভুতুড়ে কুয়াশা পাকিয়ে উঠছে। আবছায়ায় যতদূর চোখ যায়, মাঠঘাট শুনশান। জনমনিষ্যি নেই। চারদিকটা থমথম করছে।

খানিকক্ষণ চুপচাপ হাঁটার পর নিমাই হঠাৎ চাপা গলায় বলে উঠল, "একটা কথা বলে রাখছি তোকে।"

নবীন তটস্থ হয়ে বলে, "কী কথা নিমাইদা?"

"এই শীতকালে ফুলকপির পোরের ভাজা তোর কেমন লাগে?"

"খুব ভাল।"

"আমারও।"

"সে হয়ে যাবে, ভাববেন না।"

"আর কড়াইশুঁটি দিয়ে সোনা মুগের ডাল?"

"তাও হবে।"

"ভাল ঘি আছে বাড়িতে?"

"খাঁটি সরবাটা ঘি।"

"গরম ভাতে এক খাবলা ঘি হলে কাঁচালঙ্কা দিয়ে মন্দ লাগে না। কী বলিস? মাছ-মাংসের উপর আমার তেমন টান নেই, তবে রুই মাছের কালিয়াটা খারাপ নয়।"

"ধরে নিন হয়েই গেছে।"

দুই

জগাই আর মাধাইকে অনেকে নামের মিল দেখে ভাই বলে মনে করে। কিন্তু আসলে তারা ভাই নয়, বন্ধু বলা যায়। জগাইয়ের নাম জগন্নাথ, আর মাধবের নাম মাধবচন্দ্র। পদবিও আলাদা-আলাদা। জগাই আগে গঞ্জে গামছা বিক্রি করত। মাধাইয়ের ছিল আয়না, চিরুনি, চুলের ফিতে ফিরি করে বেড়ানোর ব্যাবসা। কোনওটাতেই সুবিধে হচ্ছিল না বলে একদিন দু'জনে একসঙ্গে বসে ভাবতে শুরু করল। ভেবে-টেবে দু'জনে মোট দু'শো সাতাত্তর টাকা খরচ করে তেলেভাজার দোকান দিল, আর ভগবানও মুখ তুলে চাইতে লাগলেন। আশপাশে ফুলুরি-বেগুনির বিস্তর দোকান থাকা সত্ত্বেও জগাই-মাধাইয়ের দোকান ঝমাঝম চলতে লাগল। এক-একদিন দু'-তিনশো টাকা বিক্রি। মাথাপিছু নিট আয় দিনে একশো-দেড়শোয় দাঁড়িয়ে গেল। ব্যাবসা যখন জমে গেছে ঠিক সেই সময়েই একদিন সদলবলে পানুবাবু এসে হাজির। পানুবাবুর বাবরি চুল, জম্পেশ গোঁফ, গালপাট্টা, গায়ে গিলে করা পাঞ্জাবি, পরনে ময়ূর-ধুতি, পায়ে দামি চপ্পল। সাতটা গাঁয়ের লোক পানুবাবুকে যমের মতো ভয় করে। শালপাতার ঠোঙায় দলবল নিয়ে বিস্তর তেলেভাজা সেঁটে "বেশ করেছিস তো" বলে পানুবাবু দাম না দিয়েই উঠে পড়লেন। বললেন, "আমার নজরানা দেড়শো টাকা ওই পটলার হাতে দিয়ে দে।"

না দিয়ে উপায় নেই। জগাই-মাধাইও দিল। প্রথম-প্রথম সপ্তাহে একদিন-দু'দিন এরকম অত্যাচার চলতে লাগল। মাসখানেক বাদে সপ্তাহে চার-পাঁচ দিন। রোজ যে পানুবাবু আসতেন তা নয়। তাঁর দলবল দশ-বারোজন এসে হামলা করত। মোড়ল-মাতব্বর ধরেও লাভ হল না। গঞ্জের সব ব্যাবসাদারকেই তোলা দিতে হয় বটে, কিন্তু জগাই-মাধাইয়ের উপর অত্যাচারটা যেন একটু বাড়াবাড়ি রকমের। তা বেচারারা আর কী করে, দোকানটা তুলেই দিল। ফের দু'জনে ভাবতে বসল। ভেবে-টেবে দু'জনে মিলে একটেরে ছোট্ট একখানা মনিহারি দোকান খুলল। খুলতে-না-খুলতেই পানুবাবুর দলবল এসে হাজির। তারা ধারে জিনিস নিতে লাগল টপাটপ। তোলা আদায় তো আছেই।

জগাই-মাধাই ফের পথে বসল। কেন যে পানুবাবু তাদের মতো সামান্য মনিষ্যির সঙ্গে এমন শত্রুতা করছেন তা বুঝতে পারছিল না।

মাধাই বলল, "বুঝলি জগাই, এর পিছনে ষড়যন্ত্র আছে। কেউ পানুবাবুকে আমাদের উপর লেলিয়ে দিয়েছে।"

"সেটা আমিও বুঝতে পারছি। শেষে কি গঞ্জের বাস তুলে দিয়ে অন্য কোথাও চলে যেতে হবে?"

"তাই চল বরং। গঞ্জ ছেড়ে ছোটখাটো কোনও গাঁয়ে গিয়ে ব্যাবসা করি। বড় বড় মানুষ বা ষণ্ডা-গুন্ডাদের সঙ্গে কি আমরা পেরে উঠব? আমাদের না আছে গায়ের জোর, না মনের জোর, না ট্যাঁকের জোর।"

"তা ছাড়া আর একটা জোরও আমাদের নেই। বরাতের জোর।"

"ঠিক বলেছিস।"

"তা হলেই ভেবে দেখ, নতুন জায়গায় গিয়েও কি আমাদের সুবিধে হবে? গাঁয়ের লোক উটকো মানুষ দেখলে হাজারও খতেন নেবে। কোথা হতে আগমন, কী মতলব, নাম কী, ধাম কোথা, মুরুব্বি কে, ট্যাঁকের জোর কত। তারপর গাঁয়ের লোকের নগদ পয়সার জোর নেই, ধার-বাকি করে খেয়ে ব্যাবসা লাটে তুলে দেবে।"

মাধাই একটা দীর্ঘশ্বাস ফেলে বলল, "তা বটে, আমাদের মুরুব্বির জোরও তো নেই। হ্যাঁ রে, লটারি খেলবি?"

"বারদশেক খেলেছি। দশবারই ফক্কা।"

"না রে, আমার মাথা ঠিক কাজ করছে না।"

"আমারও না।"

পিছন থেকে কে যেন মোলায়েম গলায় বলে উঠল, "আমার মাথাটা কিন্তু দিব্যি খেলছে।"

দু'জনেই একটু চমকে উঠে পিছন ফিরে চাইল। কিন্তু পিছনে কেউ নেই দেখে মাধাই বলল, "এ কী রে বাবা! কথাটা কইল কে? ও জগাইদা!"

জগাইও হাঁ হয়ে বলল, "তাই তো! স্পষ্ট শুনলুম।"

একটা গলাখাঁকারি দিয়ে কণ্ঠস্বর ফের বলল, "ঠিকই শুনেছ, ভুল নেই।"

দু'জনের কথা হচ্ছিল ভর সন্ধেবেলা গঞ্জের খালের ধারে ফাঁকা হাটের একটা চালার নীচে বসে। বাঁশের খুঁটির উপর শুধু টিনের চাল। ন্যাড়া ফাঁকা ঘর, কোনও আবরু নেই, হাওয়া-বাতাস খেলছে।

মাধাই বলল, "দেখ তো জগাই, টিনের চালের উপর কেউ ঘাপটি মেরে বসে কথা কইছে কি না।"

জগাই দেখে-টেখে বলল, "না, চালের উপর তো কেউ নেই।"

গলাটা খিক করে হেসে বলল, "জন্মে কখনও টিনের চালে ওঠার অভ্যেস নেই আমার। বুঝলে!"

মাধাই তটস্থ হয়ে বলে, "আপনি কে আজ্ঞে? দেখতে পাচ্ছি না কেন?"

গলাটা খিঁচিয়ে উঠে বলল, "দেখাদেখির দরকারটা কী? চাই তো বুদ্ধি-পরামর্শ? দেখে হবে কোন কচুপোড়া?"

“আজ্ঞে, ভয়ডরেরও তো ব্যাপার আছে।”

গলাটা ফের খিঁচিয়ে উঠে বলল, “কেন, ভয়ের আছেটা কী? ব্যাবসাপত্তর তো লাটে উঠেছে, ভিটেমাটি ছাড়ার জো, এখন আর ভয়টা কীসের শুনি! কথায় বলে ‘ন্যাংটার নেই বাটপাড়ের ভয়’।”

“কিন্তু আমার যে বেজায় ভয় করছে। ওরে জগাই, তোরও করছে তো!”

“দাঁড়াও, ভেবে দেখি। হ্যাঁ গো মাধাইদা, আমার গা-টা বেশ শিরশির করছে, হাত-পায়ে যেন একটা খিল-ধরা ভাব, গলাটাও কেমন শুকনো-শুকনো। এ তো ভয়েরই লক্ষণ মনে হচ্ছে!”

গলাটা বেজায় খাপ্পা হয়ে বলল, “ওসব মোটেই ভয়ের লক্ষণ নয়। আজ দুপুরে ভাত খাওনি বলেই ওসব হচ্ছে।”

জগাই কাঁচুমাচু হয়ে বলল, “দুশ্চিন্তায় খাওয়া-দাওয়া যে মাথায় উঠেছে মশাই, খাওয়ার কথা মনেই পড়েনি।”

“ওসব খবর আমার জানা, তাই তো বলছি, ওসব মোটেও ভয়ের লক্ষণ নয়। তবে ভয় পাওয়ার সুবিধেও আছে। ভয় থেকে নানা ফিকির মাথায় আসে।”

জগাই একগাল হেসে বলল, “আপনি বেশ বলেন তো! তা আপনি কে বলুন তো! ভূতপ্রেত নাকি?”

“ওসব পুরনো বস্তাপচা কথা যে কেন তোমাদের মাথায় আসে তা কে জানে বাবা। ভূতপ্রেত মনে করার দরকারটাই বা কী? একজন বন্ধুলোক বলে ভাবলেই তো হয়!”

“তা নামটা?”

“কণ্ঠস্বর হলে কেমন হয়? ভাল না?”

জগাই গদগদ হয়ে বলে, “চমৎকার নাম।”

মাধাই তাড়াতাড়ি বলল, “তা কণ্ঠস্বরের কণ্ঠ লাগে। আপনার কণ্ঠটাও তো দেখা যাচ্ছে না মশাই।”

কণ্ঠস্বর এবার খ্যাক করে একটু হেসে বলল, “বলিহারি বাপু তোকে, বলি কণ্ঠ কি একটা দেখবার মতো জিনিস! জন্মে শুনিনি বাপু কেউ কারও গলা দেখতে চায়।”

মাধাই কাঁচুমাচু হয়ে বলে, “তা মুখের ছিরিখানা যখন দেখাচ্ছেন না তখন কণ্ঠটা দেখলেও একটু ভরসা পাওয়া যেত আর কী! ভয়ডরের একটা ব্যাপার তো আছে!”

“দেখ মেধো, তোকে বহুকাল ধরে দেখে আসছি, লোক তুই মন্দ নোস বটে, কিন্তু জগাইয়ের মাথায় যে একরত্তি বুদ্ধি আছে তোর সেটুকুও নেই। বলি, গোটা মানুষটা

ছেড়ে যদি শুধু তার গলাটা দেখতে পাস, তা হলেই কি তোর ভয় কমবে?''

মাধাই কুঁকড়ে গিয়ে বলল, ''আজ্ঞে, সেটাও ভাববার কথা।''

''তবে! তার চেয়ে এই যে আমি মোটামুটি গায়েব হয়ে আছি সেটাই কি ভাল নয়!''

''এখন তাই মনে হচ্ছে বটে।''

জগাই তাড়াতাড়ি হাতজোড় করে বলল, ''আমাদের দোষত্রুটি নেবেন না কণ্ঠদাদা, অবস্থা গতিকে আমরা বড্ড ঘেবড়ে আছি। মাথায় কোনও মতলব আসছে না।''

কণ্ঠস্বর বলল, ''সে আমি খুব বুঝতে পারছি। ভেবেছিলুম কাউকে কোনওদিন বলব না। এসব গুহ্য কথা বলার আমার দরকারটাই বা কী? ধনরত্নে তো আর আমার কাজ নেই। কিন্তু তোদের অবস্থা দেখে আজ বড্ড বলি-বলি ভাব হচ্ছে। ভাবলাম আহা এসব জিনিস এ দুটো দুঃখী লোকের ভোগে লাগুক। দুনিয়ার ভালমন্দ জিনিস তো এরা চোখেও দেখেনি, চেখেও দেখেনি। সেই জন্যেই বলছি, মন দিয়ে শোন। শুনছিস তো?''

জগাই বলল, ''কান খাড়া করে শুনছি কণ্ঠদাদা, আর শুনতে লাগছেও বেজায় ভাল। সত্যি কথা বলতে কী, সেই গেলবার রাসের দিনে রামশঙ্কর ভট্‌চাজমশাইয়ের কীর্তনের পর আর কিছু এত ভাল লাগেনি। কী বলো মাধাইদা?''

মাধাই বেজার মুখে বলল, ''তা কেন, শ্যামগঞ্জে সেবার যে 'নিমাই সন্ন্যাস' পালা শুনলাম, তাই বা মন্দ কী?''

''তা বটে, সেইসঙ্গে মুকুন্দ রক্ষিতের কথকতার কথাও বলতে হয়, আহা, আজও চোখে জল আসে।''

একটা দীর্ঘশ্বাসের শব্দ শোনা গেল। কণ্ঠস্বর ভারী মনমরা গলায় বলল, ''নাঃ, তোদের দিয়ে হবে না রে, বলে লাভ নেই। টাকাপয়সার কথা শুনে কোথায় হামলে পড়বি, তা না, রাজ্যের বাজে কথা এনে ফেললি!''

জগাই কাঁদো-কাঁদো হয়ে বলে, ''দোহাই কণ্ঠদাদা, আর দগ্ধে মারবেন না। গাছে তুলে দিয়ে মই কেড়ে নিলে যে মারা পড়ব।''

মাধাইও গোঁ ধরে বলল, ''তোরই তো দোষ। একটা গুরুতর কথা হচ্ছে, ধাঁ করে কেত্তন এনে ফেললি। ওতেই তো আমাদের সব কাজ ভন্ডুল হয়ে যায়।''

চোখ মিটমিট করে জগাই বলল, ''ও কণ্ঠদাদা, আছেন কি?''

''আছি রে আছি। আজ তোদের ভাগ্যের চাকা ঘোরাব বলেই এখনও আছি। কিন্তু চাকা কি সহজে ঘুরবে? তোদের বুদ্ধির দোষে মরচে পড়ে আঁট হয়ে আছে। এখন মন দিয়ে শোন। ভুরফুনের মাঠ তো চিনিস!''

একগাল হেসে জগাই বলল, "তা চিনি না! এই তো খাল পেরোলেই সেই তেপান্তর।"

"ভুরফুনের মাঠের ভাঙা কেল্লা দেখেছিস তো!"

"আজ্ঞে, তবে দূর থেকে। কেল্লার কাছেপিঠে নাকি যেতে নেই। অজগর যেমন শ্বাস দিয়ে মানুষ, গোরু, মোষ সব টেনে নেয়, তেমনই নাকি ভাঙা কেল্লার ভিতরেও মানুষজনকে হিড়হিড় করে টেনে নিয়ে হাপিশ করে ফেলে। সে নাকি ভূতপ্রেতের আখড়া।"

"তোর মাথা, মুখ্যু কোথাকার। যারা কেল্লার ভিতর সোনাদানা খুঁজতে যায়, তারাই ওসব গল্প রটায়। যাতে আর কোনও ভাগীদার না জোটে। তবে খোঁজাই সার, কেউ কিছু পায়নি আজ অবধি।"

মাধাই তাড়াতাড়ি বলল, "তা হলে কেল্লার কথা উঠছে কেন আজ্ঞে! ও যে বড্ড ভয়ের জায়গা!"

কণ্ঠস্বর ফের খিঁচিয়ে উঠে বলল, "আর ধ্যাষ্টামো করিসনি তো মেধো। বলি এতই যদি তোর ভয়, তবে আমার সঙ্গে এতক্ষণ ধরে দাঁত কেলিয়ে কথা কইছিস কী করে! ভিরমি তো খাসনি!"

মাধাই মিইয়ে গিয়ে মিনমিন করে বলল, "ভয় যে লাগছে না তা তো নয়। একটু একটু লাগছে।"

"ভয়টা কেমন জানিস! শীতকালে পুকুরে ডুব দেওয়ার মতো। প্রথম ডুবটাই যা শক্ত। তার পরের ডুবগুলোয় আর ঠান্ডা লাগে না। একবার ভয়টা কেটে গেলেই হয়ে গেল। তা ছাড়া দাঁওটাও তো কম নয় রে বাপু। ওখানে যা পাবি তাতে তোরা, তোদের পুত্র-পৌত্রাদি, তস্য পুত্র-পৌত্রাদি, তস্য পুত্র-পৌত্রাদি সাত পুরুষ পায়ের উপর পা তুলে গ্যাঁট হয়ে বসে চর্ব্য-চোষ্য-লেহ্য-পেয় খেয়ে গেলেও ফুরোবে না। বুঝলি! এখন ভেবে দেখ, ভয় পাওয়াটা উচিত কাজ হবে কি না।"

জগাই ঝাঁকি মেরে বলল, "নাঃ, ভয়টা কীসের?"

মাধাইও গলাখাঁকারি দিয়ে, "নাঃ, এখন যেন ততটা ভয় লাগছে না।"

"এই তো বাপের ব্যাটার মতো কথা! তা হলে শাবল আর কোদালের জোগাড় দেখ, তারপর গড়িমসি ছেড়ে কাজে নেমে পড়। আগেই বলে রাখি, গুপ্তধন ছেলের হাতের মোয়া নয়। মেহনত করতে হবে। তারপর সোনাদানা দেখে ভিরমি খেয়ে পড়ে যদি অক্কা পাস তা হলে ভোগ করবে কে? কলজে শক্ত করে নে। কথায় বলে বীরভোগ্যা বসুন্ধরা।"

জগাই একগাল হেসে বলল, "না কণ্ঠদাদা, গায়ে বেশ জোর পাচ্ছি।"

মাধাই লাজুক লাজুক ভাব করে বলল, "তা কত হবে কণ্ঠদাদা? দশ-বিশ হাজার হবে না?"

কণ্ঠস্বর অট্টহাস্য করে বলল, "দূর মুখ্যু! দশ-বিশ হাজার তো পাখির আহার। নজরটা একটু উঁচু কর দেখি মেধো! তোর মতো ছোটলোককে গুপ্তধনের সন্ধান দিতে যাওয়াই বৃথা। বড্ড ভুল হয়েছে দেখছি।"

জগাই তাড়াতাড়ি হাতজোড় করে বলল, "মাধাইদার কথা ধরবেন না কণ্ঠদাদা। পানুবাবুর একজন পাইক একবার মাথায় গাট্টা মেরেছিল, তারপর থেকেই মাধাইদার মাথাটার গণ্ডগোল। নইলে লোক বড্ড ভাল।"

মাধাইও কাঁচুমাচু হয়ে বলল, "আজ্ঞে, গরিব মনিষ্যি তো, সোনাদানা আর চোখে দেখলুম কই? তবে রয়ে-সয়ে হয়ে যাবে। এখন থেকে না হয় লাখ-বেলাখের নীচে ভাববই না।"

"তা হলে খুব হুঁশিয়ার হয়ে শোন। ভাঙা কেল্লার পিছনে উত্তর-পুব কোণে এখনও পড়ো-পড়ো হয়ে কয়েকখানা ঘর খাড়া আছে। একেবারে কোনার ঘরখানায় গিয়ে মেঝের আবর্জনা সরিয়ে উত্তর-পূর্ব কোণের মেঝেতে শাবল ঠুকলেই বুঝবি ফাঁপা ঢ্যাবঢ্যাব আওয়াজ আসছে। কোদাল আর শাবল দিয়ে চাড় মারলে বড়সড় পাথরের চাঁই উঠে আসবে। সঙ্গে টর্চ আর মোমবাতি নিয়ে যাস বাপু। গর্তের মধ্যে নেমে পড়লেই দেখবি, দিব্যি একখানা কুঠুরি। তার জানালা-দরজা নেই কিন্তু। একেবারে যমপুরীর অন্ধকার। নেমে সোজা পুব-দক্ষিণ কোণে গিয়ে ফের শাবল ঠুকবি। চাড় মেরে ফের একখানা চাঁই তুলে ফেলবি। ওর নীচে ফের একখানা ঘর। নেমে সোজা দক্ষিণ-পশ্চিম কোণে গিয়ে ফের ওরকমভাবেই আর একটা পাথরের চাঁই তুলে ফেলবি। নীচে আর-একখানা ঘর।"

মাধাই বলে, "ওরে বাপ! অত নীচে?"

"তবে কি তোকে কেউ থালায় করে গুপ্তধন বেড়ে দেবে?"

"ঘাট হয়েছে আজ্ঞে। আর ফুট কাটব না। বলুন।"

"নীচের ঘরে নেমে পড়লি তো! এবার উত্তর-পশ্চিম কোণের পাথরটা সরালি। ক'টা হল গুনছিস?"

জগাই বলল, "আজ্ঞে, এটা পাঁচ নম্বর ঘর।"

"মেরেই দিয়েছিস প্রায়। পাঁচ নম্বরে নেমে এবার ফের উত্তর-পূর্ব কোণের পাথর সরিয়ে ছয় নম্বর ঘরে নামবি। এইখানে নেমে ভাল করে ইষ্টনাম স্মরণ করে নিস। বুকটা যেন বেশি ধড়ফড় না করে। কয়েক ঢোক জলও খেয়ে নিতে পারিস। এবার পুব-দক্ষিণের পাথর সরিয়ে যেই নেমে পড়লি অমনি কিন্তু একেবারে হকচকিয়ে যেতে হবে।"

মাধাই শশব্যস্ত বলে উঠল, "কী দেখব সেখানে কণ্ঠদাদা!"

"ওঃ, সে বলার নয় রে, বলার নয়, উফ, সে যা দৃশ্য!"

জগাই হেঁ-হেঁ করে হেসে বলল, "তা কণ্ঠদাদা, আপনার হিস্‌সা কত?"

"ওসব কথা পরে হবে'খন। এখন কাজে লেগে যা। দেরি করিসনি বাপু, বাতাসেরও কান আছে। যা, যা, বেরিয়ে পড়।"

জগাই-মাধাই উঠে পড়ল।

কোদাল, শাবল, মোমবাতি, টর্চ, জলের ঘটি নিয়ে যখন দু'জনে বেরিয়ে খাল পেরোচ্ছে তখন সন্ধে গড়িয়ে রাত নেমেছে। ভুরফুনের মাঠে ভুতুড়ে কুয়াশা, আবছা জ্যোৎস্না আর হুহু বাতাসে দু'জনেরই একটু ভয়-ভয় করছে।

"কাজটা কি ঠিক হল রে জগাই! হুট বলতেই এই যে একটা বিপদের কাজে রওনা হলুম, শেষে 'লোভে পাপ, পাপে মৃত্যু' হবে না তো?"

"অত ভেবো না তো মাধাইদা। কণ্ঠদাদার দয়ার শরীর, নইলে কি এত বড় গুহ্য কথাটা আমাদের বলত? আমাদের য়া অবস্থা তাতে শিয়াল-কুকুরেরও চোখে জল আসে। সেই দুঃখেই না কণ্ঠদাদার মনটা নরম হয়েছে।"

"এই কণ্ঠদাদা লোকটা কে বল তো জগাই?"

জগাই মাথা চুলকে বললে, "লোক না পরলোক তা ঠিক বুঝতে পারলাম না। ওসব নিয়ে ভেবে কী হবে বলো। কণ্ঠদাদা তো আমাদের উপকারই করেছে!"

ঠিক মাথার উপর থেকে কে যেন খ্যানখেনে গলায় বলে উঠল, "কে কার উপকার করল শুনি?"

দু'জনে চমকে দাঁড়িয়ে পড়ে ঠাহর করে দেখল একটা ঝুপসি গাছের নীচে তারা থেমেছে। শেওড়া গাছ বলেই মনে হচ্ছে। জগাই আর মাধাই পরস্পরের দিকে একটু সরে এল। জগাই ফ্যাসফেসে গলায় বলল, "কণ্ঠদাদা নাকি? গলাটা যে অন্যরকম লাগছে!"

গলার স্বরটা সড়াৎ করে গাছের নীচে নেমে একেবারে তাদের মুখোমুখি হল। বলল, "কণ্ঠদাদা? সেটি আবার কে হে?"

স্বর শোনা যাচ্ছে, কিন্তু কাউকে দেখা যাচ্ছে না দেখে এবার তারা ততটা ঘাবড়াল না। আগের অভিজ্ঞতা তো আছে। মাধাই বলল, "আজ্ঞে আমরা কি আর তাকে তেমন চিনি! শুধু কণ্ঠস্বর শোনা গেছে, দেখা যায়নি। এই আপনার মতোই।"

"বুঝেছি। নিজের নাম কণ্ঠস্বর বলেছে তো!"

"যে আজ্ঞে।"

"মহা নচ্ছার জিনিসের পাল্লায় পড়েছ হে। বলি গুপ্তধনের সন্ধান দিয়েছে নাকি?"

জগাইয়ের গলাটা বড্ড বসে গেছে। ক্ষীণ গলায় বলল, "ওই আর কী!"

"কেল্লার কোণের ঘরে পাথর সরিয়ে সরিয়ে সাত ধাপ নামতে হবে, তাই না?"

মাধাই হতাশ হয়ে বলল, "বলতে নিষেধ ছিল। কিন্তু আপনি দেখছি সবই জানেন। আপনি কে বলুন তো!"

"কুঁড়োরাম রায়ের নাম নিশ্চয়ই শুনেছ! লোকের মুখে মুখে ফেরে, শোনোনি?"

জগাই মাথা চুলকে বলল, "শুনেছি নাকি মাধাইদা?"

মাধাই ঘাড় চুলকে, মাথা নেড়ে, অনেকক্ষণ ভেবে বলল, "শুনেই থাকব। তবে আমাদের তো মোটা মাথা, তাই কিছু মনে থাকে না। সেইজন্যই তো লেখাপড়া হল না কিনা! আট বছরের চেষ্টায় সাত ঘরের নামতা মুখস্থ হয়।"

জগাই বলল, "আমার তো আকবরের ছেলের নাম আজও মনে নেই। কত বেত খেয়েছি তার জন্য!"

গলার স্বর বলল, "তা আজকাল আর ততটা শোনা যায় না বটে, চ্যাংড়া-প্যাংড়াদের মনে থাকার কথা নয়, কিন্তু গঞ্জের বুড়ো মানুষদের কাছে নামটা বলে দেখো, জোড় হাত কপালে ঠেকাবে। পরোপকারী হিসেবে একসময়ে খুব নাম ছিল হে আমার। সারাদিন কেবল পরোপকার করে বেড়াতুম। এমন নেশা যে, নাওয়া-খাওয়ার সময় জুটত না। এই কারও কাঠ কেটে দিলুম, কাউকে জল তুলে দিয়ে এলুম, কারও বেড়া বেঁধে দিলুম, কারও মড়া পুড়িয়ে এলুম, কারও গাছ থেকে নারকোল পেড়ে দিলুম, কাউকে পাঁচটাকা ধার বা কাউকে দু'-চার পয়সা ভিক্ষে দিলুম, কারও বাড়িতে ডাকাত পড়লে হাউড় দিয়ে গিয়ে পড়লুম। ওঃ, সে কী পরোপকারের নেশা! তাতে অবশ্য মাঝে-মাঝে বিপদেও পড়তে হয়েছে। যেদিন পরোপকারের কিছু খুঁজে পেতাম না সেদিন ভারী পাগল-পাগল লাগত। একদিন তো গণেশ পুতিতুণ্ডর পিঠ চুলকোতে বসে গেলুম। গণেশ তখন খুব মন দিয়ে সেলাই মেশিনের সুচে সুতো পরাচ্ছিল। বাধা পড়ায় এই মারে কি সেই মারে। আর একদিন কাজ না পেয়ে নদীয়া দাসের দাওয়ায় একটা বুড়ো মানুষ শুয়ে আছে দেখে ভাবলুম বুড়ো বয়সে তো লোকের পায়ে ব্যথা-ট্যথা হয়, তা দিই লোকটার পা টিপে। বসেও গেলাম পা টিপতে। লোকটা প্রথমটায় উচ্চবাচ্য করল না, একটু বাদে বেজার মুখে বলল, 'ঝুটমুট মেহনত করছেন বাবু, ওটা আমার কাঠের পা।'"

মাধাই হাতজোড় করে কাতর গলায় বলল, "গুরুতর বিষয়কর্ম রয়েছে মশাই, এবার আমাদের বিদেয় হতে আজ্ঞা করুন।"

কুঁড়োরাম ভারী উদাস গলায় বলল, "যাবে? তা যাও! পরের উপকার করা আমি বহুকাল ছেড়ে দিয়েছি। এখন মানুষের বিপদ দেখলেও চুপটি করে থাকি। যা হচ্ছে হোক, আমার কী?"

জোর একখানা গলাখাঁকারি দিয়ে গলার ফ্যাসফেসে ভাবটা ঝেড়ে ফেলল জগাই। তারপর ভারী শ্রদ্ধার সঙ্গে বলল, "তা ইয়ে, কুঁড়োরামদাদা, আমাদের কি কোনও বিপদ দেখতে পাচ্ছেন? কথাটা এমনভাবে কইলেন যে বুকের ভিতরটা কেমন খামচা মেরে উঠল।"

মাধাইও তাড়াতাড়ি বলে উঠল, "হ্যাঁ হ্যাঁ, আমারও যেন কেমন একটা হল। ঠিক খামচা নয়, গরম তেলে বেগুন পড়লে যেমন ছ্যাঁত করে ওঠে, অনেকটা সেরকম।"

জগাই ফের বলল, "কুঁড়োরামদাদা, আপনার ভাব দেখে মনে হচ্ছে যেন গতিক সুবিধের নয়!"

মাধাইও পোঁ ধরে বলল, "মনটা যে বড্ড কু গাইছে কুঁড়োদা!"

কুঁড়োরাম বলে উঠল, "ওরে না-না, পরের উপকার করা আমি ভুলেই গেছি। এই তো সেদিন মহেশপুরে 'মহিষাসুর বধ' পালায় যে ছোকরা চোমরানো গোঁফ লাগিয়ে কার্তিক সেজেছিল, সে একটা সিনের শেষে ছারপোকা কামড়ানোয় গোঁফটা খুলে নাকের নীচে চুলকোতে গিয়ে পরের সিনে গোঁফ লাগাতে ভুলে গিয়েছিল। চোখের সামনে দেখেও কিচ্ছুটি বলিনি। যা হয় হোক, আর হলও তাই। গোঁফ ছাড়া পরের সিনে নামতেই হইহই কাণ্ড। পালা নষ্ট হওয়ার জোগাড়।"

"আমাদের উপর অত বিমুখ হবেন না কুঁড়োদা।"

জগাইও বলে উঠল, "আমাদের গায়ের জোর, মনের জোর, ট্যাঁকের জোর, বরাতের জোর, মুরুব্বির জোর, বুদ্ধির জোর, কোনও জোরই নেই কিনা।"

কুঁড়োরাম ফস করে একটা শ্বাস ফেলার মতো শব্দ ছাড়ল। তারপর বলল, "এই তো সেদিন বর্ষাকালের সন্ধেবেলায় গয়ারামবাবু চণ্ডীমণ্ডপে বসে গাঁয়ের মাতব্বরদের সঙ্গে কূটকচালি করতে করতে আনমনে তামাকের নল ভেবে সাপের লেজ টেনে নিয়ে মুখে দিয়েছিলেন, চোখের সামনে দেখেও কিছু বলেছি কি? কিচ্ছু বলিনি। যা হয় হোক।"

জগাই শশব্যস্তে বলল, "তা কী হল?"

"বরাতের জোর ছিল খুব। সাপটা ছোবলও মেরেছিল বটে, তবে সেটা গিয়ে পড়ল গয়ারামবাবুর খড়মে। তাইতেই সাপটার দুটো বিষদাঁত ভেঙে রক্তারক্তি কাণ্ড।"

ফের একটা দীর্ঘশ্বাস ফেলল কুঁড়োরাম। সেই শুনে কাঁদো-কাঁদো হয়ে মাধাই বলল, "তবে কি আপনি ভাঙা কেল্লায় যেতে মানা করছেন কুঁড়োদা? কিন্তু মেলা সোনাদানা যে তা হলে হাতছাড়া হয়?"

"আমি কেন মানা করব রে? যাবি তো যা না। এই তো একটু আগে, পড়ন্ত বিকেলে গ্যানা গুন্ডার দল লাঠি-সড়কি-বন্দুক নিয়ে ভাঙা কেল্লায় গেল। সেখানে তারা জটেশ্বর সাহার ছেলে নবীনের জন্য এখন ওত পেতে বসে আছে। নবীন গঞ্জে আদায় উশুল সেরে ট্যাঁকে ত্রিশটি হাজার টাকা নিয়ে হরিপুরের দিকে এই একটু আগে রওনা হল। সঙ্গে আবার হাড়ে বজ্জাত নিমাইটাকেও জুটিয়েছে দেখলুম। একটু বাদেই সেখানে রক্তারক্তি কাণ্ড হবে। কিন্তু দেখ, তবু কেমন চুপটি করে আছি। না বাপু, আমি আর পরোপকারের মধ্যে নেই। তোরা যেখানে যাচ্ছিস যা বাপু, যা খুশি কর, আমার তাতে কী?"

মাধাই মাথায় হাত দিয়ে বসে পড়ল, "গ্যানার দল! ওরে বাবা, তারা যে সাক্ষাৎ যমদূত!"

জগাইয়েরও মুখ শুকোল, "তা হলে কী হবে কুঁড়োদা? আমাদের বড়লোক হওয়া কি কপালে নেই?"

কুঁড়োরাম ভারী উদার গলায় বলল, "তাই কি বললুম রে? বড়লোক হওয়ার আশা যখন হয়েছে তখন গিয়ে কেল্লায় খোঁড়াখুঁড়ি লাগিয়ে দে। সাত ধাপ নীচে নেমে, ঘাম ঝরিয়ে হেদিয়ে গিয়ে যদি লবডঙ্কা পাস, তা হলেও আমি কিছু বলব না।"

মাধাই চোখ বড় বড় করে বলল, "গুপ্তধন কি তা হলে নেই?"

"ওসব আমি জানি না বাপু। তোদের কণ্ঠদাদা যখন বলেছে তখন আমি তোদের বাড়া ভাতে ছাই দিতে যাব কেন? আজকাল কারও উপকারও যেমন করি না, তেমনই আবার অপকারও করি না কিনা! বুকের জোর আর তাকত থাকলে গিয়ে দেখ না। গুপ্তধনের আগে গ্যানা আছে, তার দলও ঘাপটি মেরে আছে। এ সময়ে উটকো লোক হাজির হলে— না বাপু, বড্ড বেশি কথা কয়ে ফেলছি। ওইটেই তো আমার দোষ!"

জগাই কাঁদো-কাঁদো হয়ে বলল, "কথা কইছেন বটে, তবে সবই তো সাঁটে। পরিষ্কার করে বুঝতে পারছি কই? মাধাইদা, তুমি কিছু বুঝলে?"

মাধাই গম্ভীর হয়ে বলল, "দুটো পয়সার মুখ আর বোধ হয় এ জন্মে দেখা হল না রে জগাই।"

কুঁড়োরাম একটু নরম গলায় বলল, "আহা, অত ভেঙে পড়ছিস কেন? তোদের আর ক্ষতিটা কী হল? নবীন সাহার বিপদটা একটু ভেবে দেখ। সে তো ধনে-প্রাণেই মরবে আজ। তোদের তো তবু প্রাণটা আছে।"

মাধাই আর জগাই খানিকক্ষণ গুম হয়ে বসে রইল। তারপর হঠাৎ কুঁড়োরামের কথাটা যেন সেঁধোল মাথায়, মাধাই আচমকা লাফিয়ে উঠে বলল, "তাই তো!

নবীনটা যে বড্ড ভাল ছেলে রে জগাই! কতবার আমাদের দোকানে বেগুনি আর মোচার চপ খেয়ে তারিফ করে গেছে!''

জগাইও ঝাঁকি মেরে উঠে পড়ল, ''হ্যাঁ তো মাধাইদা! নবীনের যে এত বড় বিপদ সেটা তো খেয়াল হয়নি! তাকে যে হুঁশিয়ার করা দরকার।''

অদৃশ্য কুঁড়োরাম নির্বিকার গলায় বলল, ''পরোপকারের বাই চাগাড় দিয়েছে বুঝি! তা ভাল, আমারও চাগাড় দিত কিনা, লক্ষণ খুব চিনি। সেবার গুণময় মণ্ডলের বকনা বাছুর হারিয়ে গেল বলে আমি গোটা পরগনা চষে ফেলেছিলাম। দিনতিনেক বাদে যখন খিদে-তেষ্টায় চিঁচিঁ করতে করতে বাছুর নিয়ে ফিরলাম, তখন গুণময় কী বলল জানিস? চোখ রাঙিয়ে, সপ্তমে গলা তুলে, পাড়া জানান দিয়ে চেঁচাতে লাগল, 'তুই হারামজাদাই আমার বাছুর চুরি করেছিলি! থানায় এত্তেলা দেওয়াতে ভয় খেয়ে ফেরত দিতে এসেছিস; চল, তোকে ফাটকে দেব।' পাঁচজন জড়ো হয়ে গিয়েছিল, তারাও বলাবলি করছিল, 'চুরি করেছিলি তো করেছিলি, বাছুরটা সীতাপুরের গো-হাটায় বেচে দিলেই পারতিস। আহাম্মকের মতো কেউ চুরির জিনিস ফেরত দিতে আসে?' সেবার যে কী নাকাল হতে হয়েছিল তা আর বলার নয়।''

জগাই আমতা আমতা করে বলল, ''এ কথাটাও কি সাঁটে বলা হল কুঁড়োদা?''

মাধাই চিন্তিতভাবে মাথা নেড়ে বলল, ''তার মানে আমরা নবীনকে বাঁচাতে গিয়ে ফ্যাসাদে পড়ব। এঁরা সব ঠিক মানুষ রে জগাই, বহু দূর দেখে তবে কথা কন।''

জগাইয়ের মনটা খারাপ, দুর্বল গলায় বলল, ''তা বলে ছেলেটা বেঘোরে প্রাণটা দেবে নাকি মাধাইদা? আমাদের প্রাণের আর কী দাম বলো! ডাকাত-বদমাশের হাতে না মরলেও না-খেয়ে মরা তো কপালে লেখাই আছে। জীবনে কখনও একটা সাহসের কাজ করলুম না। আজ চোখ বুজে একটা করেই ফেলব নাকি মাধাইদা?''

মাধাই অনিচ্ছুক গলায় বলল, ''কখনও ডাব-চিংড়ি খেয়েছিস রে জগাই?''

''না তো! কীরকম জিনিস সেটা?''

''আমিও খাইনি। ডাবের মধ্যে চিংড়ি মাছ দিয়ে করে। খেতে নাকি অমৃত, বড় সাধ ছিল মরার আগে একবার ডাব-চিংড়ি খেয়ে মরি। তারপর ধর, সেবার শিবরাত্রির মেলায় কী একটা সিনেমা যেন দেখলুম, তাতে দেখি, ভোরবেলা কাশীর ঘাটে লোকেরা ডনবৈঠক দিচ্ছে। দেখে বড় ইচ্ছে ছিল কাশীতে গিয়ে আমিও একবার ভোরবেলা ওরকম ডনবৈঠক দেব। তারপর ধর, হেঁটো ধুতি পরেই তো জীবনটা কাটল, জীবনে একবার একখানা আশি সুতোর কাপড় পরার বড় ইচ্ছে ছিল রে! দিব্যি কুঁচিয়ে কোঁচা দোলাব, আগাটা আবার ময়ূরের পেখমের মতো একটু ছড়িয়ে

পিরানের পকেট থেকে উঁকি মারবে। তা সেসব আর হয়ে উঠল না। সে যাক গে। চল, আজ মরেই দেখি বরং।''

জগাই বিরক্ত হয়ে বলল, ''দেখো দিকি কাণ্ড! ওসব কথা কয়ে তুমি যে আমাকে কাহিল করে দিলে। আমারও যে বুকের মধ্যে উথাল-পাথাল হতে লেগেছে!''

''কেন রে, তোর আবার কী হল?''

''তোমার মতো বড় বড় আশা নেই আমার, কিন্তু ছোটখাটো কয়েকটা সাধ যে আমারও ছিল। ধামাচাপা দিয়ে রেখেছিলুম, কিন্তু এখন সেগুলো চাগাড় মারতে লেগেছে যে! কেষ্টনগরের সরভাজা খেয়েছ কখনও? লোকে বলে সে নাকি একবার খেলে মরণ অবধি তার স্বাদ জিভে জড়িয়ে থাকে। তারপর ধরো, ওই যে মাউথ অর্গান না কী যেন বলে, ঠোঁটে সাঁটিয়ে প্যাঁপোর-প্যাঁপোর বাজায়, খুব ইচ্ছে ছিল পয়সা হলে ওর একটা কিনে মনের সুখে হিন্দি গান বাজাব। আর একটা সাধও ছিল, কিন্তু বলতে লজ্জা করছে!''

''আর লজ্জা কীসের রে? একটু বাদেই যাদের মরতে হবে তাদের কি লজ্জা-ঘেন্না-ভয় থাকতে আছে?''

''তা হলে বলেই ফেলি! সেই যে বাজপুরের সত্যেনবাবু কী একটা সুগন্ধী মেখে মাঝে-মাঝে গঞ্জে আসে, শুঁকেছ কখনও? আহা, গন্ধটা নাকে এলে যেন প্রাণটা জুড়িয়ে যায়, বুক ঠান্ডা হয়, মনটা গ্যাস বেলুনের মতো উপর দিকে উঠে যায়। ইচ্ছে ছিল ওরকম এক শিশি সুগন্ধী কিনে কয়েকদিন কষে মেখে নেব। তা সেসব ভাবতে গেলে তো আর মরাই হবে না আমাদের।''

''যা বলেছিস। বেঁচে থাকলেও ওসব কি আর জুটত রে? তার চেয়ে চল, মরে ফিরে-যাত্রা করে আসি। বীরের মতো মরলে নাকি পরের জন্মটা দুধে-ভাতে কাটানো যায়।''

এতক্ষণ কুঁড়োরাম রা কাড়েনি। জগাই সন্তর্পণে জিজ্ঞেস করল, ''কুঁড়োদাদা কি এখনও আছেন?''

কুঁড়োরাম একটা জবরদস্ত দীর্ঘশ্বাস ফেলে বলল, ''আছিও বলা যায়, নেইও বলা যায়। তা হলে মরাই সাব্যস্ত করলে দু'জনে?''

জগাই বলল, ''মরার মোটেই ইচ্ছে ছিল না মশাই! তবে কিনা মনে হচ্ছে মরণটাই হন্যে হয়ে খুঁজছে আমাদের।''

মাধাই মাথা নেড়ে বলল, ''হ্যাঁ, খুঁজে খুঁজে হয়রান হচ্ছে বেচারা।''

কুঁড়োরাম বলল, ''তা হলে বাপু, এগিয়ে পড়ো। পা চালিয়ে হাঁটলে কেল্লার আগেই নবীনকে ধরে ফেলতে পারবে। তারা বেশ দুলকি চালে হাঁটছে, দেখে যেন

মনে হয়, হরিপুরে পৌঁছনোর মোটেই গরজ নেই।''

জগাই বলল, ''আচ্ছা মশাই, নবীনের সাঙাত ওই নিমাই লোকটা কে বলুন তো!''

''হাড়বজ্জাত লোক হে। তবে পাজি হতে হলে ওরকমই হতে হয়। যেমন বুদ্ধি, তেমনই চারচোখো নজর, যেমন সাহস তেমনই গায়ের জোর, তার মনের কথা আঁচ করার উপায় নেই কিনা। এই গ্যানার কথাই ধরো, খুনখারাপি, লুটমার করে বেড়ায়, লোকে ভয়ও খায়, কিন্তু মাথায় কি একরত্তি বুদ্ধি আছে? এই যে নিমাই রায় ওর সঙ্গে সাঁট করেছে, শিকার ধরে দিয়ে মজুরি বাবদ কমিশন নেবে, তাতেই গ্যানা কাত। বুদ্ধি থাকলে বুঝতে পারত নিমাই রায় ওকে ল্যাজে খেলাচ্ছে। এই ভুরফুনের মাঠেই একদিন গ্যানাকে পুঁতে ওর দলের দখল নেবে নিমাই। না হে বাপু, বড্ড বেশি কথা কয়ে ফেলছি। তোমরা বরং এগিয়ে পড়ো। সন্ধে সাতটা এগারো মিনিটে মাহেন্দ্রক্ষণ আছে, এই সময়টায় যদি শহিদ হতে পারো তবে সোজা বৈকুণ্ঠলোকে চলে যেতে পারবে।''

মাধাই বিরক্ত হয়ে বলে, ''যাচ্ছি মশাই, যাচ্ছি। ওঃ, আমাদের যমের মুখে ঠেলে দিতে যে ভারী আহ্লাদ আপনার!''

খুক করে একটু হাসির শব্দ হল। তারপর কুঁড়োরাম বলল, ''কী করব বলো, আজকাল যে আমার রক্তারক্তি কাণ্ড দেখতে বড্ড ভাল লাগে!''

তিন

চারদিকে কুয়াশামাখা জ্যোৎস্নার ভুতুড়ে আলো, বেশি দূর অবধি চোখ যায় না। মাঝে-মাঝে শেয়ালের দৌড়-পায়ের আওয়াজ, হুতুম প্যাঁচার গম্ভীর ডাক শোনা যায়। একটা-দুটো বাদুড় চাঁদের চারদিকে চক্কর মেরে উড়ে গেল। উত্তুরে হিম বাতাস বইছে খুব। নবীন আর নিমাই কখনও পাশাপাশি, কখনও আগু-পিছু হয়ে হাঁটছে। নিমাইয়ের ডান কাঁধে লাঠিগাছ।

নিমাই হঠাৎ বলল, ''কেল্লাটা আর কতদূর বলো তো!''

''আর মিনিট দশেক হাঁটলেই ভাঙা কেল্লা। হরিপুরের অর্ধেক পথ।''

''বাঃ বেশ! এসেই গেলুম প্রায়, কী বলো?''

''তা বটে, তবে আমরা তো আর কেল্লায় যাচ্ছি না, যাচ্ছি হরিপুর। তার এখনও ঢের দেরি। বললাম না, অর্ধেক পথ।''

"ওই হল। কেল্লা এসে গেলেই মার দিয়া কেল্লা। বাকি পথটুকু উড়ে বেরিয়ে যাবে, কী বলো? কথায় বলে না 'কেল্লা ফতে!' তা ওই কেল্লাটায় কী আছে বলো তো!"

নবীন হেসে বলল, "কী আর থাকবে! ইঁদুর, বাদুড়, চামচিকে, সাপ-খোপ আছে বলেই তো শুনি! ভূতপ্রেতও নাকি আছে।"

"ভিতরে গেছ কখনও?"

"না। গাঁয়ের গুরুজনরা কেল্লায় যেতে বারণ করত।"

"কেন বলো তো!"

"নানা লোকে নানা কথা বলে। কেল্লা নাকি ভাল জায়গা নয়।"

"দূর, দূর! কেল্লা তোফা জায়গা। আমার তো খুব ইচ্ছে, আর একটু বয়স হলে কেল্লার একধারে একটু সারিয়ে-টারিয়ে নিয়ে থাকব। চারদিকটা ভারী নিরিবিলি।"

"অনেকে কেল্লায় গুপ্তধন খুঁজতেও যায়।" বলে নবীন হাসল।

নিমাই গম্ভীর হয়ে বলল, "হাসির কথা নয়। পাঁচশো কি সাড়ে পাঁচশো বছরের পুরনো কেল্লা। গর্ভগৃহে সোনাদানা থাকা কিছু বিচিত্র নয়। আগের দিনে সোনাদানা সব পুঁতে রাখারই রেওয়াজ ছিল কিনা। আমিও ভাবছি কেল্লায় ডেরা বাঁধার পর রোজ গুপ্তধন খুঁজব। সোনাদানা না পাই, সময়টা তো বেশ কেটে যাবে! কী বলো!"

"আর পেলে?"

"ওঃ, তা হলে তো কথাই নেই। অনেকদিনের ইচ্ছে, একটা মন্দির বানাব, মন্দিরের চুড়োটা হবে সোনায় মোড়া।"

"কোন ঠাকুরের মন্দির?"

"সেইটেই এখনও ঠিক করে উঠতে পারিনি। আসলে আমাদের তো মেলা ঠাকুর!"

নিমাই হঠাৎ থমকে দাঁড়িয়ে বলল, "আচ্ছা, একটা মন্তর পড়ার শব্দ শোনা যাচ্ছে না! এই রাতে উদোম মাঠের মধ্যে মন্তর পড়ছে কে বলো তো!"

নবীন অবাক হয়ে বলল, "কই, আমি তো শুনতে পাচ্ছি না!"

নিমাই চারদিকটা দেখে নিয়ে বলল, "কী কাণ্ড রে বাবা! তুমি শুনতে পাচ্ছ না, কিন্তু আমি যে বেশ স্পষ্ট শুনতে পাচ্ছি, গুনগুন করে কে যেন মন্তর আওড়াচ্ছে! গম্ভীর গলা, দূর থেকে আসছে মনে হয়।"

নবীন কান খাড়া করে খানিকক্ষণ শুনল। ঝিঁঝির ডাক আর বাতাসের শব্দ ছাড়া কিছুই কানে এল না তার। বলল, "ও আপনার মনের ভুল।"

"মনের ভুল! বলো কী? এই তো স্পষ্ট শুনছি। আস্তে শোনা যাচ্ছে বটে, কিন্তু গমগমে গলা।"

"তা হলে আমি শুনতে পাচ্ছি না কেন নিমাইদা? আমার কান তো খুব সজাগ। বাগানে একটা শুকনো পাতা খসে পড়লেও শুনতে পাই।"

এ কথা শুনে নিমাই হঠাৎ গুম হয়ে গেল। আর দ্বিরুক্তি না করে গম্ভীর মুখে ফের হাঁটতে লাগল। এবার আর দুলকি চালে নয়, বেশ হনহন করে। তার সঙ্গে তাল রাখতে রীতিমতো বেগ পেতে হচ্ছিল নবীনের।

কিছুক্ষণ হাঁটার পর ফের নিমাই জিজ্ঞেস করে, "কেল্লাটা আর কতদূর?"

নবীন বলল, "এসে গেছি প্রায়। ওই বটগাছটা পেরোলেই কেল্লা দেখা যাবে।"

"মন্তরের জোরটা বাড়ছে, বুঝলে? কান ঝালাপালা হয়ে যাচ্ছে।"

"কীসের মন্তর তা বুঝতে পারছেন?"

"তা জানি না। দাঁড়াও, ভাল করে শুনে বলছি। সংস্কৃত তো আর জানা নেই, উচ্চারণ ভুল হতে পারে। এই তো! হ্যাঁ বলছে, মা দিয়স্ব, মা জহি, শক-শক-শক্যতে চেৎ মৃত্যুম অবলোকয়। এর মানে জানো?"

"না।"

ফের কিছুক্ষণ শুনে নিমাই বলল, "আরও বলছে যেনাত্মনস্তথান্বেষাং জীবনং বর্দ্ধনং চ অপি খ্রিয়তে সঃ ধর্ম্মঃ। দদ-দদ-দদাতু জীবনবৃদ্ধি নিয়-নিয়তং স্মৃতিচিদযুতে। বুঝতে পারলে কিছু?"

"না তো! কিন্তু আমি কিছু শুনতে পাচ্ছি না কেন?"

নিমাই দাঁড়িয়ে উদ্‌ভ্রান্তের মতো চারদিকে চাইতে লাগল, তারপর ভয়-খাওয়া গলায় বলল, "ভুতুড়ে গলাটা কোথা থেকে আসছে বলো তো!"

"জানি না তো নিমাইদা।"

ঠিক এই সময়ে কেল্লার দিক থেকে একটা জোরালো টর্চবাতির আলো জ্বলে উঠেই নিভে গেল।

নবীন চমকে উঠল। বলল, "নিমাইদা, কেল্লায় টর্চ জ্বালল কে?"

নিমাই উদ্‌ভ্রান্তের মতো চারদিকে চেয়ে হঠাৎ কাঁধ থেকে লাঠিটা নামিয়ে সেটার দিকে খানিকক্ষণ চেয়ে রইল। তারপর চাপা গলায় বলল, "এ লাঠি কোথায় পেয়েছ?"

"একজন দিয়েছে। কেন বলুন তো!"

নিমাই সভয়ে বলে উঠল, "এই লাঠির ভিতর থেকেই মন্তরের শব্দ আসছে। কানের কাছে নিয়ে দেখো, শুনতে পাবে।"

নবীন লাঠিটা নিয়ে ডান কানে ছোঁয়াতেই শুনতে পেল, গম্ভীর সুরেলা একটা গলা মন্ত্র পাঠ করছে, ‘‘মা ভ্রিয়স্বমা জহি, শক্যতে চেৎ মৃত্যুম অবলোকয়। যেনাত্মস্তথান্বেষাং জীবনং বর্দ্ধনং চ অপি খ্রিয়তে সঃ ধর্মঃ। দদাতু জীবনবৃদ্ধি নিয়তং স্মৃতিচিদযুতে।’’

নিমাই ফ্যাসফেসে গলায় বলল, ‘‘ওটা ভুতুড়ে লাঠি। যদি বাঁচতে চাও তো ফেলে দাও।’’

নবীন কিন্তু আদপেই ঘাবড়াল না। বরং লাঠিটা বেশ শক্ত করে ধরে কাঁধে ফেলে বলল, ‘‘এটা আমার কাছেই থাক।’’

নিমাই কেমন উদ্‌ভ্রান্তের মতো বলল, ‘‘না না, ওটা ফেলে দেওয়াই ভাল, কাছে রাখা ঠিক হবে না। এসব জিনিস ভাল নয়।’’

নবীনের হঠাৎ যেন জেদ চেপে গেল। সে গম্ভীর হয়ে মাথা নেড়ে বলল, ‘‘এটা আমার লাঠি, আমার কাছেই থাকবে।’’

ঠিক এই সময়ে কেল্লার দিক থেকে চার-পাঁচটা টর্চের আলো এসে সামনের পথে পড়ল।

নবীন থেমে সভয়ে সেই দিকে চেয়ে নিজের ট্যাঁকে হাত রাখল। ত্রিশ হাজার টাকা গ্রামদেশে বড় কম টাকা নয়। টর্চের আলোগুলো তার ভাল ঠেকছে না। এই নির্জন মাঠের মধ্যে হঠাৎ টর্চের আলো মানেই বিপদ সংকেত।

‘‘নিমাইদা, দেখতে পাচ্ছেন?’’

নিমাই গম্ভীর গলায় শুধু বলল, ‘‘হুঁ।’’

টর্চের আলো তাদের দিকেই বেশ ধেয়ে এল। আলোর পিছনে ছায়ামূর্তির মতো দশ-বারোজন লোক। আবছায়াতেও তাদের হাতে লাঠি-সোঁটা দেখতে পেল নবীন। হঠাৎ গলাটা শুকিয়ে গেল তার, হাতে-পায়ে খিল ধরার অবস্থা।

‘‘ওরা কারা নিমাইদা?’’

‘‘বুঝতে পারছি না। মতলব খারাপও হতে পারে। ওরা দশ-বারোজন আছে, হাতে অস্ত্র।’’

‘‘তা হলে?’’

‘‘আমরা তো ওদের সঙ্গে পেরে উঠব না নবীন। চাইলে যা আছে দিয়ে দিয়ো। আর হাতে লাঠি দেখলে কিন্তু ওরা বিগড়ে যাবে, হাতের অস্তর চালিয়ে দেবে। তুমি বরং লাঠি ফেলে হাতজোড় করে দাঁড়াও।’’

নবীনের কেমন যেন সেরকম করতে ইচ্ছে হল না। সে বরং লাঠিটা আরও জোরে চেপে ধরে বলল, ‘‘আগে তো দেখি ওরা কারা!’’

কয়েক মুহূর্তের মধ্যে দৌড়পায়ে এসে লোকগুলো তাদের ঘিরে ফেলল। ওদের

টর্চের আলোতেই নবীন দেখতে পেল, শুধু লাঠিই নয়, ওদের হাতে বড় বড় ছোরা, দা, বল্লম আর বন্দুকও আছে। এরা কারা তা বুঝতে আর কোনও কষ্ট নেই।

একটা লম্বা লোক দল থেকে দু'পা এগিয়ে এসে গম্ভীর হিংস্র গলায় বলল, ''হাতে লাঠি কেন রে তোর? মারবি নাকি রে? অ্যাঁ! মারবি?''

নবীন বলল, ''আজ্ঞে না।'' কিন্তু আশ্চর্যের বিষয়, ওকথাটা সে বললেও মুখ দিয়ে কিন্তু বেরোল সম্পূর্ণ অন্য কথা, ''দরকার হলে মারব।''

লোকটা অবাক হয়ে দু'সেকেন্ড তার দিকে বড় বড় চোখে চেয়ে থেকে হঠাৎ হাঃ হাঃ করে হেসে বলল, ''বাপ রে! সত্যিই মারবি? আমার যে বড্ড ভয় করছে রে!''

নবীন কাঁদো-কাঁদো হয়ে বলল, ''আমাকে ছেড়ে দিন। টাকাপয়সা দিয়ে দিচ্ছি, জানে মারবেন না।'' কিন্তু এবারেও আশ্চর্যের বিষয় তার মুখ দিয়ে ওকথা না বেরিয়ে বেশ গম্ভীর আওয়াজে বেরোল, ''ভয় পাওয়াই তোমার পক্ষে ভাল।''

''বটে!'' বলে গ্যানা গম্ভীর হল। তারপর বলল, ''শোন, আজ রাতেই আমার আরও তিনটে ডাকাতি আছে। নইলে তোর সঙ্গে আরও একটু রগড় করতাম। মারধর, রক্তারক্তি করতে চাই না, ট্যাঁকে যা আছে দিয়ে যা।''

নবীন ট্যাঁকের দিকে হাত বাড়াল বটে, কিন্তু হাতটা ওদিকে মোটে যেতেই চাইল না। লাঠিটা ডান হাতে ধরা ছিল, এবার বাঁ হাতটাও এসে চেপে ধরল সেটা। তারপর হাতেরা দু'ভাই লাঠিটা আস্তে আস্তে উঁচু করে তুলে ধরতে লাগল।

ঠিক এই সময়ে কোথা থেকে দুটো উটকো লোক দুটো শাবল উঁচিয়ে তেড়ে আসতে আসতে চেঁচাচ্ছিল, ''কোথাও ভয় নেই রে নবীন, এই আমরাও তোর সঙ্গেই মরব। এসে গেছি রে।''

এই চিৎকারে ডাকাতেরা ভারী অবাক হল, খানিকটা হকচকিয়েও গেল। গ্যানা বজ্রকণ্ঠে বলল, ''চালা অস্তর! নিকেশ কর সব ক'টাকে!''

চোখের পলকে চারদিক থেকে লাঠির বৃষ্টি শুরু হয়ে গেল। আবছায়া আলোয় কিছুই ভাল দেখা যাচ্ছিল না। নবীন শুধু বুঝতে পারল তার দু'হাতে ধরা লাঠিখানা বিদ্যুৎগতিতে চারদিকে ঘুরে বেড়াচ্ছে আর খটাখট শব্দ তুলছে। মাঝে মাঝে 'বাপ রে', 'উঃ', 'ওরে বাবা' এরকম সব আর্তনাদ শোনা যাচ্ছিল। তার মধ্যেই কে যেন হেঁকে বলল, ''মাহেন্দ্রক্ষণ কি শুরু হয়েছে রে জগাই?''

''হ্যাঁ, হ্যাঁ, অনেকক্ষণ।''

''মরার আগেই যেন পেরিয়ে না যায়, দেখিস!''

''না না, সে আমার খুব খেয়াল আছে।''

ফের ধুন্ধুমার সব শব্দ হতে লাগল। কী হচ্ছে নবীন ঠিক বুঝতে পারছিল না। শুধু এটা বুঝতে পারছে যে, এরকম হওয়ার কথা ছিল না। এ যা হচ্ছে তা একেবারে হিন্দি ছবির ঝাড়পিট।

তবে এ-ও বোঝা যাচ্ছিল প্রতিপক্ষ একটু একটু করে পিছু হটছে। আবছায়ায় একটা লোককে দেখা গেল, ল্যাংচাতে-ল্যাংচাতে পালাচ্ছে, একজন মাথা চেপে ধরে 'বাপ রে, চোখে যে অন্ধকার দেখছি' বলে দিকশূন্য দৌড়ে হাওয়া হল। একজন পেট চেপে ধরে বসে পড়ে তারপর হামাগুড়ি দিয়ে গায়েব হল, একজন 'আর পারি না বাপ' বলে খোঁড়াতে খোঁড়াতে অকুস্থল ত্যাগ করল। শেষ পাঁচ-সাতজন কিছুক্ষণ লড়াই দিয়ে আচমকা সব ক'টা একসঙ্গে কেল্লার দিকে ছুটতে লাগল। তারপর সব ভোঁ ভাঁ। শুধু বেকুবের মতো দাঁড়িয়ে আছে জগাই-মাধাই।

বিস্মিত নবীন হাঁ হয়ে কিছুক্ষণ পরিস্থিতিটা বোঝবার চেষ্টা করল। যা ঘটে গেল তা কি সত্যি? স্বপ্ন দেখছে না তো? অনেকক্ষণ লাঠি চালিয়ে একটু হাঁফিয়ে গেছে সে। বড় বড় কয়েকটা শ্বাস নিয়ে সে জগাই আর মাধাইয়ের দিকে চেয়ে করুণ গলায় বলল, ''কী হল বলো তো জগাইদা, মাধাইদা? কিছু বুঝলে?''

জগাই-মাধাই সবেগে ডাইনে-বাঁয়ে মাথা নেড়ে একবাক্যে বলল, ''কিছুই বুঝতে পারলুম না।''

মাধাই হ্যাদানো গলায় বলল, ''মাহেন্দ্রক্ষণটা কি পেরিয়ে গেল নাকি রে জগাই?''

''তা গেল বোধ হয়।''

''ইস, আমাদের তো দেখছি মরাই হল না! ভাল যোগটা ছিল রে!''

''আহা, মাহেন্দ্রক্ষণে বেঁচে থাকাটাও কি খারাপ মাধাইদা?''

''বেঁচে থেকে হবেটা কী বল! আমাদের কি কোথাও ঠাঁই আছে? পানুবাবুর অত্যাচারে বাপ-পিতেমোর ভিটে ছাড়তে হচ্ছে, কোথায় যাব, কী খাব তারই ঠিক নেই। বরং মরলে ফের আঁটঘাট বেঁধে জন্মানো যেত।''

''না গো মাধাইদা। আগে তাই মনে হচ্ছিল বটে, কিন্তু এখন মনে হচ্ছে, আমরাও কম যাই কীসে? গা বেশ গরম হয়েছে আমার। তিনটে বদমাশকে যা টিট করেছি তা আর কহতব্য নয়। মার খেয়ে এমনভাবে তাকাচ্ছিল যেন ভূত দেখছে!''

মাধাই বলল, ''তা গা আমারও গরম হয়েছে বটে। আমি তো শাবল দিয়ে একটার হাঁটু ভেঙেছি, একজনের কনুই, তিন নম্বরটার ঘাড়টাই গেছে বোধ হয়।''

''তবেই বোঝো। আমাদের ভিতরে যে এত খ্যামতা ছিল, তা কি আমরাই এতদিন বুঝতে পেরেছি?''

"তা বটে। তবে এত মেহনতের পর খিদেটা যখন চাগাড় দেবে তখনই যে মুশকিল।"

নবীন একটু ধাতস্থ হয়েছে। পায়ের কাছে একটা টর্চ পড়ে গড়াগড়ি খাচ্ছে। সেটা কুড়িয়ে নিয়ে আলো জ্বেলে হাতের লাঠিটা খুব মন দিয়ে ঘুরিয়ে ফিরিয়ে দেখছিল। এতক্ষণ এই লাঠির ভিতর থেকে যে মন্ত্রোচ্চারণ হচ্ছিল সেটা এখন আর নেই। সাধুর দেওয়া লাঠি, কী জাদু আছে এর ভিতরে কে জানে! তবে এ যে যেমন-তেমন লাঠি নয় তা সে খুব বুঝতে পারছে। লাঠিটা দু'হাতে আড় করে ধরে ভক্তিভরে কপালে ঠেকাল সে।

তারপর জগাই আর মাধাইয়ের দিকে ফিরে বলল, "তোমাদের কী হয়েছে জগাইদা?"

"না, এই মাধাইকে বলছিলাম আর কী, গা-টা বেশ গরম হয়েছে।"

"তোমরা এই বিপদের মধ্যে হঠাৎ কোথা থেকে উদয় হলে বলো তো!"

মাধাই বলল, "সে অনেক কথা রে ভাই। তবে তোমার যে এলেম দেখলাম তাতে আমাদের আর হাত লাগানোর দরকার ছিল না।"

নবীন বলল, "ধুস্, কিছুই দেখোনি। আমি কখনও লাঠি-টাটি খেলিনি, মারপিটও করিনি। ও আমার কোনও কেরদানি নয় গো। অন্য ব্যাপার আছে।"

"কী ব্যাপার বলো তো!"

"তা আমিও ঠিক বুঝতে পারছি না। কোথা থেকে যে কী হয়ে গেল!"

মাধাই বলল, "এখন আর এখানে দাঁড়িয়ে থেকো না। গুন্ডা-বদমাশদের বদ মতলব ফের চাড়া দিতে পারে। এইবেলা রওনা হয়ে পড়ো। হরিপুর এখনও অনেকটা পথ।"

"তোমরা না খিদের কথা বলছিলে?"

জগাই লাজুক গলায় বলল, "ও কিছু নয়। আমাদের যখন-তখন খিদে পায়, সয়েও যায়। ওসব হচ্ছে দেখন-খিদে। একপেট জল খেলেই খিদে উধাও হবে।"

মাধাইও সায় দিয়ে বলল, "ও ঠিক খিদেও নয়। একটু ফাঁকা ফাঁকা ভাব হয় আর কী! তুমি বরং এগিয়ে পড়ো, আমরাও গঞ্জের দিকে ফিরি।"

নবীন মাথা নেড়ে বলে, "সেটি হচ্ছে না। এই বিপদের মধ্যে আমাকে ফেলে যদি চলে যাও তোমাদের কিন্তু অধর্ম হবে।"

জগাই আর মাধাই পরস্পরের দিকে একটু মুখ তাকাতাকি করে নিল। তারপর জগাই একটু হেসে বলল, "তা অবিশ্যি ঠিক। ভুরফুনের মাঠে শুধু চোর-ডাকাতই তো নয়, তেনারাও আছেন। কী বলো মাধাইদা?"

‘‘আর বলিসনি। দুটো যা স্যাম্পেল দেখলাম, তাতেই পিত্তি চটকে গেছে। না হে নবীনভায়া, তোমাকে একা ছেড়ে দেওয়া ঠিক হবে না। চলো, বরং তোমাকে হরিপুর অবধি এগিয়েই দিয়ে আসি। ফিরতে একটু রাত হবে। তবে আমাদের আর কিবা দিন, কিবা রাত্রি, কী বলিস রে জগাই?’’

‘‘তা যা বলেছ।’’

তিনজনে রওনা হয়ে পড়ল। নবীনের হাতে লাঠি, দু’জনের হাতে শাবল। হাঁটতে হাঁটতে নবীন হঠাৎ বলল, ‘‘আচ্ছা গরম রাঙা চালের ভাতের উপর যদি সোনামুগের ডাল ঢালা হয় তা হলে কেমন শোভা হয় বলো তো!’’

জগাই সুড়ুত করে জিভের জল টেনে নিয়ে বলল, ‘‘ওঃ, সে একেবারে মারদাঙ্গা ব্যাপার।’’

নবীন একটু হেসে বলল, ‘‘সঙ্গে দু’-চারটে ঝাল কাঁচালঙ্কা, না?’’

মাধাই একটা দীর্ঘশ্বাস ছেড়ে বলল, ‘‘ওতেই ভাত সাবাড়।’’

নবীন ফের বলল, ‘‘আরে তা কেন? সঙ্গে একটু পোস্ত চচ্চড়িও তো খারাপ নয়! কী বলো!’’

জগাই হঠাৎ আর্তনাদ করে উঠল, ‘‘বাপ রে!’’

‘‘কী হল জগাইদা?’’

‘‘পোস্তর কথা কি আমাদের শুনতে আছে? ওসব বড়লোকের ব্যাপার, আমাদের শুনলেও পাপ।’’

মাধাই বলল, ‘‘তা যা বলেছিস।’’

নবীন ফের মৃদু হেসে বলল, ‘‘আহা, শুনতে দোষ কী? ধরো, ওই সঙ্গে যদি ফুলকপি দিয়ে তেলালো কই মাছের একখানা জম্পেশ ঝোল হয়, তা হলে?’’

মাধাই মাথা নেড়ে বলে, ‘‘তা হলে বাঁচব না। ওসব হয় না রে নবীনভায়া। ও হচ্ছে রূপকথার গল্প।’’

জগাইও মাথা নেড়ে বলে, ‘‘কই মাছ নাকি বর্ষাকালে খানিকটা গাছেও ওঠে। তা আমাদের ভাগ্যের কই মাছ গাছ ছেড়ে পাহাড়ের চুড়োয় গিয়ে উঠে বসে আছে।’’

নবীন মিটিমিটি হেসে বলল, ‘‘কই মাছের পর কারও কারও নাকি আবার রুই মাছের কালিয়া চাখতে ইচ্ছে যায়।’’

মাধাই বলল, ‘‘যায় নাকি? তা দুনিয়ায় কত পাগল আছে।’’

জগাই বলল, ‘‘কালিয়া পর্যন্ত পৌঁছনো বেশ শক্ত।’’

নবীন বলল, ‘‘অবশ্য ওসব একটু বেশি রাতে। তার আগে কয়েকখানা গরম

বেগুনি আর কাঁচালঙ্কা দিয়ে ছোট ধামার একধামা করে লাল টাটকা মুড়ি খেতে কেমন লাগে বলো তো! মুড়ি খেলে খিদে মজে না, বরং একটু বাদে দ্বিগুণ চাগিয়ে ওঠে। তাই না?''

মাধাই বলল, ''বুঝলি রে জগাই, নবীন কিন্তু জানে অনেক।''

জগাই সায় দিয়ে বলল, ''তা জানবে না! কত লেখাপড়া শিখেছে! বারোঘরের নামতা জিজ্ঞেস করে দেখো, মুখস্থ।''

ওদিকে কেল্লার একটা ঝুরঝুরে ঘরের ভিতরে দু'খানা মোমবাতি জ্বলছে। তার মৃদু আলোয় দেখা যাচ্ছে, যেন ঘরের মধ্যে একটা শোকসভা। কারও মুখে কথা নেই বটে, তবে 'উঃ', 'আঃ', 'গেলুম রে' ইত্যাদি চাপা কাতরধ্বনি শোনা যাচ্ছে। জনাচারেক মেঝেতে সটান শুয়ে কাতরাচ্ছে। যারা বসে বা দাঁড়িয়ে আছে তাদের অবস্থাও সুবিধের নয়। কারও কপালে কালশিটে, কারও কনুই ভাঙা, কারও পায়ে জখম, কারও মাথায় রক্ত জমে ঢিবি হয়ে আছে। দু'থাক ইটের একটা পাঁজার উপর গম্ভীর মুখে নিজের বাঁ হাতের কবজি ডান হাত দিয়ে চেপে ধরে বসে আছে গ্যানা। অনেকক্ষণ কারও মুখে কথা-টথা নেই।

এতক্ষণ দীর্ঘশ্বাসের পর দীর্ঘশ্বাস ছেড়ে যাচ্ছিল গ্যানা। এইবার কথা কইল। বলল, ''ওরে, তোরা খোঁজ নে তো, কাশী না গয়া কোন জায়গাটা ভাল হবে।''

গ্যানার ডান হাত কালু এতক্ষণ বসে বসে কোঁকাচ্ছিল। এবার চোখ তুলে বলল, ''কেন ওস্তাদ?''

''আর কি এ সমাজে মুখ দেখানোর জো রইল রে আমার? নাঃ, সব ছেড়েছুড়ে কাশীবাসী না হয়ে আমার আর উপায় নেই। একটা পুঁচকে ছোঁড়ার হাতে এতগুলো ঘায়েল হলুম! ছিঃ ছিঃ, কী লজ্জার কথা! গত দশ বছরে আমাকে কেউ হাতে-হাতে লড়াইয়ে জখম করতে পারেনি। সেই গ্যানা ওস্তাদের কবজি ভেঙে দিয়ে গেছে সেদিনকার দুধের ছোকরা! গলায় দড়ি দিলে নাকি মরার পর গতি হয় না, নইলে তাই দিতুম। ওরে কালু, কালকেই কাশী বা গয়া যে জায়গা ভাল হয় তার একখানা টিকিট কেটে আনবি। আর এ সংসারে নয় রে। আর আমার মুখ দেখানোর উপায় রইল না। বুক ফুলিয়ে গাঁয়ে-গঞ্জে ঘুরে বেড়াতাম, হাজারটা লোক সেলাম ঠুকত। এখন দুয়ো দেবে। ছেলেরা ছড়া কাটবে। আমার গলায় জুতোর মালা পরাবে এবার। সেই অপমান আমার সহ্য হবে না।''

কালু ভাঙা গলায় বলল, ''আপনি কাশীবাসী হলে যে দল ভেঙে যাবে সর্দার। আমরা যে না খেতে পেয়ে মরব।''

“সেটাই তোদের প্রায়শ্চিত্ত। আজ যা বীরত্ব দেখালি তাতে তোদের অনশনে মরাই উচিত।”

কালু হঠাৎ তেড়ে উঠে বলল, “সর্দার, সব দোষ ওই নিমাইয়ের, ওই তো আমাদের বলেছিল যে, এবারের শিকার একদম জলভাত। হুড়ো দিলেই নাকি টাকার বান্ডিল বের করে দিয়ে হাতে-পায়ে ধরে প্রাণটা ভিক্ষে চাইবে।”

নিমাই এতক্ষণ একধারে দেওয়াল ঘেঁষে হেলান দিয়ে চোখ বুজে বসে ছিল। তারও মাজায় চোট হয়েছে। সনাতন ওস্তাদের চেলা হয়ে কিনা সে মার খেয়েছে জগাই-মাধাইয়ের মতো আনাড়ির কাছে! ব্যাপারটা তার কাছে পরিষ্কার হচ্ছে না। বড্ড ভাবিয়ে তুলেছে।

গ্যানা রক্তচক্ষুতে নিমাইয়ের দিকে চেয়ে ঠান্ডা গলায় বলল, “কালু, রামদাখানা কার কাছে রে? ওটা নিয়ে আয়। এটাকে আজ দু'-আধখানা করে কাটলে তবু খানিক জ্বালা জুড়োবে। কেটে কেল্লার পিছনের পুরনো ইঁদারায় ফেলে দে।”

কথাটা শুনে নিমাই হঠাৎ সোজা হয়ে বসে বলল, “গ্যানা, তুমি একটা আহাম্মক।”

গ্যানা তাজ্জব হয়ে অপলক চোখে নিমাইয়ের দিকে চেয়ে বলল, “কী বললি? আহাম্মক না কী যেন! হ্যাঁ রে কালু, ঠিক শুনেছি তো, নাকি কানটা গড়বড় করছে?”

কালু দাঁত কড়মড় করে রামদাখানা পাশ থেকে টেনে নিয়ে উঠে দাঁড়াল। বলল, “ঠিকই শুনেছেন। গলা কাটবার আগে ওর জিভটা কেটে ফেলব, তারপর দশ মিনিট বাদে গলা।”

নিমাই বুঝল, সামনে ঘোর বিপদ! সে বলল, “দাঁড়াও, আগে কথাটা শুনে নাও। তারপর গলা নিয়ো, যা খুশি কেটো।”

গ্যানা হুংকার দিয়ে বলে, “কী কথা রে তোর মর্কট? তুই নাকি মস্ত লাঠিবাজ, সনাতন ওস্তাদের চেলা! তা নিজে লেঠেল হয়ে আর-একজন লেঠেলকে চিনতে পারলি না! বলে দিলি জলভাত? তা সেই জলভাত দুধের ছোকরা যে আমাদের মতো ষণ্ডাদের পিটিয়ে টিট করে দিল তা দেখে তোর লজ্জা হচ্ছে না? মরতে ইচ্ছে যাচ্ছে না? মুখে চুনকালি মেখে বেড়ানো উচিত বলে মনে হচ্ছে না?”

নিমাই ঠান্ডা গলায় বলল, “না হচ্ছে না। তার কারণ, নবীন কস্মিনকালেও লেঠেল নয়। ও লাঠি ভাল করে ধরতেও জানে না।”

“বাঃ বাঃ! তা হলে আনাড়ির কাছে মার খেয়ে এলি বল! তা হলে তো তোর আরও লজ্জা হওয়া উচিত। বাদুড়ের মতো হেঁটমুন্ডু হয়ে ঝুলে থাক। ওরে কালু,

কড়িবরগা থেকে একটা দড়ি ঝুলিয়ে এটাকে হেঁটমুন্ডু করে রেখে দে তো!''

নিমাই একটু ঠোঁট চেটে নিয়ে বলল, ''সর্দার, ভাল করে শোনো। মাথা ঠান্ডা রাখো। আমরা মোটেই নবীনের হাতে মার খাইনি। আমার কথায় যদি বিশ্বাস না হয়, কাল সকালে হরিপুরে লোক পাঠিয়ে খবর নিলেই জানতে পারবে, নবীন জীবনে লাঠিখেলা শেখেনি।''

''তা হলে লাঠিটা খেলল কে? ভূতে?''

''সেই কথাটাই বলতে চাইছি। কাণ্ডটা ভুতুড়েই বটে। লাঠিটা গঞ্জ থেকেই আমার হাতে ছিল। কাঁধে ফেলে নিয়ে আসছিলাম। মাঝরাস্তায় হঠাৎ শুনি, লাঠিটার ভিতর থেকে মন্ত্র পড়ার শব্দ আসছে। প্রথমটায় বুঝতে পারিনি। একটু বাদেই টের পেলাম। প্রথমটায় ভয় খেয়ে আমি লাঠিটা নবীনের হাতে দিয়ে দিই।''

গ্যানা একটু ব্যঙ্গের হাসি হেসে বলে, ''বিপদে পড়ে এখন মন্ত্রতন্ত্রের গল্প ফেঁদেছিস রে ছুঁচো! তোর একটা কথাও আমি বিশ্বাস করি না। এই, তোরা ওকে পিছমোড়া করে বাঁধ তো! বেশ কটকটে করে বাঁধবি কিন্তু।''

সর্দারের হুকুম তামিল করার ইচ্ছে থাকলেও জখম গুন্ডাদের তেমন উৎসাহ দেখা গেল না। সবাই যে-যার ব্যথা-বেদনায় কাতরাচ্ছে, ঘ্যাঙাচ্ছে, কোঁকাচ্ছে। বাঁধবার ইচ্ছে থাকলেও উপায় নেই। এমনকী কালু রামদাখানা তুলতে গিয়ে মাজায় খটাং করে শব্দ হওয়ায় ফের 'উঃ' বলে বসে পড়েছে। নইলে নিমাইয়ের বিপদ ছিল।

নিমাই বলল, ''শোনো সর্দার, আমি তো আর পালাচ্ছি না। আমার বিচার করার সময় পরে অনেক পাবে। তার আগে কাজের কথাটা হয়ে যাক।''

গ্যানা ধমকে ওঠে, ''চোপ! তোর মতো বিশ্বাসঘাতকের সঙ্গে আবার কাজের কথা কী রে উল্লুক? তুই বেইমান, নেমকহারাম, বজ্জাত, মিথ্যেবাদী!''

''যা বলতে চাইছি তা যদি খেয়াল করে শোনো, তা হলে আখেরে তোমার মস্ত লাভ হবে। আমার উপর বীরত্ব ফলিয়ে কী হবে? কথাটা শুনে তারপর যা হয় কোরো।''

''কী কথা?''

''লাঠি।''

''লাঠি! ফের লাঠি? তোর লজ্জা হচ্ছে না লাঠির নাম উচ্চারণ করতে? লেঠেলদের বংশে তুই তো কুলাঙ্গার।''

''না সর্দার, আমি ভাল লেঠেল। আর পাকা লেঠেল আমি খুব চিনি। ধরতাই দেখেই বুঝতে পারি। নবীন লেঠেল নয়, কিন্তু তার ওই লাঠির মধ্যে মস্ত কোনও লেঠেলের আত্মা লুকিয়ে আছে। আজ যা দেখলে এ তারই কাণ্ড। ওই লাঠি যদি

তোমার হাতে আসে তা হলে গোটা পরগনায় তোমার সঙ্গে কেউ পাল্লা টানতে পারবে না। তোমার সাহস আছে, রোখও আছে, কিন্তু বুদ্ধি নেই, দেখার চোখও নেই। সত্যি কথাটা বললাম। এবার তোমার যা বিচার হয় তাই করো।''

গ্যানা একটু ধন্দে পড়ে গেল। তারও যেন কেন এখন মনে হচ্ছে, কাণ্ডটা স্বাভাবিক নয়। নবীন যদি লেঠেলও হয়ে থাকে, তবু তার দলের এত পাকা লোককে একা পিটিয়ে ছত্রভঙ্গ করে দেওয়াটা অশৈলী কাণ্ড। একটু ভেবে সে বলল, ''খোঁজ আমি নিচ্ছি। তা বলে তুই কিন্তু রেহাই পাবি না। যদি আবোলতাবোল বলে ধোঁকা দিয়ে থাকিস, তা হলে যা-যা বলেছি তাই-তাই করব।''

''ঠিক আছে সর্দার। তবে এও বলে রাখছি, ও লাঠির দাম কিন্তু লাখ লাখ টাকা। আজকে যা ঘটল তা চাউর হতে বেশি সময় লাগবে না। বহু পাজি লোকের কানে কালকেই কথাটা চলে যাবে। তখন দেখো, ভাগাড়ে শকুন পড়ার মতো লোক এসে হামলে পড়বে লাঠিটা বাগানোর জন্য। দেরি করলে কিন্তু তুমি পস্তাবে।''

গ্যানা আর-একটু ভেবে বলল, ''ঠিক আছে। আজ রাতেই লাঠিটা তুলে আনছি। ওরে কালু, কাউকে হরিপুরে এখনই পাঠিয়ে দে তো বাপু, লাঠিটা নিয়ে আসুক।''

হুকুম শুনে সবাই সিঁটিয়ে গেল। হরিপুর অনেকটা রাস্তা। কারওই শরীরের তেমন ক্ষমতা নেই যে, এখনই লাঠি চুরি করতে হরিপুর যাবে।

কালু বিমর্ষ মুখে বলে, ''আমিই যেতাম সর্দার, কিন্তু মাজায় যা ব্যথা দু'কদম হাঁটার সাধ্যি নেই।''

অন্য কারওই হরিপুর যাওয়ার কোনও উৎসাহ দেখা গেল না। গ্যানার বিস্তর তর্জন-গর্জন এবং শেষে কাকুতি-মিনতি বা বকশিশের লোভেও না।

তখন নিমাই বলল, ''আর কেউ যেতে না চাইলে আমি যেতে রাজি আছি।''

গ্যানা বলল, ''তোকে বিশ্বাস কী? তুই শিয়ালের মতো চালাক। লাঠিটা হয়তো নিজেই বাগিয়ে নিবি।''

''তোমার তো বন্দুক আছে। যদি বেইমানি করি তা হলে গুলি করে আমাকে মেরো না হয়। লাঠি তো বন্দুকের সঙ্গে পারবে না।''

''তুই লাঠির যা ক্ষমতার কথা বলছিস তা যদি সত্যি হয়, তা হলে ওই লাঠি হয়তো বন্দুকের গুলিও ঠেকাতে পারবে।''

নিমাই হতাশ হয়ে বলল, ''তা হলে কি লাঠিটা হাতছাড়া করবে সর্দার?''

গ্যানা গম্ভীর গলায় বলল, ''না, না, তোকে ছেড়ে দিচ্ছি। শুধু একটা কথা মনে রাখতে বলি, যদি বেইমানি করিস তা হলে তোর গাঁয়ে গিয়ে রাতের বেলা তোর ঘরবাড়িতেই আগুন দেব। একটা লোকও বাঁচবে না। বুঝেছিস?''

নিমাইয়ের চোখদুটো একবার যেন দপ করে জ্বলে উঠেই নিভে গেল। সে চাপা গলায় বলল, ‘‘ঠিক আছে।’’

‘‘তবে যা, কাল সকালের মধ্যে লাঠি আমার হাতে আসা চাই।’’

নিমাই দ্বিরুক্তি না করে উঠে পড়ল। কেল্লার বাইরে এসে সে চারদিকটা একটু দেখে নিয়ে হনহনিয়ে হাঁটা ধরল।

ন’টায় হরিপুরে নিশুতি রাত। এবার শীতটাও খুব জেঁকে পড়েছে। তার উপর এই সময়ে আশপাশে চিতাবাঘের উপদ্রব হয় খুব। কাজেই সন্ধের পরেই যে-যার ঘরে ঢুকে যায়। শুধু বাজারের দিকটায় কিছু লোক চলাচল আছে, তবে তাদের সংখ্যা হাতে গোনা যায়, দু’-চারজন সবজি আর মাছের ব্যাপারী এখনও আশায়-আশায় টেমি জ্বেলে বসে আছে। গোটাকয়েক দোকানি এখনও ঝাঁপ ফেলেনি। হালুইকর পীতাম্বর এখন বসে বসে ছাঁচে ফেলে বাতাসার সাইজের সন্দেশ তৈরি করে যাচ্ছে। দরজি ননীগোপাল সেলাই মেশিনে কার যেন লেপের ওয়াড় বানাচ্ছে। ডাক্তার গিরিধারী দাস তার চেম্বারে নব্বই বছর বয়সি খগেন মণ্ডলের নাড়ি টিপে চোখ বুজে বসে আছে। আর সব শুনশান।

নিমাই চাদরে মাথা-মুখ ঢেকে নিয়ে সন্তর্পণে বাজারের এলাকাটা পার হল। রাতবিরেতে উটকো লোকের গাঁয়ে আনাগোনা লোকে পছন্দ করে না। হরিপুর নিমাইয়ের চেনা জায়গা নয়, জানাশোনাও নেই কারও সঙ্গে। সুতরাং সাবধান না হলে বিপদ।

পিছন থেকে কে যেন হাঁক মারল, ‘‘কে রে? শ্যামাপদ নাকি?’’

না, সে শ্যামাপদ নয়। তবু নিমাই দাঁড়িয়ে পড়ল। অচেনা জায়গায় মাথা ঠান্ডা রাখা ভাল। দৌড়ে পালালেই বিপদ। লোকটা কাছে আসতেই সে বিনয়ের সঙ্গে বলল, ‘‘না, আমি শ্যামাপদ নই। আমি হলুম নবীনের দূর সম্পর্কের ভগ্নিপোত।’’

লোকটা খুশি হয়ে বলল, ‘‘ও, ওই লাঠিটার জন্য এসেছ বুঝি? তা ভাল। আজ সবাই তো ওখানে গিয়েই জুটেছে। আমি যদিও বুজরুকিতে বিশ্বাস করি না, তবু কাণ্ডটা কী তা দেখতেই যাচ্ছি। চলো, চলো!’’

নিমাই প্রমাদ গুনল। সর্বনাশ! লাঠির কথা ইতিমধ্যেই তা হলে চাউর হয়ে গেছে! তবে ভিড়ের যেমন অসুবিধে আছে, তেমনই আবার সুবিধেও আছে। সে ভাবতে ভাবতে লোকটার পাশে পাশে হাঁটতে লাগল।

চার

পাঁচটা সূর্যমুখী লঙ্কা আর পনেরোখানা বেগুনি দিয়ে ছোট একধামা মুড়ি শেষ করে জল খেয়ে জগাই বলল, ‘‘বুঝলে মাধাইদা, এইবার খিদেটা হতে লেগেছে। মুড়িটা পেটে গিয়ে খিদের বীজতলাটা তৈরি হয়ে গেল।’’

মাধাই মুড়ির শূন্য ধামাটা সরিয়ে রেখে আধঘটি জল গলায় ঢেলে বলল, ‘‘তুই কি জানিস যে, হরিপুর জায়গা খুব খারাপ?’’

‘‘কেন গো মাধাইদা, হরিপুরের তো তেমন কোনও বদনাম নেই!’’

‘‘সে না থাকলেও এ জায়গা ভাল নয়। এখানকার জল পেটে গেলেই যা খেয়েছিস সব কয়েক মিনিটেই হজম হয়ে যায়। ঘণ্টাখানেকের মধ্যেই ফের খিদে চাগাড় দেয়।’’

‘‘হ্যাঁ, হ্যাঁ। হরিপুরের জলের কথা খুব শুনেছি। সবাই সুখ্যাতি করে। তাতে খারাপটা কী দেখলে?’’

মাধাই বড় বড় চোখে চেয়ে বলল, ‘‘খারাপ নয়? আমাদের মতো গরিবগুরবোদের ঘণ্টায় ঘণ্টায় খিদে পেলে রোজগারের পয়সা যে শুধু পেটপুজোয় খরচ হয়ে যাবে! সেটা কি ভাল? এ জায়গায় থাকলে আমাদের পোষাবে না রে জগাই।’’

জগাই একটু চুপ করে থেকে বলল, ‘‘এটা একটা ভাববার মতো কথা বটে! পনেরোখানা বেগুনি আর একধামা মুড়ি তো কম নয়। কিন্তু যেই হরিপুরের জল পেটে গেছে অমনই সব যেন কোথায় তলিয়ে গেল! নাঃ মাধাইদা, লক্ষণ মোটেই ভাল নয়।’’

‘‘সেই কথাই তো বলছি। এই তো এই বাড়ির গিন্নিমা ডেকে বললেন, রাত্তিরে যেন ডাল দিয়ে বেশি ভাত খেয়ে না ফেলি। আজ নাকি লম্বা খাওয়া আছে। ডাল, ভাজা আর লাবড়ার তরকারি দিয়ে শুরু। তারপর দুই পদ মাছ আর চাটনি হয়ে নলেন গুড়ের পায়েস অবধি। শুনে ভারী আনন্দও হল। জন্মে তো আর ওসব তেমন খাওয়া হয়নি। আমাদের লঙ্কা আর নুন হলেই একথালা ভাত উঠে যায়। কিন্তু ভয় কী জানিস? পেট ঠেসে খাওয়ার পর যেই জলটি খাব অমনই পেটটা ফাঁকা ফাঁকা লাগতে থাকবে। মনে হবে, সত্যিই কি কিছু খেয়েছি? না কি স্বপন দেখছিলুম! তারপর ধর, এই অবস্থায় শিয়রে চিঁড়ে-মুড়ি কিছু না নিয়ে শুলে মাঝরাত্তিরে যখন পেট চুঁইচুঁই শুরু করবে, তখন কী উপায়?’’

জগাই ভাবিত হয়ে বলল, ‘‘সত্যিই তো! এ তো বড় বিপদের কথা হল! আমাদের গঞ্জের জল যেন পাথর, পেটে গিয়ে চুপচাপ দাঁড়িয়ে থাকে। নড়বার নামটি নেই। যা

খাও তা পেটে গিয়ে আড়মোড়া ভাঙে, হাই তোলে, গড়িমসি করতে থাকে, খানিক জিরোয়, একটু ঘুমিয়েও নেয়। তারপর ধীরেসুস্থে সময়মতো নেমে যায়। কিন্তু এখানে তো খাবার-দাবার পেটে গিয়ে মোটে বসবার সময় পায় না। হরিপুরের জল গিয়ে তাদের অ্যায়সা তাড়া লাগায় আর এমন হুড়ো দেয় যে, বেচারারা পালাবার পথ পায় না। বেচারাদের দম ফেলার ফুরসতই হচ্ছে না। এই যে মুড়ি-বেগুনি সাঁটলুম, কোথায় গেল বলো তো? পেট তো বেশ খাঁখাঁ করছে। নাঃ মাধাইদা, তুমি ঠিকই বলেছ। হরিপুরে আমাদের পোষাবে না।''

মাধব একটা হাই তুলে বলে, ''নবীন অবশ্য বলছিল হরিপুরেই আমাদের একখানা দোকান করে দেবে। বিক্রিবাটা নাকি ভালই। সেটাও একটা ভাববার মতো কথা।''

''হুঁ। প্রস্তাবটা ফ্যালনা নয়। ভাবনা-টাবনা তোমার বেশ ভাল আসে। ও তুমিই বসে ভাবো। আমি কিছু ভাবতে গেলেই মাথাটা বড্ড ঝিমঝিম করে।''

ওদিকে নবীনদের উঠোনে গাঁ ঝেঁটিয়ে লোক এসে জুটেছে। দাওয়ার উপর জলচৌকিতে নতুন গামছা পেতে লাঠিটা শোয়ানো হয়েছে। নবীনের জ্যাঠা পরমেশ্বর গাঁয়ের স্কুলের হেডমাস্টার এবং পঞ্চায়েতের চাঁই। বলিয়ে-কইয়ে মানুষ। পরমেশ্বর দাঁড়িয়ে একখানা ভাষণ শুরু করল, ''বন্ধুগণ, আজ আমরা পৃথিবীর অষ্টম আশ্চর্যের সম্মুখীন। সপ্তম আশ্চর্য পর্যন্ত এতকাল আমাদের জানা ছিল। আগ্রার তাজমহল, চিনের প্রাচীর, মস্কোর ঘণ্টা, মিশরের পিরামিড, আর কী যেন...''

ভিড় থেকে একজন বলল, ''মনুমেন্ট!''

আর-একজন চেঁচাল, ''কাশীর প্যাঁড়া।''

পরমেশ্বর মাথা নেড়ে বলল, ''আরে না, না। হ্যাঁ মনে পড়েছে! ব্যাবিলনের শূন্যোদ্যান, টেমস নদীর সুড়ঙ্গ। আর অষ্টম আশ্চর্য আজ দেখলাম, এই লাঠিখানা। এই লাঠিখানা আজ আমার ভাইপো নবীনকে প্রাণে বাঁচিয়েছে, একদল বদমাশকে পিটিয়ে ঠান্ডা করেছে। এ বড় সোজা লাঠি নয়।''

বিশ্ববোকা হরেন গনাই বলে উঠল, ''আহা, লাঠিখানা তো মোটেই বাঁকা নয় হে। দিব্যি সোজা, সটান লাঠি!''

পরমেশ্বর মাথা নেড়ে বলল, ''দেখতে সোজা হলে কী হয়, এর মধ্যে স্বয়ং শিব ঢুকে বসে আছেন যে!''

কালীভক্ত চরণ দাস গম্ভীর গলায় বলে, ''শিবের হাতে আবার লাঠি কবে দেখলে হে পরমেশ্বর? শিবের হল শূল। তার তিন ফলা।''

বাধা পেয়ে পরমেশ্বর বিরক্ত হয়ে বলল, ''আরে শূলটা তো লাঠির মাথাতেই বসানো! ওটা খুলে নিলেই শূল লাঠি হয়ে গেল!''

শ্রীপদ মল্লিক বলে উঠল, "গোঁজামিল দিলেই তো হবে না মশাই, শূল হল শূল, আর লাঠি হল লাঠি। বগি থেকে ইঞ্জিন খুলে নিলেই কি আর রেলগাড়িকে গোরুর গাড়ি বানানো যায়?"

গদাই নস্কর উঠে দাঁড়িয়ে বলল, "দেবতাদের অস্ত্রশস্ত্রের মধ্যে কিন্তু লাঠিকে ধরা হয় না।"

সবজান্তা সনাতন দাস হেঁকে বলল, "কে বলে ধরা হয় না? স্বয়ং গাঁধীজির হাতে লাঠি ছিল না? ওই লাঠি দিয়ে পেঁদিয়েই তো সাহেবদের বৃন্দাবন দেখালেন!"

গোপাল বৈরাগী ফস করে বলে উঠল, "গাঁধীজিকে মোটেই দেবদেবীদের খাতে ধরা হয় না।"

সনাতন ফুঁসে উঠে বলল, "কে বলল কথাটা? মুখখানা একটু দেখি চাঁদুর! ভারতীয় সংবিধানের অষ্টম তফসিলের চুয়ান্ন নম্বর ধারাটা দেখে নিয়ো। গাঁধীজিকে ভগবানের ক্লাসে প্রমোশন দেওয়া হয়ে গেছে।"

গোপাল বৈরাগী থতমত খেয়ে মুখ লুকিয়ে ফেলল।

নাস্তিক নবকিশোর বলে উঠল, "অনেকক্ষণ ধরে তো লাঠির মহিমা শোনাচ্ছেন মশাই! এই সায়েন্সের যুগে কেউ মিরাকল বিশ্বাস করে নাকি? মিরাকল-টিরাকল সব মিথ্যে, জ্যোতিষশাস্ত্র একটা বুজরুকি, ভগবান নেই, ভূত নেই! আমাদের বিজ্ঞান যুক্তি সমিতি, সংক্ষেপে 'বিযুস' ঘোষণা করেছে, মিরাকল বা অলৌকিক কিছু প্রমাণ করতে পারলে তাকে হাজার টাকা পুরস্কার দেওয়া হবে। এখন দেখান তো লাঠির কেরদানি!"

বুড়ো পঞ্চানন মণ্ডল মুখের হত্তুকিটা এক গাল থেকে অন্য গালে নিয়ে বলল, "ওহে বাপু পরমেশ্বর, এবার জবাব দাও। বাক্য হরে গেল যে! সেই কখন থেকে লাঠির মহিমা দেখার জন্য এসে বসে আছি! তা কোথায় কী? কেবল বক্তিমে হচ্ছে। ওদিকে খিচুড়ি ঠান্ডা হয়ে গেল, হাঁটুতে বাতের ব্যথা চিরিক দিচ্ছে, মাথায় হিম পড়ছে, যত্ত সব..."

তান্ত্রিক জটাধর লাফিয়ে উঠে হুংকার দিয়ে বলে উঠল, "ওরে পাষণ্ড নবা, তোর শিরে যে বজ্রাঘাত হবে! বজ্রাঘাত না হলেও সর্পাঘাত তো নির্ঘাত। পারবি গাজির মোড়ের বটগাছতলায় রাত বারোটায় নিজের নাম সই করা একখানা কাগজ পাথর চাপা দিয়ে রেখে আসতে? তবে বুঝব তুই বাপের ব্যাটা! বুক ঠুকে বল তো সবার সামনে পারবি কি না! পারলে তোকেই আমি হাজার টাকা দেব।"

নবা, অর্থাৎ নবকিশোর ভিড়ের মধ্যে একটু পিছিয়ে গেল।

ভিড়ের পিছন দিকটায়, মস্ত একটা শিউলি গাছের ঝুপসি ছায়ায়, মাথা-মুখ র‍্যাপারে

ঢেকে বসে ছিল নিমাই। চোখ চারদিকে ঘুরছে। শুভ কাজের আগে চারদিকটা ভাল করে জরিপ করে নিতে হয়। কোথা থেকে বিপদ আসতে পারে তা আঁচ করতে হয়, পালানোর পথের হদিশ রাখতে হয়, একই মতলবে অন্য কেউ ঘুরঘুর করছে কি না সেটাও দেখা দরকার। আটঘাট না বেঁধে হুড়ুম করে কাজে নেমে পড়াটা বুদ্ধিমানের লক্ষণ নয়। ওদিকে মাথার উপর খাঁড়া ঝুলছে, সকালে লাঠি নিয়ে কেল্লায় হাজির হতে না পারলে তার বাড়িতে গ্যানা আগুন দেবে। তবে কিনা গ্যানার গায়ের জোর থাকলেও বুদ্ধিটা বড়ই রোগাভোগা। ওই জাদুই লাঠি হাতে এলে নিমাই দরবারে হাজির হবে বটে, তবে অন্য চেহারায়। সব আগেভাগে ভেবে রেখেছে সে। লাঠি উদ্ধার হলে আরও কত কী যে করা যাবে তার লেখাজোখা নেই। ওর জোরে গোটা পরগনাই তার ট্যাঁকে এসে গেল আর কী। মুরুব্বি-মাতব্বরেরা দোবেলা সেলাম দেবে। সেলামিও আসবে হাসতে হাসতে। টাকা গোনার জন্য লোক রাখতে হবে। গগনদারোগা একবার তাকে সাতপুরার বিরু মণ্ডলের গোরু চুরির জন্য সাত হাত নাকখত দিইয়েছিল। রাগটা পুষে রেখেছে সে। এবার গগনদারোগা এসে রোজ সন্ধেবেলা তার পা টিপে দেবে। এইসব ভেবে ভেবে আপনা থেকেই তার ঠোঁটে একটু আহ্লাদের হাসি ফুটে উঠছিল মাঝে মাঝে।

আচমকা কোমরে একটা কনুইয়ের খোঁচা খেয়ে আঁতকে উঠল নিমাই। চেয়ে দেখে, যে লোকটা রাস্তা থেকে তাকে সঙ্গে করে নিয়ে এল সেই লোকটা। বড় বড় চোখে ভারী অবাক হয়ে তার দিকে চেয়ে লোকটা বলল, "তুমি এখানে বসে আছ যে বড়? তুমি না নবীনের ভগ্নিপোত! বাড়ির জামাই! মস্ত কুটুম! তোমার ঠাঁই কি এখানে হে! যাও, ভিতরবাড়িতে যাও! বাড়ির কেউ দেখে ফেললে যে বড্ড লজ্জার ব্যাপার হবে হে!"

নিমাই অপ্রস্তুত হয়ে দেঁতো হাসি হেসে বলল, "ভিতরবাড়িতে গেলে শাশুড়িঠাকরুন বড় আতান্তরে পড়ে যাবেন যে! কানাঘুষো শুনলুম, আজ নাকি বাড়িতে চুনো মাছ রান্না হয়েছে। জামাইকে তো আর চুনো মাছ দিয়ে ভাত বেড়ে দেওয়া যায় না! শীতের রাতে হয়তো আবার পুকুরে জাল ফেলতে হবে! তারপর ধরুন, মাছের আগেও তো কিছু দিতে হয় পাতে। সোনামুগের ডাল, কি পোরের ভাজা, কি পোস্তচচ্চড়ি, কি মুড়িঘণ্ট। শেষ পাতে একটু পায়েস-টায়েস। না-না, এত রাতে ভিতরে গিয়ে তাদের বিব্রত করা ঠিক হবে না।"

লোকটা উত্তেজিত হয়ে বলল, "তুমি তো আচ্ছা আহাম্মক! বাপু হে, শ্বশুরবাড়ি ছাড়া আমাদের মতো মনিষ্যির কোথাও কোনও দাম আছে? আর সব জায়গায় ঘাড়ধাক্কা খেলেও শ্বশুরবাড়িতে আমরা রাজাগজা। এই তো গেল হপ্তায় রাত

বারোটায় শ্বশুরবাড়িতে গিয়ে হাজির হয়েছিলুম। শাশুড়িঠাকরুন গায়ে একশো পাঁচ ডিগ্রি জ্বর নিয়ে উঠেও পোলোয়া রান্না করে খাওয়ালেন। বোকার মতো বসে থেকো না তো! ওঠো, ওঠো, বুক চিতিয়ে বীরের মতো ভিতরবাড়িতে ঢুকে যাও...''

আশপাশের লোক কথাবার্তা শুনে তাকাচ্ছে দেখে নিমাই প্রমাদ গুনে উঠে পড়ল। কাঁচুমাচু হয়ে বলল, ''যাচ্ছি মশাই, যাচ্ছি। এই রাতে গুরুপাক খাওয়াটা ঠিক হবে কি না বুঝতে পারছি না।''

লোকটা খিঁচিয়ে উঠে বলল, ''গুরুপাক! গুরুপাক আবার কী? পেট ঠেসে খাওয়ার পর হরিপুরের একঘটি জল খেয়ে নেবে। পাথর অবধি হজম। বলো তো আমিই তোমাকে সঙ্গে করে অন্দরমহলে পৌঁছে দিয়ে আসছি!''

নিমাই আঁতকে উঠে বলল, ''না না, তার দরকার নেই। এ বাড়ির অন্ধিসন্ধি আমার জানা। ছেলেবেলা থেকেই যাতায়াত কিনা!''

''কীরকম, ছেলেবেলা থেকেই যাতায়াত কীরকম? তোমাদের কি বাল্যবিবাহ হয়েছিল নাকি?''

ফাঁপরে পড়ে নিমাই তাড়াতাড়ি বলল, ''অনেকটা ওরকমই বটে। আচ্ছা মশাই, আসি গিয়ে তবে!''

বাইরের রাস্তায় এসে নিমাই একটু দাঁড়ায়। কাজটা যে খুব সহজ হবে না তা সে বুঝতে পারছে, একটা বিড়ি ধরাবে কি না ভাবতে ভাবতে সবে পকেটে হাত ভরেছে অমনই পিঠে একটা শক্ত খোঁচা খেয়ে 'বাপ রে' বলে ঘুরে তাকায় নিমাই। যা দেখল তাতে রক্ত হিম হয়ে যাওয়ার কথা। সামনে দাঁড়িয়ে পানুবাবু। হাতে রুপো-বাঁধানো ছড়ি।

পানুবাবুর পরনে কোঁচানো ধুতি, গিলে-করা পাঞ্জাবি, চুলে টেরি, গায়ে দামি শাল, গলায় কম্ফর্টার। এখন শীতকাল বলে হাঁটু অবধি মোজা আর পাম্পশু। ডান আর বাঁ হাতে গোটা কয়েক হিরে, চুনি, পান্নার আংটি ঝকমক করছে।

পানুবাবু ভারী মোলায়েম গলায় বললেন, ''সুবিধে হল না বুঝি?''

তটস্থ হয়ে নিমাই হাতজোড় করে বলে, ''পানুবাবু যে! পেন্নাম হই! কীসের সুবিধের কথা বলছেন আজ্ঞে? এ জন্মে আর সুবিধে হল কী বলুন। সব তাতেই কেবল অসুবিধে, সুবিধের মুখ আর ইহজন্মে দেখা হল না। তা আপনি এখানে? ইদিকে কাজ ছিল বুঝি?''

পানুবাবু জরদা-পানের পিক ফেলে বললেন, ''তা কাজ আছে বই কী। কিন্তু তার আগে জানা দরকার তুই এখানে কী মতলবে ঘুরঘুর করছিস!''

নিমাই মাথা চুলকে বলল, ''আজ্ঞে, মতলব কিছু নেই। ওই লাঠি নিয়ে কী সব

গালগল্প কানে এল, তাই ভাবলুম যাই, গিয়ে একটু দেখে আসি।''

ভারী মোলায়েম আর মিঠে গলায় পানুবাবু বললেন, ''কিন্তু আমার কাছে যে অন্য রকম খবর আছে রে নিমাই! ঘণ্টাতিনেক আগে যে তোকে ওই লাঠিখানা কাঁধে নিয়ে নবীনের সঙ্গে ভুরফুনের মাঠে দেখা গেছে!''

নিমাই সিঁটিয়ে গিয়েও ভারী অবাক হওয়ার ভাব করে বলল, ''আমাকে দেখা গেছে! ভারী আশ্চয্যি ব্যাপার তো! কিন্তু আমারই তো চোখে পড়েনি! ভুল খবর নয় তো পানুবাবু?''

মিষ্টি হেসে পানুবাবু বললেন, ''না হে নিমাই, খবর বড় পাকা।''

''তা আপনি যখন বলছেন তখন বোধ হয় তাই হবে।''

ছড়িটা তুলে আচমকা তার পেটে একটা রামখোঁচা দিয়ে পানুবাবু বললেন, ''আসল কথাটা কি এবার পেট থেকে বের করবি?''

আঁক করে দু'হাতে পেটটা চেপে ধরে নিমাই বলল, ''আজ্ঞে, বলছি, বলছি! ওই নবীন ছোকরার সঙ্গে আজই গঞ্জে আলাপ হল কিনা! হাতে লাঠি দেখে দু'-চারটে কথা কইলুম। আমি সনাতন ওস্তাদের চেলা শুনে ছোকরা আমার কাছে তালিম নিতে চাইল।''

পানুবাবু হো হো করে হেসে বললেন, ''বটে! তুই সনাতন ওস্তাদের কাছে লাঠি শিখেছিস বুঝি! কিন্তু আমার কাছে যে অন্যরকম খবর আছে রে নিমাই! তুই সনাতনের কাছে নাড়া বেঁধেছিলি বটে, কিন্তু মাসখানেক বাদেই তার ঘটিবাটি চুরি করে পালাস। তুই তো ছিঁচকে চোর, লেঠেল হলি কবে?''

নিমাই কোণঠাসা হয়ে ভারী বিনয়ের সঙ্গে বলল, ''আজ্ঞে, ইচ্ছে তো ছিল খুব। বড় লেঠেল হব, তা পেটের দায়ে হয়ে উঠল না আজ্ঞে।''

''দেখ, মিথ্যে কথা বলাটাও একটা আর্ট। বাল্মীকি, বেদব্যাস থেকে রবি ঠাকুর অবধি কে না সাজিয়ে-গুছিয়ে মিথ্যে কথা লিখে গেছে! কিন্তু সেসব লোকে মাথায় ঠেকিয়ে পড়ে। আর তুই দাঁত কেলিয়ে যেগুলো বলিস, সেগুলো ছুঁলে চান করতে হয়। বুঝলি!''

ঘাড় হেলিয়ে নিমাই বলল, ''যে আজ্ঞে।''

''তবে তোকে আমার দরকার। একজন পাকা চোর না হলে কাজটা উদ্ধার হবে না। ওই লাঠিখানা আমার চাই।''

ভারী ভালমানুষের মতো চোখ বড় বড় করে চেয়ে নিমাই বলে, ''সে কী পানুবাবু, সামান্য একখানা বাঁশের লাঠির জন্য আপনিও উতলা হলেন? ওসব গপ্পো বিশ্বাস করেন নাকি?''

পানুবাবু ঠান্ডা চোখে চেয়ে বললেন, ''তোর মুখ দেখে মনে হচ্ছে তুইও করিস! করিস না?''

ঘাড়-টাড় চুলকে নিমাই বলে, ''কী যে বলেন পানুবাবু!''

''দেখ, বোকা আর আহাম্মকেরা ভাবে আমার বুঝি দুটো মাত্র চোখ। বাইরে থেকে দেখলে চোখ আমার দুটোই বটে, কিন্তু যারা জানে তারা জানে যে, আমার হাজারটা চোখ চারদিকে ঘুরছে।''

সঙ্গে সঙ্গে একমত হয়ে নিমাই বলল, ''তা বটে।''

''লাঠির গপ্পো যদি সত্যিই না হবে তা হলে পুরনো কেল্লায় যে গ্যানার দলের যণ্ডা-গুন্ডারা হাতে-পায়ে-মাথায়-কাঁকালে লাঠির চোট নিয়ে সব কেঁদে-ককিয়ে-ঘেঙিয়ে একশা হচ্ছে, তাদের ও দশা করল কে? তোর আর নবীনের মতো দুটো আনাড়ি?''

খুব চিন্তিত মুখ করে নিমাই বলে, ''আজ্ঞে, তাও তো বটে! কথাটা ভেবে দেখার মতোই মনে হচ্ছে।''

পানুবাবু ফের একটা রামখোঁচা দেওয়ার জন্য ছড়িখানা তুলতেই নিমাই এক লাফে খানিক পিছিয়ে এসে একগাল হেসে বলল, ''কোনওদিন কি আপনার আদেশ অমান্য করেছি পানুবাবু? জলে বাস করে কি কুমিরের সঙ্গে বিসংবাদ চলে? তা ছাড়া আমি ঝামেলা-ঝঞ্ঝাট, রক্তারক্তির মধ্যে নেইও।''

''আজ রাতেই মালটা সাফ করা চাই।''

ঘাড় চুলকে ভারী লাজুক গলায় নিমাই বলে, ''যে আজ্ঞে, তা কীরকম কমিশন দেবেন পানুবাবু?''

''কমিশন ভালই পাবি রে, খুব ভাল। দুনিয়ায় সবচেয়ে দামি জিনিস কী জানিস?''

গদগদ হয়ে নিমাই বলে, ''তা আর জানি না! হিরে বলুন, জহরত বলুন, সোনাদানা বলুন, তারপর শাল দোশাল বলুন, কস্তাপেড়ে শাড়ি কি ফরাসডাঙার ধুতি বলুন, তারপর গলদাচিংড়ি কি পাঁঠার মাংস বলুন কোনটা দামি নয়? এমনকী মুড়ির দামও তো ঠেলে উঠছে!''

পানুবাবু মিটিমিটি হেসে বললেন, ''তার চেয়েও ঢের দামি জিনিস আছে রে। গোটা একটা রাজ্য দিলেও তার দাম হয় না, সেটা হল মানুষের প্রাণ। তোকে যে প্রাণে মারব না সেটা কি কম বকশিশ হল নাকি রে বেল্লিক?''

ভারী আপ্যায়িত হয়ে নিমাই বলল, ''তা বটে, প্রাণের চেয়ে দামি আর কী-ই বা আছে! তবে কিনা ওই সঙ্গে ফাউ হিসেবেও যদি কিছু পাওয়া যেত!''

"সে আমি ভেবে রেখেছি। জিনিসটা উদ্ধার করতে পারলে তোকে আমার দলে নিয়ে নেব। আমার হয়ে গঞ্জের বাজারে আর হাটবারে তোলা আদায় করবি। কুড়ি পারসেন্ট বাঁধা কমিশন। দু'দিনেই লাল হয়ে যাবি।"

নিমাই মনে মনে ঠিক করে ফেলল, লাঠিটা হাতে আসার পর এই পানুবাবুকে দিয়ে সে দু'বেলা এঁটো বাসন মাজাবে আর ঘরদোর ঝাঁটপাট দেওয়াবে। মাথা ঝাঁকিয়ে হাতজোড় করে সে বলল, "আজ্ঞে, এ তো হাতে চাঁদ পাওয়ার শামিল। কতকাল ধরে ইচ্ছে, আপনার সেবায় একটু লাগি। তা হলে আজ বিদেয় হই পানুবাবু!"

"মনে থাকে যেন!"

হাতে এখন অনেক কাজ। মাথা খাটানো, ফন্দিফিকির বের করা, কার্যোদ্ধার করা। সুতরাং নিরিবিলিতে বসে একটু ভাবা দরকার।

রাস্তার ওপাশে একটা ঝুপসি বটগাছ। তলায় জম্পেশ অন্ধকার। নিমাই গুটিগুটি গিয়ে অন্ধকারে সেঁধিয়ে জুত করে বসে পড়ল। তিন-চারটে ফিকির আছে হাতে। কোনটা কাজে লাগানো যায় সেইটেই ভেবে ঠিক করতে হবে।

আচমকাই পিঠে গদাম করে কী একটা ভারী জিনিস এসে পড়তেই 'বাপ রে' বলে উপুড় হয়ে পড়ল নিমাই। সামলে ওঠার আগেই একটা ভারী গলা চাপা স্বরে বলল, "ওই পানু ব্যাটা কত দর দিল রে?"

নিমাই ধীরে ধীরে উঠে বসল। পিছনে মস্ত একখানা পেতলে বাঁধানো মোটা ভারী লাঠি হাতে দাঁড়িয়ে হিরু গায়েন। চারটে খুন, গোটা ছ'য়েক ডাকাতির মামলায় তাকে হন্যে হয়ে খুঁজছে পুলিশ। এই হিরু গায়েনের জন্যই হয়রান হয়ে-হয়ে গগনদারোগার ওজন বারো কেজি কমে গেছে, রাতে ঘুম নেই, খাওয়ায় অরুচি, গোবিন্দচরণ দাস বাবাজির কাছে বোষ্টম মন্ত্রে দীক্ষা নিয়ে ফোঁটা-তিলক-কণ্ঠী ধারণ করেছে, তবু শান্তি পায়নি।

নিমাইয়ের বুকের ভিতরটা গুড়গুড় করতে লেগেছে। তবে সেটা চেপে রেখে মুখে হাসি ফুটিয়ে বলল, "হিরুদাদা না? আহা, চেহারাটা যে একেবারে আদ্দেক হয়ে গেছে! তা শরীর-গতিক সব ভাল তো! আমরা তো ভেবে ভেবেই মরি, আমাদের আদরের হিরুদাদার হলটা কী? দেখা-সাক্ষাৎ পাই না মোটে!"

চার হাত লম্বা, দুই হাত চওড়া, পাথরে কোঁদা দানবের মতো চেহারার হিরু গায়েন দু'খানা জ্বলজ্বলে চোখে তাকে ফুটো করে দিয়ে বলল, "লাঠির জন্য পানু কত দর দিল?"

মলিন মুখে মাথা নেড়ে নিমাই বলল, "পানুবাবুর হাত মোটেই দরাজ নয়। মুঠো আলগা করতেই চান না। সামান্য দু'লাখ টাকা দিতে চেয়েছেন। আমি চাপাচাপি

করায় টেনেমেনে আড়াই লাখে উঠেছেন। আমি তবু গাঁইগুঁই করায় বলেছেন, আরও কিছু দেবেন।''

হিরু তার নাগরা-পরা ডান পা-টা তুলে নিমাইয়ের কাঁকালে ছোট্ট একটা লাথি কষিয়ে বলল, ''লাখ টাকা কখনও চোখে দেখেছিস? দিলে গুনে উঠতে পারবি?''

নিমাই কোঁক শব্দ করে ছিটকে গিয়েছিল। মাজা চেপে ধরে উঠে বসে হাসি-হাসি মুখ করে বলল, ''সেটাই তো সমস্যা। না হিরুদাদা, লাখ টাকা গুনতে গেলে নির্ঘাত মাথা গুলিয়ে যাবে। আমিও সেই কথাই বলছিলুম পানুবাবুকে, অত টাকার দরকার কী? দু'-পাঁচ টাকা কম হলেও হয়। আর তেমন-তেমন লোক হলে আরও দশ-বিশ হাজার কমেই করে দেব না হয়! এই আপনিই যদি ভালবেসে বলেন, 'ওরে নিমাই, লাঠিটা এনে দে,' তা হলে কি আমি দর কষতে বসব? আপনজনদের সঙ্গে কি দরকষাকষি চলে?''

হিরু গম্ভীর মুখে বলল, ''না, চলে না। দর কষলে তোর মতো আপনজনদের জন্য আমার অন্য ব্যবস্থা আছে। মাজারের পিছনে মজা পুকুরটা চিনিস? সেখানে জল নেই, দশ হাত গভীর থকথকে কাদা। তোকে যদি হেঁটমুন্ডু করে মজা পুকুরে ফেলে দিই, একশো বছরে তোর লাশ কেউ খুঁজে পাবে না তা জানিস?''

ফ্যালফ্যালে হাসি হেসে নিমাই মাখো মাখো গলায় বলে, ''আরে না-না, ছিঃ ছিঃ, এত মেহনত করতে যাবেন কেন? ধকলটাও তো কম যাবে না! নিজের শরীর-গতিকের কথাও তো মনে রাখতে হবে! আপনার দায়িত্ব কি কম? বিশ-পঁচিশটা গাঁয়ের প্রজাপালন আছে, ন্যায়বিচার আছে, এর-ওর-তার তবিল ফাঁক করা আছে, কী খাটুনিটাই না যায় আপনার!''

''থাবড়া না খেলে কি মুখ বন্ধ হবে না তোর?''

''উচিত কথাই বলছি। আমরা বলব না তো কি গগনদারোগা বলবে?''

রক্ত-জল-করা এক চাউনিতে নিমাই চুপ মেরে গেল। হিরু তেমনই চাপা গলায় বলল, ''ও লাঠি আমার চাই, বুঝলি?''

একগাল হেসে নিমাই বলল, ''ও তো আপনারই লাঠি! একটা হাঁকাড় ছাড়লেই লোকজন ইঁদুরের মতো পালানোর পথ পাবে না। হাসতে হাসতে গিয়ে তুলে নিন। তারপর লাঠি দোলাতে দোলাতে হেলেদুলে চলে যান। কোথাও আটকাবে না।''

হিরু গর্জন ছেড়ে বলে, ''কখনও শুনেছিস, হিরু গায়েন ছ্যাঁচড়ার মতো ছোটখাটো চুরি-বাটপাড়ি করেছে কোথাও?''

নিমাই ফের কানে হাত দিয়ে বলে, ''কক্ষনও নয়।''

''ওসব তোদের মতো ছুঁচোর কাজ। লাঠিটা আজ রাতেই গোবিন্দপুরের কানু

পালের পোড়োবাড়িতে পৌঁছে দিয়ে আসবি। সেখানে আমার লোক থাকবে।''

নিমাই এতক্ষণ ধরে মনে মনে ভাবছিল লাঠি হাতে পেলে সে হিরু গায়েনকে দিয়ে কী করাবে। এ লোককে বেশি কাছে ঘেঁষতে দেওয়াটা বুদ্ধিমানের কাজ নয়। তবে বাড়ির দরোয়ান করে রাখা যেতে পারে। সে মাথা হেলিয়ে বলল, ''এসব ছোটখাটো কাজ আপনাকে মানায়ও না। আপনি বড় বড় কাজগুলো দেখুন, ছোটখাটো কাজ নিয়ে মাথা ঘামাতে হবে না, ওসব আমিই সামলে দেব। তবে হিরুদাদা, এই গরিবের কথাটাও মনে রাখবেন একটু। বেঁচেবর্তে থাকতে আমাদেরও তো একটু সাধ হয় কিনা। পেটটা চলা চাই তো?''

''হ্যাঁ, তবে তার আগে শ্বাসটাও চালু রাখতে হবে তো। লাঠি না পেলে তোর শ্বাসও কিন্তু চলবে না।''

''যে আজ্ঞে। বুঝেছি।''

অন্ধকারে হিরু গায়েন ফট করে অদৃশ্য হয়ে গেল।

পিঠে হিরুর ভারী লাঠির খোঁচা আর কোমরে হিরুর নাগরার লাথি একটু কাহিল করে ফেলেছে তাকে। তবে কিনা নিমাইয়ের সবই সয়। একটু কেতরে সে উঠে দাঁড়াল। হাতে মেলা কাজ। লাঠির উমেদার যে হারে সংখ্যায় বেড়ে চলেছে তাতে তাড়াতাড়ি বাগাতে না পারলে বেহাত হতে কতক্ষণ! উঁকি মেরে সে দেখল, এখনও নবীনদের বাড়িতে মেলা ভিড়। গোটাচারেক হ্যাজাক জ্বালানো হয়েছে। কে যেন হেঁড়ে গলায় লাঠির মহিমা বিষয়ে একটা বক্তৃতাও দিচ্ছে। নিমাই কান পেতে শুনল, হেঁড়ে গলাটা বলছে, ''ভাইসব, বন্ধুগণ, মা ও বোনেরা, লাঠিই বাঙালির সনাতন ঐতিহ্য, লাঠিই আমাদের পুরনো বন্ধু এবং পরমাত্মীয়ও বটে। যেদিন থেকে লাঠিকে অবজ্ঞা করে বাঙালি বোমা-বন্দুক ধরেছে সেদিন থেকেই বাঙালির অধঃপতন শুরু হয়েছে। ভেবে দেখুন সাপ মারতে, বেড়াল তাড়াতে, চোরকে ভয় দেখাতে লাঠি চিরকাল কী উজ্জ্বল ভূমিকা পালন করে এসেছে। এই লাঠি ল্যাংড়া মানুষের ঠ্যাঙের ভূমিকা নেয়, বুড়ো মানুষদের কমজোরি হাঁটুকে সাহায্য করে, লাঠিধারী সেপাইকে আজও মানুষ সমীহ করে। লাঠির সনাতন ঐতিহ্যকে যে আবার ফিরিয়ে আনা দরকার তা নবীনের এই আশ্চর্য লাঠিই প্রমাণ করেছে। ভাইসব, আমি স্থির করেছি আগামী নির্বাচনে আমাদের দলের নির্বাচনী প্রতীক হবে লাঠি। জানি না নির্বাচন কমিশনে লাঠি প্রতীক চিহ্ন আছে কি না, তবে আমার রচনা প্রবেশিকা বইয়ে এবার লাঠি নিয়ে একটা জ্বালাময়ী রচনা আমি ঢুকিয়ে দেব। আপনাদের কাছে নতুন করে রচনা প্রবেশিকার কথা বলার দরকার নেই। আপনারা সকলেই জানেন, রচনা প্রবেশিকা পড়ে ছাত্ররা রচনায় কুড়ির মধ্যে আঠারো-উনিশ নম্বর পর্যন্ত পেয়ে থাকে। গরিব

ছাত্রদের কথা ভেবে আমরা রচনা প্রবেশিকার মূল্য এবার আরও কমিয়ে বত্রিশ টাকা করেছি। ভেবে দেখুন, বর্ধিত কলেবরের এই বইটি আরও সুলভে পাওয়ায় কত লাভ হচ্ছে আপনাদের। তাই বন্ধুগণ...''

লোকটা আরও যেন বলতে যাচ্ছিল, কিন্তু সভায় একটা শোরগোল ওঠায় চুপ মেরে গেল।

ভিড়টা একটু পাতলা না হলে লাঠিটা সরানোর ফাঁক পাওয়া যাবে না। নিমাই তাই ঘাঁতঘোঁত দেখে রাখার জন্য পা বাড়াল।

কিন্তু আবার বাধা পড়ল, পিঠে একটা শক্ত জিনিসের শক্ত খোঁচার সঙ্গে একটা পিলে-চমকানো গলা, ''হ্যান্ডস আপ! হাত তোলো।''

একটা দীর্ঘশ্বাস ফেলে নিমাই বলল, ''আজ আমার পিঠের উপর বড্ড ধকল যাচ্ছে যে দারোগাবাবু!''

একটা ব্যঙ্গের হাসি হেসে গগনদারোগা বলে, ''তা হলে তোর পিঠটা একটা পীঠস্থান হয়ে উঠল নাকি রে নিমাই?''

''সে আর কবেন না। তা আপনি ভাল আছেন তো! পেন্নাম হই।''

''বাঃ বাঃ! সহবত তো বেশ ভাল রপ্ত করেছিস দেখছি!''

''আপনাকে ভক্তিছেদ্দা জানাব না তো কাকে জানাব বলুন! আপনি হলেন তল্লাটের দণ্ডমুণ্ডের কর্তা, গুরুজন, পিতৃতুল্য। দেখলেই মাথা আপনা থেকেই হেঁট হয়ে আসে।''

''বাঃ বাঃ! আর-একটু বল তো শুনি!''

''পিস্তলটা খাপে ভরে ফেলুন দারোগাবাবু। আমাদের মতো মনিষ্যিদের জন্য আর পিস্তলকে লজ্জা দেওয়া কেন? অস্তরটার তো একটা মানসম্মান আছে!''

টেকো এবং গোলগাল চেহারার গগনদারোগা পিস্তলটা খাপে ভরে বলে, ''এবার বল তো, বটতলার অন্ধকারে বসে কার সঙ্গে শলাপরামর্শ করলি এতক্ষণ!''

নিমাই হেসে একেবারে কুটিপাটি হয়ে বলে, ''শলাপরামর্শ! কী যে বলেন দারোগাবাবু, শলাই বা কীসের আর পরামর্শই বা কাকে দেব! আমাকে কথা কইতে শুনেছেন বুঝি! ওই একটা রোগ হয়েছে আমার এই বুড়ো বয়সে। একা-একাই কথা কই। আমার বউও প্রায়ই বলে, 'ওগো, তুমি যে একা-একা কথা কও, এ তো ভাল লক্ষণ নয়! মাথার দোষ না হয়ে যায়!'''

গগন অবাক হয়ে বলে, ''বউ! তোর আবার বউ কোথায়? তুই তো বিয়েই করিসনি!''

ভারী সংকুচিত হয়ে লাজুক হেসে নিমাই বলে, ‘‘আজ্ঞে গত অগ্রহায়ণেই করলুম।’’

‘‘দেখ নিমাই, তোর নাড়িনক্ষত্র আমি জানি। গত অগ্রহায়ণে তো তুই চুরির দায়ে জেল খাটছিলি!’’

জিভ কেটে নিমাই বলে, ‘‘ইস, ছিঃ ছিঃ! তাই তো! গত অগ্রহায়ণে নয় তবে! তা হলে বোধ হয় শ্রাবণেই হবে। ঠিক তারিখটা পেটে আসছে, মুখে আসছে না।’’

গগন হেসে বলল, ‘‘না, শ্রাবণেও নয়, ইহজন্মেও নয়। তোর জন্য ভগবান বউয়ের বরাদ্দই রাখেননি। তিনি বিবেচক মানুষ তো!’’

মাথা-টাথা চুলকে নিমাই ভারী অপ্রস্তুত হয়ে বলল, ‘‘আজ্ঞে, কেন যেন মনে হচ্ছিল বিয়েটা যেন করেছিলুম। তা মনের ভুলও হতে পারে। ভীমরতিই হল নাকি কে জানে!’’

‘‘বালাই ষাট! ভীমরতি তোর শত্তুরের হোক। বিয়াল্লিশ বছর বয়সে তোর ভীমরতি হবে কোন দুঃখে? তা লোকটা কে?’’

‘‘আজ্ঞে কার কথা বলছেন?’’

‘‘বটতলার অন্ধকারে যার সঙ্গে ফিসফাস করছিলি!’’

বড় বড় চোখে চেয়ে তাড়াতাড়ি জোড়হাত কপালে ঠেকিয়ে নিমাই বলে, ‘‘লোক! বড়বাবু, লোক কাকে বলছেন? নমস্য ব্যক্তি। হ্যাঁ বটে, একসময়ে এই আমার-আপনার মতোই মানুষ ছিলেন বটে, তবে গত তিনশো বছর বায়ুভূত হয়ে আছেন। অসুবিধে কিছু নেই। ওই বটগাছের উপরেই দিব্যি ঘরসংসার। দাস-দাসী, পরিবার ছেলেপুলে নিয়ে জাঁকিয়ে আছেন। তা আমাকে দেখে নেমে এসেছিলেন আর কী। এই বলছিলেন, ‘ওরে নিমাই, অনেকদিন বাদে এলি যে বাপ! কতকাল তোর দেখা নেই?’ তারপর একটু সুখ-দুঃখের কথাও হচ্ছিল। সেইটেই আপনি শুনে থাকবেন।’’

গগন হেসে বলে, ‘‘উপন্যাস লিখলে নাম করে ফেলতিস রে! তা সাব ইনস্পেক্টর কালোবরণ দাসকে মনে আছে? কেমন সুন্দর মারে বল! রুল দিয়ে এমন এমন জায়গায় ঘা দেয় যে, ব্রহ্মরন্ধ্র অবধি ঝংকার তোলে, কিন্তু গায়ে কোথাও মারের দাগটি খুঁজে পাওয়া যায় না। কালোবরণকে ভুলে গেলি নাকি রে নিমাই? ভুলে গিয়ে থাকলে বল, আজ রাতেই তোকে থানায় নিয়ে গিয়ে পুরনো কথা একটু ঝালাই করে দিই।’’

নিমাই তটস্থ হয়ে বলে, ‘‘সে কী কথা! কালোবাবুকে ভুলে যাব আমি কি তেমন নিমকহারাম বড়বাবু? তিনি প্রাতঃস্মরণীয় মানুষ। ঘরে ঘরে ঠাকুরদেবতার ছবির

পাশে তাঁর ছবিও রাখা উচিত। অনেকদিন দেখা-সাক্ষাৎ নেই, তাই ভেবেছিলুম কালোবাবু বোধ হয় বদলি হয়ে গেছেন!''

''তাই যেতেন। তবে তোর মায়াতেই বোধ হয় এখনও আটকে আছেন। তা লোকটা কে এবার ভালয়-ভালয় বলে দে বাপু! জানিস তো, আমার মোটে খিদে সহ্য হয় না। আজ গোবিন্দপুরের তেজেন তপাদারের মেয়ের বিয়ের নেমন্তন্ন যে রে! গলদাচিংড়ি হয়েছে শুনেছি। শুনে অবধি খিদে চাগাড় মারছে। আর খিদে পেলে আমার মাথায় যে খুন চাপে এটা কে না জানে বল!''

নিমাই বিজ্ঞের মতো মাথা নেড়ে বলে, ''তা খিদের দোষটাই বা কী বলুন বড়বাবু! সারা পরগনায় আপনাকে কম দৌড়ঝাঁপ করাচ্ছে ওই হিরু গায়েন! শরীরে এক ছটাক মায়াদয়া থাকলে আপনার এই হয়রানি দেখে কবেই ধরা দিয়ে ফেলত! আমরা হলে তো তাই করতুম। ওরে বাপু, সরকার তো আর তোর পর নয়। দেশসুদ্ধ লোককে খাওয়াচ্ছে, পরাচ্ছে, আবদার রাখছে, মায়ের মতোই তো! থানা তো মায়েরই কোল। কিছু খারাপ জায়গাও নয়। কম্বল আছে, দোবেলা দু'থালা ভাত আছে, অসুখ হলে চিকিৎসা আছে, মাথার উপর বাবার মতো বড়বাবু আছেন। ধরা দিতে লজ্জাটা কীসের, ভয়ই বা কী?''

সচকিত গগনদারোগা পিস্তলের খাপে হাত রেখে বলল, ''ওঃ, তা হলে লোকটা হিরু গায়েন!''

নিমাই হাতজোড় করে বলল, ''অন্ধকারে ঠিক দেখেছি কি না তা কে জানে বলুন। তবে হাতচারেক লম্বা, দু'হাতের মতো চওড়া পাথুরে চেহারা। হাতে পেতলে বাঁধানো লাঠি।''

দাঁতে দাঁত ঘষতে ঘষতে গগন বলে, ''কী বলছিল শয়তানটা?''

''আজ্ঞে, সে কি আর ভাল শুনেছি, গেলবার বাঁ কান ঘেঁষে কালোবাবু যে থাপ্পড়টা মেরেছিলেন, তারপর থেকেই কানে বড্ড কম শুনছি। হাবেভাবে মনে হল যেন আপনাকেই খুঁজছেন।''

''আমাকে! আমাকে তার কী দরকার? আমিই তো খুঁজছি তাকে!''

''কী যেন বলছিলেন। গোবিন্দপুরে গেনু পালের পোড়োবাড়িতেই বোধ হয় আস্তানা গাড়বেন আজ। তা আপনিও তো গোবিন্দপুরেই ভোজ খেতে যাবেন। বড়বাবু! বড্ড ভয় হচ্ছে, একটা রক্তারক্তি না হয়ে যায়! তাঁর মতলবটা ভাল বলে মনে হল না। আপনার ভাল-মন্দ কিছু হয়ে গেলে যে আমরা অনাথ হয়ে যাব! গোটা পরগনা পিতৃহীন হবে।''

শেষটা আর শুনতে পেল না গগন, ''তবে রে'' বলে ছুটে বেরিয়ে গেল।

নিমাই হাঁফ ছাড়ল। খুচরো ঝামেলায় কাজের বড় দেরি হয়ে যাচ্ছে। এদিক-ওদিক চেয়ে ভাল করে দেখে নিল সে। নবীনদের বাড়িতে বক্তৃতা শেষ হয়েছে। লোকজন যে-যার বাড়ি ফিরছে। চারদিকে একটা আলগা অসাবধানি ভাব। রাস্তাটা পেরিয়ে সে নবীনের বাড়ির পিছন দিকটায় খড়ের গাদার পিছনে অন্ধকারে দাঁড়িয়ে একটা বিড়ি ধরাল। তারপর দেশলাইয়ের কাঠিটা না নিভিয়ে খুব যত্ন করে গাদায় আগুন ধরিয়ে দিয়ে একটু সরে এল। শীতকালের শুকনো বাতাসে আগুনটা ধরেছে বেশ দাউদাউ করে। শিখাটা উপর দিকে উঠলেই কাজ।

কয়েক মিনিটের মধ্যেই চারদিক থেকে চিৎকার উঠল, ‘‘আগুন! আগুন!’’

গাঁয়ে আগুন লাগলে এই উত্তুরে বাতাসে সারা গাঁয়েই ছড়িয়ে পড়তে পারে। তাই গাঁ বাঁচাতে হাঁড়ি, কলসি, ঘটি-বাটিতে জল নিয়ে সব লোক ছুটে এল। লাঠিটার কথা কারও খেয়ালই রইল না।

আড়াল থেকে মওকা বুঝে শিয়ালের মতো ছুটে এসে লাঠিটা তুলে বাগানে ঢুকে পড়ল নিমাই। তারপর পিছনের বেড়া ডিঙিয়ে কাঁচা নালাটা পার হয়ে ভুরফুনের মাঠ বরাবর হাঁটা দিল। না, আর ভয় নেই। মন্ত্রপূত লাঠিখানা হাতে এসে গেছে। এখন সে পরগনার রাজা। আর শিয়ালের মতো ভয়ে ভয়ে থাকতে হবে না। লাঠির দাপটে টাকাপয়সার লেখাজোখাও থাকবে না তার। ছিঁচকে চোরের কি কোনও সম্মান আছে সমাজে? গ্যানা বা হিরু গায়েন পথে বেরোলে কেমন মানুষেরা পথ ছেড়ে দেয়। হাতজোড় করে নমস্কারও করে। ‘হেঁ-হেঁ’ করে কত খাতির দেখায়! দোকানদাররা সওদার পয়সা তো নেয়ই না, বরং উলটে দশ-বিশ টাকা প্রণামী দেয়! লাঠির জোরে সে অবশ্য ওদেরও ছাড়িয়ে যাবে। এখন যেমন এ কিলোয়, ও গুঁতোয়, সে চোখ রাঙায়, তেমনটি আর হচ্ছে না বাবা!

দূর থেকে নবীনদের বাড়ির আগুনটা একবার ঘাড় ঘুরিয়ে দেখল নিমাই। একটু অবাক হল। যতটা লকলক করে উঠে ছড়িয়ে পড়ার কথা ততটা ছড়ায়নি তো! আগুনটা যেন নিবু-নিবু! আগুন নিভে গেলেই লোকের খেয়াল হবে যে, লাঠিটা গায়েব। ধাওয়াও করবে বোধ হয় তাকে। তা করুক। এ লাঠি হাতে থাকতে মিলিটারিকেও পরোয়া নেই।

লাঠি কাঁধে নিয়ে বুক চিতিয়ে হাঁটতে লাগল নিমাই।

পাঁচ

জড়ো-হওয়া লোকজন সব খানিকটা দমে গিয়ে যে-যার ঘরে ফিরে যাচ্ছে। লাঠির মহিমা দেখতে এসে শুধু লাঠিখানা ছাড়া আর কিছুই না দেখতে পেয়ে অনেকেই বেশ হতাশ। তা ছাড়া লাঠিখানার চেহারাতেও তেমন পালিশ-টালিশ তো নেই। সাধারণ বাঁশের লাঠি। জগাই বলল, ''এসব কথা চাউর হওয়াটা ঠিক হয়নি। ওতে মন্তরের জোর কমে যায়। কী বলো মাধাইদা?''

দু'জনে একটু দূরের একখানা দাওয়ায় অন্ধকারে বসা। মাধাই বলল, ''গাঁয়ের লোকের তো পেটে কথা থাকে না কিনা!''

জগাই সায় দিয়ে বলে, ''ওইটেই তো হয়েছে আমাদের মুশকিল। মাতব্বর লোকেরা কেমন কথার মারপ্যাঁচ জানে দেখেছ! কতটুকু ছাড়তে হবে, কতটুকু চেপে রাখতে হবে, কোন কথা লাট্টুর মতো ঘোরাতে হবে, কোন কথা ঘুড়ির মতো ওড়াতে হবে তা ভারী ভাল আঁচ করতে পারে। কথার উপরেই দুনিয়াটা চলছে তো! কথায় পুড়িয়ে দিচ্ছে, কথায় জুড়িয়ে দিচ্ছে।''

মাধাই একটা দীর্ঘশ্বাস ফেলে বলে, ''আমরা তো কথাই কইতে শিখলুম না। যা মনে আসে বলে ফেলি। এই তো সেদিন বড় বড় বেগুনি ভেজেছি, পরেশবাবু এসে বললেন, 'কেমন বেগুনি ভাজলি রে?' আমি বলে ফেললুম, 'আজ্ঞে চটিজুতোর সাইজ।' শুনে পরেশবাবু খাপ্পা হয়ে এই মারেন কি সেই মারেন! আমি তো কথাটা কয়ে ফেলে ভেবেছিলুম বেশ ভাল একটা কথা কয়েছি।''

''না গো মাধাইদা, কথা কওয়াটা শেখা দরকার। এই পরেশবাবুর কথাই ধরো। প্রায়ই এটা শোঁকেন, সেটা শোঁকেন আর বলেন, 'এঃ, এটায় বোঁটকা গন্ধ, ওটায় টকচা গন্ধ, সেটায় বাসি গন্ধ।' পরেশবাবুর গন্ধের জ্বালায় আর পারি না। তা সেদিন বললুম, 'পরেশবাবু, আপনার নাক বড় হুঁশিয়ার, কুকুরকে হার মানায়।' শুনেই রেগে লাল হয়ে কষালেন এক থাবড়া। কিন্তু তুমিই বলো, যার যেটা ভাল সেটা তো বলাই উচিত, কুকুরের নাক কি ফ্যালনা জিনিস? কথাটা তলিয়ে দেখলে খারাপও কিছু নয়। কিন্তু কথার দোষে কী দাঁড়াল কে জানে!''

''ওরে জগাই, কুকুরের কথায় খেয়াল হল। কোথায় একটা কুকুরছানা কুঁইকুঁই করছে বল তো!''

''আমিও একটা কুঁইকুঁই শব্দ পাচ্ছি বটে, তবে ভাবলুম বোধ হয় চড়াইপাখির ছানা ডাকছে। গাঁ-দেশে ওরকম কত শব্দ হয়।''

''তা বটে। তবে শব্দটা কাছেপিঠেই হচ্ছে কিন্তু।''

‘‘আচ্ছা মাধাইদা, ধর্মত ন্যায্যত একটা কথা বলবে?’’

‘‘কী কথা রে?’’

‘‘তোমার কি খিদে পাচ্ছে? আমার সন্দেহ হচ্ছে, কুঁইকুঁই আওয়াজ আমাদের পেট থেকেই হচ্ছে।’’

‘‘বলতে একটু বাধো বাধো ঠেকছে রে, ভারী লজ্জাও হচ্ছে। তবে ধর্মত বলতে বললি তো, তাই বলছি। খিদেটা কিন্তু নতুন করে হয়নি। ওটা যেন হয়েই আছে, বরং এক কাজ করি আয়। শব্দটাকে বেড়ালছানার আওয়াজ বলে ধরে নিয়ে চোখ বুজে একটু হরিনাম করি।’’

সন্দিগ্ধ গলায় জগাই বলে, ‘‘হরিনাম করলে আবার খিদেটা চৌগুণে উঠবে না তো! ঠাকুর-দেবতার নাম নিলে কী থেকে কী হয় কে জানে বাবা!’’

‘‘তা সে ভয়ও আছে। হরিনামে খিদে হয় বলেই জানি, তা খিদের উপর যদি আরও খিদে হয় তা হলে বিষে বিষক্ষয় হয়ে যাবে’খন।’’

দু’জনে হরিনামই করতে যাচ্ছিল, এমন সময়ে একটা বাচ্চা মেয়ে এসে বলল, ‘‘তোমাদের ভাত বাড়া হয়েছে। মা খেতে ডাকছে।’’

ভিতরের দাওয়ায় গিয়ে দু’জনে দেখল, দু’খানা থালায় ভাতের মস্ত দুটো ঢিবি। গিন্নিমা ঘিয়ের বয়াম আর বগি হাতা নিয়ে বসে আছেন। ‘করেন কী, করেন কী’ বলতে-বলতেই খপাখপ দু’হাতা করে ঘি পড়ল ভাতে। সঙ্গে নুন আর কাঁচালঙ্কা।

‘‘খাও বাবা, তোমরা আমার নবীনের প্রাণরক্ষে করেছ। এ বাড়িতে অতিথি হল নারায়ণ। অতিথিসেবা না হলে বাড়ির বাচ্চাটাও কিছু মুখে দেয় না। তাই তোমাদের একটু আগেভাগে খাইয়ে দিচ্ছি।’’

তা খেলও দু’জন। ধুতির কষি আগেই একটু আলগা করে নিয়েছিল। কিন্তু সোনামুগের ডাল পার হতে-না-হতেই কষি এঁটে গেল। দুই পদের মাছ আর চাটনির পর যখন জামবাটি-ভরতি নলেন গুড়ের পায়েস টেনে নিল তখন কষি যেন কেটে বসেছে। দমসম অবস্থা। খেয়ে যখন উঠতে যাবে তখন দু’জন মুনিশ এসে দু’দিক থেকে ধরে টেনে তুলল দু’জনকে। নইলে ওঠা মুশকিল ছিল। ভরসার কথা এই যে, দু’জনেই খাওয়ার শেষে হরিপুরের রাক্ষুসে জল একঘটি করে মেরে দিয়েছে।

আঁচিয়ে এসে দু’জনে যখন বারঘরে পাতা বিছানায় শুতে যাবে তখনই শোরগোলটা উঠল, ‘‘আগুন! আগুন!’’

বেরিয়ে এসে খড়ের গাদায় আগুন দেখে দু’জনেই অবাক। তারা গাঁয়েরই লোক। খড়ের গাদার আগুন তারা খুব চেনে। এ বড় সাংঘাতিক আগুন।

দু'জনে তিলার্ধ দেরি না করে শাবল দু'খানা নিয়ে ছুটে গেল। গাঁ বাঁচাতে গাঁয়ের লোকও ছুটে আসছে।

পেট টাঁই হয়ে আছে। তা সত্ত্বেও জগাই খড়ের গাদার মাথায় উঠে পড়ল হাঁচোড়-পাঁচোড় করে। বাঁশের খুঁটিতে গাদার বাঁধন খুলে দিতেই গাদার খড় ভেঙে ছড়িয়ে পড়ল চারদিকে। আগুন আর বিশেষ সুবিধে পেল না। মাটিতে ছড়ানো জ্বলন্ত খড় নিভিয়ে ফেলা শক্ত কাজ নয়।

নবীন আর তার বাপ-খুড়োরা এসে খুব বাহবা দিল দু'জনকে। বলল, ''তোমাদের যেমন সাহস, তেমনই বুদ্ধি আর তেমনই ভাল মানুষ তোমরা।''

দু'জনে লজ্জায় নতমুখ। মাধাই বলে, ''কী যে বলেন বাবুরা, আমরা আবার মনিষ্যি!''

জগাই লাজুক গলায় বলল, ''ভাল ভাল কথা শুনতে মন্দ লাগে না বটে কর্তা, তবে কী জানেন, আমরা ছোটলোক তো, ওসব শুনলে আবার পাপ না হয়ে যায়।''

নবীনের জ্যাঠা পরমেশ্বর সাহা হেসে বলল, ''পাপ হবে কেন হে? হক কথাই তো কইছি বাপু। তোমাদের দু'জনকে আমাদের ভারী পছন্দ হয়েছে। হরিপুর থেকে তোমাদের আর যেতে দিচ্ছি না।''

শুনে জগাই-মাধাই দু'জনেরই মুখ শুকনো।

মাধাই আমতা আমতা করে বলল, ''আজ্ঞে, প্রস্তাব তো খুবই ভাল, কিন্তু আমাদের এ জায়গা মোটেই পছন্দ হচ্ছে না যে!''

জটেশ্বর অবাক হয়ে বলে, ''বলো কী? দশটা গাঁ ঘুরে এসো, সব জায়গায় হরিপুরের সুখ্যাতি শুনবে। লোকে বলে, লক্ষ্মী গাঁ, এখানকার মাটি ভাল, জলবায়ু ভাল, মানুষ ভাল।''

জগাই কাতর গলায় বলে, ''কিন্তু হজমের বড্ড গোলমাল হচ্ছে যে!''

নবীনের কাকা হরেশ্বর নাটক-টাটক করে। সে রাবণের কায়দায় হাহা করে হেসে বলে, ''শোনো কথা! হরিপুরে নাকি হজম হয় না। ওরে বাপু, সকালের জলখাবারের যদি আস্ত একটা হাতিও গিলে ফ্যালো তো দুপুরে এমন খিদে পাবে যে, এক গন্ডা গন্ডারেও খিদে মিটবে না।''

মাধাই একগাল হেসে বলল, ''আজ্ঞে, সেকথাটাই তো বলার চেষ্টা করছি। এখানকার জল খুব খারাপ। খাবার-দাবার মোটে পেটে তিষ্টোতে পারে না। সেজগিন্নিমাকে জিজ্ঞেস করে দেখুন, আধঘণ্টা আগে গান্ডেপিন্ডে খেয়ে উঠেছি, এখনই পেট যেন হুহু করতে লেগেছে। এরকম হলে তো আমাদের মতো গরিব মনিষ্যির বড়ই বিপদ!''

পরমেশ্বর মাথা নেড়ে বলল, "বুঝেছি। তা বাপু, কথাটা মিথ্যেও নয়। হরিপুরে একটু খিদের উৎপাত আছে বটে। তবে ভেবো না, ওসব সমস্যার সমাধান আমরা করে দেব। আপাতত কিছুদিন আমাদের বাড়িতেই আস্তানা গাড়ো, আমরাও একটু অতিথিসেবা করি। তারপর তোমাদের ব্যাবসাপত্তরের ব্যবস্থা হবে।"

ঠিক এই সময়ে নবীন দৌড়ে এসে বলল, "সর্বনাশ হয়ে গেছে জ্যাঠা! লাঠিটা চুরি হয়ে গেছে!"

সবাই সমস্বরে বলে ওঠে, "সে কী! কে চুরি করল?"

নবীন বলে, "প্যাংলা বলছিল, আগুন লাগার পরেই নাকি ঢ্যাঙা মতো একটা লোককে দেখেছে লাঠিটা নিয়ে দৌড়ে বাগানে ঢুকে গেল। আমার সন্দেহ, এ হল নিমাই রায়ের কাজ। নির্ঘাত বাগান পেরিয়ে ভুরফুনের মাঠে ঢুকেছে।"

শাবল দুটো তুলে নিয়ে জগাই আর মাধাই বলল, "তা হলে চলুন, ও ব্যাটার কাছ থেকে জিনিসটা কেড়ে নিয়ে আসি।"

বড়জ্যাঠা ফণীশ্বর বলল, "রোসো বাপু, রোসো। ও লাঠির মোকাবিলা করার ক্ষমতা কোথায় তোমাদের? শেষে বিপদে পড়ে যাবে যে!"

জগাই একগাল হেসে বলল, "ভাববেন না জ্যাঠাকর্তা, আমরা দু'জন তো আজ মরতেই বেরিয়ে পড়েছিলুম। তা কাজটা এখনও হয়ে ওঠেনি। এবার যদি মরি তা হলে মনোবাঞ্ছা পূর্ণ হবে।"

ফণীশ্বর মাথা নেড়ে বলে, "না না, ওটা কাজের কথা নয়, মরায় কোনও বাহাদুরি নেই। জেনেশুনে ওই কালান্তক লাঠির মোকাবিলা কেউ করে?"

নবীন হতাশ গলায় বলে, "তা বলে লাঠি উদ্ধার হবে না? ওর ভিতরে যে মন্তরের শব্দ হয়! ও লাঠি যে আমার প্রাণ বাঁচিয়েছে!"

ফণীশ্বর বলল, "তা হলে আমাদের দলবেঁধে যাওয়া উচিত। হেঁকেডেকে লোক জড়ো করো। তারপর সবাই মিলে যাই চলো।"

ভুরফুনের মাঠ বড্ড ভুলভুলাইয়া জায়গা। ঝোপঝাড়ের আড়ালে-আবডালে জলায়-জঙ্গলে কত যে গোলকধাঁধা তার হিসেব নেই। একবার দিশা হারিয়ে ফেললে ঘুরে ঘুরে মরতে হয়। তার উপর ঘন ভুতুড়ে কুয়াশায় চারদিকটা এমন আবছায়া যে, পুব-পশ্চিম-উত্তর-দক্ষিণ কিছু ঠাহর করার উপায় নেই।

নিমাই অবশ্য তাতে ঘাবড়ায়নি। বরং সে খানিকটা স্বস্তিই বোধ করছে। যদি কেউ পিছু নেওয়ার মতলব আঁটে তবে হয়রান বড় কম হবে না। রাতবিরেতেই তার যতেক কাজকর্ম, কাজেই নিশুত রাতকে সে বন্ধুলোক বলেই ভাবে। রাত যত নিশুত হয়, অন্ধকার যত আঁট হয়ে চেপে বসে ততই কাজের সুবিধে।

তবে আজ ধকলটাও গেছে বড় কম নয়। বিকেলের কচুরি-জিলিপি কখন তল হয়ে গেছে। তার উপর হাঁটাহাঁটি, লাঠালাঠি, ঠেলাগুঁতো, ঝাপড়-লাথিও বড় কম জোটেনি কপালে। মানুষের শরীর তো! চোর-ছ্যাঁচড় বলে তো আর লোহালক্কড় নয়। তাই আবছায়াতে একটা ঢিবির মতো জায়গা দেখে জিরোনোর জন্য বসতে যাচ্ছিল নিমাই।

মৃদু একটা গলাখাঁকারি দিয়ে কে যেন মোলায়েম স্বরে বলে উঠল, ''কাজটা কি ঠিক হবে? ওটা যে সাধুবাবার সমাধি।''

নিমাই টক করে দাঁড়িয়ে বলল, ''তাই নাকি?''

''সমাধি বলে চেনা যায় না বটে। মাটিতে ঢেকে গেছে তো!''

নিমাই এদিক-ওদিক চেয়ে কাউকে দেখতে না পেয়ে বলল, ''কথাটা কে বললে হে? কাউকে দেখছি না যে!''

''তাজমহল তো আর নই রে বাপু, দেখার কী আছে?''

দুনিয়াটা বাজে লোকে ভরে গেছে। কার যে কী মতলব তা বোঝা কঠিন, তাই লাঠিটা শক্ত করে বাগিয়ে ধরে ফের চারদিকে ভাল করে চেয়ে দেখে নেয় নিমাই। তারপর বলে, ''মতলবটা কী তোমার?''

''মতলব কিছু খারাপ দেখলে নাকি?''

''লোকটাই বা তুমি কে?''

''এই এখানেই বহুকাল বসবাস। এই সাধুবাবার সমাধিতে হাওয়া-টাওয়া করি, পাহারা দিই।''

''তা তো বুঝলুম, কিন্তু গা-ঢাকা দিয়ে আছ কেন?''

খুক করে হেসে লোকটা বলল, ''ঢাকবার মতো গা কোথায় হে! তা সে যাক গে, সাধুবাবার লাঠিটা নিয়ে এসেছ দেখছি! নিবেদন করবে নাকি?''

''লাঠি! না না, এ সাধুবাবার লাঠি নয়। এ আমার লাঠি।''

একটা দীর্ঘশ্বাসের শব্দ হল। লোকটা খানিক চুপ করে থেকে বলল, ''তাই হবে বোধ হয়। কে যে কীসের মালিক তা আর আজকাল বুঝবার উপায় নেই কিনা। তবে কী জানো, যার কর্ম তারে সাজে, অন্যের হাতে লাঠি বাজে।''

কথাটার মধ্যে একটু যেন ঘোরপ্যাঁচ আছে! নিমাই সেটা ধরতে পারল না। বলল, ''সাধুবাবা কে হে? গুনিন-টুনিন ছিলেন নাকি?''

''সাধু-মহাত্মাদের কথা কি নাংলা ভাষায় কওয়া যায়? আর কইলেও তুমি বুঝতে পারবে কি?''

পরিস্থিতিটা নিমাইয়ের খুব সুবিধের বলে মনে হচ্ছিল না। সে লাঠিখানা কাঁধে

ফেলে পা বাড়িয়ে বলল, ''চলি হে! তুমি বরং তোমার সাধুবাবার সমাধিতে ভাল করে হাওয়া দাও।''

''চললে নাকি?''

''হ্যাঁ বাপু। আমার মেলা কাজ পড়ে আছে।''

''তা যাবে যাও, তবে একটু দেখেশুনে যেয়ো। বন-করমচার জঙ্গলের দিকটায় পায়ের শব্দ পেলুম যেন।''

শুনে প্রথমটায় কুঁকড়ে গিয়েছিল নিমাই। তারপর লাঠিটার কথা মনে পড়তেই সোজা হয়ে দাঁড়াল। ভয়টা কীসের? বরং লাঠির ক্ষমতা একটু যাচাইও হয়ে যাবে। সে হেসে বলল, ''ও শিয়াল-টিয়াল হবে। ভয় নেই! লাঠি দেখলেই পালাবে।''

লোকটার গলাটা ভারী মিইয়ে গেল। বলল, ''পালালেই ভাল।''

নিমাই বেশ বীরদর্পেই হাঁটা ধরল। কিন্তু কয়েক কদম এগোতে-না-এগোতেই অন্ধকার ফুঁড়ে দৈত্যদানবের মতো লাঠিধারী জনাবিশেক লোক বেরিয়ে এল। ফস করে একজনের হাতে একটা মশাল জ্বলে উঠে চোখ ধাঁধিয়ে দিল নিমাইয়ের। তবে সেই আলোয় সে হিরু গায়েনের বিশাল কোঁতকা চেহারাটা দেখতে পেল।

হিরু গর্জন করে উঠল, ''লাঠি চুরি করে পালাচ্ছিলি রে শিয়াল?''

নিমাই বরাবর মৃদুভাষী। তর্জনগর্জন তার আসে না। তবে যথাসাধ্য গম্ভীর গলায় নিমাই বলল, ''দেখ হিরু, তোর অনেক বেয়াদবি আমি মুখ বুজে সহ্য করেছি। কিন্তু আর নয়। যদি ভাল চাস তো দলবল নিয়ে হাঁটু গেড়ে বসে মাপ চা। মারধর করা আমি পছন্দ করি না। বশ্যতা স্বীকার করে নিলে ঝামেলা করব না। চাই কী আমার দরোয়ানের চাকরিও করতে পারবি। দু'বেলা খাওয়া, পরা, হাজার টাকা মাইনে। খারাপ কী বল! নে নে, আর দেরি করিস না। রাত হয়ে যাচ্ছে। হাতে আমার মেলা কাজ।''

হিরু এত অবাক হল যে, প্রথমটায় কিছুক্ষণ কথাই কইতে পারল না। তারপর হঠাৎ বিকট জোরে এমন অট্টহাস্য করে উঠল হাহা করে যে, গাছগাছালিতে পাখিরা প্রাণভয়ে চেঁচামেচি করে ওড়াউড়ি শুরু করল পাগলের মতো।

নিমাই কাঁধ থেকে লাঠিটা নামিয়ে দু'হাতে তুলে ধরতে গিয়ে হঠাৎ টের পেল, লাঠিটা যেন ভারী-ভারী লাগছে! অ্যাঁ! এত ভারী হওয়ার তো কথা নয়! হঠাৎ লাঠির ওজনটা এত বেড়ে গেল কেন রে বাবা! নিমাই দু'হাতে বেজায় শক্ত করে ধরে লাঠিটা যতই তুলতে চায় ততই যেন লাঠিটা মাটির দিকে ঝুঁকে পড়ছে। ওজনটা কি আরও বেড়ে গেল নাকি? ইঃ রে বাবা, এ তো মোটে তোলাই যাচ্ছে না আর! লাঠির উপর যেন হিমালয় পর্বত চেপে বসছে!

হিরু দাঁত বের করে ধীর কদমে এগিয়ে আসে। দাঁতে দাঁত ঘষে বলে, ‘‘রাতারাতি বীর হয়ে গেলি নাকি রে নিমাই? অ্যাঁ! আবার তুই-তোকারি করা হচ্ছে! বুকের এত পাটা হয়েছে যে, আমাকে দরোয়ান রাখতে চাইছিস! সাপের পাঁচ-পা দেখেছিস রে মর্কট?’’

ধাঁ করে হিরুর লাঠির একটা ঘা এসে পড়ল নিমাইয়ের কোমরে। ‘বাপ রে বাপ’ চেঁচিয়ে চোখে অন্ধকার দেখতে লাগল নিমাই। তবু সেই অবস্থাতেই লাঠিটা আর একবার তুলবার চেষ্টা করল সে। কিন্তু লাঠি নড়াতেই পারল না।

পর মুহূর্তেই ঝপাঝপ আরও লাঠি এসে পড়তে লাগল বৃষ্টির মতো। কিছুক্ষণ ‘বাপ রে, মা রে’ বলে চেঁচাল নিমাই। তারপর মাথা ঝিমঝিম আর চোখে অন্ধকার দেখতে দেখতে জ্ঞান হারিয়ে ফেলল।

তার শিথিল হাত থেকে লাঠিটা তুলে নিল হিরু। চমৎকার লাঠি, এ লাঠি চালিয়ে সুখ আছে। তার উপর মন্তরের জোর। এ লাঠি দিয়ে দুনিয়া বশ করা যায়। নিমাইয়ের মতো বেল্লিকের হাতে কি এ জিনিস মানায়?

একটা হাঁকাড় ছেড়ে লাঠিটা দু’হাতে তুলে একটু ঘুরিয়ে দেখল হিরু, বাপ রে, এ যে লাট্টুর মতো ঘোরে! আশ্চর্য কাণ্ড তো! এ লাঠিতে যে সত্যিই জাদু আছে। হিরু তার এক সাঙাতকে ডেকে বলল, ‘‘আয় তো শ্রীনাথ, একটু মহড়া নে তো!’’

কিন্তু মহড়া নেবে কী? প্রথম টক্করেই শ্রীনাথের হাতের লাঠিটা উড়ে বিশ হাত দূরে গিয়ে পড়ল। শ্রীনাথ বেকুবের মতো তাকিয়ে বলল, ‘‘এ কী রে বাবা!’’

শ্রীনাথের অবাক হওয়ার কারণ আছে। হিরুর দলে সে-ই সবচেয়ে বড় লেঠেল। হিরুর চেয়েও ভাল, গোটা জেলায় তার সঙ্গে পাল্লা দেওয়ার কেউ নেই।

শ্রীনাথ গম্ভীর মুখে বলল, ‘‘ওস্তাদ, তুমি যা পেয়েছ তার দাম লাখ টাকা।’’

হিরু তৃপ্তির হাসি হেসে লাঠিটা কাঁধে তুলে বলল, ‘‘চল! দুনিয়া এখন আমার হাতের মুঠোয়।’’

হঠাৎ সামনের অন্ধকার ফুঁড়ে একটা জোরালো টর্চের আলো এসে পড়ল হিরুর মুখে। কে যেন গর্জন করে উঠল, ‘‘শাব্বাশ!’’

পালটা গর্জন ছেড়ে হিরু বলল, ‘‘কে রে? কার এত সাহস যে, আমার মুখে আলো ফেলিস!’’

টর্চের পিছন থেকে গ্যানা বলল, ‘‘নড়িস না হিরু, তোর দিকে বন্দুক তাক করা আছে। লাঠিটা সামনে মাটিতে রেখে পিছু সরে যা।’’

হিরু ফের আকাশ বাতাস প্রকম্পিত করে অট্টহাসি হাসল। বলল, ‘‘আমাকে বন্দুক দেখাচ্ছিস রে গ্যানা? বন্দুক! আয় তবে, আমার খেলও একটু দেখে নে!’’

বলে হিরু লাঠিটা তুলতে গিয়ে হঠাৎ বোকা বনে গেল। এ কী রে বাপ! লাঠি তো বিশমনি পাথরের মতো ভারী! তোলা দূরের কথা, নড়ানোই যাচ্ছে না যে! ধস্তাধস্তিতে কপালে এই শীতেও ঘাম ফুটে উঠল হিরুর। তবু লাঠি নড়ল না। হ্যাঁচকা টান দিয়ে শেষ চেষ্টা করতে গেল হিরু, আর তখনই দুম করে বিকট আওয়াজে গ্যানার বন্দুক থেকে গুলি ছুটল। সোজা এসে বিঁধল তার বাঁ কাঁধে, 'বাপ রে' বলে লাঠি ছেড়ে কাঁধ চেপে বসে পড়ল হিরু। আর সেই সুযোগে গ্যানার দলবল চড়াও হল হিরুর দলের উপর। মশাল আর টর্চের আবছা আলোয় ধুন্ধুমার চলতে লাগল দুই পক্ষে। মাঝে মাঝে বন্দুকের শব্দ, ধোঁয়া আর বারুদের গন্ধ।

কী যে হল, কে জিতল, কে হারল তা বুঝবার উপায় রইল না কিছুক্ষণ। তারপর দেখা গেল মাঠময় ত্রিশ-চল্লিশজন লোক নিথর হয়ে পড়ে আছে।

আর এই সময়েই নিজের কুখ্যাত বাহিনী নিয়ে অকুস্থলে হাজির হলেন পানুবাবু। এতক্ষণ একটু আবডালে অপেক্ষা করছিলেন, ঘটনা কোন দিকে মোড় নেয় তা দেখার জন্য।

একটু মিচকি হাসি হেসে তিনি পড়ে-থাকা হিরুর দুর্বল মুঠো থেকে আলগোছে লাঠিটা তুলে নিলেন। টর্চের আলোয় ভাল করে নিরীক্ষণ করে তিনি স্বগতোক্তি করলেন, ‘‘এই লাঠিখানার জন্য এত পেরাবানি গেল তোদের, তবু ভোগে লাগল না রে!’’

ধুতি-পাঞ্জাবি পরা ফুলবাবুটি হলেও পানু ঘোষ একসময়ে যে ওস্তাদ লেঠেল ছিলেন তা সবাই জানে। লাঠিখানা হাতে নিয়ে তিনি পাখসাট মেরে কয়েক মিনিট বিদ্যুতের গতিতে লাঠিখানা চালালেন। তারপর অবাক হয়ে বললেন, ‘‘এ তো সাংঘাতিক জিনিস! এ লাঠি তো চালাতেও হয় না, আপনি চলে!’’

পানুবাবুর গুন্ডারা সভয়ে শ্রদ্ধার সঙ্গে তাঁর দিকে তাকিয়ে ছিল। পানুবাবু চারদিকে তাকিয়ে একটা দীর্ঘশ্বাস ফেলে বললেন, ‘‘চল রে, আমার আবার বেশি রাতে ঘুমোলে পেটে বায়ু হয়।’’

‘‘তা হলে চললেন নাকি পানুবাবু!’’

পানু ঘোষ দেখল, তিনটি আবছা মূর্তি সামনে পথ জুড়ে দাঁড়ানো।

মরা চোখে চেয়ে পানুবাবু সস্নেহে বললেন, ‘‘তোরা কারা রে? কী চাস?’’

একটু এগিয়ে এসে জগাই হাতজোড় করে বলল, ‘‘এই আমরা পানুবাবু। আপনার চাকর-বাকরও বলতে পারেন, প্রজাও বলতে পারেন।’’

মশালের আলোয় মুখখানা নিরীক্ষণ করে পানুবাবু বললেন, ‘‘মুখখানা চেনা-চেনা লাগছে বটে! গঞ্জে তোদের তেলেভাজার দোকান ছিল না?’’

মাধাইয়ের দিকে চেয়ে জগাই গদগদ গলায় বলল, ''বলেছিলাম না মাধাইদা, আমাদের পানুবাবুর স্মরণশক্তি খুব পরিষ্কার। গরিবদেরও মনে রাখেন ঠিক। আর রাখবেনই বা না কেন! উনি তো গরিবের মা-বাপ।''

মাধাই হাতের শাবলখানায় একটু হাত বুলিয়ে বলল, ''ওরে, পানুবাবুর কি গুণের লেখাজোখা আছে! পানুবাবুকে শ্রদ্ধার সঙ্গে জানিয়ে দে যে, গঞ্জে আমাদের তেলেভাজার একটা দোকান ছিল বটে, তবে পানুবাবু আর তাঁর সাঙাতরা ভারী আদর করে আমাদের তেলেভাজা খেতেন তো, আপনজন মনে করে লজ্জায় দামটা আর সাধতেন না। আমরা অবশ্য তাতে ধন্যই হতুম। তা ধন্য হতে হতে আমাদের তবিল ফাঁক হয়ে গেল কিনা। তা ছাড়া ওঁর নজরানাও তো একটু উঁচু দরেই বাঁধা ছিল। তাই দোকানটা ওঁর দয়ায় উঠে গেছে।''

জগাই ভারী অভিমানের গলায় বলে, ''দেখো মাধাইদা, ওইটেই তোমার দোষ। বড় বড় মানুষদের সঙ্গে কথাই কইতে শিখলে না! দেখছ না, বাবু এখন একটা গুরুতর কাজে ব্যস্ত আছেন! এসব ছোটখাটো কথা কয়ে কি ওঁর মূল্যবান সময় নষ্ট করা উচিত?''

পানু ঘোষ ভ্রু-টা একটু কুঁচকে বললেন, ''কী বলতে চাস তোরা বল তো! গঞ্জের বাজারে ব্যাবসা করবি আর মানীর সম্মানীদক্ষিণা দিবি না?''

মাধাই ভারী অবাক হয়ে বলল, ''এই দেখো, তাই কি বললুম? আপনার ইচ্ছেতেই তো চন্দ্র-সূর্য আজও উঠছে! আমরা না দিলে আপনার চলবেই বা কীসে? প্রজারা খাজনা দিলে তবে তো রাজাগজাদের বারফট্টাই! এই ধরুন গিলে-করা পাঞ্জাবি, কাঁচি ধুতি, দামি শাল, এসব তো আকাশ থেকে পড়বে না। তা পানুবাবু, আপনার সেই রুপো-বাঁধানো ছড়িখানা কোথায় গেল বলুন তো! সেটা ছেড়ে এমন একখানা কী বিচ্ছিরি বাঁশের লাঠি হাতে দাঁড়িয়ে আছেন যে বড়! ও কি আপনাকে মানায়? দিন, দিন, ওসব লাঠি এই আমাদের মতো ছোটলোকের হাতেই খাপ খায়।''

পানুবাবু হঠাৎ 'খবরদার' বলে একটা বিকট চিৎকার করলেন। তারপর তাঁর সাঙাতদের দিকে ফিরে বললেন, ''দে তো ধরে দু'-চার ঘা। বড্ড বাড় বেড়েছে দেখছি!''

নবীন একটু পিছনে চুপ করে দাঁড়িয়ে ছিল এতক্ষণ। এবার এগিয়ে এসে বলল, ''পানুকাকা, ও লাঠিটা আমাদের বাড়ি থেকে চুরি গেছে একটু আগে। আমরা ওটা ফেরত নিতে এসেছি। খামকা এ দু'জন নিরীহ লোককে মারধর করবেন কেন? এরা তো কোনও অন্যায় করেনি। লাঠিটা ফেরত পেলেই আমরা চুপচাপ চলে যাব।''

পানুবাবু ধাতস্থ হয়ে মৃদু হেসে মোলায়েম গলায় বললেন, ''ওরে বাপু, লাঠির

গায়ে তো কারও নাম লেখা নেই! তুমি ভুল করছ বাপু। এ লাঠি আমার ঠাকুরদার আমলের। একটা স্মৃতিচিহ্ন হিসেবেই যত্ন করে রেখেছিলুম। আজ হরিপুরে যাত্রা শুনতে আসার সময় ভাবলুম, ভুরফুনের মাঠ তো ভাল জায়গা নয়, গুন্ডা-বদমাশদের আখড়া। তাই ছড়িটা রেখে লাঠিটা নিয়ে গিয়েছিলুম। এ তোমাদের লাঠি নয় হে।''

নবীন দৃঢ়স্বরে বলে, ''না, ও লাঠি আপনার নয়।''

''তবে কি আমি মিথ্যে কথা কইছি হে?''

জগাই বলল, ''মাধাইদা, পানুবাবু জানতে চাইছেন উনি মিছে কথা কইছেন কি না। বড় কঠিন প্রশ্ন। ভেবেচিন্তে জবাব দাও তো!''

মাধাই আঙুল দিয়ে কান চুলকে খানিক ভেবে বলল, ''বড্ড মুশকিলে ফেললি রে জগাই। হ্যাঁ বললে পানুবাবুর যে বড্ড মন খারাপ হবে। সেটা কি ভাল হবে রে?''

জগাই মাথা নেড়ে বলল, ''সেটাও তো গুরুতর কথা। পানুবাবুর মন খারাপ হলে মাথার ঠিক থাকে না কিনা, হয়তো কেঁদেই ফেলবেন। ভাল লোকদের নিয়ে ওই তো বিপদ।''

পানুবাবু হঠাৎ 'তবে রে' বলে লাঠি বাগিয়ে ধরে বললেন, ''অনেকক্ষণ ধরে বেয়াদবি সহ্য করেছি। আর নয়!''

কিন্তু লাঠিটা তুলতে গিয়ে পানুবাবুর চোখ ইয়া বড় বড় হয়ে গেল। ভারী অবাক হয়ে বললেন, ''এ কী!''

পানুবাবুর গুন্ডার দল অবশ্য সটান এসে চড়াও হল জগাই আর মাধাইয়ের উপর। শাবল তুলে দু'জনে বিদ্যুতের গতিতে চালাতে লাগল। ঠকাঠক ঠনাঠন শব্দে কান ঝালাপালা।

নবীন নিঃশব্দে গিয়ে হতবাক পানুবাবুর হাত থেকে লাঠিটা নিয়ে নিল। তারপর শুরু হল লাঠির খেল। সুদর্শন চক্রের মতো নবীনের লাঠি চারদিকে ঘুরতে লাগল। বনবন! বনবন! চোখের পলকে গুন্ডাদের হাতের অস্ত্রশস্ত্র ছিটকে উড়ে যেতে লাগল চারদিকে। 'বাপ রে মা রে' চিৎকার করতে করতে কেউ ঠ্যাং ভেঙে, কেউ মাথায় চোট পেয়ে, কেউ হাত ভেঙে ধরাশায়ী হতে লাগল। কয়েক মিনিটের মধ্যেই লড়াই শেষ। শুধু পানুবাবু ভারী হতবাক আর স্তম্ভিত হয়ে সেই যে দাঁড়িয়ে পড়েছিলেন আর নড়েননি।

''এ কী রে জগাই, পানুবাবু এখনও দাঁড়িয়ে যে!''

জগাই কাছে গিয়ে পানুবাবুর মুখখানা ভাল করে দেখে বলল, ''তাই তো! এ তো পানুবাবুই মনে হচ্ছে মাধাইদা! নাঃ, পানুবাবুর সাহস আছে। এত কাণ্ড দেখেও পালাননি কিন্তু।''

"ওরে ভাল করে দেখ, মূর্ছা গেছে কি না!"

জগাই মাথা চুলকে বলল, "কিছু একটা হয়েছে। হ্যাঁ, মাধাইদা, পানুবাবুকে তুমি মারোনি তো!"

জিভ কেটে মাধাই বলে, "ছিঃ ছিঃ, অত বড় মানী লোকের গায়ে হাত তুলতে আছে? একটু ঠেলা দিয়ে দেখ তো।"

"সেটা কি ভাল হবে মাধাইদা? পড়ে-টড়ে গেলে যে জামাকাপড় নোংরা হবে।"

"কিন্তু সবাই যেখানে শুয়ে-টুয়ে আছে সেখানে পানুবাবুর এই একা খাড়া দাঁড়িয়ে থাকা কি ভাল দেখাচ্ছে?"

"বলছ! তা হলে ঠেলব?"

একটু ঠেলতেই পানুবাবু ধড়াস করে চিতপাত হয়ে পড়ে গেলেন।

"আহা, ভদ্রলোকদের কি ওভাবে ঠেলতে আছে রে জগাই! মেরে ফেলিসনি তো!"

জগাই পানুবাবুর নাকের সামনে হাত দিয়ে বলল, "না গো মাধাইদা, দিব্যি শ্বাস চলছে।"

তিনজন পাশাপাশি দাঁড়িয়ে রণক্ষেত্রের করুণ চেহারাটা খানিকক্ষণ দেখে যখন ফেরার জন্য ঘুরে দাঁড়াল, তখনই মৃদু গলাখাঁকারির একটা শব্দ পাওয়া গেল।

এদিক-ওদিক চেয়ে কাউকে দেখা গেল না অবশ্য।

জগাই সোৎসাহে বলে উঠল, "কণ্ঠদাদা নাকি?"

"আজ্ঞে না।"

মাধাই বলল, "তা হলে নির্ঘাত কুঁড়োরামদাদা।"

"আজ্ঞে না, আমি কুঁড়োরাম নই।"

নবীন অবাক হয়ে বলে, "তবে আপনি কে?"

"আমি সাধুবাবার এক সেবাইত। তাঁর সমাধিতে হাওয়া-টাওয়া করি, পাহারা দিই।"

"আপনাকে দেখা যাচ্ছে না কেন?"

"আমি কি আছি, যে দেখবেন?"

"নেই! তা হলে কথা শুনতে পাচ্ছি যে!"

"আমি আপনাদের মতো নেই, আমার মতো আছি।"

নবীন বলল, "বুঝেছি, আমাদের কিছু বলবেন?"

"সাধুবাবা তাঁর লাঠিখানার জন্য অনেকদিন ধরে অপেক্ষা করছেন।"

নবীন লাঠিখানা তুলে ধরে বলল, "এটাই কি সাধুবাবার লাঠি?"

“হ্যাঁ।”

নবীন বলল, “ওঁর লাঠি উনিই নেবেন। আমাদের আপত্তি নেই।”

একটা বড় শ্বাস ফেলার মতো আওয়াজ শোনা গেল। গলার স্বর বলল, “আজ আমার বুকটা ঠান্ডা হল। ওই বাঁদিকে দশ কদম এগোলেই যে মাটির ঢিবি দেখতে পাবেন, সেটাই সাধুবাবার সমাধি।”

তারা ধীর পায়ে দশ কদম এগিয়ে গেল। লম্বাটে ঢিবিটার সামনে দাঁড়াল।

“এবার কী করব?”

“দক্ষিণ শিয়রে লাঠিটা খাড়া করে রাখুন।”

“পড়ে যাবে যে!”

“না, পড়বে না।”

নবীন সমাধির দক্ষিণের শিয়রে লাঠিটা দাঁড় করিয়ে রেখে হাত সরিয়ে নিল। আশ্চর্য! লাঠিটা দিব্যি দাঁড়িয়ে রইল।

সেবাইতের কণ্ঠস্বর বলল, “আর দু’-চার দিনের মধ্যেই ওই লাঠির গায়ে পাতা গজাবে। ডালপালা বেরোবে ... লাঠিটা গাছ হয়ে যাবে। ... তারপর কুঁড়ি আসবে ... ফুল ফুটবে। সাদা সুগন্ধি ফুল। গাছ ঝেঁপে ফুল ফুটবে ... আর সাধুবাবার সমাধির উপর টুপটাপ করে সারাদিন সারারাত ধরে ঝরে পড়বে সাদা সুগন্ধি ফুল। ... আর সাধুবাবা সমাধিতে বড় শান্তিতে ঘুমোবেন তখন ... বড় শান্তি ...।”

তিনজনেই সমাধির সামনে হাঁটু গেড়ে বসল। মাটিতে মাথা ঠেকিয়ে নবীন বলল, “তবে তাই হোক। তবে তাই হোক।”

জগাই আর মাধাইও ফিসফিস করে বলল, “তাই হোক, তাই হোক।”

ঘোরপ্যাঁচে প্রাণগোবিন্দ

"নমস্কার প্রাণগোবিন্দবাবু। এই অধমের নাম প্রভঞ্জন সূত্রধর। সেই ময়না-মুগবেড়ে থেকে আসছি।" প্রাণগোবিন্দবাবু তটস্থ হয়ে বললেন, "তা আসুন, আসুন।"

শীতকালের সকাল সাতটা। ভোরবেলা জম্পেশ কুয়াশা ছিল, এখন কুয়াশা কেটে দক্ষিণের বারান্দায় নরম রোদ এসে পড়েছে। সামনে একটু ছোট বাগানমতো। তাতে শীতকালের গাঁদা, পপি, মোরগ ফুল ফুটে আছে। পোকামাকড়রাও যে যার কাজে ব্যস্তসমস্ত হয়ে বাগানে ওড়াওড়ি করছে। প্রাণগোবিন্দর কুকুর নেই, দুটো নধর বিড়াল আছে। তারা দু'জন প্রাণগোবিন্দর পায়ের কাছে দিব্যি বসে আলসেমি করছে। এ সময় প্রাণগোবিন্দবাবু চা খান। চায়ের সঙ্গে নোনতা বিস্কুট থাকে। গাঁয়ে খবরের কাগজ আসতে বেশ দেরি হয়। কাগজ আসেনি বলে প্রাণগোবিন্দ বসে বসে পঞ্জিকা পড়ছিলেন। পঞ্জিকা তাঁর অতি প্রিয় গ্রন্থ। সারাবছর তিনি ফাঁক পেলেই পঞ্জিকা পড়েন। আর পঞ্জিকার বিজ্ঞাপন দেখে দেখে জাদু রুমাল বা অত্যাশ্চর্য আতর বা অতি বৃহৎ লাল মুলার কথা ভেবে খুবই অবাক হন। প্রাণগোবিন্দবাবু অবাক হতে খুবই ভালবাসেন।

প্রভঞ্জন সূত্রধর মধ্যবয়সি। মোটাসোটা মানুষ। গায়ের রং কালোর দিকেই। বাবরি চুল, ভুঁড়ো গোঁফ আর লম্বা জুলপি আছে। পায়ে কেড্‌স আর ফুল মোজা, পরনে খাটো করে পরা ধুতি আর গায়ে একটা সাদা শার্টের উপর কালো আর কুটকুটে চেহারার কোট। বারান্দায় উঠে প্রভঞ্জন একটা বেতের চেয়ার টেনে প্রাণগোবিন্দবাবুর মুখোমুখি বসে বললেন, "বিচক্ষণ মানুষ দেখলে আমি বড় খুশি হই। কিন্তু মুশকিল কী জানেন, আজকাল বিচক্ষণ মানুষ বিশেষ দেখাই যায় না।"

প্রাণগোবিন্দ কথাটা শুনে খুশিই হলেন। কারণ, তাঁর পরিবারের কেউই তাঁকে বিচক্ষণ বলে মনে করে না। এমনকী, তাঁর সন্দেহ, তাঁর পোষা দুটো বিড়ালেরও প্রাণগোবিন্দর বুদ্ধিসুদ্ধির উপর বিশেষ আস্থা নেই। তিনি একটু খুশির হাসি হেসে বললেন, "তা তো বটেই। কিন্তু বিচক্ষণ লোকগুলো কোথায় গেল বলুন তো!"

"আহা, যাবে আর কোথায়? যাওয়ার আগে তো আসাটা দরকার। তাই না? না এলে যাবেই বা কী করে? কথাটা বুঝলেন না? আসলে বিচক্ষণ মানুষ আজকাল আর

জন্মাচ্ছেই না। সাতটা গ্রাম ঘুরে হয়তো এক-আধজন পাবেন।''

প্রাণগোবিন্দবাবু এ কথাতেও বেশ আত্মপ্রসাদ অনুভব করে বললেন, ''তা বটে। বিচক্ষণ মানুষের বেশ অভাবই দেখছি। তা একটু চা খাবেন নাকি?''

প্রভঞ্জন মাথা নেড়ে বললেন, ''না মশাই, এখন চা খেয়ে আর খিদেটা নষ্ট করব না। বরং একেবারে জলখাবারের সঙ্গেই চা খাওয়া যাবে।''

প্রাণগোবিন্দর মুখটা একটু শুকিয়ে গেল। কারণ হল, গাঁয়ে এসে বসবাস শুরু করার পর প্রায়ই গাঁয়ের মাতব্বর আর উটকো লোকেরা এসে জুটছে। তাদের আপ্যায়ন করতে গিয়ে প্রাণগোবিন্দর গিন্নি জেরবার। আর লোকেরাও যেন তক্কেতক্কে থাকে। সকাল-বিকেলে প্রাণগোবিন্দর চা বা জলখাবারের সময়ই 'হেঁঃ হেঁঃ' করতে করতে এসে হাজির হয়। প্রাণগোবিন্দর গিন্নির ধারণা হয়েছে যে, গাঁয়ের লোকগুলো খুবই ছোঁচা এবং বেহায়া। তাই তিনি এখন কড়া হাতে অতিথি-আপ্যায়ন বন্ধ করেছেন। এক-আধ কাপ চায়ে তেমন আপত্তি করেন না, কিন্তু খাবারের প্লেট সাজিয়ে দেওয়ার পাট তুলে দিয়েছেন।

তাই প্রাণগোবিন্দবাবু কাঁচুমাচু হয়ে মাথাটাথা চুলকে খুব লজ্জিত মুখে বললেন, ''ব্যাপারটা কী জানেন, আমি আজকাল জলখাবার-টাবার খাই না। ওই কী বলে একটু ডায়েট কন্ট্রোল করছি আর কী!''

প্রভঞ্জন সূত্রধর এ কথায় একটুও দমে গেলেন না। বরং বেশ প্রসন্ন মুখেই বললেন, ''এই তো বিচক্ষণ লোকের লক্ষণ। মিতাহার মিতাচার না থাকলে কি বুদ্ধি বিবেচনা খোলে? পেট ভার হলে বুদ্ধি নিম্নগামী হয়। প্রাতরাশের দরকারও নেই তেমন। একটু আগে ঘোষপাড়ায় সাতকড়ির বাড়িতে দই-চিঁড়ে, মর্তমান কলা আর পাটালি গুড় দিয়ে ফলার করে এসেছি। বরং একটু বসে কথাবার্তা কই। তারপর একেবারে মধ্যাহ্নভোজনটাই সারা যাবে, কী বলেন?''

মধ্যাহ্নভোজন শুনে প্রাণগোবিন্দবাবুর প্রাণ উড়ে যাওয়ার উপক্রম। স্খলিত হাত থেকে পঞ্জিকাখানা খসে পড়ে গেল। প্রভঞ্জন তাড়াতাড়ি নিচু হয়ে পঞ্জিকাখানা তুলে ধুলো ঝেড়ে তাঁর হাতে দিয়ে বললেন, ''ওই সাতকড়ির কথাই ধরুন। দিব্যি চোখ-চালাক বিচক্ষণ মানুষ ছিল। বিষয়-সম্পত্তিও করেছে মেলা। কিন্তু এই মাঝবয়সে হঠাৎ নোলা হয়েছে খুব। কেবল খাইখাই ভাব। সারাদিন কলাটা-মুলোটা তো খাচ্ছেই, তার উপর সকালে চিঁড়ে-দই সাপটে দুপুরে কালিয়া-কোর্মা উড়িয়ে রাতে ফের পোলাও-পায়েস। এখন দেখবেন বেশি খেয়ে খেয়ে দিনদিন কেমন ভ্যাবাগঙ্গারাম হয়ে যাচ্ছে। পেটকে যত বিশ্রাম দেবেন, মাথা তত খোলতাই হবে।''

প্রাণগোবিন্দ জলখাবারের ব্যাপারটা পাশ কাটানোর পর এখন এই মধ্যাহ্নভোজ-টা কী করে এড়ানো যায়, সেটা দ্রুত ভাবতে ভাবতে বললেন, ''তা বটে, তা বটে।

বেশি খাওয়া মোটেই ঠিক নয় মশাই। এই তো আজকেই সেই নন্দীগ্রামে আমাদের মধ্যাহ্নভোজনের নেমন্তন্ন। তা তারা বেশ ফলাও আয়োজনও করে রেখেছে। কিন্তু আমি সাফ বলে দিয়েছি, না বাপু, গুরুপাক চলবে না। স্রেফ মাছের ঝোল আর ভাত।''

প্রভঞ্জন যেন ভারী আহ্লাদিত হয়ে উঠলেন এ কথায়। বললেন, ''আমি যত আপনার বিচক্ষণতার পরিচয় পাচ্ছি, ততই মুগ্ধ হচ্ছি। আপনি খুবই আটঘাট বেঁধে কাজ করেন। তবে এও বলি, যখন অন্যের পয়সাতেই ভোজ খাচ্ছেন, তখন একটু সেঁটে না খেলে কি জুত হবে? নন্দীগ্রাম তো আর এক দৌড়ের রাস্তা নয়। পাক্কা সাড়ে তিন ক্রোশ। পথের ধকলেই সব হজম হয়ে যাবে যে! তা সে যাক, আপনার নির্লোভ স্বভাব দেখে ভারী ভাল লাগল। তা হলে এবার কাজের কথাটা বলে ফেলি।''

প্রাণগোবিন্দ উৎসাহিত হয়ে বললেন, ''হ্যাঁ, হ্যাঁ, কাজের কথাটাই হোক। আমাকে আবার সপরিবার বেলাবেলি সেই নন্দীগ্রামে রওনা হতে হবে তো!''

প্রভঞ্জন মাথা নেড়ে বললেন, ''তা তো বটেই, তবে কিনা সকালবেলায় এতক্ষণ খালি পেটে থাকাটাও আপনার ঠিক হচ্ছে না। উপোস দেওয়ার ফলে আপনার বুদ্ধিতে শান পড়ছে বটে, কিন্তু মাথা ছাড়া অন্য অঙ্গপ্রত্যঙ্গ এতে খুব একটা খুশি হবে কি? তাদেরও তো কিছু প্রত্যাশা থাকে। নন্দীগ্রাম পৌঁছোতে, তা ধরুন, বেলা একটা-দেড়টা তো হবেই। একটু বেশিই লাগতে পারে। মাঝখানে আবার সরস্বতী নদীর খেয়া পারের ব্যাপার আছে কিনা।''

প্রাণগোবিন্দ যথেষ্ট উদ্বিগ্ন হয়ে উঠছেন। কারণ, ভিতরবাড়ি থেকে লুচি ভাজার গন্ধ আসছে, একটু আগে বেগুন ভাজার গন্ধও আসছিল। এখন যদি গিন্নি হুট করে মোক্ষদাকে দিয়ে লুচির থালা পাঠিয়ে দেন, তা হলে প্রভঞ্জনের সামনে ভারী লজ্জায় পড়তে হবে। তাই উদ্বেগের গলায় বললেন, ''তা হলে বরং কিছু একটু মুখে দিয়ে নেবখন। এবার কাজের কথাটা...?''

''হ্যাঁ, হ্যাঁ, এই যে!'' বলে প্রভঞ্জন সূত্রধর তাঁর কোটের ভিতরদিককার কোনও গুপ্ত পকেটে বেশ গভীরে ডান হাতটা ঢুকিয়ে অতি সাবধানে এক বান্ডিল নোট বের করে এনে সামনের খুদে টেবিলটার উপর রেখে একগাল হেসে বললেন, ''এই হল গৌরীর মুক্তিপণ। পুরো পঞ্চাশ হাজার আছে। গুনে নিন।''

প্রাণগোবিন্দ গোলগোল চোখে অপার বিস্ময়ে নোটের বান্ডিলটা দেখছিলেন। পাঁচশো টাকার নোট তিনি ভালই চেনেন। না গুনেই আন্দাজ করা যায়, বান্ডিলে শতখানেক নোট আছেই। এই সাতসকালে অযাচিত এত টাকা তাঁর বাড়িতে এসে হাজির হওয়ায় প্রথমে কিছুটা অবাক এবং কয়েক সেকেন্ড বাদে বেশ খুশি হয়ে বলে উঠলেন, ''বাঃ বাঃ, এ তো বেশ মোটা টাকাই।''

প্রভঞ্জনও একমত হয়ে বললেন, ''আজ্ঞে, আমারও তাই মত। আমার মক্কেল চরণডাঙার গোকুল বিশ্বাসকেও আমি কথাটা বলেছিলাম। বলেছিলাম, 'গোকুলবাবু, একটা গোরুর জন্য ফস করে পঞ্চাশ হাজার টাকা বের করে দেওয়াটা কি ঠিক হচ্ছে? দরাদরি করে দশ-বিশ হাজার টাকা কমানোর চেষ্টা করলে হত না?' শুনে উনি আঁতকে উঠে বললেন, 'বলো কী প্রভঞ্জন! যারা আমার গৌরীকে নিয়ে গিয়েছে তারা কি আর ভাল লোক! দশ-বিশ হাজার কম দিলে তারা হয়তো গাঁইগুঁই করে রাজি হবে, কিন্তু শোধ তোলার জন্য গৌরীকে হয়তো পাঁচন দিয়ে ঘা-কতক বসিয়ে দেবে। কিংবা লেজ মুচড়ে দেবে বা কান মলে দেবে। ও বাবা, গৌরীর কষ্ট আমার মোটেই সহ্য হবে না। সে আমার মেয়ের মতো। তার কষ্টের কাছে পঞ্চাশ হাজার কিছু নয়।'''

শুনে প্রাণগোবিন্দরও চোখ ছলছল করে উঠল। বললেন, ''আহা, গোরুকে তো বড় ভালবাসেন ভদ্রলোক!''

''খুব, খুব। পরিবারের আর কারও সঙ্গেই গোকুল বিশ্বাসের বনে না। শুধু এই গৌরীর সঙ্গেই তাঁর যত ভাব।''

''আহা, শুনে বড় ভাল লাগল। অবলা জীবের প্রতি মানুষের মায়া-মমতা যত বাড়ে, ততই পৃথিবীর মঙ্গল।''

''আজ্ঞে, সে কথাও ঠিক। আর সেই জন্যই গোকুল বিশ্বাস দরাদরি না করে পুরো মুক্তিপণের টাকাটাই পাঠিয়ে দিয়েছেন। টাকাটা প্রকাশ্যে রাখাটা ঠিক হচ্ছে না মশাই। নোটগুলো পরীক্ষা করে গুনে নিন। তারপর একটু ঢাকাঢুকি দিয়ে রাখুন।''

টাকা গুনতে খুব একটা খারাপ লাগে না প্রাণগোবিন্দবাবুর। সময়টাও ভালই কাটে। তিনি টাকাগুলো গুনে বললেন, ''নোটগুলো জাল নয় এবং নোট একশোখানাই আছে।'' টাকার বান্ডিলটা র‍্যাপারের তলায় ঢুকিয়ে ফেলে বললেন, ''নাঃ, পঞ্চাশ হাজারই আছে।''

প্রভঞ্জন মাথা নেড়ে বললেন, ''তা আর থাকবে না? গোকুল বিশ্বাস খাঁটি লোক, কথার নড়চড় নেই। তা হলে বরং গোরুটা আনতে বলে দিন। আমাকে গোরু নিয়ে গোকুল বিশ্বাসের বাড়িতে পৌঁছে দিয়ে তবে বিষয়কর্মে বেরোতে হবে। সেই রকমই কথা হয়ে আছে কিনা।''

প্রাণগোবিন্দ এবার একটু চিন্তায় পড়ে গেলেন। যতদূর মনে পড়ছে, তাঁদের মোটে দুটো গোরু আছে। একটা কালো আর একটা বাদামি, একটা দুধেল, একটা গাভিন। গোরু বিষয়ে তাঁর জ্ঞান খুবই সীমাবদ্ধ। ওসব তাঁর গিন্নি আর কাজের লোকেরাই সামলায়। গোরুর দাম পঞ্চাশ হাজার কিনা এ বিষয়েও তিনি খুব নিশ্চিত নন।

ঠিক এই সময় মোক্ষদা পরদা সরিয়ে লুচি আর বেগুনভাজার রেকাবিটা নিয়ে বারান্দায় প্রবেশ করায় প্রাণগোবিন্দের মাথায় একটা চমৎকার আইডিয়া খেলে গেল। তিনি ভারী আত্মপ্রসাদের হাসি হেসে বললেন, ‘‘নিন, আপনার জলখাবার এসে গিয়েছে।’’

প্রভঞ্জন ভারী খুশি হয়ে বললেন, ‘‘তাই নাকি? বাঃ, বেশ!’’ বলেই মোক্ষদার হাত থেকে একরকম রেকাবিটা কেড়েই নিলেন।

প্রাণগোবিন্দ তাড়াতাড়ি উঠে পড়ে বললেন, ‘‘আপনি বরং খেতে থাকুন, আমি গোরুর ব্যাপারটার একটা হেস্তনেস্ত করে আসছি।’’

‘‘যে আজ্ঞে। গোরু না নিয়ে যাচ্ছি না। আপনি ঘুরে আসুন।’’

শশব্যস্তে ভিতরবাড়িতে এসে প্রাণগোবিন্দ তাঁর গিন্নি সুরবালাকে জিজ্ঞেস করলেন, ‘‘আমাদের কোন গোরুটার নাম গৌরী বলো তো?’’

সুরবালা কুটনো কুটতে বসেছেন। ভুরু কুঁচকে বললেন, ‘‘গৌরী! গৌরী তো আমাদের বড় মেয়ের নাম। ও নাম গোরুকে দিতে যাব কেন?’’

‘‘আহা, গৌরী নামে কি আমাদের কোনও গোরু নেই! ওই যে গো, যে-গোরুটাকে চরণডাঙার গোকুল বিশ্বাস খুব ভালবাসে!’’

‘‘তোমার কি বুড়ো বয়সে মাথার দোষ হল? কে চরণডাঙার গোকুল বিশ্বাস? সে আমাদের গোরুকে ভালবাসতে যাবে কোন দুঃখে?’’

‘‘আহা, ওসব তুমি বুঝবে না। আমাদের গোরুগুলোর নাম কী সেটা আগে শুনি!’’

‘‘একটার নাম রাঙি, আর-একটার নাম কালী। তুমি কেমন লোক বাপু যে, নিজের গোরুর নাম জানো না!’’

ঠিক এই সময় মোক্ষদা এসে চোখ বড় বড় করে বলল, ‘‘কর্তামা, দেখো গে, একটা ভালুকের মতো লোক এসে কর্তাবাবার জলখাবারের প্লেট কেড়ে নিয়ে গবগব করে লুচি-বেগুন ভাজা খাচ্ছে। আরও চাইছে।’’

‘‘অ্যাঁ!’’ বলে একটা আর্তনাদ করে বঁটি কাত করে রেখে সুরবালা তেড়ে উঠতে যাচ্ছিলেন। কিন্তু জোঁকের মুখে নুন ফেলার কায়দায় প্রাণগোবিন্দ ফস করে র‍্যাপারের তলা থেকে টাকার বান্ডিলটা বের করে গিন্নির নাকের ডগায় ধরে একগাল হেসে বললেন, ‘‘বিনি মাগনা খাচ্ছে না গো, বিনি মাগনা খাচ্ছে না, নগদ পঞ্চাশ হাজারটি টাকা গুনে দিয়েছেন!’’

সুরবালা হাঁ করে কিছুক্ষণ প্রাণগোবিন্দর মুখের দিকে চেয়ে থেকে বললেন, ‘‘লুচি-বেগুনভাজার দাম পঞ্চাশ হাজার টাকা! তুমি কী সব আবোলতাবোল বকছ

বলো তো! এর চেয়ে তো কাবলিওয়ালার ভাষা বোঝা সহজ। কী হয়েছে, একটু গুছিয়ে বলবে?''

প্রাণগোবিন্দর নিজেরও কেমন যেন একটু ধন্দ লাগছে। তিনি ঠিক ব্যাপারগুলো মেলাতে পারছেন না। তাই আমতা আমতা করে বললেন, ''আসলে একজন লোক আমাদের একটা গোরু কিনতে চায়। সে নাকি গোরুটাকে খুব ভালবাসে। তাই পঞ্চাশ হাজার টাকা পাঠিয়ে দিয়েছে।''

সুরবালা আরও হাঁ! অনেকক্ষণ বাক্যিই বের করতে পারলেন না। তারপর দীর্ঘশ্বাস ফেলে বললেন, ''গোরুর দাম পঞ্চাশ হাজার? ওতে তো হাতি কেনা যায়। কোন চক্করে পড়েছ বলো তো! সাতসকালে গোরু কিনতেই বা লোক এসেছে কেন? আমরা কি গোরু বেচব বলে বিজ্ঞাপন দিয়েছি! তোমার মতো আহাম্মককে নিয়ে চলা যে কী ঝঞ্ঝাটের কাজ, তা কেবল আমিই জানি। চলো দেখি, কোন মুখপোড়া এসে তোমাকে আগড়মবাগড়ম বোঝাচ্ছে!''

সুরবালা রাগে গরগর করতে করতে বারান্দায় এসে দেখেন, একটা মোটাসোটা কোট-পরা লোক ভারী তারিয়ে তারিয়ে শেষ লুচিটা দিয়ে শেষ বেগুনভাজাটা বাগিয়ে ধরে খাচ্ছে। আরামে চোখদু'টি নিমীলিত।

সুরবালা বললেন, ''আচ্ছা, কী ব্যাপার বলুন তো! আপনি নাকি পঞ্চাশ হাজার টাকা দিয়ে আমাদের একটা গোরু কিনতে চান?''

প্রভঞ্জন স্বপ্নাতুর চোখে সুরবালার দিকে চেয়ে খুব নির্বিকার গলায় বললেন, ''মা-ঠাকরোন, বাড়তি লুচি আছে কি?''

সুরবালা একটু অবাক হয়ে থতমত খেয়ে বললেন, ''আছে। পাঠিয়ে দিচ্ছি।''

আরও লুচি-বেগুনভাজা এল। সঙ্গে সুরবালা আর প্রাণগোবিন্দও।

সুরবালা বললেন, ''এবার আমার প্রশ্নের জবাব দেবেন কি? উনি তো কিছুই গুছিয়ে বলতে পারছেন না। আমরা তো গোরু বেচতে চাই না!''

প্রভঞ্জন খেতে খেতে বললেন, ''বিকিকিনির কথা উঠছে কেন মা? গোরু আমার মক্কেলও কিনতে চান না। ওটা হল গোরুর মুক্তিপণ।''

''মুক্তিপণ! আমাকে একটু বুঝিয়ে বলুন, কিছুই যে বুঝতে পারছি না!''

প্রভঞ্জন হাত-মুখ গ্লাসের জলে ধুয়ে রুমালে মুখ মুছে ভারী তৃপ্তির হাসি হেসে বললেন, ''এ বাড়ির খাওয়াদাওয়া বেশ উঁচুদরের, কী বলেন মা? তা না হবেই বা কেন? রোজগারটাও উঁচু, নজরও উঁচু। ভারী খুশি হলাম। বিচক্ষণ মানুষ দেখলেই মনটা ভারী নেচে ওঠে। তা মা, কী যেন জানতে চাইছিলেন?''

''বলছি, ব্যাপারটা একটু খুলে বলুন। আমি কিছু বুঝতে পারছি না।''

"আহা, স্বয়ং প্রাণগোবিন্দবাবু থাকতে আমার কাছে শুনবেন কেন? উনিই ব্যাপারটা আরও খোলসা করে বুঝিয়ে দিতে পারতেন। তবে মা, ওঁর মতো পরিষ্কার মাথা আর দূরদৃষ্টি আমি খুব বেশি দেখিনি।"

সুরবালা অবাক হয়ে বললেন, "ওঁর পরিষ্কার মাথা? দূরদৃষ্টি? বলি আপনার কি ভীমরতি হয়েছে? ওঁর তো ডান-বাঁ জ্ঞানই নেই। এই আহাম্মক মানুষকে নিয়ে জ্বলে-পুড়ে যে খাক হয়ে গেলুম।"

মৃদু হেসে ডাইনে-বাঁয়ে মাথা নেড়ে প্রভঞ্জন বললেন, "তা হলে মা, বলতেই হবে যে, আপনি ঘর করেও ওঁকে ঠিক চিনতে পারেননি। বড় মাপের প্রতিভাবানদের চট করে চেনাও যায় না কিনা। যাঁকে আপনি আহাম্মক ভাবছেন, তিনি শুধু বিচক্ষণই নন, আটঘাট বেঁধে ঠান্ডা মাথায় এমন পরিপাটি আর নিখুঁত কাজ করেন, যা দেখলে অবাক হয়ে যেতে হয়। এই আমার মক্কেল গোকুল বিশ্বাসের ঘটনাটাই দেখুন না। দিনচারেক আগে তাঁর আদরের গোরু গৌরী মাঠে চরতে গিয়ে উধাও হয়ে যায়। রাখাল ছেলেটা নাকি খোঁটা বেঁধে গাছতলায় ঘুমোচ্ছিল, কিছু টেরই পায়নি। গৌরী নিরুদ্দেশ হওয়ায় গোকুল বিশ্বাস সারা তল্লাট তোলপাড় করে তাকে খুঁজলেন। না পেয়ে রাত্রিবেলা কেঁদেকেটে শয্যা নিলেন। রাত বারোটায় তাঁর জানালায় টোকা পড়ল। তিনি উঠে জানালা খুলে দেখেন, মুখে গামছা বাঁধা একটা লোক দাঁড়িয়ে আছে। চাপা গলায় বলল, 'গৌরীকে যদি ফেরত চাও, তা হলে নসিগঞ্জের প্রাণগোবিন্দ রায়ের কাছে পঞ্চাশ হাজার টাকা পৌঁছে দাও। তিন দিন সময় দিচ্ছি।' ব্যস, ওটুকু বলেই লোকটা হাওয়া হয়ে গেল।"

সুরবালা এবং প্রাণগোবিন্দ একসঙ্গেই আর্তনাদ করে উঠলেন, "সর্বনাশ!"

প্রভঞ্জন অবাক হয়ে বললেন, "আচ্ছা, আপনাদের সর্বনাশ হতে যাবে কেন? সর্বনাশ তো হল গোকুল বিশ্বাসের। তা এই ঘটনার পর গোকুল বিশ্বাস আমাকে ডেকে পাঠালেন। আমি হলুম গে তাঁর বাঁধা উকিল। গিয়ে দেখলুম, তিনি খুবই ভেঙে পড়েছেন।"

সুরবালা আর্তনাদ করে উঠলেন, "আপনারা পুলিশে গেলেন না কেন?"

প্রভঞ্জন মৃদু হেসে বললেন, "তাতে লাভ কী বলুন। ওই যে বললুম, বিচক্ষণ মানুষদের নিখুঁত পরিকল্পনা থাকে। প্রথম কথা হল, আমাদের পাঁচটা গ্রাম নিয়ে হল নয়নজোড় থানা। থানার বড়বাবু হলেন গিয়ে প্রাণগোবিন্দবাবুর সাক্ষাৎ ভাগনিজামাই। নিজের মামাশ্বশুরের নামে নালিশ কোন দারোগা সহ্য করবে বলুন? তার উপর কথা হল, প্রমাণ কোথায়? চিরকুট নেই, লিখিত-পড়িত কিছু চুক্তি হয়নি, যে লোকটা খবর দিতে এসেছিল, তার মুখ দেখতে পাওয়া যায়নি। তাই তো বলছি, এরকম বুদ্ধিমান মানুষের কাছে অনেক কিছু শেখার আছে।"

সুরবালা খুবই রেগে গিয়ে বললেন, ‘‘কার সম্পর্কে কী বলছেন তা জানেন? উনি আহাম্মক হতে পারেন, বোকাও আছেন একটু, কিন্তু জীবনে কখনও কোনও অসৎ কাজ করেননি। চিরকাল কলেজে সুনামের সঙ্গে পড়িয়েছেন। উনি সকলেরই অত্যন্ত শ্রদ্ধার পাত্র।’’

প্রভঞ্জন ঘন ঘন মাথা নেড়ে সায় দিয়ে বললেন, ‘‘জানি মা ঠাকরোন, সব জানি। ওঁর সম্পর্কে সব খোঁজখবর নিয়েই এসেছি কিনা। উনি কলেজে দর্শনশাস্ত্র পড়াতেন, ভুলো মনের মানুষ, অতি সজ্জন, এসব সবাই জানে। আমাদের কাছেও উনি খুবই শ্রদ্ধার পাত্র। রিটায়ার করার পর গাঁয়ে এসে নিজের পূর্বপুরুষদের ভিটেতে বসবাস করছেন এতেও আমরা গৌরবই বোধ করি। রিটায়ারের পর যে নিজের মাথাটিকে নানারকম উদ্ভাবনী প্রক্রিয়ায় খাটিয়ে যাচ্ছেন, এতেও আমরা বড় খুশি হয়েছি।’’

‘‘শুনুন, আপনি হয়তো আমার কথা বিশ্বাস করছেন না। তা হলে আপনি নিজের চোখেই দেখে যান, উনি অন্য কারও গোরু ধরে এনেছেন কি না! আমি আমাদের রাখাল হলধরকে ডাকছি।’’

খবর পেয়ে হলধর তাড়াতাড়ি এসে হাজির হল।

‘‘যাও তো হলধর, এই ভদ্রলোককে নিয়ে গিয়ে আমাদের গোয়ালঘরটা দেখিয়ে নিয়ে এসো। উনি নিজের চোখেই দেখুন, আমাদের গোয়ালে দুটোর বেশি গোরু আছে কি না।’’

হলধর একটু কাঁচুমাচু হয়ে ঘ্যাসঘ্যাস করে মাথা চুলকোতে চুলকোতে আমতা আমতা করে বলল, ‘‘মা-ঠান, একটা বড় মুশকিল হয়েছে যে!’’

‘‘মুশকিল! মুশকিল আবার কী হল?’’

‘‘কাল রাতে যখন গোয়াল বন্ধ করি তখন দুটো গোরুই ছিল বটে। কিন্তু আজ সকালে গোয়াল পরিষ্কার করতে গিয়ে দেখি, কোথা থেকে একটা তিন নম্বর গোরু এসে গোয়ালে ঢুকে বসে বসে জাবর কাটছে!’’

প্রভঞ্জন সোৎসাহে বলে উঠলেন, ‘‘দুধের মতো সাদা ধবধবে গাই তো, বাঁ দিকের দাবনায় একটা ত্রিশূলের মতো ছোপ আছে!’’

হলধর কাহিল মুখ করে বলল, ‘‘আজ্ঞে তাই বটে।’’

প্রভঞ্জন খুব গ্যালগ্যালে হাসি হেসে সুরবালার দিকে চেয়ে বললেন, ‘‘বলেছিলুম কি না মা-ঠাকরোন, আপনার স্বামীর এলেম আপনি জানেন না, জানি এই আমরা বাইরের লোকেরা। উনি নমস্য ব্যক্তি মা, নমস্য ব্যক্তি, কী বুদ্ধি! কী মেধা! কী সাংগঠনিক শক্তি! কী সাহস! এমন সুন্দর সুচারুভাবে কাজ করলেন যে, ওঁর টিকিটিও কেউ ছুঁতে পারবে না। ছাত্র পড়াতেন, নিশ্চয়ই ভালই পড়াতেন। কিন্তু এই মেধা তো

কেবল ছাত্রসমাজে আটকে রাখলে চলে না। এখন জনশিক্ষার কাজেও একে লাগাতে হবে। যাও তো বাপু হলধর, গোরুটা নিয়ে এসো। বেলাবেলি রওনা হয়ে পড়ি।''

সুরবালার মুখে কথা নেই। ধপ করে চেয়ারে বসে চোখ বুজে রইলেন। ভারী বেকুবের মতো নিজের মাথায় ঘন ঘন হাত বুলিয়ে যাচ্ছিলেন প্রাণগোবিন্দ। ঘটনাটা ঠিক তাঁর মাথায় সেঁধোচ্ছে না এখনও।

দুই

নসিগঞ্জে আজ হাটবার। সরস্বতী নদীর ধারে বিশাল মাঠ জুড়ে হাটখোলা। ভোরবেলা থেকে ভ্যানগাড়ি, গো-গাড়ি, ম্যাটাডোর, নৌকোয় চেপে মাল আর ব্যাপারীরা এসে জড়ো হয়। হইহই ব্যাপার। নসিগঞ্জের হাট খুব বিখ্যাত। পাওয়া যায় না হেন জিনিস নেই। ভাল-মন্দ কিছু কিনতে হলে এই হাটবারের জন্য বসে থাকতে হয়।

হাটবারে ভারী আনন্দ হয় প্রাণগোবিন্দর। প্রথম কথা ভাল-মন্দ জিনিস কিনতে পারেন। গাঁয়ের পাঁচজনের সঙ্গে দেখা হয়। আর শনিবার অর্থাৎ হাটের দিনই বিশমাইল দূরের মহকুমা শহর থেকে তাঁর খুদে দুটো নাতি-নাতনি দাদু-ঠাকুরমার কাছে দু'দিনের জন্য বেড়াতে আসে। নাতনি পিউয়ের বয়স আট বছর, নাতি পিয়ালের পাঁচ। তাদের মা আর বাবা, অর্থাৎ প্রাণগোবিন্দর বউমা এবং ছেলে দু'জনেই সেখানকার হাসপাতালের ব্যস্ত ডাক্তার। বাচ্চা দুটো তাই মা-বাবার সঙ্গ পায় না, আয়ার কাছে মানুষ হয়। কাজেই সপ্তাহের এই দু'টি ছুটির দিনে দাদু-ঠাকুরমার কাছে আসার জন্য তারা ছটফট করে। প্রাণগোবিন্দ আর সুরবালাও তাদের জন্য সারা সপ্তাহ অপেক্ষা করে থাকেন।

অন্য শনিবারের মতোই আজও প্রাণগোবিন্দ হাটে বেরিয়েছেন। সঙ্গে ধামা আর ব্যাগট্যাগ নিয়ে হলধর। কিন্তু আজ প্রাণগোবিন্দর প্রাণে কোনও আনন্দ নেই। থাকার কথাও নয়। সকালবেলার অত্যাশ্চর্য ঘটনাটা এখনও তিনি পরিষ্কার বুঝে উঠতে পারছেন না। প্রভঞ্জন সূত্রধর, গোকুল বিশ্বাস, গৌরী এইসব ব্যাপারগুলো ভারী তালগোল পাকিয়ে যাচ্ছে মাথার মধ্যে। আরও দুশ্চিন্তা হল, পঞ্চাশ হাজার টাকার বান্ডিলটা নিয়ে। প্রভঞ্জনকে যাওয়ার সময় তিনি টাকাটা ফেরত দেওয়ার চেষ্টা করেছিলেন। প্রভঞ্জন হাতজোড় করে বললেন, ''ওটি পারব না। গোকুল বিশ্বাস একবার যাকে যা দেন, তা কস্মিনকালেও ফেরত নেন না। খুব নীতিবাগীশ মানুষ।''

প্রভঞ্জন চলে যাওয়ার পরও অনেকক্ষণ চোখ বুজে ঘাড় এলিয়ে চেয়ারে বসে ছিলেন সুরবালা। একটাও কথা কননি প্রাণগোবিন্দর সঙ্গে। সুরবালা মূর্ছা গিয়েছেন কি না তাও বুঝতে পারছিলেন না প্রাণগোবিন্দ। নিজেই যে কেন মূর্ছা যাননি তাও অবাক হয়ে ভাবছিলেন। হঠাৎ সুরবালা চোখ খুলে তাঁর দিকে চেয়ে খুব শান্ত গলায় জিজ্ঞেস করলেন, "আচ্ছা, কোন পাপে আমার একজন গোরুচোরের সঙ্গে বিয়ে হল, তা বলতে পারো?"

প্রাণগোবিন্দর কান-টান অপমানে লাল হয়ে উঠল। কিন্তু মুখ দিয়ে কথা বেরোল না।

সুরবালা গলা আরও এক পরদা নামিয়ে বললেন, "মানুষকে চেনা যে কী কঠিন, তা আজ ভাল করে বুঝলাম।" বলে শান্তভাবেই উঠে ভিতরে চলে গেলেন।

মরমে মরে গিয়ে প্রাণগোবিন্দ উঠে ঘরে এসে বিছানায় শুয়ে রইলেন। শরীরটা বড্ড কাহিল লাগছে। বিছানার পাশেই জানালা। জানালার ওপাশে বারান্দায় বসে ঠিকে কাজের মেয়ে লক্ষ্মী বাটনা বাটছিল। মোক্ষদা এসে তাকে চাপা গলায় বলল, "ওলো লক্ষ্মী, কর্তাবাবুর কীর্তির কথা শুনেছিস তো!"

লক্ষ্মী আহ্লাদের গলায় বলল, "ও মা, তা আর শুনিনি। বড় ঘরের বড় কেচ্ছা কাকের মুখে রটে যায়। তবে ভাই, এ কথাও বলি, কর্তাবাবুর যে এত ক্ষ্যামতা তা কখনও বুঝতে পারিনি। দেখে তো মনে হয়, ভাজা মাছটি উলটে খেতে জানেন না। কিন্তু কী কেরদানিটাই না দেখালেন। ঘরে বসে লাখ টাকা কামাই! আমার কর্তাটি তো সারারাত সিঁদকাঠি নিয়ে ঘুরে দশ-বিশ টাকার বেশি রোজগার করতে পারে না।"

"আর বলিসনি। আমার বাড়ির মানুষটি তো দু'বছর ধরে জেলে ঘানি ঘোরাচ্ছে। আর কর্তাবাবুকে দেখ, এত বড় কাজটা করলেন, গায়ে আঁচড়টি পর্যন্ত লাগল না।"

প্রাণগোবিন্দ রায় কানে হাত চাপা দিয়ে উঠে পড়লেন। এ তো আর সহ্য করা যাচ্ছে না! এসব হচ্ছেটা কী? তিনি জীবনেও কারও সাতেপাঁচে থাকেননি। চিরকাল বইয়ে মুখ গুঁজে কাটিয়ে দিলেন। অথচ এই বেশ পরিণত বয়সে কোথাকার কে এক প্রভঞ্জন সূত্রধর এসে তাঁকে একেবারে গোরুচোর বানিয়ে ছাড়ল! ঘটনাটা রটে গেলে যে কী বিষম কাণ্ড হবে, তা ভেবে তাঁর হাত-পা হিম হয়ে আসছিল। উত্তেজিতভাবে কিছুক্ষণ ঘরে পায়চারি করলেন। হাত-পা নিশপিশ করছে।

এমন সময় হলধর এসে ভারী বিনীতভাবে বলল, "কত্তাবাবু, গিন্নিমা তাড়াতাড়ি হাটে যেতে বললেন। এই যে ফর্দ।"

প্রাণগোবিন্দ হাঁফ ছেড়ে বাঁচলেন। যাক, হাটে গেলে হয়তো পাঁচটা মানুষ দেখে একটু ভাল লাগবে। তাই দেরি না করে বেরিয়ে পড়লেন।

কিন্তু হাটে ঢুকতে যেতেই বিপত্তি। বটতলায় হরকাকার সঙ্গে দেখা। বললেন, ‘‘কী হে প্রাণগোবিন্দ, মুখখানা আজ এত ব্যাজার কেন?’’

প্রাণগোবিন্দ দুঃখের সঙ্গে বললেন, ‘‘মনটা ভাল নেই কাকা।’’

‘‘দেখো কাণ্ড! মন ভাল নেই কেন হে! আজ তো তোমারই দিন! ওরে বাপু, ট্যাঁকে টাকা থাকলে মন ভাল না থেকে পারে? যাও তো, বেশ ভাল করে বাজার করো, ভাল ভাল জিনিস কিনতে থাকো, দেখবে মন ভাল হয়ে যাবে। ফেরার সময় স্যাকরার দোকানে বরং বউমার জন্য একটা গয়নার বায়না করে যেয়ো।’’

প্রাণগোবিন্দ সিঁটিয়ে গেলেন। সর্বনাশ! হরকাকাও শুনেছেন নাকি?

ব্যাপারটা আরও ঘোরালো হয়ে উঠল যখন মাছওয়ালা হরিপদ বলল, ‘‘কর্তা, পাঁচশো টাকা কিলোর দেড় কিলো বাগদা চিংড়ি আজ আপনার জন্যই আলাদা করে রেখে দিয়েছি। আর কার ট্যাঁকের এত জোর আছে যে, ওই কুলীন মাছ কিনবে?’’

প্রাণগোবিন্দর হাত-পা শিথিল হতে লাগল। মাথা ঝিমঝিম। অপমানে, গ্লানিতে তাঁর ভিতরটা খাক হয়ে যাচ্ছে। চোখে জল আসছে, ঘন ঘন দীর্ঘশ্বাস পড়ছে, গলা ধরে গিয়েছে। এভাবে কি বেঁচে থাকা যায়!

যাই হোক, কোনওক্রমে বাজারটা করলেন। তারপর হলধরকে দিয়ে বাজারের জিনিস রওনা করে দিয়ে বলে দিলেন, ‘‘আমার ফিরতে একটু দেরি হবে, বুঝলি! মিষ্টির দোকানটা ঘুরে যাচ্ছি।’’

হলধর চলে যাওয়ার পর তিনি একটা দোকানে গিয়ে মজবুত দেখে নাইলনের দড়ি কিনলেন। দোকানদার অবশ্য বেশ হাসিমুখেই গদগদ হয়ে বলল, ‘‘একটু বেশি করেই নিয়ে যান না। অনেক গোরু বাঁধতে হবে তো!’’

প্রাণগোবিন্দ কথাটায় তেমন কান দিলেন না। দড়ির গুছি র‍্যাপারের তলায় আড়াল করে নিয়ে তিনি হাট থেকে বেরিয়ে পড়লেন।

ময়নার জঙ্গল মাইল দুই তফাতে। একটা জলাজমি পেরিয়ে তারপর জঙ্গল। সেখানে চিতাবাঘ এবং অজগর সাপ আছে বলে শুনেছেন প্রাণগোবিন্দ। জঙ্গলটার আরও কিছু বদনাম আছে। কিন্তু প্রাণগোবিন্দ মনস্থির করে ফেলেছেন, লোকালয় থেকে দূরে, সকলের চোখের আড়ালে আজ তিনি গলায় দড়ি দেবেন। এই বয়সে এই কলঙ্কের বোঝা বয়ে বেঁচে থাকার মানেই হয় না। তাঁর নিজের স্ত্রীই যখন তাঁকে বিশ্বাস করে না, তখন এই অসার জীবন রাখার কোনও মানেই হয় না।

শীতকাল বলে হাঁটাহাঁটিতে তেমন কষ্টও হল না। দু’মাইল রাস্তা পেরোতে মিনিট

চল্লিশ লাগল। জলাটা শীতকালে শুকিয়ে যায় বলে সেটাও অনায়াসে পেরিয়ে তিনি জঙ্গলে ঢুকে পড়লেন।

ময়নার জঙ্গল বেশ নিবিড় এবং নির্জন। অপদেবতার বাস আছে বলে লোকজন বিশেষ এই জঙ্গলে ঢোকে না। ফলে শুভকাজে বাধা দেওয়ারও কেউ নেই। একটা সুইসাইড নোট লিখে পকেটে রেখে দিলে ভাল হত। কিন্তু এখন কাগজ-কলম জোগাড় করতে গিয়ে সময় নষ্ট করলে মরার ঝোঁকটা ঘুরে যেতে পারে।

জঙ্গলটা প্রাণগোবিন্দর বেশ পছন্দ হয়ে গেল। শীতকালে গাছপালা একটু শুকিয়ে যায়। কিন্তু এই জঙ্গলটায় তেমন হয়নি। কাছে জলাজমি থাকাতেই বোধহয় মাটি বেশ সরস। প্রাণগোবিন্দ জঙ্গলের ভিতরবাগে এগিয়ে যেতে লাগলেন। আগাছা, কাঁটাঝোপ, লতানে গাছ ইত্যাদিতে একটু বাধা পেলেও তিনি দমলেন না। পছন্দমতো একটা গাছ খুঁজে পেলেই হয়। আসলে প্রাণগোবিন্দ জীবনে কখনও গাছেটাছে চড়েননি। কাজেই এমন গাছ চাই যেটাতে অনেক ডালপালা আছে আর সহজেই চড়া যায়। খুব বেশি উঁচু ডালে তিনি উঠতে পারবেন না। ঝুলে পড়ার পক্ষে যতটা দরকার ততটাই উঠবেন। তাই খুব সতর্ক চোখে তিনি তেমন একটা গাছ খুঁজতে লাগলেন।

প্রাণগোবিন্দর কপালটা ভালই। খুব বেশি খুঁজতেও হল না। জঙ্গলের ভিতরে ঢুকে মিনিট দশেক এদিক-ওদিক হাঁটার পরই তিনি একেবারে মনের মতো গাছ পেয়ে গেলেন। গাছটার একেবারে নিচু থেকেই শাখা-প্রশাখা ছড়িয়ে আছে। হাতের নাগালেই। প্রাণগোবিন্দ র‍্যাপারটা খুলে কোমরে জড়িয়ে নিলেন। দড়ির গুছিটাও ভাল করে কোমরে বেঁধে চটিজোড়া গাছতলায় ছেড়ে গাছটার একটা নিচু ডালে বেশ কৃতিত্বের সঙ্গেই উঠে পড়লেন। ঘোড়সওয়ারের মতো দু'দিকে ঠ্যাং ছড়িয়ে বসে ঊর্ধ্বপানে চেয়ে দেখলেন, ডালপালার ফাঁক দিয়ে গাছটা অনেক উঁচুতে উঠে গিয়েছে। দ্বিতীয় ধাপটা উঠতে তাঁর একটু মেহনত হল। হাত এবং পা দুটোই হড়কে যাওয়ায় পড়েই যাচ্ছিলেন প্রায়। অতি কষ্টে সামলে নিলেন।

দ্বিতীয় ধাপটায় বসে ঠান্ডা মাথায় একটু চিন্তা করলেন তিনি। এখন খুব তাড়াহুড়ো করার কি দরকার আছে? বরং ধীরে-সুস্থে সাবধানে উঠবার চেষ্টা করাই উচিত। সুতরাং একটু জিরিয়ে নিয়ে তিনি সাবধানে উঠতে লাগলেন। জীবনে এই প্রথম গাছে উঠছেন বলে প্রাণগোবিন্দ বেশ উত্তেজনা বোধ করছেন। মনটায়, এত দুঃখের মধ্যেও, একটা ফুর্তির ভাব হচ্ছে। জীবনে কত অভিজ্ঞতাই বাকি রয়ে গিয়েছে। কেবল বইয়ে মুখ গুঁজেই এতকাল বেঁচে ছিলেন তিনি। জীবনে কোনও অ্যাডভেঞ্চারই করা হয়নি।

উৎসাহের চোটে বেশ অনেকটাই উপরে উঠে পড়লেন প্রাণগোবিন্দ। কতটা

উঠেছেন, এতক্ষণ খেয়াল করেননি। হঠাৎ নীচের দিকে চেয়ে মাথাটা বোঁ করে চক্কর দিল তাঁর। বাপ রে! তা প্রায় তিন-চার তলার সমান উঁচুতে উঠে পড়েছেন যে! মাথা ঘুরে ফের হাত ফস্‌কে যাচ্ছিল। তাড়াতাড়ি দু'হাতে একটা মোটা ডাল জাপটে ধরে সামলে নিলেন। এখান থেকে পড়লেও হয়তো মৃত্যু হবে, তবে ফিফ্‌টি-ফিফ্‌টি চান্স। হয়তো মরলেন না, কিন্তু হাত-পা ভেঙে খানিক যন্ত্রণা পেলেন।

আর উপরে না উঠে প্রাণগোবিন্দ কোমরে গোঁজা দড়িটা একটা মোটা ডালে বেশ ভাল করে বাঁধলেন। অন্য প্রান্তে একটা ফাঁসও তৈরি করে ফেললেন বেশ কিছুক্ষণের চেষ্টায়। আসলে এসব কাজের তো অভ্যেস নেই। জীবনে কখনও দড়ি নিয়ে কসরত করতে হয়নি। ফাঁসটা তৈরি করে যখন টেনেটুনে দেখছেন, তখন কাছেপিঠে হঠাৎ খুকখুক করে যেন একটা চাপা হাসির শব্দ হল।

চমকে উঠে প্রাণগোবিন্দ চারদিকে চাইলেন। এই গহন বনে, গাছের উপরে হাসে কে?

হঠাৎ কে যেন বলে উঠল, "হয়নি হে, হয়নি। ও কি একটা ফাঁস হল বাপু? ঝুলতে গেলেই যে ফস্‌কা গেরো আলগা হয়ে যাবে।"

প্রাণগোবিন্দ শিউরে উঠে চারদিকে তাকাতে লাগলেন। দর্শনশাস্ত্রে ভূত বা ভগবানের অস্তিত্ব স্বীকার করা হয় না। তিনিও মানেন না। কিন্তু না মানলেও ভয় করেন। শব্দটা উপর দিক থেকেই আসছে মনে হল। প্রাণগোবিন্দ খুব ঠাহর করে দেখলেন। ডালপালার ফাঁক দিয়ে উঁকিঝুঁকি মেরে বেশ কিছুক্ষণের চেষ্টায় দেখতে পেলেন, আরও আট-দশ ফুট উপরে গাছের ডালে একজন বুড়োমানুষ বসে বসে তাঁকে জুলজুল করে দেখছে। প্রাণগোবিন্দ ভয়ে মূর্ছাই যাচ্ছিলেন, কিন্তু পড়ে যাবেন বলে ভয়ে সেটা সামলে নিলেন। তবে শরীরে রীতিমতো হিমশীতল স্রোত বয়ে যাচ্ছে, হাত-পা ঠকঠক করে কাঁপছে।

কোনওক্রমে কাঁপা গলায় তিনি বললেন, "আ-আপনি কে? ভূ-ভূত নাকি?"

লোকটা বলল, "তা ভূতও বলতে পারো। এক হিসেবে ভূত ছাড়া আর কী? ভূতপূর্ব তো বটেই। তবে এখনও মরিনি, এটুকুই যা তফাত।"

"মরেননি! তা হলে কি আপনি জ্যান্ত মানুষ?"

লোকটা মাথা নেড়ে বলল, "জ্যান্তই কি আর বলা যায়! তবে আধমরা বলতে পারো।"

ঘাবড়ে গেলেও প্রাণগোবিন্দর মনে হচ্ছিল, লোকটা পাগলটাগল হলেও ভূতটুত নয় বোধহয়। গলাটা এখনও কাঁপছে। তিনি জিজ্ঞেস করলেন, "আপনি এখানে কী করছেন?"

"বসে বসে তোমার কীর্তি দেখছি। তুমি তো নিতান্তই আনাড়ি দেখছি হে। একটা সোজা গাছে উঠতে তিনবার হাত-পা হড়কে পড়ে যাচ্ছিলে! তারপর ফাঁসের দড়িটা যা বাঁধলে, দেখে হেসে বাঁচি না। ওই ফাঁস গলায় দিয়ে ঝুলবে তো! ঝুললেই গেরো খুলে সোজা নীচে গিয়ে পড়বে ধপাস করে। তাতে অক্কা পেতেও পারো, আবার না-ও পেতে পারো।"

প্রাণগোবিন্দ এবার একটু ধাতস্থ হলেন। নাঃ, লোকটা আর যাই হোক, প্রেতাত্মাটাত্মা নয়। তিনি গলাখাঁকারি দিয়ে বললেন, "আহা, এসব কি আর কখনও করেছি নাকি মশাই? অভ্যেস করতে করতে শিখে যাব।"

লোকটা একটু খিঁচিয়ে উঠে বলল, "আর শিখেছ! শিখে-পড়ে আটঘাট বেঁধে তবে এসব কাজে নামতে হয়। হুট বললেই কি মরা যায় নাকি? দিনক্ষণ দেখতে হয়। তারপর নিজের শ্রাদ্ধশান্তি সব আগাম সেরে নিতে হয়। তারপর শুভদিন দেখে স্নানটান করে ভাল-মন্দ বেশ পেটপুরে খেয়ে পান চিবোতে চিবোতে পট্টবস্ত্র পরে এসে শান্তমনে হাসতে হাসতে তবে মরে সুখ। বুঝলে?"

প্রাণগোবিন্দর মনে পড়ল, সকাল থেকে তিনি কিছুই খাননি। পেট চুঁইচুঁই করছে। তেষ্টায় বুক পর্যন্ত শুকিয়ে আছে। মরার উত্তেজনায় এসব শারীরিক বোধ লোপাট হয়েছিল। এবার একটু ভাবিত হয়ে বললেন, "বোধহয় আপনি ঠিকই বলেছেন। আপনি তো বেশ জ্ঞানী লোক।"

"আরে, সেই জন্যই তো সারাদিন গাছে উঠে বসে থাকি। গাছে উঠলে জ্ঞান বাড়ে, বুঝেছ?"

প্রাণগোবিন্দ অবাক হয়ে বললেন, "গাছে উঠলে জ্ঞান বাড়ে? কই, একথা তো কোনও পুঁথি-পুস্তকে পড়িনি!"

"ওরে বাপু, পুঁথি-পুস্তক তো সব মুখস্থ বিদ্যে। ওসব ছাইভস্ম কি জ্ঞান? জ্ঞান অন্য জিনিস বাপু। এই তোমার মতোই একদিন বারো বছর আগে গলায় দড়ি দিতে এই গাছে এসে উঠে বসেছিলুম। আটঘাট বেঁধেই এসেছিলুম। দিনক্ষণ দেখে, গয়ায় গিয়ে নিজের শ্রাদ্ধ-পিণ্ডদান সব সেরে এসে, একদিন স্নান করে ইলিশ মাছ আর কচ্ছপের মাংস দিয়ে পেট ভরে ভাত খেয়ে, পান মুখে দিয়ে, নতুন ধুতি আর গেঞ্জি পরে, দুর্গানাম স্মরণ করতে করতে এসে গাছে উঠে মজবুত করে দড়ি বেঁধে মাহেন্দ্রক্ষণের জন্য অপেক্ষা করছিলুম। ঠিক তখনই, কী বলব রে ভাই, আকাশ থেকে যেন আমার মাথায় জ্ঞানের বৃষ্টি পড়তে লাগল। কত নতুন নতুন ভাবনা-চিন্তা আসতে লাগল তার লেখাজোখা নেই। মনটা যেন উড়ে উড়ে বেড়াতে লাগল। ভারী ফুর্তির ভাব। পরিষ্কার বাতাসে শ্বাস নিয়ে বুকটাও যেন পরিষ্কার হয়ে যাচ্ছে। নিজেকে নিজেই বোঝালুম,

তুই তো নিজেকে সৃষ্টি করিসনি। এখন যদি গলায় দড়ি দিস, তা হলে যে তোকে সৃষ্টি করেছে, তার সঙ্গে বেইমানি করা হবে না? বিশ্বাসঘাতকতা করা হবে না? তাকে কি ব্যথা দেওয়া হবে না? আর তাকেই যদি ব্যথা দিস, তা হলে মরেই রেহাই পাবি ভেবেছিস? যখন তোকে শিয়াল-শকুন ছিঁড়ে খাবে, তখন হাড়ে হাড়ে টের পাবি রে পাপিষ্ঠ!''

প্রাণগোবিন্দ মুগ্ধ হয়ে মাথা নেড়ে নেড়ে বললেন, ''বাঃ, বাঃ, এ তো খুব ভাল কথা।''

''তা তোমার পুঁথি-পুস্তকে আছে এসব কথা?''

''আজ্ঞে না, নেই। তারপর কী হল?''

''কী বলব রে ভাই, সারাজীবন যেসব কথা একবারের জন্যও মাথায় আসেনি, সেসব কথা দিব্যি আকাশ-বাতাস থেকে এসে শাঁ-শাঁ করে নাক, কান, মুখ দিয়ে ঢুকে মগজে সেঁধোতে লাগল। কিছুক্ষণ পর মাথাটা যেন জ্ঞানে একেবারে টইটম্বুর হয়ে উঠল। মরা তো হলই না, বরং মাথাভরতি জ্ঞান নিয়ে বাড়ি ফিরে গেলুম। সেই থেকে ঠিক করলুম, সারাদিন গাছে উঠে বসে থাকব। যতদিন বাঁচি, রোজ যত পারি জ্ঞান আহরণ করে যাব।''

''আপনি কি গাছেই থাকেন?''

''তা একরকম তাই বলতে পারো। সকালে চাট্টি পান্তা খেয়ে সোজা এসে গাছে উঠে পড়ি। সঙ্গে চিঁড়ে, মুড়ি, জল সব নিয়ে আসি। এখানে একখানা মাচানের মতো করে নিয়েছি। দিব্যি থাকি। এখানেই দিবানিদ্রা সেরে নিই।''

''ও বাবাঃ, ঘুমের ঘোরে পড়ে যাবেন যে!''

''না হে বাপু, তত আহাম্মক নই। এই যে দড়িখানা দেখছ, এটা দিয়েই বারো বছর আগে ফাঁসিতে ঝুলবার মতলব ছিল। তা সেই দড়িখানাই এখন আমার প্রাণরক্ষা করে। ঘুম পেলে দড়িটা দিয়ে নিজেকে গাছের ডালের সঙ্গে আষ্টেপৃষ্ঠে বেঁধে নিয়ে তারপর দিব্যি ঘুমোই।''

''নাঃ, আপনি সত্যিই জ্ঞানী লোক।''

''ওই যে বললুম, গাছে উঠলে জ্ঞান বাড়ে।''

প্রাণগোবিন্দ কিছুক্ষণ মাথা চুলকোতে চুলকোতে ভাবলেন। তারপর মাথা নেড়ে বললেন, ''কিন্তু আমার যে মরা ছাড়া উপায় নেই। চারদিকে আমার বড় কলঙ্ক রটেছে মশাই, কারও কাছেই মুখ দেখাতে পারছি না। বউ পর্যন্ত আমাকে অবিশ্বাস করে! সেও ধরে নিল যে, গোকুল বিশ্বাসের গোরু আমিই চুরি করে এনে গোয়ালে বেঁধে রেখেছি! না মশাই, এরপর আর বেঁচে থাকার মানেই হয় না।''

“কী নাম বললে? গোকুল বিশ্বাস না কী যেন শুনলাম!”

“যে আজ্ঞে। চরণডাঙার গোকুল বিশ্বাস। তার গোরু গৌরীকে নিয়েই তো যত বখেরা। কয়েকদিন আগে গোকুল বিশ্বাসের আদরের গোরু গৌরী চুরি যায়। রাতের বেলা কে যেন গিয়ে গোকুল বিশ্বাসকে খবর দেয় যে, নসিগঞ্জের প্রাণগোবিন্দ রায়ের বাড়িতে পঞ্চাশ হাজার টাকা পৌঁছে দিলে গৌরীকে ফেরত দেওয়া হবে। সেই মোতাবেক আজ সকালে গোকুল বিশ্বাসের উকিল প্রভঞ্জন সূত্রধর পঞ্চাশ হাজার টাকা নিয়ে আমার কাছে হাজির।”

“তুমিই কি বাপু নসিগঞ্জের প্রাণগোবিন্দ রায়?”

“যে আজ্ঞে। আমি মশাই সাতেপাঁচে নেই। গোকুল বিশ্বাসকে কস্মিনকালেও চিনি না। কিন্তু আশ্চর্যের বিষয় হল, গোরুটাকে আমার গোয়ালেই পাওয়া যায়। আর তাতেই সবাই দুইয়ে-দুইয়ে চার ধরে নিয়ে আমাকে চোর ঠাউরে বসল! তাই ঠিক করেছি, বেঁচে থাকার আর কোনও মানেই হয় না।”

লোকটা তরতর করে নেমে এসে প্রাণগোবিন্দর পাশাপাশি আর-একটা ডালে জুত করে বসে বলল, “তাই বলো!”

লোকটার নেমে আসা দেখে প্রাণগোবিন্দ মুগ্ধ হয়ে গেলেন। তাঁর হিসেবে লোকটার বয়স না হোক আশির কাছাকাছি তো হবেই। তবু হাতে-পায়ে যেন টারজানের ভেল্‌কি। তিনি গদগদ হয়ে বললেন, “আপনি অতি চমৎকার গাছ বাইতে পারেন তো!”

লোকটা বলল, “ওরে বাপু, বারো বছর ধরে রোজ প্র্যাকটিস করে যাচ্ছি যে! এ বনে বানর আর হনুমান বড় কম নেই। এখন তারাও আমাকে সমঝে চলে। একবার আমার একছড়া কলা নিয়ে একটা হনুমান পালাচ্ছিল, আমি তেড়ে গিয়ে তার লেজ ধরে মুচড়ে একখানা থাপ্পড় কষিয়ে কলা কেড়ে নিয়ে আসি। তারপর থেকে বেশি ঘাঁটায় না। তা সেকথা যাক, বরং গোকুল বিশ্বাসের কথাটাই শুনি।”

“আর শোনার কিছু নেই। গাঁয়ে আমার বড় বদনাম রটে গিয়েছে মশাই। মানসম্মান নিয়ে থাকার জো নেই।”

লোকটা গম্ভীর হয়ে বলল, “হুঁ। গোকুল বিশ্বাসের গোরু যদি চুরি করে থাকো, আর সেই বাবদে যদি গোকুল বিশ্বাস তোমাকে পঞ্চাশ হাজার টাকা দিয়ে থাকে, তা হলে তো তোমার গলায় দড়ি দিয়ে মরার দরকারই নেই হে! বরং নিশ্চিন্তে বাড়ি গিয়ে নেয়ে-খেয়ে ঘুমোও। গোকুল বিশ্বাসের ঠ্যাঙাড়েরাই এসে তোমাকে মেরে রেখে যাবে।”

প্রাণগোবিন্দ হাঁ করে চেয়ে থেকে বললেন, “অ্যাঁ! আপনি কি গোকুল বিশ্বাসকে চেনেন?”

"চিনি মানে! আগাপাশতলা চিনি। চরণডাঙার গোকুল বিশ্বাসের নামে গোটা পরগনা কাঁপে। একসময় দিনেদুপুরে মানুষের গলা নামিয়ে দিত। রামদা চালাত বনবন করে। লাঠি, সড়কি, তলোয়ারে পাকা হাত। বন্দুকের টিপ ছিল অব্যর্থ। গোকলো ডাকাতের মাথার দাম একসময় লাখ টাকায় উঠেছিল। তবে সেসব এখন ছেড়েছুড়ে দিয়ে কাজকারবারে মন দিয়েছে। ধান-চালের কল, গুড়ের কারখানা, তেলকল, কত কী ফেঁদে বসেছে। তার ডাকাতির স্যাঙাতরাই এখন তার কর্মচারী। গোকুলকে যদি চটিয়ে থাকো, তা হলে আর তোমার মরার ভাবনা নেই। কষ্ট করে গাছ বেয়ে, দড়ি খাটিয়ে, ফাঁস লটকে মরতে যাবে কোন দুঃখে? হাসতে হাসতে বাড়ি চলে যাও। গোকুল বিশ্বাসই তোমার সব ব্যবস্থা করে দেবে। ভাল করে কিছু টের পাওয়ার আগেই দেখবে দাঁত ছিরকুটে মরে পড়ে আছ। তাতে একটা সুবিধেও হবে হে। আত্মঘাতী হলে নাকি খুব পাপ হয়। খুন হলে সেই পাপের হাত থেকেও বেঁচে যাবে।"

প্রাণগোবিন্দর গলা আগে থেকেই শুকিয়ে ছিল। এখন যেন সিরিশ কাগজের মতো খরখর করছে। তিনি বললেন, "মশাই, বড় তেষ্টা পেয়েছে, একটু জল খাওয়াবেন?"

"আহা, শুধু জলই বা কেন? সেই সঙ্গে এক ডেলা গুড় দিয়ে চাট্টি মুড়িও খাও। আমার সব ব্যবস্থা আছে। শত হলেও তুমি তো অতিথি হে।"

প্রাণগোবিন্দ মুড়ি, গুড় আর জল খেয়ে একটু ধাতস্থ হলেন। তারপর বললেন, "প্রভঞ্জন সূত্রধরের কথা শুনে মনে হয়েছিল, গোকুল বিশ্বাস লোকটার বোধহয় বড় নরম মন। গোরুর উপর যার অত মায়াদয়া।"

"কথাটা মিথ্যে নয় বাপু। গোকুল একেবারে গৌরী-অন্ত প্রাণ।"

"আচ্ছা, সে যদি ঠ্যাঙাড়ে দিয়ে আমাকে খুনই করাবে, তা হলে পঞ্চাশ হাজার টাকা মুক্তিপণ পাঠানোর কী দরকার ছিল বলুন তো?"

"এক কথা, টাকা না পেলে তুমি গৌরীর কোনও ক্ষতিও তো করতে পারো। তাই সে টাকা পাঠিয়ে সেটা বন্ধ করল। গৌরী-উদ্ধারের পর এখন তার অন্য চেহারা। ওই পঞ্চাশ হাজার তো তোমার যাবেই, সেই সঙ্গে তোমার ঘরের যা আছে তাও চেঁচেপুঁছে নিয়ে যাবে, এ তুমি ধরেই রাখতে পারো।"

"সর্বনাশ! তা হলে উপায়?"

এবার বুড়ো লোকটা বিরক্ত হয়ে বলল, "আচ্ছা, তোমার আক্কেলখানা কী বলো তো!"

"কেন, কোনও দোষ করলুম নাকি?"

''করলে না? যে লোক গলায় দড়ি দিতে এসেছে তার কেনই বা এত পিছুটান, আর কেনই বা এত বিষয়ের চিন্তা, আর কেনই বা এত সর্বনাশের ভয়! তাই তো বলছিলুম রে বাপু, আটঘাট বেঁধে মরতে হয়। আধখেঁচড়া ভাব নিয়ে মরলে কি সুখ হয়? ওরে বাপু, তুমি তো মরার জন্য পা বাড়িয়েই আছ। এখন গোকুল বিশ্বাস যদি তোমার বাড়িতে চড়াও হয়, তাতে তোমার কোন লবডঙ্কা? না হে, তোমার বৈরাগ্যটাই আসেনি, তা হলে মরে হবেটা কী?''

প্রাণগোবিন্দকে ব্যাপারটা স্বীকার করতে হল। তিনি সায় দিয়ে বললেন, ''হ্যাঁ, তা বটে। তবে মনটা বড় খচখচ করছে যে!''

''ও খচখচানিটাই তো মায়া হে। দড়িদড়া না খুললে কি নৌকো পাড়ি দিতে পারে? ওই দড়িদড়াই হল মায়া, বুঝলে? বন্ধন না খুললে নৌকো ঘাট ছেড়ে এগোবে কী করে?''

''বাঃ, আপনি সত্যিই জ্ঞানী লোক!''

''গাছে উঠলেই জ্ঞান বাড়ে হে, গাছে উঠলেই জ্ঞান বাড়ে।''

''আচ্ছা, আজ রাতেই কি গোকুল বিশ্বাস আমার বাড়িতে চড়াও হবে বলে মনে হয়?''

''ওরে বাপু, আমি তো তার পাশের গাঁ হবিবপুরেই থাকি। গত চল্লিশ বছর ধরে তার কাজকারবার দেখে আসছি। এতক্ষণে তার চরেরা তোমার বাড়ির চারপাশে মোতায়েন হয়ে গিয়েছে। কড়া নজর রাখছে চারদিকে, যাতে টাকাটা পাচার না হতে পারে। রাত একটু নিশুতি হলেই তার গুন্ডারা এসে হাজির হয়ে যাবে। বিনা মেহনতে যদি মরতে চাও, তবে বাড়িতে গিয়ে বসে থাকো।''

প্রাণগোবিন্দ আর-একটু ভাবলেন। মুড়ি আর গুড় পেটে যাওয়ার পর তাঁর মাথাটা বেশ ভাল কাজ করছে। তা ছাড়া গাছে উঠলে জ্ঞান বাড়ে, এ কথাটাও বোধহয় খুব মিথ্যে নয়। তিনি চিন্তা করে দেখলেন, এতক্ষণে তাঁর দু'টি নাতি-নাতনি, পিউ আর পিয়াল এসে গিয়েছে। গোকুল বিশ্বাসের গুন্ডারা যদি হামলা করে, তা হলে নিষ্পাপ দু'টি শিশুর বিপদ হতে কতক্ষণ? তিনি হঠাৎ গলাখাঁকারি দিয়ে বললেন, ''দেখুন মশাই, মরতে আমার তেমন ভয় হচ্ছে না। তবে, আমার বিরুদ্ধে এরকম একটা ষড়যন্ত্র কে করল, সেটা না জেনে মরাটা বোধহয় ঠিক হবে না। তা ছাড়া আমার দু'টি নাতি-নাতনিও আছে। তাদেরও রক্ষা করা দরকার।''

দাড়ি-গোঁফের ফাঁক দিয়ে একটু বিচক্ষণ হাসি হেসে লোকটা বলল, ''মরা যে তোমার বরাতে নেই, তা তোমার রকম দেখেই আঁচ করেছিলুম। আমি বলি কী, মরার আগে একটু ভাল করে বেঁচে উঠলে তবে মরার একটা মানে হয়। আধমরাদের

তো বাঁচা-মরার মধ্যে বিশেষ তফাত নেই। কী বলো হে?''

''অতি যথার্থ কথা। আপনি জ্ঞানী লোক।''

''গাছে ওঠার অভ্যেস করো, তুমিও জ্ঞানী হবে। তা যা বলছিলাম, যথার্থ মরতে হলে আগে যথার্থ বেঁচে ওঠা চাই। আধমরা ভাবটা ঝেড়ে ফেলে এবার একটু বেঁচে ওঠো তো বাপু!''

''যে আজ্ঞে। কিন্তু তার জন্য কী করতে হবে বলুন তো! ব্যায়াম নাকি?''

''না হে।''

''তবে কি ডাক্তার দেখিয়ে ওষুধ খাব, না কি কোবরেজের কাছে যাব? না কি হোমিয়োপ্যাথি ধরব?''

''ওতে কাজ হবে না হে। অন্য নিদান দেখতে হবে।''

তিন

আজ বাসে একজন ম্যাজিশিয়ান উঠেছিল। যেমন সুন্দর তার চেহারা, তেমনই আশ্চর্য তার ম্যাজিক। রাস্তাঘাটে ঘুরে ঘুরে যারা ম্যাজিক দেখায়, তাদের যেমন ছেঁড়াখোঁড়া ময়লা পোশাক থাকে গায়ে, এ লোকটার মোটেই তেমন নয়। রীতিমতো ঝকঝকে কালো কোট-প্যান্ট আর সাদা শার্টের সঙ্গে লাল টাই। মাথায় একটা লম্বা কালো টুপি, দু'হাতে সাদা দস্তানা।

প্রথমেই সবাইকে নমস্কার করে হাতের দস্তানা দুটো খুলে ফেলল সে। তারপর দুটো দস্তানাই ছুড়ে দিল শূন্যে। অবাক কাণ্ড! দস্তানা দুটো শূন্যে ভেসে ভেসে অদ্ভুত সব নাচের মুদ্রা দেখাতে লাগল। তারপর দুটো দস্তানা নিজেরাই হাততালি দিল, পরস্পর ঘুসোঘুসি করল, পাঞ্জা লড়ল, তারপর নমস্কার করে খেলা শেষ করল।

তারপর টুপির খেলা। লোকটা মাথা থেকে টুপিটা খুলে সবাইকে টুপির ভিতরটা দেখাল, সেটা একদম ফাঁকা। তারপর টুপির ভিতরে হাত ঢুকিয়ে সে প্রথমে একটা খরগোশ, তারপর একটা টিয়াপাখি, একটা সবুজ জ্যান্ত সাপ বের করে একে-একে একটা ঝোলায় পুরল! তারপর এক ভাঁড় গরম চা বের করে সামনের সিটের এক ভদ্রলোককে দিল। তিনি একটু ভয়ে ভয়ে চায়ে চুমুক দিয়ে বললেন, ''বাঃ, এ তো চমৎকার চা।''

এরপর ম্যাজিশিয়ান কয়েকটা রুমাল বের করে বিলিয়ে দিল। দু'জনকে দিল ডটপেন, কাউকে দুটো বিস্কুট, কাউকে লজেন্স। সবশেষে দুটো চকোলেট-বার বের

করে পিউ আর পিয়ালকে দিয়ে বলল, ‘‘তোমরা তো অচেনা লোকের হাতের খাবার খাও না, তাই না? তবু রেখে দাও।’’

নসিগঞ্জের অনেক আগেই তালপুকুর নামে একটা জায়গায় সেই আশ্চর্য ম্যাজিশিয়ান নেমে গেল। বাসের সবাই বলাবলি করছিল, এরকম ভাল ম্যাজিক বহুদিন দেখা যায়নি। আর লোকটাও কী ভাল! কারও কাছ থেকে পয়সাও চাইল না!

ম্যাজিশিয়ান নেমে যাওয়ার পরই শান্তামাসি বলল, ‘‘ওই চকোলেট দুটো আমার কাছে দাও। নইলে তোমরা আবার ভুল করে খেয়ে ফেলবে।’’

শান্তামাসি তাদের আয়া। খুব কড়া ধাতের মানুষ। মুখে একটুও হাসি নেই। তবে কড়া মানুষ হলেও শান্তামাসি খারাপ লোক নয়, তাদের খুব যত্নআত্তি করে, দেখেশুনে রাখে।

পিউ বলল, ‘‘আচ্ছা মাসি, ম্যাজিশিয়ান কী করে জানল যে, আমরা অচেনা লোকের দেওয়া খাবার খাই না?’’

শান্তামাসি বিরস মুখে বলল, ‘‘তা জানি না। তবে পাজি লোকেরা অনেক খোঁজখবর রাখে।’’

পিউয়ের কথাটা একটুও বিশ্বাস হল না। লোকটাকে তার কখনও পাজি বলে মনেই হয়নি। সে বলল, ‘‘এটা আমি কিছুতেই খাব না মাসি। কিন্তু মোড়কটা তো খুব সুন্দর, এটা আমার কাছে একটু থাক।’’

শান্তামাসি অবশ্য আর কিছু বলেনি। চকোলেট-বারটা পিউয়ের কাছেই রয়ে গিয়েছে। তবে পিয়াল ছোট আর পেটুক বলে ওরটা শান্তামাসি নিয়ে নিজের কাছে রেখে দিয়েছে।

শহরে বাবুপাড়ায় তারা যে-বাড়িতে থাকে, সেই বাড়িটা কেমন যেন গম্ভীর আর রাগী চেহারার বাড়ি। ও বাড়ির হাওয়ায় মনখারাপের জীবাণু ঘুরে বেড়ায়। না হবেই বা কেন! তাদের মা-বাবা দু’জনেই ভারী ব্যস্ত ডাক্তার। সারাদিন তাঁরা বাড়িতে থাকেনেই না। যখন থাকেন, তখন দু’জনের মধ্যে কেবল রোগ আর ওষুধ নিয়ে কথা হয়! হাসিঠাট্টা, মজা কিচ্ছু নেই। নসিগঞ্জের বাড়িটা ঠিক উলটো। এ বাড়িটা যেন সবসময় হাসছে, খুশি আর আনন্দে ডগমগ করছে। খোলামেলা আর হাসিখুশি এ বাড়িটায় ঢুকলেই পিউ আর পিয়ালের মন ভাল হয়ে যায়। ঠিক যেন রূপকথার বাড়ি। এ বাড়িতে তার আনমনা ভুলো মনের দাদু আর ভারী নরম মনের ঠাকুরমা থাকেন। এ বাড়ির বাতাসে যেন মজা বিজবিজ করছে।

কিন্তু আশ্চর্যের বিষয়, আজ সেরকম হল না। বাস থেকে নেমে শান্তামাসির সঙ্গে

সামান্য পথ হেঁটে পিউ আর পিয়াল যখন বাড়িটার সামনে পৌঁছোল, তখন পিউয়ের স্পষ্ট মনে হল, আজ এ বাড়িটার যেন কেমন বিষণ্ণ, হতশ্রী চেহারা। কেমন যেন গম্ভীর, দুঃখী-দুঃখী ভাব।

পিউ চুপিচুপি পিয়ালকে বলল, "ভাই, দেখেছিস, আজ বাড়িটা যেন ভীষণ গম্ভীর!"

পিয়ালের বয়স মোটে পাঁচ বছর। সে অত কিছু বোঝে না। সে দিদির হাত চেপে ধরে শুধু বলল, "হ্যাঁ রে দিদি, বাড়িটার বোধহয় খিদে পেয়েছে।"

পিয়াল একটু পেটুক আছে। সে জানে, খিদে পেলেই লোকের যত কষ্ট।

আজ বারান্দায় দাদু নেই, চেয়ারটা খালি। বাড়িতে ঢুকে শুনল, দাদু নাকি কোথায় জরুরি কাজে গিয়েছেন, ফিরতে দেরি হবে। পিউয়ের মনটা খুব খারাপ হয়ে গেল। সে হল দাদুর চামচা। সবাই বলে, এমন দাদুভক্ত নাকি দেখা যায় না। তা, কথাটা সত্যি। তার দাদু ভারী অন্যমনস্ক মানুষ। ভোলাবাবুকে তপনবাবু বলে ভুল করেন, স্নান করতে বাথরুমে ঢুকতে গিয়ে ঠাকুরঘরে ঢুকে সাবান খুঁজে না পেয়ে চেঁচামেচি করেন, ধুতি পরতে গিয়ে কতদিন ঠাকুরমার শাড়ি দিব্যি কাছাকোঁচা দিয়ে পরে বেরিয়ে গিয়ে কেলেঙ্কারি করেছেন। পিউ সারাক্ষণ দাদুর সঙ্গে চিমটি খেয়ে লেগে থাকে। দাদুর ভুলভাল ধরিয়ে দেয়, শাসনও করে খুব। দাদুরও তাতে ভারী আহ্লাদ। পিয়াল পেটুক বলেই বোধহয় ঠাকুরমার আঁচল ধরে থাকতে ভালবাসে।

পিউয়ের আজ খেতে ইচ্ছে করছিল না। ঠাকুরমা সাধাসাধি করায় একখানা মাত্র লুচি খেল। তারও আধখানা কাককে দিয়ে দিল। তারপর চুপচাপ একটা গল্পের বই নিয়ে সামনের বারান্দায় একটা চেয়ারে বসে রইল। না, বই পড়াতেও তার মন ছিল না। কখন দাদু আসবেন, সেজন্য ঘন ঘন রাস্তার দিকে চেয়ে দেখছিল।

ম্যাজিশিয়ানের দেওয়া চকোলেট-বারটা বারবার ঘুরিয়ে ফিরিয়ে দেখছিল পিউ। এটা তার চেনা চকোলেট-বার নয়। মোড়কটা অন্যরকম। ঘুরিয়ে ফিরিয়ে দেখতে গিয়ে একসময় তার চোখে পড়ল, মোড়কের পিছনে নীচের দিকে খুব খুদে অক্ষরে ছাপা, মেড ইন ইংল্যান্ড। সে ভারী অবাক হল। গাঁয়ের ম্যাজিশিয়ানের কাছে বিলিতি চকোলেট এল কোথা থেকে? সে একটু কৌতূহলী হয়ে মোড়কের একটা ভাঁজ খুলে গন্ধ শুঁকতে গিয়ে দেখে, মোড়কের ভিতরে একটা ছোট্ট চিরকুট রয়েছে। তাতে পেনসিল দিয়ে কিছু লেখা।

অবাক হয়ে চিরকুটটা বের করে এনে সে দেখল, তাতে ভারী সুন্দর ছাঁচে গোটা গোটা অক্ষরে লেখা, 'তোমাদের খুব বিপদ আসছে, সাবধান! বিক্রমজিৎকে মনে রেখো।' ব্যস, আর কিচ্ছু নেই।

পিউ অনেকবার চিরকুটটা পড়েও মাথামুন্ডু কিছুই বুঝতে পারল না। চিরকুটটা

ঠাকুরমাকে দেখাবে কি না ভাবল। কিন্তু বড়দের একটা দোষ হল, তাঁরা ছোটদের কোনও কথাকেই তেমন পাত্তা দেন না। কাগজের টুকরোটা দাদুর পঞ্জিকার মধ্যে গুঁজে রেখে পিউ চুপ করে উঠে এসে দেখল, শান্তামাসি কোথায়! মাসি বাথরুমে গিয়েছে দেখে সে এসে বাইরের ঘরে রাখা শান্তামাসির ব্যাগটা থেকে পিয়ালের চকোলেট-বারটা খুলে দেখল, তাতে কোনও চিরকুট নেই। তা হলে কি চিরকুটটা পিউকেই উদ্দেশ করে লেখা? কিন্তু ম্যাজিশিয়ান তো তাকে চেনেই না!

মাত্র আট বছর বয়স হলেও পিউ বেশি বকবক করে না। সে চাপা স্বভাবের মেয়ে। কথা কওয়ার চেয়ে বরং সে ভাবতেই বেশি ভালবাসে। আর সব কিছু বোঝার চেষ্টা করে। বিক্রমজিৎ নামটাও সে আগে কখনও শোনেনি, এই নামের কাউকে চেনারও প্রশ্ন ওঠে না। তাই সে বারান্দার চেয়ারে চুপ করে বসে ভাবতে লাগল। চিরকুটে লিখেছে 'বিক্রমজিৎকে মনে রেখো'। বেশ কথা। কিন্তু যাকে সে চেনেই না, তাকে সে কী করে মনে রাখবে?

ঠিক এই সময় ফটক খুলে হাসিমুখে গোরাং দাস এসে ঢুকল। গোরাংকে দেখে ভারী খুশি হয়ে পিউ চেঁচিয়ে উঠল, ''গোরাংদা!''

এ বাড়িতে যে ক'জন ভিখিরি আসে তাদের সবাইকেই চেনে পিউ। এ বাড়িতে সবাইকেই ভিক্ষে দেওয়া হয়। কেউ কেউ আবার পাত পেড়ে খেয়েও যায়, সুখ-দুঃখের কথাও কয়। তারা বেশ লোক। গোরাং দাসও ভিখিরি বটে, কিন্তু অন্য সব ভিখিরির মতো নয়। সে বেশ পরিষ্কার একখানা আলখাল্লা পরে। পায়ে ক্যাম্বিসের জুতো, বাবরি চুল ভাল করে আঁচড়ানো, কুচকুচে কালো দাড়িগোঁফ, বেশ লম্বা-চওড়া চেহারা। রামপ্রসাদী গেয়ে ভিক্ষে করে বেড়ায়। নসিগঞ্জ আর আশপাশের পাঁচ-সাতটা গাঁয়ের প্রায় সব বাড়িতেই তার অনায়াস গতিবিধি।

কেউ কেউ বলে, গোরাং দাস হল স্পাই। কার স্পাই, কীসের স্পাই, তা অবশ্য কেউ বলতে পারে না। কেউ আবার বলে, গোরাং হল শিবের অবতার। আবার কেউ বলে, তার সঙ্গে নাকি ডাকাতের দলের যোগাযোগ আছে।

পিউ তাকে একদিন জিজ্ঞেস করেছিল, ''তুমি ভিক্ষে করো কেন গোরাংদা? তোমাকে দেখে তো একটুও ভিখিরি বলে মনে হয় না!''

মাথাটাথা চুলকে গোরাং বলেছিল, ''কথাটা কী জানো দিদি, বললে হয়তো বিশ্বাস করবে না! ছেলেবেলা থেকেই আমার ভিখিরি হওয়ার শখ। স্কুলের পরীক্ষায় একবার রচনা এসেছিল 'বড় হইয়া তুমি কী হইতে চাও?' আমি খুব ফলাও করে লিখেছিলুম, 'বড় হইয়া আমি ভিখারি হইব।' তাতে অবশ্য মাস্টারমশাই গোল্লা দিয়েছিল।''

"এ মা! তুমি ভিখিরি হতে চাইলে কেন?"

"ভিখিরি হওয়ার যে অনেক সুবিধে দিদি। সারাদিন ইচ্ছেমতো যেখানে খুশি ঘুরে বেড়ানো যায়। কাজকর্ম করতে হয় না। কারও হুকুম তামিল করতে হয় না। বিনা মেহনতে রোজগারপাতিও হয়।"

"আচ্ছা, লোকে যে বলে, তুমি নাকি স্পাই!"

চোখ বড় বড় করে গলা নামিয়ে গোরাং বলল, "সেকথাও মিথ্যে নয় দিদি। আমি গুপ্তচরও বটে। অনেকের অনেক হাঁড়ির খবর আমার ঝুলিতে আছে।"

"ধেত! তোমাকে স্পাই বলে মনেই হয় না!"

"আহা, তুমি বুঝতে পারছ না। স্পাইকে স্পাই বলে চেনা গেলে সে আবার কীসের স্পাই? তাই আসল স্পাইকে কখনও স্পাই বলে মনেই হবে না তোমার!"

"কিন্তু তোমাকে যে ভিখিরি বলেও মনে হয় না গোরাংদা। তোমার জামাকাপড় কেমন পরিষ্কার, চুল কেমন আঁচড়ানো, মনে হয় দাঁতও মাজো, খোঁড়াও নও, কানাও নও, নুলোও নও। তবে তুমি কেমন ভিখিরি?"

"আহা, ভিখিরি কি একরকম? কানা ভিখিরি, খোঁড়া ভিখিরি, ঘেয়ো ভিখিরি যেমন আছে, তেমনই গায়ক ভিখিরি, সাধু ভিখিরি, বাউল ভিখিরি, ফকির ভিখিরিও আছে। আবার চালাক ভিখিরি, বোকা ভিখিরি, আসল ভিখিরি, নকল ভিখিরি—ভিখিরির কি শেষ আছে? আমি তো একটা বই লিখব বলে ঠিক করে রেখেছি, 'ভিখারি কাহাকে বলে ও কয় প্রকার।'"

"তুমি তা হলে কেমন ভিখিরি গোরাংদা?"

গোরাং মাথা চুলকে বলেছিল, "এই তো মুশকিলে ফেললে দিদি, নিজের মুখে কি আর নিজের কথা বলা যায়?"

তা সে যাই হোক, গোরাং দাসকে ভিখিরি বলে মনে হয় না পিউয়ের। দাদু আর ঠাকুরমাও গোরাংকে ভারী খাতির করেন।

আজ গোরাংকে দেখে মনখারাপের ভাবটা একটু কমল পিউয়ের। গোরাং বারান্দার সিঁড়ির ধাপে জুত করে বসে বলল, "পিউদিদি, আজ যে তোমার মুখখানা তেমন হাসিখুশি নয়! চোখ তো তেমন ঝলমল করছে না! কী ব্যাপার?"

"আমার মনখারাপ গোরাংদা। এ বাড়িটায় আজ যেন কী একটা হয়েছে। কেউ কিছু বলছেন না, দাদু কোথায় চলে গিয়েছেন, ফিরতে নাকি দেরি হবে। দাদুকে ছাড়া একটুও ভাল লাগছে না যে!"

গোরাং একটা দীর্ঘশ্বাস ছেড়ে বলল, "সব দিন কি আর সমান যায় পিউদিদি? এক-একটা খারাপ দিনও এসে পড়ে মাঝেমাঝে। তবে এসব দুষ্টু দিনগুলো না এলে

আবার ভাল দিনগুলো কতটা ভাল তা বোঝা যায় না কিনা।''

''আজকের দিনটা কি দুষ্টু দিন গোরাংদাদা?''

''তাই তো মনে হচ্ছে। পিউদিদির যখন মনখারাপ, তখন বলতেই হবে যে, আজকের দিনটা ভাল দিন নয়।''

''আচ্ছা গোরাংদাদা, আমার দাদুর মতো ভাল লোক তুমি দেখেছ?''

গোরাং মাথা নেড়ে বলল, ''না দিদি, আমি সাত গাঁয়ে ঘুরে বেড়াই, কত লোকের সঙ্গে দিব্যি আমার দেখা হয়। সত্যি কথা বলতে কী, রায়মশাইয়ের মতো এমন নিপাট ভালমানুষ আমি আর-একটাও দেখিনি।''

পিউ খুব করুণ মুখ করে বলল, ''তা হলে ঠাকুরমা কেন বিড়বিড় করে দাদুকে বকছেন বলো তো!''

''বকছেন নাকি?''

''তাই তো মনে হচ্ছে। ঠাকুরমার মেজাজ খারাপ হলেই কেন যে দাদুকে বকেন? আজও বারবার বলছেন, 'বুড়ো বয়সের অধঃপতন! বুড়ো বয়সের অধঃপতন।'''

গোরাং একটু গুম মেরে গেল।

গোরাং দাস একটু আগে নিতাইবাবুর বাড়িতে গিয়েছিল। গিয়ে দেখে, নিতাইবাবুর মেজাজটা আজ বেজায় খাট্টা হয়ে আছে। রাগে আপন মনেই গজগজ করে যাচ্ছেন। বাজার থেকে ফিরে ঘেমো জামাটা খুলে সবে রোদে শুকোতে দিচ্ছেন, ঠিক এমন সময় গোরাং গিয়ে গান ধরেছে, ''আমায় দাও মা, তবিলদারি ...''

নিতাইবাবু কালীভক্ত লোক। গোরাং দাস এসে গান ধরলে অন্য সময় তাঁর বেশ ভক্তিভাব হয়। চোখ বুজে মাথা নেড়ে নেড়ে শোনেন, কিন্তু আজ গোরাংয়ের গলা পেয়েই যেন খেপে উঠলেন, ছুটে এসে তম্বি করে বললেন, ''তোমার আক্কেল কী হে গোরাং? বলি লজ্জাশরমও কি বিসর্জন দিয়েছ?''

গোরাং অবাক হয়ে বলে, ''কেন মশাই, সুরে ভুল হল নাকি?''

''সুর নিয়ে কথা হচ্ছে না। বলি, আমার মতো ছাপোষার বাড়িতে ভিক্ষে করতে তোমার লজ্জা হয় না? যাও না, ওই প্রাণগোবিন্দ রায়ের বাড়িতে! ঘরে বসে দোহাত্তা কামাচ্ছে, দেখতে পাচ্ছ না? তোমরা কি কানা? লাখো লাখো টাকা লোকে বাড়ি বয়ে এসে সেলাম ঠুকে দিয়ে যাচ্ছে। তা সে বাড়ি ছেড়ে আমাদের মতো গরিবগুরবোর বাড়িতে আসা কেন?''

নিতাইবাবুর গিন্নি গিরীন্দ্রমোহিনী অত্যন্ত দাপুটে মহিলা। নিতাইবাবুর চেঁচামেচি শুনে বেরিয়ে এসে বললেন, ''তা ও বেচারির উপর তম্বি করা কেন? ও তো আর দোষ করেনি। বলি, প্রাণগোবিন্দ রায়ের মতো বুকের পাটা আছে তোমার? তিনি তো

আর মেনিমুখো নন তোমার মতো, যাকে বলে বাপের ব্যাটা! গোকুল বিশ্বাসের মতো অমন সাংঘাতিক লোকের কান মুচড়ে টাকা আদায় করল। পারবে তুমি সাতজন্মে ওরকম হতে? এই নিরীহ বেচারার উপর গায়ের ঝাল ঝাড়ছ যে বড়! তোমারই তো লজ্জা হওয়া উচিত! প্রাণগোবিন্দবাবুকে দেখে শেখো। নমস্য ব্যক্তি, এতদিনে গাঁয়ে একটা সত্যিকারের পুরুষমানুষ দেখলুম!''

নিতাইবাবু নিতান্তই মিইয়ে গেলেন। যেমন গরম দুধে পড়ে মুড়ি নেতিয়ে যায়, ঠিক তেমনই।

ওদিকে পরেশবাবুর বাড়িতেও প্রাণগোবিন্দকে নিয়ে বেশ একটা মনকষাকষি হচ্ছে। গোরাং গিয়ে শুনতে পেল। পরেশবাবু তাঁর গিন্নি নবদুর্গাকে বোঝানোর চেষ্টা করছিলেন, ''আহা, তা বলে গোরু চুরি করা কি ভাল?''

নবদুর্গা ফুঁসে উঠে বললেন, ''চুরি! চুরি হতে যাবে কেন? গোরু চুরি তো ছোটলোকের কাজ! উনি যা করেছেন, সেটাকে বলা হয় অপহরণ। অপহরণ আর চুরি কি এক জিনিস হল? শুধু তাই নয়, উনি সেই গোরুবাবদ মুক্তিপণ আদায় করেছেন। তোমার মুরোদে কুলোবে? গোরুচোর বলে তুচ্ছ-তাচ্ছিল্য করলেই তো হবে না। গোকলো ডাকাত কত খুনখারাপি করেছে জানো? কত লোকের যথাসর্বস্ব লুটে নিয়ে পথে বসিয়েছে! আজ তাকেই কেমন উচিত শিক্ষা দিলেন প্রাণগোবিন্দবাবু! আমার তো গিয়ে লোকটাকে পেন্নাম করতে ইচ্ছে করছে।''

পরেশবাবু হাল ছেড়ে দিয়ে গোরাংয়ের কাছে বসে পড়লেন। বললেন, ''শুনলি গোরাং, শুনলি! গোরু চুরিও নাকি একটা বীরত্বের কাজ! তাই যদি হবে, তা হলে দেশের বড় বড় বীরেরা কি হাত গুটিয়ে বসে থাকতেন! তুই-ই বল!''

ব্যাপারটা তখনও কিছু বুঝতে পারছিল না গোরাং দাস। যখন এই বাড়ির দিকে আসছে, তখন বনমালী ঘোষ বাজার সেরে ফিরছিলেন। তাকে দেখে একগাল হেসে বললেন, ''প্রাণগোবিন্দবাবুর বাড়িতে যাচ্ছিস বুঝি গোরাং? তা যা, আজ ভালই পাবি। একটু আগে দেখলুম, বাবু নতুন দড়ি কিনে উত্তরমুখো রওনা হলেন। আবার কার গোরু ঘরে আনতে গেলেন কে জানে বাবা!''

''আচ্ছা গোরাংদাদা, তুমি বিক্রমজিৎ নামের কাউকে চেনো?''

গোরাং একটু আনমনা ছিল। প্রশ্ন শুনে একটু অবাক হয়ে বলল, ''কার নাম বললে?''

''বিক্রমজিৎ।''

মাথা নেড়ে গোরাং বলে, ''না দিদি, ও নামে কাউকে তো চিনি না!''

''তবে যে তুমি বলো, সাত গাঁয়ের সব লোককে চেনো!''

‘‘তা চিনি বই কী! সব লোককেই চিনি। নাড়িনক্ষত্র জানি।’’

‘‘তা হলে বিক্রমজিৎকে চেনো না কেন?’’

‘‘সে কি এখানকার লোক দিদি? কাছেপিঠে থাকে?’’

‘‘কোথায় থাকে তা তো জানি না!’’

‘‘কেমন চেহারা?’’

‘‘তাকে কি আমি দেখেছি নাকি?’’

গোরাং অবাক হয়ে বলে, ‘‘তুমিও চেনো না? নামটা তা হলে কোথায় পেলে?’’

‘‘একটা কাগজে লেখা ছিল।’’

‘‘কোন কাগজ?’’

পিউ পঞ্জিকার ভিতর থেকে চিরকুটটা বের করে গোরাংয়ের হাতে দিয়ে বলল, ‘‘এই দেখো!’’

গোরাং চিরকুটটা হাতে নিয়ে অনেকক্ষণ ধরে দেখল। তারপর মাথা তুলে বলল, ‘‘এ তো তুলোট কাগজ। আজকাল এ কাগজ পাওয়াই যায় না। এ চিঠি তোমাকে কে দিল দিদি?’’

পিউ একটু হেসে বলল, ‘‘একজন ম্যাজিশিয়ান। যেমন সুন্দর তার চেহারা, তেমনই ভাল তার ম্যাজিক।’’

‘‘বটে! তা, তার ম্যাজিক তুমি দেখলে কোথায়?’’

‘‘বাসের মধ্যে। সে কিন্তু ম্যাজিক দেখিয়ে পয়সা নেয়নি। বরং সবাইকে বিস্কুট, লজেন্স, চকোলেট, চা এসব দিয়েছে। ভারী ভাল লোক।’’

গোরাং ঘন ঘন মাথা চুলকে বলল, ‘‘এ তল্লাটে ম্যাজিশিয়ান তো মোটে পাঁচজন। সাতগাঁয়ের গগন চটপটি, হবিবপুরের সনাতন মুস্তাফি, ময়নার হারাধন পোদ্দার, চরণডাঙার সুমন্ত ঘোষ আর কুঞ্জপুকুরের ফটিক দাস। ফটিক আর সুমন্ত ছাড়া বাকি সব বুড়োহাবড়া। তুমি যেমন বলছ, তেমন সুন্দর চেহারা কারও নয়। তা হলে ম্যাজিকটা দেখাল কে, সেটাই ভাবনার কথা। আরও একজন ম্যাজিক জানে বলে শুনেছি। সে হল বীরপুরের বটুক সামন্ত। কিন্তু সে কখনও ম্যাজিক দেখায় না।’’

‘‘তুমি কিছু জানো না। লোকটা তালপুকুরে নেমে গেল। নিশ্চয়ই তালপুকুরেই বাড়ি।’’

এবার কেমন ভ্যাবলার মতো পিউয়ের দিকে চেয়ে রইল গোরাং। অনেকক্ষণ কথাই বেরোল না মুখ দিয়ে। তারপর বিড়বিড় করে বলল, ‘‘তালপুকুর! বিক্রমজিৎ! কিন্তু তা কী করে হয়? সেটা যে অসম্ভব!’’

‘‘কী বলছ গোরাংদাদা?’’

‘‘মাথাটা ভোঁ ভোঁ করছে দিদি। বড্ড গণ্ডগোল পাকিয়ে দিয়েছ তুমি। তালপুকুর আর বিক্রমজিৎকে যে মেলাতে পারছি না! একথাও ঠিক যে, তালপুকুরে বিক্রমজিৎ নামে এক জাদুকর থাকত। সাংঘাতিক জাদুকর। এমন সব অশৈলি কাণ্ড করত যে, লোকে বেজায় ভয়ও পেত তাকে। কিন্তু দিদি, সে তো একশো বছর আগেকার কথা! বিক্রমজিৎ তো কবেই মরে গেছে। তাই ভাবছি, বিক্রমজিতের ভেক ধরে এ আবার কে উদয় হল! তার মতলবটাই বা কী! সে চিরকুটটাই বা কেন দিল তোমাকে! আর বিপদের কথাই বা বলল কেন? মাথার ভিতর সব তালগোল পাকিয়ে গেল যে!’’

‘‘তোমার তো সব সময়ই মাথা তালগোল পাকিয়ে যায়। একবার যে তোমাকে গালিভারের গল্প বলেছিলুম, সেটা শুনেও তোমার মাথা তালগোল পাকিয়ে গিয়েছিল!’’

‘‘হ্যাঁ দিদি, সেকথা ঠিক। তবে বিক্রমজিৎ আর তালপুকুরের ব্যাপারটা আরও গোলমেলে। যদি সত্যিই তার রাজপুত্তুরের মতো চেহারা হয়, তা হলে আরও ভাবনার কথা। কারণ, একশো বছর আগে যে বিক্রমজিৎ জাদুর খেলা দেখাত, তারও চেহারা ছিল নাকি কার্তিক ঠাকুরটির মতো। কিন্তু মুশকিল কী জানো? তালপুকুরের বিখ্যাত জাদুকর বিক্রমজিৎ একশো বছর আগে খুব অল্প বয়সেই মারা গেছে। লোকে দুঃখ করে বলে, বেঁচে থাকলে সে নাকি দুনিয়ার সব জাদুকরকে হারিয়ে দিত।’’

‘‘ধেত! এ সে নয়। এ খুব ভাল লোক। আমাকে একটা চকোলেট-বার দিয়েছে। এই দেখো।’’

গোরাং জিনিসটা দেখে বলল, ‘‘বাহারি মোড়ক দেখছি।’’

‘‘তুমি নেবে?’’

মাথা নেড়ে গোরাং বলে, ‘‘না দিদি, ওসব জিনিসের মর্ম কি আমরা বুঝি? আমাদের মোটা চালের রাঙা ভাত আর লঙ্কা ছাড়া মুখে কিছু রোচে না। ওটা তুমিই খেয়ো।’’

‘‘আমরা তো অচেনা লোকের দেওয়া জিনিস খাই না।’’

‘‘তবু রেখে দাও। ব্যাপারটা গোলমেলে বটে, কিন্তু তলিয়ে দেখলে হয়তো কোনও গুপ্তকথা বেরিয়ে আসবে। আজ উঠছি দিদি। চিরকুট আর চকোলেটটা লুকিয়ে রাখো। হাতছাড়া কোরো না।’’

‘‘ওমা! তুমি যাচ্ছ কোথায়? তোমাকে ভিক্ষেই দেওয়া হয়নি!’’

‘‘সে আর-একদিন হবে’খন দিদি। যা একখানা গোলমেলে ভাবনা ঢুকিয়ে দিলে মাথায়। আগে তার জট ছাড়াই, তারপর ভিক্ষের কথা ভাবা যাবে।’’

চার

বটুকবাবু নিবিষ্টমনে তাঁর পানাপুকুরে ছিপ ফেলে বসে আছেন। পুকুরে জল দেখা যায় না। জলের উপরে পুরু পানা ভেসে আছে। বটুকবাবুর আর কোনও দিকে নজর নেই। একদৃষ্টে যেখানে ছিপ ফেলেছেন, সেই জায়গায় চোখ রেখে বসে আছেন। তাঁর পাশে থাবা পেতে আছে বাঘা কুকুরটা। বটুকবাবুর কুকুর টবির ডাক শোনা যায় না। ঘেউঘেউ করার কুকুরই নয়। শোনা যায়, বাড়িতে বাইরের অচেনা কেউ ঢুকলে নিঃশব্দে গিয়ে ঝাঁপিয়ে পড়ে কামড়ে গলার নলি ছিঁড়ে দেয়। তেমন ঘটনা অবশ্য আজ অবধি ঘটেনি। তবে রটনা আছে বলে বটুকবাবুর বাড়িতে কেউ ঢোকে না। কুকুর যেমন ডাকে না, তেমনই বটুকবাবুও কারও সঙ্গে কথাবার্তা কন না। বাড়ির বাইরে তাঁকে কখনওই দেখা যায় না। তাই এ বাড়িতে যে কেউ থাকে, এটাই লোকে ভুলতে বসেছে। গভীর রাতে নাকি মাঝেমাঝে বটুকবাবু বের হন। কোথায় যান, কী করেন, তা কেউ জানে না।

বটুক সামন্তর বাড়িটাও ভারী একটেরে, গাঁ থেকে একটু তফাতে, শিমুল আর জারুল গাছের একটা বনের মতো আছে, তার পিছনে। নিরালা জায়গা। চারদিকে দেড় মানুষ সমান উঁচু মজবুত পাঁচিল দিয়ে ঘেরা মস্ত বাগান। ভিতরে পুকুর, পুকুরের ধার ঘেঁষেই পুরনো আমলের লাল রঙের দোতলা একটা বাড়ি। বুড়োবুড়িরা কেউ বেঁচে নেই। বটুক সামন্তর বুড়ি বিধবা এক পিসি কয়েক বছর আগেও বেঁচে ছিলেন। তিনি মরা ইস্তক ও বাড়িতে বটুক সামন্ত আর তাঁর বিচ্ছিরি কুকুরটা আর ভিখুরাম ছাড়া কেউ থাকে না। বাইরের ফটকের কাছে একটা খুপরি ঘরে খুনখুনে বুড়ো দরোয়ান ভিখুরাম থাকে বটে, তবে না থাকার মতোই। ভিখুরাম আগে বাজারহাট করত, এখন বুড়ো হয়েছে, সারাদিন শুয়ে-বসেই থাকে। বাইরে বেরোবার ক্ষমতা নেই। বাজারের ব্যাপারীদের সঙ্গে বটুকবাবুর বন্দোবস্ত আছে। তারা চাল, ডাল আর আনাজপাতি বাড়িতে পৌঁছে দিয়ে পয়সা নিয়ে যায়।

বটুকবাবুর এই নিরালা বাড়ির ভিতরে কী হয় না হয়, তা আর কেউ না জানলেও মহিষবাহন টক্কেশ্বর জানে। টক্কেশ্বরের জানারও কিছু কারণ আছে। এক কারণ হল, তার খুব খিদে পায়। যখন-তখন এমন খিদে চাগিয়ে ওঠে যে, টক্কেশ্বরের তখন বক-রাক্ষুসে চেহারা। তবে মোষ চরিয়ে চরিয়ে গাঁয়ের কোথায় কোন গাছে কোন ফল পাকছে বা ফলছে, তার সব খবর সে জানে। আর জানে, বটুকবাবুর বাগানে কাশীর পেয়ারা, আতা আর নোনা, বেল আর গ্রীষ্মকালে যা আম হয়, তেমনটা আর কোথাও নয়। তার আরও একটা সুবিধে হল, সে মোষের পিঠে ঘুরে বেড়ায়।

ফলে, মোষের কাঁধে ভর করে বটুকবাবুর বাগানের পাঁচিলে উঠে পড়া তার কাছে জলভাত। দেওয়াল ঘেঁষেই কিছু গাছ আছে। টক্কেশ্বর নিঃশব্দে কাজ সারতে ভালই জানে। এমনকী, কুকুরটাও সবসময় তার উপস্থিতি বুঝতে পারে না। অবশ্য সবদিন সমান যায় না। এক-একদিন কুকুরটা গন্ধ পেয়ে তেড়েও আসে। টক্কেশ্বর তখন টুক করে তার মোষের পিঠে নেমে পড়ে। কুকুরটা মাঝেমধ্যে তেড়ে এলেও বটুকবাবু কিন্তু কখনও ফিরেও তাকান না। একমনে মাছ ধরেন। কিন্তু একমাত্র টক্কেশ্বরই জানে, বটুকবাবু মাছও ধরেন না। সে কতদিন দেখেছে, বটুকবাবু ছিপে গেঁথে মাছ তুলে এনে মুখ থেকে বড়শি ছাড়িয়ে মাছকে আবার জলে ছেড়ে দেন। বটুকবাবু কি বোকা? ছেড়েই যদি দেবেন, তা হলে ধরেন কেন? এইটা অনেক ভেবেও টক্কেশ্বর আজও বুঝতে পারেনি।

টক্কেশ্বর তক্কেতক্কে আছে। একদিন ফাঁক পেলে সে বাগানে নেমে পুকুর থেকে একটা বড়সড় মাছ ধরে নিয়ে যাবে। ধরা শক্তও নয়। সে জানে, বটুকবাবুর পুকুরে মাছ গিজগিজ করছে। ছিপ বা জাল ফেলারও দরকার নেই, জলে নেমে সাপটে ধরে তুলে ফেললেই হয়। কিন্তু ফাঁক পাওয়াই মুশকিল। বটুকবাবু প্রায় সারাদিনই পুকুরপাড়ে বসে থাকেন। বাপ-ঠাকুরদার টাকা ছিল বলে, বটুকবাবুকে কোনও কাজকর্ম করতে হয় না। কিন্তু তা বলে সারাদিন মাছ ধরা আর ছেড়ে দেওয়াটাই বা কী রকম কথা?

বটুকবাবুর পুকুরের মাছের গল্প একদিন সে বাড়িতে করেছিল। তাতে তার ঠাকুরদা বাঘু শিকারি গম্ভীর হয়ে বলেছিল, ‘‘তা তোর ও বাড়িতে উঁকিঝুঁকি দেওয়ার দরকার কী? খবরদার, আর যাবি না!’’

টক্কেশ্বর অবাক হয়ে বলে, ‘‘কেন দাদু, গেলে কী হয়?’’

বাঘু শিকারি মাথা নেড়ে বললেন, ‘‘ও বাড়িতে না যাওয়াই ভাল। বাড়িটা বন্ধন করা আছে। ভিতরে ঢুকলে বিপদ হতে পারে।’’

‘‘বাড়ি বন্ধন করা থাকলে কী হয় দাদু?’’

‘‘শুনেছি চোর-ডাকাত নাকি ঢুকতে পারে না। বটুকের ঠাকুরদা মস্ত তান্ত্রিক ছিল। ওরা সব মারণ-উচাটন জানে। কাজ কী তোর ও বাড়িতে গিয়ে?’’

‘‘আমি তো বটুকবাবুর বাড়ির দেওয়ালে উঠে কত ফলপাকুড় পেড়ে খাই। কিছু হয় না তো!’’

‘‘খবরদার, আর ওদিক মাড়াসনি। বটুক বাণ মেরে দিলে শেষ হয়ে যাবি।’’

টক্কেশ্বর হেসে বাঁচে না। বটুকবাবু বাণ মারবেন কী? বটুকবাবু তো একটা ভ্যাবলা লোক। যিনি পুকুরের মাছ ধরে ধরে ছেড়ে দেন, তিনি ভ্যাবলা ছাড়া কী?

কথাটা বাড়িতে বেশ চাউর হওয়াতে টক্কেশ্বরের বাবা আর বড়বাবাও তাকে ডেকে বলে দিলেন, বটুকবাবুর বাড়িতে সে যেন আর না যায়।

টক্কেশ্বরের এটাই হয়েছে মুশকিল। তার বাড়িতে চার পুরুষ বর্তমান। মাথার উপর বাবা, বাবার মাথার উপর ঠাকুরদা, আবার ঠাকুরদার মাথার উপর বড়বাবা অর্থাৎ ঠাকুরদার বাবা এখনও বেঁচে। এত গার্জেন থাকায় টক্কেশ্বরের একটু অসুবিধে হয়। কিন্তু বটুকবাবুর বাড়িতে কী এমন জুজু আছে, সেটাই সে বুঝতে পারে না।

আর সেই জন্যই সে আরও বেশি করে ব্যাপারটা জানার জন্য উচাটন হয়। সে বীরপুরের বিখ্যাত বাসুলি মন্দিরের পুরুতঠাকুর পীতাম্বর ভট্টাচার্যের কাছেও গিয়েছিল।

"ঠাকুরমশাই, বাড়ি বন্ধন করা থাকলে কী হয়?"

পীতাম্বর মুখটা আঁশটে করে বললেন, "বন্ধন করলে চোর-ডাকাত আসে না, বদমাশরা তফাত থাকে।"

"সত্যি ঠাকুরমশাই?"

"সত্যি না মিথ্যে তা কী করে বলি বলো তো বাপু! কলিকালে কি আর মন্তর-তন্তরের সেই জোর আছে? আমি তো আমার বাগানখানা শতেকবার বন্ধন করেছি। তাতে কি কিছু হল? রোজ গোরু-ছাগল ঢুকে গাছপাতা খেয়ে যাচ্ছে। মুলোটা, লাউটা চুরিও যাচ্ছে রোজ।"

"তবে যে শুনি বটুকবাবুর বাড়ি নাকি বন্ধন করা আছে। সেখানে ঢুকলে বিপদ হবে!"

পীতাম্বর বিরস মুখে বললেন, "বটুকের ঠাকুরদা তন্তর-মন্তর জানত বটে। তা বন্ধন করে কোন কচুটা হল? বংশই তো লোপাট হতে বসেছে। বটুকটা তো সংসারধর্মই করল না, বার দুই বিবাগী হয়ে ফের ফিরে এসে বাড়িতে থানা গেড়ে বসে আছে। তবে ওর আর বাড়ি বন্ধনের দরকারটাই বা কী? যা একখানা সড়ালে কুকুর পুষেছে, তাতেই তো চোর-ছ্যাঁচড়রা তফাত থাকে। কলিকাল তো, তাই মন্তরে তেমন কাজ হয় না, বুঝলি? কুকুর পুষলে বেশি কাজ হয়। তা তোর মতলবটা কী বল তো, হঠাৎ বটুকের এত খতেন নিচ্ছিস কেন?"

টক্কেশ্বর একগাল হেসে বলল, "কী জানেন ঠাকুরমশাই, বটুকবাবুর পুকুরে একেবারে গিজগিজ করছে বড় বড় মাছ। তাই ভাবছিলাম, অত মাছ তো আর বটুকবাবুর ভোগে লাগবে না। এক-আধটা যদি চুপিচুপি গিয়ে তুলে আনি!"

পীতাম্বরের চোখ চকচক করে উঠল। একমুখ হাসি নিয়ে বললেন, "ওরে,

শাস্ত্রেই আছে, বর্ব্বরস্য ধনক্ষয়ং। তাতে চুরির দোষও অর্শাবে না। তা তুলবি বাবা? সত্যি?''

''তাই তো ইচ্ছে ঠাকুরমশাই।''

''তা তুলিস। মুড়োটা বরং ব্রাহ্মণভোজনে দিয়ে যাস।''

''তাই হবে ঠাকুরমশাই!''

মাছ চুরির মতলব আঁটলেও চট করে কাজে নামতে ঠিক সাহস হয়নি টক্কেশ্বরের। কারণ, বটুকবাবু লোকটা কেমন, সেটাই আন্দাজ করতে পারছে না সে। যারা কম কথা কয়, যারা গোমড়ামুখো, তাদের টক করে বোঝা যায় না কিনা! গাঁয়ের লোকও বটুককে চেনে বটে, কিন্তু তার সম্পর্কে ভাল-মন্দ কিছুই জানে না। ধরা পড়লে টক্কেশ্বরকে বটুকবাবু পেটাবেন না কোতল করবেন না ছেড়ে দেবেন, সেটাও আঁচ করতে পারছিল না সে। তবে মতলবটা মাথায় ঘুরে বেড়াচ্ছে ক'দিন ধরে।

আজ সকালে কোবরেজমশাই এসে উঠোনে বসে বড়বাবার নাড়ি দেখছেন। অখণ্ড মনোযোগ, চোখ বন্ধ, ধ্যানস্থ, তা কোবরেজমশাইয়ের বয়সও কিছু কম হল না। একশো বারো পেরিয়ে তেরো। বড়বাবা, অর্থাৎ হাবু শিকারির এই একশো তেরো পেরিয়ে চোদ্দো। অনেক সময়ই দেখা যায়, নাড়ি দেখতে দেখতে কোবরেজমশাই আর হাবু শিকারি দু'জনেই ঘুমিয়ে পড়েছেন।

আজও প্রায় সেই পরিস্থিতি। প্রায় আধঘণ্টা নাড়ি দেখার পর কোবরেজমশাই হঠাৎ টান হয়ে বসে বললেন, ''নাঃ, শরীরে তো কোনও আবল্যি নেই হে। লক্ষণ সবই বেশ ভাল।''

হাবু শিকারি মিটমিট করে চেয়ে বললেন, ''তা হলে খিদেটা হচ্ছে না কেন বলো তো! সকাল থেকেই পেটটা যেন ভরা-ভরা।''

টক্কেশ্বরের ঠাকুরমা ঘোমটার আড়াল থেকে বললেন, ''তা খিদের আর দোষ কী? ফাঁক পেলে তো খিদে হবে? সকালে উঠে একগোছা রুটি খেয়েছেন। ঘণ্টাটাক পরেই এক কাঁসি ফেনাভাত, পেট তো ফুরসতই পাচ্ছে না!''

কোবরেজমশাই দু'ধারে ঘন ঘন মাথা নেড়ে বললেন, ''উঁহু, উঁহু, এ তো মোটেই ভাল কথা নয় হে হাবু। বয়স হয়েছে, এ কথাটা মনে রেখো। এ বয়সে সংযম পালন না করলে যে ফ্যাসাদে পড়বে!''

হাবু শিকারি খেঁকিয়ে উঠে বললেন, ''রাখো রাখো, বলি তোমার বয়সটাও কি কম হল? এই তো সদানন্দের মেয়ের বিয়েতে সেদিন বারোটা মাছ আর পঁচিশটা রসগোল্লা খেলে! আমার অত খাই-খাই নেই বাপু। সেদিন আমি মোটে দশখানা মাছ আর কুড়িটা রসগোল্লা খেলুম।''

“আর মিছে কথাগুলো বোলো না তো হাবু। দশ টুকরো মাছ খেলে কী হয়! সেই সঙ্গে যে এককাঁড়ি মাংস সাঁটালে! এই তো বউমা বলল, সকালে একগোছা রুটি খেয়েছ, তারপর ফেনাভাত, তবে খিদের অভাব হচ্ছে কোথায়?”

হাবু একটু লজ্জালজ্জা ভাব করে বলেন, “খেয়েছি নাকি? তা হবে হয়তো! আগে ভাল-মন্দ কিছু খেলে বেশ মনে থাকত। আজকাল মোটেই মনে থাকছে না কেন বলো তো?”

“সেটা মোটেই ভাল-মন্দের দোষ নয়, তোমার নোলার দোষ।”

হাবু শিকারি মাথা নেড়ে বলেন, “তা নয় হে কোবরেজ। আসলে ভাল-মন্দ কিছু জুটছে না বলেই মনে থাকছে না। রুটি আর ফেনাভাত কি ভাল-মন্দের মধ্যে পড়ে? ওসব ভুসিমাল খেয়ে খেয়েই আমার অরুচিটা হয়েছে।”

“তা বলে রোজ মাংস-পোলাও খেতে চাও নাকি?”

“আহা, মাঝেমধ্যে হতে দোষ কী বলো! রোজ রোজ গুচ্ছের ফেনাভাত, রুটি, শাকপাতা খেয়ে যে গায়ে মোটেই জোর হচ্ছে না। একটু ভাল পথ্যির নিদান দিয়ে যাও দিকিনি। এই ধরো, পাকা মাছ, মাংসের সুরুয়া, ঘন দুধ।”

“সেসব আর কোথায় পাবে বলো। যা জুটছে তাই ভগবানের দয়া বলে মনে কোরো।”

বুড়ো বয়সে বড়বাবামশাইয়ের একটু নোলা হয়েছে, এ কথা ঠিক। এ বাড়িতে শাকপাতা, কচুঘেঁচু ছাড়া ভাল-মন্দ বড় একটা হয় না। বড়জোর কুচোমাছ। তাই বড়বাবামশাইয়ের জন্য বড় কষ্ট হয় টক্কেশ্বরের। একশো চোদ্দো বছর বয়স মানুষটার, ক'দিনই বা আর আছেন। তাই টক্কেশ্বর ঠিক করল, এসপার-ওসপার যাই হোক, আজ বটুকবাবুর পুকুর থেকে একটা মাছ তুলে আনবে।

মোষ চরাতে বেরিয়ে আজও টক্কেশ্বর বটুকবাবুর বাড়ির দেওয়ালে উঠল। জালের তৈরি একটা থলি এনেছে সে। ফাঁক বুঝে মাছ ধরে কাঁধে ঝুলিয়ে নেবে। তারপর তাড়াতাড়ি গাছে উঠে দেওয়াল ডিঙিয়ে এ পাশে নেমে পড়বে।

কপালটা ভালই বলতে হবে তার। আজ দেওয়ালে উঠে দেখতে পেল, পুকুরের ধারে বটুকবাবুর জায়গাটা ফাঁকা। কেউ নেই। টক্কেশ্বর খুব সাবধানে ভাল করে চারধারটা দেখে নিল। না, বাগানে কোথাও বটুকবাবুকে দেখা যাচ্ছে না। কুকুরটারও হদিশ নেই। টক্কেশ্বর খুব ভাল করে চারধার দেখে নিয়ে মনে মনে একটা হিসেব করল। গাছ বেয়ে পুকুরের কাছাকাছি গিয়ে যদি ঝপ করে নামা যায়, তা হলে মাছ ধরতে দু'মিনিটের বেশি লাগবে না। মাছসুদ্ধ গাছে ওঠা একটু কঠিন হবে বটে, কিন্তু পারা যাবে। একবার গাছে উঠে পড়তে পারলে আর চিন্তা নেই। সে বাঁদরের মতো গাছ বাইতে পারে।

সাহস করে সে সামনের গাছের ডালে উঠে সাবধানে এগোতে লাগল। শব্দ-টব্দ যাতে না হয়, তার জন্য খুব ধীরে ধীরে আড়া ডাল বেছে বেছে এগোতে লাগল। এ কাজটা শক্ত নয়। আসল শক্ত কাজটা হল, নেমে ঝপ করে মাছ তুলে তাড়াতাড়ি গাছে উঠে পড়া। খুব বড় মাছ হলে অবশ্য বিপদে পড়তে হবে। তার ইচ্ছে, মাঝারি আট-দশ কেজি ওজনের একটা মাছ ধরা। কিন্তু তাড়াহুড়োয় বাছাবাছির সময় তো থাকবে না। সেইটেই বিপদের কথা।

পুকুরের কাছ বরাবর চলে এল টক্কেশ্বর। নামার জন্য ঝুল খেতে পা নামিয়েও সে শেষবার চারদিকটা নিরখ-পরখ করার জন্য এদিক-ওদিক তাকাতে গিয়ে আচমকা আপাদমস্তক শিউরে উঠল। পুকুরের দক্ষিণ দিকে একটা ঝোপের সামনে ফুটফুটে একটা আট-দশ বছরের মেয়ে চুপটি করে দাঁড়িয়ে আছে। তার পরনে নীল রঙের ফ্রক, পায়ে জুতো-মোজা, সুন্দর করে চুল আঁচড়ানো, তাতে আবার কালো রিবন। হাসি-হাসি মুখ করে মেয়েটা স্থির হয়ে দাঁড়িয়ে আছে।

টক্কেশ্বর এত অবাক হয়ে গিয়েছিল যে, আর-একটু হলে তার শিথিল হাত গাছের ডাল থেকে ফসকে যেত। কোনওরকমে গাছের ডালটা ধরে পা দুটো উপরে তুলে আড়াল হল সে। বটুকবাবুর বাড়িতে কোনও বাচ্চা মেয়ে নেই, থাকার কথাও নয়। তা হলে কি এতদিন বাদে এ বাড়িতে বটুক সামন্তর কোনও আত্মীয়স্বজন এসেছে? তাই হবে হয়তো। নইলে বটুকবাবুর বাড়িতে খুনিয়া কুকুর আছে জেনেও কোনও বাচ্চা মেয়ে কি ঢুকতে সাহস করবে? মেয়েটা একা অত স্থির হয়ে দাঁড়িয়েই বা আছে কেন, তাও বুঝতে পারছিল না টক্কেশ্বর। সে শুধু অবাক হয়ে চেয়ে রইল।

বেশিক্ষণ অপেক্ষা করতে হল না টক্কেশ্বরকে। আচমকা কোথায় একটা কীসের শব্দ হল। সঙ্গে সঙ্গে বিদ্যুতের গতিতে আর-একটা ঝোপের আড়াল থেকে মস্ত কুকুরটা বেরিয়ে এল।

চোখের পলক ফেলার সময় পেল না টক্কেশ্বর। কুকুরটা সোজা মেয়েটার দিকে ছুটে এসে একটু দূর থেকে একটা লাফ দিয়ে পড়েই মেয়েটার গলা কামড়ে ধরে চিত করে ফেলে দিল মাটিতে। তারপর ঝটকা মেরে মেরে ছিঁড়তে লাগল গলার নলি।

আতঙ্কে চিৎকার করেছিল টক্কেশ্বর। কিন্তু তার ভাগ্য ভাল, গলা দিয়ে আওয়াজ বেরোয়নি। চোখ বুজে ফেলেছিল সে। এরকম ভয়ংকর দৃশ্য সে জীবনে দেখেনি। আতঙ্কে হিম হয়ে গিয়েছে তার শরীর। কাঠ হয়ে কিছুক্ষণ বসে থেকে সে আর-একটা শিসের শব্দ শুনে চোখ চাইল। দেখল কুকুরটা মেয়েটাকে ছেড়ে দিয়ে ফের যেখান থেকে এসেছিল, সেখানে ফিরে গেল। টক্কেশ্বর দেখল, মেয়েটা স্থির হয়ে পড়ে আছে। নড়ছে না। কুকুরটা যখন তেড়ে আসছিল, তখনও মেয়েটা নড়েনি বা

পালানোর চেষ্টা করেনি বা চেঁচায়নি। এটা ভারী আশ্চর্যের ব্যাপার বলে মনে হল টক্কেশ্বরের।

কিছু করার নেই বলে গাছেই বসে রইল টক্কেশ্বর। একটু বাদে দেখা গেল, বটুকবাবু খুব ক্লান্ত মুখে ধীরেসুস্থে হেঁটে এসে মেয়েটাকে তুলে দাঁড় করিয়ে কিছু দেখলেন মন দিয়ে। মুখে কোনও ভাবান্তর নেই। আর টক্কেশ্বর খুব অবাক হয়ে দেখল, মেয়েটার গলায় একটা মস্ত গর্ত হয়ে গেলেও একটুও রক্ত পড়ছে না। ভাল করে দেখে টক্কেশ্বর বুঝল, ওটা কোনও মেয়ে নয়। একটা পুতুল। তবে বেশ বড়সড় পুতুল।

কিন্তু পুতুলটার উপর কুকুর লেলিয়ে দেওয়ার অর্থ কী? ব্যাপারটা কিছুতেই বুঝতে পারল না টক্কেশ্বর। তবে নিজের ভাগ্যকে সে ধন্যবাদ দিল। ভাগ্যিস আহাম্মকের মতো মাছ ধরতে নেমে পড়েনি!

বটুকবাবু পুতুলটা তুলে নিয়ে ধীরেসুস্থে বাড়িতে গিয়ে ঢুকলেন। পিছন পিছন তাঁর কুকুরটাও।

টক্কেশ্বর ধীরে ধীরে গাছের ডাল বেয়ে বেয়ে ফিরে এল। তারপর পাঁচিল ডিঙিয়ে বাইরে লাফ দিয়ে নেমে পড়ল। কিন্তু মনে বড্ড খটকা লেগে আছে। ব্যাপারটা কী হল, কেন হল, তার মাথামুন্ডু কিছুই বুঝতে পারছিল না সে। একটা পুতুলের উপর তো কারও কোনও আক্রোশ থাকতে পারে না! বড্ড চিন্তায় পড়ে গিয়ে টক্কেশ্বর ভারী আনমনা রইল সারা দিনমান।

বটুকবাবুর বাড়ি যেসব ব্যাপারীরা চাল, ডাল, তেল, মশলা আর আনাজ পৌঁছে দেয়, তাদের সবাইকেই চেনে টক্কেশ্বর। বীরপুর বাজারের গোপাল পুরকাইত তাদের একজন। তার বেশ বড় মুদিখানার দোকান। টক্কেশ্বরের সঙ্গে ভাবসাব আছে। কারণ, গোপালের আবার মোষের দুধ ছাড়া চলে না আর টক্কেশ্বরের বাড়ি থেকে সেই মোষের দুধ যায়।

সন্ধেবেলা টক্কেশ্বর গিয়ে গোপাল পুরকাইতের দোকানে হানা দিল। দোকানে ভিড়ভাট্টা নেই। দু'-চারজন বসে আছে বটে, তবে তারা খদ্দের নয়। গল্পসল্প করতে আসে। গোপাল বসে খাতায় বিকিকিনির হিসেব টুকে রাখছিল। তাকে দেখে বলল, "কী খবর রে, টক্কা?"

টক্কেশ্বর মাথাটাথা চুলকে বলল, "আজ্ঞে, একটা ব্যাপার জানতে এলাম খুড়োমশাই।"

"কী ব্যাপার?"

"আজ একটা ব্যাপার দেখে মনে বড় খটকা লাগছে।"

"বলে ফেল।"

"আজ দেখলাম বটুকবাবু তাঁর শিকারি কুকুরটাকে একটা মেয়ে পুতুলের উপর লেলিয়ে দিলেন। কুকুরটা গিয়ে পুতুলটার গলার নলি ছিঁড়ে ফেলল। পুতুলটা কিন্তু ভারী সুন্দর আর প্রমাণ সাইজের।"

"ওটা পুতুল নয় রে, ওকে বলে ম্যানিকুইন। পোশাকের দোকানে সাজিয়ে রাখে শো-কেসে। তা তুই আবার বটুকবাবুর বাড়িতে ঢুকতে গেলি কেন? প্রাণের ভয় নেই! ও যা কুকুর, এক কামড়ে শেষ করে দেবে যে!"

"বাড়িতে ঢুকিনি খুড়োমশাই, দেওয়ালের উপর দিয়ে একটু উঁকি দিয়ে বাগানটা দেখছিলুম। তখনই এই ব্যাপার। তাই ভাবলাম, ব্যাপারটা কী হল, তা আপনাকে একবার জিজ্ঞেস করে যাই।"

"বাড়িতে উঁকিঝুঁকি দেওয়া বটুকবাবু কিন্তু পছন্দ করেন না। আর ও যা দেখেছিস, তা তেমন কিছু নয়। ভাল জাতের কুকুর তো, তাই বোধহয় মাঝেমাঝে ট্রেনিং দিয়ে রাখেন।"

এবার জলের মতো বুঝতে পারল টক্কেশ্বর। একগাল হেসে বলল, "তবে তাই হবে বোধহয়। আমার কেমন খটকা লেগেছিল বলে আপনার কাছে জানতে এলুম।"

টক্কেশ্বর যখন চলে আসছিল তখন দোকানে বসা লোকদের মধ্যে একজন তার পিছু নিয়ে এসে ধরে ফেলল, "বলি ও টক্কেশ্বর, একটু কথা ছিল যে!"

টক্কেশ্বর লোকটাকে চেনে। গোরাং দাস। গোরাং দাস ভিক্ষে করে বটে, কিন্তু তাকে কেউ ভিখিরি বলে মোটেই মনে করে না। বরং যেখানে যায়, সেখানেই গোরাং খাতির পায়।

"কী কথা গোরাংদা?"

"ঘটনাটা একটু খোলসা করে বলবি ভাই?"

তা বলল টক্কেশ্বর, এমনকী মাছ চুরির মতলবের কথাও চেপে রাখল না।

সব শুনে গোরাং বলল, "বটুকবাবু তোকে দেখতে পায়নি তো?"

"না। আমি তো গাছের উপর ছিলুম।"

"কথাটা পাঁচকান করতে যাস না। তোর বিপদ হতে পারে।"

টক্কেশ্বর অবাক হয়ে বলে, "আমার বিপদ হবে কেন?"

"তা জানি না। আরও একটা কথা।"

"কী কথা গোরাংদা?"

"আর ভুলেও বটুকবাবুর পুকুরের মাছ ধরার মতলব করিস না। আজ বরাতজোরে বেঁচে গেছিস বটে, কিন্তু রোজ রোজ তো বরাত তোকে দেখবে না।"

"তা বটে। কিন্তু পুকুরে যে অনেক মাছ গো গোরাংদা। কিলবিল করছে যে!"

"শোন বোকা, বটুকবাবু কুকুরের মতো ওই মাছগুলোকেও পোষে। কখনও নিজের পুকুরের মাছ খায় না, বাজারের মাছের ব্যাপারী যোগেন রোজ মাছ পৌঁছে দিয়ে আসে। বুঝলি কিছু? পুকুরের মাছে হাত পড়লে কিন্তু বিপদ্ আছে।"

"বুঝেছি গোরাংদা।"

টক্কেশ্বরের কাছ থেকে বিদায় নিয়ে গোরাং পা চালিয়ে চরণডাঙার দিকে হাঁটা দিল। তার মনে হচ্ছে, আর বিশেষ সময় নেই। তাড়াতাড়ি না করলে কী থেকে কী হয়ে যায় কে জানে বাবা! তবে তার মনটা বড় কু গাইছে।

পাঁচ

দুপুর দেড়টা বেজে যাওয়ার পরও যখন প্রাণগোবিন্দবাবু ফিরলেন না তখন সুরবালা খুবই দুশ্চিন্তায় পড়ে গেলেন। বুড়ো হয়েছেন, তার উপর আলাভোলা মানুষ, কোথায় কী হল কে জানে! দুশ্চিন্তায় বারবার ঘড়ি দেখছেন আর ঘর-বার করছেন। শেষ অবধি পুলিশে খবর দিতে হবে কি না তাও ভাবছেন। ঠিক এমন সময় একটা চাষাভুষো চেহারার লোক এল। একমুখ দাড়িগোঁফ, মাথায় একটা গামছা বাঁধা। গায়ে তুষের চাদর। বলল, "আজ্ঞে, বাবু পাঠালেন।"

সুরবালা ঝেঁঝে উঠে বললেন, "তা বাবুটি কোথায়?"

লোকটা জবাব না দিয়ে একটা ভাঁজ করা কাগজ বের করে সুরবালার হাতে দিয়ে বলল, "আজ্ঞে, এতে সব লেখা আছে।"

সুরবালা তাড়াতাড়ি চিঠিটা খুলে পড়লেন। পেনসিলে লেখা,

কল্যাণীয়াসু, জরুরি কাজে বাহির হইয়াছি। একটা ভাল শিকারের সন্ধান আসিয়াছে। বেশ মোটা টাকা আদায় হইবে বলিয়া মনে হয়। এরূপ চলিতে থাকিলে অচিরেই কয়েক লক্ষ টাকা আয়ের সম্ভাবনা। চিন্তা করিয়ো না। ফিরিতে বিলম্ব হইবে।

ইতি

প্রাণগোবিন্দ রায়

সুরবালা চিঠি পড়ে বজ্রাহতের মতো দাঁড়িয়ে রইলেন।

পাশ থেকে সরু গলায় পিউ জিজ্ঞেস করল, "দাদু কী লিখেছেন ঠাকুরমা?"

সুরবালা নাতনির দিকে রোষকষায়িত লোচনে চেয়ে বললেন, "তোমার দাদু অধঃপাতে গেছে ভাই। ছিঃ ছিঃ, বুড়ো বয়সে যে কারও এমন মতিচ্ছন্ন হয়, তা স্বপ্নেও ভাবতে পারি না।"

পিউ চিঠিটা ঠাকুরমার হাত থেকে নিয়ে পড়তে লাগল।

সুরবালা লোকটাকে কড়া গলায় জিজ্ঞেস করলেন, "তোমার বাবুটি এখন কোথায় বলতে পারো?"

লোকটা মাথা নেড়ে বলল, "আজ্ঞে না। তবে বীরপুরের দিকেই গেলেন মনে হল।"

"বীরপুর! সেটা আবার কোথায়?"

"বেশি দূর নয় মা-ঠাকরুন। আপনাদের ছাদে উঠে উত্তর দিকে চাইলে বীরপুরের বাসুলি মন্দিরের চুড়ো দেখা যায়। মাইলটাকও হবে না।"

"তোমার সঙ্গে কোথায় দেখা হল?"

"আজ্ঞে, মাঠে কাজ করছিলাম, বাবু আল ধরে হনহন করে যাচ্ছিলেন। আমাকে ডেকে চিঠি আর পাঁচটা টাকা দিলেন। বললেন, জরুরি কাজে যাচ্ছেন, চিঠিটা যেন পৌঁছে দিই। তা হলে বিদেয় হই মা-ঠাকরুন? হাল-গোরু সব মাঠে ছেড়ে এসেছি কিনা।"

লোকটার কাছ থেকে আর কোনও খবর পাওয়া যাবে না বুঝতে পেরে সুরবালা বললেন, "যাও, কিন্তু যদি বাবুর দেখা পাও তো বোলো, যেন এক্ষুনি বাড়িতে ফিরে আসে। বাড়িতে সবাই খুব চিন্তা করছে।"

লোকটা ঘাড় কাত করে বলল, "যে আজ্ঞে।"

একটু যেন জোর কদমেই চলে গেল লোকটা।

চিঠিটা কষ্ট করে পড়তে পড়তে পিউ হঠাৎ বলল," ঠাকুরমা, দাদু কি বাংলা লিখতে পারে?"

এ কথায় সুরবালা খুব আতান্তরে পড়ে গেলেন। প্রাণগোবিন্দর সঙ্গে বিয়ে হওয়ার পর থেকে তাঁরা কখনও পরস্পরের কাছ থেকে দূরে থাকেননি। কাজেই প্রাণগোবিন্দ কখনও চিঠিপত্রও লেখেননি সুরবালাকে।

সুরবালা বললেন, "তা পারবে না কেন? পঞ্জিকা-টঞ্জিকা তো পড়ে।"

পিউ মাথা নেড়ে বলে, "দাদু পঞ্জিকাও পড়তে পারে না। খুব ঠেকে-ঠেকে পড়ে। আর সেদিন আমাকে জিজ্ঞেস করছিল, 'ঠ'-এর টিকিটা ডান দিকে না বাঁ দিকে। একটু-আধটু পড়তে পারলেও দাদু কিন্তু বাংলা লিখতে পারে না। কী করেই বা পারবে বলো, দাদু তো দেরাদুনে মানুষ!"

সুরবালা ভেবে দেখলেন, কথাটা উড়িয়ে দেওয়ার মতো নয়। বাস্তবিক, প্রাণগোবিন্দরা বরাবর দেরাদুনে থেকেছেন। প্রাণগোবিন্দকে তিনি বরাবর ইংরেজিতেই লেখাপড়া করতে দেখেছেন। বাংলা লিখতে দেখেছেন বলে মনে পড়ল না। প্রাণগোবিন্দর বাংলা হাতের লেখাও তিনি চেনেন না।

চিঠিটা নিয়ে ভাল করে দেখলেন সুরবালা। মেয়েলি ছাঁচের গোটাগোটা লেখা। পেনসিলে লেখা বলে যেন আবছাও।

"তুই দাদুর হাতের লেখা চিনিস?"

"ইংরেজি হাতের লেখা চিনি।"

সুরবালা একটা দীর্ঘশ্বাস ফেললেন। বললেন, "ধরে ধরে লিখেছে, ও তোর দাদুরই হাতের লেখা। তা ছাড়া আর কে চিঠি পাঠাবে?"

"দাদু আসবে না ঠাকুরমা?"

"তার কি আর বাড়ির দিকে মন আছে রে! তাকে ভূতে পেয়েছে।"

উদ্বেগটা একটু কমল বটে, কিন্তু মনটা শান্ত হল না। ওরকম শান্তশিষ্ট, নিরীহ, সজ্জন একজন মানুষ হঠাৎ এরকম হন্যে হয়ে উঠল কেন, তা যেন কিছুতেই বোঝা যাচ্ছে না! এতকাল ঘর করেও তিনি কি সত্যিই প্রাণগোবিন্দকে একটুও চিনতে পারেননি?

হলধরকে ডেকে সুরবালা জিজ্ঞেস করলেন," হ্যাঁরে হলধর, বীরপুর গ্রামটা চিনিস?"

হলধর অবাক হয় বলে, "তা চিনব না! এই তো এক দৌড়ের রাস্তা।"

"তা সেখানে কী আছে বল তো!"

"তা সে অনেক কিছু আছে। বাসুলি মন্দিরের কথা তো সবাই জানে, ভারী জাগ্রত দেবতা। তারপর ধরুন, খালধারে এখন শিবরাত্তির মেলাও চলছে। এই এক-দেড়মাস ধরে চলে। খুব বড় মেলা। সার্কাসের তাঁবুটাবুও পড়েছে দেখে এসেছি।"

"যেতে কতক্ষণ লাগে?"

হেসে গ্যালগ্যালে হয়ে মাথা নেড়ে হলধর বলে, "সে মোটে দূরই নয়। নসিগঞ্জের গা-ঘেঁষেই বীরপুর। কালু শেখ একখানা বিড়ি ধরিয়ে নসিগঞ্জ থেকে হাঁটা দেয়। সেই বিড়ি বীরপুরে গিয়ে শেষ হয়। ছাদে উঠে উত্তর দিকে তাকালেই দেখতে পাবেন, বীরপুরের বাড়িঘর দেখা যাচ্ছে। কেন মা, যাবেন নাকি? গেলে বলুন, ভ্যানগাড়ি ভাড়া করে নিয়ে আসি। দশ মিনিটে পৌঁছে দেবে।"

"তুই যাবি বাবা? গিয়ে লোকটাকে পাকড়াও করে নিয়ে আসবি?"

মাথা চুলকে হলধর বলে, "কর্তাবাবু কি বীরপুরে গেলেন নাকি মা?"

"সেরকমই তো শুনছি। একবার যা না বাবা।"

পিউ বলল, "আমিও যাব ঠাকুরমা! আমি ঠিক দাদুকে ধরে আনব।"

সুরবালা মাথা নেড়ে বললেন, "না ভাই, তোমার গিয়ে কাজ নেই। ওসব গণ্ডগোলের মধ্যে তোমার না যাওয়াই ভাল। হলধর গিয়ে আগে মানুষটার খবর আনুক। পরে দরকার হলে আমরা সবাই যাব।"

পিউ আর কিছু বলল না। চুপটি করে সিঁড়ি বেয়ে ছাদের উপর উঠে এল। তারপর রেলিং ধরে বীরপুরের দিকে চেয়ে রইল। অনেক গাছগাছালির ফাঁক দিয়ে একটা মন্দিরের চুড়ো দেখা যাচ্ছে। আর কিছু বাড়িঘর। সামনে একটা প্রকাণ্ড খেত, কিছু ঝোপঝাড়। না, বীরপুর খুব দূরে নয়। পিউ দেখতে পেল, আকাশে একটা সাদা রঙের ঘুড়ি উড়ছে। মস্ত বড় ঘুড়ি। কিছুক্ষণ ঘুড়িটার দিকে চেয়ে থেকে সে এসে চিলেকোঠার দেওয়ালে ঠেস দিয়ে বসে রইল। চুপচাপ বসে অনেকক্ষণ ভাবল সে। ঠাকুরমার কথাগুলো সে বুঝতে পারেনি। দাদু একটা কোনও দুষ্টুমি করেছেন নাকি? কিন্তু তার দাদু তো ভীষণ ভুলোমনের মানুষ, দুষ্টুমি করবেনই বা কী করে? এসবই খুব ভাবছে সে। ভাবতে ভাবতে চকোলেটের মোড়কটা খুলে চিরকুটটা বের করল। তাদের কী বিপদ হবে তাও সে বুঝতে পারছে না।

চিরকুটটা খুলে ভারী অবাক হয়ে গেল পিউ। সকালেও চিরকুটটাতে পেনসিলের লেখাটা ছিল। কিন্তু এখন নেই তো! চিরকুটটা তো একদম সাদা! লেখাটা কী করে ভ্যানিশ হয়ে গেল? এটাও কি ম্যাজিক?

হঠাৎ তার মনে হল চিরকুটে যে-লেখাটা ছিল, সেটার সঙ্গে ঠাকুরমাকে লেখা দাদুর চিঠির হাতের লেখাটা অনেকটা একরকমের। গোটাগোটা অক্ষরে লেখা। মনে হতেই পিউ সিঁড়ি দিয়ে নেমে দৌড়ে গিয়ে বারান্দার টেবিলে পড়ে-থাকা দাদুর চিঠিটা নিয়ে ফের ছাদে উঠে এল। চিঠিটা খুলে দেখল, পেনসিলের লেখাটা অনেকটাই আবছা হয়ে গিয়েছে। কোনও কোনও অক্ষর মুছেও গিয়েছে।

পিউ কিছু বুঝতে না পেরে ভারী অবাক হয়ে বসে রইল। ম্যাজিশিয়ান বিক্রমজিৎ-এর চিঠির সঙ্গে দাদুর চিঠির হাতের লেখা একরকম হবে কেন?

খুবই অন্যমনস্ক ছিল পিউ। হঠাৎ ঠক করে একটা শব্দ হওয়ায় চোখ তুলে দেখল, সাদা ঘুড়িটা তাদের ছাদে মুখ থুবড়ে পড়ে আছে। পিউ তাড়াতাড়ি গিয়ে ঘুড়িটা কুড়িয়ে নিল। চারদিকে চেয়ে ঘুড়িটা কে ওড়াচ্ছে, তা দেখতে পেল না। সুতো টেনে দেখল, ঘুড়িটা ভো-কাট্টা হয়ে উড়ে এসে পড়েনি। ভো-কাট্টা হলে সুতো ছেড়ে আসত। ঘুড়িটা ফের উড়িয়ে দেবে কি না ভাবতে ভাবতে হঠাৎ তার চোখ পড়ল, ঘুড়ির গায়ে কী যেন লেখা আছে। পেনসিলের লেখা। ঠিক একই রকম গোটা গোটা হরফে। লেখা আছে,

'বীরপুরে এখন একশো মজা। খেলনার দোকান, পুতুলনাচ, কাচের চুড়ি, ম্যাজিক, সার্কাস, নাটক, মোচার চপ, মাংসের ঘুগনি কী চাই? দাদু এখানে। ছুটে চলে এসো।'

পিউ ভীষণ অবাক হয়ে চেয়ে রইল। অন্য কিছু নয়, তার ভীষণ দাদুর কাছে যেতে

ইচ্ছে করছে। তার অমন ভাল দাদুটা নাকি খারাপ হয়ে গিয়েছেন। পিউ সে কথা মোটেই বিশ্বাস করে না। দাদু কক্ষনও খারাপ হতে পারেন না। সে গিয়ে দাদুকে ঠিক নিয়ে আসবে।

ছয়

সন্ধে-রাত্তিরে দোকানের ঝাঁপ বন্ধ করে ভিতরে বসে হিসেব সেরে রাখছিল গোপাল পুরকাইত। এমন সময় দোকানের দরজায় ধাক্কা দেওয়ার শব্দ হল।

"কে?"

"এই আমরা, কিছু মালপত্র নিতে এসেছি।"

"কী মাল?"

"পাইকিরি মালই নেব হে। দশ-বিশ বস্তা চাল-ডাল।"

গোপাল শশব্যস্তে উঠে দরজা খুলে দিল। বড় খদ্দের।

দু'জন মুশকো চেহারার লোক দোকানে ঢুকল। একজন দরজাটা বন্ধ করে দিয়ে বলল, "ব্যস্ত হোয়ো না গোপাল, কথা আছে।"

গোপাল পরিস্থিতিটা ভাল বলে মনে করল না। ঘাবড়ে গিয়ে বলল, "কী চাই তোমাদের? আমি কিন্তু..."

প্রথমজন হাত তুলে তাকে থামিয়ে বলল, "বলেছি তো, কথা আছে। চুপ করে বোসো।"

গোপাল ফ্যাকাসে মুখে তার নিচু তক্তপোশে বসল।

প্রথম লোকটা বলল, " কারবার কেমন চলছে গোপাল?"

গোপাল বলল, "কোনওরকমে চলে। লুটপাট করতে এসে থাকলে কিন্তু লাভ হবে না। সামান্য ব্যাবসা আমার।"

"তোমার মতো ছোটখাটো ব্যাপারীর গদি লুঠ করে কি মানমর্যাদা খোয়াব? আমরা গোকুল বিশ্বাসের লোক।"

গোপাল প্রমাদ গুনল। "গোকুল বিশ্বাস!"

"চেনো তাকে?"

গোপাল ঘাড় নেড়ে বলল, "কে না চেনে?"

"আমরা ছোটখাটো কাজ করি না।"

গোপাল চুপ করে রইল।

“এখন যা বলছি, খুব মন দিয়ে শোনো। তারপর ঠিকঠাক জবাব দাও।”

গোপাল এই শীতেও ঘামতে লাগল।

“গোকুল বিশ্বাসের একটা আদরের গোরু আছে, জানো? দুধের মতো সাদা রং, বাঁ দিকের দাবনায় ত্রিশূলের ছাপ। খুব সুলক্ষণা গোরু। জানো?”

“না তো!”

“মিথ্যে কথা বলে কিন্তু পার পাবে না। পেট থেকে কথা টেনে বের করতে আমরা জানি। তা সেসব আসুরিক ব্যাপারের দরকার আছে কি?”

গোপাল বিবর্ণ হয়ে বলল, “জানি।”

“ঠিক দু’দিন আগে মাঠ থেকে গোরুটা চুরি যায়।”

গোপাল একটু গলাখাঁকারি দিয়ে কিছু বলতে গিয়েও বলল না।

“আদরের গোরুটা চুরি হয়ে যাওয়ায় গোকুল বিশ্বাস খুব ভেঙে পড়ে। শুধু আদরেরই নয়, গোরুটা ভীষণ পয়া। ওই গোরুটা আসার পর থেকেই গোকুল বিশ্বাসের ব্যাবসা দ্বিগুণ হয়েছে। এসব খবর আশপাশের গাঁয়ে সবাই জানে। তুমি জানো না, এ তো হতে পারে না। কী বলো?”

“শুনেছি।”

“বেশ কথা। এবার খুব ভেবেচিন্তে আমার কথার জবাব দিয়ো।”

গোপাল অস্বস্তি বোধ করছে। উসখুস করে বলল, “কী জানতে চাও?”

“গোরুটা কে চুরি করেছিল?”

“তা কি আমার জানার কথা?”

“তুমি ছাড়া আর কে জানবে?”

গোপাল সিঁটিয়ে গিয়ে বলল, “বিশ্বাস করো, আমি জানি না।”

“শোনো গোপাল, তোমার চার ছেলে আর গোটাচারেক কর্মচারী আছে। অন্য সব কাজের লোকও আছে। লোকবলের অভাব নেই। তাদের সব ক’জনকে যদি ধরে একে-একে পেটানো হয়, তা হলে সত্যি কথাটা বেরোতে দেরি হবে না। সবার আগে কিন্তু তোমার চার ছেলেকে পেটাই করা হবে। আমাদের দিয়ে অত মেহনত করাবে কেন?”

গোপাল ভয় পেয়ে আমতা আমতা করে বলল, “যে চুরি করেছে তার দোষ নেই। সে হুকুম তামিল করেছে বই তো নয়।”

“লোকটা কে?”

“আমার ছেলে জয়চাঁদ।”

“আর গোকুল বিশ্বাসের জানালায় টোকা দিয়ে পঞ্চাশ হাজার টাকার হুকুমনামা জারি করে এসেছিল কে? সেও কি জয়চাঁদ?”

"হ্যাঁ। কিন্তু তার দোষ নেই।"

"দোষের কথা তো হচ্ছে না। আমরা সত্যি কথাটা জানতে চাইছি।"

গোপাল কাঁপতে কাঁপতে বলল, "দেখো ভাই, আমি সাতেপাঁচে থাকি না। খোঁজ নিলেই দেখবে, আমার ছেলেরাও কেউ খারাপ নয়। তাদের কোনও বদনামও নেই। জয়চাঁদ একটু ডাকাবুকো বটে, কিন্তু কক্ষনও কোনও খারাপ কাজ সে করে না।"

"জয়চাঁদের কপালের বাঁ দিকে একটা আব আছে, না?"

"হ্যাঁ, কিন্তু, যা হয়েছে তার জন্য আমি নাকে খত দিতে রাজি। আমার ছেলেটাকে প্রাণে মেরো না।"

"তুমি তা হলে বলতে চাও জয়চাঁদ নির্দোষ?"

"একেবারে নির্দোষ।"

"তা হলে কি ধরে নেব, গোরু চুরি করা বা মুক্তিপণ আদায় করা এগুলো কোনও দোষের মধ্যে পড়ে না?"

"তা বলিনি।"

"তবে কী বলছ?"

"যা করেছে তা মতলব এঁটে করেনি। ওই যে বললাম, হুকুম তামিল না করে উপায় ছিল না। মুক্তিপণ তো আর নিজের জন্য চায়নি।"

"কার জন্য চেয়েছিল?"

"প্রাণগোবিন্দ রায়ের জন্য।"

"হুকুমটা কি প্রাণগোবিন্দবাবুই দিয়েছিলেন?"

"এ ব্যাপারে আমার কিছু বলা বারণ।"

"ঠিক আছে, বোলো না। আমরা জয়চাঁদকে তুলে নিয়ে যাচ্ছি। যা বলার সে-ই বলবে।"

বলেই উঠতে যাচ্ছিল তারা।

গোপাল আঁতকে উঠে বলল, "দাঁড়াও, আমিই বলছি।"

"বলো।"

"প্রাণগোবিন্দবাবুর হুকুমে এ কাজ হয়নি।"

"সেটা আমরা জানি গোপাল। আগে জানতাম না, এখন জেনেছি। এবার বলো, কার হুকুম?"

গোপাল হাল ছেড়ে দিয়ে দু'হাতে মুখ ঢেকে হঠাৎ হাউহাউ করে কাঁদতে লাগল। লোকদুটো ব্যস্ত হল না। স্থির হয়ে বসে রইল বেঞ্চিতে।

বেশ কিছুটা বাদে গোপাল সামলে উঠল। ধুতির খুঁটে চোখ মুছল। তারপর ধরা

গলায় বলল, ''তাঁর কাছে আমার টিকি বাঁধা। আমার জমিজিরেত, ব্যাবসার মূলধন সব তাঁর কাছে বাঁধা। যদি বলি, তা হলে আমি শেষ হয়ে যাব।''

''তুমি না বললেও আমরা জানি। কিন্তু তবু আমরা তোমার মুখেই শুনতে চাই। বলো।''

''যদি জানোই তবে আর আমাকে দিয়ে বলাতে চাও কেন?''

''তার কারণ, আমরা যাচাই করে দেখতে চাই, আমরা যা আন্দাজ করেছি আর যা শুনেছি, তা সত্যি কি না।''

গোপাল ধরা গলায় বলল, ''পরশুদিনই বটুকবাবু আমাকে কাজটা করতে বলেন। কেন কোন কাজ করতে হবে তা জানতে চাওয়ার উপায় নেই। বটুকবাবু এমনিতে চুপচাপ, কিন্তু সামান্য বেয়াদপি দেখলে এমন সাংঘাতিক রেগে যান, যেন খুনও করতে পারেন। ভয়ে আমি কখনও কিছু জিজ্ঞেসও করতে পারি না। তার উপর উনি আমার অন্নদাতা। অভাবে-কষ্টে যখন সংসার ভেসে যেতে বসেছিল, তখন উনি হাল না ধরলে এতদিনে মরেই যেতাম।''

''বটুকবাবুর রাগ কেমন?''

''অতি সাংঘাতিক। যখন রেগে ওঠেন, তখন চোখ-মুখের চেহারাই পালটে যায়। চোখে যেন বাঘের দৃষ্টি।''

''একটা কথা। উনি যখন গোরুটা প্রাণগোবিন্দবাবুর গোয়ালে রেখে আসতে বললেন, আর প্রাণগোবিন্দবাবুর কাছে মুক্তিপণের টাকা পৌঁছে দিতে বললেন, তখন তোমার খটকা লাগেনি?''

''লেগেছিল। কিন্তু খুব বেশি তলিয়ে ভাবিনি। একবার মনে হল, প্রাণগোবিন্দবাবুর সঙ্গে ওঁর বোধহয় কোনও বন্দোবস্ত হয়েছে। শত হলেও উনি একসময় প্রাণগোবিন্দবাবুর ছাত্র ছিলেন, হয়তো তখন থেকেই ভাবসাব। আর তাই থেকেই এই বন্দোবস্ত।''

''উনি যে প্রাণগোবিন্দ রায়ের ছাত্র ছিলেন, তা কী করে জানলে?''

''প্রাণগোবিন্দ রায় যখন রিটায়ার করে দেশের বাড়িতে থাকতে এলেন, তখন খবরটা শুনে একদিন বটুকবাবু বলেছিলেন, মাস্টারমশাই তা হলে এলেন! ভালই হল।''

''তা হলে তোমার তেমন খটকা লাগেনি?''

''না।''

''প্রাণগোবিন্দবাবুর বাড়িতে কি ওঁর যাতায়াত ছিল?''

''না। বটুকবাবু কোথাও যান না।''

“তা হলে প্রাণগোবিন্দবাবুর সঙ্গে ওঁর বন্দোবস্ত হয় কী করে?”

“বললাম তো, ওটা নেহাত একটা আন্দাজ।”

“বটুকবাবুর একটা ভয়ংকর কুকুর আছে, তাই না?”

“ও বাবা! খুনে কুকুর!”

“শোনো গোপাল, গোকুল বিশ্বাসের সঙ্গে গণ্ডগোল করে আজ অবধি কারও সুবিধে হয়নি।”

“আজ্ঞে, গোকুলবাবুর সঙ্গে আমার তো কোনও গণ্ডগোল নেই! জলে থেকে কুমিরের সঙ্গে বিবাদ আহাম্মক ছাড়া কেউ করে? আমরা যা করেছি তা প্রাণের দায়ে।”

“তা হলে বটুকবাবু এ কাজটা কেন করলেন বলে তোমার মনে হয়?”

“তা কী করে বলব। বড় বড় মানুষের কত খেয়াল থাকে।”

“তাতে কী হল তা জানো? প্রাণগোবিন্দবাবুর মতো একজন মানী লোকের গায়ে গোরুচোরের ছাপ্পা মেরে দেওয়া হল। লোকে জানল, উনি একজন মস্ত লেখাপড়া জানা লোক হয়েও এমন জঘন্য কাজ করে টাকা উপায় করেন। লোকটা যে এমন কাজ করতে পারেন না, তা গাঁয়ের লোক বিশ্বাস করবে না। তারা গুজবে বিশ্বাসী। এর ফলে প্রাণগোবিন্দবাবু আত্মঘাতী হওয়ারও চেষ্টা করেন।”

“আমি তো অত জানি না। আমাকে মাফ করে দাও ভাই। না খেতে পেয়ে মরলেও আর এমন কাজ করব না।”

“কাল সকালে গোকুলবাবুর সঙ্গে তোমার ছেলেকে নিয়ে যেয়ো। যদি মাফ করার হয় তিনি করবেন। তোমরা লোকটাকে যত খারাপ বলে ধরে নিয়েছ, লোকটা কি তত খারাপ? গোকুল বিশ্বাস দশ-বারোটা ছেলের পড়ার খরচ দেয়। একটা অনাথ আশ্রম চালায়। এসব কি খারাপ লোকের লক্ষণ?”

“নাক মলছি, কান মলছি ভাই। গোকুলবাবুকে আমরা খারাপ ভাবি না, বিশ্বাস করো।”

লোকদুটো তার দিকে একবার বিষদৃষ্টি হেনে নিঃশব্দে বেরিয়ে গেল। দোকানের গদিতে অনেকক্ষণ ঝুম হয়ে বসে রইল গোপাল। মনে বড় দুশ্চিন্তা, এবার কি রাজায়-রাজায় যুদ্ধ হবে, আর উলুখাগড়ার প্রাণ যাবে?

একটা দিক রক্ষা হল বটে কিন্তু আর-এক দিকে যে বিপদ ঘনিয়ে এল! গোকুল বিশ্বাস যদি বা ছেড়েও দেয়, বটুকবাবু আর রক্ষে রাখবেন কি? সে ভালই জানে, গোকুলের চেয়ে বটুক কম ভয়ংকর নন, বরং আরও বেশি। গোকুলের ওস্তাদের কাছে তিনি যেসব কথা কবুল করেছেন, সেটাও চাপা যাবে না।

জীবনে প্রথম গাছে ওঠার পর প্রাণগোবিন্দ বুঝতে পারছেন, আজ তাঁর জীবনটাই যেন পালটে গিয়েছে। কোথায় গলায় দড়ি দিয়ে মরবেন, না তার বদলে বৃক্ষবাসী বাদামচন্দ্র ঘোষের মতো একজন বিজ্ঞ বন্ধু পেয়ে গেলেন। সত্যি কথা বলতে কী, গাছে উঠলে শুধু জ্ঞানই বাড়ে না, বুকে ফুর্তির ভাবটাও উথলে ওঠে। আজ সেই ফুর্তিতেই প্রায় তুড়ি দিয়ে চলেছেন প্রাণগোবিন্দ। ময়নার জঙ্গলে গাছে উঠে তাঁর এমন ডগমগভাব হল যে, দুপুর গড়িয়ে বিকেল হওয়ার পরও গাছ থেকে মোটেই নামতে চাইছিলেন না। শেষ অবধি বাদাম ঘোষের চাপাচাপিতেই নামতে হল। বাদাম ঘোষ বলল, "বাপু হে, গাছে থাকার মজাই আলাদা। কিন্তু কী জানো, জ্ঞানের পোঁটলা নিয়ে বসে থাকলেই তো হবে না, সেটাকে কাজে লাগানোও তো দরকার। যে গণ্ডগোলটা পাকিয়ে রেখে এসেছ, তার গিঁট না খুললেই নয়।"

প্রাণগোবিন্দর অবশ্য মনে হচ্ছিল, এখন দুনিয়াও রসাতলে গেলেই বা তাঁর কী! তিনি তো থাকবেন গাছে, দুনিয়া ভেসে যায় যাক, তবে অত আনন্দের মধ্যেও খিদে-তেষ্টা বলেও যে একটা ব্যাপার আছে, সেটা মাঝেমাঝে টের পাচ্ছিলেন, আর ফাঁকে ফাঁকে নাতি-নাতনি পিউ আর পিয়ালের কথাও বড্ড মনে পড়ছিল। তাই বাদাম ঘোষের চাপাচাপিতে শেষ অবধি পড়ন্ত বেলায় গাছ থেকে দু'জনে নামলেন। টের পাচ্ছিলেন তাঁর মাথাটা জ্ঞান-বুদ্ধি ও বিবেচনাশক্তিতে একেবারে টইটম্বুর হয়ে আছে। রোজকার আলাভোলা, বোকাসোকা প্রাণগোবিন্দ যেন আর নেই, এ এক নতুন প্রাণবন্ত প্রাণগোবিন্দ। জ্ঞানবৃক্ষ কথাটার মানে আজ তিনি স্পষ্ট বুঝলেন।

তারপর দুই জ্ঞানবৃদ্ধ বীরদর্পে হেঁটে লহমায় পৌঁছে গেলেন চরণডাঙা গাঁয়ে। এ গাঁয়েই ভয়ংকর গোকুল বিশ্বাসের বাস, কিন্তু প্রাণগোবিন্দর কোথাও উদ্বেগ বা দুশ্চিন্তা নেই। জীবনে কখনও সংগীতচর্চা করেননি প্রাণগোবিন্দ, কিন্তু আজ গুনগুন করে একটু রামপ্রসাদী গাইতে লাগলেন। তেমন বেসুরো গাইছেন বলেও মনে হল না তাঁর।

হুট বলতে গোকুল বিশ্বাসের বাড়িতে ঢোকা আর সিংহের গুহায় মাথা গলানো একই ব্যাপার। সেখানে গদাম গদাম চেহারার আর ফটফটে চোখওলা দন্ত কিড়মিড় করা আসুরিক লোকজন পাহারা দিচ্ছে। মাছি অবধি গলবার উপায় নেই, কিন্তু কী আশ্চর্য ব্যাপার! দুই জ্ঞানবৃদ্ধকে দেখে অসুরদের যেন দাঁত-নখ সব খসে পড়ল, তারা বৈষ্ণবোচিত বিনয়ে পথ ছেড়ে দিল।

প্রভঞ্জন সূত্রধর ব্যস্তসমস্ত হয়ে বোধহয় আসছিলেন। প্রাণগোবিন্দকে দেখে থমকে দাঁড়িয়ে গিয়ে বললেন, "বাপ রে! এ যে বিচক্ষণ প্রাণগোবিন্দবাবু! তা কী চাই বলুন তো? আরও পাঁচ-দশ হাজার টাকা নাকি? না, না, লজ্জা পাবেন না। পঞ্চাশ হাজার

যদি একটু কম হয়েছে বলেই মনে হয়ে থাকে তা হলে পরিষ্কার করে বলুন, মিটিয়ে দেওয়া হবে।"

অন্যদিন হলে প্রাণগোবিন্দ হয়তো এ কথা শুনে রেগে যেতেন বা দুঃখে কেঁদেই ফেলতেন। কিন্তু আজ তিনি অন্য প্রাণগোবিন্দ, শান্ত মাথায় তিনি তখন সব কথা বলে যেতে লাগলেন, অর্থাৎ তাঁর মুখ দিয়ে অন্য এক অচেনা জ্ঞানবৃদ্ধ প্রাণগোবিন্দ এমন সব কথা প্রম্পট করতে লাগলেন যে, প্রভঞ্জন ভারী কাঁচুমাচু হয়ে জিভ কেটে মাথা নিচু করে পালানোর পথ পান না।

গোকুল বিশ্বাসের হাতে বন্দুক বা পিস্তল ছিল না। কিন্তু যে-কেউ গোকুল বিশ্বাসের চোখের দিকে তাকালেই বুঝতে পারে যে, এ মানুষের আলাদা বন্দুকের দরকার নেই। গোকুলের দু'খানা বাঘা চোখই যেন দোনলা বন্দুক। সেই চোখ থেকে যেন সর্বদাই গুলি বেরিয়ে এসে চারদিক ছ্যাঁদা করে দিচ্ছে। শালখুঁটির মতো দু'খানা হাত। ওই হাতে মোষের ঘাড় মটকানো আর গামছা নিংড়ানো প্রায় একই রকম সহজ। তা এহেন গোকুল বিশ্বাসের সামনে গিয়ে যখন দুই জ্ঞানবৃদ্ধ দাঁড়ালেন, তখন গোকুলকে কে যেন ইলেকট্রিক শক দিয়ে দাঁড় করিয়ে দিল। সে ভারী জড়োসড়ো হয়ে হাতজোড় করে বলতে লাগল, "কী সৌভাগ্য! কী সৌভাগ্য! আস্তাজ্ঞে হোক! বস্তাজ্ঞে হোক।"

প্রাণগোবিন্দ ভারী ফুর্তি বোধ করছেন। মাথাটা যে কী চমৎকার কাজ করছে তা কহতব্য নয়। তিনি অতিশয় আত্মবিশ্বাসের সঙ্গে যে নাতিদীর্ঘ ভাষণটি দিলেন, তাতে গোরুচুরি থেকে গোটা ব্যাপারটাই এত করুণ আবেদনের সঙ্গে সুস্পষ্ট হয়ে উঠল যে, গোকুল বিশ্বাসের বাঘা চোখও ছলছল করতে লাগল। গোকুল বিশ্বাস ধরা গলায় বলল, "আমাকে মাফ করবেন প্রাণগোবিন্দবাবু। আমি বড্ড ভুল করে ফেলেছি। এই ভুলের প্রায়শ্চিত্ত আমিই করব। আপনি ভাববেন না।"

না, প্রাণগোবিন্দর আর ভাবনাচিন্তা, উদ্বেগ, হীনমন্যতা কিছুই নেই। গোকুলের বাড়ি থেকে বেরিয়ে এসে তিনি বলে উঠলেন, "চমৎকার! অতি চমৎকার!"

বাদাম ঘোষও তারিফ করে বলল, "তোমার দিব্যি উন্নতি হচ্ছে হে!"

দাড়ি-গোঁফওয়ালা আলখাল্লা পরা একটা লোক হঠাৎ তাঁদের সামনে এসে দাঁড়িয়ে ভারী অবাক হয়ে প্রাণগোবিন্দর দিকে চেয়ে রইল। তারপর ভারী বিনয়ের সঙ্গে হাতজোড় করে বলল, "কর্তাবাবু, আপনি যে একেবারে পালটি খেয়ে গেছেন! চেনাই যাচ্ছে না!"

প্রাণগোবিন্দ গোরাং দাসের কাঁধে হাত রেখে বললেন, "ওরে গোরাং, আমি আর সেই আগের কর্তাবাবু নেই রে। নিজেকে আমি নিজেই চিনতে পারছি না।"

গোরাং মাথা চুলকোতে চুলকোতে বলল, "তা হলে যে ভারী মুশকিল হবে কর্তাবাবু! বড্ড ভজঘট লেগে যাবে যে! আপনাকে যারা এতকাল মাপজোপ করে একটা আঁচ করে রেখেছিল, তাদের সব হিসেবনিকেশ উলটে যাবে না তো!"

"সেসব জানি না রে গোরাং। শুধু বলতে ইচ্ছে করছে 'আজকে আমার মনের মাঝে ধাঁইধপাধপ তবলা বাজে।' "

গোরাং একগাল হেসে বলল, "আজ্ঞে, বোলটা খুব ফুটেছে কর্তা। মনে হচ্ছে আমিও যেন শুনতে পাচ্ছি। তা কর্তা, গুরুতর একটা কথা ছিল।"

দুই জ্ঞানবৃদ্ধ গোরাংয়ের সব কথা খুব মন দিয়ে শুনলেন। সেই ম্যাজিশিয়ানের কথা, চকোলেট, রহস্যময় চিরকুট, শেষের বটুক সামন্তের কুকুর আর টক্কেশ্বরের অভিজ্ঞতার কথাও।

শুনে বাদাম ঘোষ বলল, "কিছু বুঝলে হে প্রাণগোবিন্দ?"

প্রাণগোবিন্দ একটা শ্বাস ছেড়ে বললেন, "জলের মতো।"

"কী বুঝলে?"

"ম্যাজিশিয়ানটা জালি। আর যেই হোক, লোকটা বিক্রমজিৎ নয়।"

মাথা নেড়ে বাদাম ঘোষ বলে, "আমারও তাই মনে হয়েছে।"

একটু চিন্তিত মুখে প্রাণগোবিন্দ বললেন, "আমার গিন্নি বলেন, আমার নাকি বড্ড ভুলো মন। একমাত্র দর্শনশাস্ত্রের ব্যাপার ছাড়া আর কিছুই আমার মনে থাকে না। তা কথাটা মিথ্যেও নয়। বাজার থেকে সাতটা জিনিস আনতে দিলে আমি দুটো ঠিক জিনিস, বাকিগুলো ভুল জিনিস নিয়ে আসি। কারও নামটাও আমার মনে থাকে না, রামকে রাবণ, হারাধনকে বিশ্বজিৎ বলে আকছার ভুল বলছি। কিন্তু আজ আর ভুল হওয়ার জো নেই। মাথা পরিষ্কার কাজ করছে, স্পষ্ট মনে পড়ছে, আজ থেকে বাইশ বছর আগে বটুক সামন্ত নামে আমার এক বেয়াদব ছাত্র ছিল। অত্যন্ত রগচটা, মারমুখো ছেলে। দুমদাম রেগে গিয়ে বন্ধুদের সঙ্গে মারপিট করত। একবার সে তার এক ক্লাসমেটকে সামান্য কারণে এমন মেরেছিল যে, ছেলেটাকে হাসপাতালে ভরতি করতে হয়। আমি তখন কলেজের প্রিন্সিপাল, বাধ্য হয়ে তাকে কলেজ থেকে তাড়ানোর সিদ্ধান্ত নিই। তাতে রেগে গিয়ে সে রাত্রিবেলা কলেজ বিল্ডিংয়ে আগুন দিয়েছিল। বাধ্য হয়ে তাকে রাস্টিকেট করতে হয়। জানি না এই সেই বটুক সামন্ত কি না! তবে সেও ম্যাজিক দেখাত বলে শুনেছিলাম।"

গোরাং ভারী মুগ্ধ চোখে প্রাণগোবিন্দর দিকে চেয়ে বলল, "বড্ড গোলমালে ফেলে দিলেন কর্তাবাবু! আলাভোলা মানুষটি ছিলেন, কতবার এক টাকার জায়গায় ভুল করে পাঁচ টাকা দিয়ে ফেলতেন। হাটেবাজারে দশ টাকার জিনিস বিশ টাকায়

কিনে আনতেন। চোর-বাটপাড়েরা কত কম মেহনতে আপনার পকেট থেকে টাকাপয়সা হাপিশ করতে পারত। আমরা তো ধন্যি ধন্যি করতাম, কিন্তু আপনি হুঁশিয়ার হয়ে ওঠায় সে চিন্তার লোক ভারী লোকসানে পড়ে যাবে। গিন্নিমার কথাটাও একটু ভাবুন।''

শশব্যস্ত প্রাণগোবিন্দ বললেন, ''কেন, তাঁর আবার কী হল?''

''তিনি যে বড্ড ফ্যাসাদে পড়ে গেলেন কর্তাবাবু। এতকাল একজন ভারী আত্মভোলা, আনমনা, কাছাছাড়া মানুষের ঘর করে বুড়ো হলেন। এখন যে তাঁকে একজন ভারী চালাক-চতুর, হুঁশিয়ার, হিসেবি লোকের সঙ্গে নতুন করে ঘর করতে হবে। এটা ভেবে দেখেছেন? এই কেঁচে গণ্ডূষে তাঁর যে ভারী হয়রানি হবে!''

বাদাম ঘোষ মাথা নেড়ে বলল, ''খুব ঠিক কথা হে প্রাণগোবিন্দ! আমি বৃক্ষবাসী হওয়ার পর থেকেই আমার বাড়িতেও এরকম সব হয়েছিল কিনা। গিন্নি লুকিয়ে গয়না গড়ালে টের পেতুম, রাখাল ছেলেটা গোরুর দুধ চুরি করলে ধরে ফেলতুম, নাতি পড়ায় ফাঁকি দিয়ে ডাভাগুলি খেলছে কি না বলে দিতে পারতুম।''

প্রাণগোবিন্দ বুক ফুলিয়ে বললেন, ''আমার সঙ্গে আর কেউ চালাকি করে পার পাবে না। এই তো সেদিন, গিন্নি ছাদে বড়ি শুকোতে দিয়ে আমাকে পাহারায় বসিয়ে রেখেছিলেন। কী বলব মশাই, একটা জিনিস ভাবতে ভাবতে একটু অন্যমনস্ক হয়েছি, অমনি কাকগুলো এসে বড়ির টুকরো ছড়িয়ে ছয়ছত্রখান করে গেল। গিন্নি এসে কী উস্তম-কুস্তম করে অপমান করলেন আমায়। তারপর ধরুন, বাজারের রাধেশ্যাম মুদি, যখনই কিছু কিনতে যাই, তখনই রাধেশ্যাম এসে আমার সামনে দাঁড়ায়, বিগলিত মুখে নানা গল্প ফেঁদে বসে আর এমনভাবে দাঁড়িপাল্লাটা আড়াল করে দাঁড়ায়, যাতে আমি দেখতে না পাই। প্রত্যেকদিন ওজনে ফাঁকি দিয়ে যাচ্ছে! মানুষের কথা কী আর বলব, আমার বিড়াল দুটো কি কম বজ্জাত! তাদের এমন চায়ের নেশা হয়েছে যে, আমি খবরের কাগজে মুখ ঢাকলেই তারা লাফিয়ে টেবিলে উঠে আমার চায়ের কাপ থেকে চুকচুক করে চা খেয়ে নেয়। সবসময় তো আর বুঝতে পারি না, তাই সেই বিড়ালের এঁটো করা চা-ও কতদিন খেয়ে নিয়েছি। কিন্তু সেসব দিন আজ ইতিহাস। যাক, বিড়াল আর রাধেশ্যাম কেউ এখন আমার হাতে নিস্তার পাবে না।''

গোরাং দাস বিনীতভাবেই বলল, ''বুঝতে পারছি, আমাদের কপালেই এবার কষ্ট আছে।''

প্রাণগোবিন্দ এবার একটু গম্ভীর হয়ে বললেন, ''কিন্তু ঘটনার প্যাটার্নটা এখনও ঠিক ধরা যাচ্ছে না! ম্যাজিশিয়ান, চকোলেট, চিরকুট, বটুক, তাঁর কুকুর আর পুতুলের উপর কুকুর লেলিয়ে দেওয়া, এসব কি এক সূত্রে বাঁধা! না কি আলাদা আলাদা

বিচ্ছিন্ন ঘটনা!"

বাদাম ঘোষ বলল, "একটু চেপে ভাবলেই বেরিয়ে আসবে। তোমার মাথা তো এখন চমৎকার কাজ করছে হে!"

"তা করছে। কিন্তু এখনও আমি জানি না, কে বা কারা গোকুল বিশ্বাসের গোরুটা চুরি করে আমার গোয়ালে রেখে এল এবং কে-ই বা মুক্তিপণের টাকা আমার কাছে পৌঁছে দিতে বলল। মাঝেমধ্যে মনে হচ্ছে, এসব ঘটনা একই সূত্রে বাঁধা।"

গোরাং চাপা গলায় বলল, "গাঁয়ে আপনার বদনামও করেছে লোকে।"

"লোকের আর দোষ কী বলো? আমার গিন্নিও তো আমাকে গোরুচোর বলে সন্দেহ করলেন!"

সাত

পিউ একটা কাঠের পুতুল কিনল। ঘাড় ধরে ঘোরালেই মুন্ডুটা খুলে যায়, ভিতর থেকে বেরিয়ে আসে আর-একটা পুতুল। আবার সেটার পেটের মধ্যেও আবার একটা পুতুল। আর-একটা কাচের চুড়িওয়ালা তার দু'হাতে কী সুন্দর সব জরি বসানো কাচের চুড়ি পরিয়ে দিল। একটুও ব্যথা লাগল না। কাঠের চিরুনি সে কখনও দেখেনি। দুটো নিল। একটা মাকে দেবে। পিয়ালের জন্য নিল বাঁশি আর বেলুন আর প্লাস্টিকের ব্যাট-বল। দাদু আর ঠাকুরমার জন্য কিছু একটা নেওয়া উচিত। কী নেবে ভাবছিল। এমন সময় দেখতে পেল, মেলার গেটের দিকে একটা ভারী সুন্দর রঙিন তাঁবু। তার বাইরে লাল শালুর উপর সাদা অক্ষরে লেখা: *বিক্রমজিতের ম্যাজিক শো!*

সে চেঁচিয়ে উঠল, "এই তো বিক্রমজিতের ম্যাজিক!"

হলধর উঁচু হয়ে বসে সুরবালার ফরমাশ অনুযায়ী ভারী লোহার চাটুর দরদাম করছিল। বলল, "ম্যাজিক দেখতে গেলে দেরি হয়ে যাবে দিদি! সাড়ে সাতটা বেজে গেছে।"

"আমি যে বিক্রমজিৎকে চিনি! ভীষণ ভাল ম্যাজিক দেখায়। সে আমাকে চকোলেট দিয়েছিল।"

"এই তো মুশকিলে ফেললে দিদি! দেরি হয়ে গেলে আমি বকুনি খাব!"

"বাঃ রে! আমরা তো এখনও দাদুকেই খুঁজে পাইনি! ঘুড়ির মধ্যে যে লেখা ছিল দাদু এই মেলাতেই আছেন।"

হলধর ফাঁপরে পড়ে বলল, "বুড়ো মানুষরা কি আর মেলায় ঘুরে বেড়ান! দেখো

গে যাও, দাদু এতক্ষণে বাড়ি ফিরে বসে চা খাচ্ছেন!''

''তুমি কী করে জানলে?''

একগাল হেসে হলধর বলে, ''তা আর জানব না! এ সময় চা না খেলে যে কর্তাবাবু তেড়ে ইংরিজি বলেন! আমার সঙ্গে একদিন এমন ইংরিজি বলেছিলেন যে, রাতে আমার মোটে ঘুমই হল না, আর মোক্ষদা তো ইংরিজি বকুনির চোটে হাউমাউ করে কী কান্নাই কাঁদল। তখন কর্তামা তাড়াতাড়ি চা করে দেওয়ার পর চা খেয়ে তবে কর্তাবাবু বাংলায় নামলেন।''

''যাঃ, দাদু মোটেও ওরকম নন। আচ্ছা হলধরদাদা, ওই ট্যারা লোকটাকে লক্ষ করেছ?''

''ট্যারা লোক! না তো! কার কথা বলছ?''

''আমরা যখন নসিগঞ্জে ভ্যানে উঠছি, তখন বাজারের কাছ থেকে লোকটা খুব লক্ষ করছিল আমাদের। এখন দেখছি মেলাতেও লোকটা আমাদের সঙ্গে সঙ্গে ঘুরছে।''

হলধর বলল, ''তোমার রাঙা টুকটুকে জামাটা দেখছে বোধহয়, গাঁয়ের গরিব লোক তো সব, এত সুন্দর পোশাক তো বড় একটা দেখে না।''

''না হলধরদা, আমি তাকালে লোকটা চোখ ফিরিয়ে নিয়ে কোথায় যেন লুকিয়ে পড়ছে।''

''ভয় পেয়ো না দিদি, আমি তো সঙ্গেই আছি।''

''আমি মোটেই ভয় পাইনি।''

''ট্যারা লোকটা কাকে দেখছে তা তো বোঝবার উপায় নেই কিনা। তারা কাকের দিকে তাকিয়ে হয়তো বক দেখতে পায়। রামবাবুর দিকে চেয়ে শ্যামবাবুর সঙ্গে কথা কয়।''

ঠিক এই সময় জোকারের পোশাক পরা একটা লোক এগিয়ে এসে পিউকে বলল, ''ম্যাজিক দেখবে না খুকি? বিক্রমজিতের ম্যাজিক? এই নাও দুটো টিকিট। ম্যাজিক এক্ষুনি শুরু হবে।''

বলেই লোকটা ভিড়ের মধ্যে অদৃশ্য হয়ে গেল।

পিউ হাতের দু'খানা টিকিটের দিকে চেয়ে বলল, ''দেখলে তো হলধরদাদা, বিক্রমজিৎ কেমন ভাল!''

হলধর আমতা আমতা করে বলল, ''তাই তো দিদি, বিক্রমজিৎ তো তোমার চেনা লোকই দেখছি। তা, দেরি একটু হলে হোক। বিনে পয়সায় বরং ম্যাজিকটা একটু দেখেই যাই চলো।''

দু'জনে তাঁবুতে গিয়ে ঢুকে ভারী অবাক হয়ে গেল। সারি সারি চেয়ার সাজানো আছে বটে, কিন্তু একটাও লোক নেই। তাঁবু একদম ফাঁকা। সামনে ছোট একটা স্টেজ। পরদা ফেলা। তারা বসতে না বসতেই পরদা সরে গেল। বিক্রমজিৎ স্টেজে এসে দাঁড়াল। ঠিক সকালে যেমন দেখেছিল, তেমনই কালো কোট আর প্যান্ট, লাল টাই, মাথায় টুপি। বিক্রমজিৎ ম্যাজিক দেখাতে শুরু করে দিল।

হলধর চাপা গলায় বলে, "ইরে বাবা, কত চটপট দেখাচ্ছে! এত তাড়াহুড়োর কী আছে বলো তো!"

কথাটা সত্যি। বিক্রমজিৎ বড় তাড়াতাড়ি ম্যাজিক দেখাচ্ছে। মুখে কোনও কথা নেই। টুপি থেকে বের করছে কাচের গ্লাস, ফুলদানি, জ্যান্ত সাপ, খরগোশ, পায়রা। তারপর হঠাৎ একটা লাল চাদর দু'হাতে ধরে উঁচু করে নিজেকে আড়াল করল বিক্রমজিৎ। চাদরটা দু'-একবার দুলে উঠেই পড়ে গেল নীচে। দেখা গেল বিক্রমজিৎ চাদরের আড়ালে নেই, কোথাও নেই। কিন্তু হঠাৎ একটা চাপা শিসের শব্দ হল যেন। আর তারপরই স্টেজের উপরে উঠে এল একটা ভয়ংকর সাদা কুকুর। মাত্র একবার একটা 'আউফ' শব্দ করে সেটা স্টেজ থেকে একটা লাফ দিয়ে নেমেই সোজা ছুটে এল তাদের দিকে।

পিউ আর হলধর কিছু বুঝে ওঠার আগেই কুকুরটা সোজা এসে লাফিয়ে পড়ল তাদের উপর। দু'জনেই চেয়ার উলটে পড়ে গেল মাটিতে। ঠিক এই সময় আর-একটা তীব্র শিসের শব্দ হল। পিউ চিৎকার করে উঠল, "মা গো!"

চোখ বুজে ফেলেছিল পিউ। এত ভয় সে কখনও পায়নি। ভয়ে শক্ত হয়ে পড়ে রইল সে। কুকুরটা কি কামড়াবে তাকে? কেন কামড়াবে? সে তো কিছু করেনি!

কারা যেন এসে দাঁড়াল কাছে। কে একজন তাকে পাঁজাকোলা করে তুলে নিয়ে বলল, "ভয় নেই মা। কোনও ভয় নেই।"

পিউ চোখ চেয়ে অবাক হয়ে দেখল, কয়েকজন লোক তাদের চারদিকে দাঁড়িয়ে আছে। তাদের মধ্যে একজন গোরাংদাদা, আর দাদু।

"দাদু!" বলে ঝাঁপিয়ে পড়ল পিউ।

দাদু তাকে বুকে জড়িয়ে ধরে বললেন, "কোনও ভয় নেই ভাই, কোনও ভয় নেই।"

"কুকুরটা যে আমাকে কামড়ে দিচ্ছিল!"

"হ্যাঁ, কপাল ভাল, তাই অল্পের জন্য বেঁচে গেছ। এই যে ছেলেটাকে দেখছ, এ হল টক্কেশ্বর। এ-ই বুদ্ধি করে শিসটা ঠিক সময়ে দিয়েছিল। আর তাইতেই কুকুরটা ঘাবড়ে গিয়ে ফিরে যায়। নইলে এতক্ষণে কী হত, ভাবাই যায় না।"

"কুকুরটা কেন আমাকে কামড়ে দিচ্ছিল দাদু! আমি তো কিছু করিনি!"

"না, তুমি কিছু করোনি। কিন্তু বাইশ বছর আগে তোমার দাদু কিছু করেছিল। আর এটা তারই প্রতিশোধ।"

গোকুল বিশ্বাস আর তার কয়েকজন শাগরেদ বাদাম ঘোষ, গোরাং দাস, টক্কেশ্বর— সবাই এসে প্রাণগোবিন্দবাবুকে ঘিরে বসে গেল। গোকুল বলল, "ব্যাপারটা আমার মাথায় এখনও সেঁধোয়নি। একটু বুঝিয়ে বলুন।"

প্রাণগোবিন্দ ব্যথিত মুখে বললেন, "এ বড় সুখের গল্প নয়। বাইশ বছর ধরে যে কেউ এত রাগ পুষে রাখতে পারে, তার ধারণাও আমার ছিল না। বটুককে রাস্টিকেট করার যে এতখানি মূল্য দিতে হবে, তাও জানা ছিল না। সে আমাকে একেবারে শেষ করে দিতে চেয়েছিল বটে, কিন্তু খুব ধীরে ধীরে, দগ্ধে দগ্ধে। সরাসরি মেরে দিলে আর মজা কী? তাই সে গোকুলের গোরু চুরি করে আমার গোয়ালে চালান দেওয়া আর মুক্তিপণ আমাকে দেওয়ানোর ব্যবস্থা করে। সে ভালই জানে, এই গ্রামদেশে একবার কলঙ্ক আর বদনাম হলে সহজে তা স্খলন হয় না, আর গাঁয়ের লোকরা এসব জিনিস সহজেই বিশ্বাস করে। কাজেই আমাকে গোরুচোর এবং মুক্তিপণ আদায়কারী এক জঘন্য লোক বলে সে দেগে দিতে চেয়েছিল, তাতে চরিত্রহনন যেমন হবে, তেমনই আমার হবে বুদ্ধিনাশ। শুধু এটুকু করেই সে ক্ষান্ত হয়নি, তার ভিতরে বাইশ বছর ধরে যে কত রাগ পুষে রেখেছে, তার আরও ভয়ংকর প্রতিশোধ চাইছিল। আর এর জন্যই সে বেছে নেয় আমার নাতনিকে। আমার এই আদরের নাতনিকে খুন করলে আমি বেঁচে থেকে মৃত্যুর অধিক যন্ত্রণা পাব, এটা সে ভালই জানে। এজন্য সে বুদ্ধি করে ম্যাজিশিয়ান সেজে বাসের মধ্যে খেলা দেখায়, আর আমার নাতনি তার বেশ ভক্ত হয়ে পড়ে। নানা কৌশলে সে পিউকে টেনে আনে এই মেলায়। প্ল্যান সে ভালই করেছিল। নির্জন তাঁবুর মধ্যে কুকুর দিয়ে বাচ্চা মেয়েটাকে খুন করলে পুলিশ তাকে ধরতেও পারত না। গ্রামদেশের পুলিশ অত তৎপর নয়। তার উপর সাক্ষিসাবুদও নেই।"

টক্কেশ্বর বলল, "বটুকবাবুর কুকুরটার রং কিন্তু কালো।"

প্রাণগোবিন্দ বললেন, "হ্যাঁ, কুকুরটাকে কামোফ্লাজ করার জন্য সেটার গায়ে সাদা রং লাগিয়ে নিয়েছিল সে। আমরা খবর নিয়েছি, এ তাঁবুতে বিক্রমজিতের ম্যাজিক শো হয় না, হয় পুতুলনাচ। আর সেটা হয় দুপুরে। বাইরে যে লাল শালু টাঙানো আছে, সেটা শুধু আমার নাতনিকে টেনে আনার জন্যই।"

গোকুল বিশ্বাস বলে, "কিন্তু কুকুরটা সবাইকে ছেড়ে আপনার নাতনির দিকেই বা তেড়ে এল কেন?"

"এখানেও গোকুলের ক্ষুরধার বুদ্ধির কথা বলতে হয়। সকালে বাসের মধ্যে সে আমার নাতি আর নাতনিকে চকোলেট-বার দিয়েছিল। আমার দৃঢ় ধারণা, পিউকে দেওয়া চকোলেটটার মধ্যে এমন কিছু সে মাখিয়ে দিয়েছিল, যার গন্ধ পিউয়ের শরীরে থেকে যাবে। মানুষের নাক সে গন্ধ টের পাবে না বটে, কিন্তু কুকুরের জ্ঞানেন্দ্রিয় অনেক তীক্ষ্ণ। আমার আরও মনে হয়, যে মেয়েপুতুল দিয়ে সে কুকুরটাকে ট্রেনিং দিচ্ছিল, সেটার গায়েও ওই গন্ধ মাখানো আছে। পিউ যদি আজ মেলায় না-ও আসত, তা হলেও ছাড়ত না বটুক। পিউকে যেখানে পেত, সেখানেই সে তার কামোফ্লাজ করা খুনে কুকুর লেলিয়ে দিত।"

গোকুল বিশ্বাস একটা দীর্ঘশ্বাস ফেলে বলল, "প্রাণগোবিন্দবাবু, কবুল করছি আমিও একসময় পাজি লোক ছিলুম বটে, কিন্তু এত শয়তানি বুদ্ধি আমারও ছিল না।"

"যেসব খারাপ লোক বুদ্ধিমান হয় তারাই সবচেয়ে বিপজ্জনক। তার প্ল্যানিং দেখে আমি অবাক হয়ে গেছি। টুকরোটাকরা ঘটনাগুলোকে সাজাতে গিয়ে ধরা পড়ল, যা সব ঘটেছে তা একটা সুতোয় বাঁধা। এই সাজাতে গিয়ে বড্ড দেরি হয়ে গেল। একেবারে শেষ সময়ে পিউকে বাঁচানো গেছে, তাই ঢের। টক্কেশ্বর রোজ বটুকের বাড়ির দেওয়ালে উঠে সব লক্ষ করত। কোন শিস দিলে কুকুরটা তেড়ে যায়, কোন শিসে ফিরে আসে, তা শিখে গিয়েছিল। ওর শিসটা ঠিকমতো কাজ না করলে অবশ্য আপনাকে গুলি চালাতেই হত গোকুলবাবু। তবে তাতে পিউয়ের রিস্ক ছিল।"

গোকুল বিশ্বাস মাথা নেড়ে বলল, "না মশাই, না। আমার হাতের টিপ এখনও অব্যর্থ। এক চুল এদিক-ওদিক হওয়ার জো নেই। বিশ্বাস না হয় পরীক্ষা করে দেখুন।"

"রক্ষে করুন। পরীক্ষার দরকার নেই। তবে কুকুরটাকে যে মারতে হয়নি, এটাতে আমি স্বস্তিই বোধ করছি।"

পিউ দাদুর গলা জড়িয়ে ধরে বলল, "দাদু, বিক্রমজিৎ কি খারাপ লোক? আমার যে তাকে খুব ভাল লাগে! কী সুন্দর ম্যাজিক দেখায়!"

"হ্যাঁ দিদিভাই। তার গুণও অনেক। ওই বুদ্ধি কাজে লাগালে সে অনেক ভাল কাজও করতে পারত। কিন্তু অলস মস্তিষ্ক শয়তানের বাসা। বাপ-ঠাকুরদার অঢেল পয়সা পেয়ে সে কর্মবিমুখ হয়ে গিয়েছিল, আর তার চণ্ড রাগও ছিল তার বড় শত্রু।"

ঠিক এই সময় তাঁবুর পরদা সরিয়ে দারোগাবাবু এসে ঢুকলেন। প্রাণগোবিন্দবাবুকে প্রণাম করে বললেন, "সরি মামাবাবু, কুকুরটাকে গুলি করে মারতে হয়েছে। কিছু

করার ছিল না। বটুককে অ্যারেস্ট করার সময় কুকুরটা ভীষণ ভায়োলেন্ট হয়ে ওঠে। কুকুরটাকে মারতেই বটুকবাবু কোলাপস করেন।''

প্রাণগোবিন্দ বললেন, ''খুবই দুঃখের কথা, কুকুরটাকে সে খুবই ভালবাসত, যেমন ওই গোকুল বিশ্বাস তার গোরুটাকে ভালবাসে, যেমন আমি আমার এই নাতনিটাকে ভালবাসি। এসব ভালবাসার গল্পের সঙ্গে যখন ঘৃণা-বিদ্বেষ এসে মিশে যায়, তখনই হয় বিপত্তি। নইলে ভালবাসার মতো এমন শুদ্ধ জিনিস আর কী আছে বলো!''

দারোগা সুধাবিন্দু বললেন, ''তা বটে।''

সকালবেলা সুরবালা খুবই চেঁচামেচি করছিলেন, ''ও পিউ, এ কাকে দাদু বলে ধরে নিয়ে এলি ভাই? সেই আলাভোলা ভালমানুষ লোক তো এ মোটেই নয়। এই ধুরন্ধর লোকটা তোর দাদু হয় কী করে, অ্যাঁ?''

পিউ খিলখিল করে হেসে বলে, ''ইনিই তো আমার দাদু!''

''তা হলে বলতেই হবে, ওই বৃক্ষবাসী বাদামচন্দ্র ঘোষের পাল্লায় পড়ে তোর দাদু একেবারে উচ্ছন্নে গেছে। আগে চায়ে চিনি কম-বেশি হলে টের পেত না। বাজারে গেলে হিসেব মেলাতে পারত না। সংসারের কোনও খবরই রাখত না। কিন্তু এখন তো দেখি কেবল টিকটিক করছে, এটা হল না কেন, ওটা হল কেন? এক রাত্তিরেই আমার হাড় ভাজা-ভাজা হয়ে গেল। এখন এই নতুন লোককে সামলাব কী করে বল তো!''

উঠোনের কোণে বসে হলধর খড় কাটছিল। মুখ তুলে বলল, ''যা বলেছেন মা-ঠান। আগে কত্তাবাবুর চোখদুটো ছিল গোরুর চোখের মতো ঠান্ডা। এখন একেবারে টর্চবাতির মতো জ্বলতে লেগেছে।''

বাইরের বারান্দার সিঁড়িতে বসে গোরাং দাস মাথা চুলকোতে চুলকোতে বলল, ''বলেছিলাম না কত্তাবাবু, বড় ভজঘট বেধে উঠবে! আমাদের যে সব হিসেবনিকেশ উলটে গেল!''

প্রাণগোবিন্দ মৃদু মৃদু হেসে আপনমনে শুধু বললেন, ''হুঁ-হুঁ, বাবা!''

ডাকাতের ভাইপো

কাশীবাবু সকালে তাঁর বাগানে গাছপালার পরিচর্যা করছেন। সঙ্গে তাঁর বহুকালের পুরনো মালি নরহরি। নরহরি শুধু মালিই নয়, সে বলতে গেলে অনেক কাজের কাজি। তবে সে ভারী ভিতু লোক, দুনিয়ার সব কিছুতেই তার ভয়। দিনেদুপুরে একটা গোলাপ ডালের ন্যাড়া মাথায় গোবরের টুপি পরাতে পরাতে হঠাৎ সে বলে উঠল, ‘‘হয়ে গেল! ওই এসে পড়েছে। আর উপায় নেই কর্তামশাই, সব চেঁচেপুঁছে নিয়ে যাবে।’’

নরহরির আগড়ম-বাগড়মকে তেমন গুরুত্ব দেন না কাশীবাবু। কুমড়োর ভাঙা মাচাটায় বাঁধন দিতে দিতে বললেন, ‘‘কার কথা কইছিস? কে এল?’’

‘‘ওই যে দেখুন না! মুশকো চেহারা, বাঘের মতো গুল্লু-গুল্লু চোখ, ঝাঁকড়া চুল, কোমরে নির্ঘাত ছোরাছুরি আছে।’’

কাশীবাবু দেখলেন, ফটকের বাইরে একটা উটকো লোক দাঁড়িয়ে উঁকিঝুঁকি মারছে বটে, তবে নেহাত হাঘরে চেহারা। রোগামতো, গালে খোঁচা খোঁচা দাড়ি, পরনে একখানা চেক লুঙ্গি, গায়ে সবুজ রঙের একখানা কামিজ, কাঁধে লাল গামছা। মাথায় ঝাঁকড়া চুল আছে বটে, কিন্তু চেহারা মোটেই ভয়ংকর নয়। অনেক সময় সাহায্য-টাহায্য চাইতে দু’-একজন গাঁয়ে ঢুকে পড়ে, এ তাদেরই কেউ হবে হয়তো।

কাশীবাবু হাত-টাত ঝেড়ে ফটকের কাছে এগিয়ে গিয়ে বললেন, ‘‘কে হে বাপু তুমি? কাকে খুঁজছ?’’

লোকটা একগাল হেসে বলল, ‘‘বাগানখানা বড় সরেস বানিয়েছেন মশাই। কী ফলন, গাছপালার কী তেজ, দেখলেও চোখ জুড়িয়ে যায়!’’

কাশীবাবু খুশি হয়ে বললেন, ‘‘তা আর হবে না। মেহনত বড় কম করতে হয় না। গাছপালার আদরযত্ন করি বলেই না তারা ফলন্ত-ফুলন্ত হয়ে ওঠে।’’

লোকটা মাথা নেড়ে বলে, ‘‘বড় খাঁটি কথা মশাই। আদরযত্নটাই তো আসল কথা। আদরযত্ন না পেলে সব জিনিসই কেমন দরকচা মেরে যায়। এই আমার অবস্থাই দেখুন না। কত কী হতে পারতুম, কিন্তু হলুম একটা লবডঙ্কা। যত্নই হল না আমার।’’

কাশীবাবু দয়ালু মানুষ। নরম গলায় বললেন, "আহা, যত্ন করার কেউ নেই বুঝি?"

"কে আর থাকবে বলুন! মা-মরা ছেলের জীবন বড় দুঃখের। মা মরে যাওয়ায় বাবা বিবাগী হয়ে গেলেন, জ্ঞাতিরা এসে সব বিষয়-সম্পত্তি দখল করে নিল। সেই ছেলেবেলা থেকে সাতঘাটের জল খেয়ে ঘুরে বেড়াচ্ছি।"

কাশীবাবুর চোখ ছলছল করতে লাগল। দুঃখের কথা তিনি মোটেই সইতে পারেন না। ধুতির খুঁটে চোখের কোণ মুছে ধরা গলায় বললেন, "আহা, সত্যিই তো তুমি বেশ দুঃখী লোক হে!"

লোকটা গম্ভীর হয়ে বলে, "যে আজ্ঞে। আমাকে দুঃখের তুবড়িও বলতে পারেন। নিদেন ফুলঝুরি তো বটেই।"

উদ্বিগ্ন হয়ে কাশীবাবু বললেন, "তা হলে তোমার উপায় কী হবে বাপু?"

লোকটা দীর্ঘশ্বাস ছেড়ে বলে, "আজ্ঞে, উপায় তো কিছু দেখা যাচ্ছে না। খুড়োমশাইকে খুঁজে না পেলে উপায় হওয়ার জো নেই কিনা।"

নরহরি এতক্ষণ কথা কয়নি। এবার কাশীবাবুর পিছন থেকে সে খিঁচিয়ে উঠে বলল, "তা বাপু, গাঁয়ে খুড়ো-জ্যাঠার অভাব কী? মেলাই পাবে। যাও না, খুঁজে দেখো গিয়ে।"

কাশীবাবু একবার নরহরির দিকে ভর্ৎসনার চোখে চেয়ে ফের লোকটার দিকে মুখ ঘুরিয়ে বললেন, "তা বাপু, তোমার খুড়োমশাই কি এই গাঁয়েই থাকেন?"

লোকটা ঠোঁট উলটে বলল, "কে জানে মশাই। থাকতেই পারেন। বাপ বিবাগী হওয়ার সময় বলেছিলেন, 'ওরে খাঁদু, তোর যে কী হবে কে জানে! যদি পারিস, তবে তোর খুড়োকে খুঁজে দেখিস। তাকে পেলে তোর একটা হিল্লে হবে।' তা মশাই সেই থেকে খুড়োকে কিছু কম খুঁজলুম না।"

"পেলে না বুঝি?"

"একেবারে পাইনি তা বললে ভুল হবে। কখনও অর্ধেকটা, কখনও সিকিটা পাওয়া যাচ্ছে বটে, কিন্তু গোটাগুটি খুড়োমশাইকে নাগালে পেলুম কই?"

"তাজ্জব কথা! খুড়োর আবার সিকি-আধুলিও হয় নাকি হে? তোমার খুড়োমশাইয়ের তো একটা ঠিকানা আছে নাকি?"

মাথা নেড়ে খাঁদু বলে, "তা তো আছেই। থাকবারই কথা। ঠিকানা না থাকার জো নেই। কিন্তু মুশকিল হল সেটা আমার বাবা আমাকে বলেননি। তাই তো গোরুখোঁজা খুঁজতে হচ্ছে মশাই। মেহনত বড় কম যাচ্ছে না। মাঝে-মাঝে মনে হয়, এত মেহনতে ভগবানকে পাওয়া যায়, তো খুড়োমশাই কোন ছার!"

''ঠিকানা না থাকলেও নাম তো একটা আছে রে বাপু?''

একগাল হেসে খাঁদু বলল, ''তা আর নেই! খুব আছে। দিব্যি নাম মশাই। রাখালহরি গড়াই। নবগ্রামে রাখাল গড়াইকে পেলুম বটে খুঁজে, কিন্তু তিনি কালীর দিব্যি কেটে বললেন যে, তিনি নিকষ্যি রাখাল। রাখালের সঙ্গে হরি নেই মোটেই। তারপর ধরুন, শীতলাপুরের হরিপদ গড়াই, তাঁকে পাকড়াও করতেই তিনি ভারী রেগে গিয়ে বললেন, 'কেন হে বাপু, হরিপদ হয়ে কি আমি খারাপ আছি? আমাকে আবার একটা রাখাল গছাতে চাইছ কেন, তোমার মতলবটা কী হে?' তারপর ধরুন, মদনপুরে খুড়োমশাইকে প্রায় পেয়েই গিয়েছিলুম। রাখালহরি গড়গড়ি। যতই বলি গড়গড়ি নয়, ওটা আসলে গড়াই, ততই তিনি গরগর করে গর্জাতে থাকেন। ঘণ্টা দুই যুঝেও তাঁকে কিছুতেই মানাতে পারলুম না যে, তিনি গড়গড়ি না-ও হতে পারেন এবং গড়াই কিছু খারাপ কথাও নয়।''

''তা হলে তো মুশকিল হল হে। তা তোমার খুড়োমশাই কি বেশ পয়সাওলা লোক?''

খাঁদু চোখ বড় বড় করে বলে, ''তা তো বটেই। কুঠিবাড়ি লুট করে কয়েক লাখ টাকা হাতিয়ে পালিয়ে গিয়েছিলেন যে! তারপর ডাকাত হিসেবে তাঁর আরও নামডাক হয়।''

''ডাকাত!'' বলে কাশীবাবু হাঁ করে চেয়ে রইলেন।

''যে আজ্ঞে। তেমন চুনোপুঁটি ডাকাতও নন। তাঁর মাথার দাম এখন লাখ টাকা।''

''ওরে বাবা! শুনেই যে আমার হৃৎকম্প হচ্ছে! তুমি তো সাংঘাতিক লোক হে! ডাকাতের ভাইপো!''

''আজ্ঞে, ওইটেই তো হয়েছে মুশকিল! ডাকাতের ভাইপো শুনে লোকে বড্ড ঘাবড়ে যায়! অনেকে সন্দেহ করে, ভয় পায়, ঘটিবাটি সামলে রাখে। অনেকে আবার পুলিশেও খবর দেওয়ার উদ্যোগ করে। কী ফ্যাসাদ বলুন দিকি! আমি মশাই, নিতান্তই নিরীহ ধর্মভীরু লোক। খুড়োমশাই হাতে মাথা কাটেন বটে, কিন্তু আমার তো মশা-মাছি মারতেও হাত সরে না!''

কাশীবাবু গম্ভীর হয়ে বললেন, ''তা হলে বাপু, তুমি বরং অন্য কারও ভাইপো হলেই ভাল করতে। এই ধরো উকিল-মোক্তার বা ডাক্তার। ডাকাতের ভাইপো হওয়াটা মোটেই ভাল কথা নয়।''

''আজ্ঞে, সে কথাও খুব ভাবি। আমার যা স্বভাব, তাতে ওরকম একজন ডাকসাইটে ডাকাতের ভাইপো হওয়াটা মোটেই ঠিক হয়নি। তিনি লাখো-লাখো টাকা লুটছেন

বটে, কিন্তু আমি মরছি বিবেক দংশনের জ্বালায়। এই তো দেখুন না, দিন-দু'ই আগে নারানপুর গাঁয়ের হাটখোলায় একছড়া সোনার হার কুড়িয়ে পেলুম। তা ভরিটাক ওজন তো হবেই। কিন্তু যেই হাতে নিয়েছি অমনই যেন বিছুটি পাতার জ্বালা। সে কী জ্বলুনি মশাই, কী বলব! তারপর সারা গাঁ তোলপাড় করে যার হার হারিয়েছিল সেই খুকিটিকে খুঁজে বের করে তার হাতে হারছড়া তুলে দিয়ে তবে নিষ্কৃতি।''

''তা হলে তো বাপু, তুমি বেশ দোটানার মধ্যেই পড়েছ। একদিকে ডাকাতখুড়ো, অন্যদিকে বিবেকবুড়ো?''

''যথার্থই বলেছেন মশাই। দু'দিকের টানাহ্যাঁচড়ায় বড্ড জেরবার হচ্ছি। সত্যি কথা বলতে কী, বিবেক দংশন যেমন আছে তেমনই খিদের জ্বালাও তো আছে। বাইরে থেকে দেখলে ঠিক বুঝবেন না, আমার ভিতরে বিবেক আর খিদের কেমন সাংঘাতিক লড়াই চলছে। ওফ, সে যেন সুন্দ-উপসুন্দের যুদ্ধ। কখনও বিবেককে ধরে খিদে এমন আছাড় মারে যে, বিবেকের অক্কা পাওয়ার দশা। কখনও আবার বিবেক তেড়েফুঁড়ে উঠে খিদেকে এমন চেপে ধরে যে, খিদের তখন দম আটকে মরার অবস্থা। তা এই খিদে যখন মাঝে-মাঝে চাগাড় দিয়ে ওঠে, তখন কখনও-সখনও চুরি-ডাকাতি করতে যে ইচ্ছে যায় না তা নয়। তখন যেন খুড়োমশাই আমার ঘাড়ে ভর করেন। এই তো গেল হপ্তায় গোলোকগঞ্জে দিন-দুই উপোসের পর দুর্বল শরীরে একটু ঘোরাঘুরি করছি, হঠাৎ দেখি, একটা বাড়ির বাগানের বেড়ার ধারে একটা পেঁপে গাছে একেবারে হাতের নাগালে একখানা হলুদ বরণ পাকা পেঁপে ঝুলে আছে। যেই না দেখা, অমনই আমার খিদে লাফিয়ে উঠে বিবেককে কনুইয়ের ধাক্কায় সরিয়ে পাঁইপাঁই করে ছুটল।''

কাশীবাবু চোখ গোল গোল করে বললেন, ''বটে! তারপর কী হল!''

''আজ্ঞে, খিদে প্রায় জিতেই গিয়েছিল আর কী! আর-একটু হলেই মহাপাপটা করেই ফেলছিলুম প্রায়। কিন্তু হাত বাড়িয়ে পেঁপেটা যখন জাপটে ধরেছি, তখনই ভিতর থেকে বাঘের মতো বিবেক গর্জন করে উঠল, 'খবরদার, খাঁদু! এখনও পৃথিবীতে চন্দ্র-সূর্য উঠছে, এখনও গঙ্গায় জোয়ার-ভাটা খেলছে, এখনও গোরুর দুধে সর পড়ে, এখনও দধিমন্থন করলে মাখন ওঠে, এখনও পাটালি গুড় দিয়ে পায়েস হয়। তাই বলছি, এ পাপ তোর ধর্মে সইবে না।' বুঝলেন মশাই, কী বলব, বিবেকের সেই বাঘা গর্জনে শরীরে যেন ভূমিকম্প হতে লাগল। মনস্তাপে মনটা ভরে গেল। হাত সরিয়ে নিলুম, পেঁপেটা যেমন ঝুলছিল তেমনই ঝুলে রইল।''

কাশীবাবু একটা শ্বাস ছেড়ে বললেন, ''যাক বাবা! পেঁপেটার জন্য ভারী দুশ্চিন্তা হচ্ছিল আমার।''

‘‘যে আজ্ঞে, হওয়ারই কথা। তবে পেঁপে বাঁচলেও এই খাঁদু গড়াইয়ের যে মরার দশা হয়েছিল মশাই! বিবেকের মার খেয়ে খিদে হার মানল বটে, কিন্তু আমার পেটে এমন কুঁইকুঁই করে ঘুরে বেড়াতে লাগল, কিছুতেই বাগ মানে না। ধর্ম রাখতে গিয়ে প্রাণ যায় আর কী? আচ্ছা মশাই, এটা কলিযুগ বলেই কি ধর্মভীরু মানুষরাই শুধু কষ্ট পায়, আর পাপীতাপী, খুনে-গুন্ডারা দিব্যি হেসে-খেলে বেড়ায়?’’

‘‘তা বাপু, কথাটা মন্দ বলোনি। আমিও শুনেছি, কলিযুগে সব উলটো নিয়ম।’’

‘‘আজ্ঞে, তাই হবে। আচ্ছা মশাই, আপনি কি ‘সধবার দীর্ঘশ্বাস’ বা ‘ডাকাতের দয়া’ যাত্রাপালা দেখেছেন?’’

‘‘না বাপু, যাত্রাটাত্রা আমি বড় একটা দেখি না।’’

পিছন থেকে নরহরি বলে, ‘‘আমি দেখেছি, বড্ড ভাল পালা, চোখের জল রাখা যায় না।’’

খাঁদু একগাল হেসে বলল, ‘‘তবেই বুঝুন, এ কলিযুগ না হয়ে যায় না।’’

কাশীবাবু অবাক হয়ে বলেন, ‘‘কেন বাপু, যাত্রাপালার সঙ্গে কলিযুগের সম্পর্ক কী?’’

‘‘বুঝলেন না! ও দুটো পালাই আমার খুড়োমশাইকে নিয়ে লেখা। আর শুধু কি পালা? তাঁকে নিয়ে কত গান বাঁধা হয়েছে জানেন? শোনেননি? সেই যে, মিছেই করো দৌড়াদৌড়ি, হাতে নিয়ে দড়াদড়ি, পরাবে যে হাতকড়ি হে কোথায় পাবে হাত, বাপের ব্যাটা রাখালহরি, তারই দয়ায় বাঁচি মরি, তার হাঁকেডাকে দাপে খাপে সবাই কুপোকাত... হবে সবাই কুপোকাত। শোনেননি?’’

‘‘না হে বাপু।’’

নরহরি বলল, ‘‘আমি শুনেছি।’’

খাঁদু দেঁতো হাসি হেসে বলে, ‘‘তবেই বুঝুন, কলিযুগে পাপীতাপীরা কেমন তোফা আছে। খুনখারাপি, লুটমার করে দোহাত্তা কামাচ্ছে, তার উপর তাদের নিয়ে পালা হচ্ছে, গান বাঁধা হচ্ছে। এসব কি অশৈলী কাণ্ড নয় মশাই?’’

‘‘তা তো বটেই।’’

‘‘আর এই আমাকে দেখুন, গোবেচারা, ধর্মভীরু মানুষ। কারও সাতেও নেই, পাঁচেও নেই। খুন-জখম, চুরি-ডাকাতির ছায়াও মাড়াই না। তা কে দাম দিচ্ছে বলুন! সেই সাতসকালে বিষ্ণুপুর গ্রাম থেকে হাঁটা দিয়ে তিন মাইল ঠেঙিয়ে আসছি, খিদের চোটে পেট খোঁদল হয়ে আছে, তেষ্টায় বুক অবধি ঝামা, তবু কোনও ভালমানুষ কি একবারও ডেকে বলল, ‘ওরে বাপু খাঁদু, আয় বাবা, এই ঠান্ডার সকালটাতে এক পাত্তর গরম চা আর দু’খানা বাসি রুটি খেয়ে আত্মারামটা একটু ঠান্ডা কর বাবা।’ কিন্তু

মশাই, আজ যদি আমার শ্রদ্ধাস্পদ খুড়োমশাই রাখালহরি গড়াই হাতে একখানা রাম দা বাগিয়ে এসে দাঁড়াতেন, তা হলে দেখতেন, খাতির কাকে বলে! এতক্ষণে গরম গরম ফুলকো লুচি আর মোহনভোগ, সঙ্গে রসগোল্লা-পান্তুয়ার গাদি লেগে যেত। গাঁ ঝেঁটিয়ে পিলপিল করে লোক ধেয়ে আসত একবার চোখের দেখা দেখতে।''

কাশীবাবু তটস্থ হয়ে লজ্জিত মুখে বললেন, ''আহা, তুমি চা-রুটি খেতে চাও, সে-কথা আগে বলতে হয়! খিদে-তেষ্টা কার নেই বলো!''

পিছন থেকে নরহরি একটু গলাখাঁকারি দিয়ে চাপা স্বরে বলল, ''কর্তা, খাল কেটে কুমির আনছেন কিন্তু। এ লোক মোটেই সুবিধের নয়। কেমন চোর-চোর চেহারা, দেখছেন না! তার উপর ডাকাতের ভাইপো! ডাকাতের ভাইপোরা কিন্তু ভাল লোক হয় না।''

কাশীবাবু মুখ ফিরিয়ে ভ্রু কুঁচকে বিরক্ত গলায় বলেন, ''তুই ক'টা ডাকাতের ভাইপো দেখেছিস?''

''কেন, আমাদের কেষ্টপুরের পটল দাস! আমার বুড়ি ঠাকুরমা সারা সকাল কত কষ্ট করে গোবর কুড়িয়ে এনে ঘুঁটে দিতেন, আর বেবাক ঘুঁটে চুরি করে নিয়ে যেত ওই পটলা। মুদির দোকানে বাকি ফেলে জন্মে শোধ দিত না। আর নরেনবাবুর পোষা বিড়ালটা একখানা মাছের কাঁটা চুরি করেছিল বলে কী ঠ্যাঙার বাড়িটাই না মারল। এই পটলা হল কালু ডাকাতের সাক্ষাৎ ভাগনে।''

''তবে! ভাইপো আর ভাগনে কি এক হল? তুই যে মুড়ি আর মিছরির এক দর করে ফেললি? কালিয়া আর কোপ্তা কি আর এক জিনিস রে বাপু! ব্যাটবল আর বটব্যালে কি তফাত নেই? কিন্তু তোকে বলে কী লাভ, তুই তো সেদিনও সিন্নি খেয়ে বললি, 'পায়েসটা বড় জম্পেশ হয়েছে!' ভাগনে আর ভাইপোর তফাত তুই কী বুঝবি?''

''আজ্ঞে, ভাগনে পছন্দ না হলে হাতের কাছে ভাইপোও মজুত রয়েছে। আমাদের গাঁয়ের গিরিধারীর কথাই ধরুন! গিরিধারী হচ্ছে যেমন ষণ্ডা, তেমনই গুন্ডা, তার অত্যাচারে কত লোক যে গাঁ ছেড়েছে, তার ইয়ত্তা নেই। একে ধাঁই করে ঘুসি মারছে, তাকে ঠাস করে চড় মারছে, রামহরি কবরেজের চুল ধরে এমন টান মারল যে, চুলের গোড়াসুদ্ধু উঠে আসার কথা। তা ভাগ্যিস রামহরি কবরেজ পরচুলো পরত, তাই পরচুলার উপর দিয়েই গেল। রামহরির যে টাক ছিল, তা কেউ জানত না। পরচুলা খসে যাওয়ায় জানাজানি হতে রামহরিও লজ্জায় গাঁ ছেড়ে বিবাগী হয়ে গেল। তা সেই গিরিধারী হল নবকেষ্ট চোরের সাক্ষাৎ ভাইপো।''

''চোর!'' বলে নাক সিঁটকোলেন কাশীবাবু। তারপর বিরক্তির সঙ্গে বললেন,

"তোর বড় ছোট নজর। কথা হচ্ছে ডাকাতের ভাইপো নিয়ে, তুই ফট করে চোরের ভাইপোকে এনে ফেললি। ওরে, আদার সঙ্গে কি কাঁচকলা মেলে! না কি আমের দামে আমড়া বিকোয়!"

এই সময়ে হঠাৎ একটা বাজখাঁই গলা সবাইকে চমকে দিয়ে বলে উঠল, "অ্যাই! কী নিয়ে এত কথা হচ্ছে রে! গণ্ডগোল কীসের?"

কাশীরামবাবুর বাবা নসিরামের চেহারাখানা দেখবার মতোই। ছ'ফুট লম্বা, বিশাল কাঁধ, মুগুরের মতো দু'খানা হাত, প্রকাণ্ড তাগড়াই গোঁফ, মাথায় সিংহের কেশরের মতো কাঁচাপাকা ঝাঁকড়া চুল। এখনও রোজ ডনবৈঠক করেন, ডাম্বেল-বারবেল করেন, মুগুর ভাঁজেন, প্রাতর্ভ্রমণ-সান্ধ্যভ্রমণ তো আছেই। এইমাত্র মাইল পাঁচেক প্রাতর্ভ্রমণ করে ফিরলেন। গায়ে পুরোদস্তুর মিলিটারি পোশাক, পায়ে ভারী মিলিটারি বুট। একসময় যে মিলিটারিতে ছিলেন, সেটাই সবাইকে সব সময়ে সমঝে দেন আর কী?

কাশীবাবু তাঁর বাবাকে যমের মতো ভয় খান। এখনও চোখের দিকে চেয়ে কথা কন না। বাবার জেরার জবাবে মিনমিন করে বললেন, "না, এই ডাকাতের ভাইপো নিয়ে কথা হচ্ছিল।"

নসিরাম গর্জন করে উঠলেন, "ডাকাত! কোথায় ডাকাত?"

নরহরি তাড়াতাড়ি খাঁদুকে দেখিয়ে দিয়ে বলে উঠল, "আজ্ঞে, এই যে, ইনিই!"

"বটে! যা তো, দৌড়ে গিয়ে কোদালটা নিয়ে আয়।"

নরহরি অবাক হয়ে বলে, "কোদাল! কোদাল দিয়ে কী হবে কর্তাবাবা?"

বাঘা চোখে চেয়ে নসিরাম বজ্রগম্ভীর গলায় বললেন, "কোদাল দিয়ে বাগানের উত্তর-পুব কোণে একটা তিন হাত লম্বা দেড় হাত চওড়া গর্ত খুঁড়ে ফেল শিগগির। এই ডাকাতটাকে আজ জ্যান্ত পুঁতে ফেলব।"

কাশীরাম তটস্থ হয়ে বললেন, "বাবামশাই, এই প্রাতঃকালেই খুনখারাপি কি ভাল দেখাবে?"

নসিরাম গর্জে উঠলেন, "কেন, প্রাতঃকালে ডাকাতকে জ্যান্ত পুঁতলে দোষ হচ্ছে কোথায়?"

"আজ্ঞে, এ ঠিক ডাকাত নয়। ডাকাতের ভাইপো!"

"ওই একই হল। যা, যা, তাড়াতাড়ি কোদাল এনে গর্তটা করে ফেল তো নরহরি!"

খাঁদু গড়াই কিন্তু মোটেই ঘাবড়াল না। হাতজোড় করে কপালে ঠেকিয়ে মিঠে এবং মোলায়েম গলায় বলল, "পেন্নাম হই কর্তাবাবু। এই এতক্ষণ এঁদের সঙ্গে কথা কয়ে

ঠিক সুবিধে হচ্ছিল না। এই আপনার গলাটা শুনে পিলেটা এমন চমকাল যে, শরীরটা এখন বেশ ঝরঝরে লাগছে। পুরুষ-সিংহ বলে কথা! দেশে পুরুষ-সিংহের বড়ই অনটন কর্তাবাবা। ওঃ, যেমন গামা পালোয়ানের মতো চেহারা আপনার, তেমনই রাজাগজার মতো ভাবভঙ্গি। দেখে বুকটা ভরে গেল। তা আপনি মারতে চাইলে মরেও সুখ। শিয়াল-কুকুরের হাতে মরার চেয়ে বাঘ-সিংহের হাতে মরাই ভাল, কী বলেন? বুক ফুলিয়ে পাঁচজনকে বলা যায়।"

নসিরাম প্রশস্তি শুনে আত্মপ্রসাদের হাসি হেসে বললেন, "তবে!"

খাঁদু গদগদ হয়ে বলে, "উচিত কথাই কইছি কর্তা। মরণকালে মিছে কথা কয়ে লাভ কী বলুন। পাপের বোঝা আরও ভারী হবে বই তো নয়। আমার খুড়ো রাখালহরি গড়াই ডাকাত বটে, কিন্তু আপনার কাছে নস্যি। আমাদের গাঁয়ের হরু পালোয়ান একসঙ্গে চার-চারজন পালোয়ানকে চিত করত বটে, কিন্তু তাকে দেখলেও এমন ভক্তিছেদ্দা হয় না, কিংবা হরগোবিন্দপুরের বিশ্বেশ্বরের কথাই যদি ওঠে, পাগলা হাতির শুঁড় ধরে টেনে জিলিপির মতো শুঁড়টাকে পাকিয়ে এমন কাণ্ড করেছিল যে, হাতির ছেড়ে দে মা কেঁদে বাঁচি অবস্থা! তা সেই হাতিবীর বিশ্বেশ্বরও আপনার ধারেকাছে আসতে পারে না। এই যে আপনার সামনে দাঁড়িয়ে আছি, মনে হচ্ছে, আসলে মানুষ তো নয়, যেন বরফ-মাখানো পাহাড়!"

নসিরাম সায় দিয়ে ঘনঘন মাথা নাড়লেন। তারপর ভ্রু কুঁচকে খাঁদুকে একটু দেখে নিয়ে বললেন, "এঃ, এই চেহারা নিয়ে ডাকাতি করিস? ছ্যাঃ ছ্যাঃ। তোর তো বুকের ছাতি তেত্রিশ ইঞ্চির বেশি নয়, অমন প্যাকাটির মতো সরু হাত দিয়ে সড়কি-তলোয়ার চালাবি কী করে? আর অমন মিহিন গলায় হা-রে-রে-রে বলে হাঁকাড় ছাড়লে যে শিয়ালের ডাকের মতো শোনাবে! সব জিনিসেরই একটা প্রশিক্ষণ আছে, বুঝলি!"

খাঁদু ভারী কাঁচুমাচু হয়ে বলে, "দুনিয়ায় কত কী শেখার আছে কর্তাবাবা, কিন্তু শেখায় কে বলুন! অমন রাখালহরির ভাইপো হয়ে আজ অবধি হাতেখড়িটাও হয়ে উঠল না। তেমন শিক্ষকই বা দেশে কোথায় বলুন?"

"তার আর ভাবনা কী? আমার কাছে থাক, দু' মাসে তৈরি করে দেব।"

খাঁদু তাড়াতাড়ি নসিরামের পায়ের ধুলো নিয়ে জিভে আর মাথায় ঠেকাল। ধরা গলায় বলল, "আজ্ঞে, আজ যে কার মুখ দেখে ঘুম থেকে উঠেছিলুম!"

নরহরি হাঁপাতে হাঁপাতে এসে বলল, "কর্তাবাবা, এই যে কোদাল এনেছি!"

নসিরাম ভারী অবাক হয়ে বললেন, "কোদাল! কোদাল দিয়ে কী হবে রে?"

"ডাকাতটাকে জ্যান্ত পুঁতবেন বলে গর্ত করতে বললেন যে!"

নসিরাম নাক কুঁচকে বললেন, ‘‘আরে দূর! এটাকে ডাকাত বললে ডাকাতের অপমান হয়। আগে এটাকে তাগড়াই একটা ডাকাত বানাই, তবে তো জ্যান্ত পুঁতবার কথা ওঠে। এরকম একটা হাড়জিরজিরে সিড়িঙ্গে চেহারার ডাকাতকে পুঁতে কি জুত হয় রে? লোকে যে ছ্যা-ছ্যা করবে, তুই বরং এর জন্য একগোছা রুটি আর একবাটি গরম ডালের ব্যবস্থা কর। দুপুরে মুরগির সুরুয়া, রাতে পাঁঠার মাংস। লাঠি-সড়কি-বল্লমগুলো বের করে ঘষেমেজে সাফ কর তো! আজ থেকেই এর ট্রেনিং শুরু।’’

এই বলে খাঁদুর নড়া ধরে টেনে হনহন করে বাড়িতে ঢুকে গেলেন নসিরাম। বাক্যহারা হয়ে কাশীবাবু আর নরহরি হাঁ করে চেয়ে রইলেন।

দুই

এত্তেলা পেয়ে বটেশ্বর আর বিশ্বেশ্বর হেলেদুলে এসে হাজির। দু’জনেরই বেশ মজবুত চেহারা। একটা কুস্তির আখড়া আছে, তাতে দশটা গাঁয়ের পঞ্চাশ-ষাটটা ছেলে কুস্তি শিখতে আসে। ডলাইমলাইতে বিশ্বেশ্বর আর বটেশ্বরের খুব নাম।

নসিরাম বললেন, ‘‘ওরে বিশু, ওরে বটু, দেখ তো বাবা, এই টিঙটিঙে ডাকাতটাকে মানুষ করতে পারবি কি না।’’

ডাকাত শুনে একটু ভড়কে গিয়ে বটেশ্বর বলে উঠল, ‘‘ওরে বাবা! ডাকাত তো সর্বনেশে ব্যাপার কর্তা! বাঘা কুকুর পুষুন, দুষ্টু গোরু পুষুন, এমনকী বাঘ-সিংহ পুষুন, তাও ভাল। কিন্তু ডাকাত পোষাটা আপনার ঠিক হচ্ছে না।’’

নসিরাম গম্ভীর হয়ে বললেন, ‘‘আহা, ওসব তো সবাই পোষে। ওতে মজা নেই। ডাকাত পোষা একটা নতুন ব্যাপার তো!’’

বিশ্বেশ্বর নীরবে খাঁদু গড়াইকে ভাল করে দেখে নিয়ে বলল, ‘‘কত দর পড়ল কর্তা? তা যা-ই দর দিয়ে থাকুন, বড্ড ঠকে গেছেন। এই অচল ডাকাত কে আপনাকে গছিয়ে গেল? এ ডাকাত এ পরগনায় চলবে না।’’

নসিরাম অবাক হয়ে বলেন, ‘‘বলিস কী রে? এক্কেবারে অচল নাকি?’’

‘‘দরকচা মারা চেহারা দেখছেন না? এরকম পাকানো শরীরে কি মাংস লাগে? লাগলেও খরচা মেলা পড়ে যাবে। তারপর ধরুন, এ পরগনার সব ডাকাতই হল রীতিমতো পালোয়ান। প্রহ্লাদ ডাকাত এখনও বেঁচে। লোকে বলে, প্রহ্লাদ না জল্লাদ। ওই নামে একখানা পালাও বেঁধেছিল হরিহর নিয়োগী। সেই পালা বিষ্টুপুরে সাতদিন ধরে ডবল শো হাউসফুল গিয়েছে। স্বয়ং প্রহ্লাদ সেই পালা দেখে হাপুস নয়নে

কেঁদেছিল। আর শুধু প্রহ্লাদই বা কেন, মোটকা মল্লিক, টেকো টগরকুমার, গুঁফো গণেশ, হাড়ভাঙা হারাধন, লেঠেল ললিত, মারকুটে মহেশ, চাক্কু চপল, সড়কি সতীশ, বাঘা বগলা, কার পাশে একে দাঁড় করাবেন বলুন তো!"

নসিরাম একটু দমে গিয়ে বলেন, "না রে, যতটা ভাবছিস ততটা নয়। এলেম আছে। এই তো বারোখানা রুটি আর একবাটি ডাল সেঁটে দিল। সঙ্গে এক খাবলা বেগুনপোড়া। তার উপর গায়ে ডাকাতের রক্তও আছে তো! ওর খুড়ো নাকি মস্ত ডাকাত!"

বিশ্বেশ্বর অবাক হয়ে বলে, "নাকি? তা তোমার খুড়োর নাম কী হে?"

খাঁদু বিনয়ের সঙ্গেই বলল, "আজ্ঞে, রাখালহরি গড়াই।"

বিশ্বেশ্বর একটু ভেবে মাথা নেড়ে বলল, "না, এ পরগনার নয়।"

নসিবাবু একটু তোয়াজ করে বললেন, "একটু নেড়েচেড়ে দেখ না বাবা। ডলাইমলাই করলেই দেখবি আঙুল ফুলে কলাগাছ হয়ে উঠেছে। আমার তো দেখেই মনে হয়েছিল, এর ভিতরে ডাকাতির জীবাণু একেবারে বিজবিজ করছে।"

"আপনি যখন বলছেন কর্তা, তখন দেখাই যাক। ওহে বাপু, একটু উঠে দাঁড়াও তো!"

খাঁদু উঠবার আগেই দুই পালোয়ান দু' দিক থেকে এসে তার নড়া ধরে হ্যাঁচকা টানে খাড়া করে দিল। বটু বলল, "প্রথমটায় একটু হালকা কাজই দিচ্ছি। দুশো বৈঠক মারো তো বাপু!"

খাঁদুর চোখ কপালে উঠল, "দুশো! বলেন কী মশাই! স্কুলে অবধি দশবারের বেশি ওঠ-বস করায় না! এই ভরা পেটে বেশি নড়াচড়া করলে বদহজম হবে যে! অম্বল হয়ে যাবে।"

বিশু নসিবাবুর দিকে চেয়ে বলে, "শুনলেন, কর্তা? ডাকাতের অম্বল হয় কখনও শুনেছেন?"

নসিবাবু হেঁকে বললেন, "ওরে, ঠিকই বৈঠক মারবে। একটু কোঁতকা-টোঁতকা দিয়ে দেখ না? আড় ভাঙতেই যা সময় লাগে।"

বিশু পট করে খাঁদুর বাঁ পাঁজরে দু' আঙুলে একটা খোঁচা মারতেই খাঁদু 'বাপ রে' বলে লাফিয়ে উঠল।

বিশু মাথা নেড়ে বলল, "এঃ, এ যে এক্কেবারে ভুসিমাল গছিয়ে গিয়েছে আপনাকে কর্তা! পাঁজরার হাড় তো প্যাকাটির মতো মুড়মুড় করছে।"

বটুও খুব চিন্তিত মুখে বলল, "দাবনায় তো মাংসই নেই কর্তা!"

নসিবাবু বিরক্ত হয়ে বললেন, "শোনো বাপু, একটা গ্যাট্টাগোট্টা চেহারার লোক

পেলে তাকে তৈরি করা তো সোজা কাজ। তাতে কি মজা আছে কিছু? এই তালপাতার সেপাইকে যদি পালোয়ান না বানাতে পারলি তবে কীসের মুরোদ তোদের?''

বিশু লজ্জিত মুখে বলল, ''তা কর্তা যখন বলছেন, মেহনত করলে অচল পয়সাও যখন চালানো যায়, তখন আমরাও চেষ্টা করে দেখব। আপনার একটু খরচাপাতি যাবে, এই যা!''

বটু খাঁদুর দিকে চেয়ে বলল, ''কী হে বাপু, বৈঠক মারবে, না কি ফের খোঁচাখুঁচি করতে হবে।''

খাঁদু পিটপিট করে দু'জনের দিকেই ভয়ে ভয়ে চাইল। তারপর বলল, ''যে খোঁচা মেরেছেন মশাই, তাতেই তো শরীর ঝনঝন করছে। বৈঠক যে মারব, হাঁটুতে যে জোর পাচ্ছি না মোটে। তা জোরাজুরি যখন করছেন তখন অগত্যা মারতেই হয়।''

বলে খাঁদু টপাটপ বৈঠক মারতে শুরু করল।

নসিবাবু কড় গুনে হিসেব রাখতে রাখতে মাঝে মাঝে তারিফ করে উঠতে লাগলেন, ''বাহবা!... বহোত আচ্ছা!... চালিয়ে যা বাবা!... বাঃ বাঃ, এই তো দিব্যি হচ্ছে।''

তা হলও। বটু আর বিশুও হাঁ করে দেখল, খাঁদু গড়াই দিব্যি দুশোটা বৈঠক মেরে একটু হ্যাঁদাতে হ্যাঁদাতে বলল, ''হল তো মশাই! এবার ক্ষ্যামা দিন।''

দুশো বৈঠক মারা যে চাট্টিখানি কথা নয়, তা বটু আর বিশু ভালই জানে। ছোঁড়া যে অত বৈঠক একবারে মেরে দেবে, তা তারা স্বপ্নেও ভাবেনি।

বিস্ময়টা চেপে রেখে বটু বলল, ''মন্দ নয়। তবে এ তো অল্পের উপর দিয়ে গেল। এবার তোমার পাঞ্জার জোরটা যে একটু দেখাতে হচ্ছে বাপ। এই যে আমার ডান হাতের পাঁচ আঙুল ছড়িয়ে দিলুম, তুমিও তোমার পাঁচ আঙুল দিয়ে কষে ধরো। যে যার ডান দিকে মোচড় দিতে হবে। বুঝলে?''

নসিবাবু বিশুকে সাবধান করে দিয়ে বললেন, ''ওরে, তুই একটু হিসেব করে মোচড় দিস। তোর তো হাত নয়, বাঘের থাবা, বেচারার কবজিটা আবার মট করে ভেঙে দিস না বাবা!''

''না, কর্তা! হিসেব করেই দিচ্ছি।''

কিন্তু বিশুর হিসেব একটু উলটে গেল। কারণ, খাঁদু গড়াইয়ের রোগাপানা হাতখানাকে যত দয়াদাক্ষিণ্য দেখানোর কথা, ততটা দেখায়নি বিশু। সে বেশ বাঘা হাতে চেপে ধরে পেল্লায় একটা মোচড় মেরেছে। কিন্তু এ কী! খাঁদু গড়াইয়ের দুবলা হাতখানা মোটেই পাক খেয়ে গেল না। বরং তার সরু আঙুলগুলো লোহার আঁকশির মতো বেশ বাগিয়ে ধরে আছে বিশুর মোটা মোটা আঙুল। কবজি টসকাল না, বরং

যেন একটু একটু করে ডান দিকে ঘুরে যেতে লাগল। মিনিটখানেক একভাবে থাকার পর আচমকাই একটা রাম মোচড়ে বিশুর হাতখানা উলটে দিল খাঁদু। বিশু 'বাপ রে' বলে হাতটা ঝাড়তে ঝাড়তে অ্যাই বড় বড় চোখ করে খাঁদুর দিকে চেয়ে রইল।

নসিবাবু চেঁচিয়ে উঠলেন, ''শাবাশ!''

কিন্তু ব্যাপারটা বিশ্বাস্যই নয়। বটু বা বিশু কেউ বিশ্বাস করতেই পারছিল না যে, এই রোগাপটকা লোকটা বিশুকে গোহারান হারিয়ে দিয়েছে।

নসিবাবু বললেন, ''বলি ব্যাপারটা কী হল বল তো? ইচ্ছে করে হেরে গেলি নাকি?''

বিশু গম্ভীর হয়ে মাথা নেড়ে বলল, ''না কর্তা, এর মধ্যে অন্য ব্যাপার আছে।''

''কী ব্যাপার?''

''এ-লোকটা মন্তরতন্তর জানে। বোধ হয় পিশাচসিদ্ধ।''

নসিবাবু হাত নেড়ে মাছি তাড়ানোর ভঙ্গি করে বললেন, ''দূর, দূর! মন্তরতন্তর সব কুসংস্কার। মন্তরে কাজ হলে আর লোকে এত কসরত করত না। বোমা-বন্দুকও রাখত না। ওসব নয় রে। এই খাঁদু গড়াইয়ের ভিতরে খাঁদু ডাকাত ফুঁসছে। ও আমি দেখেই চিনেছিলাম। তোরাই কেবল তুচ্ছতাচ্ছিল্য করছিলি।''

অপমানটা বটুর ঠিক সহ্য হচ্ছিল না। সেও মন্তরতন্তরে বিশ্বাসী নয়, ডাকাবুকো লোক। সে হাতে হাত ঘষে দন্ত কিড়মিড় করে বলল, ''কর্তা, যদি অনুমতি দেন আমি এ ব্যাটাকে একটু যাচাই করি।''

খাঁদু ককিয়ে উঠে বলল, ''আর না, আর না। আমি হেরে গিয়েছি বলেই ধরে নিন না কেন।''

নসিবাবু গম্ভীর হয়ে বললেন, ''ওরে, জীবনে কি পরীক্ষার শেষ আছে? সীতার অগ্নিপরীক্ষার পরও কি বনবাস হয়নি? হারার আগেই হেরে যাবি কেন? তোর রক্তে যে এক ডাকু ডাকহাঁক করছে, শুনতে পাস না আহাম্মক? যা, এটাকেও হারিয়ে দে।''

বটু বলল, ''শোনো বাপু, এবার আর পাঞ্জার লড়াই নয়। আমরা দু'জনেই দু'জনকে চেপে ধরব। যে চেপে অন্যের দম বের করে দিতে পারবে তার জিত। বুঝলে?''

খাঁদু কাঁদো-কাঁদো হয়ে বলে, ''বুঝেছি। আজ বুঝি আমার প্রাণরক্ষা হল না। অপঘাতে মরলে কী গতি হবে কে জানে!''

নসিবাবু সান্ত্বনা দিয়ে বললেন, ''ওরে, গতি নিয়ে ভাবিসনি। নিতান্তই যদি মরিস তবে তোর বৃষোৎসর্গ শ্রাদ্ধ করব। দ্বাদশ ব্রাহ্মণ ভোজন করাব। চাস তো গয়ায় গিয়ে পিণ্ডিও দিয়ে আসব। সে এমন শ্রাদ্ধ হবে যে, তার ঠেলায় একেবারে স্বর্গের সিংহদরজায় গিয়ে মুখ থুবড়ে পড়বি। দেখে নিস।''

খাঁদু ঘাড় নেড়ে বলল, "যে আজ্ঞে, তবে আর কথা কী? কিন্তু, দুঃখের কথা কী জানেন, শ্রাদ্ধের ভোজটা যে আমার ফাঁক যাচ্ছে! লোকে যখন ডেঁড়েমুশে সাপটে ভোজ খাবে তখন যে আমার কপালে হাওয়া ছাড়া কিছুই জুটবে না।"

নসিবাবু মোলায়েম গলায় বলেন, "তা তুই চাস কী?"

"আজ্ঞে, বলছিলাম, ভোজের আগাম বাবদ যদি কিছু মূল্য ধরে দিতেন তা হলে বুকটা ঠান্ডা হত।"

"সে আর বেশি কথা কী? এই যে, পঞ্চাশটা টাকা রাখ। তুই যে এত ঘোড়েল তা এতক্ষণ বুঝতে পারিনি।"

টাকাটা ট্যাঁকে গুঁজে খাঁদু একগাল হেসে বলল, "আজ্ঞে কর্তাবাবা, ট্যাঁকে টাকা-পয়সা থাকলে মানুষের একটু জোর হয়। সত্যি কথা বলতে কী, এখন যেন হাত-পায়ে একটু সাড় ফিরেছে।"

বটু মাথা চুলকোতে চুলকোতে মিনমিন করে বলল, "কর্তা, একটা কথা..."

"তোর আবার কী কথা?"

"আজ্ঞে, বলছিলাম কী, আমাদেরও তো বাঁচা-মরা আছে, শ্রাদ্ধের ব্যাপার আছে। আমাদেরও তো নিজের শ্রাদ্ধের ভোজ খেতে ইচ্ছে হতে পারে, না কি? তাই বলছিলাম যে..."

নসিবাবু হাঁ করে কিছুক্ষণ চেয়ে থেকে হুংকার দিয়ে বললেন, "তোর মতো জাম্বুবান যদি এই টিঙটিঙে তালপাতার সেপাইয়ের হাতে মরে, তা হলে এ গাঁয়ে কেউ আর তোর মুখ দেখবে ভেবেছিস? শ্রাদ্ধ তো দূরের কথা, তোকে শ্মশানে নেওয়ারও লোক জুটবে না। নিজেকেই হেঁটে শ্মশানে গিয়ে নিজের মড়া নিজেকেই পোড়াতে হবে। বুঝেছিস?"

বটু মাথাটাথা চুলকে ঘাড় নেড়ে বলল, "বুঝেছি।"

"আরও ভাল করে বুঝে দেখ। যদি প্রাণের ভয় থাকে তো মানে-মানে বিদেয় হ। আমি গাঁয়ে রটিয়ে দেব যে, তুই একটা রোগা-দুবলা লোকের ভয়ে ন্যাজ দেখিয়েছিস। তা হলে কি গাঁয়ে তোর মান থাকবে, না কি তোর কুস্তির আখড়ায় আর কেউ কোনওদিন যাবে?"

বটু এ কথায় ফুঁসে উঠে বলল, "এই ছারপোকাটাকে ভয়! হাঃ হাঃ! কর্তা কী যে বলেন! এক্ষুনি এর দম বের করে দিচ্ছি।"

বলেই তেড়ে এসে খাঁদুকে জাপটে ধরল বটু। ঠিক যেমন লৌহ-ভীম চূর্ণ করতে ধৃতরাষ্ট্র জাপটে ধরেছিলেন। খাঁদু সেই ভৈমী চাপে কোঁক করে উঠল। তারপর প্রাণ বাঁচানোর তাগিদে সেও সাপটে ধরল বটুকে। তারপর বিশালদেহী বটু খ্যাংড়া কাঠির

মতো খাঁদুকে পিষে ফেলতে লাগল আসুরিক হাতে। প্রথমটায় মনে হচ্ছিল বটে যে, এ বড় অন্যায্য লড়াই হচ্ছে। হেভিওয়েটের সঙ্গে মসকুইটোওয়েট। খাঁদুর হাড়-পাঁজর মড়মড় করে ভেঙে বুকের খাঁচাটাই যাবে গুঁড়িয়ে। ওই চাপে দম বেরিয়ে গেলেই শেষ। কিন্তু দেখা গেল, খাঁদু পেষাই হয়েও দমখানা ঠিক ধরে রেখেছে। মোটেই টসকাচ্ছে না।

মিনিটপাঁচেক গলদঘর্ম হওয়ার পর বটু যখন একটু দম নিয়ে ফের কষন দিতে যাচ্ছে, তখন খাঁদু একটা গা-ঝাড়া দিয়ে টুক করে বটুর নাগাল থেকে বেরিয়ে এল।

বটু হাঁ করে কিছুক্ষণ চেয়ে থেকে চোখ কপালে তুলে বলল, ‘‘এ কার পাল্লায় পড়েছেন কর্তা? এ তো মনিষ্যিই নয়।’’

‘‘বলিস কী? দিব্যি দেখতে পাচ্ছি দুটো হাত, দুটো পা, ধড়ের উপর মুন্ডু, মানুষ বলেই তো মনে হচ্ছে!’’

বটু মাথা নেড়ে বলে, ‘‘না কর্তা, যে কষন দিয়েছিলাম তাতে যে-কোনও পালোয়ানেরই দম বেরিয়ে যাওয়ার কথা। কিন্তু এ যেন পাঁকাল মাছ। কেমন পিছলে বেরিয়ে গেল দেখলেন না! মনিষ্যি হলে পারত?’’

‘‘মানুষ নয়! তা হলে কি ভূত?’’

বটু ফের মাথা নাড়া দিয়ে বলে, ‘‘তা জানি না কর্তা। বরং একবার পালান ওঝাকে ডেকে একটু যাচাই করে নেবেন। পেন্নাম হই, আমরা তা হলে আসি...’’

যেন বেশ একটু তাড়াহুড়ো করেই বটেশ্বর আর বিশ্বেশ্বর চলে গেল।

নসিবাবু আপনমনেই মাথা নেড়ে বললেন, ‘‘অপদার্থ! অপদার্থ! ডিসিপ্লিন নেই, ফিটনেস নেই, দিনরাত গোগ্রাসে খেয়ে-খেয়ে চর্বির পাহাড় বানিয়েছে, আর বলে কিনা ভূত! ওরে ও খাঁদু, তোরও কি মনে হয় যে তুই ভূত?’’

খাঁদু উবু হয়ে মাটিতে বসা। জুলজুল করে চেয়ে বলে, ‘‘আজ্ঞে, তাও হয় কর্তাবাবা! যখন বাঁচা-মরার তফাত করতে পারি না, তখন মাঝে-মাঝে মনে হয়, মরেই গিয়েছি বুঝি! হাত-পা-দেহ সব যেন বায়ুভূত বলে টের পাই। তখন নিজেকে ভারী ভয়ও হয় আমার।’’

‘‘বটে!’’

‘‘যে আজ্ঞে! এই যে একটু আগে যখন গরম ডাল আর বেগুন পোড়া দিয়ে রুটি সাঁদ করছি, তখন দিব্যি মানুষ-মানুষ লাগছিল নিজেকে। যেন দিব্যি বেঁচেবর্তে আছি। কিন্তু যখন দানাপানি না জোটে, আর মাইলের পর মাইল ঠ্যাঙাতে হয়, তখনই বোধ হয় একটু একটু ভূত-ভূত ভাবও আসে। তা কর্তাবাবা, এখান থেকে নীলপুরের জঙ্গলটা কদ্দুর হবে?’’

ভ্রু কুঁচকে নসিবাবু বলেন, ‘‘নীলপুরের জঙ্গল? সে মোটেই ভাল জায়গা নয়। ও জঙ্গলের খুব বদনাম। কেন, নীলপুরের জঙ্গল দিয়ে তোর কী কাজ?’’

‘‘আজ্ঞে, একটা পাকা খবর আছে। আমার খুড়োমশাই সেখানেই হালে থানা গেড়েছেন। বয়স হয়েছে, ইদানীং নাকি ‘খাঁদু, খাঁদু’ বলে কান্নাকাটিও করেন খুব। কাঁদারই কথা! তাঁর তো আর আমি ছাড়া তিন কুলে কেউ নেই। লাখো-লাখো টাকা-পয়সা, গয়নাগাঁটি বস্তাবন্দি হয়ে পড়ে আছে। সেগুলোর কী গতি হবে বলুন!’’

নসিবাবু ভারী চিন্তিত হয়ে বললেন, ‘‘হুম! বড্ড মুশকিলে ফেললি। বেশি টাকা-পয়সা হাতে পেলে লোকে কুঁড়ে হয়ে যায়, কাজেকর্মে মন দেয় না। আমি যে তোকে একটা চৌকস ডাকাত বানাতে চেয়েছিলুম, যাতে পরগনার ‘সবক’টা ডাকাত টিট থাকে।’’

তিন

রোজ সকাল থেকেই দ্বিজপদর ঘরে লোকের ভিড়। সে একাধারে এই গাঁয়ের ইঞ্জিনিয়ার, সায়েন্টিস্ট, ডাক্তার, দার্শনিক, ভবিষ্যদ্বক্তা, ডিটেকটিভ এবং পরামর্শদাতা। সে ম্যাজিক জানে, কুংফু ক্যারাটে জানে, লাঠি বা তরোয়ালও চালাতে পারে বলে শোনা যায়। একটা লোকের মধ্যে এত গুণ থাকায় গাঁয়ের লোকের বড্ড সুবিধে হয়েছে। আজ সকালেই গোবিন্দবাবু তাঁর অচল ঘড়ি, সরলবাবু তাঁর ট্রানজিস্টর রেডিয়ো, ফুচুবাবুর মেয়ে শিউলি তার মুন্ডুখসা ডলপুতুল, রমেশবাবু তাঁর চশমার ভাঙা ডাঁটি আর ধীরেনবাবু তাঁর টেপরেকর্ডার সারিয়ে নিয়ে গেলেন। এখন হারাধন তার হারানো গোরুর সন্ধান, গোবর্ধনবাবু তাঁর পুরনো আমাশার ওষুধ, বিপুলবাবু তাঁর মেয়ের কোষ্ঠীবিচার, নব আর শ্রীপতি তাদের পুরনো ঝগড়ার মীমাংসার জন্য বসে আছে।

দ্বিজপদর বয়স বেশি নয়। সাতাশ-আঠাশের মধ্যেই। ইতিমধ্যেই আশপাশের দশ-বারোটা গাঁয়ে তার খ্যাতি ছড়িয়ে পড়ায় দিনদিন তার খদ্দের বাড়ছে। সকালের দিকটায় তার দম ফেলার সময় থাকে না। তার অ্যাসিস্ট্যান্ট হরিমাধব কড়া ধাতের ছেলে। সাক্ষাৎপ্রার্থীদের সে বারান্দায় চেয়ারে বসিয়ে রাখে, একে-একে ঢুকতে দেয়। তবে ভি আই পি হলে অন্য কথা।

এই যেমন কাশীবাবু। তাঁরা এই গাঁয়ের তিন নম্বর ভি আই পি। নবদ্বীপ সরকার আর কুলদাকান্ত রায়ের ঠিক পরেই। হওয়ারই কথা। কাশীবাবুর দাদু শশীবাবু রিটায়ার্ড

দারোগা, বাবা নসিবাবু প্রাক্তন মিলিটারি। কাশীবাবু তেমন কিছু হতে না পারলেও ওকালতি পাশ। তাই কাশীবাবুকে আটকাল না হরিমাধব। বরং দেঁতো হাসি হেসে বলল, ''ভাল তো কাকু?''

গম্ভীর একটা 'হুঁ' দিয়ে কাশীবাবু ঘরে ঢুকে পড়লেন।

''ওহে দ্বিজপদ, একটা বড় মুশকিলে পড়া গিয়েছে।''

দ্বিজপদ খুব মন দিয়ে নবগ্রামের খগেন তপাদারের বাপকেলে গাদা বন্দুকটার ঘোড়া সারাচ্ছিল, মুখ না তুলেই বলল, ''খাঁদু গড়াই তো?''

কাশীবাবু অবাক হয়ে বললেন, ''তুমি কী করে জানলে?''

''সে আর শক্ত কী? একটু আগেই বটু আর বিশু এসেছিল, তারাই বলে গেল। বিশুর বিশ্বাস খাঁদু গড়াই পিশাচসিদ্ধ, বটুর ধারণা ভূত।''

''তা ওরকমই কিছু হবে বোধ হয়। বাবামশাইকে তো প্রায় হিপনোটাইজ করে ফেলেছে। সবচেয়ে বড় কথা, সে একজন ভয়ংকর ডাকাতের ভাইপো।''

''যান, হয়ে গিয়েছে।'' বলে বন্দুকটা খগেন তপাদারের হাতে দিয়ে তাকে বিদেয় করে একটা ন্যাকড়ায় হাতের কালি মুছতে মুছতে দ্বিজপদ বলল, ''সেও শুনেছি। রাখালহরি গড়াই।''

''হ্যাঁ। সে নাকি মস্ত ডাকাত।''

দ্বিজপদ একটু গম্ভীর হয়ে বলল, ''খুব ভুল শোনেননি কাশীদা। রাখালহরি এই তল্লাটের লোক নয়, সম্প্রতি নীলপুরের জঙ্গলে এসে থানা গেড়েছে। সে এমনই ভয়ংকর যে, কানাইদারোগার অবধি ঘুম ছুটে গেছে। পরশুদিন দারোগাবাবু এসে দুঃখ করে গেলেন। বললেন, ''খিদে হচ্ছে না, পেটে বায়ুর প্রকোপ বেড়েছে, প্রেশার হাই, ঘনঘন বাথরুম পাচ্ছে।''

কাশীবাবু কাঁদো-কাঁদো হয়ে বললেন, ''ওসব যে আমারও হচ্ছে হে। সকালবেলাটায় বেশ ছিলুম, কিন্তু এখন বড্ড কাহিল লাগছে।''

''আচ্ছা, আপনার ওসব হতে যাবে কেন? আপনার নামে তো আর রাখালহরি নোটিস দেয়নি!''

কাশীবাবু অবাক হয়ে বলেন, ''নোটিস! কীসের নোটিস?''

''সরকার বাহাদুরের তরফে রাখালহরির মাথার দাম এক লাখ টাকা ধার্য করে থানায় নোটিস ঝুলিয়ে দেওয়া হয়েছিল। রাখালহরি তার পাশেই পালটা নোটিস ঝুলিয়ে দিয়ে গিয়েছে, দারোগার মাথার দাম সে দু' লাখ টাকা দেবে।''

''বলো কী! এত আস্পদ্দা! কানাইদারোগার দাপটে যে বাঘে-গোরুতে এক ঘাটে জল খায়।''

"এখন আর খাচ্ছে না। বাঘ দেখলেই গোরু এখন অন্য ঘাটে জল খেতে যাচ্ছে। কানাইদারোগার কোমরের বেল্টে পাঁচটা ফুটো আছে, লক্ষ করেছেন কি? তাঁর পেটের যা বেড় ছিল, তাতে প্রথম ফুটোতেই বেল্ট বেশ আঁটসাঁট হত। এখন পাঁচ নম্বর ফুটোতে বেল্ট আটকেও তাঁর পাতলুন ঢলঢল করে। আম থেকে আমসি হয়ে গেছেন। এই হারে চলতে থাকলে একদিন এমন সূক্ষ্ম শরীরপ্রাপ্ত হবেন যে, আপনার সামনে দিয়ে গটগট করে হেঁটে গেলেও আপনি কানাইদারোগাকে দেখতেই পাবেন না। থানায় একজন সেপাই ছুটি নিয়ে দেশে গিয়েছিল, সে ফিরে এসে দারোগাবাবুকে চিনতে না পেরে স্যালুট পর্যন্ত করেনি!"

চোখ কপালে তুলে কাশীবাবু বললেন, "বলো কী! দারোগাকে স্যালুট করেনি! সব্বোনেশে ব্যাপার। না হে, এ দেশে আর থাকা যাবে না।"

"এতেই ঘাবড়ে গেলেন কাশীদা! এখনও তো আপনাকে আসল কথাটা বলাই হয়নি।"

কাশীবাবু কাহিল মুখে বললেন, "এর পর আর কী কথা থাকতে পারে বলো তো! কানাইদারোগারই যদি এত হেনস্থা হয়, তবে আমরা তো কোন ছার! আকাশে ভগবান আর মর্ত্যধামে দারোগা-পুলিশ ছাড়া আমাদের আর ভরসা কী বলো!"

"সে তো বটেই। তবু বাকিটা শুনলে কলির শেষে কী ঘটতে চলেছে তার একটা আঁচ পাবেন। রাখালহরি গড়াই সম্পর্কে আপনার কিছু জানা আছে কী?"

"না হে বাপু। শুধু শুনেছি, সে খাঁদুর খুড়ো।"

দ্বিজপদ মুচকি হেসে বলে, "তবু সেটাই তার একমাত্র পরিচয় নয়। সে হল ডাকাতেরও ডাকাত। সাধারণ ডাকাতরা গেরস্তর বাড়িতে চড়াও হয়ে লুঠপাট করে। রাখালহরি তা তো করেই, উপরন্তু সে ডাকাতদের উপরেও চড়াও হয়ে তাদের সর্বস্ব লুটেপুটে নিয়ে যায়। আগে যে এলাকায় সে ছিল, সেখানে তার অত্যাচারে তিনজন ডাকাত সর্বস্বান্ত হয়েছে, দু'জন বিবাগী হয়ে গিয়েছে, একজন গলায় দড়ি দিতে গিয়ে স্যাঙাতদের হস্তক্ষেপে বেঁচে যায়, একজন পাগল হয়ে ঘুরে বেড়াচ্ছে, দু'জন গিয়ে জেলখানায় আশ্রয় নিয়ে প্রাণে বেঁচেছে।"

কাশীবাবু হাঁ করে চেয়ে থেকে বললেন, "আর তারই ভাইপো কিনা আমাদের বাড়িতে বসে ডাল-রুটি সাঁটাচ্ছে! লোকটাকে যে এক্ষুনি পুলিশে দেওয়া দরকার!"

"ব্যস্ত হবেন না কাশীদা। রাখালহরির ভাইপো শুনলে পুলিশ তার ধারেকাছে যেতেও সাহস পাবে না। আর তার কিছু হলে রাখালহরিই কি আপনাকে আস্ত রাখবে? রাখালহরির ওয়ারিশান বলতে শুধু ওই ভাইপোটাই আছে। বংশে বাতি দিতে ওই একমাত্র শিবরাত্রির সলতে। রাখালহরির বয়স হয়েছে। লাখো-লাখো টাকার একজন

উত্তরাধিকারী চাই। তা ছাড়া সে বুড়ো হলে তার দলের হাল ধরার জন্যও উপযুক্ত লোক চাই। তাই রাখালহরি এখন হন্যে হয়ে তার ভাইপোকে খুঁজছে।''

''ওরে বাবা! তারা তো তা হলে এল বলে!''

''ঘাবড়াবেন না। রাখালহরি যত ভয়ংকরই হোক, এই পরগনার ডাকাতরাও তাকে ছেড়ে কথা কইবার পাত্র নয়। তাদের তো প্রেস্টিজ বলেও একটা ব্যাপার আছে। জল্লাদ-প্রহ্লাদ, গুঁফো গণেশ, হাড়ভাঙা হারাধন, লেঠেল ললিত বা সড়কি সতীশ, এরা কি কিছু কম যায়? রাখালহরিকে টিট করার জন্য তারা এখন সব এককাট্টা হচ্ছে। ঘনঘন গোপন বৈঠকে বসছে। রাখালহরির ওয়ারিশকে তারাও খুঁজছে।''

''দ্বিজপদ, তোমাকে একটা কথা কইব?''

''কী কথা কাশীদা?''

''তুমি কি জানো যে, ঝড়ে জানালার ভাঙা কপাট যেমন আছাড়ি-পিছাড়ি করে, আমার বুকের ভিতরটায় এখন তেমনই হচ্ছে! আমাকে আর বেশি ভয় দেখানোটা কি তোমার উচিত? এখন হার্ট ফেল হয়ে গেলে এতটা পথ হেঁটে বাড়ি যাব কী করে? এখনও নাওয়াখাওয়া বাকি।''

''হার্ট ফেল হওয়া কি সোজা? আপনার হল বীরের বংশ, ঠাকুরদা শশীরাম হরিরামপুরের ডাকসাইটে দারোগা ছিলেন, বাবা নসিরাম ছিলেন লড়াকু মিলিটারি।''

কাশীবাবু চিন্তিত মুখে বললেন, ''সেটাও বুঝি রে ভাই! আমার ভিতরেও যে বীর হওয়ার সম্ভাবনা নেই, তা নয়। ইচ্ছেও যায়, তবে কী জানো, ওই ভয় ব্যাটাকে নিয়েই মুশকিল। যখনই বীরের মতো কিছু করতে যাই, তখনই ওই ব্যাটা ভয় এসে এমন বাগড়া দেয় যে, কাজটা ফসকে যায়। এই ক'দিন আগে মাঝরাতে চোর এসেছিল, জানালায় খুটখাট শব্দ শুনে ঘুম ভাঙতেই 'চোর চোর' বলে চেঁচাতে গিয়েছি, অমনই পাশ থেকে ভয় ব্যাটা মুখ চেপে ধরে ধমক দিয়ে বলল, 'চুপ, চুপ, খবরদার চেঁচাসনি! চোরের কাছে অস্তর থাকে জানিস না?' এই তো গত হাটবারে সকালবেলায় মহিমবাবুকে ষাঁড়ে তাড়া করেছিল। ভাবলাম, যাই, ষাঁড়টাকে লাঠি দিয়ে তাড়িয়ে বুড়ো মানুষটাকে রক্ষে করি। হাতে লাঠিও ছিল। কিন্তু যেই তেড়ে যাব বলে পা বাড়িয়েছি, অমনি পিছন থেকে ওই ব্যাটা ভয় একেবারে কোমর জাপটে ধরে বলল, 'পাগল নাকি? ওই খ্যাপা ষাঁড়ের মুখোমুখি হতে আছে রে আহাম্মক? মানুষ তো অদৃষ্ট নিয়েই জন্মায়। মহিমবাবুরও অদৃষ্টে যা আছে তাই হবে, তুই বাগড়া দেওয়ার কে?' তোমার কাছে কি ভয় তাড়ানোর কোনও ওষুধ আছে হে দ্বিজপদ?''

দ্বিজপদ বলে, ''আহা, ভয়কে তাড়ানোর জন্য ব্যস্ত হচ্ছেন কেন? আছে থাক না,

তবে ভয়েরও মাঝে-মাঝে ঝিমুনি আসবে। কিংবা ধরুন, মানুষের মতো তারও হয়তো ছোট-বাইরে বা বড়-বাইরে পাবে। কিংবা ধরুন, পায়ের ঝিঝি কাটাতে ভয় হয়তো বারান্দায় পায়চারি করতে গেল, সেই ফাঁকে কাজ হাসিল করে নিলেই হয়।''

''কাজ হাসিল! কীসের কাজ হাসিল হে?''

''শক্ত কাজ করলে যে আপনার অম্বল হয়, এ কথা কে না জানে! কাজটা শক্ত তো নয়ই, বরং কাজ বললেও বাড়াবাড়ি হয়। কাজ না বলে বরং বলা ভাল, এই একজনকে একটু চোখে চোখে রাখা আর কী।''

''আহা, সে আর শক্ত কী? নড়াচড়া বেশি না করতে হলেই হল, হুড়যুদ্ধ যে আমার সয় না, এ তো তুমি ভালই জানো!''

''তা আর জানি না! আপনার হল আদরের শরীর, সেবার আপনার দাদু শশীরামের হাম হওয়ায় তিনি হাটে যেতে পারেননি, তাই হাটবারে আপনাকে মোট আড়াই কেজি আলু বয়ে আনতে হয়েছিল বলে আপনি এক হপ্তা শয্যাশায়ী ছিলেন, সে কথা কি ভোলা যায়? তারপর সেই যে আপনার বাবামশাই নসিরাম একখানা ছোট তোশক ছাদে নিয়ে রোদে দিতে বলায় আপনার কম্প দিয়ে জ্বর এসেছিল, সে কথা কি বিস্মরণ হওয়ার? তারপর ধরুন, গত বছর যে আপনি গোরুর গাড়ির ধর্মঘটের দরুন দেড় মাইল হেঁটে মাসির বাড়ি নেমন্তন্ন খেতে গিয়ে হাঁটুর ব্যথায় কাতর হয়ে দেড় ডজন রসগোল্লা খেয়েই ক্ষান্ত দিয়েছিলেন, সে কথা বলে যে মাসি আজও হা-হুতাশ করেন, এ কথা কে না জানে বলুন! আপনাকে শক্ত কাজ দিলে ভগবান কি আমাকে ছেড়ে কথা কইবেন?''

''আরে, ওসব পুরনো কথা আবার কেন? কাজের কথাটাই হোক না! কার উপর নজর রাখতে হবে?''

''আজ্ঞে, লোকটার নাম খাঁদু গড়াই।''

''ওরে বাবা! শুনেই বুকটা কেমন করছে! তা ছাড়া উঁকিঝুঁকি মারা খুব খারাপ। উঁকিঝুঁকি মারলে আমার বড় গা শিরশির করে।''

দ্বিজপদ খুব চিন্তিত মুখে ছাদের দিকে চেয়ে গলা চুলকোতে চুলকোতে বলল, ''তাই তো কাশীদা, বড় মুশকিলে ফেলে দিলেন। ভাবছি, বিজয়বাবুকে এখন কী বলি! সম্বন্ধটা যখন আমিই করেছি, তখন আমারও তো একটা দায়িত্ব আছে। তিনি বড় আশায় বুক বেঁধে রয়েছেন যে!''

কাশীবাবু তটস্থ হয়ে বললেন, ''আহা, বিজয়বাবুকে আবার এর মধ্যে টানা কেন?''

''তিনি সাতবেড়ের শিকারি বিশ্বজয় রায়ের নাতি। বাবা ভুবনজয়ও ছিলেন পক-

প্রণালী জয়ী বিখ্যাত সাঁতারু, কামট, কুমির, হাঙরকেও ডরাতেন না। আপনি যে এত ভিতু, সেটা পাঁচকান হলে বিজয়বাবু তাঁর মেয়ে বুঁচির সঙ্গে আপনার বিয়ে দেওয়ার কথা আর কখনও উচ্চারণ করবেন কি? তাঁর তো ধারণা শশীরামের নাতি, নসিরামের ছেলে কাশীরামও বাপ-দাদার মতোই ডাকাবুকো লোক।''

''আচ্ছা-আচ্ছা, না হয় খাঁদু গড়াইয়ের উপর নজর রাখব'খন। ও আর এমন কী শক্ত কাজ?''

''কাজ খুবই সোজা। খাঁদু কখন খায়, কখন ঘুমোয়, বাঁ ধারে কাত হয়ে ঘুমোয়, না ডান ধারে, হাঁ করে ঘুমোয় কি না, নাক ডাকে কি না, এই সব আর কী! তারপর ধরুন, দুপুরে বা নিশুতরাতে কোনও সন্দেহজনক লোক তার কাছে যাতায়াত করে কি না বা সে কাউকে কোনও ইশারা ইঙ্গিত করে কি না। কিংবা তার ঝোলায় কোনও অস্ত্রশস্ত্র আছে কি না। পারবেন না?''

কাশীবাবু আমতা আমতা করে বললেন, ''তা পারা যাবে বোধ হয়।''

''খুব পারা যাবে, খুব পারা যাবে। তারপর শুধু নজর রাখাই নয়, মাঝে-মাঝে তার কাছে গিয়ে একটু খেজুরে আলাপও জুড়ে দেবেন। এই জিজ্ঞেস করলেন, 'বাপু হে, তুমি কি মিষ্টি পছন্দ করো, না ঝাল? লাল রং ভালবাসো, না কি বেগুনি? ঠান্ডা ভাল, না গরম?' এরকম আগড়ম-বাগড়ম যা খুশি বলে গেলেই হল, দেখবেন কথার ফাঁকে হয়তো টক করে আসল কথাটা বেরিয়ে আসবে।''

কাশীবাবুর মুখ শুকিয়ে গিয়েছে। জিভ দিয়ে ঠোঁটটা চেটে নিয়ে বললেন, ''সে তো বুঝলুম, কিন্তু আসল কথাটা কী?''

''সে কি আমিই জানি। এ হল ছিপ ফেলে বসে থাকার মতো ব্যাপার, মাছ উঠবে কি না তার ঠিক নেই।''

''বুঝেছি। কী কুক্ষণে যে খাঁদু গড়াই এসে জুটল কে জানে!''

''ভগবান যা করেন মঙ্গলের জন্যই করেন কাশীদা।''

কাশীবাবু একটু উত্তেজিত হয়ে বলেন, ''এর মধ্যে মঙ্গলটা কী দেখলে শুনি! খাঁদু গড়াই হল ডাকাতের ভাইপো, তার উপর তান্ত্রিক পিশাচসিদ্ধ মানুষ। ওরকম বিপজ্জনক লোকের উপর নজর রাখা মানে তো সিংহের খাঁচায় ঢুকে পড়া, প্রাণ হাতে করে কাজ, এর মধ্যে মঙ্গলটা আসে কোত্থেকে?''

''নগদানগদি সব বোঝা যাবে না দাদা, ধৈর্য ধরতে হবে।''

''আর ধৈর্য! বাবামশাইকেও বলিহারি, যাকে-তাকে বাড়ির মধ্যে ঢুকিয়ে ফেলেন। এই তো গত বছর এক সাধুকে ধরে এনেছিলেন তার কাছে আকাশে ওড়া শিখবেন বলে। শেষ পর্যন্ত সেই সাধু মায়ের একছড়া হার, দাদুর পকেটঘড়ি, তিনটে কাঁসার

থালা, আমার গরদের পাঞ্জাবি আর নরহরির নতুন গামছাখানা নিয়ে পিঠটান দিল। তবু কি তাঁর শিক্ষা হয়? এবার কী হবে কে জানে!"

চার

গুঁফো গনশা বলিয়ে-কইয়ে মানুষ। বক্তৃতার শেষ দিকটায় সে আক্ষেপ করে বলল, "ভাল কোচিং-এর অভাবেই আমরা এই সব অনুপ্রবেশকারী লুঠেরাদের সঙ্গে এঁটে উঠতে পারছি না। আমাদের প্রতিভা কিছু কম নেই, সাহস বা সংযমেরও অভাব নেই। ভাল ফরেন কোচ পেলে আমরা এলাকায় এখনও আধিপত্য করতে পারি। হ্যাঁ, আর দরকার হল অত্যাধুনিক অস্ত্রশস্ত্র, আর ভাল নেটওয়ার্ক।"

মারকুটে মহেশ ঝাঁকি মেরে উঠে দাঁড়িয়ে বলল, "ফরেন কোচের কোনও দরকার নেই, আমার গুরু জটাবাবা কি খারাপ কোচ ছিল? এমন মুষ্টিযোগ, এত প্যাঁচপয়জার জানত যে, লোকে নামই দিয়েছিল 'জাদুকর জটাই', ভারতীয় যোগবিদ্যাই হচ্ছে সর্বশ্রেষ্ঠ।"

এই কথায় চাক্কু চপল আপত্তি করে বলল, "ওসব পুরনো যোগবিদ্যা এ যুগে চলে না মশাই। এ হল কম্পিউটার, লেজার, স্ট্রেসারের যুগ, এ কে ফর্টি সেভেনের সামনে তো আর প্রাণায়াম দিয়ে লড়া যায় না। গোবিন্দদা ঠিকই বলেছে, অত্যাধুনিক অস্ত্রশস্ত্র না হলে ওই রাখালহরির কাছে মুচলেকা দিয়ে এই এলাকায় বসবাস করতে হবে। যাকে বলে সেকেন্ড গ্রেড সিটিজেন।"

হাড়ভাঙা হারাধনের ডেরায় কাল রাতেই হানা দিয়ে রাখালহরি তার সর্বস্ব লুটে নিয়ে গিয়েছে। শুধু তাই নয়, বুকে এ কে ফর্টি সেভেনের নল ঠেকিয়ে কান ধরে ওঠবস করিয়ে গিয়েছে। সেই অবস্থায় এখনও তার চোখ ছলছল করছে। সে উঠে দাঁড়িয়ে দুঃখ ভারাক্রান্ত গলায় বলল, "আমি যদিও সনাতন পন্থাতেই বিশ্বাস করি, এবং জানি, আমাদের শিক্ষক ও ওস্তাদরা নানা গুপ্তবিদ্যায় পারদর্শী ছিলেন, তবু এ কথা স্বীকার করতেই হবে যে, রাখালহরির বিদেশের ট্রেনিং থাকায় তার সঙ্গে আমি পেরে উঠিনি। বিশ্বস্ত সূত্রে জানতে পেরেছি, প্রথম জীবনে কুঠিবাড়ি লুট করে সে চিনে চলে গিয়েছিল। সেখানে কয়েক বছর চিনা কোচের কাছে সে প্রশিক্ষণ পায়। এই যে কাল রাতে সে আমার ছাউনিতে চড়াও হল, তার মোডাস অপারেন্ডি আমরা ধরতেই পারলাম না। ছাউনির চারদিকে শক্ত পাহারা ছিল, তবু সে কী করে যে ব্লিৎস ক্রিগ করে অত লোককে বোকা বানিয়ে অস্ত্র কেড়ে নিল, তা এখনও

আমি বুঝে উঠতে পারিনি। এ কথা ঠিক যে, আমি শক্তিশালী প্রতিপক্ষের কাছেই পরাজিত হয়েছি, কিন্তু ভাববার বিষয় হল, আমাদের মান উন্নত না করলেও আর চলছে না।''

জঙ্গলের পাশেই নদী, নদীর ধারের বালির চরে বড় বড় উনুনে বিরিয়ানি আর মাংস রান্না হচ্ছে। সঙ্গে স্যালাড, পাঁপড় ভাজা, দই আর মিষ্টি। ভোজ দিচ্ছে প্রহ্লাদ। লেঠেল ললিত রান্নার তদারকি সেরে এসে কোমরের গামছায় হাত মুছে বলল, ''মিটিঙে যে সিদ্ধান্ত হবে সেটাই আমরা মেনে নেব বটে, তবু আমার নিজের দুটো কথা আছে, এই হাইটেক অপারেশনের যুগে কাজ করতে গেলে যে ফিটনেস এবং স্কিল দরকার, সেটা আমরা কোথায় পাব। ফরেন কোচ আমাদের স্কিল আর ছক শেখাতে পারে, কিন্তু ফিটনেস তো আলাদা ব্যাপার। তাই ফট করে বিদেশি কোচিং অ্যাডপ্ট করা ঠিক হবে না।''

কয়েকটি তরুণ কণ্ঠে তীব্র প্রতিবাদ শোনা গেল। তাদের মুখপাত্র বাঘা বগলা উঠে সদর্পে বলল, ''ললিতদা এখনও লাঠির মহিমা ভুলতে পারেননি। ঠিক কথা, ভূভারতে ললিতদার মতো লাঠিয়াল নেই। কিন্তু ওঁকে এখন বুঝতে হবে যে, লাঠির যুগ শেষ হয়ে গিয়েছে। এমনকী সনাতন বন্দুক-বোমার যুগও আর নেই। আমরা যদি এখনও খোলনলচে না পালটাই, তা হলে বারবার বিদেশি টিমের কাছে হার অনিবার্য। ফিটনেস আর স্কিল আমাদের নেই কে বলল? আসল হল প্র্যাকটিস এবং উপযুক্ত কোচিং। ঐতিহ্য আঁকড়ে পড়ে থাকার দিন শেষ। যুগের সংকেত যদি আপনারা ধরতে না পারেন, তা হলে আমাদের আরও পিছিয়ে পড়তে হবে। এই যে রাখালহরির দাপট এবং আধিপত্যকে আমরা এত ভয় পাচ্ছি, তার কারণ, রাখালহরির দলের সবাই অত্যাধুনিক প্রশিক্ষণে শিক্ষিত, তাদের হাতে একেবারে হাল আমলের অটোমেটিক অস্ত্র এবং তাদের স্পিড অভাবনীয়। তাদের অ্যাটাকিং এবিলিটি যেমন সাংঘাতিক, ডিফেন্সও তেমনই মজবুত। এসব তো জাদুবিদ্যা নয়, কোচিং এবং প্র্যাকটিসই এর কারণ।''

সভাপতি মোটকা মল্লিক শান্তশিষ্ট মানুষ, স্বল্পভাষীও বটে, সব শুনে সে এবার বলল, ''আমরা প্রসঙ্গ থেকে সরে যাচ্ছি, এখন যেটা আশু প্রয়োজন, সেটা হল, রাখালহরিকে নিয়ন্ত্রণ করা। সে বিষয়ে প্রহ্লাদদা কিছু বলুন।''

প্রহ্লাদ নিমীলিত নয়নে বসে এতক্ষণ একটার পর একটা সুগন্ধি জরদা দেওয়া পান চিবিয়ে যাচ্ছিল। এবার পিক ফেলে গলাখাঁকারি দিয়ে বলল, ''দেখা যাচ্ছে, আমাদের ভিতরে সবাই স্পষ্ট দু' ভাগে বিভক্ত। অল্পবয়সিরা আধুনিক প্রশিক্ষণে বিশ্বাসী, বয়স্করা সনাতন কর্মপদ্ধতি বদলাতে অনিচ্ছুক। যাই হোক, আমরা কোন পন্থা নেব

তা সভার শেষে ভোট নিলেই বোঝা যাবে। কিন্তু ফরেন কোচ বা অত্যাধুনিক অস্ত্রশস্ত্র বা প্রশিক্ষণ সময়সাপেক্ষ ব্যাপার। ততদিন তো আর রাখালহরি বসে থাকবে না। তাই আমাদের এমন কিছু করতে হবে, যাতে রাখালহরিকে আপাতত নিয়ন্ত্রণে রাখা যায়। আমার প্রস্তাব আমি আগেই তোমাদের কাছে দিয়ে রেখেছি। রাখালহরির এখন তিপান্ন বছর বয়স, সে বিয়ে করেনি। সুতরাং তার ওয়ারিশান নেই। একমাত্র ওয়ারিশ তার ভাইপো ক্ষুদিরাম বা খাঁদু গড়াই। আমাদের আড়কাঠিরা খবর এনেছে, সে খয়েরগড়ের কাশীরাম রায়ের বাড়িতে এসে থানা গেড়েছে। ভাইসব, এই খাঁদু গড়াই হল রাখালহরির দুর্বল জায়গা, তার অ্যাকিলিস ছিল। কারণ, রাখালহরি তার দলের হাল ধরার জন্য খাঁদুকেই হন্যে হয়ে খুঁজছে। সে খাঁদুর হদিশ পাওয়ার আগেই খাঁদুকে আমাদের হস্তগত করা চাই। তারপর আমরা রাখালহরির উপর যথেষ্ট চাপ সৃষ্টি করার সুযোগ পাব। হিংসাত্মক পদ্ধতির বদলে কূটনৈতিক চালেই আমরা রাখালহরিকে বাগে আনতে চাই। তার ফলে তার সঙ্গে নেগোশিয়েট করার সুবিধে হবে। ভাইপোকে ফেরত পাওয়ার জন্য আমাদের শর্ত না মেনে তার উপায় থাকবে না। এ প্রস্তাবে তোমরা রাজি থাকলে হাত তোলো।''

প্রায় সবাই হাত তুলল। দু'-একজন ঘুমোচ্ছিল বলে হাত তোলেনি।

মোটকা মল্লিক গম্ভীর গলায় বলল, ''এখন জিরো আওয়ার। কারও কোনও প্রশ্ন থাকলে করতে পারো। তারপর মধ্যাহ্নভোজনের জন্য সভা মুলতুবি ঘোষণা করা হবে।''

সড়কি সতীশ ছোকরা মানুষ। স্কুলে জ্যাভেলিন থ্রো-তে খুব নাম ছিল তার। পরবর্তীকালে সে বল্লম ছোড়ায় ওস্তাদ হয়ে ওঠে। সে উঠে বলল, ''আমার প্রশ্ন হল, রাখালহরির ল্যাপটপে আমাদের সব স্ট্র্যাটেজিই অ্যানালিসিস করা আছে। তার পি আর-ও দুর্দান্ত, সেক্ষেত্রে তার ভাইপোকে পণবন্দি করা কি সহজ হবে? আমার তো সন্দেহ হয়, আমাদের এই টপ সিক্রেট মিটিঙেও রাখালহরির এজেন্ট মজুত আছে। এমনও হতে পারে, সেই এজেন্ট তার মোবাইল হ্যান্ডসেটে এই মিটিঙের সব খবরই তাকে জানিয়ে দিচ্ছে।''

এ কথায় সভায় একটা প্রবল হইচই উঠল।

বাঘা বগলা বজ্রকণ্ঠে বলল, ''মিটিঙের শুরুতেই বলে দেওয়া হয়েছিল সবাইকে মোবাইল সুইচ অফ করে রাখতে হবে। কার মোবাইল অন আছে হাত তোলো।''

কেউ অবশ্য হাত তুলল না।

মোটকা মল্লিক মোটা গলায় বলল, ''এই সাইবার পাইরেসির যুগে সবই সম্ভব। কিন্তু রিস্ক আমাদের নিতেই হবে। কারণ, রাখালহরির সঙ্গে টক্কর দিতে হলে

সম্মুখসমরে পেরে ওঠা যাবে না। সে ধূর্ত এবং টেকনিক্যালি অনেক অ্যাডভান্সড। সুতরাং তার ভাইপোকে পণবন্দি করার প্রস্তাবটি অবিলম্বে কার্যকর করতে হবে। লাঞ্চের আগেই আমাদের কম্যান্ডো-বাহিনীর নামের লিস্টি করে ফেলা দরকার। লাঞ্চের পর সভা সাইনে ডাই মুলতুবি করে দেওয়া হবে।''

ধন্যবাদ জ্ঞাপন করতে উঠে প্রহ্লাদ বলল, ''ভাইসব, আজ এক সংকটের মুখে আমরা যে সংহতির পরিচয় দিয়েছি, সেটাই আমাদের ভবিষ্যতের মূলধন। বহিরাগত শত্রু, হানাদার এবং অনুপ্রবেশকারীদের বিরুদ্ধে আত্মরক্ষা করতে হলে এই সংহতি এবং পারস্পরিক সহযোগিতা এবং সমঝোতা বজায় রাখতে হবে। আপনারা সকলেই যে আজ এই প্রাতঃকালীন সভায় মতানৈক্য সরিয়ে এবং গোষ্ঠীদ্বন্দ্ব উপেক্ষা করে যোগ দিতে এসেছেন, তার জন্য আপনাদের অসংখ্য ধন্যবাদ জানাচ্ছি ... ইত্যাদি।''

সভায় প্রবল হাততালি পড়ল। আর ঠিক এই সময়ে বিরিয়ানিতে গোলাপজল আর কেশর পড়ায় ভারী সুন্দর গন্ধ ছড়িয়ে পড়ল চারদিকে।

সভাস্থল থেকে মাইলসাতেক দূরে নীলপুরের গভীর জঙ্গলের মধ্যে গোলপাতার একটা বড় ছাউনির ভিতরে হেডফোনটা কান থেকে খুলে রাখল রাখালহরি। তিপ্পান্ন বছর বয়সেও তার চেহারায় বিন্দুমাত্র মেদ নেই। ছিপছিপে চাবুকের মতো শরীর, রীতিমতো মাসকুলার হাত-পা।

ঘরের এক কোণে বসে একজন বেঁটেখাটো লোক কম্পিউটারে একটা মুখের ছবি আঁকার চেষ্টা করছিল। তার দিকে চেয়ে রাখালহরি বলল, ''তোর হল রে কালীকেষ্ট?''

কালীকেষ্ট মৃদু স্বরে বলল, ''আজ্ঞে, হয়ে এল। মুশকিল হল, আপনি যখন আপনার ভাইপোকে শেষবার দেখেন, তখন তার বয়স সাত-আট বছর, সে বয়সের চেহারার বিবরণ ধরে তার এখনকার মুখের আদল আন্দাজ করে যা দাঁড়াচ্ছে, তা কি আপনার পছন্দ হবে?''

রাখালহরি গম্ভীর গলায় বলে, ''দেখি, একটা প্রিন্ট বের করে দেখা তো।''

কালীকেষ্ট একটা প্রিন্ট নিয়ে এলে রাখালহরি সেটা দেখে মোটেই পছন্দ করল না। ভ্রু কুঁচকে চেয়ে বলল, ''নাঃ, আমার মতো হয়নি ব্যাটা। মুখে সেই হারমাদের ভাবটাই নেই, চোখের চাউনিও তো মরা মাছের মতো। ব্যাটা ওর বাপের মতোই হয়েছে তা হলে। দাদা চিরকালই ভেড়ুয়া টাইপের ছিল।''

''যদি বলেন তা হলে একটা জম্পেশ গোঁফ লাগিয়ে দিতে পারি।''

''তাতে লাভ কী! লোকটা তো তাতে বদলাবে না। যাকগে, কী আর করা যাবে। শত হলেও রক্তের সম্পর্ক। একেই গড়েপিটে নিতে হবে।''

"আজ্ঞে, সে আর বেশি কথা কী? আপনি কিলিয়ে কত কাঁঠাল পাকালেন, চোখের সামনেই তো দেখলাম। দেখবেন একদিন, এই গোলগাপ্পা ভাইপোও একদিন গুন্ডাপ্পা হয়ে উঠবে।"

একটা দীর্ঘশ্বাস ফেলে রাখালহরি বলল, "আর সময় নেই, মহিষবাথানের জঙ্গলে ওদের মিটিঙের রিলে শুনছিলাম নয়ন দাসের সেলফোন থেকে। ওরা আজই খাঁদুকে তুলে আনবে। কম্যান্ডো লিস্ট তৈরি হচ্ছে। তার আগেই যদি খাঁদুকে সরিয়ে ফেলা না যায়, তা হলে মুশকিল। তুই এক্ষুনি হাবু, সনাতন, গদাই আর গাব্বুকে ডেকে আন।"

"যে আজ্ঞে।" বলে কালীকেষ্ট তাড়াতাড়ি বেরিয়ে গেল।

ছাউনির মধ্যে সিংহের মতো পদচারণা করতে করতে রাখালহরি একা-একাই বলতে লাগল, "কে লইবে মোর কার্য কহে সন্ধ্যারবি, শুনিয়া জগৎ রহে নিরুত্তর ছবি। মাটির প্রদীপ ছিল, সে কহিল, স্বামী, আমার যেটুকু সাধ্য করিব তা আমি। কোটি কোটি টাকার ইনভেস্টমেন্ট, বিশাল নেটওয়ার্ক, ম্যান-ম্যানেজমেন্ট, হিউম্যান রিসোর্স, পাবলিক রিলেশন, অ্যাকাউন্টস, নিউ ভেঞ্চার, অপারেশন, একটিও কি ব্যাটা পারবে সামাল দিতে!"

নিঃশব্দে ছাউনিতে ঢুকে হাবু, সনাতন, গদাই আর গাব্বু ভারী বশংবদ ভঙ্গিতে লাইন দিয়ে দাঁড়াল। আরও কিছুক্ষণ পায়চারি করে রাখালহরি তাদের সামনে স্থির হয়ে দাঁড়িয়ে বলল, "অপারেশন খাঁদু। প্ল্যান সিক্স। গাঁয়ের নাম মামুনগড়। কাশীরাম রায়ের বাড়ি। সন্ধে ছ'টার মধ্যে কাজ হাসিল করা চাই। প্রিন্ট আউটের ছবিটা দেখে নে ভাল করে। ছবির সঙ্গে চেহারা না-ও মিলতে পারে। ছেলেবেলায় ঘুড়ি ধরতে গিয়ে একবার মাঞ্জা সুতোয় খাঁদুর কান কেটে যায়। কানের পিছনে কাটা দাগ দেখবি। সাবধান, ভুল লোককে তুলে আনিস না। আইডেন্টিফিকেশন মার্কটা খুব ইম্পর্ট্যান্ট।"

"যে আজ্ঞে!"

"আর কোনও প্রশ্ন আছে?"

সনাতন বলল, "যে আজ্ঞে, কোন কান? বাঁ, না ডান?"

রাখালহরি ফের কিছুক্ষণ পায়চারি করে বলল, "যত দূর মনে আছে, বাঁ কান। তবে ডান কান হওয়াও বিচিত্র নয়। এবার বেরিয়ে পড়ো।"

চারজন নিঃশব্দে বেরিয়ে গেল।

রাখালহরি তার ল্যাপটপ খুলে নিবিষ্ট মনে কাজ করতে লাগল।

মাত্র মাইল পনেরো দূরে মামুনগড় গাঁয়ে শশীরাম রায়ের বাড়িতে কাশীরাম রায়

খুবই বিপন্ন বোধ করছেন। উঁকিঝুঁকি ব্যাপারটা তাঁর একদম পছন্দ নয়। কেউ আড়াল থেকে লুকিয়ে উঁকি মেরে তাঁকে লক্ষ করছে, এ কথা ভাবলেই তাঁর গা শিরশির করে। এই জন্য ছেলেবেলায় চোর-চোর খেলার সময় তিনি টেনশন সহ্য করতে না পেরে 'এই যে আমি' বলে লুকনো জায়গা থেকে বেরিয়ে এসে সদর্পে ঘোষণা করে দিতেন। এই ঊনত্রিশ-ত্রিশ বছর বয়সে ফের সেই ছেলেবেলার টেনশনটা টের পাচ্ছেন তিনি।

দুনিয়াসুদ্ধু লোক যে কেন বীর বা সাহসীদের ভক্ত তা তিনি কিছুতেই বুঝে উঠতে পারেন না। দুঃসাহসিক কাজ করতে গিয়ে নিজেকে বিপদে ফেলা কি ভাল? সেটা কি দায়িত্বজ্ঞানহীনের মতো কাজ নয়? ভূত-প্রেত, গুন্ডা-বদমাশ, মারকুটে বা রাগী লোক, বাঘ-ভালুক এসব তো ভয় পাওয়ার জন্যই সৃষ্টি করা হয়েছে, না কি? সুতরাং ভয় পাওয়াটাও তো নিয়মের মধ্যেই পড়ে! কিন্তু তাঁর দাদু শশীরাম বা বাবা নসিরাম তা বোঝেন কই? দাদু শশীরাম প্রায়ই বলেন, "কেশোটা চোর-ডাকাত হলেও ভাল ছিল। তা হলেও বুঝতাম, একটা তালেবর হয়েছে। কিন্তু এ তো বংশের নাম ডোবাল! এমন ভিতু, কাপুরুষ, এমন ব্যক্তিত্বহীন ছেলেকে যে নিজের নাতি বলে পরিচয় দিতেও লজ্জা করে!" কাশীবাবুর বাবা নসিরাম তো আরও এক ডিগ্রি সরেস। তিনি তাঁর পুত্রের উপর এতই বিরক্ত যে, প্রাতঃকালে তার মুখদর্শন অবধি করেন না। সারাদিন 'কুলাঙ্গার' বলে গালি দেন। কাশীরামের ভরসা হল, মা আর ঠাকুরমা। তাঁরা তাঁর পক্ষ নেন বটে, কিন্তু বাবা বা দাদু তাঁকে মানুষ বলেই গ্রাহ্য করেন না।

ঠাকুরমা প্রায়ই বলেন, "ভয়-ভীতি থাকাই তো ভাল। তোর বাপু, বাপ-দাদার মতো আহাম্মক হওয়ার দরকার কী? তোর দাদু বীরত্ব ফলাতে গিয়ে তো কতবার মরতে বসেছে। সেবার হিরু গুন্ডার দায়ের কোপে গলা অর্ধেক নেমে গিয়েছিল। বাঁচার কথাই নয়। শশধর ডাক্তার আর পাঁচকড়ি কবরেজের মতো ধন্বন্তরী ছিল বলে, গলা জোড়া লাগল। তোর বাপেরই কি বুদ্ধিশুদ্ধি আছে? গোলা-বারুদের সামনে বুক চিতিয়ে বীরত্ব দেখাতে গিয়ে কতবার মরতে বসেছে। এখনও নাকি একটা গুলি পাঁজরে সেঁধিয়ে আছে, বের করা যায়নি।"

মা বলেন, "তুই যেমন আছিস তেমনই থাক বাবা, অন্যরকম হয়ে কাজ নেই তোর। তোর বাপ-দাদার হল যণ্ডা-গুন্ডার ধাত, ভদ্দরলোকদের ওরকম হওয়ার তো কথাই নয়।"

কিন্তু সমস্যা হল বিজয়বাবু। দুর্ভাগ্যবশত তিনি একজন বীরপূজারি। বীর জামাই না হলে মেয়ের বিয়েই দেবেন না। তাই শশীরামের নাতি আর নসিরামের ছেলে এই কাশীরামকে মেয়ে বুঁচির জন্য দেখে রেখেছেন।

সম্বন্ধটা এনেছে দ্বিজপদ। শশীরাম একদিন দ্বিজপদকে ডেকে বলেছিলেন, ‘‘তুই তো ঘটকালীও করিস। দেখ তো বাবা, ডাকাবুকো, ডানপিটে হান্টারওয়ালি গোছের একটা মেয়ে পাস কি না। আমার অপোগণ্ড, ভিতুর ডিম, কাপুরুষ নাতিকে ওই মেয়েটার সঙ্গে বিয়ে দেব। ডাকাবুকো একটা মেয়ের পাল্লায় পড়ে যদি ওর একটু উন্নতি হয়।’’

তা বুঁচিকে সকলেরই খুব পছন্দ। সে নাকি ঘোড়ায় চড়ে ঘুরে বেড়ায়। বন্দুক-পিস্তলে অব্যর্থ হাত, জুজুৎসু জানে, স্কুলের স্পোর্টসে গাদা গাদা প্রাইজ পায়। বুঁচির বিবরণ শুনে কাশীবাবু খুবই ঘাবড়ে গিয়েছিলেন। বিয়েটা ভেঙে দেওয়ারও ফন্দি এঁটেছিলেন। কিন্তু সে কথা ধানাইপানাই করে ব্যক্ত করার পরই মা হুমকি দিলেন, বাপের বাড়ি চলে যাবেন, ঠাকুরমা কাশীবাসী হওয়ার সতর্কবার্তা জারি করলেন, বাবা আর দাদু সন্ন্যাস নেওয়ার কথা আগাম ঘোষণা করে দিলেন। অগত্যা কাশীরামকে প্রস্তাবটা মেনে নিতে হয়েছে।

গত কাল থেকে খাঁদু গড়াই তাঁদের বাড়িতে বহাল তবিয়তে রয়েছে। কাশীরামের মাথায় আসছে না, তাঁর বাবামশাই নসিরাম কেন খাঁদুকে একজন ডাকসাইটে ডাকাত বানানোর জন্য মেহনত করছেন। ডাকাত কি সমাজবিরোধী নয়? ইন্ডিয়ান পেনাল কোড কি ডাকাতিকে বিধিসম্মত পেশা হিসেবে স্বীকার করে? কিন্তু নসিরামকে কার সাধ্য সে কথা বোঝায়? ওঁর গোঁ, খাঁদুকে এমন ডাকাত বানাবেন যে, পরগনার অন্য সব ডাকাত জব্দ হয়ে যাবে।

খাঁদু দিব্যি ডেঁড়েমুশে খাচ্ছেদাচ্ছে, দিব্যি ফুরফুরে মেজাজে বাড়ির মধ্যে ঘুরঘুর করছে। আর যতই খাঁদু গেড়ে বসছে ততই কাশীবাবু নার্ভাস বোধ করছেন। খাঁদুর জন্য যে এ বাড়িতে যে-কোনও সময়ে রাখালহরি বা রাখালহরির প্রতিপক্ষ হামলা করতে পারে, এটা জেনে ইস্তক কাশীবাবুর খাওয়া অর্ধেক এবং ঘুম সিকিভাগ হয়ে গিয়েছে। তার উপর নজর রাখার মোটেই ইচ্ছে ছিল না কাশীরামের। কিন্তু দ্বিজপদ বিপদের ভয় দেখিয়ে রেখেছে, বিজয়বাবুকে বলে দেবে।

ঘনঘন জল খেয়ে, বারকয়েক বাথরুম ঘুরে এবং গোপনে একটু ডনবৈঠক দেওয়ার পর কাশীবাবু খানিকটা সাহস সঞ্চয় করে নীচের তলার একটেরে ঘরটার শিয়রের জানালার কাছে গিয়ে আড়াল হয়ে দাঁড়ালেন। তারপর অতি সাবধানে একটা চোখ দিয়ে ভিতরে দৃষ্টিক্ষেপ করলেন।

না, ভয়ের কিছু নেই। দুপুরে মাংস-ভাত খেয়ে খাঁদু দিব্যি মাদুরে হাতে মাথা রেখে ঘুমোচ্ছে। নজর রাখতে কোনও ভয় নেই।

সবে বুকে একটু সাহস ফিরে আসছিল, ঠিক এই সময়ে খাঁদু তাঁর দিকে না

তাকিয়েই বলে উঠল, ''কাশীবাবু যে! কী সৌভাগ্য! আসুন! আসুন!''

কাশীবাবু ভারী অপ্রস্তুত। খাঁদু গড়াইয়ের মাথার তালুতে কি তৃতীয় নয়ন আছে? নইলে তাঁকে দেখল কী করে?

খাঁদু উঠে বসে তাঁর দিকে চেয়ে লাজুক হেসে বলে, ''আজ্ঞে, আস্তাজ্ঞে হোক, বস্তাজ্ঞে হোক।''

কুণ্ঠিত পায়ে এবং উৎকণ্ঠিত মুখে কাশীবাবু ঘরে ঢুকে আমতা আমতা করে বললেন, ''তা ইয়ে, বলছিলাম কী, তোমার কোনও অসুবিধে-টসুবিধে হচ্ছে না তো!''

খাঁদু চোখ বড় বড় করে বলে, ''বলেন কী মশাই, অসুবিধে কীসের? তোফা আছি। দোবেলা ফাঁসির খাওয়া খাচ্ছি, ঘুমও হচ্ছে মড়ার মতো। না মশাই, আপনাদের অতিথি-সৎকারের নিন্দে কেউ করতে পারবে না। তা কাশীবাবু, মাতব্বরদের সঙ্গে শলাপরামর্শ করে এসেছেন তো!''

কাশীবাবু অবাক হয়ে বললেন, ''কীসের শলাপরামর্শ? কে মাতব্বর?''

খাঁদু ডবল অবাক হয়ে বলে, ''করেননি? সে কী মশাই? এই যে আমি একটা উটকো লোক হুট করে আপনাদের বাড়িতে ঢুকে পড়লুম, এটা কি ভাল হল? তার উপর লোকটা এক সাংঘাতিক ডাকাতের ভাইপো! না মশাই, এরকম ঘটনা ঘটলে মুরুব্বি-মাতব্বরদের সঙ্গে শলাপরামর্শ করাই তো উচিত। কী থেকে কী হয় তা তো বলা যায় না। দিনকাল মোটেই ভাল নয়। ভালমানুষ বলে মনে হলেও আসলে আমি কেমন মানুষ, কোন মতলব আঁটছি, এসব খতিয়ে না দেখাটা আপনার উচিত হচ্ছে না।''

কাশীবাবু ফাঁপরে পড়ে বললেন, ''তা ইয়ে, কাল সকালে যে তুমি বলেছিলে, তুমি ধর্মভীরু লোক!''

খাঁদু গম্ভীর হয়ে গলা নামিয়ে বলল, ''আহা, আমি বললেই আপনি সে কথা বিশ্বাস করবেন কেন? আজকাল কি কাউকে বিশ্বাস করতে আছে মশাই? ধরুন কেন, আপনার মা ঠাকরুনের গলার বিছেহারখানার না হোক দশ-বারো ভরি ওজন, আপনার ঠাকুরমা ঠাকরুনের বালাজোড়াও, তা ধরুন, পনেরো ভরির নীচে হবে না। তারপর ধরুন আলমারির লকারে, সিন্দুকে, পাটাতনের উপর পুরনো ন্যাকড়ার পুঁটলিতে, আরও ধরুন, এক-দেড়শো ভরি গয়না তো আছেই। আর নগদ টাকাই কিছু ফ্যালনা হল! বুড়ো কর্তার হাতবাক্সে সব সময় দশ-বিশ হাজার টাকা মজুত। কর্তাবাবার তোশকের তলায় তো টাকার হরির লুট। তাই বলছি, বাইরের অজানা-অচেনা লোককে ঠাঁই দিয়ে যে আতান্তরে পড়বেন মশাই!''

কাশীবাবুর গলা শুকিয়ে গিয়েছিল, এ বাড়িতে যে এত গয়না আর টাকা আছে, এ খবর তাঁরও জানা ছিল না। তোতলাতে তোতলাতে বললেন, ‘‘তু-তুমি এ-এসব জা-জানলে কী-কী করে?’’

‘‘সে আর শক্ত কী? চোখ আর মগজ থাকলেই জানা যায়। কর্তাবাবারই কী আক্কেল বলুন, দুটো মন রাখা কথা কইতেই উনি একেবারে গলে গিয়ে আমাকে খাতির করে প্রায় অন্দরমহলে ঢুকিয়ে ফেলেছেন।’’

কাশীবাবু কাঁদো-কাঁদো হয়ে বললেন, ‘‘তা হলে উপায়?’’

‘‘আমি বলি কী কাশীবাবু, আপনি খুব হুঁশিয়ার হয়ে আমার উপর নজর রাখুন। এই ধরুন, আমি সারাদিন কী করি, বাইরের কেউ আমার কাছে যাতায়াত করে কি না, ঠারেঠোরে বা ইশারা-ইঙ্গিতে কাউকে খবরাখবর পাঠাচ্ছি কি না, তারপর ধরুন, আমি লোকটা কেমন, হাঁ করে ঘুমোই কি না, নাক ডাকে কি না...’’

কাশীবাবু সোৎসাহে বলে উঠলেন, ‘‘হ্যাঁ হ্যাঁ, দ্বিজপদ তো এসব কথাই বলেছিল!’’

বলেই কাশীবাবু জিভ কাটলেন। এঃ হেঃ, দ্বিজপদর কথাটা বেফাঁস বেরিয়ে গিয়েছে। সামাল দেওয়ার জন্য তাড়াতাড়ি বললেন, ‘‘না, না তোমার কথা হচ্ছিল না হে, এই চোর-ছ্যাঁচোড়দের কথাই হচ্ছিল আর কী!’’

খাঁদু মাথা নেড়ে বলে, ‘‘আহা, আমার কথা হলেই বা দোষ কী? ভাল লোক তো কারও গায়ে লেখা থাকে না মশাই। চোখে চোখে রাখাই বিচক্ষণতার কাজ। উঁকিঝুঁকি মারারও কোনও দরকার নেই। সোজা এসে আমার নাকের ডগায় গেড়ে বসে বলবেন, ‘তোমার উপর নজর রাখছি হে।’ ’’

কাশীবাবু অপ্রস্তুত হয়ে বললেন, ‘‘সেটা কি ভাল দেখাবে? তুমি তো কিছু মনে করতেও পারো!’’

‘‘না, মশাই না। আনাড়ি লোকদের শিখিয়ে-পড়িয়ে নিতে আমি বড় ভালবাসি। গোলমেলে লোকদের উপর কী করে নজর রাখতে হয়, কী করে তাদের পেটের কথা টেনে বের করতে হয়, তার দু’-চারটে কায়দা আপনাকে শিখিয়ে দেব’খন।’’

কাশীবাবু মাথা নেড়ে বললেন, ‘‘হ্যাঁ হ্যাঁ, দ্বিজপদও এরকমই কী যেন বলছিল।’’

‘‘পাকা মাথার লোক তো বলবেই। তবে কিনা নজর রাখাও বড় চাট্টিখানি কথা নয়। আপনি হয়তো উঁকি দিয়ে দেখলেন, আমি বাঁ দিকে কাত হয়ে শুয়ে হাঁ করে ঘুমোচ্ছি। ভাবলেন, আহা, খাঁদু ঘুমোচ্ছে যখন ঘুমোক, আমিও গিয়ে তা হলে একটু গড়িয়ে নিই। ব্যস, ওইখানে মস্ত ভুল করে ফেললেন। ওই যে বাঁ দিকে কাত হয়ে

শোওয়া, হাঁ করে থাকা, ওসবই হচ্ছে নানারকম সংকেত, ওর ভিতর দিয়েই কথা চালাচালি হয়ে যাচ্ছে, আপনি ধরতেও পারলেন না।''

''অ্যাঁ!'' বলে মস্ত হাঁ করলেন কাশীবাবু।

''হ্যাঁ মশাই, শুধু কি তাই, যদি নাক ডাকে তা হলে জানবেন ওই সঙ্গে আরও মেসেজ চলে গেল। নাক ডাকারও আলাদা অর্থ আছে, যা আপনার জানা নেই। তারপর ধরুন, আমি হয়তো বসে বসে হাই তুলছি বা আঙুল মটকাচ্ছি বা আড়মোড়া ভাঙছি, ভুলেও ভাববেন না যে, আলসেমি করছি। ও সবই হল নানারকম ইশারা ইঙ্গিত। আপনি যেমন আমার উপর নজর রাখছেন, তেমনই বাইরে ওই পাঁচিলের উপর বা ঝুপসি আমগাছের ডালপালার ভিতর থেকে দূরবিন কষে আর কেউও আমার দিকে নজর রাখছে। আর সব টুকে নিচ্ছে।''

কাশীবাবু এত অবাক আর বিহ্বল হয়ে গেলেন যে, তাঁর মুখ দিয়ে প্রথমটায় কোনও কথাই বেরোল না। কী সাংঘাতিক লোকের পাল্লায় পড়েছেন তা ভেবে তাঁর শরীর ঠান্ডা হয়ে আসছিল। অনেকক্ষণ পরে শুধু বলতে পারলেন, ''ওরে বাবা!''

''তাই বলছি আমি থাকতে থাকতে সব শিখে নিন। দিনকাল যা পড়েছে, চারদিকে চোখ না রাখলে যে বিপদ!''

পাঁচ

ঘণ্টাখানেক পরে যখন কাশীবাবু সামনের বাগানে একটা মোড়া পেতে বসে আছেন, তখনও তাঁর মাথাটা ভোম্বল হয়ে আছে। চোখের সামনে যা আছে কিছুই দেখতে পাচ্ছেন না। তাঁর মাথার মধ্যে কেবল ঘুরছে, বাঁ পাশে কাত হয়ে হাঁ করে ঘুমোলে এক রকম সংকেত, নাক ডাকলে তার এক অর্থ, হাই তুললে আবার অন্য ইশারা, আঙুল মটকালে বা আড়মোড়া ভাঙলে আর-এক ইঙ্গিত, এই সংকেতময় নতুন বিষয়টা অনুধাবন করার পর তাঁর বাহ্যজ্ঞান নেই। ওঃ, পৃথিবীতে কত কিছু শেখার আছে। ওকালতি পাশ করে তাঁর তো তেমন জ্ঞানার্জনই হয়নি! এই যে নতুন একটা জগতের দরজা তাঁর সামনে খুলে দিল খাঁদু, তার বিস্ময়, তার রোমাঞ্চই আলাদা। কাশীরাম আজ অভিভূত, বিস্মিত, বাক্‌রহিত।

এরকম তুরীয় অবস্থা না হলে কাশীবাবু ঠিকই টের পেতেন যে, তাঁদের বাড়ির সামনে এই পড়ন্ত বিকেলে একটা পুলিশের জিপ এসে থামল। পুলিশের ইউনিফর্ম পরা চারজন লোক নিঃশব্দে নেমে ফটক খুলে ভিতরে ঢুকল। অগ্রবর্তী লোকটার

হাতে একটা কম্পিউটারে আঁকা ছবি, সে বাগানে ঢুকেই সামনে সম্পূর্ণ আনমনা কাশীবাবুকে দেখে থমকে দাঁড়িয়ে ছবিটার সঙ্গে তাঁর চেহারাটা মিলিয়ে বলে উঠল, ‘‘এই তো!’’

বাকি তিনজনও ছবিটা দেখে কাশীবাবুর সঙ্গে চেহারার আশ্চর্য সাদৃশ্য লক্ষ করে খুশি হয়ে বলল, ‘‘বাঃ, মেহনতই করতে হল না।’’

‘‘তবু কানের দাগটা দেখে নেওয়া ভাল। ভুল হলে সর্দার আস্ত রাখবে না।’’

একজন গিয়ে কাশীবাবুর পিছনে দাঁড়িয়ে তাঁর কানটা উলটে দেখে নিয়ে বলল, ‘‘বাঃ, এই তো কাটা দাগ!’’

এত কিছু হয়ে যাওয়ার পরও কাশীবাবু কিছুই টের পেলেন না। শুধু বাঁ কানে একবার হাত বুলিয়ে গভীর অন্যমনস্কতার সঙ্গে বললেন, ‘‘ও কিছু নয়। ছেলেবেলায় ঘুড়ি ধরতে গিয়ে মাঞ্জা সুতোয় কেটে গিয়েছিল!’’

সর্দার গোছের পুলিশটা এগিয়ে এসে বলল, ‘‘পুলিশের সঙ্গে সহযোগিতা করার জন্য ধন্যবাদ। আপনাকে আমরা একটা ডাকাতির চার্জে অ্যারেস্ট করতে এসেছি।’’

বলেই লোকটা কাশীবাবুর হাতে একজোড়া হাতকড়া পরিয়ে দিল, অন্য একজন একটা মোটা দড়ির এক প্রান্ত চট করে কোমরে বেঁধে ফেলল।

কাশীবাবু এবার যেন মাটিতে পা রাখলেন। ভারী অবাক হয়ে বললেন, ‘‘এসব হচ্ছে কী? অ্যাঁ! এসব কী ব্যাপার?’’

আর ঠিক এই সময়েই কাশীবাবুর দাদু শশীরাম তাঁর বৈকালিক ভ্রমণ সেরে ফিরে ফটক খুলে ঢুকেই পুলিশ দেখে থমকে দাঁড়ালেন। তিনি বিশাল মাপের পুরুষ, হাতে মোটা লাঠি, বাজখাঁই গলায় বললেন, ‘‘আমার বাড়িতে পুলিশ কেন হে? কী হয়েছে?’’

কর্তাগোছের লোকটা বিনয়ের সঙ্গেই বলল, ‘‘আমরা এঁকে অ্যারেস্ট করতে এসেছি। এই যে ওয়ারেন্ট।’’

শশীরাম ওয়ারেন্টের কাগজখানাকে মোটে গ্রাহ্যই করলেন না। গলাটা নামিয়ে বললেন, ‘‘ওরে বাপু, চার্জটা কীসের সেটা বললেই তো হয়।’’

‘‘আজ্ঞে, ডাকাতির। তিন-তিনটে দুর্ধর্ষ দুঃসাহসিক ডাকাতি।’’

শশীরাম বিস্ময়ে চোখ কপালে তুলে বললেন, ‘‘বলো কী হে? সত্যি নাকি? না মশকরা করছ?’’

‘‘আজ্ঞে, মশকরা নয়।’’

শশীরাম ভারী আহ্লাদের সঙ্গে একগাল হেসে বললেন, ‘‘ডাকাতির কেস, ঠিক তো!’’

"আজ্ঞে, ডাকাতির কেসই।"

শশীরাম আহ্লাদে ফেটে পড়ে লাঠিসুদ্ধ দু' হাত জড়ো করে কপালে ঠেকিয়ে চেঁচিয়ে উঠলেন, "জয় মা কালী! জয় করালবদনী! এত দিনে মুখ তুলে চাইলে মা! ওরে ও নসে! ও গিন্নি! ও বউমা! আরে তোমরা সব ছুটে এসো। দেখো, আমাদের কেশো কী কাণ্ড করেছে। আগেই জানতুম, এই বীরের বংশে কাপুরুষ জন্মাতেই পারে না!"

হাঁকডাকে নসিরাম ছুটে এলেন। পিছু-পিছু কাশীবাবুর ঠাকুরমা কমলেকামিনী দেবী, মা নবদুর্গা।

নাতির অবস্থা দেখে কমলেকামিনী দেবী ডুকরে উঠলেন, "ওরে এই অলপ্পেয়ে মিনসেগুলো কে রে, আমার কেশোকে অমন করে হাতকড়া পরিয়ে কোমরে দড়ি বেঁধেছে! আঁশবটিটা নিয়ে আয় তো রে মালতী, দেখি ওদের মুরোদ!"

শশীরাম গর্জে উঠে বললেন, "খবরদার, ওসব কোরো না। ওরা আইনমাফিক কাজ করছে। যাও বরং, শাঁখটা নিয়ে এসো। শঙ্খধ্বনি, উলুধ্বনি করো সবাই। এত দিনে ব্যাটা বুকের পাটা দেখিয়েছে!"

কমলেকামিনী দেবী আকাশ থেকে পড়ে বললেন, "শাঁখ বাজাব! উলু দেব! কেন, কোন মোচ্ছব লেগেছে শুনি! আমার দুধের বাছাকে ধরে নিয়ে যাচ্ছে, আর তুমি দাঁড়িয়ে দাঁড়িয়ে দেখছ! আজ কোথায় তোমার বীরত্ব? হাতের লাঠিগাছা দিয়ে দাও না ঘা কতক।"

শশীরাম মাথা নেড়ে বললেন, "না-না, ও তুমি বুঝবে না। স্নেহে অন্ধ হলে কি এসব বোঝা যায়! এত দিনে তোমার কেশো মানুষের মতো মানুষ হল, বুঝলে! ওই ম্যাদামারা, নাদুসনুদুস, অপদার্থ, কাপুরুষ ছেলে কি এ বংশে মানায়! আজ ছাইচাপা আগুন বেরিয়ে পড়েছে গিন্নি, আজ দুঃখের দিন নয়, আনন্দের দিন।"

নসিরাম প্রথমটায় ব্যাপার বুঝতে পারেননি। এখন খানিকটা বুঝে তিনিও গোঁফ চুমরে বললেন, "ডাকাতি করেছে নাকি ব্যাটা?"

শশীরাম বুক চিতিয়ে বললেন, "তবে! ডাকাতি বলে ডাকাতি? তিন-তিনটে দুর্ধর্ষ ডাকাতি। এই তো পুলিশ অফিসার দাঁড়িয়ে আছে। জিজ্ঞেস করে দেখো না।"

নসিরাম পুলিশের সর্দারকে বললেন, "সত্যি নাকি?"

"যে আজ্ঞে।"

কাশীরাম এতক্ষণে ফাঁক পেয়ে বললেন, "না-না, এসব বানানো গল্প।"

নসিরাম গর্জন করে বললেন, "চোপ! ডাকাতি করেছিস তো করেছিস। তার জন্য অত মিনমিন করে কাঁদুনি গাওয়ার কী আছে! বুকের পাটা আছে বলেই করেছিস। মাথা উঁচু করে জেল খেটে আয় তো দেখি!"

নসিরাম আহ্লাদে ফেটে পড়ে বললেন, "আহা, ডাকাতি তেমন খারাপ জিনিসই বা হতে যাবে কেন? চেঙ্গিস খাঁ থেকে আলেকজান্ডার, সুলতান মামুদ থেকে ভাস্কো ডা গামা, কে ডাকাত নয় রে বাপু? আগেকার রাজারাজড়ারাও তো বাপু, বকলমে ডাকাত ছাড়া কিছু নয়। রবিন হুডকে নিয়ে তবে নাচানাচি হয় কেন? ও গিন্নি, ওকে বরং একটা চন্দনের ফোঁটা পরিয়ে দাও। ওরে তোরা শাঁখ বাজা, উলু দে, পাঁচজনে জানুক।"

নবদুর্গা কাঁদো-কাঁদো হয়ে বললেন, "ও যে রাতে দুধভাত খায়, নরম বিছানা ছাড়া শুতে পারে না, ভূতের ভয়ে একলাটি থাকতে পারে না, জেলখানায় গেলে কি ও আর বাঁচবে! সেখানে লপ্‌সি খাওয়ায়, কুটকুটে কম্বলের উপর শুতে দেয়, মারধর করে। খবর রটলে যে বিনয়বাবু বুঁচির সঙ্গে ওর বিয়ে ভেঙে দেবেন।"

শশীরাম মোলায়েম গলায় বললেন, "বীরের জননী হয়ে কি তোমার এসব বিলাপ মানায় বউমা? আপাতদৃষ্টিতে ডাকাতি জিনিসটা ভাল নয় বটে, কিন্তু এ তো ভেড়ুয়াদের কাজ নয় বউমা। পুরুষকার লাগে। কেশোর ভিতরে যে পুরুষকার জেগেছে তা কি টের পাচ্ছ? আহা, আজ যে আনন্দে আমার চোখে জল আসছে!"

বলে শশীরাম ধুতির খুঁটে চোখ মুছলেন।

নসিরাম পুলিশের দিকে চেয়ে বললেন, "ওহে বাপু, তোমাকে তো ঠিক চেনা-চেনা ঠেকছে না!"

"আজ্ঞে, এই সবে নতুন বদলি হয়ে এসেছি।"

"আর তোমাদের কানাইদারোগা! সে এল না?"

"আজ্ঞে, তিনি আর-একটা থানায় বদলি হয়ে গেছেন।"

শশীরাম বললেন, "খুব ভাল হয়েছে। কানাইদারোগা কোনও কম্মের নয়। ওরে বাপু, তোর নাকের ডগায় একটা লোক তিন-তিনটে ডাকাতি করে বহাল তবিয়তে ঘুরে বেড়াচ্ছে, আর তোর হুঁশই নেই! ওহে বাপু, তোমাদের একটু মিষ্টিমুখ না করিয়ে ছাড়ছি না। ওরে নরহরি, যা তো, দৌড়ে গিয়ে হারুময়রার দোকান থেকে এক হাঁড়ি রসগোল্লা নিয়ে আয়।"

নরহরি পড়ি-কি-মরি করে ছুটল।

শশীরাম পুলিশ অফিসারটিকে ভারী বন্ধুর মতো বললেন, "শোনো বাবারা, জাঁতা পেষাই করাবে, পাথর ভাঙাবে, ঘানিগাছে ঘোরাবে। কোনওটা যেন ফাঁক না যায়। একেবারে মজবুত করে গড়ে দাও তো বাবা ছেলেটাকে।"

ছোকরা মুচকি হেসে বলল, "ওসব নিয়ে ভাববেন না। আমাদের হাতে পড়লে দু'দিন পরেই এঁর ভোল পালটে যাবে।"

"খুব ভাল, খুব ভাল, তা তোমরা দুর্গা-দুর্গা বলে এসো গিয়ে। দেরি করে কাজ নেই। শুভ কাজে কখন কী বাধা এসে পড়ে, বলা তো যায় না।"

নরহরিও হাঁপাতে হাঁপাতে রসগোল্লার হাঁড়ি নিয়ে এসে হাজির হয়ে গেল। চারজন পুলিশ টপাটপ রসগোল্লা সাফ করে দিল কয়েক মিনিটেই। তারপর জিপে উঠে কাশীবাবুকে নিয়ে রওনা হয়ে গেল।

কমলেকামিনী দেবী এবং নবদুর্গা ডুকরে কেঁদে উঠলেন।

জিপে দু'জন পুলিশের মাঝখানে বসে কাশীবাবুর মাথাটা ফের ভোম্বল হয়ে গেল। এতক্ষণ যা দেখলেন, যা শুনলেন, তা কি বিশ্বাসযোগ্য? তাঁর বাবা নসিরাম এবং দাদু শশীরাম কি আসলে তাঁর কেউ নন। তিনি কি কুড়িয়ে পাওয়া ছেলে? নইলে তাঁর এই ভয়ংকর বিপদের দিনে নসিরাম এবং শশীরাম এত বড় বিশ্বাসঘাতকতা করেন কী করে? তিনি যখন ঘোর বিপন্ন, তখন শ্রদ্ধেয় শশীরাম ও শ্রদ্ধেয় নসিরামের এত স্ফূর্তি আসে কী করে? এ তো সেই রাজা নিরোর মতো আচরণ, যখন রোম পুড়ছে তখন নিরো আহ্লাদে তারবাদ্য বাজাচ্ছিলেন। ছিঃ ছিঃ, পূজ্যপাদ শশীরাম ও পূজনীয় নসিরাম সম্পর্কে তাঁর সব পূর্ব-ধারণা যে তাসের ঘরের মতো ধসে পড়ল! এর পরও যদি বেঁচে থাকেন, তবে কাশীরাম হয়তো শশীরামকে 'দাদু' এবং নসিরামকে 'বাবা' বলে ডাকবেন, কিন্তু সেই ডাক কি আর অন্তরের অন্তঃস্থল থেকে উঠে আসবে?

মনের দুঃখে এত অভিভূত হয়েছিলেন কাশীবাবু যে, জিপটা তাঁকে কোথায় নিয়ে যাচ্ছে লক্ষই করলেন না। যেখানে খুশি নিক, তাঁর কিছু আসে-যায় না। পৃথিবীকে তাঁর চেনা হয়ে গিয়েছে। দুনিয়ায় কাউকে বিশ্বাস নেই। এখন পুলিশ তাঁকে ফাঁসিতে লটকালেও তিনি বিশেষ আপত্তি করবেন না। এবং তাঁর এমন সন্দেহও হচ্ছে যে, তাঁর ফাঁসি হয়েছে শুনলে শ্রদ্ধাস্পদ শশীরাম এবং পুণ্যশ্লোক নসিরাম হয়তো বা আনন্দের চোটে হরির লুট দিয়ে বসবেন।

একটা ঘোর জঙ্গলের মধ্যে ঢুকে জিপটা নানা বাঁক নিয়ে, খানাখন্দ পেরিয়ে, ঝোপঝাড়ের ভিতর দিয়ে একটা দুর্গম জায়গায় এসে থামল। একজন পুলিশ তাঁর হাতকড়া আর দড়ি খুলে দিয়ে হাতজোড় করে বলল, "অপরাধ নেবেন না। আপনার খুড়োমশাই আপনার জন্য অপেক্ষা করছেন। আসুন।"

কাশীরাম আর অবাক হচ্ছেন না। আজ দুপুর থেকে তিনি বারবার এত অবাক হয়েছেন যে, আর অবাক হওয়া সম্ভব নয়। অবাক হওয়ারও তো একটা শেষ আছে রে বাবা! তবে তিনি যতদূর জানেন, তাঁর বড়খুড়ো বাঞ্ছারাম বামুনগাছিতে এবং ছোটখুড়ো হরেরাম হরিদ্বারে থাকেন। এই নীলপুরের জঙ্গলে থাকার মতো বাড়তি

খুড়ো তাঁর নেই। তবু তাতেই বা কী যায়-আসে। নিজের বাপ-দাদাই যদি এমন পর হয়ে যান, তা হলে খুড়ো নিয়ে মাথাব্যথা কীসের?

জিপ থেকে নেমে তিনি চারটে লোকের পিছু-পিছু বেশ গটগট করে হেঁটে গিয়ে একটা গোলপাতার ছাউনিওয়ালা ঘরে ঢুকে একজন লম্বা পাঠানি চেহারার লোকের সামনের দাঁড়ালেন।

"আপনার ভাইপোকে এনেছি কর্তা। ইনিই খাঁদু গড়াই।"

পাঠানি লোকটা বলল, "কানের পিছনকার দাগটা দেখে নিয়েছিস তো!"

"যে আজ্ঞে। এই যে।" বলে লোকটা টর্চ ফোকাস করে কাশীবাবুর বাঁ কানের লতিটা উলটে দিয়ে দেখাল। কাশীবাবু আপত্তি করলেন না।

পিছন থেকে কে একজন কাশীবাবুর কোমরে একটা গুঁতো দিয়ে বলল, "পেন্নাম করুন। ইনি আপনার পূজনীয় খুড়োমশাই শ্রীরাখালহরি গড়াই।"

এ কথায় কাশীবাবু আপত্তিকর কিছুই খুঁজে পেলেন না। দুনিয়ার উপর, জীবনের উপর এমনই আস্থা হারিয়ে ফেলেছেন যে, এই আখাম্বা লোকটাকে 'মাসি' বলে ডাকতে হলেও তিনি রাজি। সবাই যখন পর, তখন ডাকে আর কী আসে-যায়। তিনি তাড়াতাড়ি রাখালহরিকে প্রণাম করে ফেললেন।

রাখালহরি বাঘা হাতে তাঁর পিঠ চাপড়ে বলল, "বাঃ, বেশ! বেশ!"

কাশীবাবু বিলক্ষণ জানেন যে, তিনি খাঁদু গড়াই নন এবং এই লোকটা কস্মিনকালেও তাঁর খুড়ো নন। তাঁর দুই খুড়ো হরেরাম ও বাঞ্ছারাম ডাকাবুকো হলেও ডাকাত নন। কিন্তু আজ তাঁর দুনিয়াটাই পালটে গিয়েছে।

রাখালহরি অতি তীক্ষ্ণ এবং সন্ধানী নয়নে কাশীরামকে যেন কিছুক্ষণ নিরীক্ষণ করে বলল, "নাঃ, এ বড় নধর চেহারা। ঘি-দুধ খাওয়া শরীর, কসরতের কোনও চিহ্নই নেই। ওরে হাবু, কাল থেকেই একে তৈরি করতে লেগে যা বাবা। কয়েক দিনের মধ্যেই বাড়তি চর্বি ঝরিয়ে একটু চাঙা করে দিবি। সনাতন আর গাব্বু একটু প্যাঁচপয়জার শেখাবে। গদাই বন্দুক-পিস্তলের তালিম দেবে। আর কালীকেষ্ট শেখাবে কম্পিউটার। আর শোন, ওর ভাল নাম হল ক্ষুদিরাম, 'খাঁদু' বলে কেউ ডাকবি না। ও নামে শুধু আমি ডাকব।"

নীলপুরের জঙ্গলে যখন এই কাণ্ড চলছে, তখন মামুনগড় গাঁয়ে শশীরামের বাড়িতে এক বিরাট কীর্তনের দল এসে হাজির। প্রায় পনেরো-ষোলোটা খোল, মেলা করতাল, কাঁসি, ঢোল বাজিয়ে সে একেবারে উদ্দণ্ড তারকব্রহ্ম নাম। বাড়িসুদ্ধ লোক বাইরের বারান্দায় বেরিয়ে এসেছে। এমনকী চোখের জল মুছতে মুছতে কমলেকামিনী দেবী এবং নবদুর্গা দেবীও। বাড়ির কাছের লোকজন, আত্মীয়-বন্ধু সবাই জুটে গেছেন। এমনকী খাঁদু গড়াইও।

কীর্তনীয়ারা নাচতে নাচতে এক-এক করে তাদের চক্রের মধ্যে প্রথমে কাশীরাম, তারপর নসিরাম, তারপর নরহরি থেকে শুরু করে খাঁদু গড়াই পর্যন্ত সবাইকেই টেনে নিল। কীর্তনটা হচ্ছিলও বেশ ভাল। সুরেলা গলা, তালে তালে উদ্দণ্ড নাচ, মাঝে-মাঝে উচ্চকিত 'হরিবোল হরিবোল' ধ্বনি, মাঝে মাঝে শাঁখ আর উলু—সব মিলিয়ে একেবারে নেশা ধরিয়ে দেওয়ার মতো ব্যাপার।

তারপর এক সময়ে জয়ধ্বনি দিয়ে কীর্তন স্তিমিত হয়ে শেষ হয়ে গেল। প্রায় টলতে টলতে নসিরাম, শশীরাম, নরহরি আর অন্য পুরুষরা বেরিয়ে এলেন। তারপর কীর্তনের দলটা টপ করে যেন ভোজবাজির মতো হাওয়া হয়ে গেল। নবদুর্গা দেবী সিধে আর পয়সা দিতে এসে দেখেন, কেউ নেই।

কীর্তনের দলের সঙ্গে খাঁদু গড়াইও যে অদৃশ্য হয়েছে এটা প্রথমে কেউ টের পায়নি। টের পেল রাত্রে খাওয়ার ডাক পড়ার পর। নসিরাম হাঁকডাক করতে লাগলেন, ''ওরে, খাঁদু কোথায় গেল দেখ তো! পালাল নাকি?''

নবদুর্গাও চেঁচামেচি করতে লাগলেন, ''পালাবে না! দেখো খোঁজ নিয়ে, পোঁটলা বেঁধে সব নিয়ে গিয়েছে কি না। যেমন তোমার আক্কেল!''

ছয়

ইদানীং কানাইদারোগার দিনে বা রাতে মোটেই ঘুম হচ্ছে না। একটু ঝিমুনির মতো এলেও বিকট সব স্বপ্ন দেখে চমকে ওঠেন, চটকা ভেঙে যায়। ঘুমের সঙ্গে সঙ্গে খিদেও উধাও। মাংস-পোলাওয়ের দিকেও তাকাতে ইচ্ছে করে না, এতই অরুচি। ফলে তাঁর শরীর শুকোতে শুকোতে একেবারে দরকচা মেরে সিকিভাগ হয়ে দাঁড়িয়েছে। আগেকার জামা-প্যান্ট সব ঢলঢলে হচ্ছে বলে দরজিকে দিয়ে ছোট করাতে হয়েছে। ঘনঘন জলতেষ্টা আর বাথরুম পাচ্ছে। গত কালই খবর এসেছে যে, সরকার বাহাদুরের তরফ থেকে রাখালহরিকে জীবিত বা মৃত অবস্থায় ধরে দিলে দশ লক্ষ টাকা পুরস্কার দেওয়া হবে। কিন্তু সেটা কানাইবাবুর পক্ষে কোনও আশার বাণী নয়, বরং আশঙ্কারই কথা। এর অর্থ হল, রাখালহরি যে কতটা ভয়ংকর তা সরকার বাহাদুরও হাড়ে-হাড়ে টের পাচ্ছে। পুরস্কারের নোটিসটা থানার নোটিসবোর্ডে টাঙিয়ে দেওয়ার কথা, তার উপর ঢোল-শোহরত করে প্রচারের ব্যবস্থা করা। কিন্তু কানাই সাহস করে উঠতে পারেননি। নোটিস দিলে রাখালহরি পালটা নোটিস দেবে। যতই ভাবেন ততই মাথা ঝিমঝিম করে। ডাক্তার বলেছে, রক্তচাপ খুব বেশি, উত্তেজনা একদম বারণ।

আগে একজোড়া বেশ পুরুষ্টু গোঁফ ছিল কানাইবাবুর। অনেকটা ঝাঁটার মতো। রোগা হয়ে যাওয়ায় মুখে গোঁফটা মানাচ্ছে না দেখে ছেঁটে ছোট করে ফেলেছেন। সকালে থানায় নিজের ঘরে বসে সরু গোঁফে তা দেওয়ার একটা ব্যর্থ চেষ্টা করছিলেন তিনি। এমন সময় বিশাল চেহারার নসিবাবু ভারী হাসি-হাসি মুখ করে ঘরে ঢুকে বললেন, ‘‘নমস্কার দারোগাবাবু! তা আপনিই এ থানার নতুন দারোগা বুঝি! বেশ বেশ! কানাইদারোগাটা কোনও কাজের ছিল না মশাই! তার আমলেই এ তল্লাটে চুরি-ডাকাতির একেবারে মোচ্ছব লেগে গিয়েছিল। কী বলব মশাই, আমার ছেলে কাশীরাম তো তিন-তিনটে দুর্ধর্ষ ডাকাতি করার পরও দিব্যি গায়ে ফুঁ দিয়ে ঘুরে বেড়াচ্ছিল। কানাইদারোগা ঘুণাক্ষরেও টের পায়নি। এই আপনি এসে তাকে পাকড়াও করলেন। তা তাকে কি সদরে চালান করা হয়েছে নাকি দারোগাবাবু? চালান করাই উচিত। সে অতি বিপজ্জনক লোক।’’

কানাইদারোগা নাক কুঁচকে একটা তাচ্ছিল্যের ফুঃ দিয়ে মাছি তাড়ানোর মতো হাতের ভঙ্গি করে বললেন, ‘‘হুঁ, কাশীরাম করবে ডাকাতি! এ যে বানরে সংগীত গায়, শিলা জলে ভাসি যায়, মশাই! যে রাতে বিড়াল ডাকলে ভয় পায়, দু’কেজি মাল টানতে হাঁপিয়ে পড়ে, বিশ কদম হাঁটতে গিয়ে টাল্লা খায়, সে করবে ডাকাতি! তাও একটা-দুটো নয়, তিনটে! সত্যযুগ এসে গেল নাকি মশাই?’’

নসিবাবু ভারী অবাক হয়ে বললেন, ‘‘আহা, কার ভিতরে কোন প্রতিভা লুকিয়ে আছে তা কি বাইরে থেকে টপ করে বোঝা যায়? কিন্তু আপনি নতুন মানুষ, কাশীরাম সম্পর্কে এত কথা জানলেন কী করে?’’

কানাইবাবু খ্যাঁক করে উঠে বললেন, ‘‘কে বলেছে আমি নতুন মানুষ? আমিই কানাইদারোগা। আপনি চোখের ডাক্তার দেখান।’’

নসিরাম হাঁ করে খানিকক্ষণ চেয়ে থেকে বললেন, ‘‘ইস, বড্ড ভুল হয়ে গিয়েছে তো! ভাল করে দেখে এখন আপনাকে কানাইদারোগা বলেই মনে হচ্ছে যেন! তা এই তো দিন বিশেক হল কাশীরামকে আপনার সেপাইরা গিয়ে ধরে নিয়ে এল! রীতিমতো ওয়ারেন্ট দেখিয়ে। এখন বললেই হল যে তাকে ধরা হয়নি?’’

কানাইদারোগা ফুঁসে উঠে বললেন, ‘‘আমার তো খেয়েদেয়ে কাজ নেই যে, কাশীরামকে ধরতে যাব! ছুঁচো মেরে হাত গন্ধ কানাইদারোগা করে না। আমার এখন পাহাড়-পর্বতের মতো বিরাট বিরাট ডাকাত নিয়ে কারবার। আপনার ওই ননীর পুতুল ছেলে কাশীরামকে নিয়ে মাথা ঘামানোর সময় নেই। বিশ্বাস না হয়, নিজেই গিয়ে লকআপটা দেখে আসুন। দু’জন ছিঁচকে চোর ছাড়া আর কেউ নেই।’’

নসিরাম মাথায় হাত দিয়ে বললেন, ‘‘সর্বনাশ! তা হলে কাশী গেল কোথায়? তাকে লকআপে পিটিয়ে মেরে ফেলা হয়নি তো?’’

গম্ভীর হয়ে কানাইদারোগো বললেন, ‘‘দেখুন নসিবাবু, পুলিশেরও ঘেন্নাপিত্তি আছে। যে ফুলের ঘায়ে মূর্ছা যায় তাকে ধরে এনে পেটানোর মতো আহাম্মক তারা নয়। ভাল করে খোঁজ নিয়ে দেখুনগে, হয়তো বুঁচিকে বিয়ে করার ভয়ে কোথাও গিয়ে গা-ঢাকা দিয়ে বসে আছে।’’

‘‘সর্বনাশ! সর্বনাশ!’’ বলতে বলতে নসিবাবু তাড়াতাড়ি থানা থেকে বেরিয়ে ছুটতে লাগলেন।

আর ঠিক এই সময় নীলপুরের ভয়াল জঙ্গলের একেবারে ভিতরে একটা ভারী নিরিবিলি জায়গায় কাশীবাবু বিশ ফুট উঁচুতে শূন্যে একটা দড়িতে ঝুল খেয়ে এক গাছ থেকে আর-একটা গাছে যাচ্ছেন। বেশ কৃতিত্বের সঙ্গেই তিনি দড়ি ধরে ঝুলছেন, তেমন কোনও বিকার নেই তাঁর মুখে। বরং একটু যেন হাসি-হাসি ভাবই লেগে আছে। এর আগে ভোরবেলা উঠে চাট্টি ভেজানো ছোলা আর আদা খেয়ে মাইল চারেক দৌড়তে হয়েছে তাঁকে। তারপর দুশো ডন আর দুশো বৈঠক, মুগুর ভাঁজা, জুজুৎসু অনুশীলন এবং কুস্তি করতে হয়েছে তাঁকে। নির্বিকারভাবেই করে গেছেন। প্রথম কয়েক দিন হাঁফ ধরে যেত, গায়ে প্রচণ্ড ব্যথা হত। আজকাল আর ওসব হয় না।

দড়ি ধরে ঝুল খেয়ে এক গাছ থেকে একশো ফুট দূরের আর-এক গাছে গিয়ে উঠতে তাঁর বেশ মজাই লাগছে। বিশ ফুট নীচে ঊর্ধ্বমুখে দাঁড়িয়ে তাঁর এই কসরত খুব মন দিয়ে দেখছে রাখালহরি আর তার প্রায় পঞ্চাশজন স্যাঙাত। প্রত্যেকের মুখেই বেশ শ্রদ্ধার ভাব। রাখালের মুখে একটু তৃপ্তির হাসি। স্যাঙাতদের দিকে চেয়ে বলল ‘‘ওরে, ওকে আমি ঠিকই চিনেছিলুম। গায়ে আমার রক্তটা তো আছে। যা এলেম দেখাচ্ছে তাতে একদিন আমাকেও ছাড়িয়ে যাবে। কী বলিস তোরা?’’

সবাই একমত হয়ে হর্ষধ্বনি করল।

কাশীবাবু একশো ফুট পার হয়ে গাছের ডালে উঠে পড়লেন। তারপর সাবলীল ভঙ্গিতে নেমে মাটিতে পা রাখতেই রাখালহরি এসে তাঁর পিঠ চাপড়ে দিয়ে বলল, ‘‘শাবাশ, এই তো চাই। মাত্র কুড়ি দিনে তোর যা উন্নতি দেখলাম, অন্যদের এক বছরে হয় না।’’

এই সাধুবাদে কাশীবাবুর অবশ্য কোনও ভাবান্তর হল না। আজকাল তিনি খুবই নির্বিকার হয়ে গেছেন। যা বলা হচ্ছে যন্ত্রের মতো তাই করে যাচ্ছেন। রাখালহরি এবার ভারী আদুরে গলায় বলল, ‘‘বাবা খাঁদু, এবার যে তোর হাতে-কলমে পরীক্ষা।

আজ রাতেই তোর ডাকাতির হাতেখড়ি। আমি ঠাকুরমশাইকে দিয়ে পাঁজি দেখিয়ে রেখেছি। সন্ধের পর একটা জোর মাহেন্দ্রক্ষণ আছে।''

কাশীবাবু বিনয়ের সঙ্গেই বললেন, ''যে আজ্ঞে।''

''প্রথম কাজটা সোজাই দিচ্ছি। বিপদের তেমন ভয় নেই। খুন-খারাপি বা মারকাট আমি কোনওদিনই পছন্দ করি না। ডাকে-হাঁকে-হুমকিতে কাজ হয়ে গেলে রক্তপাত না করাই ভাল। আজ তুই দলবল নিয়ে সন্ধেবেলা বেরিয়ে পড়বি। সোজা মামুনগড় শশীরামের বাড়ি। তোর চেনা বাড়ি, অন্ধিসন্ধি সবই জানা। ভয়ডরের ব্যাপার নেই। শশীবাবুর একটা একনলা বন্দুক আছে বটে, তবে সেটা মরচে ধরে গেছে বলেই খবর। পারবি না?''

কাশীবাবু খুশি হয়ে ঘাড় নেড়ে বললেন, ''খুব পারব।''

খুশি হওয়ার দুটো কারণ আছে কাশীবাবুর। এক কথা, এত দিন পর বাড়ি যাবেন। দু' নম্বর হল, বাপ-দাদাকে একটা শিক্ষা দিয়ে আসা যাবে। কথাটা ভেবে তিনি বেশ চনমনে বোধ করতে লাগলেন।

রাখালহরি তার দলের দিকে ফিরে বলল, ''ওরে তোরা সবাই শোন, মহিষবাথানের জঙ্গল থেকে ছিঁচকে ডাকাতগুলো আমাকে একটা চিঠি দিয়ে জানিয়েছে, আমার ভাইপো খাঁদু গড়াই নাকি এখন ওদের কবজায়, দশ লক্ষ টাকা মুক্তিপণ পেলে ছেড়ে দেবে। সঙ্গে খাঁদু গড়াইয়ের একটা ছবিও পাঠিয়েছে। মর্কটের মতো দেখতে একটা হাড়গিলে চেহারার লোক। দেখে হেসে বাঁচি না। তা আমার টাকা-পয়সার লোভে অনেকেই এখন আমার ভাইপো হতে চাইবে, তাতে আশ্চর্যের কিছু নেই। আমি ওদের জানিয়ে দিয়েছি, ওরা যা খুশি করতে পারে, আমি এক পয়সাও দেব না।''

সবাই হর্ষধ্বনি করে উঠল।

খবরটা শুনে কাশীবাবুর কোনও হেলদোল হল না। দুপুরে তিনি মাংস দিয়ে প্রচুর ভাত খেয়ে ঘুমোলেন। তারপর বিকেলে উঠে জীবনে প্রথম ডাকাতির জন্য তৈরি হতে লাগলেন।

ঘড়ি ধরে একেবারে মাহেন্দ্রক্ষণে ঠাকুরমশাই এসে মন্ত্রপাঠ করে সকলের কপালে তেল-সিঁদুরের ফোঁটা দিয়ে প্রসাদী জবাফুল মাথায় ঠেকিয়ে শুভযাত্রায় রওনা করিয়ে দিলেন।

জিপগাড়িতে উঠে ভারী ফুর্তি হচ্ছিল কাশীবাবুর। এই না হলে জীবন! তিনি গুনগুন করে গাইতে লাগলেন, 'হারে-রে-রে-রে-রে—আমায় ছেড়ে দে রে, দে রে...' তারপর গাইলেন, 'কারার ওই লৌহকপাট, ভেঙে ফ্যাল কর রে লোপাট...'

চোখে একটু আনন্দাশ্রু এসে গিয়েছিল, সেটা মুছে মন্দ্রস্বরে আবৃত্তি করতে

লাগলেন, ‘‘আজি এ প্রভাতে রবির কর, কেমনে পশিল প্রাণের পর, কেমনে পশিল গুহার আঁধারে প্রভাত পাখির গান, না জানি কেন রে এত দিন পরে জাগিয়া উঠিল প্রাণ...’’। তারপর গাইলেন, ‘‘ঊর্ধ্বগগনে বাজে মাদল, নিম্নে উতলা ধরণীতল...’’

মামুনগড়ে তাঁদের বাড়ির সামনে এসে যখন জিপগাড়ি থামল, তখন মোটে রাত আটটা। কমলেকামিনী দেবী ঠাকুরঘরে বসে মালা জপছেন, নবদুর্গা দেবী রান্নাঘরে রাঁধুনিকে তেলকই রান্নার কায়দা শেখাচ্ছেন, নরহরি তার ঘরে বসে সুর করে রামায়ণ পড়ছে, শশীরাম দুধ, খই আর মর্তমান কলা দিয়ে তাঁর নৈশাহার সেরে নিচ্ছেন, আর নসিরাম গাঁয়ের জনাচারেক মাতব্বরের সঙ্গে বাইরের বারান্দায় বসে নিচু স্বরে শলাপরামর্শ করছেন। কাশীরাম যে তিন-তিনটে ডাকাতি করেছেন, এ কথা কাউকে বিশ্বাস করাতে পারেননি তিনি। কাশীকে যে পুলিশে নিয়ে গেছে এ কথা শুনেও সবাই মুখ টিপে হেসেছেন, কারও প্রত্যয় হয়নি। তবে কাশীরাম যে নিরুদ্দেশ, এতে সকলেই উদ্বিগ্ন। কেউ বলছেন কাশী বিয়ের ভয়ে পালিয়েছে, কেউ বলছেন যে সাধু হয়ে হিমালয়ে চলে গেছে, কারও ধারণা বাবা আর দাদুর শাসনে অতিষ্ঠ হয়েই সে বিবাগী হয়ে গেছে।

ঠিক এই সময়ে কাশীরাম জিপ থেকে লাফ দিয়ে নামলেন। সঙ্গে আরও দশ-বারোজন বিশালদেহী ডাকাত, সকলেরই মুখে ভুসোকালি মাখা। চেনার জো নেই। কাশীরামের কোমরের দু’দিকে দুটো খাপে-ভরা পিস্তল, হাতে এ কে ফর্টি সেভেন। নেমেই তিনি ‘‘রে-রে-রে-রে-রে...,’’ বলে একটা গর্জন ছাড়লেন। গত পনেরো দিন যাবত এই গর্জনটা তাঁকে অনেক সাধনা করে শিখতে হয়েছে। ঠিক গর্জন নয়, একে বলে নাদ। নাভিমূল কাঁপিয়ে সেখান থেকে নাদটিকে পেটের ভিতর দিয়ে বুকে তুলে তবে গলা দিয়ে ছাড়তে হয়। এর শব্দে চারদিকে একটা বায়ুকম্প ওঠে। তাতে গাছের শুকনো পাতা সব খসে পড়ে, নেড়ি কুকুরেরা লেজ গুটিয়ে কুঁইকুঁই করে পালায়, গেরস্তদের দাঁতকপাটি লাগে।

নিতান্তই এটা বীরের বাড়ি বলে কারও দাঁতকপাটি লাগল না বটে, কিন্তু স্তম্ভন হল। যেমন কলা সাপটানো দুধ আর খইয়ের মণ্ডটা মুখে চালান করতে গিয়ে শশীরাম ওই অবস্থাতেই ফ্রিজ হয়ে গেলেন, নসিরাম কানাইদারোগার নিন্দে করতে গিয়ে সবে ‘‘কা’’ উচ্চারণ করেছেন, ওই হাঁ আর বন্ধ হল না। রাঁধুনি কই মাছ তেলে ছাড়তে গিয়ে সেই যে কাঠ হয়ে গেল, আর তেলের সঙ্গে মাছের দেখাই হল না। কমলেকামিনী দেবীর মালা টপকানোর আঙুল এমন জট পাকিয়ে গেল যে, মালা তার ঘূর্ণনবেগ হারিয়ে নেতিয়ে ঝুলে রইল, নবদুর্গা বসা অবস্থা থেকে উঠতে গিয়ে অর্ধেক উঠে সেই যে থেমে গেলেন, আর ওঠাও হল না, বসাও হল না। নরহরি রামায়ণের একটা

সর্গ শেষ করে ভারী রামায়ণখানা তুলে কপালে ঠেকিয়ে প্রণাম করছিল, সেই প্রণাম আর শেষ হচ্ছিল না। বারান্দায় বসা গাঁয়ের মাতব্বরদের কয়েকজনের মূর্ছার মতো হয়েছিল, আর কয়েকজন বায়ুকম্পে কেতরে পড়ে কাতরাচ্ছিলেন। কাশীবাবু বীরদর্পে বাড়িতে ঢুকে চারদিকের দৃশ্য দেখে ভারী খুশি হলেন। হাঃ হাঃ করে অট্টহাসি হেসে স্যাঙাতদের বললেন, "এইবার লুটপাঠ শুরু হোক।"

তাঁর স্যাঙাতরা অত্যন্ত শ্রদ্ধার চোখে তাঁকে দেখছিল। তারাও হাঁকাড় দিয়ে থাকে বটে, কিন্তু তাতে এরকম কাজ হয় না। এ লোকটা এক হাঁকাড়েই বাড়িসুদ্ধু লোককে স্ট্যাচু বানিয়ে দেওয়ায় তারা ভারী অবাক। "যে আজ্ঞে" বলে তারা কাজ শুরু করে দিল। একমাত্র রাখালহরিই এরকম হাঁকাড় দিতে পারে।

শশীরাম শক্ত ধাতের মানুষ। স্তম্ভনটা চট করে কাটিয়ে উঠে তিনি পিটপিট করে চেয়ে সন্ত্রস্ত হয়ে বলে উঠলেন, "ও নসে, বাড়িতে ডাকাত পড়েছে নাকি?"

নসিরামও সামলে উঠেছেন। বললেন, "হ্যাঁ, তাই তো মনে হচ্ছে! অ্যাই তোরা কারা? ডাকাত নাকি? সিংহের গুহায় ঢুকেছিস ব্যাটারা, সে খেয়াল আছে? ও গিন্নি হাত-দাখানা দাও তো, দেখাচ্ছি মজা।"

শশীরাম তাড়াতাড়ি দুধ-খইয়ের হাত ধুতির খুঁটে মুছে নিয়ে আলমারি খুলতে খুলতে চেঁচাতে লাগলেন, "কই, আমার বন্দুকটা! ব্যাটাদের আজ মুন্ডু উড়িয়ে দেব।"

ফের অট্টহাসি হেসে কাশীরাম বললেন, "নসিবাবু, নারকেলের ছোবড়া কেটে কেটে আপনার হাত-দা কবেই ভোঁতা হয়ে গেছে। আর শশীবাবু, আপনার একনলা বন্দুকে যে মরচে ধরেছে, সে খবর কি আমাদের জানা নেই ভেবেছেন?"

শশীরাম হঠাৎ থতমত খেয়ে বললেন, "ওরে ও নসে, এই ডাকাতের গলাটা যে অবিকল আমার কেশোর মতো!"

নসিবাবুও একটু ঘাবড়ে গেছেন। আমতা আমতা করে বললেন, "হ্যাঁ, গলাটা সেরকমই তো মনে হচ্ছে।"

কাশীরাম পূর্ব অপমানের কথা সামলাতে না পেরে হঠাৎ অত্যন্ত দুঃখের গলায় গুনগুন করে গেয়ে উঠলেন, "কারও কেউ নই গো আমি, কেউ আমার নয়, কোনও নাম নেই কো আমার শোনো মহাশয়..."

শশীরাম গান শুনতে শুনতে তালে তালে মাথা নেড়ে ফের চেঁচিয়ে উঠলেন, "ওরে নসে, এ যে আমাদের কাশীই রে! ভুল হওয়ার জো নেই।"

নসিরাম মাথা চুলকে বললেন, "তাই তো? এ তো কাশীই মনে হচ্ছে বাবা!"

"ওরে, আমি তখনই জানতাম, আমার কেশোর মতো ডাকাবুকো ছেলেকে

আটকে রাখার মতো জেলখানা এখনও এ দেশে তৈরি হয়নি। ওরে, কাশী জেল ভেঙে পালিয়ে এসেছে! দেখ, দেখ, চেয়ে দেখ, কেমন তেজি চেহারা! কেমন টগবগ করছে এনার্জিতে! ওর পুরুষকার জেগে উঠেছে! ও গিন্নি, উলুটুলু দাও! শাঁখটাখ বাজাও! পাঁচজনে এসে দেখুক...''

কাশীরাম পেল্লায় এক ধমক দিয়ে বললেন, ''চোপ! একদম চেঁচামেচি নয়! কাজে কোনওরকম বাধা দিলেই গুলি ছুটবে কিন্তু! নিন, আলমারিটা খুলে ফেলুন, টাকা-পয়সা যা আছে বের করে দিন।''

শশীরাম অতি আলগোছের সঙ্গে মাথা নেড়ে বললেন, ''বটেই তো! বটেই তো! কাজের সময় বাজে কথা বলতে নেই। তা এই নে বাপু চাবি, সব চেঁছেপুঁছে নিয়ে যা। দেখে আমি দু' চোখ সার্থক করি। ওঃ, এত দিনে ভগবান মুখ তুলে চেয়েছেন! আহা, লুটেপুটে নে তো ভাই, আমি দু' চোখ ভরে দেখি!''

কাশীবাবু অত্যন্ত বিরক্ত হয়ে বললেন, ''বুড়োদের এই এক বদ স্বভাব। কেবল বকবক করবে। ওরে, তোরা ওঘরে গিয়ে নসিবাবুর বিছানার তোশকটা তুলে দেখ তো!''

নসিবাবু ভারী আপ্যায়িত হয়ে বললেন, ''হ্যাঁ বাবারা, ভাল করে দেখো, আমার তোশকের তলায় বেশ কয়েক হাজার টাকা আছে বটে। এই আনন্দের দিনে কিছু ফেলে যেয়ো না। গুনেগেঁথে নাও গে যাও।''

কাশীবাবু সদর্পে কমলেকামিনী দেবীর ঘরে ঢুকে বললেন, ''এই যে দিদিমা, হাতের বালা দুটো চটপট খুলে দিন তো! একদম সময় নষ্ট করবেন না।''

কমলেকামিনী দেবী ডুকরে উঠে বললেন, ''ওরে আমার কাশী, ডাকাত হয়েছিস বলে কি সম্পর্ক উলটে দিলি দাদা? কোন আক্কেলে নিজের ঠাকুরমাকে 'দিদিমা' বলে ডাকছিস রে মুখপোড়া? কোন সুবাদে আমি দিদিমা হতে গেলুম বল তো হনুমান! এইটুকু বয়স থেকে বুকে করে মানুষ করলুম, মরার আগে তোর মুখে দিদিমা ডাক শুনব বলে? বালাজোড়া চাস, এই নে, খুলে দিচ্ছি, তোর বউকে এই বালা দিয়ে আশীর্বাদ করব বলেই রেখেছিলুম যা, নিয়ে যা। পুলিশের গুঁতো খেয়ে মাথাটাই তোর খারাপ হল কি না কে জানে!''

কাশীবাবু হতাশায় মাথা নেড়ে আপনমনে বললেন, ''ওফ, বুড়োবুড়িদের সঙ্গে আর পারা যায় না।''

রান্নাঘরে হানা দিয়ে বজ্রগম্ভীর স্বরে কাশীবাবু বললেন, ''এই যে মাসিমা, গলার হারছড়া খুলে দিন আর গয়নাগাঁটি কোথায় আছে চটপট বের করুন। আমাদের সময় নেই।''

নবদুর্গা হাঁ করে চেয়ে বললেন, "ও বাবা কাশী, মুখে কালি মেখে কি মায়ের চোখকে ফাঁকি দেওয়া যায় বাবা আমার! ভাবছিস মাসি ডেকে চোখে ধুলো দিবি। তাই কি হয় রে বাবা! ডাকাতি করছিস না হয় কর। কিন্তু অত খাটুনি কি তোর সইবে বাবা! শুকিয়ে যে আধখানা হয়ে গেছিস। পিঁড়ি পেতে বোস তো বাপ, গরম গরম দুটো ভাত খা। তেলকই আছে, পোস্তর বড়া, ধোঁকার ডালনা আর শেষ পাতে পায়েস। গয়নাগাঁটি যা চাস বের করে দিচ্ছি বাবা, শুধু মাথার দিব্যি, দু'টি খেয়ে যা!"

কাশীরাম সবেগে মাথা নেড়ে বললেন, "লৌকিকতার কোনও দরকার নেই। এখন আমাদের কাজের সময়। তাড়াতাড়ি করুন।"

নবদুর্গা তাড়াতাড়ি হার খুলে দিলেন। আঁচল থেকে চাবির গোছা খুলে হাতে দিয়ে বললেন, "আলমারির কোথায় কী আছে সবই তো জানিস বাবা, বের করে নিগে যা। ওরে শোন, ছেলেবেলায় আমাদের গাঁয়ের কালু ডাকাতকে দেখেছি, রোজ দু'সের করে মাংস, পাঁচপো দুধ আর আধসের করে ভেজানো ছোলা খেত।"

বাজে কথা শোনার সময় নেই কাশীরামের। তিনি চটপট শোওয়ার ঘরে গিয়ে গয়নার বাক্স বের করে নিলেন।

আধঘণ্টার মধ্যেই ডাকাতি শেষ করে সবাই মিলে গিয়ে জিপে উঠে রওনা হয়ে গেলেন।

শশীরাম আহ্লাদে গদগদ হয়ে বললেন, "দেখলি নসে?"

নসিবাবুর মুখও উজ্জ্বল। বললেন, "দেখলুম বই কী?"

মাতব্বররাও সব আড়াল-আবডাল থেকে বেরিয়ে এলেন।

উপেনবাবু বললেন, "নসিবাবু, ক্ষমা করবেন। আপনার কথা প্রথমটায় বিশ্বাস করিনি। আমাদের নড়েভোলা কাশী যে জীবনে এত উন্নতি করবে সেটা তো কল্পনাও করিনি মশাই।"

যোগেনবাবু কাঁপতে কাঁপতে বললেন, "নসিবাবু, একটু দেখবেন। কাশীরামের যা দাপট দেখলাম, আমরা গরিবরা না বেঘোরে পড়ি!"

বিরিঞ্চি পোদ্দার গম্ভীর মুখে বললেন, "না না, এটা মোটেই সমর্থনযোগ্য নয়। শত হলেও কাশীরাম যে সমাজবিরোধী হয়ে গেল, এটা মোটেই ভাল হল না।"

খগেন পাল খিঁচিয়ে উঠে বলে, "রাখুন তো মশাই সমাজবিরোধী! সমাজবিরোধী না হলে এ যুগে তালেবর হওয়া যায় নাকি? একটা তালেবর লোক খুঁজে বের করুন তো, যে সমাজবিরোধী নয়। এই যে কানাইদারোগা থানায় বসে-বসেই রোজ কাঁড়ি কাঁড়ি ঘুষ খাচ্ছে, সে সমাজবিরোধী নয়? নগদের কথা তো ছেড়েই দিলাম, মুরগি,

মাছ, পাঁঠা, হাঁড়ি ভর্তি রসগোল্লা, বউয়ের জন্য শাড়ি, কী না নিচ্ছে বলুন!''

ফের একটা তর্ক বেধে উঠল এবং সবাই উত্তেজিতভাবে আলোচনায় বসে গেলেন।

ওদিকে নগেন মহিষের বাড়িটা পেরিয়ে যাওয়ার সময় শশীবাবুর মাথায় চিড়িক করে একটা পুরনো ঘটনা খেলে গেল। অনেক দিন আগে গাঁয়ে 'বাগদিবাড়ির বউ' বলে একটা যাত্রাপালা হয়েছিল। কাশীবাবু তখন খুব ছোট, পালিয়ে গিয়ে চুপিচুপি যাত্রার আসরের তাঁবুর ফাঁক দিয়ে ভিতরে ঢুকে পড়েছিলেন। নগেন মহিষ তাঁকে ধরে ফেলে এবং টিকিটবাবুদের হাতে তুলে দেয়। টিকিটবাবু আচ্ছাসে কান মলে বের করে দিয়েছিল তাঁকে।

মনে পড়তেই 'রোখকে, রোখকে' বলে জিপ থামিয়ে লাফ দিয়ে নামলেন কাশীবাবু, তারপর সেই 'রে-রে-রে' গর্জন। চারদিকে ফের বায়ুকম্প, কুকুরেরা কেঁউ-কেঁউ, কাকেরা কা-কা করতে থাকল, বাড়ির ভিতর নগেন মহিষের মহিষী মূর্ছা গেলেন এবং নগেন মহিষ ডাল মাখা ভাতের গরাস মুখে দিতে গিয়ে নিজের ডান কানে গুঁজে দিলেন।

পদাঘাতে দরজা ভেঙে বীরদর্পে ঘরে ঢুকলেন কাশীরাম। একটা অট্টহাসি হেসে বললেন, ''এই যে নগেনবাবু, এবার?''

নগেন মহিষ কাঁপতে কাঁপতে বললেন, ''প্রাণে মেরো না বাবা, যা আছে নিয়ে যাও।''

স্যাঙাতরা যথাসাধ্য লুঠপাট চালাতে লাগল বটে, কিন্তু হাবু বলল, ''ওস্তাদ, ভুল বাড়িতে ঢোকেননি তো! এ লোকটা নিতান্তই ছিঁচকে দেখছি। দামি জিনিসটিনিস নেই!''

কাশীরাম হুকুম দিলেন, ''যা আছে তাই নাও। একে একটা শিক্ষা দেওয়া দরকার।''

হঠাৎ নগেন মহিষও কাশীরামকে চিনতে পারলেন। একগাল হেসে বলে উঠলেন, ''ওরে, তুই আমাদের কাশী না? হ্যাঁ কাশীই তো। ওরে তোকে যে কত কোলেপিঠে করেছি, সব ভুলে গেলি!''

কাশীবাবু পেল্লায় এক ধমক মারলেন, ''চোপ! গোলমাল করলে খুলি উড়িয়ে দেব।''

''তা তো দিবি বাবা, কিন্তু পুরনো কথা কি সব ভুলে গেলি? সেই যে গুটিগুটি পায়ে এসে বাটি ভরে সত্যনারায়ণের সিন্নি খেয়ে যেতিস, মনে নেই। আর সেই যে সেবার, তোর গ্যাসবেলুনটা হাত ফসকে উড়ে গিয়েছিল বলে রাস্তায় দাঁড়িয়ে হাপুস

নয়নে কাঁদছিলি, দেখে অমি তোকে হরগোবিন্দর দোকান থেকে পঞ্চাশ পয়সার লজেঞ্চুস কিনে দিয়েছিলাম, মনে পড়ে?''

কাশীবাবু বুক চিতিয়ে মন্দ্রস্বরে আবৃত্তি করতে লাগলেন, ''ক্ষুদিরাম মোর নাম, নিবাস নীলপুর ধাম, খুল্লতাত রাখাল গড়াই, গহীন জঙ্গলে বসে, শীত গ্রীষ্ম বারোমাস, সকলের সর্বস্ব সরাই।''

নগেন মহিষ গদগদ হয়ে বলেন, ''ওরে চুরি-ডাকাতি করতে গেলে যে নাম ভাঁড়াতে হয়, তা কি আমি জানি না? যে নামই নিস না কেন বাবা, তুই যে আমাদের আদরের সেই ছোট্ট কাশী তা কি ভুলতে পারি? তুই নসিবাবুর ছেলে, শশীরামের নাতি!''

কাশীবাবু নাটুকে ভঙ্গিতে হাত নেড়ে বললেন, ''ওরে, বাপ-দাদা নাই, নাই বৃথা বসে ক্রন্দন, ওরে গৃহ নাই, নাই ফুলশেজ-রচনা। আছে শুধু কাকা, যেন অমিতাভ বচ্চন, ঊষা-দিশাহারা-নিবিড়-তিমির আঁকা। ওরে ক্ষুদিরাম, ওরে ক্ষুদিরাম মোর। এখনই অন্ধ বন্ধ কোরো না পাখা।''

ঠিক এই সময় মাইল আষ্টেক দূরে মহিষবাথানের জঙ্গলে মশালের আলোয় একটা মস্ত শিশুগাছের তলায় একটা মিটিং বসেছে। চেয়ারম্যান প্রহ্লাদের হাতে একখানা খোলা চিঠি, তার ভ্রু কোঁচকানো, মুখ গম্ভীর। সে বলল, ''ভাইসব, চিঠির বয়ান পড়ে মনে হচ্ছে রাখালহরি তার ভাইপোর জন্য মুক্তিপণ দিতে রাজি নয়।''

সড়কি সতীশ বলল, ''তখনই তো বলেছিলাম দাদা, ওরকম মর্কটের মতো চেহারার একটা হাড়গিলের জন্য দরটা বড্ড বেশি হয়ে যাচ্ছে। দরটা কম করে দিলে খেয়ে যেত।''

লেঠেল ললিত বলল, ''আহা, দর তো বেশি দেওয়ারই দস্তুর। পার্টি কষাকষি করলে দর নামানো যেত। কিন্তু এ তো মোটেই দরাদরিই করল না। ফস করে লিখে পাঠাল যে, এক পয়সাও দেব না, যা খুশি কর। খুড়ো হয়ে ভাইপোর উপর এতটা নৃশংস হওয়া কি রাখালহরির ঠিক হল? নাঃ, দিনকাল যা পড়েছে, সম্পর্কের আর দামই নেই।''

গুঁফো গণেশ ভারী হতাশার গলায় বলে, ''নাঃ, এত মেহনত জলেই গেল। কেত্তনের দল নিয়ে গিয়ে কত কায়দা করে পাঁকাল মাছ ধরার মতো করে ধরে নিয়ে এলাম, বসিয়ে বসিয়ে কয়েক দিন ভালমন্দ খাওয়ালাম, তার একটা দাম নেই?''

মারকুটে মহেশ বলল, ''কিন্তু পাক্কা খবর ছিল রাখালডাকাত তার লাখো-লাখো টাকা আর কয়েক মন সোনা, সেই সঙ্গে দল চালানোর ভার দেওয়ার জন্য হন্যে হয়ে

তার ভাইপোকে খুঁজছে। তা আমরা তো সেই ভাইপোকেই খুঁজে দিচ্ছি। ভাইপোর চেয়ে কি টাকাটা বেশি হল? ওরে বাপু, ক'দিন পরে ওই খাঁদুই তো রাখালডাকাতের টাকার পাহাড়ের উপর গ্যাঁট হয়ে বসে হাওয়া খাবে।''

''না, খাবে না।'' বলে চাক্কু চপল উঠে দাঁড়াল। তার পর বলল, ''অত্যন্ত দুঃখের সঙ্গেই বলতে বাধ্য হচ্ছি যে, আমাদের ইনফরমেশন নেটওয়ার্ক খুব খারাপ। আমি অনেক দিন ধরেই বলছি, আধুনিক টেকনোলজি আর সফিসটিকেটেড নেটওয়ার্ক ছাড়া এ যুগে আমাদের কাজকর্ম চালানো সম্ভব নয়। মান্ধাতার আমলের ইনফ্রাস্ট্রাকচার কি এই ইলেকট্রনিকের যুগে চলে?''

প্রহ্লাদ বলল, ''আহা, তোমার মোদ্দা কথাটাই ভেঙে বলো না বাপু! নেটওয়ার্কের ডেভেলপমেন্ট করতে তো সময় লাগবে। রাতারাতি তো হবে না। বলি ব্যাপারটা কী?''

চাক্কু চপল অত্যন্ত ব্যথিত গলায় বলল, ''আপনারা একটা ভুল লোককে খাঁদু গড়াই ভেবে ধরে এনেছেন। ও খাঁদু ওরফে ক্ষুদিরাম গড়াই নয়। আসল খাঁদু গড়াই অলরেডি রাখালহরির ছত্রছায়ায় তৈরি হতে শুরু করেছে। সবচেয়ে বড় আশঙ্কার কথা হল, ট্রেনিং পিরিয়ডে ক্ষুদিরাম গড়াই যে এলেম দেখিয়েছে, তাতে রাখালহরির ধারণা হয়েছে, খাঁদু তাকেও ছাড়িয়ে যাবে।

সভায় প্রবল গুঞ্জন শুরু হল। সবাই খাড়া হয়ে বসল, কয়েকজন গলা তুলে বলল, ''ভেঙে বলো হে! আমরা ডিটেলস শুনতে চাই।''

প্রহ্লাদও গা-ঝাড়া দিয়ে উঠে বলল, ''বলো কী হে? এরকম ভুল হওয়ার তো কথা নয়! এ খবর তোমাকে কে দিল হে?''

''আজ্ঞে, ঘোড়ার মুখের খবর। আমার মেসোমশাইয়ের মাসতুতো ভাই হল গাব্বু। সে এই বছরখানেক হল জুনিয়র অ্যাপ্রেন্টিস হয়ে রাখালহরির দলে ঢুকেছে রীতিমতো কম্পিটিটিভ পরীক্ষা দিয়ে। হালে সিনিয়র অ্যাপ্রেন্টিস হয়ে অ্যাকশনে নেমেছে। মাধবপুরের হাটে গত কালই তার সঙ্গে দেখা হয়েছিল। চেহারার চেকনাই দেখলে হিংসে হয়। ফেডেড জিনস, ইতালিয়ান টি শার্ট, হাতে দু'-দুটো হাইফাই মোবাইল, চোখে গুচ্চি গগলস। চেহারা একেবারে ছমছম করছে। কথায়-কথায় বলল, ওদের নতুন লিডার এসে গেছে এবং সে নাকি পুরো সুপারম্যান। প্রথমটায় ভাঙছিল না, পরে স্বীকার করল, লিডার হল রাখালহরির ভাইপো ক্ষুদিরাম গড়াই।''

গুঁফো গণেশ ডুকরে উঠল, ''বলিস কী! তা হলে এ কে? এ কি খাঁদু গড়াই নয়?''

চাক্কু গম্ভীর মুখে বলল, ‘‘দুঃখের সঙ্গেই বলতে হচ্ছে, না, এ খাঁদু গড়াই নয়। এ জালি মাল।’’

সভায় তুমুল শোরগোল উঠল্।

প্রহ্লাদ হাঁক দিয়ে বলল, ‘‘চুপ, চুপ! সাইলেন্স! খবরটার সত্যতা বিচার না করেই উত্তেজিত হওয়া বিচক্ষণের লক্ষণ নয়। ধরেই নিচ্ছি, চাক্কু ঠিক কথাই বলেছে, এ বিষয়ে একটা তদন্ত কমিটি তৈরি হোক। তদন্তের রিপোর্ট দেখে...’’

ছিনতাই ছানু কম কথার লোক। এতক্ষণ কথা বলেওনি। এবার সে র‍্যাপারের ভিতর থেকে মুন্ডু বের করে বলল, ‘‘প্রহ্লাদভায়াকে আর তদন্ত কমিটি করতে হবে না। বরং যাকে ধরে এনেছ তার পেটে গুঁতো দিয়ে কথা বের করে নাও। খামোখা সময় নষ্ট।’’

সকলে হর্ষধ্বনি সহযোগে সমর্থন জানাল।

প্রহ্লাদের হুকুমে আটজন সশস্ত্র ডাকাত খাঁদুকে একেবারে ঘিরে ধরে নিয়ে এল প্রহ্লাদের সামনে। এত ভয়ংকর ডাকাতের মাঝখানে থেকেও লোকটার এতটুকু হেলদোল নেই। বেশ নিশ্চিন্ত মনে আছে।

প্রহ্লাদ রোষ কষায়িত লোচনে লোকটাকে একেবারে গেঁথে ফেলে হুংকার দিয়ে উঠল, ‘‘অ্যাই, তুই কে?’’

লোকটা বিগলিত হয়ে বলে, ‘‘আজ্ঞে, কেন বলুন তো? আমি তো খাঁদু গড়াই।’’

সভা গর্জন করে উঠল, ‘‘মিথ্যে কথা!’’

খাঁদু সকলের দিকে মিটমিট করে চেয়ে নিপাট ভালমানুষের মতো বলে, ‘‘তা আমার খাঁদু নামটা অনেকের পছন্দ নয় বটে। তা পছন্দ না হলে একটা নাম দিয়ে নিলেই তো হয়।’’

চাক্কু বলল, ‘‘তুমি একজন ইমপর্টার।’’

গুঁফো গণেশ বিচক্ষণ লোক। বলল, ‘‘আহা, ওকে একটু বলতে দাও না হে। বাপু খাঁদু, তুমি কি রাখালহরির আপন ভাইপো?’’

‘‘যে আজ্ঞে।’’

‘‘তিনি তোমার নিজের খুড়ো তো?’’

‘‘আজ্ঞে, আগেরটা হলে, পরেরটা তো হতেই হবে। আমি তাঁর আপন ভাইপো হলে, তিনি পরের খুড়ো হন কী করে?’’

‘‘কিন্তু তাই যে হচ্ছে হে খাঁদু? তুমি আপন ভাইপো ভাবলে কী হবে? রাখাল ডাকাত যে পরের খুড়ো হয়ে বসে আছে!’’

খাঁদু পিটপিট করে চারদিকে চেয়ে যেন ভারী ঘাবড়ে গেছে, এমন ভাব করে জিভ

দিয়ে ঠোঁট চেটে নিয়ে বলল, "কথাটার মধ্যে কি একটা প্যাঁচ আছে নাকি মশাই?"

গণেশ মাথা নেড়ে বলে, "না। আমাদের কথায় প্যাঁচ নেই, কিন্তু বাপু, তোমার কথায় আছে। তাই বলছি, প্যাঁচটা একটু খোলো। রাখালহরির, যত দূর জানি, একটার বেশি দুটো ভাইপো নেই। খবর হচ্ছে, তার হাতে এখন একটা ভাইপো মজুত আছে। তা হলে তুমি হিসেবে আসছ কী করে?"

খাঁদু ঘাড় চুলকোতে চুলকোতে বলে, "তাই তো মশাই, বড্ড ভাবনায় ফেলে দিলেন!"

"ভাবনার কী আছে হে! আসল কথাটা পকেট থেকে বের করে ঝপাস করে সকলের সামনে ফেলে দাও। তুমি আসলে কে?"

"বললে বিশ্বাস করবেন কি না জানি না। বিশ্বাস না করারই কথা। তবু যখন চাপাচাপি করছেন, তখন কপাল ঠুকে বলেই ফেলি। আমি আসলে হচ্ছি দয়ালহরি গড়াইয়ের ছেলে ক্ষুদিরাম গড়াই, রাখালহরি গড়াইয়ের ভাইপো। ছেলেবেলায় সবাই 'খাঁদু, খাঁদু' বলে ডাকত, সেই থেকে খাঁদু গড়াই।"

গুঁফো গণেশ মৃদু হেসে বলে, "ওই ঢপের চপ তো আমরা একবার খেয়েছি, আর কেন?"

খাঁদু একটা দীর্ঘশ্বাস ফেলে বলল, "বুঝতে পারছি মশাই, আমাকে আপনাদের মোটেই মনে ধরছে না। ভাবছেন, বেগুনের বদলে ঝিঙে কিনে এনেছেন। যাচাই করে দেখেননি। তাই যদি হবে তা হলে ছেড়ে দেন না কেন, ফেরত যাই।"

মারকুটে মহেশ লাফিয়ে উঠে বলে, "ছেড়ে দেব মানে? তার আগে ছাল ছাড়িয়ে নেব না!"

খাঁদু কুঁকড়ে গিয়ে বলে, "মারধর করবেন না মশাই। মারধর আমার মোটেই সহ্য হয় না। সেবার গিরীনবাবুর বাগান পরিষ্কার করতে গিয়ে একটা আধুলি পেয়ে ট্যাঁকে গুঁজেছিলুম। ন্যায্য পাওনা মশাই। তা সেই দোষে গিরীনবাবু কাঁকালে এমন গুঁতো মেরেছিলেন যে, তিন মাস আমাশায় ভুগে উঠলুম।"

গুঁফো গনশা মিষ্টি হেসে বলল, "এবার একটু কাজের কথায় এলে হয় না? মারধর করারও তো একটা মেহনত আছে বাপু?"

খাঁদু একগাল হেসে বলল, "যে আজ্ঞে, তা আর নেই! ঝুটমুট মেহনত করবেনই বা কেন?"

"মেহনত আমরা মোটেই করতে চাইছি না। আমরা শুধু জানতে চাই, তুমি আসলে কে? কেনই বা রাখালহরির ভাইপো বলে পরিচয় দিয়ে কী মতলবে এখানে এসেছ? আর ঝুটমুট আমাদের হয়রানটাই বা করলে কেন?"

খুব ভাবিত হয়ে খাঁদু এবার তার মাথা চুলকে নিয়ে বলল, "মুশকিলটা হয়েছে কী জানেন? আমার খুড়ো রাখাল হরি চার হাত লম্বা, দশাসই চেহারা। আর আমি রোগাভোগা খেঁকুড়ে মানুষ। তাই কেউ বিশ্বাসই করতে চায় না যে, আমি তাঁর ভাইপো। আমি তাই ভাবছি, এবার একদিন কাছারিতে গিয়ে এফিডেবিট করে নামটাই পালটে ফেলব। ভাইপো হয়ে কোনও সুখ নেই মশাই। খুড়ো হলেও না হয় হত। কথায় আছে 'নাল্পে সুখমস্তি, খুড়ৈব সুখম।'"

গণেশ বলল, "কথা ঘোরাচ্ছ হে। অন্যের কথা ছেড়ে দাও, তোমার খুড়োই তো তোমাকে ভাইপো বলে মানতে চাইছে না। মাত্র দশ লাখ টাকা মুক্তিপণ চেয়েছিলাম, রাখাল ডাকাত একটা পয়সাও উপুড়হস্ত করতে রাজি নয়। তার চেয়েও বড় দুঃসংবাদ, তার আসল ভাইপো খাঁদু গড়াই এখন রাখালহরির ডান হাত হয়ে দাপিয়ে বেড়াতে শুরু করেছে।"

খাঁদু চোখ বড় বড় করে ভারী অবাক হয়ে বলল, "বলেন কী মশাই, মাত্র দশ লাখ টাকা মুক্তিপণ চেয়েছেন! খুড়োমশাইয়ের যে কোটি কোটি টাকা! ওই জন্যেই তো তাঁর বিশ্বাস হয়নি। ভেবেছেন, এত কম যখন চাইছে তখন নিশ্চয়ই সে আমার আসল ভাইপো নয়। হায়, বড্ড ভুল করে ফেলেছেন মশাই!"

মহেশ রুখে উঠে বলল, "হ্যাঁ, বড্ড ভুল হয়েছে হে। তবে এবার আর ভুল করছি না। গণেশদাদা, তুমি সরো তো! ভাল কথায় কাজ হওয়ার নয়, অন্য ওষুধ দরকার।"

এ কথায় সভাস্থলে অন্যরাও 'রে-রে' করে উঠল। প্রহ্লাদ আর গণেশ চেষ্টা করেও আটকাতে পারল না। কুড়ি-পঁচিশজন তাগড়াই ডাকাত হাউড়ে এসে পড়ল খাঁদু গড়াইয়ের উপর। প্রবল ঝটাপটির মধ্যে কিল-চড়-লাথি পড়তে লাগল বৃষ্টির মতো। চারদিকে তুমুল চেঁচামেচি আর গন্ডগোল।

যা কাণ্ড ঘটছিল তাতে খাঁদুর বেঁচে থাকার কথাই নয়। ঝটাপটির ভিতর থেকে প্রথমে টলতে টলতে বেরিয়ে এল মল্লিক, তার নাক দিয়ে রক্ত পড়ছে। প্রহ্লাদের দিকে চেয়ে কাঁদো-কাঁদো হয়ে বলল, "টেকো টগরের কাণ্ডটা দেখলেন! এমন ঘুসো মেরেছে যে, নির্ঘাত নাকের হাড় ভেঙেছে!" একটু পরেই ক্যাকাতে ক্যাকাতে লেঠেল ললিত বেরিয়ে মাজা চেপে ধরে মাটিতে বসে পড়ে বলল, "কোন বদমাশ যে গোদা পায়ের লাথিটা ঝাড়ল, মাজাটা গেছে।"

দু' মিনিট পরে হাড়ভাঙা হারাধন চোখ মুছতে মুছতে বেরিয়ে এসে করুণ গলায় বলতে লাগল, "আমার শখের বাবরি চুল, কোন শয়তান যে ভিড়ের মধ্যে একগোছা উপড়ে নিয়ে গেল। ফাঁকা ব্রহ্মতালু নিয়ে এখন কোন লজ্জায় লোকালয়ে বেরোই!"

প্রহ্লাদ গম্ভীর হয়ে বলল, "ওরে আর নয়। এতক্ষণে মরে ভূত হয়ে গেছে। এবার খ্যামা দে বাবারা। লাশটা একটা গর্ত করে পুঁতে ফেল। খুনখারাপি আমার পছন্দ নয়। কিন্তু কী আর করা!"

ঝটাপটি এক সময়ে থামল বটে, কিন্তু অনেক খুঁজেও খাঁদু গড়াইয়ের লাশটা পাওয়া গেল না।

ওদিকে নীলপুরের জঙ্গলে গভীর রাতে বিজয়গর্বে ফিরে এসেছেন কাশীরাম। মোট পাঁচখানা ডাকাতি করেছেন। স্যাঙাতরা শতমুখে কাশীবাবুর বীরত্বের কথা রাখালহরিকে শোনাচ্ছিল। রাখালহরি তার চেয়ারখানায় জুত করে বসে গোঁফ চোমরাতে চোমরাতে হাসি-হাসি মুখ করে শুনছিল। দুলে দুলে বলল, "হবে না! ওসব হল জিনের ব্যাপার। কার রক্ত শরীরে বইছে সেটা দেখতে হবে তো! পরস্বকে নিজস্ব করতে পারাটা একটা জেনেটিক আর্ট। নাঃ, খাঁদুকে যতই দেখছি ততই ভরসা হচ্ছে। আমার ট্র্যাডিশনটা ধরে রাখতে পারবে। যা বাবা খাঁদু, আজ অনেক মেহনত করেছিস, খেয়েদেয়ে শুয়ে পড়।"

পোলাও-মাংস দিয়ে রাতের খাওয়া সেরে নিজের তাঁবুতে ঢুকে খাটিয়ার বিছানায় কম্বল চাপা দিয়ে শুয়ে পেটে শান্তি, মনে প্রশান্তি, চোখে সুষুপ্তি নিয়ে অঘোরে ঘুমিয়ে পড়লেন কাশীরাম।

শেষ রাতে ভারী ভাল একটা স্বপ্ন দেখছিলেন তিনি। একটা বিশাল রাজবাড়িতে ডাকাতি করতে ঢুকেছেন দলবল নিয়ে। সেপাইসান্ত্রীরা তাঁকে দেখেই অস্ত্রশস্ত্র ফেলে সেলাম জানাল। জরির পোশাক পরা স্বয়ং রাজা এসে তাঁকে খাতির করে কোথায় ধনরত্ন আছে তা দেখিয়ে দিচ্ছেন। এমন সময় মন্ত্রীমশাই এসে তাঁর হাতে সসম্মানে একটা টেলিগ্রাম দিল। কাশীবাবু টেলিগ্রাম খুলে দেখলেন, তাতে বাংলায় লেখা, 'সরকার বাহাদুর এবার আপনাকে 'ডাকাতরত্ন' পুরস্কারে ভূষিত করার সিদ্ধান্ত নিয়েছে।'

ঠিক এই সময়েই কী করে যেন রাজার তলোয়ারের খাপটা তাঁর বুকে একটা খোঁচা দিল। কাশীরাম ককিয়ে উঠলেন, "এ কী!"

চাপা গলায় কে যেন বলল, "আস্তে! সবাই শুনতে পাবে যে!"

কাশীরাম ধড়মড় করে উঠে বললেন, "কে?"

"ওঃ, তোফা আছেন মশাই! ভাল খ্যাঁট, বিছানা, বিলিতি কম্বল!"

গলাটা চেনা-চেনা ঠেকছে। কাশীরাম উদ্বিগ্ন হয়ে অন্ধকারকেই জিজ্ঞেস করলেন, "খাঁদু নাকি হে?"

"ও নামটা তো শুনলুম আপনি দখল করে বসে আছেন! তা আমাকে পাঁচুটাচু

কিছু একটা বলে ডাকলেই হবে। খাঁদু নিয়ে বড় টানাটানি হচ্ছে মশাই।''

কাশীবাবু উদ্বেগের গলায় বললেন, ''তুমি এখানে এসে উদয় হয়েছ কেন বলো তো! মতলবটা কী তোমার?''

খাঁদু অতিশয় আহত গলায় বলল, ''দেখুন কাশীবাবু, আমার নাম, আমার খুড়ো সবই বেবাক দখল করে বসে আছেন। তার জন্য কি কিছু বলেছি আপনাকে? লোকের ঘটিবাটি চুরি যায়, টাকা-পয়সা চুরি যায়, সে একরকম। কিন্তু নাম চুরি, খুড়ো চুরি কখনও শুনেছেন? আপনি তো সাংঘাতিক লোক মশাই! এর পর পুকুর চুরি শুনলেও অবাক হব না। কিন্তু সেসব কথা থাক। আমি তো আর ওসব ফেরত চাইছি না মশাই!''

কাশীরাম এই শীতেও কপালের ঘাম মুছে বললেন, ''তবে কী চাও? চটপট বলে সরে পড়ো, নইলে আমি লোক ডাকব।''

খাঁদু অতিশয় দুঃখের গলায় বলে, ''তা তো ডাকবেনই। মানুষের কৃতজ্ঞতাবোধ বলেও কী যেন একটা কথা আছে। সেটাও কি বিস্মরণ হল আপনার?''

''কীসের কৃতজ্ঞতা? কী বাবদে কৃতজ্ঞতা?''

''এই যে অমন ভাল নামটা দিয়ে দিলুম, অমন শাঁসালো খুড়োকে পর্যন্ত আপনার হাতে সঁপে দিলুম, সে বাবদে কি কৃতজ্ঞতাটুকুও পাওনা হয় না আমার! তার উপর লোক ডাকবেন বলে শাসাচ্ছেন!''

''ওহে বাপু, আজ বড্ড ধকল গেছে। সোজা কাজ তো নয়, এক রাতে পাঁচ-পাঁচখানা ডাকাতি! তা খাটুনির পর মানুষের তো একটু ঘুমও দরকার হয়, না কি? অত ভ্যাজর-ভ্যাজর না করে আসল কথাটা বলে ফেললেই তো হয়।''

''বলছিলাম কী, বাংলায় একটা কথা আছে, খাচ্ছিল তাঁতি তাঁত বুনে, কাল হল তার এঁড়ে গোরু কিনে। কথাটা শোনা আছে কি?''

''খুব আছে। ক্লাস সেভেনে বাক্য রচনায় এসেছিল।''

''সেইটেই বলতে আসা।''

''তা বাপু, এটা এমন কী কথা যে, মাঝরাতে একটা হা-ক্লান্ত লবেজান লোকের ঘুম ভাঙিয়ে বলতে হবে!''

''আপনি তো মাঝরাতে ঘুম ভাঙানোটা দেখছেন। জানেন কী, এ কথাটা আপনাকে বলার জন্য কত বিপদ ঘাড়ে করে, কত মেহনত করে আসতে হয়েছে? খুড়োমশাইয়ের কল কি সোজা? চারদিকে প্রতিটি গাছে মাচান বেঁধে পাহারার বন্দোবস্ত, হুমদো হুমদো সব সেপাইসান্ত্রী ভয়ংকর চেহারার অস্ত্রশস্ত্র নিয়ে চারদিকে পায়চারি করছে। মাছিটিও গলতে পারে না।''

‘‘তাও তো বটে! তা হলে তুমি গলে এলে কী করে?’’

‘‘আজ্ঞে, সে নিতান্তই ব্রাহ্মণের আশীর্বাদে।’’

‘‘শুধু গলেই আসোনি, এই অন্ধকার জঙ্গলে আমার তাঁবুটাও খুঁজে বের করেছ। তার ব্যাখ্যা কী?’’

‘‘খুব সোজা। আপনার নাকের ডাক, খেয়াল করলে দেখবেন, সকলের নাক একরকম ডাকে না। কারও বাঘের গর্জন তো কারও শ্যামের বাঁশি, কারও বোমা ফাটার আওয়াজ তো কারও গড়গড়ার গুডুক-গুডুক শব্দ।’’

‘‘তা আমারটা কেমন?’’

‘‘তবলা লহরা শুনেছেন তো! অনেকটা সেরকম।’’

কাশীরাম একটা মস্ত হাই তুলে বলেন, ‘‘কথা শেষ হয়েছে তো! তা হলে এবার কেটে পড়ো।’’

‘‘যে আজ্ঞে। সকালে যখন ঘুম ভাঙবে তখন ঠান্ডা মাথায় কথাটা ভাল করে ভেবে দেখবেন।’’

মাইল দশেক দূরে থানায় নিজের চেয়ারে কেতরে বসে কানাইদারোগা হাঁ করে ঘুমোচ্ছিলেন। সদর থেকে হুকুম এসেছে আজ থানায় সবাইকে রাতে তৈরি থাকতে হবে। হঠাৎ চমকে উঠে খাড়া হয়ে বললেন, ঘরে কে একটা ঢুকেছে। মোটা রুলটা তুলে নিয়ে লাফিয়ে উঠলেন, ‘‘কে তুই?’’

খাঁদু গড়াই হাতজোড় করে কপালে ঠেকিয়ে বিগলিত হেসে বলে, ‘‘দণ্ডবৎ বড়বাবু, এই কাগজখানা দেখাতেই আসা।’’

বলে সে একখানা চিরকুটের মতো জিনিস এগিয়ে দিল।

সেটা পড়ে কানাইদারোগা বলে উঠল, ‘‘বাপ রে! আপনি?’’

‘‘ঘাবড়াবার দরকার নেই। সর্বত্র স্প্রে করা আছে। সবাই ঘুমিয়ে পড়েছে। কোনও অসুবিধে হবে না। শুধু গতরখানা নাড়লেই হবে।’’

‘‘যে আজ্ঞে।’’ বলে কানাই শশব্যস্তে বেরিয়ে পড়ল।

খাঁদু গড়াই বাইরে এসে ইদিক-উদিক একটু দেখে নিয়ে অন্ধকারে সুট করে সরে পড়ল।

সাত

সকালে ঘুম থেকে উঠে হাই তুলে আড়মোড়া ভাঙতে গিয়ে ঝড়াক করে কথাটা মনে পড়ে গেল। খাচ্ছিল তাঁতি তাঁত বুনে, কাল হল তার এঁড়ে গোরু কিনে। কাশীবাবু ঠান্ডা মাথায় ভাবতে লাগলেন, আচ্ছা, শুধু এ কথাটা বলার জন্য খাঁদু গড়াইয়ের প্রাণের ঝুঁকি নিয়ে অত কষ্ট করে মাঝরাতে এসে হানা দেওয়ার কোনও মানে হয়? জলবৎতরলং একটা কথা, ঘোরপ্যাঁচ নেই!

তবে কাশীবাবু ভাবতে লাগলেন। ভাবতে ভাবতে উঠে বাইরে এলেন। গাছগাছালির ফাঁক দিয়ে সূর্যোদয় দেখতে দেখতেই ভাবতে লাগলেন। হ্যাঁ, কথাটা হল, খাচ্ছিল তাঁতি তাঁত বুনে, কাল হল তার এঁড়ে গোরু কিনে। তা কথাটার মধ্যে প্যাঁচটাই বা কোথায়, ধরতাই বা কোথায়! কাশীবাবু প্রাতকৃত্যাদি সারলেন এবং সারতে-সারতেও ভাবতে লাগলেন। আচ্ছা জব্বর একটা কথা মাথায় ঢুকিয়ে দিয়ে গেছে তো খাঁদু! মাছির মতো ঘুরে ঘুরে এসে মাথায় বসছে। জ্বালাতন আর কাকে বলে!

ভারী নির্জন বনভূমি। ভারী শান্তি। ভারী আরাম। ভাবতে ভাবতে কিছুক্ষণ পায়চারি করার পর হঠাৎ কাশীবাবুর চটকা ভাঙল। তাই তো! এরা সব গেল কোথায়? চারদিকে কোথাও কারও সাড়াশব্দ পাওয়া যাচ্ছে না তো! এত নির্জন, এত শান্ত তো মনে হওয়ার কথা নয়!

কাশীবাবু তাড়াতাড়ি গিয়ে হাবু আর সনাতনের তাঁবুতে উঁকি মারলেন। কেউ নেই। তারপর এ তাঁবু সে তাঁবু, সর্বত্র গিয়ে আঁতিপাঁতি করে খুঁজে দেখলেন। কোথাও কেউ নেই। এমনকী খুড়োমশাই রাখালহরির ছাউনি পর্যন্ত ফাঁকা। দু'-দুটো রাঁধুনি এ সময়ে গোছা-গোছা রুটি বানাতে গলদঘর্ম হয়। দু'-দুটো জোগালি তাল তাল আটা মাখতে হিমশিম খায়। কিন্তু তারা কেউ নেই। উনুন নেভানো। গাছে বসে যারা দিনরাত পাহারা দেয়, তাদের কারও টিকিটিও খুঁজে পেলেন না কাশীরাম। তবে কি আজ সকালেই কোথাও বড় ডাকাতিতে বেরিয়ে পড়ল সবাই? তাই বা কী করে হবে! সবাই মিলে একসঙ্গে তো কখনও যাওয়ার নিয়ম নেই। ঠেক তা হলে পাহারা দেবে কে?

কাশীবাবু ভারী তাজ্জব হয়ে গেলেন। আশ্চর্যের বিষয়, কারও তাঁবুতে একটাও অস্ত্রশস্ত্র পড়ে নেই। গোটা জায়গাটা হাঁ-হাঁ করছে ফাঁকা।

চোখ কচলে এবং গায়ে চিমটি দিয়ে স্বপ্ন দেখছেন কি না পরীক্ষা করলেন কাশীবাবু। না, জেগেই আছেন। জেগে থাকার আরও একটা লক্ষণ হল, তাঁর খিদে পাচ্ছে। কিন্তু খাবারদাবারের কোনও জোগাড়ই নেই। ভারী বেকুবের মতো কাশীবাবু

এ তাঁবু থেকে সে তাঁবু ঘুরে বেড়াতে লাগলেন। আর তাঁর মাথার মধ্যে সেই কথাটা ঘুরে-ঘুরে মাছির মতো বসতে লাগল বারবার, 'খাচ্ছিল তাঁতি তাঁত বুনে, কাল হল তার এঁড়ে গোরু কিনে'।

খিদে চড়ে গেলে কাশীবাবুর মাথার ঠিক থাকে না। তাই কাশীবাবু ভারী হতাশ হয়ে মাটিতে বসে আকাশ-পাতাল ভাবছিলেন। এমন সময় জঙ্গলের রাস্তায় ঘর্ঘর শব্দ তুলে একটা জিপগাড়ি এসে দাঁড়াল। ভারী বিরক্ত মুখে কানাইদারোগা গলা বাড়িয়ে বললেন, "চটপট উঠে আয় তো! হাতে মোটেই সময় নেই। মরছি নিজের জ্বালায়, তার উপর আবার এই সব উটকো ঝামেলা।"

কাশীবাবু দ্বিরুক্তি না করে জিপে উঠে পড়লেন।

কানাই আঁশটে মুখ করে বল্লেন, "মাথা খারাপ না হলে কেউ দশ মাইল হেঁটে জঙ্গলে মর্নিংওয়াক করতে আসে?"

"মর্নিংওয়াক! কে বলল মর্নিংওয়াক?"

"তাই তো বলল।"

"কে বলল?"

কানাই খিঁচিয়ে উঠে বলেন, "তোর অত খতেনে দরকার কী? বাড়ি পৌঁছে দেওয়ার কথা, দিচ্ছি।"

কাশীবাবু আর কথা কইতে সাহস পেলেন না।

বাড়ির ফটকের কাছেই শশীরাম আর নসিরাম দাঁড়িয়ে অপেক্ষা করছিলেন। জিপটা এসে থামতেই কাশীরামকে প্রায় ঠেলে জিপ থেকে নামিয়ে দিয়ে কানাইদারোগা শশীবাবুকে বললেন, "এই নিন আপনার আদরের নাতি।"

শশীবাবু আর্তনাদ করে উঠলেন, "এটা কী হল হে কানাই, তুমি কাশীকে অ্যারেস্ট করলে না যে বড়? অ্যাঁ! ব্যাপারটা কী?"

কানাই হাতজোড় করে বললেন, "আমাকে মাপ করবেন শশীবাবু। ওটি পারব না। আমাদের পাঁচ-পাঁচটা থানার লকআপে ঠাসেঠাস ভরতি। চারজনের সেল-এ চল্লিশজনকে পোরা হয়েছে। তা ছাড়া আমাদের লিস্টে কাশীরামের নামও নেই।"

"নেই মানে? নেই বললেই হবে? জলজ্যান্ত আমাদের চোখের সামনে ডাকাতি করেছে, আর তুমি বলছ লিস্টে নাম নেই?"

"মশাই, শুধু নিজের কথাই ভাবছেন, একটু পুলিশের কথাও ভাবুন। আপনার মায়া হয় না পুলিশের জন্য? একশো-দেড়শো দাগি ডাকাত নিয়ে আমরা এখন হিমশিম খাচ্ছি, আর আপনি পড়েছেন আপনার নাতি নিয়ে।"

"ওরে বাপু, অ্যারেস্ট হলে যে প্রেস্টিজ বাড়ে। তার উপর ডাকাতির কেস। কী বলিস রে নসে?"

নসিবাবুও কথাটা সমর্থন করলেন।

কাণ্ড দেখে কাশীবাবু এতটাই মর্মাহত হলেন যে, এই ঘটনার দিন দুই পর তিনি নিজে উকিল হয়েও একজন বড় উকিলের কাছে গিয়েছিলেন, বাবা আর দাদুকে ডিভোর্স করার কোনও আইন আছে কি না জানতে। উকিল দুঃখিতভাবে মাথা নেড়ে জানিয়েছিলেন, "না, নেই। ইহজন্মে বাপ-দাদার সঙ্গে সম্পর্ক কোনওক্রমেই নাকি ছাড়ান-কাটান করা সম্ভব নয়। এমনকী মরার পরও তাঁরা পিছু ছাড়েন না। সারাজীবন এঁটুলির মতো লেগে থাকেন।"

তবে হ্যাঁ, কাশীরামের প্রতি শশীবাবু এবং নসিবাবুর আগেকার নাক সিঁটকানোর ভাবটা আর নেই। তাঁরা এখন কাশীরাম কাছে এলে সপ্রশংস চোখে তাকান এবং কাশীবাবু কোনও কথা বললে আগেকার মতো উড়িয়ে না দিয়ে গুরুত্ব সহকারে শোনেন। গাঁয়ের মাতব্বরদের মধ্যেও বিপুল পরিবর্তন লক্ষ করা যাচ্ছে। তাঁরা এখন কাশীবাবুকে দেখলেই শশব্যস্তে 'ভাল তো বাবা', 'সব ঠিক আছে তো বাবা', 'কোনও অসুবিধে হলে বোলো বাবা' বলে কুশলপ্রশ্নাদি করে থাকেন। বাজারে গেলে দোকানিরা অন্য খদ্দেরদের উপেক্ষা করে কাশীবাবুকেই আগে জিনিস দেয়। দ্বিজপদ একদিন শশব্যস্তে এসে বলল, "খবর শুনেছেন কাশীদা! আপনার ডাকাতির খবর শতগুণ করে কে বা কারা গিয়ে বিজয়বাবুকে বলে বিয়েটা ভন্ডুল করার উপক্রম করেছিল। বিজয়বাবুও বিয়ে ভাঙার তোড়জোড় করছিলেন। কিন্তু কী কাণ্ড! বুঁচি সাফ বলে দিয়েছে, বিয়ে করতে হলে কাশীরামকেই, আর কাউকে নয়। সামনের শুক্রবার বিজয়বাবু আপনাকে আশীর্বাদ করতে আসছেন।"

দিন পনেরো পরে, এক সকালে কাশীবাবু খুব মন দিয়ে তার বাগানে একটা বিরল প্রজাতির গোলাপ গাছের কলম লাগাচ্ছিলেন। হঠাৎ নরহরি বলে উঠল, "ওই যে আবার এসেছে! এবার কী বিপদ হয় কে জানে!"

কাশীবাবু অন্যমনস্ক গলায় বললেন, "কে রে?"

"ওই যে দেখুন না!"

কাশীবাবু ঘাড় ঘুরিয়ে দেখলেন, ফটকের কাছে খাঁদু গড়াই দাঁড়িয়ে। তেমনই উলোঝুলো পোশাক, হাড়হাভাতে চেহারা। মুখে গ্যালগ্যালে হাসি, চোখে চোখ পড়তেই ভারী আপ্যায়িত হয়ে বলল, "নাঃ, বাগানখানা বড় সরেস বানিয়েছেন মশাই।"

কাশীবাবু হাত ঝেড়ে উঠে পড়ে বললেন, "এ আপনার ভারী অন্যায় খাঁদুবাবু! না

হয় আমাদের মস্ত উপকারই করেছেন, তা বলে নিজের পরিচয়টা আজ অবধি দিলেন না, এটা কি ভাল হচ্ছে?''

খাঁদু গড়াই জিভ কেটে ভারী কাঁচুমাচু হয়ে বলে, ''ও কথা কবেন না। পরিচয়টা পাঁচজনকে বলার মতো নয়। তবে চাপাচাপি যদি করেন, তা হলে চুপিচুপি বলছি মশাই, আমি হলুম গে দয়ালহরি গড়াইয়ের ছেলে, রাখালহরি গড়াইয়ের ভাইপো শ্রীক্ষুদিরাম গড়াই। লোকে খাঁদু বলেই জানে।''

কাশীবাবু মাথা নেড়ে বললেন, ''ওতে আর ভবি ভুলছে না। তা না হয় আসল কথাটা না-ই বললেন। আপনি হয়তো স্পাইডারম্যানই হবেন। কিংবা কে জানে, সুপারম্যানও হতে পারেন। কিন্তু আজ আপনার সঙ্গে আমার অনেক আলোচনা আছে। আজ ছাড়ছি না আপনাকে। সেই যে নীলপুরের জঙ্গলে মাঝরাতে এসে ঘুম ভাঙিয়ে বললেন, খাচ্ছিল তাঁতি তাঁত বুনে, কাল হল তার এঁড়ে গোরু কিনে, সেই ব্যাপারটা আজ আমাকে বুঝিয়ে দিতে হবে। কথাটা কিছুতেই মাথা থেকে তাড়াতে পারছি না মশাই।''

''সে না হয় হবে। কিন্তু সাতসকালে উঠে খালি পেটে সেই বিষ্টুপুর থেকে তিন মাইল ঠেঙিয়ে আসছি মশাই, মানুষের খিদে-তেষ্টা বলেও তো একটা কথা আছে।''

কাশীবাবু হেসে ফেললেন। বললেন, ''ও নিয়ে ভাবতে হবে না আপনাকে। ভিতরে আসুন তো, জুত করে বসি।''

তারপর, 'খাচ্ছিল তাঁতি তাঁত বুনে, কাল হল তার এঁড়ে গোরু কিনে' নিয়ে দু'জনের মধ্যে ঘোরতর আলোচনা হতে লাগল।

তা সে যা-ই হোক, আসল কথাটা হল, মহিষবাথানের জঙ্গলে আর নীলপুর অরণ্যে আগে অনেক ডাকাত ছিল। এখন আর ডাকাত নেই।

অঘোরগঞ্জের ঘোরালো ব্যাপার

শঙ্কাহরণ আর বিপদভঞ্জন বিদ্যাধরী নদীর ধারে বটতলায় বসে ভুট্টা খাচ্ছিল। সকাল থেকে পেটে কিছু পড়েনি। দু'জনেরই কাজ নেই। শঙ্কাহরণের খানিকটা জমি ছিল, সেটা মহাজন নিয়ে নিয়েছে। বিপদভঞ্জন কুমোরের কাজ করত, সেই ব্যাবসা আর চলছে না। একটু আগে গদাধরবাবুর বাড়িতে কায়দা করে ঢুকে পড়েছিল দু'জনে। আজ গদাধরবাবুর মেয়ের বিয়ে। রাতে বড় ভোজ। কিন্তু মেলা আত্মীয়কুটুম্ব আর কাজের লোকের জন্য দুপুরেও ঢালাও ব্যবস্থা। তারা ভেবেছিল ভিড়ের মধ্যে মিলেমিশে ভোজে বসে যাবে। তা বসেও ছিল। কিন্তু হঠাৎ নদেরচাঁদ আর কানাইবাঁশি তাদের দেখে চিলচেঁচানি চেঁচাতে লাগল, ''অ্যাই, এরা তো কাজের লোক নয়! এরা তো উটকো লোক, ঢুকে পড়েছে খাওয়ার লোভে। বেরোও, বেরোও—''

দু'-একজন দয়ালু লোক 'থাক না, থাক না' বলছিল বটে, কিন্তু বাদবাকি সবাই খাপ্পা হয়ে এমন হুড়ো লাগাল যে, পালানোর পথ পায়নি তারা।

ভুট্টা শেষ হয়ে গেছে। দু'জন বসে বসে কথা কইছে। তাদের কথারও বিশেষ মাথামুন্ডু নেই।

শঙ্কাহরণ দুঃখ করছিল, ''বুঝলি বিপদ, লেখাপড়া শিখলে বোধ হয় কিছু সুবিধে হত!''

বিপদভঞ্জন বলল, ''কথাটা আমিও ভাবি। তবে কিনা লেখাপড়া হল ভারী জিনিস। মাথায় সেঁদোলে মাথাটার বড্ড ওজন বেড়ে যায়। ক্লাস টু-তে ওঠার পর রোজ স্কুল থেকে ফেরার সময় আমার মাথা টাল খেত।''

''দূর বোকা! তা হলে গোপীপণ্ডিত, নরহরিমাস্টার, সুদাম তর্কালঙ্কার চলে-ফিরে বেড়াচ্ছে কী করে? তুই তো মোটে টু, আমি তো থ্রি টপকে প্রায় ফোরে উঠে গিয়েছিলুম আর কী। শ্যামাপদস্যার কাছে ডেকে আদর করে বললেন, 'সবাই ফোরে উঠে গেলে থ্রি যে একেবারে ফাঁকা হয়ে যাবে বাপ! বাছা বাছা কয়েকজনকে রেখে দিচ্ছি আর কী। তুইও আর-একটা বছর ঘষটান দে। ক্লাস থ্রি তোকে ছাড়তে চাইছে না! শুনে বুঝলুম, কেন ফেল মেরেছি। অথচ ফেল মারার কথা নয়। শ্যামাপদস্যারের

জন্য কী না করেছি বল! তাঁর হারানো গোরু খুঁজে এনে দিয়েছি। তাঁর মায়ের জন্য গঙ্গামাটি জোগাড় করে দিয়েছি। তাঁর ফুটো ঘটি গঞ্জ থেকে ঝালাই করে এনেছি।''

বিপদভঞ্জন আড়মোড়া ভেঙে বলল, ''জেগে থাকলেই ঝামেলা! ওর চেয়ে পড়ে পড়ে ঘুমোলে সময়টা বেশ কেটে যায়। খিদের ভাবটাও থাকে না।''

শঙ্কাহরণ হঠাৎ উত্তেজিত হয়ে বলল, ''ওটা কী ভেসে যাচ্ছে বল তো! মড়া নাকি?''

বিপদভঞ্জন উদাস গলায় বলল, ''তা হবে। গরিবেরা তো পয়সার অভাবে দাহ করতে পারে না, অমনই ভাসিয়ে দেয়।''

''তেমন মনে হচ্ছে না। গায়ে জামাকাপড় আছে। চল, তুলি।''

''তুলে কী হবে?''

''বেঁচেও তো থাকতে পারে। জলে পড়ে গেছে হয়তো!''

''দূর দূর, ভাল করতে গিয়ে কোন ফ্যাসাদে পড়তে হয় কে জানে! আমাদের কপাল তো ভাল নয়।''

''আহা, ধর্ম বলেও তো একটা ব্যাপার আছে। গামছাখানা কোমরে বেঁধে নে। দুপুরে স্নানটাও হয়ে যাবে এই তালে।''

বিদ্যাধরী এমনিতে বড় নদী নয়, তবে বর্ষার জল পেয়ে এখন তার বিশাল চেহারা। স্রোতও মন্দ নয়। লোকটা মাঝগাঙ বরাবর বেশ তোড়ে ভেসে যাচ্ছিল। তবে কিনা শঙ্কাহরণ আর বিপদভঞ্জন দু'জনেই পাকা সাঁতারু। তারা জলে নেমে ভাসন্ত মানুষটার পিছু নিল।

মাইলটাক গেলে বিদ্যাধরীর একটা ঘূর্ণি স্রোত আছে। তাতে পড়লে রক্ষে নেই। শঙ্কাহরণ আর বিপদভঞ্জন প্রাণপণে জল কেটে ঘূর্ণির আগেই লোকটাকে ধরে ফেলল। তারপর টেনে আনল ডাঙায়। যে জায়গায় তারা লোকটাকে জল থেকে তুলল সে ভারী নির্জন জায়গা। পাশেই শ্মশানঘাট।

লোকটাকে ঘাসের উপর উপুড় করে শুইয়ে দু'জনে খানিক দম নিল।

বিপদভঞ্জন বলল, ''এত হাঁফ ধরছে কেন বল তো? এ নদী তো আমি দিনে চোদ্দোবার এপার-ওপার করতে পারি।''

''পেটে দানাপানি না থাকলে দম আসবে কোথা থেকে?''

খানিকক্ষণ জিরিয়ে হাঁফটা একটু কমলে বিপদভঞ্জন বলল, ''বেঁচে আছে কি না দেখেছিস?''

''মনে হচ্ছে না। খাটুনি বোধ হয় বৃথাই গেল!''

''একটু ডলাইমলাই করে দেখবি নাকি?''

উপুড় হয়ে পড়ে থাকা লোকটার বয়স বেশি না। তিরিশের নীচেই। পরনে বেশ ভাল একখানা প্যান্ট, গায়ে সিল্কের হাফহাতা পাঞ্জাবি। গায়ের রংটা ফর্সা, মুখে দাড়ি-গোঁফ আছে। বেশ লম্বা আর ছিপছিপে।

বিপদভঞ্জন বলল, ‘‘দেখে তো ভদ্রলোক বলেই মনে হচ্ছে রে!’’

‘‘হুঁ।’’

দু’জনে মিলে লোকটার পিঠে কিছুক্ষণ ডলাইমলাই করল। চাপ খেয়ে হঠাৎ লোকটার মুখ দিয়ে ভকভক করে জল বেরোতে লাগল।

বিপদভঞ্জন বলল, ‘‘কী মনে হচ্ছে রে?’’

‘‘প্রাণের লক্ষণ দেখি না। তবে আর-একটু চেষ্টা করে দেখলে হয়। কপাল ভাল থাকলে বেঁচে যেতেও পারে!’’

‘‘হাতে দামি ঘড়ি আছে দেখেছিস?’’

‘‘দেখেছি।’’

‘‘পাঞ্জাবিতে সোনার বোতাম। প্যান্টের বাঁ পকেটে মানিব্যাগও আছে মনে হচ্ছে। যদি না বাঁচে তবে এসব কাকে ফেরত দেব বল তো!’’

‘‘তা জানি না। তবে বোধ হয় থানায় জানানোর নিয়ম আছে।’’

‘‘ও বাবা, তা হলে আমাদেরই ধরে ফাটকে পুরবে।’’

‘‘তাও বটে।’’

‘‘তাই তো বলছিলাম, ভেসে যাচ্ছিল, তাই যেত। খামোখা উটকো ঝামেলা ঘাড়ে নিলি!’’

‘‘দাঁড়া, দাঁড়া! একটা শ্বাস ফেলার মতো শব্দ হল যেন! গলার কাছটা দেখ তো, শিরা দপদপ করছে কি না?’’

বিপদভঞ্জন দেখে বলল, ‘‘মনে হল একটু যেন কাঁপছে মাঝে-মাঝে। তবে মনের ভুলও হতে পারে। করালীডাক্তারকে একটা খবর দিতে পারলে হত!’’

‘‘করালীডাক্তার আসবে কেন? কী দায় পড়েছে?’’

দূরে মাঠের মধ্যে একটা লোক ইট দিয়ে গোরুর খোঁটা পুঁতছিল। সে এবার এগিয়ে এল। পরনে হেঁটো ধুতি, খালি গা, কালো, রোগা, মাঝবয়সি একটা লোক। খানিকক্ষণ কোমরে হাত দিয়ে দাঁড়িয়ে তাদের কাণ্ডটা দেখে হঠাৎ বিজ্ঞের মতো বলল, ‘‘ওরে বাপু, খুনখারাবি করার একটা রীতি আছে তো! এই ভরদুপুরে, লোকালয়ে পাঁচটা লোকের চোখের সামনে ওরকমভাবে মানুষ মারতে হয়?’’

শঙ্কাহরণ আর বিপদভঞ্জন ভড়কে গিয়ে বলল, ‘‘কে বলল খুনখারাবি করছি?’’

‘‘আহা, ওসব কি বলতে হয়? কবুল করার মতো আহাম্মক তো আর তোমরা

নও! তা কত পেলে-টেলে? মোটা দাঁও মেরেছ তো?''

বিপদভঞ্জন বিরক্ত হয়ে বলল, ''শুনলি তো শঙ্কু? কী বলেছিলাম? এই তো ফ্যাসাদ বাধল!''

শঙ্কাহরণ বলল, ''কীসের খুনখারাবি মশাই? জলে ডোবা একটা লোককে রক্ষে করার চেষ্টা করছি।''

''তাই বলো! জলে ডুবিয়ে মেরেছ! তা মেরেই যখন ফেলেছ তখন আর কী করা। তবে কিনা এই চৈতন্যপুর জায়গা কিন্তু খুব খারাপ। লোকে টের পেলে প্রাণ হাতে করে বেরোতে পারবে না।''

শঙ্কাহরণ বিরক্ত হয়ে বলল, ''কী মুশকিল! এটা মোটেই খুনখারাবির ব্যাপার নয় মশাই। যান তো, নিজের কাজে যান!''

লোকটা বড় বড় দাঁত দেখিয়ে মিচকে একটা হাসি হেসে বলল, ''যেতে বলছ! তা না হয় গেলাম! কিন্তু বন্দোবস্তটা কীরকম হবে?''

''বন্দোবস্ত! কীসের বন্দোবস্ত মশাই?''

''বুঝলে না! আমার মুখ যদি না খোলাতে চাও, তা হলে একটি হাজার টাকা হাতে গুঁজে দাও, তারপর যা খুশি করো। এ মুখে একদম কুলুপ এঁটে যাবে।''

''আমাদের মাথায় অত বুদ্ধি নেই মশাই যে, প্যাঁচের কথা বুঝব। আমাদের ট্যাঁকে মালকড়ি নেই, আমরা হাভাতে লোক।''

''আহা, তোমাদের না থাক, মরা লোকটার পকেটে তো একটা মানিব্যাগ উঁচু হয়ে আছে দেখছি। হাতে দু'-দুটো আংটি, গলায় সোনার চেন! তা সব মিলিয়ে দশ-বিশ হাজার মেরেছ ভায়া। হাজার টাকা কি বেশি হল? খুনের কেস বলে কথা!''

শঙ্কা আর বিপদ এতক্ষণ আংটি আর চেন লক্ষ করেনি। এবার করল। বিপদভঞ্জন মুখ শুকনো করে বলল, ''কী হবে রে শঙ্কু?''

দু'জনের মধ্যে শঙ্কাহরণের একটু সাহস-টাহস আছে। বুদ্ধিও ছিল এক সময়। ছেলেবেলায় মাথায় অনেক বুদ্ধির ঝিকিমিকি খেলত, ফন্দিফিকির আসত। কিন্তু চর্চার অভাবে এখন মাথাটা কেমন বোঁদা মেরে গেছে। সারাদিন খিদের চিন্তা করলে মানুষের মগজ পেটে নেমে বসে থাকে। আজ বুদ্ধিটাকে সে চাগিয়ে তোলার চেষ্টা করতে করতে নিপাট ভালমানুষের মতো মুখ করে বলল, ''আপনাকে হাজারটা টাকা দেওয়া তেমন শক্ত নয় বটে! তবে কথা কী জানেন, অন্যের টাকা দান-খয়রাত করাটা তো ন্যায্য কাজ নয়। কেমন কিনা বৃন্দাবনদাদা?''

লোকটা খ্যাঁক করে উঠল, ''বৃন্দাবনদাদা! বৃন্দাবনদাদাটা আবার কে?''

''চৈতন্যপুরের বৃন্দাবনদাদাকে কে না চেনে? প্রাতঃস্মরণীয় মানুষ আপনি!''

"কথা ঘোরাবার চেষ্টা কোরো না বাপু! বৃন্দাবন-টন কেউ এখানে নেই। আমি হলুম কামাখ্যাচরণ দাস। এ গাঁয়ে চোদ্দো পুরুষ ধরে বসবাস। সবাই একডাকে চেনে। তা ও কথাটা কী বললে, অন্যের টাকা না কী যেন! ওরে বাপু, মানুষ পটল তুললে আর তার কিছু থাকে? তার টাকা তখন আর পাঁচজনেই লুটেপুটে খায়।"

শঙ্কাহরণ ভারী কাঁচুমাচু হয়ে বলল, "পটলতোলা বাবুর কথা হচ্ছে না মশাই। হচ্ছে বাটু পরিহারমশাইয়ের কথা। পরিহারমশাই যদি শোনেন যে, তাঁর হক্কের টাকা থেকে আপনাকে ভাগ দিতে হয়েছে, তা হলে কি আমাদের হাড়গোড় আস্ত রাখবেন?"

লোকটা ভড়কে গিয়ে বলল, "পরিহারের কথা উঠছে কেন?"

"উঠবেই তো! আমরা তাঁর দলেরই লোক কিনা!"

লোকটা একটু হাঁ করে থেকে বলল, "বাটু পরিহারের লোক! সেকথা আগে বলবে তো!"

"গুহ্য কথা পাঁচজনকে বলে বেড়ানো কি ভাল? আপনার চাপাচাপিতে বলে ফেলতে হল!"

"তা বাপু, পরিহারমশাইকে আমার নমস্কার জানিয়ো। যা করছ করো, কেউ কিছু বলবে না।"

লোকটা তাড়াতাড়ি হাঁটা দিয়ে কয়েক পা গিয়ে ফের ফিরে এল। ভারী অমায়িক গলায় বলল, "বুঝলে বাপু, বুড়ো হয়েছি তো, ভীমরতিই হবে! এখন মনে পড়েছে, আমার নামটা বৃন্দাবন ঘোষই বটে! দিদিমা রেখেছিলেন। বুঝলে তো! ওই বৃন্দাবন ঘোষই থাকুক, কেমন?"

"যে আজ্ঞে। যা বলবেন!"

কামাখ্যা বা বৃন্দাবন হনহন করে হেঁটে লহমায় মাঠ পার হয়ে গেলে বিপদভঞ্জন বলল, "বাটু পরিহারটা আবার কে রে?"

"সে আছে। সব জায়গাতেই একটা করে মানুষ-মুষল থাকে। ছিনতাই করে, খুনখারাবি করে, তোলা নেয়, মাথা ফাটায়, ঠ্যাং ভাঙে। এ তল্লাটের মুষল হল বাটু পরিহার। আমাদের অঘোরগঞ্জে যেমন গোপাল গুচ্ছাইত। শীতলাবাজারে তেমন ল্যাংড়া সানাই, আবার রাধিকাপুরে হল ন্যাড়া শিবু।"

বিপদভঞ্জন একটা দীর্ঘশ্বাস ফেলে বলল, "ওরকম একটা কিছু হতে পারলেও বেশ হত!"

"মাংসের মশলা কি আর শুক্তোয় খাটে! আমরা ওরকম হতে গেলে হিতে বিপরীত হবে!"

"এখন এ লোকটাকে নিয়ে কী করা?"

"দেখা যাক আর-একটু চেষ্টা করে। জ্ঞান না ফিরলে জলেই ফেলে দিতে হবে।"

আরও আধঘণ্টা যত রকম প্রক্রিয়া জানা ছিল সবই কাজে লাগাল তারা। খুব ধীরে ধীরে অবশেষে শ্বাস পড়তে শুরু করল, নাড়ি ক্ষীণ হলেও চালু হল, বুকে ধুকপুকুনি হতে লাগল। এবং আরও খানিকক্ষণ পরে শেষে লোকটা চোখও মেলল। তবে চোখের দৃষ্টি ঘোলাটে, ফ্যালফ্যালে চাউনি।

বিপদভঞ্জন ঝুঁকে পড়ে জিজ্ঞেস করল, "কেমন লাগছে এখন?"

লোকটা জবাব দিতে পারল না বটে, তবে চোখ পিটপিট করতে লাগল।

শঙ্কাহরণ মস্ত শ্বাস ফেলে বলল, "যাক, বেঁচে আছে!"

"তা তো হল, কিন্তু একে নিয়ে এখন করবি কী? অঘোরগঞ্জ পর্যন্ত যদি নিয়ে যেতেও পারি তবে থাকবে কোথায়? আমাদের কুঁড়েঘরে কোনওক্রমে রাখতে পারি বটে, কিন্তু খাওয়াব কী? আমাদেরই পেট-ভাতের জোগাড় নেই!"

শঙ্কাহরণ ওরফে শঙ্কা বলল, "অত আগবাড়িয়ে ভাবছিস কেন? লোকটার চেহারা দেখছিস না, আমাদের মতো এলেবেলে লোক নয়। গাঁয়ে নিয়ে গিয়ে হাজির করলে গাঁয়ের লোকই ব্যবস্থা করবে। একটু সুস্থ হলে নিজের জায়গায় ফিরে যাবে। বড়জোর একটা রাত।"

"তা অবিশ্যি ঠিক। ও মশাই, উঠে বসতে পারবেন? এখানে পড়ে থাকলে তো চলবে না!"

লোকটা কিছু বুঝতে পারল বলে মনে হল না। তবে দৃষ্টিতে যেন একটু নজর এল। তাদের দিকে চেয়ে দেখল একটু। খুব দুর্বলভাবে যেন উঠে বসবারও চেষ্টা করল। দু'জনে দু'ধার থেকে সাবধানে ধরে বসাল তাকে। লোকটা বসে রইল, পড়ে গেল না।

"দাঁড়াতে চেষ্টা করুন তো! চেষ্টা করলে পারবেন।"

দু'-তিনবারে হল না বটে, কিন্তু চতুর্থবারের চেষ্টায় লোকটা উঠে দাঁড়াল। এবং একটু পরে দুর্বল পায়ে একটু হাঁটতে শুরু করল।

বিপদভঞ্জন বলল, "এই তো পেরেছেন! এই মাঠটুকু পেরোলেই গোরুর-গাড়ি পেয়ে যাব।"

লোকটা এ পর্যন্ত একটাও কথা কয়নি। এখনও কোনও জবাব দিল না।

"ও শঙ্কু, কথা কইছে না কেন রে?"

"মাথাটা এখনও ভাল কাজ করছে না। বেশিক্ষণ ডুবে থাকলে যেন কী সব গণ্ডগোল হয় মগজে।"

"কোথায় নিয়ে তুলবি বল তো?"

"যেতে যেতে ভাবব।"

"করালীডাক্তারের কাছে নিয়ে হাজির করলে হয় না? লোকটা বিটকেল বটে, কিন্তু মনটা ভাল!"

"যদি তাড়া করে?"

"কাউকে কাউকে তাড়া করে বটে, কিন্তু তোকে বা আমাকে তো করেনি? বরং বাগানের জঙ্গল সাফ করতে, পুকুরের পানা তুলতে বা সুপুরি আর নারকোল পাড়তে আমাদেরই তো ডেকে পাঠায়।"

"কিন্তু নতুন লোক দেখলে বিগড়ে যেতে পারে। তবে বলছিস যখন করালীডাক্তারের কাছেই চল। পসার নেই বটে, তবু ডাক্তার তো! ওষুধপত্র দিয়ে মানুষটাকে তাড়াতাড়ি চাঙা করে তুলতে পারে।"

দুই

জ্যোতিষী হিসেবে জটেশ্বর ঘোষালের খুবই নামডাক। গণনা করে যা বলেন-টলেন একেবারে অব্যর্থ। ফলবেই কি ফলবে। তবে তার মধ্যেও একটু কথা আছে। ফলে বটে, তবে উলটো রকমে। এই যেমন পরীক্ষায় ফল বেরোবার আগে কাঁচুমাচু মুখে পালবাড়ির ছোট ছেলে ফটিক এসে বলল, "জ্যাঠামশাই, হাতটা একটু দেখে দেবেন? রেজাল্টের জন্য বড় ভয় হচ্ছে।"

জটেশ্বর গম্ভীর মুখে খুব ভাল করে ফটিকের হাত দেখলেন, অনেক হিসেবনিকেশ করলেন, তারপর ভ্রু কুঁচকে দীর্ঘশ্বাস ফেলে বললেন, "না রে, এবারটায় হবে না।"

শুনে ফটিক লাফিয়ে উঠে দু' পাক তুর্কি নাচ নেচে, "মেরে দিয়েছি! মেরে দিয়েছি!" বলে চেঁচাতে চেঁচাতে বেরিয়ে গেল। এবং রেজাল্ট বেরোবার পর বাস্তবিকই দেখা গেল, ফটিক বেশ ভাল নম্বর পেয়ে পাশ করেছে।

নবারুণ ক্লাবের ফুটবল ক্যাপ্টেন গত দু' বছর ধরে আন্তঃজেলা ফুটবলের শিল্ড জিততে না পারায় একদিন জটেশ্বরের কাছে এল। বলল, "কাকামশাই, এবারও কি শিল্ডটা আমাদের ভাগ্যে নেই?"

জটেশ্বর ফের গণনায় বসলেন। অখণ্ড মনোযোগ দিয়ে ক্লাবের জন্মমুহূর্ত থেকে একটা ঠিকুজিও করে ফেললেন। এবং বললেন, "উঁহু, শিল্ড এবারও তোদের কপালে নেই!"

সেই খবর শুনে ক্লাবে সে কী উল্লাস! হিপহিপ হুররে, জিন্দাবাদ ইত্যাদি ধ্বনির

সঙ্গে রসগোল্লা বিতরণও হয়ে গেল। শেষ অবধি নবারুণ ক্লাব শিল্ডও জিতেছিল।

গণেশবাবুর সেবার যায়-যায় অবস্থা। ডাক্তার ভরসা দিচ্ছে না। উইল-টুইল করে ফেলেছেন। একদিন জটেশ্বরকে ডাকিয়ে এনে বললেন, ''বাপু জটেশ্বর, কোষ্ঠীটা একটু ভাল করে দেখো তো! মৃত্যুযোগটা কি এগিয়ে এল?''

জটেশ্বর কোষ্ঠী নিয়ে বসে গেলেন। বিস্তর ক্যালকুলেশনের পর মাথা নেড়ে বললেন, ''না গণেশখুড়ো, মৃত্যুযোগ তো দেখছি না!''

শুনে গণেশবাবুর মুখ শুকনো। বাড়িতে কান্নার রোল উঠল। গণেশবাবু ক্ষীণ গলায় বললেন, ''একটু ভাল করে দেখো হে! অনেক সময় রিস্টিগুলো ঘাপটি মেরে থাকে। খুঁজে দেখো, লুকোছাপা করে কোনও কোনায় ঘুপচিতে গা-ঢাকা দিয়ে আছে কি না। ডাক্তার যে জবাব দিয়ে গিয়েছে!''

জটেশ্বর ফের হিসেব নিয়ে বসলেন এবং ঘণ্টাখানেক গলদঘর্ম হয়ে অবশেষে বললেন, ''হ্যাঁ খুড়ো, একটা মঙ্গল আর রাহুর অবস্থানের যোগ পাচ্ছি বটে! তা হলে তো সামনের পূর্ণিমাতেই...''

গণেশবাবুর মুখ উজ্জ্বল হয়ে উঠল, বাড়িতেও ভারী আনন্দের লহর বয়ে গেল। এবং গণেশবাবু আজ সকালেও অভ্যাসমতো চার মাইল প্রাতর্ভ্রমণ করেছেন।

আর এই জন্যই জটেশ্বরের নামডাক। অন্য জ্যোতিষীরা দশটা ভবিষ্যদ্বাণী করলে দু'-চারটে মিলে যায়। কিন্তু জটেশ্বরের দশটার মধ্যে দশটাই ভুল হয়। এই জন্যই শুভ কাজের আগে জটেশ্বরের কাছে গিয়ে লোকে হাত বা কোষ্ঠী দেখিয়ে নেয়।

যদিও জটেশ্বরকে দেখলেই করালীডাক্তার তেলেবেগুনে জ্বলে ওঠেন, তবু প্রতিদিনই বিকেলের দিকটায় জটেশ্বরের একবার করালীডাক্তারের বাড়ি এক কাপ চা খাওয়া চাই-ই। কারণ, করালীর বাড়ির চা অতি বিখ্যাত। যেমন সুগন্ধ, তেমনই স্বাদটা অনেকক্ষণ জিভে লেগে থাকে।

আজ করালীডাক্তারের বাড়িতে গিয়ে হাজির হতেই করালী হুংকার দিয়ে বলে উঠলেন, ''তুমি তো একটা খুনি! তোমার ফাঁসি হওয়া উচিত।''

জটেশ্বর বিন্দুমাত্র উত্তেজিত না হয়ে চেয়ার টেনে বসতে বসতে বললেন, ''আহা, সে হবে'খন। অত তাড়াহুড়ো কীসের? আমার গলাও আছে, ফাঁসির দড়িও পালিয়ে যাচ্ছে না। বলি, হয়েছেটা কী?''

''কী হয়নি? আমার রুগি গোপীবল্লভবাবুকে যে তুমি খুন করেছ, সেটা কি জানো?''

''খুন হয়েছেন বুঝি! যাক, কানাঘুষো শুনছিলাম বটে! এই তোমার কাছে পাক্কা খবর পেলাম।''

''কানাঘুষো শুনছিলে! কীসের কানাঘুষো?''

''ওই যা সব সময় শোনা যায় আর কী! লোকে ফিসফাস করছে, করালীডাক্তারের ভুল চিকিৎসায় গোপীবাবুর প্রাণটা বেঘোরে গেল!''

করালী মারমুখো হয়ে আস্তিন গুটিয়ে তেড়েফুঁড়ে উঠতে যাচ্ছিলেন। কিন্তু আস্তিন গুটোতে গিয়ে দেখেন, তাঁর গায়ে জামা নেই, শুধু একটা স্যান্ডো গেঞ্জি। আর স্যান্ডো গেঞ্জির আস্তিন গুটনো যে ভারী শক্ত কাজ এ কে না জানে। তিনি দাঁত কড়মড় করে বললেন, ''যারা ওকথা বলে তাদের জিভ টেনে ছিঁড়ে নিতে হয়। তাদের নাম বলো, আমি তাদের ব্যবস্থা করছি।''

জটেশ্বর আদুরে গলায় বললেন, ''তুমি যে গুন্ডা প্রকৃতির লোক এ কথা সবাই জানে। এখন আসল কথাটা ভেঙে বলো তো!''

''তুমি পরশুদিন গিয়ে গোপীবাবুকে বলে আসোনি যে, নরহরি চাকলাদারের সঙ্গে তাঁর যে পাঁচ লাখ টাকার সম্পত্তি নিয়ে মামলা চলছে তাতে তিনি নির্ঘাত জিতবেন। বলোনি?''

জটেশ্বর অবাক হয়ে বললেন, ''বলেছি বই কী। গুনে দেখলুম, একেবারে জলবৎতরলং ব্যাপার। মামলায় জিত কেউ আটকাতে পারবে না।''

''তুমি কি জানো যে, তোমার ভবিষ্যদ্বাণী শুনেই উনি রাতে হার্ট অ্যাটাক হয়ে মারা যান?''

''কেন, মামলায় কি গোপীবাবুর জেতার ইচ্ছে ছিল না?''

''খুব ছিল। কিন্তু তোমার ফোরকাস্ট শুনেই উনি বুঝলেন যে, জেতার কোনও আশাই নেই। আর তাই টেনশনে হার্ট অ্যাটাক!''

অতি উচ্চাঙ্গের একটি হাসি হেসে জটেশ্বর বললেন, ''তা হলে কি বলতে চাও লোকে আমাকে উলটো বোঝে?''

''না, লোকে তোমাকে ঠিকই বোঝে। আর তাই উলটো করে ধরে নেয়। তুমি কি জানো যে, তুমি একজন ধাপ্পাবাজ? তুমি না জানলেও ক্ষতি নেই। লোকে জানে।''

জটেশ্বরের বিচলিত হওয়ার কোনও লক্ষণ দেখা গেল না। মুখে ভারী মিষ্টি একটু হাসি। মিষ্টি করে বললেন, ''মুখে যাই বলো করালী, মনে মনে যে তুমি আমাকে শ্রদ্ধা করো তা আমি জানি।''

করালীবাবু হাঁ হয়ে গেলেন। তারপর স্তম্ভিত গলায় বললেন, ''শ্রদ্ধা! তোমাকে!''

জটেশ্বর মৃদু মৃদু হেসে বললেন, ''তুমি দুর্মুখ বটে, ডাক্তার হিসেবেও অচল, তবে লোকটা তো আর খারাপ নও। সেই কুড়ি বছর আগে যখন তুমি এখানে

এসে থানাগেড়ে বসলে, তখনই তোমাকে বলেছিলুম কিনা, 'ওহে করালী, প্রথমটায় তোমার খুব পসার হবে ঠিকই। তবে রাখতে পারবে না!' কথাটা ফলল কি না দেখলে তো!''

''ধাপ্পাবাজির আর জায়গা পেলে না? তোমাকে আমি কস্মিনকালেও হাত দেখাইনি, কোষ্ঠীবিচারও তোমাকে দিয়ে করাইনি। তোমার আগড়মবাগড়ম কথাকে পাত্তাও দিইনি। আর পসার কমেছে তোমাকে কে বলল? এখনও মরণাপন্ন রুগির জন্য সবাই আমার কাছে এসেই ধরনা দেয়।''

''আহা, চটো কেন ভায়া! আমিও তো সর্দিকাশি বা জ্বরজারি হলে অনিচ্ছে সত্ত্বেও ক্ষমাঘেন্না করে তোমার ওযুধ বার কয়েক খেয়েছি। তাতে কাজ না হলেও বন্ধুকৃত্য বলেও তো একটা কথা আছে নাকি! কিন্তু সেই যে বনবিহারী ঘোষের সান্নিপাতিকের সময় তুমি তাকে ঘাড় ধরে নিয়ে গিয়ে পুকুরের জলে চোবালে, তারপর পুকুর থেকে তুলে গায়ে ফুটন্ত গরম জল ঢাললে, ফের পুকুরে ডোবালে, ফের তুলে গরম জল ঢাললে— ও কাজটা তোমার মোটেই ঠিক হয়নি।''

''তার তুমি কী বুঝবে? বনবিহারীর টাইফয়েড এমন জটিল হয়ে দাঁড়িয়েছিল যে, বাঁচার কথাই নয়। ওই অল্টারনেটিভ বাথ দেওয়ায় প্রাণে বেঁচে যায়। বনবিহারী রাজি হচ্ছিল না বলে তাকে প্রাণে বাঁচাতে একটু জুলুম করতে হয়েছিল, এই যা!''

''তা বটে। তবে প্রাণে বাঁচলেও বনবিহারী সেই থেকে তোমার মুখদর্শন করা বন্ধ করেছে তা জানো? তারপর ধরো, খগেন হাওলাদার। সে ঘড়ি ধরে ওযুধ খায়নি বলে তুমি তার গলা টিপে ধরেছিলে। খগেনের জিভ বেরিয়ে যায়। আর-একটু হলেই তুমি খুনের দায়ে পড়তে!''

''খগেন অতি বজ্জাত। হাই শুগার হওয়া সত্ত্বেও সে লুকিয়ে রসগোল্লা খেত। গলা টিপে ধরায় সে ভয় খেয়ে মিষ্টি ছেড়েছে। তাতে তার মঙ্গলই হয়েছে।''

''তা হয়তো হয়েছে। কিন্তু খগেন যে তোমার নামে পুলিশে রিপোর্ট করেছিল তাও তো আর মিথ্যে নয়। তারপর ধরো, উপেন দাস। তার কোষ্ঠকাঠিন্যের জন্য তুমি তাকে গ্লিসারিন সাপোজিটারি দিয়েছিলে। দোষের মধ্যে সে জিজ্ঞেস করেছিল দিনে ক'টা করে খেতে হবে। তাতে খাপ্পা হয়ে তুমি তাকে এমন তাড়া করেছিলে যে, সে ছুটে গিয়ে বিদ্যাধরীতে ঝাঁপিয়ে পড়ে প্রাণ বাঁচায়। কাজটা কি উচিত হয়েছিল হে করালী? লোকে কি আর সাধে বলে 'করালডাক্তার'!''

''ডাক্তারের কাজ হল ছলে-বলে-কৌশলে রোগীর প্রাণরক্ষা করা। শুধু নিদান লিখে দিয়ে পকেটে পয়সাটি পুরলেই ডাক্তারি হয় না! রোগী ওযুধ ঠিকমতো খেল কি না, পথ্যিতে গণ্ডগোল করল কি না সেটা দেখাও ডাক্তারের কর্তব্য। লোকে আমাকে

অপছন্দ করতে পারে, কিন্তু কেউ কখনও বলতে পারবে না যে, করালীডাক্তার পয়সা নিয়ে মিথ্যে মেডিক্যাল সার্টিফিকেট দিয়েছে বা স্যাম্পেল ওষুধ বাজারে বিক্রি করেছে।''

''তুমি ভাল লোক হলেও হতে পারো, কিন্তু ভদ্রলোক মোটেই নও। ভদ্রলোক কি কখনও গুন্ডামি করে বেড়ায়, নাকি লোকের উপর হামলা করে? আচ্ছা, নবকিশোরের দোষটা কী ছিল বলো? তোমার চেম্বারে বসে সে বিনোদডাক্তারকে প্রশংসা করছিল, তাতে দোষটা কী? সে মুখ ফসকে বলে ফেলেছিল, 'দেশটা তো জালি ডাক্তারে ভরে গিয়েছে, তার মধ্যে বিনোদডাক্তার যেন বাতিঘর।' কিন্তু মিছে কথাও বলেনি। বিনোদ অতি সজ্জন, অমায়িক, ডাক্তারও ভাল। আর তুমি কী করলে? এই কথা শুনে খেপে গিয়ে নবর গলার চাদর ধরে মুচড়ে কী ঝাঁকুনিটাই দিচ্ছিলে! ঘাড় মটকে মরেই যেত। অন্য লোকেরা এসে তোমার হাতে-পায়ে ধরে তাকে বাঁচায়।''

''ও তুমি বুঝবে না। নব ইচ্ছে করেই ওসব বলছিল। অতি উচ্চাঙ্গের বদমাশ।''

এই সময়ে করালীডাক্তারের স্ত্রী সুরবালা দু' কাপ চা নিয়ে ঘরে ঢুকে বললেন, ''আচ্ছা, দুটো লোক একনাগাড়ে বিশ বছর ধরে কী করে ঝগড়া করতে পারে তা আমাকে বুঝিয়ে বলবেন? ঝগড়ার বহর দেখে তো আমি রোজ ভাবি, এবার বোধ হয় দু'জনে মুখ দেখাদেখি বন্ধ হয়ে গেল! ওমা, কোথায় কী, পরদিনই দেখি দু'জনে আবার কোমর বেঁধে ঝগড়া করতে বসে গিয়েছে! এত ঝগড়া, তবু দেখি দু'জনে দু'জনকে একদিনও না দেখে থাকতে পারেন না?''

করালীডাক্তার গম্ভীর মুখে বললেন, ''হুঁ, ওরকম একটা ধাপ্পাবাজ দু' নম্বরি লোকের মুখ দেখলেও পাপ হয়। হায়া লজ্জা নেই কিনা, তাই বিনা পয়সায় চা খেতে আসে।''

সুরবালা রাগ করে বললেন, ''ছিঃ, ওকথা বলতে আছে? ঠাকুরপো জ্যোতিষী করেন বটে, কিন্তু কারও কাছ থেকে পয়সা নেন না। আর চায়ের খোঁটা দিচ্ছ? ঠাকুরপোর বাড়িতে ভাল পদ রান্না হলে, পিঠে-পায়েস হলে যে বাটি ভরতি করে নিজে বয়ে এসে দিয়ে যান, সেটা বুঝি কিছু নয়?''

করালী অত্যন্ত গম্ভীর মুখে একটু তাচ্ছিল্যের হুঁ দিয়ে চুপ করে গেলেন।

সুরবালা বললেন, ''আপনি কিছু মনে করবেন না ঠাকুরপো!''

মৃদু হেসে অতি মোলায়েম গলায় জটেশ্বর বললেন, ''অন্য রকম হলেই মনে করতুম বউঠান। বাঘের গায়ে যদি বোঁটকা গন্ধ না থাকে, ষাঁড় যদি লাল রং দেখে তেড়ে না আসে, গরিলা যদি নিজের বুকে থাবড়া না মারে, তা হলেই চিন্তার কথা। তেমনই করালী যদি হঠাৎ ভদ্রলোক হয়ে ওঠে, তা হলে তাকে করালী বলে চেনা যাবে কি?''

সুরবালা হেসে চলে গেলেন।

করালীডাক্তার দাঁত কড়মড় করে বললেন, ''আমার বাড়ির লোকের আশকারা পেয়েই তোমার আস্পদ্দা দিনে দিনে বাড়ছে।''

জটেশ্বর চায়ে চুমুক দিয়ে একটা আরামের শব্দ করলেন, ''আঃ!''

ঠিক এই সময় ফটকের ওপাশে রাস্তায় একটা গোরুর-গাড়ি এসে থামল। দু'জন মুনিশগোছের লোক একজন প্যান্ট আর পাঞ্জাবি পরা লোককে ধরে ধরে গাড়ি থেকে নামাল।

চায়ের কাপ শেষ করে জটেশ্বর চুকচুক শব্দ করে বললেন, ''আহা রে, কার এমন ভীমরতি হল যে, তোমার কাছে চিকিচ্ছে করাতে আনছে! উঁহু, এ গাঁয়ের লোক নয়। এ গাঁয়ের লোক হলে এমন দুর্মতি হত না!''

যার উদ্দেশে বলা সেই করালীডাক্তার কিন্তু কথাটা শুনতে পেলেন না। তিনি দূর থেকে তীক্ষ্ণ চোখে মাঝখানের লোকটাকে নিরীক্ষণ করতে করতে আপনমনে স্বগতোক্তির মতো বললেন, ''জলেডোবা কেস। মেমোরি লস, হেমারেজ।''

চায়ের কাপটা রেখে জটেশ্বর বললেন, ''বাঃ, দূর থেকেই যখন ডায়াগনোসিস করে ফেললে তখন নিদানটাও হেঁকে বলে দাও। রোগীকে আর নেড়েঘেঁটে দেখার দরকার কী? ফটক থেকেই বিদেয় হয়ে যাক।''

করালীডাক্তার কথাটায় কান দিলেন না। উঠে পড়তে পড়তে বললেন, ''না হে, দেখতে হচ্ছে।''

শঙ্কাহরণ আর বিপদভঞ্জন লোকটাকে বারান্দায় এনে একটা চেয়ারে বসিয়ে দিয়ে হাত কচলাতে কচলাতে করালীকে বলল, ''বিদ্যেধরী থেকে তুলেছি আজ্ঞে, আপনার কাছেই নিয়ে এনে ফেললাম!''

''বেশ করেছ। কেন, আমার বাড়িটা কি ধর্মশালা, না লঙ্গরখানা?''

দু'জনেই মিইয়ে গেল খুব। শঙ্কাহরণ মাথা চুলকোতে চুলকোতে বলল, ''বড়ঘরের মানুষ বলে মনে হচ্ছে, তাই ভাবলুম আমাদের কুঁড়েঘরে তো তোলা যায় না, আর খাওয়াবই বা কী? আমাদেরই জোটে না, তাই!''

চেয়ারে বসেই লোকটার ঘাড় লটকে গেছে, চোখ বোজা।

করালীডাক্তার গম্ভীর গলায় বললেন, ''ওপাশে রুগির ঘরে নিয়ে বেডে শুইয়ে দে। আধমরা করে তো এনেছিস!''

জটেশ্বরও বৈঠকখানা থেকে বেরিয়ে এসে লোকটাকে দেখলেন। তারপর বললেন, ''এ তো বড়ঘরের মানুষ বলেই মনে হচ্ছে হে। হাতে দামি ঘড়ি, আঙুলে হিরের আংটি!''

ভাগ্যিস এগুলো বলতে তোমার জ্যোতিষ বিদ্যে লাগে না। কিন্তু ঘড়ি আর আংটি ছাড়াও লক্ষ করার আরও বিষয় আছে, বুঝলে। সিল্কের জামাটার একটা ফুটো দেখতে পাচ্ছ? ওটা বোধ হয় বুলেট ইন্‌জুরি।''

তারপর করালী শঙ্কাহরণ আর বিপদভঞ্জনকে বললেন, ''জামা-গেঞ্জি খুলে শোওয়াবি।''

দু'জনে তাড়াতাড়ি লোকটাকে চ্যাংদোলা করে বারান্দার লাগোয়া সিক-রুমে নিয়ে গেল।

করালীডাক্তার গম্ভীর মুখে অনেকক্ষণ ধরে লোকটাকে পরীক্ষা করলেন।

অনেকক্ষণ চুপ করে করালীডাক্তারের পরীক্ষা-নিরীক্ষা দেখার পর পাশ থেকে জটেশ্বর প্রশ্ন করলেন, ''কেমন বুঝছ?''

''বেঁচে যাবে। তবে সময় লাগবে।''

''মেমরি লস বুঝলে কীভাবে?''

''চোখ দেখে। লুকটা খুব ভ্যাকান্ট।''

তিন

তল্লাটের সবাই জানে যে, প্রেতসিদ্ধ বগলাপতির দুটো দেহাতি ভূত আছে। একজনের নাম গানা, আর-একজনের নাম বাজানা। সবাই এও জানে যে, ভূতদুটো একটু বাউন্ডুলে স্বভাবের। তারা খুবই বেড়াতে ভালবাসে এবং মাঝে-মাঝেই তারা বগলাপতিকে না জানিয়েই হাওয়া হয়ে যায়। আর বগলাপতি তখন বিদ্যেধরী নদীর ধারের সাধনপীঠ ছেড়ে টর্চ হাতে তাদের খুঁজতে বেরোন।

লালমোহনবাবু বগলাপতিকে টর্চ হাতে ভূত খুঁজতে দেখে খুব ভালমানুষের মতো বললেন, ''আচ্ছা বগলাদা, ভূত খুঁজতে টর্চ লাগে কীসে? আমি তো টর্চ ছাড়াই অন্ধকারে দিব্যি ভূত দেখতে পাই।''

বগলাপতি অবাক হয়ে বললেন, ''তুমি ভূত দেখো নাকি?''

''প্রায়ই দেখি। ষষ্ঠীতলায় এই তো সেদিন মুকুন্দকে দেখলুম, বসে বসে কী যেন ভাবছে। পিরবাবার থানের পাশে কদমগাছের নীচে নিশাপতি আর তার বউ লতাকে দেখি, হাত ধরাধরি করে ঘুরে বেড়াচ্ছে। নীলকুঠির মাঠে তো প্রায়ই যোগেন পালোয়ানকে দেখা যায়।''

''কই, কখনও বলোনি তো!''

"আমি তো ভাবি, আমার মতো অন্য সবাইও দেখতে পায়। আমাদের মতো ওরাও গাঁয়ে থাকে, এ তো আর নতুন কথা কিছু নয়। কিন্তু কথা হল, অন্ধকারেই তাদের বেশ স্পষ্ট দেখা যায়, টর্চের দরকার হয় না।"

"টর্চটা ভূতের জন্য নয় হে, সাপ-খোপের জন্য। তা তুমি সত্যিই ভূত দেখতে পাও, না অন্য সবার মতো ইয়ারকি মারছ!"

লালমোহন ভড়কে গিয়ে বললেন, "ইয়ারকি!"

"না, তুমি অবশ্য সেরকম মানুষ নও। তা তোমার ভূতগুলোকে একবার দেখাতে পারবে?"

লালমোহন তাড়াতাড়ি বললেন, "তারা আমার ভূত হতে যাবে কেন? তারা গাঁয়ের ভূত, সকলের ভূত। দেখা শক্ত কিছু নয়, সময়মতো ঠিক জায়গায় গেলেই দিব্যি দেখতে পাবেন।"

"না, না, আমার একা যাওয়াটা ঠিক হবে না। তারা হয়তো আমাকে দেখে ভড়কে যাবে। ভাববে, গানা-বাজানার মতো আমি তাদেরও ধরে মন্তর দিয়ে আটকে রাখব।"

"তা অবিশ্যি ঠিক। আপনাকে জ্যান্ত মানুষই ভয় খায়, ভূতেদের তো কথাই নেই। ঠিক আছে, আমিই নিয়ে গিয়ে দেখিয়ে দেব'খন আড়াল থেকে।"

"দিয়ো। আর ইয়ে, কথাটা আবার পাঁচকান কোরো না যেন!"

"আজ্ঞে না। সবাই তো জানে আমি বোকা, তাই কাউকে কিছু বলে লাভ হয় না মশাই। কেউ আমার কথা ধর্তব্যের মধ্যেই নেয় না।"

"বোকা হতে যাবে কেন! তুমি হলে সোজা-সরল মানুষ। গাঁয়ের লোকের স্বভাবই হল ধলোকে কালো দেখা। এই আমাকেও তো যত লোক ভণ্ড, জালি, জোচ্চোর বলে, ওসব কি আমি গায়ে মাখি? ওসব নিয়ে তুমি মন খারাপ কোরো না!"

লালমোহন একগাল হেসে বললেন, "মন খারাপ হবে কোন দুঃখে? আমি যে সত্যিই ভারী বোকা। আর বোকা হয়ে সুখ আছে মশাই।"

"তাই নাকি? কীরকম?"

"দোষঘাট করে ফেললেও লোকে ক্ষমাঘেন্না করে দেয় কিনা!"

"বটে!"

"এই তো সেদিন বনবিহারীবাবুর আড্ডায় পেটের চর্বি নিয়ে কথা হচ্ছিল। শেষে সাব্যস্ত হল, পেটে চর্বি হওয়া মোটেই ভাল নয়। ওতে শরীর ভারী দুর্বল হয়ে পড়ে। তা কথাটা সেই থেকে আমার মাথায় ঘুরপাক খাচ্ছিল। গত বেস্পতিবার মগনের দোকানের পাশ দিয়ে যাওয়ার সময় দেখি, গোপাল গুচ্ছাইত তার দলবল নিয়ে

বসে চা খাচ্ছে। হঠাৎ মনে হল, গোপালের যেন বেশ একটু ভুঁড়ি হয়েছে! তখন ভাবলাম, ষণ্ডাগুন্ডাদের পেটে চর্বি হলে তো সর্বনাশ। শরীর দুর্বল হলে গুন্ডামি করবে কীসের জোরে? গোপালের সত্যিই ভুঁড়ি হয়েছে, না কি লুঙ্গির গিঁট উঁচু হয়ে আছে সেটা পরখ করার জন্য কাছে গিয়ে ভুঁড়িটায় একটা খাবলা দিলাম। কে জানত মশাই যে, গোপালের অমন কাতুকুতু আছে! খাবলা দিতেই 'বাপ রে' বলে চায়ের গেলাস উলটে গাঁক-গাঁক করে চেঁচাতে লাগল। তার দলের লোকেরা এসে আমাকে চেপে ধরতেই আমি চিঁচিঁ করে বললাম, 'গোপালবাবুর পেটে চর্বি হয়েছে কি না দেখছিলাম!' গোপাল গুচ্ছাইত কিন্তু রাগ করল না। সবাইকে বলল, 'লালুবাবু বোকাসোকা লোক, সবাই জানে। ছেড়ে দে, মারধর করিস না। আসুন লালুবাবু, চা খান। পেটে চর্বির কথা বলে ভাল করেছেন। আবার ব্যায়াম শুরু করতে হবে। আমার সত্যিই পেটে একটু চর্বি হয়েছে।' ''

''তোমার সাহস আছে হে লালমোহন। গোপাল গুন্ডাকে কাতুকুতু দেওয়া যার-তার কর্ম নয়!''

''পশুপতি টাটের বাড়িতে সেদিন সন্ধেবেলায় বসে আছি, হঠাৎ চারটে মুশকো চেহারার লোক হাতে রড, ভোজালি, পাইপগান নিয়ে ঘরে ঢুকেই বলল, 'যা আছে চটপট দিয়ে দিন। আমরা ডাকাতি করতে এসেছি। হাতে একদম সময় নেই। আরও চার বাড়ি যেতে হবে। জলদি করুন।' ডাকাত দেখে পশুপতিবাবু আঁ-আঁ করে উঠলেন বটে, কিন্তু আমার বেশ আহ্লাদ হল। জীবনে কখনও ডাকাতি দেখিনি কিনা!''

''দেখলে নাকি?''

''আজ্ঞে, দেখলুম বই কী! ডাকাতদের পিছু-পিছু ঘুরে ঘুরে দিব্যি দেখলুম। দু' চোখ সার্থক। ডাকাতরা একটা পার্কার পেন ফেলে যাচ্ছিল, সেটা ধরিয়ে দিলুম, একটা লক্ষ্মীর ঘটও দেখিয়ে দিলুম। শেষে যাওয়ার সময় কার হাত থেকে যেন দুটো কাঁচা টাকা পড়ে গিয়েছিল। কুড়িয়ে নিয়ে কপালে ঠেকিয়ে সর্দারের হাতে দিয়ে দিলুম। তাতে পশুপতিবাবুর কী রাগ আমার উপর! এই মারেন কি সেই মারেন। ঘরশত্রু বিভীষণ, ডাকাতদের চর, মিটমিটে ভাম, কত কী বললেন। শেষমেশ পাড়ার লোক এসে তাঁকে ঠান্ডা করে বোঝাল যে, 'লালুবাবু যে বোকা তা কে না জানে বলুন! বোকা লোকেরা অন্য রকম হলেই ভয়ের কথা!' তবু পশুপতির টাটের রাগ কমে না। কেবল বলছিলেন, 'সবই তো গেল, দুটো টাকা পড়ে গিয়েছিল, সেটা না হয় ঘর বলতে থাকত, তাও ওই আহাম্মকের জন্য গেল!'''

''না, না, মাত্র দুটো টাকার জন্য পশুপতির ওরকম করা উচিত হয়নি!''

“হ্যাঁ। পরে অবশ্য ঠান্ডা হয়ে তিনি চা-ও খাইয়েছেন। তাই বলছিলুম, বোকা হওয়ার কিছু সুবিধেও আছে মশাই!”

“তাই দেখছি। তা এসো, আমার সাধনপীঠে একটু বসে যাও। এক ভক্ত একছড়া কলা দিয়ে গেছে। দুটো কলা খেয়ে দেখবে চলো।”

বগলাপতির সাধনপীঠ বেশ নিরিবিলি জায়গা। সামনেই বিদ্যেধরীর ঘাট। গোটা কয়েক বটগাছ আছে, কাছেই শ্মশান, বগলাপতির একখানা কুটির আছে, আঙিনায় একখানা পাথর বাঁধানো বেদি।

এত রাতে বগলাপতির ভক্তরা কেউ থাকে না। কিন্তু ধুনির আলোয় দেখা গেল বেদির সামনে ধুতি আর শার্ট পরা একজন লোক বসে আছে। তাকে দেখে বগলাপতি ভারী খুশি হয়ে বললেন, “কামাখ্যা নাকি রে? বহুদিন পর দেখা! তা এত রাতে কী মনে করে?”

সিড়িঙ্গে চেহারার হাড়গিলে লোকটা কাঁচুমাচু মুখ করে বিরস গলায় বলল, “কামাখ্যা নই মশাই, আমার নাম বৃন্দাবন।”

বগলাপতি খানিকক্ষণ হাঁ করে চেয়ে থেকে বললেন, “বৃন্দাবন! বৃন্দাবনটা আবার কে? স্পষ্ট দেখছি সামনে কামাখ্যা বসে আছে, আর বলছিস, তুই বৃন্দাবন? আমার চোখে চালসেও ধরেনি, ভীমরতিও হয়নি।”

“আজ্ঞে, আমি নিয্যস বৃন্দাবনই বটে! আপনার ভুল হচ্ছে।”

একটা দীর্ঘশ্বাস ফেলে বগলাপতি বেদির উপর পাতা কুটকুটে কম্বলের আসনে আসনপিঁড়ি হয়ে বসে বললেন, “কামাখ্যা হল নীলপর্বতে, প্রাগজ্যোতিষপুরের কাছে। আর বৃন্দাবন হল সেই উত্তরাখণ্ডে, হস্তিনাপুর না কী যেন জায়গাটা, তার কাছে। তা কামাখ্যা ছেড়ে তুই বৃন্দাবনগামী হলি কবে?”

জামার তলায় কোমরে প্যাঁচানো গামছাখানা খুলে এনে লোকটা মুখ মুছে বলল, “কারণ আছে। আমার বড় বিপদ, আমি হলুম চর-হেতমপুরের বৃন্দাবন দাস।”

“দেখ কামাখ্যা, তুই যদি বৃন্দাবন হোস, তবে আমিও গাঁধীজি। যদি ভেবে থাকিস যে বুড়ো বয়সে আমার স্মৃতিভ্রংশ হয়েছে, তা হলে ভুল করবি। কারণ, আমি বুড়ো হইনি। মাত্র আটচল্লিশ বছর বয়সে বুড়ো হওয়া শক্ত।”

পাশ থেকে লালমোহনবাবু অত্যন্ত উদ্বেগের গলায় বলে উঠলেন, “গেল হপ্তায় যে বললেন ছাপ্পান্ন!”

“বলেছি নাকি? ওরে বাপু, আত্মার বয়সও হয় না, সে বুড়োও হয় না, মরে না, জন্মায় না। ‘নৈনং ছিন্দন্তি শস্ত্রাণি, নৈনং দহতি পাবকঃ।’ মানে জানো? ওর মানে হচ্ছে আত্মা অজর অমর। তার আটচল্লিশই বা কী আর ছাপ্পান্নই বা কী?”

লালমোহনবাবু ভারী অবাক হয়ে বললেন, ''তা হলে এই লোকটার বৃন্দাবন হতে আটকাচ্ছে কীসে? আত্মার বৃন্দাবনই বা কী, কামাখ্যাই বা কী!''

''আটকায় হে আটকায়, আইনে আটকায়!''

হাড়গিলে লোকটা বলল, ''আমি কামাখ্যা না হয়ে বৃন্দাবন হলে কার কী ক্ষতি হচ্ছে বলুন তো! দুনিয়া তো আর উলটে যাচ্ছে না, চন্দ্র-সূর্যও উলটো বাগে উঠবে না।''

বগলাপতি নিমীলিত চোখে চেয়ে বললেন, ''অত বড় বড় কাণ্ড না হলেও ছোটখাটো ফ্যাঁকড়া তো বাধতে পারে। তা হ্যাঁ রে কামাখ্যা, চুরি-ডাকাতি করে ফেরার হয়েছিস, না কি খুনখারাবি করে এসেছিস?''

কামাখ্যা ওরফে বৃন্দাবন অত্যন্ত উত্তেজিত গলায় বলে উঠল, ''খুনটা আমি করতে যাব কেন! করল তো বাটু পরিহারের লোক!''

বগলাপতি একটা শ্বাস ফেলে বললেন, ''তাই বল। তা হলে খুন একটা হয়েছে!''

লোকটা কিছুক্ষণ গুম মেরে মাথা নিচু করে বসে রইল। তারপর মুখ তুলে কাঁদো-কাঁদো গলায় বলল, ''আমার যে বড় বিপদ বগলাদাদা!''

''খোলসা হ' কামাখ্যা, খোলসা হ'। কথা যত চেপে রাখবি তত মুশকিলে পড়বি। খুনটা হল কে?''

''আজ্ঞে, তা জানি না। ফর্সামতো একটা লোক, লম্বাপানা।''

''নিজের চোখে দেখলি?''

''দেখার ইচ্ছে ছিল না দাদা, তবে দুপুরে নদীর ধারের মাঠে গোরু বাঁধতে গিয়ে দেখি, দুটো মুনিশ গোছের লোক আর-একটা লোককে মাটিতে ফেলে গলা টিপে মারছে।''

লালমোহনবাবু চুকচুক করে একটা আফসোসের শব্দ করে বললেন, ''এঃ, নিজের চোখে একটা খুন দেখব বলে কতকালের ইচ্ছে আমার। ডাকাতি দেখা হয়ে গেছে, এখন একটা খুন দেখতে পেলেই—''

কামাখ্যা একটা দীর্ঘশ্বাস ছেড়ে বলল, ''সে সাধ আমারও ছিল মশাই। কিন্তু এ খুনটা দেখার পর সাধ ঘুচে গেছে। এখন নিজে কবে খুন হয়ে যাই সেই ভয়ে মরছি।''

বগলাপতি বিরক্ত হয়ে বলল, ''অন্য লোকে খুন হল বলে তোর বিপদ কীসের? তুই খুন হবি কেন?''

''আমি যে খুনের সাক্ষী! তারা আমাকে চিনেও রেখেছে।''

বগলাপতি মাথা নেড়ে হতাশ গলায় বললেন, ''কেন যে খুন-টুনগুলো দেখতে যাস কে জানে বাবা! খুন কি দেখার জিনিস? এ তো আর থিয়েটার-বায়োস্কোপ নয় রে বাপু। তা খুনিগুলো কি তোকে শাসিয়েছে নাকি?''

মাথা নেড়ে কামাখ্যা বলল, "নাঃ। বরং দুর্বুদ্ধির বশে আমিই একটা কাঁচা কাজ করে ফেলেছি!"

"কী কাজ?"

"ভাবলুম মতিলালের জমিটা বায়না করে রেখেছি, টাকার জোগাড় নেই বলে রেজিস্ট্রি হচ্ছে না। তা এই মওকায় গেঁয়ো খুনিগুলোর কাছ থেকে কিছু ঝেঁপে নিই। খুন-হওয়া লোকটার গলায় সোনার চেন, হাতে হিরের আংটি, পকেটে পুরুষ্টু মানিব্যাগ দেখে লোভ সামলাতে পারিনি। ফস করে হাজার টাকা চেয়ে বসলাম। শাস্ত্রেই আছে 'বর্বরস্য ধনক্ষয়ং'।"

"বলিস কী? তুই তো ডাকাত! টাকাও খেয়েছিস?"

"না দাদা, বলল তারা বাটু পরিহারের লোক, তার হুকুম না হলে টাকা দিতে পারবে না। শুনেই তো আমার হাত-পা সিঁটিয়ে গেল। কেঁপেঝেঁপে অস্থির। বাটুর কানে যদি কথাটা ওঠে তা হলে আমার কী দশা হবে তা বুঝতে পারছেন?"

বগলাপতি একটা দীর্ঘশ্বাস ফেলে বললেন, "এ আর বোঝা শক্ত কী? শুনেছি বাটু মানুষকে বেশি কষ্ট দেয় না। কচ করে মুণ্ডুখানা নামিয়ে দেয়।"

লোকটা ডুকরে কেঁদে উঠে বলল, "আপনি যোগীপুরুষ দাদা, আমার প্রাণটা রক্ষে করুন! বাটু পরিহারের কাছে টাকা চেয়েছি, এত বড় আস্পদ্দা সে কি সহ্য করবে? আমার বউ বলেছে, 'তুমি যে কাণ্ড করেছ তাতে সর্বনাশ হবে। বাটু ঘরবাড়ি জ্বালিয়ে দিয়ে যাবে। তুমি বরং ফেরার হয়ে যাও।' কিন্তু কী করে ফেরার হতে হয় তাও তো ছাই জানি না! তাই আপনার কাছে আসা। নামধাম পালটেছি বটে, কিন্তু কেউ বিশ্বাস করছে না। আমি 'চর-হেতমপুরের বৃন্দাবন দাস' শুনে সবাই হাসছে। আপনি প্রেতসিদ্ধ মানুষ, আমার একটা উপায় করুন!"

বগলাপতি গম্ভীর হয়ে বললেন, "প্রেতসিদ্ধ কি আর এমনি এমনি হওয়া যায় রে? অনেক মেহনত লাগে। খরচাপাতিও আছে। তার উপর তুই বাটু পরিহারের কোপে পড়েছিস, তোকে লুকিয়ে রাখার বিপদ আছে। সব দিক বিচার-বিবেচনা করলে খরচা বড় কম হবে না রে!"

কোমরে প্যাঁচানো লম্বা গোঁজ বের করে টাকা গুনতে গুনতে কামাখ্যা বলল, "এই পাঁচশো টাকা এখন রাখুন, পরে দেখা যাবে।"

বগলাপতি উদাস গলায় বললেন, "তা হ্যাঁ রে কামাখ্যা, আমি তো বাজার-হাটে যাই না, তাই দরদামও জানি না। তা মানুষের প্রাণের দাম এখন কত করে যাচ্ছে তার খবর রাখিস?"

লালমোহনবাবু বলে উঠলেন, ‘‘সকলের প্রাণের দাম এক নয় দাদা। ল্যাংড়া আমের যা দাম, ফজলির তো আর তা নয়!’’

বগলাপতি একটা দীর্ঘশ্বাস ফেলে বললেন, ‘‘যার দশখানা গাঁ জুড়ে ফলাও সুদের কারবার, যার একখানা মাছের আড়ত আর দু’খানা চালু দোকান আছে, তার প্রাণের দাম কত হবে বলে তোমার মনে হয় হে লালমোহন?’’

‘‘হিসেব করতে হবে বগলাদা। দরটা চড়া হবে বলেই মনে হয়।’’

‘‘আমারও তাই মনে হচ্ছে। তাই বলছি, এখানে তোর সুবিধে হবে না রে কামাখ্যা, তুই বরং কোনও সস্তা-গন্ডা জায়গা খুঁজে দেখ। এ হল সাধনপীঠ। স্বয়ং শিব ত্রিশূল হাতে সারা রাত ওই ধুতরো গাছের তলায় চেপে বসে থাকেন। আমার গানাভূত ওই উত্তর-পশ্চিম দিকটায় টহল দেয়, বাজানা-ভূত সামলায় পুব আর দক্ষিণ দিক। গোটা চত্বর মন্ত্র দিয়ে বন্ধন করা থাকে, মাছিটিও গলে আসতে পারে না। তোর মতো মহাজনের প্রাণের দাম বাবদ মাত্র পাঁচশো টাকা নিয়েছি শুনলে শিবঠাকুর কি আর আমার মুখদর্শন করবেন রে? না কি গানা আর বাজানাই আমাকে ভক্তিশ্রদ্ধা করবে? না কি মন্ত্রেরই আর জোর থাকবে? তখন বাটু এসে খাঁড়া হাতে দাঁড়ালে আটকাবে কে বাপ? আমার সাধনপীঠে যে রক্তগঙ্গা বইবে!’’

লালমোহনবাবু অত্যন্ত উদ্বেগের গলায় বললেন, ‘‘বাটুর কি বন্দুক-পিস্তল নেই? খাঁড়া দিয়ে লোকের গলা কাটা, ওটা কীরকম ব্যবহার? ছিঃ ছিঃ, রক্তারক্তি কাণ্ড ঘটানো তো বর্বরের কাজ! তার চেয়ে গুলি-টুলি অনেক ভাল। সাহেবি কেতার জিনিস, তেমন রক্ত-টক্তেরও ব্যাপার নেই। মরেও সুখ। পাঁচজনকে বুক ফুলিয়ে বলা যায় যে, গুলি খেয়ে মরেছি! কী বলেন বগলাদা?’’

বগলাপতি কথাটার জবাব দিলেন না। একটু ধ্যানের ভাব এল বোধ হয়।

কামাখ্যা গেঁজে খুলে আর পাঁচশো টাকা বের করে বলল, ‘‘আমার মতো মনিষ্যির প্রাণের আর ক’টা টাকাই বা দাম? মশা-মাছি বই তো নই। সেদিন হরিসভার পরানঠাকুর বলছিলেন বটে যে, প্রাণ অতি বায়বীয় জিনিস। দেখাও যায় না, ছোঁয়াও যায় না, আকৃতি-ওজনও কিছু নেই। তা ওরকম হালকাপলকা জিনিসের দাম যে হঠাৎ আজ এত ঠেলে উঠবে তা কে জানত! তা এই হাজার টাকায় কি হবে মশাই? না কি নয়নপুরে ভায়রাভাইয়ের বাড়ি রওনা দেব!’’

একটু সটান হয়ে বগলাপতি চোখ খুলে বললেন, ‘‘আহা, আমরা আপনজনেরা থাকতে ভায়রাভাই কেন? বিপদে পড়ে এসেছিস, ফেলি কী করে?’’

চার

সকালবেলায় যখন করালীডাক্তার দাঁতন করছেন, সেই সময় বগলে ছাতা আর হাতে বাজারের ব্যাগ নিয়ে বটকৃষ্ণ মণ্ডল এসে হাজির। বটকৃষ্ণ ঝগড়ুটে এবং মামলাবাজ লোক। সবাই তাঁকে সমঝে চলে।

বটকৃষ্ণ বেশ তড়পানির গলায় বলে উঠলেন, ''এটা কী হল হে করালী? কাজটা কি তুমি ভাল করলে? ওতে যে আমার সংসারে অশান্তি হবে, চারদিকে বদনাম রটবে! না-না, কাজটা তুমি মোটেই ভাল করোনি! তুমি বিচক্ষণ নও তা জানি। দূরদর্শী নও তা-ও কারও অজানা নেই। তা বলে এক গাঁয়ে থেকে এরকম শত্রুতা করবে, এটা তো বরদাস্ত করা যায় না!''

করালী উত্তেজিত হলেন না। দাঁতনের ছিবড়ে ফেলে বললেন, ''তাই নাকি? তা হলে তো ভাবনার কথা!''

''কোন আক্কেলে আমার শ্যালককে তুমি নিজের বাড়িতে তুললে? এটা ঠিক যে শ্বশুরবাড়ির সঙ্গে আমার সম্পর্ক ভাল নয়। মুখ দেখাদেখিও নেই। মামলা চলছে। আর আমার এই সেজো শ্যালকটিকে আমি মোটেই পছন্দ করি না। অতি বখাটে ছেলে। কিন্তু তা বলে আমি বেঁচে থাকতে এ গাঁয়ে এসে সে অন্য বাড়িতে উঠবে, এটা কেমন কথা? বুঝতে পারছি, আমাকে অপমান করার জন্যই ষড়যন্ত্র করে এটা করা হয়েছে। কিন্তু সেই ষড়যন্ত্রে যে তুমিও আছ এটা কখনও ভাবিনি। শুনে অবধি আমার গিন্নি তো কেঁদেকেটে শয্যা নিয়েছেন। তোমার বিরুদ্ধে মানহানির মামলা হতে পারে তা জানো?''

করালী ঘটির জলে কুলকুচো করতে করতে মুখের জলটা ফেলে বললেন, ''তাই বলুন! আপনার শ্যালক! আমি ভাবলাম কে না কে! তা আপনার শ্যালক যদি আপনাকে ভগ্নিপতি বলে পরিচয় দিতে লজ্জা পায়, তা হলে আমার কী করার আছে বলুন তো!''

বটকৃষ্ণ চোখ কপালে তুলে বললেন, ''অ্যাঁ! কী বললে! এই বটকৃষ্ণ মণ্ডলের পরিচয় দিতে লজ্জা পায়! জানো, আমি যখন জামাই হয়ে প্রথম বিষ্টুপুর গেলুম, তখন সেখানে ঘরে ঘরে দেওয়ালি হয়েছিল? আমার এক মামাশ্বশুর কী বলেছিলেন জানো? বলেছিলেন, 'বটকৃষ্ণ বটগাছের মতো স্থির আর অবিচল! আর কৃষ্ণের মতোই বিচক্ষণ।' আমার শাশুড়ি ঠাকরুন তো এখনও বলেন, 'বট-র মতো জামাই চট করে দেখা যায় না।' ওরে বাপু, ঝগড়াঝাঁটি আছে বটে, কিন্তু তা বলে হ্যাটা করার উপায় নেই।''

করালীডাক্তার ধীরেসুস্থে কুলকুচো সেরে কাঁধের গামছাখানায় মুখ মুছতে মুছতে বললেন, ''অত কথায় কাজ কী মশাই? ছোকরাকে যদি আপনার শ্যালক বলে মনে হয় তা হলে নিজের বাড়িতে নিয়ে যান না!''

বটকৃষ্ণ বুক চিতিয়ে বললেন, ''নিয়ে যাবই তো! এ তো আর তোমার শ্যালক নয়। আমার শ্যালককে আমি নিয়ে যাব, কে আটকায় দেখি!''

বলে বটকৃষ্ণ সবেগে গিয়ে ঘরে ঢুকে পড়লেন। একটু পরেই মাথা নাড়তে নাড়তে বেরিয়ে এসে, ''দূর দূর! সকালটাই নষ্ট!''

একটু পরেই রুদ্রাক্ষের মালা গলায় নবকুমার এসে পড়ল। মুখে বিনয় মাখানো হাসি। গলা খাটো করে রসস্থ মুখে বলল, ''ডাক্তারবাবু! শুনলুম, কাল রাতে মথুরাপুরের রাজাবাহাদুর ছদ্মবেশে এসে আপনার বাড়িতেই উঠেছেন! কী সৌভাগ্য!''

করালীডাক্তারও গলা খাটো করে বললেন, ''চুপ! চুপ! পাঁচজনে জানতে পারলে যে ধুন্ধুমার লেগে যাবে! কাউকে বলে দিয়ো না যেন!''

নবকুমার গ্যালগ্যালে মুখে বলল, ''আরে না, না। এসব গুহ্য কথা কি পাঁচকান করতে আছে! তা এই অঘোরগঞ্জের মতো জায়গায় রাজা-গজার আগমন তো চাট্টিখানি কথা নয়! বলি আপ্যায়ন-টাপ্যায়ন ঠিকমতো হচ্ছে তো! বলেন তো বাড়ির গোরুর দুধ একঘটি দিয়ে যেতে পারি। আর সীতাপতি ভাণ্ডারের বিখ্যাত কাঁচাগোল্লা। রাজত্ব নেই বটে, কিন্তু তবু রাজা তো!''

''সে তো ঠিক কথাই হে নবকুমার। মরা হাতি লাখ টাকা।''

নবকুমার বিদায় হওয়ার পর খুবই উৎকণ্ঠিত মুখে হাঁফাতে হাঁফাতে শিবকালীবাবু এসে হাজির। চোখ বড় বড় করে বললেন, ''ওহে করালী, তোমার বাড়িতে নাকি বোমা-বন্দুক নিয়ে কে এক উগ্রবাদী ঢুকে পড়েছে! এ তো সর্বনেশে কথা! বলি, তোমরা সব বেঁচেবর্তে আছ তো!''

করালী দীর্ঘশ্বাস ফেলে বললেন, ''আধমরা হয়ে আছি দাদা!''

''পুলিশে খবর পাঠিয়ে দিয়েছ তো!''

''এখনও দেওয়া হয়ে ওঠেনি বটে, একটু ফাঁক পেলেই থানায় গিয়ে খবরটা দিয়ে আসব।''

শিবকালী সবেগে ডাইনে-বাঁয়ে মাথা নেড়ে বললেন, ''খবর দিয়ে কোনও লাভ নেই অবশ্য। উগ্রবাদী ঢুকেছে জেনে আমি সকালবেলাতেই থানায় হানা দিয়েছিলাম। মনোহর দারোগার কাঁঠাল খেয়ে পেট ছেড়েছে। উগ্রবাদী শুনেই আঁতকে উঠে বলল, ''ওরে বাবা, উগ্রবাদীর মোকাবিলা করার সাধ্যি আমাদের নেই। থানায় মোট পাঁচটা বন্দুক, তার মধ্যে তিনটে মরচে ধরে ঠান্ডা মেরে গেছে। একটার কুঁদো ভেঙেছে,

আর-একটা চলনসই আছে বটে, কিন্তু তাতে ভরার মতো টোটা নেই। টোটাগুলো বহুকাল ব্যবহার না হওয়ায় বারুদ সেঁতিয়ে মাটি হয়ে গেছে। পাঁচজন সেপাইয়ের তিনজন দেশে গেছে, বাকি দু'জন দারোগাগিন্নির ফাইফরমাশ খাটতে ব্যস্ত। মনোহর বলেই ছিল, 'উগ্রবাদীর জন্য পুলিশের কী দরকার, আপনারা হুড়ো দিন, টিন, ক্যানেস্তারা পেটাতে থাকুন। পুলিশ আসছে বলে ভয় দেখান। দেখবেন ঠিক পালিয়ে যাবে।' ''

করালী বিরস মুখে বললেন, ''তা অবশ্য যাবে। তবে তাড়া নেই। উগ্রবাদীটা এখন ঘুমোচ্ছে। আপনারা ততক্ষণে ক্যানেস্তারা-ট্যানেস্তারা জোগাড় করুন, লোকজন জুটিয়ে আনুন।''

শিবকালী চোখ কপালে তুলে বললেন, ''ঘুমোচ্ছে! উগ্রবাদীটা ঘুমোচ্ছে! এ তো ভাল কথা নয়! দেশটা যে অরাজকতায় ভরে গেল হে! জন্মে কখনও শুনিনি যে, উগ্রবাদীরা ঘুমোয়!''

করালী ব্যথিত গলায় বললেন, ''ঠিকই বলেছেন, খাঁটি উগ্রবাদীই কি দেশে আর আছে?''

''না, এর একটা বিহিত করতেই হবে।'' বলে উত্তেজিত শিবকালী প্রস্থান করলেন।

বেলা ন'টা নাগাদ হাতে একটা বল্লম নিয়ে ব্যায়ামবীর বিরজা এসে বলল, ''করালীবাবু, শুনলুম ডাকাতটা নাকি আপনার বাড়িতেই লুকিয়ে আছে?''

''আছেই তো!''

''আপনি কি জানেন ওর মাথার দাম দশ হাজার টাকা?''

''এ তো পুরনো খবর। সবাই জানে।''

''ডাকাতটার কাছে বন্দুক-পিস্তল নেই তো!''

''তা আর নেই! কোমরে দুটো পিস্তল, আর ঝোলা ব্যাগে গোল গোল কী যেন দেখছিলাম বটে! বোমা হতেও পারে!''

বিরজা একটু দমে গিয়ে বলল, ''আপনি বরং ওকে আমার কাছে সারেন্ডার করতে বলুন। সারেন্ডার করলে আমি বেশি কিছু করব না। শুধু আলগোছে নিয়ে গিয়ে সরকার বাহাদুরের হাতে জমা করে দেব।''

করালী সপ্রশংস গলায় বললেন, ''তোমার মতো ডাকাবুকো ছেলেই তো গাঁয়ের ভরসা। ডাকাতটার কপালে কষ্ট আছে দেখছি। কিন্তু আমি বলি কী, একটু রয়ে-সয়ে এগোনোই ভাল। তুমি বীর এ তো সবাই জানে! আর বল্লমও ক্ষেত্রবিশেষে অস্ত্র হিসেবে মন্দ নয়। কিন্তু গুলি-টুলি ছুটলে লেগে-টেগে যেতে পারে তো!''

বিরজা দেড় পা পিছিয়ে গিয়ে বলল, ''বেশি দেরি করা কি ঠিক হবে? খবর চাউর হয়ে গেলে মেলা ভাগীদার জুটে যাবে যে!''

করালী গলা চুলকোতে চুলকোতে বললেন, ''সেটাও একটা চিন্তার কথা বটে! ডাকাত তো মোটে একটা। আর খবরও সবাই জানে কিনা! দশ হাজার টাকা যে কত ভাগে ভাগ হবে কে জানে! খুঁজে পেতে দেখো তো আর দু'-চারটে ডাকাত পাও কি না!''

এ কথায় বিরজা কী বুঝল কে জানে। তবে মুখটা শুকনো করে চলে গেল।

একটু বেলার দিকে জটেশ্বর এসে হাজির হতেই করালী খাপ্পা হয়ে বললেন, ''এ নিশ্চয়ই তোমার কাজ!''

জটেশ্বর নিরুদ্বেগ মুখে বারান্দার চেয়ারে বসে বললেন, ''তা তো বটেই। কিন্তু কোন কাজটার কথা বলছ? সারাদিনে লোকের শতেক কাজ থাকে। কোন কাজটার কথা হচ্ছে সেটা খোলসা করে না বললে বুঝব কী করে?''

''লোকটার কথা সারা গাঁয়ে রটিয়ে বেড়িয়েছ, আর সকাল থেকেই নানা মতলবে নানা লোক এসে হাজির হচ্ছে।''

''আহা, রটাতে যাব কেন? অঘোরগঞ্জ ছোট জায়গা, হাওয়ায় খবর ছড়িয়ে যায়। বটব্যালের বাতব্যাধি থেকে অটলবাবুর পটলতোলা অবধি কোন খবরটা গোপন আছে বলতে পার? তা তোমার অতিথির খবর কী? সে কি এখনও বেঁচেবর্তে আছে? তোমার চিকিৎসায় তো তার পটলতোলার কথা! তোলেনি এখনও?''

করালী চিন্তিত মুখে বললেন, ''না হে।''

জটেশ্বর উদ্বিগ্ন মুখে বললেন, ''এখনও গ্যাঁট হয়ে বসে আছে নাকি?''

''মরার মতো অবস্থা নয়। তবে তার কিছু মনে পড়ছে না। এমনকী শঙ্কাহরণ, বিপদভঞ্জন আর গিন্নি মিলে অনেক চেষ্টা করেও তাকে কথা পর্যন্ত বলাতে পারেনি। কেবল ফ্যালফ্যাল করে তাকিয়ে থাকে।''

''সর্বনাশ! তবে তো ভাল জ্বালা হল!''

''তা হল। জলে ডুবে থাকলে অনেক সময় এরকম হতে পারে। তার উপর গুলি লেগেছে।''

''আরে, একটা তেজি ওষুধ বা ইনজেকশন দাও না ঠুকে! নইলে এক দলা চ্যবনপ্রাশ খাইয়ে দাও। সঙ্গে একোনাইট থার্টি বা পালসেটিলা...''

করালী ভ্রু কুঁচকে বললেন, ''আর ডাক্তারি বিদ্যে ফলিয়ো না তো! ওটা পয়সা খরচ করে শিখতে হয়, বুঝলে?''

''পয়সা খরচ করলেই কি আর শেখা যায় হে! তা হলে তো তুমিও শিখতে!

একটা জলেডোবা রুগিকে ভাল করতে পারলে না, আবার ডাক্তারি শেখাচ্ছে! যাও, বরং বউঠানকে চায়ের কথাটা বলে এসো গিয়ে!''

করালীডাক্তার জটেশ্বরের দিকে রোষকষায়িত লোচনে একটু চেয়ে রইলেন। তারপর বললেন, ''ডাক্তার ভগবান নন, এটা মনে রেখো!''

''যাক, পাপমুখে তবু ভগবানের নামটা উচ্চারণ করলে। আজ ভগবান যে কার মুখ দেখে ঘুম থেকে উঠেছেন কে জানে! তা তোমার ডাক্তারি বিদ্যেয় যখন হল না, তখন আমিই বরং ছোকরাকে একটু নেড়েচেড়ে দেখি?''

''কী দেখবে, কুষ্ঠি না কররেখা? দুটোর কোনওটাই তো তুমি জানো না। বুজরুকি দিয়ে কি আর সব হয়? দেখতে চাও, দেখতে পারো। আমার আপত্তি নেই!''

''যা দেখার আমি কালকেই দেখে নিয়েছি। শুধু কররেখা আর কোষ্ঠীই নয় হে, কপাল দেখেও অনেক কিছু বলে দেওয়া যায়। ওসব তুমি বুঝবে না।''

''তা কপাল দেখে কী বুঝেছ সেটাই না হয় বলো।''

''তা তোমাকে বলতে যাব কেন? বিদ্যেটা আমাকেও পয়সা খরচ করেই শিখতে হয়েছে।''

''পয়সা খরচ করে কেউ জ্যোতিষ শেখে নাকি? গুল-গল্প আর মিথ্যে কথা বলতে কি আর বিদ্যের দরকার হয় হে?''

জটেশ্বর একটা উচ্চাঙ্গের হাসি হেসে বললেন, ''বিদ্যে না লাগলেও প্রতিভার দরকার হয়। এখন বলো তো বাপু, ছোকরাকে সত্যিই কেউ গুলি করেছিল নাকি?''

করালীডাক্তার মাথা নেড়ে বললেন, ''সেটাই মনে হচ্ছে। তবে ইনজুরি সামান্য, পেটের একধার দিয়ে গুলি ঢুকে বেরিয়ে গিয়েছে। রক্তপাত হলেও ক্ষত মারাত্মক নয়। আইনমতো ঘটনাটা পুলিশকে জানানো দরকার।''

জটেশ্বর হাত তুলে বললেন, ''রক্ষে করো বাপু, ও কাজ আর করতে যেয়ো না! মনোহরদারোগা বোমা-বন্দুক শুনলেই মূর্ছা যায়।''

করালীডাক্তার ভাবিত মুখে বললেন, ''ছোকরা গুন্ডা-বদমাশের পাল্লায় পড়েছিল বলেই মনে হয়। আবার এও হতে পারে যে, ছোকরা নিজেও ওই দলেরই। গুন্ডারা গুন্ডার হাতেই বেশি মরে। কিন্তু স্মৃতি না ফিরলে ব্যাপারটা পরিষ্কার হবে না। ইতিমধ্যে আমার গিন্নি তো ছেলেটাকে প্রায় কোলে নিয়ে বসে আছেন। আদর করে নাম দিয়েছেন 'ভোলানাথ'। ছেলেপুলে নেই বলে অল্পবয়সি ছেলেমেয়ে দেখলেই ওঁর মাতৃভাব উথলে ওঠে।''

''উনি তোমার মতো পাষণ্ড নন বলেই ওরকম করেন। কিন্তু তুমি তো চিন্তায় ফেলে দিলে হে!''

‘‘চিন্তারই কথা। ছোকরার মানিব্যাগে হাজার পাঁচেক টাকা আছে। গলায় সোনার চেন আর হাতে হিরের আংটি মিলিয়ে বিশ-পঁচিশ হাজার টাকার পাল্লা। কবজির ঘড়িখানাও বিদেশি। রীতিমতো মালদার লোক।’’

‘‘মানিব্যাগে কাগজপত্র কিছু পেলে না?’’

‘‘সেগুলো জলে ভিজে প্রায় গলে গেছে। টাকাগুলোরও ওই একই দশা। শঙ্কাহরণ আর বিপদভঞ্জন সেগুলোকে ছাদে নিয়ে গিয়ে রোদে শুকিয়ে এনেছে। নাঃ, নাম-ধাম, পরিচয় কিছুই জানার উপায় নেই। ছেলেটা কথা কওয়া শুরু করলেই একমাত্র হদিশ পাওয়া যেতে পারে।’’

‘‘মূক-বধির নয় তো?’’

‘‘না। শুনতে পাচ্ছে। আমার গিন্নি যা বলছে তা লক্ষ্মীছেলের মতো শুনছে। ‘খাও’ বললে খাচ্ছে, দাঁড়াতে বললে দাঁড়াচ্ছে, বসতে বললে বসছে।’’

জটেশ্বর হেলান দিয়ে বসে চোখ বুজে বললেন, ‘‘হুঁ।’’

কাল রাতে বিভূতিবাবুদের বিড়ালটা এমন বিচ্ছিরি খক-খক করে শব্দ করছিল যে, সুরবালা ভারী ভয় পেয়ে গেলেন। অবশ্য সুরবালার ভয় আর দুশ্চিন্তার কোনও অবধি নেই। চারদিকে এত বিপদ-আপদ আর ভয়ভীতি নিয়ে যে কী করে মানুষ বেঁচেবর্তে আছে, সেটাই তিনি বুঝতে পারেন না। চারদিকে সর্বদাই নানা অমঙ্গলের সংকেত দেখতে পান তিনি। তাই বিড়ালটার ওই শব্দ শুনে করালীডাক্তারকে গিয়ে ভারী মিষ্টি করেই জিজ্ঞেস করেছিলেন, ‘‘হ্যাঁ গো, বিভূতির বিড়ালটার কি কাশি হয়েছে?’’

করালীডাক্তার খিটখিটিয়ে উঠে বললেন, ‘‘তা হতেই পারে। বিড়ালের কাশি হয়, বাঘের মৃগী হয়, কুমিরের ম্যালেরিয়া হয়, গাছের বাতব্যাধি হয়। বিচিত্র কী?’’

‘‘আহা, রেগে যাচ্ছ কেন? আসলে ভোলানাথের তো ভীষণ জ্বর। বেঁহুশ হয়ে পড়ে আছে। ভাবছিলাম, বিড়ালটা তো এরকম অদ্ভুত শব্দ কখনও করে না, কোনও অমঙ্গল হবে না তো গো ছেলেটার?’’

করালীডাক্তার খুবই তেতো গলায় বললেন, ‘‘আচ্ছা, আমি একজন এম বি বি এস পাশ, তিরিশ বছর প্র্যাকটিস করা ডাক্তার হয়েও যদি ভোলানাথের অবস্থা বুঝতে না পারি, তা হলে কি বিভূতির বিড়াল বেশি বুঝবে?’’

সুরবালা ছলছলে চোখে বললেন, ‘‘তা তো বলিনি। বলছিলাম কী, অবোলা প্রাণীরা তো অনেক কিছু টের পায়। শুনেছি, গিরগিটিরা ভূমিকম্পের আগে টের পায়। পিঁপড়েরা বন্যার আগে টের পায়। এই তো সেদিন ভূষণবাবু মারা যাওয়ার

আগের রাতে ভুলো কুকুরটা কেমন ভেউ-ভেউ করে কাঁদছিল।''

''ভূষণবাবুর কত বয়স হয়েছিল জানো? একশো তেরো বছর। ভূষণবাবুর বড় ছেলের বয়স নব্বই, মেজোর ঊননব্বই, আর ছোট ছেলের সাতাশি। ভূষণবাবু মারা যাওয়ার পর সম্পত্তি নিয়ে তিন বুড়োর সে কী ঝগড়া, হাতাহাতির উপক্রম। তা তারাই কেউ কাঁদল না, ভুলো কুকুরের কোন গরজ পড়েছে ভূষণবাবুর জন্য চোখের জল ফেলার?''

''তুমি যে কিছুই গ্রাহ্যি করো না, এ কিন্তু ভাল নয়। একটু আগে যে একটা প্যাঁচা অদ্ভুতভাবে ডাকছিল, সে কি এমনি?''

করালীডাক্তার নির্বিকারভাবে বললেন, ''ডাকার জন্যই প্যাঁচারা মাইনে পায়।''

এ কথায় সুরবালার পিত্তি জ্বলে গেল। কিন্তু আর কথা বাড়ালেন না। করালীডাক্তারকে তিনি হাড়ে-হাড়ে চেনেন।

ছেলেটাকে দেখা ইস্তক তাঁর বড্ড মায়া পড়ে গেছে। কী সুন্দর কেষ্টঠাকুরের মতো মুখখানা! তাঁর নিজের একটা ছেলে থাকলে আজ এত বড়টিই হত। কোন বাড়ির ছেলে, কোথা থেকে এল, কী হয়েছিল, কিছুই জানার উপায় নেই। যতক্ষণ হুঁশ ছিল একটাও কথা বলতে পারেনি। করালীডাক্তার বলেছেন, স্মৃতিভ্রংশ হয়েছে। শুনে অবধি সুরবালার মনটা হায়-হায় করছে। সারারাত উঠে উঠে গিয়ে তার নাকে হাত দিয়ে দেখেছেন, শ্বাস চলছে কি না, জ্বর কমেছে কি না। আর সারারাত কত যে অলক্ষুনে শব্দ শুনেছেন তার হিসেব নেই। এই শিয়াল ডাকল তো ওই শোনা গেল তক্ষকের শব্দ। হঠাৎ একটা কাক খা-খা করে উঠল। এই কুকুরের ঝগড়া তো ওই বিড়ালের ফ্যাঁস-ফ্যাঁস। সুরবালার স্থির বিশ্বাস, এসব মোটেই শুভ লক্ষণ নয়। কিন্তু করালীডাক্তারকে বলে তো কোনও লাভ নেই।

সকালে দেখা গেল, ভোলানাথের জ্বর একটু কম। চোখ চেয়ে এদিক-ওদিক কাকে যেন খুঁজছে। বাচ্চারা মা ছাড়া এ সময়ে আর কাকেই বা খুঁজবে? সুরবালা তাড়াতাড়ি ঝুঁকে পড়ে বললেন, ''কাকে খুঁজছ বাবা? মাকে?''

ভোলানাথ ফ্যালফ্যাল করে চেয়ে রইল। মুখে কথা নেই।

''তোমার বাড়ি কোথায় বাবা? বাড়িতে কে কে আছে?''

ভোলানাথ জবাব দিল না।

অনেক চেষ্টা করে সুরবালা হাল ছাড়লেন। তারপর শঙ্কাহরণ আর বিপদভঞ্জনকে ডেকে বললেন, ''শোন বাবারা, ডাক্তারি চিকিৎসায় আমার যেন কেমন ভরসা হচ্ছে না। তোরা বরং লুকিয়ে বগলাঠাকুরকে একটা খবর দিয়ে আয়। প্রেতসিদ্ধ মানুষ, শুনেছি মন্তর-তন্তরের জোর আছে। এই তো সেদিন বাসন্তীর হারানো ছাগলটা খুঁজে

দিল। পুণ্যবাবুর বাতব্যাধি সারিয়ে দিল।''

শঙ্কাহরণ চোখ বড় বড় করে বলল, ''কিন্তু মাঠান, বগলাঠাকুরের আগমন হলে যে কর্তাবাবু আমাদের আস্ত রাখবেন না। বগলা তান্ত্রিকের উপর যে উনি সাংঘাতিক খাপ্পা। চোর, ধাপ্পাবাজ, শয়তান কত কী বলেন!''

''উনি কার উপর খাপ্পা নন, বল তো! সবাইকেই তুচ্ছতাচ্ছিল্য করেন বলেই তো গাঁয়ের লোক ওঁকে পছন্দ করে না। আজকাল তো অনেকের বিয়ে বা শ্রাদ্ধে আমাদের নেমন্তন্ন হয় না।''

বিপদভঞ্জন বলল, ''গাঁয়ের লোকগুলোর কথা আর কবেন না মাঠান। প্রাণ নিয়ে টানাটানি হলে করালীডাক্তারের পায়ে পড়ে। কিন্তু কাজ উদ্ধার হয়ে গেলে আর চিনতে চায় না।''

''তা সে যাই হোক, বেলা দশটায় উনি চেম্বারে যাবেন। তখন গিয়ে চুপটি করে ডেকে আনিস। মন্তর-তন্তরে অনেক সময় কাজ হয়।''

শঙ্কাহরণ মাথা চুলকে বলল, ''কিন্তু গেলবার কর্তাবাবুর রুগি চারু ঘোষকে বগলাবাবা জলপড়া খাইয়েছিলেন বলে কর্তাবাবা দা নিয়ে এমন তাড়া করেছিলেন যে, বগলাপতি পাঁই পাঁই করে ছুটে সেই শ্বশুরবাড়িতে পালিয়ে গিয়েছিলেন। তিন মাস এমুখো হননি। শেষে বগলাপতির শ্যালক-সম্বন্ধীরা এসে কর্তাবাবার হাতে-পায়ে ধরে বগলাপতিকে ফেরত পাঠানোর ব্যবস্থা করে।''

পাঁচ

সন্ধের পর বগলাপতি সাধনপীঠে থাকেন না, বাড়ি ফিরে যান। একদিন কালীভক্ত গোবিন্দ ঘোষাল জিজ্ঞেস করেছিলেন, ''বাপু হে, একখানা সাধনপীঠ তো বোকা লোকদের মাথায় হাত বুলিয়ে বানিয়ে নিয়েছ। তা নিশুত রাতে সাধন-ভজন না করে গুটি গুটি বাড়ি গিয়ে সেঁধোও কেন? কীরকম সাধক হে তুমি?''

বগলাপতি বললেন, ''না দাদা, আমার বড় সর্দির ধাত। নদীর ধারের ভেজা বাতাস আমার সহ্য হয় না। ঠান্ডা লেগে যায়।''

''হাসালে ভায়া! যারা সাধন-ভজন করে তাদের গা এত গরম হয়ে ওঠে যে, হলকা বেরোয়। ওই হলকা ফুঁড়ে জোলো বাতাসের সাধ্যি কী শরীরের ভিতরে ঢুকবে!''

বগলাপতি অতি বিজ্ঞের হাসি হেসে বললেন, ''তা তো বটেই। আমার শরীরে তো একশো দশ ডিগ্রি অবধি তাপ উঠে যায়। সেই অবস্থায় আমাদের মেনি বিড়ালটা

একবার কোলে এসে বসেছিল। পরদিন তার গায়ে দেখি, বড় বড় ফোস্কা। কিন্তু কথা কী জানেন, ওই ধ্যান যেই শেষ হয় অমনই হু-হু করে তাপটা নেমে যায়, আর তখনই ঠান্ডাটা লাগে।"

গোবিন্দ ঘোষাল বিচ্ছুটি হাসি হেসে বললেন, "লোকে কিন্তু অন্য কথাও বলে!"

বগলাপতি উদাস মুখে বললেন, "লোকে যা বলে তাও মিথ্যে নয় দাদা। লোকে বলে, আমি নাকি আসলে ভূতের ভয়ে পালিয়ে যাই। তা সেটা অস্বীকার করি কী করে? ঠিক ভূতের না হলেও ভূতের গানবাজনার ভয়ও তো আছে!"

গোবিন্দ ঘোষাল অবাক হয়ে বললেন, "ভূতের গানবাজনা! সে আবার কী জিনিস হে?"

"আর কবেন না দাদা! আমার তো দু'টি বই ভূত নেই। দু'টিই অতি নচ্ছার দেহাতি ভূত। রাতবিরেতে তাদের একজন বেতালে ঢোল বাজায় আর অন্যজন বেসুরো গলায় গান গায়। ওই জন্যই তো দু'জনের নাম দিয়েছি গানা-বাজানা। তাদের গানবাজনার ঠেলায় সাধনপীঠে কি শান্তিতে থাকবার জো আছে মশাই? রাত ভোর হওয়ার আগে তা ক্ষান্ত হয় না।"

গোবিন্দ ঘোষাল আর কথা বাড়ানিনি। শুধু একটা দীর্ঘশ্বাস ফেলে বলেছিলেন, "তুমি খুব উঁচুদরের সাধক হে, চালিয়ে যাও!"

বগলাপতি নির্বিকারভাবে বললেন, "কথাটা লিখে দেবেন দাদা, বাঁধিয়ে দেওয়ালে টাঙিয়ে রাখব।"

তা কাল রাতেও বগলাপতি যখন বাড়িমুখো রওনা দিচ্ছেন তখন কামাখ্যা আপত্তি জানিয়ে বলেছিল, "আমাকে এখানে একা ফেলে যাচ্ছেন, ভালমন্দ একটা কিছু হয়ে গেলে কী হবে?"

বগলাপতি অবাক হয়ে বললেন, "একা! একা কেন রে? দুনিয়ায় কি একা হওয়ার জো আছে? এই তো ক্ষিতিবাবু আছেন, অপরেশবাবু আছেন, তেজেন্দ্রবাবুও হাজির! মরুৎবাবুও জেঁকে বসে আছেন, ব্যোমকেশবাবুকে তো নড়ানোই যায় না। পাঁচজনে গলাগলি ভাব। পঞ্চভূত বলে কথা!"

কামাখ্যা সন্দিহান হয়ে বলল, "এরা সব কারা মশাই? লোক ভাল তো?"

"বিশিষ্ট লোক রে, সব বিশিষ্ট লোক! ওই যে আমগাছটা দেখছিস, ওটা আবার কথা-টথা কয়। রাতবিরেতে কান পাতলে শুনবি এদিককার এই কদম গাছটার সঙ্গে চাপানউতোর চলছে।"

"বলেন কী মশাই! গাছে গাছে ঝগড়া! জন্মে শুনিনি!"

"তবে আর সাধনপীঠের মহিমা কী? তারপর ধর বাতাসে গিজগিজ করছে

অশরীরীদের ভিড়, তাদেরও কত সুখ-দুঃখের কথা আছে। সারারাত গুজগুজ ফিসফাস, কোনও বউ হয়তো শাশুড়ির গঞ্জনার কথা কয়, কোনও কেরানি হয়তো উপরওলার অত্যাচারের কথা কইতে গিয়ে হাপুস নয়নে কাঁদে, কত রাজাগজা এখনও তম্বি করে বেড়ায়। হ্যাঁ রে কামাখ্যা, তুই কি ইঁদুরের বা বাদুড়ের ভাষা বুঝতে পারিস?''

কামাখ্যা কাঁচুমাচু হয়ে বলল, ''আজ্ঞে না, ওটা শেখা হয়ে ওঠেনি।''

''শিখে রাখলে পারতি রে! এখানে বলিয়ে-কইয়ে ইঁদুর আর গল্পবাজ বাদুড়ের অভাব নেই কিনা! একটা ইঁদুর হয়তো ঘরে ঢুকে তোকে দেখেই থতমত খেয়ে বলে উঠল, 'এই যে কামাখ্যাবাবু, নমস্কার! কী সৌভাগ্য আমাদের! তা আপনি এখানে যে! কোনও বিষয়কর্ম আছে নাকি?' ভাষাটা বুঝলে তুইও তখন গল্প ফেঁদে বসে যেতে পারতিস। কিংবা ধর, ছোট-বাইরে করতে বেরিয়েছিস, হঠাৎ একটা বাদুড় এসে তোকে দেখে ভারী খুশি হয়ে বলল, 'ও মা! কামাখ্যাবাবু না? এঃ, বড্ড রোগা হয়ে গেছেন দেখছি! তা বন্ধকি কারবারটা কেমন চলছে?' ভাষাটা ধরতে পারলে তুইও তখন দিব্যি গল্পগাছা করে খানিকটা সময় কাটিয়ে দিতে পারতিস।''

কামাখ্যা মাথা নেড়ে বলল, ''না মশাই, ইঁদুর-বাদুড়ের সঙ্গে কথা কয়ে রাতের ঘুম নষ্ট করতে পারব না।''

''আহা, তা তো বটেই। তবে কিনা, কথাটা হল, একা হওয়ার কি জো আছে রে? মিলেমিশে থাকলে দেখবি মোটেই একা লাগবে না।''

কামাখ্যা হতাশ হয়ে বলল, ''ভূত-প্রেত, কথা-কওয়া ইঁদুর, আড্ডাবাজ বাদুড়, মশাই, আর বাকি রইল কী? এ তো মুশকিলেই পড়া গেল দেখছি!''

মুশকিলটা হল রাত্রে।

বগলাপতি আর লালমোহন বিদায় হওয়ার পর কামাখ্যা ঘরে ঢুকে হ্যারিকেনের আলোয় যা ব্যবস্থাদি দেখতে পেল, তাতে খুশি হওয়ার কথা নয়। কেরাসিন কাঠের নড়বড়ে চৌকির উপর একটা কালো কুটকুটে কম্বল পাতা। বালিশ-টালিশ নেই। ঘরের দরজায় বাটাম আছে বটে কিন্তু কপাটের এমনই অবস্থা যে, বিড়ালে গা ঘষলেও দরজা ভেঙে পড়বে। অশরীরী পাহারাদারদের উপর তেমন ভরসা নেই কামাখ্যার। কপাটটা মজবুত হলেও না হয় কথা ছিল! বাটু পরিহার যে রাতবিরেতে এসে হাজির হবে না এমন কোনও কথা নেই। বাটুকে হাড়ে হাড়ে চেনে কামাখ্যা। সেবার গোসাঁইপাড়ায় নপু গোসাঁইয়ের বাড়ি মালসাভোগের নেমন্তন্ন খেতে গিয়ে ভিড়ের মধ্যে বাটু পরিহারের চকচকে পাম্প-শু মাড়িয়ে ফেলেছিল সে। তা নেমন্তন্ন বাড়িতে ওরকম তো হয়েই থাকে। জুতোজোড়া যে বাটুর তা তো আর সে জানত

না। আর এও জানা ছিল না যে, বাটুর জুতোজোড়ার উপর নজর রাখার জন্য একজন পাহারাদার মোতায়েন আছে।

"বাটুবাবুর জুতোয় পা দিস, কে রে তুই? ঘাড়ে ক'টা মাথা?" বলে মুশকো চেহারার পাহারাদারটা তেড়ে এল। চারদিকে ভয়ে আতঙ্কে তুমুল চেঁচামেচি আর ছোটাছুটি পড়ে গেল। সবাই জানে, বাটুর কাছে মৃত্যুদণ্ড ছাড়া আর কোনও দণ্ড নেই। আর মৃত্যুদণ্ডটাও খুবই সরল ও সংক্ষেপ। ঘাড় থেকে মাথাটা নামিয়ে দেওয়া। কামাখ্যার সেদিনই হয়ে গিয়েছিল। তবে বরাতজোরে অল্পের উপর দিয়ে বেঁচে যায়। নন্দবাবুই এসে বাটুকে ধরে বললেন, "ও বাবা বাটু, আজ পুজোকাটালি দিন, গোসাঁইবাড়িতে রক্তপাতটা কোরো না বাবা!"

তা বাটুরও সেদিন মেজাজটা ভাল ছিল। তাই মোটে দশবার সকলের সামনে কান ধরে ওঠবোস করিয়ে ছেড়ে দিয়েছিল বাটু। বরাতজোরে ঘাড়টা সেদিন বেঁচে যায় বটে, তবে ঘটনাটা মনে পড়লে ঘাড় আজও সুড়সুড় করে।

কুটকুটে কম্বলের বিছানায় শুয়ে কি ঘুম আসতে চায়! অনেকক্ষণ এপাশ-ওপাশ করে বোধ হয় একটু তন্দ্রামতো এসেছিল। কিন্তু নিশ্চিন্তে ঘুমোবে তার উপায় কী? একে তো পেটে দানাপানি নেই, ভয়ের তাড়ায় খাওয়ার কথাই ভুলে মেরে দিয়েছে। তার উপর ঘুমোলেই নানারকম ভয়ের স্বপ্ন এসে হাজির হয়। আর কামাখ্যা চমকে জেগে ওঠে। তার উপর ইঁদুর দৌড়ায়, বিড়াল ডাকে। একপাল শিয়াল এসে উঠোনে বসে তারস্বরে হুক্কাহুয়া করে গেল। আর সত্যিই বাতাসে নানারকম ফিসফাস শব্দ শুনতে লাগল সে। ছোট-বাইরে সারতে দরজা খুলে ঘরের পিছন দিকটায় একটু গিয়েছিল সে। মাঝরাতে খুব ফিনকি দিয়ে জ্যোৎস্না ফুটেছে। ফিরে আসবার সময় হঠাৎ দেখতে পেল দুটো পেল্লায় চেহারার লোক উঠোনে দাঁড়িয়ে। বুকটা এমন ধক করে উঠেছিল যে, আর-একটু হলেই কেঁপে-ঝেঁপে মূর্ছা যেত। তাড়াতাড়ি আড়ালে সরে গিয়ে উঁকি মেরে দেখল, একজনের হাতে টর্চ, অন্যজনের হাতে একটা পিস্তলের মতো কিছু রয়েছে। টর্চ হাতে লোকটা খোলা দরজা দিয়ে ঘরে ঢুকে চারদিকে আলো ফেলে কী যেন দেখল। তারপর বেরিয়ে এসে চারদিকটা ভাল করে নিরীক্ষণ করে মাথা নেড়ে বলল, "এখানে কেউ নেই।"

এরা যে বাটু পরিহারের লোক এবং তাকেই খুঁজতে এসেছে, এ বিষয়ে কামাখ্যার আর বিন্দুমাত্র সন্দেহ রইল না। অতি সন্তর্পণে সে পিছু হটে ঝোপজঙ্গলের ভিতরে সেঁধিয়ে গিয়ে দাঁড়াল।

বগলাঠাকুর যে ক্ষিতিবাবু, অপরেশবাবু, তেজেনবাবুর কথা বলেছিল, এই দু'জন কি তাদেরই কেউ নাকি রে বাবা! গানা-বাজানা ভূতের কথাও হয়েছিল বটে, কিন্তু

এদের মধ্যে ভূত-ভূত ভাবটাই তো নেই! আড়াল থেকে খুব নিবিষ্ট হয়ে দু'জনের গতিবিধি নজর করছিল কামাখ্যা। টর্চের আলো তার দিকেও বারকয়েক ধেয়ে এল, কিন্তু ঝোপের আড়ালে সেঁটে থাকায় তাকে নজরে পড়ার কথা নয়। তবু কামাখ্যা আরও একটু গুটি-সুটি মেরে উবু হয়ে বসে বিড়বিড় করে বলল, "গতিক বড় সুবিধের নয়।"

খুব মিহিন গলায় পিছন থেকে একটি প্রতিধ্বনি এল, "না, গতিক মোটেই সুবিধের নয়।"

কামাখ্যা ব্যাপারটা প্রথমে খেয়াল না করে ফের বলল, "বাটুর লোক বলেই তো মনে হচ্ছে।"

মিহিন গলাটা ফের বলল, "হতেই পারে।"

কামাখ্যা এবার খেয়াল করল এবং তার গায়ে কাঁটা দিয়ে উঠল ভয়ে। কে বলল কথাটা! অ্যাঁ! কে তার পিছনে গা ঘেঁষে দাঁড়িয়ে আছে! ভয়ে ঘাড়টা এমন শক্ত হয়ে গিয়েছে যে, মুখ ঘুরিয়ে তাকানোর অবধি জো নেই। কাঁপা কাঁপা কাহিল গলায় সে বলল, "কে আজ্ঞে? কে আপনি?"

কানের কাছে মুখ এনে মিহিন গলা বলল, "নামধাম বলার উপায় নেই মশাই। ছদ্মবেশে আছি কিনা! বিপজ্জনক কাজে বেরোলে ছদ্মবেশ ছাড়া চলে না। কিন্তু মুশকিল কী জানেন, নকল দাড়িগোঁফগুলো বড্ড কুটকুট করে।"

কামাখ্যার এবার একটু সাহস হল। ঘাড়টাও ঘোরাতে পারছে এখন। একটু বাঁকা চোখে তাকিয়ে দেখল, বেঁটেমতো রোগা গোছের একটা লোক। দাড়িগোঁফ আছে, পরনে শার্ট আর প্যান্ট, হাতে একখানা মজবুত লাঠি।

লোকটা উঠোনের দুটো ষণ্ডার গতিবিধি লক্ষ করতে করতে অতি চাপা স্বরে বলল, "জ্যোৎস্না রাত আপনার কেমন লাগে মশাই?"

কামাখ্যা এখনও ঘাবড়েই আছে। হঠাৎ জ্যোৎস্নার কথা উঠছে কেন তা বুঝতে না পেরে বার দুই গলাখাঁকারি দিয়ে নিল। কোন কথার মধ্যে কোন প্যাঁচ আছে কে জানে বাবা! আমতা আমতা করে বলল, "জ্যোৎস্না তো আর খারাপ জিনিস নয়। বেশ একটা দুধ-ভাত দুধ-ভাত ভাব আছে। লোকে তো জ্যোৎস্না রাতকে ভালই বলে।"

"দূর-দূর! জ্যোৎস্না অতি নচ্ছার জিনিস। গা-ঢাকা দিয়ে কাজ করার জো আছে? অন্ধকারের অনেক সুবিধে। রাতবিরেতে যাদের কাজেকর্মে বেরোতে হয়, জ্যোৎস্নায় তাদের ভারী মুশকিল। এই যে আপনি বিষয়কর্মে বেরিয়েছেন, আপনারই কি কিছু সুবিধে হচ্ছে? গেরস্তবাড়িতে সিঁদ দেবেন, কি জানালা ফাঁক করবেন, কিংবা গ্রিল

কাটবেন, বাড়ির কর্তা উঁকি মেরে দেখে চিনে ফেলল আপনাকে। কী কেলেঙ্কারি বলুন তো!''

কামাখ্যা তটস্থ হয়ে বলল, ''আজ্ঞে, আমি চোর নই।''

লোকটা ভারী অবাক হয়ে বলল, ''নন? কী আশ্চর্য! ননই বা কেন? চুরির অনেক সুবিধে আছে মশাই। বুদ্ধিতে শান পড়ে, শরীরটা বেশ টগবগে থাকে, চারদিকে নজর রাখার অভ্যেস হয়, প্রত্যুৎপন্নমতিত্ব বলেও কী যেন একটা কথা আছে, সেটাও নাকি খুব বেড়ে যায়। কথাটার মানে জানেন?''

কামাখ্যা দুঃখের সঙ্গে মাথা নেড়ে বলল, ''আজ্ঞে না।''

''আমিও জানি না। ভাল কথাই হবে। তা হলে আপনি চোর নন?''

''আজ্ঞে না। ছোটখাটো একটু ব্যাবসামতো আছে।''

''চোর হলে বড় ভাল হত মশাই। চোরেরা গাঁয়ের হালহদিশ সব জানে কিনা! তাদের কাছে অনেক গুহ্য খবর পাওয়া যায়।''

কামাখ্যা ঘাড় কাত করে সায় দিয়ে বলল, ''যে আজ্ঞে! চোরডাকাতও কিছু খারাপ নয়। অনেক কাজে লাগে। তা কোন গুহ্য খবর জানতে চাইছেন আজ্ঞে?''

''সেটা কি ফস করে বলে ফেলা ঠিক হবে? পাঁচকান হয়ে গেলে গুহ্য কথা কি আর গুহ্য কথা থাকে?''

''তা অবিশ্যি ঠিক। তবে গাঁ-গঞ্জ জায়গা তো, কোনও কথাই তেমন ঢাকা-চাপা থাকে না। চাউর হয়ে পড়ে।''

চাপা গলাতেই কথা হচ্ছে, তবু লোকটা গলা আরও এক পর্দা নামিয়ে প্রায় ফিসফিস করে বলল, ''আচ্ছা, এই অঞ্চলে কি কোনও লাশের খবর আছে?''

কামাখ্যা চাপা গলায় বলল, ''তা আর নেই! তা খবরের জন্য লাশ প্রতি কত করে দিচ্ছেন?''

''আপনাদের এখানে রেট কত?''

''তা ধরুন, একশো টাকা তো হবেই।''

''দূর মশাই! আমাদের ওদিকে একশো টাকায় দশটা লাশের খবর পাওয়া যায়। দরাদরি করলে বারোটা-তেরোটা অবধি।''

''আচ্ছা, না হয় পাঁচ-দশ টাকা কমই দেবেন।''

বেঁটে লোকটা মাথা নেড়ে ভারী দুঃখের গলায় বলল, ''নাঃ, এখানে দেখছি দর বড্ড চড়া! তার উপর লাশ যদি বাবু বিশ্বাসের না হয়, তা হলে তো টাকাটাই জলে!''

কামাখ্যা আর-একটু গলা নামিয়ে বলল, ''বাবু বিশ্বাসটা কে মশাই?''

“আছে মশাই, আছে। বাবু বিশ্বাসের জন্য দুনিয়া তোলপাড় হয়ে যাচ্ছে, সোজা ব্যাপার নয়। বাবু বিশ্বাসের লাশের খবর জায়গামতো পৌঁছে দিলে লাখ টাকা নগদ। হাতে হাতে।”

কথাটা শুনে কামাখ্যার মুখ রসস্থ হয়ে পড়ল। টাকা-পয়সার কথায় তার ওরকমধারা হয়। হেঁঃ হেঁঃ করে বলল, “তা খবরটা কাকে পৌঁছে দিতে হবে মশাই?”

“সেটাই তো লাখ টাকার প্রশ্ন। নইলে রাতবিরেতে বিছানার আরাম ছেড়ে এই আঁদাড়-পাঁদাড়ে আমিই বা ঘুরে মরছি কেন, আর ওই ষণ্ডা দুটোই বা কেন ঘুরঘুর করে বেড়াচ্ছে? পাকা খবরের জন্য আমাদের মতো আরও কতজনা মাঠে নেমে পড়েছে কে জানে!”

“ওই ষণ্ডাদুটো কি তবে বাটু পরিহারের লোক নয়?”

“বাটু পরিহার! সে আবার কে মশাই?”

“আজ্ঞে, বাটু পরিহারের লোকেরাই তো খুনটা করল!”

“কোন খুনটা?”

কামাখ্যা মুখে হাত চাপা দিয়ে নিজেকে সামলে নিয়ে বলল, “আজ্ঞে, ও কিছু নয়। কী বলতে কী বলে ফেলেছি!”

“ওটাই তো ভুল করেন। গুহ্য কথা বেভুলে যাকে-তাকে বলে ফেলতে নেই মশাই। আর-একটু হলেই তো পেটের কথাটা বের করে ফেলতেন! যাকগে, শেষ অবধি যে সামলে নিতে পেরেছেন, সেটাই বাঁচোয়া। তবে এ কথাও বলে রাখছি, খুনটা যদি নিজের চোখে দেখে থাকেন, আর লাশটা যদি বাবু বিশ্বাসেরই হয়, তা হলে তো কেল্লা মেরেই দিয়েছেন!”

“তা তো বুঝলুম। কিন্তু আপনি তো কেবল সাঁটে বলে যাচ্ছেন। ও থেকে জট ছাড়িয়ে আসল কথাটা বের করার কি উপায় আছে? লাখ টাকা যদি হাওয়ার নাড়ু হয়েই থেকে যায় তবে আর লাভ কী?”

লোকটা মোলায়েম গলাতেই বলল, “দেখুন মশাই, দুনিয়ার একটা চলতি নিয়ম আছে। দোকানে গিয়ে পাঁচটা টাকা ফেলুন, এক পলা তেল পাবেন, কালীর থানে গিয়ে একটা টাকা প্রণামী খয়রাত করুন, পুরুত দু’খানা বাতাসা দেবে। গোরুকে ঠিকমতো জাবনা দিন, দেখবেন হুড়হুড় করে দুধ নামবে। নিয়মটা হল, কিছু পেতে হলে কিছু দিতে হয়। লাখ টাকার ঠিকানা আদায় করতে হলে খুনের গুহ্য কথাটা আগে উগরে দিন।”

কামাখ্যা আমতা আমতা করে বলল, “পাঁচকান হলে যে আমার বড় বিপদ হবে মশাই!”

‘‘আহা, বিপদ কি আপনার এখনই কম যাচ্ছে মশাই! ওই যে ষণ্ডাদুটোকে দেখছেন, ওরা কার লোক জানেন?’’

‘‘আজ্ঞে না। কার?’’

‘‘থাক, সে আপনার জেনে কাজ নেই। শুনে যদি এক্ষুনি আপনার দাঁতকপাটি লেগে চোখ উলটে যায়, তা হলে বিপদ আরও বাড়বে। তার চেয়ে, উদ্গার তুললে যেমন পেটের বায়ু বেরিয়ে গিয়ে আরাম হয়, তেমনই গুহ্য কথাটা উগরে দিন, দেখবেন ভয়টা একটু কমে যাবে।’’

‘‘আজ্ঞে, খুনটা হল আজ দুপুরে, পাশের চৈতন্যপুর গাঁয়ে, বিদ্যাধরীর ধারে। তবে যে খুন হল সে বাবু বিশ্বাস কি না তা জানি না! বেশ ফর্সাপানা বাবুগোছের চেহারা, পঁচিশ-ছাব্বিশ বছর বয়স, দাড়িগোঁফ আছে।’’

লোকটা চাপা উত্তেজিত গলায় বলল, ‘‘শাবাশ! লাখ টাকা এখন আপনার ট্যাঁকে, ওই হল বাবু বিশ্বাস।’’

‘‘বলেন কী মশাই?’’

‘‘ঠিকই বলছি।’’

‘‘তা মশাই, টাকাটা কী করে পাব?’’

‘‘শ্রীরাধিকা যখন শ্রীকৃষ্ণের কাছে যেতেন, তখনকার কথা মনে আছে? সরু, ছুরির ধারের মতো পথ, তাতে জল-কাদায় পিছল, তার উপর বিষধর সাপ কিলবিল করছে, তায় দুর্যোগ, তার উপর কাঁটাঝোপ, আরও কত কী! টাকাটা পেতে হলে এরকমই সব বিপদ-আপদ অগ্রাহ্য করে একটা জায়গায় গিয়ে পৌঁছতে হবে। প্রাণ হাতে করে যাওয়া।’’

‘‘কেন মশাই, প্রাণ হাতে করে যেতে হবে কেন?’’

‘‘সে আপনার জেনে কাজ নেই। হার্ট ফেল হয়ে যেতে পারে। তবে লাখ টাকার জন্য ওটুকু বিপদ যদি গায়ে না মাখেন, তা হলে আর ভাবনা কীসের?’’

কামাখ্যা ভারী অসন্তুষ্ট হয়ে বলল, ‘‘কথাটা আদায় করে নিয়ে এখন ছোলাগাছি দেখাচ্ছেন?’’

‘‘আরে, না! কথা আর আদায় হল কোথায়? শোনা কথার উপর লাখ টাকা ফেলার মতো আহাম্মক কি কেউ আছে? লাশই যদি না পাওয়া যায় তা হলে আর ও খবরের দামই বা কী বলুন! যে টাকা দেবে সে কি খবরের সত্যাসত্য যাচাই করতে ছাড়বে? বাবু বিশ্বাসের লাশ খুঁজতেই তো আমরা ঘুরে মরছি। তা লাশটা এখন কোথায়?’’

‘‘খুনের পর যদি লাশ বিদ্যাধরীতে ভাসিয়ে দিয়ে থাকে?’’

‘‘তা হলে লাখ টাকাও যে ভেসে গেছে মশাই! বড্ড ভুল করে ফেলেছেন। লাশটা আঁকড়ে ধরে সেঁটে বসে থাকতে পারতেন। তা হলে লাখ টাকা লাট খেয়ে আপনার পায়ের গোড়ায় এসে পড়ত। যান, এবার গিয়ে শুয়ে পড়ুনগে, ষণ্ডাদুটো চলে যাচ্ছে। আমাকে এক্ষুনি ওদের পিছু নিতে হবে।’’ বলেই লোকটা টপ করে উঠে গুড়ি মেরে উঠোনটা পার হয়ে গেল।

জঙ্গলের মধ্যে মশা আর ডাঁশের কামড়ে জেরবার কামাখ্যা তিতকুটে মুখ নিয়ে উঠল। ঘরে এসে দরজাটা বন্ধ করে জানালা দিয়ে লোকগুলোর গতিবিধি নজর করতে গিয়ে তার একগাল মাছি। উঠোনের পশ্চিমের শুঁড়িপথটায় জ্যোৎস্নার আলোয় স্পষ্ট দেখতে পেল, ষণ্ডাদুটো হেলেদুলে যাচ্ছে। পিছন থেকে বেঁটে লোকটা দৌড়ে গিয়ে তাদের সঙ্গ ধরে ফেলল। তারপর তিনজনে নিচু গলায় কথা কইতে কইতে পথের বাঁকে অদৃশ্য হয়ে গেল।

ব্যাপারটা বড়ই গোলমেলে। কামাখ্যা মাথামুন্ডু কিছুই বুঝতে পারল না বটে, কিন্তু মাথাটা বড্ড গরম হয়ে গেল। নড়বড়ে চৌকিটায় শুয়ে এপাশ ওপাশ করতে করতে রাত প্রায় কাবার। ভোরের দিকে একটু তন্দ্রামতো এসে গিয়েছিল।

হঠাৎ বাইরে হাঁকডাক শোনা গেল, ‘‘বগলাঠাকুর আছেন নাকি! ও বগলাঠাকুর!’’

কামাখ্যা উঠে দরজাটা খুলেই বাজপড়া গাছের মতো দাঁড়িয়ে রইল।

শঙ্কাহরণ একগাল হেসে বলল, ‘‘কামাখ্যাবাবু যে!’’

পাশ থেকে বিপদভঞ্জন বলে উঠল, ‘‘বৃন্দাবনবাবুও হতে পারেন!’’

‘‘তা বটে!’’

‘‘কামাখ্যাবাবু কি আমাদের চিনতে পারছেন না নাকি রে শঙ্কু?’’

‘‘মানুষ চেনা কি অত সোজা রে! তবে মনে হয় চিনেও চিনতে চাইছেন না।’’

দু’জনের এইসব কথাবার্তা কামাখ্যাকে স্পর্শ করা দূরে থাক, কানেও ঢুকছিল না। সে দূরাগত একটা দুন্দুভির আওয়াজ শুনতে পাচ্ছিল। নরকের বাদ্যি-বাজনা কেমন হয় তা সে জানে না বটে, কিন্তু এই দুন্দুভির শব্দটা যে সেখান থেকেই আসছে, তাতে তার কোনও সন্দেহ নেই। যে বিশাল হাঁড়িতে পাপীদের সেদ্ধ করা হয়, তার আঁচও শরীরে আগাম টের পাচ্ছিল সে। এই সকালের আলোতেও সে চারদিকে আবছা আবছা প্রেতের নৃত্য দেখতে পাচ্ছে। নদীর দিকটায় ডুমুর গাছটার তলায় বিশাল চেহারার যমদূতকেও যেন দাঁড়িয়ে থাকতে দেখল সে। বিশাল হোঁতকা, ঘোর কৃষ্ণবর্ণ চেহারা, গায়ে লাল জামা, মাথায় লাল পাগড়ির মতো কিছু, হাতে মুগুর-টুগুর আছে বলেই মনে হল। তার শমন সুতরাং এসেই গেছে। আর এটা বুঝতে পেরেই হঠাৎ কামাখ্যার সব ভয়ডর উবে গেল।

সে বেশ বুক চিতিয়ে অকম্পিত গলাতেই বলল, ‘‘এসে গেছ বাবারা! তা তোমাদের যন্ত্রপাতি সব কোথায়?’’

শঙ্কা আর বিপদ অবাক হয়ে একটু মুখ তাকাতাকি করে নিল। তারপর শঙ্কাহরণ বলল, ‘‘যন্ত্রপাতি! কীসের যন্ত্রপাতি মশাই? আমরা কি মিস্তিরি নাকি?’’

কামাখ্যা বলল, ‘‘আহা, মানুষ মারতে তো ছুরিছোরা, বন্দুক-পিস্তল গোছের কিছু লাগে, না কি? গলা টিপেও মারা যায় বটে! কাল যেমন মারলে! আমার অবশ্য কোনওটাতেই আপত্তি নেই।’’

শঙ্কা আর বিপদ নিজেদের মধ্যে আরও একবার তাকাতাকি করে নিল। তারা অবাক হয়েছে বটে, কিন্তু ব্যাপারটা বুঝে গিয়ে শঙ্কাহরণ বলল, ‘‘তা আপনার পছন্দ কোনটা? ছুরিছোরা, না কি পিস্তল-বন্দুক, না কি...?’’

‘‘সব চলবে বাবারা, সব চলবে। তবে কিনা গুলি-টুলি হলে মন্দ হত না। ব্যাপারটা চট করে হয়ে যেত। আগেই বলে রাখছি বাপু, বাবু বিশ্বাসের লাশের কিন্তু এখন লাখ টাকা দাম। সেই লাশের সন্ধানে বিস্তর লোক এসে গেছে। একটা বেঁটে লোক, দু’-দুটো মুশকো জোয়ান। লাশ হাতছাড়া করলে কিন্তু পস্তাবে, এই বলে রাখলাম। এইবার চটপট কাজ সেরে ফেলো।’’

শঙ্কাহরণ মাথা চুলকে বলল, ‘‘আহা, ব্যস্ত হচ্ছেন কেন? এই বাবু বিশ্বাসটা কে বলুন তো?’’

‘‘কে জানে বাপু, তবে তার লাশের দাম লাখ টাকা। কাজটা সেরে বরং তোমরা তাড়াতাড়ি গিয়ে বাবু বিশ্বাসের লাশ পাহারা দাও গে। আর বাটু পরিহারকে গিয়ে বোলো, এই যে সে এবেলা-ওবেলা মানুষ খুন করে বেড়াচ্ছে এটা তার ভারী অন্যায়। এখন আর আমার ভয় কীসের, তাই উচিত কথাটাই বলছি। বাটু অতি খারাপ লোক। কথাটা বেশ চোটপাট করে পরিহারের পো’কে বলে দিয়ো তো! এবার চালাও গুলি, বসিয়ে দাও ছোরা...’’

‘‘হচ্ছে, হচ্ছে! অত হুড়ো দিচ্ছেন কেন বলুন তো! আপনি মরার আগে যে কয়েকটি কথা পরিষ্কার হওয়া দরকার। আপনি তো গিয়ে দিব্যি নরক গুলজার করে বসে যাবেন, কিন্তু ইদিকে যে কিছু ফ্যাকড়া থেকে গেল, তার কী হবে?’’

‘‘কীসের ফ্যাঁকড়া?’’

‘‘বেঁটে লোকটা কে?’’

কামাখ্যা ধরা গলায় বলল, ‘‘আগে বেঁটে লোকদের আমি খুব শ্রদ্ধাভক্তি করতাম হে। শুনেছিলাম, বেঁটে মানুষরা নাকি বেজায় বুদ্ধিমান হয়! কথাটা মিথ্যেও নয়। লাখ টাকার প্যাঁচে ফেলে পেটের কথা বের করে নিল, একটা পয়সাও ঠেকাল না। না

বাপু, কোনও বেঁটে লোককে আমি আর চিনতে চাই না। ঢের হয়েছে। তা বাপু, আর দেরি কেন? যে কাজে এসেছ, সেটি তাড়াতাড়ি সেরে সরে পড়ো। আমি মন তৈরি করে নিয়েছি। এই চোখ বুজলাম!"

শঙ্কাহরণ মোলায়েম গলায় বলল, "আপনাকে মারলে যে বদনাম হয়ে যাবে কামাখ্যাবাবু! বাটু পরিহারের বড্ড উঁচু নজর। মারলে হয়তো বলবেন, একটা শুঁটকো লোককে মেরে নাম খারাপ করলি কুলাঙ্গার! ছুঁচো মেরে যখন হাত গন্ধই করেছিস তখন বিদেয় হয়ে যা।"

কামাখ্যা চটে উঠে বলল, "এঃ, বাটু পরিহার কোথাকার খাঞ্জা খাঁ হে, যে আমাকে মারলে তার ছুঁচো মেরে হাত গন্ধ হবে? খুব তো রোয়াব দেখছি তার! দু'-চারটে লাশ নামিয়েছে বলে কি মাথা কিনে নিয়েছে নাকি? তাকে বলে দিয়ো যে, কামাখ্যাচরণ তাকে মোটেই রেয়াত করে না। ঢের-ঢের বাটু পরিহার আমার দেখা আছে!"

"আজ্ঞে। তা সেই কথাটাই গিয়ে তা হলে বাটু পরিহারমশাইয়ের শ্রীচরণে নিবেদন করি। আজ্ঞা করুন, বিদেয় হই।"

কামাখ্যা বলল, "তা হলে তোমরা চললে!"

"যে আজ্ঞে।"

"মওকাটা ফসকালে হে! এমন মওকা আর পাবে না। সাক্ষীসাবুদ নেই, বাধাবিপত্তি নেই, নিরিবিলিতে দিব্যি আমার লাশটা নামিয়ে যেতে পারতে। তা কী আর করা!"

ছয়

ভূতের মতো এমন গোলমেলে জিনিস আর দুটো হয় না। এই আছে তো এই নেই। সাপটে ধরার জো নেই, ভাল করে নিরিখ-পরখ করার উপায় নেই, তেমন কাজেও লাগে না। তবে ভূতের সুবিধের দিক হল, থাক বা না থাক, তাদের অনেকেই ভয় খায়। এই ভয়-খাওয়াদের মধ্যে কিছু কিছু নাস্তিকও আছে, যারা ভূতকে মোটেই বিশ্বাস করে না। কিন্তু কিছু তে-এঁটে নাস্তিক আছে, যারা ভূতকে বিশ্বাসও করে না, ভয়ও খায় না। মুকুন্দ রায় এরকমই একজন নাস্তিক। সে যখন মারা গেল তখন শরীর থেকে হামাগুড়ি দিয়ে বেরিয়ে এসে প্রথমে আড়মোড়া ভাঙল, তারপর হাই তুলল, আর তার পরই দেখতে পেল, তার সামনে নিশাপতি দাঁড়িয়ে ফ্যাকফ্যাক করে হাসছে। মুকুন্দ রায় বিরক্ত হয়ে বলল, "আ মোলো, অমন বোকার মতো হাসছ কেন? হলটা কী?"

“এবার ভায়া? চিরকাল তো ভূত নেই, ভগবান নেই বলে বুক বাজিয়ে তর্ক করে গেলে! এবার বিশ্বাস হল তো!”

“কী বিশ্বাস হবে?”

“কেন, ভূত!”

“কেন, ভূতে বিশ্বাস করতে যাব কেন? আমার কি ভীমরতি হয়েছে?”

নিশাপতি চোখ কপালে তুলে বলল, “বলো কী হে! এখনও বিশ্বাস হচ্ছে না? এই যে আমি ভূত, এই যে তুমি ভূত, টের পাচ্ছ না নাকি?”

মুকুন্দ রায় গরম হয়ে বলল, “যুক্তি আর বিজ্ঞান ছাড়া আমি কিছু বিশ্বাস করি না জানোই তো!”

“আমরা যে ভূত, এটা তো মানবে! নইলে মরার পরও আমরা আছি কী করে?”

“সেটা ভাবতে হবে। এটা হয়তো ভুল দেখা এবং ভুল বোঝার ব্যাপার। ভূত-টুত কিছু নেই হে। ওসব কুসংস্কার!”

নিশাপতি গিয়ে জনাদশেক ভূতকে ডেকে আনল। তাদের মধ্যে লতা, যোগেন পালোয়ান, বাচস্পতিমশাই, নন্দদুলাল হাতি, বিস্তর চেনামুখ। সবাই নানাভাবে মুকুন্দকে বোঝানোর চেষ্টা করল যে, মুকুন্দ হেরে গিয়েছে এবং এবার তার ভূতে বিশ্বাস করা উচিত। মুকুন্দ সমান তেজে সকলের সঙ্গে লড়ে গেল এবং বিস্তর বিখ্যাত মানুষের কোটেশন ঝেড়ে প্রায় প্রমাণ করেই ছাড়ল যে, ভূত বলে কিছু থাকতেই পারে না, ওটা অন্ধ বিশ্বাস ছাড়া কিছু নয়।

সেই থেকে মুকুন্দ একটু একা হয়ে আছে। কারও সঙ্গে বিশেষ মেশে-টেসে না। বসে বসে কেবল ভাবে, কখনও একটু-আধটু পায়চারি করে।

কাল রাতে বগলাপতির মনটা ভারী প্রসন্ন ছিল। হবে না-ই বা কেন। পকেটে নগদ কড়কড়ে হাজার টাকা। তিনি বাড়িমুখো হাঁটতে হাঁটতে লালমোহনবাবুকে জীবনের অনিত্যতার কথা বোঝাচ্ছিলেন। বলছিলেন, “বুঝলে লালুভায়া, গীতায় আছে, বাসাংসি জীর্ণানি যথা বিহায়, মানে তো নিশ্চয়ই জানো, মরার পর বাসি ছেঁড়া কাপড় ফেলে দিতে হয়।”

লালমোহনবাবু ব্যস্তসমস্ত হয়ে বললেন, “সেটা কি ঠিক হবে বগলাদা? ছেঁড়া কাপড় দিয়ে তো আমার গিন্নি দিব্যি কাঁথা সেলাই করেন, পিদিমের সলতে পাকান, ঘর মোছার ন্যাতা করেন। তারপর ধরুন, পাঁচখানা পুরনো কাপড়ের বদলে ফিরিওলার কাছে একখানা বড় স্টিলের বাটি পাওয়া যায়।”

“বলো কী? আমার গৃহিণী তো ভারী বোকা দেখছি! তিনি তো সেদিন সাতখানা পুরনো কাপড় দিয়ে স্টিলের বাটি নিয়েছেন।”

“তাই তো বলছি, বইয়ে-কেতাবে ভাল ভাল কথা লেখা থাকে বটে, কিন্তু ওসব ধরতে নেই। তারপর ধরুন, মরার পরও কি জামাকাপড় লাগে না? নইলে লজ্জা নিবারণ হবে কী করে বলুন!”

“না হে, মরার পর আর জামাকাপড়ের বালাই নেই। বায়ুভূত অবস্থা তো, জামাকাপড় পরার উপায়ও থাকে না কিনা!”

লালমোহনবাবু মাথা নেড়ে বললেন, “কথাটা ঠিক হল না দাদা। এই তো গত মঙ্গলবার ভরসন্ধেবেলা নদীর ধারে বাচস্পতিমশাইয়ের সঙ্গে দেখা। হালে গত হয়েছেন। ক'দিন আগেই আমাদের বাড়িতে লক্ষ্মীপুজো করে গিয়েছেন। তাড়াতাড়ি পায়ের ধুলো নিয়ে কুশলপ্রশ্নাদি জিজ্ঞেস করলাম। দিব্যি হেঁটো ধুতি আর ফতুয়া পরে আছেন। নিজের চোখে দেখা।”

“ঠিক দেখেছ?”

“আজ্ঞে, একেবারে স্পষ্ট দেখা।”

“ইয়ে, তা তোমার ভূতের ভয়-টয় নেই বুঝি?”

“তা থাকবে না কেন? খুব আছে। ওই যে দেখুন না, ষষ্ঠীতলায় বটগাছের নীচে মুকুন্দ রায় বসে আছেন। ওঁকে জিজ্ঞেস করলেই জানতে পারবেন যে, আমি ভূতকে বড্ড ভয় পাই।”

বগলাপতি থমকে দাঁড়িয়ে ঠাহর করে দেখলেন, বটগাছের তলায় একটা লোক বসে আছে বটে। আমতা আমতা করে বললেন, “তা ওটা মুকুন্দ রায়ের ভূত তোমাকে কে বলল? কেউ হয়তো ফাঁকায় এসে বসেছে হাওয়া খেতে।”

“মুকুন্দ রায়কে আমি বিলক্ষণ চিনি যে! ওইটেই ওঁর ঠেক।”

বগলাপতি দোনোমোনো করে বললেন, “দূর! ভূত নিয়ে কারবার করে বুড়ো হতে চললুম, আমি কি ভূত চিনি না!”

মুকুন্দ রায় হঠাৎ উঠে ফটফটে চাঁদের আলোয় এগিয়ে এসে ভারী বিরক্তির গলায় বলল, “কে রে, তখন থেকে ভূত-ভূত করছিস! আরে! ওটা সেই চিটিংবাজ বগলা না!”

বগলাপতি একটা আঁক শব্দ করে চোখ উলটে কাটা কলাগাছের মতো মাটিতে পড়ে গোঁ গোঁ করতে লাগলেন।

মুকুন্দ রায় অসন্তোষের গলায় বলল, “ভূতে বিশ্বাস করিস নাকি তোরা? ছিঃ ছিঃ! এই বিজ্ঞানের যুগে ওই সব কুসংস্কার, অন্ধ বিশ্বাস নিয়ে পড়ে আছিস! ভূত-টুত কিচ্ছু নেই! বুঝেছিস! তোদের জন্যই দেশটা অধঃপাতে যাচ্ছে।”

লালমোহনবাবু এতক্ষণ কিছু বলেননি, কিন্তু এ কথায় ভারী চটে উঠে বললেন,

“এ আপনার কীরকম ব্যবহার মুকুন্দদা? এ তো ভারী অন্যায়! আপনি ভূত মানেন না, বেশ ভাল কথা। কিন্তু আমরা যারা ভূতটুত মানি, তাদের উপর চড়াও হওয়া কি আপনার উচিত?”

মুকুন্দ রায়ও সমান তেজে গলা চড়িয়ে বলল, “আলবাত উচিত। লোকের ভুল ধারণা ভেঙে দেওয়াটা আমার পবিত্র কর্তব্য। যারা বলে যে ভূত দেখেছে, তারা হয় ভুল দেখেছে, নইলে মিথ্যে কথা বলে। খুব যে বড় বড় কথা কইছিস, দেখাতে পারবি আমাকে ভূত? দেখাতে পারলে বুঝব তোর মুরোদ।”

অত্যন্ত অভিমানের সঙ্গে লালমোহনবাবু বললেন, “চোখ থাকতেও যে দেখতে পায় না তাকে ভূত দেখিয়ে আমার কাজ নেই। আপনি দেহ রেখেছেন, তাও বছর ঘুরতে চলল। এতদিনেও যদি ভূত না দেখে থাকেন তা হলে আর আমার বলার কিছু নেই।”

মুকুন্দ রায় চোখ পাকিয়ে বলল, “মুখ সামলে! ছোট মুখে বড় কথা হয়ে যাচ্ছে কিন্তু!”

লালমোহনবাবু মিইয়ে গিয়ে বললেন, “না, এই বলছিলাম কী, আপনার স্ত্রী অর্থাৎ আমাদের বউদি যে বছরটাক ধরে বৈধব্য পালন করছেন সেটা খেয়াল রাখবেন তো! ছেলেরা ঘটা করে আপনার শ্রাদ্ধ-শান্তি করেছে, আমরা কবজি ডুবিয়ে খেয়ে এসেছি, সেটাও তো মিথ্যে নয়!”

মুকুন্দ রায় গম্ভীর গলায় বলল, “আমি বৈধব্যের ঘোর বিরোধী। তবু যদি কেউ সাধ করে বিধবা হয়, আমি কী করতে পারি? আর শ্রাদ্ধ-শান্তি তো কুসংস্কার, অনর্থক পয়সার অপচয়, পুরোহিততন্ত্রের হাত শক্ত করা। ওসব আগড়ম-বাগড়ম বকে কোনও লাভ নেই। ওই চিটিংবাজটা তোর মাথা চিবিয়ে খাচ্ছে।”

লালমোহনবাবু আর উচ্চবাচ্য করতে সাহস পেলেন না। ধুতির খুঁট দিয়ে বগলাপতির মাথায় হাওয়া দিতে দিতে শুধু বললেন, “যে আজ্ঞে। তবে কিনা, সব জিনিসেরই তো একটা নিয়ম আছে দাদা। মরার পরেও জ্যান্ত থাকাটা কি ভাল দেখায়?”

মুকুন্দ রায় চোখ পাকিয়ে বলল, “চোপ রও বেয়াদব! আমাকে বাঁচা-মরা শেখাতে এসেছে!”

ক্রুদ্ধ, উত্তেজিত এবং বিক্ষুব্ধ মুকুন্দ রায় লাফ মেরে বটগাছের একখানা খুব উঁচু ডালে উঠে একটা দীর্ঘশ্বাস ফেলে শুয়ে পড়ল, “নাঃ, এ দেশটার কিচ্ছু হবে না। কোথায় গেল এদের যুক্তিবোধ, কোথায় গেল বিজ্ঞানমনস্কতা, কোথায় গেল কমন সেন্স! রাজ্যের কুসংস্কার, অজ্ঞানতা আর অন্ধ বিশ্বাসে ডুবে আছে সব। বলে কিনা ভূত! কোথায় যে ভূত, কীসের যে ভূত, সেটাই তো বোঝা যাচ্ছে না!”

পরদিন সকালে বগলাপতি কাহিল মুখে বাইরের ঘরে সাধনচৌকিতে বসে ছিলেন। মুখচোখে থমথমে ভাব, চোখে এখনও আতঙ্ক। কাল রাতে জ্ঞান ফিরে আসার পর লালমোহনের কাঁধে ভর দিয়ে টলতে টলতে বাড়ি ফিরেছেন। সারারাত আতঙ্কে ভাল করে ঘুম হয়নি। সকালে কোষ্ঠ পরিষ্কার হয়নি, খাওয়ায় রুচি নেই, পুজোপাঠটাও ভাল করে করা হয়নি, বসে বসে আকাশ-পাতাল ভাবছেন।

এমন সময় দু'টি লোক এসে গুটি গুটি সামনে দাঁড়াল। মুখে গ্যালগ্যালে হাসি। হাত কচলাতে কচলাতে বলল, ''বগলাঠাকুর, একবার ডাক্তারবাবুর বাড়িতে যেতে হবে যে! গিন্নিমা খবর পাঠিয়েছেন।''

''কেন রে?''

''আজ্ঞে, ঝাড়ফুঁকের ব্যাপার আছে!''

বগলাপতি সবেগে মাথা নেড়ে বলে উঠলেন, ''ওরে না-না। বুজরুকি আমি ছেড়ে দিয়েছি। ও পথে আর নয়। যা জমিজমা আছে তাইতেই চাষবাস করে চালিয়ে নেব। ওসব ঝাড়ফুঁক-টাড়ফুঁক স্রেফ চিটিংবাজি। ওসব ছেড়ে দিয়েছি রে!''

লোকটা ভারী অবাক হয়ে বলল, ''আজ্ঞে, আপনি ওসব ছেড়ে দিলে আমাদের চলবে কীসে? বুজরুকি ছাড়া কি আমাদের চলে?''

বগলাপতি মাথা নাড়া থামাননি। সেটাই চালিয়ে যেতে যেতে বললেন, ''না রে, না, ওসব আর আমাকে বলিসনি। আমার খুব শিক্ষা হয়ে গেছে। ওসবের মধ্যে আমি আর নেই।''

''কিন্তু বগলাঠাকুর, বুজরুকিতে যে মাঝে-মাঝে কাজ হয়। আপনার ঝাড়ফুঁক, জলপড়ায় বেশির ভাগ রুগিই ভাল হয় না বটে, কিন্তু মাঝেমধ্যে এক-আধটা তো দিব্যি গা-ঝাড়া দিয়ে উঠেও পড়ে!''

''হ্যাঁ রে, তোরা তৃতীয় নয়ন বুঝিস?''

''আজ্ঞে, তিন নম্বর চোখ তো?''

''হ্যাঁ। আমার তৃতীয় নয়ন খুলে গেছে রে। সারা জীবন যত অপকর্ম করেছি, সব দেখতে পাচ্ছি। তোরা যা বাপু, আমাকে এখন একা একা বসে ভাবতে দে। আমি রোগ-টোগ সারাতে পারি না, আমার কোনও পোষা ভূত নেই, আমি মারণ-উচাটন-বশীকরণ জানি না। এতদিন ভাঁওতাবাজি করে লোক ঠকিয়ে খেয়েছি। এখন প্রায়শ্চিত্ত করব।''

''সে আর নতুন কথা কী? আপনি যে ভাঁওতাবাজ, ভণ্ড, চিটিংবাজ, এ তো সবাই জানে। হাটে-বাজারে বলাবলিও হয়। তা বলে কি বিপদে পড়লে লোকে আপনার কাছে এসে ধরনা দেয় না? আপনি জালি, দু' নম্বরি হলেও বিপদে-আপদে লোকে

তো আপনার উপরেই ভরসা করে, না কি? সেটা কি কিছু কম কথা?''

হাপুস নয়নে, মুখে হতাশার ছাই মেখে কিছুক্ষণ চুপ করে বসে রইলেন বগলাপতি। তারপর দীর্ঘশ্বাস ফেলে ধরা গলায় বললেন, ''লোকে ওসব বলে বুঝি! বেশ করে, এবার থেকে আমিও সবাইকে বলে বেড়াব যে, বগলাপতি একটা ভণ্ড, চিটিংবাজ, জোচ্চোর, ভাঁওতাবাজ... আর কী বাকি রইল রে?''

''আজ্ঞে, ওতেই হবে। কিন্তু এবার যে গা না তুললেই নয়, বগলাঠাকুর। গিন্নিমা যে আপনার আশায় বসে আছেন।''

''কার বাড়ি যাওয়ার কথা বললি যেন?''

''আজ্ঞে, আমাদের নমস্য করালীডাক্তার।''

বগলাপতি আঁতকে উঠে বললেন, ''সর্বনাশ! তার চেয়ে কেউটে সাপের গর্তে হাত ঢোকাতে বল, খ্যাপা ষাঁড়ের সামনে লাল জামা পরে বুক চিতিয়ে দাঁড়াতে বল, বাঘের দুধ দুইয়ে আনতে বল, রাজি আছি। তবু করালীডাক্তারের চৌকাঠ ডিঙোতে পারব না রে বাপু।''

শঙ্কাহরণ গলা নামিয়ে বলল, ''একটু ভেবে দেখুন কর্তা, বুজরুকি তো আর বারবার ফেল হতে পারে না। দশবারের মধ্যে হয়তো একবারই লেগে গেল। যদি লেগেই যায় তা হলে করালীকর্তাও আপনাকে দোবেলা সেলাম ঠুকবেন।''

বিপদভঞ্জন পাশ থেকে বলল, ''করালীকর্তার আপনার উপর ভরসা নেই বটে, কিন্তু মা ঠাকরোনের আছে। তিনি বলেছেন, 'বগলাঠাকুরপো ছাড়া ওই ছোকরার ব্যামো কেউ সারাতে পারবে না।' ওষুধের কর্ম নয় মশাই। ভাল তেজিয়ান মন্তর ঝাড়লে কাজ হতে পারে। আর কাজ যদি হয় তা হলে চাই কী? মা ঠাকরোন হয়তো আপনার কালীমন্দির বাবদ হাজার পাঁচেক টাকাই ফেলে দেবেন।''

''প্রাণ বড় না পাঁচ হাজার টাকা বড় রে?''

শঙ্কাহরণ ঘাড় চুলকে বলল, ''এই তো ধন্দে ফেলে দিলেন। যদি সত্যি কথা বলতে হয় তো বলি, প্রাণের আর দাম কী? হালকাপলকা ফঙ্গবেনে জিনিস, হাওয়ায় ভেসে বেড়ায়। তার চেয়ে পাঁচ হাজারের পাল্লা ঢের ভারী।''

বগলাপতি একটা দীর্ঘশ্বাস ফেলে বললেন, ''তোরা একটা ছোকরার কথা বললি যেন!''

শঙ্কাহরণ বলল, ''আজ্ঞে, ঠিকই শুনেছেন।''

''করালীর রুগি নাকি?''

''তা একরকম বলতে পারেন।''

''করালীর রুগি আমি সারাতে যাব এ কথা ভাবলি কী করে?''

"ভয় নেই মশাই, ডাক্তারবাবু এখন চেম্বারে। ঘণ্টা দুই নিশ্চিন্ত। পা চালিয়ে গেলে তিনি ফেরার আগেই কাজ সেরে ট্যাঁকে টাকা গুঁজে ফিরে আসতে পারবেন।"

বগলাপতি দোনোমোনো করে উঠলেন। বললেন, "কাজটা ঠিক হচ্ছে না রে। কাল রাতে মুকুন্দ রায় আমাকে চিটিংবাজ বলেছে। ভয়ে আর মনস্তাপে আমার দাঁতকপাটি লেগেছিল। ভূতের কথা বিস্তর শুনেছি বটে, মুখোমুখি এই প্রথম দেখা, ধাক্কাটা সামলাতে পারিনি।"

"বলেন কী কর্তা! আপনার যে দু'টি পোষা ভূতের কথা শুনি?"

"দূর দূর! ওসব মিথ্যে কথা। আমার কোনও ভূত নেই। জীবনে কোনও ভূতের সঙ্গে দেখাও হয়নি। কালই প্রথম দেখলাম। ওঃ, কী ভয়ংকর!"

শঙ্কাহরণ আর বিপদভঞ্জন হেসে গড়িয়ে পড়ে আর কী। শঙ্কাহরণ হাসি সামলে বলল, "ভয়ংকরের কী আছে বগলাবাবা? ষষ্ঠীতলার মুকুন্দ রায়কে আমরা তো রাতবিরেতে প্রায়ই দেখি। নিশাপতি, যোগেন পালোয়ান, হালে বাচস্পতিঠাকুর— কাকে না দেখি বলুন! ওসব তো আমাদের গা-সওয়া। মুকুন্দকর্তাকে দেখে প্রথম দিন রাম নাম করে ফেলেছিলুম বলে পিলে-চমকানো ধমক ছেড়েছিলেন। রাম-টাম সব নাকি বুজরুকি। ভগবান- টগবান নাকি কেউ নেই। নাস্তিক মানুষ, বলতেই পারেন, তা বলে কি রাম নাম করব না মশাই? সত্যি হোক, মিথ্যে হোক, রাম নাম করলে একটু যেন বল-ভরসা হয়, না কী বলেন?"

সাত

গোপাল গুছাইতের নামে বাঘে-গোরুতে এক ঘাটে জল খায় বটে, কিন্তু দুঃখের কথা হল, অঘোরগঞ্জে গোরু থাকলেও বাঘের খুবই অনটন। ফলে ব্যাপারটা পরখ করে দেখা হয়নি কারও। তবে এ কথা ঠিক যে, দু'-একজন ব্যাদড়া লোক ছাড়া এই গাঁয়ে গোপালের কথার উপর কথা বলার হিম্মত কারও নেই। নিজেকে সে অঘোরগঞ্জের রবিন হুড বলেই মনে করে। তার চোখের দিকে চোখ রেখে কেউ কথা কয় না। সে রাস্তায় বেরোলে লোকজন সটাসট এদিক-ওদিক সটকে পড়ে।

এহেন গোপাল একটু মুশকিলে পড়েছে। ব্যাপারটা হল, পাশের হেতমপুর গাঁয়ে অপরেশ অপেরার 'বৈশাখী ঝড়' যাত্রা হচ্ছে, ফাটাফাটি নাটক। তিনটে সোর্ড ফাইট, গোটা চারেক ঝাড়পিট, বন্দুকের লড়াই এবং হেভি সব ডায়লগে সুপারহিট পালা। দলবল নিয়ে যাত্রা দেখে কাল গভীর রাতেই গাঁয়ে ফিরছিল গোপাল। যাত্রা

দেখে তার রক্ত বেশ টগবগ করে ফুটছে। এসব পালা দেখলে গা গরম হয়, মাথা পরিষ্কার থাকে, গায়ে বেশ জোরও চলে আসে। অ্যাকশনে নেমে পড়তে ইচ্ছে হয়। গোপালেরও হচ্ছিল। ভগবান যেন তার মনের কথা বুঝতে পেরে একটা অ্যাকশনের সুযোগ একেবারে প্লেটে করে সামনে সাজিয়ে দিলেন।

ইটখোলার মাঠটা পেরিয়ে গাঁয়ে ঢুকবার মুখে ফুটফুটে জ্যোৎস্নায় তারা দেখতে পেল, ষষ্ঠীতলার মোড়ে দুটো ষণ্ডা চেহারার লোক একটা ছোটখাটো চেহারার লোককে রাস্তায় ফেলে বেদম পেটাচ্ছে, আর বলছে, ''তুই ইচ্ছে করে আমাদের ভুল রাস্তায় ঘুরিয়ে মারছিস! আসল জিনিস কোথায় বল, নইলে খুন হয়ে যাবি!''

গোপাল এবং তার দলবলের মধ্যে তখনও 'বৈশাখী ঝড়' কাজ করছে। ভিতরকার সেই ঝড়ই একটা বাঘা গর্জন হয়ে গোপালের কণ্ঠ থেকে বেরোল, ''কে রে তোরা? কার এত সাহস যে, এই গাঁয়ে এসে মস্তানি করে যায়?''

বলতে বলতেই গোপাল আর তার দলবল ঝড়ের মতোই গিয়ে ষণ্ডাদুটোর উপর চড়াও হল। লালমোহনবাবু সেদিন বলছিলেন বটে যে, গোপালের পেটে চর্বি হয়েছে। তা গোপাল তারপর ব্যায়াম-ট্যায়াম করে চর্বি সারিয়ে ফেলেছে, হাতে-পায়ে বিদ্যুৎ খেলছে তার। তার সামনে কারওরই বেশিক্ষণ দাঁড়িয়ে থাকার কথা নয়, উচিতও নয়। কিন্তু আশ্চর্যের বিষয়, তার প্রচণ্ড ঘুসিটা খুব শান্তভাবে এবং যেন খানিকটা বিনয়ের সঙ্গেই গ্রহণ করল প্রথম ষণ্ডাটা। গোপালের অবশ্য ঘুসিটা মেরেই মনে হয়েছিল যে, সে ষণ্ডাটার বদলে ভুল করে একটা গাছের গুঁড়িতেই ঘুসিটা মেরে বসেছে। কিন্তু কাছাকাছি কোনও গাছ না থাকায় ভারী অবাক হয়ে হাত ঝাড়তে ঝাড়তে ব্যাপারটা বুঝবার চেষ্টা করছিল সে। তারপর যে কী হয়েছিল তা গোপাল গুছাইত গুছিয়ে বলতে পারবে না। শেষ রাতে ঘুম ভাঙার পর সে যেমন বুঝতে পারছিল না, বিছানার বদলে সে একটা মাঠে ঘুমিয়েছিল কেন!

চাঁদ ঢলে পড়লেও জ্যোৎস্না এখনও একটু আছে। গোপাল চারদিকে চেয়ে তার সামনেই একটা লোককে বসে থাকতে দেখতে পেল। লোকটা ছোটখাটো, মনে হল দাড়ি-গোঁফ আছে। কিন্তু রাতের বেলা লোকটা মাঠে বসে আছে কেন তা সে বুঝতে পারছিল না। তার মাথায় আর গায়ে প্রচণ্ড ব্যথা হচ্ছিল বটে, কিন্তু গোপালের তার চেয়েও বড় সমস্যা হল, সে যে কে, সেটাও সে বুঝতে পারছিল না। তাই সে করুণ গলায় লোকটাকেই জিজ্ঞেস করল, ''আচ্ছা, আমি কে বলুন তো!''

লোকটা বিরস গলায় বলল, ''এ তো লাখ টাকার প্রশ্ন মশাই, আমি কে— তা জানতে মানুষ কত সাধনা করেছে জানেন? আজও হায়-হয়রান হয়ে প্রশ্নের জবাব খুঁজে যাচ্ছে। তা আপনার কী মনে হয়?''

‘‘মনে হচ্ছে প্রাণনাথ সেন কিংবা হরিপদ ঘোষ।’’

‘‘খারাপ নয় মশাই, মোটেই খারাপ নয়। আমার চেয়ে আপনার অবস্থা ঢের ভাল।’’

‘‘কেন বলুন তো!’’

‘‘আপনার তো মোটে দুটো নাম। আমার চৌষট্টিটা।’’

‘‘বলেন কী?’’

‘‘তা হবে না? যখন রাজপুত্র সাজি তখন এক নাম, যখন কাবুলিওলা সাজি তখন আর-এক নাম, যখন পুলিশ সাজতে হয় তখন ভিন্ন নাম, যখন কুলিকামারি বা রিকশাওলা সাজতে হয়, তখন ফের নতুন নাম। আর এই করতে গিয়েই তো সর্বনাশটা হল। চৌষট্টিটা নামের মধ্যে আমার আসল নামটাই গেল গুলিয়ে। এখন মাথায় ডাণ্ডস মারলেও পিতৃদত্ত নামটা মনে পড়ে না মশাই।’’

‘‘বটে! কিন্তু ছদ্মবেশ ধরেন কেন?’’

‘‘না ধরে উপায় আছে? আমার বড় বিপদের কাজ মশাই। আমি হলুম গোয়েন্দা পোয়াবারো।’’

‘‘পোয়াবারো? কথাটা যেন কোথায় শুনেছি!’’

‘‘তা শুনে থাকবেন, তবে এটাও ছদ্মনাম।’’

‘‘আপনি তা হলে পুলিশের লোক?’’

‘‘কস্মিনকালেও নয়। পুলিশে ঢোকার বড় সাধ ছিল মশাই, সাইজের জন্য হল না। আমি প্রাইভেট গোয়েন্দা।’’

গোপাল খুব কষ্টে উঠে বসল। তারপর খানিকক্ষণ ঘাড় নেড়ে, মাথা ঝাঁকিয়ে মাথার ধোঁয়াশা কাটানোর চেষ্টা করে বলল, ‘‘কিন্তু আমিই বা এখানে পড়ে আছি কেন, আর আপনিই বা এখানে বসে আছেন কেন?’’

লোকটা মাথা নেড়ে বলল, ‘‘মরে থাকার চেয়ে পড়ে থাকা কি ঢের ভাল নয়?’’

‘‘ও কথা বলছেন কেন?’’

‘‘ঠিকই বলছি। চিরু আর শচির পাল্লায় পড়লে প্রাণ নিয়ে কম লোকই ফেরে।’’

‘‘তারা কারা?’’

‘‘তারা খুব মারকুট্টে লোক মশাই। পেশাদার খুনি।’’

‘‘তারা কি আপনাকে মেরেছে?’’

‘‘আপনাকেও কি ছেড়েছে নাকি?’’

গোপাল ভারী অবাক হয়ে বলল, ‘‘আমাকেও মেরেছে?’’

‘‘তবে! মেরে নাম ভুলিয়ে দিয়েছে।’’

‘‘এ তো ভারী অন্যায়!’’

‘‘অন্যায়! তা অন্যায় হলেও সব জিনিসেরই একটা ভাল দিকও তো আছে। আপনারা দলবল নিয়ে এসে চড়াও হওয়াতেই তো আমার প্রাণটা এ যাত্রা বেঁচে গেল! আর আপনাদের সুবিধের দিকটাও বিবেচনা করুন। অনেকজন থাকায় চিরু আর শচি কারও উপরেই সুবিচার করতে পারল না, মারটা ভাগাভাগি হয়ে গেল। আর এ তো সবাই জানে যে, কোনও জিনিস ভাগাভাগি হলে পরিমাণে কমে যায়।’’

গোপাল সচকিত হয়ে বলল, ‘‘আমার দলবলও ছিল নাকি? তা তারা সব গেল কোথায় বলুন তো!’’

লোকটা মাথা নেড়ে বলল, ‘‘সকলের কথা জানি না। একজনকে দেখেছি শচির রদ্দা খেয়ে ভুল বকতে বকতে ওই মাঠ ধরে বোধ হয় বিবাগীই হয়ে গেল। আর-একজনকে চিরু হাঁটু দিয়ে মেরুদণ্ডে মারায় সে ভেউ-ভেউ করে কাঁদতে কাঁদতে ওই ইটের পাঁজার পিছনে গিয়ে লটকে পড়েছে। একজন শচির চড় খেয়ে হঠাৎ গৌরাঙ্গের মতো দু’ হাত তুলে ‘মা, মা’ বলে ডাকতে ডাকতে মাকে খুঁজতে যে কোথায় চলে গেল কে জানে। চার নম্বর ছোকরা চড়চাপড় খেয়ে সেই যে দৌড়ে গিয়ে ওই ঝুপসি গাছটায় উঠে পড়েছিল আর নামেনি।’’

‘‘কিন্তু এসব হচ্ছে কেন মশাই?’’

‘‘হচ্ছে বাবু বিশ্বাসের জন্য।’’

‘‘বাবু বিশ্বাসটা কে?’’

লোকটা ডাইনে-বাঁয়ে মাথা নেড়ে বলল, ‘‘বললে বিশ্বাস হবে না। তবে সে একজন খসে পড়া মানুষ।’’

‘‘খসে পড়া মানুষ আবার কী মশাই?’’

‘‘শুনেছি, সে নাকি আকাশ থেকে খসে পড়েছিল।’’

‘‘আকাশে কি মানুষের গাছ আছে যে, খসে পড়বে?’’

লোকটা উদাস গলায় বলল, ‘‘দুনিয়ায় কত কী হয়!’’

গোপাল গুছাইত কিছুক্ষণ গুম হয়ে বসে ব্যাপারটা বুঝবার চেষ্টা করতে লাগল। কিন্তু কিছুই তেমন পরিষ্কার হল না তার কাছে। এমনকী সে প্রাণনাথ না হরিপদ ঘোষ, সেটাও সাব্যস্ত হল না এখনও। তার মধ্যে এই পোয়াবারো, হিরু, শচি, বাবু বিশ্বাসরা ঢুকে মাথাটা আরও গণ্ডগোল করে দিচ্ছে।

গোপাল করুণ গলায় বলল, ‘‘না হয় ধরেই নিলাম, বাবু বিশ্বাস আকাশ থেকেই পড়েছে, কিন্তু সে পড়ার ফলে হলটা কী?’’

পোয়াবারো দীর্ঘশ্বাস ফেলে বলল, ‘‘সে পড়ার পরই যে কালবোশেখির ঝড় শুরু হয়ে গেল!’’

‘‘কালবোশেখির ঝড়! কালবোশেখির ঝড়!’’ বিড়বিড় করতে করতে হঠাৎ যেন মাথায় উপর্যুপরি বজ্রাঘাত হতে লাগল গোপালের। তাই তো! বৈশাখী ঝড়! কাল রাতে সে তো দলবল নিয়ে হেতমপুরের ‘বৈশাখী ঝড়’ যাত্রা দেখতে গিয়েছিল! সে তো মোটেই প্রাণনাথ সেন বা হরিপদ ঘোষ নয়! সে যে অঘোরগঞ্জের অবিসংবাদী রুস্তম, এক এবং অদ্বিতীয় রবিন হুড গোপাল গুছাইত!

গোপাল হঠাৎ লাফিয়ে উঠে গর্জন ছাড়ল, ‘‘আমি গোপাল! আমি যে গোপাল গুছাইত!’’

পোয়াবারো বিরক্ত হয়ে বলল, ‘‘আহা, আবার নাম বাড়াচ্ছেন কেন? দুটো নাম নিয়েই দোটানায় পড়েছেন, আর-একটা নাম জুটলে যে হিমশিম খাবেন!’’

গোপাল হুংকার দিয়ে উঠল, ‘‘কে বলল আমার তিনটে নাম? আমার একটাই নাম। গোপাল গুছাইত। এ নাম শুনলে অঘোরগঞ্জে সবাই কাঁপে।’’

লোকটা চোখ পিটপিট করে বলল, ‘‘অ! তা হলে আপনি সত্যিই গোপাল গুছাইত! ভাগ্যবান লোক মশাই আপনি! আর আমার অবস্থা দেখুন। নকল দাড়ি-গোঁফ, নকল চুল, নকল পোশাক আর নকল নামের জঙ্গলে হারিয়ে বসে আছি। আমি যে আসলে কে তা আর আমিও বুঝতে পারি না।’’

গোপাল ফুঁসতে ফুঁসতে বাঘা গলায় ধমক দিয়ে বলল, ‘‘বকোয়াস বন্ধ করো। কে বা কারা আমার আর আমার স্যাঙাতদের গায়ে হাত তুলেছে? কার এত সাহস? কোথায় চিরু আর শচি?’’

পোয়াবারো মোলায়েম গলায় বলল, ‘‘হবে-হবে। ঠান্ডা হয়ে বসুন তো! সব সময় হাঁকডাক আর গায়ের জোরে কাজ হয় না। তাতে বরং কাজ ফসকে যায়।’’

গোপাল কিছুক্ষণ ফোঁস-ফোঁস করে তারপর ধপ করে বসে পড়ল। বলল, ‘‘রাগে যে আমার গা জ্বলে যাচ্ছে!’’

‘‘তা জ্বলতেই পারে। আপনি একজন পালোয়ান লোক, পালোয়ানরা মারধর খেতে একদম পছন্দ করে না।’’

গোপাল ফুঁসে উঠে বলল, ‘‘তারা আমাকে খুব মারধর করেছে নাকি? তা হলে তাদের আমি এমন শিক্ষা দেব যে...!’’

লোকটা মাথা নেড়ে বলল, ‘‘না মশাই, না। স্বচক্ষে দেখেছি, শচি আপনাকে মাত্র একটাই ঠোকনা মেরেছিল। আর তাইতেই— থাকগে, ওসব কথা আপনার শুনে আর কাজ নেই। বরং যা বলছি মন দিয়ে শুনুন। কথাটা হচ্ছে, বাবু বিশ্বাসকে নিয়ে।’’

‘‘কী কথা?’’

‘‘আমি যতদূর জানি, বাবু বিশ্বাস এ গাঁয়েই কারও বাড়িতে ঘাপটি মেরে আছে। কিন্তু তার বড় বিপদ। চিরু আর শচি তাকে খুঁজছে। তাদের উপর হুকুম আছে, বাবু বিশ্বাসকে দেখামাত্র খুন করে তার ঘড়িটা কেড়ে নিয়ে যেতে।’’

‘‘ঘড়ি! ঘড়ির জন্য কেউ খুন করে নাকি?’’

‘‘করে। মৃগাঙ্কবাবু করেন। নবিনগরে তাঁর প্রাসাদোপম বাড়িতে যদি যান তা হলে ঘড়ি দেখে তাজ্জব হয়ে যাবেন। দুনিয়ায় হেন ঘড়ি তৈরি হয়নি যা তাঁর কালেকশনে নেই। গোল, চৌকো, তেকোনা, দু’কোনা, আটকোনা, অ্যানালগ, ডিজিটাল, অ্যানা-ডিজি-টেম্প, হিরে বসানো, মুক্তো বসানো হাজার হাজার ঘড়ি। ওইটেই মৃগাঙ্কবাবুর শখ। ঘড়ির এমন নেশা তাঁর যে, দুষ্প্রাপ্য ঘড়ি হাতানোর জন্য তিনি এ পর্যন্ত গোটা চারেক খুনও করিয়েছেন। আমাকে তিনি মাইনে দিয়ে রেখেছেন কেন জানেন?’’

‘‘কেন?’’

‘‘আমার কাজ হল তাঁকে নানারকম ঘড়ির সুলুকসন্ধান দেওয়া এবং ঘড়ি হাতাতে সাহায্য করা। বাবু বিশ্বাসের ঘড়িটাই হয়েছে তার কাল।’’

‘‘কেন, বাবু বিশ্বাসের ঘড়িটা কীরকম? খুব দামি নাকি?’’

‘‘দামি হলে তো কথাই ছিল না। দাম দিতে ঘড়ি-পাগল মৃগাঙ্গবাবু এক কথায় রাজি। যেগুলো দাম দিয়ে পাওয়া যায় না সেগুলোই বাঁকা পথে আদায় করতে হয়। ঘড়ির জন্য তিনি পাহারাদার রাখেন, গুন্ডা পোষেন, গোয়েন্দা বহাল করেন। ঘড়ির জন্য টাকা খরচ করতে তাঁর ভ্রুক্ষেপ নেই। বাবু বিশ্বাসের ঘড়িটার জন্য তিনি কত কবুল করেছিলেন জানেন? পঞ্চাশ লাখ টাকা!’’

শুনে হাঁ হয়ে গেল গোপাল। কিছুক্ষণ মুখে বাক্য সরল না। তারপর অবিশ্বাসের গলায় বলল, ‘‘পঞ্চাশ লাখেও দিল না? লোকটা তো বুরবক দেখছি!’’

‘‘দেওয়ার উপায় নেই মশাই। ঘড়ি দিলে বাবু বিশ্বাস বাড়ি ফিরবে কী করে?’’

‘‘তার মানে? ঘড়ির সঙ্গে বাড়ি ফেরার সম্পর্ক কী?’’

‘‘আছে মশাই আছে। ওই ঘড়ির সংকেত ধরেই তো তার বাড়ির লোক তাকে নিতে আসবে।’’

‘‘দূর মশাই! আপনি আমার মাথাটা ফের গুলিয়ে দিচ্ছেন।’’

‘‘মাথা গুলিয়ে যাওয়ারই কথা। আমারও গুলিয়ে গিয়েছিল কিনা!’’

‘‘সে তো আর কচি খোকা নয় যে, বাড়ির লোক নিতে না এলে যে বাড়ি ফিরতে পারবে না!’’

"ভুল করছেন মশাই। মনে রাখবেন, বাবু বিশ্বাসের বাড়ি আকাশে। সে যে আকাশ থেকে খসে পড়েছিল সেটা কি ভুলে গেলেন?"

"শুনে আমারও তো আকাশ থেকে পড়ার অবস্থা। একটু খোলসা করে বলবেন ব্যাপারটা আসলে কী? আকাশে কি কারও বাড়ি থাকতে পারে মশাই?"

"যা শুনেছি তাই বলছি।"

"কার কাছে শুনেছেন? বাবু বিশ্বাসের কাছে তো! সে গুল মেরেছে।"

লোকটা চোখ বড় বড় করে ভারী অবাক হয়ে বলল, "গুল মারবে কী মশাই, সে তো মোটে কথাই বলতে পারে না।"

"মূক নাকি?"

"মৃগাঙ্কবাবু ডাক্তার ডাকিয়ে দেখিয়েছিলেন। ডাক্তার বলেছে, মূকও নয়, বধিরও নয়।"

"তা হলে কথা কয় না কেন?"

"এই তো সমস্যায় ফেলে দিলেন। বাবু বিশ্বাস কথা কয় না বটে, কিন্তু তার সামনে বসে যদি শান্ত মনে তার দিকে চেয়ে থাকেন, তা হলে অনেক কিছু টের পাবেন। তা কথার চেয়ে কিছু কম নয়।"

"আচ্ছা, সে যদি কথাই না কইবে তা হলে সে যে বাবু বিশ্বাস তা জানলেন কী করে?"

লোকটা একগাল হেসে বলল, "জানি না তো! ওটাও ছদ্মনাম। আসলে কাজ-চলা গোছের একটা নাম দেওয়ার দরকার হয়েছিল বলে মৃগাঙ্কবাবুই ওর নাম দেন 'বাবু বিশ্বাস'। কিন্তু মশাই, আর দেরি করা কি ঠিক হবে? ভোর হয়ে আসছে। এতক্ষণে যদি খুনটা না হয়ে থাকে তবে আর দেরিও নেই। বাবু বিশ্বাসকে এখনই খুঁজে বের না করলেই নয়। সেটা চিরু আর শচির আগেই।"

গোপাল লাফিয়ে উঠে বলল, "চলুন তো, দেখি তাদের এলেম!"

আট

ঠাকুরঘরে বসে সুরবালা ফল কাটছিলেন, হঠাৎ শুনতে পেলেন কে যেন ডাকল, "মা!"

সুরবালা চমকে উঠলেন, তাঁর কোনও সন্তান নেই। মা বলে কেউ ডাকে না তো! তবে ভিখিরি-টিকিরি বা কাজের মেয়ে-টেয়ে, এরা ডাকে। কিন্তু সে ডাক এরকম

নয়। এ ডাকটা অন্যরকম। ভাবলেন ভুল শুনেছেন, কিংবা পাশের বাড়ির শব্দও হতে পারে।

কিছুক্ষণ পরে আবার স্পষ্ট মনে হল, কেউ ডাকছে, ''মা!'' এবার অবাক হয়ে বুঝতে পারলেন, শব্দটা তিনি কানে শোনেননি। ডাকটা তাঁর ভিতরেই যেন সৃষ্টি হল! আশ্চর্য ব্যাপার তো! বাইরে থেকে কেউ ডাকছে না, কিন্তু ভিতরে ডাক তৈরি হচ্ছে, এ কেমন কথা! এরকম কি হয়? না মনের ভুল!

এবার স্পষ্ট টের পেলেন তাঁর ভিতরে একটি ছেলের গলা বলে উঠল, ''মা, আপনি আমার কথা শুনতে পাচ্ছেন, আমি জানি। অবাক হবেন না।''

সুরবালা হতভম্ব হয়ে বসে রইলেন কিছুক্ষণ। তারপর বললেন, ''তুমি কে বাবা? আমি যে কিছুই বুঝতে পারছি না।''

''আমি রা।''

''রা! কী আশ্চর্য নাম! কিন্তু তুমি কোথা থেকে কথা বলছ বাবা?''

''আপনি আমার নাম দিয়েছেন ভোলানাথ।''

''ওঃ! তুমি ভোলানাথ! আমি এক্ষুনি তোমার কাছে আসছি বাবা! এক্ষুনি।''

সুরবালা আলুথালু হয়ে ছুটে এসে দেখলেন, ছেলেটা তেমনি শান্তভাবে শুয়ে আছে। চোখের দৃষ্টিও ভারী ঠান্ডা। মুখে প্রশান্তি। তার ঠোঁট নড়ছে না। তবু সুরবালা তাঁর নিজের ভিতরেই কথার শব্দ শুনতে পাচ্ছেন। ভোলানাথ বলছে, ''আমার বাড়ি অনেক দূরে। আকাশের অন্য প্রান্তে। আমি যে পৃথিবীতে থাকি সেখানে কেউ কথা বলে না, আমাদের কোনও ভাষা নেই, শব্দ নেই। কিন্তু আমরা আমাদের কথার তরঙ্গ অন্যের কাছে পাঠাতে পারি। অন্যের তরঙ্গও বুঝতে পারি। অনেক দূরের লোকের সঙ্গেও আমরা এইভাবে কথা কই। কোনও ভাষার দরকার হয় না।''

''তুমি কি আমার কথা বুঝতে পারো বাবা?''

''আমি আপনাদের ভাষা জানি না। কিন্তু সব স্পষ্ট বুঝতে পারি।''

''কী আশ্চর্য বাবা! আমি যে ভীষণ অবাক হয়ে গিয়েছি!''

''আপনি মনে মনে কথা বললেও আমার বুঝতে কষ্ট হয় না।''

''আচ্ছা, তবে আমি মনে মনেই বলি, 'তুমি কি এখন কিছু খাবে?'''

''না, আমার খিদে পায়নি।''

''বাবা ভোলানাথ, তোমার বোধ হয় জ্বরবিকার মতো হয়েছে। ভুল বকছ।''

''ওকথা কেন বলছেন?''

''এই যে বললে তুমি আকাশের কোথা থেকে এসেছ! আকাশ থেকে আসবে কেন বাবা! ওকথা বলতে নেই। বরং গাঁয়ের নামটা মনে করার চেষ্টা করো।''

"আমার গায়ে কিন্তু জ্বর নেই।"

"তা বটে! গা তো এখন ঠান্ডা। তা হলে বোধ হয় মাথার চোটের জন্য কিছু মনে পড়ছে না। আমি বগলাপতি ঠাকুরপোকে খবর দিয়েছি। শুনেছি তাঁর মন্তরে ভাল কাজ হয়।"

"কিন্তু আমি তো ভাল হয়ে গিয়েছি। আপনি ডাক্তারবাবুকে ডেকে আনুন। তিনি ঠিকই বুঝবেন।"

"অত চোট কি এক রাতে ভাল হয় বাবা? একটু সময় তো লাগবেই।"

"তা হলে আমিই ডাক্তারবাবুকে ডাকছি।"

সুরবালা খুব ধাঁধায় পড়ে গেলেন। টেলিপ্যাথি বলে একটা ব্যাপার আছে তিনি শুনেছেন বটে, কিন্তু সেটা যে এরকম আশ্চর্য কাণ্ড, তা তাঁর জানা ছিল না। একটু পরেই করালীডাক্তার বাইরের ঘরে রুগি দেখা ছেড়ে শশব্যস্তে এসে ঘরে ঢুকে বললেন, "কী ব্যাপার বলো তো! আমার মনে হল, কে যেন এ ঘরে আমাকে ডাকছে।"

সুরবালা মুখ ব্যাজার করে বললেন, "ভুল শোনোনি। আজ সকাল থেকে ভুতুড়ে কাণ্ডটা হচ্ছে। ভোলানাথের মুখ থেকে একটা শব্দও বেরোচ্ছে না, কিন্তু কী করে যেন আমি ওর সব কথা শুনতে পাচ্ছি। আমার মনের কথাও ভোলানাথ শুনতে পাচ্ছে। হ্যাঁ গা, এসব কী হচ্ছে?"

একটু আগে ভোলানাথ ওরফে রা সুরবালাকে যা যা বলেছিল এবার করালীডাক্তারও সেই কথাগুলো শুনতে পেলেন, "আমার বাড়ি অনেক দূরে। আকাশের অন্য প্রান্তে। আমি যে পৃথিবীতে থাকি, সেখানে কেউ কথা বলে না...!" করালীডাক্তার শ্যেন দৃষ্টিতে তাকিয়ে দেখলেন, ভোলানাথের ঠোঁট নড়ছে না। আর কথাগুলো তিনি কান দিয়ে শুনছেন না, তাঁর ভিতরে যেন কথাগুলো উচ্চারিত হচ্ছে।

করালীডাক্তার বিস্মিত হয়ে বললেন, "আমি তোমার কথা শুনতে পাচ্ছি। এবং বিশ্বাস করছি। আমাকে সব খুলে বলো।"

"খুলে বললেও আপনি বুঝতে পারবেন না।"

করালীডাক্তার একটা চেয়ার নিয়ে ভোলানাথের মুখোমুখি বসে বললেন, "বুঝবার চেষ্টা করতে দোষ কী? অত দূর থেকে তুমি কীভাবে এলে? মহাকাশযানে নাকি?"

"মহাকাশযান সেকেলে জিনিস। আমি এসেছি নলের ভিতর দিয়ে।"

"নল? সেটা কী জিনিস?"

"টিউবুলার সিস্টেম অফ স্পেস ট্র্যাভেল।"

"টিউবটা কীসের তৈরি?"

‘‘কী করে বোঝাব বলুন তো! ওই বিজ্ঞান তো আপনাদের জানা নেই। যদি বলি মনোরথ, তা হলে বুঝবেন?’’

‘‘মনোরথ তো কল্পনা।’’

‘‘সব কল্পনারই রূপ আছে। রূপায়ণও আছে।’’

‘‘ঠিক আছে। আবছাভাবে বুঝলাম। কিন্তু তুমি কী উদ্দেশ্যে এসেছিলে?’’

‘‘কোনও উদ্দেশ্য ছিল না। একটা সবুজ প্রাণবান গ্রহ দেখে নেমে পড়েছিলাম।’’

‘‘তারপর?’’

‘‘বেচাকেনা কাকে বলে তা আপনি নিশ্চয়ই জানেন!’’

‘‘জানব না কেন?’’

‘‘আমি জানতাম না। আমি যেখানে থাকি সেই পৃথিবীতে বেচাকেনা বলে কিছু নেই। যার যখন যা প্রয়োজন তা সে পেয়ে যায়। এখানে টাকা-পয়সা বলেও একটা ব্যাপার আছে।’’

‘‘ভীষণভাবে আছে।’’

‘‘আমরা টাকা-পয়সার নামই শুনিনি।’’

‘‘কেনাকাটা না থাকলে টাকা-পয়সার প্রয়োজনই বা কী?’’

‘‘হ্যাঁ, ঠিক তাই। ফলে আমরা কেউ সঞ্চয় করি না। সোনাদানা আমাদের কাছে কোনও মূল্যবান জিনিস নয়। এক ধরনের ধাতু মাত্র, যা নানা কাজে লাগে। আমাদের দেশে গরিব বা বড়লোক বলেও কিছু হয় না। আপনার কি বিশ্বাস হচ্ছে?’’

‘‘হচ্ছে। কিন্তু হঠাৎ বেচাকেনার কথা কেন?’’

‘‘আমি যেখানে এসে প্রথম নামি সেটা একটা বাগান। বেশ বড় দেওয়াল-ঘেরা বাগান। তাতে অনেক গাছপালা। তখন শেষ রাত্রি। আমি চারদিকে তাকিয়ে ভাল করে সব লক্ষ করছিলাম। হঠাৎ দুটো প্রকাণ্ড কুকুর গাঁক-গাঁক করে আমার দিকে তেড়ে এল। পিছন পিছন ছুটে এল কয়েকজন পাহারাদার।’’

‘‘কুকুরগুলো তোমাকে কামড়ায়নি তো!’’

‘‘কামড়েছিল। তবে আমার গায়ে একটা আবরণ থাকায় তারা দাঁত বসাতে পারেনি।’’

‘‘তারপর?’’

‘‘দরোয়ানরা আমাকে মৃগাঙ্কবাবুর কাছে নিয়ে যায়।’’

‘‘কোন মৃগাঙ্ক? ঘড়িয়াল মৃগাঙ্ক নাকি?’’

‘‘হ্যাঁ।’’

"সর্বনাশ! সে যে ভীষণ খারাপ লোক!"

"খারাপ লোক কাকে বলে তা আমার জানা ছিল না। আমি এর আগে কোনও খারাপ লোক দেখিনি। তবে আমাদের দেশে কম মেধা এবং বেশি মেধার লোক আছে। খারাপ ভাল নেই।"

"বুঝেছি।"

"মৃগাঙ্কবাবু আমার সঙ্গে কথা বলার চেষ্টা করলেন। কিন্তু আমার কথার তরঙ্গ তিনি ধরতে পারেননি। তিনি মনে করলেন আমি মূক এবং বধির।"

"সেটাই স্বাভাবিক।"

"তিনি আমাকে খুব আদরযত্ন করতে লাগলেন এবং বারবারই তিনি আমার ঘড়িটা দেখতে লাগলেন। দ্বিতীয় দিন তিনি আমাকে ঘড়িটার দাম জিজ্ঞেস করেন। দাম কাকে বলে তা জানা না থাকায় আমি তাকে কিছুই বলতে পারিনি। তিনি কয়েক বান্ডিল কাগজের টুকরো আমার কাছে নিয়ে এলেন।"

"হ্যাঁ, সেগুলোকে টাকা বলে।"

"হ্যাঁ, এখন আমি তা জানি। তিনি আমাকে একটা টাকাভরতি মানিব্যাগ দিয়ে বললেন, আমি যেন ইচ্ছেমতো কেনাকাটা করি। কিন্তু কেনাকাটা কাকে বলে সে ধারণাই আমার ছিল না। তৃতীয় দিন তিনি ঘড়িটার জন্য একটু জোরজুলুম করতে থাকেন।"

"শুনেছি দুষ্প্রাপ্য ঘড়ির জন্য তিনি মানুষও খুন করতে পারেন।"

"আমিও শুনেছি আমাদের দেশে কয়েক হাজার বছর আগে যুদ্ধবিগ্রহ এবং খুনখারাপি হত। কিন্তু এখন তা ধুলোটে ইতিহাস। খুন তো দূরের কথা, কাউকে আঘাত করার কথাও কেউ ভাবতে পারে না। অস্ত্রশস্ত্র আমরা একমাত্র জাদুঘরে গেলে দেখতে পাই। তা ছাড়া অস্ত্র ব্যবহারের কোনও অবকাশ নেই। সেখানে কোনও অস্ত্র পাওয়াও যায় না। কিন্তু মৃগাঙ্কবাবু একটা অস্ত্র দিয়ে আমাকে ভয় দেখাচ্ছিলেন। আমি ভয় না পাওয়ায় উনি রেগে গিয়ে আমাকে ঘুসি মারেন। তাঁর লোকেরা আমার হাত থেকে ঘড়িটা জোর করে খুলে নেওয়ার চেষ্টা করে। কিন্তু এর স্ট্র্যাপটা একটা বিশেষ পদ্ধতি ছাড়া খোলে না। তারা চেষ্টা করেও পারেনি।"

"কিন্তু ভোলানাথ, প্রাণের চেয়ে তো আর ঘড়িটার দাম বেশি নয়। তুমি ঘড়িটা দিয়ে দিলেই পারতে!"

"পারতাম। কিন্তু সেটা ভয়ংকর অবিমৃশ্যকারিতা হয়ে যেত। এই ঘড়িটার ঠিকঠাক ব্যবহার না হলে পৃথিবীতে প্রলয় হয়ে যেতে পারত।"

"তার মানে?"

"এই ঘড়ি আকাশে হঠাৎ ঝড়ের মেঘের সঞ্চার ঘটাতে পারে, সমুদ্রে বিপুল তরঙ্গ তুলতে পারে, এর ভিতর থেকে বস্তুকণা ছুটে গিয়ে যে-কোনও ধাতু বা পাথরকে এফোঁড়-ওফোঁড় করে দিতে পারে। এই জিনিস মৃগাঙ্কবাবুর হাতে পড়লে অঘটন ঘটতেই পারত।"

"তা বটে।"

"আরও একটা কথা আছে। এই ঘড়ি আমার কাছে না থাকলে দেশের লোকেরা আমার সন্ধান পাবে না। এই ঘড়ির সংকেত ধরেই তারা একদিন আসবে।"

"এটা তাদের বুঝিয়ে বলেছ?"

"বলেছি! কেউ আমার কথা বুঝতে পারেনি। শুধু বেঁটে আর রোগা চেহারার একটা লোক একটু টের পেত। কিন্তু সে ভিতু মানুষ। বুঝেও আমাকে রক্ষা করতে পারেনি।"

"তোমার ঘড়িটার মধ্যে কি সত্যিই অত ক্ষমতা আছে?"

"দেখুন।" বলে ভোলানাথ তার বাঁ হাতটা তুলে ডান হাত দিয়ে ঘড়ির এক পাশে সামান্য চাপ দিল। সঙ্গে সঙ্গে একটা তীব্র শিসের শব্দ তুলে কী একটা বস্তু ছুটে গিয়ে দরজার পাশের দেওয়ালটায় একটা প্রায় আধ ইঞ্চি ফুটো করে বেরিয়ে গেল।

"সর্বনাশ! এ তো সাংঘাতিক জিনিস!"

"এটা কিন্তু অস্ত্র নয়। আমাদের কাজের যন্ত্র হিসেবেই এর ব্যবহার।"

"তারপর?"

"দশ দিনের দিন মৃগাঙ্কবাবু ধৈর্য হারিয়ে আমাকে আক্রমণ করলেন। প্রথমটায় তাঁর দলবল আমাকে কিল-চড়-লাথি মারতে থাকে। আমি ভীষণ অবাক। মানুষের হাত-পা যে অন্যকে ব্যথা দেওয়ার জন্য ব্যবহার করা যায়, তা আমার জানাই ছিল না।"

"তাই তুমি উলটে মারতে পারোনি?"

"না। তবে আমার প্রাণশক্তি সাংঘাতিক। অত মার খেয়েও ভেঙে পড়িনি।"

"তা আমি জানি। তোমার মতো জোরালো হার্ট আর লাংস আমি কখনও দেখিনি। তোমার মাস্‌ল পাওয়ারও অবিশ্বাস্য। জলে বহুক্ষণ ডুবে থেকেও তোমার তেমন কিছুই হয়নি। প্রচণ্ড মার খেয়ে এবং পেটে গুলি লাগা সত্ত্বেও তোমার নাড়ি খুবই সবল স্বাভাবিক ছিল। তোমার ভাইটাল ফোর্স যে অসাধারণ তা আমি জানি। তুমি উলটে মারলে ওরা দাঁড়াতেই পারত না।"

"কী করব বলুন। আমি কখনও কাউকে মারিনি। কেউ আমাকে কখনও মারেনি। মারপিট ব্যাপারটাই আমাদের জানা নেই।"

"তারপর কী হল?"

"মার খেয়ে পালানোর জন্য আমি সিঁড়ি বেয়ে ছাদে চলে যাই। তখন আমাকে কেউ গুলি করে। বাধ্য হয়ে আমি তিনতলার ছাদ থেকে লাফ দিয়ে পড়ি এবং অনেকটা দৌড়ে গিয়ে নদীতে ঝাঁপ দিই।"

বিস্মিত করালী বললেন, "তিনতলার ছাদ থেকে লাফ! তোমার হাত পা ভাঙল না?"

"এখানে মাধ্যাকর্ষণ খানিকটা কম, আর আমার শরীর খুব নমনীয়। তাই তেমন লাগেনি। তবে ওরা উপর থেকে গুলি চালাচ্ছিল বলে আমার প্রাণের ভয় ছিল। ভাগ্য ভাল যে আমি ঘণ্টায় একশো মাইল বেগে দৌড়তে পারি।"

"বাপ রে! তবে আমি অবিশ্বাস করতে পারছি না। তোমার পায়ের মাংসপেশির গড়ন ও নমনীয়তা আমি পরীক্ষা করেছি। তোমার কথা সত্যি হতে পারে।"

"মিথ্যে কথা ব্যাপারটা আমাদের মাথায় আসে না। আমাদের মস্তিষ্কের প্রোগ্রামিং-এর মধ্যে ওটা নেই।"

করালী দুঃখের সঙ্গে বললেন, "ঠিক কথা। হীন সমাজেই মিথ্যার প্রচলন আছে। উন্নত সমাজে মিথ্যা এক অপ্রয়োজনীয় আবর্জনা।"

এরপর কিছুক্ষণ ভোলানাথের শব্দতরঙ্গ শুনতে পেলেন না করালী। জিজ্ঞেস করলেন, "তুমি কি ঘুমিয়ে পড়েছ?"

"না, আমি আমার পৃথিবীতে এই আশ্চর্য জগতের কথা জানাচ্ছি। ভাল-খারাপ সত্যি-মিথ্যে, গরিব-বড়লোক, টাকা-পয়সা, মারপিট, অস্ত্রশস্ত্র নিয়ে কী অদ্ভুত এই গ্রহ। কিন্তু এখানে তীব্র উত্তেজনা আছে, বাঁচার ক্ষুধা আছে। আমাদের নিস্তরঙ্গ জীবনের মতো নয়। আমার কিন্তু খারাপ লাগছে না। বরং নিজের জগতে ফিরে যেতে হবে বলে মন ভার লাগছে।"

নয়

"বলি ওহে নাস্তিক! কাণ্ডটা দেখলে? কুলাঙ্গার, কুলাঙ্গার! এরাই অঘোরগঞ্জের নাম ডোবাবে দেখছি। শরীরচর্চা নেই, প্যাঁচপয়জার শিখল না, রিফ্লেক্স নেই, বুক ফুলিয়ে মস্তানি করে বেড়ায়। ছিঃ ছিঃ, দুটো গুন্ডা পাঁচজনকে পিটিয়ে পাট পাট করে দিয়ে গেল হে! দেখে আমার রক্ত গরম হয়ে যাচ্ছে!"

"সবই স্বচক্ষে দেখলাম দাদা। বলতে দুঃখ হয় যে, গোপাল গুছাইত সম্পর্কে আমার ভাগনে।"

কথা হচ্ছিল গভীর রাতে। যোগেন পালোয়ান আর মুকুন্দ রায়ের মধ্যে। দু'জনেই ভারী লজ্জিত আর মনমরা।

যোগেন বলল, ''এর একটা বিহিত হওয়া দরকার। আমি গিয়ে হাউড় দিয়ে পড়ে গুন্ডাদুটোকে রদ্দার পর রদ্দা দিয়েছি বটে, কিন্তু শরীরটা না থাকায় তেমন সুবিধে হল না।''

মুকুন্দ বিরক্ত হয়ে বলল, ''আপনি শুধু শরীর বোঝেন। চিরটাকাল দেখলুম, শরীর নিয়ে পড়ে রইলেন। এই ডনবৈঠক মারছেন, এই গদা ঘোরাচ্ছেন, এই এক কাঁড়ি ছোলা খেলেন, ছ'টা-সাতটা কাঁচা ডিম মেরে দিলেন, আর সারাদিন মাস্‌ল নাচিয়ে নাচিয়ে বেড়ালেন। বলি, মস্তিষ্কের চর্চা কোনওদিন করেছেন?''

যোগেন রুখে উঠে বলল, ''তার মানে কি তুমি বলতে চাও যে, আমি বোকা কিংবা আহাম্মক!''

''তা বলব কেন? বুদ্ধি আপনারও কিছু কম নেই। কিন্তু চিন্তাটা সব সময় শরীরের দিকেই বা কেন যাবে? মাথা খাটিয়ে একটা ফন্দিফিকির বের করতে হবে তো!''

''সেটাই তো বলতে আসা। তুমি হলে ভাবন কাজি। সারাদিন বসে বসে আকাশ-পাতাল ভেবে যাচ্ছ। শরীরটা পলকা হলেও তোমার বুদ্ধির কিছু জোর আছে বটে। তা ভেবে একটা উপায় বের করে ফেলো তো! এরকম অত্যাচার-অবিচার তো আর সওয়া যায় না। অঘোরগঞ্জে একটা খুনখারাপি হয়ে গেলে যে লজ্জার শেষ থাকবে না। মাত্র দুটো গুন্ডা এসে সন্ত্রাস সৃষ্টি করবে, আর আমরা বসে বসে দেখব? মগের মুল্লুক নাকি?''

''তা গুন্ডা দুটো চায় কী?''

''কেন, তুমি খবর রাখো না?''

''না দাদা। আপনি তো জানেন, আমি কোনওকালেই গাঁয়ের কূটকচালিতে থাকি না।''

''হ্যাঁ, তুমি একটু আলগোছ লোক বটে। চিরু আর শচি হল ঘড়িয়াল মৃগাঙ্কর পোষা গুন্ডা। তুমি তো জানোই যে, মৃগাঙ্ক ঘড়ির জন্য জান দিতে পারে। নিতেও পারে। ওই যে 'শতম' নামে একটা গ্রহ আছে, সেখান থেকে রা নামে এক ছোকরা কী করে যেন এসে পড়েছিল। এসেই মৃগাঙ্কর পাল্লায় পড়ে যায়। সেই ছোকরার হাতে একটা আজব ঘড়ি দেখেই বখেরা শুরু। মেরেই ফেলেছিল, বরাতজোরে বেঁচে যায়। এখন সে করালীডাক্তারের হেফাজতে। কিন্তু তার প্রাণ সংশয়। চিরু আর শচি খুঁজে পেলে তার আর রক্ষে নেই।''

''শতম গ্রহ? সেটা কোথায় বলুন তো!''

"তোমাকে বলে কী লাভ? তুমি ঘরকুনো লোক, মরে ইস্তক অঘোরগঞ্জের সীমানা পার হওনি আজ পর্যন্ত। আমি তো ফাঁক পেলেই এ গ্রহে সে গ্রহে টুঁ মেরে আসি। শতমেও বারকয়েক গেছি।"

"সেটা কি ভাল জায়গা?"

যোগেন মুখ বিকৃত করে বলল, "তা খারাপ নয়। বেশ ডিসিপ্লিন আছে বটে। মজা কী জানো? সেখানে তেমন কোনও মজাই নেই। মূক-বধিরের রাজ্য বলে মনে হবে। তারা নাকি সব মনে মনে কথা কয়, স্পিকটি নট। টাকা-পয়সার প্রচলন নেই, কেনাকাটা নেই, পালপার্বণ নেই, যে যার মুখ বুজে কাজ করে যায়। কখনও কোনও ঘটনা ঘটে না। মন্দ নয়, তবে বড্ড ভ্যাদভ্যাদে।"

"বুঝলুম। তবে আপনার ভাল না লাগলেও, আন্দাজ করছি, সেটাই আমার উপযুক্ত জায়গা। চুপচাপ বসে ভাবনাচিন্তার খুব সুবিধে হয় ওরকম একটা জায়গায় গিয়ে বাস করলে।"

"তা যা বলেছ। যেতে চাও নিয়ে যাব'খন। এক লম্ফে পৌঁছে যাওয়া যায়। কিন্তু উপস্থিত কী করা যায় সেটা ভেবে বের করে ফেলো তো!"

"ভাবছি। একটু সময় দিন।"

"তুমি ভাবো, আমি ততক্ষণে নিশাপতি আর বাচস্পতিমশাইকেও ব্যাপারটা ভেঙে বলে আসি।"

সর্বেশ্বরের জিলিপি-কচুরির দোকানে সকালবেলাটায় বেশ ভিড় হয়। সর্বেশ্বরের হিঙের কচুরি আর সাড়ে সাত প্যাঁচের জিলিপি এ তল্লাটে যেমন বিখ্যাত, তেমনই নামডাক তার চায়ের।

অঘোরগঞ্জে একজন সন্ত্রাসবাদী বা ডাকাত বা ফেরারি আসামি ঢুকে যে করালীডাক্তারের বাড়িতে আশ্রয় নিয়েছে, সেটা নিয়েই আজ সকলে উত্তেজিত হয়ে আলোচনা করছিল। পাগল, মারকুটে, রাগি এবং রোখাচোখা করালীডাক্তারের ভয়ডর বলে কিছু নেই। তার উপর বরাবর উনি বিপজ্জনক সব কাজ করে থাকেন। সেই জন্য সরেজমিনে গিয়ে কেউ ব্যাপারটা তদন্ত করে আসতে পারেনি। ব্যায়ামবীর বিরজা, শিবকালীবাবু, বটকৃষ্ণ মণ্ডলরা কয়েকজন গিয়েছিল বটে, কিন্তু ব্যাপারটা এখনও ভারী ধোঁয়াটে।

দোকানের বাইরের বেঞ্চে বসে দুটো লম্বা-চওড়া লোক শালপাতার ঠোঙায় কচুরি আর জিলিপি খেতে খেতে চুপ করে বসে কথাবার্তা শুনে যাচ্ছিল। খদ্দেররা খানিকটা ভয় খানিকটা সন্দেহের চোখে বারবার তাদের দিকে তাকাচ্ছে। তারা ভ্রুক্ষেপ করছে

না। তাদের চেহারায় আর চোখে এমন কিছু আছে যাতে কেউ তাদের ঘাঁটাতে সাহস না পায়, এটা তারা জানে।

সব শুনে চিরু চাপা গলায় বলল, ‘‘শুনলি?’’

শচিও মৃদু স্বরে বলল, ‘‘হুঁ। কিন্তু মুশকিল আছে।’’

‘‘কীসের মুশকিল?’’

‘‘করালী ভেড়ুয়া নয়।’’

‘‘পিস্তলের সামনে সবাই ভেড়ুয়া।’’

‘‘চুপচাপ বসে থাক। করালীর বাজারে চেম্বার আছে। দশটায় চেম্বার খুলতে যাবে। তখন বাড়ি ফাঁকা।’’

ক্রমে ক্রমে বেলা দশটা বাজতে চলল। সর্বেশ্বরের দোকান ফাঁকা হয়ে গেছে। শুধু চিরু আর শচি স্থির হয়ে বসে আছে আর মাঝে-মাঝে ঘড়ি দেখছে।

প্রায় সাড়ে দশটা যখন বাজে তখন শচি বিরক্ত হয়ে বলল, ‘‘নাঃ, আর দেরি করা ঠিক হবে না। কাজ হাসিল করে যেতে পারলে লাখ খানেক টাকা হাতে আসবে।’’

‘‘আমিও তো তাই বলি। দরকার হলে করালীকে উড়িয়ে দেওয়া যাবে। চল।’’

দু’জনে ধীরেসুস্থে দাম মিটিয়ে উঠে পড়ল।

‘‘বগলাপতি, শুনতে পাচ্ছ?’’

‘‘কে?’’ বলে বগলাপতি পথের মাঝখানে থমকে দাঁড়িয়ে এদিক-সেদিক চাইতে লাগলেন।

শঙ্কাচরণ আর বিপদভঞ্জন দু’পাশ থেকে বলে উঠল, ‘‘কী হল বগলাঠাকুর?’’

‘‘কে ডাকল বল তো!’’

‘‘কে ডাকবে? ভুল শুনেছেন।’’

‘‘তাই হবে!’’ বলে বগলাপতি ফের এগোতে লাগলেন। হঠাৎ ফের সেই কণ্ঠস্বর, ‘‘বলি ও বগলা! বেশ স্পষ্ট শুনছ তো আমার গলা?’’

‘‘অ্যাঁ!’’ বলে ফের বগলাপতি দাঁড়িয়ে গেলেন।

শঙ্কা আর বিপদ মুশকিলে পড়ে গেল। শঙ্কা বলল, ‘‘বলি দিনেদুপুরে কি ভূতের ডাক শুনতে পেলেন নাকি বগলাঠাকুর।’’

‘‘চুপ! চুপ! শুনতে দে ভাল করে। কে যেন কী বলছে।’’

কণ্ঠস্বরটি বলল, ‘‘আমি যোগেন হে! মনে আছে?’’

বগলাপতি কাঁপতে কাঁপতে বললেন, ‘‘যে আজ্ঞে! কিন্তু আ-আমি যে মূর্ছা যাব...’’

"খবরদার ও কাজ কোরো না। তা হলেই কেলেঙ্কারি। মন দিয়ে শোনো। আমি তোমার ভিতরে ঢুকে পড়েছি। তোমার ভিতরটা অতি যাচ্ছেতাই। গাদা-গাদা চর্বি জমে আছে চারধারে। ব্যায়াম-ট্যায়ামের তো বালাই নেই তোমার। এ শরীরে বসবাস করতে তোমার ঘেন্না হয় না? যাকগে, কী আর করা। এখন কিছুক্ষণের জন্য ক্ষমাঘেন্না করে এই চর্বির পিণ্ডের মধ্যেই থাকতে হবে আমাকে।"

"ওরে বাবা! আমার ভিতরে যোগেন পালোয়ান! তা হলে মূর্ছা ঠেকাব কী করে?"

"মূর্ছা গেলে তোমার মুন্ডু ছিঁড়ে নেব। স্টেডি হয়ে দাঁড়াও। অত কাঁপছ কেন? করালীর বাড়িতে দুটো গুন্ডা ঢুকছে। তাদের মতলব ভাল নয়। খুনখারাপি হতে পারে। তুমি পা চালিয়ে যাও। গুন্ডাদুটোকে দেখলেই ঝাঁপিয়ে পড়বে। কোনও ভয় নেই।"

"বাপ রে! জীবনে গুন্ডা-পেটাই করিনি যে!"

"আহা, তোমাকে কিছু করতে হবে না। তোমার হয়ে লড়বে তো যোগেন পালোয়ান। বলি, গায়ে একটু জোরবল টের পাচ্ছ?"

"তা পাচ্ছি বোধ হয়।"

"তা হলে আর কী? মাভৈঃ বলে তেড়ে যাও তো!"

বগলাপতি হঠাৎ হুহুংকার দিয়ে বলে উঠলেন, "এই যাচ্ছি! দেখি তো কার এত সাহস যে অঘোরগঞ্জে এসে মস্তানি করে যায়?"

শঙ্কাচরণ আর বিপদভঞ্জন হাঁ হয়ে বগলাপতির ছুট দেওয়া দেখল, তারপর তারাও চটপট পিছু নিল।

বগলাপতি যখন অকুস্থলে পৌঁছলেন তখন চিরু আর শচি কাজ অনেকটাই এগিয়ে ফেলেছে। পিস্তলের বাঁট দিয়ে মেরে করালীডাক্তারকে অজ্ঞান করে দিয়েছে। পিস্তল বাগিয়ে সবে চিরু এগোচ্ছে ভোলানাথের দিকে। সুরবালা অজ্ঞান হয়ে পড়ে আছেন।

বগলাপতি ঝড়ের মতো ঢুকলেন, আর তার পরই তাঁর মুগুরের মতো ঘুসিতে চিরু ছিটকে পড়ল। পিস্তল খসে গেল হাত থেকে। বগলাপতি এবার শচির দিকে ঘুরে দাঁড়াতেই দরজার কাছ থেকে কে যেন আর্তনাদ করে উঠল, "না-না, বগলাঠাকুর, ওকে মারবেন না, ওটা আমার ভাগে।" বলতে বলতেই গোপাল গুছাইত ঘরে ঢুকেই ল্যাং মেরে শচিকে ফেলে বুকের উপর চেপে বসে মোক্ষম এক ঘুসোয় তার চোখ উলটে দিল।

লড়াই শেষ। শঙ্কাচরণ আর বিপদভঞ্জন তাড়াতাড়ি দড়ি এনে দু'জনকে পাছমোড়া করে বেঁধে ফেলল।

জীবনে যিনি কখনও বগলাপতিকে চিটিংবাজ ছাড়া সম্বোধন করেননি, সেই করালীডাক্তারের আজ কী হল কে জানে, মাথায় হাত বোলাতে বোলাতে উঠে দাঁড়িয়ে সবিস্ময়ে বগলাপতির দিকে চেয়ে বললেন, ‘‘ধন্যবাদ বগলাবাবু। আপনি সময়মতো না এলে এই ছেলেটা খুন হয়ে যেত। কিন্তু এসব কী হচ্ছে বলুন তো!’’

ঠিক এই সময়ে ভোলানাথের টেলিপ্যাথি করালীডাক্তার থেকে শুরু করে সবাই শুনতে পাচ্ছিল। ভোলানাথ বলল, ‘‘এসব ঘটে বলেই পৃথিবীতে বেঁচে থাকার আলাদা একটা আস্বাদ আছে। আমাদের শতম গ্রহে আমরা পাঁচশো বছর বেঁচে থাকি বটে, কিন্তু বেঁচে থাকাটাকে আপনাদের মতো টের পাই না। আমার ভারী ভাল কাটল কয়েকটা দিন। মার খেলাম, গুলি খেলাম, প্রাণ বাঁচাতে পালালাম, বেশ লাগল কিন্তু। এবার আমার ফিরে যাওয়ার সময় হয়েছে। ওই দেখুন, আমাকে নিয়ে যেতে নল এসে গেছে। আমি যাচ্ছি। কিন্তু ফের কখনও আসব। বারবার আসব। জীবনের স্বাদ নিয়ে যাব। বিদায়।’’

সবাই অবাক হয়ে দেখল, জানালার গ্রিল ভেদ করে একটা গোল মৃদু আলোর ফোকাস এসে বিছানায় পড়েছে।

ধীরে ধীরে আলোটা ভোলানাথকে গ্রাস করে নিচ্ছিল। যেন আলোর মধ্যে মিলিয়ে যাচ্ছে ছেলেটা। আবছা হয়ে যাচ্ছে। নেই হয়ে যাচ্ছে।

মুকুন্দ রায় তার ভাগনে গোপাল গুছাইতের শরীর থেকে লাফ দিয়ে নেমে উত্তেজিত গলায় বলল, ‘‘এই হল সায়েন্স! একেই বলে বিজ্ঞান। দেখছেন তো যোগেনদা, সায়েন্স কাকে বলে! আমিও এই নলের মধ্যে ঢুকে পড়ছি। কুসংস্কার আর অন্ধবিশ্বাসে আচ্ছন্ন এই পৃথিবীতে আর নয়। ভোলানাথের সঙ্গেই আমি শতম গ্রহে চলে যাচ্ছি।’’

বগলাপতিকে ছেড়ে যোগেন পালোয়ান ফাঁকা জায়গায় দাঁড়িয়ে ছিল। বলল, ‘‘আহা, নল দিয়ে যাওয়ার দরকারটা কী হে! এক লম্ফেই তো চলে যাওয়া যায়!’’

মুকুন্দ নলের মধ্যে হামাগুড়ি দিয়ে ঢুকে যেতে যেতে বলল, ‘‘না, না! আমি ওসব ভুতুড়ে কাণ্ডকারখানায় বিশ্বাসী নই। আমি সায়েন্সে বিশ্বাসী। বিজ্ঞান আর যুক্তি ছাড়া বিশ্বে আর কিছু নেই।’’

যোগেন বিরস মুখে বলল, ‘‘তা হলে এসো গিয়ে বাপু। দুনিয়ায় নাস্তিকের সংখ্যা যত কমে ততই মঙ্গল!’’

উঁহু

কার্তিক মাসের এই সকালবেলাটায় ঝলমলে রোদ আর মিঠে হাওয়ায় পায়েসপুরের চারদিকেই একটা প্রসন্ন ভাব। সদানন্দ গান গেয়ে ভিক্ষে করতে বেরিয়েছে। তার গলায় সুর নেই বটে, কিন্তু চেষ্টা আছে। কেপুবাবু তাঁর খোলা বারান্দায় মোড়া পেতে বসে একটা খবরের কাগজ পড়ছেন, যদিও কাগজখানা সাত দিনের পুরনো। আসলে তিনি পড়ছেন না, ওইভাবে রোজই তিনি চারদিকে নজর রাখেন। রাধাগোবিন্দবাবু তাঁর বাইরের ঘরে জানালার কাছে টেবিলের ধারে চেয়ার পেতে বসে আত্মমগ্ন হয়ে তাঁর আত্মজীবনী লিখছেন। প্রথমে বইয়ের নাম দিয়েছিলেন 'এক বীরের আত্মকথা'। তারপর সতেরোবার নাম বদল করে ইদানীং নাম দিয়েছেন 'দারোগার দীর্ঘশ্বাস'। এই নামও হয়তো বদলে যাবে। তবে এই বইয়ে নানা দুর্ধর্ষ অভিযান এবং রোমহর্ষক লড়াইয়ের কথা আছে বলে শোনা যায়। বই বেরোলে বনমালীর মোচার চপের মতোই দেখ-না-দেখ বিকিয়ে যাবে বলে তাঁর ধারণা। আজ সকালে হারানবাবু তাঁর চশমা খুঁজে পাচ্ছেন না। গতকাল তাঁর নস্যির ডিবে হারিয়েছিল। পরশু হারিয়েছিল তাঁর হাওয়াই চটির একটা পাটি। তার আগের দিন গায়েব হয়েছিল তাঁর হাতঘড়ি। হারানবাবুর নাম মোটেই হারান নয়। তাঁর নাম হারাধন খাঁড়া। কিন্তু প্রায়ই জিনিস হারিয়ে ফেলেন বলে লোকে তাঁর নাম রেখেছে হারান।

কদমতলায় বসে মদনপাগলা একটা ঝাঁটার কাঠি দিয়ে মাটিতে আঁক কাটতে-কাটতে বলছে, "দুইয়ে-দুইয়ে চার হয় সে না হয় বুঝলুম, তিনে দুইয়ে পাঁচ হয় এটাও না হয় মেনে লওয়া গেল, কিন্তু চারটে জিলিপির সঙ্গে দুটো শিঙাড়া যোগ করলে কেমন হয় সেটাই বোঝা যাচ্ছে না।"

তারক তর্কালঙ্কার বাজার করে ফিরছিল, উলটো দিক থেকে আসছিল সবজান্তা জয়লাল। জয়লালকে দেখেই তারক মুখ ঘুরিয়ে তাড়াতাড়ি নবীনমাস্টারের বাড়ির ফটকের কাছে গিয়ে হাঁক মারল, "কই হে মাস্টার, এসো তো, আজ রিলেটিভিটি নিয়ে একহাত হয়ে যাক।"

ওদিকে জয়লালও তারককে দেখে বিপরীত দিকে হাঁটা দিয়ে গোপালময়রার

দোকানে ঢুকে পড়ে বলতে লাগল, "দেদো সন্দেশ তৈরির কায়দাটা একদিন তোমাকে শিখিয়ে যাব হে গোপাল।"

আসলে তারক আর জয়লালের ইদানীং ঝগড়ার জের চলছে। কেউ কারও মুখদর্শন করে না। ব্যাপারটা হয়েছিল কী, একদিন মদনপাগলার খুব বাই উঠেছিল, মেঘের খিচুড়ি খাবে। একটা মেটে হাঁড়ি নিয়ে মেঘ ধরার জন্য ইটভাটার মাঠে ঘাপটি মেরে বসে ছিল। তাই দেখে জয়লাল অত্যন্ত তাচ্ছিল্যের সঙ্গে বলেছিল, "হুঁঃ, মেঘের খিচুড়ি! এর পর শুনব আকাশের পায়েস, জলের বেগুনি, বাতাসের চচ্চড়ি এসবও হবে। পাগল আর কাকে বলে!"

জয়লালের মন্তব্যটা তারকের তেমন পছন্দ হল না। সে বরাবর মনে-মনে ধারণা করে এসেছে যে, মদনপাগলা সাধারণ পাগল নয়, জ্ঞানী পাগল। তাই সে বলল, "মেঘের খিচুড়ি হবে না কেন হে! মেঘ থেকে বৃষ্টি হয়, আর বৃষ্টির জল ধরে তাই দিয়ে খিচুড়ি রাঁধলেই হল। মদনের কথার ভিতর একটা ডেপ্থ থাকে, বুঝেছ! তলিয়ে বুঝতে হয়।"

এ কথায় চটে গিয়ে জয়লাল বলল, "তা বৃষ্টির জল তো পুকুর-টুকুরেও পড়ছে, সেই জল দিয়ে খিচুড়ি রাঁধলে সেটাও কি তোমার ওই মেঘের খিচুড়ি নয়?"

তারক দৃঢ়তার সঙ্গে বলল, "না, তা নয়! ডাইরেক্ট বৃষ্টির জলের মধ্যে যে ইলেকট্রিসিটি থাকে, তা পুকুরে পড়লে নষ্ট হয়ে যায়। দেখোনি, গ্রীষ্মকালে বৃষ্টি না হলে লঙ্কার ঝাল কমে যায়। যতই জল ছিটোও না কেন, কিছুতেই ঝাল আসে না। কিন্তু যেই দু' ফোঁটা বৃষ্টির জল লঙ্কাগাছে পড়ল, অমনি চিড়বিড়িয়ে উঠল তার ঝাল।"

এই নিয়েই দু'জনের ঝগড়া তুঙ্গে উঠে গেল। গত পনেরো দিন তাদের বাক্যালাপ, মুখদর্শন বন্ধ।

'ইন্ধনহীন রন্ধন' নামে এক আশ্চর্য উনুন আবিষ্কার করে প্রযুক্তিবিদ হলধর ঘোষ সারা গাঁয়ে হুলস্থুল ফেলে দিয়েছিলেন। কয়লা, কাঠ, গ্যাস বা বিদ্যুৎ, এমনকী সৌরশক্তি ছাড়াই তাতে রান্না হওয়ার কথা। দুঃখের বিষয়, শেষ অবধি সেই চুল্লিতে অনেক চেষ্টায় একবাটি জল একটুখানি গরম হয়েছিল মাত্র। হলধরের আবিষ্কৃত 'অটো মিস্তিরি' নামক আশ্চর্য যন্ত্রের রেডিয়ো, টিভি বা যে-কোনও বস্তু মেরামত করার কথা। কার্যত কী একটা গোলযোগে সেটা আজও চালু করা যায়নি। তাঁর অটো ইস্তিরি যন্ত্র তো আরও সরেস। ধুতি, পাঞ্জাবি, শার্ট, প্যান্ট, শাড়ি অতি যত্নে ঠিকঠাক ভাঁজ ও ইস্তিরি করে দিতে পারে। কী একটা সামান্য উপকরণের অভাবে সেটাও এখনও সচল হয়নি। তবে এসব ছাড়াও হলধর বিস্তর জিনিস আবিষ্কার করে

থাকেন, কিন্তু সেগুলোর উপযোগিতা কী তা এখনও ভেবে উঠতে পারেননি।

গত কয়েকদিন একটি আবিষ্কার নিয়ে মগ্ন ছিলেন হলধর। কাল সারারাত জেগে আজ ভোরেই তাঁর কাজ শেষ হয়েছে। আনন্দে ডগমগ করতে করতে তিনি বাইরের ঘরে ঢুকে হুংকার দিয়ে বললেন, "ইউরেকা! ইউরেকা!"

বাইরের ঘরে খগেন তপাদার, নিমাই বিশ্বাস, ব্রজেন বোস, গজপতি রায়, নগেন সর্বাধিকারী প্রমুখ গাঁয়ের মাথা-মাথা লোকেরা বসে গুলতানি করছেন। রোজই করেন। কারণ, হলধরের বাড়িতে রোজই সকালে ফুরফুরে চিঁড়েভাজা আর সুগন্ধি চায়ের ব্যবস্থা থাকে। 'ইউরেকা' শুনে কেউ বিশেষ উদ্বেলিত হলেন না। কারণ, তাঁরা এই ঘোষণা প্রায়ই শুনে থাকেন। গজপতি রায় বললেন, "তা কী জিনিস আবিষ্কার করলে হে?"

হলধর অত্যন্ত তাচ্ছিল্যের সঙ্গে বললেন, "সে আপনারা বুঝবেন না।"

"আহা, আমাদের বুঝবার দরকারটাই বা কী? কথা হল, তুমি নিজে বুঝে উঠতে পেরেছ কি না।"

হলধর গম্ভীর গলায় বললেন, "বোঝা যাবে মশাই, দু'-চার দিনের মধ্যেই বোঝা যাবে। তারপর দেখবেন, দুনিয়ার তাবড় সায়েন্টিস্টরা লাট খেয়ে এসে এই পায়ের উপর পড়বে।"

খগেন তপাদার শঙ্কিত গলায় বলে উঠলেন, "উঁহু, উঁহু, ওটা মোটেই ঠিক হবে না। অত হোঁতকা, পেল্লায় চেহারার সাহেব এসে তোমার প্যাঁকাটির মতো পায়ে হুমড়ি খেয়ে পড়ে কুমড়ো গড়াগড়ি খেলে তোমার সুবিধে কী? দু'খানা তো মোটে পা, অত সাহেবের মধ্যে ভাগাভাগি হলে যে ভাগের পা গঙ্গাযাত্রা করবে হে!"

হলধর রোষকষায়িত লোচনে খগেনের দিকে খানিকক্ষণ চেয়ে থেকে তাকে ভস্ম করার একটা চেষ্টা করে বললেন, "জানো, আমি একসময় ফার্স্ট ডিভিশনের ফুটবল খেলোয়াড় ছিলাম! কোন সাহসে তুমি বললে যে, আমার পা প্যাঁকাটির মতো?"

ব্রজেন বোস তাড়াতাড়ি মাঝখানে পড়ে বললেন, "আহা, যেতে দাও ভায়া, যেতে দাও! একথা কে না জানে যে, খগেনের চোখে ছানি পড়েছে! আর এও সবাই জানে যে, তুমি একসময় দুর্দান্ত ফুটবল খেলতে। বিজ্ঞানের পায়ে সেই ফুটবলকে উৎসর্গ করেছ বই তো নয়! একসময় ফুটবল নিয়ে তুমি যেমন ছিনিমিনি খেলতে আর অপোনেন্টকে ধোঁকা দিয়ে বোকা বানাতে, আজও তেমনই বিজ্ঞানকে নিয়ে ছিনিমিনি খেলছ আর পাঁচজনকে ধোঁকা দিয়ে বোকা বানিয়ে চলেছ।"

কথাটা শুনে হলধর প্রথমটায় খুশি হয়ে মাথা নাড়ছিলেন, কিন্তু অন্য সকলের

খুকখুক হাসির শব্দ পেয়ে গম্ভীর হয়ে বললেন, "ব্রজেন, কাল থেকে তোমার চা আর খগেনের চিঁড়েভাজা বন্ধ।"

ব্রজেন দুঃখিত হয়ে বললেন, "কলিকালের সবচেয়ে বড় লক্ষণ কী জানো? লোকে ভাল কথাকেও উলটো করে বোঝে।"

দাড়ি-গোঁফ এবং চিন্তায় সমাচ্ছন্ন হয়ে নগেন সর্বাধিকারী এতক্ষণ এক পাশে চুপ করে বসে ছিলেন। বলতে কী, তিনিই পায়েসপুরের সবচেয়ে বলিয়ে-কইয়ে আর হাসিখুশি লোক। কিন্তু কয়েকদিন হল তাঁর মনটা বিশেষ ভাল নেই। কথা বন্ধ, কপালে চিন্তার ভাঁজ, চোখে অন্যমনস্কতা, মাঝে-মাঝে দীর্ঘশ্বাসও পড়ছে। "কী হয়েছে," জিজ্ঞেস করলে একটু অবাক হয়ে বলছেন, "কই, কিছু হয়নি তো!" চাপাচাপি করেও লাভ হচ্ছে না।

গাঁয়ের কেউ বলছে, নগেনের ছোট নাতি পান্টু গত পরীক্ষায় ইংরেজিতে ফেল করেছে বলে তাঁর মনখারাপ। পাড়ার ক্লাবের সেক্রেটারি সুবলের ধারণা, শিল্ডের খেলায় মোহনবাগান হেরে যাওয়ায় নগেন ভেঙে পড়েছেন। হারু নস্করের আরও গোপন খবর হল, বাসুচোর নাকি সেদিন রাতে নগেনবাবুর বাড়িতে হানা দিয়ে তন্নতন্ন করে হাতড়েও বাইশ টাকা পঞ্চাশ পয়সার বেশি না পেয়ে রেগে গিয়ে যাচ্ছেতাই ভাষায় কিপ্‌টে নগেনবাবুকে খুব অপমান করে যাওয়ায় তিনি গুম মেরে গিয়েছেন। লটারির এজেন্ট বিশ্বপতি দুঃখ করে বলেছে, "না না, ওসব নয়। তিন দুই পাঁচ সাত দুই এক নম্বর টিকিটে পাঁচ লাখ টাকা প্রাইজ পেয়ে কেতনপুর গাঁয়ের নবকুমার ট্রেনের ফার্স্ট ক্লাসে চেপে সপরিবার কাশ্মীর বেড়াতে চলে গেল। আর নগেনবাবুর টিকিটের নম্বর হল তিন দুই পাঁচ সাত দুই শূন্য। তাই নগেনবাবু ভারী মনমরা হয়ে পড়েছেন।"

তাঁর পাশের বাড়ির দ্বিজেন সামন্ত অবশ্য অন্য কথা বলে বেড়াচ্ছে, "কয়েকদিন আগে নাকি এক জটাজূটধারী পেল্লায় চেহারার সাধু এসে নগেনকে বলল, 'তোর ভাগ্য খুলে গেল রে ব্যাটা। ছপ্পর ফুঁড়ে তোর পয়সা আসছে। তার আগে এই সাধুকে একটু ভোজন করা তো ব্যাটা!' এই শুনে নগেনবাবু রেগে গিয়ে সাধুকে বাংলা, ইংরিজি এবং হিন্দিতেও খুব গালাগালি করেন, 'কেটে পড়ো, গেট আউট এবং ভাগো ইঁহাসে,' বলে তাড়িয়ে দেন। সাধু তখন ঝোলা থেকে একটা পাথর বের করে বলল, 'তুই কী জিনিস হারালি তা জানিস না! সারাজীবন বুক চাপড়ে, হা-হুতাশ করে মরবি। এই দেখ!' বলে সাধু পাথরটা ত্রিশূলে ঠেকাতেই নাকি ত্রিশূল সোনা হয়ে যায়। তাই দেখে নগেন মূর্ছা যান। মূর্ছা ভাঙার পর থেকেই তিনি নাকি ভেঙে পড়েছেন। বিস্তর খুঁজেও সাধুর টিকিটিও আর দেখা যায়নি।"

রটনাগুলো যে সব মিথ্যে এমন কথাও বলা যাবে না। নগেনবাবুর ছোট নাতি পান্টু গত পরীক্ষায় বাস্তবিকই ইংরেজিতে এগারো পেয়েছে। এও সত্যি যে, শিল্ডের খেলায় মোহনবাগান হেরেছে। আর ক'দিন আগে যে একটা চোর নগেনবাবুর বাড়িতে হানা দিয়েছিল এবং পরদিন ভূপেনদারোগা কী কী চুরি গিয়েছে তার তালিকা চাওয়ায় নগেনবাবু খুবই অপ্রতিভ মুখে আমতা-আমতা করেছিলেন, এও সবাই জানে। নবকুমার যে লটারিতে পাঁচ লাখ জিতেছে এবং নগেনবাবুর ভাগ্যে যে অল্পের জন্য শিকে ছেঁড়েনি, এটাও কারও অবিদিত নয়। দিনপাঁচেক আগে এক দুপুরে যে পেল্লায় চেহারার এক সাধু নগেনের বাড়িতে হানা দিয়েছিল এটাও ঘটনা। তবে ঠিক কী কারণে নগেনবাবু গুম মেরে গিয়েছেন সেটা এখনও স্পষ্ট বোঝা যাচ্ছে না।

চা আর চিঁড়েভাজা এসে গিয়েছে। কাজেই সকলেই ব্যস্ত হয়ে পড়লেন। ঠিক এই সময় হঠাৎ মৌনী ভেঙে নগেন সর্বাধিকারী অস্ফুট গলায় কী যেন একটা বলে উঠলেন। চিঁড়েভাজার দরুন কথাটা ভাল বোঝা গেল না। খগেন তপাদার একটু ঝুঁকে পড়ে বললেন, "কী যেন বললেন নগেনদা? কাবলিওয়ালা না কী যেন!"

নিমাই বিশ্বাস মাথা নেড়ে বললেন, "আরে না, না। নগেনদা বলল, সবরিকলা।"

গজপতি একটু তাচ্ছিল্যের হাসি হেসে বললেন, "দূর-দূর, নগেনদা স্পষ্ট বলেছেন পালকিওয়ালা।"

ব্রজেন বোস বললেন, "আমি যেন ডাল মে কালা শুনলাম।"

হলধর বিরক্ত হয়ে বললেন, "আহা, আপনাদের সবতাতেই হুড়োহুড়ি। নগেনদা তো আর বোবা নন, নিজেই বলবেন'খন। একটু সবুর করুন।"

নগেনবাবু ভারী বিস্মিত হয়ে সকলের মুখে চোখ বুলিয়ে বললেন, "কিছু বলেছি নাকি?"

নিমাই বিশ্বাস জোরের সঙ্গে বললেন, "আলবাত বলেছেন। দু' দিনের মৌনী ভেঙে এই তো প্রথম কথা ফুটল আপনার।"

নগেন চিঁড়ে চিবোতে চিবোতে বললেন, "তা হবে হয়তো। কিন্তু কী বলেছি সেটা আমারও আর মনে নেই।"

খগেন তপাদার চায়ে চুমুক দিয়ে বললেন, "কাবলিওলাটাকে আমিও দেখেছি বটে, তবে অনেকটা দূর থেকে। পরশু সকালের দিকে যখন খেতের কাজ তদারক করে ফিরছিলুম, তখন দূর থেকে যেন দেখলুম, ঝোলা কাঁধে দুল্‌কি চালে ব্যাটা বটতলার মোড় থেকে বাঁ দিকে ঘুরে গেল। বেশ ময়লা জামাকাপড়, আর তেমন লম্বা-চওড়াও নয়।"

হঠাৎ অস্ফুটস্বরে নগেন সর্বাধিকারী ফের কী একটা বলে উঠলেন।

নিমাই ঝুঁকে পড়ে বললেন, "কে এসে গিয়েছে? কার কথা বলছেন, ও নগেনদা?"

নগেনবাবু তাড়াতাড়ি গরম চায়ে চুমুক দিয়ে ভারী অবাক হয়ে বললেন, "কই বাপু, কিছু তো বলিনি!"

নিমাই দমে গিয়ে বললেন, "স্পষ্ট শুনলুম যে!"

অন্য সবাইও প্রায় সমস্বরে বলে উঠল, "আমরাও তো শুনেছি!"

নগেন উদাস হয়ে বললেন, "ওরে বাপু, পঁচাশি বছর বয়স হল, এখন দু'-চারটে কথা মুখ ফসকে বেরিয়ে যেতেই পারে। ও কিছু নয়।"

খগেন তপাদার দীর্ঘশ্বাস ফেলে বললেন, "নাঃ, ওই সাধুবাবাই কিছু একটা তুকতাক করে গিয়েছে দেখছি। নইলে নগেনদার মতো একটা হাসিখুশি লোক কী রাতারাতি আঙুর থেকে আমসি হয়ে যেতে পারে?"

হলধর ধমক দিয়ে বললেন, "তোমাদের মতো দুর্বলচিত্ত আর কুসংস্কারাচ্ছন্ন লোকেদের জন্যই আজও বুজরুকরা করে খাচ্ছে, বুঝলে? তুকতাকে যদি কাজ হত তা হলে আর সায়েন্সের দরকারই হত না।"

গজপতি বললেন, "আহা, চটো কেন ভায়া? তুকতাকটা কথার কথা! আমরা কেউ ওসবে মোটেই বিশ্বাস করি না। সায়েন্সেই আমাদের অচলা ভক্তি। নইলে সকাল থেকে এসে তোমার বাড়িতে ধরনা দিই কেন?"

হলধর ফুঁসে উঠে বললেন, "আপনি আর সাধু সাজবেন না। এই তো মাসখানেক আগে বগলামুখী কবচ আর রক্তপ্রবাল ধারণ করলেন, গেলবার শ্মশানকালীর সোনার নথ গড়িয়ে দিয়েছিলেন, গত সপ্তাহেও আপনার বাড়িতে সত্যনারায়ণ পুজো হয়েছে।"

গজপতি একগাল হেসে বললেন, "তা ভায়া, সত্যনারায়ণ পুজো না হয় খারাপ, কিন্তু তুমি যে সত্যনারায়ণের একবাটি সিন্নি বেশ চেটেপুটে খেলে?"

"সিন্নি খেতে অতি চমৎকার, তাই খেয়েছি। সত্যনারায়ণের প্রসাদ বলে তো আর খাইনি!"

ব্রজেন বোস বলে উঠলেন, "আমারও সেই কথা। নাস্তিক বলে কি সিন্নি খাব না? গজপতির বাড়ির সিন্নিটা হয়ও ভারী চমৎকার।"

হলধর চোখ রাঙিয়ে বললেন, "আপনি আর বলবেন না তো! আপনি আবার কবে থেকে নাস্তিক হলেন? হরিসভায় বসে কীর্তন শোনেন, শনিমন্দিরে গিয়ে রোজ সন্ধেবেলা নমো ঠোকেন, প্রতি বেস্পতিবার আপনার বাড়িতে লক্ষ্মীপুজো

হয়। নাস্তিক হতে বুকের পাটা চাই মশাই। ভণ্ডামি করে নাস্তিক হওয়া যায় না।”

ব্রজেন ভারী আহ্লাদের গলায় বললেন, “আহা, আমি তো সেই কথাই বলতে চাইছি। এই হরিসভায় বা শনিমন্দিরে যাওয়া বা বাড়িতে লক্ষ্মীপুজো করা, এসব হল ভণ্ডামি, ভিতরে ভিতরে আমি খুব নাস্তিক।”

ঠিক এই সময় নগেনবাবু একটা দীর্ঘশ্বাস ফেলে বললেন, “উঃ, পঁচাত্তর বছর পর!”

এ কথাটা সকলেই বেশ স্পষ্ট শুনতে পেলেন। কথাবার্তা থামিয়ে সবাই অবাক হয়ে নগেনবাবুর দিকে তাকিয়ে আছেন। নিমাই বিশ্বাস বলে উঠলেন, “পঁচাত্তর বছর পর কী নগেনদা?”

নগেন সর্বাধিকারী ভারী অপ্রতিভ হয়ে চারদিকে মিটমিট করে চেয়ে মাথা নেড়ে বললেন, “না না, ও কিছু নয়!”

নিমাই বিশ্বাস চেপে ধরলেন, “কিছু নয় বললে তো শুনব না নগেনদা। ‘পঁচাত্তর বছর পর’ কথাটার মানে কী?”

নগেন সর্বাধিকারী ভারী জড়সড় হয়ে চারদিকে টালুমালু করে তাকাতে তাকাতে বললেন, “না, এই বলছিলাম আর কী যে, পঁচাত্তর বছর বেশ লম্বা সময়। তা নয় কি?”

“তা তো বটেই। কিন্তু আপনার তা নিয়ে সমস্যা হচ্ছে কেন?”

ভারী অবাক হয়ে নগেনবাবু বললেন, “আমার সমস্যা! না না, আমার সমস্যা কীসের?”

গাঁয়ে গোয়েন্দাগিরিতে খগেন তপাদারের একটু খ্যাতি আছে। কোথাও চুরিটুরি হলে বা কারও বাড়িতে কিছু খোয়া গেলে, গোরু, ছাগল হারালে বা সন্দেহজনক কিছু ঘটলে খগেন তপাদারের খোঁজ পড়ে। বলতে নেই, খগেন তপাদার কিছু চুরি-জোচ্চুরির হিল্লে করে দিয়েছেন। অন্তত এক ডজন গোরু এবং গোটা পঁচিশেক ছাগলের হদিশ করে দিয়েছেন। এই তো সেদিন ময়রাগিন্নির হারানো সোনার বালা তাদেরই পুকুর থেকে উদ্ধার করেছিলেন। পায়েসপুরের শার্লক হোমস তিনিই। খগেন এবার ছোট চোখে নগেনবাবুর দিকে তাকিয়ে বললেন, “শুধু ‘পঁচাত্তর বছর পরই’ বলেননি, তার আগে আপনি ‘এসে গিয়েছে’ কথাটাও ব্যবহার করেছেন। তারও আগে বলেছেন ‘কাবলিওয়ালা’ বা ‘সবরিকলা’ বা ওই ধরনের কিছু। তিনটে কথাকে পরপর সাজালে দাঁড়াচ্ছে, কাবলিওয়ালা এসে গিয়েছে পঁচাত্তর বছর পর। ঠিক কিনা নগেনদা?”

নগেন সর্বাধিকারী খুবই অপ্রস্তুত হয়ে হঠাৎ ব্যস্তসমস্তভাবে কোঁচা ঝাড়তে

ঝাড়তে বললেন, "উঠি হে হলধর, ওদিকে আবার দেরি হয়ে যাচ্ছে!"

সবাই হইহই করে উঠলেন। নিমাই বিশ্বাস উঠে সদর দরজার ছিটকিনি এঁটে তাতে পিঠ ঠেকিয়ে দাঁড়িয়ে বললেন, "উঁহু, অত সহজে ছাড়া পাবেন না নগেনদা! ব্যাপারটা খোলসা করে বলুন। যদি কোনও বিপদআপদ হয়ে থাকে, তো আমরা আছি কী জন্য? সব খুলে বলুন, আমরা জান লড়িয়ে দেব।"

নগেনবাবু খুব অসহায় মুখ করে ফের বসে পড়লেন। নগেনবাবু আমুদে লোক হলেও ভারী নিরীহ আর ভিতু মানুষ। বসে ভারী জলে-পড়া ভাব করে সকলের মুখের দিকে চাইতে লাগলেন। তারপর গলাখাঁকারি দিয়ে বললেন, "আমার সত্যিই বড় বিপদ।"

"আহা, সেটাই তো সবাই শুনতে চাইছি।"

"কিন্তু বলায় যে বারণ আছে!"

"কার বারণ?"

"তাকে তোমরা চিনবে না। তবে সে বড় ভয়ংকর লোক।"

নিমাই বিশ্বাস বললেন, "এ গাঁয়ে বা আশপাশে যারা আছে তাদের নাড়িনক্ষত্র আমি জানি। ষণ্ডা-গুন্ডা নেই তা বলছি না, কিন্তু ভয়ে মুখে কুলুপ এঁটে থাকতে হবে এমন মারকুট্টা তো কাউকে মনে পড়ছে না।"

"না না, সে এদিককার লোকই নয় হে! আজকের লোকও নয়। সে পঁচাত্তর বছর আগে এসেছিল।"

ব্রজেন বোস চোখ কপালে তুলে বললেন, "বলো কী হে! পঁচাত্তর বছর আগে এসেছিল! তা হলে তো সে থুত্থুড়ে বুড়ো মানুষ!"

নগেন সর্বাধিকারী মাথা নেড়ে বললেন, "না হে ব্রজেন, সে মোটেই বুড়ো নয়। বেশ তাগড়াই জোয়ান চেহারা।"

নিমাই বিশ্বাস অবিশ্বাসের হাসি হেসে বললেন, "জোয়ান চেহারা বলছেন! পঁচাত্তর বছর আগে তার কত বয়স ছিল?"

"তা ধরো পঞ্চাশ-পঞ্চান্ন তো হবেই।"

"তা হলে হিসেবে দাঁড়ায়, তার বয়স এখন একশো পঁচিশ থেকে তিরিশ। বেঁচে থাকারই কথা নয়। আর যদিও-বা বাইচান্স বেঁচে থাকেও, তা হলে তার খুনখনে বুড়ো হয়ে যাওয়ার কথা!"

নগেন একটা দীর্ঘশ্বাস ফেলে বললেন, "সেটাই তো চিন্তার কথা!"

"আপনি লোকটাকে ভয় পাচ্ছেন কেন তা বুঝতে পারি না। পঁচাত্তর বছর আগের কোনও লোক কী করে এসে আপনাকে ভয় দেখাচ্ছে?"

"তার আসবার কথাই ছিল। সে বাবাকে বলে গিয়েছিল ঠিক পঁচাত্তর বছর পরে সে এসে জিনিসটা ফেরত নিয়ে যাবে।"

"জিনিস! কী জিনিস বলুন তো?"

নগেন সর্বাধিকারী একটু চুপ করে রইলেন। তারপর গলাটা একটু চেপে বললেন, "তা হলে তোমাদের সব খুলেই বলতে হয়। তখন আমার বয়স বছর দশেক। তখন আমরা বড্ড গরিব ছিলুম। সামান্য জমিজমা থেকে যে আয় হত তাতে গ্রাসাচ্ছাদন চলত না। ভাঙা ঘরে বাস, আধপেটা খাওয়া বা উপোস, জামাকাপড়, জুতো, ছাতা সবই অমিল। ঠিক সেই সময় একদিন দুপুরের দিকে এক পেল্লায় চেহারার, জটাজূটধারী, রক্তাম্বর পরা সাধু গোছের লোক এসে হাজির। অভাবে পড়ে তখন আমাদের এমন অবস্থা যে, দৈবের উপর বড় বেশি নির্ভরতা এসে গিয়েছিল। সাধু দাওয়ায় বসে বাবার সঙ্গে কিছু কথাটথা কইল, মনে আছে, একঘটি জলও খেল ঢকঢক করে। তারপর ঝোলা থেকে একটা জিনিস বের করে বাবার হাতে দিয়ে বলল, 'তোকে এটা দিয়ে যাচ্ছি। যদি ঠিকমতো ব্যবহার করতে পারিস, তা হলে বেঁচে যাবি। যদি লোভ করিস, তবে মরবি। আরও একটা কথা, ঠিক পঁচাত্তর বছর পর আমি আমার জিনিস ফেরত নিতে আসব। যদি জিনিসটা বেহাত হয় বা হারিয়ে যায়, তা হলে কিন্তু নির্বংশ করে দিয়ে যাব। তোর ছেলেপুলে বা বংশধরদের হুঁশিয়ার করে দিস!' "

হলধর বললেন, "এ তো হিন্দি ছবির গপ্পো!"

গজপতি বলে উঠলেন, "আরে না না, এ হল আলাদিনের আশ্চর্য প্রদীপের বৃত্তান্ত। না নগেনদা, এ জিনিস চলবে না।"

নগেন পাংশু মুখে বললেন, "এই জন্যই বলতে চাইছিলাম না। জানি তোমাদের বিশ্বাস হবে না! তা হলে এই পর্যন্তই থাক!"

ব্রজেন বললেন, "আরে চটো কেন ভায়া? আমার তো দিব্যি বিশ্বাস হচ্ছে! কেউ কথা কইলেই ওদের ফুট কাটার স্বভাব।"

নিমাই অবাক হয়ে বললেন, "আমি তো হাঁ করে শুনছি। গায়ে কাঁটাও দিচ্ছে, এই দেখুন!"

খগেন বললেন, "আমারও তো বাপু মোটেই অবিশ্বাস হচ্ছে না।"

নগেন ফের একটা বড় শ্বাস মোচন করে বললেন, "বিশ্বাস করা না-করা তোমাদের ইচ্ছে। যা ঘটেছিল তাই বলছি।"

সবাই সমস্বরে সম্মতি জানালে নগেন বললেন, "গজপতি ঠাট্টা করলেও কথাটা ভুল বলেনি। সাধুবাবা একটা প্রদীপই দিয়েছিল বাবাকে, ছোট্ট, এই আমার মুঠোর সমান মাপের একটা পেতল বা ওই ধরনের ধাতুর প্রদীপ।"

নিমাই সাগ্রহে বললেন, "সোনার নয় তো?"

"তাও হতে পারে। যাচাই করে দেখা হয়নি। কারও হাতে দেওয়া বারণ ছিল। শুধু বাবাই ওটা নিয়ে ঘর বন্ধ করে কী সব প্রক্রিয়া করতেন। আগেই বলে রাখি, আমরা প্রদীপ থেকে কোনও দৈত্যদানো বেরিয়ে আসতে দেখিনি, রাতারাতি বড়লোকও হয়ে যাইনি। প্রদীপটা বাবার হাতে আসার পর কিন্তু ধীরে ধীরে আমাদের অবস্থার উন্নতি হতে লাগল। খাওয়া-পরার এত কষ্ট আর ছিল না। বাবা পুরনো ভদ্রাসন ছেড়ে নতুন পাকাবাড়ি করে উঠে এলেন।"

হলধর বিরক্ত হয়ে বললেন, "বোগাস ব্যাপার। প্রদীপের সঙ্গে আর্থিক উন্নতির সম্পর্কটা কী? এসব তো রূপকথার গল্প।"

নগেন মিইয়ে গিয়ে বললেন, "ওই জন্যই তো বলতে চাইনি। তোমাদের চাপাচাপিতে বলতে হল। এ গপ্পো বিশ্বাস না করো ক্ষতি নেই, কিন্তু এ কথা অতি নির্জলা সত্যি যে, সেই সাধুবাবা ঠিক পঁচাত্তর বছর পর ফিরে এসেছে।"

গজপতি সবিস্ময়ে বলে উঠলেন, "প্রায় দেড়শো বছর বয়সে?"

"হ্যাঁ। সে কী চেহারা রে বাবা, যেন বাঘ! চোখ দু'খানা দিয়ে যেন আলো ঠিকরে বেরোচ্ছে! দুপুরবেলা এসে বজ্রগম্ভীর স্বরে আমার নাম ধরে ডাকল। সেই সাধু যে সত্যিই তার জিনিস ফেরত নিতে পঁচাত্তর বছর পর হাজির হবে, এ কথা আমি স্বপ্নেও ভাবিনি। ভেবেছিলাম, গুল মেরে গিয়েছে। কিন্তু সে আমার বাবার নাম করে আদ্যোপান্ত ঘটনাটা বলে যখন প্রদীপটা ফেরত চাইল, তখন অবিশ্বাস করি কী করে? আমি ছাড়া সেই ঘটনার তো আর সাক্ষী নেই!"

খগেন বললেন, "তা প্রদীপটা দিয়ে দিলেন নাকি তাকে?"

নগেন প্রবল একটা দীর্ঘশ্বাস ছেড়ে বললেন, "পারলাম কই? প্রদীপ বের করতে গিয়ে দেখি, ঠাকুরের সিংহাসনের তলায় তালা দেওয়া যে ভারী কাঠের বাক্সে তা ছিল, সেটা ফাঁকা। প্রদীপের চিহ্নমাত্র নেই। প্রদীপ পাওয়া যাচ্ছে না শুনে সাধুর কী রাগ! শরীরটা যেন দুনো হয়ে উঠল, চোখ দিয়ে আগুন ঠিকরে বেরিয়ে আসছে। বলল, 'সাত দিনের মধ্যে যদি প্রদীপ না দিস, তা হলে ঝাড়েবংশে মারা যাবি।' এই বলে সাধু চলে গেল। সেই থেকেই আমি বড় ভেঙে পড়েছি ভাই!"

হলধর উঠে পায়চারি করতে করতে হাত নেড়ে বললেন, "বোগাস-বোগাস, অল বোগাস। আপনি নিশ্চিন্ত থাকুন নগেনদা, বায়োলজিক্যাল নিয়মেই আপনার সেই সাধুবাবা অনেক আগেই টেঁসে গিয়েছে। এখন কোনও একটা ইম্পস্টার এসে আপনাকে ব্ল্যাকমেল করার চেষ্টা করছে। আপনি পুলিশে খবর দিন এবং ক্লাবের ছেলেদের অ্যালার্ট করুন! বেগতিক বুঝলেই সাধু পালাবার পথ পাবে না।"

এ কথায় নগেন বিশেষ ভরসা পেলেন বলে মনে হল না।

দুই

লম্বু দানু যে খুব ওস্তাদ ফুটবল খেলোয়াড় তা নয়। সে ল্যাকপ্যাক করে লম্বা-লম্বা পায়ে ছোটে বটে, কিন্তু ড্রিব্‌ল করতে গিয়ে বারবার আছাড় খায় আর হি হি করে হাসে। বলে শট করতে গিয়ে উলটে পড়েও যায়। বেজায় লম্বা বলে তার হেড করা বল সব সময়েই বারের উপর দিয়ে চলে যায়। এসব নানা গোলমাল থাকলেও সে কিন্তু কাজের কাজটা ঠিকই করে দেয়। যখনই দল হারতে বসে তখনই ঠিক লম্বু দানু একটা-দুটো গোল দিয়ে দলকে জেতাবেই কি জেতাবে। আর এই জন্যই রায়পাড়ার শীতলা ক্লাবের সেক্রেটারি কাম কোচ কালীপদ ঘোষ ঠিক করেছেন, দানুকে হবিবপুর গ্রামের ইলেভেন্ টাইগার্সদের সঙ্গে হাড্ডাহাড্ডি ম্যাচটায় খেলাবেন। তবে এই নিয়ে একটু বিতর্কও দেখা দিয়েছে। কারণটা হল, দানু শীতলা ক্লাবের মেম্বার তো নয়ই, এমনকী, রায়পাড়ার বাসিন্দাও নয়। তার চেয়েও বড় কথা, সে পায়েসপুরেও নবাগত। তার বাড়ি প্রতাপগড়ে। বাবা বাড়ি থেকে তাড়িয়ে দিয়েছেন বলে পায়েসপুরে এসে জুটেছে। সুতরাং হবিবপুরের ইলেভেন টাইগার্স যদি বুঝতে পারে যে, শীতলা ক্লাব একজন বহিরাগতকে খেলাচ্ছে, তা হলে ম্যাচ বাতিল হয়ে হবিবপুর ওয়াক ওভার পেয়ে যেতে পারে। সুতরাং দানুকে খেলানো উচিত হবে কি না সেই নিয়ে ক্লাব-কর্তৃপক্ষ এখনও পাকা সিদ্ধান্ত নিতে পারেনি।

শীতলা ক্লাবের ফুটবল ক্যাপ্টেন প্রাণারাম অবশ্য দানুকে খেলানোর পক্ষে। কারণ, দানু বলতে গেলে তারই আবিষ্কার, মাস দুই আগে একদিন সন্ধেবেলা তার পড়ার ঘরের জানালা দিয়ে একটা ঝাঁকড়া চুলওয়ালা ঢ্যাঙা ছেলেকে উঁকি দিতে দেখে সে ভারী চমকে গিয়েছিল। প্রাণারাম চেঁচিয়ে উঠেছিল, “কে! কে রে তুই?”

ছেলেটি বড় বড় দাঁত বের করে হেসে বলল, “কিছু কাজটাজ করে দিতে হবে?”

“কাজ! কীসের কাজ?”

“যে-কোনও কাজ।”

“কাজ করতে চাস কেন?”

“কাজ করলে চাট্টি খেতে পাওয়া যায়। নইলে তো কেউ খেতে দেয় না। তাই কাজ খুঁজছি।”

শুনে প্রাণারামের একটু দয়া হল। সে চুপিচুপি রান্নাঘর থেকে কয়েকটা রুটি আর একটু গুড় এনে দিল। ছেলেটি বারান্দায় বসে খুব যত্ন করে রুটি খেল। প্রাণারাম বলল, "তুই কী কী কাজ করতে পারিস?"

"যা বলবে সব করে দেব।"

"আমার পিসির বাড়িতে মস্ত একটা ভীমরুলের চাক হয়েছে। কেউ ভয়ে সেটা ভাঙতে পারছে না। ভেঙে দিতে পারবি?"

ছেলেটা ঘাড় কাত করে বলল, "খুব পারব। এ তো সোজা কাজ। আমি অনেক ভীমরুলের চাক ভেঙেছি।"

"ঠিক আছে, কাল সকালে আসিস।"

ছেলেটি রাজি হয়ে চলে গেল এবং পরদিন সকালে ঠিক এসে হাজির হল। প্রাণারামের পিসি সরযূদেবী অনাথা বিধবা। ছেলেপুলে নেই। বিরাট বাড়িটায় একা থাকেন।

সরযূদেবীর দোতলার বারান্দায় ভীমরুলের বিশাল চাকটা দেখলে ভয় হওয়ারই কথা। প্রায় দু' হাত লম্বা আর থামের মতো মোটা মেটে রঙের চাক। সর্বদাই ভীমরুলরা ভনভন করছে চারদিকে। কিন্তু দানু বিন্দুমাত্র ঘাবড়াল না। নারকোলের ছোবড়া জ্বেলে ধোঁয়া তৈরি করে আধঘণ্টার মধ্যে ভীমরুলদের চাকছাড়া করে দা দিয়ে চাকটা কেটে পুকুরপাড়ে নিয়ে গিয়ে ভেঙে ফেলল।

পিসি ভারী খুশি হয়ে দুটো টাকা দিতে গেলেন, কিন্তু দানু নিল না। বলল, "দুপুরে দুটো ভাত দেবেন, তা হলেই হবে।"

পিসি বললেন, "তা দেব বাবা।"

প্রাণারাম বলল, "ও পিসি, দানু তো বাপে তাড়ানো ছেলে! ওকে তোমার কাছেই রেখে দাও না কেন!"

পিসি একটু সন্দিহান হয়ে বললেন, "চোরছ্যাঁচোড় নয় তো?"

কথাটা দূর থেকেও কী করে যেন শুনতে পেল দানু। একগাল হেসে বলল, "না পিসি, আমি চোরছ্যাঁচোড় নই। ঘরদোরে থাকতে না দেন তো নীচের বারান্দাতেই পড়ে থাকতে পারি।"

তা সেই থেকে দানু সরযূদেবীর বাড়িতেই আছে। দেখা গেল, সে খুবই কাজের ছেলে। পিসির চল্লিশ-পঞ্চাশটা নারকোল গাছের পুরুষ্টু নারকোল সব দু'-চারদিনের মধ্যে পেড়ে ফেলল সে। তারপর বিরাট পুকুরের সব কচুরিপানা তুলে ফেলল। বাগান পরিষ্কার করে মাটি কুপিয়ে নতুন গাছের চারা লাগাল। হাটবাজার করা, কাঠ কাটা, কুয়োর জল তোলা, সব কাজেই সে বেশ পোক্ত। কয়েকদিনের মধ্যেই

সরযূদেবী তাকে ভারী ভালবেসে ফেললেন। এখন তাঁর দানু ছাড়া এক মুহূর্ত চলে না। একদিন প্রাণারামকে বলেই ফেললেন, "বড্ড মায়া পড়ে গিয়েছে রে! ছেলেটিকে পুষ্যি নেব কি না ভাবছি।"

সেদিন শীতলা ক্লাবের সঙ্গে বাবুপাড়ার ওল্ড ফাইটার্স ক্লাবের ফ্রেন্ডলি ম্যাচ। কিন্তু শীতলা ক্লাবের দু'-দু'জন বাঘা প্লেয়ারের জলবসন্ত হয়েছে। চিন্তিত প্রাণারাম এসে দানুকে বলল, "হ্যাঁ রে, তুই ফুটবল খেলতে পারিস?"

দানু ঘাড় কাত করে একগাল হেসে বলল, "খুব পারি! একবার চান্স দিয়েই দেখো না!"

উপায় ছিল না বলে সেদিন শীতলা ক্লাবের দলে দানুকে নামানো হল। কিন্তু দানুর খেলা দেখে সবাই হেসেই অস্থির। লম্বা পায়ে তার লগবগ করে দৌড় আর দড়াম-দড়াম করে আছাড় খাওয়া দেখে একবার তাকে বসিয়ে দেওয়ার কথাও ভেবেছিল প্রাণারাম। মাঠের চারদিকে জড়ো হওয়া দর্শকদের মধ্যে হাসির লহর বইছে। তার মধ্যে অবশ্য গাঁয়ের সবচেয়ে বোকা লোক হরিবন্ধু নফরও ছিলেন। তিনিই শুধু বলেছিলেন, "এই ছেলেটির সঙ্গে মারাদোনার খুব মিল।"

এ কথা শুনে পাশে বসা সুধীরবাবু চটে উঠে বললেন, "এর সঙ্গে মারাদোনার মিল আর বাঘের সঙ্গে খরগোশের মিল একই কথা। মারাদোনা বেঁটে, হোঁতকা, আর এ হল ঢ্যাঙা আর রোগা। তা হলে মিলটা পেলে কোথায়?"

হরিবন্ধু আমতা আমতা করে বললেন, "তা বটে! তবে একটা কেমন মিলও যেন আছে। পেটে আসছে, মুখে আসছে না।"

যাই হোক, হাফটাইমের মধ্যেই ওল্ড ফাইটার্স শীতলা ক্লাবকে তিন গোল দিয়ে বসল।

হাফটাইমে দানুকে বসিয়ে দেওয়ার কথা উঠতেই কালীপদবাবু বললেন, "তোমরা হয়তো লক্ষ করোনি, দানু খেলা না জানলেও প্রচুর দৌড়তে পারে, আর ল্যাং খেয়েও দমে যায় না। এ দুটো গুণের জন্য ওকে খেলানোই উচিত হবে। তা ছাড়া আমাদের প্লেয়ারও শর্ট।"

হাফটাইমের পর খেলা শুরু হতেই কিন্তু দেখা গেল, মাঝমাঠ থেকে বল ধরে দানু লম্বা লম্বা পায়ে দৌড়চ্ছে। বারদুয়েক ল্যাং খেয়ে পড়ে গেল বটে, কিন্তু ফের উঠে দৌড়ে গিয়ে বল ধরে ফেলল। তারপর এর-ওর-তার পায়ের ফাঁকফোকর দিয়ে কী করে যেন ফাইটার্সদের গোলে বলটা ঢুকিয়ে দিল। মাঠের চারদিকে হইহই উঠল। এর পরের গোলটা দানুই দিল প্রায় সেই একই ভঙ্গিতে। তবে এবার খুব এঁকেবেঁকে দৌড়ে কয়েকজনকে পাশ কাটিয়ে শেষে হাঁটুর গুঁতোয় গোল। এমন আনাড়ির কাছে

গোল খেয়ে ওল্ড ফাইটার্সরা খেপে উঠে দানুকে প্রায় ঘিরে ফেলতে লাগল। সে বল ধরলেই চার-পাঁচজন এসে তার উপর ঝাঁপিয়ে পড়ছে। ল্যাং মারা, জামা বা হাত ধরে টানা, কনুই দিয়ে পাঁজরে মারা, কিছুই বাকি রাখল না তারা। কিন্তু দানুকে তবু রোখা গেল না। দশ মিনিটের মাথায় সে অনেক দূর থেকে একটা এমন আনতাবড়ি ভলি মেরে বসল যে, সেটা কামানের গোলার মতো গিয়ে ফাইটার্সের গোলে সেঁধিয়ে গেল। শোধবোধ। খেলা শেষ হওয়ার পাঁচ মিনিট আগে যখন গোল করার জন্য গোটা ফাইটার্স দল শীতলা ক্লাবের পেনাল্টি বক্সে উঠে এসেছে, তখন প্রাণারাম হঠাৎ পায়ে বল পেয়ে ফাঁকা জমিতে থ্রু বাড়িয়ে দিল, যদি কেউ সেটা ধরে গোল করতে পারে। পারল দানুই। কারণ, সে এত জোরে ছোটে যে, কেউই তার সঙ্গে গতিতে তাল রাখতে পারে না। একা বল ধরে ফাঁকা মাঠে লম্বা পায়ে এক লহমায় গোলের মুখে পৌঁছে গেল দানু। ওদের গোলকিপার ড্রাইভ দিয়ে দানুর পা জড়িয়ে ধরে ফেলে দিল বটে, কিন্তু বলটা ছিটকে গোলে ঢুকেও গেল।

সেই থেকে দানু শীতলা ক্লাবের নিয়মিত খেলোয়াড়। যদিও সে পাস দিতে জানে না, ড্রিব্‌ল করতে গেলেই পড়ে যায়, নিজের জায়গায় পজিশন নিতে ভুলে যায়, তবু রোজই নানা কিম্ভূত উপায়ে একটা-দুটো গোল ঠিকই দিয়ে দেয়।

একদিন প্রাণারাম দানুকে ডেকে বলল, "দেখ দানু, তোর মধ্যে কিন্তু প্রতিভা আছে। কিন্তু অত আনাড়ির মতো খেলিস কেন? কায়দাকানুন একটু শিখলে হয় না?"

দানু উদাস হয়ে বলল, "কাজ কী শিখে? তুমি তো গোল চাও, সেটা হলেই তো হল!"

"তা বটে! কিন্তু অপোনেন্ট প্লেয়াররা যে তোকে এত ল্যাং মারে, তোর ব্যথা লাগে না? যেদিন মনোজ তোর হাঁটুতে বুট চালিয়েছিল, তাতে মালাইচাকি চৌচির হয়ে যাওয়ার কথা!"

দানু একগাল হেসে বলল, "লাগবে না? খুব ব্যথা লাগে। তবে কী জানো, কষ্ট করে বড় হয়েছি তো, তাই ব্যথা সহ্য করতে পারি। আমার হাড়গোড় খুব শক্ত।"

"তাই দেখছি, ঠিক আছে, তুই তোর মতোই খেলিস।"

আন্তঃজেলা লিগের গুরুত্বপূর্ণ ম্যাচে হবিবপুরের ইলেভেন টাইগার্সের সঙ্গে তাদের গাঁয়ে খেলতে গিয়েছিল শীতলা ক্লাব। গিয়ে হাজির হতেই হবিবপুরের লোকেরা এসে একজনেরই খোঁজখবর করতে লাগল, "দানু কে? দানু কোথায়? কোন ছেলেটি দানু বলো তো!"

বোঝা যাচ্ছিল, আজ ম্যাচে দানুর কপালে দুঃখ আছে। কালীপদ ঘোষ আর

প্রাণারাম মিলে ঠিক করল, আজ দানুকে মাঠে না নামিয়ে রিজার্ভে রাখা হবে। কেন না, আজ ওদের লক্ষ্যই হবে দানুকে মেরে অকেজো করে দেওয়া।

কিন্তু খেলা শুরু হওয়ার কিছুক্ষণের মধ্যেই টাইগাররা দুর্দান্ত খেলে দুটো গোল দিয়ে দিল। আরও দুটো দিতে পারত, অল্পের জন্য হল না। বিপদ বুঝে হাফটাইমের পর দানুকে নামানো হল। দানু শুধু একবার প্রাণারামকে জিজ্ঞেস করল, "ক'টা গোল করতে হবে বলো তো?"

প্রাণারাম হেসে বলল, "য'টা চাইব ত'টা গোল দিতে পারবি? যা, তা হলে পাঁচ গোল দিস।"

দানু তার স্বভাবসিদ্ধ অষ্টাবক্র মুনির মতো লম্বা শরীর এবং লম্বা লম্বা পায়ে এমন এঁকেবেঁকে সারা মাঠ জুড়ে দাপাতে লাগল যে, লোকে হাঁ। এবং নামবার পাঁচ মিনিটের মধ্যেই একখানা ধাঁই শটে গোল। কিন্তু গোল করার পরও টাইগার্সদের ব্যাক বিপ্লব বুটসুদ্ধ পায়ে দানুর বুকে একটা লাথি জমিয়ে দিতে ছাড়েনি। দানু অবশ্য একটু গড়াগড়ি দিয়ে ফের খাড়া হয়ে তার কাঁকড়ার ভঙ্গিতে খেলা শুরু করে দিল। পাঁচ মিনিটের মাথায় হাফলাইনের কাছ থেকে একখানা রামধনু শট করে বসল দানু। আর সেটা উপরে উঠে গোত্তা খেয়ে গোলকিপারের মাথা টপকে গোলে ঢুকল। যথারীতি ফের খেলা শুরু হতেই দানুকে লক্ষ করে চোরাগোপ্তা মার, লাথি, পায়ের ডিমে মারা, মাথায় কনুই দিয়ে ঠুকে দেওয়া, এসব চলতে লাগল বটে, কিন্তু বিশেষ সুবিধে হল না। বরং দানুকে চার্জ করতে গিয়ে ওদের গোটা দুই প্লেয়ারের ভালরকম চোট হয়ে মাঠ ছাড়তে হল। ফ্রি-কিক থেকে আরও একটা গোল দিল দানু। খেলার শেষ দিকটায় হ্যাঁদানো টাইগার্সদের দম ফুরিয়ে আসছিল। অনায়াসে আরও দুটো গোল দিয়ে দিল দানু। দলের সবাই এসে জড়িয়ে ধরল দানুকে। প্রাণারাম পিঠ চাপড়ে বলল, "ওঃ, আমার মুখ রেখেছিস!"

কিন্তু রক্ষার আরও বাকি ছিল। নিজেদের ঘরের মাঠে পাঁচ-পাঁচটা গোল হজম করা হবিবপুরের মারকুট্টা লোকদের পক্ষে খুব শক্ত ব্যাপার। খেলার শেষে আপ্যায়নের পর তারা যখন একটা খোলা ট্রাকে চেপে ফিরছে, তখন রথতলার কাছে দেখা গেল, পথ জুড়ে একটা গাছের গুঁড়ি পড়ে আছে। ট্রাকটা থামতেই দু'পাশ থেকে লাঠিসোঁটা নিয়ে জনাকুড়ি-পঁচিশ ছেলে তেড়ে এসে দমাদম লাঠি আর হকিস্টিক নিয়ে বেধড়ক মারতে শুরু করল তাদের। প্রথমটায় হকচকিয়ে গিয়ে সবাই পালানোর চেষ্টা করছিল। কিন্তু গুন্ডারা এমন ভাবে ঘিরে ধরেছে যে, পালানো অসম্ভব। মারের চোটে তাদের প্রাণসংশয়। ঠিক এই সময় লগবগে, রোগা, আপাতনিরীহ দানু কিন্তু ফস করে একজনের হাত থেকে লাঠি কেড়ে নিয়ে একাই এমন পালটা মার দিতে

শুরু করল, যা অবিশ্বাস্য। লাঠি সেও কম খেল না। কিন্তু সেসব গ্রাহ্য না করে সে এমন লাঠিবাজি করে যাচ্ছিল যে, প্রতিপক্ষ রণেভঙ্গ দিয়ে পালাতে পথ পায় না।

গাঁয়ে ফিরে দানু বীরের সম্মান পেল বটে, কিন্তু তাতে তার বিশেষ হেলদোল নেই। যেন কিছুই হয়নি এমন ভাব দেখিয়ে সে সরযূদেবীর বাড়িতে ফিরে নিজের কাজকর্ম সারতে ব্যস্ত হয়ে পড়ল।

প্রাণারাম এসে বলল, "হ্যাঁ রে দানু, একটা সত্যি কথা বলবি? মাঝে-মাঝে কি তোর উপর কোনও দৈবশক্তি ভর করে? পাঁচ-পাঁচটা গোল করলি, সে না হয় হল! কিন্তু কুড়ি-পঁচিশটা ছেলের সঙ্গে লড়াই করলি কী করে?"

দানু নির্বিকার মুখে বলল, "না লড়লে যে মার খেতে হত।"

প্রাণারাম মাথা নেড়ে বলল, "না রে, তুই সোজা লোক নোস। তোর ভিতরে কিছু একটা আছে।"

পায়েসপুরের বীর বলে এতকাল খ্যাতি ও খাতির ছিল বটেশ্বরের। তা বটেশ্বরের চেহারা পেল্লায়। সে তেমন লম্বা নয় বটে, কিন্তু চওড়ায় পুষিয়ে নিয়েছে। সারা শরীরে পেশির বন্যা। বটেশ্বর নড়লেই শরীরের গোল্লা গোল্লা পেশি পান্তুয়ার মতো ভেসে ওঠে। বীরত্বের কাজ সে এখনও তেমন কিছু করে উঠতে পারেনি বটে, কিন্তু দরকার পড়লে যে করবে, সেই ভরসা গাঁয়ের মানুষদের আছে। সে মোটা মোটা লোহার রড বাঁকাতে পারে, এক প্যাকেট তাস দু' হাতে টেনে ছিঁড়ে ফেলতে পারে, তিন-চার মন ওজন তুলতে পারে। দানুর কীর্তি-কাহিনি শুনে সে নাক সিটকে বলল, "ওই হাড়গিলে ছেলেটা! দূর-দূর, ও আবার কী মারপিট করবে? আমি জোরে ফুঁ দিলেই তো উড়ে যাবে!"

হারাধনবাবুকে এক হিসেবে দেশপ্রেমিক বলা যায়। তিনি অবশ্য ভারতবর্ষের খবরাখবর তেমন জানেন না, প্রদেশ বা জেলা বা এমনকী মহকুমা নিয়েও তাঁর তেমন মাথাব্যথা নেই। তাঁর মতে পায়েসপুরই হচ্ছে পৃথিবীর সেরা জায়গা। কাজেই পায়েসপুরের গৌরবেই তিনি সর্বদা গৌরবান্বিত। সর্বদাই তিনি সকলকে পায়েসপুরের ঐতিহ্যের কথা স্মরণ করিয়ে দেন। এই পায়েসপুরেই নাকি একদা রাজা মানসিংহের সৈন্যরা আমবাগানের ছায়ায় জিরিয়েছিল, আর তাদের ঘোড়াগুলো জল খেয়েছিল ময়নামতীর দিঘিতে। গোরাদের আমলে দু'জন সাহেবও নাকি পায়েসপুরের বিখ্যাত ডাকাত বিষ্ণু বাগদিকে গ্রেফতার করতে আসে। তারা কবুল করে গিয়েছিল যে, এরকম ডাকাবুকো ডাকাত তারা কস্মিনকালেও দেখেনি। প্রতাপগড়ের গৌরবের আমলে রাজা বীরবিক্রম নাকি এই পায়েসপুরের চাটাইয়ের খুব সুখ্যাতি করেছিলেন। এক সময় পায়েসপুর নাকি মিষ্টি কুমড়োর চাষে ভারতবর্ষের এক নম্বর ছিল এবং

মেটে কলসি তৈরিতে এই পায়েসপুরের মৃৎশিল্পীদের সঙ্গে কেউ এঁটে উঠত না। ইতিহাসবিশ্রুত হয়ে আছে এই গাঁয়ের অতি বিচক্ষণ চোর সর্বেশ্বর। আর পণ্ডিত বিনোদবিহারীর নামও সবাই জানে। যিনি বাংলা ব্যাকরণ 'দীপশিখা' লিখে হইচই ফেলে দিয়েছিলেন। এ গাঁয়ের এখনকার গৌরবও বড় কম নয়। বনমালীবাবু এত ভাল ইংরেজি জানতেন যে, গোরা ম্যাজিস্ট্রেট নাকি বলেছিলেন, ''বনমালী কাছে থাকলে কারও ডিকশনারি খোলার দরকার হয় না।'' বনমালীবাবু আটানব্বই বছর বয়সে এখনও বেঁচে আছেন। এ গাঁয়েরই রায়পাড়ার বাসব নন্দী কেশবপুরের জমিদারের ছোট মেয়ের বিয়েতে আশিটা রসগোল্লা খেয়ে যে খবরের কাগজে নাম তুলেছিল, সেটাও ভুলে গেলে চলবে না। খবরের কাগজের কাটিং হারাধন যত্ন করে ফাইলে রেখে দিয়েছেন। হারাধন বিশ্বাস করেন বটেশ্বর একদিন 'ভারতশ্রী' এবং তারপর 'বিশ্বশ্রী' হয়ে গ্রামের মুখ উজ্জ্বল করবে। তাই তিনি প্রায়ই বটেশ্বরকে তাড়না করেন, "ওহে, উঠে পড়ে লাগো তো! বুক ফুলিয়ে গিয়ে বিশ্বশ্রী হয়ে ইউ এন ও-তে পায়েসপুরের নিশান উড়িয়ে দিয়ে এসো!"

বোকা হরিশঙ্কর একটু ভয়ে ভয়ে জিজ্ঞেস করেছিল, "পায়েসপুরের কি আলাদা নিশেন আছে হারুখুড়ো?"

হারাধন বিরক্ত হয়ে বলেছিলেন, "তা থাকবে না কেন? নিশ্চয়ই ছিল। কিন্তু সেই ঐতিহ্য আমরা হারিয়ে ফেলেছি। ওরে, নিশেন তৈরি তো আর শক্ত নয়। তিন টুকরো রঙিন কাপড় জুড়লেই একটা নিশেন খাড়া করা যায়। শক্ত কাজ হল সেটাকে বিশ্বের বুকে উড়িয়ে আসা। আর বটেশ্বর সেটা ঠিক পারবে। যে হারে মাস্‌লগুলো দিন-কে-দিন কিলবিলিয়ে উঠছে, তাতে একদিন নোবেল প্রাইজও এনে ফেলবে, দেখিস!"

গোবিন্দ অবাক হয়ে বলল, "কিন্তু খেলাধুলো বা স্বাস্থ্যের জন্য তো নোবেল প্রাইজ দেওয়া হয় না!"

হারাধন গলা তুলে বললেন, "কে বলল দেওয়া হয় না? এই যে সেদিন নর্মদাদিদির হাতের রান্না নিমসুক্তো আর চাপড় ঘণ্ট খেয়ে তাঁর নাতজামাই বলে গেলেন, 'আপনাকে নোবেল প্রাইজ দেওয়া উচিত!' সে কি ফাঁকা কথা? সেই নাতজামাই কোন ইউনিভার্সিটির যেন প্রোফেসর। তিনি কি না জেনে বলেছেন? তা রান্নাবান্নায় যদি নোবেল থাকে, তা হলে স্বাস্থ্যের খাতেও আছে।"

গোবিন্দ একটু মিইয়ে গিয়ে বলল, "সেরকমই যেন শুনেছিলাম।"

তা বটেশ্বরের এত বড় ভক্ত হারাধনবাবু দানুর বীরত্বের কথা শুনে দানুর দিকে একেবারে ঢলে পড়েছেন। ঘটনার পরদিনই গিয়ে দানুকে বলে এসেছেন, "বুঝলি

দানু, উনিশশো বত্রিশ সালে এ গাঁয়ের রমেশ কুমোর হাত দিয়ে বাঘ মেরেছিল, আর তারপর এই তুই। পায়েসপুরের ইজ্জত রেখেছিস, মুখোজ্জ্বল করেছিস। এবার অলিম্পিকের জন্য তৈরি হ'। পায়েসপুর তোর মুখের দিকেই তাকিয়ে আছে বাবা!"

বীরেশ বলল, "তা কী করে হবে? ও তো পায়েসপুরের ছেলে নয়? ওর বাড়ি প্রতাপগড়ে।"

হারাধন খিঁচিয়ে উঠে বললেন, "বললেই হবে প্রতাপগড়ে? সেখান থেকে তো ওকে তাড়িয়ে দেওয়া হয়েছে। পায়েসপুরের সম্মান রাখতে দরকার হলে আমি ওকে পুষ্যি নেব।"

সময়টা খারাপই যাচ্ছে বটেশ্বরের। এই ক'দিন আগেও রাস্তায় বেরোলে আশপাশের লোকেরা কথা থামিয়ে হাঁ করে চেয়ে দেখত। হাটেবাজারে লোকজন বিকিকিনি থামিয়ে এ-ওকে ডেকে দেখাত, "ওই দেখ, বটবৃক্ষ যাচ্ছে!" পানুবাবুর সঙ্গে পথে দেখা হলেই বিগলিত হাসির সঙ্গে হেঁ-হেঁ করতে করতে আর হাত কচলাতে কচলাতে পানুবাবু বলতেন, "হেঁ-হেঁ, কী স্বাস্থ্য! কী স্বাস্থ্য! দেখলেও চোখ সার্থক। হেঁ-হেঁ, কী পেশিই বানিয়েছেন বটুবাবু, যেন জলের মধ্যে মাগুরমাছ খেলে বেড়াচ্ছে! হেঁ-হেঁ, এই যে এত মাস্‌লের বোঝা নিয়ে হেঁটেচলে বেড়ান, একটু ভারী ভারী লাগে না?"

তা বটেশ্বরের সেই স্বর্ণযুগ আর নেই। বটেশ্বর এখনও রাস্তায় বেরোয় বটে, কিন্তু লোকজন তাকে যেন তেমন লক্ষই করে না। বরং অন্য দিকে মুখ ফিরিয়ে নেয়। হাটেবাজারে বটেশ্বরকে দেখা তো দূরের কথা, সেদিন একটু কাঁচালঙ্কা ফাউ চেয়েছিল বলে লঙ্কাওয়ালা এমন খ্যাঁক করে উঠল যে, বটেশ্বর ভারী অপমানিত বোধ করেছিল। বটেশ্বর বুঝতে পারছে যে, পায়েসপুরে তার একচ্ছত্র আধিপত্য আর নেই। আর এসবের মূলে ওই ল্যাকপ্যাকে, হাড়গিলে চেহারার ঢ্যাঙা দানু। এই যে তার একনিষ্ঠ ভক্ত পানুবাবু, দেখা হলে আজকাল আর হাসি নেই, বিস্ময় নেই, হেঁ-হেঁ পর্যন্ত নেই। মুরুব্বির মতো একটু ঘাড় হেলিয়ে গম্ভীর গলায় শুধু বলেন, "চালিয়ে যান বটুবাবু।"

দুঃখী বটেশ্বর তাই বিকেলের ব্যায়াম-ট্যায়াম সেরে এক সন্ধেবেলা মাঠের ধারে একা একা বসে দুঃখের কথাই ভাবছিল। দানু ফুটবল খেলা জানে না, অথচ গোল দেয়। তার চেহারা ল্যাকপ্যাকে হলেও গায়ের জোরে কেউ তার সঙ্গে পারে না। সে দু'দিনে তিরিশ-চল্লিশটা গাছের সব ফল পেড়ে ফেলতে পারে। একদিনে বিরাট পুকুরটার সব কচুরিপানা তুলে ফেলে। এসব হচ্ছেটা কী? ভগবানের এ কী অবিচার

রে বাবা! সে এত কষ্ট করে বুকডন-বৈঠকি মেরে, বারবেল-ডাম্বেল-মুগুর ভেঁজে মাস্‌ল ফোলাল, আর বীরের সম্মান পেয়ে গেল হাড়গিলে ঢ্যাঙা দানু! তা হলে ব্যায়াম-ট্যায়াম করে লাভ হল কী?

আকাশে মেঘ-মেঘ ছিল না, দুর্যোগের কোনও আভাসও নেই। কিন্তু হঠাৎ একটা বিকট বজ্রপাতের শব্দে আঁতকে উঠে বটেশ্বরের ভিরমি খাওয়ার জোগাড়। মাথায় হাত দিয়ে চোখ বুজে ফেলেছিল সে। চোখ চেয়ে দেখল, সামনে এক বিভীষিকা দাঁড়িয়ে আছে। বিশাল লম্বা-চওড়া চেহারার রক্তাম্বর পরা এক সাধু। হাতে পেল্লায় ত্রিশূল, মাথায় জটাজূট, ঘন দাড়ি-গোঁফ, গলায় রুদ্রাক্ষ, আর চোখ দু'খানা অন্ধকারেও জ্বলছে। তার দিকে একদৃষ্টে চেয়ে আছে দেখে বটেশ্বর একটু কুঁকড়ে গেল। ফের বজ্রকণ্ঠে সাধু বলে উঠল, "তুই! তুই এখানে কী করছিস?"

ভয়ে পেটের ভিতরটা গুড়গুড় করে উঠল বটে, কিন্তু শত হলেও তো বটেশ্বর পায়েসপুরের পয়লা নম্বরের পালোয়ান। তাই সে কাঁধটা একটু ঝাঁকিয়ে তাচ্ছিল্যের সঙ্গেই বলল, "দেখতেই তো পাচ্ছেন মশাই, বসে হাওয়া খাচ্ছি!"

সাধু অতি বিকট গলায় বিস্ময় প্রকাশ করে বলল, "হাওয়া খাচ্ছিস? তোর কি হাওয়া খাওয়ার কথা?"

"কেন মশাই, আমি হাওয়া খেলে আপনার অসুবিধে কী? নিজের কাজে যান তো মশাই, মেলা ঝামেলা করবেন না।"

তার তড়পানি দেখে সাধু যেন বিস্ময়ে মূক হয়ে গেল। তারপর হঠাৎ "তবে রে বেয়াদব!" বলে তার নড়া ধরে এক হ্যাঁচকা টানে দাঁড় করিয়ে সপাটে গালে একটা চড় কষিয়ে বলল, "চ্যাটাং-চ্যাটাং কথা কইছিস যে বড়! কে তোকে ছেড়ে দিয়েছে বল, কোন সাহসে তুই মাঠে-ময়দানে বসে গায়ে হাওয়া লাগাচ্ছিস?"

চড় খেয়ে বটেশ্বরের চোখে সরষেফুল নাচানাচি করছে, মাথার ভিতরে ঝিমঝিম শব্দ। এ তল্লাটে এমন বুকের পাটা কারও নেই যে, তার গায়ে হাত তোলে। তাই একটু সামলে উঠেই "তবে রে" বলে বটেশ্বর সাধুর উপর ঝাঁপিয়ে পড়ল। কিন্তু একটা নিরেট দেওয়ালেই যেন ধাক্কা খেয়ে পিছিয়ে এল সে।

সাধু ক্যাঁক করে তার ঘাড়টা ধরে ঠেলতে ঠেলতে মাঠের উত্তর দিকে নিয়ে যেতে যেতে বলল, "তোর এখনও অনেক শিক্ষা বাকি আছে দেখছি!"

বটেশ্বর বুঝল, তার এতকালের এত মেহনত, এত কসরত, এত ঘাম ঝরানো সবই বৃথা গিয়েছে। এত ঢেউ খেলানো পেশি, এত ল্যাটিসমাস বাইসেপ, কাফ মাস্‌ল, সিক্সপ্যাক নিয়েও এসব কী হচ্ছে? এ যে বাঘের মুখে নেংটি ইঁদুরের মতো দশা তার! সে চিঁচিঁ করে লোকজন ডাকার চেষ্টা করছিল, কিন্তু পিছন থেকে সাধু

হুড়ুম করে তার মাজায় হাঁটু দিয়ে এমন গুঁতো মারল যে, বটেশ্বরের বাক্য হরে গেল। হাঁপাতে হাঁপাতে বলল, "ও মশাই, ও সাধুবাবা, এ কোথায় নিয়ে যাচ্ছেন আমায়? এসব কী হচ্ছে? এর ফল কিন্তু খুব খারাপ হবে!"

সে স্পষ্ট দেখতে পাচ্ছিল, নাড়ুবাবু মাঠে তাঁর গোরু খুঁজতে এসেছেন, কিন্তু বটেশ্বর তাঁকে হাত নেড়ে ডাকতেই তিনি সুট করে গোরুর আড়ালে লুকিয়ে পড়লেন। ঘেসুড়ে রামদীনও তার দুর্দশা দেখে অন্য দিকে মুখ ফিরিয়ে নিল। প্যালাবাবু শ্বশুরবাড়ি থেকে ফিরছিলেন, একেবারে মুখোমুখি দেখা। কোথায় সাধুটার পথ আটকাবি, ধমক চমক চেঁচামেচি করে লোক জোটাবি, তা নয়, একগাল হেসে গদগদ হয়ে বললেন, "সাধুর কাছে মন্তর নিলি বুঝি বটেশ্বর? বাঃ বাঃ, ধর্মকর্ম খুব ভাল জিনিস!" এই বলে চলে গেলেন।

লাঠিধারী নন্দরাম চৌকিদারকে দেখে একটু ভরসা হয়েছিল বটেশ্বরের। কিন্তু উলটে নন্দরাম ভারী ভক্তিভরে হাতজোড় করে "গোর লাগি সাধুবাবা..." বলে সাধুকে গদগদ হয়ে পেন্নাম করে পথ ছেড়ে দিল।

পায়েসপুরের উত্তরে প্রতাপগড়ের গহিন জঙ্গল। সেই জঙ্গল নিয়ে বিস্তর রোমহর্ষক গল্পও আছে। রাতে তো দূরের কথা, দিনেদুপুরেও বড় একটা কেউ জঙ্গলে ঢোকে না। সাধু বটেশ্বরকে নিয়ে সেই জঙ্গলের মধ্যে অদৃশ্য হয়ে গেল।

ঘটনাটা চাউর হতে দেরি হল না। সন্ধেবেলাতেই চণ্ডীমণ্ডপে মেলা লোক জড়ো হয়ে গেল।

রাখোহরি কানে কম শোনে। তার ধারণা, বটেশ্বরকে বাঘে নিয়ে গিয়েছে। খুব চিন্তিত মুখে বলছিল, "কথা হল, বটেশ্বরকে ক'টা বাঘে খাবে? সাতটা বাঘের খোরাক যদি একটা বাঘে খায়, তা হলে কি বড্ড আইঢাই হবে না? কত মাংস বটেশ্বরের?"

নোয়াপাড়ার বজ্রবাহু ঈষৎ বিরক্ত হয়ে বলল, "ওসব অলক্ষুনে কথা কেন দাদা? বাঘ নয়, বটেশ্বরকে এক সাধু নিয়ে গিয়েছে।"

গদাধর ঘনঘন মাথা নেড়ে বলল, "বাঘে নিলে আর খারাপ কী হত বলো! সাধুর যা বৃত্তান্ত শুনছি তাতে তো মনে হয়, বটেশ্বরকে হয় শবসাধনায় লাগাবে, নয়তো নরবলি দেবে কিংবা কেটেকুটে নরমাংস খাবে। আরে এই সাধুই তো নগেন সর্বাধিকারীর বাড়িতে ক'দিন আগে হামলা করেছিল, ওদের টমি কুকুরটা তাড়া করায় তেমন কিছু করতে পারেনি।"

নাড়ুবাবু ঘটনার সাক্ষী। তিনি রোগা মানুষ। উঠে দাঁড়িয়ে জমায়েত লোকজনের সামনে বললেন, "আহা, আমিই তো ছেলেধরাটার হাত থেকে বটেশ্বরকে উদ্ধার

করতে পারতাম। কিন্তু এক হাতে গোরুর দড়িটা ধরা ছিল বলে হয়ে উঠল না। তবে এ কথা ঠিক যে, সেই বিভীষণ সাধুর হাতে পড়ে বড়ই নাকাল হচ্ছিল বটেশ্বর। ওর ভবিষ্যৎ বিশেষ উজ্জ্বল বলে মনে হচ্ছে না।"

প্যালাবাবু ভারী বিস্ময়ের সঙ্গে বললেন, "তা হলে তোমরা বলতে চাও যে, বটেশ্বরের বৈরাগ্য আসেনি? আমি তো ভেবেছিলুম সংসার-বৈরাগ্য আসায় বটেশ্বর সাধুর হাত ধরে সন্ন্যাসে যাচ্ছে! অপহরণ বলে বুঝতে পারলে কি আর সাধুব্যাটা পারত আমার হাত থেকে পালাতে?"

রামদীন মাথা চুলকোতে চুলকোতে বলল, "সাধুজি বটেশ্বরবাবুকে পাকড়ে নিয়ে যাচ্ছিল ঠিকই, কিন্তু আমি শোচলাম কী, বটেশ্বরবাবু দুই মুক্কা মেরে সাধুকে জমি ধরিয়ে দিবেন। আমি দুবলা মানুষ, জিন্দেগিতে কখনও মারপিট করিনি, উসি লিয়ে আমি আঁখে ঘুরিয়ে নিলাম।"

খগেন তপাদার নন্দরামের দিকে চেয়ে বললেন, "তোর হাতে তো লাঠি ছিল, সাধুটাকে ঘা কতক দিতে পারলি না?"

নন্দরাম জিভ কেটে দু'হাত দিয়ে কান ছুঁয়ে নিয়ে বলল, "ছিঃ ছিঃ, ওকথা বলবেন না। সাধু-মহাত্মাদের গায়ে হাত তুলে কি সাতজন্ম নরকে পচব মশাই? আর খুব তেজালো সাধু মশাই! চোখ দু'খানা ধকধক করে জ্বলছিল, আর কী দশাসই চেহারা!"

বটেশ্বরের বাবা সর্বেশ্বর মুখ কালো করে বসে ছিলেন। ফোঁত করে একটা দীর্ঘশ্বাস ছেড়ে বললেন, "এখন মুক্তিপণের অত টাকা আমি পাব কোথায়? আপনারা পাঁচ-দশ টাকা করে কালেকশন না দিলে সাধু যে ছেলেটাকে মেরে ফেলবে!"

খগেন অবাক হয়ে বললেন, "মুক্তিপণ কি চাওয়া হয়েছে?"

সর্বেশ্বর বলল, "এখনও চায়নি বটে, কিন্তু চাইবে। আগে থেকে প্রস্তুত না থাকলেই বিপদ। আমি বড় দেখে একটা ধামা নিয়েই এসেছি। আপনারা উদারহস্তে টাকা ফেলতে শুরু করে দিন। এখন থেকে রোজই বাড়ি বাড়ি ঘুরে চাঁদা তোলা হবে।"

সর্বেশ্বরের এই ঘোষণা শুনে একজন দু'জন করে লোক কেটে পড়তে লাগল। এবং চণ্ডীমণ্ডপ ফাঁকা হয়ে যেতে সময় লাগল না।

তিন

পরদিন সকালবেলা কেপুবাবু খুবই সন্তর্পণে রাধাগোবিন্দর বাইরের ঘরে ঢুকে একটু গলাখাঁকারি দিলেন। আত্মজীবনী রচনায় মগ্ন রাধাগোবিন্দ অবশ্য সেই শব্দ শুনতে পেলেন না। কেপুবাবু ফের একটু জোরে গলাখাঁকারি দিয়ে মোলায়েম গলায় ডাকলেন, "রাধাদা!"

রাধাগোবিন্দ মুখ না তুলেই মাথা নেড়ে বললেন, "রাধা নেই, বাজারে গিয়েছে।"

একটু বিস্মিত কেপুবাবু বললেন, "আপনি যে বর্তমানে নেই তা বুঝতে পারছি! কিন্তু বাজারেই কি এখন আপনাকে পাওয়া সম্ভব?"

রাধাগোবিন্দ সম্পূর্ণ মগ্ন অবস্থাতেই বললেন, "অ। তা আছে বোধ হয় কোথাও, ভিতরে দেখোগে।"

কেপুবাবু বিনয়ের সঙ্গেই বললেন, "কথাটা আপনার জানা দরকার। একটু কষ্ট করে অতীত থেকে যদি বর্তমানের দিকে আসেন, তা হলে ভাল হয়।"

'দারোগার দীর্ঘশ্বাস' লেখা থামিয়ে অগত্যা রাধাগোবিন্দ মুখ ফেরালেন। তারপর চিনতে পেরে বলে উঠলেন, "কেপুবাবু যে! তা কাকে খুঁজছিলেন যেন?"

"আপনাকেই।"

"আমাকে! কেন, আমি কোথাও গিয়েছিলুম নাকি?"

"তা তো বটেই। এখন আর তখনের মধ্যে আপনার নিত্যি যাতায়াত। তা যে কথাটা বলতে আসা। আপনি যে একজন দারোগা ছিলেন, সেটা কি আপনার মনে আছে?"

"থাকবে না মানে? কত গুন্ডা-বদমাশ, চোর-চোট্টা, ডাকাত-ছেলেধরা ঠান্ডা করেছি। রোমহর্ষক সব ঘটনা। বইটা বেরোলেই দেখবেন, কেমন ভীমরুলের চাকে ঢিল পড়ে!"

"সে তো বটেই। কিন্তু এত বড় ডাকসাইটে দারোগা হওয়া সত্ত্বেও আপনাকে কেউ পুঁছছে কি? এই যে সব বিদ্ঘুটে কাণ্ড নাকের ডগায় ঘটে যাচ্ছে, আপনার কি মনে হয় না, গাঁয়ের লোকের আপনার কাছে এসে পরামর্শ নেওয়া উচিত ছিল?"

"বটেই তো! কিন্তু গাঁয়ে হচ্ছেটা কী?"

"কী হচ্ছে না বলুন? পায়েসপুরে বহিরাগত উগ্রবাদী ঢুকে বহাল তবিয়তে বসবাস তো করছেই, সেইসঙ্গে ফুটবল খেলছে, মারদাঙ্গা করে বেড়াচ্ছে। সাধুর ছদ্মবেশে ডাকাত ঢুকে নগেনবাবুকে হুমকি দিয়ে গিয়েছে, আর গতকাল বটেশ্বরকে মুক্তিপণের জন্য অপহরণ করা হয়েছে।"

অত্যন্ত উত্তেজিত হয়ে রাধাগোবিন্দ দাঁড়িয়ে পড়লেন, "ডাকাতি! মুক্তিপণ! ওরে শিগগির পিস্তলসমেত আমার ক্রস বেল্টটা নিয়ে আয়, আর ইউনিফর্মটাও দে।"

"আহা, অত তাড়া কীসের রাধাদা? স্থির হয়ে বসুন। এখন আপনি বর্তমানে আছেন, সেটা কি ভুলে গেলেন?"

রাধাগোবিন্দ একটু লজ্জিত হয়ে বললেন, "তাই তো! হ্যাঁ, কী যেন বলছিলেন? বটেশ্বর? তা কত মুক্তিপণ চেয়েছে?"

"এখনও চায়নি। তবে বটেশ্বরের বাবা করিতকর্মা লোক। আগে থেকেই কালেকশন তুলতে শুরু করেছে। আপনার বাড়িতেও এল বলে।"

"এ যে ঘোর অরাজকতা! এর তো বিহিত করা দরকার?"

"তা তো বটেই। আর সেই জন্যই তো আপনার কাছে আসা! দেশমাতৃকার তো এখন আপনার মতো সুসন্তানকেই দরকার। ঘাপটি মেরে গা ঢাকা দিয়ে থাকেন বলে কেউ টের পায় না যে, আপনিও এই পায়েসপুরের গৌরব। এই যে হারাধন পায়েসপুরের এত সুখ্যাতি করে বেড়ায়, সে কি ভুলেও একবার নাম উচ্চারণ করে? অথচ আপনি কার চেয়ে কম বলুন তো? এই যে মদনপাগলা আপনাকে জানালা দিয়ে বক দেখায়, এই যে খগেন তপাদার সেদিন চণ্ডীমণ্ডপে বসে বলছিল, 'ওহে রাধাগোবিন্দ যেমন দারোগার দীর্ঘশ্বাস নামে বই লিখছে, তেমনই কালুচোরও নাকি পালটা আর-একখানা পুঁথি লিখে ফেলেছে, নাম দিয়েছে 'দারোগার নাভিশ্বাস'।' তা লিখবে না-ই বা কেন? কালুকে ধরতে গিয়ে নাকি রাধাগোবিন্দ একবার কুকুরের তাড়া খেয়ে পুকুরে পড়েছিল, আর-একবার নয়নপুরের জলায় কাদায় পড়ে চার ঘণ্টা আটকে থাকে। ভুল করে নসিবপুরের যাত্রার দলের প্রম্পটারকে কালু মনে করে পাকড়াও করায় পাবলিকের কাছে হেভি ঠ্যাঙানি খায়। শেষে লোকে তার নামই দিয়েছিল 'গাধাগোবিন্দ'। শুনুন কথা! আপনি চোখ-কান বুজে থাকেন বলে এসব কথা আপনার কানে যায় না, আর লোকেও আশকারা পেয়ে যায়। তাই বলছি, একটু গা ঝাড়া দিয়ে উঠে বুক ফুলিয়ে গাঁয়ে কয়েকটা চক্কর দিয়ে আসুন তো!"

রাধাগোবিন্দ হুংকার দিয়ে বলে উঠলেন, "বটে! আস্পর্ধা তো বড় কম নয়!"

"আস্পর্ধার কথা আরও শুনবেন? এই যে ভূপেনদারোগা এতবার করে গাঁয়ে রোঁদ দিতে আসে, একটিবারও কি এসে আপনাকে সেলাম জানিয়ে যায়? সে কি জানে না যে, আপনি কত বড় একজন জাঁদরেল দারোগা ছিলেন? লোকে তো শিখতেও আসে, না কি! তারপর ধরুন, এই যে নিধে হাজাম সেদিন আপনাকে খেউরি করে পয়সা নিয়ে গেল, সেটা কি তার উচিত হয়েছে? কে না জানে, পুলিশ-দারোগাদের সেবা করলে পুণ্যি হয়। খেউরির পয়সাটা সে তো ভেটই দিয়ে যেতে

পারত! ওটুকু তো আপনার ন্যায্য পাওনার মধ্যেই পড়ে! স্কুলের যে পুরস্কার বিতরণী সভা হয়ে গেল, তাতে গাঁয়ের সব ক'জন মান্যগণ্য লোককে ডাকা হল, শুধু আপনি বাদে। আমি নবীনমাস্টারকে যখন বললাম, 'কাজটা কি ঠিক হল হে নবীন? রাধাগোবিন্দবাবুও তো একজন কেষ্টবিষ্টু লোক!' শুনে নবীন কিছুক্ষণ হাঁ করে থেকে চোখ কুঁচকে বলল, 'কে, কার কথা বলছেন? রাধাগোবিন্দটা আবার কে?' শুনুন কথা! সেই যে আপনার কনস্টেবল নিকুঞ্জ বৈরাগী, তার শ্বশুরবাড়ি তো এই পায়েসপুরেই। গত জামাইষষ্ঠীতে শ্বশুরবাড়ি এসেছিল, আমি গিয়ে বললাম, 'ওহে নিকুঞ্জ, একবারটি তোমার বড়বাবুর সঙ্গে দেখা করে যাবে না?' নিকুঞ্জ কাঁঠাল খাচ্ছিল, খেতে খেতেই হিহি হেসে বলল, 'রাধাবাবুর কথা আর কবেন না কর্তা! ওঁর সামনে গেলে আমি হেসেই মরে যাব!' আমি বেয়াদবটাকে বললাম, 'কেন? রাধাদাকে দেখে তো মোটেই হাসি পায় না?' তখন বলল কী জানেন? বলল, 'রাধাবাবু এমনই নিষ্কর্মা দারোগা ছিলেন যে, তাঁর আমলেই থানায় ডাকাতি হয়েছিল। আর রাধাবাবু ডাকাতের ভয়ে ইউনিফর্ম ছেড়ে আন্ডারওয়্যার পরে লকআপে কয়েদি সেজে ঘাপটি মেরে বসে ছিলেন। তাই দেখে ডাকাতদের সে কী হাসি! লুটপাট করে যাওয়ার আগে তারা রাধাবাবুকে সাত হাত নাকে খত দিইয়েছিল। না মশাই, রাধাবাবুকে দেখলেই ফের হেসেটেসে ফেলব।' "

রাধাগোবিন্দ বিস্ফারিত লোচনে কিছুক্ষণ কেপুবাবুর দিকে চেয়ে রইলেন। তারপর হঠাৎ তাঁর সমস্ত উত্তেজনা আর রাগ অন্তর্হিত হল। চোখদুটো আস্তে আস্তে ছোট হয়ে এল এবং গোলাকার মুখটা হঠাৎ যেন চৌকোমতো হয়ে গেল। কেপুবাবু খুব তীক্ষ্ণ চোখে রাধাগোবিন্দবাবুর পরিবর্তনটা দেখছিলেন। এমনিতেই খুব লম্বা-চওড়া চেহারার রাধাগোবিন্দর শরীরটাও যেন হঠাৎ টনটনে শক্তপোক্ত হয়ে উঠল। নিকুঞ্জ বৈরাগী জনান্তিকে কেপুবাবুকে এই লক্ষণটার কথাই বলেছিল বটে! বলেছিল, ''রাধাবাবু এমনিতে শান্তশিষ্ট হলে কী হয়, যখন এই লক্ষণগুলো দেখবেন, তখনই বুঝবেন যে, ওঁর ভিতরে একটা খ্যাপা ষাঁড় জেগে উঠেছে। তখন স্বয়ং যমও ওঁর সামনে দাঁড়াতে পারে না। বঙ্কুডাকাতকে এই ভাবেই তো কাত করেছিলেন উনি। ঠিকমতো খেপিয়ে তুললে ওরকম ডাকাবুকো লোক ভূভারতে পাবেন না।''

কেপুবাবুর দিকে স্থির চোখে চেয়ে হিমশীতল গলায় রাধাগোবিন্দ প্রশ্ন করলেন, "নিকুঞ্জ বৈরাগী কোথায়?"

কেপুবাবু তটস্থ হয়ে বললেন, "আহা, সে কি আর হাতের নাগালে বসে আছে দাদা? কোন থানায় ডিউটি দিচ্ছে কে জানে!"

"খগেন তপাদার কোথায়?"

কেপুবাবু মাথা নাড়া দিয়ে বললেন, "সেও গাঁয়ে নেই। তবে তাকেও সময়মতো ঠিকই পাওয়া যাবে।"

"ভূপেনদারোগা কোথায়?"

"তার কি আর নাওয়া-খাওয়ার সময় আছে দাদা? পাঁচটা গ্রাম রোঁদ দিয়ে বেড়াতে হচ্ছে। চুরি-ডাকাতি যা বেড়েছে, কহতব্য নয়!"

"নবীনমাস্টার কোথায়?"

"এখন স্কুলে কীসের যেন ছুটি চলছে, তাই নবীন বুঝি গত পরশুই মামাবাড়ি গেল!"

"মদনপাগলা কোথায়?"

"সে পাগলছাগল মানুষ, কোন আলায়বালায় ঘুরছে কে জানে? আমি বলি কী, সব ক'টাকে একসঙ্গে টিট করতে গেলে একটু ভজঘট্ট লেগে যাবে। আপনি বিচক্ষণ মানুষ, নিশ্চয়ই জানেন যে, প্রায়োরিটি বুঝে একটা একটা করে কাজ সেরে ফেলতে হয়। সবক'টা একসঙ্গে নয়। তাই বলছিলাম, এখন সবচেয়ে জরুরি হল, সেই ছেলেধরা সাধুটার হাত থেকে আমাদের বটেশ্বরকে উদ্ধার করা।"

"সাধু কোথায়?"

"প্রতাপগড়ের জঙ্গলে। সে বড় ভয়ংকর জায়গা। দিনেদুপুরে লোক ঢুকতে সাহস পায় না।"

"প্রতাপগড়ের জঙ্গল কোথায়?"

"উত্তর দিকে। তা বলে হুট করে রওনা হয়ে পড়বেন না। সাধু হোক, ছেলেধরা হোক, সে সোজা পাত্র নয়। আমাদের পালোয়ান বটেশ্বরকে নেংটি ইঁদুরের মতো তুলে নিয়ে গিয়েছে। সুতরাং তার মোকাবিলার জন্য প্রিপারেশন দরকার। সঙ্গে একটা অস্ত্রটস্ত্র থাকলে ভাল হয়। অন্তত একটা লাঠি।"

রাধাগোবিন্দ ভারী অবাক হয়ে বললেন, "অস্ত্র! অস্ত্রের কী দরকার? এই দুটো হাতই যথেষ্ট!"

এই বলে রাধাগোবিন্দ দড়াম করে দরজা খুলে বেরিয়ে গেলেন।

গদাইয়ের হল কষ্টের কপাল। তা কেষ্ট পেতে গেলে কষ্ট তো কপালে আছেই। কিন্তু গদাই কেষ্ট চায় না, এবং তার দৃঢ় বিশ্বাস, কেষ্টও তাকে চায় না। তাই গদাইয়ের হল কেষ্টহীন কষ্টের জীবন। যে কাজটা মানুষের এক লহমায় হয়, গদাইয়ের হতে লাগে সাত দিন। এই যে কষ্ট করে করে আদাড়েপাদাড়ে ঘুরে জীবনের ঝুঁকি নিয়ে সে সাপ ধরে বিষ আদায় করে নেয়, তার বদলে পায় ক'টাই বা পয়সা? অথচ সে শুনেছে, দশ-বিশ গ্রাম সাপের বিষের নাকি লাখো টাকা দাম। কিন্তু সীতেশবাবুকে কে বোঝাবে সে কথা? কখনও পঞ্চাশ, কখনও একশো টাকা ঠেকিয়ে বিদেয় করে দেন। তারপর ধনেশ পাখির তেল, মৃগনাভি, বাঘের দাঁত, চমরি গোরুর লেজ, পঞ্চমুখী রুদ্রাক্ষ, দক্ষিণাবর্ত শাঁখ, এসবেরও কি আর বাজার আছে? শুনলে লোকে নাক সিটকোয়। কাউকে গছাতে পারলেও নগদ দাম পাওয়া যায় না, সব বাকির খদ্দের। অনেকে আবার ভেজাল জিনিস মনে করে দূর-দূর করে তাড়িয়েও দেয়। এসব জিনিসের সমঝদার নেই মোটে।

দিনকাল যখন খুবই খারাপ যাচ্ছে, তখনই ঘটনা। সে প্রতাপগড়ের জঙ্গলে বিরল গাছগাছড়ার খোঁজে সারাদিন ঘুরে ঘুরে হয়রান হয়ে ভাঙা কেল্লার লাগোয়া পুরনো শিবমন্দিরের চাতালে শুয়ে ঘুমিয়ে পড়েছিল। গরিবের তো ভয়ডর, শীত-গ্রীষ্ম, আরাম-আয়েশের ব্যাপার নেই। ভোজনং যত্রতত্র শয়নং হট্টমন্দিরে!

বুকে একটা খোঁচা খেয়ে ঘুম ভাঙল শেষ রাত্তিরে। চোখ চেয়ে দেখে, সামনে এক বিভীষণ সাধু হাতে মশাল নিয়ে দাঁড়িয়ে। অন্য হাতে এক প্রকাণ্ড ত্রিশূল তার বুকে চেপে ধরে আছে। গদাইয়ের আত্মারাম তখন বুকের মধ্যে পাখা ঝাপটাচ্ছে। তবে বিপদ-আপদ নিয়েই বাস। তাই তাড়াতাড়ি হাতজোড় করে বলল, "পেন্নাম হই মহারাজ।"

"তুই কে?"

"আজ্ঞে, আপনার শ্রীচরণের দাস বলেই মনে করুন। লোক তেমন খারাপ নই, তবে বড় অনটন যাচ্ছে। মন্তর নিলে কি কিছু সুবিধে হবে বাবা?"

ভেবেছিল কুপিত সাধু বোধ হয় ত্রিশূলটা তার বুকে ঢুকিয়েই দেবে। অতটা অবশ্য করল না। ত্রিশূলটা সরিয়ে নিয়ে বলল, "তোর কীসের অনটন?"

গদাই তড়াক করে উঠে সাধুর পায়ে সাষ্টাঙ্গে একটা প্রণাম সেরে নিয়ে বলল, "আজ্ঞে, কীসের অনটন নয় বলুন বাবা! চাল, ডাল, নুন, তেল, কাপড়চোপড়, গাড়ু-গামছা, ঘরদোর, যার নাম করবেন তারই অনটন। সাপখোপ ধরে আর জড়িবুটি বেচে মোটেই চলছে না বাবা!"

সাধু জুলজুল করে তার দিকে কিছুক্ষণ চেয়ে বলল, "তোর হাতে ওটা কীসের বালা রে?"

"আজ্ঞে, এটা লোহার বালা। এক ফকির দিয়েছিল।"

"দে ব্যাটা, ওটা খুলে দে।"

সাধু তার ঝোলা থেকে একখানা পাথর বের করে বালায় ঠেকাতেই সেটায় যেন দপ করে আগুন ধরে গেল। প্রথমটায় আগুন বলেই ভ্রম হয়েছিল বটে গদাইয়ের। ভাল করে চোখ কচলে দেখল, আগুনটাগুন নয়, লোহার বালা এক লম্ফে ডবল প্রমোশন পেয়ে সোনা হয়ে গিয়েছে। কিছুক্ষণ বাক্যি ছিল না মুখে, চোখের পাতাও পড়েনি তার।

সাধু তার হাতে বালাটা ফিরিয়ে দিয়ে বলল, "যা ব্যাটা, এটা বেচে যা টাকা পাবি তাতে তোর অনটন খানিক ঘুচবে।"

গদাই ভেউ-ভেউ করে কেঁদে ফের কাটা কলাগাছের মতো পড়ে সাধুর পায়ে দণ্ডবৎ হয়ে বলল, "দিলেনই যদি বাবা, তবে মুঠিটা আরও একটু খুলুন। কেল্লার লোহার ফটকটা পড়ে আছে। ওটাতেও একটু ঠেকিয়ে দিন, তা হলে দুঃখু একেবারে ঘুচে যায়। দেড়-দু' মন সোনা পেলে বাকি জীবনটা হেসেখেলে কাটিয়ে দেওয়া যাবে।"

সাধু দু' পা পিছিয়ে গিয়ে হুংকার দিয়ে বলল, "বেশি লোভ করলে শূলে গেঁথে প্রাণবায়ু বের করে দেব হারামজাদা! কিছু দিলেই দেখছি তোদের লোভ বেড়ে যায়। দূর হয়ে যা আমার সুমুখ থেকে। বেশি লোভ করলে বিপরীত পাথর ঠেকিয়ে দেব, সোনা ফের লোহা হয়ে যাবে।"

গদাই ভয় পেয়ে উঠে বসল। চোখের জল মুছে একগাল হেসে বলল, "মারুন, কাটুন আর যা-ই করুন, আমি আপনার সঙ্গ ছাড়ছি না!"

তা সেই থেকে গদাই সাধুর সঙ্গে-সঙ্গে আছে। পুরনো শিবমন্দিরের ভিতরটা যেমন ভাঙাচোরা, তেমনই নোংরা। চামচিকে, বাদুড়, সাপ আর বিছের আস্তানা। গদাই সেটাই যথাসাধ্য সাফসুতরো করে দিল। সাধুর ঠেক। ধুনি জ্বেলে সাধু সাধন-ভজন করে আর পাশেই গদগদ হয়ে গদাই বসে থাকে। লোকটা যে খুব উচ্চ কোটির সাধু, তাতে কোনও সন্দেহ নেই গদাইয়ের। কিন্তু বয়সটা বড্ড বেশিই ঠেকছে। গায়ের চামড়া এমন ঝুলে পড়েছে যে, সেই বাড়তি চামড়ায় আর-একটা লোককে ঢুকিয়ে দেওয়া যায়। জটাজূট এতই বিশাল যে, পাকালে জাহাজ বাঁধার দড়ি হয়ে যায়। সেই সঙ্গে বুড়ো বয়সের যা দোষ, সেই ভীমরতিও একটু ধরেছে বলে গদাইয়ের ধারণা। মাঝে-মাঝেই সাধু জিজ্ঞেস করে, "এটা কোন জায়গা রে?"

“আজ্ঞে, এ হল প্রতাপগড়ের জঙ্গল।”

“হ্যাঁ, হ্যাঁ, বলেছিলি বটে! পঁচাত্তর বছর আগে এরই কাছেপিঠে কোন গাঁয়ে যেন এসেছিলাম, মনে পড়ছে না। আশপাশের গাঁগুলোর নাম জানিস?”

“তা আর জানব না বাবা! এই তো উত্তরে প্রতাপগড়, পুবে হল গে হবিবপুর, পশ্চিমে পটলডাঙা আর দক্ষিণে পায়েসপুর।”

“পায়েসপুর! হ্যাঁ হ্যাঁ, পায়েসপুরই তো সেই গাঁয়ের নাম! সেখানে কী এক সর্বাধিকারী আছে না?”

“আজ্ঞে, আছে বই কী। নগেন সর্বাধিকারী। হাড়কঞ্জুস লোক। গতবার আমার কাছ থেকে বাতের তেল কিনে আজ অবধি দাম দেননি।”

“না না, নগেন নয়। অন্য নাম।”

“নগেনের বাবা ছিলেন বিশ্বেশ্বর। পঁচাত্তর বছর আগের কথা যখন বলছেন তখন উনিই হবেন।”

সাধুর চোখ ধক করে উঠল। বলল, “সে-ই। তাকেই আমি সেই পিদিম দিয়ে গিয়েছিলাম।”

“কীসের পিদিম বাবা?”

“সে খুব সাংঘাতিক পিদিম। যে ব্যবহার না জানে তার সর্বনাশ হয়ে যায়। আমি সেই পিদিম ফেরত নিতে এসেছি।”

সাধুর পদসেবা করতে করতে গদাই জিজ্ঞেস করল, “তা বাবা, আপনার বয়স এখন কত হল? শতখানেক হবে না?”

“দূর! শতখানেক কী রে? ঠিক হিসেব নেই বটে, তবে পাঁচশো ছাড়িয়েছি।”

“ওরে বাবা!”

খুব মন দিয়েই সাধুর পদসেবা করে গদাই। দেখেশুনে তার মনে হচ্ছে পাঁচশো বছর বয়সি সাধু আর বেশিদিন নেই। ভীমরতিও একটু ধরেছে, ভুলভাল হচ্ছে। এসব লক্ষণ সে চেনে। সাধুর ভালমন্দ কিছু হয়ে গেলে সাধুর জিনিসপত্র তারই হাতে এসে যাবে। তখন আর তাকে পায় কে?

একদিন মাঝরাতে ঘুম ভেঙে গদাই দেখল, সাধুবাবা চিতপাত হয়ে অঘোরে ঘুমে। নাকও ডাকছে। বড্ড ইচ্ছে হল, সেই পাথরটা বের করে পাথরের কেরদানিটা একটু নিজেই পরখ করে দেখে। না, সে পাথরটা চুরিটুরি করবে না। ততটা আহাম্মক সে নয়। এই একটু দেখবে আর কী। সোনাদানা তো আর বিশেষ দেখেনি। এই মনে করে সে বিড়ালের মতো নিঃশব্দ পায়ে গিয়ে সন্তর্পণে ঝোলার মুখটা ফাঁক করে হাতটা ঢোকাতে যাবে, ঠিক সেই সময় ঘুমন্ত সাধুর মুখ থেকে একটা বজ্রনির্ঘোষ বেরিয়ে এল, “উঁহু!”

'উঁহু' শব্দটা যে এত উঁচু পরদায় বাঁধা যায় তা তার ধারণাই ছিল না। আঁতকে উঠে সভয়ে ফের সাধুর পায়ের দিকটায় গিয়ে গুটিসুটি মেরে শুয়ে পড়ল সে।

সকালে সাধু জ্বলজ্বলে চোখে চেয়ে বজ্রগম্ভীর স্বরে বলল, "ঝোলায় হাত দিয়েছিলি কেন?"

তাড়াতাড়ি সাধুর পা চেপে ধরে গদাই বলল, "আর হবে না। আপনি যে চোখ বুজেও দেখতে পান, সেটা খেয়াল ছিল না বাবা! পাপী মন তো!"

কিন্তু কৌতূহল এক সাংঘাতিক জিনিস। পরশপাথরের গল্প শোনা আছে বটে, কিন্তু চাক্ষুষ করেনি। একটু নেড়েঘেঁটে দেখার ইচ্ছেটা বড় আঁকুপাঁকু করছে মনের মধ্যে। সোনার বালাটা সে প্রতাপগড়ের বিধু স্যাকরাকে এক ফাঁকে দেখিয়ে এনেছে। কষ্টিপাথরে ভাল করে যাচাই করে স্যাকরা বলেছে, ''জিনিসটা তো খাঁটিই দেখছি! তা কোথায় পেলি? চুরিটুরি করিসনি তো বাপু?''

চুরি যে করেনি সেটা বলে লাভ নেই। গরিবের কথা কে আর বিশ্বাস করে? তবে গরিব নাম ঘোচাতে পারলে সব ব্যাটা কথার দাম দেবে।

সাধুর ভয়ে ঝোলাটার দিকে কয়েকদিন আর নজর দেয়নি গদাই। তা একদিন সাধু ঝোলা রেখে চান করতে মন্দিরের পিছনে পুকুরে গিয়েছে, তখন অনেক চেষ্টাতেও নিজেকে সামলাতে পারল না গদাই। ঝটিতি গিয়ে ঝোলার মুখটা ফাঁক করেছে কি করেনি, অমনই ঝোলার ভিতর থেকে সেই বজ্রনির্ঘোষটা বেরিয়ে এল, "উঁহু!"

আঁতকে উঠে লম্ফ দিয়ে সরে এল গদাই। ই কী রে বাবা! ঝোলার ভিতর থেকে কে কথা কয়? ভূত নাকি রে ভাই?

সাধু স্নান সেরে এসে তার দিকে রক্তচক্ষুতে চেয়ে বলল, "ফের ঝোলায় হাত দিয়েছিলি নিমকহারাম?"

"তখন কি জানতাম যে আপনি না থাকলেও আপনার ওই বিটকেল 'উঁহু'টাকে পাহারায় রেখে যাবেন! ঘাট হয়েছে বাবা, আর নয়!"

"মনে থাকে যেন!"

একদিন রাতে সাধুর পা দাবাতে দাবাতে গদাই জিজ্ঞেস করল, "তা বাবা, পায়েসপুরে ফিরে আসতে আপনার পঁচাত্তর বছর লাগল কেন? পঁচাত্তর বছর যে বড্ড লম্বা সময়।"

সাধু গম্ভীর গলায় বলল, "সে তোদের কাছে। আমার তো শুধু পায়েসপুর নিয়ে কাজকারবার নয়। সারা দুনিয়াময় চক্কর কাটতে হয়। সাধন-ভজন আছে। তীর্থদর্শন আছে। পরিক্রমা আছে। ওসব তুই বুঝবি না। তবে এবার সব গুটিয়ে ফেলতে হবে।

আয়ু আর বেশিদিন নয়। জিনিসপত্র সবই প্রায় উদ্ধার করে ফেলেছি। পিদিমখানা উদ্ধার হলেই কাজ একরকম শেষ।"

"তা সে পিদিমখানায় কী আছে বাবা?"

"ওঃ, সে বড় সাংঘাতিক জিনিস। অপাত্রে পড়লে দুনিয়া ছারখার হয়ে যাবে।"

"তা সেই সাংঘাতিক জিনিসটা হাতছাড়া করলেন কেন ঠাকুর?"

"সব জিনিসেরই ভালও আছে, মন্দও আছে। পিদিমখানা যাকে দিয়ে গিয়েছিলুম, সে দুঃখী মানুষ হলেও ভাল লোক। কিন্তু তার অবর্তমানে বেওয়ারিশ জিনিসটা কার হাতে পড়বে তার ঠিক কী?"

জিনিস ফিরি করে একদিন দিনান্তে আস্তানায় ফিরে মশালের আলোয় গদাই দেখতে পেল, একটা বেশ পেল্লায় চেহারার ছোকরাকে লতাপাতা দিয়ে চাতালে ফেলে রেখে সাধু গম্ভীর মুখে বসে সিদ্ধি গুলছে। মশালের আবছা আলোতেও ছোকরাকে চেনা চেনা ঠেকল গদাইয়ের।

সে অবাক হয়ে বলল, "এ কাকে ধরে এনেছেন বাবা?"

সাধু থমথমে মুখে বলল, "এটাই সেই দানো। পিদিমের মধ্যে সেঁধিয়ে থাকার কথা। কোন অপাত্রের হাতে পড়ে ছাড়া পেয়ে মাঠেঘাটে ঘুরে বেড়াচ্ছিল। দেখতে পেয়ে ধরে এনেছি। ওর অসাধ্য তো কিছু নেই। তাই লতাপাতা দিয়ে বেঁধে রেখেছি। গভীর রাতে বিশেষ প্রক্রিয়ায় মন্তর দিয়ে ঘুম পাড়িয়ে দেব। ঘুমোক ব্যাটা কয়েক হাজার বছর।"

"সেটা কি আলাদিনের সেই পিদিম নাকি বাবা? উরেব্বাস রে? সেই পিদিম যে পাবে সে তো রাজা!"

সিদ্ধি ঘুঁটতে ঘুঁটতে সাধু গম্ভীর হয়ে বলল, "পাপীরা তাই ভাবে বটে! সুখ-সম্ভোগের জন্য হেঁদিয়ে মরছিস মায়াবদ্ধ জীব। পরমার্থ খুঁজলি না!"

"যে আজ্ঞে, সেও বড় জব্বর জিনিস। তবে কিনা আগে একটু সুখসম্ভোগ করে নিলে পরমার্থটা জমে ভাল। সোয়াদটা বেশি পাওয়া যায়। এই যেমন নিম-বেগুন বা উচ্ছে হলে পরে পঞ্চব্যঞ্জনের সোয়াদটা বেশ খোলে তো বাবা? দত্যিটাকে যদি ঘুম পাড়িয়ে রাখেন তা হলে পিদিমটা যে ফেকলু হয়ে যাবে?"

"তা তো বটেই!"

"সেটা কি ভাল হবে বাবা? বরং দত্যিটাকে একটু ছেড়ে দিন, ঘুমনোর আগে কয়েকটা কাজ করিয়ে নিই।"

"কী কাজ?"

"কুপিত হবেন না বাবা, বেশি কিছু নয়। এই গা-হাত-পা একটু টিপে দিল, মাথা

মালিশ করল, ছোটমতো একটা বাড়ি করে দিল, একটু চাল-ডাল-নুন-তেল আর কিছু টাকাপয়সা জোগাড় করে নিয়ে এল, দু'-পাঁচখানা মোহর..."

সাধু হুংকার দিয়ে বলল, "পাপিষ্ঠ, নরাধম, ইষ্ট নষ্ট করতে চাস রে আহাম্মক? খাল কেটে কুমির আনবি বেল্লিক? মায়ালতায় বেঁধে রেখেছি বলে, নইলে এই রাক্ষস এতক্ষণে চারদিক লন্ডভন্ড করে দিত, তা জানিস?"

গদাই ভয় খেয়ে বলল, "ওরে বাপ রে! তা হলে বাঁধন খুলে দরকার নেই বাবা! যেমন বাঁধা আছে তেমনই বরং থাক। কিন্তু প্রভু, দানোটা অনেকক্ষণ ধরে চিঁচিঁ করে কী যেন বলার চেষ্টা করছে, ভাল বোঝা যাচ্ছে না।"

ঘটি তুলে খানিক সিদ্ধি ঢকঢক করে খেয়ে সাধু একটা উদ্গার তুলে রক্তচক্ষুতে চেয়ে বলল, "বলছে নাকি?"

"বলছে বাবা।"

সাধু মাথা নেড়ে বলল, "কানে আজকাল ভাল শুনতে পাই না। ভোঁ ভোঁ শব্দ হয়। ইন্দ্রিয়াদির ক্ষমতা ক্রমে কমে আসছে। এবার কাজকারবার সব গুটিয়ে ফেলতে হবে রে!"

"সেই কথাই ভাল বাবা। পাথর-টাথর, পিদিম-টিদিম যা আছে তা ভক্তদের বিলি করে দিয়ে আপনি বরং নিশ্চিন্তে শেষ জীবনটা সাধন-ভজন নিয়ে থাকুন। আমি বরং এদিকটা সামাল দেব।"

"কোন দিকটা?"

"এই টাকা-পয়সা, সোনাদানা, পাপতাপ এই সব আর কী।"

"তোর চোখে লোভ জ্বলজ্বল করছে। সেবার ঘুঘুডাঙার একটা দুঃখী লোককে দেখে বড় দয়া হয়েছিল। তাকে একখানা অক্ষয় থালা দিয়ে বলেছিলুম, 'বাপু, এই থালা সামনে রেখে যা খেতে চাইবে তাই পেয়ে যাবে। কিন্তু রয়েসয়ে খেয়ো!' তা ব্যাটা এমন খাওয়া খেল যে, দম নিতে পারে না। শেষে ওই দম আটকেই প্রাণপাখি বেরিয়ে গেল। ভেবে দেখিস, তুই কিছু খারাপ নেই। গায়ে হাওয়া লাগিয়ে এই যে পাঁচটা জায়গায় ঘুরে বেড়াচ্ছিস, কষ্টের রোজগারে দুটো খাচ্ছিস, এর চেয়ে ভাল আর কী হতে পারে? ফাঁকতালে ভোগ করার ফিকির যদি খুঁজিস তবে টসকে যাবি!"

মাথা চুলকে গদাই বলল, "আজ্ঞে, ভাল ভাল কথাগুলো যখন শুনি বাবা, তখন পাপী মনটার জন্য ভারী লজ্জা হয়। কিন্তু মাঝে-মাঝেই লোভটাও বড্ড ফোঁস করে ওঠে। এই যে কথাগুলো শুনলুম, ইচ্ছে হচ্ছে এখন থেকে ব্যোমভোলা ভাল লোক হয়ে যাই। মনটার মধ্যে বেশ একটা আঁকুপাঁকু হচ্ছে কিন্তু! যেন কাদায় পড়া মোষ কাদা ঠেলে উঠে আসতে চাইছে। তা আপনি যদি টেনে তোলেন তা হলে পাপ-পঙ্ক

ছেড়ে পাপী মন একদিন গা ঝাড়া দিয়ে উঠে পড়বে'খন।"

ভীমরতি আর কাকে বলে? পরদিন আলায়বালায় ঘুরে গদাই দিনান্তে আস্তানায় ফিরে দেখে, সাধুজি যথারীতি সিদ্ধি ঘুঁটতে লেগেছে। কিন্তু চাতালের উপর আজ আগের দানোটার পাশে আরও একটা লোক পড়ে আছে। এটারও হাত-পা সব লতাপাতায় আষ্টেপৃষ্ঠে বাঁধা।

গদাই অবাক হয়ে বলল, "উটি আবার কে বাবা?"

সাধু গম্ভীর হয়ে বলল, "এটাও দানো!"

গদাই ভারী ভাবিত হয়ে বলল, "কোথাও গোলমাল হচ্ছে না তো বাবা? একটা পিদিমের মধ্যে কি দু'-দুটো দত্যি সেঁধিয়ে ছিল? কিন্তু তেমনটা তো শুনেছি বলে মনে হয় না!"

সাধুও একটু দোনামোনা করে বলল, "সেটাও একটা কথা। পিদিমে একটা দৈত্যই ছিল বটে!"

গদাই একটা দীর্ঘশ্বাস ফেলে বলল, "নাঃ, আপনাকে এবার ভীমরতিতেই ধরেছে দেখছি বাবা! তা ইটিকে পেলেন কোথায়?"

সাধু গলায় সিদ্ধি ঢেলে বিরাট উদ্‌গার তুলে বলল, "দুপুরের দিকে একটু গড়াচ্ছিলুম। হঠাৎ দেখি, দানোটা গাছপালা ভেঙে পাগলা হাতির মতো ধেয়ে এসে আমার চুল-দাড়ি ধরে টানাটানি। কিল-ঘুসোও দিচ্ছিল। মনে হল, এটাই আসল দানো! পিদিমের মালিক হয়তো আমাকে টিট করতে পাঠিয়েছে। কিন্তু আমাকে টিট করা কি সোজা! ওই দেখ, মায়ালতায় বেঁধে ফেলে রেখেছি। কিন্তু মুশকিল কী জানিস, কোনটা আসল দানো তা বুঝে উঠতে পারছি না। বড্ড বুড়ো হয়ে গিয়েছি তো! আজকাল একটুআধটু ভুলভাল হয়।"

"কিন্তু বাবা, এদের তো মানুষেরই আকার দেখছি। একটু লম্বাই চওড়াই চেহারা বই তো নয়! ধরুন যদি দানো না হয়ে মানুষই হয়, তা হলে যে এভাবে ফেলে রাখলে খিদে-তেষ্টায় মরে যাবে। তখন যে মহাপাতক!"

সাধু ঘন ঘন মাথা নেড়ে বলল, "সে ভয় নেই। বিশল্যকরণীর সঙ্গে সঞ্জীবনী আরক আর সিদ্ধি ঘুঁটে খাইয়ে দিয়েছি। মরার উপায় নেই। কিন্তু পিদিম উদ্ধার না হলে দানো নিয়ে গণ্ডগোল পাকিয়ে উঠবে। তুই কালই গাঁয়ে গিয়ে যত লম্বা-চওড়া লোক আছে সব ক'টাকে ভাল করে চিনে আসিস তো!"

গদাই সভয়ে বলল, "মহারাজ, এই পায়েসপুর গাঁয়ে লম্বা-চওড়া লোক যে মেলা। সব ক'টাকে আনলে যে গাঁয়ে হুলস্থুল পড়ে যাবে!"

সাধু চিন্তিত মুখে বলল, "তা বটে। কিন্তু পিদিমটা উদ্ধার না হলে যে এ ছাড়া

উপায় নেই? একটা পরিবার নির্বংশ হবে। কোন বদমাশের হাতে পড়ে পিদিম কী কাণ্ড ঘটাবে তা কে জানে?”

“তা আপনি তো ত্রিকালদর্শী, এত সাধন-ভজন করেছেন, ধ্যানের চোখে পিদিমটার হদিশ দিতে পারেন না?”

সাধু দুঃখের সঙ্গে মাথা নেড়ে বলল, “ঊর্ধ্বনেত্র আর সুরত-চড়াই হওয়ার পর থেকে আর হঠযোগের ক্ষমতা থাকে না। আমি তো আর সিদ্ধাই নই, আমার ধ্যানে ওসব ছোটখাটো জিনিস আসে না। তবে পিদিম যে পায়েসপুরেই আছে তা টের পাচ্ছি।”

“হুকুম দেন তো, আপনার শ্রীচরণের আশীর্বাদে আমি একটু সুলুকসন্ধান করে দেখি।”

“তোর চোখে এখনও লোভ চকচক করছে যে?”

গদাই হাত জোড় করে বলল, “তা পাপীতাপী মানুষ বাবা, লোভলালসা নিয়েই তো বেঁচে থাকা। তবে লোভ থাকে থাক, সঙ্গে তো আপনার ‘উঁহু’-ও আছে বাবা!”

পাঁচ

একদিন ভোরবেলা ঘুম থেকে উঠেই সরযূদেবী দেখলেন, তাঁর গলায় সাত ভরি ওজনের মটরদানা হারটা নেই। নেই তো নেই-ই। সারাবাড়ি তন্নতন্ন করে খুঁজেও সেটা পাওয়া গেল না। সরযূদেবীর তো মাথায় হাত। ঠিকেকাজের লোক সাবি কাজ করতে এসে হঠাৎ হাউমাউ করে বলে উঠল, “ও মা! তোমার হাতের বালাজোড়া কোথায়? সেও কি চোরের বাপের শ্রাদ্ধে গেল?”

সরযূদেবী চমকে উঠে অবাক হয়ে খেয়াল করলেন, সত্যিই তো? বালাজোড়াও তো নেই! তিনি কুঁকড়ে কেঁদে উঠে বললেন, “ওরে, দানুকে শিগগির ডাক। দানুই তো রাতে পাহারা দেয়!”

কিন্তু দানুকে কোথাও পাওয়া গেল না। নীচের বারান্দায় তার চটের বিছানা একপাশে পরিপাটি গুছিয়ে রাখা। সে কোথাও নেই। নেই তো নেই-ই। একেবারে ভোঁ ভাঁ।

সুতরাং দুইয়ে-দুইয়ে চার করতে কারও দেরি হল না। খবর পেয়ে গাঁয়ের লোক ভেঙে পড়ল সরযূদেবীর বাড়িতে।

জয়লাল বলল,“আমি আগেই জানতাম এরকম হবেই।”

তারক তর্কালঙ্কার খিঁচিয়ে উঠে বলল, "কী জানতে শুনি?"

"ওহে, কোনও জিনিসেরই বাড়াবাড়ি ভাল নয়। বেশি করিতকর্মা লোক দেখলেই বুঝতে পারি মতলব খারাপ। এই যে দানু দু' দিনে তিরিশ-চল্লিশটা গাছের নারকোল পাড়ল, একদিনে অত বড় পুকুরের পানা পরিষ্কার করল, ফুটবল খেলতে নেমে গন্ডায়-গন্ডায় গোল করল, এসব কি ভাল? এ হল কোপ দেওয়ার আগে ঘাড়ে তেল মালিশ করা।"

তারক বলল, "ওহে, বিজ্ঞান প্রমাণ ছাড়া কোনও সত্যকে গ্রহণ করে না। অপরাধবিজ্ঞানও কিন্তু একটা বিজ্ঞান। প্রমাণ কই?"

হারানবাবু এসে উত্তেজিতভাবে বললেন, "আমার বাড়িতেও কাল চোর ঢুকেছিল।"

খগেন তপাদার বললেন, "কী করে বুঝলেন?"

"আমার পাঁচ ব্যাটারির টর্চটা আমার বালিশের পাশেই থাকে। সকালে উঠে দেখি সেটা চুরি হয়ে গিয়েছে। তারপর ধরো, চ্যবনপ্রাশের কৌটোটা গায়েব, অ্যালার্মক্লকটা হাওয়া, একখানা গেঞ্জি পাওয়া যাচ্ছে না..."

হারানবাবুর মেয়ে খেঁদি পাশ থেকে বলল, "ও বাবা, টর্চটা তো কাল জামাইবাবুকে দিলে? চ্যবনপ্রাশের কৌটো খালি হয়ে গিয়েছে বলে মা তাতে পাঁচফোড়ন রেখেছে। অ্যালার্মক্লকটা তো সারাতে দেওয়া হয়েছে, আর গেঞ্জি আজ সকালে কেচে দেওয়া হয়েছে।"

"অ, তা হবে!"

খগেন তপাদার বললেন, "গা থেকে গয়না খুলে নেওয়া সহজ কাজ নয়। নিশ্চয়ই ঘুমের ওষুধ স্প্রে করা হয়েছিল।"

জয়লাল বলল, "আহা, খাওয়াতেও তো পারে। জলের সঙ্গে গুলে দিলেই হল!"

তারক বলল, "জল কেন, দুধ কী দোষ করল?"

দানু যে এ কাজ করতে পারে তা অবশ্য অনেকের বিশ্বাস হল না। কিন্তু সবচেয়ে মন খারাপ হয়ে গেল প্রাণারামের। বলতে কী, সে-ই তো দানুকে পিসির বাড়িতে বহাল করেছিল!

ভূপেনদারোগা তদন্তে এসে সব দেখেশুনে গম্ভীরভাবে বললেন, "ফুটবল খেলোয়াড় চোর হয় জীবনে এই প্রথম দেখলাম মশাই। বেঁচে থাকলে আরও কত দেখতে হবে!"

দ্বিজেন সামন্ত তাড়াতাড়ি এগিয়ে এসে বিগলিত মুখে বলল, "যেমন-তেমন

খেলোয়াড় নয় ভূপেনবাবু, হবিবপুরকে পাঁচ গোল দিয়েছিল একাই।”

ভূপেনদারোগা মাছি তাড়ানোর মতো হাত নেড়ে বললেন, “ফুঃ, পাঁচ গোল! তার মধ্যে দুটো তো পরিষ্কার অফসাইড। রেফারি হবিবপুরকে একটা ন্যায্য পেনাল্টি দেয়নি।”

কালীপদবাবু একটু উত্তেজিত হয়ে দাঁড়িয়ে পড়ে বললেন, “না না, এটা কী বলছেন দারোগাবাবু? সেদিন তো আমরাই তিন-তিনটে ন্যায্য পেনাল্টি পাইনি। তিনবারই দানুকে পেনাল্টি বক্সে ল্যাং মেরে ফেলে দেওয়া হয়েছে।”

ভূপেন অত্যন্ত গম্ভীর হয়ে বললেন, “আমাকে বাধ্য হয়েই প্রতিবাদ করতে হচ্ছে। ফুটবলে ল্যাঙাল্যাঙি হয়েই থাকে, নতুন কিছু নয়। ওরকম আনাড়ি প্লেয়ার জন্মে দেখিনি। যত না খেলে, তার চেয়ে বেশি আছাড় খায়। আর গোলগুলো তো ফাঁকতালে হয়ে গিয়েছে। একটাও ক্রিয়েটেড গোল নয়, চান্স গোল।”

এবার হারানবাবু বেশ গরম হয়েই বললেন, “কাকে আনাড়ি বলছেন ভূপেনবাবু? ওকে যে লোকে ‘পায়েসপুরের মারাদোনা’ বলে ডাকে?”

তেমনই তাচ্ছিল্যের ভঙ্গিতে ভূপেনদারোগা বলে উঠলেন, “রেখে দিন মশাই মারাদোনা! মারাদোনা গাছে ফলে কিনা! ড্রিবলিং নেই, পাসিং নেই, বল প্লে নেই, মারাদোনা বললেই হল? এমনকী, মারাদোনার হাইটটা পর্যন্ত নেই! তালগাছের মতো ঢ্যাঙা একটা ছেলে ল্যাঙপ্যাঙ করে দৌড়চ্ছে, যেন অ্যানিমেটেড কার্টুন! দূর দূর, যে যাই বলুক, আপনাদের পায়েসপুরের মারাদোনা জাতের খেলোয়াড়ই নয়।”

মদনপাগলা ভিড় দেখে পিছনে এসে দাঁড়িয়ে সব শুনছিল। এবার বলে উঠল, “ওরে, ভূপেনের শ্বশুরবাড়ি যে হবিবপুরে!”

একটা সেপাই ক্যাঁক করে তাড়াতাড়ি মদনপাগলার ঘাড় ধরে তাকে বাইরে নিয়ে গেল।

ভূপেনবাবু বললেন, “পরের ম্যাচে দেখবেন, হবিবপুরের কাছে পায়েসপুর উড়ে যাবে। সেদিন রথীন হাজরা খেলেনি, তাই! আর আপনাদের দানুও তো শুনছি পালিয়েছে। তা পালাবে না, প্রতি ম্যাচেই তো আর বরাতজোরে গোল করা যাবে না? হেঁ-হেঁ বাবা, ফুটবল অত সোজা জিনিস নয়।”

এবার দেশপ্রেমিক তথা পায়েসপুরমুগ্ধ হারাধনবাবু এগিয়ে এসে বুক ফুলিয়ে বললেন, “পায়েসপুরের গৌরব দানুকে আমরা ফিরিয়ে আনবই।”

ভূপেনদারোগা ব্যঙ্গ গলায় বললেন, “আর হাসাবেন না মশাই, দানু তো শুনি পায়েসপুরের ছেলেই নয়। তার বাড়ি তো প্রতাপগড়ে?”

হারাধনবাবু একটু মিইয়ে গিয়ে বললেন, “না না, তা কী করে হবে?”

ভূপেনবাবু চোখ রাঙিয়ে বললেন, "হবিবপুরের লোকেরা এর জন্য আপনাদের বিরুদ্ধে আইনানুগ ব্যবস্থা নিতে পারে তা জানেন? তার উপর সে একজন চোর এবং অপরাধী। একজন অপরাধীকে লুকিয়ে রেখে এবং আশ্রয় দিয়ে আপনারা প্রশাসনকে প্রতারণা করেছেন বলেও আপনাদের বিরুদ্ধে ব্যবস্থা গ্রহণ করা যায়। আমি হুলিয়া দিয়ে দিচ্ছি। আগামী চব্বিশ ঘণ্টার মধ্যে দানুকে ধরে হাজতে পোরা হবে। নেক্সট ম্যাচ পর্যন্ত যাতে সে জামিন না পায় আমি তারও ব্যবস্থা করব।"

হারাধনবাবু অত্যন্ত ব্যথিত সুরে বললেন, "সেটা কি পায়েসপুরের প্রতি অত্যন্ত অবিচার হবে না? পায়েসপুরের ঐতিহ্যের কথা একবার ভেবে দেখুন!"

ভূপেনবাবু তেরিয়া হয়ে বললেন, "পায়েসপুরের আবার ঐতিহ্য কীসের মশাই? এ তো অখদ্দে জায়গা। চোর-গুন্ডা-বদমাশ গিজগিজ করছে। পায়েসপুরের কুমড়ো নাকি ভুবনবিখ্যাত। তা সেদিন কে যেন একটা পায়েসপুরের কুমড়ো নিয়ে এসেছিল। খেয়ে দেখি, একেবারে জোলো আর পানসে। সেই কুমড়ো শেষে গোরুকে খাওয়ানো হয়েছিল। পায়েসপুরের গামছার কথা আর বলবেন না মশাই, জলে দিলেই গলগল করে রং উঠে যায়। অথচ সেই গামছা নিয়ে নাকি কবিতা লেখা হয়েছে! আপনিই না বুক ফুলিয়ে বলেছিলেন, আপনাদের বিজ্ঞানী হলধর ঘোষ একদিন নোবেল প্রাইজ পাবেন? তা তাঁর 'ইন্ধনহীন রন্ধন'-এর উনুনে তো আজ অবধি জলও গরম হল না! আপনাদের ব্যায়ামবীর বটেশ্বর তো আরশোলা দেখলে ভয়ে মূর্ছা যায়। আর কত শুনবেন?"

কথাটা শুনে ভিড়ের পিছনে হলধর ঘোষ টুপ করে তাঁর মাথাটা নামিয়ে নিলেন।

ভূপেনবাবু সদম্ভে বুটের শব্দ তুলে বিদায় নিলেন।

প্রাণারামের মন ভারী খারাপ। বলতে কী, সে-ই দানুকে পিসিমার বাড়িতে বহাল করেছিল। পিসিমা আজ সকালেই তাকে বলেছেন, "ওরে পান্টু, শেষে তুই আমার এত বড় সর্বনাশ করলি?" শুনে পান্টু ওরফে প্রাণারামের লজ্জায় মাটিতে মিশে যাওয়ার কথা। দানুকে সারাদিন তারা সম্ভব-অসম্ভব সব জায়গায় খুঁজেছে। কোথাও পাওয়া যায়নি। প্রতাপগড়েও খোঁজ নিতে লোক গিয়েছিল। তারা এসে বলেছে, ও নামে প্রতাপগড়ে কেউ কখনও ছিল না। এমনকী, ওরকম চেহারারও কেউ নেই। দানু যে চোর এটা বিশ্বাস করতে প্রাণারামের মন চাইছে না। কিন্তু সাক্ষ্যপ্রমাণ দানুর বিপক্ষেই যাচ্ছে।

দুপুরে খাওয়াদাওয়ার পর মলিন মুখ করে জানালার পাশে চেয়ারে বসে ঘটনার বিশ্লেষণ করতে করতে পান্টু মাথা নেড়ে অস্ফুট গলায় বলে ফেলল, "নাঃ, দানুকে চাই।"

প্রায় সঙ্গে-সঙ্গেই জানালার বাইরে দানুর গলা শোনা গেল, "আমাকে খুঁজছ?"

স্তম্ভিত প্রাণারাম কিছুক্ষণ হাঁ করে অবিশ্বাসের চোখে চেয়ে থেকে বলল, "তুই! তুই কোথায় ছিলি হতভাগা? তোর নামে যে হুলিয়া বেরিয়েছে?"

"কেন?"

"সবাই বলছে তুই নাকি পিসিমার গয়না চুরি করে পালিয়েছিস?"

"গয়না চুরি যাবে কেন?"

"তা হলে গয়নাগুলো গেল কোথায়?"

"গলার ঘামাচি চুলকোচ্ছিল বলে পিসিমা নিজেই হারটা খুলে ঘুমচোখে বালিশের নীচে রেখেছিলেন। রাখতে গিয়ে সেটা ওয়াড়ের মধ্যে ঢুকে যায়। সেখানেই আছে।"

"আর বালা?"

"পিসিমার বড্ড ভুলো মন। কাল পোস্ত বাটতে গিয়ে বালা খুলে তেজপাতার কৌটোর পিছনে রেখেছিলেন, তারপর ভুলে গিয়েছেন।"

"তা হলে তুই পালালি কেন?"

"না পালিয়ে উপায় নেই। আমাকে একজন ধরতে এসেছে!"

"তোকে ধরতে এসেছে? তোকে ধরবে কেন?"

"সব কথা বলা যাবে না। আমার খুব বিপদ। তবে খুব যদি দরকার হয় তা হলে আমাকে ডেকো, ডাকলেই আসব।"

"আমার ডাক তুই শুনতে পাবি কী করে?"

দানু বড় বড় দাঁত দেখিয়ে হেসে বলল, "তোমার ডাক আমি ঠিক শুনতে পাই। তবে এ কথাটা কাউকে বোলো না।"

"তোর কীসের বিপদ আমাকে বলবি না? আমরা তো তোর বিপদে সাহায্য করতে পারি!"

"পরে তোমাকে সব বলব। এখন যাই?"

"যা!"

দানু চোখের পলকে হাওয়া হয়ে গেল। কিন্তু তার কথামতো বালিশের ওয়াড়ের ভিতরে আর তেজপাতার কৌটোর পিছনে সরযূদেবীর হারানো গয়না পাওয়াও গেল। ফের পায়েসপুরের মাতব্বররা জড়ো হয়ে এই ব্যাপারটা নিয়ে তুমুল আলোচনা করলেন।

ভূপেনদারোগাকে যখন ঘটনাটা জানানো হল, তখন উনি ভ্রু তুলে বললেন, "তাই নাকি? তা হলে কী সাব্যস্ত হল?"

হারাধনবাবু এগিয়ে এসে বুক চিতিয়ে বললেন, "তাতে এই সাব্যস্ত হল যে, দানু মোটেই চুরি করেনি এবং নেক্সট ম্যাচে হবিবপুরের বিরুদ্ধে খেলবে।"

ভূপেনবাবু মাথা নেড়ে বললেন, "না, খেলবে না।"

"কেন খেলবে না বলুন?"

"তার বিরুদ্ধে আরও একটি গুরুতর অভিযোগ আছে। ম্যাচের দিন সে হবিবপুরের লোকজনের উপর হামলা করেছিল। তার সেই হামলায় কয়েকজন গুরুতর আহতও হয়। হবিবপুরের শান্তিপ্রিয় নাগরিকদের উপর বিনা প্ররোচনায় এই আক্রমণ অত্যন্ত নিন্দনীয়।"

হারাধনবাবু এবং কালীপদবাবু একযোগে বলে উঠলেন, "না স্যার, সেদিন হবিবপুরের গুন্ডারাই ম্যাচ হেরে গিয়ে আমাদের উপর চড়াও হয়। আমরা থানায় নালিশও জানিয়েছি।"

"আপনাদের পাঁচ মিনিট আগে হবিবপুর এফ আই আর করেছে। সুতরাং তাদের কেস অনেক জোরালো।"

সবাই কাঁচুমাচু হয়ে পাংশু মুখে ফিরে এলেন। এবং সবাই একবাক্যে স্বীকার করলেন যে, এই রকম অন্যায়ভাবে হবিবপুরের কাছে হেনস্থা হওয়াটা দুর্ভাগ্যজনক। হারাধনবাবু অত্যন্ত ব্যথিত মুখে বলতে লাগলেন, "না হে, এখন আমাদের পায়েসপুরের বড় দুঃসময় চলছে।"

পরশুদিন সন্ধের সময় যখন এই ঘটনা নিয়ে চণ্ডীমণ্ডপে মিটিং চলছিল, তখনই খবর আসে যে, বটেশ্বরকে এক নরখাদক সাধু ধরে নিয়ে গিয়েছে। এবং সেটা নিয়ে তোলপাড় শেষ হতে না-হতেই রাধাগোবিন্দর নিরুদ্দেশ হওয়ার খবরে পায়েসপুর একেবারে শোকে স্তব্ধ হয়ে গেল।

ভূপেনদারোগা তদন্তে এলেন বটে, কিন্তু কেমন যেন গা ছাড়া ভাব। বটেশ্বরের খবর শুনে নাক কুঁচকে বললেন, "পায়েসপুরে কেমন পালোয়ান তৈরি করেন আপনারা বলুন তো? নেংটি পরা একটা সাধু এসে একটা তাগড়াই লোককে তুলে নিয়ে গেলেই হল? তেমন পালোয়ান থাকা না-থাকা সমান। ওরকম অপদার্থকে যদি সাধু কেটেকুটে রান্না করে খেয়ে ফেলেই থাকে, তা হলে একরকম ভালই হয়েছে! আর রাধাগোবিন্দবাবু! হাঃ হাঃ। তিনি নাকি ডাকসাইটে দারোগা ছিলেন! হেসে বাঁচি না। যখন যেখানে বদলি হয়ে যেতেন, সেখানেই চোর-ডাকাতদের মধ্যে আনন্দের সাড়া পড়ে যেত। একবার তো কালিকাপুরের ডাকাতরা তাঁকে গণসংবর্ধনাও দিয়েছিল। আর দেবে না-ই বা কেন? সকালে একপেট ভাত খেয়ে সেই যে থানার চেয়ারে বসে ঘুমিয়ে পড়তেন, সেই ঘুম ভাঙত বিকেল পাঁচটায়, তাঁর বাড়ি যাওয়ার

সময়। তাঁর মতো লোক বটেশ্বরকে উদ্ধার করতে গিয়ে লোপাট হয়েছেন, এও কি বিশ্বাস করতে বলেন? তিনি আবার 'দারোগার দীর্ঘশ্বাস' নামে বই লিখছেন। হুঁঃ! দারোগাগিরির উনি জানেনটা কী?"

কেপুবাবু আমতা আমতা করে বললেন, "কিন্তু নিকুঞ্জ বৈরাগী যে বলেছিল, রাধাগোবিন্দবাবু রেগে গেলে খ্যাপা ষাঁড়!"

"ষাঁড় কথাটা খারাপ নয়। 'অকালষেঁড়ে' বলে কী একটা কথাও যেন আছে। রাধাগোবিন্দবাবু হচ্ছেন তাই। তবে আপনারা যাই বলুন, ওই সাধুর গল্পটি আমি বিশ্বাস করছি না। ওটা আষাঢ়ে গল্প। আমার সেপাইরা সারা জঙ্গল তছনছ করে খুঁজে এসেছে, কোথাও কোনও সাধুর চিহ্নমাত্র দেখেনি।"

জয়লাল বলল, "তা হলে ওরা গেল কোথায়?"

"আত্মীয়স্বজন বা কুটুমদের বাড়ি খুঁজে দেখুন। বাড়িতে ঝগড়া করে বৈরাগী হয়েছে কি না খোঁজ নিন। তবে লাশটাশ পাওয়া গেলে খবর দেবেন, তখন এসে দেখব। এখন আমার সময় নেই। চারদিকে খুব চুরি-ডাকাতির খবর পাচ্ছি। কিছু খুনখারাপিও হচ্ছে। আমাকে তদন্তে যেতে হবে।"

ফুটবল ম্যাচে হবিবপুর পাঁচ গোল খাওয়ার পর থেকেই যে ভূপেনদারোগা পায়েসপুরের উপর চটে আছেন, তাতে সন্দেহ নেই। দারোগা চলে যেতেই দ্বিজেন সামন্ত উত্তেজিত গলায় বলে উঠল, "ভাইসব, এর পরের ম্যাচে কিন্তু হবিবপুরের কাছে আমাদের হেরে যেতেই হবে। না হারলে আমাদের উপর এই অবিচার বন্ধ হওয়ার নয়, এই বলে দিলুম। এখন কয় গোল খাবে তা ঠিক করে নাও। আমার তো মনে হয়, পাঁচ গোল খাওয়াই ভাল। ওদের প্লেয়ার গোল দিতে পারে ভাল, নইলে আমাদের প্লেয়াররাই সেমসাইড গোল খেয়ে বসবে'খন।"

হারাধনবাবু লাফিয়ে উঠে গর্জন করলেন, "কভি নেহি! প্রাণ থাকতে নয়!"

"কিন্তু না হারলে যে ভূপেনদারোগা আমাদের হাল কেরাসিন করে ছাড়বে।"

"যা খুশি করুক, যা হয় হোক। পায়েসপুর কারও কাছে কোনও দিন মাথা নোয়ায়নি, আজও নোয়াবে না। ঝড়ঝঞ্ঝা যাই আসুক, দুর্গম-গিরি কান্তার মরু দুস্তর পারাবার পাড়ি দিতে হবে। পায়েসপুরের দুঃসময় চলছে ভাইসব, তোমরা প্রস্তুত থেকো। কিন্তু চিরকাল এরকম যাবে না। পায়েসপুরে আবার একদিন সূর্য উঠবে।"

পরদিন সকালে পায়েসপুরে ঢুকে গদাইয়ের মনে হল, এ যেন সেই পায়েসপুর নয়। না, সেই পায়েসপুরই। সেই শ্মশান, সেই গোচারণ, সেই ফটিক রাজার ঢিবি, খেলার মাঠ, স্কুলবাড়ি, সব ঠিক আছে। তবে চারদিকটা দুঃখ আর বিষাদ মাখানো। সারা গাঁয়ে যেন একটা দুঃখের হাওয়া বইছে। কাকের ডাকেও কেমন যেন মন

খারাপের ভাব। গাছগুলোও হাওয়ায় দুলছে বটে, কিন্তু যেন খুব অনিচ্ছের সঙ্গে। দুলতে হয় বলে দোলা। গোরুর হাম্বার মধ্যেও যেন শচীমাতার ‘নিমাই’ ডাক।

ময়লা পাতলুন, ময়লা জামা, কাঁধে ঝোলা, গদাই চারদিকে চেয়ে দুঃখটা খুব টের পাচ্ছিল। সে পায়েসপুরের লোক নয় বটে, কিন্তু জায়গাটা তার চেনা। বেশ হাসিখুশি জায়গা। কিন্তু আজ হঠাৎ গাঁয়ে এত দুঃখ কেন ঢুকে পড়ল, সেটা ঠিক বুঝতে পারছিল না গদাই।

নগেন সর্বাধিকারীর বেশ বড় দোতলা বাড়ি। সামনে একটু বাগান আছে, বাগানের পর চওড়া বারান্দা, তারপর কোঠা। বারান্দায় জুত করে বসে গদাই হাঁক মারল, “কর্তা আছেন নাকি?”

পাংশু মুখে বেরিয়ে এসে নগেন কাহিল গলায় বললেন, “গদাই নাকি রে? তাগাদায় এসেছিস বুঝি?”

“আহা, শুধু তাগাদা কেন, খবরবার্তা নিতেও আসা।”

নগেন একটা দীর্ঘশ্বাস ছেড়ে বললেন, “আর খবরবার্তা! দিন ঘনিয়ে এল বলে। বয়স হয়েছে, তাই নিজের জন্য ভাবনা নেই। কিন্তু নির্বংশ হয়ে যাব, এইটেই এখন চিন্তা।”

“বলেন কী নগেনকর্তা? নির্বংশ হতে যাবেন কোন দুঃখে?”

“সে অনেক কথা রে বাপু! তা বাতের তেল বাবদ তোর কত পাওনা যেন? আজই নিয়ে যা বাবা, ঋণ রেখে মরলে নরকবাস ঠেকায় কে?”

“আজ্ঞে, পাওনা বেশি নয়, কুল্লে পঁচিশটি টাকা। কিন্তু আপনাকে যে বড় কাতর দেখাচ্ছে কর্তা? একটু ভেঙে বললে হয় না?”

ফঁত করে একটা বড় শ্বাস ফেলে নগেনবাবু বললেন, “সে আর বলিসনি বাবা, বড় বিপদের মধ্যে আছি। এক ভয়ংকর সন্ন্যাসীর কোপে পড়ে আমার বংশ লোপ হওয়ার জোগাড়।”

“আহা, সব রোগেরই তো নিদান আছে, না কি? সমস্যা থাকলে উপায়ও হয়ে যায়।”

“তা হওয়ার নয় রে! পঁচাত্তর বছর আগে এক বিভীষণ সন্নিসি আমার বাবাকে একটা পিদিম দিয়ে হুঁশিয়ার করে গিয়েছিল, সে পিদিম ফেরত নিতে পঁচাত্তর বছর পর আবার আসবে। তখন বিশ্বাস করিনি বাবা। সে সত্যিই এসেছে, কিন্তু পিদিমের হদিশ নেই। ক’দিন আগে বাড়িতে একটা চুরি হয়েছিল বটে, তবে বিশেষ কিছু নিয়ে যেতে পারেনি। তা সেই পিদিমখানাই নিয়ে গেল কি না বুঝছি না। বড় বিপদ যাচ্ছে বাবা।”

"ঘাবড়াবেন না কর্তা। একটু ঠান্ডা মাথায় ভেবে বলুন দেখি, ইদানীং বেশ বড়সড় চেহারার করিতকর্মা কোনও লোকের কি হঠাৎ এ গাঁয়ে আগমন হয়েছে?"

"বড়সড় চেহারার করিতকর্মা লোক? কেন রে বাপু, হঠাৎ এ কথা কেন?"

"কারণ আছে কর্তা। হয়ে থাকলে বলুন।"

"না, সেরকম কিছু তো চোখে পড়েনি! তবে ইদানীং দানু নামে একটা খুব ঢ্যাঙা ছেলে আমার মেয়ে সরযূর বাড়িতে এসে জুটেছিল বটে। সে খুব করিতকর্মা বলে শুনেছি। দারুণ নাকি ফুটবলও খেলে। হবিবপুরকে সে পাঁচ গোল দিয়েছিল বলে গাঁয়ে বড় অশান্তিও হচ্ছে রে বাপু! তবে দানুকে ক'দিন হল খুঁজে পাওয়া যাচ্ছে না। তুই বরং আমার নাতি পান্টুর সঙ্গে কথা কয়ে দেখ তো!"

পান্টু ওরফে প্রাণারাম শুনেই বলল, "দানুর খবর চাও? ওঃ, তা হলে তো তুমি পুলিশের স্পাই!"

গদাই একটা দীর্ঘশ্বাস ছেড়ে বলল, "সে চেষ্টা কি আর করিনি রে বাপু? কিন্তু পুলিশ তো মোটে আমাকে আমলই দিল না।"

"তা হলে দানুর খবর দিয়ে কী করবে?"

"ভালর জন্যই বলছি, দানুকে আর লুকিয়ে রাখাটা তোমার উচিত হবে না। সে যদি পিদিমের সেই দত্যিটাই হয়ে থাকে, তা হলে তাকে পিদিম সমেত সাধুবাবাকে ফেরত দেওয়াই উচিত হবে। দানুর জন্য দু'-দুটো নিরীহ লোক সাধুর হাতে খাবি খাচ্ছে। তার উপর নির্বংশ হওয়ার ভয়টাও তো উড়িয়ে দেওয়া যাচ্ছে না।"

পান্টু হোঃ হোঃ করে হেসে বলল, "তুমি দাদুর ওই আজগুবি গল্পে বিশ্বাস করো বুঝি? প্রদীপ থেকে দৈত্য বেরোয়, এ তো রূপকথা! তবে সাধুটা যে পাজি তা আমরা জানি। আমরা দল বেঁধে লাঠিসোঁটা নিয়ে তার ডেরা খুঁজে বের করবই।"

"ওরেব্বাস রে! ও কাজও কোরো না। কোনও মনিষ্যির সাধ্যিই নেই তার কিছু করে। হিতে বিপরীত হয়ে যাবে বাবা! পিদিম না পেলে সে যে গাঁয়ে ঢুকে কী কুরুক্ষেত্র বাধাবে কে জানে।"

"পিদিম! পিদিম তো আমাদের কাছে নেই! চুরি হয়ে গিয়েছে।"

চোখ বড় বড় করে গদাই বলল, "নেই! তা হলে তুমি দানুকে পেলে কোথায়? তার তো পিদিম থেকেই বেরনোর কথা!"

"তোমার মাথা! দানু মোটেই পিদিম থেকে বেরোয়নি।"

"তা হলে!"

"আচ্ছা, তোমার কি ঘটে কোনও বুদ্ধি নেই? চিরকাল বুজরুকি গল্পে বিশ্বাস করে যাবে? পিদিমের মধ্যে কি কোনও মানুষ লুকিয়ে থাকতে পারে।"

"আহা, মানুষ পারবে কেন? তবে দত্যিদানোরা যে সূক্ষ্মদেহ ধারণ করতে পারে।"

"দত্যিদানো বলেও কিছু নেই। ওসব মানুষের অলস কল্পনা। সূক্ষ্ম দেহটেহ সব বাজে কথা। এখন কেটে পড়ো!"

গদাই উঠতে উঠতে বিড়বিড় করে বলল, "ভাল কথাটা শুনলে না বাবা, ঠেলা বুঝবে!"

ঠেলা টের পেতে দেরি হল না পান্টুর। গদাই পায়েসপুরের ঘরে ঘরে খবরটা ছড়িয়ে দিয়ে সবাইকে হুঁশিয়ার করে দিয়ে গেল। আর খবরটা খেয়েও গেল সবাই। নগেনবাবুর বাবার আমলের পিদিমের কথা কানাঘুষোয় সবাই শুনে গিয়েছিল। দানুর কীর্তিকাহিনির কথাও সবাই জানে। এবং সাধুর আগমন নিয়ে তো কোনও সন্দেহের অবকাশই নেই। সেই সঙ্গে প্রদীপের দৈত্য দানুর জন্যই যে আজ পায়েসপুরের দুঃসময় এসেছে, সে বিষয়েও কারও আর সংশয় রইল না।

সন্ধেবেলায় চণ্ডীমণ্ডপে জরুরি মিটিং ডাকা হল। সেই মিটিঙে সর্বসমক্ষে নগেন সর্বাধিকারী সাধুর দেওয়া পিদিমটার কথা স্বীকার করলেন। তবে এও বললেন, "পিদিমের মহিমার কথা আমি জানি না। আমার বাবা হয়তো জানতেন, কিন্তু আমাদের পিদিম নিয়ে নাড়াচাড়া করায় বারণ ছিল।"

জয়লাল বলল, "আঃ হাঃ, বিরাট দাঁওটা ফসকেছেন দাদা! এতদিনে তো আপনার টাটা-বিড়লা হয়ে যাওয়ার কথা!"

হারাধন বললেন, "আগে জানলে তো পায়েসপুরকে একেবারে অলকাপুরী বানিয়ে ছাড়তাম মশাই। আগে বলতে হয়! এসব খবর চেপে রাখাটা ভুল হয়েছে।"

তারক সভয়ে বলল, "যাকগে, ওসব ভেবে আর লাভ নেই। পিদিমের মেয়াদ শেষ হয়েছে, যার পিদিম সে ফেরত নিতে এসেছে এবং পায়েসপুরের সামনে এখন ঘোর বিপদ। সুতরাং পান্টুকে ডাকা হোক। পিদিম তার কাছেই আছে এবং দানুই যে পিদিমের দৈত্য, সে বিষয়েও আর সন্দেহের অবকাশ থাকছে না।"

এ কথায় সবাই একমত হল। কিন্তু পান্টু এসে সবার সামনে বলল, "আমি পিদিম কখনও চোখেও দেখিনি। দানু মোটেই দৈত্যদানো নয়।"

দ্বিজেন সামন্ত চেঁচিয়ে উঠে বলল, "দানু দৈত্য নয় বললেই হবে? দৈত্য না হলে কেউ দু'দিনে চল্লিশ-পঞ্চাশটা গাছের নারকোল পেড়ে ফেলতে পারে? এত বড় পুকুরটার কচুরিপানা একদিনে তুলে ফেলতে পারে? না কি হবিবপুরের মতো শক্ত টিমকে পাঁচ-পাঁচখানা গোল দিতে পারে?"

সবাই হইচই করে দ্বিজেনকে সমর্থন জানাল। দু'-চারজন পান্টুর পক্ষ নেওয়ার

চেষ্টা করল বটে, কিন্তু তারা নিতান্তই সংখ্যালঘু।

সকলের সমবেত বাক্যবাণে এবং উগ্রতা দেখে পান্টু যখন কোণঠাসা, তখনই হঠাৎ অন্ধকার ফুঁড়ে দানু চণ্ডীমণ্ডপে উঠে এসে বলল, "ওকে ওরকম হেনস্থা করছেন কেন? যা বলার আমাকে বলুন।"

প্রথমটায় হকচকিয়ে গেলেও পরক্ষণেই রে রে করে তেড়ে গিয়ে সবাই দানুকে পেড়ে ফেলল। দানু তেমন বাধাও দিল না।

দ্বিজেন সামন্ত বলল, "ভাল করে দড়ি দিয়ে বাঁধো, যাতে পালাতে না পারে। কাল সকালেই ওকে সাধুর কাছে পাঠিয়ে দেওয়া হবে। যদিও প্রদীপের দৈত্যকে দিয়ে অনেক ভাল কাজও হতে পারত, কিন্তু আমরা আর কোনও ঝুঁকি নিতে পারি না। কী বলো ভাইসব?"

সকলেই হইহই করে উঠল, "ঠিক ঠিক!"

ছয়

একদিন সকালবেলায় গাব্বু তার চুরি করা জিনিসপত্তরগুলো বের করে মেঝেয় ছড়িয়ে বসে দেখছিল। তেমন সুবিধে করে উঠতে পারছে না সে। তার হাত এখনও পাকেনি, ওস্তাদের অনেক গুণই সে অর্জন করতে পারেনি। চুরির জিনিসগুলো নিতান্তই এলেবেলে। রুপোর সিঁদুরের কৌটো, সস্তার দুটো হাতঘড়ি, একটা টর্চবাতি, কয়েকটা স্টিলের বাটি, গোটা দুই শাড়ি, একজোড়া সোনার মাকড়ি, পেতলের ঘটি, একখানা পেতলের পিদিম, একটা পেতলের মোমদানি, একশিশি চ্যবনপ্রাশ, বেচলে কুড়িয়ে বাড়িয়ে শ'দুয়েক টাকা হতে পারে। মহাজন তাও দেবে কি না সন্দেহ। ইদানীং চোরাই জিনিস কিনতে চাইছে না। সোনার মাকড়ি দুটোই যা বিকোবে। তবে খুবই হালকা জিনিস।

গাব্বু একটু উদাস চোখে জিনিসগুলো দেখতে দেখতে তার নিজের অপদার্থতার কথা ভাবছিল। সে বংশানুক্রমেই চোর। তার ঠাকুরদা চোর ছিল, বাবা চোর ছিল এবং তাদের বেশ নামডাকও হয়েছিল। কিন্তু গাব্বু নিতান্তই কুলাঙ্গার। এইসব ভাবতে ভাবতে সে জিনিসগুলো একটু নেড়েচেড়ে দেখতে হঠাৎ পিদিমখানা হাত ফসকে পড়ে যেতেই ঠঙাৎ করে শব্দের সঙ্গে সঙ্গে একটা বিদ্যুতের মতো ঝলকানি। বোমা মনে করে গাব্বু আঁতকে উঠে চোখ বন্ধ করে ফেলেছিল। চোখ খুলে সে কাঠ। সামনে একটা পেল্লায় চেহারার দানব দাঁড়িয়ে আছে, মাথা ঠেকেছে ঘরের চালে।

গায়ে জরির পোশাক ঝলমল করছে। হাতজোড় করে ভারী বিনয়ের সঙ্গে বলল, "হুকুম করুন হুজুর!"

ব্যাপারটা একদম বুঝতে না পেরে গাব্বু হাঁ করে কিছুক্ষণ চেয়ে থেকে ভয়ে কাঁপতে কাঁপতে বলল, "আপনি কে?"

"আমি আপনার বান্দা, আপনার খিদ্‌মতে হাজির।"

গাব্বু চোখ কচলাল, নিজের পেটে চিমটি দিল। তবু ঘুম ভাঙল না দেখে একটু অবাক হয়ে বলল, "নাঃ, ঘুমটা বেশ চেপে এসেছে দেখছি।"

"আপনি ঘুমোচ্ছেন না মালিক, জেগেই আছেন। আমি ওই চিরাগের দৈত্য। মালিকের হুকুম তামিল করাই আমার কাজ। বিশ্বাস না হয় পরীক্ষা করে দেখুন।"

গাব্বু ভয়ে কিছুক্ষণ সিঁটিয়ে থেকে ব্যাপারটা আন্দাজ করার চেষ্টা করল। এটা কোনও ঘাপলা নয়তো? কোনও চক্রান্ত? তাকে বিপদে ফেলার ফাঁদ? তারপর একটু একটু সাহস ফিরে এল তার। একটু ঢোক গিলে গলাখাঁকারি দিয়ে বলল, "যা বলব তাই করবেন?"

"আলবাত মালিক।"

"যাঃ, বিশ্বাস হচ্ছে না!"

"হুকুম করেই দেখুন।"

"একহাঁড়ি রসগোল্লা আনুন তো দেখি।"

দৈত্য হুশ করে গেল আর এল। হাতে এক বড় হাঁড়িভরতি রসগোল্লা।

চোখ বড় বড় করে ব্যাপারটা দেখল গাব্বু। বিশ্বাস হচ্ছে না বটে, তবু দু'খানা রসগোল্লা টপাটপ খেয়ে দেখল, অতি ভাল জাতের জিনিস। বলল, "আপনিও দুটো খান!"

দৈত্য মাথা নেড়ে বলল, "আমাদের খাওয়ার হুকুম নেই হুজুর! আর কী করতে হবে আদেশ করুন!"

গাব্বু চারদিক চেয়ে তার জীর্ণ ঘরখানা দেখল। আসবাব কিছুই নেই। বর্ষায় চাল দিয়ে জল পড়ে। হাঁড়ির হাল। সে বলল, "বাড়িখানা পাকা করে দিতে পারেন?"

"আলবাত।"

বলেই দৈত্যটা হুশ করে অদৃশ্য হয়েই ফিরে এল। গাব্বু অবাক হয়ে দেখল, তার ঘর রীতিমতো ঝকঝকে দালানকোঠায় পরিণত হয়েছে। ফের হুকুম দিতেই আসবাবপত্র, খাট-পালঙ্কও চলে এল। খিদে পেলেই খাবার এসে যাচ্ছে। তেষ্টা পেলেই জল বা শরবত।

গাব্বু বলল, "মজা মন্দ নয় তো!"

তা তিনটে দিন ভারী মজায় কেটে গেল গাব্বুর। জুতো, জামা, ছাতা, লাঠি কিছুরই অভাব নেই। তবে শুয়ে-বসে, আয়েশ করে তিনটে দিন কাটিয়ে দেওয়ার পর তার ভারী একঘেয়ে লাগল। নাঃ, এরকম নিষ্কর্মার জীবনে তার ঠিক জুত হচ্ছে না। তার হাত-পা অন্য কিছুর জন্য নিশপিশ করছে। তার বাবা দশরথ রাতে চুরি করতে বেরিয়ে যেত, ফিরত ভোরবেলায়। কোনও-কোনও দিন মেলা জিনিস নিয়ে আসত, কোনও দিন বা খালি হাতে। তখন থেকেই সে ঠিক করে রেখেছিল বাবার মতো চোর সে হবে না। উঞ্ছবৃত্তি তার পছন্দ নয়। বড় হয়ে সে হবে ডাকাত। এক-একটা ডাকাতিতে যা রোজগার হয় তাতে মাস কেটে যায়। কিন্তু সাহস আর দলবলের অভাবে সে ডাকাত হয়ে উঠতে পারেনি। হল ছিঁচকে চোর। আর চুরি করতে গিয়ে হেনস্থা ও অপমান কি কম জুটেছে তার কপালে? বাখরগঞ্জের গেরস্ত নীলমণি রায় তাকে দিয়ে পা টিপিয়ে নিয়েছিল। খাগড়াহাটের লোকেরা তাকে ধরে মাথা ন্যাড়া করে ঘোল ঢেলে গাঁয়ে ঘুরিয়েছিল। সাত হাত নাকে খত দিতে হয়েছিল নবীনগরে ব্যোমকেশবাবুর বাড়িতে ধরা পড়ে যাওয়ায়। সেই সব মনে পড়ায় মাথাটা বড্ড গরম হয়ে গেল তার।

সে দৈত্যকে হুকুম করল, "ওহে, আমার এরকম আরামে সময় কাটাতে ইচ্ছে করছে না। আমি আজ ডাকাতি করতে বেরোব। তার সব ব্যবস্থা করো।"

"জো হুজুর!"

ঘোড়ায় চেপে মাঝ রাত্তিরে বন্দুক-পিস্তল নিয়ে সে ফরাশডাঙা গাঁয়ে হাজির হল। ফরাশডাঙায় বিস্তর মহাজনের বাস। তাদের পাইক বরকন্দাজও আছে। তারা লাঠি-সড়কি নিয়ে তেড়ে এল, কেউ কেউ গুলিও চালাল বটে। কিন্তু দৈত্য পটাপট তাদের অস্ত্র কেড়ে নিয়ে গাব্বুর পথ পরিষ্কার করে দিল। মোট পাঁচটা গদি লুট করে মহানন্দে ফিরে এল গাব্বু। তীব্র আনন্দে তার শরীরের রক্ত গরম, মনে তৃপ্তি আর আনন্দ। দুটো দিন আরাম আর বিশ্রাম নিয়ে তিনদিনের দিন প্রতাপগড়ে হাজির হল সে। জমিদার বিষ্ণুচরণের বাড়ি আর মগনলাল মহাজনের গদি সাফ করে ফিরে এল। তার পিস্তলের গুলিতে মগনের দরোয়ান বীরবাহাদুর জখম হল। তিনদিন পর সে সামতাপুরের গ্রামীণ ব্যাঙ্ক সাফ করে নিয়ে এল। চারদিকে সবাই যে গাব্বু ডাকাতের কথা আলোচনা করছে, সেটাও কানে এল তার। হ্যাঁ, এই হচ্ছে জীবন। এরকমভাবেই বাঁচতে চেয়েছিল সে।

পর পর ডাকাতির চোটে ভূপেনদারোগার নাওয়াখাওয়া যে ঘুচে গিয়েছে এটা আন্দাজ করে ভারী আহ্লাদ হচ্ছিল তার।

খুশি হওয়ারই কথা। মাসখানেক আগে এই ভূপেনদারোগা তাকে পাকড়াও করে

থানায় নিয়ে গিয়েছিলেন। কিন্তু চালান করেননি। নাক সিঁটকে বলেছিলেন, "এঃ, তুই যে একেবারে ছিঁচকে চোর! বিশবার কান ধরে ওঠবোস কর তো!" তাই করেছিল গাব্বু। তারপর তাকে গোটাকতক রুলের ঘা দিয়ে ছেড়ে দিয়েছিলেন। অপমানটা আজও ভোলেনি গাব্বু।

আজ রাতে তাই পায়েসপুর অভিযানে যাওয়ার আগে সে ঘোড়ায় চেপে হবিবপুর থানায় হানা দিয়ে ভূপেনদারোগার ঘরে ঢুকতেই ভূপেন সিঁটিয়ে গেলেন। গাব্বু বুক ফুলিয়ে বলল, "ওহে ভূপেন, তোমাকে জানিয়েই যাচ্ছি, আজ পায়েসপুর লুট করব। তোমার কিছু করার আছে?"

ভূপেন মাথা নেড়ে বললেন, "আজ্ঞে, না। পায়েসপুরকে দেউলিয়া করে দিলেও কিছুই করব না।"

"সে চেষ্টা না করাই বুদ্ধিমানের কাজ। এবার কান ধরে বিশবার ওঠবোস করলেই তোমার ছুটি।"

ভূপেন লাল মুখে, রাগ চেপে আদেশ পালন করে ফেললেন। কারণ, গাব্বুর হাতে এস এল আর বন্দুক, তার পিছনে দশাসই চেহারার দানবাকৃতি স্যাঙাত। সেপাইরা থানা থেকে পালিয়ে গিয়েছে। ভূপেনদারোগা একা!

এইসব গুরুতর কাজ সেরে টগবগে ঘোড়ায় চেপে গাব্বু পায়েসপুর রওনা হল। ঘোড়ার পাশে পাশে গাব্বুর পোষা দৈত্যও চলেছে। গাব্বু বলল, "ওরে দত্যি!"

"জি হুজুর!"

"আমাকে কেমন দেখছিস?"

"চমৎকার মালিক।"

"কেমন ডাকাতি করি?"

"খুব ভাল হুজুর।"

"তোর কি মনে হয় আমি একদিন দেশের সবচেয়ে বড় ডাকাত হব?"

"আপনার চেয়ে বড় ডাকাত কেউ নেই মালিক!"

"কিন্তু একটু খিঁচ থেকে যাচ্ছে যে?"

"কীসের খিঁচ হুজুর? হুকুম করুন, সব ঠিক করে দেব।"

"এক বালতি দুধে এক ফোঁটা চোনা পড়লে কী হয় জানিস?"

"দুধ কেটে যায়।"

"আমারও যে তাই হচ্ছে।"

"কেন হুজুর?"

"লোকে আমাকে খাতির করছে বটে, কিন্তু সেটা তোর জন্য।"

"আমি তো আপনার গোলাম আছি মালিক।"

"সেইটেই তো হয়েছে মুশকিল। আমার সন্দেহ হচ্ছে, লোকে আমাকে যতটা না ভয় পায়, তার চেয়ে তোকে ভয় পায় অনেক বেশি। এটা কি তাদের উচিত হচ্ছে?"

"না হুজুর। কী করতে হবে হুকুম করুন।"

"আমার মনে হচ্ছে, তুই সব সময় সঙ্গে সঙ্গে থাকলে ওরা আমাকে ভয় পাবে না। তোর ভয়ে আমাকে মেনে নেবে। আমার তেমন নামও হবে না।"

"জরুর হবে মালিক। হুকুম করুন, সবাইকে সবক শিখিয়ে দেব।"

"ঠিক আছে। কিন্তু আমার মনটায় বড় খচখচ করছে রে। নামডাক হচ্ছে বটে, লোকে ভয়ও খাচ্ছে! কিন্তু কোথায় যেন এক চিমটি খামতিও থেকে যাচ্ছে।"

"হুজুর, পায়েসপুরের লোকেরা কিন্তু আপনার জন্য তৈরি হয়ে আছে!"

"তার মানে?"

"তাদের হাতে লাঠি, সড়কি, দা এবং বঁটি তো আছেই, দু'জনের হাতে দোনলা বন্দুকও আছে। তারা আপনাকে 'কুটুম' সম্বোধন করে নানারকম গালিগালাজও করছে। তারা নাকি আজ রক্তগঙ্গা বইয়ে দেবে?"

"বাঃ বাঃ! এই তো চাই। পায়েসপুরের লোকেরা তো বেশ বীর দেখছি! যেখানেই যাই সেখানেই লোকেরা সব ভয় খেয়ে তাড়াতাড়ি সোনাদানা, টাকাপয়সা বের করে দেয়, সেলাম ঠুকে পথ ছেড়ে দেয়, হাত কচলায়, ছ্যাঃ ছ্যাঃ! ডাকাতি করাটা যেন জলভাত হয়ে যাচ্ছে। এরকম হলে ডাকাতিতে সুখ কী? একটু লড়ালড়ি হবে, গুলিগোলা চলবে, খুনজখম হবে, লাশ পড়বে, তবে না সুখ!"

"হুজুর, যদি হুকুম দেন তো আগেভাগে গিয়ে ওদের অস্ত্রশস্ত্র কেড়ে সব ক'টাকে বেঁধে রেখে আসি।"

"খবরদার না! তাতে আমার নামও হবে না, আনন্দও হবে না। তুই ব্যাটা ডাকাতির বুঝিস কী? লড়ালড়ি না হলে যে শরীরটা গরমই হয় না বাপ! আর শরীর গরম না হলে আনন্দ কীসের? বরং পায়েসপুরের লোকদের আমার অভিনন্দন জানিয়ে দে। তারা যে বীরত্বের পরিচয় দিচ্ছে, তাতে আমি বেজায় খুশি।"

"তারা অভিনন্দন নিতে চাইছে না মালিক। তারা আপনার মুন্ডু চাইছে।"

"বাঃ বাঃ, চমৎকার! ওদের জানিয়ে দে, যা চেয়েছ তার কিছু বেশি দেব, গুলির সঙ্গে মাথা!"

"গুলিগোলাকে তারা মোটেই ভয় পাচ্ছে না জাঁহাপনা।"

"খুব ভাল, খুব ভাল। সব সময় কি রসগোল্লা খেতে ভাল লাগে রে! মাঝে-মাঝে একটু আখ চিবোতে বা কড়মড় করে ছোলাভাজা খেতেও তো ইচ্ছে যায়।"

"সে কথা ঠিক জনাব!"

পায়েসপুরে ঢুকবার মুখেই বিস্তর লোক সত্যিই পথ আটকে দাঁড়িয়ে আছে দেখতে পেয়ে গাব্বু একটা হুংকার ছাড়ল, "খবরদার! আমার পথ আটকালে তার পরিণাম কিন্তু ভয়ংকর! তোমরা সবাই হাত তুলে আত্মসমর্পণ করো।"

হারাধনবাবু উলটে চেঁচালেন, "কভি নেহি! বল বীর, চির উন্নত মম শির। বিনা যুদ্ধে নাহি দিব সূচ্যগ্র মেদিনী! পায়েসপুর জিন্দাবাদ।"

জনতাও সঙ্গে সঙ্গে গর্জন করে উঠল।

তারপর বন্দুকের গুলির আওয়াজ, লাঠির ঠকাঠক, বল্লমের ঝলকের মধ্যে ধুন্ধুমার লড়াই হতে লাগল।

কিন্তু লড়াই খুব বেশিক্ষণ চলল না। পায়েসপুরের লোকেরা রণেভঙ্গ দিয়ে পালানোর চেষ্টা করছিল। কিন্তু দৈত্য তাদের ধরে এনে গাঁয়ের চণ্ডীমণ্ডপে শামিল করল।

ঘোড়া থেকে নেমে হাসিমুখে গাব্বু বলল, "শাবাশ!"

হারাধনবাবু জ্বলন্ত চোখে চেয়ে বললেন, "এক মাঘে শীত যায় না রে গাব্বু!"

গাব্বু বলল, "দেখো বাপু, বীরত্ব আমি পছন্দ করি বটে, কিন্তু আস্পর্ধা আমার একদম সহ্য হয় না। বেয়াদপি করলে পায়েসপুরকে মাটিতে মিশিয়ে দিয়ে যাব।"

নগেন সর্বাধিকারী ঠকঠক করে কাঁপতে কাঁপতে বললেন, "দোহাই বাবা, হারাধনের কথাটায় আমল দিয়ো না। পায়েসপুর আমাদের বড় আদরের গাঁ তো, তাই ফস করে কথাটা বলে ফেলেছে। তা বাবা, তুমি নির্বিঘ্নে লুটপাট করে চলে যাও, কেউ কিছু বলবে না।"

গাব্বু একটু তেরছা হাসি হেসে বলল, "ছোঃ, লুটপাট! লুটপাট করার মতো তোমাদের আছেটা কী মশাই? থাকার মধ্যে ছিল তো এই পিদিমখানা। তা সেটাও কাজে লাগাতে পারোনি! অপদার্থ আর কাকে বলে!"

ভিড়ের মধ্যে হলধর ঘোষ পিছন দিকটায় মাথাটা নুইয়ে পাশের গজপতিকে বললেন, "ইস! আমার হিপনোটিক রাইফেলটা যদি তৈরি থাকত, ব্যাটাকে মজা বুঝিয়ে দিতাম।"

অন্য পাশ থেকে ব্রজেন বোস খিঁচিয়ে উঠে বললেন, "তার চেয়ে একটা গাদাবন্দুক আবিষ্কার করলেও তো কাজের কাজ করতে! তোমার রোবট হাত-পা নাড়ল না, তোমার অটোমিস্ত্রি দেওয়ালে একটা পেরেকও পুঁতল না, অটোইস্তিরিকে দিয়ে ইস্তিরিটাও হল না, তা এতদিন ধরে করলেটা কী?"

হলধর কী একটা বলতে যাচ্ছিলেন, গাব্বু একটা পেল্লায় ধমক দিয়ে বলল, "কে

রে পিছনের সারিতে ফিসফাস করছিস? কোনও ষড়যন্ত্রের মতলব থাকলে কিন্তু মুশকিল আছে।"

হলধর উবু হয়ে তাড়াতাড়ি নিজের মুখে হাত চাপা দিলেন।

গাব্বু উচ্চকণ্ঠে বলল, "শোনো হে পায়েসপুরের লোকেরা, পায়েসপুরের মতো একটা দীনদরিদ্র গ্রামে লুটপাট চালানো আমার উদ্দেশ্য নয়। ছুঁচো মেরে আমি হাত গন্ধ করতে চাই না। মাতব্বরের মধ্যে কেউ একজন আমার এই আজ্ঞাবহের হাতে একটা টাকা দিয়ে বশ্যতা স্বীকার করে নিক, তা হলেই হবে।"

খগেন তাড়াতাড়ি হারাধনকে একটা খোঁচা দিয়ে বললেন, "যাও না হে হারাধন।"

হারাধন চিড়বিড়িয়ে উঠে বললেন, "আমি! কভি নেহি!"

"আহা চুপ, চুপ। গলা নামাও। ইংরেজিতে গ্লোরিয়াস রিট্রিট বলে একটা কথা আছে, জানো?"

হারাধন মাথা নেড়ে বললেন, "এখন দেশের দুর্দিনে আপনি কি আমাকে ইংরেজি শেখাচ্ছেন? এখন কি ইংরেজির ক্লাস নেওয়ার সময়?"

"আহা, এটা হল স্ট্র্যাটেজি।"

হারাধন সমান তেজের সঙ্গে বললেন, "আপনার মতো ইংরেজের ধামাধরা কিছু লোক যে দেশকে আবার পরাধীন করতে চাইছেন, তা আমি জানি।"

নগেন সর্বাধিকারীই এগিয়ে গিয়ে দৈত্যের হাতে একটা টাকা দিয়ে খুব চাপা স্বরে বললেন, "তুমি একদিন আমাদেরই কাজের লোক ছিলে কিন্তু বাপু।"

দৈত্য নির্বিকার গলায় বলল, "এখন আর নই।"

গাব্বু সহাস্যে বলল, "তা হলে পায়েসপুরের হয়ে বশ্যতা স্বীকার করলেন তো নগেনবাবু?"

"হ্যাঁ বাবা, করলাম।"

পিছন থেকে কে যেন সরু গলায় বলে উঠল, "তোমারে বধিবে যে, গোকুলে বাড়িছে সে।"

গাব্বু চিৎকার করে উঠল, "কে? কে বলল কথাটা?"

কেউ সাড়া দিল না। সবাই পাথরের মতো চুপ।

গাব্বু দাঁতে দাঁত ঘষে দৈত্যের দিকে চেয়ে হুকুম দিল, "এই ব্যাটা, কথাটা যে বলল তাকে ধরে আন তো!"

চোখের পলকে দৈত্য গিয়ে পিছনের সারি থেকে ক্যাঁক করে একটা ছোকরাকে ঘাড় ধরে তুলে এনে গাব্বুর সামনে ফেলল।

গাব্বু জ্বলন্ত চোখে ছোকরার দিকে চেয়ে বলল, "কে তুই?"

নগেন সর্বাধিকারী কাঁপতে কাঁপতে উঠে জোড়হাতে বললেন, "ওকে মেরো না বাবা, আমি ওর হয়ে মাপ চাইছি। বয়সের দোষ তো, দুমদাম বলে ফেলে। ও আমার নাতি পান্টু।"

গাব্বু ধমক দিয়ে বলল, "আপনি বসুন। এই হারামজাদা পান্টু, এবার বল তো, কে আমাকে বধ করবে!"

পান্টু গোঁজ হয়ে দাঁড়িয়ে রইল। জবাব দিল না। গাব্বু এগিয়ে গিয়ে ঠাস করে তার গালে একটা চড় কষিয়ে বলল, "কাপুরুষের মতো লুকিয়ে থেকে আওয়াজ না দিয়ে, বাপের ব্যাটার মতো সামনে এসে বলতে পারলি না, কে আমাকে বধ করবে? কার এত ক্ষমতা, কার এত বুকের পাটা? বল বদমাশ।"

আরও গোটাকয়েক চড় খেয়ে পান্টু কাঁদো-কাঁদো হয়ে বলল, "আমি জানি না। এমনিই বলেছি।"

"তোর কাছে নিশ্চয়ই কোনও খবর আছে! বল, কে আমার বিরুদ্ধে ষড়যন্ত্র করছে! বল, নইলে এক্ষুনি গুলি করে মারব।"

গাব্বু তার পিস্তল তুলতেই একটা শোরগোল উঠল। সবাই বলতে লাগল, "ওকে মারবেন না! ওকে মারবেন না! এবারের মতো মাপ করে দিন!"

গাব্বু পিস্তল নামিয়ে গম্ভীর গলায় বলল, "আমার আড়ালে যদি কেউ ষড়যন্ত্র করে তা হলে কিন্তু আমি ঠিকই খবর পাব। হুঁশিয়ার করে দিয়ে যাচ্ছি, কারও বদমতলব থাকলে সে কিন্তু রেহাই পাবে না। পায়েসপুরকে শ্মশান বানিয়ে ছাড়ব। মনে থাকে যেন।"

পায়েসপুরকে শাসন করে ঘোড়ায় চেপে টগবগ করে নিজের ডেরায় ফিরে এল বটে, কিন্তু গাব্বুর মনের মধ্যে একটা কাঁটা খচখচ করছে। সত্যিই কি তাকে কেউ বধ করার ষড়যন্ত্র করছে নাকি?

আজও রাত্রিবেলা তার বড় হলঘরে হুরি-পরিরা নাচ-গান করে তাকে খুশি রাখার চেষ্টা করছিল। কিন্তু মনটা ভাল নেই বলে সে হাতের ইশারায় তাদের বিদায় করে দিল। হুরি-পরি, গায়ক-বাদকরা চোখের পলকে মিলিয়ে গেল। দেশ-বিদেশ থেকে ওস্তাদ রাঁধুনিদের আনিয়ে তার জন্য বিশাল ভোজের ব্যবস্থা হয়েছে। কিন্তু দুশ্চিন্তায় কিছুই মুখে রুচল না গাব্বুর। তার হাতের ইশারায় ভোজের টেবিল, রাঁধুনি, সবই অদৃশ্য হয়ে গেল। সে দৈত্যকে ডেকে বলল, "কারা আমাকে নিয়ে ষড়যন্ত্র করছে খবর আন তো!"

দৈত্য এক লহমায় ঘুরে এসে বলল, "সবাই ষড়যন্ত্র করছে জাঁহাপনা।"

"সবাই?"

"হ্যাঁ মালিক।"

"সর্বনাশ!"

সাত

সাধুবাবার ভীমরতি যে দিনদিন বাড়ছে বই কমছে না, সে বিষয়ে গদাইয়ের কোনও সন্দেহ নেই। এখন তিন-তিনটে দানো শিবমন্দিরের চাতালে বাঁধাছাঁদা হয়ে পড়ে আছে। কারও চেতনা নেই। আরক খাইয়ে তাদের ঘুম পাড়িয়ে রাখা হয়েছে। সাধুবাবা তাদের দিকে আড়ে-আড়ে চায়, আর মাথা চুলকোয়। বোঝা যায়, বাবাজি কিছু ধন্দে পড়েছে।

গদাই একদিন সকালবেলায় জিজ্ঞেস করল, "তা হ্যাঁ বাবা, এতদিনেও কি সাব্যস্ত করা গেল না? কোন দানোটা আসল, আর কোনটা নকল? ত্রিকালদর্শী মানুষ আপনি, মন্তরের এত জোর, ধ্যানে বসলে শরীর হালকা হয়ে তিন হাত শূন্যে উঠে বসে থাকেন—নিজের চোখেই দেখেছি। তা আপনার মতো সাধকেরও যদি ভীমরতি হয়, তা হলে আমাদের মতো পাপী-তাপীর কোন দুর্গতি হবে কে জানে!"

সাধুবাবা একটু ভোমভোলা চোখে চেয়ে থেকে বলল, "তা গণ্ডগোল একটু হচ্ছে বাপু। দেহ ছাড়ার সময় হলে বিভূতিগুলো একটু একটু করে দেহ ছেড়ে পালাতে থাকে কিনা!"

গদাই একটু আশার আলো দেখে ভারী গদগদ গলায় বলল, "দেহ ছাড়ার সময় কি এসে গেল নাকি বাবা? তা হলে আপনার জিনিসগুলোর একটা বিলিব্যবস্থা এইবারে করে ফেললে হয় না?"

সাধুবাবা রোষকষায়িত লোচনে তাকে ভেদ করে বলল, "দূর ব্যাটা পাষণ্ড, আমার দেহ ছাড়তে ছাড়তে আরও সত্তর-পঁচাত্তর বছর। তাও ক'টা বছর পর্বতগুহায় ধ্যানাসনে কাটিয়ে দিতে হবে।"

ভারী হতাশ হয়ে গদাই একটা দীর্ঘশ্বাস ছেড়ে বলল, "আহা, শুনে ধড়ে প্রাণ এল। সত্তর-পঁচাত্তর বছর লম্বা সময়।"

"সে তোদের কাছে। আমার কাছে ও তো চোখের পলক ফেলার সমান।"

"কিন্তু বাবা, এই কেষ্টর জীবগুলোকে এইভাবে কষ্ট দেওয়া ঠিক হচ্ছে? এদের মধ্যে কোনটা পিদিমের দানো সেটা তো মন্ত্রবলে ধ্যানযোগেই আপনার জানবার কথা।"

"ওইখানেই তো হয়েছে মুশকিল। কী জানিস, মাথার যে প্রকোষ্ঠে মন্তরগুলো থাকে, ইদানীং দেখছি, সেটা একটু ফাঁকা ফাঁকা ঠেকছে। কিছু কিছু মন্তর কোন ফাঁকে যেন বেরিয়ে গিয়েছে।"

গদাই চোখ বড় বড় করে বলল, "তা হলে তো সর্বনাশ! মন্তর পালিয়ে গিয়ে থাকলে উপায় কী হবে বাবা?"

"আরে পালিয়ে যাবে কোথায়! বেশি দূর যায়নি, আশপাশেই ঘোরাফেরা করছে। ওসব আমার পোষা মন্তর, গায়ে একটু হাওয়া লাগিয়ে ফের ঠিক ফিরে আসবে।"

"আমি খবর নিয়ে দেখেছি বাবা, যাদের বেঁধে রেখেছেন তাদের একজন পায়েসপুরের পালোয়ান বটেশ্বর, আর-একজন রিটায়ার দারোগা রাধাগোবিন্দ। তাদের বাড়িতে বাড়িতে বড্ড কান্নাকাটি হচ্ছে বাবা। আর তিন নম্বর দানুও বলেছিল বটে যে, সে মোটেই দানোটানো নয়। তার মৃগীর ব্যারাম ছিল। রমেশ কোবরেজ এক প্রাচীন পুঁথি থেকে নিদান বের করে পাঁচন গুলে খাওয়ায়। তাতে সে ঢ্যাঙা হয়ে পড়েছে, আর গায়ে খুব জোরও হয়েছে।"

সাধু গম্ভীর হয়ে বলল, "তোর কথায় বিশ্বাস কী? তুই ফন্দিবাজ মানুষ।"

"না বাবা, আপনার ভীমরতিটা দেখছি বেশ গেড়ে বসেছে। ভুল লোককে পাকড়াও করছেন, মন্তর ভুলে যাচ্ছেন, তৃতীয় নয়নে চালসে ধরেছে, এ যে বড় বিপদের কথা প্রভু! এরকম গুরু ধরে আমারই বা কী গতি হবে কে জানে বাবা?"

সাধু হুংকার দিয়ে বলল, "তুই অতি বজ্জাত!" কিন্তু হুংকারটা বড্ড মিয়নো শোনাল। অর্থাৎ ভুলভাল যে হচ্ছে, সেটা সাধু নিজেও টের পাচ্ছে।

গদাই সান্ত্বনা দিয়ে বলল, "আপনি তো কিছু এলেবেলে সাধু নন বাবা। ক্ষমতা বড় কম নেই আপনার। কিন্তু বৃদ্ধ বয়সে যখন ভুলচুক হচ্ছে তখন উপযুক্ত শিষ্যকে সব শিখিয়ে-পড়িয়ে দিলেই তো হয়। তারপর আপনি নিশ্চিন্তে হিমালয়ে গিয়ে লম্বা তপস্যায় বসে যান। ইদিকে আমি আপনার সব কাজকর্ম সামলে দিয়ে, লোককে নানারকম বুজরুকি দেখিয়ে একটু নামডাক করে ফেলি। তারপর আরও একটু বয়স হলে না হয় সাধন-ভজনে মন দেওয়া যাবে।"

সাধু গম্ভীর গলায় বলল, "তুই খুব ঘড়েল লোক।"

আজ সকালবেলায় পায়েসপুরে ঢুকেই গদাই ভারী অবাক হয়ে গেল। আগের দিন পায়েসপুরের আকাশে-বাতাসে, পাখির ডাকে দুঃখের ফুলঝুরি দেখে গিয়েছিল। আজ দুঃখের চেয়েও বেশি কিছু যেন চেপে বসে আছে পায়েসপুরের বুকে। সেটা শোক। পায়েসপুর একেবারে স্তব্ধ। গাছ নড়ছে না, কাক ডাকছে না, মানুষজন মাথা নত করে বসে আছে।

নগেনবাবু ধরা গলায় বললেন, "ওরে গদাই, পায়েসপুরের আর আশা নেই রে।"

হারাধনবাবু আবেগমথিত গলায় শুধু বলতে লাগলেন, "যাহারা তোমার বিষাইছে বায়ু, নিভাইছে তব আলো, তুমি কি তাদের ক্ষমা করিয়াছ..." ইত্যাদি।

ব্যাপারটা বুঝতে একটু সময় লাগল গদাইয়ের। তবে শেষ অবধি টুকরো-টাকরা কথা, দীর্ঘশ্বাস, কোটেশন এইসব জুড়ে বোঝা গেল যে, গাব্বু নামে একটা গুন্ডা প্রদীপের দৈত্যকে নিয়ে চারদিকে দাপিয়ে বেড়াতে লেগেছে। তার মুখ উজ্জ্বল হয়ে উঠল, বুকে ডুগডুগি বাজতে লাগল, উত্তেজনায় হাতে-পায়ে কাঁপুনি ধরে গেল।

গদাই দশগাঁ ঘোরা লোক। গাব্বুর খবর করতে তার খুব বেশি দেরি হল না। রাঘবগঞ্জের খাল পেরিয়ে হিরাপুরের জঙ্গল। তার মাইলটাক উত্তরে বিদড়িহাটের সীমানায় একটা ফলসা জঙ্গলের মধ্যে গাব্বুর কুঁড়েঘর। বেলাবেলি রওনা হলে বড়জোর ঘণ্টাটাক লাগবে।

গদাই পা চালিয়ে রওনা হয়ে পড়ল।

ঘণ্টাটাক পর সে বিদড়িহাটের ফলসাবনে ঢুকে হাঁ হয়ে গেল। কোথায় কুঁড়েঘর! এ তো বেশ একখানা জাঁকের বাড়ি! সামনে বাগান, বাগানে ফোয়ারা। ফুলটুলও ফুটে আছে মেলা। ফটকের বাইরে দাঁড়িয়ে সে খুব ভাল করে পরখ করল চারদিকটা। কেউ কোথাও নেই।

গদাই সাহস করে ঢুকে পড়ল ফটক ঠেলে।

সন্তর্পণে বারান্দায় উঠে কড়া নাড়তে যাবে বলে হাতটা বাড়িয়েছিল গদাই, ফস করে হঠাৎ সামনে ভুঁই ফুঁড়ে একটা সাত-আট হাত লম্বা আর অতিকায় চেহারার একটা লোক তার পথ জুড়ে দাঁড়াল। মেঘগর্জনের মতো গলায় বলল, "কী চাই?"

গদাই এমন ভড়কে গিয়েছিল যে, ধাত ছাড়ার উপক্রম। বুকের ধুকপুকুনি রেলগাড়িকে হার মানিয়ে এমন বেগে হতে লাগল যে, দম বন্ধ হওয়ার জোগাড়।

একটু সামলে নিয়ে সে একগাল হেসে বলল, "প্রাতঃপ্রণাম, প্রাতঃপ্রণাম। তা শরীরগতিক সব ভাল তো?"

দৈত্যটা ভাবলেশহীন চোখে তার দিকে চেয়ে রইল শুধু। একটাও কথা বলল না।

হেঁঃ হেঁঃ করে হাত কচলাতে কচলাতে গদাই গলাখাঁকারি দিয়ে বলল, "যা শুনেছিলাম, আপনি দেখছি তার চেয়েও সরেস! আহা, কী শালগাছের মতো হাত! কী থামের মতো পা! ফুটবল মাঠের মতো কী বিরাট ছাতি! আর লম্বাটাও বলতে নেই, তালগাছকেও লজ্জা দেয়। আপনার কাছে কোথায় লাগে বটেশ্বর, কোথায় লাগে রাধাগোবিন্দ, আর ঢ্যাঙাদানু তো আপনার কোমরের কাছে পড়বে!"

দৈত্যের বিন্দুমাত্র হেলদোল নেই। পাথরের মতো দাঁড়িয়ে, নিশ্চুপ।

"তা লোকে বলাবলি করছে বটে, হ্যাঁ, এতদিনে একটা মানুষের মতো মানুষ এসেছে বটে এ তল্লাটে! যেমন বুকের পাটা, তেমনই খ্যামতা। চারদিকে যে একেবারে ধন্যি-ধন্যি পড়ে গিয়েছে মশাই!"

"কী চাই?"

"না, বিশেষ কিছু চাইতে আসা নয়। গাব্বুদাদার সঙ্গে পুরনো চেনা তো! তা শুনলুম, গাব্বুভায়া এখন অনেক উন্নতি করে ফেলেছে। তাই একটু দেখে গেলুম আর কী। তবে কিনা মশাই, কেউ উন্নতি করলেই পাঁচজনের বড্ড চোখ টাটায়। আড়ালে আবডালে কেউ কেউ পিছনে লাগবারও চেষ্টা করে কিনা! তা গাব্বুভায়া কি ঘুম থেকে উঠেছে মশাই?"

"আমার মনিব বিশ্রাম নিচ্ছেন। কারও দেখা করার হুকুম নেই।"

গদাইয়ের মুখ শুকনো। দৈত্যের চোখ এড়িয়ে ভিতরে যাওয়ার উপায় নেই। একেবারে তীরে এসে তরী বুঝি ডোবে! গদাই ঘাড় কাত করে বলল, "তা বিশ্রাম নেওয়াই উচিত। মেহনত বড় কম যায় না। আজও হয়তো রাতবিরেতে বেরোতে হবে।"

দৈত্য নিশ্চুপ।

"আচ্ছা মশাই, আপনার কি সাধুবাবুকে মনে আছে? সেই যে, আপনি যখন ছোট্টটি ছিলেন, তখন সাধুবাবা আপনাকে কোলে নিয়ে ঘুম পাড়াতেন, ঝিনুকে করে দুধ খাওয়াতেন, ছোট-বাইরে বড়-বাইরে পরিষ্কার করতেন! সেই যে লম্বা-চওড়া চেহারার মস্ত সাধু!"

"আমি কোনও সাধুকে চিনি না। আমি কখনও ছোট্ট ছিলাম না। আমি চিরকাল একই রকম।"

"বাঃ। তা হলে বোধ হয় ভুলই শুনেছি। তবে এটা জানি যে, সাধুবাবা আপনাকে খোঁজাখুঁজি করছেন। কারণটা ঠিক জানা নেই বটে। তবে মনে হল, আপনাকে ছাড়া তাঁর বেশ কষ্ট হচ্ছে। শত হলেও মায়ার বাঁধন তো!"

"তুমি মিথ্যেবাদী।"

সঙ্গে সঙ্গে ঘাড় কাত করে সায় দিয়ে গদাই বলল, "তা মিছে কথাও মাঝে-মাঝে বলে ফেলি বটে, তবে লোকের ভালর জন্যই বলা। সেই সঙ্গে গাব্বুভায়ার সঙ্গে একটু কাজের কথাও ছিল।"

"কী কথা?"

"সে বড় গুহ্য কথা।"

"আমাকে বলো। আমি তাঁর হুকুমদাস।"

"ওরে বাবা, সে উপায় নেই মশাই। গুরুতর খবর, গাব্বুভায়া ছাড়া আর কারও কাছে বলা যাবে না।"

"তুমি দাঁড়াও।" বলেই দৈত্য অদৃশ্য হয়ে গেল। কয়েক সেকেন্ড পরেই আবার

ফস করে সামনে ফলিত হয়ে বলল, "ভিতরে এসো।"

ভিতরে দিব্যি সব ব্যবস্থা। ভাল ভাল চেয়ার, টেবিল, আরামকেদারা, দেওয়ালগিরি, দামি গালিচা। টেবিলে থরে থরে আপেল, আঙুর, বেদানা মজুত। শরবত-টরবতও আছে, দেখা গেল।

একটা সিংহাসনের মতো চেয়ারে পোশাক পরা গাব্বু ঘাড় হেলিয়ে বসা। চুল এলোমেলো, চোখদুটো যেন লাল, মুখে দুশ্চিন্তার ছাপ এবং ক্লান্তি। গদাইয়ের দিকে ক্রূর চোখে চেয়ে বলল, "তুমি কে?"

গদাই ভারী বিনয়ের সঙ্গে বলল, "ভুলে গেলে নাকি ভাই? আমি হলুমগে গদাই।"

কাহিল চোখে চেয়ে থেকে বেশ ক্লান্ত গলায় গাব্বু বলল, "তুমি জড়িবুটিওলা গদাই না?"

গদাই একগাল হেসে বলল, "এই তো ভাইটির মনে পড়ে গিয়েছে। আমার তো ভয় ছিল, বড়মানুষ হয়ে আমাকে বোধ হয় চিনতেই পারবে না! তা ভায়া, তোমার উন্নতি দেখে ভারী খুশি হলুম। কিন্তু তোমার চেহারাটা তেমন ভাল দেখছি না! শরীরটা কি খারাপ যাচ্ছে? খুব হয়রান হয়ে পড়োনি তো!"

গাব্বু অধৈর্য ভঙ্গিতে হাত নেড়ে বলল, "আঃ! বাজে কথা ছাড়ো। এখন বলো তো, কী মতলবে এসেছ?"

গদাই একটু থমমত খেয়ে ফের বিগলিত হয়ে বলল, "মতলবেই আসা বটে, তবে মতলব কিছু খারাপ নয় রে ভাই। বলতে এলুম যে, জীবনে উন্নতি করলেই তো হল না, সেইসঙ্গে পথের কাঁটাও তো নিকেশ করা চাই, নাকি?"

গাব্বু সোজা হয়ে বসে বলল, "কে আমার পথের কাঁটা?"

"দেখো ভাই, তোমার ভাল ভেবেই কষ্ট করে হাঁফাতে হাঁফাতে এতদূর এসেছি। তাও তো তোমার পাহারাদার আমাকে গলাধাক্কাই দিচ্ছিল আর কী!"

"কিছু মনে কোরো না ভাই। চারদিকে আমার বিরুদ্ধে নানারকম ষড়যন্ত্র হচ্ছে বলে খবর পেয়েছি, তাই সাবধান হতে হয়েছে। এবার বলো।"

"বলি, গলা ভিজানোর জন্য একটু জল পাওয়া যাবে কি?"

"আহা, জল কেন, ভাল শরবত আছে, খাও। ওরে গোলাম, শরবত দে।"

দৈত্যটা চট করে এক গেলাস শরবত এনে দিল। মুখে দিয়েই গদাই বুঝল এ বড় উঁচু জাতের জিনিস, জন্মেও এরকম কখনও খায়নি। তবে তার জল বা শরবতের দরকার ছিল না। কী বলবে সেটা এঁচে নিতে একটু সময়ের দরকার ছিল মাত্র। শরবত খেতে খেতেই সে বয়ানটা গুছিয়ে ফেলল।

তারপর গেলাস রেখে জামায় মুখ মুছে গলাটা খাটো করে বলল, "খবরটা ঠিকই পেয়েছ ভায়া। তোমাকে নিকেশ করে পিদিমটা কেড়ে নেওয়ার একখানা পাকা ছক কষা হয়ে গিয়েছে।"

"কে? কার এত সাহস?"

"প্রতাপগড়ের জঙ্গলে একটা ভাঙা শিবমন্দির আছে জানো তো?"

"জানি।"

"সেখানে ক'দিন হল এক সাধু আস্তানা গেড়েছে। পেল্লায় চেহারা। সাক্ষাৎ নরখাদক। সে পিদিমটার সন্ধানেই এসেছে। তার মেলা চেলা-চামুণ্ডা। ভূত-প্রেতও তার বশ। যদি সাবধান না হও, তা হলে পিদিম রক্ষে করতে পারবে না।"

গাব্বু একটা অট্টহাসি হেসে পাশের একটা সোনার পাত্র থেকে একমুঠো মোহর তুলে তার হাতে দিয়ে বলল, "এই নাও বখশিস। সাধুর জারিজুরি কী করে ভেঙে দিই তাও দেখো। ওরে গোলাম, যা, গিয়ে প্রতাপগড়ের জঙ্গলের ভাঙা শিবমন্দির থেকে সাধুটাকে ধরে নিয়ে আয়।"

দৈত্য হুশ করে অদৃশ্য হল। এবং এক লহমায় ফিরে এল! ঘাড় ধরে সাধুকে নিয়ে এসেছে। সাধু ত্রিশূলটা অবধি রেখে আসার ফুরসত পায়নি। সেটা এখনও এক হাতে ধরা। সাধুকে গাব্বুর সামনে নামিয়ে দিয়ে সে সসম্ভ্রমে সরে দাঁড়াল।

গাব্বু সাধুর দিকে রক্তচোখে চেয়ে বলল, "কী হে সাধুবাবাজি, তোমার মতলবখানা কী?"

সাধুবাবা মিটমিট করে একবার গাব্বু আর একবার গদাইয়ের দিকে চেয়ে দেখল। তারপর বজ্রগম্ভীর গলায় বলল, "আমার পিদিম দে।"

হোঃ হোঃ করে হেসে গাব্বু তার আলপাকার পোশাকের পকেট থেকে পিদিমখানা বের করে হাতের তেলোয় রেখে বলল, "এইটে চাই বুঝি তোমার?"

সাধু গমগমে গলায় বলল, "যার জিনিস তাকে ফেরত দে পাপী। নইলে কপালে কষ্ট আছে।"

"বটে! ওরে গোলাম, সাধুটাকে তুলে কয়েকটা আছাড় দে তো!"

দৈত্য চকিতে এগিয়ে এসে সাধুকে তুলে বিশাল জোরে মেঝের উপর আছড়ে ফেলল। সেই আছাড়ের শব্দে কেঁপে উঠল গোটা বাড়ি। গোটাপাঁচেক আছাড়ের পর গাব্বু বলল, "যাক, আর নয়। কী সাধু, পিদিম চাই?"

"চাই, দে। নইলে তোর সব যাবে। পিদিমের জোরে যদি রাজা হতে চাস, তবে লোকে তোর গায়ে থুথু দেবে। এইসব ভোজবাজির আয়ু বেশি দিন নয়। এখনও সময় আছে। পিদিম ফেরত দে।"

"এই দিচ্ছি। ওরে গোলাম, ওর ত্রিশূল দিয়েই ওকে ফুঁড়ে দে তো। এ-ফোঁড় ও-ফোঁড় করে তবে ছাড়বি।"

গদাই সভয়ে চোখ বন্ধ করে চিৎকার করল, "না! না!"

দৈত্য বিনা দ্বিধায় শূলটা তুলে নিয়ে সাধুর বুকে ভীমবেগে বসিয়ে দিল। সাধুকে ভেদ করে পিঠ থেকে শূলের ডগা বেরিয়ে রইল।

সাধু ফের অবিচল কণ্ঠে বলল, "তোর মনস্কামনা পূর্ণ হওয়ার নয়। আমার মরার যখন সময় হবে তখনই আমি মরব। ইচ্ছামৃত্যু। তার আগে কারও হাতেই আমার মরণ নেই। পিদিমটা দে।"

গাব্বুর মুখ হাঁ, চোখ বিস্ফারিত। সে যে ভয় পেয়েছে তাতে কোনও সন্দেহের অবকাশ নেই। তোতলাতে তোতলাতে সে বলল, "তু-তুমি মরলে না?"

সাধু একটানে শূলটা বের করে বলল, "দে।"

গাব্বু পিদিমটা হাতের মুঠোয় শক্ত করে ধরে বিকট চিৎকার করে বলতে লাগল, "গোলাম, ওকে মেরে ফেল, শিগগির মেরে ফেল! যেমন করেই হোক মেরে ফেল।"

কিন্তু হঠাৎ সাধু বিদ্যুৎবেগে শূলটা ছুড়ে দিল গাব্বুর দিকে। সেটা নিখুঁত নিশানায় তার ডান হাতের কবজি ভেদ করে যেতেই পিদিমটা ঠং করে পড়ে গেল মেঝেয়। ঝাঁপিয়ে পড়ে সেটা অতি তৎপরতায় তুলে নিল গদাই। তারপর চোখ পাকিয়ে দৈত্যের দিকে চেয়ে বলল, "চুপচাপ ঘরের কোণে গিয়ে হাঁটুগেড়ে বসে থাক।"

দৈত্য বলল, "জো হুজুর।" তারপর গিয়ে ঘরের কোণে হাঁটু মুড়ে বসল।

সাধু জ্বলজ্বলে চোখে গাব্বুর দিকে চেয়ে হাত তুলে বলল, "পুনর্বিগত ভবঃ।"

হঠাৎ ঘরদোর সব মিলিয়ে গেল। দেখা গেল একটা দীন-দরিদ্র খোড়োঘরে তারা রয়েছে। গদাই চোখ কচলে বলল, "বাবা, এসব কি হাওয়াবাজি ছিল নাকি?"

"দুনিয়ার সব কিছুই হাওয়াবাজি রে ব্যাটা। যত তাড়াতাড়ি তোর জ্ঞান হবে তত তাড়াতাড়ি বুঝতে পারবি।"

গাব্বু কবজি চেপে ধরে কাতরাতে কাতরাতে অবিশ্বাসের চোখে সাধুবাবার দিকে চেয়ে ছিল। হিংস্র গলায় বলল, "আমার পিদিম কেড়ে নিয়েছ! ওরে গোলাম, পিদিমটা উদ্ধার করে আমাকে দে।"

গোলাম নড়লও না।

সাধু বলল, "আমার কাজ শেষ হয়েছে। আমি যাচ্ছি। শোক কোরো না। ও পিদিম তোমার নয়, আর ও জিনিস হজম করার ক্ষমতাও তোমার নেই। কয়েক দিনেই সারা

এলাকার সর্বনাশ করতে বাকি রাখোনি। বাকি জীবন আধপেটা খেয়ে থাকবে, এই তোমার শাস্তি।"

তারপর সাধু গদাইয়ের দিকে ফিরে বলল, "এই খাড়া দুপুরে এতটা পথ হেঁটে ফিরতে পারব না রে বাপু। দত্যিটাকে বল, একটু পৌঁছে দিক।"

জিভ কেটে গদাই তাড়াতাড়ি পিদিমখানা সাধুর হাতে ধরিয়ে দিয়ে বলল, "আপনি বলুন বাবা, জীবনে কখনও দাসদাসী খাটাইনি তো। ও আমার সইবে না।"

সাধু একটু হাসল।

দৈত্যের পিঠে চেপে এক লহমায় প্রতাপগড়ের জঙ্গলে শিবমন্দিরের চাতালে পৌঁছে গেল তারা।

সাধুবাবা দৈত্যকে বলল, "তোর কাজ শেষ হয়েছে বাবা, এবার পিদিমের ভিতরে গিয়ে ঘুমিয়ে থাক।"

"যথা আজ্ঞা মহারাজ।" বলেই দৈত্যটা একেবারে ধোঁয়াক্কার হয়ে গিয়ে পাক খেয়ে খেয়ে সুতোর মতো সরু হয়ে সুড়সুড় করে পিদিমের মধ্যে ঢুকে মিলিয়ে গেল।

পিদিমখানা ঝোলায় পুরে সাধুবাবা বলল, "ওই তিনটে লোকের বাঁধন খুলে দে বাপু। এই ওষুধটা খাইয়ে দে। আমি রওনা দেব রে!"

"সে কী বাবা! এখনই যাবেন কি? আমার যে সাধন-ভজন শেখা এখনও অনেক বাকি।"

সাধুর দাড়ি-গোঁফের ফাঁক দিয়ে এবার একটু হাসি দেখা গেল। বলল, "সাধন-ভজন কি আর একরকম রে? নানাজনের নানারকম। লোভ-টোভ করিসনি বাবা, দুনিয়াটাকে একটু ভালবাসিস, আমাকে মনে রাখিস, আর শোন, অল্পে আনন্দ পেতে শিখে নিস। তোর ওতেই হবে রে। আর এই আমার ঝোলাখানা আজ থেকে তোর কাঁধে ঝুলবে।"

"উরেব্বাস রে! ওতে যে ওইসব সাংঘাতিক জিনিস আছে?"

"তা আছে। পরশপাথর, আশ্চর্য পিদিম, উড়ুক্কু গালিচা আর অক্ষয় থালা। দুনিয়ার সব ঐশ্বর্য তোর হাতের নাগালে রেখে গেলাম। আজ আর আমার কোনও ভার নেই।"

"আমি কিন্তু বেশ লোভী লোক বাবা!"

"তা আমি জানি। তুই লোভী, পেটুক, একটু ঘড়েল। তবু এই কলিযুগের পক্ষে তুই তেমন খারাপ লোক নোস। কত লোককেই তো কত জিনিস দিয়ে নিরখ-পরখ করলাম। তোকেও না হয় একটু বাজিয়ে দেখা যাক।" তারপর সাধু হাত তুলে বলল, "আনন্দম!"

সাধু চলে যাওয়ার পর অনেকক্ষণ মনটা বড় খারাপ হয়ে রইল গদাইয়ের। তার পর সে ধীরে-সুস্থে বটেশ্বর, রাধাগোবিন্দ আর দানুর বাঁধন খুলল, তাদের ওষুধ খাওয়াল। জ্ঞান ফেরার পর তাদের হাঁটিয়ে নিয়ে জঙ্গলের সীমানা পার করে দিয়ে এল।

তারপর শিবমন্দিরে ফিরে সাধুর ঝোলা খুলে জিনিসগুলো বের করে চাতালে পরপর সাজিয়ে রেখে চেয়ে রইল। পিদিমের দৈত্য তাকে লহমায় রাজা করে দিতে পারে। পরশপাথর পারে মন-মন সোনা তৈরি করতে। উড়ুক্কু গালিচায় চেপে আকাশে উড়ে যেখানে খুশি চলে যাওয়া যায়। আর অক্ষয় থালার কাছে চাইলে পাওয়া যায় দুনিয়ার সবরকম খাবারদাবার। বুকটা বড় দুরদুর করে উঠল তার। সাধুবাবার কি উচিত হল এত সম্পদ তাকে দিয়ে যাওয়া?

অনেকক্ষণ বসে বসে ভাবল সে। ভাবতে ভাবতে চোখে জল এল।

আট

দানু ফের সরযূদেবীর বাড়িতে বহাল হয়েছে এবং তার আদর বেড়ে পাঁচ গুণ হয়েছে। রাধাগোবিন্দবাবুর 'দারোগার দীর্ঘশ্বাস' তরতর করে এগিয়ে চলেছে। ক'দিন ফাঁক যাওয়ার পর বটেশ্বর দ্বিগুণ উৎসাহে ভারতশ্রী হওয়ার জন্য ব্যায়াম শুরু করেছে। হারাধনবাবু আবার পায়েসপুরের গৌরবের কথা লোককে স্মরণ করিয়ে দিতে চরকির মতো ঘুরে বেড়াচ্ছেন।

দেখতে দেখতে হবিবপুরের সঙ্গে পায়েসপুরের ফিরতি ম্যাচের দিন এসে গেল। এবার খেলা পায়েসপুরে, মাঠে লোক ভেঙে পড়েছে। মাঠভরতি দর্শকদের মধ্যে বিশিষ্ট আসনে ভূপেনদারোগাও বসে আছেন।

যথারীতি দানু অষ্টাবক্র মুনির মতো বল ঠেলতে ঠেলতে নিয়ে গিয়েছে এক ফাঁকে। ভূপেনবাবু "অফ সাইড, অফ সাইড," বলে চেঁচাচ্ছেন। এবং যথারীতি দানু গোল দিয়ে দিল। কেউ এঁটে উঠতে পারছে না তার সঙ্গে। আজ সে দুর্ধর্ষ খেলছে। সবাই বলাবলি করতে লাগল, সাধুর আরক খেয়ে দানুর খেলা আরও খুলেছে।

হবিবপুর শেষ অবধি আট গোলে হেরে মাথা নিচু করে ফিরে গেল। ভূপেনবাবু অবশ্য বাজে রেফারিং-এর দোষ দিতে ছাড়লেন না।

হলধর ঘোষের বাড়িতে সকালের জমায়েতটি রোজকার মতো আজও বসেছে। হলধর তাঁর নতুন আবিষ্কারের কথা সবিস্তার বোঝানোর চেষ্টা করছিলেন। তাঁর

তিনটি আবিষ্কার শেষ হওয়ার মুখে। অটো-ঝি, অটো-ঝাঁটা এবং অটো-রুটি। শুনে কেউ হাসলেন না। কারণ, হাসাহাসি করলে চা, চিঁড়েভাজা বন্ধ হয়ে যেতে পারে। শুধু হারাধনবাবুই উত্তেজিত হয়ে বলে উঠলেন, "বের করে ফেলুন, বের করে ফেলুন! জগৎসভায় পায়েসপুরের নিশেন উড়িয়ে আসতেই হবে। আর নোবেলটা এনে ফেলতে পারলে ভূপেনদারোগার মুখে একেবারে ঝামা ঘষে দেওয়া যাবে। নোবেল-মন্দিরও বানিয়ে ফেলব একটা, যেখানে রেগুলার পুজোপাঠ হবে, দেশ-বিদেশের লোক ভেঙে পড়বে পায়েসপুরে।"

বড্ড ফাঁপরে পড়ে গিয়েছে গদাই। চিনির বলদ কাকে বলে তা খুব টের পাচ্ছে সে। কাঁকালের ব্যথায় সেদিন হাঁটতে ইচ্ছে করছিল না বলে উড়ুক্কু গালিচায় চেপে পায়েসপুর ঘুরে আসবে বলে ঠিক করেছিল। সবে গালিচাখানা চাতালে পেতে উঠতে যাবে অমনই গালিচার ভিতর থেকে সাধুবাবার গমগমে গলা পাওয়া গেল, "উঁহু!"

শীতের শুরুতে একদিন একটু পোলাও-কালিয়া খাওয়ার জন্য প্রাণটা আনচান করায় অক্ষয় থালাটা চুপিচুপি বের করে বাসনা ব্যক্ত করতে যেতেই থালা কেঁপে উঠল এক বজ্রকণ্ঠে, "উঁহু!"

শীতের শুরুতে একখানা নরম ওমওয়ালা কম্বল কিনবে বলে একখানা বাটখারা কিনে এনে তাইতে পরশপাথরটা ঠেকাতে গিয়েছে, অমনই পাথরের ভিতর থেকে সাধুবাবার বিটকেল গলায় ফের সেই, "উঁহু!"

কিছু কাঠ কেটে জ্বালানির ব্যবস্থা করতে হবে, কিন্তু সেদিন বড় কবজির ব্যথা। তাই ভাবল, দত্যিটাকে দিয়ে করিয়ে নিলেই তো হয়! পিদিমটা দোনোমোনো করে সবে ঝোলা থেকে বের করেছে, পিদিমের ভিতর থেকে সেই থমথমে গলা ধমকে উঠল, "উঁহু!"

এখন উঁহুর ঠেলায় গদাই একেবারে অস্থির।

তবে সে কিছু খারাপও নেই। জড়িবুটি ফিরি করে, সাপের বিষ বের করে, যত্রতত্র ঘুরে বেড়ায়। না, ভেবে দেখলে, সে বেশ আনন্দেই আছে।

গোলমেলে লোক

মদনপুরের হাটে মোট বত্রিশ টাকা পকেটমার হয়ে গেল গুরুপদর। গুরুপদ যখন নিশিকান্তর দোকানে গামছা দর করছিল, তখনই ঘটনা। একটা পাতলা চেহারার কমবয়সি লোক কিছুক্ষণ ধরেই তার আশপাশে ঘুরঘুর করছিল যেন। বোধ হয় তক্কে-তক্কেই ছিল। নিশিকান্তর দোকানে গামছা বাছাবাছি করার সময় সট করে পকেট ফাঁক করে দিয়ে সটকেছে। স্বীকার করতেই হবে যে, ছোকরার হাত খুব পরিষ্কার, গুরুপদর একটু সুড়সুড়ি অবধি লাগেনি। একটা মাছি ভনভন করে মুখে-চোখে বারবার বসছিল বলে সেই সময়টায় গুরুপদ একটু ব্যতিব্যস্ত ছিল বটে, সেই ফাঁকেই কাজ হাসিল করেছে। রাগ যে একটু হল না তা নয়। তবে কিনা গুরুপদ গুণীর কদর দিতেও জানে। পকেটমার লোকটার হাতটি চৌকস। গুরুপদ একসময় জাদুকর সাতকড়ি সরখেলের শাগরেদি করেছিল। হাতসাফাই মকশো করার জন্য কী খাটুনিটাই খাটতে হত! সাতকড়িবাবু বুড়ো বয়স অবধি সকালে উঠে দু'ঘণ্টা প্র্যাকটিস করতেন। যেমন বড় বড় গানাদাররা রেওয়াজ করে, তেমনি। তা পকেটমারিও সেইরকমই এক বিদ্যে। নিপুণ আঙুলের আলতো এবং সূক্ষ্ম কাজ! জাদুকর বা গানাদার বা বাজনদারের ভুলচুক হলে, আর যাই হোক, প্রাণের ভয় নেই। কিন্তু পকেটমারের ভুলচুক হলে হাটুরে ঠ্যাঙানি খেয়ে গঙ্গাযাত্রার দশা হতে পারে। তা যদি না-ও হয়, থানা-পুলিশ থেকে হাজতবাস, কী-ই না হতে পারে?

গামছা আর কেনা হল না গুরুপদর।

কথাটা হল, বিদ্যের কোনও শেষ নেই। যতই শেখো না কেন, আরও কত কী বাকি থেকে যায়! গুরুপদ বিদ্যে শিখতে বড় ভালবাসে। স্কুল-কলেজে তেমন সুবিধে করতে পারেনি বটে, কিন্তু বিদ্যে তার কিছু কম নেই। বিদ্যাধরমাঝির কাছে নৌকো বাইতে শিখেছিল, গদাইধীবরের কাছে খ্যাপলা জাল ফেলতে। সাপ ধরতে শিখিয়েছিল হবিবগঞ্জের বুড়ো সাপুড়ে নজর আলি। সাতকড়িবাবুর কাছে কিছুদিন নাড়া বেঁধে ম্যাজিক মকশো করল। শিবু মিশ্রের কাছে শিখল তবলা। মারণ-উচাটন শিখবে বলে বীরপুরের শ্মশানে তারাতান্ত্রিকের কাছেও কিছুদিন ধরনা দিতে হয়েছিল।

পাশের বাড়ির সেলাইদিদিমণি শোভনাদির কাছে উলবোনা শিখতেও বাকি রেখেছে নাকি? হরেরাম ভট্টাচার্যের কাছে খালি জ্যোতিষী আর নবছা মণ্ডলের কাছে এক হোমিয়োপ্যাথিও শেখা আছে তার। এত সব শিখেও তার মনে হয়, আহা, আরও কিছু শিখলে হত! এই যেমন এখন হচ্ছে! পকেটমারি হওয়ার পর তার মন বলছে, এ বিদ্যেটাও কিছু ফ্যালনা নয়। কারও পকেট মেরে আখের গোছানোর মতলব নেই তার। কিন্তু বিদ্যেটা শিখে রাখা তো আর দোষের নয়!

মদনপুরের হাটের নাড়িনক্ষত্রের খবর রাখে নটবর হাজরা। তার চা-মিষ্টির দোকান। ভারী তিরিক্ষি মেজাজের মানুষ। তবে কণ্ঠী-তিলকধারী পরম বৈষ্ণব। তার দোকানে যাতায়াত নেই মদনপুরের তেমন হাটুরে খুঁজে পাওয়া শক্ত। চোর-ছ্যাঁচোড় থেকে দারোগা-পুলিশ সকলেরই পায়ের ধুলো নটবরের দোকানে পড়ে থাকে।

শীতে-গ্রীষ্মে নটবরের একটাই পোশাক। গায়ে হাতাওয়ালা একটা গেঞ্জি আর পরনে হেঁটো ধুতি। দোকানে গিজগিজ করছে খদ্দেরের ভিড়। নটবর ঝাঁঝরি হাতায় রস ঝেড়ে বোঁদে তুলে বারকোশে রাখছিল। তারই ফাঁকে পকেটমারির বৃত্তান্তটা শুনে একটা ফঁৎ করে শ্বাস ছেড়ে বলল, "ছ্যাঃ ছ্যাঃ, মাত্র বত্রিশ টাকা পকেটমারি হয়েছে বলে সাতকাহন করে বলতে এয়েছ! এ যে বড় ঘেন্নার কথা হল বাপু! পকেটমারের তো মেহনতেও পোষায়নি। বরং তাকে খুঁজে বের করে তার হাতে আরও শতখানেক টাকা গুঁজে দিয়ে মাপ চেয়ে নাও গে যাও!"

"সেরকমই ইচ্ছে নটবরদাদা! আর সেই জন্যই তার তল্লাশে তোমার কাছে আসা।"

নটবর বিরস মুখে বিরক্ত হয়ে বলল, "শোনো কথা! পকেটমারের তল্লাশে বাবু এয়েছে আমার কাছে? কেন রে বাপু। আমি কি চোর-চোট্টাদের ইজারা নিয়ে বসে আছি? কথাটা পাঁচকান হলে ভদ্রলোকেরা আর এ দোকানে পা দেবে ভেবেছ?"

তটস্থ হয়ে গুরুপদ বলল, "কথাটা ওভাবে বলা নয় নটবরদাদা। বলছিলাম কী, মদনপুরের হাটে এমন মানুষ নেই, যে তোমাকে খাতির করে না। কে কোন মতলবে ঘুরে বেড়ায় তা তোমার চেয়ে ভাল আর কে জানে?"

নটবর আড়চোখে চেয়ে বলল, "তা তাকে ধরতে পারলে কি থানা-পুলিশ করবে নাকি? তা হলে বাপু, আমি ওর মধ্যে নেই।"

জিভ কেটে গুরুপদ বলল, "আরে না না। থানা-পুলিশের কথাই উঠছে না। ছোকরার হাত বড্ড সাফ। তাই ভাবছিলাম, তাকে পেলে একটু পায়ের ধুলো নিতুম।"

নটবর তাচ্ছিল্যের সঙ্গে বলল, "ওসব গাঁটকাটা পকেটমারদের খবর বটু সর্দারের কাছে পাবে, আমার কাছে নয়। এখন বিদেয় হও।"

"কিন্তু দাদা, বটু সর্দারকে কোথায় পাওয়া যাবে?"

"তার আমি কী জানি! নামটা হাটের মধ্যে ছড়াতে ছড়াতে যাও, দেখো যদি লেগে যায়।"

গুরুপদ বুঝল, নটবরের কাছ থেকে এর চেয়ে বেশি খবর আদায় হবে না। তা এই খবরটুকুও বড় কম নয়। বটু সর্দার তার লাইনের কেউকেটাই হবে। আর কেউকেটাকে খুঁজে বের করা খুব শক্ত নয়।

তবে মদনপুরের হাটে আহাম্মকেরও অভাব নেই। প্রথম যে লোকটাকে গুরুপদ পাকড়াও করল, তার বেশ রাঙামুলো চেহারা, নাদুসনুদুস, ঘাড়ে একটা বস্তা। বটু সর্দারের নাম শুনে একগাল হেসে বলল, "বটুক মুন্সিকে খুঁজছ তো? ওই তো বটতলায় বসে তোলার পয়সা গুনছেন। পরনে সবুজ চেক লুঙি, গায়ে হলুদরঙা ভাগলপুরি চাদর।"

দ্বিতীয় লোকটা সিড়িঙ্গে চেহারা। একটু বাবুগোছের। পরনে শান্তিপুরি ধুতি, গায়ে গরদের পাঞ্জাবি। নাক সিঁটকে বলল, "বটু সর্দার, দূর মশাই, এ তো কোনও ভদ্রলোকের নামই নয়।"

গুরুপদ ভারী বিনয়ের সঙ্গে বলল, "আজ্ঞে, ভদ্রলোক ননও। তবে গুণী লোক।"

লোকটা ভ্রু কুঁচকে বলল, "গুণী লোক! মদনপুরের হাটে গুণী লোক ঘাপটি মেরে আছে আর আমি তার খবর জানি না? তা তোমার বটু সর্দারের গুণটা কীসের? ব্যায়ামবীর না মাদারি, হালুইকর না তবলচি, কবিয়াল না দাঁতের ডাক্তার?"

গুরুপদ থতমত খেয়ে বলল, "আজ্ঞে, সেটা ঠিক জানা নেই। তবে গুণী বলেই শোনা ছিল।"

"দূর দূর! শোনা কথায় কান দিয়ো না হে! মদনপুরের হাটে গুণী মানুষ সাকুল্যে তিনজন। হেয়ার কাটিং-এর ফটিক শীল, রসবড়ার কারিগর বিরিঞ্চিপদ পান্ডা আর গনতকার গণেশ গায়েন। বুঝলে?"

গুরুপদ ফাঁপরে পড়ল। বলতে নেই, মদনপুরের হাট আড়ে-দিঘে বিরাট চত্বর। হাজারও মানুষ গিজগিজ করছে। তল্লাটে এত জমজমাট হাট আর নেই। এখানে বটু সর্দারকে খুঁজে বের করা চাট্টিখানি কথা নয়।

"ছেলে হারিয়েছে বুঝি?" বলে ভুঁইফোড় একটা লোক ভারী হাসি-হাসি মুখ করে পথ আটকে দাঁড়িয়ে গেল। ছোকরা বয়স, পরনে কালো পাতলুন আর চকরাবকরা জামা, বাবরি চুল আর সরু গোঁফ।

গুরুপদ অবাক হয়ে বলল, "কেমন করে বুঝলেন?"

"ও আমরা মুখ দেখেই বুঝি। ফি হাটবারে এই মদনপুরে না হোক দশ-বিশটা ছেলে-মেয়ে হারায়। মেহনত করে আমরাই তাদের খুঁজে দিই কিনা! ওই তো আমাদের অফিসের সাইনবোর্ড দেখা যাচ্ছে, 'সন্ধানী'। রেটও খুব সস্তা, ছেলেপ্রতি দুশো টাকা। ছেলের নামধাম, বিবরণ লিখিয়ে একশো টাকা আগাম ফেলে রসিদ পকেটে পুরে নিশ্চিন্তে হাটবাজার করতে থাকুন। দু'ঘণ্টা বাদে আমাদের অফিসে এলেই ছেলে পেয়ে যাবেন।"

"বটে! বাঃ বাঃ, এ তো খুব ভাল ব্যবস্থা!"

"তা আপনার ছেলের নাম কী? বয়স কত? গায়ের রং? হাইট? কোথাও কাটা দাগ বা জড়ুল আছে কি?"

"ইয়ে, একটা মুশকিল হয়েছে।"

"কী মুশকিল মশাই?"

"আমিও একজনকে খুঁজছি বটে, তবে তার হাইট, বয়স বা জড়ুলের কথা জানা নেই কিনা!"

"সে কী মশাই? বাপ হয়ে নিজের ছেলের নাম জানেন না?"

"আহা, তা জানব না কেন? ছেলে হলে তবে তো নাম! আর ছেলে হওয়ার আগেও তো কিছু বখেরা থাকে, তাই না? তা আমার যে সেটাও হয়নি?"

"তার মানে?"

"এই বিয়ের কথাই বলছিলাম আর কী! আমার সেটাও হয়ে ওঠেনি কিনা!"

"আহা, সেটা আগে বলবেন তো! তা হলে আপনার হারিয়েছে কে?"

"তার নাম বটু সর্দার।"

"এই তো মুশকিলে ফেললেন। শুধু নাম দিয়ে কাউকে খুঁজে বের করা ডবল খাটুনির কাজ। ঠিক আছে, আগামটা দিয়ে যান, দেখছি।"

"ওটাও পেরে উঠছি না। একটু আগেই আমার পকেটমার হয়েছে।"

লোকটা কটমট করে তার দিকে তাকিয়ে বলল, "যত্ত সব!"

তারপর হনহন করে হেঁটে অন্যদিকে চলে গেল।

কয়েক পা হেঁটেই দাঁড়াতে হল গুরুপদকে। একটা প্রাণকাড়া গন্ধে ভারী উচাটন হয়ে উঠল সে। কাছেপিঠেই কোথায় যেন ফুলুরি-বেগুনি ভাজা হচ্ছে। তটস্থ হয়ে চারদিকে চেয়েই সে ভিড়টা দেখতে পেল। গন্ধটা যেন বাতাসকে একেবারে রসস্থ করে ফেলেছে। সম্মোহিতের মতো গিয়ে ভিড়ের পিছন দিকটায় দাঁড়িয়ে প্রাণভরে গন্ধটা নিল সে। পকেটে পয়সা না থাকলে দুঃখের জল যে কোথা থেকে কোথায়

গড়াতে পারে, তা আজ হাড়ে-হাড়ে বুঝল সে। পণ্ডিতরা বলেছেন বটে যে, ঘ্রাণেই অর্ধেক ভোজন হয়ে যায়। কিন্তু গুরুপদর মনে হল, কথাটা বোধ হয় ঠিক নয়। এই তো সে গন্ধে গন্ধে বুকটা ঝাঁঝরা করে ফেলল, কিন্তু কই, পেটটা অর্ধেক ভরেছে বলে তো মনে হচ্ছে না! বরং খিদেটা বেশ চাগাড় দিয়েই উঠতে চাইছে।

"শিবপদ যে!" বলে গোলগাল, বেঁটে আহ্লাদি চেহারার একটা প্যান্ট আর ডোরাকাটা জামাপরা লোক ভারী হাসি-হাসি মুখে তার সামনে দাঁড়িয়ে পড়ল।

গুরুপদ বলল, "আমি শিবপদ নই।"

"নও? শিবপদর মতোই যেন লাগল!"

"আপনার চোখের ভুল।"

"তা হবে।" বলে লোকটা বিদেয় হল।

কিন্তু একটু বাদেই চোখে ঘষাকাচের চশমা, পায়জামা আর হলুদ পাঞ্জাবি পরা খোঁচা-খোঁচা দাড়িওয়ালা পাকানো চেহারার একটা লোক তার মুখে একটা জর্দা পানের শ্বাস ফেলে বলল, "নব নাকি রে?"

বিরক্ত গুরুপদ একটু রাগের গলায় বলল, "দিলেন তো অমন তেলেভাজার গন্ধটাকে জর্দার গন্ধ দিয়ে গুলিয়ে! আমি নব নই।"

"নও? তা আগে বলতে হয়!" বলে লোকটা ল্যাকপ্যাক করে চলে গেল।

তেলেভাজার খদ্দেরের ভিড় থেকে একটা ছিপছিপে ফর্সামতো ছোকরা একটা শালপাতার ঠোঙা হাতে বেরিয়ে এসে তার দিকে চেয়ে বলল, "আরে মশাই, যান যান, তাড়াতাড়ি লাইনে ঢুকে পড়ুন। জিনিস শেষ হয়ে আসছে যে!"

গুরুপদ একটা দীর্ঘশ্বাস ফেলে বলল, "না হে ভায়া, পকেটে পয়সা নেই।"

ছোকরা চটপটে পায়ে চলে যেতে যেতে বলল, "আহা, খুঁজে-পেতে দেখুন না, কত সময়ে পাওয়াও তো যায়!"

গুরুপদ বিমর্ষ হয়ে ছোকরার গমনপথের দিকে চেয়ে ফের একটা দীর্ঘশ্বাস ফেলে শূন্য পকেটে একটু হাত বোলাতে গেল। আর তখনই ভারী অবাক হয়ে টের পেল, তার বুকপকেটে ভাঁজ-করা কাগজের মতো কী যেন। সঙ্গে দুটো চাকতিও যেন আঙুলে লাগল। পকেট থেকে জিনিসগুলো বের করে তার মুখ একগাল মাছি। তিনটে দশ টাকার নোট আর দুটো এক টাকার কয়েন! মোট বত্রিশ টাকা! এই টাকাই তো ছিল তার পকেটে? কখন, কীভাবে ফেরত এল রে বাবা? এরকমও কি হয় নাকি? গুরুপদ হাঁ করে আকাশ-পাতাল ভাবতে লাগল। তা হলে কি তার আদৌ পকেটমার হয়নি?

কিন্তু তাই বা কী করে হয়? টাকাটা তার বুকপকেটেই ছিল বটে, কিন্তু গত ঘণ্টাখানেকের মধ্যে সে অন্তত বাইশবার তার জামার তিনটে পকেটই তন্নতন্ন করে

খুঁজেছে। এমন তো নয় যে, টাকাগুলো একটু হাওয়া খেতে বেরিয়েছিল, আবার ফিরে এসেছে!

হঠাৎ বাঘ-ডাকা একখানা কণ্ঠস্বর তার কান ঘেঁষেই গর্জন করে উঠল, "পথ হারিয়ে ফেলেছিস রে দুরাত্মা? সংসারের পেঁজরাপোলে ঘুরে ঘুরে মরছিস রে মায়াবদ্ধ জীব? এখনও পথের সন্ধান পেলি না রে পাপী? এখনও দাঁড়িয়ে দাঁড়িয়ে হাঁ করে শুধু ভেবে যাচ্ছিস? ওরে, চলতে শুরু কর, চলতে শুরু কর! আর দেরি করিসনি। সময় যে কচুপাতায় বৃষ্টির ফোঁটা রে! কেতরে পড়েছিস কি গড়িয়ে গেলি!"

গুরুপদ সবিস্ময়ে দেখল, সামনে দাড়ি-গোঁফওয়ালা, জটাজূটধারী, রক্তাম্বর পরা পেল্লায় চেহারার এক সাধু দাঁড়িয়ে আছে। হাতে একখানা বিভীষণ চেহারার সিঁদুর লেপটানো শূল আর কমণ্ডলু। দেখলে ভয়-ভক্তি দুটোই হওয়ার কথা। কিন্তু গুরুপদর মাথায় অবাক ভাবটা এখনও রয়েছে বলে কোনওটাই তেমন হল না। তবে একটু সচকিত হয়ে বলল, "পথ হারিয়ে ফেলিনি তো বাবাজি, তবে পথ একটা খুঁজছি বটে!"

সাধু হুংকার দিয়ে বলল, "পথ খুঁজবি কী রে? তোর সামনেই তো সোজাপথ! এগিয়ে যা, এগিয়ে যা! পঞ্চাশ কদম এগোলেই দেখবি, তোর অভীষ্ট ঘাপটি মেরে বসে আছে। ভাল চাস তো আর গোলকধাঁধায় ঘুরিস না। সাধুসেবায় দশটা টাকা ফেলে দিয়ে গা ঝাড়া দিয়ে এগিয়ে চল দেখি!"

ভারী ধন্দে পড়ে গেল গুরুপদ। সাধুটা ভণ্ড কি না কে জানে? তবে কথার মধ্যে একটা সংকেত নেই তো? সোজা পঞ্চাশ পা এগোলেই কি বটু সর্দারের ঠেক? কে জানে, হতেও তো পারে। সে পকেট থেকে দোনোমোনো করে একটা দশ টাকার নোট বের করেছে কি করেনি, সাধুবাবা সট করে এমন কায়দায় সেটা তুলে নিল যে, গুরুপদ প্রায় টেরই পেল না! মনে হল, নোটটা যেন হাওয়ায় মিলিয়ে গেল।

সাধু তেমনি সপ্তমে গলা তুলে বলল, "যা ব্যাটা যা! তোর মুক্তিই হয়ে গেল ধরে নে।"

সাধু বিদেয় হলে গুরুপদ ভিড় ঠেলে গুনে গুনে পঞ্চাশ পা এগিয়ে গেল। কিন্তু সমস্যার কোনও সুরাহা হল না। বাঁ ধারে একটা কাচের চুড়ির দোকানে রাজ্যের মেয়ের ভিড়। ডান ধারে পাইকারি সবজিবাজারের চেঁচামেচি। এই হট্টমেলায় কোথায় বটু সর্দারকে পাওয়া যাবে?

তবে পঞ্চাশ পা কথাটাও একটু গোলমেলে। সকলের পা তো সমান মাপের নয়। কেউ লম্বা পায়ে হাঁটে, কেউ গুটিগুটি। আর পঞ্চাশ বললেই কি আর টায়েটিকে পঞ্চাশ! দু'-চার পা এদিক-ওদিক হতেই পারে। তাই সে একটু এগিয়ে এবং একটু

পিছিয়ে বারকয়েক চারদিকটা জরিপ করল। তেমন সুবিধে হল না। সামনে হাওয়া-বন্দুকের দোকানে বেলুন ফাটানোর হুড়োহুড়ি, কাঠিবরফওলার হাঁকডাক, আর পিছনে খোলভুসির আড়ত আর ছাপাশাড়ির স্টল। রহস্যময় কিছুই নেই।

কোনও কাজ আটকে গেলে গুরুপদর বড় অসোয়াস্তি হয়। তাই সে একটু হতাশ আর একটু ভাবিত হয়ে চারদিকে টালুমালু করে চাইছিল। হঠাৎ লুঙি আর ফতুয়াপরা রোগামতো ধূর্ত চেহারার একটা লোক তার পথ আটকে দাঁড়িয়ে নিচু গলায় বলল, "তোমার মতলবখানা কী বলো তো বাপু? অ্যাঁ! মতলখানা কী?"

গুরুপদ তটস্থ হয়ে বলল, "আজ্ঞে, মতলব কিছু নেই। চারদিকটা দেখছি আর কী!"

"উঁহু। অত সোজা মানুষ বলে তো তোমাকে মনে হচ্ছে না! গতিবিধি অত্যন্ত সন্দেহজনক! একবার এগোচ্ছ, একবার পিছোচ্ছ। চোখ চরকির মতো চারদিকে ঘুরছে। শিয়ালের মতো হাবভাব। তুমি তো মোটেই সুবিধের লোক নও বাপু! অনেকক্ষণ ধরে আড়ে-আড়ে তোমাকে চোখে চোখে রেখেছি। আসল কথাটা খুলে বলো তো বাপু! তুমি নির্ঘাত বেজা মল্লিকের চর!"

গুরুপদর মুখে একগাল মাছি। কস্মিনকালে বেজা মল্লিকের নাম শোনেনি। অবাক হয়ে বলল, "বেজা মল্লিক কে মশাই?"

লোকটা একটু মিচকে শয়তানি হাসি হেসে বলল, "আর ভালমানুষ সাজতে হবে না হে! তোমাকে দেখেই চিনেছি। এই মনোময় মান্নার চোখে ধুলো দেবে তেমন শর্মা এখনও জন্মায়নি, বুঝলে?"

গুরুপদ ভয় খেয়ে কাঁচুমাচু হয়ে বলল, "এ তো বড় মুশকিলেই পড়া গেল মশাই! আমি হলুম গে গোপালহাটির গুরুপদ রায়। কস্মিনকালেও বেজা মল্লিক নামে কাউকে চিনি না। কেন ঝুটমুট ঝামেলা করছেন বলুন তো?"

"ঝামেলার এখনই কী দেখলে? সোজা কথায় যে কাজ হবে না তা আমি আগেই জানতুম। তাই আমার শাগরেদরাও তৈরি হয়ে আছে। একডাকে লহমায় এসে ঘিরে ফেলবে। ঝামেলা তো শুরু হবে তখন।"

গুরুপদ একেবারে অকূলপাথারে পড়ে গেল। জল যে এতদূর গড়াবে কে জানত? শুকনো গলায় সে বিড়বিড় করে বলল, "বটু সর্দারের খোঁজ করতে এসে তো আচ্ছা বিপদেই পড়া গেল দেখছি!"

মনোময় মান্না যেন হঠাৎ ছ্যাঁকা খেয়ে সোজা হয়ে দাঁড়াল। চোখ গোল গোল করে তার দিকে চেয়ে বলল, "কে? কার নাম বললে হে?"

"সে আপনি চিনবেন না। নমস্য লোক। তার নাম বটু সর্দার।"

সটান দাঁড়িয়ে ছিল মনোময়। এবার হঠাৎ যেন হাঁটু ভেঙে, কোমর ভাঁজ হয়ে একেবারে দ' হয়ে গেল। গ্যালগ্যালে হেসে গদগদ গলায় বলে উঠল, "বটু সর্দার! ওরে বাবা, আগে বলবে তো! ছিঃ ছিঃ, দেখোদিকি কাণ্ড! কিছু মনে কোরো না বাপু, বড্ড ভুল হয়ে গিয়েছিল!"

গুরুপদ ভদ্রতা করে বলল, "না না, তাতে কী হয়েছে? ভুল তো মানুষের হতেই পারে।"

মনোময় ভারী আপ্যায়িত হয়ে দু'হাত কচলে নরম গলায় বলল, "তা বাপু, তুমি যখন বটু সর্দারের লোক, তখন আমার একটা উপকার করে দিতেই হবে।"

"কীসের উপকার?"

মনোময় একটু হেঃ হেঃ করে নিয়ে বলল, "আমার ভাইপোটা পাশটাস করে বসে আছে, কিন্তু কাজকর্মে তেমন সুবিধে করে উঠতে পারছে না। তার খুব ইচ্ছে, বটু সর্দারের আখড়ায় গিয়ে একটু হাতের কাজ শিখে রোজগারে নেমে পড়ে। তা বটুর আখড়ায় তো শুনি বিদ্যের সমুদ্দুর। পকেটমারি, ছিনতাই, কেপমারি, চুরি, ডাকাতি, তোলাবাজি, ভাড়াটে খুন, কিডন্যাপিং, সবই শেখানো হয়। ওখান থেকে যারা পাশটাস করে বেরোয় তারা কেউ বসে নেই। কিন্তু বটুর আখড়ায় ঢোকা বড় শক্ত। অ্যাডমিশন টেস্ট আছে, ফিজিক্যাল ফিটনেস আছে, আই কিউ পরীক্ষা আছে। তা দেবে বাপু একটা ব্যবস্থা করে? বড্ড উপকার হয় তা হলে। এই তো কাছেই মগরাহাটিতে তার ঠেক, বড়জোর মাইলটাক হবে। বলো তো তোমার সঙ্গে গিয়ে আজই পাকা কথা সেরে আগাম দিয়ে যাই?"

গুরুপদ একটু থতমত খেয়ে গেল। এত ব্যাপার তো তার জানা ছিল না। তবে চট করে সামলে নিয়ে বলল, "সেই উপায় নেই মশাই। আমি এখন ডিউটিতে আছি।"

খপ করে তার হাত দু'খানা ধরে মনোময় বলল, "আমার ভাইপোটার একটা ব্যবস্থা তোমাকে করে দিতেই হবে বাপু। তার ঝোঁকটা তোলাবাজির দিকেই। দিব্যি ভাল ব্যাবসা। এক পয়সা লগ্নি নেই, টহল দিয়ে বেড়াও আর টাকা তোলো।"

শুনে গুরুপদর ভিরমি খাওয়ার জোগাড়! সে আমতা আমতা করে বলল, "হ্যাঁ, তাই বা মন্দ কী? তবে আপনার নিজের ভাইপো বলেই বলছি, ওসব লাইনে ভাইপোকে নামানো কি ভাল?"

মনোময় চোখ কপালে তুলে বলল, "ভাল নয় মানে? বটু সর্দারের নাম তো লোকের মুখে মুখে। এই তো নিশিগঞ্জের গোপাল দাস মাত্র দু'বছর আগে পাশ করে বেরিয়ে কুঁড়েঘর ভেঙে রাতারাতি তিনতলা বাড়ি তুলে ফেলল। ছিনতাইয়ের হাত এত ভাল, গলার হার বা কানের দুল এমন কায়দায় তুলে নেবে যে, কেউ টেরটিও

পাবে না। নসিপুরে হাবু গুন্ডার কথাই ধরো না কেন। শুধু মস্তানি করে কোন মন্ত্রীর শাগরেদ হয়ে এখন লাখ টাকা কামাচ্ছে। বিদ্যাপুরের ফেন্টুকে চেনো? গাঁট আর পকেট কেটে তার এখন মারুতি গাড়ি। পিরতলার ভৈরব মণ্ডলের নাম তো খুব শুনে থাকবে। চারটে ব্যাংক লুট করে এত টাকা হাতে এল যে, রাখার জায়গা নেই। শেষে দুধেল গোরুটা বেচে দিয়ে গোয়ালঘরে গাদা করে টাকা রাখতে হয়েছে।"

গুরুপদর চোখ গোল থেকে আরও গোল হচ্ছিল। বটু সর্দারের তালিমের যে এত গুণ তা কে জানত? সে এক পা দু' পা করে পিছু হটছিল। আমতা আমতা করে বলল, "তা বটে। তবে কিনা...!"

মনোময় খুব আপ্যায়নের হাসি হেসে বলল, "অবিশ্যি তোমাকে এসব বলার মানেই হয় না। এ যেন মায়ের কাছে মাসির গপ্পো। তুমি নিজেই তো বটু সর্দারের নিজের হাতে তৈরি জিনিস! তা বাপু, তোমার হাতযশটা কীসে বলো তো?"

গুরুপদ ঘাবড়ে গেলেও কাষ্ঠহাসি হেসে বলল, "সে বলার মতো কিছু নয়। ওই একটু-আধটু হাতের কাজ শিখেছি আর কী।"

"আহা, তোমার বিনয়ের ভাবখানা দেখে বড় ভাল লাগল বাপু! নিজের গুণের কথা কি আর নিজের মুখে ফেঁদে বলা যায়? তবে তোমাকে দেখেই কিন্তু ঠিক চিনে নিয়েছি। একটু হাবাগোবা ভালমানুষের মতো চেহারাখানা বটে, কিন্তু আমার চোখকে ফাঁকি দিতে পারোনি। ভাব দেখেই মনে হয়েছিল, এ একেবারে তৈরি জিনিস। হেঃ হেঃ, ঠিক কি না?"

গুরুপদ একটু আঁতকে উঠে আর্তনাদের গলায় বলল, "আজ্ঞে, না না, অতটা নয়।"

মনোময় ভারী আহ্লাদের গলায় বলল, "না বললে শুনছে কে হে? দাঁড়াও, অত বড় মানুষের চেলা তুমি, পাঁচজনকে ডেকে একটু দেখাই। সবাই চিনে রাখুক তোমাকে।"

বলেই মনোময় পিছু ফিরে টারজানের মতো মুখের দু'পাশে দু' হাত চোঙার মতো করে, "ওরে শিবু, ও ষষ্ঠীপদ, ওরে মান্তু, ট্যাঁপা, গিরিজা, ধেয়ে আয় রে, ছুটে আয়। দেখে যা কাকে পাকড়াও করেছি...!"

ষণ্ডা চেহারার ছ'-সাতজন ছেলে-ছোকরা ধেয়ে-পেয়ে আসছিল।

গুরুপদ ঠিক বুঝতে পারছিল না, ব্যাপারটা কী হচ্ছে? ঠিক এই সময় তার ডান হাতে একটা হ্যাঁচকা টান পড়ল। কে যেন তাকে প্রায় হিঁচড়ে নিয়ে যেতে যেতে বলল, "পালাও! পালাও!"

হাটের গিজগিজে ভিড়ের ভিতর দিয়ে দিব্যি ফাঁক-ফোকর গলে একটা মাঝবয়সি

লোক তার নড়া ধরে টেনে নিয়ে যাচ্ছে। গুরুপদ একবার "করেন কী! করেন কী!" বলে আপত্তি জানিয়েছিল বটে! কিন্তু লোকটা একটা ধমক দিয়ে বলল, "চুপচাপ ছুটতে থাকো। কোনও কথা নয়।" পিছনে কারা যেন রে রে করে তেড়ে আসছে বলেও টের পেল সে। গুরুপদর আর আপত্তি হল না।

লোকটা লহমায় তাকে দু' সার দোকানঘর পেরিয়ে একটা খড়ের গাদার পিছনে এনে দাঁড় করাল। গুরুপদ হাঁপাতে হাঁপাতে বলল, "এটা কী হল?"

লোকটার পরনে একটা মালকোঁচা মারা আঁট করে পরা হেঁটো ধুতি, গায়ে একটা মেটে রঙের ফতুয়া। মাথায় ছোট করে ছাঁটা কাঁচাপাকা চুল, ভুঁড়ো গোঁফ আর গালে খোঁচা-খোঁচা দাড়ি। বেশ হাড়ে-মাসে পোক্ত চেহারা। জুলজুল করে তার দিকে চেয়ে ছিল। ভারী অবাক গলায় বলল, "কিছু খারাপ করলুম নাকি?"

গুরুপদ বলল, "খারাপ করলেন না? একটা লোকের সঙ্গে দুটো কাজের কথা হচ্ছিল, কোথা থেকে চেনা নেই, জানা নেই, বলা নেই, কওয়া নেই, হঠাৎ এসে নড়া ধরে হ্যাঁচকা টান মেরে হিড়হিড় করে টেনে আনলেন যে বড়? কাজটা কি ভাল হল মশাই?"

লোকটা মিনমিন করে বলল, "আহা, অত ভেবেচিন্তে কি কাজ করা যায়? আমার বাপু মাথাটা আজকাল তেমন খেলে না। হঠাৎ তোমাকে ওই লোকটার সঙ্গে দেখে মনে হল, ওখানে দাঁড়িয়ে থাকাটা তোমার ঠিক হচ্ছে না। তাই একটু টানা-হ্যাঁচড়া করতে হল বাপু। কিছু মনে কোরো না।"

"তা হঠাৎ ওরকম কাণ্ড করার ইচ্ছে হল কেন আপনার? পাগল নাকি আপনি?"

লোকটা মাথা চুলকে ভারী ভাবিত হয়ে বলল, "তা আছি বোধ হয় একটু।"

"ওই লোকটাকে কি আপনি চেনেন?"

লোকটা মাথা নেড়ে বলল, "না হে বাপু, আজকাল চোখেই কি তেমন দেখি? তিন কুড়ি বয়স পুরতে চলল যে! এখন সব কিছু তেমন ঠিকঠাক ঠাহর হয় না, বুঝলে! তবে আবছা যেন মনো মান্না বলে মনে হচ্ছিল। না-ও হতে পারে। একরকম দেখতে দুটো লোকও তো হয়! আকছারই হচ্ছে।"

"আপনি ঠিকই দেখেছেন। লোকটা মনোময় মান্নাই বটে! তা লোকটা কেমন? পাজি লোক নাকি?"

"ওই দেখো! তাই কি বললুম?"

"মানেটা তো সেরকমই দাঁড়াচ্ছে।"

"ওরে না না, পাজি লোক হতে যাবে কোন দুঃখে? সত্যি কথা বলতে কী বাপু, আজকাল আর আমি একটাও পাজি লোক দেখতে পাই না। আগে দু'-চারটে চোখে

পড়ত বটে। কিন্তু এখন আর তাদের তেমন দেখছি না তো! আচ্ছা, পাজি লোকগুলো সব গেল কোথায় বলতে পারো?"

"পাজি লোকের অভাব কী? চারদিকে তারাই তো গিজগিজ করছে! এই যে আপনি, তা আপনিই কী আর ভাল লোক? নড়া ধরে এমন হ্যাঁচকা টান মেরেছিলেন যে, বগল অবধি টাটাচ্ছে।"

লোকটা তেমনি জুলজুলে ভিতু চোখে চেয়ে আমতা আমতা করে বলল, "তা অবিশ্যি ঠিক। আমি তেমন সুবিধের লোক নইও।"

"পাজি লোকের কথা আরও শুনবেন? এই একটু আগেই এই হাটে গামছা দর করার সময় আমার বত্রিশটা টাকা দিনে-দুপুরে পকেটমার হয়েছে। তবু বলবেন দুনিয়ায় পাজি লোক নেই?"

লোকটা চোখ কপালে তুলে বলল, "পকেটমার হয়েছে? বলো কী? এ তো সব্বোনেশে কথা!"

"আর সেই পকেটমার নাকি বটু সর্দারের লোক। আর বটু সর্দারের আখড়ায় নাকি ডজন-ডজন চোর, ডাকাত, পকেটমার, ছিনতাই আর তোলাবাজ তৈরি হচ্ছে। তবু পাজি লোক চোখে পড়ছে না আপনার?"

লোকটা ভারী আতান্তরে পড়ে চোখ মিটমিট করে বলল, "ওই তো বললাম, আমার চোখ দুটোই গিয়েছে। আজকাল আর ভালমন্দ তেমন ঠাহর পাই না। তবে বাপু, সত্যিকথা বলতে কী, মন্দ যেমন আছে তেমনি ভালও কি আর নেই? যেমন ধরো, পকেটমার হয়তো কারও টাকা পকেট মারল, আবার তারপর হয়তো সেই টাকা ফেরতও দিয়ে দিল। এমন কি আর হয় না? হতেই পারে। ঠিক কি না বলো?"

"খুব ঠিক! কিন্তু সেকথা আপনি জানলেন কী করে? পকেটমার যে আমার টাকা ফেরত দিয়েছে, সেকথা তো পকেটমার ছাড়া আর কারও জানার কথা নয়!"

লোকটা বড় বড় চোখে চেয়ে ভারী অবাক হয়ে বলল, "ফেরত দিয়েছে? বলো কী হে? তা হলে কি সত্যযুগ এসে পড়ল নাকি?"

"আপনি কিন্তু কথা ঘোরাচ্ছেন।"

লোকটা সবেগে মাথা নাড়া দিয়ে বলল, "ওরে না রে বাবা, না। মেরেকেটে দশ-বারোটা বাক্যি সম্বল করে এই তিনকুড়ি বয়স পার করলুম। কথাই জানি না মোটে, তা তার আবার ঘোরপ্যাঁচ। পেটে বিদ্যে থাকলে তো কথার মারপ্যাঁচ শিখব রে বাপু! ওই লেখাপড়া জানা বাবুরা কথা দিয়ে বাঘ-সিংগি মারে, আমাদের কি সে জোর আছে?"

"বুঝলুম! আপনি আর ভেঙে বলবেন না তো? তা হলে আমাকেই বলতে হচ্ছে। আমার পকেট কে মেরেছিল জানেন? সে হল...!"

"ওরে চুপ! চুপ! অমন হেঁকে কি ওসব কথা কইতে আছে? মনো মান্না দলবল নিয়ে ঘুরছে যে! কথাটা কানে গেলেই ফস করে এসে হাতে হাতকড়া পরিয়ে থানায় টেনে নিয়ে যাবে।"

গুরুপদ অবাক হয়ে বলল, "মনোময় মান্না কি পুলিশের লোক নাকি মশাই?"

লোকটা মাথা চুলকে বলল, "সেরকমই তো শুনি। শোনার ভুলও হতে পারে।"

"বুঝেছি।"

লোকটা ফের জুলজুল করে তার দিকে চেয়ে বলল, "তাই বলছিলুম বাপু, টাকাটা যখন ফেরত পেয়েই গিয়েছ, তখন আর দেরি না করে বাড়িমুখো রওনা হয়ে পড়ো। বেলাও পড়ে এল। সন্ধের পর আমি আবার পথঘাট মোটেই ঠাহর করতে পারি না। মগরাহাটি তো আর চাট্টিখানি পথ নয়!"

"মগরাহাটি? আপনি কি মগরাহাটির লোক?"

"তিনকুড়ি বছর ধরে তাই তো জেনে আসছি!"

"তা হলে তো বটু সর্দারকে নিশ্চয়ই চেনেন? তার আখড়া যে ওখানেই?"

"হতে পারে! মগরাহাটি বিরাট জায়গা, মেলা লোকের বাস। আমি কি আর সবাইকে চিনে বসে আছি নাকি?"

"শুনেছি, সেখানে তার বিরাট আখড়া! গন্ডায়-গন্ডায় চোর-ডাকাত, পকেটমার, তোলাবাজ তৈরি হচ্ছে।"

লোকটা একটা দীর্ঘশ্বাস ফেলে আপনমনে বিড়বিড় করে বলল, "সেই রামও নেই, সেই অযোধ্যাও নেই।"

"কিছু বললেন?"

"না, এই বলছিলুম যে, বটু সর্দারের সঙ্গে তোমার দরকারটা কীসের?"

"দরকার তেমন কিছু নয়। শুনেছি গুণী মানুষ, একটু পায়ের ধুলো নিয়ে যেতুম।"

"আহা, তার জন্য অত দূরে যাওয়ার দরকার কী? এখানেই সেরে ফেললে হয়!"

গুরুপদ হাঁ করে কিছুক্ষণ তাকিয়ে থেকে ভারী অবাক গলায় বলল, "আপনিই বটু সর্দার নাকি? তা আপনাকে তো তেমন সাংঘাতিক লোক বলে মনে হচ্ছে না? দেখে তো ভয়ই লাগছে না মশাই!"

লোকটা একটু জড়সড় হয়ে বলল, "তা কেমন বটু সর্দার তোমার চাই বলো তো?"

গুরুপদ একটু লজ্জা পেয়ে বলল, "আহা, শত হলেও বটু সর্দার একজন ডাকসাইটে

লোক তো, হাঁকে-ডাকে-প্রতাপে লহমায় চেনা যাবে, তবে না!"

লোকটা মাথা নেড়ে দুঃখের সঙ্গে বলল, "না বাপু, আমার কাছে তেমন বটু সর্দার নেই।"

একটু নাক সিঁটকে গুরুপদ বলল, "তা আপনাকে তেমন ভক্তিছেদ্দা হচ্ছে না বটে, তবে মানতে হবে যে, আপনার এলেম আছে। টাকাটা এমন মোলায়েম হাতে তুলে নিয়েছিলেন যে, টেরটাও পাইনি। কিন্তু কথাটা হল, টাকাটা ফের ফেরত দিলেন কেন?"

বটু সর্দার উদাস মুখ করে বলল, "টাকা দিয়ে আমার হবেটা কী? আমারটা খাবে কে? তিনকুলে কেউ নেই, চেলাচামুণ্ডা যারা ছিল তারাও লায়েক হয়ে যে যার ধান্দায় নেমে পড়েছে।"

গুরুপদ তাজ্জব হয়ে বলল, "তবে পকেট মারলেন কেন?"

"অভ্যেস রাখতে হয়, অভ্যেস রাখতে হয়। নইলে যে আঙুলে মরচে পড়ে যাবে।"

গুরুপদ একটু দোনোমোনো করে বলল, "পকেটমারিটা আমারও একটু শেখার ইচ্ছে ছিল মশাই! না হয় আপনার কাছেই শিখতাম!"

বটু সর্দার বিরস মুখে ঘনঘন মাথা নাড়া দিয়ে বলল, "সে উপায় নেই হে। আমার ডঙ্কা বেজে গিয়েছে।"

"তার মানে?"

"আজ, কাল বা পরশুর মধ্যেই আমার খুন হয়ে যাওয়ার কথা। দু'-একদিন এদিক-ওদিক হতে পারে।"

"সে কী! কে খুন করবে আপনাকে?"

"সেইটেই ঠিকঠাক বুঝে উঠতে পারছি না। দু'-দু'বার তাদের তাক ফসকেছে। তিনবারের বার বড় একটা ফসকায় না।"

উৎকণ্ঠিত গুরুপদ বলল, "তা আপনি পালিয়ে যাচ্ছেন না কেন?"

"পালানোও কি চাট্টিখানি কথা? মাথা গোঁজার জায়গা দেবে কে? আর দিলেও কি রেহাই আছে বাপু? তারা ঠিক খুঁজে বের করবে।"

"তা হলে পুলিশের কাছে যান।"

বটু সর্দার করুণ একটু হেসে বলল, "তারাও ফাঁসিতে ঝোলাবে বলে ওত পেতে আছে যে! জেলখানায় মরা আমার তেমন পছন্দ নয় বাপু। তার চেয়ে মাঠেঘাটে মরা অনেক ভাল। মরতে মরতেও হয়তো আকাশ-টাকাশ দেখা যাবে, একটু পাখির ডাকও কানে আসবে। চাই কি একটু ফুরফুরে বাতাসও এসে লাগবে গায়ে। কী বলো?"

"না না, ওটা কোনও কাজের কথা নয়। আপনি লোকটা হয়তো তেমন ভাল নন। কিন্তু গুণী লোক তো! এরকম বেঘোরে মরতে দেওয়া যায় না। চলুন, আমাদের বাড়িতে চলুন। আমাদের বাড়িতে মেলা লোক। সেখানে ভয় নেই।"

"পাগল নাকি! আমাকে নিয়ে শেষে বিপদে পড়বে বাপু।"

"হোক বিপদ। আমি ছাড়ছি না আপনাকে।"

দুই

কখনও ছাঁকনি জাল, কখনও ফাঁদি জালে রোজ এই সন্ধেবেলাটায় খালে মাছ ধরে লখাই। বেশিরভাগই চুনোপুঁটি। খালুই মাঝামাঝি ভরে গেলেই উঠে আসে। গোপালহাটির কুমোরপাড়ার খালধার বড় ভাল জায়গা নয়। কাছেপিঠে লোকবসতি নেই। চারদিক বড় বড় গাছের ছায়ায় হাকুচ অন্ধকার। বুক সমান আগাছায় চারদিক ছেয়ে আছে। তবে ভয় খেলে তো গরিবের চলে না।

আজ একটু দেরিই হয়ে গেল লখাইয়ের। অন্ধকারটা বেশ গাঢ়িয়ে গিয়েছে। শেষ দিকটায় একটা মাছের ঝাঁক চলে আসায় লখাই উঠে আসতে পারছিল না। খালুই আজ প্রায় ভরাভরতি। লখাই ভারী খুশি। আজ যাহোক দুটো পয়সা আসবে হাতে।

তা এই খালধারে যাতায়াতের পথে লখাইয়ের সঙ্গে অনেকেরই দেখা হয়। শিয়াল, সাপ, বেজি, ভাম, বাদুড়। একদিন 'তেনা'দের একজনের সঙ্গেও দেখা হয়ে গিয়েছিল। তেড়ে ঝড়জল হচ্ছিল সেদিন। আকাশও ঘনঘন ঝিলিক মারছিল। ওই অশ্বত্থ গাছটার তলায় একটা ঝিলিকের আলোয় দেখল, লম্বামতো কে একজন দাঁড়িয়ে আছে। দু'খানা ভীমলোচনে যেন লখাইয়ের দিকেই চেয়ে। ভয়ে রামনামটা অবধি ভুলে মেরে দিয়েছিল সেদিন। হাত-পায়ে সাড় ছিল না। চিড়বিড় করে কেবল বলছিল, "আরে, ওই যে কার যেন ছেলে, কী যেন নাম? আরে ওই তো বনবাসে গিয়েছিল যে লোকটা? ধুত্তোর, ওই যে হরধনু ভাঙল না! কী মুশকিল! নামটা যে পেটে আসছে, মুখে আসতে চাইছে না... দেখো তো কাণ্ড...!"

একটু দূর থেকে একটা মোলায়েম খোনা গলা বলে উঠল, "আহা, রামনামের কথা ভাবছ তো? তা রামনাম তো ভাল জিনিস। কষে রামনাম করো তো হে, একটু শুনি।"

লখাই মহা ফাঁপরে পড়ে গেল। ভূত যদি নিজেই রামনাম করে, তা হলে তো বড়ই মুশকিল! কাজকারবার চলবে কী করে? আতঙ্কে রামনাম ভুলে লখাই আঁ আঁ করে

প্রাণপণে আর্তনাদ করে উঠেছিল। লম্বা ভূতটা তখন "আ মোলো যা, এ যে মুর্ছো যায়!" বলে ভারী বিরক্ত হয়ে ফুস করে বাতাসে আর অন্ধকারে মিশে অদৃশ্য হয়ে গেল।

দিনসাতেক পরের কথা! সন্ধের মুখে মাছটাছ ধরে লখাই খাল থেকে ভেজা গায়ে উঠে সবে গুটিগুটি বাড়ির পথ ধরেছে, ফের সেই অশ্বত্থ গাছের তলায় ঝুঁঝকো আঁধারে সেই লম্বা ভূতকে দাঁড়ানো দেখতে পেল। লখাই "ওরে বাবা রে! ভূত...ভূত...!" বলে চেঁচিয়ে ছুটতে গিয়ে গাছের শিকড়ে পা আটকে পড়ে কুমড়ো-গড়াগড়ি। হাঁচোড় পাঁচোড় করে উঠতে গিয়ে সে 'হিঁঃ হিঁঃ হিঁঃ হিঁঃ' করে রক্ত জল করা ভুতুড়ে হাসিটাও শুনতে পেল। লখাই ভেবে নিল, আজ আর রক্ষে নেই! সে হার্ট ফেল হয়ে মরেই যাবে বুঝি! হাত-পা ঠান্ডা হয়ে আসছিল। দম নিতে আঁকুপাঁকু করছিল সে। হাওয়ায় একটা লাট খেয়ে লম্বা ভূতটা শূন্যে একটু ঝুলে থেকে বলল, "ওরে, এখানে আমিও এককালে মাছ ধরতাম কিনা!"

তবে ভেবে দেখলে ভয় পাওয়ারও একটা শেষ আছে। প্রায়ই ভয় খাওয়ার ব্যাপার হতে থাকলে ভয়টাও ক্ষয় হতে থাকে। কারণ, মাঝেমধ্যেই লম্বা ভূতটা হানা দিতে থাকায় লখাইয়ের ভয়টা ঘষা খেতে খেতে একেবারে এইটুকুন হয়ে গেল। তারপর ধীরে ধীরে ঢ্যাঙা ভূতের সঙ্গে তার একটু-আধটু কথা চালাচালিও শুরু হয়। এই যেমন ঢ্যাঙাভূত একদিন জিজ্ঞেস করল, "তোর নাম কী রে?"

"লখাই। তোমার?"

"আমি হলুম বগা।"

"এই খালধারেই তোমার বাড়ি বুঝি?"

"আরে না! একশো বছর আগে গোঁসাইপাড়ায় আমাদের দু'খানা কুঁড়েঘর ছিল বটে, সেসব আর নেই। ওই যে বললুম, এই খালে রোজ বিকেলে আমিও মাছ ধরতুম। তারপর দিল একদিন মা মনসার বাহন ঠুকে। কেউটে!"

"আহা রে!"

"মরে গিয়ে দুঃখ আমারও হয়েছিল। তখন আমার কতই বা বয়স? এই তোমার মতোই হবে। বড়জোর কুড়ি-বাইশ। রাগের চোটে আমি সাপটার উপর চড়াও হলুম। তার গর্তে গিয়ে ঢুকে গলা চেপে ধরে বললাম, 'ল্যাজে একটু পা পড়েছে বলেই কামড়াবি হতচ্ছাড়া? আমার খালুইভরা মাছ পড়ে রইল। ট্যাঁকে বারো গন্ডা পয়সা পড়ে রইল, আমার বুড়ি মা হাঁ করে দাওয়ায় বসে রইল, কোন আক্কেলে বিষ ঢাললি রে বদমাশ?' তা দেখলুম, সাপটা বাংলা কথা একদম বুঝতে পারল না। শুধু ফোঁসফাঁস করতে লাগল। বিশেষ পাত্তা দিল না।"

সেবার বর্ষার সময় খাল-বিল একাকার হওয়ায় বড় গাং থেকে খালে কামট ঢুকে পড়েছিল। লখাই তখন কোমরজলে নেমে মাছ ধরছে, ঠিক সেই সময় পিছন থেকে "লখাই, কামট! কামট! উঠে আয়।" বলে বগা চেঁচিয়ে হুঁশিয়ার করে দেওয়ায় অল্পের জন্য বেঁচে যায় লখাই। নইলে কামটটা তার পেটের মাংস প্রায় খুবলেই নিয়েছিল আর কী! তো তার পর থেকে বগার সঙ্গে তার দিব্যি ভাবসাব হয়ে যায়। মাঝে-মাঝে পাশাপাশি বসে দু'জনে সুখ-দুঃখের কথাও কয়।

একদিন খুব চিন্তিতভাবে লখাই বলল, "আচ্ছা বগাদা, তোমার তো মোটে শরীরই নেই, তা হলে আছো কী করে?"

বগাও ভারী ভাবনায় পড়ে গিয়ে বলল, "সে কথাটা নিয়ে আমিও অনেক ভেবেছি, বুঝলি! কিন্তু ভেবে থই করে উঠতে পারিনি।"

"আচ্ছা, তোমার কি খিদে পায়?"

"না তো!"

"অসুখবিসুখ করে?"

"না।"

"ভীমরুলে হুল দিলে ব্যথা পাও?"

"উঁহু।"

"তা সেটা তো ভাল কথা। কিন্তু কী করে বর্তে আছো সেটাই বোঝা যাচ্ছে না।"

"হুঁ। হাওয়া-বাতাসের মতো একটা মিহিন জিনিস হয়ে গিয়েছি বলে মনে হয়।"

"কিন্তু সেখানেও কথা আছে। হাওয়া-বাতাস তো আমরা দেখতে পাই না, কিন্তু তোমাকে তো দিব্যি দেখতে পাচ্ছি। তুমি ঢ্যাঙা, রোগা গড়ন, লম্বাটে মুখ, মাথায় ছোট ছোট চুল। এমনকী, পরনে ধুতি আর গায়ে ফতুয়া পর্যন্ত আছে। একটু আবছা-আবছা বটে, কিন্তু দেখা তো যাচ্ছে!"

"কথাটা মন্দ বলিসনি। না থেকেও আছি কী করে, সেটা আমিও ঠিক বুঝতে পারি না। তুই বরং বিজয়বাবুকে একবার জিজ্ঞেস করে দেখিস। তার মেলা বিদ্যে। দিনরাত রাশিরাশি কেতাবের মধ্যে ডুবে আছে। দেখবি, ঠিক ফস করে বলে দেবে।"

"ঠিক বলেছ তো! কথাটা আগে কেন মাথায় খেলেনি সেটাই ভাবছি।"

তিন

তা বিজয় রায়ের বাড়িতে লখাইয়ের অবারিত দ্বার, খালুইভরতি মাছ রোজ সে রায়বাড়িতেই বিক্রি করে পয়সা ট্যাঁকে গুঁজে বাড়ি ফেরে। তাই সে একদিন বিজয়বাবুকে গিয়ে ধরল।

বিজয়বাবুর ঘরখানা দেখলে তাজ্জব হয়ে যেতে হয়। ঘরের চারখানা দেওয়াল যেন ইট গেঁথে তৈরি হয়নি, হয়েছে বই গেঁথে। মেঝে থেকে ছাদ অবধি তাক-ভরতি শুধু বই আর বই। টেবিলে বই, চেয়ারে বই, বিছানায় বই, মেঝেতেও স্তূপ হয়ে পড়ে আছে বই। শোনা যায়, বিজয়বাবুর স্নানের ঘরেও নাকি মেলা বই। বিজয়বাবুকে বই ছাড়া কমই দেখা যায়। সর্বদাই চোখে ভারী চশমা এঁটে নাকের সামনে বই মেলে ধরে পড়ে যাচ্ছেন তো পড়েই যাচ্ছেন।

লখাই ঘরে ঢুকে জুত করে বিজয়বাবুর পায়ের কাছে মেঝেতে বসে পড়ে বলল, "বাবু, একটা কথা আছে।"

বিজয়বাবু চোখের সামনে থেকে বইখানা ঈষৎ সরিয়ে বললেন, "লখাই নাকি রে? কী দরকার?"

"আজ্ঞে, একটা সমিস্যেয় পড়ে আসা।"

"কীসের সমস্যা?"

"সমিস্যেটা ভূত নিয়ে।"

"অ। তা আমার কাছে কেন রে? পীতাম্বর ওঝার কাছে গেলেই তো হয়। না হলে বিভূতি ডাক্তারকে ডেকে মৃগীর চিকিৎসা করা।"

"আজ্ঞে, কাউকে ভূতে ধরেনি আজ্ঞে।"

"ধরেনি? তা হলে সমস্যা কীসের?"

"ভূত জিনিসটা কী দিয়ে তৈরি আর মরার পরও তারা বেঁচে থাকেন কী করে, এ দুটো জিনিস একটু বলে দিলে ভাল হয়।"

বিজয়বাবু অট্টহাসিটা ভালই হাসেন। অনেকটা ঔরঙ্গজেবের মতো। যাত্রাপালাটা দেখেছে লখাই। হেসে নিয়ে বিজয়বাবু বললেন, "শোন, ভূত বলে কিছুই নেই, আর মরার পর তারা কেউ বেঁচেও নেই, বুঝলি! এখন যা, মাথায় ঠান্ডা জল চাপড়ে ভাত খেয়ে গিয়ে ঘুমো।"

লখাই শশব্যস্তে বলল, "আজ্ঞে, না মশাই, বগাদার সঙ্গে যে প্রায়ই আমার দেখা হয়, কথাবার্তাও হয়।"

"বগাটা আবার কে?"

"বগা সামন্ত, আজ্ঞে। একশো বছর আগে সাপকাটিতে মারা গিয়েছিল। তা তিনিই কথাটা জানতে চেয়েছেন।"

বিজয়বাবু বিরক্ত হয়ে বললেন, "তা ভূত যদি আমার কাছে এসে জানতে চায়, তা হলে না হয় দেখা যাবে। এখন যা তো, বিরক্ত করিস না।"

লখাই মনখারাপ করে ফিরে এল। পরদিন বগাকে বলল, "না বগাদা, উনি মোটে মাথাই পাতলেন না। ভূতকে ভারী তুচ্ছতাচ্ছিল্য করেন বলেই মনে হল।"

বগাও হতাশ হয়ে বলল, "তা কী আর করবি? আমাদের কপালই খারাপ।"

তিন-চারদিন পর অবশ্য বিজয়বাবুকে একটু নড়েচড়ে বসতে হল।

রাত তখন বারোটা বেজে গিয়েছে। বিজয়বাবু বসে একমনে একখানা বিজ্ঞান বিষয়ক বই পড়ছেন। বাহ্যজ্ঞান নেই।

ঠিক এই সময় কে যেন খুব বিনয়ের সঙ্গে একটু গলাখাঁকারি দিয়ে ডাকল, "বাবু, একটু নিবেদন ছিল, আজ্ঞে!"

বিজয়বাবু অবাক হয়ে দেখলেন, তাঁর সামনে হাতজোড় করে একজন বুড়ো মানুষ দাঁড়িয়ে।

বিজয়বাবুদের বিরাট পরিবার, বাড়িটাও বিশাল বড়। আত্মীয়স্বজনে ভরতি। তা ছাড়া কাজের লোকও মেলা। সবাইকে বিজয়বাবু চেনেনও না।

বললেন, "কী চাই?"

"আজ্ঞে, আমাকে সুধীরবাবু পাঠালেন। উনি একটু মিটিং নিয়ে ব্যস্ত বলে নিজে আসতে পারলেন না। তাই আমাকেই পাঠিয়েছেন কথাটা বলতে।"

বিজয়বাবু ভ্রু কুঁচকে বললেন, "সুধীরবাবু! সুধীরবাবুটা আবার কে?"

লোকটা শশব্যস্তে বলল, "আজ্ঞে, ন'পাড়ার সুধীরবাবুর কথাই বলছি। সুধীর ঘোষ।"

বিজয়বাবু অবাক হয়ে বললেন, "সুধীর ঘোষ! তা কী করে হয়? গত বিষ্যুদ্‌বার না শুক্রবার, কবে যেন তাঁর শ্রাদ্ধের ভোজ খেয়ে এলাম যে?"

লোকটা হাত কচলে ভারী আহ্লাদের সঙ্গে বলল, "আজ্ঞে, তা ভোজটা কেমন ছিল বাবু?"

বিজয়বাবু একটু ভেবে নিয়ে বললেন, "তা ভালই তো ছিল। লুচি, বেগুনভাজা, মোচার চপ, ধোঁকার ডালনা, ছানা ভাপে, ছোলার ডাল, চাপড়ঘণ্ট, ফুলকপির রোস্ট, আমসত্ত্বের চাটনি, দই, সন্দেশ, রসগোল্লা, রসমালাই। হ্যাঁ, তা বেশ ভালই খাইয়েছিল। যার শ্রাদ্ধ হয়ে গিয়েছে, সেই লোক তোমাকে পাঠায় কী করে?"

লোকটা হেঁ হেঁ করে একটু হেসে বলল, "আজ্ঞে, সেটাই তো সমস্যা। এই সমস্যার একটা বিহিত যে আপনাকে করে দিতেই হবে!"

"তুমি কি বলতে চাও যে, সুধীর ঘোষ আদৌ মারা যাননি? তা হলে কি মারা যাওয়ার আগেই তাঁর ছেলেরা আগাম শ্রাদ্ধ করে রাখল? কিন্তু তাই বা হয় কী করে? সেরকম তো নিয়ম নয়! লোকে নিজের আগাম শ্রাদ্ধ করে রাখতে পারে বটে, কিন্তু ছেলেরা কি তা পারে?"

লোকটা ব্যতিব্যস্ত হয়ে বলল, "না বাবু না, তিনি নির্যস মরেছেন। সুধীর ঘোষ মোটেই বেঁচে নেই। আবার মরেও বেঁচে আছেন, আর এইটেই সমস্যা। এই আমি যেমন। গত বছর বোশেখ মাসে সান্নিপাতিকে মরেছি। কিন্তু দেখুন, এখনও কেমন টিকে আছি!"

বিজয়বাবু আঁতকে উঠে বললেন, "মরেছ মানে? মরেছ বললেই হবে?"

লোকটা করুণ গলায় বলল, "ওই তো আপনাদের দোষ! পণ্ডিত মানুষরা সহজে কিছু বিশ্বাস করতে চান না। ঠিক আছে, তা হলে নিজের চোখেই দেখুন, বেঁচে আছি কি না।"

বলেই লোকটা বিজয়বাবু চোখের সামনেই ফুস করে হাওয়ায় মিলিয়ে গেল। বিজয়বাবু হাঁ। তারপর তাঁর চোখের সামনেই যেন একটা অদৃশ্য দরজা খুলে গ্যালগ্যালে হাসিমুখে বেরিয়ে এসে লোকটা হাতজোড় করে বলল, "দেখলেন তো?"

বিজয়বাবু হাতের বইটা পাশের টেবিলে রেখে খুব চিন্তিত মুখে বললেন, "তাই তো! এ তো খুব মুশকিলে ফেলে দিলে দেখছি। কয়েকদিন আগে আমাদের লখাইও এরকম কী একটা বলতে এসেছিল।"

"তা বাবু এবার একটু বইপত্তর ঘেঁটে দেখবেন নাকি, আমাদের কথা কিছু লেখা আছে কি না?"

"দেখছি। ভূতের উপরেও কিছু বই আমার আছে বটে! সেগুলো ভাল করে পড়া হয়নি। এবার পড়তেই হবে।"

লোকটা তাঁকে একটা নমো ঠুকে হাওয়ায় মিলিয়ে যাওয়ার পর বিজয়বাবু কিছুক্ষণ বিস্ময়ে স্তম্ভিত হয়ে বসে রইলেন। তারপর হঠাৎ তাঁর খেয়াল হল, আমি কি সত্যিই ভূত দেখলাম? অ্যাঁ, ভূত দেখলাম নাকি আমি? ওরে বাবা! আমি যে ভূত দেখে ফেললাম! বলতে বলতেই তাঁর লোম খাড়া হয়ে উঠল। মাথার চুল সব শজারুর কাঁটার মতো দাঁড়িয়ে যেতে লাগল। শরীর ভয়ে কাঠ হয়ে গেল। গলা দিয়ে স্বর ফুটতে চাইছিল না। তবু প্রাণপণে হাত-পা ছুড়ে তিনি বিকট গলায় চেঁচাতে লাগলেন, "ভূত! ভূত! ভূ-উ-ত! ভূ...!"

ওই বিকট চেঁচানিতে ঘুম ভেঙে বাড়ির লোকজন সব ছুটে এল। হাতপাখা এল, জল এল, মহা শোরগোল পড়ে গেল চারদিকে।

পরদিন সকালেও নিজের ডেকচেয়ারটিতে কাহিল হয়ে এলিয়ে বসে বিজয়বাবু আপনমনে বিড়বিড় করে যাচ্ছিলেন, "আমি কি ভূত দেখে ফেললাম নাকি রে বাবা? ওরে বাবা, আমি যে ভূত দেখে ফেললাম! অ্যাঁ, সত্যিই কি দেখে ফেললাম নাকি? বাপ রে! তবে কি দেখেই ফেললাম? অ্যাঁ?"

হাড়কিপটে নীলমণি ঘোষ এসে বললেন, "আহা, দেখেই যখন ফেলেছ তখন তো ল্যাটা চুকেই গিয়েছে। এ হল শীতকালে জলে ডুব দেওয়ার মতো। প্রথম ডুবটা দিয়ে ফেললেই হল, তারপর যত খুশি ডুব দাও। একবার ভূত দেখে ফেললে তো আড় ভেঙেই গেল হে! আর ভয়টা কীসের?"

বিজয়বাবু এতই আনমনা যে, প্রথমটায় নীলমণি ঘোষকে চিনতেই পারলেন না। শুধু বললেন, "ওরে বাবা রে, আমি যে ভূত দেখেছি! দেখেই ফেলেছি! একেবারে স্বচক্ষে দেখে ফেললাম যে!"

স্কুলের বিজ্ঞানের শিক্ষক বিধুভূষণ চাকি এসে অত্যন্ত উত্তেজিতভাবে বললেন, "ভূত দেখেছেন মানে? ভূত অমনি দেখলেই হল? এর পর তো লোকে সাপের পা, ডুমুরের ফুল এসবও দেখতে পাবে? না না, বিজয়বাবু, আপনাকে আমি একজন বিজ্ঞানমনস্ক, শিক্ষিত, যুক্তিবাদী লোক বলে জানতাম। শেষ অবধি আপনিও যদি ওসব কুসংস্কারে বিশ্বাস করতে শুরু করেন, তা হলে তো দেশ উচ্ছন্নে যাবে!"

শুঁটকো অনাদি মিত্তির খ্যাঁক করে উঠে বললেন, "বেশি ফ্যাচফ্যাচ কোরো না তো বিধু! বিলেতের একটা ল্যাবরেটরিতে বিজ্ঞানীরা নিয়মিত ভূত দেখতে পায়। আর সেটা একজন বৈজ্ঞানিকেরই ভূত।"

"এ খবর আমিও পড়েছি। তারা ভুল দেখেছে।"

হরেন কাঁড়ার বুড়োমানুষ। দাড়ি নেড়ে বললেন, "গোপালহাটির দুটো জিনিস খুব বিখ্যাত। একটা হল, ষষ্ঠী ময়রার মাখাসন্দেশ, আর হল, এখানকার ভূত! আগে তো সাহেবসুবোরাও জুড়িগাড়ি চেপে গোপালহাটির ভূত দেখতে আসত। সন্ধের পর ভূতেরাও সব সেজেগুজে বেরিয়ে পড়ত। কিন্তু সেই দিনকাল কি আর আছে? ষষ্ঠী ময়রার মাখাসন্দেশেও আর সেই সোয়াদ নেই, ভূতেরাও সব গায়েব। তা বিজয়ভায়ার ভাগ্য ভাল যে, অন্তত একখানা ভূতের দেখা পেয়েছে। তাতে গোপালহাটির মানটা অন্তত বাঁচল!"

গদাধর সমাদ্দার প্রতিবাদ করে বলল, "না না, হরেনজ্যাঠা, এ আপনি কী বলছেন? গোপালহাটিতে এখনও ভূত গিজগিজ করছে। এই তো সেদিন নীলকুঠিতে সন্ধেবেলা স্বচক্ষে আমি একজোড়া সাহেব-মেমকে হাত ধরাধরি করে ঘুরতে দেখেছি।"

গোপীনাথ সামন্ত ডন-বৈঠক করে, ছোলা খায়, গুলি ফুলিয়ে ঘুরে বেড়ায়। সে

তেজালো গলায় বলে উঠল, "ওসব ভূতফুত কিচ্ছু নয়। আসুক দেখি ভূত আমার সামনে, কেমন বুকের পাটা? ভূতের গুষ্টির তুষ্টি করে ছেড়ে দেব না!"

মৃগেন মিত্তির রোগাভোগা হলেও গলার জোর আছে। হেঁকে বলল, "অত বীরত্ব ফলিয়ো না হে! ভূতের সঙ্গে লড়তে চাও তো একবার আমার শ্বশুরবাড়ি গ্যাদরাপোতা থেকে ঘুরে এসো, বীরত্ব চুপসে যাবে। সেখানে চালে ভূত, ডালে ভূত, জলে ভূত, গাছে ভূত, ছাদে ভূত, একেবারে ভূতে ভূতাক্কার। আমার শাশুড়ি তো সেদিন কাঁচকলা ভেবে একটা ভূতকেই ভাতে সেদ্ধ দিয়েছিলেন। গরমভাত থেকে তুলে ছাল ছাড়াতে যাবেন, অমনি কাঁচকলাটা লাফ দিয়ে উঠে ফের গিয়ে গাছে ঝুলে পড়ল। ভূত-সেদ্ধ হওয়া ভাত তো আর খাওয়া যায় না। একহাঁড়ি ভাত ফেলা গেল!"

দোলগোবিন্দ প্রামাণিক খুব হুঁশিয়ার মানুষ বলে সবাই জানে। কখনও কারও নাম ভুল হয় না। জন্মে সে কোনও দিন পয়সা, চশমা, কলম, চটি, আংটি বা ঘড়ি হারায়নি। বাজার থেকে সতেরোটা জিনিস আনতে দেওয়া হলে কখনও যোলোটা আনেনি। সেই দোলগোবিন্দ খুব চিন্তিত মুখে বলল, "ভৌতিক কাণ্ড যে একটা হচ্ছে সেটা আমারও মনে হয়। সবাই জানে যে, আমার বড় একটা ভুল-টুল হয় না। তা গতকাল বুকপকেটে বাহান্ন টাকা নিয়ে বাজারে গিয়েছি। দাম দিতে গিয়ে দেখি, টাকাটা নেই। সাবধানের মার নেই বলে আমি বুকপকেটে সেফটিপিন দিয়ে টাকা আটকে রাখি, যাতে পকেটমার না হয়। আশ্চর্যের বিষয় হল, সেফটিপিন যেমন ছিল তেমনই আছে, কিন্তু টাকাটা হাওয়া। আমার জীবনে এমন কাণ্ড এই প্রথম। হাঁ করে আকাশ-পাতাল ভাবছি, হঠাৎ প্যান্টের বাঁ পকেটে হাত দিয়ে দেখি, সেই বাহান্ন টাকা আমার বাঁ পকেটে ঢুকে বসে আছে। ভৌতিক কাণ্ড ছাড়া একে আর কী বলা যায় বলো তো?"

বৃন্দাবন কর্মকার বলে উঠল, "ওহে, ওরকম কাণ্ড তো আমার পরপর দু'দিন হল। আমার ডান দিকের ট্যাঁকে নস্যির ডিবে থাকে, বহুকালের অভ্যেস। দু'দিন হল দেখছি, ডিবেটা যতই ডান ট্যাঁকে গুঁজি না কেন, সেটা ঠিক আমার বাঁ ট্যাঁকে চলে আসছে। ভূতটুত আমি বিশ্বাস করি না বটে, কিন্তু কাণ্ডটার মাথামুণ্ডু কিছুই বুঝেও উঠতে পারছি না।"

অনাদি মিত্তির বললেন, "তোমাদের কথায় মনে পড়ল, আমার বাড়িতেও কিন্তু অশৈলী কাণ্ড হয়েছে। গত দু'দিন হল দেখছি, দরজা এঁটে রাতে আমরা শুতে যাই, কিন্তু সকালে উঠে দেখি, খিল, ছিটকিনি সব খোলা। ঘরের জিনিসপত্র কিছু খোয়া যায়নি ঠিকই, কিন্তু জিনিসপত্র কে যেন উলটে-পালটে রেখে গিয়েছে। যেমন

আলমারির মাথায় রাখা চামড়ার সুটকেসখানা কে যেন দরদালানে আলনার নীচের তাকে রেখে গিয়েছে। টেবিলঘড়িখানা রেখে গিয়েছে ঠাকুরঘরে। রোজ সকালে গীতা পাঠ করি বলে সেখানা আমার শিয়রে একটা টুলের উপর থাকে। তা দেখি, কে যেন গীতাখানা বইয়ের তাকে তুলে রেখে তার বদলে 'সচিত্র গোপালভাঁড়' বইখানা শিয়রে রেখে গিয়েছে।"

বিধুভূষণ চাকি মাথা চুলকে বললেন, "এসব আসলে মনের ভুল ছাড়া কিছু নয়। দু'দিন হল দেখছি, আমার ড্রয়ারে রাখা চাবি বালিশের তলায় পাওয়া যাচ্ছে। আমার গিন্নির দোক্তার কৌটো গিয়ে সবজির ঝুড়িতে ঘাপটি মেরে আছে। তা বলে কি আর এসব ভুতুড়ে ব্যাপার!"

বিজয়বাবু ফ্যালফ্যাল করে চেয়ে এসব কথা শুনছিলেন। কিন্তু তাঁর মাথায় কিছুই সেঁধোচ্ছিল না। মগজটা বড্ড ভোম্বল হয়ে আছে আজ।

দুপুরবেলা যখন ঘরখানা নিরিবিলি হল, তখন খুব ভয়ে ভয়ে অনেক দোনোমোনো করে তাঁর বইয়ের তাক থেকে ভূত বিষয়ক বইগুলো খুঁজেপেতে বের করলেন। বুকটা একটু ধুকপুক করছে বটে, তবু চারদিকটা ভাল করে দেখে নিয়ে বই খুলে বসে গেলেন। তিনি হলেন জাতপড়ুয়া। একবার বই খুলে ফেললেই তিনি তাতে ডুবে যান, আর বাহ্যজ্ঞান থাকে না। যখন বেলা পড়ে বাইরের আলো মরে এল, তখন চোখ তুলে বাইরেটা দেখলেন জানালা দিয়ে। তাই তো, সন্ধে যে হয়-হয়! আলো জ্বালাবার জন্য যেই উঠতে যাচ্ছেন, অমনি আঁতকে উঠে দেখলেন, তাঁর সামনেই মেঝের উপর খাপ পেতে উবু হয়ে বসে একটা আধবুড়ো লোক তাঁকে জুলজুল করে দেখছে। কাঁচাপাকা চুল, খোঁচা-খোঁচা দাড়ি। তাঁর বুকের ভিতর হৃৎপিণ্ডটা এমন উত্তেজিত হয়ে উঠল যে, ইস্তফা দেয় আর কী! তিনি প্রথমটায় বাক্যহারা, তারপর কোঁক করে একটা শব্দ বেরোল, তারপর ক্ষীণ গলায় বলে উঠলেন, "ভূ-ভূত! ভূ-ভূত! ভূ-ত! আঁ-আঁ-আঁ...!"

লোকটা টপ করে উঠে এসে দুটো শক্ত হাতে তাঁকে ধরে বসিয়ে দিয়ে ভারী অমায়িক গলায় বলল, "আজ্ঞে, আমি ঠিক ভূত নই।"

কথাটা শুনে লোকটাকে ভারী ভাল লোক বলে মনে হল বিজয়বাবুর। যারা ভূত নয় তাদের মতো ভাল আর কে আছে? তবু নিশ্চিত হওয়ার জন্য বললেন, "ভূত নন?"

লোকটা যেন একটু চিন্তায় পড়ে গেল। মাথাটাথা চুলকে বলল, "আজ্ঞে, ভূত হতে বেশি বাকিও নেই। তিনকুড়ি বয়স তো আর ছেলে-ছোকরার বয়স নয়। তবে ভূত হতে গেলে মরারও একটা নিয়ম আছে কিনা! তা সেটা আমার এখনও হয়ে ওঠেনি।"

বিজয়বাবু একটা দীর্ঘশ্বাস ছেড়ে বললেন, "তবে আপনি কে?"

একগাল হেসে লোকটা বলল, "আমি হলুম একজন লোক।"

শুনে বিজয়বাবু ভারী খুশি। আহ্লাদের গলায় বললেন, "লোক হলেই হবে। লোকেদের মতো ভাল লোক আমি কোথাও দেখিনি।"

লোকটা তাড়াতাড়ি বলল, "আজ্ঞে, নির্যস লোক। তবে ভাল লোক কি না তা বলা ভারী মুশকিল।"

বিজয়বাবু অত্যন্ত উদার গলায় বললেন, "আহা, খারাপটাই বা কী? দিব্যি হাত-পা-মুন্ডু রয়েছে, বাতাসে ফুস করে অদৃশ্য হয়ে যাচ্ছেন না, আর চাই কী? আমার তো কিছু খারাপ মনে হচ্ছে না আপনাকে!"

লোকটা একগাল হেসে বলল, "আজ্ঞে, সেটা আমারও মনে হয় না। তবে কিনা আমার একটু বদনামও আছে।"

"আহা, সে তো আমারও আছে।"

লোকটা ভারী অবাক হয়ে বলল, "আপনার বদনাম? বলেন কী মশাই? আপনার আবার বদনাম কীসের? সাতে নেই, পাঁচে নেই, দিনরাত বই-বোকা হয়ে বসে আছেন, বদনাম হতে যাবে কেন?"

"বইপোকা বললেন নাকি?"

"না। আমি তো বললাম বই-বোকা, আপনি কি পোকা শুনলেন নাকি?"

"সেরকমই যেন মনে হল। তা সে যাকগে। আমারও বেশ বদনাম আছে কিন্তু...!"

"সেটা কীরকম?"

"আচ্ছা, আপনি 'কোকাই কার্তিক' কথাটার মানে জানেন?"

"আজ্ঞে, না। আমি মুখ্যুসুখ্যু মানুষ!"

"তা হলে 'ফুস্‌কামলে' কাকে বলে তা কি জানা আছে?"

"এই তো মুশকিলে ফেললেন। এসব তো শক্ত-শক্ত কথা!"

"তা হলে অন্তত 'গোবরগণেশ'টা তো নিশ্চয়ই জানেন?"

লোকটা একগাল হেসে বলল, "আজ্ঞে, খুব জানি, খুব।"

"তা লোকে আমাকে কোকাই কার্তিক, ফুস্‌কামলে এবং গোবরগণেশও বলে থাকে। আমি অবশ্য এসবের মানে জানি না। তবে খুব ভাল কথা বলে মনে হয় না। কী বলেন?"

"আজ্ঞে, আমারও মনে হচ্ছে, এগুলো খুব একটা ভাল কথা নয়।"

"তা ছাড়া লোকে আমাকে 'জ্ঞানী গেঁড়ে', 'কুমড়োমুখো', 'বিদ্যাছাগল'ও বলে

থাকে। তবেই বুঝুন, আমারও বদনাম কিছু কম নেই। তা আপনার বদনামটা কোন লাইনে?"

এ কথায় লোকটা ভারী লজ্জা পেয়ে বলল, "সে আর আপনার শুনে কাজ নেই।"

"দেখুন মশাই, আমি শ্রমের মর্যাদা বুঝি। পৃথিবীতে কোনও কাজই ফ্যালনা নয়। সব কাজেরই বিহিত-মর্যাদা আছে, তা চুরি-ডাকাতি হলেও।"

"বাঃ, আপনি তো বড় ভাল ভাল কথা বলেন মশাই? প্রাণটা জল হয়ে গেল! তা আমার বদনামটা ওই লাইনেই। পকেটমারি, চুরি, কেপমারি, এইসব আর কী! তা ধরুন, পেটের দায়ে আমাদের তো বাছাবাছি চলে না। যখন যেটা হয় আর কী!"

"বাঃ, শুনে খুব খুশি হলাম।"

"তা মশাই, আপনার ঘরে যে বই একেবারে গিজগিজ করছে? ঘরখানা কি আপনি ইটের বদলে বই দিয়েই বানিয়েছেন?"

"আরে না না, বইয়ের পিছনে ইটও আছে।"

"আছে? যাক, শুনে নিশ্চিন্ত হওয়া গেল! শুধু বই দিয়ে দেওয়াল গাঁথলে বৃষ্টিবাদলা হলে মুশকিল কিনা! তা এত বই পড়ে কে?"

"কেন, আমিই পড়ি।"

লোকটা বড় বড় চোখে অবিশ্বাসের দৃষ্টিতে চেয়ে থেকে বলল, "একা?"

"একাই! আমার বাড়িতে আর কেউ তেমন পড়ুয়া নয়।"

"একা এত বই সাপটে ওঠা তো চাট্টিখানি কথা নয় মশাই! আরও দু'-চারটে লোক লাগিয়ে দিলে আপনার এত মেহনত করতে হত না। ভাগ-ভাগ করে পড়ে ফেলতেন। দশে মিলি করি কাজ হারি-জিতি নাহি লাজ। তা মশাই, এত লেখাপড়া করতে হচ্ছে কেন আপনাকে? সামনে কি কোনও পাশের পরীক্ষা আছে? গতবার কি পরীক্ষায় ফেল হয়েছিলেন?"

বিজয়বাবু মহা অস্বস্তিতে পড়ে গিয়ে বললেন, "আরে না না, কী মুশকিল, পরীক্ষা-টরিক্ষা নয়। লোকে জানার জন্যই বই পড়ে।"

লোকটা একগাল হেসে বলল, "কী যে বলেন বাবু! বই পড়ে কি কিছু জানা যায়? আমাদের শশধরমাস্টার তো এত বই ঘাঁটে, ঝিঙে আর ধুঁধুলের বিচির তফাত ধরতে পারল কি?"

কথাটা শুনে বিজয়বাবু ভারী চিন্তায় পড়ে গেলেন। তাই তো! ঝিঙের বিচি আর ধুঁধুলের বিচির তফাত তো তাঁরও জানা নেই! সত্যি কথা বলতে কী, বিচি কেন, স্বয়ং ঝিঙে বা ধুঁধুলকেও তাঁর মনে পড়ল না। অথচ তাঁর দৃঢ় বিশ্বাস, তিনি ঝিঙে এবং

ধুঁধুলের নাম শুনেছেন এবং সম্ভবত, খেয়েও থাকবেন।

লোকটা জুলজুল করে তাঁর দিকে চেয়ে আছে দেখে বিজয়বাবু একটু বেকায়দায় পড়ে গেলেন। মিনমিন করে বললেন, "ইয়ে, বলছিলাম কী, পৃথিবীতে কত কিছু জানার আছে। তাই না?"

"আছে বই কী! কত কী জানার আছে, তবে কেতাব পড়ে সেসব জানার জো নেই কিনা! ধরুন, ধান আর চিটের তফাত একজন মুখ্যু চাষা লহমায় বুঝে ফেলবে। আপনি সাতশো কেতাব ঘেঁটেও পেরে উঠবেন না।"

এই রে! ধান আর চিটের তফাত যে তিনিও জানেন না! লজ্জা পেয়ে বিজয়বাবু যেন গুটিয়ে ছোট্টটি হয়ে গেলেন। মনে মনে তাঁকে স্বীকার করতে হল যে, এসব জরুরি জিনিস তাঁর জেনে রাখা উচিত ছিল। বই পড়ে তিনি অনেক কিছু জেনেছেন বটে, কিন্তু এখনও জ্ঞানের তেপান্তর সামনে পড়ে আছে। জ্ঞানের দিক থেকে তিনি যে নিতান্তই বেঁটেখাটো একরত্তি একটা মানুষ, এটা আজই প্রথম টের পেলেন তিনি। আমতা আমতা করে বললেন, "তা আপনি বেশ জানেন-শোনেন দেখছি!"

লোকটা ভারী অমায়িক গলায় বলল, "এ আর এমন কী? এই যে কাল রাত্তিরে আপনি ভূত দেখলেন, তা ভূত কী বস্তু দিয়ে তৈরি তা বুঝতে পারলেন কি?"

বিজয়বাবু সাগ্রহে বললেন, "না তো! আপনার জানা আছে নাকি?"

"তা আর জানি না! ফুলের রেণু, প্রজাপতির পাখনা আর মাকড়সার লালা, এই তিন বস্তু মিলিয়ে ভূত তৈরি হয়। ভারী মিহিন জিনিস, হাত দিলে বস্তুটা টেরই পাওয়া যায় না।"

"দাঁড়ান, দাঁড়ান, কথাগুলো টুকে রাখি।"

ডান হাতে খালুইভরা মাছ আর বাঁ কাঁধে ফাঁদি জালটা নিয়ে অন্ধকারে ফিরছিল লখাই। জংলা জায়গাটা পেরিয়ে রাস্তায় ওঠার মুখে থমকাল। অন্ধকারটা তার চোখে সয়ে গিয়েছে। দেখল, দুটো লোক দাঁড়িয়ে এদিক পানেই চেয়ে আছে। ভূতের ভয়টা আজকাল মন থেকে উবে গিয়েছে তার। কিন্তু ভয়-ভীতি তো নানারকম আছে। কে জানে কেন, তার বুকটা একটু দুরুদুরু করে উঠল।

হঠাৎ একটা টর্চের জোরালো আলো তার মুখে এসে পড়ল। কে যেন বলে উঠল, "কে রে তুই?"

লখাই ভয় খেয়ে বলল, "আমি লখাই।"

"কে লখাই? চোর-ছ্যাঁচোড় নাকি রে?"

"আজ্ঞে, না।"

"ধুস! চোর-ছ্যাঁচোড় হলেই বরং আমাদের সুবিধে হত। তা কী মাছ ধরলি রে? চুনো পুঁটি, না রাঘববোয়াল?"

"আজ্ঞে, চুনোপুঁটি।"

"বেশ বেশ! মাছধরা তো খুব ভাল জিনিস। মৎস্য মারিব খাইব সুখে, কী বলিস?"

"যে আজ্ঞে!"

এবার দ্বিতীয় লোকটা দু' পা এগিয়ে এসে বলল, "কিছু মনে কোরো না বাপু লখাই, আমরা একটু বিপদে পড়েই এসেছি। আসলে কী জানো, আমাদের বাবা হঠাৎ করে নিরুদ্দেশ হয়েছেন। গত দু'দিন ধরে আমরা গাঁয়ে গাঁয়ে ঘুরে তাঁকে খুঁজে বেড়াচ্ছি। মজবুত চেহারার ষাট-বাষট্টি বছর বয়সের একজন বুড়ো মানুষকে কি দেখেছ? মাথার চুল ছোট করো ছাঁটা। গালে খোঁচা-খোঁচা দাড়ি। পরনে টাইট করে পরা ধুতি আর গায়ে ফতুয়া?"

লখাই সভয়ে মাথা নেড়ে বলল, "আজ্ঞে না।"

"আহা, অত তাড়াহুড়ো করে জবাব দেওয়ার দরকার নেই। একটু ভেবেচিন্তেই না হয় বললে!"

"গাঁয়ে লোক এলে জানাজানি না হয়ে উপায় আছে? না মশাই, উনি এ গাঁয়ে আসেননি।"

"ঠিক আছে। আমরা ঘুরেফিরে আবার আসব'খন। যদি খবর দিতে পারো তো বখশিশ পাবে।"

"যে আজ্ঞে।"

লোক দুটো হেলতে-দুলতে চলে গেল। একটু দূর থেকে শোনা, দু'জনের একজন দিব্যি শিস দিতে দিতে যাচ্ছে। যার বাপ হারায় তার কি শিস দেওয়ার কথা?

বিজয়বাবুর বাড়িতে মাছটা পৌঁছে দিতে গিয়ে আজ তাজ্জব হয়ে গেল লখাই। সেই বুড়ো লোকটা, টাইট ধুতি, খোঁচা চুল, খোঁচা দাড়ি, বিজয়বাবুর পড়ার ঘরে বসে দিব্যি গল্প জুড়ে দিয়েছে যে!

সন্ধেবেলা রান্নাঘরের দাওয়ায় বসে বড় জা শশীমুখী, বিজয়বাবুর গিন্নি মূর্ছনাদেবী, সেজো জা নয়নতারা আর ছোট জা বাসবী আংড়া জ্বেলে তার কাছে বসে আগুন পোয়াতে পোয়াতে গল্পগাছা করছেন। ঠিক এই সময় বিজয়বাবু হন্তদন্ত হয়ে ঘর থেকে বেরিয়ে এসে বললেন, "ওগো, এককাপ চা পাঠিয়ে দাও শিগগির। অনেকদিন বাদে মৃগাঙ্কদা এসেছেন।"

মূর্ছনাদেবী অবাক হয়ে বললেন, "মৃগাঙ্কদা! মৃগাঙ্কদাটা আবার কে?"

"আহা, আমাদের মৃগাঙ্ক সান্ডেল গো। বাবুপাড়ার মৃগাঙ্কদা।"

এবার শশীমুখী অবাক হয়ে বললেন, "তোমার কি মাথা খারাপ হল ঠাকুরপো? মৃগাঙ্ক সান্ডেল আসবে কী করে?"

"কী করে মানে? আসতে নেই নাকি?"

শশীমুখী মুখঝামটা দিয়ে বললেন, "না, নেই! মৃগাঙ্ক সান্ডেল যে দু' বছর হল মরেছে!"

"অ্যাঁ!" বলে মাথায় হাত দিয়ে বসে পড়লেন বিজয়বাবু। বললেন, "তাই তো! এসব হচ্ছে কী?"

আবার মূর্ছার মতো অবস্থা হল। জল এল, পাখা এল। খবর পেয়ে বুড়ো ডাক্তার যতীন পত্রনবিশও এসে হাজির। বুকে নল বসিয়ে, নাড়ি টিপে বিস্তর পরীক্ষা করে বললেন, "এ হয় সিজোফ্রেনিয়া, নয়তো বায়ু থেকে হ্যালুসিনেশন।"

"বায়ু!" কথাটা খুব পছন্দ হল বিজয়বাবুর দাদা অজয় রায়ের। তাঁর পরনে গামছা, হাতে ঘটি। তিনি বললেন, "বায়ু হবে না! কোষ্ঠকাঠিন্য থেকেই তো বায়ু হয়। ডবল ডোজের জোলাপ ঠেসে দিন, বায়ু হাওয়া হয়ে যাবে।"

অজয়বাবুর কাছে কোষ্ঠকাঠিন্য ছাড়া পৃথিবীতে আর কোনও সমস্যাই নেই। সব রোগ, সব অশান্তি, সব গণ্ডগোলের মূলেই রয়েছে কোষ্ঠকাঠিন্য। এই জন্যই তিনি দিন-রাত হত্তুকি, ত্রিফলা, চিরতা, ইসবগুল খেয়ে থাকেন এবং দিনমানের বেশিরভাগ সময়ই তাঁকে গামছা পরা অবস্থায় ঘটি হাতে পায়চারি করতে দেখা যায়।

মূর্ছনাদেবী ঝংকার দিয়ে বললেন, "বায়ু নয় ডাক্তারবাবু, মাথার ব্যামো হয়েছে। তা মাথার ব্যামোর আর দোষ কী? দিন-রাত বই মুখে করে বসে থাকলে ভূত-প্রেত তো দেখবেই।"

শশীমুখী বললেন, "সত্যি কথা বাছা, ওসব ঝুরঝুরে পুরনো বইয়ের মধ্যে ভূত-প্রেতের বাসা হলে আশ্চর্যের কিছু নয়। বইগুলো এবার সেরদরে পতিতপাবনের কাছে বেচে দে মূর্ছনা! সব ঠোঙা হয়ে যাক।"

একথা শুনে নির্জীব বিজয়বাবু পট করে উঠে বসলেন। বললেন, "সর্বনাশ! ও কাজও কোরো না! মৃগাঙ্কদা তো সেই কথাই বলতে এসেছিলেন!"

মূর্ছনাদেবী অবাক হয়ে বললেন, "কোন কথা?"

বিজয়বাবু খুব চিন্তিতভাবে মূর্ছনাদেবীর মুখের দিকে চেয়ে আমতা আমতা করে বললেন, "বইয়ের কথাই কী যেন বলছিলেন। এখন ঠিক মনে পড়ছে না।"

শশীমুখী রাগ করে বললেন, "সব বাড়িতেই এক-আধটা পাগল থাকে ঠিকই। এই তো পালবুড়ো সারাদিন বিড়বিড় করে বকছে আর কাকে যেন কী দেখাচ্ছে।

সামন্তবাড়ির বড়গিন্নি দিনরাত বাড়ির ছেলে-বুড়োকে গোবরজলে নাইয়ে ছাড়ছেন। ঘোষবাড়ির মেয়ে শেফালির বিয়ে হল না বলে সারাদিন বউ সেজে বসে থাকে। তা সে এক-আধটা পাগল তবু সামলানো যায়। কিন্তু এ বাড়ির সব ক'টাই যে পাগল! কেউ কোষ্ঠপাগল, কেউ বইপাগল, কেউ স্বাস্থ্যপাগল, কেউ মিচকেপাগল, আর ছোটজন তো বদ্ধপাগল।"

শশীমুখীর মুখের উপর কথা কয় এমন সাহস এ বাড়ির কারও নেই। বড়কর্তা অজয়পদ গিন্নির মেজাজ দেখে সুড়সুড় করে বাথরুমের উদ্দেশে রওনা হয়ে গেলেন। সেজোভাই ব্যায়ামবীর সুজয়পদ মেজদাকে ময়ূরাসন শেখাবে বলে এসেছিল, বড়বউদির মেজাজ দেখে সে আর দাঁড়াল না। সান্ধ্য ব্যায়ামে হাজির হতে ব্যায়ামাগারের দিকে হাঁটা দিল। গন্ধক আর নিশিন্দা মিশিয়ে ধোঁয়া দিলে ভূত-প্রেত পালায় কি না সেটা দেখার জন্য সলিউশনটা একটা কাচের পাত্রে নিয়ে এসেছিল অভয়পদ, অবস্থা বেগতিক দেখে সেও পিছু হটে নিজের রসায়নাগারে গিয়ে সেঁধিয়ে পড়ল। ছোট গুরুপদ নানা অপরাধে অপরাধী বলে সাহস করে ঘরে ঢোকেনি। বাইরে বসেই উঁকিঝুঁকি মারছিল। বড়বউদির গলা শুনেই সুট করে সরে পড়ল।

যতীনডাক্তার ব্যাগ গুটিয়ে উঠে পড়ে বললেন, "ওদের দোষ দিয়ে লাভ নেই বউমা। বংশটাও তো দেখতে হবে। ওদের বাপ শিবপদকে দেখোনি? উঠোনে গর্ত করে তার ভিতর সেঁধিয়ে তন্ত্রসাধনা করত। এ বাড়িতে ভূতের পত্তন যদি কেউ করে থাকে, তবে সে-ই করে গিয়েছে। এখন ভূত-প্রেতের আনাগোনা হলে আশ্চর্যের কিছু নেই। তোমরা বরং বিরিঞ্চিওঝাকে খবর দাও গে!"

ডাক্তার বিদেয় হওয়ার পর মূর্ছনাদেবী একটা দীর্ঘশ্বাস ফেলে উঠলেন। শশীমুখী কিছু মিছে কথা বলেননি। এ বাড়ির লোকগুলো একটু কেমনধারা যেন আছে বাপু! তাঁর দেওর সুজয়পদ এমনিতে কিছু খারাপ নয়, কিন্তু তার সারা শরীরে চামড়ার নীচে যেন কিলবিলিয়ে মাগুরমাছ ঘুরে বেড়ায়। মূর্ছনাদেবী মাঝে মাঝে জিজ্ঞেস করেন, "হ্যাঁ রে সুজয়, তোর গায়ে যে সারাদিন মাগুরমাছ ঘোরে, তোর কাতুকুতু লাগে না?"

হ্যা-হ্যা করে হেসে সুজয় বলল, "তুমি এর মর্ম কী বুঝবে মেজোবউদি, এ হল গিয়ে মাস্‌ল, মাস্‌ল। এই হল বাইসেপ, এই হল ট্রাইসেপ, এই হল ল্যাটিসমাস আর এই হল সিম প্যাক।" বলে যখন নানা অঙ্গভঙ্গি করে সুজয়পদ আর মাগুরমাছগুলো আরও খলবলিয়ে ওঠে, তখন মূর্ছনাদেবীর মূর্ছা যাওয়ার দশা। কিন্তু গায়ে জোর থাকলেই হবে? বাড়িতে সেদিন চোর আসতেই সুজয়পদ সবার আগে গিয়ে খাটের তলায় সেঁধিয়েছিল। অভয়পদ আর-এক কাঠি সরেস। এম এসসি না কি ছাইভস্ম

পাশ করে বাড়িতে একখানা রসায়নাগার খুলে নানারকম ওষুধবিষুধ তৈরি করছে দিনরাত। একদিন একটা শিশি হাতে নিয়ে বেরিয়ে সবাইকে দেখাল, এই যে দেখছ, সারাবাড়িতে ছড়িয়ে দিলে একটাও মশা থাকবে না। তা দিল ছড়িয়ে। তাতে মশা গেল কি না বোঝা গেল না, কিন্তু মাছির উৎপাতে সবাই অতিষ্ঠ। শুঁয়োপোকা তাড়াতে শিউলি গাছে ওষুধ দিয়েছিল। তাতে শুঁয়োপোকার সঙ্গে গাছটাও গেল মরে!

ছোট দেওর গুরুপদরও গুণের ঘাটতি নেই। পড়াশোনা গোল্লায় দিয়ে সাপুড়েদের কাছে সাপধরা শিখছে। জাদুকরের কাছে শিখছে জাদুবিদ্যা। কিছুদিন তান্ত্রিকের কাছে তালিম নিয়েছিল, তবলচির কাছে তবলা। যখন যেটা মাথায় চাপে সেটাই শিখতে লেগে যায়। এই তো কয়েকদিন আগে মদনপুরের হাট থেকে একটা বুড়োকে ধরে এনে বাড়িতে তুলেছে।

মূর্ছনাদেবী ভারী রেগে গিয়ে বললেন, "ওটা কাকে ধরে আনলি রে হতভাগা?"

একগাল হেসে গুরুপদ বলল, "ইনি কত গুণী লোক মেজোবউদি। এঁর একটা স্কুল আছে।"

মূর্ছনাদেবী অবাক হয়ে বললেন, "স্কুল আছে তো থাক না। এ বাড়িতে এনে জোটালি কী করতে?"

গুরুপদ মাথা চুলকে বলল, "আসলে উনি স্কুলটা এ গাঁয়েই তুলে আনতে চান।"

"ও মা! গোপালহাটিতে সত্যশরণ মেমোরিয়াল স্কুল থাকতে আবার স্কুল কীসের?"

কাঁচুমাচু হয়ে গুরুপদ বলল, "এটা ঠিক ওরকম স্কুল নয় মেজোবউদি। এ হল একটা কারিগরি বিদ্যার স্কুল।"

কারিগরি বিদ্যা-টিদ্যা বোঝেন না মূর্ছনাদেবী। তবে এটা বোঝেন যে, তাঁর এই ছোট দেওরটিরও মাথার দোষ আছে। আর বুড়ো লোকটাও যেন কেমনধারা! সবসময় জুলজুল করে চারদিকে চেয়ে নজর রাখছে। মূর্ছনাদেবী মোটেই ভাল বুঝছেন না।

রাতে রান্নাঘরে রুটি বেলতে বসে তিনি শশীমুখীকে বলেই ফেললেন, "বুঝলে দিদি, ওই বটু সর্দার এ বাড়িতে আসার পরই কিন্তু ভূত-প্রেতের উৎপাত শুরু হয়েছে।"

শশীমুখী বললেন, "তাই তো! কথাটা তো আমার খেয়াল হয়নি। দাঁড়া, আজই লোকটাকে ঝেঁটিয়ে তাড়াব।"

মূর্ছনাদেবী আর্তনাদ করে বললেন, "না না দিদি, ওসব করতে যেয়ো না। ভূত-

প্রেত নিয়ে যারা ঘোরে তারা অনেক কিছু করতে পারে। শেষে হিতে বিপরীত হবে যে! তার চেয়ে যাতে মানে-মানে বিদেয় নেয় সেই ব্যবস্থা করতে হবে।”

পাঁচটা গাঁ ঘুরলেও এক সময় রবির মতো পাকা হাতের লোক খুঁজে পাওয়া যেত না। বাপ-পিতেমোর আমল থেকেই তারা ঝাড়েবংশে চোর। হামা দেওয়া অবস্থা থেকেই তার তালিম শুরু। বাবা চোর, জ্যাঠা চোর, কাকা চোর। চোরে-চোরে ধুল পরিমাণ। তবে দিনেকালে দেখা গেল, রবি তার বাপ-দাদাকে ছাড়িয়ে গিয়েছে। হেন দরজা বা জানলা নেই যা সে লহমায় হাট করে খুলতে পারে না। এমন বাক্স বা লোহার সিন্দুক নেই যা খুলে ফেলতে তার তিন মিনিটের বেশি সময় লাগে। ভাল চোরের আর-একটা লক্ষণ হল, আগাম খবর রাখা। যেমন-তেমন বাড়িতে ঢুকে ছিঁচকে চুরি করলে খাটুনিতে পোষায় না। রবি কখনও ছোটখাটো কাজ করেনি। তক্কে-তক্কে থেকে, নানা সূত্রে খবর নিয়ে বরাবর ঝোপ বুঝে কোপ মেরেছে।

ফলে নীচের মহলে রবির নাম ছড়িয়ে পড়তে দেরি হয়নি। বিশ বছর বয়সেই সে দামি সাইকেল কিনে ফেলল। বাড়িতে রেডিয়ো আনল। মাকে গরদের শাড়ি দিয়ে পুজোর সময় প্রণামও করে ফেলল। রবির হাতযশে সকলেই বেশ খুশি। তার তিরিক্ষি মেজাজে বাপ পর্যন্ত তার সঙ্গে হুঁশিয়ার হয়ে কথা বলতেন।

শুধু তার স্কুলের মাস্টার ব্রজবিলাসবাবু তাকে মাঝে-মাঝে স্মরণ করিয়ে দিতেন, “ওরে রবি, কত বড় একজন মানুষের নামের সঙ্গে তোর নাম জড়িয়ে আছে বাবা, কথাটা কিন্তু ভুলিস না। নামের মর্যাদা রাখিস।”

“তা কী করব মাস্টারমশাই? পদ্য লিখব, না দাড়ি রাখব?”

“আরে না না, ওসব তোকে করতে হবে না। শুধু রবীন্দ্রনাথ নামটা খেয়াল রাখতে বলছি। তুই যে-সে মান্না নোস, রবীন্দ্রনাথ মান্না এটা মনে রাখলেই হবে।”

“তা মা-বাপ যদি আমার একটা ভুল নাম রেখেই থাকেন, তা হলেই বা আমার কী করার আছে বলুন!”

“ওরে, তোকে কিছু করার কথা বলিনি, বরং না করার কথাই বলছি। রবীন্দ্রনাথ যা যা করে গিয়েছেন তা যদি না-ও পেরে উঠিস বাবা, তা হলে অন্তত রবীন্দ্রনাথ যা যা করেননি সেগুলো করতে যাসনি। ওটুকু বুঝে চলতে পারলেই যথেষ্ট।”

কথাটার মধ্যে একটা লাট্টুর মতো প্যাঁচ ছিল। বুদ্ধিমান রবি সেটা ধরতেও পারল। কিন্তু নাম-পুজো করলে যে পেট-পুজোয় টান পড়বে, এটাও তো সত্যি!

এর পর যখন সে বিয়ে করল, তখন তার পিছনে লাগল বউ পটলরানি। রোজ ঘ্যানঘ্যান করতে লাগল, “ওগো, তুমি চুরিটুরি ছেড়ে দাও। ওসব পাপ আর কোরো

না। আমি চোরের বউ হয়ে জীবন কাটাতে চাই না। তার চেয়ে ভিক্ষে করা ভাল।”

শুনে ভারী রেগে যেত রবি। বলে কী রে মেয়েটা? সে বুক চিতিয়ে বলত, “আরে। আমি কি হ্যাতা-ন্যাতা চোর নাকি? পাঁচটা গাঁ ঘুরে এসো তো, তল্লাটের সব চোর আমার নাম শুনে কপালে হাত ঠেকায় কি না দেখে এসো। আমার কত নামডাক, কত খাতির তা জানো?”

পটলরানি চোখের জল ফেলে বলত, “অমন নামডাকের মুখে ছাই। আমার অমন নামডাকের দরকার নেই। শাক-ভাত, নুন-ভাত খাব, তবু হকের পয়সায় খাব, চুরির পয়সায় নয়।”

দু’-দু’বার রাগ করে পটলরানি বাপের বাড়িও চলে গিয়েছিল। তাও হয়তো রবি চুরি ছাড়ত না। কিন্তু শেষ অবধি বোধ হয় ব্রজবিলাসবাবু আর পটলরানির অভিশাপেই ছাড়তে হল। সে ভারী লজ্জার ঘটনা। এক রাতে যন্ত্রপাতির থলি নিয়ে সবে বেরিয়েছে, এমন সময় পাঁচ-সাতজন মুশকো লোক চারদিক থেকে এসে তাকে জাপটে ধরে বেঁধে ফেলল। তারপর টানতে টানতে শ্মশানেশ্বরী কালীমন্দিরের চাতালে নিয়ে ফেলল। লোকগুলোকে ভালই চেনে রবি। চত্বরের যত চোর আর ডাকাত! রবির হাতযশের ফলে এদের ইদানীং হাঁড়ির হাল হয়েছে। যে বাড়িতেই ঢোকে সেই বাড়িতেই রবি আগে ঢুকে জিনিসপত্র সাফ করে ফেলেছে। তাই সবাই মিলে মিটিং করে ঠিক করেছে, কালীর সামনে রীতিমতো মন্ত্রপাঠ করে তাকে বলি দেবে।

প্রাণের ভয়ে রবি বিস্তর কান্নাকাটি করেছিল। তার যে এমন পরিণতি ঘটতে পারে সেটা সে আন্দাজ করেনি। শেষে জৌ গ্রামের প্রবীণ মানুষ পাঁচুগোপাল মধ্যস্থ হয়ে বলল, “এর বয়স কম, ঘরে কচি বউ আর বিধবা মা আছে। ওর কাছ থেকে মুচলেকা নিয়ে বরং একটা সুযোগ দাও তোমরা। আবার যদি চুরিতে নামে তখন আর ছাড়া হবে না।”

মুচলেকা নয়, তাকে মা কালীর পা ছুঁয়ে শপথ করতে হয়েছিল যে, জীবনে আর চুরি করবে না।

প্রাণে বেঁচে ফিরে এল রবি। পরদিন থেকে আর চুরি করতে বেরোত না। চুরি ছেড়েই দিল সে। কিন্তু কেন ছাড়ল সেটা আর লজ্জায় কারও কাছে প্রকাশ করতে পারত না।

রবি রাতে ভোঁস ভোঁস করে ঘুমোয় দেখে তার মা বিন্ধ্যবাসিনী আতঙ্কিত হয়ে পড়লেন। একদিন সকালবেলা তাকে ধরে বললেন, “ও বাবা রবি, তুই যে বড় রাতের বেলা নাক ডাকিয়ে ঘুমোস! কাজকর্ম যে লাটে উঠবে বাবা!”

রবি গম্ভীর হয়ে বলল, "আমি চুরি ছেড়ে দিয়েছি মা!"

বিন্ধ্যবাসিনী বিস্ময়ে হাঁ, "কী সব্বোনেশে কথা! চুরি ছেড়েছিস মানে? তোরা হলি ঝাড়েবংশে চোর। কুলধর্ম ছেড়ে দেওয়া যে মহাপাতক! লক্ষ্মী কুপিতা হবেন, পূর্বপুরুষের আত্মা অভিশাপ দেবে। কুলধর্ম কি ছাড়তে আছে বাবা? বংশমর্যাদার কথাটা কি ভুলে গেলি? শেষে বাপ-দাদার নাম ডোবাবি নাকি হতভাগা? ওসব কথা বলতে নেই বাবা, পাপ হয়!"

বিন্ধ্যবাসিনীকে আর বোঝানোর চেষ্টা করেনি রবি। হাতে যা টাকাপয়সা ছিল আর পটলরানি স্বেচ্ছায় তার গয়না খুলে দেওয়ায় তা দিয়ে সে বাজারে একখানা চা-মিষ্টির দোকান দিল।

দোকান খুব একটা খারাপ চলে না। কষ্টেসৃষ্টে রবির সংসার চলে যায়। বিন্ধ্যবাসিনী রোজই দু' ঘণ্টা ধরে নিয়মিত বিলাপ করেন বটে, কিন্তু পটলরানি খুব খুশি।

রবি যে খুব সুখে আছে তা বলা যায় না, তবে অবস্থাটা তাকে মেনে নিতে হয়েছে।

শীতকালে সন্ধের পর দোকানে আর খদ্দের থাকে না। উনুনের পাশটিতে চৌকিতে বসে হ্যারিকেনের আলোয় রবি বিকিকিনির হিসেব লিখছিল। এমন সময় দুটো অচেনা লোক এসে বেঞ্চে বসল। লম্বামতো লোকটা বলল, "চা হবে?"

রবি বলল, "দুধ নেই। লাল চা হতে পারে।"

"চলবে। খুব গরম দু'কাপ চা দাও তো।"

ফটিক তার কাজের লোক। তাকে দু'কাপ চা করতে বলে রবি আড়চোখে লোক দুটোকে লক্ষ করল। অপরাধ জগতের লোকজন চিনতে তার বড় একটা ভুল হয় না। তবে কিনা সে আজকাল আর সাতে-পাঁচে থাকে না।

চা খেতে খেতে একজন তাকে জিজ্ঞেস করল, "ওহে দোকানি, একজন বুড়োমতো মানুষকে দেখেছ? বছর ষাট-বাষট্টি বয়স, মজবুত চেহারা, খোঁচা-খোঁচা চুল?"

রবি একটু উদাস গলায় বলল, "কত লোকই তো আসছে-যাচ্ছে!"

লোকটা ঠান্ডা করে বলল, "ওরে বাপ রে! গোপালহাটি আবার এত তালেবর জায়গা কবে হল যে, বাইরের লোক বেড়াতে আসবে?"

রবি একটু হেসে বলল, "তা গোপালহাটি খুব ফ্যালনা জায়গাও নয়। এখানে নীলকুঠি আছে, পুরনো গির্জা আছে, জনসাহেবের কবর আছে। শুনেছি রাজা কুম্ভের মিনারও ছিল। আগে গোপালহাটিতে লোকে বেড়াতেও এসেছে মশাই।"

বেঁটে লোকটা বলে উঠল, "জনসাহেবের কবর! জনসাহেবটা কে?"

রবি মাথা নেড়ে বলল, "তা জানি না। শুনেছি, সাহেব খুব ভাল মানুষ ছিলেন।"

"এ গাঁয়ের কি আগে অন্য কোনও নাম ছিল দোকানি?"

"ছিল বোধ হয়। আমার ঠাকুরদার আমলে এ গাঁ'কে অনেকে আছাপুর বলত বলে শুনেছি।"

লোক দুটো কিছুক্ষণ চুপ করে থাকল। তারপর বেঁটেজন নিচু গলায় বলল, "আছাপুর মানে আর্চারপুর নয় তো রে নিতাই?"

লম্বাজন অর্থাৎ নিতাইও নিচু গলায় বলল, "হতেই পারে, বোধ হয় গাঁয়ের লোকের মুখে মুখে নামটা আছাপুর হয়ে গিয়েছে।"

"তা হলে কি ঠিক জায়গাতেই এসেছি বলছিস?"

"অত নিশ্চয়ই করে বলি কী করে বল? বটু সর্দার যদি গন্ধে গন্ধে এখানে এসে থাকে, তবে ধরে নিতে হবে, এটাই সেই জায়গা। আরও একটু খোঁজখবর নেওয়া দরকার। লোকটা তো আর হাওয়া হয়ে যেতে পারে না!"

কথাগুলো এমন নিচু গলায় বলা যে, রবির শুনতে পাওয়ার কথাই নয়। কিন্তু যখন চুরি করত তখন রবি নিজের নাক, কান আর চোখকে সজাগ রাখার বিদ্যে শিখেছিল। লোকের ঠোঁট নড়া দেখে কথা আন্দাজ করতেও সে ছিল ওস্তাদ। নইলে লোকের হাঁড়ির খবর জানবে কী করে?

বেঁটেজন রবির দিকে চেয়ে বলল, "ওহে দোকানি, আমরা যার খোঁজে বেরিয়েছি, তিনি আমার বাবা। একটু মাথার দোষ আছে। হুটহাট মাঝে মাঝে বাড়ি থেকে হাওয়া হয়ে যান। একটু ভাল করে ভেবে দেখো তো, মাঝারি লম্বা, বেশ গাট্টাগোট্টা চেহারার ষাট-বাষট্টি বছর বয়সি কাঁচা-পাকা খোঁচা-খোঁচা চুলওয়ালা একজন বুড়ো মানুষকে এই অঞ্চলে ঘোরাঘুরি করতে দেখেছ কি না?"

রবি খুব দেখেছে। শুধু দেখাই বা কেন, বটু সর্দারের সঙ্গে গতকালও কত সুখ-দুঃখের কথা হল। একসময় বটুর কাছে কিছুদিন তালিম নিয়েছিল রবি। সেসব কথাও হচ্ছিল। তবে হঠাৎ গোপালহাটিতে তার আগমন কেন সেটা বটু সর্দার ভেঙে বলেনি। রবি জানে যে, বটু মোটে বিয়েই করেনি, তার ছেলেপুলে হওয়ার কথাও ওঠে না।

রবি ভালমানুষের মতো মুখ করে বলল, "এ গাঁয়ে নতুন লোক এলে জানতে পারব না, তা কি হয় মশাই? আপনার বাবা এ গাঁয়ে আসেননি।"

নিতাই বেঁটেজনের দিকে চেয়ে নিচু গলায় বলল, "লোকের কথায় বিশ্বাস নেই রে পানু। হুঁশিয়ার থেকে নজর রাখতে হবে।"

বেঁটে লোকটা অর্থাৎ পানু ফের রবির দিকে চেয়ে বলল, "আচ্ছা, জনসাহেবের কবরটা কোন দিকে বলতে পারো?"

রবি উদাস গলায় বলল, "বলতে পারব না কেন? এখানেই আমার জন্মকর্ম, এত

বছর এখানেই কাটিয়ে দিলাম, আর জনসাহেবের কবর কোথায় তা জানব না?"

"তা তো বটেই হে দোকানি। তা ভাবছিলাম, এসেই যখন পড়া গিয়েছে তখন জনসাহেবের কবরটা একবার দেখেই যাই।"

"তা বেশ তো! গাঁ ছাড়িয়ে পুব দিকে বেশ খানিকটা এগোলে কালিন্দীর জঙ্গল পাবেন। বেশ ঘন জঙ্গল, কাঁটা-ঝোপটোপ আছে। সাপখোপও মেলা। ভাঙা গির্জার চাতাল ছাড়িয়ে খানিক এগোলেই ঝোপঝাড়ের আড়ালে জনসাহেবের কবর খুঁজে পাবেন। আজকাল আর কেউ তেমন যায় না বলে আগাছা হয়ে কবর ঢাকা পড়ে গিয়েছে। খুঁজে বের করা শক্ত হবে।"

পানু একটু হেসে বলল, "শক্ত কাজ করতেই আমরা পছন্দ করি। তুমি বেশ ভাল লোক হে দোকানি, অনেক খবর-টবর দিলে।"

রবি ঠোঁট উলটে বলল, "কোথায় আর দিলাম? আপনার হারানো বাবার খবরই তো দিতে পারলাম না।"

পানু বলল, "বাবার জন্য তেমন চিন্তা নেই। মাথা-পাগলা লোক তো! মাঝে মাঝে হারিয়ে যান বটে, কিছুদিন পর আবার ফিরেও আসেন। তবে যতদূর জানি, এখানে তিনি ঠিকই আসবেন। এলে একটু খবরটা দিয়ো। বাড়ির সবাই বড্ড উচাটন হয়ে আছে।"

"তা খবরটা দেব কোথায়?"

"আমরা আশপাশেই কোথাও থাকব। মাঝে মাঝে এসে খবর নিয়ে যাব'খন।" বলে চায়ের দাম দিয়ে দু'জনেই উঠল। দু'জনের কাঁধেই একটা করে বড়সড় ব্যাগ। রবির অনুমান হল, ওই দু'টির মধ্যে স্লিপিংব্যাগ বা ছোট তাঁবু গোছের কিছু আছে।

বটু সর্দার কী জিনিস দিয়ে তৈরি তা যদি তাকে কেউ জিজ্ঞেস করে, তবে রবি বলতে পারবে না। কখনও মনে হয়, হাওয়া-বাতাস দিয়ে তৈরি। কখনও মনে হয়, স্রেফ রবার। আবার কখনও বা মনে হয়, বুঝি লোহার মুষল। পানু আর নিতাই কেন বটু সর্দারকে খুঁজছে তা রবি অবশ্য জানে না। কিন্তু খুব ভাল উদ্দেশ্যে যে খুঁজছে না, সেটা আন্দাজ করা শক্ত নয়। ভয় হল, বটু সর্দার যতই যোগ-প্রক্রিয়া জানুক, বা যতই বুদ্ধি ধরুক, বন্দুক-পিস্তলের সঙ্গে তো আর পেরে উঠবে না? পানু আর নিতাইয়ের ব্যাগের মধ্যে ওসব জিনিস থাকা বিচিত্র নয়। সেক্ষেত্রে বটু সর্দারের সমূহ বিপদের আশঙ্কা।

দোকান বন্ধ করে রবি বাড়ি যাওয়ার পথে একটু ঘুরে রায়বাড়ির পিছন দিক দিয়ে গিয়ে একটা বিশেষ জানলায় খুব মৃদু তিনটে টোকা দিল। কিছুক্ষণ পর ফের একটা।

জানলাটা নিঃশব্দে একটু ফাঁক হল। ফাঁকে খোঁচা খোঁচা দাড়িওয়ালা একটা মুখ।

“পানু আর নিতাই আপনাকে খুঁজছে।”

“হুঁ।”

“জনসাহেবের কবরেরও খোঁজ হচ্ছে।”

বটু সর্দার নির্বিকার গলায় বলল, “সেরকমই তো হওয়ার কথা, না হলেই আশ্চর্যির ব্যাপার ছিল। এইটুকু থেকে শিখিয়ে-পড়িয়ে লায়েক করে দিলুম, সে কি আর আহাম্মকি করতে পারে? করলে ভাবতুম, আমার শিক্ষেটাই বৃথা গিয়েছে।”

“কে? কার কথা বলছেন বলুন তো!”

বটু মিটমিট করে চেয়ে বলল, “নিতাইয়ের কথাই তো হচ্ছে।”

“তা সে যদি আপনারই চেলা, তা হলে আর ভাবনা কী? আমি তো ভাবলুম, সে অন্য কোনও মতলবে আপনাকে খুঁজে বেড়াচ্ছে।”

“তা তো খুঁজছেই। তার ভয়েই তো গা ঢাকা দিয়ে আছি।”

“তবে যে বললেন, এইটুকু বয়স থেকে শিখিয়ে পড়িয়ে লায়েক করেছেন?”

“তা তো করেছিই। ফুটবল খেলা দেখিসনি?”

“তা দেখব না কেন?”

“ধর, দুটো ভাই দু’ দলে খেলছে। তা ভাই বলে কি একজন আর-একজনকে ছেড়ে কথা কইবে? নিতাইয়ের সঙ্গে এখন আমার সেই সম্পর্ক।”

“তা আপনাকে পেলে নিতাই কী করতে চায়?”

“সে আর শুনতে চাসনি। রাতের ঘুম নষ্ট হবে। বাড়ি যা।”

“আর-একটা কথা শুনেই চলে যাব। নিতাইকে পেলে আপনি কী করবেন?”

বটু মিটমিট করে খানিকক্ষণ চেয়ে থেকে মাথা নেড়ে বলল, “আমার কিছু করার নেই।”

“তবে কি মরবেন?”

বটু নির্বিকার গলায় বলল, “আমাকে না মেরে নিতাইয়ের উপায় নেই কিনা।”

“আপনি খুব গোলমেলে লোক।”

“কেন বল তো?”

“নিতাই আপনাকে মারতে চায় জেনেও কেন যেন হেলদোল নেই আপনার।”

বটু খানিকক্ষণ চুপ করে থেকে বলল, “বিকিকিনি শেষ হলে দোকানদাররা দোকানের ঝাঁপ ফেলে দেয়! তাই না?”

“তা তো দেয়ই। আপনারও কি ঝাঁপ ফেলার সময় হয়েছে?”

এবার একটু হাসল বটু। তারপর বলল, “ঠিক ধরেছিস। অনেক চোর-ছ্যাঁচোড় তৈরি করেছি, পাপটাপও বড় কম জমেনি, বুঝলি!”

"আর-একটা কথা, জনসাহেবের কবর নিয়ে কথা উঠছে কেন?"

"উঠছে নাকি? তা উঠলে আমি কী করব?"

"তার মানে আপনি বলবেন না?"

"সব গুহ্যকথা জেনে তোর হবেটা কী? যত জানবি তত বিপদ। বিপদ-আপদকে কি ডেকে এনে পিঁড়ি পেতে বসাতে আছে?"

"জনসাহেবের কবরের কথা আমিই নিতাই আর পানুকে বলেছি। কাজটা ভুল হল কি না বুঝতে পারছি না।"

নির্বিকার গলাতেই বটু বলল, "তুই না বললেও আর কেউ বলত। তুই কিছু ভুল করিসনি।"

চার

"বাজার!" বলে একটা আর্তনাদ করে বিজয়বাবু হাঁ হয়ে গেলেন।

গুরুপদ দু'খানা ভাঁজ করা বাজারের ব্যাগ বিজয়বাবুর শিথিল হাতে ধরিয়ে দিয়ে বলল, "হ্যাঁ মেজদা, বাজার।"

বিজয়বাবু হঠাৎ সোজা হয়ে বসে অত্যন্ত উত্তেজিতভাবে বললেন, "আমি করব বাজার? আমাকে বাজারে যেতে বলিস, তোর এত সাহস?"

গুরুপদ সভয়ে দু'পা পিছিয়ে গিয়ে বলল, "আহা, আমি তোমাকে বাজার করতে বলব কেন?"

"এই যে বললি? জীবনে কখনও বাজারে গেলুম না, আর এখন তুই আমাকে বাজারে যাওয়ার হুকুম করিস?"

"আমি বলছি না তো! আমি বলতে যাব কোন দুঃখে? এ আমার বলা নয়, আমাকে দিয়ে বলানো হয়েছে মাত্র।"

"কে? কার এত সাহস?"

"বড়বউদি আর মেজোবউদি।"

বিজয়পদ চোপসানো বেলুনের মতো হয়ে গিয়ে ফ্যাসফেসে গলায় বললেন, "তা সেটা আগে বলতে হয়। কিন্তু আমাকে তারা বাজারে পাঠাতে চায় কেন জানিস?"

"কাল রাতে বাড়িতে বউদিরা মিলে মিটিং করেছে। তাদের মত হল, তোমার কোনও এক্সারসাইজ হচ্ছে না, তুমি দিনদিন অলস আর ঘরকুনো হয়ে যাচ্ছ। গ্রন্থকীট হওয়ার ফলে তোমার বস্তুজ্ঞান লোপ পাচ্ছে এবং তুমি আজকাল প্রায়ই ভূত দেখছ।

ফলে আজ থেকে তোমার রুটিন পালটে ফেলতে হবে। বাইরের খোলা হাওয়া-বাতাসে ঘুরে বেড়াতে হবে, বাজার-হাট করতে হবে, লোকের সঙ্গে মেলামেশা বাড়িয়ে দিতে হবে।"

বিজয়বাবু কিছুক্ষণ হাঁ করে চেয়ে থেকে বললেন, "লিস্টিতে আর কিছু নেই? এভারেস্টে ওঠা বা ইংলিশ চ্যানেল পার হওয়া!"

"পরে হয়তো সেসব নিদানও দেওয়া হবে। আজ বাজার দিয়ে শুরু।"

বিজয়বাবু একটা দীর্ঘশ্বাস ফেলে করুণ গলায় বললেন, "বাজারটা কোন দিকে যেন?"

"পুব দিকে।"

"অ। তা সে না হয় হল! কিন্তু হ্যাঁ রে, বাজার কীভাবে করতে হয় জানিস?"

"তা জানব না কেন?"

"তা হলে তুইও না হয় সঙ্গে চল।"

"আমার ঘাড়ে একটা বই দুটো মাথা তো নেই মেজদা।"

"তা বটে।"

গুরুপদ অভয় দিয়ে বলল, "ভয়ের কিছু নেই, ফর্দ ধরে বাজার করলেই হবে। লাউ, কুমড়ো, পালংশাক, ধনেপাতা, বেগুন, উচ্ছে, নিমপাতা, আলু, টম্যাটো, পোনামাছ আর হাঁসের ডিম।"

"ওরে বাবা! এত খাওয়া কি ভাল?"

একটা দীর্ঘশ্বাস ফেলে বিজয়বাবুকে উঠতে হল। তিনি কখনও যুদ্ধে যাননি বটে, কিন্তু আজ মনে হয়, সেটাও এমন কিছু নয়। বাজারে চোর, জোচ্চোর, পকেটমার ঘুরে বেড়ায়, দর বেশি হাঁকে, ওজনে ফাঁকি দেয়, পচা জিনিস গছিয়ে দেয়। কী করে সব দিক সামলাবেন সেই দুশ্চিন্তা মাথায় নিয়ে দুরুদুরু বক্ষে তিনি বাজারে রওনা হয়ে পড়লেন।

বাড়ির কাছেই মোড়ের মাথায় ভবেন রক্ষিতের সঙ্গে দেখা।

"কে রে, বিজয় নাকি? বাজারে যাচ্ছিস?"

"হ্যাঁ ভবেনদা।"

"ভাল-ভাল। আমিও একটু আগেই বাজার ঘুরে এলুম কিনা! তা আজ নন্দগোপালের কাছে ভাল বেগুন পাবি। একেবারে কাশীর বেগুনের মতো স্বাদ। ধনঞ্জয় টাটকা লাউ পেড়ে এনেছে। সুকুমারের দোকানে আলতাপাটি শিম এসেছে দেখেছি।"

আনমনে একটা হুঁ দিয়ে বিজয়বাবু দ্রুত হাঁটতে লাগলেন। কেমন যেন একটা অস্বস্তি বোধ হচ্ছে। একটা ধন্দ-ধন্দ ভাব। প্রথম বাজারে গেলে বোধ হয় এরকমই হয়।

আলুর দোকানে শিবেন ধর উবু হয়ে বসে আলু বাছছেন দেখে বিজয়বাবুর ধড়ে প্রাণ এল। শিবেন ধর বিষয়ী লোক। ঝুপ করে তার পাশে বসে পড়ে বিজয়বাবু বললেন, "আলু নিচ্ছেন বুঝি শিবেনবাবু?"

"হ্যাঁ। তা আপনিও নেবেন বুঝি? ওই লালচে লম্বা ছাঁদের আলুগুলো বেছে তুলুন। ওগুলো খাঁটি নৈনিতাল। খবরদার, চার টাকার বেশি দর দেবেন না।"

বিজয়বাবুর ভারী সুবিধে হয়ে গেল।

ফুলকপি কিনতে গিয়ে একটু বিভ্রাটে পড়েছিলেন। কালু মোদক এগিয়ে এসে বলল, "আহা, ওগুলো নয়! গোড়ার দিকটা একটু সরু মতো দেখে নিন। ওগুলোর সোয়াদ খুব। দিশি জিনিস তো, সঙ্গে কড়াইশুঁটি নিতে ভুলবেন না। ওই অমর আজ টাটকা কড়াইশুঁটি এনেছে।"

বেশ ভালই লাগছে বাজার করতে তাঁর। বাজার-ভরতি এত চেনা লোককে পেয়ে যাবেন তা তো আর জানতেন না!

মাছের বাজারে গিয়ে মাছের একটা টুকরো প্রায় পছন্দই করে ফেলেছিলেন। ঠিক এই সময় গোপেন বিশ্বাস কোত্থেকে উদয় হয়ে বলল, "আহা, করো কী হে বিজয়? ওটা যে শতবাসি মাছ। ওই ফুলেশ্বর টাটকা পোনা মাছটা সবে কেটেছে। যাও-যাও, সের দুই কিনে ফ্যালো গে।"

অতি সুষ্ঠুভাবেই বাজার করছেন বিজয়বাবু, কিন্তু সেই অস্বস্তিটা কিছুতেই যাচ্ছে না। বারবারই মনে হচ্ছে, একটা কীসের যেন হিসেব মিলছে না। একটা বেশ গোলমাল হচ্ছে! কিন্তু কীসের গোলমাল তা ধরতে পারছেন না।

একজন মুটের হাতে বাজারপত্র চাপিয়ে বাজার থেকে বেরোতে যাবেন, সর্বেশ্বর পণ্ডিতের সঙ্গে দেখা।

"বাজার হল বুঝি?"

"যে আজ্ঞে, পণ্ডিতমশাই।"

"তোকে একটা কথা অনেকদিন ধরে বলব বলব করছি, বলা হয়ে উঠছে না।"

"কী কথা পণ্ডিতমশাই?"

"আহা, ওই বাইবেলটার কথা। জনসাহেবের সেই হিব্রু ভাষার বাইবেল। যদিও ম্লেচ্ছ জিনিস, তবু ওটা আগলে রাখিস। ওটার এখন অনেক দাম।"

বিজয়বাবুর মোটে খেয়ালই ছিল না। ঠিক বটে! তাঁদের বাড়িতে অনেক বইয়ের মধ্যে একটা হিব্রু ভাষার পুরনো বাইবেলও আছে বটে। শোনা যায়, জনসাহেবের নাতি বইখানা তাঁর দাদুকে দিয়েছিল।

বিজয়বাবু একটু অবাক হয়ে বললেন, "অনেক দাম?"

সর্বেশ্বর বললেন, "তাই তো শুনি। ওই বাইবেলের মধ্যে নাকি গুপ্তধনের সন্ধান আছে।"

বিজয়বাবু বিস্মিত। হাঁ করে চেয়ে রইলেন।

"কিছু লোক বাইবেলটা হাত করার জন্য ঘুরঘুর করছে বাপু। একটু হুঁশিয়ার থাকিস।"

"যে আজ্ঞে।" বলে চিন্তিত বিজয়বাবু বাড়িমুখো হাঁটতে হাঁটতে ফের অস্বস্তিটা বোধ করছিলেন। কী যেন একটা গরমিল হচ্ছে। কেমন যেন একটু ধাঁধামতো ভাব হচ্ছে! অথচ পকেটমার হয়নি! বিশেষ ঠকেও যাননি। কারও সঙ্গে কথা-কাটাকাটি বা অশান্তি হয়নি। অথচ এরকম হচ্ছে কেন?

মুটে ছেলেটা তাঁর পিছু পিছু আসছিল। হঠাৎ বলল, "আচ্ছা বাবু, একটা কথা জিজ্ঞেস করব?"

"কী কথা রে?"

"আপনি একা একা কথা বলেন কেন?"

"একা একা কথা বলি? দূর পাগল, কখন আমাকে একা-একা কথা বলতে দেখলি?"

"আজ্ঞে, সারাক্ষণই তো আপনি বাজার করতে করতে বেশ জোরে জোরে কথা বলছিলেন। এই যে একটু আগে বললেন, 'যে আজ্ঞে পণ্ডিতমশাই'। তারপর বললেন, 'তাই নাকি পণ্ডিতমশাই'। সবাই বলছিল বাবুটা পাগলা আছে।"

বিজয়বাবু রেগে একটা ধমক দিতে গিয়েও হঠাৎ বজ্রাহত হয়ে দাঁড়িয়ে পড়লেন। তাই তো! সর্বেশ্বর পণ্ডিত আসবেন কোত্থেকে? তিনি তো অন্তত পাঁচ বছর আগে...। মাথাটা বোঁ করে ঘুরে গেল বিজয়বাবুর। তাই তো! ভবেন রক্ষিত, শিবেন ধর, কালু মোদক বা গোপেন বিশ্বাস কারওরই তো বেঁচে থাকার কথা নয়। এঁদের প্রত্যেকের শ্রাদ্ধে তাঁর নেমন্তন্ন ছিল।

"ভূ-ভূত! ভূ-ভূত! ভূ-ভূত!" বলে আবার হাত-পা ছড়িয়ে সংজ্ঞা হারিয়ে মাটিতে পড়ে গেলেন বিজয়বাবু। লোকজন ছুটে এল। ধরাধরি করে বাড়ি নিয়ে যাওয়া হল তাঁকে। এল জল, এল পাখা। খবর পেয়ে যতীনডাক্তারও এসে হাজির। বিজয়বাবুর প্রেশার দেখা হল, জিভ দেখা হল, চোখ দেখা হল, নাড়ি দেখা হল, বুক পরীক্ষা হল, পেট টিপে দেখা হল।

শশীমুখী অত্যন্ত ক্ষুব্ধ হয়ে বললেন, "ভূত দেখারও তো একটা নিয়মকানুন রীতিনীতি থাকবে রে বাপু! যখন-তখন দেখলেই তো হবে না! অন্ধকার চাই, একা হওয়া চাই, নিরিবিলি জায়গা চাই! বাজার-ভরতি একহাট লোকের মধ্যে দিনের

ফটফটে আলোয়, তাও একটি-দু'টি নয়, গন্ডায়-গন্ডায় ভূত দেখে নাকি কেউ? ছ্যা-ছ্যা, এ যে ভূতের উপর ঘেন্না ধরে গেল বাবা! ভূত যদি এমন নির্লজ্জ, আদেখলে বেহায়া হয়, তা হলে ভূতকে আর কেউ কখনও ভয় পাবে?"

মূর্ছনাদেবীও রাগ করে বললেন, "চারদিকে মনিষ্যিগুলোকে কখনও ওঁর নজরে পড়ে না, নজরে পড়ে কেবল ভূতেদের!"

এই ক'দিন আগেও বিজয়বাবু ভূতের অস্তিত্বে বিশ্বাস করতেন না। ভূত বলে যে কিছু থাকতে পারে এটা কোনও কাণ্ডজ্ঞানসম্পন্ন মানুষ কি বিশ্বাস করতে পারে? তা হলে এখন এসব কী হচ্ছে? এ কি ভূত না ভুল? তাঁর কি কাণ্ডজ্ঞান লোপ পেয়েছে? লজিক কাজ করছে না? ঘরভরতি পাড়া-প্রতিবেশী আর বাইরের মানুষজন তাঁকে হাঁ করে দেখছে, আর নানা কথা কইছে। লজ্জায় মুখ দেখানোর জো রইল না তাঁর! চোখ বুজে মটকা মেরে পড়ে থাকা ছাড়া তাঁর আর কী-ই বা করার আছে? এইভাবে দশজনের কাছে হাস্যাস্পদ হয়ে বেঁচে থাকাও যে কঠিন হয়ে উঠছে তাঁর কাছে!

যতীনডাক্তার চিন্তিতভাবে বললেন, "শশীমুখী বউমা ঠিকই বলেছেন। ভূত-টুত দেখার একটা আলাদা অ্যাটমস্ফিয়ার আছে। দিনেদুপুরে বাজারে ভিড়ের মধ্যে ভূত দেখাটা তো ঠিক হচ্ছে না!"

নীলমণি ঘোষ বললেন, "ঘোর কলিকাল বলেই হচ্ছে। এর পর বেলা বারোটায় আকাশে তারা দেখা গেলেও আশ্চর্যের কিছু নেই।"

অভয়পদ বলল, "এসবের মূলে কি গ্লোবাল ওয়ার্মিং আর এল নিনো আছে বলে আপনার মনে হয় ডাক্তারবাবু?"

শশীমুখী রোষ-কষায়িত লোচনে তার দিকে তাকাতেই অভয়পদ তাড়াতাড়ি পিছিয়ে ভিড়ের আড়ালে গিয়ে দাঁড়াল।

যতীনডাক্তার বিদায় হলেন। ঘরের ভিড়টাও ধীরে ধীরে পাতলা হয়ে গেল। একা হওয়ার পর বিজয়বাবু একটা দীর্ঘশ্বাস ফেলে চোখ খুললেন। আর চোখ খুলেই শুনতে পেলেন, ভিতর দিককার বারান্দায় নয়নতারা শশীমুখীকে বলছে, "ও বড়দি, ভূতই দেখুন আর যা-ই দেখুন, মেজদা কিন্তু বাজারটা করেছেন ভারী ভাল! কী সুন্দর কচি লাউ এনেছেন দেখুন! আর বাজারের সেরা ফুলকপি, সরু ডাঁটিওয়ালা। কী ভাল বড় বড় টম্যাটো, কচি পালং, নারকুলে বাঁধাকপি আর কড়াইশুঁটি!"

বাসবীও বেশ উঁচু গলায় বলল, "আর মাছটাও একদম এক নম্বর। এমন পাকা তেলালো রুই অনেকদিন আসেনি। নাঃ, মেজদার মতো এত সুন্দর বাজার কাউকে করতে দেখিনি!"

প্রশংসা শুনে বিজয়বাবুর মুখ শুকোল! সর্বনাশ! তাঁর বাজারের সুখ্যাতি বেশি

ছড়ালে যে এবার থেকে তাঁকেই ঠেলেঠুলে রোজ বাজারে পাঠানো হবে! সেই ধকল কি তিনি সইতে পারবেন? হার্টফেল হয়ে যাবে যে!

খুব সরু গলায় পাশ থেকে কে যেন বলে উঠল, "বাবু!"

বিজয়বাবুর বুকের ভিতরে হৃৎপিণ্ডটা লাফিয়ে উঠে পাঁজরে জোর একটা ধাক্কা দিল। তিনি টক করে চোখ বুজে ফেলে ককিয়ে উঠলেন, "ভূ-ভূত! না না, আমি আর ভূত দেখতে পারব না বাবা। আর নয়। একদিনের পক্ষে যথেষ্ট হয়েছে। তুমি বরং আর একদিন...!"

"বাবু, আমি লখাই!"

বিজয়বাবু মিটমিট করে তাকিয়ে দেখলেন, লখাই-ই বটে। তাঁর বিছানার পাশে মেঝেয় বসে দাঁত বের করে হাসছে।

"হাসছিস যে বড়?"

"ভয় খেলেন তো, তাই দেখেই হাসছি।"

"মানুষ ভয় খেয়ে মরতে বসলে কি তোর মজা হয়?"

"না বাবু, বলছি, তেনারা তো আপনার ভালই করতে চেয়েছিলেন?"

বিজয়বাবু খিঁচিয়ে উঠে বললেন, "তা ভালটা একটু আড়াল-আবডাল থেকে করা যেত না? অমন বুক ফুলিয়ে চোখের সামনে এসে ভাল করতে হয়? তাতে যে হার্টফেল হতে পারে, সেটাও তো ভাল করার আগে ভাবা উচিত ছিল।"

লখাই মাথা-টাথা চুলকে বলল, "তা বটে! তবে কিনা তেনাদের মতিগতি বোঝা ভারী শক্ত। কিন্তু আপনার সঙ্গে তেনাদের যে একটা ভারী কাজের কথা আছে! না বললেই নয়।"

বিজয়পদ অত্যন্ত আতঙ্কিত হয়ে বললেন, "ওরে না না! আমি কোনও কথা-টথা শুনতে পারব না! আর দেখা-সাক্ষাতেরও দরকার নেই।"

"কিন্তু বাবু, কথাটা যে বড্ড কাজের ছিল।"

"কী কথা? অ্যাঁ? আমার সঙ্গে তাদের এত কথা কীসের?"

লখাই ফের মাথা-টাথা চুলকে বলল, "আজ্ঞে, আমি মুখ্যুসুখ্যু মানুষ, কী আর বলব? তবে যতদূর জানি, একটা বই নিয়ে কথা। বইখানা নাকি খুব কাজের বই।"

"বই!" বলে হঠাৎ বিজয়পদ শোওয়া অবস্থা থেকে সটান হয়ে বসে বললেন, "তাই তো! সর্বেশ্বর পণ্ডিত তো একটা বইয়ের কথাই বলেছিলেন! হিব্রু ভাষায় ছাপা বাইবেল!"

লখাই একগাল হেসে বলল, "আজ্ঞে, সেইখানাই!"

"তার মধ্যে নাকি গুপ্তধনের হদিশ আছে?"

বিজয়পদ তাড়াতাড়ি উঠে পড়ে বললেন, "চল তো দেখি।"

লাইব্রেরি ঘরে এসে বিজয়পদ কাঠের মইখানা উত্তর দিকের দেওয়ালে একেবারে কোণ ঘেঁষে দাঁড় করালেন। কোথায় কোন বই রাখা আছে এটা তাঁর একেবারে মুখস্থ। চোখ বেঁধে দিলেও বের করতে পারবেন।

লখাই মইখানা চেপে ধরে রইল। বিজয়পদ খুব সাবধানে মই বেয়ে উপরে উঠলেন। বাঁ ধারে পরপর দশ-বারোখানা নানা সংস্করণের বাইবেল সাজানো। বাঁ দিক থেকে দ্বিতীয়খানাই হিব্রু ভাষার বাইবেল। কিন্তু জায়গাটা ফাঁকা!

বিজয়পদ একটা আর্তনাদ করলেন, "সর্বনাশ!"

"কী হল বাবু?"

"বইটা তো নেই!"

"বলেন কী বাবু? এঃ হেঃ, তেনারা যে ভারী নেতিয়ে পড়বেন?"

স্তম্ভিত বিজয়পদ মই থেকে নামার কথা অবধি ভুলে গিয়ে দু' হাত মাথায় দিয়ে ডুকরে উঠতে যাচ্ছিলেন। সাধারণত মইয়ের উপর উঠলে দু' হাত ছেড়ে দেওয়ার নিয়ম নেই, তা যুক্তিযুক্তও নয়, বুদ্ধিমত্তার পরিচয়ও নয়। সুতরাং বিজয়বাবু মইয়ের ডগা থেকে চিতপটাং হয়ে সোজা মেঝের উপর পড়তে লাগলেন। তবে একেবারে শেষ মুহূর্তে দুটো জোরালো হাত তাঁকে ধরে পাঁজাকোলে তুলে না নিলে বিপদ ছিল।

পড়ার ধকলে বিজয়পদর মাথাটা ভোম্বল হয়ে গিয়েছিল। কিছুক্ষণ কিছুই বুঝতে পারছিলেন না। তারপর আবছা চোখে খোঁচা-খোঁচা দাড়িওয়ালা মুখটা দেখে ককিয়ে উঠলেন, "ভূ-ভূত! ভূ-ভূত!"

লোকটা তাঁকে যত্ন করে চেয়ারে বসিয়ে দিয়ে বলল, "আজ্ঞে, ভূতও বলতে পারেন। আমি কি আর মনিষ্যির মধ্যে পড়ি? তবে কিনা এখনও চৌকাঠটা ডিঙনো হয়নি, এই যা!"

"ও, আপনি সেই বটু সর্দার, তাই না?"

"যে আজ্ঞে। তা বাবু, অমন হন্তদন্ত হয়ে প্রাণ হাতে নিয়ে কোন বইটা খুঁজছিলেন বলুন তো?"

বিজয়পদ একটু ধাতস্থ হয়েছেন। সুতরাং সতর্কতা অবলম্বন করে বললেন, "ও একটা ইংরেজি বই।"

লোকটা ঘরের কোণ থেকে চামড়ায় বাঁধানো একটা মোটা বই কুড়িয়ে নিয়ে এসে বলল, "আজ্ঞে, আমি মুখ্যু মানুষ। ইংরেজিও জানি না, হিব্রুও জানি না। তা দেখুন তো, এই বইটা নাকি?"

বিজয়পদ বইটা প্রায় ছোঁ মেরে নিয়ে উলটে-পালটে দেখে বললেন, "আরে, এই তো সেই বই! হিব্রু ভাষার বাইবেল! এটা আপনি কোথায় পেলেন?"

"আজ্ঞে, যেখানে রাখা ছিল সেখান থেকেই পেয়েছি।"

"বলেন কী? তা বইটা নামিয়েছিলেন কেন?"

"সে আর কবেন না। শুনেছিলুম, বইটার মধ্যে নাকি গুপ্তধনের একখানা নকশা আছে। তা ভাবলুম, নকশাখানা বেহাত হলে বাবুর তো বেজায় লোকসান হয়ে যাবে। তাই নকশাখানা বের করে নিয়ে গিয়ে এই একটু আগে বাজার থেকে ছাপাই করে নিয়ে এলাম।"

বিজয়পদ আঁতকে উঠে বললেন, "জেরক্স করিয়েছেন? সর্বনাশ! তা হলে তো খবরটা চাউর হয়ে যাবে?"

বটু সর্দার চিন্তিতভাবে মাথা নেড়ে বলল, "তা খুব একটা ভুল বলেননি। দোকানি আর তার শাগরেদ বলাবলি করছিল বটে, এটা নাকি গুপ্তধনের নকশা। তা তারাও কয়েকখানা ছাপিয়ে নিল দেখলাম।"

বিজয়বাবু দু' হাতে মাথা চেপে ধরে বললেন, "হায়-হায়। সারা গাঁয়ে যে এতক্ষণে ঢিঢি পড়ে যাওয়ার কথা! এমন একটা গোপন জিনিস কি বাজারের দোকানে জেরক্স করতে হয়?"

"ঘাবড়াবেন না বাবু, আসল নকশাটা বইয়ের মধ্যেই যত্ন করে রাখা আছে। হেঁ হেঁ, ওখানা তো আর হাতছাড়া করিনি!"

লখাই এতক্ষণ কথা বলেনি। এবার বলল, "হ্যাঁ বটে, বাজারের পাশ দিয়ে আসার সময় আমি ফটিককে এই নকশার ছাপাই ফিরি করতে দেখেছি। হেঁকে বলছিল বটে, 'গুপ্তধনের নকশা, দু' টাকা! গুপ্তধনের নকশা, দু' টাকা!' "

"কী সর্বনাশ করলেন বলুন তো?"

বটু সর্দার কাঁচুমাচু হয়ে বলল, "তা বাবু, বুড়ো হয়েছি, ভীমরতিই হল বোধ হয়।"

পাঁচ

দিন দুই আগে গুরুপদ বলব-বলব করে হঠাৎ বলেই ফেলল, "হ্যাঁ মশাই, আপনি যে পকেটমারি শেখাবেন বলে কথা দিলেন, তা এখন তো দেখছি আপনার মোটেই গা নেই। কেবল খাচ্ছেন-দাচ্ছেন, শুয়ে-শুয়ে ঠ্যাং নাচাচ্ছেন, আর আজ না কাল বলে পাশ কাটাচ্ছেন! তা আর কবে শেখাবেন?"

একগাল হেসে বটু সর্দার বলল, "আহা, তাড়াহুড়ো কীসের? তুমি তো বাপু লোকের পকেট মেরে রোজগারপাতি করতে যাচ্ছ না?"

"তা বলে বিদ্যেটা শিখব না মশাই? আমার যে ওইটেই নেশা।"

বটু একটু আনমনা হয়ে বলল, "বৃথা বিদ্যায় কী লাভ বলো তো বাপু? খামোখা শিখে সময় নষ্ট! তার চেয়ে রোজগারপাতি হয়, দুটো টাকা হাতে আসে, এমন কাজই তো ভাল!"

গুরুপদ হতাশ গলায় বলল, "সে আর আমার হওয়ার নয়।"

বটু সর্দার সোজা হয়ে বসে হঠাৎ বলল, "তা যদি ফস করে একথোক টাকা তোমার হাতে এসে যায়, তা হলে কী করতে ইচ্ছে যায় তোমার?"

গুরুপদ বিরস মুখে বলল, "সাতমন ঘিও পুড়বে না, আর রাধাও নাচবে না। ওসব ভেবে কী লাভ?"

"আহা ভাবনারও তো একটা সুখ আছে, না কি? মানুষ কি ইচ্ছেমতো সব পায়? খানিকটা পায়, আর খানিকটা ভেবে ভেবে পূরণ করে নেয়।"

"তা যদি বলেন তা হলে বলতে হয়, হাতে কিছু টাকা পেলে বেশ একটা ঝিনচাক দেখে মোটরবাইক কিনে ফেলতাম। সেইসঙ্গে একটা মনোহারি দোকান খুলে ফেলতাম, আর দেশটা একটু ঘুরে-ঘুরে দেখে আসতাম।"

শুনে খুব হাসল বটু। তারপর অনেকক্ষণ ধরে মাথা নেড়ে নেড়ে কী ভেবে নিয়ে বলল, "তা সেসব তোমার হয়েই গিয়েছে ধরে নাও। কেল্লা মেরেই দিয়েছ!"

"তার মানে?"

"তোমাকে বলেই বলছি। পাঁচকান কোরো না হে! বলি, গুপ্তধন বলে একটা কথা আছে, শুনেছ কখনও?"

"তা শুনব না কেন?"

"বলি হঠাৎ করে গুপ্তধনই যদি পেয়ে যাও, তা হলে কেমন লাগবে?"

"দূর মশাই, গুপ্তধন-টন পাওয়া কি সোজা নাকি? একশো-দেড়শো লটারির টিকিট কিনলাম, তার একটাও লাগল না। আমাদের কি আর সেই কপাল?"

বটু মোটে দমল না। ভারী খুশিয়াল গলায় বলল, "অত হাল ছেড়ে দিয়ো না হে! গুপ্তধনের একটা পাকা খবর আছে বলেই বলছি। কপালটা তোমার বোধ হয় তেমন খারাপ নয়।"

"খবরটা যদি পাকাই হয়, তা হলে আপনি হাত-পা গুটিয়ে বসে আছেন কেন? গুপ্তধন তো নিজেই দখল করতে পারতেন?"

বটু উদাস হয়ে বলল, "তা পারতাম। তবে লাভ কী বলো? আমারটা খাবে কে?"

"তার মানে গুপ্তধন পেলে আপনি তার ভাগও চান না?"

একগাল হেসে বটু বলল, "তা চাই না বটে, তবে একজোড়া নতুন জুতো, চুল ছাঁটার পয়সা আর সকালে একদিন ইচ্ছেমতো জিলিপি হলেই চলবে।"

"আপনি বড় গোলমেলে লোক মশাই! খোলসা করে বলুন তো!"

"কথাটা একটু একটু করে ভাঙলে বেশ একটু গা ছমছম ভাব হয়। তাই না?"

"আমার মোটেই তেমনটা হচ্ছে না। ঝেড়ে কাশুন তো মশাই!"

"তোমার তো ওইটাই দোষ! সব ব্যাপারেই তাড়াহুড়ো। ওরে বাপু, কথা জিনিসটা হল বিস্কুটের মতো। অল্প অল্প করে ভেঙে খেতে হয়। তবে না স্বাদ-সোয়াদ টের পাবে। হালুম-খালুম করে গিলতে গেলে যে গলায় আটকায়!"

"আপনি বড়ই গোলমেলে লোক! তখন থেকে ঝোলাচ্ছেন।"

"আচ্ছা আচ্ছা বাপু, বলছি!" বলে বালিশের তলা থেকে একখানা চামড়ার মোটা বই বের করে গুরুপদকে দেখাল বটু।

"ওটা কী?"

"এই হল হিব্রু ভাষায় লেখা একখানা বহু পুরনো বাইবেল।"

"কোথায় পেলেন?"

"যেখানে ছিল সেখানেই পেয়েছি বাপু! অত কথায় কাজ কী?"

"তা বাইবেল দিয়ে হবেটা কী?"

"আহা, ব্যস্ত হচ্ছ কেন? এটা শুধু বাইবেল নয়, সোনার খনি।"

বটু বইখানা খুব সাবধানে খুলে পাতার ভিতর থেকে একটা ভাঁজ করা তুলট কাগজ বের করে আনল। ভারী যত্ন করে কাগজটার ভাঁজ খুলে গুরুপদর সামনে তুলে ধরে বলল, "এবার দেখো।"

গুরুপদ দেখল, বহু পুরনো, কীটদষ্ট কাগজটায় একটা আবছা নকশা। বেশ কাঁচা হাতের কাজ। কাগজের উপর পেনসিল দিয়ে লেখা, 'দি ট্রেজার্স অফ জন আর্চার'। সে উত্তেজিত গলায় বলল, "কোথায় এটা?"

বটু বলল, "ব্যস্ত হোয়ো না বাপু! জন আর্চারের বাড়ি বেশি দূরে নয়।"

গুরুপদ বিস্ফারিত চোখে চেয়ে বলল, "জনসাহেবের কবর! এ সেই জনসাহেবের গুপ্তধন নাকি?"

বটু নির্বিকার গলায় বলল, "তা তো বটেই!"

গুরুপদ নকশাখানা হাতে নিয়ে বেশ ভাল করে খুঁটিয়ে দেখল। কাঁচা হাতের কাজ হলেও নকশাটা বিশেষ জটিল নয়। পরিষ্কার বোঝা যাচ্ছে। জন আর্চারের বাড়ির দক্ষিণের কোণে বড় শয়নকক্ষের নীচে মাটির তলায় তাঁর সব ধনরত্ন পোঁতা আছে। গুরুপদ সোজা হয়ে বলল, "তা হলে আমরা দেরি করছি কেন?"

বটু সর্দার বলল, "দেরি করছি কে বলল?"

"এক্ষুনি বেরিয়ে পড়লে হয় না?"

"দূর পাগল, দিনে-দুপুরে ওসব করতে গেলে বিপদ! পাঁচজনের নজরে পড়বে। পাঁচটা কথা উঠবে। আজ রাত বারোটার পর দু'জনে বেরোব'খন।"

"কী কী লাগবে?"

"দু'খানা শাবল আর একখানা হারিকেন।"

"বড় বস্তা-টস্তা নিতে হবে না?"

বটু অবাক হয়ে বলল, "বস্তা? বস্তা দিয়ে কী হবে?"

"ধনরত্ন ভরে আনতে হবে না?"

বটু মাথা চুলকে বলল, "তা বটে!"

সারাদিনটা ভারী উত্তেজনার মধ্যে কেটে গেল গুরুপদর।

রাত বারোটার পর জনসাহেবের জঙ্গলে-ঘেরা বাড়ির ধ্বংসস্তূপের সামনে যখন দু'জনে পৌঁছোল, তখন হাড়কাঁপানো শীত আর কুয়াশা। হারিকেনের মলিন আলোয় কিছুই তেমন ঠাহর হওয়ার উপায় নেই।

গুরুপদ বলল, "একটা টর্চ আনলে বড় ভাল হত মশাই!"

"আরে না। গতকাল এসে আমি জায়গাটা আন্দাজ করে গিয়েছি।"

ধ্বংসস্তূপের উপর দিয়ে অতিকষ্টে দু'জন পা ফেলে ফেলে এগিয়ে যাচ্ছিল। এক জায়গায় হঠাৎ দাঁড়িয়ে বটু সর্দার হাত তুলে একটা ইশারা করল।

গুরুপদ উত্তেজিত গলায় বলল, "এইটাই কি সেই শোওয়ার ঘর?"

"হুঁ।"

ভাঙা ইট-কাঠ সরিয়ে একটা বিশেষ জায়গায় শাবল মারল বটু। চাপা গলায় বলল, "ওপাশ থেকে তুমিও লেগে পড়ো হে! সময় নেই।"

খুঁড়তে বেশি মেহনত করতে হল না। নরম ঝুরঝুরে মাটি। বটু সর্দার মাঝে-

মাঝেই খোঁড়া থামিয়ে উৎকর্ণ হয়ে কী যেন শোনার চেষ্টা করছে, আর মাঝে-মাঝে পশ্চিমের দিকে তাকাচ্ছে।

গুরুপদর উৎসাহ বেশি। সে প্রবল বিক্রমে মাটি সরাতে সরাতে হঠাৎ চকচকে একটা জিনিস দেখতে পেয়ে সেটা তুলে আনল। বেশ ভারী এবং বহুকালের পুরনো একটা মোমদানি।

"এটা কি সোনার জিনিস নাকি মশাই?"

বটু অন্যমনস্ক গলায় বলল, "হতেও পারে!"

গুরুপদ সোৎসাহে খুঁড়তে থাকল আর মাটি সরাতে থাকল। এর পর উঠল একটা রেকাবি, একটা জং-পড়া তলোয়ার। একটা বন্ধ হয়ে যাওয়া ট্যাঁকঘড়ি, তামার হাঁড়ি, সোনালি রঙের একটা ক্রুশ, দু'খানা জং-ধরা পিস্তল। গুরুপদর শরীরে দুনো বল এল। সে দ্বিগুণ বেগে খুঁড়তে লেগে গেল।

হঠাৎ বটু বলে উঠল, "আর নয় হে, এবার গা ঢাকা দিতে হচ্ছে।"

"তার মানে? এই তো সবে শুরু।"

"বাপু হে, পণ্ডিতরা বলেছেন, বিপদকালে অর্ধেক ত্যাগ করতে হয়।"

"দূর মশাই, এখনও তো মোহরের কলসি-টলসি ওঠেনি। অর্ধেক ত্যাগ করার কথা ওঠে কীসে?"

বটু কথা না বাড়িয়ে তার নড়া ধরে একটা হ্যাঁচকা টানে দাঁড় করিয়ে দিয়ে বলল, "ছোটো!"

গুরুপদ গাঁইগুঁই করতে যাচ্ছিল। ঠিক এই সময় পশ্চিম দিক থেকে কড়াৎ করে একটা শব্দ শোনা গেল। একটা গুলি শিসের শব্দ করে পাশের জারুল গাছটার ডালে বিঁধে গেল। গুরুপদর আর আপত্তি হল না। "বাপ রে!" বলে সে বটুর পিছু পিছু ছুটতে লাগল।

ঘুরঘুট্টি অন্ধকারে একটা অশ্বত্থগাছের আড়ালে দাঁড়িয়ে দু'জনে চেয়ে দেখল, বন্দুক হাতে একটা বেঁটে আর একটা লম্বা ছায়ামূর্তি তাদের ফেলে আসা হারিকেনের আলোয় গর্তটা দেখছে। টর্চ ফেলে চারদিকটাও একটু দেখে নিল তারা।

"ওরা কারা মশাই?"

"তার আমি কী জানি?"

করুণ গলায় গুরুপদ বলল, "গুপ্তধন কি শেষে ওদের হাতেই যাবে মশাই?"

"রকম-সকম দেখে তাই তো মনে হচ্ছে।"

"বাইবেল আর নকশাখানাও যে ওখানে পড়ে রইল?"

বটু বলল, "তা কী আর করা যাবে বলো? বিপদে অর্ধেক ত্যাগ করতে হয়।"

হতাশ গলায় গুরুপদ বলল, "কিন্তু ধর্মত, ন্যায্যত গুপ্তধনটা তো আমাদেরই প্রাপ্য, কী বলেন? আমরাই তো আবিষ্কার করেছি, খোঁড়াখুঁড়ি করেছি।"

"সে তো বটেই। কিন্তু সেকথা ওদের বুঝিয়ে বলা শক্ত হবে।"

"এটা কিন্তু আমাদের উপর খুব জুলুম হচ্ছে! ইস, কত জিনিস তুলে ফেলেছিলাম! আর একটু খুঁড়লেই মোহরের ঘড়াও পাওয়া যেত!"

"হুঁ।"

"না মশাই, আপনার যেন তেমন হেলদোল নেই? সত্যি করে বলুন তো, আপনার আফসোস হচ্ছে না?"

"হচ্ছে না আবার? খুব হচ্ছে! হওয়ারই কথা কিনা!"

হঠাৎ শোনা গেল, দু'জন লোকের একজন একটু চেঁচিয়ে বলে উঠল, "ওরে পানু, এই যে সেই বাইবেল আর গুপ্তধনের নকশা!"

"কই, দেখি দেখি!"

"এটা নিশ্চয়ই ওই বটু শয়তানের কাজ। ও-ই এসেছিল গুপ্তধন উদ্ধার করতে। খুব সময়মতো এসে পড়েছিলাম রে! চারদিকে নজর রাখতে হবে, বুঝলি! বটু বহুত চালাকি জানে। এবার ওকে খতম করতে পারলে তবে শান্তি।"

গুরুপদ শুকনো গলায় বলল, "ওরা যে আপনার কথা বলছে!"

"তাই তো দেখছি! চলো বাপু, আর এখানে দাঁড়িয়ে থাকার দরকার নেই। শীতটাও চেপে পড়েছে। খোঁড়াখুঁড়ির মেহনতও হয়েছে কম নয়।"

"চলুন।"

খানিকক্ষণ চুপচাপ হাঁটার পর হঠাৎ গুরুপদ বলে উঠল, "আমার কী মনে হয় জানেন?"

"কী মনে হয়?"

"এরকম যে হবে আপনি তা জানতেন।"

"আরে না না। আমাকে কি সবজান্তা ঠাওরালে বাপু?"

"গুপ্তধনটা হাতছাড়া হল, নকশাটা পর্যন্ত বেহাত হল, কিন্তু আপনার যেন তেমন দুঃখ-টুঃখ হচ্ছে না!"

"দুঃখ হচ্ছে বই কী! বেশ দুঃখ হচ্ছে।"

"আমার এমনও মনে হচ্ছে যে, আপনি ওই লোক দুটোকে চেনেন!"

"শোনো কথা! মানুষ চেনা কি আর সোজা কথা নাকি? এত সহজে মানুষ চেনা গেলে তো ভাবনাই ছিল না।"

"আপনি খুব বিটকেল লোক!"

"তা তো বটেই! আমি কি কখনও বলেছি যে, আমি লোক ভাল?"

গুরুপদ একটা দীর্ঘশ্বাস ফেলে চুপ করে হাঁটতে লাগল।

বাড়িতে এসে নিজের ঘরে গিয়ে শুয়ে শুয়ে অনেকক্ষণ ভাবল গুরুপদ। গুপ্তধনটা হাতের মুঠোয় এসেও এল না! খুনে দু'জন আর-একঘণ্টা পরে এলেও কাজ হয়ে যেত!

শেষ রাতে একটু ঘুমিয়ে পড়েছিল গুরুপদ। সকালে উঠে দেখল, বটু সর্দার তার ঘরে বেশ হাসিখুশি মুখে বসে আছে। হাতে সেই বাইবেলখানা আর নকশাটাও। গুরুপদ অবাক হয়ে বলল, "ওগুলো কোথায় পেলেন?"

বটু হেসে কুটিপাটি হয়ে বলল, "সে আর কোয়ো না বাপু! সকালের দিকে চুপিচুপি কাণ্ডখানা দেখতে গিয়ে দেখি, লোক দুটো বেদম হয়ে হেঁদিয়ে পড়ে আছে। সারারাত খোঁড়াখুঁড়ি করেছে তো! জিনিসও তুলেছে সেথা। একপাঁজা চিনেমাটির বাসন, দুটো বড় বড় লোহার গামলা, গোটাদুই কেঠো চেয়ার, একটা মরচে পড়া গাদাবন্দুক, আতশ কাচ, চাবির গোছা, পোড়ামাটির পুতুল, আরও কী সব যেন। তা অত খাটুনিতে দু'জনেই নেতিয়ে পড়েছিল। আমি গিয়ে বাইবেল আর নকশাখানা তুলে নিয়ে এলাম।"

গুরুপদ নাক সিঁটকে বলল, "ওগুলো কেমনধারা গুপ্তধন মশাই? কেবল গুচ্ছের থালা-বাটি-গামলা আর ভাঙা বন্দুক! ঘড়া ঘড়া মোহর বেরোবে তবে না! তা ঘড়া-টড়া দেখলেন না কিছু?"

"আহা, ব্যস্ত হচ্ছ কেন? ঘড়াও কি আর না বেরোবে? আরও খোঁড়াখুঁড়ি করতে দাও না, কেঁচো খুঁড়তে সাপ বেরিয়ে পড়বে'খন।"

গুরুপদ একটা দীর্ঘশ্বাস ফেলে বলল, "বেরোলেই বা আমাদের কোন লবডঙ্কা হবে বলুন! সবই তো ওদের দখলে যাবে।"

বটু একটু গম্ভীর হয়ে বলল, "তা অবিশ্যি ঠিক।"

"না মশাই, আপনার ভাবগতিক আমি ভাল বুঝছি না। ওরা সব সোনাদানা তুলে ফেলছে আর আপনি দিব্যি গায়ে ফুঁ দিয়ে বেড়িয়ে বেড়াচ্ছেন।"

"ওরে বাপু, ভাল দিকটাও তো দেখতে হবে।"

"এর আবার ভাল দিকটা কী মশাই?"

"একটু তলিয়ে ভাবলেই বুঝতে পারবে। খোঁড়াখুঁড়ির মেহনতটা তো আর তোমাকে পোয়াতে হচ্ছে না। ওদের উপর দিয়েই যাচ্ছে। সেটা ভাল হচ্ছে না?"

"না, হচ্ছে না। একটা কথা আছে না, পেটে খেলে পিঠে সয়। মেহনতে যদি সাতঘড়া সোনা পাওয়া যায় তা হলে সেটা খারাপ হবে কেন?"

বটু হঠাৎ যেন খুব চিন্তিত হয়ে ভ্রু কুঁচকে বলল, "তাই তো! এটাও তো ভাববার মতো কথা!"

"তাই তো বলছি। একটু ভাবুন। দরকার হলে আরও দশজন লোক জুটিয়ে আমরা ওদের উপর গিয়ে হামলা করতে পারি।"

বটু আঁতকে উঠে বলল, "ওরে সর্বনাশ! খবরদার ও কাজ করতে যেয়ো না। ওরা দু'জনেই খুনেগুন্ডা। দশ-বিশটা লাশ লহমায় ফেলে দেবে।"

ভয় খেয়ে গুরুপদ বলল, "তা হলে কী করব?"

"চুপটি করে থেকেই দেখো না। ওদিককার গর্তটা আরও একটু বড় হতে থাক। তারপর দেখা যাবে।"

তা ঘড়াও শেষ অবধি পাওয়া গেল। একটি-দু'টি নয়, পরপর সাত-আটটা ঘড়া এবং পাওয়া গেল প্রাণান্তকর পরিশ্রমের পর, দ্বিতীয় রাত্রির শেষে, ভোরবেলার দিকে। তবে তখন পানু আর নিতাইয়ের দম শেষ, টর্চের আলো নিবু-নিবু, শরীর ভেঙে আসছে। দু' রাত্রি আর-একটা পুরো দিন ধরে মাটি খুঁড়ে ঝুড়ি ঝুড়ি মাটি উপরে এনে ফেলতে হয়েছে। ঘুমোতে পারেনি ভয়ে, ভাল করে খাওয়া হয়নি। গুপ্তধনের নেশায় তারা পাগলের মতো গর্ত খুঁড়েছে। শেষ অবধি জনসাহেবের শোওয়ার ঘরের নীচে পাওয়া গেল একটা ছোট চোরকুঠুরি। নিবু-নিবু টর্চের আলোয় অবশেষে চোখে পড়েছে মাটির উপরে সাত-সাতটা ঘড়ার মুখ জেগে আছে।

ঘড়া তুলতে গিয়ে তারা টের পেল, শরীরে আর একরত্তিও শক্তি অবশিষ্ট নেই। দম নিতে কষ্ট হচ্ছে। চোখে অন্ধকার দেখছে। মাথা ঝিমঝিম করছে।

টলতে টলতে কোনও রকমে ছেঁচড়ে-হিঁচড়ে দু'জনে উপরে উঠে এল। তারপর মাটিতে উপুড় হয়ে শুয়ে পড়ল। বাইরে আলো ফুটেছে, পাখি ডাকছে, সূর্য উঠি-উঠি করতে লেগেছে।

কতক্ষণ তারা ঘুমিয়েছে তার হিসেব ছিল না। হঠাৎ একটা হইহই চেঁচামেচি আর বহু লোকের পায়ের শব্দে চমকে দু'জনের ঘুম ভাঙল। দেখল, বেশ বেলা হয়ে গিয়েছে, চারদিকে ঝলমলে রোদ্দুর। আর সভয়ে দেখতে পেল, পালে-পালে লোক কোদাল, শাবল, গাঁইতি, বস্তা নিয়ে তেড়ে আসছে এদিকেই। অনেকের হাতেই একটা করে কাগজ।

নিতাই চট করে উঠে বসে পিস্তল বের করে গর্জন ছাড়ল, "খবরদার!" তবে গলা ফেঁসে যাওয়ার পর গর্জনটা ফুটল না, একটা ফ্যাসফেসে আওয়াজ বেরোল কেবল।

পিস্তল দেখে লোকগুলো ভয় খেয়ে দাঁড়িয়ে গেল।

পানু দুম করে তার পিস্তল থেকে একটা গুলি চালিয়ে দিয়ে বলল, "যে কাছে আসবে সে-ই মরবে।"

একজন মাতব্বর লোক দূর থেকে চেঁচিয়ে বলল, "তোমরা কারা হে? বাইরের লোক গাঁয়ের এলাকায় ঢুকেছ যে বড়? ডাকাত নাকি?"

নিতাই বলল, "কে বলল ডাকাত? আমরা সরকারি লোক, সার্ভে করতে এসেছি।"

"সার্ভেয়ারের তো বন্দুক থাকার কথা নয়!"

নিতাই বলল, "আমাদের সিকিউরিটির জন্য বন্দুক রাখতে হয়। সরকারের কাজে বাধা দিয়ো না, সরে পড়ো।"

সামনের লোকগুলো নিজেদের মধ্যে একটু কথা বলাবলি করে নিচ্ছিল, তাদের পিছন থেকে হঠাৎ কয়েকজন ছেলেছোকরা চেঁচিয়ে বলে উঠল, "এরা আমাদের গুপ্তধন চুরি করে নিতে এসেছে! ওই দেখো কত জিনিস মাটি খুঁড়ে তুলে এনেছে!"

তারপরই মার-মার করে ক্ষিপ্ত জনতা তেড়ে এল। দমাদম লাঠিসোঁটা পড়তে লাগল তাদের গায়ে, মাথায়, হাতে।

নিজেদের বাঁচানোর জন্য হাতখানাও তোলার সাধ্য ছিল না নিতাই আর পানুর। ঝিমিয়েই ছিল, মার শুরু হতেই অজ্ঞান হয়ে গেল। তাদের তুলে আনা জিনিসপত্র লুঠপাট হয়ে যেতে তিলার্ধ বিলম্ব হল না।

বহু লোক গর্তে নেমে আরও খোঁড়াখুঁড়ি করে কেউ একখানা কাঁটাচামচ, কেউ কলমদানি, কেউ একখানা মরচে-পড়া ছুরি এইসব পেয়ে যেতে লাগল। শেষমেশ ঘড়াও বেরিয়ে পড়ল বটে। তবে দেখা গেল সেগুলো মোটেই মোহরের ঘড়া নয়, জল রাখবার বেলেমাটির ঘড়া। আগেকার দিনে জল ঠান্ডা করার জন্য মাটির নীচে পাতালঘরে এসব ঘড়ায় রাখা হত।

ঘটনাস্থল থেকে একটু দূরে ফলসাবনের ঝুপসিতে একখানা পাকুড়গাছের ছায়ায় লম্বা, সটান, কালো আর মজবুত চেহারার একজন লোক আড়াল থেকে গোটা দৃশ্যটা খুব ঠান্ডা চোখে দেখে নিচ্ছিল। তার মাথায় বাবরি চুল, মস্ত পাকানো গোঁফ, হাতে একটা পাকা বাঁশের লম্বা লাঠি। তার পিছনে ঝোপঝাড়ের আড়ালে আরও জনাচারেক গম্ভীর ও মজবুত চেহারার লোক চুপচাপ খাপ পেতে বসে আছে। কারও মুখে কোনও কথা নেই। তবে তাদের চোখ জ্বলজ্বল করছে।

ওগুলো পাওয়া না গেলেও গাঁয়ের লোক বেশ খুশিই। অনেকদিন পর গা গরম

করা একটা কিছু তো হল। তা ছাড়া কেউ শুধু হাতেও ফিরছে না। ছোটখাটো জিনিস সবাই এক-আধটা পেয়েছে। তাই বা মন্দ কী? দুপুর গড়ানোর আগেই ধীরে ধীরে জায়গাটা ফাঁকা হয়ে গেল। মস্ত শিশুগাছের তলায় শুধু নিতাই আর পানু অজ্ঞান হয়ে চিতপটাং পড়ে আছে।

ধীরে ধীরে লম্বা লোকটা এসে খোঁড়াখুঁড়ির জায়গাটায় দাঁড়িয়ে চারদিকটা ভাল করে লক্ষ করল। তার পিছনে গম্ভীর চারটে লাঠিধারী ষণ্ডা চেহারার মানুষ।

লম্বা লোকটা একটা কাগজ কুড়িয়ে নিয়ে ভ্রু কুঁচকে একটু দেখল। তারপর স্যাঙাতদের একজনের দিকে বাড়িয়ে দিয়ে মৃদু স্বরে বলল, "এই সেই গুপ্তধনের নকশা।"

স্যাঙাতটা বলল, "হুঁ। এটাই জেরক্স করে বিলি করা হয়েছে তো?"

"হ্যাঁ।"

"কিন্তু কেন বেজাবাবু? মতলবটা কী?"

"বুঝলি না? যে বিলি করেছে সে ভালই জানত, এখানে গুপ্তধন নেই। কিন্তু নিতাই আর পানু লোভী। ওদের কোনওভাবে নকশাটা গছিয়ে দেওয়া হয়েছিল। তারপর ব্যবস্থা করার জন্য নকশাটার জেরক্স বাজারে ছেড়ে দেওয়া হয়!"

"কিন্তু করলটা কে?"

"যে করেছে তার টিকির নাগাল পেতে গত পাঁচবছর ধরে আমি কম হয়রান হইনি। দু'বার বাগে পেয়েও ছিলাম, কিন্তু পিছলে বেরিয়ে গিয়েছে।"

"এ কি বটু সর্দারের কাজ বেজাবাবু?"

"বটু সর্দার ছাড়া এমন ট্যাটন আর কে?"

স্যাঙাতদের আর-একজন বলে উঠল, "কিন্তু তাকে তো আপনি ভিটেছাড়া করে দিয়েছেন। তার চেলাচামুণ্ডারাও সব ছিটকে ছড়িয়ে গিয়েছে। তার দলবলও নেই, পয়সাও নেই। বয়সও হয়েছে।"

বেজাবাবু গম্ভীর হয়ে ভ্রুকুটি করে বলল, "আর কিছু না থাক, মাথাভরা শয়তানি বুদ্ধি এখনও আছে। আর সেটা যতদিন আছে ততদিন তাকে জব্দ করা সহজ কাজ নয়।"

কেউ কোনও কথা বলল না।

বেজাবাবু তার স্যাঙাতদের একজনের দিকে চেয়ে বলল, "শ্যামলাল, গোপালহাটিতে তোর চেনাজানা কে একজন আছে বলছিলি না?"

"হ্যাঁ। রায়বাড়ির সুজয়পদ রায়। পালোয়ান মানুষ। একসময় নয়াগঞ্জে শচীন তাঁতির আখড়ায় দু'জনেই ডন-বৈঠক করতাম।"

“একটু খোঁজ নিয়ে দেখ তো, বটু গোপালহাটিতেই গা ঢাকা দিয়ে আছে কি না। যত দূর মনে হচ্ছে, আসল নকশাখানা হাতে রেখে বটু একটা জালি নকশা নিতাই আর পানুকে গছিয়েছিল।”

স্যাঙাতদের আর-একজন, নিতান্তই সদ্য গোঁফ গজানো ছোকরা বলল, “কিন্তু বেজাবাবু, ধরুন ফস করে যদি বটু সর্দারের সঙ্গে আমাদের কারও মুখোমুখি দেখা হয়ে যায়, তা হলে কী করতে হবে?”

বেজাবাবু ভ্রুকুটি-কঠিন দৃষ্টিতে ছোকরার আপাদমস্তক একবার দেখে নিয়ে বলল, “সেটাও বলে দিতে হবে? দেখামাত্র এক লহমাও দেরি না করে সঙ্গে সঙ্গে গুলি চালিয়ে দিবি। মুখে আর মাথায়। মনে থাকে যেন, এক লহমাও দেরি করা চলবে না। যদি দু’ সেকেন্ডও দেরি হয়, তা হলেই বটু ছায়া হয়ে যাবে, মায়ার মতো মিলিয়ে যাবে। বটুর পিছনে বহু বছর লেগে থেকেও আজ অবধি আমি বুঝে উঠতে পারিনি, বটু মানুষ না ভূত! কায়া না ছায়া! বুঝেছিস?”

কেদার নামের ছোকরাটি বলল, “বুঝলাম। কিন্তু ভয় হল, বটু সর্দারকে কখনও চর্মচক্ষে দেখিনি। বটু মনে করে ভুল লোককে মেরে না দিই।”

“তাতে ক্ষতি নেই। যুদ্ধের সময় কত নিরীহ মানুষও তো মরে। সেটা তো ধর্তব্যের মধ্যে নয়। বটু বলে যাকেই মনে হবে তাকেই গুলি করবি। মনে থাকে যেন, যে বটুকে মারতে পারবে তার জন্য পাঁচ হাজার টাকার ইনাম আমার কবুল করাই আছে।”

ছোকরা কেদার গম্ভীর হয়ে মাথা নাড়ল, বুঝেছে। পরক্ষণেই সে তলচক্ষুতে তার পাশে আর-এক ছোকরা ফটিকের দিকে চেয়ে একটা অর্থপূর্ণ হাসি হাসল। ফটিক বাঁ চোখটা একটু ছোট করে মৃদুস্বরে বলল, “চেপে যা।”

চোখে-মুখে ঠান্ডা জলের ঝাপটা খেয়ে নিতাই আর পানু যখন চোখ মেলল, তখন শীতের বেলা অনেকটাই চলে গিয়েছে। ঝাপসা চোখে তারা সামনে কালান্তক যমের মতো বেজা মল্লিককে দেখে আঁতকে উঠে কাঠ হয়ে গেল। কোনওরকমে কেতরে ককিয়ে উঠে বসে নিতাই হ্যাদানো গলায় বলল, “আমাদের মারবেন না বেজাবাবু, আমাদের দোষ নেই।”

বেজা মল্লিক অনুত্তেজিত ঠান্ডা গলায় বলল, “তাই বুঝি?”

“আপনাকে না জানিয়ে আপনার এলাকায় কোনও কাজে কখনও হাত দিয়েছি, বলুন ?”

বেজাবাবু গম্ভীর হয়ে বলল, “এই জালি নকশা তোরা কোথায় পেলি?”

পানু বলল, “নকশা জালি নয় বেজাবাবু। সেই পুরনো বাইবেল আর আসল নকশা নিয়ে পরশু রাতে স্বয়ং বটু সর্দার এখানে মাটি খুঁড়ছিল।”

"বটু সর্দার! ঠিক জানিস বটু সর্দার?"

"দূর থেকে হ্যারিকেনের আলোয় দেখা। রাতে কুয়াশাও ছিল। হলফ করে বলতে পারব না। তবে দু'জন লোক এসেছিল। বুড়োজনকে দূর থেকে বটু সর্দার বলে মনে হয়েছে আমাদের দু'জনেরই।"

"তারপর?"

"সুযোগ হাতে এসে যাওয়ায় আমরা তাড়া করে যাই। গুলিও চালিয়েছিলাম। ওরা বাইবেলখানা আর নকশাটা ফেলেই প্রাণ বাঁচাতে পালিয়ে যায়। আমরা দুটো জিনিসই ভাল করে পরীক্ষা করে দেখেছি। সেটা পুরনো সেই বাইবেলই বটে, আর নকশাখানাও আসল।"

"সে দুটো এখন কোথায়?"

"সে দুটো এখানেই থাকার কথা। কিন্তু গাঁয়ের লোকের হুজ্জুতে কী হয়েছে বলতে পারব না।"

বেজাবাবু আষাঢ়ে মেঘের মতো মুখ করে বলল, "দেখ নিতাই, গত দশ বছর ধরে এই মহল্লার গাঁয়ে গাঁয়ে সেই পুরনো বাইবেল আর তার ভিতরে রাখা নকশাখানার খোঁজ হচ্ছে। কারও কাছে সন্ধান পাওয়া যায়নি। তোরা কি বলতে চাস, পরশু রাতে হঠাৎ করে তোদের হাতের নাগালে বাইবেল আর নকশা স্বয়ং মা কালীই এগিয়ে দিল! না কি আর-একটা গল্প ফেঁদে আমাদের হয়রান করতে চাইছিস?"

নিতাই হাঁফসানো গলায় বলল, "না বেজাবাবু, মাকালীর দিব্যি করেই বলছি, বাইবেল আর নকশা বাস্তবিকই আমাদের হাতে এসে গিয়েছিল। কপালের ফের ছাড়া আর কী বলি বলুন? গাঁয়ের লোকগুলো হুড়ো না দিলে...!"

বেজাবাবু বজ্রকণ্ঠে বলল, "তবে শোন, গাঁয়ের লোকেরা বিস্তর খোঁড়াখুঁড়ি করেও গুপ্তধনের কিছুই পায়নি। আর তারও আগে ওই নকশা জেরক্স কপি করে বাজারে কাল সকালে বিলি করা হয়েছিল। নকশাটা যদি আসলই হবে, তা হলে সেটা কি কোনও আহাম্মক বিলি করে বেড়ায়?"

নিতাইয়ের মুখ শুকিয়ে গেল। সে স্খলিত কণ্ঠে বলল, "অ্যাঁ! এ খবর তো আমাদের জানা ছিল না বেজাবাবু!"

পানু হতাশ গলায় বলল, "হ্যাঁ বটে, গাঁয়ের লোকের হাতে লিফলেটের মতো কী যেন ছিল বটে!"

বেজাবাবু বলল, "নিতাই, তুই একসময় বটু সর্দারের চেলা ছিলি, একটা কথার সাফ জবাব দে। তুই কি এখনও বটু সর্দারের হয়ে কাজ করছিস? তোকে সামনে

রেখে আড়াল থেকে বটু আমাকে ঘোল খাওয়াবার চেষ্টা করছে না তো?”

“না বেজাবাবু, মা কালীর দিব্যি।”

“তা হলে যা, এবারের মতো ছেড়ে দিচ্ছি। এ তল্লাটে ফের ঢুকবি তো লাশ হয়ে বেরোবি।”

ছয়

বাঘা শীত আর হাকুচ অন্ধকারে একজন লোক গোপালহাটির রায়বাড়ির পশ্চিম দিককার একটা ঘরের জানলার গ্রিল খুব মন দিয়ে আধঘণ্টার চেষ্টায় নিঃশব্দে খুলে সরিয়ে ফেলতে পারল। তার হাতযশ কিছু কম নেই। মহল্লায় তার বেশ সুখ্যাতি আছে। একটু দম নিয়ে মা কালী আর বাবা বিশ্বকর্মাকে একটা করে নমো ঠুকে সে ‘দুর্গা’ বলে জানলার ফাঁক দিয়ে ঘরে ঢুকে পড়ল। কিন্তু ঢুকেই তার একগাল মাছি। সামনেই চৌকিতে উবু হয়ে বসা একটা লোক তাকে জুলজুল করে দেখছে। তার ন যযৌ ন তস্থৌ অবস্থা।

উবু হয়ে বসা লোকটা বিরক্ত হয়ে বলল, “ছ্যাঃ ছ্যাঃ, এই তোর কাজের ছিরি! একটা গ্রিল সরাতে আধঘণ্টা, রেওয়াজ করিস না নাকি? অমন হাঁচোড়-পাঁচোড় করে কি গেরস্তর ঘরে ঢুকতে হয় রে আহাম্মক? যেন পদ্মবনে হাতির প্রবেশ! তার উপর হাপরের মতো হ্যা হ্যা করে হাঁফাচ্ছিস! এটুকু মেহনতেই দমসম হয়ে গেলি বাবা? এসব দেখেই তো মাঝে-মাঝে আমার কাশী চলে যেতে ইচ্ছে হয়।”

লোকটা কাঁচুমাচু হয়ে বলল, “কোথায় ভুলটা হল বলুন তো?”

“আগাগোড়াই ভুল! তোর মাথা থেকে পা পর্যন্তই তো ভুল! গায়ে ঝুড়ি ঝুড়ি মাংস, চালচলতি গদাই লস্করের মতো, হাত-পায়ে চটপটে ভাবটাই নেই। ঘরে যে একটা জাগা-মানুষ বসে আছে, সেটা অবধি আগাম টের পেলি না। তার উপর এত কসরত করে, মাথার ঘাম পায়ে ফেলে ঢুকলি কিনা একটা ভুল ঘরে?”

চোরটা যেন একটু আঁতকে উঠে বলল, “ভুল ঘরেই ঢুকলাম নাকি?”

“তা ঢুকিসনি! এ ঘরে যে চোরের অম্বুবাচী! তা কার কাছে তালিম নিয়েছিলি?”

চোরটা ভারী জড়সড় হয়ে বলল, “আজ্ঞে, নমস্য নবকান্ত গুছাইতের কাছে।”

লোকটা ভ্রু কুঁচকে বলল, “পলাশডাঙার নব নাকি?”

“আজ্ঞে, তিনিই।”

“তা নব তো হ্যাতান্যাকা লোক নয়, পেটে বিদ্যে আছে। তোদের দোষ কী

জানিস? ভাল করে কাজ না শিখেই রোজগার করতে নেমে পড়িস! ওতেই তো ওস্তাদের বদনাম হয়।"

চোর মাথা চুলকে বলল, "শেখার তো ইচ্ছেও ছিল মশাই, কিন্তু পাপী পেটের যে তর সয় না। পেটের জ্বালাতেই নেমে পড়তে হয়েছে।"

"তাতে লাভ কী হল বল? মেহনতটাই তো জলে গেল?"

চোরটা এবার একগাল হেসে মাথা নেড়ে বলল, "না, জলে যাবে কেন? ঠিক জায়গায়, ঠিক মানুষটির কাছেই তো এসেছি।"

বটু সর্দার মিটমিটে চোখে চেয়ে বলল, "কী বলতে চাইছিস?"

চোর হাত কচলে বলল, "ছেলেবেলা থেকে লোকের মুখে মুখে যার নাম শুনে আসছি, যাকে একবার চোখের দেখা দেখবার জন্য দশ মাইল দৌড় করতেও রাজি আছি, যার নাম শুনলে এখনও সাতটা মহল্লার লোক মাথা নিচু করে, সেই বটু সর্দারের কাছেই তো এসেছি, আজ্ঞে। একটু কেরদানি দেখিয়ে আপনাকে ভেজাব বলে সোজা পথে না এসে একটু বাঁকা পথে আসতে হয়েছে।"

বটু সর্দার একটা বড় শ্বাস ফেলে মাথা নেড়ে বলল, "বৃথাই হয়রান হলি বাবা! সেই রামও নেই, সেই অযোধ্যাও নেই। তিন কুড়ি বয়স হল, বেজা মল্লিকের হুড়ো খেয়ে ভদ্রাসন ছেড়ে আলায়-বালায় ঘুরে বেড়াচ্ছি, দলবল ভেঙে গিয়েছে। না রে, বটু সর্দার আর বেঁচে নেই।"

চোরটা টক করে বটুর পায়ের ধুলো মাথায় নিয়ে বলল, "আজ্ঞে, মরা হাতি লাখ টাকা।"

বটু গায়ের কম্বলটা আরও একটু জড়িয়ে বসে বলল, "তা তুই কে রে?"

"আজ্ঞে, আমার নাম কেদার। বাইরে আমার আরও এক বন্ধু আপনার শ্রীচরণ দর্শনের জন্য অপেক্ষা করে আছে। ফটিক। যদি অনুমতি দেন তো তাকেও ডাকি।"

"আর ধ্যাষ্টামো করতে হবে না। তুই কোন অনুমতি নিয়ে ঢুকেছিলি? ডেকে আন, এই ঠান্ডায় বাইরে দাঁড়িয়ে থাকতে হবে না।"

কিছুক্ষণ পরে আরও-এক ছায়ামূর্তি ঘরে ঢুকে একেবারে সাষ্টাঙ্গে প্রণাম করল বটুকে।

কেদার বলল, "আজ্ঞে, আমরা বেজা মল্লিকের লোক।"

বটু অবাক হয়ে বলল, "বেজা মল্লিক! সে তোদের পাঠিয়েছে নাকি? তা হলে আর দেরি কেন বাবারা, বন্দুক, পিস্তল, ছোরাছুরি যা আছে বের করে ফ্যাল। আধমরা তো হয়েই আছি, বাকিটুকু তাড়াতাড়ি সেরে চলে যা। গয়েশপুরের গোরাং গনতকার বলেও ছিল বটে যে, তিন কুড়ি বয়সে আমার একটা জব্বর ফাঁড়া আছে।"

দু'জনেই পটাং করে তার পায়ের উপর পড়ে গেল। কেদার বলল, "না মশাই, না। আপনাকে মারলে যে আমাদের হাতে কুষ্ঠ হবে। বেজা মল্লিক আপনাকে খুন করতে পাঁচ হাজার টাকা কবুল করেছে বটে, কিন্তু আমরা ওর মধ্যে নেই।"

"তবে তোরা চাস কী?"

কেদার গদগদ হয়ে বলল, "বিদ্যার জাহাজ আপনি। আমাদের একটু শিক্ষে-টিক্ষে দেন। রেচক, পূরক, কুম্ভক, বায়ুবন্ধন, সর্পভয়, সারমেয় ভয় নিবারণ, যোগিনীবিদ্যা, ঘুমপাড়ানি মন্তর, সর্পগতি, ব্যাঘ্রগতি, বানরগতি, হস্তলাঘব, পদলাঘব, কত কী জানা আছে আপনার! ওর ছিটেফোঁটাও যদি শিক্ষে করতে পারি, তা হলে কি আর বেজা মল্লিকের মতো পাষণ্ডের শাগরেদি করি? খুন, জখম, লুটপাট ছাড়া সে আর কিছু জানেই না। সত্যি বলতে কী, খুন-জখম, মারদাঙ্গা আমাদের মোটে সহ্য হয় না। ওসব কাজে আর্ট নেই। মোটা দাগের কাজ।"

বটু একটা দীর্ঘশ্বাস ফেলে বলল, "ওরে, আমার যে তিন কুড়ি...!"

"পায়ে ঠেলবেন না মশাই, অনেক বিপদের ঝুঁকি নিয়ে আসতে হয়েছে। বেজা মল্লিকের শাগরেদ শ্যামলাল আপনার খবর বেজা মল্লিককে পৌঁছে দিয়েছে। বেজা মল্লিক আমাদেরই পাঠিয়েছে আপনাকে নিকেশ করতে। আমরাও সঙ্গে সঙ্গে রাজি হয়েছি আপনাকে একবার চোখের দেখা দেখতে পাব বলে।"

বটু অনিচ্ছের সঙ্গে বলল, "তোরা বড় মুশকিলে ফেললি দেখছি!"

লোকে বলে, শশীমুখী নাকি বিড়ালের পায়ের শব্দও শুনতে পান। তা কথাটা খুব একটা মিথ্যেও নয়। শশীমুখীর কান বড় সজাগ। কান সজাগ, চোখ সজাক, নাক সজাগ।

মাঝরাতে কাছেপিঠে একাধিক লোকের নিচু গলায় কথা হচ্ছে শুনতে পেয়ে স্বামী অজয়পদকে ঠেলা দিলেন শশীমুখী। কিন্তু অজয়বাবুর ঘুম ভাঙল না। শীতকাতুরে রোগাভোগা লোক, হাঙ্গামা হুজ্জুতে ভয় পান। কিন্তু শশীমুখীর ভয়ডর বলে কিছু নেই। দরজার বাটামটা খুলে সেটাই বাগিয়ে ধরে ভিতরের বারান্দায় বেরিয়ে এলেন। তারপর সন্দেহজনক ঘরটার দরজায় কান পেতে সব কথা স্পষ্ট শুনতে পাচ্ছিলেন।

কিন্তু যা শুনলেন, তাতে সাহসিনী শশীমুখীরও বুক ধড়ফড় করতে লাগল, মাথা ঝিমঝিম করে সরষেফুল দেখতে লাগলেন। প্রায় মূর্ছাই যান আর কী! কোনওরকমে গিয়ে অজয়পদকে ঠেলে তুলে বললেন, "ওগো, গুরুপদ পোড়ারমুখো ও কোন সব্বোনেশে লোককে বাড়িতে এনে তুলেছে? এ যে চোরেদের সর্দার, ডাকাতদের চাঁই, খুনে বদমাশ গুন্ডাদের গুরুঠাকুর! এ যে খাল কেটে কুমির এনেছে গো!"

"অ্যাঁ! কী সর্বনাশ!"

"নিশুতরাতে ঘরে চোর-ঠ্যাঙাড়েদের পাঠশালা বসিয়েছে। প্রথমদিন দেখেই বুঝেছিলুম ও একটা মিটমিটে ডান। ওই আহাম্মক গুরুপদকে ভুজুংভাজুং দিয়ে এ বাড়িতে সুচ হয়ে ঢুকেছে, এবার ফাল হয়ে বেরোবে। বিশ্বাস না হয় আমার সঙ্গে এসো, নিজের কানে শুনে যাও...!"

অজয়পদ সভয়ে শশীমুখীর হাত ছাড়িয়ে নিয়ে বললেন, "পাগল নাকি? ওসব শোনা খুব খারাপ।"

শশীমুখী ধমক দিয়ে বললেন, "তা বলে হাত-পা গুটিয়ে বসে থাকবে নাকি? গিয়ে একটু হাঁকডাক করো!"

অজয়পদ কুঁকড়ে গিয়ে বললেন, "সেটা কি ভাল দেখাবে? অন্যের কথাবার্তার মধ্যে নাকগলানো কি ভাল? ওঁরা হয়তো ভারী অসন্তুষ্ট হবেন। ভাববেন, অজয়বাবুর এ কীরকম ব্যবহার!"

"ভাবলে ভাবুক। তোমাকে এখন ওসব নিয়ে মাথা ঘামাতে হবে না, ওঠো তো, ওঠো!"

অজয়বাবু সিঁটিয়ে গিয়ে বললেন, "আচ্ছা, আচ্ছা, আগে সকালটা হতে দাও, তারপর লোকজন জড়ো করে না হয়...!"

"বলো কী? ততক্ষণে যে সর্বনাশ হয়ে যাবে! এক্ষুনি লোকটাকে বাড়ি থেকে ঝেঁটিয়ে বিদেয় না করলেই নয়!"

"সেটা কি ঠিক হবে? শত হলেও অতিথি নারায়ণ!"

"নারায়ণ না বিভীষণ! এরকম অতিথিকে কুলোর বাতাস দিয়ে বিদেয় করতে হয়।"

"তোমার তো ওই দোষ! চট করে উত্তেজিত হয়ে পড়ো। এমনও তো হতে পারে যে, বটুবাবু একটা চোরকে ধরে ফেলেছেন। ধরে এখন তাকে ঘরে বসিয়ে নানারকম সদুপদেশ দিচ্ছেন। তাতে চোরটার হয়তো ভারী অনুশোচনা হচ্ছে। সে হয়তো এখন চোখের জল ফেলতে ফেলতে কৃতকর্মের জন্য জ্বলেপুড়ে মরছে। তাতে হয়তো লোকটা ধীরে ধীরে ভাল হয়ে যাচ্ছে...!"

ঠিক এই সময় দরজার বাইরে থেকে কে যেন ভারী বিনয়ের গলায় বলে উঠল, "বড়কর্তা কি জেগে আছেন নাকি?"

অজয়পদ আঁক করে খানিকটা বাতাস গিলে ফেললেন। গলা দিয়ে স্বর বেরোল না। শরীরে স্তম্ভন। শশীমুখী তেড়ে উঠে বললেন, "কে রে?"

"আজ্ঞে মাঠান, আমি বটু সর্দার। বলছি কী, একগাছ দড়ি হবে মাঠান?"

"দড়ি! এত রাতে দড়ি দিয়ে কী হবে?"

"আর ক'বেন না মাঠান! দুটো অপোগণ্ড এসে জুটেছে। আনাড়ির হদ্দ। তাদের একটু শিখিয়ে-পড়িয়ে দিচ্ছি আর কী। বন্ধন-মোচন বিদ্যের কথা কি শুনেছেন মাঠান?"

"না বাপু, শুনিনি।"

"ভারী কাজের জিনিস মাঠান। পিছমোড়া করে বা হেঁটমুন্ডু করে বেঁধে রাখলে কোন কায়দায় তা খুলে ফেলা যায় সেইটাই শেখাচ্ছি আর কী।"

"না বাপু, এ ঘরে দড়িদড়া নেই।"

"আছে বই কী মাঠান, খুব আছে। আপনার খাটের পায়ের দিকে ডান দিকের কোণে আলনার পিছনে দেওয়ালের পেরেকে ঝোলানো একটা চটের থলির মধ্যে হাত ঢোকালেই একগাছা মজবুত পাটের দড়ি পেয়ে যাবেন, আজ্ঞে।"

শশীমুখী চোখ কপালে তুলে বললেন, "কী সব্বোনেশে লোক দেখেছ!"

অজয়পদ ফ্যাসফেসে গলায় বললেন, "দিয়ে দাও, যা চায় সব দিয়ে দাও, শুধু দড়ির উপর দিয়ে গেলে তবু রক্ষে!"

শশীমুখী কম্পিতবক্ষে উঠে দড়িগাছা জানলা গলিয়ে বারান্দায় ফেলে দিয়ে এসে অজয়পদর পাশে বসে বললেন, "ভয়ে আমার মাথা ঝিমঝিম করছে, আমি বোধ হয় মূর্ছাই যাব।"

অজয়পদ খিঁচিয়ে উঠে বললেন, "মূর্ছা যাবে মানে? গেলেই হল? আমার অনেকক্ষণ আগেই মূর্ছা পেয়েছে, এতক্ষণ চেপেচুপে ছিলুম। আগে আমারটা হয়ে যাক, তারপর তুমি!" বলেই অজয়পদ বিছানায় চিতপাত হয়ে মূর্ছা গেলেন।

কাকভোরে শশীমুখীর চেঁচামেচিতে বাড়ির লোকের ঘুম ভাঙল। পাড়া-প্রতিবেশীরাও ছুটে এল দুদ্দাড় করে।

শশীমুখী উঁচু গলায় বলছিলেন, "ও গুরুপদ, এ কোন সব্বোনেশে লোককে বাড়িতে এনে তুলেছিস? এ যে চোরের সর্দার, ডাকাতের চাঁই, খুনে-গুন্ডাদের গুরুঠাকুর! খাল কেটে কুমির এনেছিস পোড়ারমুখো? সব যে ছারখার হয়ে যাবে রে!"

সদ্য ঘুম থেকে উঠে আসায় সবাই খানিকটা তটস্থ, কিংকর্তব্যবিমূঢ়, হতবুদ্ধি।

পাড়া-প্রতিবেশীদের দিকে চেয়ে শশীমুখী করুণ গলায় বললেন, "ওগো, তোমরা সব দাঁড়িয়ে দেখছ কী? শিগগির এই বজ্জাতকে বিদেয় করার ব্যবস্থা করো! নিশুতরাতে ঘরে চোর-ঠ্যাঙাড়েদের পাঠশালা বসিয়েছে গো! যত রাজ্যের চোর-ডাকাত নিশুতরাতে এসে জড়ো হচ্ছে!"

ব্যাপারটা বুঝে উঠতে লোকের একটু সময় লাগল বটে, কিন্তু তারপরই চারদিকে একটা চেঁচামেচি হুড়োহুড়ি পড়ে গেল। গাঁয়ের মাতব্বররাও সব এসে জুটলেন। সব শুনে তাঁরাও আঁতকে উঠলেন, "সর্বনাশ! গোপালহাটিতে কি শেষে চোর-ডাকাতের আঁতুড়ঘর তৈরি হবে! কোথায় সেই বদমাশ? ধরে আন তাকে!"

দশ-বারোজন ছেলে-ছোকরা মুহূর্তের মধ্যে গিয়ে বটু সর্দারের ঘর থেকে তাকে টেনে-হিঁচড়ে বের করে নিয়ে এল।

"কী হে বটু, এসব কী শুনছি?"

বটু জুলজুল করে মাতব্বরদের মুখের দিকে চেয়ে মাথা নেড়ে বলল, "আজ্ঞে মাঠান, সত্যি কথাই বলছেন।"

"তোমার ঘরে রাতবিরেতে চোর-ডাকাতরা আসে?"

"যে আজ্ঞে।"

"তুমি তাদের চুরি-ডাকাতি শেখাও?"

"আর কী শেখাব, অন্য বিদ্যে তো জানি না।"

"সর্বনাশ! দেশ যে রসাতলে যাবে! ওরে, তোরা থানায় খবর দে।"

লোক থানায় খবর দিতে গেল বটে। কিন্তু তার আগেই বটুর উপর বিস্তর চড়চাপাটি, ঘুসি আর লাথি শুরু হয়ে গেল। কে যেন একবার চেঁচিয়ে বলার চেষ্টা করল, "ওরে, বুড়োমানুষ! মরে না যায়, দেখিস!"

কিন্তু কে শোনে কার কথা! হাটুরে মার যখন শুরু হয় তখন তাকে ঠেকানো ভারী শক্ত। বটুও ঠেকানোর কোনও চেষ্টা করল না। খানিক পর বারান্দার নীচে উঠোনে গড়িয়ে পড়ে গেল। কষ দিয়ে রক্ত গড়াচ্ছে, চোখ উলটে গিয়েছে, মুখে-চোখে রক্তাভা। দড়ি দিয়ে অচৈতন্য বটুকে বারান্দার থামের সঙ্গে ঠেস দিয়ে বেঁধে রাখা হল। লোকজন ঘিরে রইল পাহারায়।

একটু বেলার দিকে সেপাই নিয়ে যতীন দারোগা এলেন। সব শুনলেন মন দিয়ে। তারপর বটুকে গ্রেফতার করে নিয়ে চলে গেলেন।

সাত

বটু সর্দার বিদেয় হওয়ায় রায়বাড়ি হাঁফ ছেড়ে বাঁচল। জোর একটা ফাঁড়া কেটে গিয়েছে। নইলে যে কী সর্বনাশ হয়ে যেত কে জানে! শশীমুখীর সাহসেরও বেশ প্রশংসা হল চারদিকে। শুধু দু'জন লোকই এই ঘটনায় তেমন খুশি নয়। একজন গুরুপদ। সে বেশি কথা-টথা বলে না, চুপচাপ খেয়ে উঠে গিয়ে নিজের ঘরে দরজা বন্ধ করে থাকে। আর একজন বিজয়বাবু। তিনি মাঝে-মাঝেই বলেন, "লোকটাকে যতটা খারাপ বলে ভাবা হচ্ছে, ততটা বোধ হয় নয়। কোথাও একটা ভুল হচ্ছে আমাদের।"

যাই হোক, তিন-চারদিন পরে একদিন সকালে হঠাৎ একটা পেল্লায় কালো রঙের ঝাঁ-চকচকে গাড়ি এসে রায়বাড়ির সামনে থামল। তা থেকে নেমে এলেন লালমুখো এক লম্বা-চওড়া সাহেব। সঙ্গে এক আরদালি গোছের লোক।

"এখানে বিজয়পদ রায় বলে কেউ আছেন?"

বিজয়বাবু শশব্যস্তে উঠে দাঁড়িয়ে বললেন, "আমিই।"

সাহেব হাত বাড়িয়ে বিজয়বাবুর হাত চেপে ধরে একটা ঝাঁকুনি দিয়ে বললেন, "আমার নাম লু আর্চার। আমি একটা খবর পেয়েই আপনার কাছে এসেছি। যদি একটু সময় দেন!"

"নিশ্চয়ই নিশ্চয়ই, বসুন!"

সাহেব একটা প্রকাণ্ড অ্যাটাচিকেস সামনের টেবিলে রেখে বসলেন। তারপর বললেন, "আপনি বোধ হয় আমার ঠাকুরদা নাথান আর্চারের নাম শুনে থাকবেন। তিনি আছাপুর নামে একটা জায়গায় থাকতেন। আসলে জায়গাটার নাম হয়েছিল আমার এক পূর্বপুরুষ জন আর্চারের নামে। আগে 'আর্চারপুর' বলা হত। পরে লোকের মুখে মুখে হয়ে দাঁড়ায় 'আছাপুর'। এখন আর সেই নামটাও নেই। এখন জায়গাটার নাম 'গোপালহাটি।'"

বিজয়বাবু বললেন, "আপনি ঠিক জায়গাতেই এসেছেন। নাথান আর্চার আমার ঠাকুরদার বন্ধু ছিলেন।"

"জন আর্চারের কাছে একটি খুব দুষ্প্রাপ্য বই ছিল। একটা হিব্রু ভাষার বাইবেল। আমাদের যতদূর জানা আছে, নাথান আর্চারের কাছেও বাইবেলটা ছিল। তারপর বাইবেলটা কোথায় গেল তার আর খোঁজ পাওয়া যায় না। কিন্তু আমি একটা উড়োখবর পেয়েছিলাম যে, বাইবেলটা এই অঞ্চলেই কারও কাছে এখনও আছে। বইটার বিশেষত্ব হল, জন আর্চার ওটিকে কোথাও একটা রাসায়নিক প্রক্রিয়ায়

সংরক্ষণের ব্যবস্থা করে যান। তাই প্রায় চারশো বছরের পুরনো বইটা হয়তো এখনও অক্ষত আছে। একজন বড় শিল্পীর হাতে লেখা আগাগোড়া ক্যালিগ্রাফি করা বইটার আর্থিক ভ্যালু এখন সাংঘাতিক। আমি তাই এই বইটার হদিশ পাওয়ার জন্য একজন লোককে কাজে লাগাই। তার সঙ্গে চুক্তি হয়েছিল, বইটার খোঁজ দিতে পারলে তাকে আমি মোটা টাকা দেব। মাত্র কিছুদিন আগে সে আমাকে বইটার সন্ধান দিয়েছে।"

বিজয়বাবু সবিস্ময়ে বললেন, "আপনি ঠিক জায়গাতেই এসেছেন। বইটা আমার কাছেই আছে। আপনি নিয়ে যেতে পারেন।"

লু আর্চার একটু হেসে বললেন, "বইটা কি আপনি আমাকে বিনা পয়সায় দেবেন?"

"নিশ্চয়ই। ওই বই তো আমার কাজে লাগে না। আমি হিব্রু ভাষা জানি না।"

"ভাল করে ভেবে দেখুন মিস্টার রায়। বইটা যদি এখন সদেবি বা ক্রিস্টির নিলামে ওঠে তা হলে ওর দাম এখন কয়েক কোটি টাকা পর্যন্ত উঠতে পারে। ভ্যাটিকান বা অন্যান্য চার্চ এই বাইবেলটির জন্য যে-কোনও মূল্য দিতে রাজি। সুতরাং আপনি দিলেও আমি বইটা বিনামূল্যে নিতে রাজি নই। তবে আমি আপনাকে তত বেশিও দিতে পারব না। আমি পঞ্চাশ লক্ষ টাকা নিয়ে এসেছি।"

বিজয়বাবুর প্রায় ভিরমি খাওয়ার জোগাড়!

লু আর্চার অ্যাটাচিকেসটা খুলতে খুলতে বললেন, "আর যে লোকটা এই বাইবেলের সন্ধান আমাকে দিয়েছে, সেই বটু সর্দারকে দশ লক্ষ টাকা।"

বাড়ির সবাই পিছনে ভিড় করে দাঁড়িয়ে ছিল। কে একজন বলে উঠল, "বটু তো চোর!"

বাংলা কথাটা বুঝতে সাহেবের একটু সময় লাগল। বিজয়বাবু ইংরেজি করে বুঝিয়ে দেওয়ার পর সাহেব একটু ভ্রু-কুঞ্চন করে বললেন, "বটু সর্দার চোর? এটা কি রসিকতা নাকি? বটু সর্দার যদি চোরই হবে, তা হলে সে তো বাইবেলটা অনেক আগেই নিয়ে গিয়ে আমাকে সরাসরি বিক্রি করে দিতে পারত! কারণ, বাইবেলটার দাম তার ভালই জানা ছিল। সে তো তা করেইনি, উপরন্তু পাছে বাইবেলটা কেউ হাতিয়ে নেয়, তার জন্য সে এই বাড়িতে থেকে সেটা পাহারা দিয়েছে।"

বিজয়বাবু স্খলিত কণ্ঠে বললেন, "বটু সর্দার এখন পুলিশের হেফাজতে।"

লু আর্চার বললেন, "সেটা আমি শুনেছি। তার অপরাধ কী জানি না। সেটা আপনারাই ভাল জানবেন। কিন্তু কয়েকদিন আগেই সে আমাকে জানিয়েছে, বাইবেলের দাম পঞ্চাশ লক্ষ টাকা পাবে আপনাদের পরিবার, কিন্তু বটু সর্দারের ভাগের দশ লক্ষ টাকা পাবে আপনাদের ছোটভাই গুরুপদ রায়।"

সবাই প্রায় সমস্বরে বলে উঠল, "গুরুপদ?"

সাহেব বললেন, "হ্যাঁ। গুরুপদ রায়ের নাকি একটা মোটরবাইকের শখ! আর বাকি টাকা দিয়ে সে একটা দোকান দেবে। গুরুপদ রায় বটু সর্দারকে অসময়ে তাদের বাড়িতে আশ্রয় দেওয়ায় বটু সর্দার তার কাছে কৃতজ্ঞ।"

পিছনে ভিড়ের মধ্যে একটা ফোঁপানির শব্দ পাওয়া গেল। শশীমুখী কাঁদছেন।

সাহেব একটা শ্বাস ফেলে বললেন, "মিস্টার রায়, তা হলে এবার দয়া করে টাকাটা গুনে নিয়ে আমাকে এই রসিদে সই করে দিন, আর বাইবেলটা নিয়ে আসুন।"

"মিস্টার আর্চার, আর-একটা কথা। বাইবেলটার মধ্যে একটা গুপ্তধনের নকশা ছিল।"

লু আর্চার হাসলেন, "হ্যাঁ, বটু সর্দার অনেক আগেই নকশাটা আমাকে দেখিয়েছে। আমার মনে হয়, ওটা একটা ধোঁকা ছাড়া কিছু নয়। জন আর্চার তার সব টাকাপয়সা ইংল্যান্ডে পাঠিয়ে দিয়েছিলেন। এখানে তাঁর গুপ্তধন থাকার কথা নয়। লোভী মানুষের মনোযোগ বাইবেল থেকে সরিয়ে দেওয়ার জন্যই তিনি ওই নকশা বাইবেলে ঢুকিয়ে রাখেন। অন্তত আমার তাই ধারণা।"

লু আর্চার বাইবেল নিয়ে চলে যাওয়ার পর বাড়িতে পঞ্চাশ লক্ষ টাকা পাওয়ার আনন্দের কোনও হইচই উঠল না। কারও মুখে হাসি বা খুশির চিহ্নমাত্র ফুটে উঠতে দেখা গেল না। গুরুপদকে যখন দশ লক্ষ টাকার খবর দেওয়া হল, তখন সে নিজের বিছানায় বালিশে মুখ গুঁজে শুয়ে ছিল। খবরটা শুনে ওই অবস্থাতেই মুখ না তুলে বলল, "ও টাকা তোমরাই নাও গে, আমার দরকার নেই!"

শশীমুখী হাপুস নয়নে কাঁদতে কাঁদতে অজয়পদকে ধরে পড়লেন, "যেমন করে পারো ওই হতভাগা বটু সর্দারকে ছাড়িয়ে আনো। নইলে আমি অন্নজল ত্যাগ করব, তা বলে রাখছি।"

পরদিন সকালেই পাঁচভাই আর গাঁয়ের মেলা লোকজন থানায় গিয়ে হাজির। ছোট গরাদের মধ্যে বটু তখন কম্বলমুড়ি দিয়ে বসা। লোকজন দেখে তটস্থ হয়ে জুলজুল করে চেয়ে রইল।

অজয়পদ বললেন, "ও বটু, আমরা তোমাকে ছাড়িয়ে নিতে এসেছি।"

বটু গম্ভীর মুখে মাথা নেড়ে বলল, "না মশাই, এই বেশ আছি! মাথার উপর ছাদ আছে, কম্বল জুটেছে, দু'বেলা খ্যাটনের ব্যবস্থা আছে। আর চাই কী?"

"তা বললে তো হবে না বটু! আমাদের উপর হুকুম হয়েছে, তোমাকে আমাদের বাড়িতেই নিয়ে যেতে হবে।"

বটু ফের জুলজুল করে চেয়ে মাথা নেড়ে বলল, "না মশাই, ওরা বড় মারে।"

কথাটা এমনভাবে বলল বটু যে, গাঁয়ের যেসব লোকজন এসেছিল, তারা অনেকে হাউহাউ করে কেঁদে ফেলল। "আর কখনও তোমাকে মারব না... আর আমাদের ভুল হবে না... এবারকার মতো আমাদের মাপ করে দাও বটু সর্দার... তুমি জিলিপি ভালবাসো, আমরা রোজ তোমাকে জিলিপি খাওয়াব... নতুন জুতো কিনে দেব...!"

অজয়পদ চোখের জল মুছে বললেন, "তোমাকে বুঝতে ভুল হয়েছিল বাপু! তা পাপের একটা প্রায়শ্চিত্তও তো আছে! নইলে যে আমাদের দণ্ধে মরতে হবে!"

রাত্রিবেলা নতুন নরম বিছানায় নতুন মশারি খাটিয়ে দিতে দিতে শশীমুখী বললেন, "তুমি ভাল লোক না মন্দ লোক তা আজও বুঝে উঠতে পারিনি। যতদিন সেটা ঠিকমতো বুঝতে না পারছি, ততদিন এ বাড়ি থেকে বিদেয় হওয়ার চেষ্টা করলে তোমার ঠ্যাং ভেঙে দেব।"

মশারির ভিতর থেকে জুলজুলে চোখে চেয়ে বটু বলল, "আমাকে অত বিশ্বাস করবেন না মাঠান! আমি বড় গোলমেলে লোক!"

"সেটা হাড়ে হাড়ে জানি। সেই গোলমালটা না ধরতে পারা পর্যন্ত আমার কাছেই থাকতে হবে তোমাকে।"

"উটকো লোক আমি মাঠান! উটকো লোককে ঠাঁই দেওয়া কি ভাল?"

"উটকো আবার কী? ছেলেবেলায় আমার বাবা মারা যান, তাঁকে আমার মনেও নেই। উটকো লোক হবে কেন, তুমি আমার বাবা হয়ে এ বাড়িতে থাকবে!"

বটুকবুড়োর চশমা

"কর্তাবাবু, একটা কথা ছিল।"

"কী কথা?"

"বলছিলাম কী, এই লম্বা লোকেরা মানুষ কেমন হয়?"

"এ আবার কেমন ধারা কথা, লম্বা লোকেরা আবার আলাদা করে ভাল বা খারাপ হতে যাবে কেন?"

"একটা ধাঁধায় পড়েই জানতে চাইছি আর কী!"

"তা লম্বা লোক নিয়ে তোর সমস্যা হচ্ছে কেন? এই তো আমিই তো একজন লম্বা লোক। আমার তিন ছেলে লম্বা, পুরুতমশাই ব্রজ ভট্‌চাজ লম্বা, সাত্যকি বাঁড়ুজ্যে লম্বা, দারোগা পরেশ ঘোষ লম্বা, নব মিত্তির লম্বা, তা আমরা কি খারাপ লোক?"

বটু ওরফে বটকেষ্ট গম্ভীর মুখে মাথা নেড়ে বলল, "আপনারা তার কাছে নস্যি। আপনাদের মাথা তার কোমরের কাছ বরাবর হবে বড়জোর। তার বেশি নয়।"

"বটে! তা এ তল্লাটে তেমন লম্বা কে আছে? হরিপুরে বৃন্দাবন পাল অবশ্য বেজায় লম্বা, আর নবগঞ্জের বিষ্ণু পাঠকও বটে বিশাল ঢ্যাঙা...!"

"আজ্ঞে, তাঁরাও তার বুক পর্যন্ত হবেন কি না সন্দেহ।"

"অ, কিন্তু লম্বা লোক তুই পেলি কোথায়? আর তাকে নিয়ে তোর সমস্যাই বা হচ্ছে কেন?"

বটু একটা দীর্ঘশ্বাস ফেলে বলল, "সে কাছেপিঠেই আছে। বাড়ির পিছনের ফটকে একটু আগেই দাঁড়িয়ে ছিল কিনা!"

"দাঁড়িয়ে ছিল মানে? ফটকে দাঁড়িয়ে থাকবে কেন? হয় ভিতরে আসবে, না হয় বিদেয় হবে। লোকটা কে, কী চায় জিজ্ঞেস করেছিস?"

"আজ্ঞে, ঠিক সাহস হয়নি।"

"কেন, লোকটা কি ষণ্ডাগুন্ডা গোছের?"

"বলা মুশকিল।"

"পোশাক-আশাক কেমন?"

"আজ্ঞে, পোশাক তেমন খারাপ কিছুও নয়। পরনে বোধহয় একটা পাতলুনের মতো দেখলুম, গায়ে একটা জামাও মনে হয় ছিল, গলায় একটা মাফলার জড়ানো ছিল কি না ঠিক মনে পড়ছে না, গায়ে একটা কোট থাকলেও থাকতে পারে।"

"বুঝলাম। এখন দয়া করে গিয়ে জিজ্ঞেস করে এসো লোকটা কী চায়, কোথা থেকে এসেছে, এ বাড়ির আত্মীয়-কুটুম কি না, আর যদি ভিখিরি হয় তো সোজা বলে দিয়ো, কানাখোঁড়া ছাড়া আমরা কাউকে ভিক্ষে দিই না।"

"আজ্ঞে, আমারও সেই সব জানতে ইচ্ছে হয়েছিল। কিন্তু লোকটা এমন ভেচকুড়ি কাটল যে, ঠিক সাহস হল না।"

"ভেচকুড়ি! সেটা আবার কী?"

"আজ্ঞে, ভেচকুড়ি খুব ভয়ের জিনিস। বড় বড় চোখ করে মুখটা ভেংচি কেটে এমন একখানা ভাব করা যাতে লোকে ভড়কে যায়।"

"তুই তো ভড়কেই আছিস। পাগল দেখলে ভড়কাস, মাতাল দেখলে ভড়কাস, পুলিশ দেখলে ভড়কাস। তোর হল রজ্জুতে সর্পভ্রম!"

"আজ্ঞে কর্তাবাবু, ছোট মুখে বড় কথা হয়ে যাবে হয়তো। তবু বলি, ভয়ভীতি থাকা কিন্তু ভাল। ধরুন সর্পে রজ্জুভ্রম হওয়াই কি তা হলে ঠিক হত?"

"দেখ, দুর্জনের ছলের অভাব হয় না। তা তুই যদি এতই ভেড়ুয়া যে একটা লোক খানিকটা লম্বা বলে তার কাছেই ঘেঁষতে পারলি না, তখন না হয় নব, হরেন আর কানুকে জুটিয়ে দলবেঁধে গিয়ে লোকটার উপর চড়াও হতিস।"

"আজ্ঞে, নবর কথা আর ক'বেন না। সে সেই সাতসকালে গিন্নিমার কাছ থেকে বাজারের পয়সা নিয়ে বেরিয়েছে। এখন দেখুন গে, বাজার ফেলে কালীস্যাকরার সঙ্গে দাবা খেলায় মশগুল হয়ে আছে। রোজ সকালে এক পাত্তি দাবা না খেললেই তার নয়।"

"বলিস কী, নব আবার দাবাড়ুও নাকি? তাজ্জব ব্যাপার তো!"

"তবে আর বলছি কী? আর হরেন? তার কথা আর কী বলব কর্তাবাবু। যত কম বলা যায় ততই ভাল। বুড়োকর্তার জন্য রোজ ডাব পাড়তে নারকোল গাছে উঠে কী করে জানেন? নারকোল গাছের সঙ্গে কোমরের গামছাখানা কষে বেঁধে নিয়ে আরামসে ঘুম লাগায়।"

"ওরে বাবা! নারকোল গাছের উপর উঠে ঘুমোয়? কী সব্বোনেশে কথা!"

"গাছের নীচে গিয়ে দাঁড়ালে তার নাকের ডাকও শুনতে পাবেন।"

"বটে! একদিন পড়ে মরবে যে!"

"আর কানুর কথা শুনতে চান? না শুনলেই ভাল হত।"

"কেন রে? সে আবার কী করল? দিব্যি তো ভালমানুষের মতো চেহারা, চোখ তুলে কথা কয় না।"

"কর্তাবাবু, আপনার মেলা গুণ আছে বটে, আর সেকথা আমরা বলাবলিও করি। এই যেমন আপনার দয়ার শরীর, আপনার বেজায় বুকের পাটা, সুজনবাবুর ছেলের বিয়েতে আপনি বাহান্নটা রসগোল্লা খেয়েছিলেন। কিন্তু আপনি মানুষ চেনেন, একথা আপনার বন্ধু কেন, শত্তুরেও বলবে না।"

"এ তো বড় চিন্তায় ফেলে দিলি! কানু করেছেটা কী?"

"গত ক'দিন ধরে সকালের দিকে অঘোরখুড়ো যে তাঁর চশমাটা খুঁজে পাচ্ছেন না, সেকথা কি আপনি জানেন? না, জানার কথাও নয়। রোজই সকালে চশমা হারানো নিয়ে খুড়োমশাই চেঁচামেচি করে পাড়া মাথায় করেন। কিন্তু একটু বেলার দিকে চশমাজোড়া ঠিকই আবার খুড়োমশাইয়ের টেবিলেই পাওয়া যায়। ঠিক কিনা কর্তাবাবু, বলুন?"

"হুঁ। ঠিকই বলছিস বলেই তো মনে হচ্ছে। কিন্তু চশমার সঙ্গে কানুর কী সম্পর্ক?"

"গভীর সম্পর্ক কর্তাবাবু, গভীর সম্পর্ক। আর শুধু খুড়োমশাইয়ের চশমাজোড়াই তো নয়, ব্রজবিহারী ঠাকুরমশাইয়ের নামাবলিখানা আর বিজয়বাবুর ল্যাবরেটরির আতশ কাচখানাও সেই সঙ্গে গায়েব হয়ে যায়, একটু বেলার দিকে অবশ্য ফিরেও আসে।"

"দেখ বটু, তোর কথা বুঝবার চেয়ে চিনেম্যানের কথা বোঝা বরং সহজ।"

"কথায় একটু মারপ্যাঁচ না থাকলে ঠিক জুত হয় না কিনা। তবে আসল কথাটা হল, কানু সকালে এ বাড়ির চারটে দুধেল গাইকে নিয়ে গোচারণের মাঠে চরাতে যায়, জানেন তো?"

"তা জানব না কেন? কানু তো আমাদেরই রাখাল।"

"আজ্ঞে, তাই বলছি। মাঠে গোরুগুলোকে খোঁটায় বেঁধে দেওয়ার পর কিন্তু সে আর রাখাল থাকে না। গায়ে নামাবলি জড়িয়ে চোখে চশমা এঁটে হাতে আতশ কাচ নিয়ে সে তখন কানাইপণ্ডিত জ্যোতিষার্ণব।"

"বলিস কী?"

"আজ্ঞে, আপনি যদি এখনই বটতলায় গিয়ে হাজির হতে পারেন, তা হলে কানাইপণ্ডিতের চেহারা দেখে তাকে কানু বলে চিনতেও পারবেন না। টিকিতে কল্কে ফুল বেঁধে কম্বলের আসনে বসে লোকের কুষ্টি আর হস্তরেখা বিচার করে গড়গড় করে নিদান আউড়ে যাচ্ছে। তার সামনে অন্তত বিশ-পঁচিশজন লোকের লাইন।"

“বাপ রে! আমাদের বাড়িতে একটা আস্ত জ্যোতিষী ঘাপটি মেরে বসে আছে, কখনও টেরটিও পেলাম না তো! ভাল কথা, আমার বাহান্ন বছর বয়সে নাকি একটা ফাঁড়া আছে। কানু ফিরলে একটু বলিস তো, আমার হাতটা যেন একটু দেখে দেয়।”

“যে আজ্ঞে। সে না হয় হল, কিন্তু ওই লম্বা লোকটার কী করা যায় তা একটু ভেবে দেখবেন কি কর্তা?”

“ও হ্যাঁ, তাই তো! তোর গল্পের চোটে তো ঢ্যাঙা লোকটার কথা ভুলেই গিয়েছিলাম। তা নব, হরেন আর কানু নেই বলে কি এ বাড়িতে লোকের অভাব? আমার তিন-তিনটে সোমত্থ ছেলে রয়েছে, তা ছাড়া অঘোরখুড়ো, বিরাজজ্যাঠা, একচন্দ্রদাদা, ব্রজঠাকুর, বিজয়মামা...!”

“আর কবেন না কর্তা। আপনার তিন ছেলের মধ্যে বড়জন নীলকান্তদাদাবাবু এ সময়ে লেখাপড়া নিয়ে গম্ভীর মুখে বইপত্তরে ডুবে থাকেন। মেজদাদাবাবু অয়স্কান্ত হাপুস-হুপুস করে ব্যায়াম করে যাচ্ছেন, এ সময়ে কথা কন না। আর ছোটদাদাবাবু কৃষ্ণকান্ত তানপুরা সাপটে গলা সাধছেন। কাউকে ডেকে সাড়া পাওয়ার উপায় নেই। অঘোরখুড়ো এ সময় তাঁর কবিরাজি গাছগাছড়ার খোঁজে বেরিয়ে যান। বিরাজজ্যাঠার কথা তো সবাই জানে। গতবার হালদারদের পুকুরের সেই অতিকায় কাতলা মাছটা জ্যাঠাকে লেজে খেলিয়ে তাঁর ছিপ সমেত পালিয়ে গিয়েছিল। সেই থেকে মাছটাকে ধরার জন্য রোজই ছিপ নিয়ে সাতসকালে হালদারপুকুরে হানা দেন। একচন্দ্রদাদা রোজ সকালে নিয়ম করে গঞ্জের মোট তিনশো তেইশজনকে কুশল প্রশ্ন করতে বেরিয়ে যান, এতক্ষণে বোধহয় একশো বাইশজন পর্যন্ত হয়েছে। ফিরতে তাঁর বেলা হবে। ব্রজঠাকুরের পাঁচবাড়ির নিত্যপূজা আছে। আর বিজয়মামা তাঁর জাদুইঘরে বসে নুনের সঙ্গে চুন মেশালে কী হয় তাই হাঁ করে ভাবছেন।”

“নুনের সঙ্গে চুন! তা মেশালে কী হয় বল তো?”

“আজ্ঞে, ওটা কথার কথা। জাদুইঘরে বসে তিনি যে নানা সাইজের কাচের পাত্রে কোন বিটকেল জিনিসের সঙ্গে কোন বিদঘুটে জিনিস মেশান, তা কে জানে বাবা! তবে এমন সব কিম্ভূত গন্ধ বেরোয় যে, নাকে চাপা দিয়ে পালানোর পথ পাই না।”

“বুঝলাম। তা হলে লম্বা লোকটাকে তাড়ালি কী করে?”

“তাড়ালাম? তাড়ালাম আর কোথায়? সে দিব্যি এখনও পিছনের ফটকের কাছে ঝুপড়ি আমগাছটার তলায় গ্যাঁট হয়ে বসে আছে।”

“এখনও বসে আছে? আগে বলবি তো! চল তো গিয়ে দেখি।”

“তা হলে বরং বন্দুকটা নিয়ে নিন সঙ্গে। দিনকাল ভাল নয়, বলা তো যায় না।”

"দূর পাগল! এই সকালে তো আর চোর-ডাকাত আসবে না।"

"অন্তত মোটা লাঠিগাছটা হাতে থাকলে ভাল হয়।"

"দূর-দূর। ওসবের দরকার নেই।"

"আপনার কর্তা, বড্ড সাহস।"

বীরেন রায় ডাকাবুকো মানুষ, লম্বা-চওড়া চেহারা। ইজিচেয়ার থেকে উঠে বীরদর্পে পিছনের ফটকের দিকে হনহন করে হাঁটতে লাগলেন। তাঁর পিছনে একটু তফাতে বটু ওরফে বটকৃষ্ণ।

পিছনের ফটকের বাইরে ঝুপসি আমগাছটার তলায় সত্যিই একটা লোক বসে বসে ঝিমোচ্ছিল। পরনে আধময়লা হেঁটো ধুতি, গায়ে একটা সুতির মোটা জামা, গলায় একটা গামছা জড়ানো, মাথা ন্যাড়া এবং টিকি আছে। পাড়ায় নেড়িকুকুরগুলো অচেনা লোক দেখে একটু দূরে দলবেঁধে দাঁড়িয়ে খুব ঘেউ ঘেউ করে যাচ্ছে।

বীরেনবাবু তাকে দেখেই একটা বাঘা গর্জন ছাড়লেন, "অ্যাই! ওঠো তো, উঠে দাঁড়াও। তুমি নাকি বেজায় লম্বা! দেখি তো তোমার হাইটটা!"

লোকটা কাঁচুমাচু হয়ে হাতজোড় করে বলল, "আজ্ঞে না কর্তা, আমি তেমন কিছু লম্বা নই। গরিবের কি আস্পদ্দা সাজে? লম্বা হতেও তো মুরোদ চাই কর্তা!"

বীরেনবাবু এই বিনয়বচনে একটু নরম হয়ে বললেন, "আহা, লম্বা হওয়ার সঙ্গে গরিব-বড়লোকের কথা উঠছে কেন? গরিবেরা কি আর লম্বা হয় না? একটু উঠে দাঁড়াও দেখি বাপু, হাইটটা একটু দেখে নিই।"

লোকটি ভারী অনিচ্ছের সঙ্গে দাঁড়াল। দেখা গেল, বটু যতটা বলেছিল ততটা না হলেও লোকটা বেশ লম্বাই।

ভ্রু কুঁচকে খুব মন দিয়ে লোকটার মাথা থেকে পা পর্যন্ত জরিপ করে নিয়ে বীরেনবাবু বটুকে উদ্দেশ করে বিরক্তির সঙ্গে বললেন, "তোর সব তাইতেই বাড়াবাড়ি। এমনভাবে বললি যে মনে হল, লোকটা বুঝি দু'পেয়ে তালগাছ। তা ছাড়া পরনে পাতলুন নেই, কোট নেই, মাফলারের জায়গায় গামছা। এবার হরডাক্তারকে দেখিয়ে চোখে চশমা নে।"

বটু মাথা চুলকে লজ্জিত হয়ে বলল, "মাপজোকে একটু ভুল হয়ে গিয়েছে বটে।"

বীরেনবাবু লোকটাকে বললেন, "ওহে বাপু, ভেচকুড়ি কাটতে পারো?"

লোকটা ভয় খেয়ে বলল, "আজ্ঞে, না বাবু।"

"এই বটু যে বলছিল তুমি নাকি এমন ভেচকুড়ি কাটতে পারো যে, দেখে লোকে ভড়কে যায়!"

“কক্ষনও নয়। আমি জীবনে কখনও ভেচকুড়ি কাটিনি। কাকে ভেচকুড়ি বলে তাই জানি না।”

“আহা, সে তো আমিও জানি না। ওরে বটু, ভেচকুড়ি ব্যাপারটা যেন কী?”

“ভেচকুড়ি খুব ভয়ের জিনিস কর্তাবাবু। চোখ দুটো বড় বড় গোল্লা গোল্লা করে তাকিয়ে মুখটায় বিকট রকমের ভেংচি কেটে... উরে বাপ রে, সে বলা যায় না।”

লোকটার দিকে চেয়ে বীরেনবাবু বললেন, “কিছু বুঝলে?”

লোকটা সবেগে মাথা নেড়ে বলল, “আজ্ঞে, না বাবু। ভেচকুড়ি কথাটাই জন্মে শুনিনি। আর অন্যকে ভয় দেখাব কী, নিজেই আমি সর্বদা ভয়ে মরছি।”

“কেন বাপু, তোমার ভয়টা কাকে?”

“আজ্ঞে, কাকে ভয় না পেলে চলে বলুন? চোর, ঠ্যাঙাড়ে, ডাকাত, পুলিশ, গুন্ডা, বদমাশ, ফাজিল ছেলেছোকরা, ভূত-প্রেত, সবাইকেই সমঝে চলতে হয় আজ্ঞে। সবাইকেই ভয়।”

“আহা, সেসব তো আমরাও ভয় পাই।”

লোকটা ঘাড় চুলকে লজ্জা পেয়ে বলল, “কী যে বলেন বাবু, কোথায় আপনারা আর কোথায় আমি? এই যে দেখুন না, ঈশেন দাস মাত্র তিনটি হাজার টাকার জন্য আমাকে ভিটেমাটি ছাড়া করে ঘাড়ধাক্কা দিয়ে বিদেয় করল। ভেচকুড়ি-টেচকুড়ি জানা থাকলে কি আর পারত ওরকম?”

বীরেনবাবু বললেন, “কিন্তু বাপু, বটু যে স্বচক্ষে তোমাকে ভেচকুড়ি কাটতে দেখেছে সেটাও তো মিথ্যে নয়। আর ভেচকুড়ি দেখে ভয় খেয়েই না সে লেজ গুটিয়ে পালিয়েছিল।”

“কী যে বলেন কর্তা! ও ভেচকুড়ি-টেচকুড়ি নয়, তখন বোধহয় একটা হাই তুলেছিলুম, তাই দেখেই উনি ভয় পেয়েছিলেন।”

“হাই আর ভেচকুড়ি কি এক হল বাপু? কী বলিস রে বটু?”

“আজ্ঞে, না কর্তা। হাই এক জিনিস আর ভেচকুড়ি অন্য জিনিস। ভেচকুড়ি হল ভেচকুড়ি, আর হাই হল হাই। জলের মতো সহজ ব্যাপার।”

বীরেনবাবু লোকটার দিকে চেয়ে বললেন, “বুঝলে তো! ভেচকুড়ি হল ভেচকুড়ি, আর হাই হল হাই। তা তুমি যখন ভেচকুড়িটা পেরে উঠলে না, তখন বরং একটা হাই তুলেই দেখাও।”

লোকটা ভারী দুঃখের সঙ্গে বলল, “কর্তা, হাই কি আমার বাপের চাকর যে, ডাকলেই এসে হাজির হবে? নাঃ, আজ সকালে ঘুম থেকে উঠে যখন বগলা হাইতের মুখ দেখেছিলুম, তখনই বুঝেছিলুম দিনটা আজ খারাপই যাবে।”

বীরেনবাবু অবাক হয়ে বললেন, “বগলা হাইত! সে আবার কে?”

“তাকে আর চিনে আপনার দরকার নেই বাবুমশাই। শুধু খেয়াল রাখবেন, প্রাতঃকালে ঘুম ভেঙে যেন বগলা হাইতের মুখ আপনাকে দেখতে না হয়। দিনমানে দেখুন, ঠিক আছে, রাতবিরেতে দেখুন, তাতেও ক্ষতি নেই। কিন্তু প্রাতঃকালে দেখেছেন কী হয়ে গেল।”

বীরেনবাবু বিরক্ত হয়ে বললেন, “ওরে বাপু, অত সাঁটে বললে কি কিছু বোঝা যায়? কে বগলা হাইত, কী তার বৃত্তান্ত, প্রাতঃকালে তার মুখ দেখলে কী হয়, সব খোলসা করে বলবে তো?”

“প্রাতঃকালে তার মুখ দেখলে কী হয় তা এই আমাকে দেখেই কি অনুমান হচ্ছে না কর্তা? কাল সন্ধেবেলা মদন প্রামাণিকের বাড়িতে সত্যনারায়ণের কাটা ফলের পেসাদ আর একবাটি সিন্নি খেয়েছিলুম। তারপর চার পো রাত গিয়েছে, এত বেলা অবধি দানাপানি জোটেনি মশাই। এর পরও কি প্রাতঃকালে বগলা হাইতের মুখ দেখলে কী হয় তা বলার দরকার আছে?”

বীরেনবাবু তেরিয়া হয়ে বলেন, “তা এ বাড়িতে কি খ্যাটনের আশায় এসে জুটেছ নাকি?”

“না মশাই, না। আপনার মতো হাড়কেপ্পনের বাড়িতে যে এক ঘটি জলও জোটার আশা নেই, তা সবাই জানে। খালি পেটে গাছতলায় বসে একটু জিরেন নিচ্ছিলাম, অমনি এসে আপনি নানা বায়নাক্কা শুরু করলেন। ভেচকুড়ি দেখাও, হাই তুলে দেখাও, বগলা হাইতের খতেন দাখিল করো। তা মশাই, খালি পেটে কি ওসব হয়?”

বীরেনবাবু একটু মিইয়ে গিয়ে বললেন, “আমি কেপ্পন একথা তোমাকে কে বলল বলো তো বাপু? খগেন তপাদার নয় তো? ওর কথা মোটেই বিশ্বাস কোরো না বাপু। ব্যাপারটা হয়েছিল কী, আমার ছোট মেয়ের বিয়ের সময় খগেন লুচি-মাংস, পোলাও-কালিয়া ঠেসে খাওয়ার পর দশ হাতা পায়েস সাঁটায়। তারপর আরও পায়েস চাইছিল বলে আমি ওর ভালর জন্যই বলি, ‘খগেন, আর পায়েস খেয়ো না, পেটে সইবে না। এই তো ক’দিন হল রক্ত আমাশায় ভুগে উঠলে!’ এই কথাতেই খগেন রেগেমেগে উঠে গেল, আর চারদিকে রটাতে লাগল আমি নাকি হাড়কেপ্পন।”

লোকটা মাথা চুলকে বলল, “কর্তাবাবু, ভুল শুনছি কি না জানি না। আপনি তো বললেন হাতা, কিন্তু খগেন তপাদারদাদা তো বলে বেড়াচ্ছেন সেটা নাকি একটা চায়ের চামচ ছিল।”

“আরে না, না। হাতাটা একটু ছোট ছিল ঠিকই। তা বলে অত ছোট নয়। তা বাপু,

তোমার মুখখানা তো দেখছি শুকিয়ে গিয়েছে! ওরে বটু, আহাম্মকের মতো দাঁড়িয়ে আছিস কেন? লোকটাকে নিয়ে গিয়ে দক্ষিণের দাওয়ায় বসিয়ে একটু জলটল দে। একধামা মুড়ি-বাতাসা, কয়েকটা শশা, যা যা শিগগির। অতিথি হল নারায়ণ!"

বীরেনবাবু শশব্যস্তে ভিতরবাড়িতে চলে যাওয়ার পর লোকটা নাক কুঁচকে বলল, "মুড়ি, বাতাসা আর শশা! ছ্যাঃ, কোনও ভদ্দরলোকে খেতে পারে ওসব? একধামা মুড়ি শেষ করতে তো বেলা গড়িয়ে যাবে।"

বটু বলল, "হুঁ, তবু তো বাপু তোমার বরাত ভাল যে, অন্তত মুড়ি-শশার হুকুম হয়েছে। আর ধামা নিয়ে ভেবো না, এ বাড়ির ধামার সাইজ হল নারকোলের মালার মতো।"

"তা হলে তোমরা সব বেঁচেবর্তে আছ কী করে? চেহারাও বেশ নধরই মনে হচ্ছে!"

"ওরে বাপু, বীরেনবাবু পাষণ্ড বলে তো আর গিন্নিমাও পাষণ্ড নন। তাঁর একটু মায়াদয়া আছে। আর বলতে নেই, আমরাও তো আর লক্ষ্মীছেলে নই রে বাপু, হাতযশে কিছু কম যাই না। কলাটা-মুলোটা, নাড়ুটা-মোয়াটা, দুধটা-ক্ষীরটা সবই নিয়ম করে হাপিস করি, নইলে উদয়াস্ত হাড়ভাঙা খাটুনি দিয়ে কি শরীর টিকত? ওই যে দক্ষিণের দাওয়া, গিয়ে চুপ করে বসে থাকো, তোমার মুড়ি-শশার ব্যবস্থা দেখছি।"

দুই

আশ্বিন মাসে পুজোর পর থেকেই নিমচাঁদের মনে হতে লেগেছে যে, সে বুড়ো হচ্ছে। বয়সের হিসেব সে জানে না। কিন্তু বুড়ো যে হচ্ছে তাতে কোনও সন্দেহ নেই। তা বলে কি নিমচাঁদ এক প্যাকেট তাস একসঙ্গে ধরে দু'হাতে এক টানে ছিঁড়ে ফেলতে পারে না? পারে। দু'মন লোহার বারবেল কি এক ঝটকায় মাথার উপর তুলে ফেলতে পারে না? পারে। হাতের কানা দিয়ে এখনও কি সে নারকোল ফাটাতে পারে না? খুব পারে। মোটা নাইলনের দড়ি দু'হাতে টেনে ছিঁড়ে ফেলতে কি তার খুব কষ্ট হচ্ছে আজকাল? হচ্ছে বোধহয়, তবে ছিঁড়েও ফেলছে। আর রাজবাড়ির বড় কামানটা যে সেদিন বাগানের উত্তর দিক থেকে তুলে নিয়ে দক্ষিণ দিকে বসাতে হল, তাতে কি গা ঘামাতে হল তাকে? তেমন কিছু নয়।

তবু নিমচাঁদের ক'দিন হল মনে হচ্ছে, বুড়ো হতে আর বিশেষ বাকি নেই। তার বুড়ো বয়স এসে দরজায় কড়া নাড়ল বলে!

সকালে কথাটা তার ছেলে ভীমচাঁদকেও বলল। ভীমচাঁদের বয়স মোটে বারো।

"বুঝলি রে ভেমো, আমি বোধহয় শেষ অবধি বুড়োই হয়ে গেলুম।"

ভীমচাঁদ জানলার কাছে বসে স্কুলের পড়া করছিল। ভারী অবাক হয়ে বলল, "তাই নাকি বাবা? তা হলে তো বড় মুশকিল হল?"

"কেন রে? মুশকিলটা কীসের? বয়স হলে মানুষ তো বুড়োই হয়।"

"কিন্তু নোয়াপাড়ার ছেলেরা যে তা হলে দলবেঁধে আমাকে পেটাবে?"

"তোকে পেটাবে! কেন, তুই কী করেছিস?"

"ওদের ক্লাবের সেক্রেটারি গোবিন্দ নতুন সাইকেল কিনে খুব কায়দা করে চালাচ্ছিল দেখে আমি হিংসের চোটে ঢিল মেরে গোবিন্দর মাথা ফাটিয়ে দিয়েছিলুম যে! তখনই ওরা শাসিয়ে রেখেছে, তোর বাবার গায়ে তো আর চিরকাল জোর থাকবে না। যখন বুড়ো হবে, তখন দলবেঁধে তোকে পেটাব। দেখব, তোর বাবা কী করতে পারে?"

নিমচাঁদ একটা দীর্ঘশ্বাস ফেলে বলল, "তা হলে হাটুরে মার খাওয়ার জন্য তৈরি হ' রে ভেমো। আমি সত্যিই বুড়ো হতে চললুম।"

"তোমার গায়ে কি আর একটুও জোর নেই বাবা?"

দুঃখের সঙ্গে মাথা নেড়ে নিমচাঁদ বলল, "না রে বাবা, জোর-বল খুবই কমে যাচ্ছে। পরশু দিন শিবাইচণ্ডীতলা দিয়ে আসছিলুম, দেখলুম, আমাদের দাগি ষাঁড় ভোলা বটতলায় শুয়ে আছে। শিং ধরে কতবার ভোলার ঘাড় মুচড়ে দিয়েছি। তা ভাবলুম, আজও একটু মুচড়ে দিই। ঠেলাঠেলি করে তাকে তোলার পর ভোলা রেগেমেগে তেড়ে এল বটে, আর আমিও তার ঘাড় মুচড়ে দিলুম ঠিকই। কিন্তু নাঃ, ঠিক আগের মতো হল না। ভোলাও যেন সেটা টের পেয়ে মিচিক মিচিক হাসছিল।"

ভীমচাঁদ খুব চিন্তিতভাবে বলল, "তা হলে তো বড় মুশকিল হল বাবা। স্কুলের নগেনমাস্টারমশাই পড়া না করলে সবাইকেই খুব বেত মারেন, শুধু আমাকে ছাড়া। তুমি বুড়ো হয়েছ জানলে যে নগেনস্যার আমাকে মেরে পাট পাট করবেন।"

"তা হলে বরং লেখাপড়াতেই মন দে রে ভেমো। আর আমার ভরসায় বসে থাকিস না।"

ভীমচাঁদ কাঁদো-কাঁদো হয়ে বলল, "কিন্তু বাবা, তা হলে যে এখন থেকে লবঙ্গলতা স্টোর্সের বিশে আর বিনা পয়সায় লজেন্স বা চকোলেট দেবে না! গদাইয়ের দোকান থেকে খাতা-পেনসিল বিনা পয়সায় তুলে আনাও চলবে না। স্কুলে বন্ধুরা পালা করে টিফিনের ভাগ দেবে না।"

নিমচাঁদ দীর্ঘশ্বাসের পর দীর্ঘশ্বাস ফেলে বলল, "হাতি কাদায় পড়লে কী হয়

জানিস তো? না না, এখন থেকে তোরা সব ন্যায্য পয়সা দিয়েই জিনিসপত্তর কিনিস বাপ! আর গাজোয়ারি করে তুলে আনিস না।"

"ইস, তুমি আর ক'টা দিন পরে বুড়ো হলে আমি ততদিনে ক্লাস পরীক্ষাটাও পাশ করে যেতাম!"

"উঁহু, আর ওসব নয়। তিন-চার বিষয়ে ফেল মেরেও নতুন ক্লাসে ওঠা আর চলবে না। এখন থেকে সব বিষয়ে পাশ নম্বর পেতে হবে।"

নিমচাঁদের বউ খবর পেয়ে হুলস্থুল হয়ে এসে ঘরের মধ্যে আছড়ে পড়ল, "ওগো, এ কী সব্বোনেশে কথা শুনছি! তুমি নাকি বুড়ো হয়েছ?"

"আহা, তাতে চেঁচামেচির কী আছে? বয়স হলে বয়সের নিয়মেই বার্ধক্য আসে। হুঁ হুঁ বাবা, এ হল অঙ্কের হিসেব।"

"কিন্তু আমার কী দুর্দশা হবে ভেবে দেখেছ? পাশের হাজরাবাড়ির কুঁদুলি বউটা পাড়ার সকলের সঙ্গে নেচে নেচে ঝগড়া করে বটে, কিন্তু আমি কিছু বললে বা দু'কথা শোনালে চুপ করে থাকে, রা-টি কাড়ে না। এখন তো সে আমারও বিষ ঝেড়ে দেবে রোজ। গলার হার ভেঙে এই যে বালা গড়িয়েছি, স্যাকরা কথাটি কয়নি। কিন্তু এখন সে কি মজুরি আদায় না করে ছাড়বে? আমি পাড়ায় বেরোলে লোকে কত খাতির করে রাস্তা ছেড়ে দেয়, রিকশাওয়ালা বিনা ভাড়ায় খেপ দিয়ে দেয়। আর কি ওসব হবে? এখন যে দুধওয়ালাও দুধের দাম চাইবে গো।"

নিমচাঁদ গম্ভীর হয়ে বলল, "ওসব ভুলে যাও গিন্নি। এখন থেকে লোকের সঙ্গে ভাবসাব রেখে চলো। মনে রেখো, গয়না গড়ালে মজুরি দিতে হবে, রিকশায় উঠলে ভাড়া মেটাতে হবে, দুধ খেলে দাম দিতে হবে। আর এটাও যেন খেয়াল থাকে, সেইদিন আর নাই রে নাতি, থাবা থাবা চিনি খাতি।"

না, সেই দিন আর নেই-ই বটে। নিমচাঁদ যে বুড়ো হল! খুব চিন্তিত মুখে পাড়ায় বেরিয়ে খুব ধীরে ধীরে টুকটুক করে হাঁটছিল নিমচাঁদ। বয়স হয়েছে, এখন হুড়দৌড় করে হাঁটাচলা ঠিক হবে না। বুড়ো বয়সের নিয়মকানুন সব মেনে চলতে হবে। অধিক উত্তেজনা বারণ, দাঙ্গা-হাঙ্গামা বন্ধ, হাঁকডাক করা নিষেধ।

সে রাস্তায় বেরোলে চারদিকটা ভারী শুনশান হয়ে যায়, লোকজন সিঁটিয়ে থাকে, বাচ্চারাও কাঁদে না, লোকের কথাবার্তা, চায়ের দোকানে আড্ডা সবই যেন থেমে থাকে। আজও সেরকম হচ্ছে।

তবে এ আর ক'দিন? এরপর একদিন রাস্তায় বেরোলে তাকে দেখে আশপাশের লোকেরা টিটকিরি দেবে, বক দেখাবে, ছেলেপুলেরা পিছনে লাগবে, কেউ আর ফিসফিস করে একে-অন্যকে বলবে না, 'ওই দেখ, নিমেপালোয়ান যাচ্ছে।'

রাস্তার ধারে একটা নধর ঝুপসি সজনেগাছ দেখে দাঁড়িয়ে পড়ল নিমচাঁদ। নিজের গায়ের জোর-বল নিয়ে আজকাল প্রায়ই তার খুব সংশয় হচ্ছে। তার ঘোর সন্দেহ, আগের মতো ক্ষমতা তার আর নেই। দোনোমনো করে সে গুটিগুটি সজনেগাছটার কাছে গিয়ে দাঁড়াল। তারপর দাঁতে দাঁত চেপে তার দু'খানা মজবুত হাতে গাছটাকে সাপটে ধরে 'হেঁইও' বলে একটা হ্যাঁচকা চাড় দিতেই গাছটা কেঁপে উঠে যেন মানুষের গলাতেই চাপা স্বরে বলে উঠল, 'বাপ রে!' তবে গাছটা ওপড়াল না। নিমচাঁদ আর-একবার দম নিয়ে ফের গাছটাকে সাপটে ধরে চাড় দিতেই গাছটা যেন একটা মর্মর ধ্বনি তুলে বলে উঠল, 'হচ্ছেটা কী?' নিমচাঁদ আর-একবার গভীরভাবে শ্বাস টেনে গাছটাকে শক্ত করে ধরে চাড় মারতেই ঝুব্বুস করে শেকড়বাকড় আর মাটির চাঙড় সমেত গাছটা বিঘতখানেক উপরে উঠে পড়ল। নিমচাঁদ একটা স্বস্তির শ্বাস ছেড়ে গাছটাকে আবার জায়গামতো বসাতেই উপর থেকে হুড়মুড় করে ডালপালা সমেত একটা লোক, "ভূমিকম্প হচ্ছে! ভূমিকম্প হচ্ছে!" বলে চেঁচাতে চেঁচাতে মাটিতে চিতপাত হয়ে পড়ে গেল।

নিমচাঁদ ভারী অপ্রস্তুত! তাড়াতাড়ি লোকটাকে তুলে দাঁড় করিয়ে ধুলোটুলো ঝেড়ে বলল, "অঘোরখুড়ো যে!"

অঘোরখুড়ো কাঁকালের ব্যথায় মুখ বিকৃত করে বললেন, "ভূমিকম্প হচ্ছে যে! টের পাসনি?"

নিমচাঁদ আমতা আমতা করে বলল, "ভূমিকম্প হচ্ছিল নাকি?"

"তোর কি ভীমরতি হল যে, এত বড় ভূমিকম্পটা টের পেলি না! একটা ব্লাডপ্রেশারের ওষুধ তৈরি করব বলে সজনে ফুলের সন্ধানে গাছে উঠেছি কী, অমনি সে কী কাঁপুনি আর দুলুনি রে বাবা! ওঃ, মাজাটা বুঝি ভেঙেই গিয়েছে রে, ডান হাতের কনুইটাও যেন অসাড়। বুড়ো বয়সে হাড় ভাঙলে কি আর জোড়া লাগবে রে বাপ!"

নিমচাঁদের ভারী মনস্তাপ হল। গাছের গোড়ায় ছেড়ে রাখা হাওয়াই চটিজোড়া সে দেখেও তেমন খেয়াল করেনি। বুড়ো বয়সের চিন্তায় ভারী মনমরা হয়েছিল তো! লজ্জিত মুখে সে বলল, "চলুন, আমি বরং কাঁধে করে আপনাকে বাড়ি পৌঁছে দিয়ে আসি।"

"দিবি? তাই দে বাবা! হাঁটাচলা ক'দিনের জন্য বন্ধ হল কে জানে?"

অঘোরখুড়োকে কাঁধে নিয়ে হাঁটতে হাঁটতে নিমচাঁদ জিজ্ঞেস করল, "আচ্ছা খুড়োমশাই, আপনি তো মস্ত কোবরেজ! মানুষের বুড়ো বয়সটা ঠিক কবে থেকে শুরু হয় বলুন তো?"

“ও বাবা, সে বলা খুব শক্ত। কেউ কুড়িতেই বুড়োটে মেরে যেতে থাকে, আবার কেউ নব্বইতেও বুড়ো হতে চায় না। ওর কোনও নিয়ম নেই যে! কেন রে, তোর হঠাৎ বুড়ো বয়সের চিন্তা কেন?”

“না, এই জেনে রাখা ভাল কিনা! তা বুড়ো হওয়ার কি কোনও নিয়ম নেই খুড়ো?”

“তা আছে বই কী, তবে সে বড় জটিল জিনিস, তুই বুঝবি না। এই যে আমি, এই আমাকেই দেখ দেখি, চুরাশি বছর বয়সেও আঁদাড়ে-পাঁদাড়ে ঘুরে বেড়াচ্ছি, গাছগাছালিতে উঠে পড়ছি, দাঁতে চিবিয়ে মাংসের হাড় গুঁড়ো করে ফেলছি।”

“তা বটে। তবে বুড়ো হওয়ার একটা নিয়মও তো আছে। ধরুন, বুড়ো বয়সেও কেউ যদি বুড়ো হতে না চায়, তা হলে কি সেটা ভাল দেখায় খুড়ো? লোকে নিন্দেমন্দও তো করতে পারে? বুড়োদের মধ্যে একটু বুড়োমি না থাকলে কি মানায়?”

“দূর আহাম্মক! তোর মাথায় বুড়ো বয়সের পোকা ঢুকেছে দেখছি। বলি, সত্যিই কি তোর ভীমরতি হল?”

“তা না হবে কেন বলুন? মা ষষ্ঠীর কৃপায় বয়স তো কম হল না! বেশ বুড়োই তো হয়েছি।”

“বটে! তা বুড়ো যে হলি টের পেলি কীসে?”

“আজ্ঞে, গায়ের জোর-বল কমে যাচ্ছে, সেই আগের মতো চটপটে হাত-পা নেই। তারপর ধরুন ক্ষুধামান্দ্যও হতে লেগেছে। দিনমানে এককাঠা চালের ভাত পথ্য ছিল, জামবাটি ভরতি ডাল, তিনপো মাছ, রাতে আশিখানা রুটি, সঙ্গে সেরটাক মাংস। তা এখনও খোরাক কমাইনি বটে, কিন্তু খেয়ে যেন আইঢাই হচ্ছে। তারপর ধরুন, চোখেও কি আর আগের মতো নজর আছে? ওই যে দূরে নারকোল গাছের ডগায় গাছের সঙ্গে গামছা দিয়ে কোমর জড়িয়ে লোকটা অঘোরে ঘুমোচ্ছে, ও যে হরেন তা কি আর সত্যিই ঠাহর করতে পারছি? অনুমান করছি ওটা হরেনই হবে। তারপর ধরুন, আপনাদের দক্ষিণের দাওয়ায় যে একটা ন্যাড়ামাথাওলা লম্বাপানা লোক বসে মুড়ি আর শশা খাচ্ছে, তাও কি স্পষ্ট দেখতে পাচ্ছি! আন্দাজে বলা! তারপর ধরুন, ওই যে গোচারণ মাঠের ওধারে বটতলায় নামাবলি গায়ে, চোখে চশমা এঁটে একটা লোক হাটুরেদের হস্তরেখা আর কুষ্ঠি বিচার করছে, ও যে আসলে কানু, সেটা জানি বলেই বলতে পারছি।”

অঘোরখুড়ো আঁতকে উঠে বললেন, “কানু! কানু চশমা পেল কোথায়? অ্যাঁ! এ নিশ্চয়ই আমার চশমা! ওরে আমাকে নামা! নামা! এক্ষুনি ছুটে গিয়ে পাজিটাকে বমাল ধরতে হবে।”

"উত্তেজিত হবেন না খুড়ো! এই বয়সে উত্তেজনা ভাল নয়। কত চশমা যাবে, কত চশমা ফের আসবেও। কিন্তু উত্তেজনার বশে প্রাণবায়ু বেরিয়ে গেলে তাকে কি আর হাতে-পায়ে ধরেও ফেরাতে পারবেন?"

অঘোরখুড়ো খিঁচিয়ে উঠে বললেন, "আমার প্রাণবায়ু নিয়ে তোকে মাথা ঘামাতে হবে না। প্রাণবায়ু তো বিনি পয়সার জিনিস, কিন্তু চশমার যে অনেক দাম!"

"কানুও তাই বলছিল বটে!"

"কী বলছিল?"

"চশমাটা পরলে নাকি ও ভূত-ভবিষ্যৎ দেখতে পায়।"

"বলিস কী সব্বোনেশে কথা? ওই চশমা পরে আমি বুড়ো হলুম, কখনও তো ভূত-ভবিষ্যৎ দেখতে পাইনি।"

"কিন্তু কানু পায়। নইলে এত লোকের ভূত-ভবিষ্যৎ গড়গড় করে বলে দিচ্ছে কী করে? আর সব ঠিকঠাক মিলেও তো যাচ্ছে!"

"কীরকম?"

"এই তো দিন সাতেক আগে নগেন বৈরাগীকে বলল, 'মনে হচ্ছে তোমার কোমরে দড়ি পড়বে হে।' শুনে ইস্তক নগেন তো গ্রেফতার হওয়ার ভয়ে মরে। শেষে দারোগাবাবুর কাছে গিয়ে কান্নাকাটিও করে এল। দারোগাবাবু অভয় দিলেন, 'ভয় নেই, তোকে গ্রেফতার করলেও কোমরে দড়ি পরাব না।' তারপর কী হল জানেন? নগেন বৈরাগী জল তুলতে গিয়ে পা হড়কে কুয়োয় পড়ে গেল। তারপর সেই কোমরে দড়ি বেঁধেই কুয়ো থেকে তুলতে হল তাকে। তারপর মহেশ প্রামাণিকের কথাই ধরুন। ক'দিন আগে মহেশ প্রামাণিককে বলল, 'যার নাম 'ন' দিয়ে শুরু তেমন জিনিস থেকে সাবধান।' কী মুশকিল বলুন তো! মহেশের বাপের নাম নবীন, মা নগেন্দ্রবালা, বউ নলিনী, ভাই নরেশ, ছেলে নবকুমার, মেয়ে নীপবালা। মহেশ এখন যায় কোথায়? ভয় খেয়ে সে তার বড় শ্যালকের বাড়িতে গিয়ে ক'দিনের জন্য ঘাপটি মেরে রইল। তা একদিন বারান্দায় বসে পাকা কাঁঠালের ফলার সারছে, হঠাৎ বাড়ির কেলে গোরুটা ধেয়ে এসে মহেশকে গুঁতিয়ে সাত হাত দূরে ছিটকে ফেলে কাঁঠাল খেয়ে গেল। মাজা ভেঙে মহেশ সাতদিন শয্যাশায়ী। পরে জানা গেল সেই গোরুর নাম নাকি 'নিশিপদ্ম'। বুঝুন কাণ্ড!"

"তাই তো রে! তুই যে ভাবিয়ে তুললি! আমার চশমার যে এত গুণ তা তো আমিই এতকাল টের পাইনি!"

"আজ্ঞে, স্বাতী নক্ষত্রের জল, পাত্রবিশেষে ফল। সকলের কি সব কিছু সয় খুড়ো? নীলার আংটি যেমন, কারও হাতে গেলে পৌষমাস, কারও হাতে সর্বনাশ।"

অঘোরখুড়ো খুব চিন্তিত গলায় বললেন, "কথাটা বোধহয় খুব একটা মন্দ বলিসনি। চশমাটার মধ্যে কিছু অশৈলী ব্যাপার থাকলেও থাকতে পারে। ওটা চোখে দিলে মাঝে মাঝে কিম্ভূত সব জিনিস দেখা যায় বটে।"

"কীরকম খুড়ো?"

"আগে ভাবতুম বয়সের দোষে ভুলভাল দেখছি। কিন্তু এখন তলিয়ে ভেবে দেখলুম, সেটা চশমার গুণেও হতে পারে।"

"তা কী দেখতে পান খুড়ো? ভূতটুত নাকি?"

"ভূতও হতে পারে! তবে মাঝে মাঝে চশমাটা খুব আবছা হয়ে যায়। তারপর হঠাৎ আবছায়া কেটে গিয়ে হয়তো দেখলুম, ঘরের মধ্যে একটা খুব ঢ্যাঙা লোক উবু হয়ে কী যেন খুঁজছে। সাড়া দিতেই ফুস করে কোথায় যেন সটকে পড়ল। তারপর ধর, আমার জানলার ওধারে কদমতলার মাঠ। জ্যোৎস্না রাতে মাঝে মাঝে দেখতে পাই কয়েকটা খুব ঢ্যাঙা লোক ঘুরে বেড়াচ্ছে, তাদের গায়ের রং যেন কেমন সবজে সবজে।"

"তা হলে ও চশমা আপনি কানুকেই দান করে দিন খুড়ো। ও আপনার সইবে না।"

"দান করে দেব কী রে? ও যে খাঁটি সোনার চশমা! বটুকবুড়োর বাতব্যাধির চিকিৎসা করেছিলুম। বটুক খুশি হয়ে মরার আগে চশমাজোড়া আমাকে দিয়ে যায়। আমার চোখেও দিব্যি ফিট হয়ে গেল। দিনের বেলা দিব্যি সব স্পষ্ট দেখা যায়। রাতের দিকেই যা একটু গণ্ডগোল হয়।"

"চশমা ছাড়াই যখন আপনি সব কিছু স্পষ্ট দেখতে পাচ্ছেন, তখন ওই অলক্ষুনে চশমা চোখে দেওয়ার দরকার কী আপনার?"

"তা বটে, তবে কী জানিস, চশমা পরলে একটা ভারিক্কি ভাব আসে। লোকে একটু মান্যিগণ্যি করে। চশমা একটা কেতার জিনিস তো! চোখে দিলে বাহারও হয় খুব!"

"যদি অভয় দেন তো একটা কথা কব?"

"কী কথা?"

"বলছিলুম কী, এখন কি আর আমাদের সেই বয়স আছে? এই জাগতিক তুচ্ছ জিনিসপত্রের উপর লোভ করা কি আমাদের শোভা পায়? আমাদের এই বুড়ো বয়সে তো জাগতিক বস্তু ছেড়ে পরমার্থেরই খোঁজ করা উচিত? কী বলেন?"

অঘোরখুড়ো খিঁচিয়ে উঠে বললেন, "তুই বুড়ো হচ্ছিস তো যত খুশি হ। কিন্তু তোর দলে আমাকে ভেড়াচ্ছিস কেন? আমি মোটেও বুড়ো হইনি।"

নিমচাঁদ ভারী অবাক হয়ে বলল, "হননি? কিন্তু বয়সকালে বুড়ো না হলে যে বড় সমস্যা হবে খুড়োমশাই!"

কথায় কথায় বাজারের কাছেপিঠে এসে পড়ায় লোকজন হাঁ করে দেখছিল তাঁদের। খগেন তপাদার বাজার সেরে ফিরছিল, দৃশ্য দেখে দাঁড়িয়ে পড়ে জিজ্ঞেস করল, "বলি ও অঘোরখুড়ো, ভোটে জিতলেন, না ডবল সেঞ্চুরি করলেন?"

অঘোরখুড়ো খ্যাঁক করে উঠে বললেন, "তার মানে?"

"আজকাল তো দেখি ভোটে জিতলে, আর ডবল সেঞ্চুরি করলেই লোকে কাঁধে নিয়ে নাচানাচি করে। তা আপনার কোনটা?"

অঘোরখুড়ো ভারী অসন্তুষ্ট হয়ে বললেন, "দেখ খগেন, সব সময় রঙ্গ-রসিকতা ভাল নয়। কত বড় ভূমিকম্পটা হয়ে গেল দেখলি না? তার ধাক্কায় গাছ থেকে পড়ে মাজাটা ভেঙে দ' হয়ে গেলুম, আর তুই রসিকতা করছিস?"

"তা ভূমিকম্প তো হয়েছিল এক বছর আগে, আপনার পড়তে এত সময় লাগল কেন বলুন তো? কত উঁচু গাছ যে, পড়তে এক বছর সময় লাগে?"

অঘোরখুড়ো খেপে গিয়ে বললেন, "তোরা কি নেশা করেছিস নাকি যে, এত বড় ভূমিকম্পটা টের পেলি না! মাত্র দশ মিনিট আগেই তো উপর্যুপরি ঝাঁকুনির চোটে আমি গাছ থেকে পড়লুম।"

বাজারের লোকজন মুখ তাকাতাকি করে বলতে লাগল, "না মশাই, ভূমিকম্প তো মোটেও হয়নি!"

খগেন তপাদার বলল, "ও ভূমিকম্প নয় খুড়ো, ও হল আপনার হৃৎকম্প।"

বিপদ বুঝে নিমচাঁদ ডবল গতিতে হাঁটা দিয়ে বলল, "সবার কথায় কান দেওয়ার দরকার কী আপনার বলুন তো খুড়োমশাই?"

অঘোরখুড়ো কিছুক্ষণ চুপচাপ থেকে বললেন, "হ্যাঁরে, তুই না বুড়ো হয়েছিস? তোর নাকি হাতে-পায়ে আর আগের মতো জোর নেই! তা হলে এখন এই টাট্টুঘোড়ার মতো ছুটছিস কী করে?"

"ছুটছি নাকি?"

"আলবাত ছুটছিস!"

"ওইটেই বুড়ো বয়সের দোষ খুড়োমশাই, বয়সটা সব সময় খেয়াল থাকে না কিনা! ভীমরতিই হচ্ছে বোধহয়।"

"তোকে যে ভীমরতিতে আষ্টেপৃষ্ঠে ধরেছে তা এখন আমি দিব্যি বুঝতে পারছি। ভেবে দেখলুম, যখন সবাই একই কথা বলছে, তখন একটু আগে যেটা হয়ে গেল সেটা মোটেও ভূমিকম্প নয়।"

নিমচাঁদ ভারী অবাক হয়ে বলল, "নয়! তা হলে কী হল বলুন তো?"

"কেউ গাছটা ঝাঁকিয়ে আমাকে ফেলে দেওয়ার চেষ্টা করছিল।"

"এ তো ভারী অন্যায়।"

"তা তো বটেই। তা ভাবছি, অত বড় মজবুত একটা গাছকে ঝাঁকুনি দিয়ে নড়ানো তো যার-তার কম্মো নয়। মস্ত পালোয়ানের পক্ষেই সম্ভব। কী বলিস?"

কাঁচুমাচু হয়ে নিমচাঁদ বলল, "আজ্ঞে, ঠিক ইচ্ছে ছিল না খুড়োমশাই। কী করে যেন হয়ে গেল! বুড়ো বয়সের দোষ বলেই ধরে নিন।"

"বুড়ো বয়সের দোষ হবে কেন রে? এ সব নষ্টামি-দুষ্টামি কি বুড়ো মানুষের কাজ? এ তো করে বাচ্চা বখাটে ছেলেরা! তোর বয়স মোটেও বাড়ছে না, বরং কমছে। তুই আসলে ছেলেমানুষ হয়ে যাচ্ছিস।"

চিন্তিত হয়ে নিমচাঁদ বলল, "এ তো বড় ধন্দে ফেলে দিলেন খুড়ো! বয়স বাড়ছে না কমছে, সেটাই যে এখন ঠিক ঠাহর পাচ্ছি না।"

তিন

যারা রটিয়ে বেড়ায় যে, হরেন রোজ নারকোল গাছে উঠে ভোঁস-ভোঁস করে ঘুমোয়, তারা মোটেও সত্যি কথা বলে না। তবে হ্যাঁ, এ কথাও ঠিক যে, নারকোল গাছের মাথাটা ভারী ভাল জায়গা। সেখানে উঠলে গায়ে মিঠে মোলায়েম হাওয়া এসে লাগে! মিষ্টি রোদ আর নারকোল পাতার ঝিরিঝিরি ছায়া, আর সেইসঙ্গে গাছের মৃদুমন্দ দোলে যদি ঘুম এসেই যায়, তা হলে কাউকে দোষও দেওয়া যায় না। আর তাই হরেন গাছের সঙ্গে কোমরটা গামছা দিয়ে কষে বেঁধে নিয়ে খানিকটা ঘুমিয়ে নেয় বটে। তবে আসলে সে গাছের ডগায় বসে এই গঞ্জশহরের চারদিকটা নজরে রাখে বই তো নয়! নজরদারি করার মতো কিছু ঘটনাও আজকাল ঘটতে লেগেছে। আর সেইসব ঘটনা গাছের ডগা থেকে যতটা দেখা যায় মাটিতে দাঁড়িয়ে তার সিকিভাগও দেখার উপায় নেই।

আজও ঘুম ভাঙার পর গোটা কয়েক হাই তুলে আর আড়মোড়া ভেঙে চারদিকটা দেখছিল হরেন। ওই তো চিমসে চেহারার মিতব্যয়ী নিশাপতিবাবু দেড়শো গ্রাম চাল, দু'টি আলু, একচিমটি ডাল আর দু'টি পুঁটিমাছ কিনতে বাজারে চলেছেন। থানার হোঁতকা সেপাই লাটু হাজারি চৌপথির বটতলায় ইটের উপর বসে উপেন নাপিতের কাছে বিনা পয়সায় আরামসে খেউরি হচ্ছে। নধরকান্তি চিন্তামণি সমাদ্দারের মিষ্টি

খাওয়া বারণ বলে, ওই যে বলরাম ঘোষের মিঠাইয়ের দোকানের পিছনে দাঁড়িয়ে শালপাতায় মুখ আড়াল করে টপাটপ জিলিপি খাচ্ছে। এসব রোজকার চেনা দৃশ্য। না, নতুন কিছু দেখা যাচ্ছে না।

কোমর থেকে গামছাটা খুলে মুখের ঘাম মুছে গাছ থেকে নামবার তোড়জোড় করছিল হরেন। এমন সময় তার নজর গিয়ে পড়ল দেওয়াল-ঘেঁষা জায়গাটায়। ওখানটায় মেলা গাছপালা আর ঝোপঝাড়ের জঙ্গল। কামিনী ঝোপের লাগোয়া একখানা ফাঁদালো গন্ধরাজ লেবুর ছড়ানো গাছ। নীচেটায় ভারী অন্ধকার। সেইখানে ঝোপঝাড়ের আড়াল থেকে কার যেন দু'খানা ঠ্যাং একটুখানি বেরিয়ে আছে। পায়ের পাতা দুটো উপর দিকে ওলটানো, তার মানে লোকটা উপুড় হয়ে পড়ে আছে।

দৃশ্যটা দেখে হাত-পা একটু ঝিমঝিম করে উঠল হরেনের, সর্বনাশ! কার আবার কী হল রে বাবা! তাড়াহুড়ো করে নামতে গিয়ে গাছের ঘষটানিতে বুকের নুনছাল উঠে গেল হরেনের। নেমেই হাঁফাতে হাঁফাতে সে লেবুতলায় হাজির হয়ে যাকে দেখতে পেল, সে মোটেও চেনা মানুষ নয়। মাথা ন্যাড়া, তাতে আবার টিকিও রয়েছে, পরনে হেঁটো ধুতি, গায়ে একটা জামা। কিন্তু ভয়ংকর ব্যাপারটা হল, জামাটা উলটে আছে বলে স্পষ্ট দেখা যাচ্ছে যে, লোকটার কোমরের কষিতে একটা ঝকঝকে পিস্তল।

হরেনের চেঁচামেচিতে লহমায় লোক জড়ো হয়ে গেল।

বীরেনবাবু কাহিল গলায় বললেন, "কী সব্বোনেশে লোক! পিস্তল নিয়ে বাড়িতে ঢুকেছে! দেখে তো মনে হয়েছিল ভাজা মাছটি উলটে খেতে জানে না!"

বটু গম্ভীর হয়ে বলল, "আমি তখনই বলেছিলাম কিনা কর্তাবাবু, ভেচকুড়ি-কাটা লোককে মোটেও বিশ্বাস নেই।"

বীরেনবাবু আরও গম্ভীর হয়ে বললেন, "কিন্তু কাজটা কি তুই ভাল করলি বটু?"

"কোন কাজটা?"

"এই যে লোকটাকে খুন করে ফেললি? খুনটুন নিজের হাতে করা কি ভাল রে? বরং পুলিশকে জানালেই তো হত!"

বটু আকাশ থেকে পড়ে কাঁদো-কাঁদো হয়ে বলল, "কী বলছেন কর্তাবাবু? জীবনে মশা-মাছিটা অবধি মারিনি, আর আমি অমন দশাসই লোককে খুন করতে যাব? দক্ষিণের দাওয়ায় বসিয়ে শশা আর মুড়ি খেতে দিয়ে আমি তো ঘানি থেকে সরষের তেল আনতে গিয়েছিলুম। ফিরেই চেঁচামেচি শুনে এসে দেখি এই কাণ্ড!"

বীরেনবাবু চিন্তিত হয়ে বললেন, "তা হলে একে মারল কে?"

একচন্দ্র নিবিষ্ট মনে হাঁটু গেড়ে বসে লোকটার নাড়ি দেখছিল। মাথা নেড়ে বলল,

"না হে, মরেনি। তবে মাথায় আর ঘাড়ে চোট হয়েছে দেখছি। চোখে-মুখে জলের ঝাপটা দিলে জ্ঞান ফিরতে পারে।"

বিজয়বাবু বললেন, "দাঁড়াও বাপু, জ্ঞান ফেরার আগেই ওর অস্ত্রটা সরিয়ে নেওয়া দরকার। জ্ঞান ফেরার পর কোন মূর্তি ধরে তার ঠিক কী?" এই বলে তিনি গিয়ে লোকটার কোমর থেকে সাবধানে পিস্তলটা খুলে নিয়ে ঘুরিয়ে-ফিরিয়ে দেখে বললেন, "এ তো বেলজিয়ামে তৈরি অত্যাধুনিক জিনিস। এরকম একটা গেঁয়ো টিকিধারী লোক এটা পেল কোথায়?"

বীরেনবাবু বললেন, "হয়তো কুড়িয়ে-টুড়িয়ে পেয়েছে।"

বিজয়বাবু মাথা নেড়ে বললেন, "এ জিনিস রাস্তায়-ঘাটে কুড়িয়ে পাওয়া শক্ত। লোকটা হয় ডাকাত, না হয় ছদ্মবেশী পুলিশ।"

ব্রজবিহারী সভয়ে বললেন, "ও বাবা! তা হলে জ্ঞান ফেরার আগেই ওর হাত-পা বেঁধে ফেলা হোক। সাবধানের মার নেই!"

বিজয়বাবু মৃদু হেসে বললেন, "তার দরকার নেই। মূর্ছা ভাঙলেও লোক চট করে গা-ঝাড়া দিয়ে ওঠার অবস্থায় থাকে না। তার উপর এর মাথায় আর ঘাড়ে চোট রয়েছে। বটু বরং গিয়ে বনবিহারী ডাক্তারকে ডেকে আনুক।"

চোখে-মুখে বেশ কিছুক্ষণ জলের ছিটে দেওয়ার পর লোকটা চোখ চাইল বটে। কিন্তু চোখের চাউনি ভ্যাবলা আর ফ্যালফ্যালে। যেন কিছুই বুঝতে বা চিনতে পারছে না। বেশ কিছুক্ষণ টালুমালু করে চারদিকটা দেখার চেষ্টা করে হঠাৎ ক্ষীণ কণ্ঠে বলল, "লোকটা কোথায় গেল? অ্যাঁ! লোকটা?"

সবাই মুখ তাকাতাকি করে অবশেষে বিজয়বাবু জিজ্ঞেস করলেন, "কে হে, কার কথা জিজ্ঞেস করছ?"

"ওই যে সবুজ রঙের লোকটা!"

সবুজ রঙের লোক শুনে একচন্দ্র মাথা নেড়ে বলল, "মাথায় চোট হলে অনেক সময় লোকে ভুলভাল বলে। সবুজ লোক কোথা থেকে আসবে? ওহে বাবু, সবুজ পোশাক পরা কাউকে দেখেছ নাকি?"

লোকটা জিভ দিয়ে শুকনো ঠোঁট চেটে বলল, "একটু জল দেবেন? বড্ড তেষ্টা পেয়েছে।"

জল খেয়ে লোকটা যেন একটু ধাতস্থ হল। হাতে ভর দিয়ে উঠে বসবারও চেষ্টা করতে লাগল।

বীরেনবাবু বীরের গলাতেই বলে উঠলেন, "উঁহু, পালানোর চেষ্টাও কোরো না, পুলিশে খবর দিতে লোক গিয়েছে। এই এল বলে। পিস্তল নিয়ে দিনেদুপুরে লোকের

বাড়িতে ডাকাতি করতে ঢোকা বের করছি তোমার।"

বটু আর হরেন গিয়ে ঘরে লোকটাকে বসানোর পর লোকটা মাথা নেড়ে বলল, "ডাকাত নই মশাই!"

"তবে তুমি কে?"

"বলা বারণ আছে।"

"ওসব চালাকি করে পার পাবে না হে। শক্ত পাল্লায় পড়েছ।"

লোকটা জবাব দিল না। মাথায় হাত দিয়ে চুপ করে বসে রইল কিছুক্ষণ। তারপর দুর্বল গলায় বলল, "আমার পিস্তলটা কি ফেরত দেবেন?"

বীরেনবাবু আঁতকে উঠে বললেন, "পিস্তল! পিস্তল ফেরত চাও? তুমি তো বিপজ্জনক লোক হে! পিস্তল নিয়ে নিজের মূর্তি ধরবে বুঝি?"

লোকটা ক্লান্ত গলায় বলল, "আমি খুব ভাল লোক নই বটে। কিন্তু আপনাদের কোনও ক্ষতি করতে আসিনি।"

বিজয়বাবু ঠান্ডা মাথার মানুষ। নরম গলায় বললেন, "তুমি কে তা না হয় না বললে। কিন্তু ঘটনাটা কীভাবে ঘটল, কে তোমাকে মারধর করল, সেটা তো বলতে পারো?"

"একজন সবুজ মানুষ।"

হরেন বলে উঠল, "ও তো...।"

কিন্তু কথাটা শেষ করতে পারল না, বিজয়বাবু একটা ধমক দিয়ে বললেন, "বেশি কথা না বলে দৌড়ে গিয়ে এক কাপ গরম দুধ নিয়ে আয় তো।"

হরেন মিইয়ে গিয়ে তাড়াতাড়ি রান্নাঘরের দিকে চলে গেল।

বীরেনবাবু সখেদে বললেন, "চোর-ডাকাতকে গরম দুধ খাওয়ানোটা কি ঠিক হচ্ছে বিজয়দাদা? এরকম আপ্যায়ন হলে যে ঘনঘন তারা এসে এ বাড়িতে চড়াও হবে? ওদের সঙ্গে কুটুম্বিতা কি ভাল?"

বিজয়বাবু উত্তেজিত না হয়ে মৃদু হেসে বললেন, "দেখো বীরেন, লোকটা চোর-জোচ্চোর কি না তা এখনও জানা যায়নি। লোকটা উন্ডেড, অসুস্থ। শুশ্রূষা দরকার। চোর-ডাকাত বলে মনে হচ্ছে না আমার।"

এ বাড়িতে বিজয়বাবুকে সবাই একটু খাতির করে। একসময় বড় কলেজে বিজ্ঞানের অধ্যাপক ছিলেন। বিয়েটিয়ে করেননি। এখন এই বাড়িতে নিজের মতো একটা ল্যাবরেটরি করে গবেষণা নিয়ে আছেন। কিন্তু তাঁর বুদ্ধি-বিবেচনা আর কাণ্ডজ্ঞান অন্যদের চেয়ে অনেক বেশি। ব্যক্তিত্বও সাংঘাতিক। চাপা স্বভাবের মানুষ বলে কেউ তাঁকে বড় একটা ঘাঁটায় না।

গরম দুধটুকু লোকটা এক চুমুকে শেষ করে বলল, "এবার আমাকে ছেড়ে দিন।"

বীরেনবাবু বললেন, "ছেড়ে দেব মানে? তুমি কে, কোন মতলবে এখানে উদয় হয়েছ, নামধাম, ইতিবৃত্তান্ত কী, এসব না জেনেই ছেড়ে দেব নাকি? পুলিশ আসুক, তারপর যা ব্যবস্থা হওয়ার হবে।"

বিজয়বাবু নরম গলাতেই বললেন, "উঠে দাঁড়াতে পারবে?"

"পারব।"

"তা হলে এই ভেজা মাটিতে বসে না থেকে ওই দাওয়ায় গিয়ে বসবে চলো।"

"আমি চোর-ডাকাত নই, আবার ভিখিরি-কাঙালও নই। এখানে একটা জরুরি কাজে এসেছিলাম।"

"কাজটা কী?"

"সবুজ মানুষ।"

"সবুজ মানুষ বলে কিছু নেই। ওটা আষাঢ়ে গল্প।"

"আমি নিজের চোখে দেখেছি। আমি ওই বারান্দাটায় বসে মুড়ি খাচ্ছিলাম। হঠাৎ দেখি, এই ঝোপঝাড়ের ভিতর অন্ধকার থেকে একটা লম্বা, ঘন সবুজ রঙের মানুষ উঁকি দিচ্ছে। যা শুনেছিলুম, হুবহু সেইরকম।"

হঠাৎ বিজয়বাবুর চোখ দুটো যেন ধক করে জ্বলে উঠল। চাপা হিংস্র গলায় বললেন, "কী শুনেছিলে?"

"এখানে সবুজ রঙের মানুষ আছে।"

"এরকম অবাস্তব গল্প কে তোমাকে বলেছে? সবুজ মানুষ থাকলে আমরা দেখতুম না? আর তুমি কোমরে পিস্তল নিয়ে সবুজ মানুষ খুঁজতে এসে ভয়ংকর অন্যায় করেছ। যদি ভুল দেখে গুলি চালিয়ে দিতে তবে একজন নিরীহ মানুষ মারা পড়তে পারত?"

"গুলি চালানোর হুকুম নেই। আমি চালাইওনি গুলি।"

"তবে পিস্তল নিয়ে এসেছিলে কেন?"

"আত্মরক্ষার জন্য।"

"আত্মরক্ষার নামে দুনিয়ায় অনেক খুনখারাপি হয়ে থাকে। ওই অজুহাতটা আমি বিশ্বাস করছি না। ঠিক আছে, তর্কের খাতিরে আমি মেনে নিচ্ছি যে, তুমি একটা সবুজ রঙের মানুষ দেখেছ। কিন্তু সে কি তোমার কোনও ক্ষতি করেছে?"

"ক্ষতি করেছে কি না সেটা তো নিজের চোখেই দেখছেন। আমার মৃত্যুও হতে পারত।"

“বিনা কারণেই কি লোকটা তোমাকে অ্যাটাক করেছিল?”

লোকটা কিছুক্ষণ চুপ করে থেকে বলল, “আমি সবুজ মানুষ দেখে মুড়ির বাটি ফেলে ছুটে আসছিলাম। লোকটার কাছে পৌঁছোনোর আগেই একটা লম্বা হাত এসে আমার মাথায় হাতুড়ির মতো একটা ঘুসি মারল। আমি অজ্ঞান হওয়ার আগে দেখতে পেলাম, সবুজ লোকটা দৌড়ে গিয়ে এক লাফে ওই প্রায় দশ ফুট উঁচু দেওয়ালটা পার হয়ে গেল।”

একচন্দ্র বলল, “ওরে, হাইজাম্পের বিশ্বরেকর্ড যেন কত ফুট, একটু খোঁজ নিয়ে দেখ তো!”

বিজয়বাবু অত্যন্ত দৃঢ়তার সঙ্গে বললেন, “তোমার মাথার ঠিক নেই। তুমি ভুল দেখেছ এবং ভুল খবর পেয়ে এসেছ। এখন যা জিজ্ঞেস করছি তার জবাব দাও।”

“বলুন?”

“এই পিস্তলের লাইসেন্স কি তোমার আছে?”

“আছে।”

“না থাকলে কিন্তু বিপদে পড়বে। দ্বিতীয় প্রশ্ন, তুমি কি ছদ্মবেশ পরে এসেছ? তোমার পোশাকের সঙ্গে কথাবার্তা মিলছে না।”

“হ্যাঁ, ছদ্মবেশ।”

“ছদ্মবেশ ধরার কারণ কী?”

“হুকুম হয়েছিল গাঁয়ের মানুষ সেজে আসতে।”

“কারা তোমাকে পাঠিয়েছে সেটা তুমি বলতে চাও না?”

“না।”

“আমাদের কাছে বলতে না চাইলেও পুলিশ কিন্তু তোমার কাছ থেকে কথা বের করবে।”

“আমি আপনার সঙ্গে একটু প্রাইভেটলি কথা বলতে চাই।”

বীরেনবাবু সঙ্গে সঙ্গে ফুঁসে উঠে বললেন, “খবরদার না। ওসব প্রাইভেট কথা বলার নাম করে নির্জন, নিরিবিলিতে গিয়ে একটা হামলা করে পালানোর মতলব তো? সে হবে না।”

বিজয়বাবু শান্তভাবেই বললেন, “না রে, হামলা করার মতো অবস্থা এর এখনও নয়। তা ছাড়া আমার কাছে ওর পিস্তলটা তো আছেই। তোরা বরং আমার ঘরের বাইরে পাহারায় থাকিস। এসো হে, তোমার প্রাইভেট কথাই শোনা যাক।”

বিজয়বাবু লোকটাকে নিয়ে গিয়ে তাঁর ঘরে ঢুকে দরজা বন্ধ করে দিলেন। বাড়ির লোকেরা বাইরে পাহারায় রইল।

দরজা বন্ধ করে লোকটাকে একটা চেয়ারে বসিয়ে বিজয়বাবু মুখোমুখি বসে বললেন, "এবার বলো কী বলতে চাও?"

লোকটা বলল, "আমাকে দয়া করে পুলিশে দেবেন না। আমি তেমন কোনও অপরাধ করিনি।"

"ট্রেসপাসিং এবং ছদ্মবেশে ঘোরা কি অপরাধ নয়?"

"প্রথম কথা আমি ট্রেসপাস করিনি। বাড়ির কর্তা বীরেনবাবুই আমাকে ভিতরে ঢুকতে দিয়েছেন। আর ছদ্মবেশ অপরাধ হলে বহুরূপীদের ধরে ধরে জেলে পোরা হত।"

"বুঝলাম। কিন্তু তোমার উদ্দেশ্য কী? খুলে বলো!"

"সবটা বলার উপায় নেই। তবে আমার নাম অগ্নি। এই অঞ্চলে যে মাঝে মাঝে অদ্ভুত ধরনের সবুজ রঙের মানুষ দেখা যাচ্ছে, এই খবরটা পেয়েই আমার আসা। গত সাতদিন ধরে আমি এখানকার মাঠ, ঘাট, জঙ্গল চষে বেড়িয়েছি। কোনও সবুজ মানুষের দেখা পাইনি। বহু মানুষের সঙ্গে কথা বলেও দেখেছি। কেউই সবুজ মানুষ দেখেছে বলে স্বীকার করেনি। আমার ক্রমে বিশ্বাস হচ্ছিল যে, এটা একটা গুজব ছাড়া কিছুই নয়। আমি ফিরে গিয়ে সেই কথাই কর্তৃপক্ষকে জানাব বলে ঠিক করেছিলাম। আর আজই আমার ফিরে যাওয়ার কথা। কিন্তু আজকেই ভাগ্যক্রমে আমি এই বাড়িতে একজন সবুজ মানুষের দেখা পেয়ে গিয়েছি।"

"তুমি ভুল দেখেছ।"

লোকটা মাথা নেড়ে দৃঢ়তার সঙ্গে বলল, "না মশাই, আমি একটুও ভুল দেখিনি। লোকটা বেজায় লম্বা, অন্তত সাড়ে সাত ফুট তো হবেই। রোগাটে কিন্তু জোরালো চেহারা, গায়ে আঁট করে পরা কালচে রঙের পোশাক। অনেকটা ডুবুরিদের পোশাকের মতো।"

"ডুবুরিদের সর্বাঙ্গ পোশাকে ঢাকা থাকে, গায়ের রং বোঝার উপায় নেই।"

"এ লোকটার মুখ, দুটো হাত আর হাঁটুর নীচের অংশ খোলা ছিল।"

বিজয়বাবু হাসলেন। বললেন, "তোমার কথা কেউ বিশ্বাস করবে না। সাড়ে সাত ফুট লম্বা সবুজ রঙের কোনও লোক যদি এখানে থাকত, তা হলে গ্রামদেশে একটা হইচই পড়ে যেত। এরকম অদ্ভুতদর্শন কোনও লোককে এখানে কারও কখনও চোখে পড়েনি। পড়লে অবশ্যই আমাদের কানে সে খবর আসত।"

"আপনার কি মনে হচ্ছে আমি মিথ্যে কথা বলছি?"

"না। তাও মনে হচ্ছে না। কারণ, মিথ্যে করে এ গল্প বলে তোমার কোনও লাভ নেই। কিন্তু আমি তোমাকে বলতে চাইছি যে, তুমি যা দেখেছ তা একটা ইলিউশন

মাত্র। গাছের ছায়ায় কেউ হয়তো দাঁড়িয়ে থাকলেও থাকতে পারে। ওই ঝোপঝাড়ের অন্ধকারে কারও গায়ের রং বোঝা সম্ভব নয়। তা ছাড়া তুমি একজন সবুজ রঙের লোককে খুঁজছিলে বলে তোমার ভিতরে একটা অটো সাজেশন তৈরি হয়েছিল। তাই বলছি, ওটা চোখের বিভ্রম ছাড়া কিছু নয়।"

লোকটা যেন একটু ধন্দে পড়ে গেল। চুপচাপ মাথা নিচু করে বসে একটু ভেবে তারপর মুখ তুলে বলল, "আপনি বিচক্ষণ মানুষ, তাই আপনাকে একটা ঘটনার কথা বলতে চাই।"

"বলো।"

"দিনতিনেক আগে রাজবংশীদের পোড়ো বাড়ির মাঠে একজন দেহাতি বুড়ি ঘুঁটে দিচ্ছিল। অনেক ঘুঁটে।"

"হ্যাঁ জানি। ও হল দুধওলা রামভরোসার মা গিরিজাবুড়ি।"

"অত ঘুঁটে দেওয়া দেখে আমি একটু অবাক হয়েছিলুম। কারণ, আজকাল কয়লা বা গুলের উনুনে রান্না করা একরকম বন্ধই হয়ে গিয়েছে। গাঁয়ের লোকও এখন গ্যাস বা কেরোসিনে রান্না করে। আমি তাই সেই বুড়িকে গিয়ে বললাম, 'এত ঘুঁটে কার জন্য দিচ্ছ গো মাসি? কে নেবে?' তখন বুড়িটা একটু ফুঁসে উঠে বলল, 'তোরা লা লিবি তো লা লিবি। হমার ঘুঁটিয়া হারা আদমিরা লিবে।' "

"তার মানে?"

"হারা আদমি মানে সবুজ মানুষ। তখন আমি বুড়িকে ধরে পড়লাম। কিন্তু আমার আর একটি কথারও জবাব দিল না। গম্ভীর মুখে ঘুঁটে দিয়ে যেতে লাগল। তার মানে কি এই নয় যে, ওই গিরিজাবুড়ির সঙ্গে সবুজ মানুষদের একটা যোগাযোগ আছে?"

বিজয়বাবু একটা দীর্ঘশ্বাস ফেলে বললেন, "তুমি কি জানো যে, গিরিজাবুড়ি রোজ ভূত দেখতে পায়, রাজবংশীদের বাড়িতে পরিদের আনাগোনা টের পায় এবং তার দৃঢ় বিশ্বাস যে, জলার ওধারকার জঙ্গলে একটা রাক্ষসও বসবাস করে!"

"বুড়োবুড়িদের কথায় নানা অসংগতি থাকে একথা ঠিক। কিন্তু সবুজ মানুষের কথা বলেছিল বলে আমার একটু বিশ্বাস হয়েছিল।"

"গিরিজাবুড়ি রোজ আমাদের বাড়িতে শাক তুলতে আসে। সারাক্ষণ বকবক করে যায়, যার কোনও মাথামুন্ডু নেই।"

অগ্নি নামের লোকটা কিছুক্ষণ নিজের করতলের দিকে চেয়ে থেকে বলল, "তা হলে আপনি বলছেন যে, এখানে সবুজ মানুষের অস্তিত্ব নেই?"

"না, নেই।"

"আপনি কি একজন বৈজ্ঞানিক?"

"দূর পাগল! বৈজ্ঞানিক বললে বাড়াবাড়ি হয়ে যাবে। তবে কলেজে বিজ্ঞান পড়াতাম। আমার গবেষণার খুব শখ ছিল বলে একটা ছোট ল্যাবরেটরি করেছি। সেটা আমার খেলাঘর বলতে পারো। কাজের কাজ কিছুই হয় না।"

"আমি কি এখন যেতে পারি?"

"অবশ্যই। পুলিশে সত্যিই খবর দেওয়া হয়েছে কি না তা অবশ্য আমি জানি না। তুমি বরং আর বেশি দেরি না করে রওনা হয়ে পড়ো। এই নাও তোমার পিস্তল।"

"ধন্যবাদ।"

"পিস্তলটা দেখে মনে হচ্ছে খুব দামি।"

"হ্যাঁ। পৃথিবীর সবচেয়ে সেরা পিস্তলগুলোর একটা।"

"তুমি কি খুব বিপজ্জনক জীবনযাপন করো?"

"আমার কাজ কিছুটা হ্যাজার্ডাস। তা হলে আমি...!"

"এসো গিয়ে।"

বিজয়বাবু অগ্নিকে সঙ্গে নিয়েই ঘর থেকে বেরিয়ে এলেন। উদ্বিগ্ন মুখে সবাই বাইরে অপেক্ষা করছে দেখে বললেন, "একে তোমরা ছেড়ে দাও। এ কোনও বদ মতলবে এ বাড়িতে আসেনি।"

অগ্নিকে ফটক পর্যন্ত এগিয়ে দিলেন বিজয়বাবু। অগ্নি চলে যাওয়ার পর তাঁর কপালে ভ্রূকুটি দেখা দিল।

বীরেনবাবু বললেন, "লোকটাকে ছেড়ে দিয়ে ভাল কাজ করলে না দাদা।"

"ছেড়ে দিয়েছি কে বলল?"

"এই যে গটগট করে হেঁটে চলে গেল?"

"ও আবার আসবে। এবার অন্য মূর্তি ধরে। ওর সন্দেহ যায়নি।"

"কিন্তু পুলিশে তো দেওয়া যেত!"

"কোন আইনে? অপরাধ তো কিছু করেনি। তুই ওকে বাড়িতে ঢুকতে দিয়েছিস, সুতরাং ট্রেসপাসার নয়, চুরি-ডাকাতি করেনি, কারও উপর হামলাও করেনি। বরং নিজেই মারধর খেয়েছে।"

"কিন্তু বেআইনি পিস্তলটা?"

"আমার যতদূর ধারণা, পিস্তলের লাইসেন্স ওর আছে। তা তুই-ই বা ওকে রাস্তা থেকে ডেকে ঘরে আনতে গেলি কেন?"

বীরেনবাবু বললেন, "সব দোষ ওই বটুর। ও এসে বলল, লোকটা নাকি ওকে ভেচকুড়ি দেখিয়েছে।"

বিজয়বাবু ভ্রূ কুঁচকে বললেন, "ভেচকুড়ি! সেটা আবার কী?"

বীরেনবাবু মাথা নেড়ে বললেন, "আমি জানি না, বটু জানে।"

বটু তাড়াতাড়ি বলল, "ওঃ, ভেচকুড়ি বড্ড ভয়ের জিনিস মশাই। চোখ দুটো তাড়াং তাড়াং হয়ে যায়, মুখখানা যেন দুনো ফুলে যায়, আর হাঁ-এর ভিতর দিয়ে যেন আলজিভ অবধি দেখা যায়...! না, সে বলা যায় না।"

বিজয়বাবু বললেন, "বাচ্চারা তো ওরকম করেই এ-ওকে ভ্যাঙায়। তাতে ভয় পাওয়ার কী আছে?"

চার

সকালের দিকটায় কালীবাড়ির চাতালের একধারে থামের আড়াল দেখে যে লোকটা মুড়িসুড়ি দিয়ে ঘুমোয়, সে হল তারক দুলে। সারা রাত্তির তার বিস্তর মেহনত যায়। রক্তজল করা মেহনতের পরও তারকের তেমন সুবিধে হয়ে উঠছে না। না হল নামডাক, না হল পয়সা। এসব গুহ্য কথা আর কেউ না জানুক ঠাকুরমশাই ব্রজবিহারী ভট্‌চাজ খুব জানেন।

পাঁচবাড়ি নিত্যপূজা সেরে ব্রজবিহারী এসে কালীবাড়ির চাতালে একটু বসলেন। এ সময় চাতালের গায়ে মস্ত বটগাছটার ঝুপসি ছাওয়ায় চাতালটা ভারী ঠান্ডা থাকে। একটু ঝিরঝিরে হাওয়া পুকুরের জল ছুঁয়ে এসে গা জুড়িয়ে দেয়। চারদিকটা ভারী নিরিবিলি আর নির্জন বলে মনটা জুড়োতে পারে। আর এই সময়টায় নানা ভাবনাচিন্তাও এসে পড়ে।

"বুঝলি রে তারক, অনেক ভেবে দেখলুম, ভগবান বোধহয় কানে ভাল শুনতে পান না।"

তারক টক করে উঠে বসে একটা নমো ঠুকে বলল, "প্রাতঃপেন্নাম হই ঠাকুরমশাই। তা কী যেন বলছিলেন?"

"অবিচারটা দেখ। সেই ছেলেবেলা থেকে বাবার কানমলা আর পণ্ডিতমশাইয়ের বেত খেয়ে খেয়ে শব্দরূপ-ধাতুরূপ, সমাস-বিভক্তি মুখস্থ করে করে বড়টি হলুম। কিন্তু শাস্ত্রটাস্ত্র শিখে কোন লবডঙ্কাটা হল বল তো? এই যে রোজ মন্দিরে বল, বাড়ি বাড়ি ঘুরে বল, ঠাকুর-দেবতার এত পুজো-অর্চ্চনা করছি, তাতে কোন হাত-পা গজিয়েছে রে বাপু? আজ বাপ বা পণ্ডিতমশাই বেঁচে থাকলে তাঁদের কাছেই জবাবদিহি চাইতুম। এত যে মেরে-বকে সংস্কৃত আর শাস্ত্র শেখালেন, তাতে হল কোন কচুপোড়া? এই যে রোজ সংস্কৃত মন্তর পড়ে ভগবানদের তোষামোদ করে

যাচ্ছি, তা তাঁরা কি আর তাতে কান দিচ্ছেন? বদ্ধ কালা না হলে মন কি একটু ভিজত না রে?"

তারক গম্ভীর হয়ে বলল, "আজ্ঞে, শুধু কালা কেন, ভগবানগণ চোখেও ভারী কম দেখেন। এই যে রাতবিরেতে বাড়ি বাড়ি হানা দিয়ে মেহনত করে বেড়াই, খাটুনি তো কম নয় মশাই। খাটুনিটার কি কোনও দাম নেই? চোখ থাকলে কি আর-একটু দয়ামায়া হত না! কলিকাল বলেই চারদিকে যেন অবিচারের মচ্ছব চলছে ঠাকুরমশাই?"

"অবিচারের কথাই যখন বললি বাপ, তখন দুঃখের কথা তোকে খুলেই বলি। ওই যে দুধওলা রামভরোসার মা গিরিজাবুড়ি, শতচ্ছিন্ন একখানা কাপড় পরে ঘুঁটে দিয়ে মরত, হঠাৎ ভগবান যেন তেড়েফুঁড়ে তার ভাল করতে আদাজল খেয়ে লেগে পড়েছেন।"

"বটে ঠাকুরমশাই?"

"তবে আর বলছি কী? গোয়ালপাড়ায় পাঁচকাঠা জমি কিনবে বলে বায়না করেছে, ইটভাটায় গিয়ে দশ হাজার ইটের বরাত দিয়ে এসেছে। পাকাবাড়ি উঠল বলে! আজও দেখলুম, বুড়ি সকালে নতুন শাড়ি পরে বসে জিলিপি দিয়ে নাস্তা করছে।"

"লটারি মেরেছে নাকি ঠাকুরমশাই?"

"আরে না। তার ঘুঁটে নাকি কে বা কারা ভাল দামে কিনে নিচ্ছে। যার কপাল খোলে তার ঘুঁটের মধ্যেও ভগবান মোহর গুঁজে দেন কিনা!"

"তা যা বলেছেন ঠাকুরমশাই। এই পতিতপাবনকেই দেখুন না, ভুসিমাল বেচে কেমন খুশিয়াল হাবভাব! তা ঠাকুরমশাই, ঘুঁটে কি আজকাল বিলেত-আমেরিকায় চালান যাচ্ছে নাকি?"

"তা না যাবে কেন? গিরিজাবুড়ির কপাল ফেরাতে হয়তো সাহেবরাও আদাজল খেয়ে লেগে পড়েছে।"

"এ কিন্তু খুব অন্যায় ঠাকুরমশাই। জীবনের ঝুঁকি নিয়ে কত কৌশল করে থানা-পুলিশ থেকে গা বাঁচিয়ে সারারাত জেগে, মাথা খাটিয়ে, মাথার ঘাম পায়ে ফেলে কী রোজগার হয় বলুন? ওই তো দেখুন না, কাল রাতে তিন বাড়িতে হানা দিয়ে জুটেছে মাত্র বিয়াল্লিশটা টাকা আর একটা রুপোর নথ। না, জীবনের উপর ঘেন্না ধরে গেল।"

"তা তো হবেই রে!"

"তা ঠাকুরমশাই, এই চুরিটুরি ছেড়ে কি ঘুঁটের ব্যাবসাতেই নেমে পড়ব নাকি?"

"দূর পাগল! স্বধর্মে নিধনং শ্রেয়, পরো ধর্ম ভয়াবহ! কুলধর্ম কি ছাড়তে আছে? তোরা হলি তিন পুরুষের চোর, অন্য কাজে তোর আর্যই নেই। যার কর্ম তারে সাজে,

অন্যের হাতে লাঠি বাজে। এই আমাকে দেখছিস না, সকাল থেকে মন্তর পড়ে পড়ে গলা শুকিয়ে কাঠ হয়ে গেল, জুটেছে কয়েকটা মজা কলা, একধামা মোটা আতপচাল, কয়েকটা অখাদ্য কাটা ফল, দশটি টাকা। তা কী আর করা যায়? বাপ-দাদা এই কর্মেই জুতে দিয়ে গিয়েছেন, দিনগত পাপক্ষয় করে যাচ্ছি।"

তারক কিছুক্ষণ চুপ করে বসে খুব গভীর চিন্তায় ডুবে রইল। তারপর বলল, "আচ্ছা ঠাকুরমশাই, খোলও কি আজকাল বিলেত আমেরিকায় চালান যাচ্ছে?"

"কেন রে, হঠাৎ খোলের কথা উঠছে কেন?"

"এই মহিন্দির ঘানিওলার কথাই বলছিলাম। আগে তো তার তেল কেনার তেমন খদ্দেরই ছিল না। ইদানীং শুনছি, সে তেলের বদলে খোল বেচে দেদার রোজগার করছে।"

"বলিস কী?"

"একেবারে নির্যস খবর ঠাকুরমশাই। সামনের শনিবার পরানগঞ্জে গোহাটা থেকে গোরু কিনবে বলে মহিন্দির কোমর বেঁধেছে।"

ঠাকুরমশাই চোখ কপালে তুলে বললেন, "মহিন্দির গোরু কিনছে! ও বাবা, তা হলে তো তার ভাসাভাসি অবস্থা।"

"আরও একটা খবর আছে ঠাকুরমশাই।"

"বলে ফেল।"

"পরেশ তোপদারের একখানা সবজির খেত আছে, জানেন তো?"

"তা জানব না কেন? মদনপুর জঙ্গলের দক্ষিণে তার সবজির চাষ।"

"হ্যাঁ, ভারী নিরিবিলি জায়গা, কাছেপিঠে লোকালয় নেই। পরেশ সেখানে একখানা কুঁড়ে বেঁধে চৌপর দিন খেত পাহারা দেয়।"

"ফলায়ও ভাল। ভারী বড় সাইজের মিঠে বেগুন হয় তার খেতে।"

"বেগুন, বেগুনের কথা আর কবেন না। আপনার তো সত্তরের উপর বয়স হল, তাই না? এই সত্তর বছরে কত বড় সাইজের বেগুন দেখেছেন?"

"তা দেখেছি বই কী। ছোটখাটো লাউয়ের সাইজের কাশীর বেগুন খেয়েছি, এখনও মুখে লেগে আছে।"

"পরেশের খেতে যে বেগুন ফলেছে তা দেখলে আপনি মূর্ছা যাবেন। চার-পাঁচ হাত উঁচু গাছে পাঁচ-সাত সের ওজনের শ'য়ে-শ'য়ে বেগুন ঝুলছে দেখে আসুন গে!"

"দূর পাগল! ও নিশ্চয়ই বেগুন নয়!"

"আমারও প্রত্যয় হয়নি ঠাকুরমশাই। আর শুধু বেগুনই বা কেন, এই অসময়েও

পরেশের বাগানে গেলে দেখতে পাবেন, রাক্ষুসে ফুলকপি আর দৈত্যের মতো বাঁধাকপি ফলে আছে। দুটো কপিতে একটা ভোজবাড়ির রান্না হয়ে যায়। তা ভাবলুম, রাতবিরেতে পরেশদাদা ঘুমোলে এক-আধটা জিনিস তুলে এনে বউ-বাচ্চাদের দেখাতাম। তা বলব কী মশাই, বাগানের ফটকটাই ডিঙোতে পারলাম না।"

"কেন রে? ফটকটা খুব উঁচু নাকি?"

"দূর দূর, চার ফুটও নয়। কিন্তু যতবার ভিতরে ঢুকতে যাই, কীসে যেন বাধক হয়। দেখলে মনে হয় ফাঁকা, কিন্তু ঢুকতে গেলেই যেন একটা শক্ত জিনিসে ঠেকে যেতে হয়। একবার মনে হয়েছিল পরেশদাদা বুঝি কাচ দিয়ে বাগান ঘিরেছে। কিন্তু দেখলুম, সেটা কাচও নয়। তাতে হাত দিলে হাত চিনচিন করে।"

"হ্যাঁরে, নেশাভাঙ করিসনি তো?"

"মা কালীর দিব্যি ঠাকুরমশাই, চোর হতে পারি, নেশাখোর নই। তবে পরেশদাদাকে গিয়ে পরদিন বেলাবেলি ধরেছিলুম। জিজ্ঞেস করলুম, 'দাদা, এরকম সরেস জিনিস ফলালে কেমন করে?' তা পরেশদাদা মিচিক মিচিক হেসে কথাটা পাশ কাটিয়ে গেলেন। শুধু বললেন, 'যত্নআত্তি করলে সব জিনিসেরই বোলবোলাও হয়।' তারপর রাতের ব্যাপারটাও কবুল করে ফেলে জিজ্ঞেস করলুম, 'দাদা, বাগানের চারদিকে কাচের দেওয়াল তুললেন নাকি?' পরেশদাদা মৃদু হেসে বললেন, 'কাচটাচ নয় রে, বাগান মন্তর দিয়ে ঘেরা থাকে। চোর তো দূরের কথা, একটা মাছি অবধি ঢুকতে পারে না।' "

"বলিস কী! পরেশের মন্তরের এত জোর? আর আমি যে সারাটা জীবন মুখের ফেকো তুলে বিশুদ্ধ দেবভাষায় এত মন্তর পড়লুম, তাতে তো কোনও কাজই হল না! পরেশ কি আমার চেয়ে বেশি মন্তর জানে?"

"কুপিত হবেন না ঠাকুরমশাই। ব্রাহ্মণের রাগ বড় সাংঘাতিক। প্রলয় হয়ে যাবে।"

"দূর দূর! তোর কথা শুনে তো সন্দেহ হচ্ছে, ব্রহ্মতেজ বলে কি কিছু আছে নাকি? মন্তর ঘেঁটে বুড়ো হয়ে গেলুম, আজ অবধি মন্তরে একটা মশা-মাছিও মারতে পারিনি!"

এমন সময় চাতালের পিছন থেকে কে যেন বলে উঠল, "কে বলে যে আপনার মন্তরের জোর নেই? বললেই হল? আর পরেশের সবজির খেতে যেসব কাণ্ডমাণ্ড হচ্ছে তা মোটেই মন্তরের জোরে নয়। ও হচ্ছে ভুতুড়ে কারবার।"

ব্রজবিহারী নবকুমার দিকপতিকে দেখে ভারী খুশি হয়ে বললেন, "আয় নব, বোস এসে। তা ভুতুড়ে কারবার যে সেটাই বা কী করে বুঝলি?"

"পরেশের চোদ্দো পুরুষের কেউ মন্তর-তন্তরের কারবার করেনি। মন্তরের মহিমা ও কী করে বুঝবে? আর আপনার মন্তরের কথা কী বলব ব্রজখুড়ো, আপনি হয়তো মন্তরের জোর টের পান না, কিন্তু আমরা তো দিব্যি পাই। এই যে সেদিন কেষ্ট হাজরার বাড়িতে শেতলা পুজো করছিলেন, ঘরের ভিতর বসে আপনি মন্তর পাঠ করছেন, আর বাইরে সেই মন্তর যেন চারদিকে ঠং ঠং করে হাতুড়ির ঘা দিয়ে বেড়াচ্ছে! মধুদের বাগানে গাছ থেকে দুটো ডাঁসা পেয়ারা খসে পড়ল, হাবুদের কাবলি বিড়ালটা একটা মেঠো ইঁদুরকে তাড়া করতে গিয়েও করল না। পরে দেখলুম, জটা ওদের দাওয়ায় বসে ফ্যাসফ্যাস করে কাঁদছে, আর সুদখোর মহাপাপী খগেন সাঁতরা মন্তরের শব্দ শুনে দু'কানে হাতচাপা দিয়ে 'বাবা রে, মা রে' করে দৌড়ে পালিয়ে গেল। স্বচক্ষে দেখা।"

ব্রজবিহারী একটা দীর্ঘশ্বাস ফেলে বললেন, "এই গাঁয়েগঞ্জে কে আর ওসবের মর্ম বোঝে রে, দামই বা দেয় কে?"

"কেন ব্রজখুড়ো, এই তো সেদিন কেষ্ট হাজরাই বলছিল, শেতলা পুজোর পর থেকেই নাকি তার নব্বই বছরের শয্যাশায়ী বুড়ি ঠাকুরমা তেড়েফুঁড়ে উঠে ঢেঁকি কুটতে লেগেছেন। জ্যাঠামশাইয়ের বাঁ হাঁটুতে বাত ছিল, এখন সেই বাত জ্যাঠার হাঁটু তো ছেড়েছেই, এই গঞ্জ ছেড়েও উধাও হয়েছে। কেষ্টর ছেলে সেভেন থেকে এইটে ওঠার জন্য গত তিন বছর ধরে মেহনত করে যাচ্ছিল। এবার দেখুন, মাত্র তিন বিষয়ে ফেল মেরেছে বলে মাস্টারমশাইরা তার কত প্রশংসা করে সেভেনে তুলে দিলেন। কেষ্টর মেয়ে ফুলির হাতে একজিমা ছিল বলে বিয়ে হচ্ছিল না। শেতলা পুজোর পর সেই একজিমা তাড়াতাড়ি পায়ে নেমে গিয়েছে। ফুলির বিয়েও ঠিক হল বলে।"

তারক এতক্ষণ হাঁ করে শুনছিল। এবার বিরক্ত হয়ে বলল, "আহা, ভূতের বৃত্তান্তটা যে চাপা পড়ে যাচ্ছে মশাই।"

নব দিকপতি বগল থেকে দাবার বোর্ড আর ঘুঁটির কৌটো নামিয়ে আসনপিঁড়ি হয়ে বসে বলল, "ও, সেকথা আর বলিস না। পরেশের চাষবাড়িতে শুধু তরকারির চাষই হয় না রে, রীতিমতো ভূতেরও চাষ হয়, এ কথা তল্লাটের সবাই এখন জেনে গিয়েছে। আর হবে না-ই বা কেন? পরেশের ওই চাষবাড়িতেই তো একসময় খেরেস্তানদের কবরখানা ছিল। তো তারাই এখন কবর ছেড়ে তেড়েফুঁড়ে উঠে আস্তিন গুটিয়ে ওইসব অশৈলী কাণ্ড করছে।"

তারক সন্দিহান হয়ে বলল, "নিজের চোখে দেখেছ নবদাদা?"

"তা আর দেখিনি? জানিস তো, রোজই আমি সকালে বাজারে গিয়ে কালীস্যাকরার সঙ্গে এক পাট্টি দাবা খেলে আসি!"

"তা আর জানি না!"

"তা সেদিন গিয়ে দেখি, কালী ম্যালেরিয়া জ্বরে কোঁ কোঁ করছে। তা মনটা খারাপ হয়ে গেল। দাবার নেশা বড় সব্বোনেশে নেশা। তাই ভাবলুম, এ গাঁয়ে তো আর পাতে দেওয়ার মতো দাবাড়ু নেই। তা যাই, গিয়ে পরেশের সঙ্গেই এক পাট্টি দাবা খেলে আসি। দিনে এক পাট্টি দাবা না খেলতে পারলে আমার খিদে হতে চায় না, পেটে বায়ু হয়, মাথা ঝিমঝিম করে। কিন্তু পরেশের ওখানে গিয়ে বাইরে থেকে অনেক ডাকাডাকি করেও তার সাড়া না পেয়ে চলে আসব ভাবছি, ঠিক এমন সময় বেগুনখেতের আড়াল থেকে একটা সবুজ রঙের লম্বা লিকলিকে ভূত বেরিয়ে এসে আমার দিকে কটমট করে চেয়ে রইল। দেখে তো আমার আত্মারাম খাঁচা ছেড়ে উড়ে যায় আর কী!"

তারক অবাক হয়ে বলল, "দিনেদুপুরে?"

"তবে আর বলছি কী? আজকাল ভূতেদের যা আস্পদ্দা হয়েছে, বলার নয়। আর শুধু কি কটমট করে চাউনি? একটা লম্বা আঙুল তুলে আমার বগলের দাবার বোর্ডটা দেখিয়ে কী যেন বলল।"

"কী বলল গো নবদা?"

"সে ভাষা বুঝবার কি সাধ্যি আছে আমাদের? ভাষাও নয়, অনেকটা ঝিঁঝিপোকার ডাকের মতো একটা শব্দ। আমি তো অবাক। ভূত কি দাবাও খেলতে চায় নাকি রে বাবা! আমার তো ভয়ে হাত-পা ঠান্ডা হয়ে যাওয়ার জোগাড়। কিন্তু হাতে-পায়ে এমন খিল ধরে গিয়েছে যে, পালানোরও উপায় নেই।"

ব্রজবিহারী বললেন, "ভূতের গা থেকে বোটকা গন্ধ পাসনি?"

"তা আর পাইনি! খড়বিচালি আর শুকনো ঘাসপাতা থেকে যেমন গন্ধ আসে, অনেকটা তেমনি।"

তারক বলল, "তা কী করলে নবদা?"

একটা বেগুনগাছের ছায়ায় অগত্যা দাবার ছক বিছিয়ে বসতেই হল। নইলে কে জানে বাবা, ভূতের অসাধ্যি তো কিছু নেই! গলাটলা টিপে ধরে যদি? কিন্তু দাবা খেলতে বসলে আমার আবার বাহ্যজ্ঞান থাকে না। ভয়ডরও উধাও হল। আশ্চয্যির ব্যাপার হল কী জানিস? ভূতটা আমাকে গো-হারান হারিয়ে দিল।"

"বলো কী?"

ব্রজবিহারী বললেন, "হবে না? ও হল সাহেবভূত। সাহেবদের সঙ্গে কি আমরা এঁটে উঠতে পারি?"

তারক মাথা নেড়ে বলল, "না না, সাহেব হতে যাবে কেন? শুনছেন না গায়ের রং সবুজ। এ নিশ্চয়ই কাফ্রির ভূত।"

নব বলল, "তো হতে পারে। সাহেবদের তো মেলা কাফ্রি কাজের লোক ছিল বলে শুনেছি। তবে যাই বলিস, দাবা যেন গুলে খেয়েছে। দেড় ঘণ্টার মধ্যে তিন পাট্টি খেলা শেষ। প্রতিবার বারো-চোদ্দো চালের পরই বুঝতে পারছিলাম, হারা ছাড়া উপায় নেই।"

"তারপর কী হল?"

"কী আর হবে? তিন পাট্টির পর ভূতটা উঠে বেগুনখেতের মধ্যে ঢুকে গায়েব হয়ে গেল।"

ব্রজবিহারী বললেন, "খুব বেঁচে গিয়েছিস। ঘাড় যে মটকে দেয়নি সেই ঢের!"

নবকুমার গম্ভীর হয়ে বলল, "বাঁচলুম আর কোথায় ব্রজখুড়ো! সেই থেকে যে নেশা ধরে গেল? ফের পরদিন গেলুম। ফের তিন পাট্টি খেলা। ফের গো-হারান হার। তারপর থেকে রোজই যাচ্ছি।"

"বলিস কী?"

"এই তো সেখান থেকেই আসছি, আজ্ঞে! আজও হেরেছি বটে, তবে ক'দিন হল ভূতটার চালগুলো লক্ষ করে খানিক খানিক শিখেও নিয়েছি কিনা! তাই আগের মতো সহজে হারছি না। আজ তো ওর মন্ত্রীও খেয়ে নিয়েছিলুম। তবে এমন চালাক যে, দুটো নৌকো দিয়ে অ্যাইসান চেপে খেলল যে, পথই পেলুম না।"

ব্রজবিহারী গম্ভীর হয়ে বললেন, "ভূতের সঙ্গে দাবা খেলছিস, একটা প্রাশ্চিত্তির করে নিস বাবা। সংহিতা দেখে আমি বিধান বলে দেবখন।"

"আহা, সে না হয় পরে হবে। আগে জুত করে কয়েকদিন ভূতটার সঙ্গে একটু খেলে নিই ব্রজখুড়ো। ভূতটা যে মাপের দাবাড়ু তাতে বিশ্বনাথন আনন্দ, দিব্যেন্দু বড়ুয়া, টোপাল্ভ, ক্রামনিক সবাইকেই বলে বলে হারিয়ে দেবে।"

ভ্রু কুঁচকে ব্রজবিহারী বললেন, "এরা সব কারা রে?"

"দুনিয়ার নামজাদা সব দাবাড়ু ব্রজখুড়ো!"

"বলিস কী? দাবা খেলেও নাম হয় নাকি? ছেলেবেলা থেকে শুনে আসছি তাস-দাবা-পাশা, এ তিন কর্মনাশা।"

"সেসব দিন আর নেই খুড়ো। এখন দাবা খেলে নাম হয়, লাখো লাখো টাকা হয়।"

"দেখো কাণ্ড! আগে জানলে তো পুরুতগিরি না করে দাবা নিয়েই লড়ে যেতুম রে। বাবা যে কখনও ওসব ছুঁতেও দেননি! না, জীবনে কত সুযোগ যে ফসকে গেল!"

তারকও বড় একটা শ্বাস ফেলে বলল, "যা বলেছেন ঠাকুরমশাই, বসে বসে দাবা-বোড়ে টিপে যদি আয়-পয় হত, তা হলে রাত জেগে মেহনত করতে যেত কে? তা নবদাদা, ভূতবাবাজির সঙ্গে তো তা হলে এখন তোমার খুব ভাবসাব!"

"তা একরকম বলতে পারিস। তবে কথাটথা তো আর হয় না। কেবল ঝিঁঝিপোকার মতো একটা শব্দ করে যায়। তা থেকে কিছু বুঝবার উপায় নেই কিনা!"

"তা হলে পরেশদাদার বাগানে যা হচ্ছে তা ভুতুড়ে কাণ্ডই বলছ তো?"

"তা ছাড়া আর কী! পরেশ অবশ্য স্বীকার করতে চায় না। কেবল মিচকি মিচকি হাসে আর পাশ কাটিয়ে যায়।"

ব্রজবিহারী একটা নিশ্চিন্দির শ্বাস ফেলে বললেন, "খবরটা দিয়ে বাঁচালি বাপ। পরেশ মন্তরের জোরে অশৈলী কাণ্ড ঘটাচ্ছে শুনে নিজের উপর ঘেন্না এসে গিয়েছিল। পরেশের মন্তরের যদি ওরকম জোর হয়, তবে কোন ঘোড়ার ঘাস কাটলুম?"

"আরে রামো, মন্তরতন্তর নয় খুড়ো, ভূত!"

পাঁচ

তা রোজগারপাতি আজও কিছু কম হল না নবর।

গুনেগেঁথে দেখল, সকাল থেকে মাত্র ঘণ্টা তিনেকের মেহনতে তিনশো বাহান্ন টাকা। এই রেটে চলতে থাকলে বছরটাকের মধ্যে নন্দকিশোরের আট বিঘে ধানিজমি, সতু হাজরার আটা চাক্কি, যদু ঘোষের বসতবাড়ি আর অন্তত একটা দুধেল গাই কিনে ফেলতে পারবে।

নামাবলিখানা ভাঁজ করে, পুঁথিপত্র গুছিয়ে চশমাজোড়া খুলতে যাবে, এমন সময় একজন মোটাসোটা লোক, "বেঁধে ঠাকুরমশাই, বেঁধে! ও কাজ করবেন না, তা হলে সর্বনাশ হয়ে যাবে! প্রলয় ঘটে যাবে!" বলে চেঁচাতে চেঁচাতে, হাঁফাতে হাঁফাতে এসে হাজির। নব ঘাবড়ে গিয়ে থপ করে বসে পড়ল।

লোকটা সামনে এসে বসে পড়ে বলল, "করছিলেন কী ঠাকুরমশাই! সেই গেঁড়েপোঁতা থেকে আপনার শ্রীচরণ দর্শনে কত কষ্ট করে আসছি, আর আপনি পাততাড়ি গুটিয়ে ফেলছিলেন?"

নব আমতা আমতা করে বলল, "না, এই বেলা হয়েছে তো! মানুষের স্নানাহার বলেও তো একটা ব্যাপার আছে!"

পকেট থেকে ফস করে একটা পঞ্চাশ টাকার নোট বের করে হাতে গুঁজে দিয়ে

হেঁঃ হেঁঃ করে বলল, “আজ্ঞে, গ্রহ-তারকা, রাহু-কেতু চিবিয়ে ছাতু করে ফেলছেন, আপনার আবার স্নানাহার! ও হবেখন। তা ঠাকুরমশাই, শরীরগতিক সব ভাল তো?”

“যে আজ্ঞে।”

“আজ্ঞে, সেই যে জষ্ঠি মাসে বলেছিলেন, সাইকেল থেকেই আমার ভাগ্যের চাকা ঘুরতে শুরু করবে! মনে নেই আপনার?”

নব মাথা চুলকে বলল, “আজ্ঞে, কতজনাকেই তো রোজ কত কিছু বলতে হয়, সব কি আর স্মরণে থাকে?”

“তা তো বটেই, তা তো বটেই! চুনো-পুঁটিদের মনে রাখাটাও কাজের কথা নয় কিনা। আর আপনারা হলেন গিয়ে বাকসিদ্ধাই, মুখের কথাটি খসল কী সেটাই বোমা হয়ে ফাটল। ওঃ, কী কাণ্ড মশাই!”

নব আঁতকে উঠে বলল, “বোমা ফেটেছে নাকি? ও বাবা!”

“আহা, সেই বোমা নয়! এ হল বাক্যের বোমা, একেবারে অব্যর্থ। তা মশাই, একদিন সত্যিই ওই সাইকেলে চেপেই আমার ভবিতব্য ভাগ্যের চাকা ঘোরাতে এসে হাজির।”

নব ভারী খুশি হয়ে বলল, “তাই নাকি?”

“তবে আর বলছি কী! দুপুরবেলা সবে খেতে বসেছি, পঞ্চদেবতাকে নিবেদন করে সবে উচ্ছেসেদ্ধ দিয়ে এক গরাস মুখে তুলেছি কি তুলিনি, অমনি বাইরে সাইকেলের পিরিং পিরিং ঘণ্টি। ছোট মেয়ে পটলি ছুটে এসে বলল, ‘ও বাবা, তোমার টেলিগ্রাম এসেছে।’ কী মুশকিল বলুন, ভাত ছেড়ে উঠলে পাত ত্যাগ হয়ে যাবে। সারা দিনমানে আর অন্নজল মুখে তোলার উপায় নেই। আর আমার বাড়ির লোকগুলোও সব ক অক্ষর গোমাংস। তখন পিয়ন নীলমণি হাঁক দিয়ে বলল, ‘ও বিদ্যেধর, আজকের মতো ভাত খাওয়া এমনিতেই ঘুচেছে। টেলিগ্রামে খবর এসেছে যে, তোমার খুড়োমশাই গত হয়েছেন।’ ”

“আহা, কিন্তু এ তো বড় দুঃখের খবর মশাই।”

“কে বলল দুঃখের খবর?”

নব অবাক হয়ে বলল, “নয়? কিন্তু আমি যেন শুনেছিলুম খুড়ো-জ্যাঠা গত হওয়া দুঃখেরই ব্যাপার!”

“আহা, তা তো বটেই। তবে কিনা কোনও কোনও খুড়ো গত হলে কারও কারও একটু সুবিধেও হয় আর কী। এই আমার স্বর্গত খুড়োমশাইয়ের কথাই ধরুন। বছরটাক আগে বড্ড আতান্তরে পড়ে তিনশোটি টাকা ধার চাইতে গিয়েছিলুম।

তা খুড়োমশাই ফস করে একটা হিসেবের খাতা বের করে গড়গড় করে খতিয়ান দিয়ে বললেন, আমি নাকি গত বাইশ বছরে তাঁর কাছ থেকে মোট এগারো হাজার তিনশো বারো টাকা হাওলাত নিয়ে এক পয়সাও শোধ দিইনি। বুঝুন কাণ্ড! যার অত বড় ফলাও অবস্থা, ত্রিশ বিঘে ধানিজমি, আম-নারকোলের বাগান, মাছের পুকুর আর তেজারতির ব্যাবসা, তার কাছে ওটা একটা টাকা হল? তা বুক ঠুকে সেদিন বলেই ফেললুম, 'খুড়ো, আপনি পটল তুললে আপনারটা খাবে কে? এই শর্মাই তো আপনার একমাত্র ওয়ারিশান। তারপর মুখাগ্নি, শ্রাদ্ধশান্তি সেসবও আমি ছাড়া করার লোক নেই!' এ কথায় খাপ্পা হয়ে খুড়ো আমাকে খড়ম-পেটা করে তাড়ালেন। বুড়ো বয়সে কী অপমান বলুন? খুড়িমা বেঁচে থাকতে এত অনাদর ছিল না। বছর দুই আগে তিনি মরে গিয়ে ইস্তক খুড়োমশাই যেন আরও কঞ্জুস, আরও তিরিক্ষি হয়ে উঠেছিলেন। তার ফলটা কী হল দেখুন।"

"কী হল বলুন?"

"অপঘাত মশাই, অপঘাত! একপাল শেয়াল ক'দিন ধরে বাগানের ফলপাকুড় খেয়ে বেজায় ক্ষতি করে যাচ্ছিল। তাই সেদিন সন্ধের মুখে বন্দুক নিয়ে খুড়োমশাই শেয়াল মারতে বেরিয়েছিলেন। তখনই ভূত দেখে হার্টফেল হয়। গত জষ্টি মাসে আপনি চেতাবনি দিয়েছিলেন, সাইকেলে চেপে আমার ভাগ্য আসবে। একেবারে চার মাসের মাথায় কাঁটায় কাঁটায় ফলে গেল। তা সব দখলটখল নিয়ে এখন জেঁকে বসেছি আর কী। তাই ভাবলুম আপনাকে আর-একবার হাতটা দেখিয়ে যাই। তা দেখুন তো ঠাকুরমশাই, সামনে আর কী কী ভাল জিনিস আসছে?"

নব একটু অবাক হয়ে বলল, "আপনার খুড়োমশাই ভূত দেখে হার্টফেল হয়েছিলেন বুঝি?"

বিদ্যেধর সতর্ক চোখে চারদিকটা একবার দেখে নিয়ে গলা নামিয়ে বলল, "লোকে নানারকম কথা রটাচ্ছে মশাই! কেউ-কেউ বলছে সম্পত্তির লোভে আমিই নাকি খুড়োকে মেরেছি! ও কথায় মোটেই কান দেবেন না মশাই। সন্ধেবেলা শেয়াল মারতে বেরিয়ে খুড়োমশাই যে ভূতটাকে ভুষনোর মাঠে জঙ্গলের ধারে দেখেছিলেন, সেটা তালগাছের মতো লম্বা, আর তার গায়ের রং সবুজ। নির্যস সত্যি কথা। আর আপনার কাছে লুকিয়ে তো লাভ নেই। ত্রিকালদর্শী মানুষ আপনি, আপনার কাছে মিছে কথা বলে কি পার পাওয়ার জো আছে...? ভুষনোর মাঠের সেই ভূতকে রাতবিরেতে অনেকেই দেখেছে। আমার ছেলে বলাইয়ের বয়স এই সাত বছর, সেও নাকি দেখেছে সবুজ রঙের ঢ্যাঙা ভূতটা সন্ধের পর আনাচে-কানাচে ঘুরে কেঁচো আর গুবরেপোকা তুলে নিয়ে খায়। কী নিঘিন্নে জীব বলুন!"

নব আতশ কাচটা বের করে বলল, "শেয়াল মারতে যাওয়াটা আপনার খুড়োর উচিত কাজ হয়নি।"

বিদ্যেধর গলা নামিয়ে বলল, "আমরাও তো তাই বলাবলি করি। তা শেয়ালে দুটো ফলপাকুড় খাচ্ছিল তো খেত। কিন্তু খুড়োমশাইয়ের তো ওইটেই মস্ত দোষ ছিল কিনা। পুরনো জুতোজোড়া অবধি প্রাণে ধরে কাউকে দেননি কখনও। কেউ কুটোগাছটি সরালেও খেপে উঠে লাঠিসোঁটা নিয়ে তাড়া করতেন। আর তাই তো বেঘোরে প্রাণটা দিতে হল।"

"আপনার খুড়োমশাইয়ের খুব ভূতের ভয় ছিল নাকি?"

"খুব, খুব। দিনমানে পর্যন্ত কাছে লোকজন রাখতেন। সন্ধের পর বড় একটা ঘরের বাইরে বের হতেন না। সেদিন যে কোন নিশির ডাক শুনে হুড়োহুড়ি করে বেরোতে গেলেন কে জানে? আর ভূতেরাও কেন ভুষনোর মাঠে ঘুরঘুর করছে কে জানে!"

"আপনাদের গেঁড়েপোঁতায় কি খুব ভূতের উপদ্রব নাকি?"

"আমি অবিশ্যি দেখিনি, তবে শুনি, ইদানীং তেনাদের আনাগোনা বড্ড বেড়েছে। অনেকেই দেখতে পাচ্ছে তাঁদের। ক'দিন হল দেখছি, দু'-তিনজন উটকো লোকও এসে ভুষনোর মাঠের ঝোপঝাড়ে ওত পেতে বসে থাকে। তারা ওঝা-বদ্যিই হবে কিংবা ফকির-দরবেশ। আমাদের নিয়ামত ফকিরবাবা তো ভূত ধরে শিশিতে মশলা-তেলে ভিজিয়ে রেখে দিতেন। এদেরও মনে হয় সেই মতলব। তা ভূতের বাজারদর এখন কেমন যাচ্ছে ঠাকুরমশাই?"

নব তার জিনিসপত্র গুটিয়ে উঠে পড়ল। বলল, "আমার স্নান-খাওয়ার দেরি হয়ে যাচ্ছে মশাই। আমি চললুম।"

হালদারপুকুর হল ভারী একটেরে নিরিবিলি জায়গা। ওপারে ফলসার ঘন বন, চারদিকে জমাট-বাঁধা ঝোপঝাড়। এ পাশটায় জনমনিষ্যির বড় একটা যাতায়াত নেই। চারদিকে গাছে মেলা পাখিপক্ষী আছে, জঙ্গলে কাঠবিড়ালি, গিরগিটি, সাপ, বেজি, তক্ষক, বাঁদর আর মেঠোইঁদুরের অভাব নেই। পুরনো ভাঙা ঘাটলায় বসে সকাল থেকে ছিপের ফাতনার দিকে নজর রাখছেন বিরাজমোহন। ওই একটা কাতলা মাছ এক বছর ধরে তাঁকে নাকে দড়ি দিয়ে ঘোরাচ্ছে। সত্যিকারের ধরা পড়েছিল একবারই। গত বছর। কিন্তু ধূর্ত মাছটা বড়শি গিলেও এমন চুপ করে রইল, যেন ভাজা মাছটি উলটে খেতে জানে না। বিরাজমোহন সেদিন লুচি আর মোহনভোগের পেল্লায় জলখাবার খেয়ে এসেছিলেন। সকালের মনোরম আবহাওয়ায় বয়সের দোষে একটু ঘুম এসে গিয়ে থাকবে। সেই ফাঁকে শয়তান মাছটা ছিপ টেনে নিয়ে

পালাল। সেই ছিপ পরে উদ্ধার হয় বটে, কিন্তু সুতোটা কাটা ছিল। সেই থেকে এই পর্যন্ত মাছটা বিরাজমোহনের আরও তিনটে দামি হুইল বড়শি ছিনতাই করেছে। তার মধ্যে দুটি আর পাওয়া যায়নি। বিরাজমোহন আজকাল স্বপ্ন দেখেন, বিরাট কালো মাছটা বিরাজমোহনের আহাম্মকির কথা ভেবে মাঝরাতে জলের মধ্যে অট্টহাস্য করে।

আজও সকাল থেকে বসে গিয়েছেন বিরাজমোহন। কাতলার সঙ্গে তাঁর লড়াই কবে শেষ হবে কে জানে? কিন্তু ধৈর্য হারানোর পাত্র তিনি নন। একটি ইতর প্রাণীর কাছে এরকম লজ্জাজনকভাবে হেরে যাওয়াকে তিনি খুবই অপমানজনক বলেই মনে করেন। নিত্য নতুন চারের পরীক্ষা-নিরীক্ষা করে আজও একটি আনকোরা নতুন চার লাগিয়েছেন তিনি। অতি মজবুত সুতো এবং খুবই দামি হুইল-ছিপ।

ঘণ্টাখানেক কেটে যাওয়ার পর বিরাজমোহন হঠাৎ খুব জোরালো ঝিঁঝির ডাক শুনতে পেলেন। ঝিঁঝির শব্দই, তবে একটু যেন অন্যরকম। কেমন যেন তালে-লয়ে ঝিঁঝি ডাকছে। সেই সঙ্গে দেখতে পেলেন ফাতনা একটু একটু নড়তে লেগেছে। বিরাজমোহন ছিপটা শক্ত করে ধরে রইলেন।

হঠাৎ জলে একটা বিপুল ঘাই মেরে মাছটা একবার ভেসে উঠে বিরাজমোহনকে যেন জিভ ভেঙিয়ে আবার জলে ডুব দিল।

তারপরই ছিপে প্রচণ্ড টান। আচমকা টানে ছিপটা আজও চলে যাচ্ছিল প্রায়। একেবারে শেষ মুহূর্তে সামাল দিয়ে বিরাজমোহন সুতো ছাড়তে লাগলেন। মাছটা অনেক দূর চলে গেল। আবার বিরাজমোহন সুতো গুটিয়ে টেনে আনলেন মাছটাকে। আবার মাছটা সুতো নিয়ে পালাতে লাগল। খেলাটা ভারী জমে উঠতে লাগল। এতদিনে ব্যাটা ঠিকমতো বড়শি গিলেছে বলে টের পাচ্ছেন বিরাজমোহন। দাঁতে দাঁত চেপে তিনি মাছটাকে খেলাতে লাগলেন।

আজ যে তাঁর ভাগ্য সদয় তা ঘণ্টাখানেকের মধ্যেই বুঝতে পারলেন বিরাজমোহন। কারণ, মাছটা যে হেদিয়ে পড়ছে তা তিনি সুতোর টান দেখেই অনুমান করতে পারছেন। আর-একটু খেলিয়ে নিয়েই এবারে তুলে ফেলতে পারবেন।

ঠিক এই সময় মাঝপুকুরে ভুস করে একটা মাথা জলের উপর জেগে উঠল। সেই সঙ্গে তীব্র ঝিঁঝির শব্দ। বিরাজমোহন অবাক হয়ে দেখলেন, মাথাটা একজন মানুষের, তবে আকারে বড় এবং রং গাঢ় সবুজ। লোকটা তার দিকে এমনভাবে চেয়ে রইল যে, বিরাজমোহনের গা দিয়ে একটা শীতল স্রোত নেমে যাচ্ছিল। আস্তে আস্তে লোকটা মাঝপুকুরে উঠে দাঁড়াল। বিরাজমোহন দেখলেন, হালদার পুকুরের মতো গভীর জলেও লোকটার মাত্র কোমর অবধি ডুবে আছে। আর তার

বাঁ হাতে সাপটে ধরা একটা বিশাল কাতলা মাছ লেজ ঝাপটাচ্ছে, মুখে বড়শিটা গেঁথে আছে এখনও।

সবুজ লোকটা খুব যত্ন করে মাছের মুখ থেকে বড়শিটা খুলে নিয়ে মাছটাকে আবার জলে ছেড়ে দিয়ে বিরাজমোহনের দিকে আঙুল তুলে যেন কিছু বলল। ভাষাটা বুঝতে পারলেন না বিরাজমোহন। শুধু ঝিঁঝির ডাক তো কোনও ভাষা হতে পারে না। কিন্তু বিরাজমোহন ওই ঝিনঝিন শব্দের মধ্যেই যেন লুকিয়ে থাকা বাক্যটা বুঝতে পারলেন।

লোকটা যেন বলল, ''এখান থেকে চলে যাও। আর কখনও এ কাজ কোরো না।''

বিরাজমোহন কাঁপতে কাঁপতে বললেন, ''ভুল হয়ে গিয়েছে বাবা, আর কখনও হবে না।''

ছিপ-টিপ ফেলে বিরাজমোহন সিঁড়ি বেয়ে উঠে একরকম দৌড়ে বাড়ি ফিরে এলেন। তারপর বুড়ো বয়সে দৌড়ের ধকলে এমন হাঁফিয়ে পড়লেন যে, কিছুক্ষণ কথাই কইতে পারলেন না।

বীরেনবাবু তাঁকে দেখে শশব্যস্তে উঠে ধরে এনে বসালেন।

"কী হয়েছে বিরাজজ্যাঠা?"

"ভূতে বিশ্বাস করিস?"

"ফুঃ! ভূতটুত কেউ বিশ্বাস করে নাকি? আজগুবি ব্যাপার।"

"আমি এইমাত্র হালদারপুকুরে ভূত দেখে এলাম। শুধু দেখাই নয়, কাতলা মাছটাকে এক বছরের চেষ্টায় আজ বাগে এনে প্রায় তুলেও ফেলেছিলাম। ঠিক সেই সময় জলের ভিতর থেকে একটা সুড়ুঙ্গে লম্বা মূর্তি বেরিয়ে এসে মাছটা কেড়ে নিয়ে জলে ছেড়ে দিল। তারপর সে কী তড়পানি! সোজা আঙুল তুলে জানিয়ে দিল, হালদারপুকুরে ফের গেলে দেখে নেবে।"

বীরেনবাবু খুবই চটে গিয়ে বললেন, "হালদারপুকুর তো আমরা বছর চারেক আগেই কিনে নিয়েছি। ও আমাদের খাসপুকুর। কার এত সাহস যে, হালদারপুকুর থেকে আপনাকে তাড়িয়ে দেয়? এক্ষুনি লোকজন পাঠাচ্ছি। জবর দখল করা বের করছি আজই। দরকার হলে রক্তারক্তি করে ছাড়ব।"

"মাথা গরম করিসনি। সে মনিষ্যি হলেও না হয় কথা ছিল।"

"মানুষ না তো কী?"

বিরাজমোহন মাথা নেড়ে বললেন, "মানুষ কি আট-দশ হাত লম্বা হয়, না কি তার গায়ের রং সবুজ হয়?"

বীরেনবাবু হাঁ হয়ে গেলেন। তারপর বললেন, "সবুজ মানুষ! মানুষের ন্যাবাট্যাবা হলে রং হলদেটে মেরে যায়। জানি, রোদে পুড়লে কালচেও মেরে যায়। কিন্তু সবুজ হচ্ছে কোন সুবাদে? এই তো সেদিনও ভেচকুড়ি-কাটা লোকটা সবুজ মানুষের কথা বলছিল। এ তো বড় সমস্যা হল দেখছি! পুলিশে একটা খবর দেওয়া দরকার।"

বিজয়বাবু সব শুনে বললেন, "এটা নিয়ে বেশি হইচই করার দরকার নেই। আপাতত বিরাজদাও আর হালদারপুকুরে না গেলেই ভাল। কারণ, সবুজ মানুষেরা মাছটাছ ধরা পছন্দ করে না।"

বীরেনবাবু অসন্তুষ্ট হয়ে বললেন, "কিন্তু এটা তো আমাদের পক্ষে অপমান! আমাদের পুকুরে আমরা মাছ ধরব তাতে অন্যে বাগড়া দিতে আসবে কেন? এত আস্পর্ধা কার?"

বিজয়বাবু মৃদু স্বরে বললেন, "আস্পর্ধা কাদের হয় জানিস? যারা শক্তিমান। আমার ধারণা তুই লোকজন, লেঠেল পাঠিয়েও তাদের কিছুই করতে পারবি না।"

"ওরা কারা বিজয়জ্যাঠা?"

"সেটা আমিও ভাল জানি না, তবে জানবার চেষ্টা করছি। সবুজ মানুষরা আমাদের কিছু বলতে চাইছে। সেটা হয়তো খুব খারাপ কথাও নয়।"

বীরেনবাবু বললেন, "কথা কইতে চায় তো ভাল কথা, বাড়িতে এসে চা খেতে খেতে বলুক না। অসুবিধে কোথায়?"

বিজয়বাবু বললেন, "অসুবিধে আছে। তুই বুঝবি না।"

ছয়

বুড়ো বয়সের একটা লক্ষণ হল, ইন্দ্রিয়াদি একে একে বিকল হতে থাকে। চোখ যায়, কান যায়, নাক যায়, বোধবুদ্ধি গুলিয়ে যেতে থাকে। এখন যেন সেই রকমই হতে লেগেছে নিমচাঁদের। একচন্দ্রদাদার যখন কানের দোষ হল তখন একদিন তাকে বলেছিল, "বুঝলি নিমে, যখন কানে সব সময়, দিনমানে কি রাতদুপুরে কেবল ঝিঁঝিপোকার ডাক শুনবি তখনই জানবি যে, তোর কানের দোষ হয়েছে। ওই শব্দের ঠেলায় অন্য সব আওয়াজ আর কানে ঢুকবার পথই পায় না।"

কথাটা অক্ষরে অক্ষরে মিলে যাচ্ছে। বুড়ো বয়স এসে অন্য সব ইন্দ্রিয় ছেড়ে তার কানটাকেই যেন আগে পাকড়াও করেছে। সেই রকমই শুনেওছে নিমচাঁদ। বার্ধক্য

এসে আগে কানের উপরেই চড়াও হয়। তারপর সেখানে থানা গেড়ে বসে অন্যসব যন্ত্রপাতি বিকল করার কাজে লেগে পড়ে।

জলার ধারের জঙ্গলের পাশ দিয়ে বুড়োমানুষদের মতোই টুকটুক করে হাঁটতে হাঁটতে হঠাৎ কানে ঝিঁঝির ডাকটা শুরু হল। ভারী জ্বালাতনের ব্যাপার। প্রথমটায় ভেবেছিল, সত্যি ঝিঁঝিই ডাকছে বুঝি। তা বনে-জঙ্গলে ঝিঁঝিরা ডেকেও থাকে। কিন্তু নিমচাঁদ খেয়াল করে দেখল, এই ঝিঁঝি যেন ঠিক সেই ঝিঁঝি নয়। শব্দটা অনেক বেশি জোরালো, আর তাতে বেশ একটা ওঠা-পড়া আছে। গান-বাজনা সে জানে না, সুরজ্ঞানও নেই। কিন্তু তার যেন মনে হল, এই ঝিঁঝির ডাকের মধ্যে যেন একটু সুরেলা মারপ্যাঁচও আছে। কানের দোষ হলে বোধহয় এরকমই সব হয়।

বাঁ ধারে জলা, ডান ধারে জঙ্গল। মাঝখানে নিরিবিলি পথ ধরে খুব আনমনে হাঁটতে হাঁটতে হঠাৎ থমকে দাঁড়াতে হল নিমচাঁদকে। জলা থেকে তিড়িং করে লাফ দিয়ে ডাঙায় উঠে একটা ভেজা, লম্বাপানা, সবুজ রঙের বিটকেল লোক যেন শাঁ করে রাস্তা পেরিয়ে জঙ্গলে ঢুকে গেল।

নাঃ, কানের সঙ্গে সঙ্গে কি চোখটাও গেল? বিশুজ্যাঠা যেন বলছিলেন, চোখে চালসে ধরলে বা ছানি পড়লে লোকে ভুলভাল দেখে। মানুষের রং তো সবুজ হওয়ার কথাই নয়। তবে কি হোলি ছিল আজ? তাই বা কেমন করে হয়? আশ্বিন গিয়ে সবে কার্তিক পড়েছে, এ সময় তো হোলিখেলা হওয়ার কথা নয়!

বুড়ো বয়সে মাথারই গণ্ডগোল হচ্ছে নাকি? দোনোমনো করে একটু দাঁড়িয়ে পড়ল নিমচাঁদ। তারপর বুক ঠুকে জঙ্গলে ঢুকে পড়ল। জঙ্গল তার হাতের তালুর মতো চেনা। ছেলেবেলা থেকে যাতায়াত। বনকরমচা, বুনো কুল, মাদার ফল কত কী ফলত। ভিতরে একটা ভাঙা মনসা মন্দির আছে, একটা ভুতুড়ে নীলকুঠিও।

ভিতরবাগে ঢুকে জঙ্গলের ছায়ায় প্রায় অন্ধকার জায়গায় একটু দাঁড়াল নিমচাঁদ। অন্ধকারটা চোখে-সওয়া হয়ে এলে ধীরেসুস্থে এদিক-ওদিক সাবধানে এগোতে থাকল। বেশ খানিকটা যাওয়ার পর একখানা জব্বর মোটা শিশুগাছের গুঁড়ির আড়ালে লোকটাকে দেখতে পেল নিমচাঁদ। খুব জোরালো ঝিঁঝির শব্দ হচ্ছে নিমচাঁদের কানে। সে এমন শব্দ যে কান ঝালাপালা হয়ে যাওয়ার জোগাড়! নিমচাঁদ ভুল দেখছে কি না তা বুঝতে পারছে না, তবে তার ঠাহর হচ্ছে, লোকটার গায়ের রং শ্যাওলার মতোই গাঢ় সবুজ! আর লোকটা গাছের গুঁড়িতে হেলান দিয়ে দাঁড়িয়ে আছে, আর লোকটার হাতখানেক দূরে একটা প্রকাণ্ড দুধগোখরো ফণা তুলে হিসহিস করে দুলছে। ছোবল মারল বলে! কিন্তু লোকটা নড়ছেও না, চড়ছেও না।

নিমচাঁদ এক পলকও সময় নষ্ট না করে ছুটে গিয়ে লোকটার একটা হাত ধরে

হ্যাঁচকা টান মেরে সরিয়ে আনার চেষ্টা করল। কিন্তু খুবই অবাক হয়ে দেখল, লোকটাকে এক চুলও নড়াতে পারেনি সে। বরং লোকটাকে ধরতেই তার সর্বাঙ্গে কেমন যেন একটা শিরশিরে ভাব হচ্ছিল। আর দুধগোখরোটাও এই ফাঁকে একটা চাবুকের মতো ছোবল বসিয়ে দিল লোকটার উরুতে।

সাপটা যে তাকে কামড়েছে এটা যেন লোকটা টেরই পেল না। মুখ ঘুরিয়ে নিমচাঁদকে একটু দেখে নিয়ে তাকে একটা ছোট্ট ধাক্কা দিয়ে পিছনে ঠেলে দিল। সেই ধাক্কায় প্রায় তিন হাত ছিটকে গিয়ে মাটিতে পড়ে গেল নিমচাঁদ। এবং পড়ে গিয়েও দেখতে পেল, সবুজ লোকটা ভারী যত্ন করে নিচু হয়ে প্রকাণ্ড ভয়ংকর সাপটাকে তুলে নিয়ে কোমরে একটা জালদড়ির মতো জিনিসের থলিতে ভরে নিল।

নিমচাঁদ অতি কষ্টে উঠে বসে ভারী অভিমানের গলায় বলল, "বাপু হে, মানছি যে, আমার গায়ে আর আগের মতো জোর-বল নেই, বুড়োও হচ্ছি। কিন্তু সাপটা যে কামড়াল তার একটা ব্যবস্থা করো। এক্ষুনি দড়ির বাঁধন না দিলে মরবে যে!"

লোকটা তার দিকে আবার তাকাল মাত্র। কথার জবাব দিল না।

"ওটা যে দুধগোখরো হে, ওর সাংঘাতিক বিষ!"

লোকটা কথাটাকে গ্রাহ্যই করল না। অবশ্য অবাক কাণ্ড হল, লোকটার মধ্যে বিষক্রিয়ারও কোনও লক্ষণ দেখা গেল না। দুধগোখরো কামড়ালে এতক্ষণে তো ওর ঢলে পড়ার কথা! লোকটার বাঁ হাঁটুর মালাইচাকির উপরে ক্ষতস্থানটা এই আবছায়াতেও দেখতে পাচ্ছে নিমচাঁদ। সাপের ছোবল নিমচাঁদ ভালই চেনে। পাকা গোখরোটা পুরো বিষ ঢেলেছে লোকটার শরীরে। লোকটার শরীরে বিষটা হয়তো একটু দেরিতে কাজ করবে। কিন্তু রেহাই পাওয়ার উপায় নেই।

নিমচাঁদ একটা হাঁক ছেড়ে বলল, "কথাটা কানে যাচ্ছে না নাকি হে! বাঁধন না দিলে কী দুর্দশা হবে তোমার জানো?" বলে দাঁত কড়মড় করে নিমচাঁদ উঠে লোকটাকে শক্ত করে ধরে একটা ঝাঁকুনি দিয়ে বলল, "পাগল নাকি তুমি?"

লোকটাকে ছুঁতেই আবার কেমন একটা শিরশিরে ভাব টের পেল নিমচাঁদ। এসব কী হচ্ছে বুঝতেই পারছে না সে।

লোকটা হঠাৎ নিমচাঁদের মতো দশাসই একটা মানুষকে তার দুটো লিকলিকে হাতে তুলে মাথার উপর এক পাক ঘুরিয়ে গদাম করে ছুড়ে মারল। কোথায় লাগল কে জানে, নিমচাঁদ মূর্ছা না গেলেও ঝিম ধরে খানিকক্ষণ পড়ে রইল। ওরকম লিকলিকে রোগা একটা লোকের গায়ে এত জোর হয় কী করে? তার উপর সদ্য সদ্য একটা বিষগোখরোর কামড় খেয়েছে!

একটু পরে যখন নিমচাঁদ একটু ধাতস্থ হয়ে পিটপিট করে চাইল, তখন লোকটা

মুখোমুখি একটা গাছে হেলান দিয়ে বসে আছে। একটা পা সামনে ছড়ানো, আর-একখানা পা ভাঁজ করে বুকের কাছে তোলা। হাবভাব তেমন মারমুখো নয়, বরং তার দিকে একটু করুণার চোখেই চেয়ে আছে।

নিমচাঁদও উঠে বসল। কানে এখনও সেই প্রচণ্ড ঝিঁঝির শব্দ হচ্ছে বটে, কিন্তু নিমচাঁদের এখন আর শব্দটা তত অসহ্য মনে হচ্ছে না। দম নেওয়ার জন্য নিমচাঁদও মুখোমুখি গাছের গুঁড়িটায় ঠেস দিয়ে বসল। লোকটা যে কেন এখনও বিষক্রিয়ায় ছটফট করছে না, মুখ দিয়ে গ্যাঁজলা উঠছে না তা ভেবে পেল না নিমচাঁদ। লোকটা কি সাপের বিষের ওষুধ জানে?

ঝিঁঝির ডাকটার ভিতরে হঠাৎ নিমচাঁদ যেন একটা কিছু বুঝতে পারতে লাগল। ঠিক শোনা গেল না বটে, কিন্তু বোঝা গেল। যেন বলা হল, 'সাপের বিষে আমাদের কোনও ক্ষতি হয় না।'

নিমচাঁদ সোজা হয়ে বসে বলল, "কথাটা তুমিই বললে নাকি বাপু? কিন্তু কীভাবে বললে? কোনও কথা তো শুনতে পেলুম না!"

"তুমি যে ঝিঁঝির ডাক শুনতে পাচ্ছ সেটা ঝিঁঝির ডাক নয়। ওটাই আমাদের কথা।"

"ও বাবা, কিন্তু ঝিঁঝির ডাকের কথা আমি বুঝলুম কী করে?"

"কথা নয়, তুমি ভাবটা বুঝতে পারছ।"

"ও বাবা! এ তো সাংঘাতিক ব্যাপার! তা ওরকম একটা গোখরোর বিষ তুমি হজম করলে কী করে?"

"আমাদের শরীরে এমন জিনিস আছে যাতে এসব বিষ কাজ করে না।"

"তুমি লোকটা তা হলে কে বাপু? কোথা থেকে আসছ?"

"আমি অনেক দূরের লোক।"

"তোমার গায়ের রং ওরকম সবুজ কেন?"

"তোমার গায়ের রং কেন বাদামি?"

"আহা, মানুষের গায়ের রং তো এমনধারাই হয়।"

"আমাদের রংও আমাদের মতোই।"

"আমাকে তো বাপু তুমি গায়ের জোরে হারিয়েই দিলে। অবশ্য আমিও বুড়ো হয়েছি।"

"তুমি মোটেই বুড়ো হওনি।"

"হইনি! বলো কী? কানে শুনছি না, চোখে দেখছি না, পায়ে জোর-বল কমে গিয়েছে।"

"তোমার বয়স মাত্র সাঁইত্রিশ। তোমার চোখ, কান, গায়ের জোর সবই ঠিক আছে। তবে আমাদের শরীরে যে শক্তি আছে তার একশো ভাগের এক ভাগও তোমাদের নেই।"

নিমচাঁদ খানিকটা ভরসা পেয়ে বলল, "আমার বয়স তুমি কী করে জানলে?"

"যে-কোনও মানুষ, জীবজন্তু বা গাছপালা দেখে আমরা তাদের নির্ভুল বয়স বলে দিতে পারি। এই ক্ষমতা তোমাদের নেই। তোমরা মানুষের প্রজাতি হিসেবে অনেক ব্যাপারে পেছিয়ে আছ।"

নিমচাঁদের কেমন যেন গা শিরশির করছিল। কথাগুলো ভারী আজগুবি ঠেকছে তার কাছে, কিন্তু অবিশ্বাসও করা যাচ্ছে না। ভুতুড়ে কাণ্ড কি না তাই-বা কে জানে?

কথাটা ভাবামাত্রই জবাব এল, "না, ভুতুড়ে কাণ্ড নয়।"

"কিন্তু আমি যে বড় ঘেবড়ে যাচ্ছি বাপু, তুমি ভাল লোক না খারাপ লোক সেটাই তো বুঝতে পারছি না। তোমার মতলবখানা কী?"

"সেটা বললেও তুমি বুঝতে পারবে না। তবে আমরা খারাপ লোক নই। তোমাদের কিছু উপকারও করতে চাই।"

"কীসের উপকার?"

"সেটা খুব জটিল বিষয়। তুমি একজন সরল সাধারণ মানুষ, তত জ্ঞানী নও। তোমার পক্ষে সব কিছু বুঝতে পারা সম্ভব নয়। তবে আমি তোমার কাছে একটু সাহায্য চাই।"

"কী সাহায্য?"

"আগে এই জিনিসগুলো নাও।"

বলে লোকটা নিমচাঁদের দিকে দু'খানা চ্যাপটা মতো ধাতুর চাকতি ছুড়ে দিল।

নিমচাঁদ কুড়িয়ে নিয়ে দেখল, দুটো তেকোনা সোনালি রঙের জিনিস। বেশ ভারী। সোনাদানা সে বিশেষ চেনে না, তাই সোনা কি না বুঝে উঠতে পারল না। বলল, "এ কি সোনাটোনা নাকি রে বাবা?"

"হ্যাঁ, সোনা।"

"এর যে অনেক দাম!"

"হ্যাঁ। আর এটা তোমার পারিশ্রমিক।"

"তা কী করতে হবে বাপু?"

"কিছু লোক আমাদের সম্পর্কে জানতে চায় বলে খোঁজখবর নিতে আসছে। তারা আমাদের ক্ষতিও করতে পারে। তুমি একজন শক্তিশালী এবং সাহসী লোক। তুমি আজ রাতটা এই জঙ্গলে লুকিয়ে থেকে পাহারা দেবে। পারবে না?"

"পারব। তারা এলে কী করতে হবে?"

লোকটা ছোট্ট একটা চার আঙুল লম্বা নলের মতো জিনিস তার দিকে ছুড়ে দিয়ে বলল, "এটা একটা বাঁশি। ফুঁ দিলে কোনও শব্দ হবে না। কিন্তু আমরা সংকেত পেয়ে যাব।"

"তা তোমরা কোথায় থাকো বাপু?"

"এই জঙ্গলের মধ্যেই, আরও গভীরে এবং মাটির নীচে।"

"তা শুধু বাঁশি বাজিয়েই খালাস! একটা লাঠিটাঠি হলে আমি একাই দশটা লোকের মহড়া নিতে পারি।"

"তার দরকার নেই। আমরা হিংস্র মানুষ নই, মারপিট পছন্দ করি না।"

"তা বললে হবে কেন বাপু! এই যে একটু আগে আমাকে তুলে রাম আছাড় মারলে?"

"সেটা তোমাকে মারার জন্য নয়। তুমি সত্যিই একজন শক্তপোক্ত লোক কি না সেটা পরীক্ষা করার জন্যই আছাড় মেরেছিলাম।"

নিমচাঁদ একটু নাক কুঁচকে বলল, "শুধু পাহারা দেওয়া সার, বাঁশি বাজানোটা তেমন গা-গরম করা কাজ নয়। একটু লড়ালড়ি হলে বড় ভাল হত।"

"না, ওদের কাছে বন্দুক-পিস্তল আছে। হয়তো শিকারি কুকুরও থাকবে।"

"ঠিক আছে বাপু, সন্ধের পর-পরই আমি না হয় খেয়েদেয়ে চলে আসব। তা বাপু, এই সামান্য কাজের জন্য এত সোনাদানার কী দরকার ছিল?"

"সোনাকে তোমরা খুব মূল্যবান মনে করো তা আমরা জানি। কিন্তু তোমাদের এই পৃথিবীর মানুষরা নির্বোধ। তারা কখনও ভেবেই দেখেনি যে, সোনাদানার চেয়ে অনেক বেশি মূল্যবান হল কাদামাটি, কেঁচো, পোকামাকড়, গাছপালা এবং অনেক বর্জ্য পদার্থ, আর জল। মানুষ যেদিন সেটা বুঝবে, সেদিনই সে সত্যিকারের সভ্য হবে।"

"তুমি বাপু কেবল গোলমেলে কথা বলো। যেগুলোর কথা বললে সেগুলো কি দামি জিনিস নাকি?"

"ওসব বুঝতে তোমাদের অনেক সময় লাগবে। কোন জিনিসের কী দাম সেটা বুঝতে পারাটাই বিচক্ষণতা।"

লোকটা টক করে উঠে দাঁড়াল। নিমচাঁদ দেখল, ঢ্যাঙা লোকটার মাথা এত উঁচুতে যে, সে দাঁড়িয়ে হাত বাড়িয়েও নাগাল পাবে না।

স্তম্ভিত এবং বাক্যহারা নিমচাঁদ জঙ্গল থেকে বেরিয়ে এসে আর বুড়োদের মতো হাঁটা ধরল না। বরং কমবয়সি চনমনে একটা মানুষের মতো বড় বড় লম্বা পা ফেলে হাঁটতে লাগল। সে স্পষ্ট বুঝতে পারছে, তার বুড়ো বয়সটা তাড়া খেয়ে পালিয়ে গিয়ে গা-ঢাকা দিয়েছে। আর সহজে এদিকপানে আসবে বলে মনে হয় না।

সাত

কোনও বাল্‌ব জ্বলছে না, টিউবলাইট জ্বলছে না, আলোর কোনও উৎসই নেই, অথচ ঘরটা স্নিগ্ধ একটা আলোয় ভরে আছে। সব স্পষ্ট দেখা যাচ্ছে, কিন্তু চোখে আলো লাগছে না। মাটির নীচে এই গুহার মতো বড় ঘরখানা আসলে একটা বেসমেন্ট। কিন্তু যেন প্রাগৈতিহাসিক। নীচে মাটি, দেওয়াল মাটির, কোনও আসবাবপত্র নেই। লম্বা, সবুজ অদ্ভুত চেহারার মানুষরা দেওয়ালের গায়ে পিঠ রেখে আসনপিঁড়ি হয়ে ধ্যান করার ভঙ্গিতে বসে আছে। তাদের মেরুদণ্ড সোজা। তারা এতটাই লম্বা যে, বসা অবস্থাতেও তাদের মাথা পাঁচ-ছ' ফুট উপরে উঠে আছে। ঝিঁঝির শব্দে চারদিকে বাতাসে একটা ঢেউ খেলে যাচ্ছে।

বিজয়বাবু চারদিকটা খুব ভাল করে লক্ষ করলেন। গুনে দেখলেন সবুজ মানুষরা সংখ্যায় এগারোজন। হয়তো আরও আছে। এগারোজনই তাঁকে স্থির চোখে লক্ষ করছে। তাতে অবশ্য বিজয়বাবুর ভয় হচ্ছে না।

ঝিঁঝির ডাকের ভিতর একটা পরিবর্তন ঘটল। টানা আওয়াজটা নানা টুকরো টুকরো স্কেলে ভেঙে গেল, চড়া হল আবার খাদে নামল। বিজয়বাবু হঠাৎ সেই শব্দের ভিতর থেকে কথা বা বার্তা টের পেতে শুরু করলেন। তাঁকে প্রশ্ন করা হল, "তুমি আমাদের সঙ্গে দেখা করতে চেয়েছিলে?"

"হ্যাঁ। আমি আপনাদের সম্পর্কে জানতে চাই।"

"তোমাদের পক্ষে আমাদের অনুধাবন করা অসম্ভব। তোমাদের মস্তিষ্কের অত ক্ষমতা নেই। তোমরা শুধু এটুকু জানলেই চলবে যে, আমরা অনেক দূর গ্রহের লোক।"

"কত দূর?"

"জেনে লাভ নেই। তোমাদের ধারণার বাইরে।"

"আপনারা আমাদের গ্রহে কেন এসেছেন তা কি জানতে পারি?"

"পারো। আমরা তোমাকেই আমাদের মধ্যস্থ হিসেবে ঠিক করে রেখেছিলাম। তুমি একটু বিজ্ঞান জানো। তুমি একজন সদাশয় এবং ভাল লোক।"

"আমি সদাশয় এবং ভাল লোক সেটা কী করে বুঝলেন? আমাকে তো আপনারা চেনেন না?"

"চিনি। আমরা আমাদের চারদিকে গাছপালা, কীটপতঙ্গ, জীবজন্তু এবং মানুষেরও সব কিছু জানতে পারি। প্রত্যেকটা মানুষ, গাছপালা, এমনকী, কীটপতঙ্গেরও কিছু ভাষা আছে। তোমরা বুঝতে পারো না, আমরা পারি।"

"আপনারা কি খুব জ্ঞানী মানুষ?"

"তোমাদের তুলনায় হাজার গুণ।"

"আমি কি আপনাদের কোনও ব্যাপারে সাহায্য করতে পারি?"

"পারো। তোমার সাহায্যের উপরেই আমরা নির্ভর করছি। আমরা দস্যু বা লুটেরা নই। কিন্তু আমাদের একটু স্বার্থ আছে। তোমাদের কাছে আমরা কিছু চাই।"

"কী চান আপনারা?"

"খানিকটা জল, কয়েকটা কীটপতঙ্গ, কিছু গাছপালা আর কিছুটা বর্জ্য পদার্থ।"

"এসব কি আপনাদের নেই?"

"আছে। কিন্তু আমাদের গ্রহ তোমাদের গ্রহের চেয়ে পাঁচ গুণ বড়। আমাদের যথেষ্ট জল নেই, তোমাদের মতো এত প্রজাতির পশুপাখি, কীটপতঙ্গ, উদ্ভিদ নেই। জীববৈচিত্র্য অনেক কম এবং প্রাকৃতিক বর্জ্য পদার্থ যৎসামান্য। আমাদের গ্রহ খুব সুন্দর, আমাদের সভ্যতা অনেক বেশি প্রাগ্রসর, কিন্তু তোমাদের মতো এত প্রাকৃতিক সম্পদ, যার মূল্য তোমরা আজও বুঝে উঠতে পারোনি, তা আমাদের নেই। তাই বন্ধুভাবে আমরা তোমাদের কাছে এসব জিনিস চাইছি। পৃথিবীর বৈজ্ঞানিকদের সেটা বুঝিয়ে বলার দায়িত্ব আমরা তোমাকে দিতে চাই।"

"কতটা জল আপনাদের চাই?"

"পৃথিবীর সমুদ্রে যত জল আছে তার দশ ভাগের এক ভাগ।"

"সে তো অনেক জল! এত জল পৃথিবী থেকে সরে গেলে যে আমাদের প্রাকৃতিক বিপর্যয় ঘটতে পারে! ঋতুচক্রের গোলমাল হবে, বৃষ্টিপাত হয়ে পড়বে অনিয়মিত। আর প্রায় গোটা একটা সমুদ্রই যদি লোপাট হয়ে যায়, তা হলে পৃথিবীর ওজন কমে যাবে, হয়তো বা আহ্নিক গতিও বদলে যেতে পারে।"

"তুমি খারাপ দিকটার কথা আগেই ভাবছ কেন? ভাল দিকটার কথাও ভাবো। পৃথিবী ক্রমশ উত্তপ্ত হচ্ছে, ধীরে ধীরে জলস্তর উপরে উঠছে। আগামী চল্লিশ বছরের মধ্যেই নিচু এলাকাগুলো সমুদ্রের গ্রাসে চলে যেতে থাকবে। এই শতাব্দীর শেষে স্থলভূমির অনেকটাই নিমজ্জিত হয়ে যাবে, বহু দেশ মুছে যাবে মানচিত্র থেকে। সমুদ্রের মধ্যে এবং ধারে যেসব আগ্নেয়গিরি আছে, সমুদ্রের জল যদি তার মুখ পর্যন্ত উঠে যায়, তা হলে আগ্নেয়গিরির মধ্যে জল ঢুকে যে মহাবিস্ফোরণ ঘটবে এবং সুনামির সৃষ্টি হবে তা এতই ভয়ংকর যে, উপকূলের বড় বড় সব শহর শুধু ভেসেই যাবে না, মাটির সঙ্গে মিশে যাবে। আমরা যদি তোমাদের একটা সমুদ্র নিয়ে যাই তা হলে অন্তত সেই ভয়টা থাকবে না। তার উপর তোমরা পেয়ে যাবে অনেকটা নতুন স্থলভূমি, পেয়ে যাবে একটা আস্ত মহাদেশও।"

"পৃথিবীর বৈজ্ঞানিকরা আপনাদের প্রস্তাব মানবেন না।"

"তাদের বুঝিয়ে বলো, আমরা অকৃতজ্ঞ নই। যে জিনিস আমরা নিয়ে যাব তাতে তোমাদের সামান্য ক্ষতি হবে বটে, কিন্তু আমরা প্রতিদানও দিতে জানি। বিনিময়ে আমরা তোমাদের বাতাসের দূষণের মাত্রা কমিয়ে দেব। ওজোন স্তরের ছিদ্র মেরামত করে দেব, আরও সবুজ করে দিয়ে যাব পৃথিবীকে।"

"এক সমুদ্র জল আপনারা কীভাবে নেবেন?"

"খুব সোজা। বঙ্গোপসাগরে নীচে আমাদের মহাকাশ ভেলা অপেক্ষা করছে, আর আকাশে এক লক্ষ মাইল দূরে রয়েছে আমাদের বড় মহাকাশযান। সমুদ্রের জল আমাদের নিজস্ব পাম্পে খানিকটা শূন্যে তুলে নিলেই তা বরফের চাঙড়ে পরিণত হবে। খুব সূক্ষ্ম একটা জ্যাকেটে মুড়ে তা আমাদের মহাকাশযানের সঙ্গে সুতো দিয়ে বেঁধে দেওয়া হবে। এরকম অজস্র চাঙড় করে জল নিয়ে যাওয়া কঠিন ব্যাপার কিছু নয়।"

দুশ্চিন্তায় বিজয়বাবুর গলা শুকিয়ে যাচ্ছে, উত্তেজনায় ঘাম হচ্ছে। বললেন, "আমি চেষ্টা করে দেখব।"

"কোনও প্রশ্ন আছে?"

"অনেক প্রশ্ন। আপনারা কোন ভাষায় কথা বলছেন? ভাষাটা আমি জানি না, কিন্তু সব বুঝতে পারছি কী করে?"

"আমরা ভাষা দিয়ে কথা বলি না। আমাদের কথা ধ্বনি-সংকেত। তোমার মস্তিষ্ক সেটা অনুবাদ করে নিচ্ছে।"

"পৃথিবীর চারদিকে অনেক উপগ্রহ ঘুরছে, সারাক্ষণ নানা জায়গা থেকে দূরবীক্ষণ আর রাডার দিয়ে আকাশের সর্বত্র নজর রাখা হচ্ছে। কোনও মহাকাশযানের পক্ষে এত সব নজরদারি এড়িয়ে পৃথিবীতে আসা সম্ভব নয়। আপনারা এলেন কী করে?"

"তোমাদের প্রযুক্তিকে ফাঁকি দেওয়া কঠিন নয়। নামবার সময় আমরা কিছুক্ষণের জন্য তোমাদের সন্ধানী যন্ত্রগুলোকে অন্ধ ও বধির করে দিয়েছিলাম, তবে তা মাত্র এক সেকেন্ডেরও ভগ্নাংশ সময়ের জন্য। তাই সেটা নিয়ে খুব একটা হইচই হয়নি। আর নেমে পড়ার জন্য আমাদের ওটুকু সময়ই যথেষ্ট।"

"সমুদ্রের তলায় আপনাদের যে যানটি লুকনো আছে সেটা কি আমাদের সাবমেরিনগুলো খুঁজে পাবে না?"

"না। আমাদের যানটি থেকে কোনও বিকিরণ ঘটে না। সেটা অবিকল একটা তিমি মাছের মতো ঘুরে বেড়াতে পারে।"

"আমি শুনেছি আপনারা জীবজন্তু এবং পোকামাকড় খুবই ভালবাসেন। এমনকী,

একজন লোক বন্দুক দিয়ে শেয়াল মারতে গিয়েছিল বলে আপনারা তাকে মেরে ফেলেছেন।"

"কথাটা সত্যি নয়। লোকটা ভয় পেয়ে মারা যায়। তবে আমরা তাকে ফের বাঁচাতে পারতাম। সেটা করিনি। কারণ, পৃথিবীতে মানুষের সংখ্যা সব জীবজন্তুর চেয়ে বেশি। একটা মানুষের চেয়ে একটা শেয়ালের প্রাণের দাম বেশি।"

"আপনারা পশুপ্রেমিক, তার মানে কি আপনারা মাছ-মাংস খান না?"

"মাছ-মাংসকে আমরা খাদ্যবস্তু বলেই মনে করি না।"

"আমাদের বৈজ্ঞানিক এবং রাষ্ট্রপ্রধানরা যদি আপনাদের প্রস্তাবে রাজি না হন, তা হলে কী করবেন?"

"সেক্ষেত্রে আমরা জোর করেই তোমাদের সমুদ্র চুরি করব এবং কোনও প্রতিদানও পাবে না।"

"আপনারা কি এতটাই নিষ্ঠুর যে, আমাদের গ্রহটিকে বিপাকের মধ্যে ঠেলে দিয়ে চলে যাবেন?"

"তোমরা আমাদের চেয়েও অনেক নিষ্ঠুর, স্বার্থপর এবং বোকা।"

"একথা কেন বলছেন?"

"তোমাদের সৌরলোকে এই একটিই প্রাণবান গ্রহ। ঠিক তো!"

"হ্যাঁ, ঠিক।"

"প্রাণীদের তিনটি আশ্রয়। জল, মাটি, অন্তরীক্ষ। তাই না?"

"হ্যাঁ।"

"সমানুপাত বোঝো?"

"একটু-আধটু।"

"এই তিনটি আশ্রয়ে যেসব প্রাণীকুল থাকে এবং সবকিছুকে পাহারা দেয় যে উদ্ভিদ, তাদের সমানুপাত না থাকলে গ্রহের ভারসাম্য নষ্ট হয়ে যায়। প্রাণ বিপন্ন হয়ে পড়ে। জানো?"

"জানি।"

"তবে মানো না কেন? পৃথিবীকে খনন করে করে জ্বালিয়ে দিলে তেল-কয়লা, সমুদ্রে-নদীতে ঢেলে দিলে বিষ, বাতাসে ছড়ালে তেজস্ক্রিয় কণা, এ তোমাদের গ্রহ নয়? এ কি নয় তোমাদের বাড়িঘর? কত প্রাণীর প্রজাতিকে অবলুপ্ত করে দিলে, মেরে ফেললে কত পশু-পাখি, কীটপতঙ্গ। মাটি ঢেকে দিয়ে কেবল বাঁধানো শহরে ভরে দিলে পৃথিবী। ভোগের বস্তুর জন্য কত কলকারখানায় কণ্টকিত করে দিলে চারদিক!"

“আমরা আপনাদের তুলনায় নির্বোধ, স্বীকার করছি। এই গ্রহের মানুষ জ্ঞানী হয়ে জন্মায় না। তারা ঠেকে এবং অভিজ্ঞতা থেকে আজ নিজেদের সর্বনাশ বুঝতে পারছে। বিপরীত প্রক্রিয়ায় সেই সর্বনাশ রোখার জন্যও আমরা চেষ্টা করছি। আপনারা যদি আমাদের সমুদ্র এবং কীটপতঙ্গ সব নিয়ে যান, তা হলে আমাদের সেই চেষ্টা ব্যর্থ হবে।”

“আমাদের উপায় নেই।”

“আপনারা আমাদের হিতৈষীর মতো কথা বলছেন। কিন্তু যা করতে চাইছেন তাতে পৃথিবীর মঙ্গল হওয়ার কথা নয়। প্রকৃত শক্তিমানরা দুর্বলের শক্তিহীনতার সুযোগ নেয় না।”

“প্রকৃতির নিয়মের বাইরে কেউ নয়। দুর্বলের অধিকার প্রকৃতির নিয়মেই সীমাবদ্ধ। বাঘ হরিণকে খাবে, এটাই নিয়ম।”

“বাঘ ও হরিণ ইতর প্রাণী। বুদ্ধিমান নয়। তারা পৃথিবী ও প্রকৃতি বা পরিস্থিতির নিয়ামক হতে পারে না। বাঘ একসময় মানুষকেও খেত। কিন্তু মানুষ যখন অস্ত্র আবিষ্কার করল, তখন বাঘ হয়ে পড়ল বিপন্ন। বুদ্ধিবৃত্তিই মানুষকে শক্তিমান করেছিল, সে প্রকৃতির সব নিয়ম মেনে নেয়নি।”

“বাঘের বিরুদ্ধে যুদ্ধে জয়ী হয়ে কী লাভ হয়েছে তোমাদের বলো! আর ক'টা বাঘ অবশিষ্ট আছে পৃথিবীতে? শুধু অস্ত্রধারণ করলেই হয় না। নিয়ন্ত্রণও অধিগত করতে হয়। আত্মভুক কাকে বলে জানো? যে নিজেকে খেয়ে ফেলে। সমষ্টিগতভাবে তোমরাও আত্মভুক। নিজেদের প্রজাতিকে মারো, পশুপাখি মারো, গাছপালা মারো। ওরাও যে তোমাদেরই অস্তিত্বের বিস্তার তা জানো না।”

মাথা নিচু করে বিজয়বাবু বললেন, “মানছি।”

মানুষটা হঠাৎ তার দিকে একটা থান ইটের মতো ভারী জিনিস ছুড়ে দিয়ে বলল, “এই নাও।”

নিখুঁত লক্ষ্যে জিনিসটা বিজয়বাবুর কোলের কাছে এসে পড়ল। কিন্তু গায়ে লাগল না। তিনি জিনিসটা তুলতে গিয়ে দেখলেন, সোনার রঙের একখানা অত্যন্ত ভারী ইট। কয়েক কেজি ওজন। সবিস্ময়ে তিনি বললেন, “কী এটা?”

“সোনা! এটা বিক্রি করলে তুমি অনেক টাকা পাবে। তাই দিয়ে তুমি তোমার ল্যাবরেটরির জন্য অনেক আধুনিক সরঞ্জাম এবং রাসায়নিক কিনতে পারবে।”

“এই সোনা আপনি কোথায় পেলেন?”

“সোনা আমরা সঙ্গে করে আনিনি। তোমাদের গ্রহেরই নানা ধাতুর পরমাণুর গঠন

বদলে দিয়েছি মাত্র।"

"এটা কি ঘুষ?"

"ঘুষ কাকে বলে জানি না। তবে এটা আমাদের বন্ধুত্বের নিদর্শন।"

"আমি শুনেছি আপনারা কাউকে কাউকে অনেক সোনা দিয়েছেন।"

"হ্যাঁ। আমরা মানুষের বন্ধুত্বই চাই। ইচ্ছে করলে আমরা পৃথিবীর সব মানুষকেই রাশি রাশি সোনা উপহার দিয়ে যেতে পারি।"

"তাতে সোনার দাম শূন্যে নেমে যাবে এবং পৃথিবীর অর্থনীতিতে দেখা দেবে বিরাট বিপর্যয়।

"সেটা হয়তো একটা ভারী মজার ব্যাপারই হবে। লোভী মানুষ বুঝতে পারবে সোনা একটা সাধারণ ধাতু ছাড়া কিছুই নয়।"

"আমি আপনাদের দান প্রত্যাখ্যান করছি। সোনা আমি নেব না।"

"বেশ তো। কিন্তু আমাদের বন্ধুত্ব প্রত্যাখ্যান কোরো না। তা হলে তোমাদের ভাল হবে না।"

"বন্ধুত্ব সমানে সমানে হয়। আমরা আপনাদের পণবন্দি মাত্র। তবু আপনারা যে সৌজন্য প্রকাশ করেছেন তার জন্য আমি কৃতজ্ঞ। আমি এটাও বুঝতে পারছি, আপনারা যা চাইবেন তাই হবে। আমাদের কিছুই করার নেই।"

"এই সত্যটা তাড়াতাড়ি বুঝেছ বলে তোমাকে ধন্যবাদ। এখন তুমি যেতে পারো। তোমাদের রাষ্ট্রপুঞ্জ এবং বিজ্ঞানীদের প্রতিনিধিরা উপরে অপেক্ষা করছেন। তোমার পিছন দিকে যে গুহামুখ দেখছ, ওইটেই বেরোনোর পথ। যাও।"

বিজয়বাবু উঠলেন। গুহামুখে পৌঁছে ফিরে একবার চেয়ে দেখলেন, দু'জন সবুজ মানুষের পাহারায় পাঁচজন লোক গুহায় এসে ঢুকল। লতাপাতা দিয়ে তাদের হাত পিছমোড়া করে বাঁধা। বিধ্বস্ত চেহারা। দেখে বোঝা যাচ্ছে তাদের উপর কিছু অত্যাচার হয়েছে। এদের মধ্যে অগ্নিকেও দেখতে পেলেন বিজয়বাবু। বোধহয় অস্ত্রশস্ত্র নিয়ে এসেছিল। তাই মারধর খেতে হয়েছে। বিজয়বাবু একটা দীর্ঘশ্বাস ফেলে ধীরে ধীরে ঢালু বেয়ে উপরে উঠতে লাগলেন। মানুষকে হয়তো এভাবেই তার দীর্ঘদিনের কৃতকর্মের প্রায়শ্চিত্ত করতে হবে। একটা সমুদ্র লোপাট হয়ে যাবে। পৃথিবী থেকে হয়তো নিয়ে যাওয়া হবে কীটপতঙ্গের বিরাট ঝাঁক। আর কী কী নিয়ে যাবেন ওঁরা, জানেন না তিনি। তবে পৃথিবীর সামনে যে বিরাট দুঃসময় আসছে তাতে সন্দেহ নেই।

গভীর রাত। বিজয়বাবুর ল্যাবরেটরিতে গভীর দুশ্চিন্তা মুখে নিয়ে অঘোরখুড়ো, বীরেনবাবু, বিরাজজ্যাঠা, নীলকান্ত, অয়স্কান্ত, কৃষ্ণকান্ত, কানু, বটু, নব, হরেন সবাই হাজির। বিজয়বাবু বিপদের কথাটা তাঁদের বিস্তারিতভাবে বুঝিয়ে বলছিলেন। কথা

শেষ হয়েছে। এখন সবাই গুম হয়ে বসা। কারও কথাটথা আসছে না।

ঠিক এই সময় উত্তরের বন্ধ জানলায় খুট খুট করে একটা শব্দ হল।

বিজয়বাবু নিচু গলায় বললেন, "কে?"

"আজ্ঞে, জানলাটা খুলুন। কথা আছে।"

বিজয়বাবু উঠে গিয়ে জানলাটা খুলে দেখতে পেলেন, গামছায় মুখ ঢাকা একটা বেঁটেমতো লোক দাঁড়ানো।

"কে হে তুমি?"

"আমি বঙ্কাচোর।"

"চোর! অ্যাঁ! কী সর্বনাশ! চোর আজকাল সাড়া দিয়ে আসা ধরেছে?"

"আহা, অত উঁচু গলায় কথা কইবেন না। বাতাসেরও কান আছে। তাঁরা আবার সবই শুনতে পান কিনা।"

"কী চাও বাপু?"

"আজ্ঞে, গুরুতর কিছু কথা নিবেদন করেই চলে যাব।"

"অ। তা ভিতরে এসো বাপু। ভয় নেই।"

"আজ্ঞে, ভয়ডর থাকলে কি আমাদের চলে? তা হলে বরং দরজাটা খুলে দিন। গুহ্য কথা কিনা, খোলা জায়গায় বলাটা ঠিক হবে না।"

বিজয়বাবু দরজা খুলে দিলেন। বঙ্কা ভারী সংকোচের সঙ্গে ভিতরে ঢুকে হাতজোড় করে বলল, "পেন্নাম হই মশাইরা।"

বিজয়বাবু বললেন, "হ্যাঁ, হ্যাঁ। ঠিক আছে। এবার কথাটা হোক।"

বঙ্কা মাথাটাথা চুলকে বলল, "আজ্ঞে, অপরাধ নেবেন না। পেটের দায়ে আমাকে চুরিটুরি করতে হয়। তা চুরি করি বলেই কিছু সুলুকসন্ধান জানা আছে। ইদানীং দেখছিলাম গাঁয়ের কিছু লোকের বেশ উন্নতি হতে লেগেছে। রামভরোসা নতুন দুটো মোষ কিনল, তার মা গিরিজাবুড়ি রুপোর বদলে সোনার বালা পরে ঘুরে বেড়াচ্ছে, দু'বেলা পোনা মাছের কালিয়া রান্না হচ্ছে বাড়িতে। তাই দেখেই একদিন সিঁধ দিলাম। কিন্তু কপাল খারাপ। বুড়ি সারাদিন গোবর কুড়োয়, ঘুঁটে দেয়, রাতে ভোঁস ভোঁস করে ঘুমোনোর কথা। কিন্তু ঘরে ঢুকে দেখি, বুড়ি উদুখলের ডান্ডাটা নিয়ে বসে আমার দিকে কটমট করে চেয়ে আছে। ঘা-কতক খেয়ে আপনাদের পাঁচজনের আশীর্বাদে প্রাণটা হাতে করে বেরিয়ে আসতে পেরেছিলুম, এই যা। তবে তক্কে তক্কে কয়েকদিন নজর রাখার পর লক্ষ করলাম, বুড়ি রোজই দুপুরের দিকে ঝুড়িভরতি ঘুঁটে নিয়ে জঙ্গলে গিয়ে ঢোকে। জঙ্গলে ঘুঁটের খদ্দের থাকার কথা নয়। পিছু পিছু গিয়ে যা দেখলাম তাতে ভিরমি খাওয়ার জোগাড়!"

বিজয়বাবু ম্লান হেসে বললেন, "সবুজ মানুষ তো!"

"যে আজ্ঞে, যাদের ডেরায় আজ আপনাকে ধরে নিয়ে গিয়েছিল।"

"তারপর কী হল?"

"বুঝলুম, সোনাদানা ওই ডেরাতেই আছে। বুড়ি একঝুড়ি ঘুঁটে বেচে এক মোহর করে পায়। তাও সে ইয়া বড় মোহর, অন্তত ভরি পাঁচেক ছ্যাঁচা সোনা। মাটির নীচে সুড়ঙ্গ খুঁড়ে দিব্যি ডেরা বানিয়েছে। তা আজ মাঝরাতে ঢুকেও পড়লাম মা কালীকে একটা প্রণাম ঠুকে।"

বীরেনবাবু বলে উঠলেন, "জব্বর সাহস তো তোমার!"

"আজ্ঞে না, সাহসের বালাই নেই। পেটের দায়ে প্রাণ বাজি রেখে ওসব করতে হয় আর কী। তবে কিনা একেবারে নির্যস প্রাণটাই যাওয়ার কথা। সুড়ঙ্গের অন্ধিসন্ধি তো জানা নেই। পড়বি তো পড় একেবারে দু'-দুটো ঢ্যাঙা মানুষের সামনে। কিন্তু কী বলব মশাই, দু'জন যেন আমাকে দেখে ভূত দেখার মতো আঁতকে উঠে কুঁকড়ে লটকে পড়ে গেল।"

"বলো কী?"

"আজ্ঞে, এক বর্ণ বানিয়ে বলা নয়। মা কালীর দিব্যি।"

"তোমাকে দেখে ভয় পাওয়ার কী হল?"

"আজ্ঞে, সেই কথাই বলতে আসা।"

"বলে ফেলো বাপু।"

"ইদানীং চোখে একটু কম দেখছি বলে রাতবিরেতে কাজের খুব অসুবিধে হচ্ছে। তাই ভেবেছিলুম, একজোড়া চশমা হলে বড় ভাল হয়। তা দেখলাম, আমাদের কানু রোজ অঘোরখুড়োর চশমা চোখে দিয়ে বটতলায় বসে লোকের ভূতভবিষ্যৎ দেখতে পায়। তা ভাবলুম ওরকম জোরালো চশমা হলে কাজের খুব সুবিধে। তা পরশু রাতে...!"

অঘোরখুড়ো হুংকার দিয়ে বললেন, "তাই চশমাজোড়া পাচ্ছি না বটে! এ তা হলে তোমার কাজ?"

বিজয়বাবু তাড়াতাড়ি বলে উঠলেন, "আস্তে খুড়ো, আস্তে।"

বঙ্কা বিগলিত মুখে হাত কচলে বলল, "যে আজ্ঞে, আপনার চশমার গুণ আছে বটে খুড়ো। অন্ধকারেও সব দিব্যি পরিষ্কার দেখতে পাচ্ছিলাম। কী বলব মশাই, মোট বারোখানা মোহর সরিয়েছি, দিব্যি গটগট করে বেরিয়েও এসেছি। তাই বলছিলাম, ওই বিটকেল লোকগুলোর সঙ্গে এমনিতে পেরে ওঠার জো নেই বটে, তবে...!"

বিজয়বাবু হাত বাড়িয়ে বললেন, "চশমাজোড়া কোথায়?"

বঙ্কা চশমাজোড়া খাপসুদ্ধ বের করে বিজয়বাবুর হাতে দিয়ে বলল, "আজ্ঞে, কাজ হয়ে গেলে যদি চশমাজোড়া বখশিশ দেন তবে কাজকর্মের বড় সুবিধে হয়। বড় অনটন চলছে।"

"ওই লোক দুটোর কী হল দেখলে?"

"আজ্ঞে, দেখেছি। ফেরার সময় দেখলাম তখনও লটকে পড়ে আছে। তবে সাইজে যেন একটু ছোট লাগল।"

"ছোট! কিন্তু এসব হয় কী করে? তারা সাপের কামড়ে মরে না, দুনিয়ার কোনও কিছুকে ভয় পায় না!"

অঘোরখুড়ো বললেন, "ও একটা ব্যাপার আছে।"

"কী ব্যাপার খুড়ো?"

"বটুকবুড়ো আমাকে বলেছিল, চশমার অনেক রকম গুণ আছে। সব গুণের কথা বটুকবুড়োর জানা ছিল না। মন্ত্রতন্ত্রের ব্যাপার আর কী।"

বিজয়বাবু মাথা নেড়ে বললেন, "তা হতে পারে না। একটা কোনও বিজ্ঞানসম্মত কারণ থাকতেই হবে। ঘরের বাতিটা নিভিয়ে দে তো নব। দেখি, সত্যিই অন্ধকারে দেখা যায় কিনা!"

নব বাতিটা নিভিয়ে দেওয়ার পর চশমার ভিতর দিয়ে বিজয়বাবু দেখলেন, তিনি ঘরের সবকিছুই পরিষ্কার দেখতে পাচ্ছেন। এমনকী, আলোর চেয়েও অনেক স্পষ্ট।

বিজয়বাবু চিন্তিতভাবে বললেন, "বঙ্কা যা বলছে তা যদি সত্যি হয়, তা হলে হয়তো একটা উপায় আছে। আমি আজই ওই গুহায় আবার যেতে চাই।"

সবাই 'না না' করে আপত্তি জানাতে লাগলেন।

বিজয়বাবু বললেন, "আমাদের ঘোর বিপদ, ওই গুহায় ওদের বারোজন আছে। আরও হয়তো আছে, আমরা জানি না। কিন্তু বারোজনের একজন হচ্ছে ওদের লিডার। নাঃ, আর সময় নষ্ট করা ঠিক হবে না। বঙ্কা, তুমি চলো আমার সঙ্গে। একটু লুকিয়ে-চুরিয়ে ঢুকতে হবে বাপু। তুমি পথ দেখাবে।"

"যে আজ্ঞে। অন্ধিসন্ধি সব আমার জানা।"

নিশুত রাতে জঙ্গলে ঢোকার মুখেই একটা বাধা পড়ল। বিভীষণ চেহারার একটা লোক লাঠি হাতে পথ আগলে দাঁড়িয়ে। একটা হাঁক দিল, "কে রে?"

বিজয়বাবু বললেন, "নিমচাঁদ, আমি হে, বিজয়বাবু।"

নিমচাঁদ হাঁ করে চেয়ে থেকে বলল, "বিজয়কর্তা, এই নিশুত রাতে এই জঙ্গলে কী মনে করে? এখানে যে সব বিটকেল কিম্ভূত জীবের আস্তানা। তারা যে সব কাঁচাখেগো দেবতা। এইবেলা পালিয়ে যান কর্তা।"

"সেই উপায় নেই নিমচাঁদ। পালিয়ে গেলে দুনিয়া ছারখার হয়ে যাবে।"

"কিন্তু কী করতে চান আপনি? হাতে বন্দুক-পিস্তল নেই। লাঠিসোঁটা নেই। তারা যে অসুরের চেয়েও বড় পালোয়ান! আমাকে এক ঝটকায় সাত হাত দূরে ছিটকে ফেলেছিল।"

"সেসব জানি। কিন্তু হাত-পা গুটিয়ে বসে থাকলে তো হবে না। একটা চেষ্টা তো করতেই হবে।"

"তবে চলুন আমিও সঙ্গে যাই, আপনার সঙ্গে উটি কে?"

"এ হল বঙ্কা। পথ চেনাতে এসেছে।"

"খুব চিনি। পাকা চোর।"

বঙ্কা ভারী খুশি হয়ে বলল, "যে আজ্ঞে। বঙ্কার নাম পাঁচ গাঁয়ের লোক জানে।"

বঙ্কা জঙ্গলে ঢুকে আগে হাঁটতে হাঁটতে বলল, "গুহার অনেক মুখ। সব মুখ দিয়েই ঢোকা যায় বটে, তবে বিপদও আছে। ওই খালধারের মুখটাই ভাল।"

অন্ধকারে ঘন জঙ্গলের মধ্যে চশমা-পরা বিজয়বাবু সবকিছু স্পষ্টই দেখতে পাচ্ছিলেন। তাঁর বিশ্বাস হচ্ছিল, চশমা থেকে কোনও একটা বিচ্ছুরণ হয়। নইলে এমনটা সম্ভব ছিল না।

বিজয়বাবু ভারী অন্যমনস্ক হয়ে গেলেন ভাবতে ভাবতে। এই চশমা কোথা থেকে পেয়েছিলেন বটুকবুড়ো? কোন প্রযুক্তি বা অভিনব বস্তু দিয়ে এটা তৈরি তা ভেবে পাচ্ছিলেন না। তবে চশমাটি অভিনব তাতে সন্দেহ নেই। দুনিয়াতে কত বিস্ময়ই যে এখনও আছে।

অন্যমনস্কতার দরুন বার দুই হোঁচট খেয়ে পড়েই যাচ্ছিলেন। নিমচাঁদ ধরে ফেলল। নিচু স্বরে বলল, "এঁরা মানুষ তেমন খারাপ নয় বিজয়কর্তা। একটু কেমনধারা এই যা।"

"সেটা আমিও জানি। তবু পৃথিবীর পক্ষে এঁরা বিপজ্জনক। যদি এঁরা কোনও কারণে বিগড়ে যান তা হলে এক লহমায় বোধহয় দুনিয়া লয় করে দিতে পারেন।"

নিমচাঁদ দীর্ঘশ্বাস ফেলে বলল, "তা পারেন কর্তা। এঁদের অসাধ্য কিছু নেই।"

খালধারের একটা ঢিবির সামনে এসে দাঁড়াল বঙ্কা। একটা শেয়ালের গর্তের মতো গর্ত দেখিয়ে বলল, "এইটে।"

বিজয়বাবু বিরক্ত হয়ে বললেন, "এটা দিয়ে ঢুকব কী করে?"

"মাথা গলিয়ে দিয়ে দেখুন, ভিতরে অনেক জায়গা।"

বিজয়বাবুও দেখলেন, তাই। মসৃণ পথ নেমে গিয়েছে ঢালু হয়ে। অন্ধকার। বিজয়বাবু অবশ্য সবই দেখতে পাচ্ছেন।

হঠাৎ বঙ্কা হাত চেপে ধরে বিজয়বাবুকে থামাল, "ঝিঁঝির ডাক শুনতে পাচ্ছেন কর্তা?"

"হ্যাঁ।"

"এসে গিয়েছি। ধীরে পা টিপে টিপে চলুন।"

সামনেই গুহার রাস্তাটা একটা বাঁক নিয়েছে। তারপরই আশ্চর্য আলোকোজ্জ্বল ঘর। আলোর কোনও উৎস নেই, তবু ঘর আলোয় আলোময়। এসব স্বপ্নের প্রযুক্তি ওদের হাতে। ওরা শত্রু না বন্ধু তা এখনও বুঝতেই পারছেন না বিজয়বাবু। কিন্তু তাঁর হাতে কোনও বিকল্পও নেই।

একটু উপর থেকে দেখা যাচ্ছিল, দশ-বারোজন সবুজ মানুষ গোল হয়ে দাঁড়িয়ে খুব মন দিয়ে কিছু একটা দেখছে, তাদের প্রায় বাহ্যচৈতন্য নেই।

দু'দিকে বঙ্কা আর নিমচাঁদ, মাঝখানে বিজয়বাবু ঘরের ভিতরে নেমে দাঁড়িয়ে পড়লেন। তীব্র ঝিঁঝির আওয়াজে কান ঝালাপালা হয়ে যাওয়ার জোগাড়। কিন্তু এবার ঝিঁঝির আওয়াজে কোনও কথা বুঝতে পারছেন না বিজয়বাবু। চুপচাপ লোকগুলোর দিকে চেয়ে বিজয়বাবু মনে মনে শুধু বললেন, "আমাকে ক্ষমা করুন। আপনাদের ক্ষতি করার ইচ্ছে ছিল না আমার। কিন্তু আমরা আমাদের মতো বেঁচে থাকতে চাই, যতদিন পারি।"

হঠাৎ যেন তাঁদের উপস্থিতি এতক্ষণে টের পেয়ে সবুজ মানুষরা ফিরে তাকাল তাঁদের দিকে। তারপরই যেন স্তম্ভিত হয়ে কুঁকড়ে গেল। আর একের পর এক ঢলে পড়ে গেল মাটির উপর।

বিস্ময়ে স্তম্ভিত হয়ে বিজয়বাবু মাটিতে পড়ে থাকা লম্বা আর সবুজ মানুষগুলোকে অপলক চোখে দেখছিলেন। শরীরে কোনও স্পন্দন নেই, ছটফটানি নেই। কেমন যেন কুঁকড়ে দলা পাকিয়ে শুয়ে আছে।

চশমাটা খুলে মাটিতে হাঁটু গেড়ে বসলেন তিনি। সামনে পড়ে থাকা লোকটার কবজি ধরে নাড়ি দেখার চেষ্টা করলেন। নাড়ির স্পন্দনের মতো নয়, কিন্তু সেতারের মতো দ্রুত একটা ঝিনঝিন শব্দ হচ্ছে যেন।

একটু সময় লাগল। তারপর দেখতে পেলেন কুঁকড়ে-যাওয়া শরীর যেন আরও কুঁকড়ে ভিতরকার কোনও কেন্দ্রাভিগ টানে দলা পাকিয়ে আস্তে আস্তে গোল গোল হয়ে আসছে, অনেকটা বলের মতো।

বিজয়বাবুর কবজির ঘড়িতে যখন সকাল ছ'টা বাজে তখন দেখতে পেলেন, মেঝের উপর মানুষগুলোর আকার আস্তে আস্তে ছোট্ট পোকার মতো হয়ে যাচ্ছে। মানুষের পোকা হয়ে যাওয়ার একটা কাল্পনিক গল্প ফ্রাঞ্জ কাফ্‌কা লিখেছিলেন বটে,

কিন্তু এটা তো গল্প নয়। কী করে এই রূপান্তর ঘটল, কোন রাসায়নিক প্রক্রিয়ায়, কিছুই বুঝতে পারলেন না বিজয়বাবু।

তবে একটা জিনিস দেখে এই দুঃখের ঘটনাতেও তিনি একটু খুশি হলেন। পোকাগুলো মৃত নয়। ছোট ছোট সবুজ গুবরেপোকার মতো আকারের সবুজ পোকারা একটু-আধটু নড়াচড়া করছে।

তিনি উঠে গুহাটা দেখলেন ভাল করে। এরা কি আসলে কোনওকালে পোকাই ছিল? মাটির নীচে থাকত? তারপর বিবর্তনের কোনও এক ধাক্কায় হয়ে গিয়েছিল লম্বা লম্বা মানুষ? এই চশমার কোনও রহস্যময় বিচ্ছুরণ কি আবার ওই বিবর্তনকে উলটো পথে চালিত করেছে? প্রশ্নগুলো জরুরি। কিন্তু জবাব কে দেবে?

নিমচাঁদ একটা থাবড়া তুলেছিল, "দেব নাকি নিকেশ করে?"

"না নিমচাঁদ। পৃথিবীতে নতুন প্রজাতির একটা পতঙ্গ হল। বেঁচে থাকতে দাও। পোকামাকড়কে যত বাঁচিয়ে রাখবে তত নিজেদের বাঁচার পথ প্রশস্ত হবে।"

বঙ্কা কাজের লোক, পোকামাকড় নিয়ে মাথা ঘামাতে রাজি নয়। ভিতরের কোনও উপগুহা থেকে দু'বস্তা সোনার চাকতি এনে বলল, "এই যে, দু'বস্তা। মেলা মোহর। কী করা যায় বলুন তো?"

"কিছু তুমি নাও, কিছু গাঁয়ের গরিব-দুঃখীকে দিয়ো। আর কিছু গাঁয়ের সংস্কারে কাজে লাগিয়ো।"

ভিতরে আর-একটি প্রকোষ্ঠ থেকে পাঁচজন সংজ্ঞাহীন লোককে উদ্ধার করা হল, তাদের মধ্যে অগ্নিও। চোখে-মুখে জলের ঝাপটা দেওয়ার পর জ্ঞান ফিরতেই তাদের প্রশ্ন, "ওরা কোথায়?"

বিজয়বাবু শুধু বললেন, "চলে গিয়েছে।"

"আমাদের সমুদ্র?"

"আছে। চিন্তা নেই। ওরা আর আসবে না।"

বিজয়বাবু দেখতে পাচ্ছিলেন, পোকাগুলো মহানন্দে ঘুরে ঘুরে বেড়াচ্ছে। বেড়াক, ওরা এই নতুন জীবনও উপভোগ করুক।

ময়নাগড়ের বৃত্তান্ত

পৌষ মাসের এই সকালবেলায় ময়নাগড়ে অখণ্ড শান্তি বিরাজ করছে। রোদ এখনও ভাল করে ওঠেনি, চারদিকে বেশ জম্পেশ কুয়াশাও জমে আছে। রাঙা রোদ অবশ্য কুয়াশাকে হুড়ো দিয়ে তাড়ানোর প্রাণপণ চেষ্টা করছে। তাই একটু একটু রাঙা আলো ফুটে উঠছে চারধারে। আর সেই আলোয় দেখা যাচ্ছে পশুপতিবাবু তাঁর বারান্দায় দাঁড়িয়ে দাঁতন করছেন। এই দাঁতন করার সময়টায় তাঁর মুখে একটা স্বর্গীয় আনন্দ ফুটে ওঠে। তিনি লোককে প্রায়ই বলেন, ‘‘দাঁতন করার সময় আমার ভারী একটা দিব্যভাব আসে। মনে হয় যেন বাতাসের উপর হাঁটছি, অনেক অলৌকিক দৃশ্য দেখতে পাচ্ছি, অনেক অলৌকিক শব্দ শুনতে পাচ্ছি।’’

একটু পশ্চিমধারে নিজেদের বাড়ির উঠোনে গদাধর এইমাত্র পাঁচশো ডন শেষ করে পাঁচশো বৈঠক দিতে শুরু করেছে। তার হুপহাপ শব্দে বাতাস কাঁপছে। গদাধরও বলে, ডন-বৈঠক-মুগুর ভাঁজার সময় সে নাকি আর গদাধর থাকে না। তার শরীরে নাকি অন্য কিছু একটার ভর হয়। বাহ্য চৈতন্য থাকে না বলেই বোধহয় মাসখানেক আগে এক ভোরবেলায় চোর এসে তার সাইকেলখানা চোখের উপর দিয়েই চুরি করে নিয়ে গেল। গদাধর দেখেও দেখতে পায়নি।

থানার সেপাই রামশরণ হনুমানজির মন্দিরে পুজো চড়িয়ে ভজন গাইছে। মন্দিরটা অবশ্য একেবারেই বেঁটে বক্কেশর। মাত্র হাততিনেক উঁচু, বড়জোর দু’হাত লম্বা আর আড়াই হাত চওড়া। ভিতরে অঙ্গুষ্ঠপ্রমাণ একটা মূর্তিও আছে। তবে তেল-সিঁদুর, শ্যাওলা আর ময়লায় মূর্তির মুখচোখ কিছু বোঝবার উপায় নেই। কিন্তু রামশরণ রোজ সকালে বিভোর হয়ে বেসুরো গলায় ভজন গেয়ে তার ভক্তি নিবেদন করে। হনুমানজির উপর তার ভক্তির কারণ আছে। সময়টা রামশরণের খারাপ যাচ্ছে। তার মোষটাকে নিধুবাবু খোঁয়াড়ে দিয়েছেন, তার ছেলে শিউশরণ এবার নিয়ে তিনবার ক্লাস সিক্সে ফেল মেরেছে। হেড কনস্টেবল হরিপদ সামনের মাসে রিটায়ার হওয়ার পর ওই পোস্টে রামশরণের যাওয়ার কথা, কিন্তু শোনা যাচ্ছে, ষষ্ঠীচরণকেই নাকি ওই পোস্টে বড়বাবু রেকমেন্ড করেছেন।

জীবনের উপর ঘেন্না ধরে যাওয়ায় পাঁচু কয়েকবারই অন্যমানুষ হয়ে যাওয়ার চেষ্টা করেছে। তাতে যে একটু-আধটু কাজ হয়নি তাও নয়। পুরনো পাঁচু কিছুতেই তার পাছু ছাড়ে না। সে হয়তো একদিন সকালে ঠিক করল, আজ থেকে সে নন্দগোপাল হয়ে যাবে। ব্যস, সেদিন সকাল থেকেই সে প্রাণপণে নন্দগোপাল হতে চেষ্টা করতে লাগল।

তবে নন্দগোপাল হওয়া খুব সোজা কাজ তো নয়। নন্দগোপাল হচ্ছে ভারী বিনয়ী লোক। এত বিনয়ী যে, যার সঙ্গেই দেখা হয় তাকেই হাত কচলে, গ্যালগ্যালে হেসে বিনয়বচন আওড়াতে থাকে, ''আমি আপনার পায়ের ধুলোরও যুগ্যি নই, আপনার গোয়ালের গোরুটার চেয়েও আমাকে তুচ্ছ জ্ঞান করবেন, আপনার বাড়ির পাপোশটার মর্যাদাও আমার চেয়ে বেশি, বড় হতভাগা আমি, বড়ই অকিঞ্চন, মাঝে মাঝে আমাকে জুতোপেটা করবেন তো ভাই!''

তা পাঁচুও ওইসব বলে বেড়াতে লাগল। একদিন নরহরি ঘোষ তার বিনয়বচন খুব মন দিয়ে শুনে বলল, "হ্যাঁ রে, পাঁচু, নন্দগোপাল কি মারা গেছে? কই, মারা গিয়ে থাকলে তার শ্রাদ্ধের নেমন্তন্ন পেলুম না তো!''

জিভ কেটে পাঁচু বলে, ''না না, ছিঃ ছিঃ, তিনি মরবেন কেন?''

নরহরি তখন ভাবিত হয়ে বলে, ''না মরলে তার ভূত তোর ঘাড়ে ভর করল কী করে? বিজ্ঞান তো শিখলি না। বিজ্ঞানে পরিষ্কার বলা আছে, কেউ না মরলে ভূত হওয়ার জো নেই। জ্যান্ত মানুষের ভূত বলে বিজ্ঞান কিছু স্বীকারও করে না কিনা! অথচ দেখছি নন্দগোপালের ভূত দিব্যি তোর ঘাড়ে চেপে বসে ঠ্যাং দোলাচ্ছে।''

পাঁচু মাথা চুলকে বলল, ''ভূত-প্রেতের ব্যাপার নয় আজ্ঞে। নন্দগোপালবাবু বড্ড ভাল লোক তো, তাই একটু সেরকম হওয়ার চেষ্টা করছিলাম আর কী।''

''রাম রাম। নন্দগোপাল হতে চায় আহাম্মকেরা। সবসময় গ্যালগ্যালে ভাব নিয়ে থাকলে কেউ পোঁছে না। দেখিস না, নন্দ রাস্তায় বেরোলে পাড়ার ছেলেরা ওর পিছনে লাগে, হাততালি দিয়ে ছড়া কেটে খ্যাপায়। যদি মানুষের মতো মানুষ হতে চাস, তবে আমার মতো হ। লোকে আমাকে বিশ্বনিন্দুক বলে বটে, আসলে আমি মানুষের দোষ মোটে সইতে পারি না। লোকে আমাকে তো ঝগড়ুটেও বলে, আসলে কি আমি তাই? তবে হ্যাঁ, আমি উচিত কথা বলতেও কাউকে ছাড়ি না। লোকে আমাকে হিংসে করে কিপটেও তো বলে! তাই বলে কি আমি কিপটে হয়ে গেছি নাকি? এই তো আজ সকালেই ফুটকড়াই দিয়ে জলখাবার খেয়েছি। মিতব্যয়ী আর কৃপণ কি এক হল? সবদিক বিচার করে দেখেছি রে বাপু, আমার মতো লোক হয় না।''

“যে আজ্ঞে!”

মুখে যাই বলুক, পাঁচু নরহরি ঘোষ হওয়ার চেষ্টা করেনি। নরহরির নাম নিলে নাকি হাঁড়ি ফাটে। তবে কিছুদিন পাঁচু শ্রীপদ হওয়ার চেষ্টা করেছিল বটে। শ্রীপদ হল গাঁয়ের লিডার, সবাই তাকে ভারী খাতির করে। বক্তৃতায় তার খুব নামডাক। শ্রীপদর জ্বালাময়ী বক্তৃতা শুনে লোকের রক্ত গরম হয়ে ওঠে, মাথায় খুন চেপে যায়, আস্তিন গুটোতে থাকে। তার আবেগপূর্ণ ভাষণে লোকে ভেউ ভেউ করে কাঁদে। দেশের অধঃপতন নিয়ে তার বক্তৃতার সময় সভায় সমবেত ছিঃ ছিঃ শোনা যায়। শ্রীপদর মুখ সর্বদাই গম্ভীর এবং চিন্তাকুল। এলেবেলে লোকের সঙ্গে সে কথাই কয় না। নিতান্ত মান্যগণ্যদের সঙ্গেও সে বেশ তাচ্ছিল্যের সঙ্গে কথা কয়। সবাই বলে, শ্রীপদর নাকি খুব ব্যক্তিত্ব। পায়জামা আর গেরুয়া পাঞ্জাবি পরা শ্রীপদ কাঁধে একটা ঝোলা ব্যাগ নিয়ে যখন রাস্তায় বেরোয়, তখন সর্বদাই তার সঙ্গে পনেরো-বিশজন মোসাহেব হেঁ হেঁ করতে করতে পিছু নেয়। দৃশ্যটা দেখলেই বুক ভরে যায়।

তবে অসুবিধেও আছে। পাঁচুর পায়জামা আর পাঞ্জাবি নেই, মোসাহেবও নেই। বক্তৃতাও সে কস্মিনকালে করেনি। তবে শ্রীপদ হওয়ার জন্য সে নির্জন মাঠে-ঘাটে গিয়ে একা-একাই বক্তৃতা প্র্যাকটিস করতে লাগল। কাজ শক্ত নয়, কিছু কিছু কথা শোনাই ছিল।

তারপর পাশের গাঁ বৃন্দাবনঘাঁটিতে হাটবারে গিয়ে জনসমক্ষে তেলেভাজাওয়ালা বিরিঞ্চিপদর নড়বড়ে টুলটার উপর দাঁড়িয়ে ঠিক শ্রীপদর মতো গলা করে “বন্ধুগণ...” বলে বক্তৃতা শুরু করে দিল। বক্তৃতা হচ্ছে শুনে অনেকেই বিকিকিনি থামিয়ে ভিড়ও করে ফেলল বেশ। পাঁচু দেশের দুর্নীতি, দুর্গতি, অবনতি নিয়ে বেশ গড়গড় করে বলে যাচ্ছিল বটে। কিন্তু সভায় একটু হাসি আর হুল্লোড়ও শোনা যাচ্ছিল। তার কারণ, পাঁচুর পরনে নীল রঙের হাফপ্যান্ট আর গায়ে খাকি রঙের সেই পুরনো শার্টখানা।

তা প্রথমবার আধঘণ্টাটাক বলেছিল বটে পাঁচু। বক্তৃতার শেষটায় একটু গণ্ডগোল হল। বিরিঞ্চিপদ তাকে হাত ধরে টেনে নামিয়ে নিজের টুলখানা নিয়ে যাওয়ায় ভারী অপ্রস্তুত হল পাঁচু। তবে লোকে যথারীতি হাততালি দিয়েছিল। আর আদর্শ বিদ্যাপীঠের বাংলার মাস্টারমশাই বলাইবাবু এসে বললেন, “ওরে, বক্তিমে তো দিলি, কিন্তু তোর যে ব্যাকরণের জ্ঞানই নেই। একান্নটা ভুল শব্দ বলেছিস, ক্রিয়াপদ আর উচ্চারণের দোষ ধরলে তো অগুনতি!”

তা দু’-চারটে এরকম ত্রুটিবিচ্যুতি সত্ত্বেও তার প্রথম বক্তৃতাটা যে উতরে গেছে তা ভেবে পাঁচু বেশ খুশিই হল। এরকম কয়েকবার প্র্যাকটিস করলেই পাঁচুকে নিয়ে হইচই পড়ে যাবে। তখন আর পাঁচুকে পায় কে?

কিন্তু কপালটাই তার খারাপ। পরদিনই দুপুরবেলায় শ্রীপদর দুই চেলা মাধব আর কেলো এসে তাকে ধরল, ‘‘অ্যাই, তুই নাকি বৃন্দাবনঘাঁটিতে হাটের মাঝখানে শ্রীপদদাকে ভেঙিয়ে বক্তৃতা দিয়েছিস? অ্যাঁ, শ্রীপদদাকে নিয়ে ক্যারিকেচার! এত বড় সাহস!’’

তারপর সে কী মার রে বাপ! সারা শরীরে যেন একেবারে তবলালহরা বাজিয়ে গেল। মারের চোটে দিনসাতেক বিছানায় পড়ে থাকতে হল তাকে, তার ঘাড় থেকে শ্রীপদর ভূতও নেমে গিয়েছিল।

ইদানীং সে মন্মথ ভট্টাচার্য হওয়ার চেষ্টায় আছে। মন্মথবাবু অবশ্য বিদ্বান মানুষ। বিপিনচন্দ্র মেমোরিয়াল স্কুলের হেডস্যার ছিলেন। সোজা সটান চেহারা, দিব্যি স্বাস্থ্য, গম্ভীর, কম কথার মানুষ, সবাই তাঁকে খুব শ্রদ্ধাভক্তি করে। গাঁয়ে কোনও সভাসমিতি হলে মন্মথবাবু বাঁধা সভাপতি। রবীন্দ্রজয়ন্তী, নজরুলজয়ন্তী, কিংবা রবীন্দ্র-নজরুলজয়ন্তী কিংবা রবীন্দ্র-নজরুল-ক্ষুদিরাম-নেতাজিসন্ধ্যা, রক্তদান শিবির, শারদীয়া দুর্গোৎসবের শুভ উদ্বোধন কিংবা দ্বারোদঘাটনে মন্মথবাবুকে ছাড়া ভাবাই যায় না। তবে মন্মথবাবুর বক্তৃতাগুলো সাপটে ওঠা কঠিন। মরমী কবি রবীন্দ্রনাথ, বিদ্রোহী কবি নজরুল, ক্ষুদিরামের আত্মদান, নেতাজির অন্তর্ধান, এসব বিষয়ে পাঁচুর তেমন ভাবটাব আসে না। তাই ও চেষ্টা সে করেনি। আপাতত সে শুধু সকাল আর বিকেলে মন্মথবাবুর প্রাতর্ভ্রমণ আর সান্ধ্যভ্রমণটি নকল করার চেষ্টা করছে। মন্মথবাবুর ডান হাতে রুপোর বাঁধানো লাঠি, বাঁহাতে ধুতির কোঁচা, গায়ে গলাবন্ধ কোট, পায়ে মোজা আর পাম্পশু। ঘাড় উঁচু, পিঠ সোজা। হাঁটেন যেন গুলতি থেকে ছিটকে-যাওয়া গুড়ুলের মতো। এই এখন আছেন তো পরক্ষণেই ওই হোথা চলে গেছেন। ক’দিন ধরে মন্মথবাবুর পিছু নিয়ে হাঁটতে গিয়ে হেঁদিয়ে পড়েছে পাঁচু। তাও ভাগ্যিস, হাফপ্যান্টের কোঁচা হয় না, আর লাঠিও পাঁচু এখনও জোগাড় করে উঠতে পারেনি, পাম্পশুও তার নেই, তার পায়ে ছেঁড়া হাওয়াই চপ্পল।

এই সাতসকালে মন্মথবাবুর পিছু নিয়ে একটু দূর থেকে পাঁচু প্রায় দৌড়পায়ে আসছিল। বজরঙ্গবলীর মন্দির অবধি এসে আর পারল না। হ্যা হ্যা করে হাঁফাতে লাগল। উদ্ধববাবু সেই অন্ধকার থাকতে সাতসকালে বাজার করতে বেরিয়েছেন। অত সকালে না বেরোলে তাঁর বাজারে পৌঁছতে বড্ড দেরি হয়ে যায়। এই সকালে বেরিয়েও বেলা বারোটার আগে প্রায় কোনওদিনই বাজারে পৌঁছতে পারেন না। বাজার যে তাঁর বাড়ি থেকে অনেক দূর তাও নয়। বিষ্ণুপদ কানুনগো মেপে দেখেছেন উদ্ধববাবুর বাড়ি থেকে বাজারের দূরত্ব মোট সাতশো সত্তর গজ। অর্থাৎ আধ মাইলের মতো। তবু যে ভোর সাড়ে চারটেয় বেরিয়ে তিনি বেলা বারোটা নাগাদ

বাজারে পৌঁছন, তার কারণ হল, রাস্তায় যত লোকের সঙ্গে দেখা হয়, দু'পাশে যত বাড়ি আছে সকলেরই কুশল সংবাদ নেওয়া, নানা বিষয়ে দু'-চারটে কথা কওয়া, কোন কোন গাছে কেমন ফুল বা ফল হচ্ছে তার খতেন নেওয়া, নেড়ি কুকুর, হুলো বেড়াল, পোষা পাখিদের সম্পর্কেও খোঁজখবর করা তো আছেই। তা ছাড়া, কখনও হয়তো বিদ্যাচরণের সঙ্গে একহাত দাবা খেলে নিলেন, হাই স্কুলের মাঠে ছেলেরা ক্রিকেট খেলছে দেখে মাঠে নেমে একটু খাটান দিলেন, মহেশগয়লা দুধ দুইছে দেখে দাঁড়িয়ে খানিক দুধের ফেনার শুভ্রতা দেখে মুগ্ধ হলেন, আর এইসব করতে গিয়েই দেরিটা হয়ে যায়। তাঁর বউ বলে বলে হয়রান হয়ে এখন অন্য বন্দোবস্ত করেছেন। বাজারের ব্যাপারীরা মাছ আর আনাজ তাঁদের বাড়িতে পৌঁছে দিয়ে পয়সা নিয়ে যায়। উদ্ধববাবু বাজার না করলেও বাড়ির চলে যায়। কিন্তু বাজার না করে উদ্ধববাবু মোটেই থাকতে পারেন না, তা হলে বড্ড আইঢাই হয়।

আজও উদ্ধববাবু সাতসকালেই বেরিয়েছেন বটে। সাড়ে চারটেয় বেরিয়ে এই সকাল ছ'টা নাগাদ বাড়ি থেকে মোট একশো গজ আসতে পেরেছেন। সাতজনের সঙ্গে কুশল বিনিময় হয়েছে। পরেশবাবুর বাড়িতে চা আর বিস্কুট খেয়েছেন, নরেশবাবুর বাড়িতে চারখানা নারকেলের নাড়ু আর জল, খগেনবাবুর বাড়িতে মাখন-টোস্ট দিয়ে এক কাপ কফি আর রমেশবাবুর বাড়িতে দু'গেলাস খেজুরের রস। আরও হবে, পথ এখনও মেলা বাকি।

সাতুবাবুর লাল গাইটার কাল পেট খারাপ করেছিল। তারও একটু খোঁজখবর নিতে গিয়েছিলেন উদ্ধববাবু। দেখলেন, গাই ভাল আছে। সাতুবাবু সেই গোরুর এক গেলাস দুধও খাওয়ালেন তাঁকে। দুধ খেয়ে তেঁতুলতলার পথ ধরে বড় সড়কের দিকে এগোচ্ছিলেন উদ্ধববাবু। সকালবেলায় আজ খাওয়াদাওয়াটা বেশ হয়েছে। মনটা খুশি খুশি লাগছে। তেঁতুলতলার পথটা ভারী নির্জন আর জংলা, রাস্তা বলতে একটা সরু মেটে পথ, দু'ধারে আগাছা আর কাঁটাঝোপের জঙ্গল। দুটো কয়েতবেলের গাছ আছে বাঁ ধারটায়। ক'দিন আগেও দেখেছেন প্রচুর কচি কয়েতবেল ফলেছে। এখন একটাও নেই। গাঁয়ের পাজি ছেলেগুলো ফলপাকুড় মোটে পাকতেই দেয় না। ধীরেসুস্থে চারদিক দেখতে দেখতে, আর সকালবেলার মিঠে রাঙা রোদ আর চারদিককার দৃশ্যাবলী উপভোগ করতে করতে উদ্ধববাবু সড়কের দিকে মোড় ঘুরেই দেখতে পেলেন, বটতলার ছায়ায় একটা ভারী ঢ্যাঙা লোক দাঁড়িয়ে আছে। পরনে একটা ঢোলা পাতলুন গোছের জিনিস, গায়ের কামিজটাও বেজায় ঢলঢলে। দুটোর রংই নীল। মাথায় একটা গোলমতো টুপিও আছে, তবে গায়ে গরম জামা নেই। উদ্ধববাবু লোকটাকে চিনতে পারলেন না। এরকম ঢ্যাঙা কোনও লোকের সঙ্গে তাঁর

পরিচয় নেই।

তবে লোকটাকে দেখে খুশিই হলেন উদ্ধববাবু। নতুন লোকের সঙ্গে কথা কয়ে আরাম আছে। কত কী জানা যায়।

মুখোমুখি হতেই দেখতে পেলেন, লোকটা বেশ ফর্সা, মুখ-চোখ বেশ ভাল, চিনেদের মতো ঝোলা গোঁফ আছে। আর ডান বগলে একটা বড়সড় পোঁটলা আর বাঁ-কাঁধ থেকে একটা ছোট ঢোলের মতো জিনিস দড়িতে ঝুলছে। বয়স পঁচিশ-ছাব্বিশের বেশি নয়।

উদ্ধববাবু একগাল হেসে বললেন, "এ গাঁয়ে নতুন বুঝি?"

ছোকরা একটু ফচকে হাসি হেসে বলল, "তা একরকম নতুনই বলতে পারেন। তবে এককালে আমার ময়নাগড়ে যাতায়াত ছিল।"

"বটে! তা হলে তো তুমি এ গাঁয়ের পুরনো লোকই বটে। বাবার নাম কী বলো তো? কোন পাড়ায় বাড়ি? কাদের ছেলে তুমি?"

ছোকরা তেমনই ফচকে হাসি হেসে বলল, "আন্দাজ করুন তো!"

উদ্ধববাবু বললেন, "দাঁড়াও বাবু, দাঁড়াও। মুখটা বড্ড চেনা-চেনা ঠেকছে! আচ্ছা, তুমি মদন পোদ্দারের ভাগনে নও তো? এইটুকু দেখেছি। ছেলেবেলায় বড্ড বাঁদর ছিলে বাবা। গাছ বাওয়া, ফল-পাকুড় চুরি করা, ঢিল মারা, মারপিট করা, পড়াশুনোয় ফাঁকি, কোন গুণটা না ছিল তোমার! তবে আমি কিন্তু বরাবর বলে এসেছি, 'ওরে মদন, যারা ছেলেবেলায় দুষ্টু থাকে, তারা বড় হয়ে কেষ্টবিষ্টু হয়ে দাঁড়ায়। দেখিস, এ ছেলে এলেবেলে নয়, জজ-ব্যারিস্টার না হয় ডাক্তার-ইঞ্জিনিয়ার হবেই।' তা বাপু, এখন কী করা-টরা হয়?"

ছোকরা ভারী সপ্রশংস চোখে উদ্ধববাবুকে আপাদমস্তক একবার দেখে নিয়ে বলল, "আপনি তো সাংঘাতিক লোক মশাই! আমার সম্পর্কে আপনার অনুমান তো প্রায় মিলেই গেছে দেখছি! বাঃ!"

উদ্ধববাবু আত্মপ্রসাদের হাসি হেসে বললেন, "মিলবে না! লোকে তো পঞ্চমুখে বলে, 'হ্যাঁ উদ্ধবের চোখ আছে বটে, একবার যা দেখে তা বিশ-পঁচিশ বছরেও ভুল হওয়ার জো নেই।'"

"তাই দেখছি।"

"তা মদনের বাড়িতে উঠেছ তো!"

"আজ্ঞে না।"

"কেন বলো তো! মামার সঙ্গে কি বনিবনা হচ্ছে না? নাকি মামি হুড়ো দিচ্ছে! মদনের বউটা অবশ্য একটু কুঁদুলে আছে।"

“মামার বাড়িতে যে উঠিনি তার কারণ আপনি ঠিকই ধরেছেন। বনিবনা নেই। আর মামির ব্যাপারে বোধহয় আপনি খুব একটা ভুল বলেননি। তবে তৃতীয় আর-একটা কারণ আছে।”

উদ্ধববাবু সাগ্রহে গলাটা খাটো করে বললেন, “কী কারণ বলো তো বাপু। ভয় নেই, আমি পাঁচকান করব না।”

“কথা দিলেন তো?”

“মা কালীর দিব্যি।”

“তা হলে চুপিচুপি বলি। কারণটা হল, মদন তপাদার আমার মামা নন।”

“অ্যাঁ! তবে যে মদন তোমাকে ভাগনে বলে পরিচয় দিত! সেটা কি তবে মিথ্যে কথা? কাজটা তো মোটেই ঠিক করেনি মদন!”

ছোকরা ফের একটা ফিচকে হাসি হেসে বলল, “মদন তপাদারকে মোটেই বিশ্বাস করবেন না মশাই। যাকে-তাকে ভাগ্নে বলে চালিয়ে দেন।”

উদ্ধববাবু সাগ্রহে বললেন, “আর কাকে ভাগনে বলে চালিয়েছে বলো তো!”

ছেলেটা ভালমানুষের মতো বলল, “তা অবশ্য আমি জানি না। কারণ, আমি মদন তপাদারকে চিনি না, কস্মিনকালেও দেখিনি।”

উদ্ধববাবু চোখ বড় বড় করে বললেন, “দেখোনি! অ, তা হলে তুমি মদনের সেই ভাগনে নও বোধহয়।”

“আজ্ঞে না। তবে আপনার অনুমান খুব কাছাকাছি গেছে। মদন তপাদার না হলেও আমি কারও-না-কারও ভাগনে তো বটে।”

“তা, সেটা আগে বলতে হয়। তবে তোমার মুখখানা বড় চেনা-চেনা ঠেকছে হে। কোথায় যেন দেখেছি! আচ্ছা, তুমি নিমাইচাঁদের সেই নিরুদ্দেশ নাতি শিবচাঁদ নও তো! আহা, শিবচাঁদ বড় ভাল ছেলে ছিল। সাত-পাঁচে নেই, সাত চড়ে রা কাড়ে না, সাত-সতেরোয় থাকে না, সাতকাহন গল্প ফেঁদে বসে না, সপ্তগ্রামে গলা তুলে চেঁচায় না, আর তাকেই কিনা সাতঘাটের জল খাইয়ে ছাড়লে সাতকড়ি সরখেল। কী না সরখেলের বাবাকেলে পকেটঘড়িটা চুরি গেছে। ওরে বাবা, ঘড়ি কার না চুরি যায়! দুনিয়ায় কি ঘড়িচোরের অভাব আছে! তা সাতকড়ির সন্দেহ গিয়ে পড়ল শিবচাঁদের উপর। কেন, না শিবচন্দ্র নাকি দুপুরে গোবর কুড়োতে এসে সাতকড়িকে টাইম জিজ্ঞেস করেছিল। সুতরাং সাতকড়ির মনে হয়েছে, ও ঘড়ি শিবু ছাড়া আর কেউ সরায়নি। থানা-পুলিশ করে শিবুকে কী হেনস্থাটাই করল সাতকড়ি। সেই দুঃখেই ছেলেটা বিবাগী হয়ে গিয়েছিল। যাক বাবা, এতদিন পর যে ঘরের ছেলে ঘরে ফিরেছ, দেখেই ভারী আনন্দ হচ্ছে হে শিবু। তা আর কোনও চুরির মামলায়

ফেঁসে যাওনি তো বাবা! দাদুর সঙ্গে দেখা করেছ তো! সেই নাক, সেই মুখ, সেই চোখ, ঠিক আগের মতোই আছ বাবা শিবু। তবে সেই শিবু ছিল বেঁটে, তুমি একটু লম্বা। শিবুর গায়ের রং ছিল কালো, তুমি অবশ্য ফর্সাই। শিবুর চুল ছিল সটান, তোমার টুপির ধার দিয়ে যা দেখছি তাতে চুল কোঁকড়া বলেই মনে হচ্ছে। তা হোক, তা হোক, অত ধরতে নেই। দু'-চারটে জিনিস না মিললেও তুমিই যে আমাদের শিবু তাতে সন্দেহের অবকাশই নেই।''

ছোকরা চোখ-নাক কুঁচকে বলল, ''এবারের অনুমানটাও বড্ড কাছাকাছি এসে গেছে মশাই। আপনার দেখার চোখ আছে বটে! দিব্যদৃষ্টি কি একেই বলে!''

''হেঁ হেঁ, কী যে বলো শিবু। ওইটেই আমার দোষও বটে, গুণও বটে। মুখ দেখে পেটের কথা ধরে ফেলতে পারি বলেই অনেকে যেমন আমার সুখ্যাতি করে। তেমনই আবার কারও কারও আঁতেও লাগে। এই তো সেদিন রামগোপাল বটতলায় মুখখানা শুকনো করে বসে ভাবছিল। আমি সটান গিয়ে তাকে বললুম, 'কী রে রেমো, তোর বউয়ের সঙ্গে আজ ঝগড়া হয়েছে তো!' রেমো তো অবাক। বলল, 'কী করে বুঝলেন দাদা! দিন, পায়ের ধুলো দিন।' তা হলে সব ঠিকঠাকই বলেছি তো শিবু? ভুল করিনি তো?''

ছোকরা সবেগে মাথা নেড়ে বলে, ''আজ্ঞে না, ভুল হওয়ার জো-ই নেই। শুনতে শুনতে এখন তো নিজেকে আমার শিবু বলেই মনে হচ্ছে। নিজের গা থেকে আমি একটা শিবু-শিবু গন্ধও পাচ্ছি।''

উদ্ধববাবু হাঁ করে একটু চেয়ে থেকে বললেন, ''তা হলে কি তুমি বলতে চাও যে, তুমি শিবু নও? আপত্তি থাকলে আমি চাপাচাপি করব না। ঘড়িচোরের বদনাম ঘাড়ে নিয়ে শিবু হতে কারই বা ইচ্ছে থাকে। বলি, পরাণ মণ্ডলের মেজোছেলে প্রাণকৃষ্ণ কি না জিজ্ঞেস করলেও তুমি হয়তো বলে বসবে, প্রাণকৃষ্ণকেও তুমি চেনো না। তা প্রাণকৃষ্ণ তো আর ঘড়ি চুরি করেনি। দোষের মধ্যে তার একটু থিয়েটার করার শখ ছিল। চেহারাখানাও বেশ নাদুসনুদুস। শেষে মুম্বই গিয়ে জুটেছিল সিনেমায় নামবে বলে। ইদিকে আমরা গাঁসুদ্ধু লোক সিনেমার পরদায় তার দেখা পাব বলে আশপাশের শহরে গিয়ে রাজ্যের হিন্দি সিনেমা দেখতে লাগলাম। কোনওটাতেই প্রাণকৃষ্ণ নেই। মুরগিহাটার কুশচন্দ্র অবশ্য বলেছিল, কোনও একটা সিনেমায় নাকি নারদের রোলে এক মিনিটের জন্য তাকে দেখিয়েছে। তবে নারদের যা বিচ্ছিরি দাড়িগোঁফ, তাতে কুশচন্দ্রের ভুলও হতে পারে। ফরসাগঞ্জের ফটিক খুব জোর দিয়ে বলেছিল, সে নাকি প্রাণকৃষ্ণকে 'পিয়াস লাগি' ছবিতে একটা চাকরের পার্ট করতে দেখেছে। সিনেমায় প্রাণকৃষ্ণের নাম হয়েছে 'প্রাণকুমার'। কিন্তু ফটিক দিনেদুপুরে মিথ্যে কথা বলে। তা

সে যাই হোক, প্রাণকৃষ্ণের কোনও খবর সেই থেকে আর পাওয়া যায়নি। তোমাকে দেখে আমার খুব সন্দেহ হচ্ছে, আমাদের সেই প্রাণকৃষ্ণই ফিরে এল কি না! কী হে বাপু, শুনে যে মুখখানা একেবারে শুকিয়ে গেল! ওরে বাপু, ঘাবড়ানোর কী আছে? সত্যি কথাটা যদি বলেই ফেলো, তা হলে তো আর আমি লোককে বলে বেড়াব না। আমরাও তো জানি ফিল্মস্টারদের কত হ্যাপা সামলাতে হয়। অটোগ্রাফ দাও রে, সঙ্গে দাঁড়িয়ে দাঁত কেলিয়ে ফোটো তোলো রে, এ পেন্নাম করে তো ও ছুঁয়ে দেখে, রক্তমাংসের মানুষ কি না। তা বাপু, তোমার কোনও ভয় নেই, তুমি যে ফিল্মস্টার তা কাকপক্ষীতেও জানবে না। কথা দিচ্ছি। আমাদের সেই প্রাণকৃষ্ণ এত বড় কেউকেটা হয়েছে, এ তো তল্লাটের মস্ত গৌরব!''

ছেলেটা একটা দীর্ঘশ্বাস ফেলে বলল, ''ধরে যখন ফেলেছেনই, তখন লুকিয়ে আর কী লাভ খুড়োমশাই। আপনার চোখকে ফাঁকি দেওয়ার এলেম আমার নেই। তবে কিনা আমাকে ফিল্মস্টার বলাটা একটু বাড়াবাড়ি হয়ে যাচ্ছে। প্রাণকৃষ্ণ বলুন, আপনি গুরুজন, মাথা পেতে মেনে নেব। কিন্তু ফিল্মস্টার বললে আসল ফিল্মস্টাররা ভারী অপমান বোধ করবেন!''

''বটে! তা হলে কি তুমি ফিল্মস্টার হতে পারোনি হে প্রাণকৃষ্ণ?''

''আজ্ঞে না।''

''কুলাঙ্গার! কুলাঙ্গার! আমরা হাপিত্যেশ করে এতকাল বসে রইলাম তোমাকে সিনেমায় দেখব বলে, তা সেটা পেরে উঠলে না? ছিঃ ছিঃ, লোকের কাছে মুখ দেখাবে কেমন করে?''

''আজ্ঞে, সেই জন্যই তো আড়ালে আবডালে মুখ লুকিয়ে ঘুরে বেড়াচ্ছি।''

''অপদার্থ আর কাকে বলে! ওরে আহাম্মক, ফিল্মস্টার হতে কী এমন হাতিঘোড়া লাগে বল তো! ক্যামেরার সামনে একটু নাচগান, একটু ফাইট আর ডায়লগ হাঁকড়ে যাওয়া। এও পেরে উঠলে না?''

ছেলেটা ভারী কাঁচুমাচু হয়ে বলে, ''সবার কি সব হয় খুড়োমশাই? ফিল্মস্টার হতে পারিনি, প্রাণকৃষ্ণও হতে পারব কি না জানি না। প্রাণকৃষ্ণ হতে চাইলেই তো হবে না, প্রাণকৃষ্ণ এবং তার বাবা-মা, তস্য আত্মীয়স্বজন ও বন্ধুবান্ধবাদি নানারকম আপত্তি তুলতেই পারে। থানা-পুলিশ হওয়াও সম্ভব। ভেবে দেখুন, এত সব ফ্যাঁকড়ায় আপনিও জড়িয়ে পড়তে চান কি না।''

উদ্ধববাবু একটা দীর্ঘশ্বাস ছেড়ে বললেন, ''প্রাণকৃষ্ণ না হয় নাই হলে, তা বলে তুমি লোকটা আসলে কে, তাও তো জানা দরকার হে! গাঁয়ে একটা উটকো লোক হঠাৎ উদয় হলে চারদিকে একটা কানাকানি, ফিসফাস শুরু হবে না? চাই কী,

দাঙ্গাহাঙ্গামাও বেধে যেতে পারে। এই তো বছর তিনেক আগে এক মস্ত জটাজূটধারী সাধু এসে থানা গেড়েছিল বটতলায়, সঙ্গে গুটিদুই চেলা। পরে শোনা গেল, সে নাকি স্পাই। দিনকাল তো ভাল নয় হে। তাই বলছি, ঝেড়ে কেশে ফেলো। তোমাকে আমার বড্ড চেনা-চেনা ঠেকছে কেন কে জানে!''

''জন্মান্তর মানেন খুড়োমশাই?''

''কেন বাবু, জন্মান্তর মানব না কেন? আমাদের রামহরি গুণ মস্ত তান্ত্রিক। ভৃগুর গণনায় একেবারে সিদ্ধবাক। কে আগের জন্মে কী ছিল, তা গড়গড় করে বলে দেয়। তোমাকে চুপিচুপি বলছি, কাউকে বোলো না, আমাদের মন্মথবাবু নাকি আগের জন্মে কুমির ছিলেন। আমার কেমন যেন আগে থাকতেই তা মনে হত। আমার সেজো ছেলে পল্টুকে যখন ক্লাস এইটে তিনবার ফেল করিয়ে দিয়েছিলেন, তখনই আমার মন বলছিল, উনি কুমির না হয়ে যান না। কুমির নাগালে পেলে তোমাকে কিছুতেই ডাঙায় উঠতে দেবে না, ঠ্যাং কামড়ে হিড়হিড় করে জলে নামাবেই কি নামাবে। দিল আমার পল্টুকে ডাঙায় উঠতে? এই যে পশুপতিবাবুর কাছ থেকে পঞ্চাশ টাকা হাওলাত নিয়েছিলাম, চণ্ডীমণ্ডপে মাতব্বরদের সামনে কী অপমানটাই করলেন আমাকে। তা তিনি আগের জন্মে কী ছিলেন জানো? চুম্বক লোহা। চুম্বক লোহা আশপাশের সব জিনিস টেনে রাখে, উনিও তাই, ওয়ান পাইস ফাদার মাদার। তা বাপু, জন্মান্তরের কথাটা উঠছে কেন?''

ছোকরা মিষ্টি হেসে বলল, ''না, ভাবছিলাম, আপনার সঙ্গে হয়তো আমার আগের জন্মে পরিচয় ছিল, তাই আমাকে আপনার এত চেনা-চেনা ঠেকছে।''

''উঁহু, তুমি আমাকে যত বোকা ঠাউরেছে, আমি তত বোকা নই হে। আমার স্মৃতিশক্তি অতি চমৎকার। এই পঁয়ষট্টি বছর বয়সেও সতেরোর ঘরের নামতা বলে যেতে পারি।''

''ওরে বাবা, সে তো খুবই শক্ত কাজ খুড়োমশাই!''

''তাই তো বলছি হে, আমাকে ফাঁকি দেওয়া অত সোজা নয়।''

ছেলেটা আমতা আমতা করে বলল, ''তাই তো! বড্ড মুশকিলে ফেললেন দেখছি!''

''কেন হে বাপু, নাম-ধাম-পরিচয় বলে ফেললেই তো হয়।''

''নামটা বড় গোলমেলে। ভাবছি, আপনার যদি বিশ্বাস না হয়, পিতৃদত্ত নাম, ফেলেও দিতে পারি না।''

''আহা, নাম কি কেউ ফেলে? ও কি ফেলার জিনিস? বাপ-পিতেমোর দেওয়া নাম পরম শ্রদ্ধার সঙ্গে বলতে হয়। নাও, বলে ফেলো, ফেললেই দেখবে ল্যাঠা চুকে যাবে।''

''আজ্ঞে না খুড়োমশাই, নতুন ল্যাঠাও উপস্থিত হতে পারে।''

''কেন হে বাপু, তোমার নামে কি হুলিয়া আছে?''

''বিচিত্র নয়। গুজব শুনেছি, অনেকে নাকি আমাকে খুঁজে বেড়াচ্ছে।''

''ও বাবা! তা তুমি করেছটা কী?''

''সে বলতে গেলে মহাভারত। কাজ কী আপনার ওসব শুনে?''

''বলি চোর, ডাকাত বা খুনি নও তো?''

ছেলেটা একটা দীর্ঘশ্বাস ফেলে বলল, ''সে হলেও তো ভাল ছিল খুড়োমশাই। আজকাল তো দেখতে পাই, চোর-ডাকাত-খুনিদের বেজায় নামডাক আর বোলবালাও। তারাই সব মুরুব্বি-মাতব্বর কেষ্টবিষ্টু হয়ে বসে আছে।''

''যা বলেছ বাবা, একেবারে প্রাণের কথাটি। এই যে আমাদের ময়নাগড়ের মাতব্বর মহাদেব বিশ্বাস, দেখলে মনে হবে দেশের দরদে প্রাণ উথলে উঠছে। বললে পেত্যয় যাবে না, আঠারোখানা খুনের মামলা ছিল ওর নামে। ওই যে বিষ্ণু সাঁতরা, গাঁয়ে উন্নতির নামে সরকারি যে টাকা আসে, তা ফাঁক করে তেতলা বাড়ি করে ফেলল চোখের সামনে। আরও শুনবে? রাত ভোর হয়ে যাবে কিন্তু!''

''আজ্ঞে, তবে থাক।''

''তা তোমার অপরাধটা কী?''

''আজ্ঞে, বললে বিশ্বাস যাবেন না, আমার অপরাধ হল, আমি ম্যাজিক দেখাই।''

''ম্যাজিক দেখাও, বটে? তা সে তো খুব ভাল জিনিস হে! তাতে দোষের কী?''

''সেইটেই তো বুঝতে পারছি না খুড়োমশাই। তবে অনেকেই আমাকে ভাল চোখে দেখে না।''

''না হে বাপু, এ বড় হেঁয়ালি ঠেকছে। ম্যাজিকের মধ্যে আবার গণ্ডগোলটা কীসের? ম্যাজিক মানে তো হাতসাফাই আর একটু হিপনোটিজম। ও তো স্রেফ মজা ছাড়া কিছু নয়।''

''ওখানেই তো মুশকিল। আমার ম্যাজিকে অনেকে মজাটা খুঁজে পাচ্ছে না। তারা আমার গর্দান নেওয়ার জন্য হন্যে হয়ে খুঁজে বেড়াচ্ছে।''

''এটা তো খুব অন্যায় কথা হে!''

''আজ্ঞে, কলিযুগে ন্যায়টা আর দেখছেন কোথায় বলুন।''

''সেও ঠিক কথা। কিন্তু ম্যাজিশিয়ানের গর্দান কেন চাওয়া হচ্ছে সেটাই বুঝতে পারছি না। থাক গে, তোমার নামটা শুনি।''

"শুনে বিশ্বাস হবে তো আপনার?"

"খুব হবে, খুব হবে। আমার খুড়তুতো এক শ্যালক আছে, তার নাম পর্বত। আমার এক মাসতুতো দিদি আছে, তার নাম পেতনি।"

"বাঃ, তবে তো আপনার অভ্যাস আছেই। আমার নাম হিজিবিজি।"

উদ্ধববাবু একটু হাঁ করে চেয়ে রইলেন। তারপর বললেন, "ঠিক শুনেছি তো বাপু? আমার কানের কোনও দোষ হয়নি তো!"

ভারী লাজুক মুখে ছেলেটা বলল, "এতক্ষণ তো আপনার কান ঠিক মতোই কাজ করেছে, তাই না?"

"তা বটে।"

"দোষ নেবেন না খুড়োমশাই, আমি তো আগেই আপনাকে সাবধান করেছিলাম।"

উদ্ধববাবু একটা দীর্ঘশ্বাস ফেলে বললেন, "তা নামটাকে খারাপও বলা যাচ্ছে না, বেশ নতুন ধরনের নাম। তা বাপু হিজিবিজি, তুমি কি এই নামেই ম্যাজিক দেখাও? তোমার বাবা কি এই নামেই তোমাকে ডাকেন? যদি একদিন তোমার দেশজোড়া নাম হয় তখনও কি এই নামই বহাল থাকবে?"

"উপায় কী বলুন। এই নামেই যে সবাই আমাকে চেনে।"

"তা বাপু হিজিবিজি, তোমার বাবা এই মোক্ষম নামটা পেলেন কোথা থেকে?"

"শুনলে হাসবেন খুড়োমশাই, ছেলেবেলায় খুব দুষ্টু ছিলাম তো। সর্বদাই অকাজ-কুকাজ করে বেড়াতুম। বাবা আমাকে দেখিয়ে লোককে বলত, 'হি ইজ বিজি।' সেই থেকেই লোকে হিজিবিজি বলে ডাকতে শুরু করে। শেষে এই নামটাই আমার সঙ্গে সেঁটে গেল।"

উদ্ধববাবু ভারী খুশি হয়ে বললেন, "এইবার বুঝলুম, বাঃ এই তো হিজিবিজি একেবারে পরিষ্কার হয়ে গেল। তা বাবা হিজিবিজি, তুমি কি ম্যাজিক দেখানোর মতলবেই ময়নাগড়ে এসে জুটেছ?"

মাথা নেড়ে একটু হেসে হিজিবিজি বলে, "না খুড়োমশাই, ম্যাজিক আমার মাথায় উঠেছে। আমি এসেছি বিপদে পড়ে। গত সাতদিন ধরে এক জায়গায় দু'রাত্তির থাকতে পারিনি।"

"কেন বাপু, কেন?"

"চারদিকে আমার খোঁজ হচ্ছে যে!"

"কারা খুঁজছে তোমাকে? তারা কি খারাপ লোক?"

"সবাইকে খারাপ বলি কী করে বলুন! ধরুন পুলিশ, মিলিটারি, ইন্টারপোল,

আন্তর্জাতিক গুন্ডা কে না খুঁজছে আমাকে। সবাই তো আর খারাপ লোক নয়।''

''তা হলে গা-ঢাকা দিতে এসেছ নাকি? সে গুড়ে বালি। এখানে কারও পেটের কথা গোপন থাকে না। মাঝরাত্তিরে হয়তো তোমার কান কটকট করেছিল, সকালে উঠে দেখবে সারা তল্লাটে তাই নিয়ে আলোচনা হচ্ছে। তোমাকে কী বলব বাবা, মা মরার সময় দশটা মোহর তার বাক্স থেকে বের করে আমাকে দিয়ে বলেছিল, ''সাবধানে লুকিয়ে রাখিস।'' তা আমি নিশুতি রাতে সেই মোহর অন্ধকারে বসে বালিশের সেলাই খুলে তার মধ্যে ঢুকিয়ে ফের সেলাই করে দিই। আগাগোড়া অন্ধকারে কাজ করতে হয়েছিল, তাতে বারদশেক ছুঁচের খোঁচা খেতে হয়েছিল হাতে। এত সাবধান হওয়া সত্ত্বেও পরদিন সাত্যকিবাবুর সঙ্গে দেখা হতেই গম্ভীর মুখে বললেন, ''মাসিমার দেওয়া মোহরগুলো বালিশে ভরে রাখা কি নিরাপদ হল মশাই?'''

''আশ্চর্য তো!''

''এ আর আশ্চর্যের কী। বাজারের মাছওলা নিতাই একগাল হেসে বলল, 'উদ্ধববাবু, চোর তো বালিশটাই হাপিশ করে দেবে মোহরসুদ্ধু! না না, ও আপনার বড্ড কাঁচা কাজ হয়েছে।' সনাতন পাল বলল কী জানো? বলল, 'আহা বালিশের বাঁ-কোণে যে মস্ত একটা ছেঁড়া জায়গা রয়েছে উদ্ধববাবু, লক্ষ করেননি? চুরি যদি নাও যায়, ফুটো দিয়ে পড়েও তো যেতে পারে।' তবেই বোঝো, ময়নাগড় কেমন জায়গা। এখানে লুকোছাপা ব্যাপারটাই নেই। সবাই সবাকার হাঁড়ির খবর জেনে যায়। আমার তো মনে হয় ময়নাগড়ের কুকুর, বেড়াল, পাখি-পক্ষী, পোকামাকড়, অবধি খবর ছড়িয়ে বেড়ায়।''

হিজিবিজি ভাবিত হয়ে বলল, ''তা হলে তো মুশকিল হল খুড়োমশাই!''

''তুমি বরং বৃন্দাবনঘাঁটি বা তালপুকুরে চেষ্টা করে দেখো, এখানে সুবিধে হবে না।''

''আচ্ছা, তা হলে আসি খুড়োমশাই।''

''এসো গিয়ে।'' বলেই উদ্ধববাবু হাঁ। গাছতলায় দাঁড়ানো হিজিবিজি একটুও নড়ল না, চড়ল না, দাঁড়িয়ে থেকেই যেন হঠাৎ বাতাসে মিলিয়ে গেল। ঘটনাটা এত তাড়াতাড়ি চোখের পলকে ঘটে গেল যে, উদ্ধববাবু ব্যাপারটা বুঝতে না পেরে বেকুবের মতো কিছুক্ষণ চেয়ে রইলেন। তারপর হঠাৎ ''ওরে বাবা রে! ভূত! ভূত! ভূ...'' বলে চেঁচাতে চেঁচাতে দৌড় লাগালেন।

দুই

ময়নাগড় বাজারের লোকজন ভারী অবাক হয়ে দেখল সকাল সোয়া সাতটায় উদ্ধববাবু হাঁফাতে হাঁফাতে এসে বাজারে ঢুকছেন। কয়েকজন হাততালি দিয়ে তাঁকে অভিনন্দন জানাল। স্কুলের ইংরেজির মাস্টারমশাই তাড়াতাড়ি কবজির ঘড়িটা কানে তুলে দেখলেন, সেটা বন্ধ হয়ে গেছে কি না। জগদীশ হালুইকর তার জামাই গোপালকে ডেকে বলল, "উদ্ধববাবুটা বোধহয় পাগলই হয়ে গেল রে!" গাঁয়ের বিখ্যাত দৌড়বীর পটল বলল, "ওঃ, এই বয়সেও যা দৌড়টা দিলেন জেঠু, যৌবনে নিশ্চয়ই অলিম্পিকে গেলে মেডেল আনতেন।" উদ্ধববাবু রাজু দাসের দোকানের সামনে বেঞ্চে বসে হ্যা হ্যা করে হাঁফাতে লাগলেন, কথা কওয়ার মতো অবস্থা নেই। শুধু তার মধ্যেই বারকয়েক "হিজিবিজি... হিজিবিজি...ভূ... ভূত..." বলে হাল ছেড়ে দিলেন। রাজু তাড়াতাড়ি টিউবঅয়েল থেকে জল এনে এই শীতে তাঁর মাথায় থাবড়াতে লাগল।

নয়নপুরের জমিদার সিদ্ধেশ্বরবাবু বললেন, "উদ্ধব কিছু একটা বলবার চেষ্টা করছে মনে হয়। কী বলছে বলো তো?"

রাজু বলল, "উনি বলতে চাইছেন যে, উনি ভূত দেখেছেন। হিজিবিজি ভূত।"

সিদ্ধেশ্বর চিন্তিত গলায় বললেন, "আহা, সকালবেলাটায় ভূত কোথা থেকে আসবে। এ সময়ে তাদেরও বিষয়কর্ম, প্রাতঃকৃত্যাদি থাকে।"

নরহরি ঘোষ মাথা নেড়ে বলে, "না মশাই, সায়েন্সে পরিষ্কার বলা আছে, ভূতেরা প্রাতঃকৃত্য, আচমন, স্নান, ভোজন এসব করে না। তবে সায়েন্সে বলা আছে, রোদ হচ্ছে ভূতের সবচেয়ে বড় শত্রু। গায়ে রোদ পড়লেই ভূত গায়েব। কাজেই বিজ্ঞানের নিয়মানুসারে উদ্ধববাবুর পক্ষে সকালবেলায় ভূত দেখা সম্ভব নয়।"

সিদ্ধেশ্বর বললেন, "আহা, ও তো নিজেই বলছে ভূত নয়, হিজিবিজি দেখেছে।"

"হিজিবিজি নয় সিদ্ধেশ্বরবাবু, উদ্ধববাবু বলতে চাইছেন, ইজি, বি ইজি। অর্থাৎ সব ঠিক আছে, তোমরা স্বাভাবিক হও।"

পশুপতিবাবু মাথা নেড়ে বললেন, "হল না হে, হল না। ইজি, বি ইজি মানে হল গিয়ে... দাঁড়াও বলছি, পেটে আসছে মুখে আসছে না... সে যাক গে, তবে রোদ উঠলে ভূত উবে যায় ও কথাটাও ঠিক নয়। শীতকালে জমাট নারকেল তেল যেমন রোদে রাখলে গলে যায়, তেমনই রোদে ভূতও গলতে থাকে!"

নরহরি ঘোষ খিঁচিয়ে উঠে বলল, "বলি এ প্লাস বি হোল স্কোয়ারের ফরমুলা জানো?"

পশুপতিবাবু জানেন না, তাই তিনি শুকনো মুখে পিছিয়ে দাঁড়ালেন।

নরহরি বুক চিতিয়ে বলল, ''তা হলে ফটফট করতে আসো কেন?''

ব্যায়ামবীর গদাধর মাসল দেখানোর জন্য শীতেও হাফপ্যান্ট আর স্যান্ডো গেঞ্জি গায়ে দিয়ে ঘুরে বেড়াচ্ছে। সে গম্ভীর গলায় বলল, ''উদ্ধববাবু যে ভূত দেখেছেন তাতে সন্দেহ নেই। তেঁতুলতলার বেঁটে ভূতের কথা সবাই জানে। আর নরহরিবাবুকে বলি, রোদ লাগলে ভূত গায়েব, এ কথা যদি কেউ বলে থাকে, তাকে আমার কাছে নিয়ে আসবেন তো, দুই রদ্দায় তার ঘাড় ভেঙে দেব। রোদে যদি ভূত গায়েব হয়ে যায়, তা হলে শাস্ত্রে কি মিথ্যে কথা বলেছে যে, ঠিক দুক্‌কুরবেলা ভূতে মারে ঢেলা!''

এ কথায় বেশ জনসমর্থন পাওয়া গেল। নরহরি ঘোষ আর উচ্চবাচ্য করলেন না। কারণ, তিনি ব্যায়ামবীর গদাধরকে একটু সমঝে চলেন।

নিধুবাবু বলে উঠলেন, ''ও হো, তেঁতুলতলার বেঁটে ভূতের কথা বলছ তো! ও তো বক্কেশ্বর। তা বাপু, সত্যি কথা বললে বলতে হয়, বক্কেশ্বর ভারী নিরীহ, ভিতু আর লাজুক ভূত। জনসমক্ষে কখনও বেরোয় না। কেউ দেখে ফেললে লজ্জা পেয়ে, জিভ কেটে 'সরি' বলে সরে যায়।''

এক কেজি করলা কিনে গামছায় বেঁধে রামশরণ এসে দাঁড়িয়ে মন দিয়ে সব কথা শুনছিল। সে বলল, ''হাঁ হাঁ, উ বাত ঠিক আছে। বকাসুর পিরেতকে আমি ভি চিনি। উ তো উমদা ভূত আছে। আমি তো উসকো খইনি ভি খিলায়েছি।''

এমন সময় চারদিকে একটা হুড়োহুড়ি পড়ে গেল। দারোগা নীলমাধব রায় রোঁদে এসেছে। তাকে অবশ্য নিজের হাতে বাজার করতে হয় না। ব্যাপারীরাই তার বাড়িতে মাছ, মাংস, সবজি, দুধ, ঘি, ডিম সব পৌঁছে দিয়ে আসে। তবে কর্তব্যবশে সে বাজারে এসে সব ঠিকঠাক আছে কি-না দেখে যায়।

উদ্ধববাবুর খবর শুনে নীলমাধব দৃপ্ত পদক্ষেপে এগিয়ে এল। তার বিশাল চেহারা। যেমন লম্বা, তেমনই চওড়া। তবে চেহারাটা বড় থলথলে। বাজখাঁই গলায় সে হাঁক দিল, ''এখানে শোরগোল কীসের? কী হয়েছে?'' নীলমাধবের সঙ্গে দশ-বারোজন সেপাই। তারা লাঠি আনসাতে-আনসাতে ভিড় হঠিয়ে দিতে লাগল, ''হঠো, হঠো, বড়বাবুর আসবার রাস্তা করো।''

নীলমাধব সামনে এসে দাঁড়িয়ে বলল, ''কী হয়েছে উদ্ধববাবু?''

উদ্ধববাবুর হাঁফটা একটু কমেছে। কাহিল মুখে বললেন, ''ওফ, খুব জোর প্রাণে বেঁচে গেছি বড়বাবু।''

নীলমাধব হাঁক মেরে বলল, ''ওরে ষষ্ঠীচরণ, নোটবই বের কর, জবানবন্দি নে।

হ্যাঁ, এবার বেশ গুছিয়ে বলুন তো, ঠিক কী ঘটেছে।”

উদ্ধববাবু বেশ গুছিয়েই বললেন। ভূত হলেও হিজিবিজি যে অন্যান্য ভূতের মতো এলেবেলে ভূত নয়, সেটাও বুঝিয়ে ছাড়লেন।

নীলমাধব ভ্রু কুঁচকে সব শুনল।

তারপর বলল, “দেখুন, দিনের বেলায় আমি ভূতে বিশ্বাস করি না। তবে রাতের বেলায় অন্য কথা। যাই হোক, এখন আমি আপনার গল্পে বিশ্বাস করছি না। আমার মনে হচ্ছে আপনি একজন ডেনজারাস ক্রিমিনালের পাল্লায় পড়েছিলেন। সে মোটেই অদৃশ্য হয়ে যায়নি, গা ঢাকা দিয়েছে। হিজিবিজি তার আসল নাম হতে পারে না, ছদ্মনাম। এই ঘটনা থেকে মনে হচ্ছে, ময়নাগড় আর আগের মতো শান্তশিষ্ট জায়গাটি নেই। বিপদের কালো মেঘ ঘনীভূত হচ্ছে।”

নীলমাধব তার সেপাইদের অকুস্থল মার্চ করার হুকুম দিল। তারপর বেঞ্চের উপর দাঁড়িয়ে জনগণের উদ্দেশে জলদগম্ভীর গলায় বলল, “ভাইসব, বন্ধুগণ, প্রিয় দেশবাসী, মা, বোন, ভাইয়েরা, বয়োবৃদ্ধ, বয়োবৃদ্ধা, নাবালক, নাবালিকা, যুবক ও যুবতীবৃন্দ, কমরেডগণ, আমার সহযোদ্ধা এবং সহমর্মীগণ, সংগ্রামী শ্রমিক, কৃষক, মজদুর, আপামর নগর ও ভারতবাসী, প্রবাসী ও অনাবাসী, সবাইকেই জানাই আমার বিপ্লবী ও সংগ্রামী অভিনন্দন। আপনারা হয়তো জানেন না, ময়নাগড়ের শান্ত প্রাকৃতিক পরিবেশ, এই স্বপ্নিল ছবির মতো গ্রামে, যেখানে বারো মাসে তেরো পার্বণ, যেখানে গান গেয়ে বাউল নেচে বেড়ায়, যেখানে গান গেয়ে ধান কাটে চাষা, যেখানে পায়ের নীচে দূর্বা কোমল, মাথার উপর নীল আকাশ, যেখানে গাছে গাছে থরে বিথরে ফুল ফল ধরে আছে, যেখানে গাঙের জলে ঝিলিমিলি ঢেউ খেলে যায়, মাঝির গলায় শোনা যায় ভাটিয়ালি গান, যেখানে খেতভরা ফসল, মরাই ভরা ধান, গোয়ালভরা গোরু, যেখানে মানুষের মুখে হাসি আর ধরে না, সেই ময়নাগড়ে বিপদের সংকেত এসে পৌঁছেছে। আপনারা চারদিকে ছড়িয়ে পড়ুন, চারদিকে নজর রাখুন, সন্দেহভাজন কাউকে দেখতে পেলেই থানায় খবর দিন। এর জন্য আপনাদের হয়তো পুরস্কারও দেওয়া হবে।”

নন্দগোপাল পশুপতিকে ঠেলা দিয়ে বললেন, “এ কোন জায়গার কথা বলছে বলো তো!”

“ঠিক আঁচ করতে পারছি না। বিলেতেও বোধহয় ময়নাগড় বলে কোনও জায়গা আছে।”

“না, বিলেত নয়। তবে সুইজারল্যান্ডে হলেও হতে পারে।”

নীলমাধবের ভাষণ শেষ হওয়ার পর ফের বাজারের বিকিকিনি শুরু হল।

পাঁচুর মনটা ভাল নেই। এইসব গণ্ডগ্রাম থেকে অনেক দূরে হেলাবটতলার পাথরের উপর চুপচাপ বসে ভাবছিল সে। আজ হঠাৎ সে বুঝতে পারছে, পাঁচু হয়ে জন্মানোটাই তার ভুল হয়েছে। তাকে কেউ পোছে না, পাত্তা দেয় না, খাতির করে না, বসে তার সঙ্গে কেউ দুটো কথা অবধি কয় না। এমনকী তার নিজের বাড়িতেও তাকে কেউ যেন দেখেও দেখতে পায় না। বরাবর তাকে লোকে বোকা, গাধা ইত্যাদি বলে এসেছে। স্কুলের মাস্টারমশাই একবাক্যে বলতেন, ‘‘তোর কিছু হবে না।’’

মানুষের মতো মানুষ হয়ে উঠতে না পারলে বেঁচে থেকে লাভ কী? কিন্তু এই মানুষের মতো মানুষ হওয়ার কথাতেই সে মুশকিলে পড়ে যায়। দুনিয়ায় তো হরেক কিসিমের মানুষ। কোন মানুষটার মতো মানুষ হলে ভাল হয় সেটাও তো বোঝা দরকার। তাই আজ বসে গম্ভীর হয়ে খুব ভাবছে পাঁচু।

কে একটা লোক এসে তার পাশটিতে বসে বলল, ‘‘এ জায়গাটাই তো ময়নাগড়, নাকি হে?’’

পাঁচু আড়চোখে লক্ষ করল, লোকটা বেজায় ঢ্যাঙা, খুব ফর্সা, গায়ে ঢোলা পোশাক আর পোঁটলাপুঁটলি আছে। ফিরিওলাই হবে বোধহয়।

ছেলেটাকে পাঁচুর খারাপ লাগল না। তবে তার মনটা ভাল নেই বলে খুব উদাস গলায় বলল, ‘‘এ হল ময়নাগড়।’’

ছেলেটা খুব মিষ্টি করে জিজ্ঞেস করল, ‘‘তুমি কে ভাই?’’

পাঁচুর সঙ্গে এত মিষ্টি করে কেউ কখনও কথা বলে না। তাই তার ভিতর থেকে একটা দীর্ঘশ্বাস বেরিয়ে এল। সে একটু নড়েচড়ে বসে বলল, ‘‘আমি হলুম পাঁচু, এ গাঁয়ের সবচেয়ে বোকা লোক।’’

ছেলেটা চোখ কপালে তুলে বলে, ‘‘অ্যাঁ! বলো কী? তুমি যে বোকা তা বুঝলে কী করে?’’

‘‘বোকা না হলে আমার আজ অবধি কিছু হল না কেন বলো তো! ক্লাস এইটে ফেল্টু মেরে লেখাপড়ায় ইস্তফা দিতে হল। বাপ, মা, দাদা, দিদি, মাস্টারমশাইরা সবাই বলতেন, ‘‘তোর কিছু হবে না।’’ ভারী রাগ হল, বুঝলে! লেখাপড়া হল না বলে খারাপ লোক হওয়ার জন্য খুঁজে খুঁজে পলাশপুরের জঙ্গলে গিয়ে হাবু ডাকাতের সাঙাত হওয়ার চেষ্টা করলাম। দু’-চারদিন তালিম দেওয়ার পর হাবু বলল, ‘‘ওরে, তোর লাইন এটা নয়। যা বাপু, ঘরের ছেলে ঘরে ফিরে যা।’’ কিছুদিন তক্কে-তক্কে থেকে একদিন টকাইচোরকে গিয়ে ধরে পড়লুম। তা টকাই ফেলল না। যত্ন করে বিদ্যে শেখাতে লাগল। মাসখানেক পরে হাল ছেড়ে দিয়ে মাথা নেড়ে বলল, ‘‘না

রে পাঁচু, এ জিনিস তোর হবে না। ভাল চোর হতে গেলে একটু মাথা চাই রে। চালাক-চতুর-চটপটে না হলে চুরি-বিদ্যা কি শেখা যায়?'' তারপর এর, ওর, তার মতো হওয়ার অনেক চেষ্টা করেছি। কিন্তু মেহনতই সার হল, যে পাঁচু সেই পাঁচুই রয়ে গেলাম। আজ সকাল থেকে নিজেকে বেজায় বোকা বোকা লাগছে। মনে হচ্ছে বুদ্ধিটা আরও একধাপ নেমে গেছে।''

''তা হলে তো তোমার সময়টা খারাপই যাচ্ছে।''

''খুব খারাপ, বেঁচে থাকতেই ইচ্ছে করছে না। মরতেই ইচ্ছে যাচ্ছে, বুঝলে! কিন্তু সনাতনদাদুর অবস্থা দেখে মরতেও ভয় ভয় করছে।''

''সনাতনদাদুটা আবার কে?''

''সে তুমি চিনবে না। আমি তো সারা গাঁয়ে টহল দিয়ে বেড়াই, আনাচ-কানাচ, কোনা-খামচি সব চিনি। ময়নাগড়ের বৃত্তান্ত আমার মতো কেউ জানে না। গাঁয়ের শেষে পেতনির জলা বলে একটা মস্ত মজা দিঘি আছে, জানো তো! ধারে ফলসা বন, সেটা পেরিয়ে গিয়ে মজা দিঘির উপরে গহিন জঙ্গলের মধ্যে কয়েকটা উঁচু উঁচু ঢিবি আছে। তা, সেইসব ঢিবির একটাতে গিয়ে আমি বসে থাকতাম দুপুরবেলায়। একদিন বসে আছি, চারদিকে ঝাঁ ঝাঁ করছে চোতমাসের দুপুর, হঠাৎ যেন কাছেপিঠে একটা দরজার হুড়কো খোলার শব্দ হল। ভারী অবাক হলাম। এই জঙ্গলে তো বাড়িঘরের চিহ্নমাত্র নেই, তবে দরজা খোলে কে? তখন নীচের দিকে তাকিয়ে দেখি, ঢিবির তলার দিকে একটা পুরনো কেলে দরজার কানা একটু ফাঁক করে একজন অষ্টাবক্র কৃকলাশের মতো রোগা লোক বেরিয়ে এল। পরনে একটা নেংটি গোছের, আদুড় গা। আমি যে-ই উপর থেকে ''কে'' বলে হাঁক মেরেছি, অমনি ভিতরে ঢুকে ঝপ করে দরজা সেঁটে দিল। আমি তাড়াতাড়ি নীচে গিয়ে দরজার জায়গাটা ভাল করে দেখলুম। দরজা বলে বোঝার উপায় নেই। উপরে পুরু মাটি জমে আছে, তাতে গাছপালা গজিয়েছে। মাটি খানিক খামচে সরিয়ে দরজার কড়া পেলাম বটে, কিন্তু বিস্তর ডাকাডাকি আর টানাটানিতেও দরজা খোলেনি। তারপর রোজ গিয়ে দুপুরে তক্কে-তক্কে ঢিবির উপর বসে নজর রাখি। দিন পনেরো বাদে লোকটা ফের বেরোল। এবার আর আমি হাঁক মারিনি। সোজা দুই লাফে নেমে গিয়ে লোকটাকে জাপটে ধরেছি। কিন্তু কী আশ্চর্য কাণ্ড, ধরতেই পারলুম না, আমার হাত যেন হাওয়া কেটে ফিরে এল।''

''বটে?''

''হ্যাঁ গো। তবে এবার আর লোকটা পালাল না। আমাকে খুব মন দিয়ে দেখল। তারপর বলল, 'কেন মিছে হয়রান হচ্ছিস বাবা? আমি চোর-ছ্যাঁচোড় নই। তিনশো

বছর ধরে নিজের সম্পত্তি আগলে বসে আছি। মাঝে মাঝে একটু হাঁফ ছাড়তে বেরোই। তা তুই এখানে ছোঁক ছোঁক করছিস কেন?' বলতে নেই, আমি একটু ঘেবড়ে গিয়েছিলাম। তবে লোকটা তেমন খারাপ নয়। দুঃখ করে বলল, 'বিষয় হল বিষ। বুঝলি, ওই যে বিষয়-চিন্তা করতে করতে পটল তুলেছিলুম, সেই থেকে আর আত্মাটার সদ্‌গতি হল না। ঢিবির মধ্যে সেঁধিয়েই এতগুলো বছর কেটে গেল।'''

''বাঃ, তোমার তো খুব সাহস!''

ঠোঁট উলটে পাঁচু বলে, ''সাহসের কাজ তো কিছু নয়। এমনিতে তো গাঁয়ের লোক কেউ আমাকে মানুষ বলেই মনে করে না, কথা-টথাও কয় না। হয়তো ভাবে, বোকা ছেলেটার সঙ্গে কথা কয়ে হবেটা কী? কিন্তু সনাতনদাদু সেদিক দিয়ে ভাল। অনেক কথা-টথা কইল। একদিন আমাকে বাড়ির মধ্যেও নিয়ে গেল।''

ছেলেটা মাথা নেড়ে বলল, ''না হে, তোমার সাহস আছে। তা কী দেখলে সেখানে?''

পাঁচু চুপ করে রইল কিছুক্ষণ। তারপর বলল, ''অন্ধকারে কি কিছু দেখা যায়! কয়েকটা লোহার বাক্স আছে মনে হল, তাতে বড় বড় তালা ঝুলছে।''

''সে তো গুপ্তধন তোমার লোভ হল না?''

''নাঃ। সনাতনদাদুর দশা দেখে আমার লোভ উবে গেল। মরার ইচ্ছেও চলে গেল।''

''এখনও কি সনাতনদাদুর কাছে যাও?''

''যাই মাঝে মাঝে। সাতদিন ঘুমোয়, সপ্তাহে একদিন মোটে বেরোয়। গায়ে একটু রোদ-টোদ লাগিয়ে ফের ঢুকে যায়।''

''তুমি কি বুঝতে পেরেছ যে, তোমার সনাতনদাদু আসলে ভূত?''

পাঁচু ফের ঠোঁট উলটে বলল, ''তাতে কী? ভূত কি আর মানুষ নয়? অত দূরেই বা যেতে হবে কেন, এই তো হোথায় তেঁতুলতলার বটগাছে বক্কেশ্বর থাকে। শীতলামন্দিরের পিছনে থাকে কলসি-কানাই, শ্মশানের কালীমন্দিরের পিছনে থাকে দেড়েল-রঘু।''

ছেলেটা অবাক হয়ে বলল, ''এদের সঙ্গেও তোমার ভাব আছে নাকি?''

''নাঃ। বক্কেশ্বর খুব ভিতু আর লাজুক। কলসি-কানাইকে নাকি কোনও সাধুবাবা বলেছিল, তিন লক্ষ তিন হাজার তিনশো তিনটে সুচে সুতো পরাতে পারলেই নাকি সে যা চাইবে তাই পাবে। শুনেছি, কানাই নাকি মোট তিন হাজার সুচে সুতো পরাতে পেরেছিল। তারপরেই একদিন বউয়ের সঙ্গে ওই সুচে সুতো পরানো নিয়েই ঝগড়া লেগেছিল তার। ঝগড়া লাগারই কথা। কানাই যা রোজগার করত তার প্রায় সবটাই

চলে যেত সুচ আর সুতো কিনতে। সংসারের সব কাজ ফেলে দিন-রাত শুধু সুচে সুতো পরালে কার না বউ রাগ করবে বলো! তা রেগে গিয়েই বউ বলেছিল, 'তোমার কি দড়ি-কলসি জোটে না!' এ কথায় রেগে গিয়ে কানাই গলায় কলসি বেঁধে ঝিলে গিয়ে ডুব দিল। দিল তো দিলই। এখন সে বাকি সুচগুলোয় সুতো পরিয়ে যাচ্ছে। দম ফেলার ফুরসত নেই।''

''আর দেড়েল-রঘু?''

''ও বাবা! সে মস্ত তান্ত্রিক। সাধন-ভজন নিয়ে থাকে, কারও দিকে ভ্রুক্ষেপ নেই। তবে তারও শুনেছি একটা দুঃখ আছে। বেঁচে থাকতে তার দাড়ি মোট আড়াই হাত লম্বা হয়েছিল। তার খুব শখ ছিল চার হাত দাড়ির। দাড়ি মাটিতে ঘষটে যাবে, লোকে চেয়ে দেখবে, তবে না দাড়ির মহিমা। দাড়ির এমনই নেশা হয়েছিল যে, রঘু যখন সাধনায় সিদ্ধিলাভ করে কালীর দেখা পেল, আর মাকালী যখন বর দিতে চাইল, তখন রঘু চার হাত দাড়ির বর চেয়েছিল।''

''এঃ হেঃ, মাত্র চার হাত?''

''আপনি তো বলেই খালাস, মাত্র চার হাত! কিন্তু চার হাত দাড়ি নিয়ে বেঁটেখাটো নাটা মানুষ রঘু যে কী মুশকিলে পড়ল তা বলার নয়। দাড়ি মাটিতে ছেঁচড়ে যায়, আর তাতে মাটি ঝাঁটপাট হয় বটে, কিন্তু দাড়িতে উঠে আসে বিস্তর ময়লা, কাঠকুটো, ইঁদুরছানা, আরশোলা, ব্যাং, কাঁকড়াবিছে, কেন্নো, পিঁপড়ে। তা ছাড়া বে-খেয়ালে নিজের দাড়িতে পা বেঁধে কতবার আছাড় খেয়েছে তার হিসেব নেই। শেষে সেই দাড়ির জন্যেই তো প্রাণটাও গেল? ধানখেতের আলের রাস্তায় ওই দাড়িতে আটকেই একটা কেউটের বাচ্চা উঠে এসেছিল কিনা। তারপর আর দেখতে হল না।''

''বাঃ, ময়নাগড়ের সব ভূতের বৃত্তান্তই তো তোমার জানা দেখছি।''

''বোকা লোকদের তো ওইটেই সুবিধে। যা দেখে তাই বিশ্বাস করে। লেখাপড়া জানা চালাকচতুর লোকের তো তা নয়। ভূত দেখলেও নানা ফ্যাঁকড়া তুলে, কূটকাচালি করে ওটা যে ভূত নয় সেটা প্রমাণ করেই ছাড়বে। কিন্তু আপনি কে বলুন তো! আপনাকে আমি ঠিক চিনতে পারছি না।''

''চেনার কথাও নয় কিনা। আমার নাম হিজিবিজি।''

পাঁচু একটু ভেবে ঘাড় কাত করে বলল, ''বাঃ, বেশ নাম! ভুল হওয়ার জো নেই। তা এ গাঁয়ে কাকে খুঁজছেন?''

''কাউকেই নয়। এ পথ দিয়েই যাচ্ছিলাম, একটু জিরিয়ে নিতে থেমেছি। তোমাদের সঙ্গে দেখা হয়ে ভারী ভাল লাগছে। ইচ্ছে হচ্ছে, দুটো দিন থেকে যাই।''

ভারী লজ্জা পেয়ে পাঁচু বলে, ''যাঃ কী যে বলেন! আমার সঙ্গে দেখা হলে সবাই

তো বিরক্তই হয়। কেউ খুশি হয় না তো। অনেকে তো আমাকে দূর থেকে দেখে দরজা বন্ধ করে দেয়।''

''তা হলে আমিও বোধহয় তোমার মতোই বোকা লোক, তাই তোমাকে আমার বেশ ভাল লাগছে।''

পাঁচু চিন্তিত হয়ে বলে, ''তা-ই বা হয় কী করে? আপনাকে দেখে যে বোকা বলে মনেই হয় না। বরং মনে হয়, আপনি ভীষণ চালাক।''

''তা হলে তোমাকে সত্যিই কথাটাই বলি। তুমি কি জানো যে, দুনিয়ায় বোকা লোকের সংখ্যা ভীষণভাবে কমে যাচ্ছে? আমি সারা দেশ চষে বেড়াই, আজ অবধি একটা খাঁটি, নিরেট বোকা লোক দেখতে পেলাম না।''

পাঁচু মাথা নেড়ে বলে, ''সে ঠিক কথা। এ গাঁয়েও আমি ছাড়া আর বোকা লোক নেই।''

''আমি আসলে বোকা লোকই খুঁজে বেড়াচ্ছি।''

ভারী অবাক হয়ে পাঁচু বলে, ''বোকা লোক খুঁজছেন কেন?''

''বোকা লোক না হলে আমার কাজ-কারবারের সুবিধে হয় না কিনা। কিন্তু বোকা লোক খুঁজে বের করা ভারী শক্ত। অনেকে বোকা-বোকা ভাব করে থাকে, আসলে খুব চালাক। অনেকে আবার এক বিষয়ে বোকা তো অন্য বিষয়ে চালাক। ধরো ইংরিজিতে বোকা, অঙ্কে চালাক। আবার অনেকে আছে এত বেশি চালাক যে, চালাক লোকেরা তাদের চালাকি ধরতে না পেরে বোকা বলে ভেবে নেয়। তা তুমি এদের মতো নও তো!''

মাথা নেড়ে পাঁচু বলে, ''তা তো জানি না। অত জানলে তো চালাকই হতাম।''

হিজিবিজি একটা দীর্ঘশ্বাস ফেলে বলে, ''কাজটা খুব শক্ত।''

পাঁচু বলে, ''কোন কাজটা?''

''সত্যিকারের বোকা কি না তা বুঝতে পারা। তোমাকেও আরও ভাল করে পরীক্ষা করে দেখতে হবে।''

''ও বাবা, খাতা-কলম নিয়ে পরীক্ষায় বসতে হবে নাকি? সে কিন্তু আমি পারব না।'' বলেই পাঁচু অবাক হয়ে দেখে, লোকটা আর তার পাশে নেই। চারদিকে চেয়ে কোথাও হিজিবিজিকে দেখতে পেল না পাঁচু। লোকটা স্রেফ হাওয়া হয়ে গেছে।

তিন

লোকে বলে, ''চোরেক্কে চোর, চোর দু'গুণে টকাই।'' তা কথাটা মিথ্যে নয়। টকাইকে শুধু চোর বললে গুণী মানুষের অমর্যাদা হয়। এই যেমন কেতুগাঁয়ের হরমন ওস্তাগর। সে কি শুধু দরজি? তা হলে তার হাতের তৈরি পায়জামা পরে রাস্তায় বেরোলে চারদিকে ঠেলাঠেলি পড়ে যায় কেন? আর কেনই বা ''কেয়াবাত কেয়াবাত'' ধ্বনি শোনা যায়? মাঝের গাঁয়ের নটবর অতি সুপুরুষ। বিয়ে করতে গেলে হরমনের তৈরি পাঞ্জাবি পরে। তা বিয়েবাড়িতে বরকে দেখে বরের পাঞ্জাবির প্রশংসায় লোকে এমন শোরগোল তুলে ফেলল যে, নটবর বিয়ে না করেই ফেরত এসেছিল। শুধু কি তাই? হরমনের তৈরি হাফ পেন্টুল পরে কালীপুরের বিখ্যাত কাপুরুষ অভয়পদ অবধি একদিন দিব্যি নিশিদারোগার চোখে চোখ রেখে বুক ফুলিয়ে কথা কয়ে এল। পরে অবশ্য ঠান্ডা মাথায় ব্যাপারটা মনে পড়ায় সে ভিরমি খায়। গুণী মানুষের অভাব নেই এ তল্লাটে। ওই যে খয়রাপোতার ফকির জোলা, রোগাভোগা বুড়ো মানুষ ক্ষয়াটে চেহারা, রুক্ষ দাড়ি আর পাকা চুলে তেমন আহামরি কেউ বলে মনেও হয় না। ঘরে কেঠো তাঁতে গামছা আর লুঙ্গি বানিয়ে বুড়ো হল। তার ওইসব লুঙ্গি আর গামছার জন্য বছরখানেক আগে থেকে আগাম দাম দিয়ে নাম লিখিয়ে রাখতে হয়। হাটের জিনিস তো নয় যে, পয়সা ফেললেই পাওয়া যাবে। ফকিরের লুঙ্গি আর গামছার সমঝদার সব নবাব-বাদশা গোছের লোক। হিল্লি-দিল্লি থেকে লোক এসে মাথায় ঠেকিয়ে নিয়ে যায়। এ তল্লাটের লোক সে জিনিস চোখেও দেখতে পায় না। তবে বিক্রমগড়ের রানিমার জন্য একখানা বেনারসি বুনে দিয়েছিল ফকির। মাঘী পূর্ণিমার স্নানের দিন বেনারসিখানা পরে হাতিতে চেপে চানে যাচ্ছিলেন রানিমা। তা বেনারসিটা দেখে হাতিও নাকি সেলাম দিয়েছিল। পরে লোকে বলেছিল, ''রানি না রামধনু তা যেন ভাল করে বোঝাই গেল না, আহা কী রং! কী জেল্লা! চোখ সার্থক।'' আর তায়েবগঞ্জের মানুষখেকো বাঘের গপ্পো তো সবাই জানে। তায়েবগঞ্জের ধার ঘেঁষে খয়রাপোতার গভীর জঙ্গলের ধারে মতি পাড়ুই হারানো ছাগল দুখিয়াকে খুঁজতে গিয়ে পড়ে গেল বাঘের খপ্পরে। মতি মনের দুঃখে দুখিয়াকে ডাকতে ডাকতে যাচ্ছিল, হঠাৎ কাঁধে এসে পড়ল বিশাল একখানা থাবা। একটি থাবায় তাকে মাটিতে ফেলে বাঘ বেশ করে দিনান্তে জলযোগ সেরে নিতে সবে হাঁ করেছে, ঠিক সেই সময়েই সন্ধের মুখে একটু দূরে নিজের একডেরে ঘরটিতে বসে তমিজ মিয়া পূরবীতে তান ধরলেন। ব্যস, বাঘ আর কামড় বসাতেই পারল না। খানিকক্ষণ উদাস নয়নে আকাশের দিকে চেয়ে রইল। হিংস্র বাঘ হয়ে গেল স্বপ্নাতুর, থাবার নখ লুকিয়ে

ফেলে সেই থাবা দিয়েই চোখের জল মুছতে মুছতে ধীর পায়ে জঙ্গলে ফিরে গেল। একদিন গভীর রাতে তমিজ মিয়া দরবারি কানাড়ায় আলাপ ধরেছেন, সেইসময়ে তাঁর বাড়ির সামনে গালপাট্টাওয়ালা, জরির সাজ পরা একটা লোককে সন্দেহজনকভাবে ঘোরাফেরা করতে দেখে গাঁয়ের চৌকিদার রামলাখন চৌবে গিয়ে লোকটাকে চোখ রাঙিয়ে জিজ্ঞেস করেছিল, "ক্যা রে চোট্টা, ক্যা মতলব?"

লোকটা বিরক্ত হয়ে বলেছিল, "চোপ, এখন গণ্ডগোল কোরো না, আমি মিয়া তানসেন, তমিজের গান শুনতে চলে এসেছি।" সেই কথা শুনে রামলখনের দাঁতকপাটি লেগেছিল।

কথাটা হল, এইসব গুণী মানুষের পাশাপাশি টকাইকেও ধরতে হয়। ওরে বাপু, গাঁ-দেশে চোরের অভাব কী? তবে সেইসব নির্ঘিন্নে চোরেদের দলে তো আর টকাইকে ফেলা যায় না। ছা-পোষা গেরস্তদের ঘরে সে কখনও পায়ের ধুলো দেয়নি। নজর সর্বদা উঁচু। লাখপতি, কোটিপতি ছাড়া তার রোচে না। তার গুণের কথা না বললে অধর্ম হবে। কাউকে সে সর্বস্বান্ত করে আসে না। লাখ টাকার নাগাল পেলেও সে অর্ধেকটা নেয়। কারও বাড়িতে আবার পরদিনের বাজার-খরচ রেখে আসে।

গোবরদহের মহেন্দ্র সৎচাষির বিশটি হাজার টাকা সে লোপাট করেছিল বটে, কিন্তু তার খোকাখুকুর জন্য রঙিন পোশাক, খেলনা আর তার বউয়ের জন্য দামি শাড়ি রেখে এসেছিল।

লোকে তাই পঞ্চমুখে বলে, "হ্যাঁ, টকাই সহবত জানে বটে!"

প্রতাপপুরের নকুল প্রতিহার সেদিন চণ্ডীমণ্ডপের আড্ডায় নিজের বাড়ির চুল্লির গল্প ফেঁদে বলল, "যাই বলো, এমন চোরের কাছে বোকা বনেও সুখ। কী বলব ভাই, দরজায় ভিতর থেকে লোহার বাটাম দেওয়া, তালা মারা, তার উপর আমার সজাগ ঘুম। শেষরাত্রে দেখি দরজা যেমনকে তেমনই বন্ধ আছে। পাশের দরজাটাও দেখলাম আঁট করে সাঁটা, বাথরুম ঘুরে এসে জল খেয়ে শুতে যেতেই হঠাৎ খটকাটা লাগল। আচ্ছা, আমার সদর দরজা তো একটা! তবে দুটো দরজা দেখলাম কেন? তাড়াতাড়ি উঠে বাতি জ্বেলে দেখি, কী বলব ভাই, দেওয়াল কেটে রাতারাতি কে যেন ভারী যত্ন করে দু'নম্বর দরজাটা বানিয়ে গেছে। তখন চৈতন্য হল, তাই তো, খালধারের জমি বেচে লাখদুই টাকা পেয়ে লোহার আলমারিতে রেখেছিলাম যে! তা দেখলাম, আলমারিটাই নেই। অবশ্য তার বদলে ঝাঁ-চকচকে একটা নতুন আলমারি কেউ দাঁড় করিয়ে দিয়ে গেছে। তাতে লাখখানেক টাকা যত্ন করে রাখা আছে। আমার বউয়ের চল্লিশ ভরি গয়না নেই বটে, কিন্তু মেয়ের বিয়ের জন্য গড়ানো গয়নাগুলো সাজিয়ে

রেখে গেছে। রাগ করব কী মশাই, চোখে জল এল। কই হে পোদ্দার, তোমার সেই গল্পটা বলো না, সবাই শুনুক।''

বিরিঞ্চি পোদ্দার মুখ থেকে হুঁকোটা সরিয়ে বলল, ''ওঃ, সে এক কাণ্ডই বটে। মাঝরাত্তিরে হঠাৎ সংস্কৃত মন্ত্র পাঠ হচ্ছে শুনে ধড়মড় করে উঠে দেখি, পাশের ঘরে তিন-চারজন জটাজূটধারী সাধু মাঝখানে ধুনি জ্বেলে একমনে যজ্ঞ করছে। দেখে তো আমি আর গিন্নি ভ্যাবাচ্যাকা। অশৈলী কাণ্ড যাকে বলে! কিছুই বুঝতে না পেরে আমি আর গিন্নি গুটি গুটি গিয়ে জোড়হাতে পিছনে বসে যজ্ঞ দেখতে লাগলাম। বলব কী ভাই, বিশুদ্ধ সংস্কৃত মন্ত্রে নিখুঁত যজ্ঞ। দেখলে পাষণ্ডেরও ভক্তিভাব এসে পড়ে। তা ঘণ্টাখানেক মুগ্ধ হয়ে যজ্ঞ দেখলাম। তারপর বড় সাধু আমার দিকে ফিরে বলল, 'অবাক হচ্ছিস যে ব্যাটা! এই সাড়ে তিনশো বছর বয়সে হিমালয় থেকে এতদূর ঠেঙিয়ে কি এমনি এসেছি রে আহাম্মক! তোর রিষ্টি কাটাব বলেই আসা। নে, যজ্ঞের তিলক কপালে সেঁটে এবার নিশ্চিন্তে ঘুমো। রিষ্টি কেটে গেছে।' আমি খুঁতখুঁত করে বললাম, 'যজ্ঞ করলেন, সে তো খুব ভাল কথা! কিন্তু একটু ডাকলেও তো পারতেন, দরজা খুলে দিতুম।' সাধু অট্টহাসি হেসে বলে, 'কোনও দরজা কি আমাদের আটকাতে পারে রে বোকা! সূক্ষ্ম দেহে সর্বত্র যাতায়াত। ডাকাডাকি করে পাড়াসুদ্ধ লোকের ঘুম ভাঙানো কি ভাল রে বদ্ধ জীব? তা হলে যে সবাই টানাহ্যাঁচড়া করে তাদের বাড়িতে নেওয়ার চেষ্টা করত। এবারটায় শুধু তোর জন্যই আসা কিনা!' তা সেই কথা শুনে কেমন যেন ভ্যাবলা হয়ে গেলাম, মাথাটা কাজ করছিল না। গিন্নি তো কেঁদেকেটে একশা। ধাঁ করে একশো এক টাকা প্রণামী দিয়ে ফেলল। তা সাধুরা প্রণামী ছুঁলও না। বড়সাধু বলল, 'টাকাপয়সা নোংরা জিনিস। ওসব আমরা ছুঁই না।' গিন্নি তখন হাতের দু'গাছা বালা খুলে দিয়ে বলল, 'না নিলে গলায় দড়ি দেব বাবা।' সাধু নাকটাক কুঁচকে চেলাদের বলল, 'নে, তুলে নে। গরিব-দুঃখীর কাজে লাগাস।' তারপর তারা বিদায় হল। পরদিন সকালে দেখি, আলমারি আর বাক্স-প্যাঁটরা সব ফাঁক। ও চোর শুধু চুরি করতেই আসে না রে ভাই, শিক্ষেও দিতে আসে।''

সবাই একমত হয়ে বলল, ''তা বটে!''

তা টকাইয়ের নামডাক আছে বটে কিন্তু ইদানীং তার কেমন যেন একটু বৈরাগ্য এসেছে। সারাদিন ক্ষণে ক্ষণে তার দীর্ঘশ্বাস পড়ে আর মাঝে মাঝে হাহাকার করে ওঠে, ''ওঃ, বড় পাপ হয়ে গেল রে।''

তার চেলাচামুণ্ডার অভাব নেই। চেলাদের মধ্যে নবা হল তার একেবারে ছায়া। সর্বদা সঙ্গে সেঁটে আছে। সেবাটেবাও করে খুব। তাই টকাইয়ের এসব লক্ষণ তার মোটেই ভাল ঠেকছে না।

বেড়ে বিষ্টুপুরের মহাজন হরমোহন পালের গদিতে হানা দিয়েছিল টকাই। গেল হপ্তার রোববারের ঘটনা। চারখানা জাম্বুবান তালা চোখের পলকে খুলে ফেলল। ভিতরে ঢুকে মজবুত লোহার সিন্দুকের গায়ে মোলায়েম করে হাত বোলাল, আর তাইতেই সিন্দুকের ভারী পাল্লাটাও যেন অবাক হয়ে হাঁ করে ফেলল। ভিতরে না হোক বন্ধকি গয়না আর মোহর আর রুপোর জিনিস মিলিয়ে তিন-চার লাখ টাকার মাল। টকাই তবু শেষ মুহূর্তে হাত গুটিয়ে নিয়ে বলল, ‘‘এসব করা কি ঠিক হচ্ছে রে। লোকে কত খেটেপিটে রোজগার করে, কত কষ্টে এক পয়সা দু’পয়সা করে জমায়। আর আমি পাষণ্ড সেসব লেপেপুঁছে নিয়ে আসি। এ কি ভাল? এসব পাপের কি ক্ষয় আছে? সাত বছর গঙ্গায় ডুবে থাকলে বা সাত হাজার ব্রাহ্মণভোজন করালেও গা থেকে পাপের গন্ধ যাবে না। মরার পর যমরাজা হয়তো আমাকে দেখে আঁতকে উঠে বলবেন, ‘‘ওরে বাপ, এই ঘোর পাপীটাকে নরকে দিলে যে নরকও অপবিত্র হয়ে যাবে।’’’

নবা জানে, ওস্তাদের আজকাল বড় অনুতাপ যাচ্ছে। সাবধানে কথা কইতে হয়। সে মোলায়েম গলায় ফিসফিস করে বলল, ‘‘আজ্ঞে, আপনি জ্ঞানী মানুষ, আপনার কথার উপরে তো কথা চলে না। তবে কিনা ওস্তাদ, আমরা কি আর ইচ্ছে করে চুরি করি? আমাদের পেট আর অদৃষ্টই যে এ লাইনে টেনে আনল, আমাদের দোষ কী বলুন!’’

টকাই তবু ঘনঘন মাথা নেড়ে বলল, ‘‘ওটা কোনও যুক্তি নয় রে নবা! অভাব, কষ্ট, পেটের দায় থাকলেই কি আর লোকে চুরি করে? ভিতরে ভিতরে আমি দগ্ধে মরে যাচ্ছি। সোনাদানা, টাকাপয়সায় আমার বড় অরুচি হয়েছে। এখন আমার সাধুসঙ্গ করা দরকার। খোঁজ নে তো, ভাল সাধু কে আছেন কাছেপিঠে। ধর্মকথা না শুনলে আমার মনটা শান্ত হবে না রে।’’

ওস্তাদের কথা অমান্যই বা করে কী করে? তাই নবা পরদিন থেকে খুঁজতে শুরু করে তেরাত্তিরের মাথায় খবর আনল, ময়নাগড়ের উত্তরের জঙ্গলে একজন সাধুগোছের লোক আছেন বটে, তাঁর নাম জটাবাবা। জনসমক্ষে বড় একটা বেরোন না। জঙ্গলের মধ্যে কুটির বানিয়ে আপন মনে সাধনভজন নিয়ে থাকেন।

শুনে টকাইয়ের চোখ উজ্জ্বল হল। বলল, ‘‘বাঃ, এরকম সাধুই তো চাই।’’

টকাইয়ের অগম্য জায়গা নেই। পরদিন সকালেই সে ময়নাগড়ের উত্তরের জঙ্গলে গিয়ে হাজির হয়ে গেল। পেতনি জলার ধারে ফলসাবন, সেটা পেরিয়ে গহিন জঙ্গল।

তার মধ্যে একটা বটগাছের তলায় জটাবাবার কুটির খুঁজে বের করতে বিশেষ কষ্ট হল না টকাইয়ের।

কুটিরের চেহারা দেখে অবশ্য কুটির বলে বোঝবার উপায় নেই। রাজ্যের ডালপালা, পাতানাতা দিয়ে কোনওরকমে একটা স্তূপাকার জিনিস খাড়া করা হয়েছে। উপরে খেজুরপাতার ছাউনি, কুটিরে ঢোকার একটা ফোকর আছে বটে, তবে দরজা-জানলার বালাই নেই। বাইরে থেকে হঠাৎ দেখলে মনে হয়, রাজ্যের শুকনো গাছপালা কেউ জড়ো করে রেখেছে। লোকের বাড়িতে রাতবিরেতে ঢোকা টকাইয়ের কাছে জলভাত। কিন্তু সাধু-মহাত্মাদের ঠেকে তো আর ওরকমভাবে ঢোকা যায় না। তাই টকাই বাইরে থেকেই হাত জোড় করে জটাবাবার উদ্দেশে মোলায়েম গলায় বলল, ''বাবা!''

ভিতর থেকে প্রথমটায় কোনও সাড়া এল না। গলাখাঁকারি দিয়ে টকাই ফের ডাকল, ''বাবা!''

সাড়া নেই। বারপাঁচেক ডাকাডাকির পর ভিতর থেকে একটা বাজখাঁই গলা বলল, ''কে তুই?''

''আজ্ঞে, আমি এক পাপিষ্ঠ। আমার নাম টকাই।''

''কী চাস?''

টকাই গদগদ গলায় বলল, ''আপনার দয়া চাই বাবা।''

''ভিতরে আয়।''

ফোকরটা দিয়ে সাবধানে বুক ঘষটে ঢুকে পড়ল টকাই, সঙ্গে নবাও।

ভিতরটা অন্ধকার বটে, কিন্তু অন্ধকারেই টকাইয়ের কাজ-কারবার বলে সে সবই স্পষ্ট দেখতে পেল। একটা কম্বলে ঢাকা উঁচু বেদির মতো আসনে জটাজূটধারী লম্বাটে রোগা চেহারার বেশ তেজস্বী একজন মানুষ বসে আছেন। দাড়িগোঁফ কালোই বটে, তবুও বয়স হয়েছে বোঝা যায়। এই শীতেও খালি গা, তাতে ছাইমাখা। পাশে চিমটে, কমণ্ডলু, বেদির একপাশে বৌলওলা খড়ম। সামনে ধুনি জ্বলছিল, তবে এখন মিইয়ে গিয়ে ধিকিধিকি ছাইচাপা একটু আগুনের আভাস দেখা যাচ্ছে মাত্র। ধুনির বাঁ ধারে একটা লম্বাপনা ফর্সামতো ছোকরা বসে আছে। তবে তাকে সাধুর চেলা বলে মনে হয় না। তার গায়ে ঢোলা পোশাক, একটা বাদ্যযন্ত্র আর একটা পোঁটলা।

জটাবাবাকে সাষ্টাঙ্গে প্রণাম করে টকাই আর নবা ঠান্ডা ভেজা-ভেজা মাটিতেই বসে পড়ল।

জটাবাবা মিটমিট করে তার দিকে কিছুক্ষণ চেয়ে থেকে বলল, ''সঙ্গে ওটি কে?''

জোড়হাতে টকাই বলল, ''আর-এক পাপিষ্ঠ, আমার সাঙাত নবা।''

জটাবাবা মজবুত সাদা দাঁত দেখিয়ে একটু হাসলেন। তারপর বললেন, ‘‘কী পাপ করেছিস বল তো?’’

‘‘আজ্ঞে, আমি চোর।’’

জটাবাবা যেন চিন্তিত হয়ে পড়লেন। একটু ভেবে বললেন, ‘‘তা চুরি করা কি পাপ?’’

‘‘পাপ নয়! বলেন কী মহারাজ? চুরি করা তো ভয়ংকর পাপ বলেই জানি।’’

জটাবাবা যেন আরও চিন্তিত হয়ে বললেন, ‘‘সে তো শুনলাম, কিন্তু কোন আইনে পাপ হচ্ছে সেটাই তো বোঝা যাচ্ছে না। ওরে বাপু হিজিবিজি, তুই জানিস?’’

যে ছেলেটা ধুনির পাশে বসে ছিল সে হাতে একটা চৌকোমতো ক্যালকুলেটর গোছের যন্ত্রে কী যেন দেখছিল। অখণ্ড মনোযোগ।

এ কথার জবাব দিল না। একটুক্ষণ হাতের যন্ত্রটার দিকে চেয়ে থেকে তারপর মাথা নেড়ে বলল, ‘‘না, জানি না।’’

ফাঁপরে পড়ে টকাই বলল, ‘‘চুরি করা তো সবাই পাপ বলেই জানে।’’

জটাবাবা ভাবিত মুখে বললেন, ‘‘তা জানলেই তো হবে না। দুনিয়ার সব জিনিসই ভগবানের সৃষ্টি নাকি রে?’’

‘‘আজ্ঞে, সে তো ঠিকই।’’

‘‘তুইও ভগবানেরই সৃষ্টি জীব।’’

‘‘যে আজ্ঞে, তাই তো হওয়ার কথা।’’

‘‘তা হলে ভগবানের যা কিছু সৃষ্টি, সব তাতেই তোর হক আছে। তা হলে অন্যের জিনিস বলে তো কিছু নেই। সবই তোর এবং সবার। তা হলে চুরিকে পাপ বলে কী করে?’’

একটু ভ্যাবাচ্যাকা খেয়ে নড়েচড়ে বসে টকাই বলল, ‘‘তা হলে কি চুরি করা পাপ নয় বাবা? লোকে কি ভুল বলে?’’

জটাবাবা গভীর চিন্তিত মুখে বলেন, ‘‘ওরে দাঁড়া, দাঁড়া! অত হুড়ো দিলে কি হয়? ধর, গাছ থেকে একটা ফল পেড়ে নিলি, সেটাও কি গাছের সম্পত্তি নয়? তা হলে সেও তো চুরি! যদি হিসেব করে বিচার করে দেখিস, তা হলে মানুষের প্রায় সব কাজই তো চুরির খাতেই ধরতে হয়।’’

‘‘তা হলে কি আমার পাপ হয়নি বাবা?’’

‘‘উঁহু, তাও বলা যাচ্ছে না। আরও ভেবে দেখতে হবে। এই সক্কালবেলায় এসে বড় চিন্তায় ফেলে দিলি বাপ! ওরে বাপু হিজিবিজি, একটু ভেবে দেখ তো, চুরিটাকে পাপের খাতে ধরা যায় কি না।’’

হিজিবিজি নামের ছেলেটা তার হাতের যন্ত্রটা ঝোলায় পুরে টকাইয়ের দিকে চেয়ে বেশ হাসি হাসি মুখ করে বলল, ‘‘আপনি চুরি করেন বুঝি?’’

জটাবাবা যখন একে নেকনজরে দেখেন, তখন ইনিও একজন মহাত্মাই হবেন ভেবে টকাই হাতজোড় করে বলল, ‘‘যে আজ্ঞে, নিজের উপর বড় ঘেন্না আজকাল। তা আপনারা সাধু-মহাত্মা লোক, আপনারা যদি ভেবেচিন্তে একটা নিদান দেন তো প্রাণটা জুড়োয়।’’

হিজিবিজি একটু গম্ভীর হয়ে বলল, ‘‘আমরা যে একজন ভাল চোরই খুঁজছি। কিন্তু মনের মতো চোরই কি আর পাওয়া যায়? এ পর্যন্ত অনেক বেছেগুছে সাতজনকে বের করেছি বটে। কিন্তু তাদেরও নানা খাঁকতি। কারও হাত চলে তো পা চলে না, কেউ দিনকানা, কেউ ভারী আনমনা, কারও বা ভূতের ভয়। তা আপনি কেমন চোর?’’

নবা হঠাৎ ফুঁসে উঠে বলল, ‘‘তুমিই বা কেমন লোক হে ছোকরা, টকাই ওস্তাদের মুখের উপর জিজ্ঞেস করছ, কেমন চোর? এ তল্লাটে যার কাছে টকাই ওস্তাদের নাম বলবে, সে-ই জোড়হাত কপালে ঠেকাবে। বলি, টকাই ওস্তাদের নাম শোনোনি, এতদিন কি বিলেতে ছিলে নাকি?’’

টকাই বিরক্ত হয়ে নবাকে ধমক দিয়ে বলে, ‘‘আঃ, সাধুমানুষের সঙ্গে ওভাবে কথা কইতে আছে? ওঁরা সাধনভজন নিয়ে থাকেন, চুরি-চামারির খবর রাখবেন কী করে?’’

ছেলেটা হঠাৎ চোখ বড় বড় করে বলল, ‘‘ও, আপনিই টকাই ওস্তাদ? তাই বলুন, আপনি তো প্রাতঃস্মরণীয় মানুষ।’’

নবা বুক চিতিয়ে বলল, ‘‘তা হলেই বুঝে দেখো বাপু, কার সঙ্গে কথা কইছ! তিন-তিনবার নিখিল ভারত পরস্বাপহরক সমিতির বর্ষসেরা হয়ে সোনার মেডেল পেয়েছেন। রাজ্যস্তরে পাঁচবার চোর-চ্যাম্পিয়ন। দেশের সেরা সম্মান ‘তস্কররত্ন’ও দেওয়ার তোড়জোড় চলছে। টকাই ওস্তাদের মর্ম তুমি কী বুঝবে হে সেদিনের ছোকরা?’’

হিজিবিজি লাজুক একটু হেসে ভারী লজ্জিত ভঙ্গিতে বলল, ‘‘ছি ছি, এরকম একজন গুণী মানুষকে চিনতে না পারায় ভারী বেয়াদপি হয়ে গেছে। আমি ছোট ছেলে বলে মাপ করে দিন। মাত্র বারো বছর বয়স, কত কী শেখার বাকি!’’

নবা চোখ পিটপিট করে বলল, ‘‘কার বারো বছর বয়স?’’

‘‘আমার কথাই বলছি।’’

‘‘শোনো বাপু, একসময় মালদহে দুশো আমকে একশো বলে ধরা হত। দেদার

আম ফলত বলে ওটাই ছিল রেওয়াজ। একশো আম কিনলে একশো আম ফাউ। তা তুমি কত বছরে এক বছর ধরছ?''

ছেলেটা মিষ্টি হেসে বলল, ''হিসেব খুব সোজা। আমাদের দেশে আঠারো মাসে বছর কিনা!''

''কেন হে বাপু, তোমাদের আঠারো মাসে বছর কেন? বারো মাসে সুবিধে হচ্ছে না বুঝি!''

''আমাদের বছর বড় গড়িমসি করে ঘোরে যে! তার বড্ড আলিস্যি। তার উপর আপনাদের চেনা তিরিশটি দিন পেরোলেই মাস পুরে যায়। আমাদের কি তা হওয়ার জো আছে? মাস আর পুরোতেই চায় না। গড়াতে গড়াতে সেই একশো কুড়ি দিনে মাস পূর্ণ হয়।''

চোখ গোল গোল করে শুনছিল নবা। বলল, ''ও বাবা! এ যে একেবারে বোম্বাই মাস হে বাপু! মাসমাইনে পেতে গেরস্তের যে হাপিত্যেশ করে বসে থাকতে হয়। একশো কুড়ি দিন মানে কত হপ্তায় গিয়ে দাঁড়াচ্ছে বলো তো?''

''হপ্তা? না মশাই, আমাদের হপ্তা নেই। আমাদের হল দশতা!''

''দশতা জন্মে শুনিনি বাপু, সে আবার কী বস্তু?''

ভারী লজ্জায় মরমে মরে গিয়ে হিজিবিজি বলে, ''আপনাদের যেমন সাতদিনে হপ্তা, আমাদের তেমনই দশতা। আমাদের বড় ঢিলাঢালা ব্যাপার মশাই। সকালে সূয্যিঠাকুর উদয় হলেন বটে, কিন্তু তারপর আর নড়তেই চান না। মধ্য গগনে উঠছেন, যেন বেতো রুগি। সকালে আমাদের বারতিনেক প্রাতঃরাশ করতে হয়। মধ্যাহ্নভোজনও কম করে বারতিনেক। নৈশভোজও ধরুন তিন থেকে চারবার।''

''বাপ রে! তবে তো খেয়েই তোমরা ফতুর!''

''তা তো বটেই। কিন্তু কী করা যাবে বলুন! আমাদের যে বাহাত্তর ঘণ্টায় একটা দিন।''

''বলো কী হে?''

''তাও যদি আপনাদের ঘণ্টার মতো চটজলদি ঘণ্টা হত। তা ধরুন, আমাদের ঘণ্টার মাপটাও একটু বেঢপ রকমের। মোট একশো আশি মিনিট।''

''বটে হে!''

''তার উপর আবার এক মিনিটও কি সহজে হয়? দুশো চল্লিশ সেকেন্ড পর মিনিটের কাঁটা নড়ে।''

''বাপ রে! না বাপু, তা হলে তোমার ন্যায্য বারো বছর বয়সই বটে। বরং একটু বেশিই ধরা হচ্ছে। আট কি সাত হলেই যেন মানায়। তা তোমাদের দেশটা কোথায়

বলো তো! শুনেছি, বিলেতে নাকি ওরকম সব অশৈলী কাণ্ড হয়। সেখানে কাকের রং সাদা, বিধবাদের একাদশী নেই, শীতকালে আকাশ থেকে কাঠি-বরফ পড়ে।''

হিজিবিজি ভাল মানুষের মতো মুখ করে বলে, ''বিলেত নয়, আমার দেশটা একটু দূরে।''

নবা মাথা নেড়ে বলে, ''তা হয় কী করে? বিলেতের পরই তো পৃথিবী শেষ। তারপর আর ডাঙা জমিই নেই।''

''আমার দেশটা ওদিকপানে নয় কিনা।''

''তবে কোন দিকটায় বলো তো! সাতবেড়ে পেরিয়ে নাকি? সাতবেড়েয় আমার খুড়শ্বশুরের বাড়ি কিনা! জব্বর জায়গা। তা শুনেছি বটে সাতবেড়ে পেরিয়ে ঘুরঘুট্টি নামে একটা জায়গা আছে, সেখানে হাটে ভূতের তেল বিক্রি হয়। সেখানে নৃমুণ্ডমালিনী নামে এক ধরনের গাছ আছে, লাল টকটকে ইয়া বড় বড় ফুল হয়, তারপর ফুলের ভিতর থেকে নরমুণ্ডের মতো ফল বেরোয়। সেই গাছে পাখি বাসা বাঁধে না, তলা দিয়ে মানুষ কেন, কুকুর-বিড়ালও যায় না। কাছে গেলেই কপাত করে গিলে ফেলে। তা কানাঘুষো যেন শুনেছিলাম যে, সেখানেও দিন-রাত্তির একটু অন্য নিয়মের।''

''আমার দেশের নাম ঘুরঘুট্টি নয়।''

''তা হলে?''

''সে আরও বেনিয়মের জায়গা মশাই! দেশটার নাম হল রূপকথা।''

''অ্যাঁ! রূপকথা! মনসাপোতা নয়, সাতবেড়ে নয়, গ্যাঁড়া শিবতলা নয়, একেবারে রূপকথা। এ আবার কেমন নাম হে! নামটা তেমন মজবুত নাম নয় তো! কেমন যেন এলিয়ে পড়া ভাব নামের মধ্যে! উচ্চারণ করে জুত হচ্ছে না তো!''

''আমাদের ভাষায় অবশ্য জায়গাটার নাম ডোডো।''

নবা অবাক হয়ে বলে, ''বাড়িতে কি তোমরা ইংরিজিতে কথা কও নাকি?''

''না মশাই, আমরা ডোডো ভাষাতেই কথা কই।''

নবা হাল ছেড়ে দিয়ে বলে, ''না বাপু, তোমার কথাবার্তা আমি কিছুই বুঝতে পারছি না।''

এদিকে যে এত কথাবার্তা হয়ে যাচ্ছে, সেদিকে মোটেই খেয়াল নেই টকাইয়ের। সে জটাবাবার মুখের দিকে চেয়ে হাতজোড় করে সেই যে তদ্‌গত হয়ে আছে, আর কোনওদিকে হুঁশই নেই। ওদিকে জটাবাবাও সেই যে ধ্যানস্থ হয়েছেন, আর চোখ খোলেননি।

নবা গলাটা কয়েক পরদা নামিয়ে ফিসফিস করে বলল, ''তুমি কি জটাবাবার চেলা নাকি হে বাপু?''

হিজিবিজি বলল, ''তা একরকম বলতে পারেন।''

নবা একটা হাই তুলে বলল, ''তা ধর্মকর্ম হয়তো ভাল জিনিসই হবে। কিন্তু সত্যি কথা বলতে কী, ওতে তেমন গা গরম হয় না। চুরি-ছ্যাচড়ামির মধ্যে বেশ একটা গা গরম করা ব্যাপার আছে। ধর্মেকর্মে তো কেবল ভাল ভাল কথা আর উপদেশ। আমাদের কি ওসব পোষায়? তবে কিনা টকাই ওস্তাদের হঠাৎ বাই চেপেছে বলে আসা। তা জটাবাবা তো পষ্টাপষ্টি বলেই দিলেন যে, চুরি করা তেমন খারাপ কিছু নয়। এখন ফিরে গিয়ে কাজকর্মে মন দিলেই বাঁচি। তা বাপু, তোমরা চোর খুঁজছ কেন? সুলুকসন্ধান কিছু আছে নাকি?''

হিজিবিজি ভারী মিষ্টি হেসে বলল, ''আছে বই কী।''

নবা সাগ্রহে বলল, ''আহা; একটু খোলসা করে বলেই ফেলো না। তেমন বড় দাঁও হলে ওস্তাদকে আমি ঠিক রাজি করিয়ে ফেলব।''

হিজিবিজি ভাল মানুষের মতো মুখ করে বলল, ''আজ্ঞে, চোর খুঁজছি আমাদের দেশে নিয়ে যাব বলে।''

নবা অবাক হয়ে বলে, ''যাঃ, চোর আবার কেউ নিয়ে যায় নাকি? কেন বাপু, তোমাদের গাঁয়ে কি চোর নেই নাকি?''

''আজ্ঞে না। চোরের বড়ই অভাব।''

''তবে কি সেখানে সবাই ডাকাত?''

''ডাকাতই বা দেখলাম কোথায়? না মশাই, চোর-ডাকাত ওসব কিছুই আমাদের নেই। সেইজন্যই গোটাকয়েক চোর আর ডাকাত নিয়ে যেতে চাইছি লোককে দেখাব বলে।''

নবা চিন্তিত হয়ে বলে, ''চোর-ডাকাত নেই? সে আবার কেমন জায়গা হে! এ তো মোটেই ভাল কথা নয়! ভগবানের দুনিয়ায় বাঘ-সিংহ, শেয়াল-কুকুর, বিড়াল-ইঁদুর, কাক-বক, কোনওটা বাদ দিলে কি চলে? তোমাদের বাপু সৃষ্টিছাড়া গাঁ। রূপকথায় গিয়ে আমাদের জুত হবে না হে।''

ঠিক এই সময়ে ধ্যানস্থ জটাবাবা হঠাৎ বাঁ চোখটা পট করে খুলে টকাইয়ের দিকে তাকালেন। তারপর বজ্রনির্ঘোষে বললেন, ''যা ব্যাটা, ধ্যানযোগে গিয়ে চিত্রগুপ্তের খাতায় তোর পাপপুণ্যির হিসেবটায় চোখ বুলিয়ে এলুম। না, চুরি বাবদ তোর পাপের খাতে কিছুই ধরা হয়নি। নিশ্চিন্তে বাড়ি গিয়ে নাকে তেল দিয়ে ঘুমো। সামনের অমাবস্যায় রাত এগারোটায় এইখানে চলে আসবি। পাপতাপ যা করেছিস, সব ঝেড়ে নামিয়ে দেব। তারপর মন্তর পাঠ। এখন বিদেয় হ।''

গদগদ হয়ে টকাই তাড়াতাড়ি সাষ্টাঙ্গে প্রণাম করে উঠে পড়ল, সঙ্গে নবাও।

জটাবাবার ঝুপড়ি থেকে বেরিয়ে বেশ খানিকটা তফাত হওয়ার পর হঠাৎ টকাইয়ের ভক্তিভাবটা খসে গিয়ে কপালে ভ্রুকুটি দেখা দিল। গম্ভীর গলায় ডাকল, ‘‘নবা!’’

নবা পিছন থেকে বলল, ‘‘আজ্ঞে!’’

‘‘চুরি-ডাকাতি খুব খারাপ জিনিস, বুঝলি!’’

‘‘যে আজ্ঞে, তবে কিনা...’

টকাই হাত তুলে তাকে থামিয়ে বলল, ‘‘এ কথাও ঠিক যে, চুরি-ডাকাতির উপর আমার ঘেন্না ধরে গেছে।’’

‘‘যে আজ্ঞে, সেই কথা ভেবে ভেবেই তো আমার রাতে ঘুম নেই। কাল রাতেই তো গিন্নি ফুলকপি দিয়ে কই মাছ রেঁধেছিল। এক কাঠা চালের ভাত উড়ে যাওয়ার কথা। কিন্তু কী বলব ওস্তাদ, দু’গরাসও গিলতে পারিনি।’’

টকাই একটা দীর্ঘশ্বাস ফেলে বলল, ‘‘তুই কতকাল আমার শাগরেদি করছিস বল তো নবা?’’

‘‘তা ধরুন, সামনের অঘ্রাণে দশ বছর পুরবে।’’

‘‘দশটি বছর আমার সঙ্গে থেকে শিখলি কী বল তো! এখনও তোর দেখার চোখ ফুটল না। কান তৈরি হল না, মগজ সজাগ হল না, হাত-পায়ের আড় ভাঙল না। সেই যে প্রথম দিন তোকে পরীক্ষা করার জন্য পটলার সাইকেলখানা চুরি করে আনতে পাঠিয়েছিলাম, সে কথা মনে আছে?’’

ভারী লজ্জা পেয়ে নবা বলে, ‘‘তা আর নেই! খুব মনে আছে।’’

‘‘জলের মতো সোজা কাজটা যেভাবে ভন্ডুল করেছিলি, তাতেই এলেম বোঝা গিয়েছিল তোর।’’

নবা কাঁচুমাচু হয়ে বলল, ‘‘তা কী করব ওস্তাদ, হাঁদারাম পটল যে তার সাইকেলের পিছনের চাকায় শেকল পরিয়ে তালা দিয়ে রেখেছে, তা কে জানত? সাইকেলটা টেনে নিয়েই চটপট উঠে পড়ে চালাতে গিয়েই দড়াম করে পড়লুম যে! প্রথম কেস তো!’’

‘‘সে না হয় হল। প্রথমটায় লোকে ভুলচুক করতেই পারে। সেটা ধরছি না। কিন্তু এই গেল হপ্তায় শিবু সমাদ্দারের বুড়ো পিসেমশাইয়ের হাতে ধরা পড়ে যে পঞ্চাশবার কান ধরে ওঠবোস করলি, তাতে যে আমার কতখানি বেইজ্জত হল, তা খেয়াল করেছিস?’’

নবা ভারী অপ্রস্তুত হয়ে মাথা চুলকে বলল, ‘‘আজ্ঞে ওস্তাদ, পাকা খবর ছিল যে, শিবু সেদিন মাদারপুরে শ্বশুরবাড়িতে গেছে। তাই নিশ্চিন্তে তার ঘরে ঢুকে মনের আনন্দে জিনিসপত্র সরাতে লেগেছিলাম। তা মেলা খুচরো জিনিস হয়ে যাওয়ায়, ভাবলুম, বিছানার চাদরে বেঁধে একটা পোঁটলা করে নিলে সুবিধে হবে। তখন কি

আর টের পেয়েছিলাম যে, বিছানায় শিবুর বুড়ো পিসেমশাই শুয়ে আছে। মাইরি, বিশ্বাস করুন, শিবুর যে কস্মিনকালে কোনও পিসেমশাই আছে, সেটাও আমার জানা ছিল না। কোন গোবিন্দপুর গাঁ থেকে সেদিন রাতেই এসে হাজির হয়েছে। তা পোঁটলা বেঁধে তুলতে গিয়ে দেখি বেজায় ভারী। তখন কি আর জানতুম যে, জিনিসপত্রের সঙ্গে শিবুর পিসেমশাইও পোঁটলাসই হয়েছে! কেঁদে-ককিয়ে পোঁটলা সবে ঘাড়ে তুলেছি, অমনই পোঁটলার ভিতর থেকে দু'খানা হাত বেরিয়ে এসে গলাটা পেঁচিয়ে ধরে বড্ড বেকায়দায় ফেলে দিয়েছিল। প্রথমে ভেবেছিলুম, ভূত! তাই একটু চেঁচামেচিও করে ফেলেছিলুম বটে! কপালটাই আমার খারাপ! নইলে পোঁটলার হাত গজাবে কেন?''

একটা দীর্ঘশ্বাস ফেলে টকাই বলল, ''শিবুর পিসেমশাইয়ের বয়স কত জানিস? একানব্বই বছর! হিসেব মতো থুখুড়ে বুড়ো, আর তুই ত্রিশ বছরের জোয়ান মর্দ। ঘাড়ে-গর্দানে চেহারা নিয়ে কোন আক্কেলে তুই বুড়ো মানুষটার হাতে নাকাল হলি বলতে পারিস?''

''মুশকিল কী জানো ওস্তাদ, আচমকা কাণ্ডটা হওয়ায় ঘাবড়ে গিয়েছিলুম কিনা! আর ঘাবড়ে গেলে আমার শরীরটা ভারী দুর্বল হয়ে পড়ে। তার উপর শিবুর পিসেমশাই হল গে বুড়ো মানুষ! বয়োজ্যেষ্ঠ, গুরুজন! বয়সের মানুষকে তো একটু সম্মানও দেখাতে হয়! তাই তার অপমান হবে ভেবে পালাতে ইচ্ছে হল না।''

''তাই পায়ে ধরে কেঁদেকেটে ক্ষমা চেয়েছিলি?''

''না না, পায়ে ধরার লোক আমি নই। যতদূর মনে আছে, হাঁটুর নীচে নামিনি। আর কান্না বলে লোকে মনে করলেও, ও ঠিক কান্না নয়। বেজায় সর্দি লেগেছিল বলে একটু ফ্যাঁচ ফ্যাঁচ ভাব ছিল। কান্না হতে যাবে কেন?''

''আর কান ধরে যে তোকে লোকজনের সামনে ওঠবোস করাল, সেটা বুঝি অপমান নয়?''

নবা একটু গ্যালগ্যালে হাসি হেসে বলল, ''তা ওঠ-বোস করেছি বই কী! সেদিন বিকেলে ডন-বৈঠক মারতে বেবাক ভুলে গিয়েছিলুম কিনা! তা পিসেমশাই যখন ওঠ-বোস করতে বলল, তখন ভাবলুম, ভালই হল! এই মওকায় মেরে নিই। হে হে, লোকে অবিশ্যি বুঝতে পারেনি। সবাই ভেবে নিল, আমি বোধহয় সত্যিই ভয় পেয়ে কান ধরে ওঠ-বোস করছি। কিন্তু আমি যে কায়দা করে বৈঠকি মারছি, সেটা আহাম্মকেরা ধরতেই পারেনি। হেঃ হেঃ, দিব্যি বোকা বানিয়ে এসেছি সবাইকে।''

একটা দীর্ঘশ্বাস ফেলে টকাই বলল, ''কেলেঙ্কারি যা করার তা তো করেইছিস, কিন্তু তা বলে কোন বুদ্ধিতে তুই শিবুর পিসেমশাইকে বলতে গিয়েছিলি যে, তুই আমার চেলা! নামটা ফাঁস করা কি তোর উচিত হল?''

ভারী অবাক হয়ে নবা বলে, ''নাম নেব না মানে? আমি কত বড় ওস্তাদের শাগরেদ, সেটা পাঁচজনকে বুক ঠুকে না বলে পারি? টকাই ওস্তাদের চেলা শুনলে যে লোকে হাতজোড় করে, পথ ছেড়ে দেয়।''

''বটে! তা হলে শিবুর পিসেমশাই সেটা করল না কেন?''

নবা একটু ভেবে বলল, ''হ্যাঁ, সেটা একটা কথা বটে! তবে বুড়ো মানুষদের তো ভীমরতিতেও ধরে। তারপর ধরুন, কানেও হয়তো খাটো; তারপর ধরুন, ঝোঁকের মাথায় অপমানটা করে ফেলেছে, পরে হয়তো ক্ষমা চাইবে।''

মাথা নেড়ে টকাই বলে, ''ওসব নয় রে, শিবুর পিসেমশাই হরদেব সিংহ আমার কাছে দুঃখ করে বলেছে, 'ওরে টকাই, তোর যে এমন দুরবস্থা হয়েছে, তা তো জানতুম না। তুই কত বড় ওস্তাদ ছিলি, লোকের পকেট মারলে পকেট নিজেও টের পেত না। আর সেই তুই কিনা এসব আনাড়ি লোককে দলে নিয়েছিস! এ তো চুরির অ-আ-ক-খ'ই শেখেনি!'''

নবা ছলছল চোখে বলল, ''আরে ওস্তাদ, আমিও তো সেই কথাটাই আপনাকে বোঝানোর চেষ্টা করছি। আপনি লাইন ছেড়ে দিলে আমার মতো অপদার্থ অপোগণ্ডের কী হবে! চুরি-সমুদ্রের তীরে আমি যে এখনও নুড়ি কুড়োচ্ছি! জটাবাবা কী বলল শুনলেন না! চুরি মোটেই পাপের মধ্যেই পড়ে না। অত বড় সাধক, ত্রিকালজ্ঞ, টক করে চিত্রগুপ্তের খাতায় অবধি উঁকি মেরে এসে বললে, আপনার পাপের খাতায় কিছু জমা পড়েনি!''

টকাই ভ্রুকুটি করে বলল, ''জটাবাবা যাই বলুক, চুরিটুরি যে খারাপ কাজ তাতে সন্দেহ নেই। তবে চোর যদি হতেই হয়, তা হলে চোরের মতো চোর হওয়াই ভাল। দিনকানা, অগ্রপশ্চাৎ বিবেচনাহীন, বোকা-হাঁদা, লোভী আর ছুঁকছুঁকে চোর হওয়া ঘেন্নার কাজ। হরদেববাবু কি আর সাধে দুঃখ করছিল, সে ছিল কদমপুরের ডাকসাইটে বড়দারোগা। জাঁহাবাজ লোক। সারা জীবনে মেলাই চোর-ডাকাত টিট করেছেন।''

নব বড় বড় চোখে চেয়ে বলে, ''দারোগা! শিবুর পিসেমশাই তা হলে দারোগা ছিলেন! তাই বলুন। অঙ্কটা তা হলে মিলেই গেল!''

''কী অঙ্ক মেলালি?''

''আজ্ঞে সে যখন আমাকে জাপটে ধরে পেড়ে ফেললে, তখনই আমি ওর গা থেকে পুলিশ-পুলিশ গন্ধ পেয়েছিলাম। চোর ধরার কায়দাকানুনও দেখলুম বেশ রপ্ত। তাই মনে হয়েছিল, এ লোক পুলিশ না হয়ে যায় না। কিন্তু একে বুড়ো মানুষ, তার উপর গায়ে পুলিশের উর্দিও নেই, ফলে একটা খটকা লেগেছিল।''

''হ্যাঁ রে, পুলিশের গায়ে কি আলাদা গন্ধ থাকে?''

নবা একগাল হেসে বলল, ''তা আর থাকে না! পুলিশের গন্ধ আমার খুব চেনা। সেবার গ্যাঁদালপোতায় মুরগি চুরির দায়ে যখন ধরে নিয়ে গিয়েছিল, তখন দু'-চারটে চড়চাপড় মেরে বড়বাবু শিবেশ্বর পুরকায়েত বলল, 'এটাকে আর ফাটকে পুরে কী হবে? বরং হাতে একটা হাতপাখা ধরিয়ে দে, সারারাত আমাকে বাতাস করুক, যা গরম পড়েছে!' তা বড়বাবুকে সারারাত বাতাস করতে করতে গন্ধটা খুব চিনে রেখেছিলুম। ও ভুল হওয়ার জো নেই। অনেকটা মোষ মোষ গন্ধ।''

''তোর নাকের তো খুব এলেম দেখছি। তা ভাল, চোরের মতো চোর হতে গেলে নাক-মুখ-চোখ সব কিছুই সজাগ হওয়াই দরকার। তা জটাবাবার কুটিরে ঢুকে কোনও গন্ধ পেয়েছিস?''

''তা আর পাইনি ওস্তাদ! খুব পেয়েছি। ফুল, চন্দন, আতর, ধূপকাঠি, সব মিলিয়ে মিশিয়ে ভারী স্বর্গীয় গন্ধ। মনে ভক্তিভাব এসে পড়ে।''

''তোর মাথা! এসবের নামগন্ধও ছিল না।''

''তা হলে?''

''ফাঁকা মাঠ, শুকনো পাতা আর মাটির সোঁদা গন্ধ ছাড়া আরও একটা সন্দেহজনক গন্ধ ছিল। সেটা হল স্পিরিট গামের গন্ধ।''

''সেটা কী জিনিস ওস্তাদ?''

''ওই আঠা দিয়ে যাত্রা-থিয়েটারের অ্যাক্টরের নকল দাড়ি-গোঁফ লাগায়। মনে হচ্ছে জটাবাবার দাড়ি-গোঁফও আসল নয়।"

''বলেন কী ওস্তাদ! অমন তেজি দাড়ি দেখে আমি তো ভাবলাম, মস্ত বড় সাধক।''

''সাধক বটে, তবে অন্য জিনিসের। আর ওই হিজিবিজি ছোকরাও দু'নম্বরি জিনিস।''

নবা চোখ গোল গোল করে বলে, ''বটে ওস্তাদ!''

একটা দীর্ঘশ্বাস ছেড়ে টকাই বলে, ''এদের মতলব ভাল নয় রে নবা। জটাবাবার বেদিটা ভাল করে লক্ষ করেছিস?''

''আজ্ঞে হ্যাঁ, চৌকোমতো, বেশ উঁচু।''

''হ্যাঁ, কিন্তু বেদি বানাতে মাটি বা ইটের দরকার হয়। এই জঙ্গলে তো ইটের জোগাড় নেই, আর আশপাশে কোথাও মাটি কাটার দাগও ছিল না। মনে হচ্ছে গোটাদুই বাক্সর উপর চট আর কম্বল দিয়ে ঢেকে বেদি করা হয়েছে। কিন্তু প্রশ্ন হল, বাক্সটা কীসের। আরও কথা আছে।''

নবা অবাক হয়ে বলে, ''আরও কী কথা ওস্তাদ?''

"আমি তুই, জটাবাবা আর হিজিবিজি ছাড়া এই ঘরে আরও একটা কেউ ছিল।"

"কই ওস্তাদ, আর তো কাউকে দেখলুম না।"

"সব জিনিস কি চোখে দেখা যায় রে, তবে আন্দাজ পাওয়া যায়। আমি পাঁচজনের শ্বাসের শব্দ পেয়েছি। রাতের অন্ধকারে যখন অচেনা বাড়িতে অন্ধকারে ঢুকতে হয়, তখন চোখ ততটা কাজ করে না, কিন্তু চোখের জায়গা নেয় কান। বুঝলি? তোর অবশ্য নাক, কান, চোখ, সবই সমান, সবক'টাই ভোঁতা।"

নবা লজ্জা পেয়ে বলে, "তা বটে ওস্তাদ, কিন্তু ওই পাঁচ নম্বর লোকটা কে?"

"লোক কি না তা জানি না! পাঁচ নম্বর যে মানুষই হবে এমন কোনও কথা নেই।"

নবা শশব্যস্তে বলে, "তার মানেটা কী দাঁড়াচ্ছে ওস্তাদ?"

"পাঁচ নম্বরের শ্বাসের শব্দটা একটু অন্যরকম, অনেকটা খুব আস্তে শিস দেওয়ার শব্দের মতো। আর শ্বাসটা অনেকক্ষণ বাদে বাদে ছাড়ে।"

"সাপখোপ নয়তো!"

"না। দেশের সব সাপের শ্বাস আমার জানা। এ অন্য কিছু, মানুষ হলেও অন্যরকম মানুষ। শোন, জটাবাবার কাছে এসেছিলাম নিজের পাপ কবুল করে মন্তর নেব বলে, কিন্তু এখন অন্য কথা ভাবছি। জটাবাবা বোধহয় আমার চেয়েও এককাঠি উপরের জিনিস, সুতরাং এখনও রিটায়ার করলে আমার চলবে না, ব্যাপারটা দেখতে হবে।"

চার

হাই বড় ছোঁয়াচে জিনিস। সামনে বসে যদি কেউ বড় বড় হাঁ করে প্রকাণ্ড প্রকাণ্ড হাই তুলতে থাকে, তা হলে তা দেখে সুমুখের মানুষটারও হাই উঠবেই কি উঠবে। নইলে এই সন্ধে সাড়ে সাতটার সময় হাই তোলার মানুষ শিবেন নয়। কিন্তু উদ্ধববাবুর নাতি, সাঁঝঘুমোনি নাতি গোবিন্দকে সন্ধেবেলা পড়াতে এলে শিবেনের এই ফ্যাসাদটা হয়। গোবিন্দ যখন পড়তে বসে, তখনই তার ঢুলুঢুলু অবস্থা। প্রথম অঙ্কটা হয়তো কোনওরকমে কষল, শিবেন সেটা যখন দেখছে, তখনই গোবিন্দ টেবিলে মাথা রেখে ঘুমে তলিয়ে গেছে। তাকে ডেকে-হেঁকে-ঝাঁকিয়ে, কাতুকুতু দিয়ে দ্বিতীয় অঙ্কটা করাতে বসালে গোবিন্দ অঙ্কের মাঝখানেই হাই তুলতে তুলতে বারকয়েক ঢুলে পড়ে। আর তখন শিবেনেরও হাই ওঠে, ঢুলুনি আসে। তিন নম্বর

অঙ্কে পৌঁছতে তাই অনেক সময় চলে যায়। গোবিন্দর ঘুম তাড়ানোর জন্য বাড়ির লোকও কম চেষ্টা করেনি। প্রথমে একজন ঢাকিকে আনানো হয়েছিল। কিন্তু ঢাকের বিকট শব্দে পাড়াপ্রতিবেশীরা অতিষ্ঠ হয়ে থানা পুলিশ করবে বলে জানায়। তা ছাড়া গোবিন্দর ঘুম ঢাকেরও তোয়াক্কা করেনি বলে ঢাকের বদলে লঙ্কাপোড়া দিয়ে পড়ার ঘরে ধোঁয়া দেওয়া হল। তাতে গোবিন্দ যেমন নাকাল, তার চেয়েও বেশি নাকাল হল বাড়ির লোকেরা। সবাই হেঁচে কেশে অস্থির। তারপর চোখে সর্ষের তেল, ঠান্ডা জলের ঝাপটা ইত্যাদি অনেক কিছুই করা হয়েছে। কিন্তু গোবিন্দর ঘুম তাতে নড়ার নামটিও করেনি। ওই ঘুমের জন্যই গোবিন্দর জনাসাতেক প্রাইভেট টিউটর কাজে ইস্তফা দিয়ে চলে গেছে। তবে শিবেন ধৈর্যশীল মানুষ এবং ডাকাবুকো লোক। ময়নাগড়ে নতুন এসেছে স্কুলে মাস্টারির চাকরি নিয়ে। তিন মাসেই লোকে জেনে গেছে শিবেনের অঙ্কের মাথা খুব পাকা, তাই তাকে নিয়ে ছাত্তরমহলে কাড়াকাড়ি। উদ্ধববাবু অনেক বেশি টাকা কবুল করে তাকে নিজের অপোগণ্ড নাতি গোবিন্দর জন্য নিয়োগ করেছেন। বলেছেন, ‘‘বাপু হে, আশি-নব্বই নয়, অঙ্কে তিরিশটি নম্বর জোগাড় হলেই আমি খুশি।’’ দু’ মাস হল শিবেন লেগে আছে। গোবিন্দর তেমন কোনও উন্নতি হয়েছে বলে তার মনে হচ্ছে না। অঙ্কের উন্নতি না হলেও, দিন দিন যে গোবিন্দর ঘুমের উন্নতি হচ্ছে, তাতে সন্দেহ নেই।

আজ অবিশ্যি গোবিন্দ পড়তে এসেই হাই তুলে বলল, ‘‘জানেন মাস্টারমশাই, আজ দাদু ভূত দেখেছে।’’

শিবেন ভূতে বিশ্বাসী নয়, কৌতূহলও নেই। অঙ্কের বইয়ের পাতা ওলটাতে ওলটাকে আনমনে শুধু বলল, ‘‘তাই নাকি?’’

‘‘হ্যাঁ মাস্টারমশাই, লম্বা, ফর্সা, ম্যাজিশিয়ান ভূত!’’

‘‘বটে! ভূত আবার ম্যাজিশিয়ানও হয়, কখনও শুনিনি তো!’’

গোবিন্দ তিন মিনিটের একটা ঢুলুনি সামলে নিয়ে বলল, ‘‘তাকে পাঁচুও দেখেছে। তার নাম হিজিবিজি।’’

এতক্ষণ এসব কথায় তেমন গা করেনি শিবেন। এবার হঠাৎ চমকে উঠে বলল, ‘‘কী নাম বললে?’’

গোবিন্দ পাক্কা পাঁচ মিনিট অঘোরে ঘুমিয়ে নিয়ে তারপর ঢুলুঢুলু চোখে চেয়ে বলল, ‘‘ওঃ হ্যাঁ, তার নাম হিজিবিজি।’’

শিবেনের মুখটা একটু ফ্যাকাসে হয়ে গেল। কপালে দুশ্চিন্তার ভাঁজ। খানিকক্ষণ গোবিন্দর টেবিলের উপর নোয়ানো মাথাটার দিকে চেয়ে থেকে আপন মনেই বিড়বিড় করে বলল, ‘‘তা হলে কি সন্ধান পেয়েছে?’’

ঠিক এই সময় উদ্ভববাবু ঘরে ঢুকে খুবই উদ্বেগের গলায় বলে উঠলেন, ‘‘সন্ধান পাবে কী করে হে! সে কি মনিষ্যি, যে সন্ধান পাবে?’’

শিবেন থতমত খেয়ে কী বলবে ভেবে না পেয়ে শুধু বলল, ‘‘যে আজ্ঞে!’’

উদ্ধববাবু চোখ গোল গোল করে বললেন, ‘‘বললে বিশ্বাস হবে না ভায়া, জলজ্যান্ত দিনেদুপুরে ভূত এসে হাজির হয়েছে। কী বিপজ্জনক পরিস্থিতি বলো তো! এরকম চলতে থাকলে তো ময়নাগড় একেবারে ভূতের বৃন্দাবন হয়ে উঠবে!’’

শিবেন একটু উদ্বেগের গলায় বলল, ‘‘তাকে আপনি কোথায় দেখেছেন?’’

‘‘সকালবেলায় বাজারে যাওয়ার পথে, তেঁতুলতলায়। কী বলব ভায়া, তার সঙ্গে যে কিছুক্ষণ খোশগপ্পও করেছি। ভূত বলে ঘুণাক্ষরেও বোঝা যায়নি। রঙ্গরসিকতাও করছিল। দিব্যি সুন্দরপানা লম্বা চওড়া চেহারা, তার ওপর দিনমানের আলোয় দেখা। ভূত বলে মনে হওয়ার কারণও ছিল না। কথা কইতে কইতে হঠাৎ গায়েব হয়ে যাওয়াতেই বুঝলাম যে, সে ভূত।’’

শিবেন একটু গম্ভীর হয়ে বলে, ‘‘গোবিন্দ বলছিল, লোকটা নাকি ম্যাজিশিয়ান!’’

‘‘তা বলছিল বটে! কিন্তু তার কোন কথাটা সত্যি, আর কোন কথাটা মিথ্যে, তা কে বলবে!’’

‘‘ম্যাজিশিয়ানরা অনেক কৌশল জানে। ভ্যানিশ হয়ে যাওয়া তার একটা কৌশলও হতে পারে।’’

‘‘আহা, ওসব স্টেজে হয়। কিন্তু দিনেদুপুরে একটা লোকের হঠাৎ হাওয়ায় মিলিয়ে যাওয়া তো আর চাট্টিখানি কথা নয়।’’

‘‘উন্নততর প্রযুক্তি আর কৌশলে সবই সম্ভব।’’

উদ্ধববাবু একটা চেয়ার টেনে শিবেনের পাশে বসে গলা নামিয়ে বললেন, ‘‘বাপু হে, তুমি তো সায়েন্সের লোক, অনেক জানোটানো, তা হলে কি বলতে চাও, লোকটা আমার চোখে ধুলো দিয়েছে?’’

শিবেন একটু হেসে বলল, ‘‘সেটাই সম্ভব। আমি বিজ্ঞানের ছাত্র। ভূতপ্রেত মানি না। আপনি যাকে দেখেছেন তাকে ভূত বলে মনে হচ্ছে না। তবে সে কোনওভাবে একটা অপটিক্যাল ইলিউশন তৈরি করেছিল। উন্নততর প্রযুক্তির সাহায্যে সেটা সম্ভব হতেও পারে।’’

‘‘তা হলে কি লোকটা আমাকে ম্যাজিক দেখিয়ে বোকা বানাল?’’

‘‘আমার অন্তত তাই মনে হচ্ছে।’’

‘‘দাঁড়াও বাপু, দাঁড়াও। ছোকরা আমাকে কিছু কথা বলেছিল।’’

শিবেন হঠাৎ অত্যন্ত আগ্রহের সঙ্গে বলল, ‘‘কী কথা?’’

‘‘বলেছিল, তাকে নাকি কিছু লোক খুঁজে বেড়াচ্ছে। সে সেইজন্য গা-ঢাকা দিয়ে থাকার জায়গার সন্ধানে ময়নাগড়ে এসে হাজির হয়েছে। কারা খুঁজছে জিজ্ঞেস করায় সে পুলিশ, মিলিটারি আর ইন্টারপোলেরও নাম করেছিল। এখন ভাবছি, ভূত হলে পুলিশ-টুলিশের তো তাকে খোঁজার কথা নয়।’’

শিবেন একটু নিভে গিয়ে বলে, ‘‘যে আজ্ঞে!’’

‘‘তোমার কী মনে হয় বলো তো ভায়া, লোকটা ভূত না উঁচুদরের ধাপ্পাবাজ?’’

শিবেন একটা দীর্ঘশ্বাস ছেড়ে বলে, ‘‘ভূত নয় বলেই জানি। তবে ধাপ্পাবাজ কি না তা জানি না!’’

‘‘আমি বুড়োমানুষ, চোখের ভুল হলেও হতে পারে। কিন্তু পাঁচু তো আর বুড়ো নয়। সেও তো দেখেছে।’’

‘‘পাঁচু কে বলুন তো?’’

‘‘সে তুমি চিনবে না। গাঁয়ের ছেলে, নিষ্কর্মা।’’

‘‘বিশ্বাসবাড়ির বোকাসোকা ছেলেটা নাকি?’’

‘‘হ্যাঁ। সে-ই।’’

‘‘পাঁচু মাঝে মাঝে আমার কাছে আসে। তাকে চিনি। আপনারা দু’জন ছাড়া আর কেউ দেখেছে লোকটাকে?’’

মাথা নেড়ে উদ্ধববাবু বললেন, ‘‘দেখলেও কেউ কবুল করেনি। তবে সে যখন এখানে থানা গেড়েছে তখন অনেকেই দেখবে।’’

শিবেন খুব চিন্তিত হয়ে বলল, ‘‘হুঁ।’’

‘‘তা হলে ভয়ের কিছু নেই বলছ তো! সায়েন্সের লোকেরা ভরসা দিলে আমরা একটু জোর পাই। এই তো সেদিন নরহরি ঘোষ বলল, সায়েন্সে নাকি বলেছে, শনিপুজোর সিন্নি খেলে নাকি ম্যালেরিয়া সেরে যায়। কারণ, তাতেই শনির তেজস্ক্রিয়তা এসে ঢুকে এমন ভজঘট্ট পাকিয়ে তোলে যে, ম্যালেরিয়া পালানোর পথ পায় না।’’

‘‘বলেছে বুঝি?’’

‘‘নরহরি সায়েন্সের মেলা খবর-টবর রাখে। এই গাঁয়ে বিজ্ঞানের সলতেটা ও-ই জ্বালিয়ে রেখেছে কিনা! অ্যাটম বোমা জিনিসটা কী তা নরহরিই তো একদিন জলের মতো বুঝিয়ে দিল আমাদের।’’

‘‘বটে!’’

‘‘তবে আর বলছি কী। বলল, অ্যাটম নাকি পোস্তদানার চেয়েও ছোট জিনিস।

তবে ভারী তেজি, লম্বা মতো একটা নলের মধ্যে ভরে খুব ঠেসে দিতে হয়, তারপর এরোপ্লেনে উঠে পলতেয় আগুন দিয়ে ফেলে দিতে হয়। যখন ফাটে তখন নাকি দেখবার মতো জিনিস। আমাদের কাশেমের চরে নাকি অ্যাটমের খনি আছে। বস্তা বস্তা অ্যাটম চালান হচ্ছে বিদেশে। অ্যাটম বেচেই তো কাশেম লাল হয়ে গেল।''

একটা দীর্ঘশ্বাস ফেলে শিবেন বলল, ''নরহরিবাবু খুবই জ্ঞানী লোক দেখছি।''

''এমনিতে নরহরি লোক সুবিধের নয়, বুঝলে। ভারী ঝগড়ুটে, বিশ্বনিন্দুক, হাড়কেপ্পন। কিন্তু বিজ্ঞানটা জানে ভাল। স্কুলের সায়েন্সের মাস্টারমশাই বিষ্টুবাবু পর্যন্ত ওর সামনে দাঁড়াতে পারেন না। স্কুলে সেদিন মাধ্যাকর্ষণ বোঝাতে গিয়ে নিউটনের সেই গাছ থেকে আপেল পড়ার বৃত্তান্ত বলছিলেন বিষ্টুবাবু। তা নরহরি সেদিন চণ্ডীমণ্ডপে বসে বলছিল, বিষ্টুবাবু অর্ধেকটা জানেন, বাকি অর্ধেকটা জানেন না। আপেলটা পড়েছিল ঠিকই, তবে সেটা পড়েছিল নিউটনের মাথায়। বিলেতের আপেল, সাইজেও এক-একটা তালের মতো। মাথায় পড়াতে নিউটনের ঘিলু চলকে গিয়ে দিব্যদৃষ্টি খুলে যায়, আর তাইতেই মাধ্যাকর্ষণ আবিষ্কার করে ফেলেন। তবে নরহরি এ কথাও বলেছে, মাধ্যাকর্ষণের আসল ব্যাপারটা খুব গুহ্য কথা, এখনও বিজ্ঞানীরা সব চেপেচুপে রেখেছেন। কয়েক বছর পর তা প্রকাশ পাবে।''

শিবেন অবাক হয়ে বলে, ''সে কথাটা কী?''

উদ্ধববাবু গলা খাটো করে বললেন, ''আগে নাকি মাধ্যাকর্ষণ বলে কিছু ছিল না। তখন মানুষ, গোরু, কুকুর ছাগল মায় গাছপালা অবধি গ্যাসবেলুনের মতো ভেসে ভেসে বেড়াত, তারপর উঁচুতে উঠতে উঠতে স্বর্গে গিয়ে ঠেকত। তাইতে স্বর্গের লোকেরা ভারী জ্বালাতন হয়ে উঠল। স্বর্গে গাদাগুচ্ছের মানুষ। গোরু, ছাগল ঢুকে পড়ায় বিশৃঙ্খল অবস্থা। ওদিকে পৃথিবী ফাঁকা পড়ে আছে। সৃষ্টি রসাতলে যাচ্ছে। তখন নাকি সৃষ্টি বাঁচাতে ব্রহ্মা একটা রাক্ষুসে চুম্বক মাটির নীচে পেতে দিলেন। ব্যস, সেই থেকে সব আমরা আটকে আছি।''

''এটাও কি সায়েন্সে বলেছে?''

''তবে? নরহরির কাছে পুঁথিখানা আছে, খুব গুপ্ত পুঁথি। সাহেবদেরই বই, তবে বাংলায় লেখা। খালাসপুরের হাটে যুধিষ্ঠির দাস নামে যে লোকটা বইপত্র বেচতে আসে, তার কাছ থেকে মেলা ঝোলাঝুলি করে কেনা, দু'টাকার বই দশ টাকায় রফা হয়েছে।''

শিবেনের ফের দীর্ঘশ্বাস পড়ল। সে মিনমিন করে বলল, ''সাহেবরা বাংলা বই লিখতে যাবে কেন সেটাই বুঝতে পারছি না।''

উদ্ধববাবু গলাটা আরও খাটো করে বললেন, ''আহা, এটা না বোঝার কী আছে

হে বাপু! ইংরিজিতে লিখলে অন্য সব সাহেবরা জেনে যাবে যে! বাংলায় লিখলে জিনিসটা লেখাও হয়ে রইল, গোপনও থাকল। বড় বড় দোকানে ও বই পাবে না, গাঁয়ে-গঞ্জে খুব গোপনে দু'-চারজন বিক্রি করে।''

একটু আগে গোবিন্দর হাই তোলা দেখে শিবেনেরও হাই উঠেছিল। ঘুম ঘুম ভাবটাও বেশ চেপে ধরেছিল তাকে। এখন এসব বৃত্তান্ত শুনে ঘুম পালিয়েছে বটে, কিন্তু দীর্ঘশ্বাসের পর দীর্ঘশ্বাস পেয়ে বসেছে শিবেনকে। দীর্ঘশ্বাসকে চেপেচুপে ছোট করাতে কিছুতেই পেরে উঠছে না সে। মাথাটাও একটু একটু ঘুরছে। সে ক্ষীণ কণ্ঠে বলল, ''এবার তা হলে আসি উদ্ধববাবু?''

''আহা, আটটা দশ মিনিট বাজছে যে! এ সময়ে বেরোতে আছে?''

অবাক হয়ে শিবেন বলে, ''আটটা দশ মিনিটে বেরোলে কী হয়?''

''তুমি যে জমিদারবাড়ির খাজাঞ্চিখানায় থাকো। ওর কাছেই তো পদ্মঝিল। এ সময়ে কলসি-কানাই ঝিল থেকে উঠে তার বউ বাচ্চাকে দেখতে যায় যে।''

শিবেন হাঁ করে চেয়ে থেকে বলল, ''কলসি-কানাইটা আবার কে?''

উদ্ধববাবু খুব বিজ্ঞের মতো হেসে বললেন, ''তাও জানো না তুমি! কলসি-কানাই সম্পর্কে বেশি না বলাই ভাল। নতুন এসেছ এই গাঁয়ে, ভয়টয় পাবে। তবে মোদ্দা কথা হল, রাত আটটা থেকে ন'টার মধ্যে পদ্মঝিলের দিকটায় না যাওয়াই ভাল, বলা তো যায় না!''

শিবেন একটু হেসে বলল, ''ভূত নাকি? আপনাকে তো বলেইছি, আমি বিজ্ঞানের ছাত্র, ভূত-টুত মানি না।''

''ওরে বাপু, ভূতেরও বিজ্ঞান আছে, না কি? নইলে ভৌতবিজ্ঞান হল কী করে?''

''আজ্ঞে, ভৌতবিজ্ঞান অন্য জিনিস। সেটা ভৌতিক বিজ্ঞান নয়।''

''ওপর-ওপর বোঝা যায় না হে! তলিয়ে পড়লে দেখবে, ওর মধ্যেই ঠারেঠারে ভূতের বৃত্তান্ত গোঁজা আছে।''

''আজ্ঞে সেটাকেই বোধহয় গোঁজামিল বলে।''

''বিজ্ঞানেই তো বাপু পঞ্চভূতের কথা আছে।''

শিবেন বেশ বিনয়ের সঙ্গেই বলল, ''তা বটে! তবে সেই ভূত কিন্তু প্রেতাত্মা নয়।''

''মিলেমিশে থাকে হে, টক করে বোঝা যায় না। একটোপ্লাজম কী জিনিস জানো?''

''আজ্ঞে না।''

"ভূত হল ওই জিনিস দিয়ে তৈরি, যদ্দুর শুনেছি, এক চামচ ক্ষিতি, দেড় চামচ অপ, এক চিমটি তেজ, এক খাবলা মরুৎ, আর খানিকটা ব্যোম মিশিয়ে তার মধ্যে একটু ফসফরাস ঘষে দিলেই একটোপ্লাজম তৈরি।"

শিবেন উঠে হাতজোড় করে বলল, "বড্ড রাত হয়ে যাচ্ছে উদ্ধববাবু, আজ আসি। শরীরটা একটু কাহিল লাগছে।"

"যাবে! তা ঝিলের ধারের রাস্তায় না গিয়ে বাবুপাড়ার রাস্তা দিয়ে যেয়ো।"

"যে আজ্ঞে!" বলে শিবেন বেরিয়ে পড়ল।

সন্ধের পর ময়নাগড় ভারী ভয়ের জায়গা, কারণ শীতকালের দিকটায় আশেপাশে চিতাবাঘের খুব উৎপাত। তা ছাড়া উত্তরের জঙ্গলে যেসব ভালুকের কথা শোনা যায়, তারাও বিশেষ ভালমানুষ নয়। বাগে পেলে লম্বা নখ আর দাঁতে ছিন্নভিন্ন করে দেয়। মাঝে মাঝে হাতির পালও বেরোয়। নেকড়ে বাঘ বা বুনো কুকুরের দৌরাত্ম্যের কথাও খুব শোনা যায়। কাজেই সন্ধের পর ময়নাগড় ভারী শুনশান জায়গা। পথের লোকের চলাচল নেই বললেই হয়। সন্ধে সওয়া আটটায় যেন নিশুতি রাত নেমে এসেছে।

প্রচণ্ড ঠান্ডাতেও শিবেনের মাথাটা আজ গরম। ভূতপ্রেতে সে বিশ্বাসী নয় ঠিকই, কিন্তু যে বিপদের আঁচ সে পেয়েছে, তাতেই বুক ধকধক করছে, মনে উদ্বেগ, রাস্তায় পা দিয়ে সে অত্যন্ত দ্রুতবেগে হাঁটছিল। গাঁয়ের হাতুড়ে ডাক্তার নগেন সরখেলের চেম্বারে গাঁয়ের প্রবীণদের একটা সান্ধ্য জমায়েত হয়। বাঁদুরে টুপি, সোয়েটার, চাদরে জাম্বুবান হয়ে সব বসে আছে। আর ভিতর থেকে হরগোবিন্দ ঘোষাল মুখ বাড়িয়ে হেঁকে বলল, "কে হে, শিবেন নাকি?"

"যে আজ্ঞে।"

"দাঁড়াও বাপু, দাঁড়াও। কখন থেকে বাড়ি যাব বলে একজন সঙ্গী খুঁজছি, তা ওইখানে যাওয়ার কেউ নেই আজ। বুড়োমানুষ, তার উপর পাঁচু খবর দিয়ে গেল বাঁশতলার কাছে, রামহরির বাড়ি থেকে তার বাছুরটাকে আজ সন্ধেবেলায় চিতাবাঘে নিয়ে গেছে।"

বাধ্য হয়ে দাঁড়াতে হল শিবেনকে। যদিও মনটা উচাটন, কিন্তু গাঁয়ে থাকতে গেলে সকলের সঙ্গে সমঝোতা থাকা ভাল।

হরগোবিন্দ ঘোষাল সঙ্গ ধরে বলল, "ওই উদ্ধবের নাতি গোবিন্দর পিছনে বাপু তুমি বৃথাই আয়ুক্ষয় করছ। গোবিন্দর ঘুম কেউ ভাঙাতে পারবে না। তার চেয়ে তুমি বরং আমার নাতি বলাইকে পড়াও। গত বার্ষিক পরীক্ষাতেও অল্পের জন্য অঙ্কের লেটার মার্ক ফসকে গেছে। তুমি হাতে নিলে একশোতে একশো পাবে।"

"বলাই অঙ্কে কত পেয়েছিল?"

"ওই তো বললুম, লেটার মার্কটা পেয়েও পেল না। সরল অঙ্কটা সব ঠিকঠাক করেও উত্তরের জায়গায় শূন্যের বদলে নাকি এক লিখেছিল। আসলে লিখেছিল শূন্যই, কিন্তু তাড়াহুড়োয় কলমের খোঁচা লেগে শূন্যের মাথায় একটা টিকি বসে যায়। তাইতেই দশ-দশটা নম্বর পিছলে গেল। চৌবাচ্চার অঙ্কেও তাই, সব ঠিকঠাক করে শেষ লাইনে কী একটা গণ্ডগোল, গেল দশটা নম্বর। কপালের ফেরে অ্যালজেবরাতেও এক্স লিখল, মাস্টারমশাই সেটা ওয়াই ভেবে দিলেন ঘ্যাচাং করে নম্বর কেটে। কপালের ফের রে ভাই! জ্যামিতির কথা শুনবে? যতবার ত্রিভুজ আঁকতে যায়, পেনসিলের শিস যায় ভেঙে। ফের পেনসিল কেটে শিস বার করতে করতে ঘণ্টা পড়ে গেল। যাই হোক, লেটার মার্ক ফসকালেও নম্বর খুব একটা খারাপ নয়। আটত্রিশ, একটু ধরিয়ে মকশো করে দিলে, ওই আটত্রিশ অষ্টাশি হতে লহমাও লাগবে না।"

"আমি যতদূর জানি, বলাই বার্ষিক পরীক্ষায় অঙ্কে তেইশ পেয়েছিল।"

"আহা, খাতায় কলমে তেইশ হলেও, যে অঙ্কগুলো ঘণ্টা পড়ে যাওয়ায় করতে পারেনি, সেগুলো ধরলে আটত্রিশ কেন, একটু বেশিই দাঁড়ায়। স্কুলের পরীক্ষায় আর ক'টা ছেলের ঠিকঠাক অ্যাসেমেন্ট হয় বলো!"

"তা অবিশ্যি ঠিক।"

বলে শিবেন ফের দীর্ঘশ্বাস ফেলল।

হরগোবিন্দ ঘোষাল গলাটা একটু নামিয়ে বলল, "বাপু হে, তুমি যে কেন জমিদারবাড়ির খাজাঞ্চিখানায় পড়ে আছ তা বুঝি না। ও হল হানাবাড়ি, আজ বিশ-পঁচিশ বছর হল ও বাড়িতে কেউ থাকে না। শুধু বুড়ো শ্যামাচরণের তিন কুলে কেউ নেই বলে নাচার হয়ে পড়ে আছে। সে অবিশ্যি ওই বাড়িতেই সারাজীবন কাটিয়েছে বলে মায়ার টানও হয়তো একটু আছে। কিন্তু কাজ কি তোমার ওই ভুতুড়ে বাড়িতে পড়ে থেকে? বরং আমার বাড়িতে চলে এসো। বাইরের বাগানের দিকটায় দুই নাতি কানাই আর বলাইয়ের জন্য পড়ার ঘর করেছি। দিব্যি বড়সড় ঘর। তার একধারে চৌকি পেতে দিব্যি থাকবে। দু'বেলা আমাদের সঙ্গেই দু'টি খেয়ো। কোনও অসুবিধে হবে না। ওই সঙ্গে কানাই, বলাইকে ঘষেমেজে একটু মানুষ করে দাও।"

শিবেন হেসে বলে, "আজ্ঞে, আপনার প্রস্তাব তো খুবই ভাল! তবে কিনা আমার খাজাঞ্চিখানায় থাকতে কোনও অসুবিধে হচ্ছে না। ভূতের ভয় আমার নেই। জায়গাটা নিরিবিলি বলে আমার লেখাপড়ারও একটু সুবিধে হয়।"

হরগোবিন্দ ভারী অবাক হয়ে বলল, "লেখাপড়া? মাস্টার হয়ে আবার লেখাপড়া

কীসের? বলি, লেখাপড়া শেষ করেই তো লোকে মাস্টার হয়! তারপরও কেউ লেখাপড়া করে নাকি? তা হলে আর জীবনে সুখ কী রইল বলো?"

"কেন, লেখাপড়ার মধ্যে কি সুখ নেই?"

"দূর দূর! কী যে বলো ভায়া! লেখাপড়ার মধ্যে আবার সুখের কী দেখলে? শুকনো বই খুলে বসে থাকার কোনও মানে হয়? সময় নষ্ট, আয়ু ক্ষয়, শিরঃপীড়া, চোখে ছানি আসবে, আমার বাড়িতে গেলে দেখবে নাতিউতিদের পড়ার বই ছাড়া বই বলতে আছে শুধু একখানা পঞ্জিকা, একখানা লক্ষ্মী আর একখানা সত্যনারায়ণের পাঁচালি আর একখানা কাশীদাসী মহাভারত। আর বইপত্রের নামগন্ধও নেই। বই পড়া মানে তো সুস্থ শরীরকে ব্যস্ত করা ছাড়া কিছু নয়। এই আমাকেই দেখো না কেন, স্কুলের গণ্ডিটা ডিঙিয়েই ও পাট চুকিয়ে দিয়েছি। সকালে উঠে একটু হরিনাম নিয়েই গো-সেবায় লেগে পড়ি। তারপর চাট্টি মুড়িটুড়ি খেয়ে বাজারে যাই। দুপুরে চাট্টি খেয়েই লম্বা দিবানিদ্রা। বিকেলে একটু বাগানের কাজ, তারপর আড্ডা। এই এখন বাড়িতে ফিরে খেয়েদেয়ে লেপের তলায় ঢুকে যাব। একঘুমে ভোর, দিব্যি আছি।"

শিবেন মাথা নেড়ে বলে, "তাই বটে, তবে আমার একটু লেখাপড়ার বাই আছে।"

হরগোবিন্দ কৌতূহলী হয়ে বলল, "তা কী বই পড়ো তুমি? নাটক, নভেল, নাকি গুপ্তবিদ্যাটিদ্যা কিছু?"

"আজ্ঞে না, আমি হায়ার ম্যাথামেটিক্স আর বিজ্ঞানের বই পড়ি।"

"ওরে বাবা! শুনেছি অঙ্কের বই নিয়ে বেশি ঘাঁটাঘাঁটি করলে হাঁফানি আর শ্লেষ্মার দোষ হয় আর বিজ্ঞান নিয়ে বেশি ঘাঁটাঘাঁটি করাও নাকি ভাল কথা নয়। ওতে লোকে নাস্তিক হয়। আর তাতে ঠাকুর-দেবতারা ভারী কুপিত হয়ে ওঠেন।"

শিবেন শান্ত গলায় বলে, "বইটই না পড়লে জ্ঞান হবে কী করে? জ্ঞানই তো মানুষের মস্ত সম্পদ।"

ঘোষাল একটু ভাবিত হয়ে বলল, "সেকথাও মিথ্যে নয়। জ্ঞান খুব দামি জিনিসই হবে। তবে কী জানো বাপু, বেশি জ্ঞানই কি ভাল? এই যে আমাদের মন্মথবাবু বিদ্যে একেবারে গুলে খেয়ে বসে আছেন। তা তাঁর কি তাতে শান্তি আছে? পেটে বিদ্যে আছে বলে রাজ্যের লোক তাঁর কাছে দরখাস্ত লেখাতে আসে। নানা জটিল জিনিস সরল করে বুঝতে হাজির হয়। একদিন তো শুনলুম, কোথাকার একটা উটকো লোক এসে তেঁতুলবিচিকে কেন কাঁইবিচি বলা হয় তাই নিয়ে সকাল থেকে দুপুর অবধি তর্ক করে গেল।"

শিবেন হতাশ হয়ে বলল, "আপনি দেখছি লেখাপড়া বিশেষ পছন্দ করেন না! তা

হলে আর নাতিকে বিদ্বান করতে চাইছেন কেন?"

হরগোবিন্দ বলল, "আহা, বিদ্যে কি আর খারাপ জিনিস? তা তো আর বলিনি হে বাপু। বলছি কোনও জিনিসের বাড়াবাড়ি কি ভাল? পড়ার বয়সে না হয় একটু পড়লে-টড়লে, কিন্তু তারপর পাশটাস করে চাকরিতে ঢুকে গেলে আর ওসবের দরকারটা কী? তা, সে কথা থাক। তুমি তা হলে ওই খাজাঞ্চিখানাতেই থাকবে বলে মনস্থ করেছ তো!"

"আজ্ঞে হ্যাঁ, জায়গাটা ভারী ভাল। যেমন বড় ঘর, তেমনই ভারী নিরিবিলি।"

"তা বটে, তবে কিনা ওই খাজাঞ্চিখানাতেই নগেন পোদ্দার গলায় ফাঁস দিয়ে মরেছিল।"

"নগেন পোদ্দার কে বলুন তো?"

"সে অবশ্য চল্লিশ বছর আগেকার কথা। খাজাঞ্চিখানায় খাতা লিখত নগেন পোদ্দার। জমিদার প্রসন্ন রায়ের আমল। নগেন পোদ্দারের মতো অমন হাড়কেপ্পন লোক আর ভূভারতে নেই। চেহারাখানাও হাড়গিলে শকুনের মতো। সর্বদা চারিদিকে শ্যেনদৃষ্টি। এক পয়সা ফাদার-মাদার। কোথাও কাঙালিভোজন হচ্ছে খবর পেলেই সেখানে গিয়ে পেটপুরে খেয়ে আসত। খেয়ে না-খেয়ে এক কলসি টাকা জমিয়েছিল। একদিন সেই টাকা কলসি সমেত চুরি যায়। টাকার শোকে নগেন প্রথমে পাগল হয়ে গেল, তারপর পাথর। চুপচাপ বসে বিড়বিড় করত। তারপর এক রাতে ফাঁসিতে ঝুলে পড়ল। তার প্রেতাত্মা সেই টাকার কলসি খুঁজে বেড়াত, অনেকেই দেখেছে। তাই বলছিলাম, ভায়া, খাজাঞ্চিখানা জায়গাটা এমনিতে মন্দ নয় বটে, তবে কিনা—"

"আমি তো বলেইছি, আমার ভূতপ্রেতে বিশ্বাস নেই, ভয়ও নেই।"

"তারপর ধরো, শীতকালটা খারাপ কিছু নয়। কিন্তু গরম পড়লেই দেখবে, আনাচকানাচ থেকে বিষধর সব চক্করওয়ালা লতানে জিনিস বেরিয়ে আসবে। গোখরো, চন্দ্রবোড়া, কালাচ, কেউটে, কী নেই সেখানে। চারধারে কিলবিল করে বেড়াবে।"

"কই, আমি তো তেমন সাপখোপ দেখতে পাইনি কখনও।"

"আহা, তার কি আর সময় গেছে! গতবার দেখোনি তো কী হল! এবারেই হয়তো দেখবে। তাই বলছিলাম, কাজ কী তোমার ওই বিপদের মধ্যে থেকে?"

শিবেন হেসে বলল, "বিপদ ঘটলে তখন দেখা যাবে।"

হরগোবিন্দ ঘোষাল নিজের বাড়ির মোড়টায় এসে বলল, "চলি হে ভায়া, যা বললুম একটু ভেবে দেখো, আখেরে তোমার লাভই হবে।"

শিবেন জবাব না দিয়ে হাঁটা ধরল।

জমিদার বাড়িটা বিশাল বাগান দিয়ে ঘেরা। বাগানের পাঁচিল অনেক জায়গায় ভেঙে পড়েছে। বাগানে আগাছাও বিস্তর।

ফটক থেকে অনেকটা ভিতর দিকে, অন্ধকারে পুরোনো বাড়িটা দাঁড়িয়ে আছে। প্রাসাদ না হলেও বাড়িখানা পেল্লায় বড়। এখন আর কেউ এখানে থাকে না। বুড়ো শ্যামাচরণই একমাত্র পড়ে আছে, যাওয়ার জায়গা নেই বলে।

ফটক দিয়ে ভিতরে ঢুকে বাঁ-ধারে পুকুরের পুব ধারে ব্যারাকের মতো একটা লম্বা দালানই হচ্ছে খাজাঞ্চিখানা। শিবেন টর্চ জ্বেলে দেখল, তার ঘরের সামনে বারান্দায় শ্যামাচরণ একখানা চাদরে মুড়িসুড়ি দিয়ে বসে আছে।

"এ কী শ্যামাদা, তুমি এখানে বসে আছ যে!"

"আর বোলো না, তোমার ঘরে যে আজ সন্ধেরাতে চোর ঢুকেছিল!"

শিবেন চমকে উঠে বলল, "চোর! বলো কী!"

"রোজ সন্ধেবেলা আমি একটু হরিনাম শুনতে বিষ্ণুমন্দিরে যাই, সবাই জানে। আজ একটু শরীরটা রসস্থ হওয়ায় যাওয়া হয়ে ওঠেনি। ঠাকুরদালানে পিদিম জ্বেলে দিয়ে ঘরে ফেরার সময় হঠাৎ দেখি দু'-দুটো লোক তোমার ঘরের দরজার তালা খোলার চেষ্টা করছে। হাঁক করতেই অবশ্য দুদ্দাড় করে পালিয়ে গেল। কিন্তু লক্ষণটা ভাল ঠেকল না। ময়নাগড়ের সব চোর আমার চেনা। আবছা অন্ধকারে দেখা বটে, কিন্তু এরা এখানকার লোক নয়। এ তল্লাটের চোর এ বাড়িতে হানা দেবে না। বলি, দামি জিনিস-টিনিস কিছু রেখেছ নাকি ঘরে?"

শিবেন আমতা-আমতা করে বলে, "না, না, দামি জিনিস আর কী থাকবে আমার ঘরে! শুধু বইপত্র আর খাতা-কলম।"

"তালাটা চোরেরা খুলে ফেলেছে, তবে ঘরে ঢুকেছে বলে মনে হয় না। আমি সেই থেকে বসে তোমার ঘর পাহারা দিচ্ছি। আগে ঘরে ঢুকে হ্যারিকেনটা জ্বেলে দেখো তো কিছু খোয়া গেছে কি না।"

শিবেন দরজার তালাটা পরীক্ষা করে দেখল, সেটা কেউ হ্যাক স' দিয়ে কেটে ফেলেছে। মুখটা শুকিয়ে গেল তার। ঘরে ঢুকে কাঁপা হাতে হ্যারিকেন জ্বেলে দেখল, ঘরের জিনিস সব ঠিকঠাকই আছে।

শ্যামাচরণ পিছু-পিছু ঘরে ঢুকে বলল, "ভাল করে দেখেছ?"

"কিছু চুরি যায়নি বলেই মনে হচ্ছে।"

"বিপদ কী জানো, সন্ধেবেলাটায় তুমি পড়াতে যাও, আমি যাই হরিকীর্তনে। বাড়িটা ফাঁকা থাকে। চোর যদি আবার আসে তবে ঠেকাবে কে?"

শিবেন বিপন্ন গলায় বলে, "তাই তো ভাবছি।"

"তুমি মাস্টার মানুষ, ছেলে পড়িয়ে খাও, শেঠিয়া লোক তো নও। তবে তোমার উপর চোরের নজর পড়ল কেন বলো তো! রাত-বিরেতে যদি দলবল জুটিয়ে আসে তখন তো আরও বিপদ। আমি বুড়ো মানুষ, আর তুমি জোয়ান হলেও পালোয়ান তো নও। ঠেকাবে কী করে?"

শিবেন দুশ্চিন্তায় পড়ে বলল, "হুঁ।"

শ্যামাচরণ দুঃখের গলায় বলল, "ময়নাগড় বড় শান্তির জায়গা ছিল হে। কিন্তু দিনগুলো পালটে যাচ্ছে।"

"লোক দুটো দেখতে কেমন বলতে পারো?"

"অন্ধকারে কী করে বুঝব? দুটো কালো কালো মানুষের আকার দেখেছি। তার বেশি কিছু বলতে পারব না।"

"আচ্ছা শ্যামাদা, রাজবাড়িতে গুপ্তকুঠুরি কিছু আছে?"

শ্যামাচরণ সন্দিহান হয়ে বলল, "কেন বলো তো!"

"ভাবছিলাম কিছু কাগজপত্র যদি লুকিয়ে রাখা যায়!"

শ্যামাচরণ অবাক হয়ে বলে, "শোনো কথা! বলি কাগজপত্র কি লুকোনোর জিনিস? চোর কি কাগজপত্র চুরি করতে আসবে? বলি, সোনাদানা কিছু আছে?"

শিবেন মিনমিন করে বলে, "না, সোনাদানা কোথা থেকে আসবে?"

"ভাল করে ভেবে দেখো দিকিনি। চোরে কি এমনি হানা দেয়? কিছু একটা গন্ধ পেয়েই এসেছিল। সত্তর বছর আগে এ বাড়িতে একবার ডাকাত পড়েছিল, মনে আছে। তখন আমি ছোট। জমিদারের পাইকরা খুব লড়েছিল ডাকাতের সঙ্গে। তবে যে-সে ডাকাত তো নয়, কেলো ডাকাত বলে কথা! পাইকরা তাদের লাঠি সড়কির সামনে দাঁড়াতে পারল না। সব লুটেপুটে নিয়ে গেল। তারপর থেকে আজ অবধি আর এ বাড়িতে চোর-ডাকাত আসেনি। আর আসবেই বা কেন! বাবুদের অবস্থা পড়ে গেল। তারপর তো সব যে যার পাততাড়ি গুটিয়ে ফেলল। থাকার মধ্যে এই আমি পড়ে আছি। যে বাড়ির এত জাঁকজমক ছিল, তাতে এখন ইঁদুর, বাদুড়, চামকিকে ঘুরে বেড়াচ্ছে। পড়ে আছে শুধু কয়েকখানা ভাঙা খাট-পালঙ্ক। তা এত বছর বাদে ফের চোরের আনাগোনা কেন শুরু হল সেটা ভাববার কথা।"

শিবেন বিনয়ের সঙ্গেই বলল, "চোরের নেওয়ার মতো তো কিছু নেই শ্যামাদা। তবে টাকাপয়সা বা সোনাদানা না থাকলেও আমার কিছু রিসার্চ-ওয়ার্ক আছে। সেগুলো বেহাত হলে আমার ক্ষতি।"

"দূর! দূর! তুমিও যেমন! কাগজপত্র নিতে আসবে কোন আহাম্মক? তুমি নিশ্চিন্তে থাকো।"

শ্যামাচরণ কথাটা উড়িয়ে দিলেও শিবেনের দুশ্চিন্তা গেল না। আসল কথা হল, কলেজে পড়ার সময় থেকেই ভজহরি নামে একটা ছেলের সঙ্গে তার রেষারেষি। ভজহরি যেমন শিবেনকে দেখতে পারে না, শিবেনও তেমনি ভজহরিকে। ভজহরি আড়ালে সবাইকে বলে বেড়ায়, "শিবেন! ও তো টুকে পাশ করেছে।" অথচ শিবেন ভালই জানে, টুকে পাশ করেছে ভজহরিই, এবং টুকেছে শিবেনেরই খাতা থেকে। যাই হোক, রেষারেষি করেই তারা এম এসসি অবধি পাশ করেছে। দু'জনেই ডক্টরেটের জন্য রিসার্চ করছে। কে কার আগে থিসিস জমা দেবে তাই নিয়ে চলছে মর্যাদার লড়াই এবং স্নায়ুযুদ্ধ। বাইরের লোক বুঝতেও পারবে না, এটা কী সাংঘাতিক প্রেস্টিজের ব্যাপার। শিবেনের ঘোর সন্দেহ, ভজহরি যেনতেন প্রকারে তার রিসার্চ ভন্ডুল করার চেষ্টা করবে। শিবেন যে ভজহরিকে ভয় পায় তার কারণ হল, ভজহরি অনেক তুকতাক জানে। কলেজে পড়ার সময়ই সে বেশ নামকরা একজন ম্যাজিশিয়ান ছিল। তা ছাড়া কুংফু, ক্যারাটে এসবও শিখেছিল। কাজেই ময়নাগড়ে যে রহস্যময় আগন্তুকের কথা শোনা যাচ্ছে, তা যে ভজহরিই, তাতে সন্দেহ নেই। ভজহরি ছাড়া আর কে শিবেনের ঘরে হানা দেবে?

দুশ্চিন্তায় শিবেনের গলা শুকিয়ে যাচ্ছে। তার রিসার্চের কাজ প্রায় শেষ। জমা দিলেই ডক্টরেট। কিন্তু তীরে এসে তরী না ডোবে! ভজহরির ভয়েই সে ময়নাগড়ের মতো অজ্ঞাত পাড়াগাঁয়ে পালিয়ে এসেছিল। কিন্তু দুর্দম, ডাকাবুকো ভজহরিকে ঠেকাতে পারল কি?

রাতে বারোখানা রুটি খায় শিবেন। আজ উদ্বেগে উৎকণ্ঠায় ছ'খানার বেশি পারল না। রোজ বালিশে মাথা রাখতে না-রাখতেই গভীর ঘুমে তলিয়ে যায়। আজ ঘুম তার ধারেকাছেই ঘেঁষল না। শেয়ালের ডাক, প্যাঁচার রহস্যময় কণ্ঠস্বর, গাছের ডালে বাতাসের খটখট শব্দ, কুকুরের চিৎকার, যা শুনছে তাইতেই বারবার চমকে চমকে উঠছে সে। কেবলই ধুকধুক করছে বুক, ওই বুঝি ভজহরি এল! আর এলেও কি তাকে চিনতে পারবে শিবেন? ভজহরি বরাবর স্কুল আর কলেজের স্পোর্টসে গো অ্যাজ ইউ লাইক-এ ফার্স্ট প্রাইজ পেয়ে এসেছে। ছদ্মবেশ পরতে অমন সিদ্ধহস্ত মানুষ আর আছে কি না সন্দেহ। স্কুলে তাদের হেডমাস্টার ছিলেন উপেনবাবু, সাংঘাতিক রাশভারী আর রাগী লোক। তা সেবার হল কী, স্পোর্টসের শেষে যখন গো অ্যাজ ইউ লাইক হচ্ছে তখন ভারী একটা শোরগোল উঠল। দেখা গেল, আরও একজন উপেনবাবু আসরে ঢুকে পড়ে বেত হাতে ছাত্রদের সামলাচ্ছেন। সবাই হতভম্ব, ভ্যাবাচ্যাকা, কিংকর্তব্যবিমূঢ়। সেক্রেটারি ভারী অবাক হয়ে বললেন, "উপেনবাবু, আপনার কি যমজ ভাই আছে?"

উপেনবাবু হাঁ হয়ে গিয়েছিলেন। বললেন, "না তো!"

সেক্রেটারি অবিশ্বাসের গলায় বললেন, "তা কী করে হয়? একইরকম হাইট, এক মুখ, এক চোখ, এক মাঝখানে সিঁথি, এমনকী দুলকি চালের হাঁটা অবধি। ভাল করে ভেবে দেখুন, আপনার কোনও যমজ ভাই জন্মের পর মিসিং হয়েছিল কি না। এরকম তো কতই হয়।"

উপেনবাবু এতটাই ঘাবড়ে গিয়েছিলেন যে, কথাই বলতে পারছিলেন না। যাই হোক, শেষ অবধি পণ্ডিতমশাই দ্বিতীয় উপেনের বাঁ হাতের কবজির কাটা দাগটা দেখে চিনতে পেরে বলে উঠলেন, "এ যে বদমাশ ভজহরি!"

তখন হেডস্যার ভজহরির আস্পদ্দা দেখে তেড়ে গিয়ে এই মারেন কি সেই মারেন। তবে শেষ অবধি আশ্চর্য ছদ্মবেশের জন্য ভজহরি বিপুল প্রশংসা আর প্রাইজ পেয়েছিল। পরের বছর ভজহরি আরও সাংঘাতিক কাণ্ড করল। গো অ্যাজ ইউ লাইক যখন চলছে, তখন মাঠের মধ্যে একটি গোরু ঢুকে শান্তভাবে ঘাস খেয়ে যাচ্ছিল, কোনওদিকে ভ্রুক্ষেপ নেই। যখন হেডস্যার রেজাল্ট ঘোষণা করতে উঠেছেন, তখন গোরুটা ভিড় ঠেলে এগিয়ে এসে পরিষ্কার মানুষের গলায় বলল, "দাঁড়ান স্যার, দাঁড়ান। আরও একজন কম্পিটিটার আছে যে!" সবাই হতভম্ব। মানুষ যে নিখুঁত গোরু সাজতে পারে, এ যে সুদূর কল্পনাতেও আসে না। ফের প্রাইজ আর ভূয়সী প্রশংসা।

শিবেনের তাই ঘুম আসছে না। কারণ ভজহরি যে কোন রূপে দেখা দেবে তা কে জানে! এই শেয়ালটা হয়তো শেয়াল নয়, ভজহরি। ওই প্যাঁচাও হয়তো প্যাঁচা নয়, ভজহরি। যে বালিশে সে মাথা রেখে শুয়ে আছে, সেটাই যে ভজহরি নয় তার ঠিক কী?

নাঃ, আর শুয়ে থাকতে পারল না শিবেন। উঠে পড়ল। বালিশের পাশেই ফাইলবন্দি আর থিসিস। এটা খুব গুপ্ত জায়গায় লুকিয়ে না রাখলে ভজহরি এসে গাপ করবে বলেই তার স্থির বিশ্বাস।

গায়ে একটা আলোয়ান জড়িয়ে থিসিস বগলে নিয়ে সন্তর্পণে ঘর থেকে বেরোল শিবেন। রাজবাড়ি তার চেনা এলাকা। সঙ্গে টর্চ থাকলেও সে তা জ্বালাল না। খুব নিঃশব্দে সে গাছপালার ভিতর দিয়ে আত্মগোপন করে রাজবাড়ির দিকে এগোতে লাগল।

আকাশে ক্ষয়াটে একটু চাঁদ আছে বটে, কিন্তু কুয়াশার জন্য আলোটা বড়ই ঘোলাটে। তবে শিবেনের অসুবিধে নেই, রাজবাড়ির চৌহদ্দি তার চেনা জায়গা। সে গাছপালার ভিতর দিয়ে সাবধানে এগোচ্ছিল। বুকটা বড় ধুকপুক করছে। রাজবাড়ির

ভিতরে মেলা পুরনো আসবাবপত্র, আলমারি, দেরাজ, কুলুঙ্গি রয়েছে। গুপ্তকুঠুরি যদি না-ও পাওয়া যায়, তা হলে অন্তত লুকিয়ে রাখার মতো একটা জায়গা খুঁজে পাওয়া যাবেই।

বেশ এগোচ্ছিল শিবেন, কোথাও সন্দেহজনক কিছু দেখাও যাচ্ছে না। কিন্তু হঠাৎ কে যেন তার আলোয়ান ধরে একটা হ্যাঁচকা টান মারল। শিবেন সঙ্গে সঙ্গে ফাইলখানা চেপে ধরে ককিয়ে উঠল, "না ভাই ভজহরি, এইরকম করাটা তোমার ঠিক হচ্ছে না। এ আমার অনেক পরিশ্রমের ফসল...!" বলে একটু বেকুব বনে গেল শিবেন। ভজহরি নয়, একটা গাছের ডালে তার চাদরটা আটকে গেছে। তবে গাছকেই বা বিশ্বাস কী? ওটাই যে ভজহরি নয় তাই বা কে জোর দিয়ে বলতে পারে?

চাদরটা ছাড়িয়ে নিয়ে শিবেন ফের এগোল। গাছপালার সারি যেখানে শেষ হয়েছে, সেখান থেকে রাজবাড়ি অবধি খানিকটা ফাঁকা জায়গা। শিবেন এদিক ওদিক দেখে নিয়ে আড়াল ছেড়ে বেরিয়ে দ্রুত পায়ে জায়গাটা পেরোতে যাচ্ছিল, ঠিক ওই সময় বাঁদিক থেকে কে যেন প্রায় নিঃশব্দে বিদ্যুতের গতিতে ছুটে এসে তার উপর লাফিয়ে পড়ল। শিবেন আত্মরক্ষার কোনও সুযোগই পেল না। "বাপ রে!" বলে চিৎপাত হয়ে পড়ে গেল মাটিতে। কী হয়েছে তা বিভ্রান্ত মাথায় বুঝতেই পারল না সে। কয়েক সেকেন্ড বাদে সম্বিৎ ফিরে পেয়ে সে দেখল তার বুকের উপর দুটো ভারী থাবা রেখে বিরাট একটা কেঁদোবাঘ তার মুখের উপর শ্বাস ফেলছে, আর জ্বলজ্বলে চোখে দেখছে তাকে।

শিবেন অত্যন্ত ব্যথিত গলায় বলল, "ভজহরি, এ তোমার কেমন ব্যবহার ভাই? এভাবে লোককে হেনস্থা করা কি তোমার ঠিক হচ্ছে? যতই শত্রুতা থাক, আমরা তো ছেলেবেলায় বন্ধুই ছিলাম, সেকথা কি ভুলে গেলে? সজ্ঞানে তোমার কোনও ক্ষতি করেছি, বলো! হ্যাঁ, তোমার রবার লাগানো হলুদ পেনসিলটা চুরি করেছিলাম বটে, তবে সেটা করেছি তুমি আমার কাছ থেকে জোর করে 'যখের ধন' বইটা কেড়ে নিয়েছিলে বলে। ক্লাস সিক্সে তোমাকে একটা চিমটি দিয়েছিলাম, কারণ, ক্লাস ফাইভে তুমি আমাকে খেলার মাঠে ঘুসি মেরেছিলে। যাই হোক ভাই, পুরোনো শত্রুতা ভুলে যাও। বাঘের ছদ্মবেশে এসেছ বলে যে তোমাকে চিনতে পারব না, আমাকে তেমন বোকা পাওনি। থিসিসটা কেড়ে নিয়ো না ভাই, আমার রক্ত-জল করা কাজ...।"

বাঘটা বেশ মন দিয়েই তার কথা শুনছে বলে শিবেনের মনে হল। তার কাকুতি-মিনতিতে কাজও শুরু হল। বাঘ ওরফে ভজহরি লম্বা লকলকে জিভটা দিয়ে ঠোঁট দুটো একবার ভাল করে চেটে নিয়ে চারদিকে একবার অলস চোখে তাকাল। তারপর

প্রকাণ্ড একটা হাই তুলে ধীরেসুস্থে শিবেনের বুক থেকে পা দুটো নামিয়ে দুলকি চালে ডান ধারে চলে গেল।

শিবেনেরও হঠাৎ যেন সন্দেহ হচ্ছিল, বাঘটা নির্যস বাঘই, ভজহরি নয়। ভজহরি হলে বিপদ ছিল। শিবেন একটা স্বস্তির শ্বাস ফেলে উঠে পড়ল।

রাজবাড়িটাকে শ্যামাচরণ বুকে আগলে রাখে। কুটোগাছিও নড়চড় হওয়ার উপায় নেই। প্রতি সপ্তাহে সে ঘরদোর পরিষ্কার করে, জিনিসপত্র যা আছে, সব যত্ন করে সাজিয়ে রাখে। সব জানলা-দরজার পাল্লা সেঁটে বন্ধ করে দিয়ে সদর দরজায় সেকেলে মজবুত বিরাট তালা ঝুলিয়ে দেয়। আপাতদৃষ্টিতে রাজবাড়িকে দুর্ভেদ্য মনে হলেও, শিবেন জানে, পিছন দিকে কর্তাদের তামাক সাজবার জন্য হুঁকোবরদারের একখানা ঘর আছে। সেই ঘরে জানলার একটা পাল্লার কবজা ভাঙা। সেটা ঠেকনা দিয়ে লাগানো থাকে। যে খবর রাখে তার পক্ষে সেই জানলার পাল্লা সরিয়ে ভিতরে ঢোকা শক্ত ব্যাপার নয়।

কাজটা শিবেনের পক্ষেও শক্ত হল না। জানলার পাল্লা সরিয়ে সে চৌকাঠে ঘোড়ায় চাপার মতো করে উঠে পড়ল। তারপর পাল্লাটা ফের জায়গামতো বসিয়ে অন্ধকার ঘরটা পেরিয়ে অপেক্ষাকৃত একটা বড় ঘরে ঢুকে পড়ল। এটা ছিল কর্তাদের খাসচাকরের ঘর। অন্ধকারে শিবেনকে আন্দাজ করে এগোতে হচ্ছে। বাইরে যা-ও একটু আলো ছিল, ঘরে একেবারে ঘুরঘুট্টি অন্ধকার। তার পকেটে একটা খুদে টর্চ আছে বটে, কিন্তু তার ব্যাটারি ফুরিয়ে এসেছে। নিতান্ত বিশেষ প্রয়োজনেই সেটা জ্বালাতে হবে।

সামনে দরবারঘরের আগে রানি-দরবার। এ ঘর থেকে রানিমা এবং রাজবাড়ির অন্যান্য বউ-ঝি'রা দরবারের কাজকর্ম দেখত চিকের ফাঁক দিয়ে। এখনও কিছু ছেঁড়া চিক ঝুলে আছে।

শিবেন দরবারঘরে পা দিতেই সামনের অন্ধকার থেকে কে যেন বেশ আহ্লাদের গলায় বলে উঠল, "শিবেন যে!"

শিবেনের হৃৎপিণ্ডটা একখানা বড় লাফ মেরেই বন্ধ হয়ে যাচ্ছিল। শিবেন শক্ত হয়ে, ঠান্ডা হয়ে, কাঠ হয়ে দাঁড়িয়ে রইল!

গলাটা ফের আহ্লাদের সঙ্গে বলে উঠল, "আহা, ভয় পেয়ে গেলে নাকি হে শিবেন?"

শিবেন কাঁদো-কাঁদো হয়ে বলে উঠল, "এটা কি ভাল হচ্ছে ভজহরি?"

গলাটা একটু যেন বিস্মিত হয়ে বলল, "ভজহরি! আচ্ছা বেশ, তাই সই! না হয় ভজহরিই হলাম। কিন্তু তাতে ভয়ের কী আছে হে শিবেন? ভজহরি কি তোমাকে কামড়ে দেবে?"

"না ভজহরি, তুমি আঁচড়ে দাও, কামড়ে দাও, তাতে দুঃখ নেই। কিন্তু তুমি তো আর সেইজন্য আসোনি। তুমি এসেছ আমার চার বছরের হাড়ভাঙা খাটুনিটা নষ্ট করে দিতে। তোমার অনেক গুণ ভজহরি, তা বলে আমার সঙ্গে এই শত্রুতা করাটা কি তোমার ঠিক হচ্ছে?"

"তাই তো হে শিবেন, এ কথাটা তো ভেবে দেখতে হবে।"

"তাই তো বলছি ভজহরি, একটু তলিয়ে ভেবে দেখো! তোমার ভয়ে আমি এই ধাধ্ধাড়া ময়নাগড়ে চাকরি নিয়ে পালিয়ে এসেছি, তবু তুমি আমার পিছু ছাড়োনি! পায়ে পড়ি ভাই, আমার আর যা ক্ষতি করো কিছু মনে করব না। কিন্তু আমার এই সাধনা, এই অধ্যবসায়কে নষ্ট করে দিয়ো না।"

"আহা তোমার কথা শুনে যে আমারই কান্না পাচ্ছে হে শিবেন! কিন্তু আমি তো তোমার উপকার করতেই এসেছি। তা তোমার বগলে ওটা কী বস্তু বলো তো!"

শিবেন তার থিসিসের ফাইলটা আরও শক্ত করে আঁকড়ে ধরে বলল, "না, না ভজহরি, এটার দিকে নজর দিয়ো না। আমি কিন্তু কিছুতেই এটা তোমাকে কেড়ে নিতে দেব না! দরকার হলে রক্তগঙ্গা বইয়ে দেব, চেঁচিয়ে লোক জড়ো করব, চারদিকে আগুন জ্বালিয়ে দেব, গুলি চালাব, বিপ্লব করব..."

গলাটা খুবই সমবেদনার সঙ্গে বলল, "আহা, প্রথমেই অতটা করার দরকার কী শিবেন? সব কি একসঙ্গে পেরে উঠবে হে? বলি, রক্তগঙ্গা যে বওয়াবে তা অত রক্ত পাবে কোথায়? আমি নিতান্ত রোগাভোগা মানুষ! আমার শরীরে তিন-চার ছটাকের বেশি রক্তই নেই। চেঁচিয়ে যে লোক জড়ো করবে, তা লোকই বা আসবে কোত্থেকে? ধারেকাছে তো একমাত্র বুড়ো, শুঁটকো শ্যামাচরণ ছাড়া জনমনিষ্যিই নেই। আর আগুন যে জ্বালাবে, তোমার পকেটে তো দেশলাইও নেই হে! গুলি চালানোর কথা ভাবছ, বেশ ভাল কথা! কিন্তু বন্দুক, পিস্তল কি আর ভাল জিনিস হে! বেমক্কা ফেটেফুটে গিয়ে বিপত্তি বাধিয়ে বসবে। জোগাড় করাও ভারী শক্ত। এই যে দেখো না, আমার পকেটে একখানা আছে! নেহাত মেহনত করে জোগাড় করতে হয়েছে ভায়া, এক কাঁড়ি টাকা দণ্ড দিয়ে।"

কাঁপা গলায় শিবেন বলে, "তোমার পিস্তল আছে ভজহরি! ছিঃ ভাই, ছিঃ, বন্ধু হয়ে তুমি বন্ধুর কাছে পিস্তল নিয়ে এসেছ! শেষ অবধি তোমার হাতেই আমাকে প্রাণ দিতে হবে নাকি? তা না হয় দিলুম, কিন্তু তোমার যে খুব পাপ হয়ে যাবে ভজহরি!"

একটা দীর্ঘশ্বাস ফেলে কণ্ঠস্বরটি বলল, "সেটাই তো চিন্তার কথা হে শিবেন। পাপ জিনিসটাকে আমি বড় ভয় পাই। পাপটাপ করতে আমার মোটেই ইচ্ছে হয় না। তাই

তো আমি লোককে বলি, যা করো তা করো ভাই, কিন্তু আমাকে দিয়ে কোনও পাপ কাজ করিয়ো না। তবে তুমি যেন বিপ্লবের কথাও বলছিলে!"

"হ্যাঁ ভাই ভজহরি, আমি বিপ্লবের কথাও বলেছি। ঘাট হয়েছে ভাই, রাগের বশে বলে ফেলেছি, মাপ করে দাও।"

"তা নয় করছি। কিন্তু তা বলে বিপ্লব তেমন খারাপ জিনিস নয়। বিপ্লবটিপ্লব করলে বেশ গা গরম হয় শুনেছি। তবে বস্তুটা কী, তা আমি অবশ্য জানি না।"

"আমিও জানি না ভজহরি। ওসব কথা মনে করে কষ্ট পেয়ো না। তুমি তো জানোই ভাই, তোমার মতো ক্ষমতা আমার নেই। তোমার গায়ের জোর বেশি, অনেক কায়দাকানুন জানো। ছদ্মবেশ ধরতে পারো। তার উপর তোমার পকেটে পিস্তল আছে। তোমার সঙ্গে কি আমি এঁটে উঠব ভাই! দোহাই তোমার, এই অবস্থায় বন্ধুর কাছ থেকে তার শেষ সম্বল এই থিসিসটা কেড়ে নিয়ো না।"

"আহা উত্তেজিত হচ্ছ কেন শিবেন? একটু ভাবতে দাও, তোমার কথা শুনে তোমার জন্য আমার বেশ মায়া হচ্ছে। ওরে বাপু, আমি তো আর পাষণ্ড নই।"

"সেটা আমিও জানি ভজহরি। তুমি বেশ ভাল লোক। তাই বলছি, এমন কাজ কোরো না। করলে তোমাকে লোকে খারাপ বলবে। আর লোকে তোমাকে খারাপ বললে, আমি যে মনে বড় ব্যথা পাব ভাই।"

"আহা, তোমার কথা শুনলে প্রাণ জুড়িয়ে যায় হে শিবেন। তা হলে থিসিসটা তুমি হাতছাড়া করতে চাও না, এই তো?"

"হ্যাঁ ভজহরি।"

"তা হলে যে আমার একটু উপকার করতে হবে শিবেন?"

"কী উপকার ভজহরি? দরকার হলে আমি তোমার পা টিপে দিতে পারি, মাথার উকুন বেছে দিতে পারি, কুয়ো থেকে তোমার স্নানের জল তুলে দিতে পারি, তোমার এঁটো বাসন মাজতে পারি, পঞ্চাশ টাকা ধার দিতে পারি।"

"অতটা না করলেও চলবে শিবেন। আপাতত তুমি একটা সহজ কাজই বরং করো।"

"কী করতে হবে ভজহরি?"

"এই রাজবাড়িতে পানিঘর বলে একটা ঘর আছে, জানো?"

"না তো!"

"আছে। মাটির নীচে একটা অন্ধকার ঠান্ডামতো ঘর, যেখানে মস্ত বড় বড় জালায় গরমকালে রাজবাড়ির লোকেদের জন্য খাবার জল রাখা হত। আমি অনেক খুঁজেও ঘরটার সন্ধান পাচ্ছি না। তোমাকে সেই ঘরটা খুঁজে বের করে দিতে হবে।"

"কেন ভজহরি, তোমার কি খুব তেষ্টা পেয়েছে ভাই? যদি পেয়ে থাকে তো বলো, আমি তোমাকে জল এনে দিচ্ছি। টাটকা জল ছেড়ে পানিঘরের পুরনো পচা জল খাওয়ার দরকার কী তোমার? শেষে পেট-টেট খারাপ করবে! এই শীতে কি বেশি ঠান্ডা খাওয়া ভাল?"

"কথাটা মন্দ বলোনি শিবেন! খুব যুক্তিযুক্ত কথাই। তবে আমার তেষ্টাটাও খুব বেয়াদব তেষ্টা। সাধারণ জলে ও তেষ্টা মেটার নয়। পানিঘরের পুরনো জলের সন্ধানেই আসা কিনা! ঘরটার সন্ধান যে আমার চাই।"

শিবেন মিইয়ে গিয়ে বলল, "রাজবাড়ির ভিতরকার সুলুকসন্ধান যে আমি জানি না ভজহরি, জানে শ্যামাদা। কিন্তু সে বড্ড তেরিয়া লোক। রাজবাড়ির ভিতরকার খবর তার কাছ থেকে বের করা খুব শক্ত। বাড়িখানা সে যমের মতো আগলে রাখে। আমাকে অবধি ঢুকতে দেয় না।"

"তা হলে তো বড় মুশকিল হল শিবেন। পানিঘরের সন্ধান না পেলে যে অনিচ্ছের সঙ্গেই তোমার থিসিসটা আমাকে কেড়ে নিতে হবে।"

আঁতকে উঠে শিবেন বলে, "না, ভাই না। কী করতে হবে বলো, করছি।"

"শোনো শিবেন, গোরুর বাঁটে যে দুধ থাকে তা কি সে এমনিতে দেয়? গোরুর বাঁটের নীচে বালতি পেতে রাখো, সাধ্যসাধনা করো, দুধ দেওয়ার পাত্রীই সে নয়। কিন্তু বাঁট ধরে চাপ দাও, দেখবে দুধের বন্যা বয়ে যাচ্ছে। এই যে সবাই জানে, ধানের ভিতরে চাল থাকে, কিন্তু ধান কি চালকে ছাড়তে চায় সহজে? ঢেঁকিতে ফেলে ধানের উপর চাপ সৃষ্টি করো, দেখবে, কেমন হাসতে হাসতে চাল বেরিয়ে পড়েছে। এই ধরো না কেন, টিউবের মধ্যে টুথপেস্ট থাকে, এমনিতে বেরোয় কি? টিউবের ঘাড় ধরে চেপে দাও, দেখবে, সড়াক করে পেস্ট বেরিয়ে পড়বে।"

শিবেন একমত হয়ে বলল, "সে তো ঠিক কথাই হে ভজহরি। চারদিকে তো চাপেরই জয়জয়কার দেখছি। গরম ইস্তিরি দিয়ে চেপে ধরলে কোঁচকানো কাপড় যেমন সটান হয়ে যায়, ফোঁড়া টনটন করছে তো চেপে ধরো, পুচ করে পুঁজ বেরিয়ে ব্যথার আরাম হয়ে যাবে। এই তো সেদিন একটা কাঁকড়াবিছে চটি দিয়ে চেপে ধরলুম, ব্যাটা চ্যাপটা হয়ে গেল। না হে ভজহরি, যে যত চেপে ধরতে পারে তারই তত সুবিধে।"

"হ্যাঁ শিবেন, চাপ দিতে জানলে সব কাজ হয়। তাই বলছিলাম, তুমিও যদি শ্যামাচরণের উপর একটু চাপ সৃষ্টি করতে পারো, তা হলে পানিঘরের কথা সে লক্ষ্মীছেলের মতো বলে দেবে।"

"কিন্তু কীরকমভাবে চাপ সৃষ্টি করতে হবে ভজহরি? তার বুকের উপর হাঁটু গেড়ে বসতে হবে কি?"

"হুঁ, সে প্রস্তাবও মন্দ নয় বটে। তবে কী জানো? শ্যামাচরণ বুড়ো মানুষ। তার উপর রোগাভোগা। তোমার মতো একটা দশাসই লোক বুকে চেপে বসলে হিতে বিপরীত হতে পারে তো! শ্যামাচরণ পটল তুললে পানিঘরের হদিশ দেবে কে?"

"তাই তো ভজহরি, আমার ওজন যে দু'মন দশ সের, সেই কথাটা মনে ছিল না। তা হলে কি গাঁ থেকে একটু হালকা দেখে কাউকে ডেকে আনব ভজহরি?"

"তুমি খুবই বুদ্ধিমান হে শিবেন। তবে কিনা অন্য কেউ শ্যামাচরণের উপর চাপ সৃষ্টি করতে না-ও চাইতে পারে। যাই হোক, এ ব্যাপারে অন্য কাউকে চাপাচাপি করার দরকার নেই। তুমি বরং একটা কাজ করো, আমার পিস্তলটা নিয়ে যাও। চাপ সৃষ্টি করার পক্ষে এটা খুবই ভাল জিনিস।"

"কিন্তু ভাই, পিস্তল দিয়ে আমি যে কোনওদিন চাপ সৃষ্টি করিনি। কী করে করতে হয় তাও জানি না।"

"তোমাকে কিছুই করতে হবে না শিবেন। পিস্তল নিজেই চাপ সৃষ্টি করবে। তুমি শুধু জুতমতো বাগিয়ে ধরে কঠিন গলায় বলবে, 'পানিঘরের সন্ধান যদি না দাও, তা হলে মাথার খুলি উড়িয়ে দেব।'"

"বাঃ, এ তো সোজা কাজ! কিন্তু পিস্তলটা আবার ফুটে-টুটে যাবে না তো! একটু আগে তুমিই যেন বলছিলে, বন্দুক, পিস্তল অনেক সময় ফুটে যায়।"

"সব কাজেরই বিপদের দিক থাকে হে শিবেন। ভয় পেয়ো না! পিস্তলের উপর চাপ সৃষ্টি না করলে সে কিছু করবে না।"

"কথাটা যেন কী বলতে হবে?"

"'পানিঘরের সন্ধান যদি না দাও তা হলে মাথার খুলি উড়িয়ে দেব।' অবশ্য প্রথমেই কথাটা বলার দরকার নেই। আগে একটু আদুরে গলায় আদর করার মতো পানিঘরের সন্ধান চাইবে। তারপর একটু অভিমান করে ঠোঁট ফোলাবে। তাতেও কাজ না হলে গৃহত্যাগ করার হুমকি দেবে। তারপর চোখ রাঙাবে। তারপর ভয় দেখাবে। শেষ অবধি কাজ না হলে পিস্তল বাগিয়ে ওই কথাটা বলবে। পারবে না শিবেন? না পারলে তোমার থিসিস..."

"খুব পারব, খুব পারব।" বলে শিবেন রীতিমতো উত্তেজিত হয়ে হাত বাড়িয়ে বলল, "দাও ভাই ভজহরি, তোমার পিস্তলটা আমাকে দাও। এক্ষুনি গিয়ে শ্যামাচরণের উপর চাপ সৃষ্টি করে পানিঘরের হদিশ জেনে আসছি। শুধু কথা দাও, পানিঘরের হদিশ দিলে তুমি আমার থিসিসটার দিকে হাত বাড়াবে না।"

"পাগল নাকি! শত হলেও আমি তোমার ছেলেবেলার বন্ধু। কথার খেলাপ হবে না ভাই। পানিঘরের খবর দিতে পারলে তোমার কোনও ভয় নেই।"

ছায়ামূর্তি অন্ধকারে হাত বাড়িয়ে শিবেনের হাতে যে জিনিসটা দিল, সেটা ছোট হলেও বেশ ভারী। পিস্তল সম্পর্কে শিবেনের কোনও অভিজ্ঞতা নেই। সে শঙ্কিত গলায় বলল, "ভাই ভজহরি, এ তো তে-কোনা একটা বিচ্ছিরি চেহারার জিনিস। এটার কোন মুখ দিয়ে গুলি বেরোয় তা তো জানি না।"

একটা দীর্ঘশ্বাস ফেলে ছায়ামূর্তি বলল, "হাতলটা ধরে নলটা তাক করতে হয়। উলটোপালটা করে ফেললে কিন্তু তোমার পিস্তলের গুলি তোমাকেও ছেড়ে কথা বলবে না।"

"ওরে বাবা, এ তো খুব বিপদের জিনিস ভাই ভজহরি!"

ছায়ামূর্তি একটু দূরে সরে গিয়ে আড়াল থেকে বলল, "খুব বিপজ্জনক। প্রাণ হাতে করেই কাজ হাসিল করতে হবে। থিসিসটার জন্য এটুকু বিপদ কি খুব বেশি হল হে শিবেন?"

"কিছু না, কিছু না। থিসিসের জন্য আমি প্রাণ দিতেও প্রস্তুত।"

"বাঃ, এই তো বীরের মতো কথা!"

শিবেন এক হাতে পিস্তল, অন্য হাতে থিসিসের ফাইলটা শক্ত করে ধরে অন্ধকারে সাবধানে ঘর পেরিয়ে জানলা গলে বেরিয়ে এল। ভজহরির খপ্পর থেকে থিসিসটাকে বাঁচাতে হলে তাকে কিছু বিপদের ঝুঁকি নিতেই হবে, অন্য উপায় নেই।

বাগান পার হয়ে খাজাঞ্চিখানায় পৌঁছে সে সোজা শ্যামাচরণের দরজায় ধাক্কা দিতে গিয়ে দেখল, শ্যামাচরণের দরজা হাট করে খোলা। ভিতরে কেউ নেই। নিবু-নিবু টর্চের আলোয় সে ঘরখানা ভাল করে দেখে নিয়ে বাইরে এসে চারদিকটা খুঁজল। লোকটা গেল কোথায়?

পাঁচ

নিজের বাড়িতে পাঁচু যে ঘরটায় শোয় সেটাকে ঘর বললে বড্ড বাড়াবাড়ি হয়ে যাবে। ঘর হতে গেলে যা-যা লাগে তার অনেক কিছুই নেই। যেমন ঘরের জন্য চাই চারটে দেওয়াল বা বেড়া। তা পাঁচুর ঘরখানার বেড়া মোটে তিনটে। অন্য দিকটা হাঁ করে খোলা। বারান্দার এক কোণে দু'দিক কোনওরকমে বেড়া দিয়ে ঘিরে পাঁচুর বৈঠকখানা তৈরি হয়েছে। দরজা মোটে নেই, তার দরকারও হচ্ছে না। একটা দিক উদোম খোলা। তা তাতে পাঁচুর কোনও অসুবিধেও নেই। রাতবিরেতে রাস্তার কুকুর-বেড়ালরা এসে তার নড়বড়ে তক্তপোশের তলায় কুণ্ডলী পাকিয়ে শুয়ে থাকে। বর্ষাবাদলায় আর

এই শীতকালটায় যা একটু অসুবিধে। তা সেসব পাঁচু গায়ে মাখে না। ওসব তার সয়ে গেছে। উদোম ঘরে থাকে বলে মাঝে-মাঝে নানা ঘটনাও দেখতে পায়। এই যে গাঁয়ের নিশি চৌকিদার ঘুমোতে ঘুমোতে গাঁ চৌকি দিয়ে বেড়ায়, এই কি কেউ জানে? পাঁচু জানে।

তা একদিন সে নিশি চৌকিদারকে দিনের বেলায় বাজারে পাকড়াও করে বলল, "ও নিশিদাদা, রাতে যখন তুমি গাঁয়ে পাহারা দাও, তখন তোমার নাক ডাকে কেন গো?"

নিশি চোখ বড় বড় করে বলল, "ওরে চুপ-চুপ! কাউকে বলে ফেলিসনি যেন! অনেক সাধ্যসাধনা করে শেখা রে ভাই, লোকে টের পেলে পঞ্চায়েতে নালিশ হবে, আমার চাকরি যাবে।"

"কিন্তু কেউ কি ঘুমিয়ে ঘুমিয়ে হাঁটতে পারে?"

"আহা, কাজটা এমনই শক্ত বা কী! পা দু'খানাকে জাগিয়ে রেখে আমার বাকিটা ঘুমোয়। অভ্যেস করলে তুইও পারবি।"

এই যেমন বিষ্ণু চোর। তার স্বভাব হল কারও বাড়ি থেকে সোনাদানা, টাকাপয়সা বা গয়নাগাটি সরাবে না। তার লোভ হল খাবার জিনিস। একদিন গ্রীষ্মকালে বিষ্ণুর পিছু নিয়েছিল পাঁচু। রাত বারোটা নাগাদ বিষ্ণু উদ্ধববাবুর বাগানে বসে আস্ত একখানা পাকা কাঁটাল, কুড়িখানা পাকা আম খেল। তারপর পশুপতিবাবুর বাড়ির রান্নাঘরে ঢুকে আধ হাঁড়ি পান্তা আর তেঁতুল দিয়ে রান্না চুনো মাছের ঝোল খেল। নরহরিবাবুর বাড়িতে কিছু না পেয়ে খেল আধ ডজন কাঁচা ডিম। ব্যায়ামবীর গদাধরের বাড়িতে সারারাত ধরে নিচু আঁচে এক সের মাংসের আখনি রান্না হয়, সকালে গদাধর ব্যায়ামের পর সেটা খায়, তা বিষ্ণু সেই এক হাঁড়ি আখনি চেটেপুটে খেয়ে যখন শ্রীপদদের বাড়িতে ঢুকে তাদের মিষ্টির দোকানের জন্য রাতে তৈরি করা রসগোল্লার গামলা সাবড়ে ফেলল, তখন পাঁচু আর থাকতে না পেরে সামনে গিয়ে সটান বলল, "বিষ্ণুদাদা, বলি এত খাবারদাবার যাচ্ছে কোথায় বলো তো! ভগবান তো তোমাকে একটার বেশি পেট দেয়নি।"

বিষ্ণু খুব অভিমান করে বলল, "আমার খাওয়াটাই বেশি দেখলি রে পাঁচু! বেহান থেকে শুরু করে সুয্যি পাটে নামা অবধি আমাকে কখনও কুটোগাছটি দাঁতে কাটতে দেখেছিস? সারাদিন উপোসি পেটে পড়ে পড়ে ঘুমোই, এই নিশুত রাতেই যা দু'টি পেটে যায়। খাওয়াটা দেখলি আর উপোসটা দেখলি না?"

তা আজ রাতেও পাঁচুর ঘুম আসছিল না। তার তক্তপোশের নীচে যে কেলো কুকুরটা থাকে, সেটা মাঝে মাঝে কেন যেন খ্যাঁক-খ্যাঁক করে উঠছিল। থানার পেটা

ঘড়িতে যখন ঢংঢং করে রাত দুটো বাজল, তখন হাই তুলে উঠে বসে রইল পাঁচু। আজ বড্ড শীত পড়েছে, ছেঁড়া কম্বলে শীত মানছে না। ঠান্ডায় হাত-পায়ে ব্যথাও হয়েছে খুব। চারদিকে ঘন কুয়াশা, অন্ধকার। তবে পাঁচু অন্ধকার আবছায়াতেও অনেক কিছু দেখতে পায়। তার চোখ খুব ভাল। কানও সজাগ। গাছের পাতা খসলেও সে টের পায়।

ঘণ্টার রেশ মিলিয়ে যাওয়ার পরই সে সামনের রাস্তায় যেন একজোড়া খুব হালকা পায়ের শব্দ শুনতে পেল। শব্দটা এতই ক্ষীণ যে, অন্য কেউ টেরই পাবে না। রাতে যারা ঘোরাফেরা করে তাদের পায়ের শব্দ পাঁচু খুব চেনে। কিন্তু এটা চেনা শব্দ নয়। দক্ষিণ থেকে কেউ উত্তরমুখো যাচ্ছে। কিন্তু যাচ্ছে বেশ ধীরেসুস্থে, যেন বেড়াতে বেরিয়েছে।

পাঁচু বিছানা থেকে নেমে বারান্দা পেরিয়ে সামনের জমিটা ডিঙিয়ে রাস্তায় উঠে একটা গাছের আড়ালে দাঁড়াল। দেখল, খুব বেঁটেমতো গোলাকার চেহারার একটা কিম্ভূত কিছু দুলে দুলে আসছে। কাছে আসতেই ভারী অবাক হয়ে গেল পাঁচু। মানুষ নাকি? এ কীরকম ধারা মানুষ?

কাছাকাছি আসতেই বস্তুটাকে দেখতে পেল পাঁচু। চোখ কচলে ফের ভাল করে তাকিয়ে দেখল, বস্তুটা মানুষের মতো নয়, আবার মানুষ বললেও ভুল হয় না। বুক, পেট, সব যেন একটা গোলাকার বলের মতো। তার উপরে বেজায় বড় একটা মুন্ডু, দু'খানা বেঁটে পা, দু'খানা ছোট ছোট হাত, এরকম বেঢপ মানুষ পাঁচু কখনও দেখেনি।

হাঁটতে হাঁটতে মানুষটা হঠাৎ দাঁড়িয়ে চারদিকটা চেয়ে দেখে নিল। আর সেই সময় মুন্ডুটা দিব্যি ডাইনে-বাঁয়ে পাক খেল। ঘাড় না থাকলেও মুন্ডু যে এমন ঘুরতে পারে, তা না দেখলে বিশ্বাস হয় না। চারদিকটা দেখে মানুষটা হঠাৎ শিসের মতো একটা সরু শব্দ করল। ভারী মিঠে সুরেলা শব্দ। অনেকটা বাঁশির মতো। সুরটা পাঁচুর চেনা সুর নয়। কিন্তু এতই সুন্দর যে, শুনলে প্রাণ-মন ভরে যায়। অল্প একটু শুনেই পাঁচুর যেন ঘুম পেয়ে যাচ্ছিল।

একটু দাঁড়িয়ে মানুষটা আবার হেলেদুলে হাঁটতে শুরু করল। আর শিস দিচ্ছে না। একটু দূর থেকে পাঁচু নিঃশব্দে লোকটার পিছু নিল। লোকটা মাঝে-মাঝে দাঁড়াচ্ছে, শিস দিচ্ছে, ফের হাঁটছে। ব্যাপারটা বুঝতে পারছে না পাঁচু। কিন্তু কে জানে কেন, লোকটাকে তার খারাপ বলেও মনে হচ্ছে না।

টকাই ওস্তাদের বৈরাগ্য এসে গেল কি না তা বুঝতে পারছে না নবা। জটাবাবার দয়াতেই কি এসব হয়েছে? আজকাল কাজকর্মের দিকে ওস্তাদের নজরই নেই। রাত্রি

দশটা বাজতে না বাজতেই খেয়েদেয়ে শুয়ে পড়ে। তারপর নাক ডাকিয়ে সে কী ঘুম রে বাবা! তা এরকম চললে নবার যে হাঁড়ির হাল হবে, তা কি ওস্তাদ বুঝতে পারছে না? মুশকিল হল যে, এতকাল টকাইয়ের শাগরেদগিরি করেও তেমন মানুষ হয়ে ওঠেনি। একা-একা কাজকর্ম করতে গেলেই নানা ভজঘট্ট বেধে যায়। এই তো পরশুদিন খগেনবাবুর বাড়িতে হানা দিয়ে ভারী অবাক হয়ে দেখল, দক্ষিণদিকের ঘরখানার জানলার পাল্লা খোলা আর গ্রিলটা ভারী নড়বড় করছে। একটু টানাটানিতেই সেই গ্রিলখানাও ঝুলে পড়ল। সুবর্ণ সুযোগ আর কাকে বলে! নবা টুক করে জানলা গলে ঘরে ঢুকে পড়ল।

ভগবান যে আছেন তা মাঝে মাঝে বড্ড বেশি টের পাওয়া যায়। কারণ, নবা অবাক হয়ে দেখল তাকে মেহনত থেকে বাঁচাবার জন্যই যেন ছিটকিনি নেমে গেল। নবা বাটামটাও খুলে ফেলল। একটুও শব্দ হয়নি। পরিষ্কার হাতে পরিপাটি কাজটি করে ফেলতে পেরে ভারী খুশি হল সে। হ্যাঁ, টকাই ওস্তাদের শাগরেদের যোগ্য কাজই বটে! দরজা ঠেলে সামান্য ফাঁক করে সরু হয়ে ঢুকেও পড়ল সে। ঢুকেও বেশ খুশিই হল সে। ঘরে দিব্যি হ্যারিকেনের আলো জ্বলছে, অন্ধকারে হাতড়ে মরার দরকার নেই। ঢুকে দরজাটা ভেজিয়ে কাজে হাত দিতে গিয়ে একটু চক্ষুলজ্জায় পড়ে যেতে হল নবাকে। কারণ, দেখতে পেল, নন্দবাবু মশারির ভিতরে বিছানায় বসে জুলজুল করে তার দিকেই চেয়ে আছেন।

নবা লজ্জা পেয়ে মাথা চুলকে নতমুখে বলল, "এই একটু এসে পড়েছিলাম আর কী এদিকে!"

নন্দবাবু শশব্যস্তে বলে উঠলেন, "আস্তাজ্ঞে হোক, আস্তাজ্ঞে হোক। আসবেন বই কী ভাই, এ আপনার নিজের বাড়ি বলে মনে করবেন, কী সৌভাগ্য আমার! তা ভাই আপনি কে বলুন তো, কোথা থেকে আসছেন? এই শীতের রাতে ঠান্ডায় কষ্ট হয়নি তো!"

ফাঁপরে পড়ে নবা আমতা আমতা করে বলল, "তা ঠান্ডাটা খুব পড়েছে বটে মশাই! তবে কিনা বিষয়কর্ম বলে কথা! ঠান্ডা গায়ে মাখলে কি আমাদের চলে?"

"বটেই তো! বটেই তো! তবে মাফলার বা বাঁদুরে টুপিতে মাথাটাথা একটু ঢেকেঢুকে তো আসতে হয় ভাই! পট করে আবার ঠান্ডা না লেগে যায়! তার উপর বাইরে ওই শীতে দাঁড়িয়ে দাঁড়িয়ে কত কষ্ট করে শিক দিয়ে পরদা ফাঁক করতে হল, তার দিয়ে ছিটকিনি খুলতে হল, সুতো বেঁধে বাটাম নামাতে হল, তা এত কষ্ট করার কী দরকার ছিল ভাই? আগে থেকে একটা খবর দিয়ে রাখলে আপনার জন্য কি আর ওটুকু কাজ আমিই করে রাখতুম না!"

নবা ভারী অপ্রস্তুত হয়ে বলল, "না, না, কষ্ট কীসের? আমরা হলুম গে মেহনতি মানুষ! খেটেই খেতে হয় কিনা।"

"না ভাই, ওটা কোনও কাজের কথা নয়। এই আমাদের মতো অধম লোকেরা থাকতে আপনার মতো গুণী মানুষেরা কষ্ট করবেন কেন? আপনি হলেন শিল্পী মানুষ। কী পাকা হাত আপনার! চোখ জুড়িয়ে যায়। একটুও শব্দ হল না, একটা ভুল হল না, নিখুঁতভাবে ছিটকিনি নেমে গেল, বাটাম খুলে গেল। আমি তো আগাগোড়া মুগ্ধ হয়ে দেখছিলুম। কী বলব ভাই, নিতান্ত বয়সে আপনি ছোট, নইলে আমার খুব পায়ের ধুলো নিতে ইচ্ছে করছে।"

কথাবার্তা বেশ উচ্চগ্রামেই হচ্ছিল। নিশুত রাতে কথাবার্তার শব্দ উঁচুতে উঠলে বাড়ির লোকের ঘুম ভেঙে যাওয়ার কথা। আর সেরকম লক্ষণ টেরও পাচ্ছিল নবা। এপাশ-ওপাশের ঘর থেকে সাড়াশব্দ হতে লেগেছে। কে যেন বলে উঠল, "ও ঘরে কাদের কথাবার্তা হচ্ছে?"

একজন মহিলা কাকে যেন ঘুম থেকে ঠেলে তুলছেন, "ও পটল, ওঠ, ওঠ, তোর বাবার ঘরে কী হচ্ছে দেখ তো গিয়ে!"

নবা বেগতিক বুঝে তাড়াতাড়ি হাতজোড় করে বলল, "তা হলে নন্দবাবু, আজ বরং আসি। আজ আপনি ব্যস্ত আছেন তো, বরং আর-একদিন আসা যাবে...!"

নন্দবাবু আর্তনাদ করে উঠলেন, "সে কী ভাই, এখনই যাবেন কী? ভাল করে আপ্যায়ন করা হল না, অভ্যর্থনা হল না, পরিচয় অবধি হয়নি, এক কাপ চা খেলেন না, সঙ্গে দুটো মুচমুচে বিস্কুট, বাড়ির লোকজনের সঙ্গে ভাব-ভালবাসা হল না, এখনই কি ছাড়া যায় আপনাকে? দুঃখ দেবেন না ভাই, বরং জুত করে বসুন।"

নবা শশব্যস্তে বলে উঠল, "বসার জো নেই নন্দবাবু, আমার পিসির এখন-তখন অবস্থা, আজ আর চাপাচাপি করবেন না, একটা ভাল দিন দেখে বেড়াতে বেড়াতে চলে আসবখন...।"

বলেই পট করে দরজাটা খুলে বেরিয়ে ছুট লাগাল নবা। পিছনে অবশ্য নন্দবাবু চেঁচাচ্ছিলেন, "ও ভাই, ও চোরভাই, আবার আসবেন কিন্তু ভাই, বড় দুঃখ দিয়ে গেলেন।"

তা নবার এখন বেশ দুঃসময়ই যাচ্ছে। টকাই ওস্তাদ গতর না নাড়লে এমনই চলবে।

সকালবেলাতে গিয়েই সে টকাইয়ের বাড়িতে থানা গেড়ে বসল। বলল, "ওস্তাদ, কাজকর্ম যে বড় ভন্ডুল হয়ে যাচ্ছে। আপনি গতর না নাড়লে যে রাজ্যপাট সব

আনাড়ি চোরছ্যাঁচড়াদের হাতে চলে যাবে। কাঁচা হাতের মোটা দাগের কাজ দেখে লোকে যে ছ্যাঃ ছ্যাঃ করতে লেগেছে।”

টকাই সকালের দিকে একটু সাধনভজন করে। একটু ব্যায়াম-প্রাণায়ামও করতে হয়। সেসব সেরে সবে একটু বসে জিরোচ্ছিল। নবার দিকে চেয়ে ভ্রু কুচকে বলল, “কাল রাতে কারও বাড়িতে ঢুকেছিলি বুঝি?”

নবা লজ্জা পেয়ে মাথা নত করে ঘাড়টাড় চুলকে বলল, “ওই একটু ছোটখাটো কাজ, হাত মকশো করতেই গিয়েছিলাম ধরে নিন।”

“সুবিধে হল না বুঝি?”

“আজ্ঞে, ঠিক তা নয়, কাজের বেশ প্রশংসাই হয়েছে। নন্দগোপালবাবু তো খুব বাহবাই দিলেন। ফের আর-একদিন যেতেও বলেছেন।”

টকাই বিস্মিত হয়ে বলে, “নন্দগোপাল! হুঁ! যে চোরের আক্কেল আছে, সে কখনও নন্দগোপালের ঘরে ঢোকে?”

“কেন ওস্তাদ?”

“বিগলিত ভাব দেখে ভুলেও ভাবিসনি যে, নন্দগোপাল সোজা পাত্তর। ও হল পুলিশের আড়কাঠি। সারা গাঁয়ের সব খবর গিয়ে থানায় জানিয়ে আসে। তোর নামধাম, নাড়িনক্ষত্র সব তার খাতায় টোকা আছে। আজই যদি পুলিশ তোকে ধরে নিয়ে গিয়ে ফাটকে পোরে, তা হলে অবাক হোস না।”

“ও বাবা! তবে কী হবে ওস্তাদ?”

“চোরধর্ম বলে একটা কথা আছে জানিস? চোরদের অনেক বাছবিচার করে কাজে নামতে হয়। যার-তার বাড়িতে গিয়ে হামলে পড়লেই তো হল না! কার চৌকাঠ ডিঙোতে নেই, কার কাছ থেকে শতহস্ত দূরে থাকতে হয়, কার ছায়া মাড়াতে নেই, সে সমস্ত শেখার জিনিস, বুঝলি?”

“যে আজ্ঞে। তবে আপনি এই কম বয়সেই রিটায়ার নিয়ে নেওয়ায় আমি যে বড় বিপদে পড়েছি ওস্তাদ। এখনও কত কী হাতেকলমে শেখা বাকি রয়ে গেছে। সিলেবাস তো এখনও অর্ধেকই শেষ হয়নি। কোচিং-এ বেজায় ফাঁক পড়ে যাচ্ছে যে!”

“রিটায়ার করেছি তোকে কে বলল? এসব পাপকাজে একটু অনিচ্ছে এসেছে ঠিকই, তবে অন্যদিকে কাজ বেজায় বেড়ে গেছে।”

নবার চোখ চকচক করে উঠল, “তা হলে কি চুরি ছেড়ে ডাকাতি ধরে ফেললেন ওস্তাদ? আহা, ডাকাতি বড় জব্বর জিনিস। আমার মনের মতো কাজ। চুরিতে বড্ড মগজ খেলাতে হয়, হাত মকশো করতে হয়, গেরস্তের হাতে হেনস্থা হওয়ারও ভয়

থাকে। ডাকাতি একেবারে খোলামেলা জিনিস। বন্দুক-তলোয়ার নিয়ে জোকার দিয়ে পড়ো, চেঁছেপুঁছে নিয়ে এসো। গেরস্ত ভয়ে ঘরের কোণে বসে ইষ্টনাম জপ করবে আর হাতে-পায়ে ধরে প্রাণ ভিক্ষে চাইবে। সেই ভাল ওস্তাদ! পাকা চোর হওয়ার অনেক মেহনত, অনেক হ্যাপা। ডাকাতি একেবারে জলের মতো সোজা কাজ।''

"ওরে মুখ্যু, ডাকাতির নামে নাল গড়াচ্ছে! বলি, আর্ষ কাকে বলে জানিস?''

"আজ্ঞে না ওস্তাদ!'

"আর্ষ মানে হল ঋষির দেওয়া নিদান। প্রত্যেক বংশেরই আদিতে একজন করে মুনি বা ঋষি থাকেন। আর্ষ হল সেই ঋষির দেওয়া বিবিধ ব্যবস্থা। এই যে পাঁচকড়িবাবুর বাড়িতে কাসুন্দি তৈরি নিষেধ, ওই যে উদ্ধববাবুর বাড়িতে শোল বা বোয়াল মাছ ঢোকে না, এই যে ভজহরিবাবুদের বংশে দুর্গাপুজো হয় না, সে কেন জানিস? আর্ষ নেই বলে। ওদের মুনি-ঋষিরা ওসব নিষেধ করে গেছেন।''

নবা একটু ভাবিত হয়ে বলল, "তাই বটে ওস্তাদ। আমার বাড়িতে কেউ কখনও পুবদিকে রওনা হত না। পুবদিকে যেতে হলে আগে পশ্চিমদিকে রওনা হয়ে তারপর ঘুরপথে পুবদিকে যেত। আমরা পুবদিকে গেলে নাকি ঘোর অমঙ্গল। তা আমি যেমন ভুলে মেরে দিয়েছি বলেই কি আমার কিছু হচ্ছে না ওস্তাদ?''

"ওই তো বললুম, ঋষিবাক্য লঙ্ঘন করা মহা পাপ। আমারও ডাকাতির আর্য নেই, বুঝলি? চুরি পর্যন্ত অ্যালাউ, কিন্তু ডাকাতি কখনও নয়।''

"এইবার জলের মতো বুঝেছি। আর-একটু বুঝলেই অন্ধকারটা কেটে যায়।''

"আর কী বুঝতে চাস?''

"ওই যে চুরি ছেড়ে আর-একটা কী যেন করার কথা ভাবছেন?''

টকাই একটা দীর্ঘশ্বাস ফেলে বলল, "বড়ই গুহ্য কথা রে। তোকে বলা কি ঠিক হবে?''

নবা করুণ গলায় বলল, "না বললে যে উদ্বেগ-উৎকণ্ঠায় ধড়ফড় করে মরে যাব ওস্তাদ। গুহ্য কথা না শুনলে যে বড় মুহ্যমান অবস্থা হয় আমার।''

"তা হলে বলছি শোন। ওই জটাবাবা লোকটা সাধুফাদু কিছু নয়। ওই হিজিবিজি ছেলেটাও জালি। প্রথম দিন দেখেই আমার মনে হয়েছিল, ওদের অন্য কোনও মতলব আছে। জটাবাবার বেদিটা তো দেখেছিলি। তোর অবশ্য দেখার চোখ নেই। কিন্তু আমার মনে হয়েছিল, চট আর কম্বলে ঢাকা বেদিটা আসলে একটা বড়সড় কাঠের বাক্স। তোর যেমন দেখার চোখ নেই, তেমনই শোনারও কান নেই। থাকলে টের পেতিস, ওই ঘরখানায় ওই দু'জন ছাড়া তৃতীয় আর-একজন কেউ ছিল। আমি তার শ্বাসের শব্দ পেয়েছি। তোকে বলেছিলাম সেই কথা। আমি তিন-চারদিন করে

নিশুতি রাতে গিয়ে জটাবাবার আস্তানায় নজর রেখেছি। কী দেখেছি জানিস?''

নবা বড় বড় চোখ করে শুনছিল। বলল, "কী ওস্তাদ?'

"নিশুতি রাতে ওরা ঢাকনা সরিয়ে কাঠের বাক্সটা থেকে একটা অদ্ভুত জীবকে বের করে। মানুষ বলে মনে হয় না, কিন্তু দেখতে আবার খানিকটা মানুষের মতোই। খুব বেঁটে, পেট আর বুক মিলিয়ে অনেকটা বলের মতো গোলাকার, মাথাটাও গোল। তবে নাক, মুখ, চোখ, সবই আছে। মনে হয় আজব জীবটাকে ওরা সারাদিন কড়া ওষুধ দিয়ে ঘুম পাড়িয়ে রাখে, রাত্তিরবেলা জাগায়। কিন্তু ওষুধের জন্য কিম্ভূত জীবটার ঘুম ভাঙতেই চায় না। তাই তাকে ওরা গরম লোহার শিক দিয়ে ছ্যাঁকা দেয়, থাপ্পড় মারে, নানা অত্যাচার করে।''

"এ তো খুব অন্যায় কথা ওস্তাদ! দেশটা যে অরাজকতায় ভরে গেল!''

"এখন মুখ বন্ধ রেখে শোন। ওই বেঁটে মানুষটা কথা-টথা কয় কি না আমি সেটা মন দিয়ে শুনবার চেষ্টা করেছি। মাঝে মাঝে একটুআধটু কথাও বলে বটে, তবে অস্পষ্ট সব শব্দ। অং, বং, ফুস গোছের কিছু আওয়াজ। সেসব কথা ওই জটাবাবা আর তার চেলাও বুঝতে পারে না। তবে বেঁটে লোকটা মাঝে-মাঝে শিস দেওয়ার মতো ভারী সুন্দর সুরেলা শব্দ করতে পারে। এত সুন্দর শব্দ আমি জীবনে শুনিনি। প্রাণটা যেন ভরে যায়। রাত্তিরে বেঁটে লোকটাকে ওরা খেতেও দেয়। শুধু ফল ছাড়া সে অবশ্য কিছুই খায় না। ফল বলতে শুধু আপেল, আঙুর নয়, তার সঙ্গে বটফল, নাটাফল, এসবও খায়। বেঁটে লোকটাকে ওরা কোথা থেকে ধরে এনেছে আর কী করতে চায়, সেটা রোজ হানা দিয়ে বুঝবার চেষ্টা করেছি। কিন্তু বুঝতে পারছি না। তবে লুকোছাপার বহর দেখে অনুমান করছি, ওদের মতলব ভাল নয়। তাই ভাবছি, আজ রাতে ওদের হাত থেকে ওই বেঁটে লোকটাকে উদ্ধার করব।''

নবা মহা উৎসাহে বলে উঠল, "তা হলে দলবল জোটাই ওস্তাদ? লাঠিসোঁটাও বের করি!''

"দূর বোকা! জটাবাবা আর তার চেলার অস্তর কিছু নেই? একদিন জটাবাবাকে দেখলাম, ঝোলা থেকে একটা ছোটখাটো বন্দুক গোছের জিনিস বের করে গুলির ফিতে পরাচ্ছে। হামলা করতে গেলে ঝাঁঝরা করে দেবে। সব ব্যাপারেই মোটা দাগের কাজে ঝোঁক কেন তোর? মাথা খাটাতে পারিস না? মনে রাখবি, সব সময়েই গা-জোয়ারির চেয়ে বুদ্ধি খাটিয়ে কৌশলে কাজ উদ্ধার করাই ভাল।''

"তা হলে কী করতে হবে ওস্তাদ?''

"লক্ষ করেছি, জটাবাবা আর তার চেলা দু'জনে সারাদিন পালা করে ঘুমোয়। একজন ঘুমোলে অন্যজন পাহারায় থাকে। দু'জনের কেউ ঘর ফাঁকা রেখে যায় না।

আর-একটা কথা হল, গেরস্তদের ফাঁকি দিয়ে বোকা বানানো যত সোজা, শয়তান লোকদের ঠকানো তত সোজা নয়। তার উপর এরা হল পাষণ্ড, খুনখারাপি করতে পেছপা হবে না। ভাবছি, আজ রাতে এমন একটা কাণ্ড করতে হবে, যাতে দু'জনেই তড়িঘড়ি ঘর থেকে বেরিয়ে আসে। তারপর...''

নবা ডগমগ হয়ে বলে, "সে তো খুব সোজা। ঘরে আগুন লাগিয়ে দিলেই তো হয়।''

"দূর আহাম্মক! আগুন দিলে ওই জতুগৃহ চোখের পলকে ছাই হয়ে যাবে। তিনজনের কেউ বাঁচবে না। মনে রাখিস, আমরা চোর হলেও খুনি নই কিন্তু! ওসব পাপচিন্তা করবি তো ঘাড়ধাক্কা দিয়ে তাড়িয়ে দেব।''

"আজ্ঞে, ভুল হয়ে গেছে ওস্তাদ! আর এ কথা মনেও আনব না। তা মতলবটা কী ভাঁজলেন?''

"ভাবছি, ইদানীং ময়নাগড়ে খুব বাঘের উৎপাত হয়েছে। আমাদের দুর্গাপদ চমৎকার বাঘের ডাক নকল করতে পারে। তাকে দিয়ে কাজ হাসিল হয় কি না!''

"আজ্ঞে, খুব হয়। আমি চললুম দুর্গাপদকে খবর দিতে।''

"ওরে, অত উতলা হোসনি। ওরা জঙ্গলে থাকে, বাঘের ডাক কিছু কম শোনেনি। তবে শুধু বাঘের গর্জন নয়, সেইসঙ্গে মানুষের আর্তনাদ মিশিয়ে দিলে কাজ হতে পারে। ভাবটা এমন হতে হবে, যাতে মনে হয়, কোনও লোককে বাঘে ধরেছে। তাতে ওরা একটু চমকাবে। নিশুত রাতে উত্তরের জঙ্গলে মানুষের গতিবিধি তো স্বাভাবিক নয়। ওরা ধরে নেবে যে, নিশ্চয়ই ওদের উপর চড়াও হতে এসে বাঘের খপ্পরে পড়ে গেছে। সরেজমিনে দেখার জন্য ওরা অস্তর নিয়ে বেরিয়ে আসতে পারে, বুঝেছিস?''

"হেঃ হেঃ, একেবারে জলের মতো। চোখের সামনে দৃশ্যটা দেখতেও পাচ্ছি ওস্তাদ। ওই তো জটাবাবা বেরিয়ে এল, হাতে মেশিনগান, চোখ দু'খানা ধকধক করছে, আর ওই যে পিছনে হিজিবিজি, তারও হাতে পিস্তল। জটাবাবা হাঁক মারল, 'কে রে? কার এত বুকের পাটা যে সিংহের গুহায় ঢুকেছিস...?'''

টকাই হেসে বলল, "আর তোকে যাত্রার পার্ট করতে হবে না। মাথা ঠান্ডা কর। বরং বাঘে ধরলে প্রাণভয়ে চেঁচায়, সেটা একটু প্র্যাকটিস কর। আজ রাতে তোকে দিয়েই ওই পার্টটা করাব বলে ভাবছি। পারবি না?''

"খুব পারব ওস্তাদ। ওই তো বোশেখ মাসে হাবু দাসের উঠোনে মাঝরাত্তিরে চুরি করতে ঢুকে আমার পায়ের উপর দিয়ে একটা হেলে সাপ বেয়ে গিয়েছিল।

কী চেঁচানোটাই না চেঁচিয়েছিলাম বাপ! গাঁ-সুদ্ধু লোক আঁতকে ঘুম থেকে উঠে পড়েছিল।''

"হ্যাঁ, ওইরকম চেঁচানো চাই। যা, দুর্গাপদকে খবর দিয়ে বাড়ি গিয়ে প্র্যাকটিস কর। সন্ধের মুখে তৈরি হয়ে চলে আসিস।''

নবা এতদিন পর মনের মতো কাজ পেয়ে খুশিতে ডগমগ হয়ে মালোপাড়ায় গিয়ে দুর্গাপদকে খবর দিয়ে বাড়িতে ফিরে মা কালীকে বেজায় ভক্তিভরে পেন্নাম ঠুকল। ওস্তাদ টকাইকে যে ফের চাঙা করা গেছে, এটাই মস্ত লাভ।

সারাদিন নবা বাড়ির পাশের মাঠটায় বসে চেঁচানি প্র্যাকটিস করতে লাগল। কিন্তু ফল যা দাঁড়াল তা বেশ দুশ্চিন্তার বিষয়। তার "বাঁচাও-বাঁচাও, মেরে ফেললে, খেয়ে ফেললে'' চিৎকার শুনে লোকজন সব লাঠিসোঁটা নিয়ে ছুটে আসতে লাগল। কিন্তু এসে কেউ কিছু বুঝতে পারল না।

উদ্ধববাবু বললেন, "বলি ওরে নবা, তোর চেঁচানি শুনে তো মনে হচ্ছে তোকে বাঘেই ধরেছে। কিন্তু বাঘটা গেল কোথায়? বাঘ তোকে খেল, না তুই-ই বাঘটাকে খেয়ে ফেললি বাপ?''

ভজহরিবাবু বললেন, "রিখটার স্কেলে এই চেঁচানির মাপ হল সাড়ে ছয়। এরকম চেঁচালে বাঘ-সিংহের আত্মা খাঁচাছাড়া হওয়ার কথা।''

শিবেন গম্ভীরভাবে বলল, "শব্দের মাপ রিখটার স্কেল দিয়ে হয় না ভজহরিবাবু। ওটা হল ডেসিবেল।''

গদাধর মাস্‌ল ফুলিয়ে এগিয়ে এসে বলল, "আরে বাঘফাঘ নয়, নবা ভূত দেখেছে। আজকাল এ গাঁয়ে বেশ ভূতের উপদ্রব শুরু হয়েছে দেখছি।''

ভজহরিবাবু প্রতিবাদ করে বললেন, "কক্ষনও নয়। নবা মেরে ফেললে, খেয়ে ফেললে বলে চেঁচাচ্ছে। সায়েন্সে স্পষ্ট করে বলা আছে, ভূত কখনও মানুষ খায় না। ভূতের খাদ্য হল অক্সিজেন, হাইড্রোজেন আর নাইট্রোজেন।''

গদাধর রোষকষায়িত লোচনে ভজহরির দিকে চেয়ে বলল, "ভূতের মেনু আপনি কিছুই জানেন না। প্রায় রাতেই আমার মাংসের আখনি আজকাল ভূতে চেটেপুটে খেয়ে যাচ্ছে। তবে হ্যাঁ, তারা হাড়টাড় চিবোতে পারে না বলে সেগুলো ফেলে যায়।''

নবার বুড়ি মা এসে তাড়াতাড়ি ছেলেকে দু' হাতে আগলে ধরে বলল, "ওগো, তোমরা ওসব অলক্ষুনে কথা বোলো না তো! বাছা আমার এমনিতেই ভিতুর ডিম। বাঘটাঘ নয় বাবারা, আমি জানি, নবাকে নিশ্চয়ই ডেঁয়োপিঁপড়ে কামড়েছে। বরাবর পিঁপড়ের কামড় খেয়ে ওইরকম করে চেঁচায়। নরম শরীর তো ব্যথা-বেদনা মোটেই সইতে পারে না।''

মায়ের হাত ধরে নবা বাড়ি ফিরল বটে, কিন্তু সারা সকাল ঘণ্টা দুয়েক টানা চেঁচানোর ফলে বিকেলের দিকটায় টের পেল, গলাটা ফেঁসে গিয়ে কেমন যেন ভাঙা আওয়াজ বেরোচ্ছে। সর্বনাশ আর কাকে বলে! টকাই ওস্তাদ এই গলা শুনলে কি আর পার্টটা তাকে দেবে? যথারীতি সন্ধেবেলা কালীকে পেন্নাম ঠুকে বেরিয়ে পড়ল নবা। টকাইয়ের বাড়িতে দুর্গাপদও এসে জুটে গেছে। তিনজনে মিলে ঠিক কী করতে হবে তা ভাল করে বুঝে নিয়ে বেরিয়ে পড়ল।

উত্তরের জঙ্গল-রাস্তা বড় কম নয়। ঠান্ডাটাও আজ যেন জোর পেয়েছে। উত্তুরে হাওয়া দিচ্ছে জোর। রাত আটটার মধ্যেই গাঁ একেবারে নিঝুম। শীতের চোটে আর বাঘের ভয়ে রাস্তাঘাট শুনশান। তিনজনে পা চালিয়ে হেঁটে রাত ন'টার মধ্যেই উত্তরের জঙ্গলে পৌঁছে গেল। জ্যোৎস্না রাত নয়, তবে অন্ধকারেই তাদের চলাফেরার অভ্যাস বলে অসুবিধে হল না। জটাবাবার কুটিরের কাছাকাছি একটা ঝুপসি বটগাছ। তার আড়াল থেকে তারা জটাবাবার কুটিরে পিদিমের মিটমিটে আলোর আভাস দেখতে পেল।

টকাই দুর্গাপদকে একটা খোঁচা দিয়ে বলল, "দুর্গা, এইবার।"

দুর্গাপদ মুখের কাছে দুই হাতের পাত ঠোঙা করে ধরে যে বাঘের ডাকটা ছাড়ল তা শুনলে বাঘ পর্যন্ত অবাক হয়ে যায়। কী গম্ভীর গর্জন রে বাবা। আকাশ বাতাস যেন প্রকম্পিত হয়ে গেল। টকাই নবাকে খোঁচা দিয়ে বলল, "এবার তুই।"

তা নবার পার্টও কিছু খারাপ হল না। দিব্যি বাঘে-ধরা মানুষের মতো সে গলা সপ্তমে তুলে চেঁচাতে লাগল, "বাপ রে, মা রে, খেয়ে ফেলল, মেরে ফেলল...!" সেইসঙ্গে মুহুর্মুহু দুর্গার বাঘের ডাক।

বিস্তর বাঘ গর্জন আর মর্মন্তুদ আর্তনাদ করার পরও জটাবাবার কুটির থেকে কেউ উঁকি মারল না দেখে নবা মাথা চুলকে বলল, "কী হল বলো তো ওস্তাদ! পার্টে কি কোনও ভুল হল?"

দুর্গাপদ কাঁপা গলায় বলল, "না রে, ভুল হয়নি। ওই যে..."

দুর্গাপদ যেদিকে আঙুল তুলে দেখাল, সেদিকে চেয়ে নবা এবার পার্ট ভুলে সত্যিকারের প্রাণভয়ে চেঁচাতে লাগল, "ওরে বাপ রে, মেরে ফেলল রে, খেয়ে ফেলল রে..."

বাঘটা অবশ্য মোটেই উত্তেজিত হল না, তেমন ঘাবড়ালও না। জুলজুলে চোখে তাদের দিকে একটু চেয়ে থেকে, বোধ হয় দুর্গাপদকে মনে মনে শাবাশ জানিয়ে একটা হাই তুলে অন্ধকারে মিলিয়ে গেল।

বাঘ চলে যাওয়ার পরও অবশ্য নবা চেঁচিয়েই যাচ্ছিল। টকাই একটা ধমক দিয়ে

বলল, ‘‘দেখ নবা, বাঘেরও ঘেন্নাপিত্তি আছে। ওরা বেছেগুছেই খায়। তোর ঘাড় মটকালে কি ও ওর জাতভাইদের কাছে মুখ দেখাতে পারবে?’’

নবা ধমক খেয়ে চুপ করল বটে, কিন্তু তার দাঁতে দাঁতে ঠকঠকানিটা থামছিল না। সে কেঁপে কেঁপে বলল, ‘‘কিন্তু এ যে সত্যিকারের বাঘ ওস্তাদ!’’

‘‘তাতেই প্রমাণ হয় যে, তোরা দু’জনেই পার্ট খুব ভাল করেছিস। কিন্তু পার্ট তো আর বাঘের জন্য করা নয়, জটাবাবা আর তাঁর শাগরেদের জন্য করা। তা সেখানে এত চেঁচামেচিতেও কোনও হেলদোল নেই যে!’’

নবা মিয়োনো গলায় বলল, ‘‘হয় বাঘের ডাক শুনে ভয়ে মূর্ছা গিয়েছেন, নয়তো বন্দুক বাগিয়ে আমাদের জন্য ওত পেতে আছেন।’’

সরেজমিনে গিয়ে দেখা গেল, নবার কথাই সত্যি। জটাবাবা ঘরের একধারে অজ্ঞান হয়ে চিতপটাং পড়ে আছেন। তবে ভয়ে নয়, তাঁর মুখে-চোয়ালে-নাকে রক্ত আর কালশিটে। কে বা কারা বেধড়ক মেরে তাঁকে অজ্ঞান করে ফেলে গিয়েছে। কাঠের বাক্সটার ডালা খোলা, তার ভিতরে সেই বেঁটে লোকটাও নেই। আর হিজিবিজিও নেই।

নবা চাপা গলায় বলল, ‘‘ওস্তাদ, যারা এ লোকটাকে এরকম মেরেছে, তাদের গায়ে বোধ হয় খুব জোর, কী বলেন?’’

‘‘তাই তো মনে হচ্ছে।’’

‘‘তা হলে কি আমাদের এখানে থাকা ঠিক হচ্ছে? তারা যদি হঠাৎ করে ফিরে আসে, তা হলে আমাদের দেখে হয়তো খুব রাগ করবে।’’

‘‘তা তো করতেই পারে।’’

‘‘তা হলে আমাদের আর এখানে সময় নষ্ট করার দরকারটা কী? মা আজ কই মাছের পাতুরি করেছে। পইপই করে বলে দিয়েছে যেন তাড়াতাড়ি ফিরি।’’

টকাই অন্যমনস্কভাবে কী যেন ভাবতে ভাবতে বলল, ‘‘তা যাবি তো যা না। তবে কিনা তাদের সঙ্গে তো তোর পথেও দেখা হয়ে যেতে পারে! সেটা কি ভাল হবে রে নবা?’’

নবা কাঁচুমাচু হয়ে বলল, ‘‘মা অবশ্য বলেছে, জরুরি কাজ থাকলে একটু দেরি হলেও ক্ষতি নেই।’’

ছয়

বেঁটে, কিম্ভূত, গোলগাল চেহারার লোকটা হেলেদুলে একটা আহ্লাদি দুলকি চালে হাঁটছে। পিছনে একটু তফাতে পাঁচু। লোকটা যে সুরেলা, অদ্ভুত সুন্দর শিসের শব্দ করছে, তাতে পাঁচুর যেন ঘুম ঘুম ভাব হচ্ছে। যেন সে ঘুমিয়ে ঘুমিয়ে হাঁটছে। চারদিকে জ্যোৎস্নামাখা কুয়াশায় যেন নানা স্বপ্নের ছবি ফুটে উঠে মিলিয়ে যাচ্ছে। কী হচ্ছে তা বুঝতে পারছে না পাঁচু। কিন্তু কিছু একটা হচ্ছে, যা তার জীবনে আগে কখনও ঘটেনি। চারদিকে মায়াবী ওই শিসের শব্দের ঢেউ যেন ময়নাগড়কে এক অন্য জগৎ করে তুলছে।

খুব আবছা, স্বপ্নালু, ঘুম-ঘুম চোখে পাঁচু দেখতে পেল, বটতলার জংলা ঝোপঝাড়ের ভিতর থেকে একটা ছোট ছায়ামূর্তি বেরিয়ে এসে যেন এই বেঁটে লোকটার হাত ধরে হাঁটতে লাগল। কে ও? যজ্ঞেশ্বর না? আরও একজন কে যেন পাশের পুকুর থেকে উঠে এসে পিছু নিল বেঁটে লোকটার। হ্যাঁ, পাঁচু একে চেনে। ও হল কলসি-কানাই।

কিন্তু এসব কী হচ্ছে? কেন হচ্ছে? পাঁচু একবার ভাবল, এসব স্বপ্ন। সে ফিরবার জন্য ঘুরে দাঁড়ানোর চেষ্টা করল। কিন্তু পারল না। এক আশ্চর্য চুম্বকের টানে সে ওর পিছু-পিছু মন্থর পায়ে হাঁটতে লাগল। ওই আশ্চর্য সুরে তার দু'চোখ বেয়ে টপটপ করে জল পড়ছে। গানবাজনার সে কিছুই জানে না, তবু কেন যে এমন হচ্ছে!

হঠাৎ রাস্তা ছেড়ে ডান দিকে ঝোপঝাড়ের মধ্যে নেমে যাচ্ছিল বেঁটে মানুষটা। পাঁচু জানে ওখানে একটা পচা ডোবা আছে। তাতে থকথকে কাদা। পড়লে আর উঠতে পারে না কেউ। তাই সে চেঁচিয়ে বারণ করার চেষ্টা করল। কিন্তু গলা দিয়ে স্বরই বেরোল না।

কিন্তু ডোবায় পড়লে যে লোকটার ঘোর বিপদ হবে। তাই পাঁচু প্রাণপণে ছুটতে চেষ্টা করল। এমনিতে সে হরিণের মতো দৌড়তে পারে বটে, কিন্তু এখন পারল না। মাকড়সার জালের মতো সূক্ষ্ম সব তন্তু যেন আটকে ধরেছিল তাকে। তবু প্রাণপণে সব ছিঁড়েছুড়ে সে ছুটবার চেষ্টা করতে লাগল।

যখন গিয়ে ডোবার নাগালের ধারে পৌঁছল, তখন শিসটা থেমে গিয়েছে। সামনে কাউকে দেখা যাচ্ছে না। ভিতরটা হায়-হায় করে উঠল পাঁচুর। লোকটা কি তবে ডুবেই গেল কাদায়?

সে মনস্থির করে ডোবায় ঝাঁপ দেবে বলে ঝোপঝাড়ের মধ্যে নামতেই কে যেন ফিসফিস করে বলে উঠল, ''কাজটা ঠিক হচ্ছে না।''

পাঁচু বলল, ''কে? কে তুমি?''

"ফিরে যাও।"

"লোকটা যে ডুবে গেল!"

"ফিরে যাও। নইলে বিপদ হবে।"

পাঁচু আর এগোল না। তবে মনটা বড় ভার হয়ে রইল। কথাটা কে বলল, তা অবশ্য সে বুঝতে পারল না। যজ্ঞেশ্বর কি? না কি কলসি কানাই?

একটা দীর্ঘশ্বাস ছেড়ে ফিরে আসছিল পাঁচু। নিজের বাড়ির কাছে আসতেই হঠাৎ একটা লম্বা লোক তার পথ আটকে দাঁড়াল।

"পাঁচু যে!"

পাঁচু খুব অভিমানের সঙ্গে বলল, "হিজিবিজিদাদা, তুমি যে বোকা লোক খুঁজে বেড়াচ্ছিলে! বোকা লোক পেলেই নাকি কাজ দেবে! তা সেই থেকে আমি হাঁ করে তোমার জন্য বসে আছি। তুমি কোথায় হাওয়া হয়ে গেলে বলো তো!"

হিজিবিজি একগাল হেসে বলল, "ওরে বাপু, হাওয়া হতে হয় কি আর সাধে! গা-ঢাকা না দিলে যে আমার বড় বিপদ হচ্ছে।"

"কী বিপদ হিজিবিজিদাদা?"

"বোকা লোক খুঁজছি শুনে আমার চারদিকে বোকা লোকের গাদাগাদি লেগে যাচ্ছিল যে। বুড়োশিবতলার হাটবারে তো একেবারে লাইন লেগে গেল। এ বলে, আমি সবচেয়ে বোকা, তো আর-একজন বলে, আমি ওর চেয়েও বোকা। আর-একজন বলল, 'ওরা আর কী এমন বোকা! আমার মতো বোকা ভূ-ভারতে নেই। আমি রোজ বাজার করতে যাই, কিন্তু রোজ আমাকে রাস্তার লোককে জিজ্ঞেস করে করে বাজারের পথের হদিস জানতে হয়। আর বাড়ি ফেরার সময়ও তাই।' ফস করে পাশ থেকে একজন বলে উঠল, 'ওটা বোকামির লক্ষণ নয় লক্ষ্মণবাবু, ওটা ভুলোমনের লক্ষণ। এই আমাকে দেখুন, এমন নিরেট বোকা পাবেন না। তিনের সঙ্গে দুই যোগ করলে কত হয় জিজ্ঞেস করলে বরাবর বলে এসেছি সাত।' পিছন থেকে আর-একজন বলল, 'তাতে কী? কেউ অঙ্কে কাঁচা হলেই কি বোকা হতে হবে নাকি? বরং আমার কথাই ধরুন, মুগবেড়ের গোহাটায় গোরু কিনতে গিয়ে এক ফড়েবাজের সঙ্গে আলাপ হল। তা সে বলল, গোরুর দুধের আজকাল চাহিদা নেই, উপকারও নেই। আসল জিনিস হল ছাগলের দুধ। গোরু কিনে ঠকতে যাবে কেন, বরং আমার ছাগলটা নিয়ে যাও। দাম বরং ক'টাকা কমিয়ে দিচ্ছি। আমি এমন বোকা যে, তার কথার খপ্পরে পড়ে গোরুর বদলে ছাগল কিনে ফেললুম।' একজন তাকে কনুইয়ের গুঁতোয় সরিয়ে দিয়ে বলল, 'আমি হলে গোরুর দাম দিয়ে বেড়াল কিনে আনতুম। ওরে বাপু, আসল বোকা ওকে বলে না, এই আমাকে দেখো, আমার

বউ বলে আমি নাকি বিশ্ব বোকা। নিখিল বঙ্গ বোকা সম্মেলনে আমি সেবার ফার্স্ট হয়েছিলাম।''

পাঁচু গম্ভীর হয়ে বলল, ''আমার তো এদের তেমন বোকা বলে মনেই হচ্ছে না।''

''খুব ঠিক কথা। আমারও মনে হচ্ছে না। যারা নিজেদের বোকা বলে বুঝতে পারে, তারা আবার বোকা কীসের? আসল বোকা হল সে-ই, যে নিজে বুঝতেই পারে না যে, সে বোকা।''

পাঁচু করুণ মুখ করে বলল, ''তা হলে আমার কী হবে হিজিবিজিদাদা? আমি যে বোকা, সেটা যে আমিও বুঝতে পারি!''

''সেই জন্যই তো তোমাকে বলছিলাম, সত্যিকারের বোকা লোক খুঁজে বের করা খুব কঠিন। ভগবান বোকা লোক মোটেই সাপ্লাই দিচ্ছেন না। তাই তো বুড়োশিবতলার হাট থেকে পালিয়ে বাঁচতে হল। তারপর থেকে গা-ঢাকা দিয়েই থাকতে হয়েছে। বোকা লোকরা কোমর বেঁধে খুঁজছে কিনা আমাকে!''

পাঁচু একটা দীর্ঘশ্বাস ফেলে বলে, ''বোকা হয়েও সুখ নেই দেখছি।''

''তোমার দুঃখেরও কিছু নেই। তোমার মতো চালাকচতুর, চটপটে, চারচোখা ছেলের কাজের অভাব হবে না। তবে আমি এখন বোকা ছেড়ে মোটা লোক খুঁজে বেড়াচ্ছি।''

''সে আবার কীরকম।''

''এই ধরো, বেশ গোলগাল মোটাসোটা চেহারার লোক। বেঁটে মতো হলে খুবই ভাল হয়। যদি সন্ধান দিতে পারো, তবে হাতে-হাতে পঞ্চাশ টাকা নগদ পাবে।''

ঠোঁট উলটে পাঁচু বলে, ''এ গাঁয়ে মোটা লোকের অভাব কী? গদাধর মোটা, ভজহরিবাবু মোটা, বিষ্ণুবাবু মোটা...''

''আহা, ওদের কথা হচ্ছে না। যেমন-তেমন মোটা হলে চলবে না। মোটা মোটা বেঁটে, বিটকেলপানা হলে ভাল হয়। তা সন্ধানে আছে নাকি?''

একটা দীর্ঘশ্বাস ফেলে পাঁচু বলল, ''সন্ধান তো ছিল। কিন্তু সেই লোকটা যে মজা পুকুরের কাদায় ডুবে গেছে!''

''অ্যাঁ!'' বলে একটা বুকফাটা চিৎকার দিয়ে উঠল হিজিবিজি। তারপর পাঁচুর কাঁধ ধরে একটা রাম-ঝাঁকুনি দিয়ে বলল, ''সত্যি বলছ? কোথায় সেই মজা পুকুর?''

পাঁচু একটু ঘাবড়ে গিয়ে দু'পা পিছিয়ে বলল, ''সত্যি কথাই বলছি। নিজের চোখেই দেখা বলতে পারো। একটু আগেই বিটকেল মানুষটা সটান গিয়ে পুকুরে ডুবেছে...''

তার হাতে একটা হ্যাঁচকা টান দিয়ে হিজিবিজি বলল, ‘‘চলো, চলো, শিগগির চলো। লোকটা বেহাত হলে সর্বনাশ হয়ে যাবে যে!’’

পাঁচুর হাত ধরে হিড়হিড় করে টানতে টানতে প্রায় দৌড়তে দৌড়তে হিজিবিজি বলছিল, ‘‘সর্বনাশ হয়ে যাবে! কোথায় সেই মজা পুকুর?’’

পাঁচু বিরক্ত হয়ে বলল, ‘‘আহা, কোথায় আন্দাজে ছুটছ? পুকুর তো ডান ধারে।’’

পুকুরের ধারে এসে তারা দেখল, চারদিকে গাছগাছালির ঘন ছায়ায় নিথর পুকুর। কোথাও কোনও হুটোপাটির শব্দও নেই।

হিজিবিজি ব্যস্তমনস্ক হয়ে বলল, ‘‘পুকুর থেকে ওকে তুলতেই হবে। জলে নামো। এর জন্য টাকা দেব।’’

পাঁচু বলল, ‘‘পাগল নাকি? পুকুরে থকথকে কাদা, একবার নামলে আর উঠতে হবে না। জন্ম থেকে দেখে আসছি, এই পুকুরে কেউ নামে না। কলসি কানাই তো এখানেই ডুবে মরেছিল।’’

হিজিবিজির হাসিখুশি ভাবটা উবে গেছে। সে কঠিন গলায় বলে, ‘‘ওসব শুনতে চাই না। লোকটাকে পুকুর থেকে তুলতেই হবে। আমার কাছে ভাল নাইলনের দড়ি আছে। তোমার কোমরে বেঁধে দিচ্ছি। পুকুরে নামো, বিপদ বুঝলে আমি টেনে তুলব।’’

পাঁচু পিছিয়ে গিয়ে বলে, ‘‘এই ঠান্ডায় আমি পুকুরে নামতে পারব না হিজিবিজিদাদা। নামতে হলে তুমি নামো।’’

হিজিবিজি হঠাৎ লোহার মতো শক্ত হাতে তার ঘাড়টা চেপে ধরে মাথায় একটা রামগাট্টা বসিয়ে দিয়ে বলল, ‘‘ভাল কথায় কাজ না হলে তোর বিপদ আছে। ছুড়ে পুকুরে ফেলে দেব।’’

পাঁচু বুঝতে পারল, হিজিবিজিকে সে যত ভালমানুষ মনে করেছিল, তত ভালমানুষ ও নয়। গাট্টার চোটে মাথা ঝিমঝিম করে চোখে অন্ধকার দেখে বসে পড়ল মাটিতে।

হিজিবিজি কাঁধের ব্যাগ থেকে একটা লম্বা নাইলনের দড়ি বের করে পাঁচুর কোমরে এক প্রান্ত বেঁধে দিয়ে বলল, ‘‘যাও আর সময় নষ্ট কোরো না। কথা না-শুনলে কিন্তু বিপদ হবে।’’

পাঁচু তবু ইতস্তত করতে লাগল। হিজিবিজি সোজা তার ঘাড় ধরে দাঁড় করিয়ে পুকুরের ধারে গিয়ে প্রচণ্ড একটা ধাক্কায় জলে ফেলে দিল।

বরফের মতো ঠান্ডা জলে পড়ে গিয়ে পাঁচু ‘‘মা গো’’ বলে চেঁচিয়ে উঠল প্রথমে।

তারপর পাগলের মতো হাত-পা ছুড়তে লাগল। উপরে খানিকটা জল থাকলেও জলের দু'-তিন ফুট নীচে ভসভসে কাদায় গেঁথে গেলে আর কিছু করার থাকে না। হিজিবিজি পুকুরের ধার থেকে কঠিন গলায় আদেশ দিল, "ডুব দাও। ডুব দিয়ে দিয়ে খোঁজো লোকটাকে। দেরি কোরো না, তা হলে মরবে।"

কিন্তু জলে-কাদায় ডুবন্ত মানুষ খুঁজবে কী, পাঁচুর নিজের প্রাণই রক্ষা করা দায়। সাঁতার সে খুবই ভাল জানে বটে, কিন্তু এই হাজামজা কাদার পুকুরে সাঁতার জেনে হবে কোন অষ্টরম্ভা? পাঁচু ভেসে থাকার প্রাণপণ চেষ্টা করছিল বটে, কিন্তু উপর থেকে একটা গাছের শুকনো ডাল দিয়ে তার মাথায় একটা ঘা মেরে হিজিবিজি বলল, "ডুব দাও। ডুব না দিলে তুলবে কী করে লোকটাকে?"

অগত্যা ডুব দিতে হল পাঁচুকে। আর ডুব দিতেই হল বিপত্তি। আর এই সাংঘাতিক ঠান্ডায় হাত-পা অসাড় হয়ে আসছিলই। ডুব দেওয়ার পর নীচেকার কাদামাটি ঘুলিয়ে উঠে নাকে-মুখে ঢুকে যাচ্ছিল। নীচের কাদায় বসে যাচ্ছিল কোমরসুদ্ধ পা। চেষ্টা করেও পাঁচু আর উপর দিকে উঠতে পারছিল না। তার উপর দমও ফুরিয়ে আসছে।

মরতে আজ খুব একটা দুঃখ হচ্ছে না পাঁচুর। এতদিনে সে বুঝতে পেরেছে এই অনাদরে, অপমানে বেঁচে থাকার মানেই হয় না। মরে বরং ভূত হয়ে দিব্যি গাছে গাছে ঘুরে বেড়ানো যাবে। সেও একরকম ভাল। তাই আঁকুপাঁকু করলেও ভিতরে তেমন হায়-হায় করছিল না।

ঠিক এই সময় তার কানের কাছে কে যেন বলে উঠল, "দূর বোকা, আহাম্মক কোথাকার! ডান দিকে কোনাকুনি এগোতে থাক।"

কে বলল কে জানে। তবে বিকার অবস্থায় লোকে অনেক ভুল দেখে, ভুল শোনে। সেরকম কিছু হবে বোধ হয়। তবে সে ডানদিকে ফেরার একটা চেষ্টা করল। হাত-পা প্রবলভাবে নাড়ানাড়ি করায় একটু এগিয়েও গেল সে।

কে যেন বলল, "এবার মাথা তোলা দে।"

তাই দিল পাঁচু। মাথাটা ভুস করে জলের উপর ভেসে উঠল। সে দেখতে পেল, জলের মধ্যে হোগলার জঙ্গলের আড়ালে পড়েছে সে। হিজিবিজি তাকে দেখতে পাচ্ছে না। আর আশ্চর্যের ব্যাপার, তার পায়ের নীচে শক্ত মাটি ঠেকছে। সে কোমরের দড়িটা খুলে ফেলে সন্তর্পণে জল থেকে উঠে জঙ্গলের আড়ালে গা-ঢাকা দিয়ে ঠাহর করে দেখল, হিজিবিজি দড়িটা টেনে দেখছে। তারপর চাপা গলায় একটা হুংকার দিয়ে তার ব্যাগ থেকে একটা কিছু বের করে এদিক-ওদিক ঘাড় ঘুরিয়ে দেখতে লাগল। তাকেই খুঁজছে বোধহয়।

কানে কানে কে যেন ফের চাপা গলায় বলে উঠল, "জল ছেড়ে উঠো না, মরবে।

ডান দিকে এগিয়ে যাও।"

তাই এগোল পাঁচু। আশ্চর্যের বিষয়, পুকুরে জলের নীচে একটা সরু কার্নিসমতো রয়েছে। সেই কার্নিস ধরেই জল ভেঙে এগোতে এগোতে সে জলে গজিয়ে ওঠা নানা আগাছার গভীর জঙ্গলে ঢুকে গেল। তারপর পা বাড়িয়ে অনুভব করল, কার্নিসটা বাঁক নিয়েছে। আর বাঁকের মুখটায় একটা বড় নালার বাঁধানো মুখ।

ভাবনাচিন্তার সময় নেই। পাঁচু একটু হামাগুড়ি দিয়ে নালার মুখে ঢুকে পড়ল। নালার মধ্যে হাঁটুজলের বেশি নয়। তবে কাদাটাদা নেই। দিব্যি হামাগুড়ি দিয়ে এগিয়ে গেল সে। একটু পরেই নালাটা যেখানে শেষ, সেটা একটা বেশ বড়সড় চৌবাচ্চার মতো জায়গা। মাথা তুলে দাঁড়াতেও কোনও অসুবিধে নেই। হাতড়ে-হাতড়ে অন্ধকারে পাঁচু আন্দাজ করল, এটা একটা বড় চৌবাচ্চাই বটে। বেশ উঁচু কানা। তবে একধারে উপরে ওঠার সরু সিঁড়ি আছে। পাঁচু সেই সিঁড়ি বেয়ে উপরে উঠে এল।

আশ্চর্যের বিষয়, যেখানে উঠে এল সেটা একটা বেশ বড়সড় ঘর। ঘরের ভিতরে একটা সোঁদা গন্ধ। কত বড় ঘর বা ঘরে কী আছে তা অন্ধকারে দেখা গেল না। পাঁচুর বেশ শীত করছিল। গায়ের জামাটা খুলে নিংড়ে নিল সে। তারপর সেটা দিয়ে মাথা আর গা মুছে নিল। অন্ধকারে চারদিকটা ঠাহর করার চেষ্টা করছিল সে। কিন্তু অন্ধকারে চারদিককার আন্দাজ পাওয়া মুশকিল।

হঠাৎ বাঁ-দিক থেকে একটা ভারী চাপা কাতর ধ্বনি শুনতে পেল সে। যেন কেউ খুব ব্যথা বা বেদনায় ককিয়ে উঠছে। পাঁচু ভয় পেল না। সহজে ভয় পায়ও না সে। চাপা গলায় বলল, "কে, কে গো তুমি?"

কিছুক্ষণ সব চুপচাপ। তারপর হঠাৎ চারদিকে একটা ঢেউ তুলে একটা ভারী সুরেলা শিসের শব্দ ভেসে এল। সেই বেঁটে, মোটা, গোল চেহারার লোকটাই তো শিস দিয়েছিল কিছুক্ষণ আগে! তবে কি লোকটা বেঁচে আছে? পুকুরে ডুবে মরেনি?

শিসের শব্দ লক্ষ করে মাঝখানে এগিয়ে গেল পাঁচু। একবারে কাছে গিয়ে হাত বাড়াতেই মানুষের শরীরের স্পর্শ পেল সে। শিসটা থেমে গেল হঠাৎ।

পাঁচু কোমল গলায় বলল, "তুমি কে?"

লোকটা বলল, "হিজিবিজি।"

"তুমিই হিজিবিজি?"

লোকটা ফের বলল, "হিজিবিজি।"

"আমি তোমার কাছে একটু বসব?"

"হুঁ।"

পাঁচু বসল মেঝের উপর, পাশাপাশি। লোকটা ফের শিস দিতে লাগল। পাঁচু দুনিয়া ভুলে মুগ্ধ হয়ে শুনতে লাগল, এমন সুন্দর সুর সে কখনও শোনেনি।

চোখে-মুখে জলের ঝাপটা দেওয়ায় লোকটার জ্ঞান ফিরল। তবে চোখ চাওয়ার আগেই তিনি কাতর গলায় 'মাগো', বাবা গো' করে কিছুক্ষণ ছটফট করলেন। তারপর চোখ চেয়ে লোকজন দেখে ভেউ-ভেউ করে কেঁদে উঠে বললেন, ''আমার দেহে কি প্রাণটা এখনও আছে, নাকি বেরিয়ে পড়েছে?''

টকাই খুব মন দিয়ে জটাবাবার দাড়ি-গোঁফের মধ্যে লুকনো ধূর্ত মুখটা দেখে নিচ্ছিল। বলল, ''বাবাজির যে প্রাণের বড় মায়া দেখছি! তা প্রাণ নিয়ে এরকম টানাহ্যাঁচড়া পড়ল কেন? আপনার ওই ঢ্যাঙাপানা স্যাঙাতটাই বা গায়েব হল কোথা?''

জটাবাবা কাতরাতে কাতরাতে বললেন, ''ওই কমণ্ডলু থেকে মুখে আগে একটু জল দাও দিকি। গলাটা কাঠ হয়ে আছে।'' টকাইয়ের ইশারায় নবা গিয়ে কমণ্ডলু নিয়ে এল। ঢকঢক করে খানিক জল খেয়ে জটাবাবা কষ্টেসৃষ্টে উঠে বসে চারদিকে খোলা চোখে চেয়ে দেখলেন। তারপর মাথা নেড়ে বললেন, ''লোভে পাপ, পাপে মৃত্যু।''

টকাই সায় দিয়ে বলে, ''বটেই তো। বাঃ, বাবাজির মুখ থেকে বেশ ভাল ভাল কথা বেরোয় তো! তা দিব্যদৃষ্টিটা খুলল কী করে বাবাজি? রদ্দা খেয়ে নাকি?''

কাহিল গলাতেও একটা হুংকার ছাড়ার চেষ্টা করে বাবাজি বললেন, ''রদ্দা মেরে পালাবে কোথায়? এমন মারণউচাটন ঝাড়ব যে, লাট খেয়ে এসে এইখানে পড়ে মরবে। মুখে রক্ত উঠবে না? জোর পেয়ে দুম করে ঘুসো বসিয়ে দিয়েছিল বটে, কিন্তু ধর্মের কল বাতাসে নড়ে।''

''তা তো দেখতেই পাচ্ছি। তা কার এমন আস্পদ্দা হল যে, আপনাকে ঘুসো মেরে চলে গেল?''

জটাবাবা স্তিমিত চোখে টকাইয়ের দিকে চেয়ে বললেন, ''তুমি কে বলো তো! মুখখানা চেনা-চেনা ঠেকছে।''

নবা গদগদ গলায় বলে, ''আহা, একে চিনতে পারছেন না বাবাজি? এ যে টকাই ওস্তাদ! এই তো সেদিন দু'জনে আপনাকে নমো ঠুকে গেলুম! এর মধ্যেই ভুলে গেলেন?"

জটাবাবা একটা দীর্ঘশ্বাস ছেড়ে বললেন, ''ওরে, কতজনাকে আর মনে রাখব? যজমান কি আমার একটা-দুটো? সারা পৃথিবীতে লাখো-লাখো ছড়িয়ে আছে যে। তা তুই কি চোর-ডাকাত নাকি?''

''আমি চোর-ডাকাত হলে কি আপনার কিছু সুবিধে হয় বাবাজি?''

জটাবাবা একটা দীর্ঘশ্বাস ফেলে মাথা নেড়ে বললেন, ''তা জানি না বাপু। মারধর খেয়ে মাথাটা বড্ড ঝিমঝিম করছে। কিছুই তেমন মনে পড়ছে না।''

টকাই মিষ্টি করে জিজ্ঞেস করে, ''আপনি সাধু-সন্নিসি মানুষ, সাধনভজন নিয়ে থাকেন, আপনাকে তো মারধর করার কথা নয়। বলি গুপ্তধনটনের খবর আছে নাকি আপনার কাছে?''

জটাবাবা মাথা নেড়ে বললেন, ''না রে বাপু, গুপ্তধন নয়।''

''তবে কী?''

''কিছু মনে পড়ছে না রে বাপু। মাথাটা বড্ড গুলিয়ে গেছে।''

''ওই বড় বাক্সটার মধ্যে যে কেষ্টর জীবটাকে পুরে রেখেছিলেন, তার কী ব্যবস্থা করেছেন বলুন তো বাবাজি! মেরেটেরে ফেলেছেন নাকি? তা হলে বলতে হয় আপনি সাধুবেশে অতি পাষণ্ড লোক।''

জটাবাবা জুলজুলে চোখে টকাইয়ের দিকে চেয়ে বললেন, ''ওসব আমি কিছু জানি না বাপু, মদনা জানে।''

''মদনা, সে আবার কে?''

জটাবাবা এবার নিজেই কমণ্ডলু তুলে খানিক জল খেয়ে বললেন, ''মদনা যে কে তাও কি ছাই জানি!''

''মদনা আপনার চেলা নাকি?''

জটাবাবা মাথা নেড়ে বলেন, ''না। বিষ্ণুপুরের বটতলায় আস্তানা গেড়েছিলুম। সেইখানেই এসে জুটল। খুব চালাক-চতুর লোক। মেলা ভেলকিও জানে দেখলাম। বলল, তাকে নাকি পুলিশ ঝুটমুট হয়রান করছে, একটু গা-ঢাকা দিয়ে থাকতে চায়। তা আমি সাধু-ফকির মানুষ, আমার আর কাকে ভয়? তাই নিলুম সঙ্গে জুটিয়ে। তারপর ঘুরতে ঘুরতে এই ময়নাগড়ের জঙ্গলে। এর বেশি কিছু আমি জানি না বাপু।''

''কিন্তু বাবাজি, জানলে ভাল করতেন। ওই বাক্সটার মধ্যে যাকে পুরে রেখেছিলেন, সে কিন্তু কোনও জন্তু-জানোয়ার নয়। দেখতে বিটকেল হলেও, সে তুচ্ছতাচ্ছিল্য করার লোকও নয়। তাকে দিয়ে কী করানোর মতলব ছিল আপনার বলুন তো?''

''সেসব মদনা জানে। আমাকে জিজ্ঞেস করে লাভ নেই।''

''তাকে পেলেন কোথায়? সেটাও কি মদনা জানে? আর মদনাই যদি সব জানে,

তা হলে আপনি বাবাজি কি চোখ উলটে ছিলেন? আমি নিজের চোখে রোজ রাত্তিরে ওই বেড়ার ফাঁক দিয়ে দেখেছি, আপনারা দু'টি পাষণ্ড মিলে মানুষটার উপর কী অত্যাচারটাই না করেন। ঝেড়ে কাশুন তো বাবাজি, আপনারা আসলে কারা, আর মতলবটাই বা কী?''

নবা আর দুর্গাপদ এতক্ষণ কথা কয়নি। নবা এবার একটু গলাখাঁকারি দিয়ে বলল, ''ওস্তাদ, আপনি শিল্পী মানুষ, জীবনে কখনও মোটাদাগের কাজ করেননি। জটাবাবাকে পাঁচ মিনিটের জন্য আমার আর দুর্গাপদর হাতে ছেড়ে দিয়ে আপনি একটু বাইরে গিয়ে দাঁড়ান। আমরা জিভ টেনে কথা বের করে আনছি।''

জটাবাবা জুলজুল করে নবা আর দুর্গাপদকে জরিপ করে নিলেন। তিনি রোগাভোগা লোক, আর এ দু'জন পেল্লায় জোয়ান। কমণ্ডলু থেকে আর-একটু জল গলায় ঢেলে জটাবাবা বললেন, ''তিষ্ঠ রে পাপিষ্ঠ, আমি কিন্তু মারণউচাটন জানি।''

নবা বলল, ''সে আমরাও জানি। আপনার মারণউচাটনের চেয়ে আমাদেরটায় আরও ভাল কাজ হয়, দেখবেন? ওস্তাদ, যান, একটু ফাঁকায় গিয়ে দাঁড়ান। ইদিকে কান দেবেন না। পাঁচ মিনিট পর দেখবেন বাবাজির মুখ থেকে হড়হড় করে কথা বেরোচ্ছে।''

একটা হাই তুলে আড়মোড়া ভেঙে টকাই বলল, ''যা ভাল বুঝিস কর। তবে প্রাণে মারিস না বাপু। আর দেখিস, যেন মেলা চেঁচামেচি না করে। আর্তনাদ জিনিসটা আমি সইতে পারি না।''

''তাই হবে ওস্তাদ।''

জটাবাবা ঘ্যাসঘ্যাস করে মাথা চুলকোতে চুলকোতে বললেন, ''ভাল কথাই তো বললুম বাপু। তবু বিশ্বেস হচ্ছে না কেন বলো তো! কিছু ভুল বলেছি বলেও তো মনে হচ্ছে না। এ সময় মদনাটাই বা গেল কোথায়? এদিকে যে আমার বেজায় বিপদ। এই জন্যই তাকে পইপই করে বলেছিলুম, 'ওরে, এই বিটকেল ফুটবলের মতো জীবটাকে ছেড়ে দে।' তা বলে কিনা, ওটা নাকি অন্য কোন গ্রহ-নক্ষত্রের জীব। বেচলে মেলা টাকা পাওয়া যাবে।''

টকাই বলল, ''এই তো কথা বেরোচ্ছে দেখছি। তা বিটকেল জীবটাকে পেলেন কোথায়?''

দু'খানা হাত উলটে হতাশার ভঙ্গি করে জটাবাবা বললেন, ''আমি কোথায় পাব? অত সুলুকসন্ধান কি জানি! তবে শুনেছি, ময়নাগড়ের রাজবাড়ির ভিতরে লুকিয়ে ছিল। মদনা তাকে উদ্ধার করে আনে।''

''আপনাকে মারধর করল কে?''

মাথা নেড়ে জটাবাবা বললেন, ''জানি না। ক'দিন যাবৎই কারা যেন ঘুরঘুর করছে আশপাশে। তাদের দেখাও যায় না, শোনাও যায় না, কিন্তু কেমন যেন টের পাওয়া যায়। খানিকটা অশরীরীর মতো। তা মদনকে কথাটা বলতেই সে বলল, 'আমিও টের পেয়েছি, একটু সাবধান থাকুন।' তা সাবধান আর কী থাকব বাবা, অশরীরীর হাত থেকে কি আর কারও রেহাই আছে? নিশুতি রাতে শুনতে পেতাম, কারা যেন আশপাশে ঘুরছে, গাছ ঝাঁকাচ্ছে। প্রায়ই দেখতুম, সকালের দিকে হরিণছানারা এসে ঘরে ঢুকে ওই কাঠের বাক্সটার কাছে বসে আছে। মেলা রংবেরঙের প্রজাপতি এসে বসে থাকত বাক্সটার গায়ে। বাঁদরের পাল এসে নানারকম বুনো ফল বাক্সটার কাছে রেখে চলে যেত। এসব অশৈলী কাণ্ড দেখে বড় ভয় পেতুম।''

''তা হলে আপনি আর আপনার স্যাঙাত, দুই পাষণ্ড মিলে ওই কেষ্টর জীবের উপর অত্যাচার করতেন কেন?''

''বলছি বাবা, বলছি। সেই পাপের প্রায়শ্চিত্তিরও আমাকে করতে হবে। মদনা বলেছিল, হিজিবিজি নাকি এমন সুন্দর শিস দিতে পারে, যা শুনে স্বর্গের দেবতারাও নেমে আসতে পারে। সেই শিস শুনলে নাকি মানুষের পূর্বজন্মের স্মৃতি ফিরে আসতে চায়। মদন নাকি একবার আড়াল থেকে সেই শিস শুনে প্রায় মূর্ছা গিয়েছিল। কিন্তু দুঃখের কথা হল, হিজিবিজিকে ধরে আনার পর শত চেষ্টাতেও তাকে শিস দেওয়াতে পারিনি আমরা। কত আদর করে বাবা-বাছা বলেও পারিনি। শেষে আমাদের যেন মাথায় রক্ত উঠে গিয়েছিল। তাই খ্যাপা রাগে অত্যাচার করে ফেলেছি। এখন নিজের উপর বড় ঘেন্না হচ্ছে বাবারা।''

''বাবাজির কি অনুতাপও হচ্ছে নাকি?''

''হচ্ছে, হচ্ছে। অনুতাপ তুষানল, দগ্ধে-দগ্ধে মারে। মারধর করো, সইবে। কিন্তু অনুতাপ বড় সাংঘাতিক জিনিস। ভিতরটা আংরা করে দেয়।''

''ওর নাম কি হিজিবিজি?''

''তা জানি না। মাঝে-মাঝে শুধু বলত, হিজিবিজি, হিজিবিজি।''

''তারপর কী হল বলুন।''

''বলছি, বাবা, বলছি। আজ সকালবেলায় মদন যেন কোথায় বেরোল। একা বসে সাধনভজনের চেষ্টা করছিলাম। কিন্তু আজ বড় গা ছমছম করছিল। কোথা থেকে একটা বোঁটকা গন্ধ আসছিল। বাইরে মাঝে-মাঝে কেমন যেন অদ্ভুত হাওয়ার শব্দ হচ্ছে। শুকনো পাতার উপর পা ফেলে কারা যেন হাঁটছে। বনে-জঙ্গলে, পাহাড়ে-পর্বতে কত দিন আর কত রাত কাটিয়েছি, কিন্তু আজকের মতো এরকম অস্বস্তি

কখনও হয়নি। মনে হচ্ছিল, আজ একটা কিছু ঘটবে। আমাকে পাষণ্ডই ভাবো কিংবা যাই ভাবো বাপু, সাধু হওয়ার জন্যই কিন্তু সংসার ছেড়েছিলুম। শেষ অবধি সাধু হতে পারিনি, ভেক ধরে ঘুরে বেড়াই। তবু লোকটা আমি তেমন খারাপ ছিলুম না হে। একটু মনুষ্যত্ব যেন এখনও আছে। তাই আজ সন্ধেবেলায় ভাবলুম, হিজিবিজিকে এরকমভাবে আটকে রেখে বড্ড পাপ হচ্ছে। কিন্তু ছেড়ে দিলে যদি বাঘে খায় কি বুনো কুকুরে ধরে, সেই ভয়ে ছাড়তেও দনোমনো হচ্ছিল। তারপর ভাবলুম, ওই বন্দিদশা থেকে তো আগে মুক্ত করি, ছাড়ার কথা পরে ভাবা যাবে। মনটা স্থির করে বাক্সের ডালা খুলে দিয়ে বললুম, 'বাবা হিজিবিজি, দোষঘাট নিয়ো না, তোমার প্রতি বড় অত্যাচার-অবিচার করেছি, আজ ক্ষমা করে দাও।'''

''তারপর?''

''হিজিবিজি কী বুঝল, কে জানে! তবে হামাগুড়ি দিয়ে বেরিয়ে এল। তারপর চারদিকটা একবার দেখে নিয়ে গুটগুট করে বেরিয়ে গেল।''

''সত্যি বলছেন তো?''

''সত্যি বলছি বাবা। মারো, কাটো যা খুশি করো, মিথ্যে বলব না। হিজিবিজি চলে যাওয়ার পর মাথাটা একটু থিতু হল। ভাল করলাম না মন্দ করলাম কে জানে। মদন হয়তো এসে আমাকে খুনই করবে। তবু যা ভাল বুঝেছি, করেছি।''

''তারপর কী হল?''

জটাবাবা শুকনো ঠোঁট জিভ দিয়ে চেটে মিয়ানো গলায় বললে, ''খুব দুশ্চিন্তাও হচ্ছিল। এই জঙ্গলে মাঝে-মাঝে বাঘ ঘুরে বেড়ায়, বুনো কুকুরও আছে। তাদের পাল্লায় পড়লে হিজিবিজি চোখের পলকে শেষ হয়ে যাবে। এইসব ভেবে সাধনভজনে মন বসাতে পারছিলাম না। হঠাৎ শুনি, বাইরে থেকে একটা অদ্ভুত সুন্দর শিসের শব্দ হচ্ছে। সে এমনই সুর, প্রাণ যেন আনচান করে ওঠে। মনে হয় যেন, স্বর্গের দেবতাদেরই বোধহয় আগমন ঘটেছে। কী বলব বাবারা, আমার চারদিকে বাতাসটাও যেন নেচে উঠেছিল সেই সুরে। পাগলের মতো ঘর ছেড়ে বেরিয়ে পড়লাম। কিন্তু দরজায় থমকে দাঁড়াতে হল, যা দৃশ্য দেখলাম, জন্মেও ভুলব না।''

''কী দেখলেন বাবাজি?''

জটাবাবার চোখ দুটো যেন হঠাৎ স্বপ্নাতুর হয়ে গেল। ঊর্ধ্বদৃষ্টিতে খানিক চেয়ে থাকলেন। চোখ দিয়ে টসটস করে জল পড়ছে। স্খলিত কণ্ঠে বললেন, ''সারা জন্মের তপস্যাতেও ও জিনিস দেখিনি। দেখলাম, হিজিবিজি দুলে দুলে হাঁটছে। আর তার পিছনে চলেছে রাজ্যের জন্তু-জানোয়ার। দুটো হরিণ, একটা বাঘ, কয়েকটা খরগোশ,

আরও কী কী যেন! পোষমানা জীবজন্তুর মতো হিজিবিজির সঙ্গে চলেছে, একটু পরে তারা অন্ধকারে মিলিয়ে গেল।''

''তারপর কী হল বাবাজি?''

''ওই কাণ্ড দেখে নিজের উপর বড় ঘেন্না হল বাবা। সাধনভজন করি, কিন্তু কই, বুনো জন্তুরা তো কখনও পোষ মানেনি আমার! তবে কি ওই হিজিবিজি আসলে তেত্রিশ কোটি দেবদেবীর কেউ? যদি তাই হয়ে থাকে, তবে তো আমার বড় অধর্ম হয়েছে! আত্মগ্লানি আর অনুশোচনায় বসে বসে তাই চোখের জল ফেলছিলাম। এমন সময় একটা মাঝবয়সি লোক কোথা থেকে এসে উদয় হল। পাকানো চেহারা, চোখ যেন ধকধক করে জ্বলছে। ঘরে ঢুকেই হাঁক মেরে বলল, 'কই, কোথায় লুকিয়ে রেখেছিস আমার হিজিবিজিকে?' আমি থতমত খেয়ে বললুম, 'সে নেই। চলে গিয়েছে।' লোকটা এ কথায় ভারী অবাক হয়ে বলল, 'সর্বনাশ! কোথায় গেছে?' মাথা নেড়ে বললুম, 'জানি না।' তারপর লোকটা হঠাৎ তেড়ে এসে আমার উপর চড়াও হল। কী মার! কী মার! প্রথম কয়েকটা ঘুসো খেয়েও জ্ঞান ছিল। তারপর কিছু মনে নেই।''

''লোকটা কে?''

''তা কী করে বলব বাবা! হেঁটো ধুতি, গায়ে একটা জামা আর চাদরের মতো কিছু ছিল। গোঁফ আছে। বাবুগোছের লোক নয়, গতরে খেটে খাওয়া লোক। রাগের চোটে যেরকম ফুঁসছিল, তাতে আমাকে যে খুন করেনি সেটাই ভাগ্যি।''

''এবার যে আপনাকে গা তুলতে হবে বাবাজি। চলুন।''

''কোথায় যেতে হবে বাপু?''

''তা জানি না। তবে হিজিবিজিকে খুঁজে বের না করলেই নয়। আপনার কথা শুনে যা বুঝেছি, তাতে মনে হয়, আপনার স্যাঙাত মদনা খুব ভাল লোক নয়। হিজিবিজি যদি ফের তার খপ্পরে পড়ে, তা হলে তার কপালে দুঃখ আছে।''

জটাবাবা মাথা নেড়ে বললেন, ''তা বটে। শুনেছি হিজিবিজিকে বিক্রি করলে সে নাকি মোটা টাকা পাবে। কয়েক লাখ।''

''বাবাজি, অভয় দেন তো একটা কথা কই।''

''বলো বাপু।''

''আপনাদের দু'জনের কাছেই বন্দুক-পিস্তল আছে। কেন বলুন তো? বন্দুক-পিস্তলও কি সাধনভজনে লাগে?''

জটাবাবার মুখখানা হঠাৎ যেন ফ্যাকাসে মেরে গেল। আমতা-আমতা করে বললেন, ''সে আমার জিনিস নয় বাপু। মদনার জিনিস।''

''আপনি বন্দুক চালাতে পারেন?''

"মদনাই একটু-আধটু শিখিয়েছে। তবে বাপু সত্যি কথাই বলি, ওসব আমি পছন্দ করি না।"

"আপনি কি বলতে চান, আপনি খুব ভাল মানুষ! যত দোষ ওই মদনার? যাকগে, আপনাকে আর জ্বালাতন করতে চাই না। উঠুন। নবা, কম্বল-টম্বল সরিয়ে বন্দুক-টন্দুক যা পাস বের কর তো। থানায় জমা করতে হবে।"

সাত

শ্যামাচরণকে কোথাও খুঁজে দেখতে বাকি রাখল না শিবেন। নিবু-নিবু টর্চের আলোয় সাধ্যমতো আগাছা জর্জরিত রাজবাড়ির বাগানের ঝোপ-জঙ্গলেও খুঁজল। খুঁজতে খুঁজতে পরিশ্রমে গা গরম হয়ে ঘামতে লাগল সে। ভজহরিকে শিবেন বড়ই ভয় পায়। ভজহরির গায়ের জোর বেশি, বুদ্ধির জোর বেশি, মনের জোর বেশি। কোনওদিকেই সে ভজহরির সঙ্গে এঁটে উঠতে পারেনি। শুধু লেখাপড়ায় ভজহরি তার চেয়ে একটু পিছিয়ে। আর ভজহরি সেই জন্যই শিবেনকে এত হিংসে করে। নইলে খুঁজে খুঁজে এই অজ পাড়াগাঁয়ে শিবেনের খোঁজে এসে হাজির হত না। তবে ভজহরি যখন এসেছে, তখন শিবেনকে বিপাকে ফেলবেই। ভয়ে শিবেনের বুক ধুকপুক করছে। ভজহরির অবাধ্য হওয়ার সাধ্যই নেই তার। ভজহরির আদেশ না মানলে কোনদিক দিয়ে কোন বিপদ আসবে, তা কেউ জানে না।

পিস্তল দিয়ে কীভাবে চাপ সৃষ্টি করতে হয়, তা শিবেন জানে না। শুধু জানে, মানুষ বন্দুক-পিস্তলকে ভয় পায়। আশা করা যায়, শ্যামাচরণও পাবে। যদি পায়, তা হলে শ্যামাচরণের কাছ থেকে পানিঘরের হদিশ জেনে নেওয়া তেমন কঠিন হবে না। আর পানিঘরের হদিশ না দিতে পারলে ভজহরি খুব রেগে যাবে। আর ভজহরি যত রেগে যাবে, ততই বাড়বে শিবেনের বিপদ।

কিন্তু ঘণ্টাখানেক হন্যে হয়ে ঘোরাঘুরির পর শিবেন ক্লান্ত হয়ে শিমুল গাছটার তলায় শিশিরে ভেজা ঘাসের উপর একটু জিরিয়ে নিচ্ছিল। গভীর রাতে আকাশে একটু ভুতুড়ে জ্যোৎস্না ফুটেছে। তাতে বাগানে একটা ভারী আলো-আঁধারির সৃষ্টি হয়েছে। কিন্তু মনটা বড় উচাটন। বাগানের সৌন্দর্য দেখার সময় নেই শিবেনের। উঠতেই যাচ্ছিল, হঠাৎ বাঁ-দিকের লোহার ফটকে একটা শব্দ পেয়ে শিবেন টান হল। শ্যামাদা এল নাকি?

না, শ্যামাদা নয়। ঢ্যাঙামতো একটা লোক ফটক দিয়ে ঢুকে হনহন করে বাগান

পেরিয়ে রাজবাড়ির দিকে আসছে। শিবেন একটু অবাক হল। এ বাড়িতে সন্ধেবেলা একবার চোরের আগমন হয়েছে। তারপর ভজহরি হানা দিয়েছে। এখন আবার এই ঢ্যাঙা লোকটাও কি তার থিসিসের সন্ধানে এসে জুটল? শিবেনের থিসিসের খবর এমন রটে গেল কী করে, সেটাই সে ভেবে পাচ্ছে না। অবশ্য ফুল ফুটলে তার গন্ধ ছড়াবেই, তাকে তো আর আটকানো যায় না। শিবেন এও জানে যে, এই থিসিস প্রকাশিত হওয়ার পর বিজ্ঞানে নতুন দিগন্ত খুলে যাবে। আপাতত এটাকে রক্ষা করা ক্রমশ কঠিন হয়ে দাঁড়াচ্ছে।

শিবেন বাঁ বগলে শক্ত করে থিসিসের ফাইলটা চেপে ধরে ডান হাতে পিস্তল বাগিয়ে গা-ঢাকা দিয়ে গাছগাছালির ছায়ায় লোকটার পিছু নিল। বাড়ির পিছনের ভাঙা জানলাটার কাছে গিয়ে থামল লোকটা। তারপর কুককুক করে তিনবার একটা সাংকেতিক শিস দিল। জানলার পাল্লাটা সরিয়ে কে যেন ভিতর থেকে ঝুঁকে কী একটা বলল।

কী কথাবার্তা হয় তা জানার জন্য একটু এগিয়ে গেল শিবেন।

বাগানে ঝোপঝাড়ের অভাব নেই। গা-ঢাকা দেওয়ার খুব সুবিধে। তাই শিবেনের কোনও অসুবিধেই হল না। দু'জনের বেশ কাছাকাছিই এগিয়ে যেতে পারল সে। তার থিসিস সম্পর্কে এরা কতটা কী জানতে পেরেছে সেটা জানা শিবেনের একান্তই দরকার।

ঢ্যাঙা লোকটা চাপা গলায় বলছিল, ''সন্ধান পেয়েছ?''

''আরে না, তবে পানিঘরেই গিয়ে ঢুকেছে মনে হয়। না হলে মজাপুকুরে ডুবে মরেছে। খুব মুশকিল হয়ে গেল। পালাল কী করে? জটাই তো পাহারায় ছিল।''

''তা ছিল, তার কাছে তার মেশিনগান অবধি ছিল। কিন্তু হানাদার সাংঘাতিক ধূর্ত। আচমকা ঢুকেই মেরে বসে। জটাই হাতখানা পর্যন্ত তোলার সময় পায়নি। পানিঘরের সন্ধান পেলে?''

''না, সারা বাড়ি ঘুরে কোথাও পথ পেলাম না। এর মধ্যে ওই হাবা গঙ্গারাম শিবেনমাস্টারটাও এসে হাজির হয়েছিল। তাপ্পি দিয়ে একটা খেলনা পিস্তল ধরিয়ে দিয়ে তাড়িয়েছি।''

''শিবেনমাস্টার! সে আবার এসে জুটল কেন?''

''কী যেন ছাইভস্ম থিসিসের কথা বলছিল। আমাকে ভজহরি বলে ধরে নিয়ে খুব তোয়াজ করছিল। মাথামুন্ডু কিছুই বুঝলাম না। তবে ওর কথার প্যাঁচেই ওকে ফেলেছি। ঘুরে ঘুরে এখন শ্যামাচরণকে খুঁজে হয়রান হচ্ছে।''

শুনে শিবেনের ভারী রাগ হল। তা হলে এই পিস্তলটা আসল পিস্তল নয়! আর

ওই লোকটাও নয় ভজহরি! আর তার এত কষ্টের থিসিসটা হল ছাইভস্ম! রাগ হলে শিবেনের আর কাণ্ডজ্ঞান থাকে না। আর কাণ্ডজ্ঞান হারালে শিবেন যা-তা সব কাণ্ড করে ফেলে। আজও করল। বাগানের এখানে সেখানে ফেলা ভগ্নস্তূপের ইটপাটকেল পড়ে আছে। তারই একটা কুড়িয়ে নিয়ে শিবেন ধাঁই করে জানলার লোকটাকে লক্ষ্য করে সজোরে ছুড়ে মারল। 'আঁক' করে একটা আর্তনাদের শব্দ শোনা গেল। তারপর একটু তফাতে থেকেও শিবেন লোকটার পড়ে যাওয়ার শব্দ পেল।

ঢ্যাঙা লোকটা বিদ্যুতের গতিতে ফিরে দাঁড়িয়ে হঠাৎ চোঁ-চোঁ দৌড়তে শুরু করল। কিন্তু শিবেনের রাগ হলে সে আর মানুষ থাকে না। থিসিস আর পিস্তল দুটোই ফেলে দিয়ে সে আর-একখানা আধলা কুড়িয়ে নিয়ে লোকটার পিছু ধাওয়া করল। ফটকের কাছাকাছি শিবেনের দ্বিতীয় ঢিলটা অবশ্য জায়গামতো লাগল না। তবে লোকটা পালাতে পারল না। হঠাৎ জনা দুই শক্তসমর্থ লোক কোথা থেকে এসে জাপটে ধরে পেড়ে ফেলল লোকটাকে।

বাইরের এসব গণ্ডগোল পানিঘরে পৌঁছল না। সেখানে তখন এক আশ্চর্য শিসের শব্দে বাতাসে অপার্থিব কাঁপন বয়ে যাচ্ছে।

পাঁচু বিভোর হয়ে শুনছে। দু'চোখে বইছে জলের ধারা। অনেকক্ষণ শিস দেওয়ার পর হিজিবিজি থামল।

পাঁচু হাত বাড়িয়ে হিজিবিজিকে একটু ছুঁল। তারপর বলল, "তুমি বড় ভাল লোক! তুমি বড় ভাল লোক!"

গ্রন্থ-পরিচয়

রাঘববাবুর বাড়ি

আনন্দ পাবলিশার্স প্রাইভেট লিমিটেড, ৪৫ বেনিয়াটোলা লেন, কলকাতা ৭০০ ০০৯
তৃতীয় মুদ্রণ: জুলাই ২০০৯, পৃ. ১০৪, মূল্য ৬০.০০
প্রচ্ছদ ও অলংকরণ: দেবাশীষ দেব
উৎসর্গ: "রা-স্বা"/বন্দে শ্রীশ্রীঠাকুর অনুকূলচন্দ্রম/
শ্রীমান অভিষেক গোস্বামী/ কল্যাণীয়েষু
প্রথম সংস্করণ: জানুয়ারি ২০০৩

মোহন রায়ের বাঁশি

আনন্দ পাবলিশার্স প্রাইভেট লিমিটেড, ৪৫ বেনিয়াটোলা লেন, কলকাতা ৭০০ ০০৯
তৃতীয় মুদ্রণ: ডিসেম্বর ২০১০, পৃ. ১১২, মূল্য ৮০.০০
প্রচ্ছদ ও অলংকরণ: দেবাশীষ দেব
উৎসর্গ: "রা-স্বা"/বন্দে শ্রীশ্রীঠাকুর অনুকূলচন্দ্রম/
শ্রীমতী সুজনা মুখোপাধ্যায়/ কল্যাণীয়াসু
শ্রীমান যুধাজিৎ মুখোপাধ্যায়/কল্যাণীয়েষু
প্রথম সংস্করণ: জানুয়ারি ২০০৪

সাধুবাবার লাঠি

আনন্দ পাবলিশার্স প্রাইভেট লিমিটেড, ৪৫ বেনিয়াটোলা লেন, কলকাতা ৭০০ ০০৯
তৃতীয় মুদ্রণ: ডিসেম্বর ২০১০, পৃ. ৯৫, মূল্য ৮০.০০
প্রচ্ছদ ও অলংকরণ: দেবাশীষ দেব
উৎসর্গ: "রা-স্বা"/বন্দে শ্রীশ্রীঠাকুর অনুকূলচন্দ্রম
শ্রীদীপক মজুমদার/করকমলেষু
প্রথম সংস্করণ: জানুয়ারি ২০০৫

ঘোরপ্যাঁচে প্রাণগোবিন্দ

আনন্দমেলা, পূজাবার্ষিকী ১৪১২

ডাকাতের ভাইপো

আনন্দ পাবলিশার্স প্রাইভেট লিমিটেড, ৪৫ বেনিয়াটোলা লেন, কলকাতা ৭০০ ০০৯

দ্বিতীয় মুদ্রণ: ডিসেম্বর ২০০৯, পৃ. ৯৫, মূল্য ৬০.০০

প্রচ্ছদ ও অলংকরণ: দেবাশীষ দেব

উৎসর্গ: "রা-স্বা"/বন্দে শ্রীশ্রীঠাকুর অনুকূলচন্দ্রম

শ্রীমতী সীমন্তিনী হালদার/কল্যাণীয়াসু

প্রথম সংস্করণ: জানুয়ারি ২০০৭

অঘোরগঞ্জের ঘোরালো ব্যাপার

আনন্দ পাবলিশার্স প্রাইভেট লিমিটেড, ৪৫ বেনিয়াটোলা লেন, কলকাতা ৭০০ ০০৯

দ্বিতীয় মুদ্রণ: ডিসেম্বর ২০১০, পৃ. ১০৩, মূল্য ৮০.০০

প্রচ্ছদ ও অলংকরণ: দেবাশীষ দেব

উৎসর্গ: "রা-স্বা"/বন্দে শ্রীশ্রীঠাকুর অনুকূলচন্দ্রম

যুধাজিৎ দাশগুপ্ত/করকমলেষু

প্রথম সংস্করণ: জানুয়ারি ২০০৮

উঁহু

আনন্দ পাবলিশার্স প্রাইভেট লিমিটেড, ৪৫ বেনিয়াটোলা লেন, কলকাতা ৭০০ ০০৯

প্রথম সংস্করণ: জানুয়ারি ২০০৯, পৃ. ১০৪, মূল্য ৮০.০০

প্রচ্ছদ ও অলংকরণ: দেবাশীষ দেব

উৎসর্গ: "রা-স্বা"/বন্দে শ্রীশ্রীঠাকুর অনুকূলচন্দ্রম

শ্রীমান শাশ্বত ভট্টাচার্য/শ্রীমতী উমা ভট্টাচার্য/ শ্রীমানস ভট্টাচার্য/ করকমলেষু

গোলমেলে লোক

আনন্দ পাবলিশার্স প্রাইভেট লিমিটেড, ৪৫ বেনিয়াটোলা লেন, কলকাতা ৭০০ ০০৯

প্রথম সংস্করণ: জানুয়ারি ২০১০, পৃ. ১০৬, মূল্য ৮০.০০

প্রচ্ছদ ও অলংকরণ: দেবাশীষ দেব

উৎসর্গ: "রা-স্বা"/বন্দে শ্রীশ্রীঠাকুর অনুকূলচন্দ্রম
ডা. রামেন্দু হোমচৌধুরী/ করকমলেষু

বটুকবুড়োর চশমা

আনন্দ পাবলিশার্স প্রাইভেট লিমিটেড, ৪৫ বেনিয়াটোলা লেন, কলকাতা ৭০০ ০০৯
প্রথম সংস্করণ: জানুয়ারি ২০১১,পৃ. ৯৫, মূল্য ১০০.০০
প্রচ্ছদ ও অলংকরণ: দেবাশীষ দেব
উৎসর্গ: "রা-স্বা"/বন্দে শ্রীশ্রীঠাকুর অনুকূলচন্দ্রম
শ্রীমতী সুদেষ্ণা বসু/ও/ শ্রীশৈবাল মিত্র/ করকমলেষু

ময়নাগড়ের বৃত্তান্ত

পত্রভারতী, ৩/১ কলেজ রো, কলকাতা ৭০০ ০০৯
প্রথম সংস্করণ: জানুয়ারি ২০১১, পৃ. ১৭৬, মূল্য ১২০.০০
প্রচ্ছদ ও অলংকরণ: সুদীপ্ত দত্ত
উৎসর্গ: "রা-স্বা"/বন্দে শ্রীশ্রীঠাকুর অনুকূলচন্দ্রম
শ্রীমতী সুদেষ্ণা বসু/শ্রীশৈবাল মিত্র/ করকমলেষু
'বৃত্তান্ত'-কথা শিরোনামে লেখকের ভূমিকাটি নিম্নরূপ—

"ময়নাগড়ের বৃত্তান্ত" ভিন্ন নামে আনন্দমেলায় ধারাবাহিক প্রকাশিত হয়েছিল বেশ কয়েক বছর আগে। নানা কারণে উপন্যাসটি আমি প্রকাশ করতে অনুমতি দিইনি কাউকেই। মনে হয়েছিল, বেশ কিছু পরিবর্তন করা দরকার। এখন দেখছি, সংস্কার করতে হলে পুরো উপন্যাসটি নতুন করে লিখতে হয়। আর তাই যদি হয় তা হলে পুরনো উপন্যাসটি তার মূল রূপে প্রকাশ পেলে ক্ষতি কিছু নেই। ময়নাগড়ের বৃত্তান্ত তাই দু'হাজার এগারোর কলকাতা বইমেলায় প্রকাশিত হল। এর জটিল কাহিনি ও বিস্তার কার কেমন লাগবে, কে জানে!

শীর্ষেন্দু মুখোপাধ্যায়
৩০ ডিসেম্বর ২০১০

শীর্ষেন্দু মুখোপাধ্যায়ের কিশোর উপন্যাস সমগ্র-র অন্যান্য খণ্ডে সংকলিত গ্রন্থ

প্রথম খণ্ড

মনোজদের অদ্ভুত বাড়ি • গোঁসাইবাগানের ভূত • হেতমগড়ের গুপ্তধন • নৃসিংহ রহস্য
বক্সার রতন • ভুতুড়ে ঘড়ি • গৌরের কবচ • হিরের আংটি • পাগলা-সাহেবের কবর
হারানো কাকাতুয়া

দ্বিতীয় খণ্ড

ঝিলের ধারে বাড়ি • পটাশগড়ের জঙ্গলে • গোলমাল • বনি
চক্রপুরের চক্করে • ছায়াময় • সোনার মেডেল • নবীগঞ্জের দৈত্য • কুঞ্জপুকুরের কাণ্ড

তৃতীয় খণ্ড

অদ্ভুতুড়ে • পাতালঘর • হরিপুরের হরেক কাণ্ড • দুধসায়রের দ্বীপ
বিপিনবাবুর বিপদ • নবাবগঞ্জের আগন্তুক • ষোলো নম্বর ফটিক ঘোষ
গজাননের কৌটো • ঝিকরগাছায় ঝঞ্ঝাট